D1655028

WILKIE COLLINS · DIE FRAU IN WEISS

WILKIE COLLINS

Die Frau in Weiß

ROMAN

BÜCHERGILDE GUTENBERG
FRANKFURT/M · WIEN · ZÜRICH

Deutsch von Arno Schmidt
Titel der englischen Originalausgabe »The Woman in White«

Mit Genehmigung
des Henry Goverts Verlags GmbH, Stuttgart
Erschienen 1965
im Henry Goverts Verlag GmbH, Stuttgart

Satz und Druck: Hanseatische Druckanstalt GmbH, Hamburg
Bindearbeiten: Buchbinderei Ladstetter, Hamburg
ISBN: 3 7632 1201 9
Printed in Germany 1971

ERSTER ZEITRAUM

Bericht
begonnen von Walter Hartright
(Clement's Inn, Zeichenlehrer)

I

Was hier folgt, ist die Darstellung dessen, was die Geduld eines Weibes zu ertragen und die Entschlossenheit eines Mannes zu vollbringen vermag.
Wenn man sich darauf verlassen könnte, daß jeglicher verdächtige Fall letzten Endes doch in das Räderwerk der Justiz geriete, und bei dem sich anschließenden Untersuchungsverfahren das Gold wenigstens nur mit Maßen seine Rolle als Schmiermittel spielt, dann wäre den Ereignissen, die diese Blätter füllen, sowohl ein Gerichtshof als auch ein gerüttelter Anteil des öffentlichen Interesses sicher gewesen.
Aber noch sind Recht und Gesetz, in gewissen unvermeidlichen Fällen, eben zunächst einmal die voreingenommenen Diener des größeren Portemonnaies; und deshalb bleibt nichts übrig, als die ganze Geschichte zum erstenmal hier und in dieser Form vorzulegen. So wie ein Richter sie ihrerzeit vernommen haben würde, genau so soll der Leser sie jetzt vernehmen. Vom Anfang der Enthüllungen an, bis zu ihrem Ende soll über keinen auch nur einigermaßen wichtigen Punkt bloß vom Hörensagen berichtet werden. Wenn der Schreiber dieser einleitenden Zeilen, Walter Hartright mit Namen, mit einem Teil der vorzutragenden Ereignisse näher bekannt und vertraut ist als sonst Jemand, wird er in eigener Person darüber referieren. Sobald sein Zeugnis nicht ausreicht, und er seine Aufgabe nicht mehr erfüllen kann, wird er an dem Punkt, wo er abbricht, seine Rolle als Berichterstatter sogleich auf- und an diejenigen anderen Personen weitergeben, die sich zu den betreffenden fraglichen Umständen aus eigener Erfahrung ebenso klar und positiv äußern können, wie er selbst sich zuvor bemüht hat.
Folglich wird der hier vorgelegte Bericht mehr als nur einer Feder

entstammen; genauso, wie über einen Verstoß gegen die Gesetze im Gerichtssaal von mehr als einem Zeugen berichtet zu werden pflegt – hier wie dort mit derselben Absicht: um die Wahrheit stets in ihrer direktesten und faßlichsten Form darzustellen; und um den Verlauf einer größeren geschlossenen Kette von Ereignissen, Glied nach Glied, am verläßlichsten dadurch zu erkennen, daß man die Personen, die die Nächstbeteiligten dabei waren, ihre eigenen Eindrücke mit eigenen Worten schildern läßt.
Hören wir also als Ersten Walter Hartright, Zeichenlehrer, Alter 28 Jahre.

II

Es war der letzte Tag im Juli. Der endlose heiße Sommer begann sich seinem Ende zu nähern; und wir, müde Pilgrime auf Londons Pflaster, fingen an, von Wolkenschatten über weiten Kornfeldern zu träumen oder frischen Herbstbrisen am Meeresstrande.
Was speziell mein bescheidenes Selbst anbelangt, so hinterließ mich der scheidende Sommer körperlich in nicht gerade erfreulicher, geistig in lustloser und finanziell sogar in ausgesprochen dürftiger Verfassung. Ich hatte während des vergangenen Jahres meine beruflichen Möglichkeiten nicht so sorgfältig wie sonst ausgeschöpft; eine Unbesonnenheit, infolge deren sich mir die Aussicht eröffnete, den Herbst fein sparsam und abwechselnd in dem kleinen Landhäuschen meiner Mutter in Hampstead und meiner eigenen Stadtwohnung zu verbringen.
Ich erinnere mich, daß der Abend still war und wolkig. Die Londoner Luft so drückend wie nur möglich; das ferne Gesumme des Straßenverkehrs denkbar schwach; mein eigener kleiner Puls in mir und der mächtige Herzschlag der Großstadt um mich herum schienen im gleichen Takt nachzulassen, und, wie die Sonne sank, immer schlaffer matter flauer zu werden. Ich raffte mich mit Gewalt von dem Buch auf, über dem ich mehr gedöst als wirklich darin gelesen hatte, und verließ meine Wohnung, um mich bei der Abendkühle wenigstens schon in den Außenbezirken der Stadt zu befinden. Es war auch einer der beiden Abende, die ich allwöchentlich draußen bei meiner Mutter und Schwester zu verbringen pflegte; also richtete ich meine Schritte nordwärts, in Richtung Hampstead.

Ereignisse, die ich noch des Näheren zu schildern haben werde, machen hier die Einschaltung nötig, daß mein Vater zu der Zeit, von der ich zu berichten im Begriff stehe, bereits seit mehreren Jahren tot war, und daß meine Schwester Sarah und ich die einzigen Überlebenden aus einer ursprünglich fünfköpfigen Kinderschar waren. Schon mein Vater war Zeichenlehrer gewesen. Sein Fleiß hatte ihn ungewöhnlich erfolgreich in seinem Beruf gemacht, und seine liebevolle Besorgnis, die Zukunft derjenigen, die von seinen Bemühungen abhingen, sicher zu stellen, ihn bewogen, gleich vom Augenblick seiner Verheiratung an einen weit größeren Teil seines Einkommens für eine Lebensversicherung aufzuwenden, als sonst die meisten Männer für diesen Zweck notwendig erachten. Dank dieser seiner bewundernswerten vorausschauenden Bedachtsamkeit und Selbstverleugnung fanden sich meine Mutter und Schwester nach seinem Tode ebenso unabhängig von der Außenwelt, wie sie es während seinen Lebzeiten gewesen waren. Ich meinesteils wurde sein Nachfolger bei seiner Kundschaft, und hatte jeglichen Grund, mich ob der günstigen Aussichten, die mich zu Beginn meiner beruflichen Laufbahn erwarteten, glücklich zu schätzen.

Noch webte stilles Zwielicht über den höchsten Bodenwellen der Heide; und der Anblick Londons unter mir war in die Schatten einer bewölkten Nacht wie in eine schwarze See versunken, als ich vorm Tor zum Landhäuschen meiner Mutter stand. Ich hatte kaum die Glocke recht gezogen, als auch schon die Haustür heftig aufflog; anstelle des Dienstmädchens erschien mein verehrter italienischer Freund, Professor Pesca, und stürmte mir mit der schrill-ausländischen Verballhornung eines gutenglischen ›Hurrah‹ zu freudigem Empfang entgegen.

Um seiner — und es sei mir gestattet hinzuzufügen, auch um meiner — selbst willen verdient der Professor die Ehre einer förmlichen Vorstellung; der Zufall hat ihn zum Ausgangspunkt der seltsamen Familienereignisse gemacht, die ausführlich darzulegen der Zweck dieser Seiten ist.

Ursprünglich war ich mit meinem italienischen Freund dadurch bekannt geworden, daß ich ihn in einigen der großen Häuser traf, wo er seine eigene Sprache lehrte, und ich Zeichnen. Alles was ich bis dahin von seinem Lebenslauf wußte, war, daß er einmal eine Stelle an der Universität Padua inne gehabt; Italien jedoch dann aus politischen Gründen (über deren spezielle Natur er sich grundsätzlich

niemandem gegenüber näher ausließ), verlassen und sich seit nun schon so manchem Jahr als geachteter und geschätzter Sprachlehrer in London etabliert hatte.
Ohne daß man ihn direkt einen Zwerg hätte nennen können — denn er war von Kopf bis Fuß ausgesprochen wohlproportioniert — stellte Pesca meines Erachtens doch das kleinste menschliche Wesen dar, das ich jemals außerhalb eines Jahrmarkts erblickt habe. Und wenn er schon durch diese seine persönliche Erscheinung überall auffiel, so zeichnete ihn doch vor dem Heer der gewöhnlichen Sterblichen die, obwohl harmlose, Excentrizität seines Wesens noch mehr aus. Die ihn beherrschende fixe Idee seines Lebens schien vor allem zu sein, daß er dem Lande, das ihm Asyl und Lebensunterhalt gewährt hatte, seine Dankbarkeit dadurch dartun müsse, daß er sich nun auch aus Leibeskräften in einen waschechten Engländer verwandele. Nicht zufrieden damit, der Nation ein allgemeines Kompliment dadurch zu machen, daß er grundsätzlich einen Regenschirm mit sich führte und ebenso standhaft in Gamaschen und einem weißen Hute einherkam, hatte der Professor den Ehrgeiz, auch was Sitten und Freizeitgestaltung angeht, nicht minder ein Engländer zu werden als in seiner äußeren Erscheinung. Sobald er erkannt hatte, daß zu unseren Nationaleigentümlichkeiten auch die Neigung zu sportlicher Betätigung gehört, widmete sich der kleine Mann, wann und wo immer sich die Gelegenheit dazu ergab, in der Unschuld seines Herzens und völlig aus dem Stegreif unsern sämtlichen englischen Sport- und Leibesübungen, fest überzeugt davon, daß es nur von einem festen Entschluß abhänge, der nationalen Leichtathletik ebenso Herr zu werden, wie er sich der nationalen Gamaschen und des nationalen weißen Hutes bemächtigt hatte.
Ich war Zeuge gewesen, wie er seine Gliederchen blindlings bei der Fuchsjagd und auf dem Kricketfeld aufs Spiel setzte, und kurz darauf sah ich ihn, in gleicher Verblendung, sein Leben riskieren, und zwar im Meer bei Brighton.
Wir hatten uns zufällig dort getroffen, wir waren zusammen Baden gegangen; und falls es sich um eine spezielle, nur unserm Volk eigentümliche Leibesübung gehandelt hätte, wäre es selbstverständlich mein Erstes gewesen, ein Auge immer sorgfältig auf Pesca zu haben; aber da im allgemeinen Ausländer im Wasser genau so gut imstande sind, auf sich aufzupassen, wie Engländer, kam es mir

überhaupt nicht in den Sinn, daß es sich auch bei der Schwimmkunst wieder nur um eine der männlichen Leibesübungen mehr handeln könne, von denen der Professor glaubte, daß er sie gewissermaßen von selbst beherrsche. Als wir erst ein kurzes Stück vom Strand entfernt waren, hielt ich, als ich merkte, daß mein Bekannter mich nicht einholte, inne, und drehte mich um, um Ausschau nach ihm zu halten — wer beschreibt mein Entsetzen und meine Aufregung, als ich zwischen mir und dem Sandstrand nichts erblickte als 2 kleine weiße Ärmchen, die noch einen Moment über der Wasseroberfläche herumfuchtelten, und dann endgültig ganz verschwanden. Als ich nach ihm tauchte, fand ich den armen kleinen Mann ganz ruhig zusammengerollt in einer Delle auf dem kiesigen Meeresgrund liegen; wobei er noch um diverse Grade kleiner wirkte, als ich ihn je zuvor gesehen hatte. Während der paar Minuten, die verstrichen, während ich ihn näher strandwärts brachte, erholte er sich an der Luft bereits wieder etwas, und vermochte die Stufen zu den Badekabinen mit meiner Unterstützung selbst hinaufzusteigen. Aber mit der teilweisen Wiedererlangung der Lebensgeister kehrte auch schon die wundersame Illusion hinsichtlich Schwimmen bei ihm zurück; sobald er vor lauter Zähneklappern nur wieder reden konnte, lächelte er abwesend und bemerkte, er müsse wohl den Krampf bekommen haben.
Als er sich dann freilich endgültig erholt und wieder am Strande zu mir gesellt hatte, durchbrach sein warmes südliches Temperament augenblicklich alle angekünstelte englische Zurückhaltung. Er überschüttete mich mit den Ausdrücken stürmischster Zärtlichkeit — rief in seiner übertriebenen italienischen Art mit Leidenschaft aus, daß künftighin sein Leben zu meiner Verfügung stände — und erklärte sich feierlich dahin, wie er nicht eher wieder glücklich und zufrieden sein könnte, bis er nicht Gelegenheit gefunden, mir seine Dankbarkeit durch einen Gegendienst zu beweisen, so groß, daß auch ich mich meinerseits, bis an das Ende meiner Tage, seiner erfreuen könne.
Ich tat mein Bestes, dem Sturzbach von Tränen und Beteuerungen dadurch ein Ende zu machen, daß ich das ganze Abenteuer bagatellisierte und lediglich als Gegenstand eines guten Scherzes behandelte; und hatte auch, wie ich mir einbildete, zuletzt wenigstens den Erfolg, Pescas Gefühl einer übermäßigen Verpflichtung mir gegenüber etwas zu vermindern. Wenig kam es mir damals zu Sinn — und ebensowenig späterhin, als unser erfreulicher Ferienaufenthalt sei-

nem Ende zugegangen war – daß die Gelegenheit mir einen Dienst zu leisten, nach der mein dankbarer Gefährte so sehnsüchtig brannte, sich so bald ergeben, daß er sie derart eifrig ergreifen, dadurch den ganzen Lauf meines Lebens in neue Bahnen lenken, und mich selbst nahezu bis zur Unkenntlichkeit verändern würde.
Dennoch ist es so gekommen. Wenn ich nicht nach Professor Pesca getaucht wäre, als er unter Wasserdecken auf seinem kiesigen Bettchen lag, wäre ich aller menschlichen Voraussicht nach nie und nimmer mit den Ereignissen in Verbindung gekommen, von denen diese Seiten berichten werden; hätte nie und nimmer den Namen der Frau vernommen, die seitdem in all meinen Gedanken gelebt und gewebt hat, der seitdem alle meine Bemühungen gegolten haben, und die nach und nach das eine große Leitbild geworden ist, das nun Sinn und Zweck meines Lebens ausmacht.

III

Als wir uns an jenem Abend am Gartentor meiner Mutter gegenüberstanden, waren Pescas Gesichtsausdruck und Benehmen sogleich mehr als genug, mich zu informieren, daß irgendetwas außergewöhnliches vorgefallen sein mußte. Trotzdem war es völlig nutzlos, ihn um eine rasche Erklärung zu ersuchen; das einzige was ich, während er mich an beiden Händen hineinzog, aus ihm herausbekommen konnte, war, wie er – der meine diesbezügliche Gewohnheit kannte – zu unserm Landhäuschen hier herausgekommen wäre, um mich auf jeden Fall heut Abend noch zu sprechen, und daß die Neuigkeit, die er zu berichten habe, von ausgesprochen angenehmer Art sei.
So kamen wir recht wenig würdevoll und hochgradig überstürzt ins Wohnzimmer geplatzt, wo meine Mutter schon lachend und sich fächelnd am offenen Fenster saß. Pesca war einer ihrer besonderen Lieblinge und deshalb selbst seine ausgefallensten Bizarrerien in ihren Augen immer irgendwie verzeihlich. Ach, die Gute!; vom ersten Augenblick an, als sie erkannt hatte, daß der kleine Professor ihrem Sohn innig und in tiefer Dankbarkeit zugetan sei, öffnete sie ihm vorbehaltlos ihr ganzes Herz und akzeptierte ihn kurzerhand

mitsamt all seinen kuriosen ausländischen Eigentümlichkeiten, ohne sich lange damit aufzuhalten, erst die ein- oder andere davon begreifen zu wollen.
Meine Schwester Sarah, obwohl sie doch eigentlich den Vorteil der größeren Jugend hatte, reagierte seltsamerweise weit starrer. Sie ließ zwar Pescas trefflichem Charakter und goldenem Herzen alle Gerechtigkeit widerfahren; aber ihn, wie meine Mutter tat, um meinetwillen vorbehaltlos zu verbrauchen wie er war, vermochte sie einfach nicht. Ihre insularen Grundsätze bezüglich Schicklichkeit befanden sich in einer Art Dauerrevolte gegenüber Pescas angeborener Geringschätzung für gravitätische Würde; und sie war immer aufs neue unverhohlen erstaunt ob der Vertraulichkeit ihrer Mutter mit dem excentrischen kleinen Fremdling. Ich habe übrigens nicht nur im Fall meiner Schwester, sondern auch schon bei mehreren anderen Gelegenheiten die Beobachtung gemacht, daß wir, von der sogenannten Jüngeren Generation, nicht mehr entfernt so herzlich und aufgeschlossen reagieren, wie manche unserer Eltern. Immer wieder sehe ich ältere Leute angenehm erregt sein, ja erröten vor Freude, ob des bloßen Vorgeschmacks einer bevorstehenden kleinen Vergnüglichkeit, die die Seelenruhe ihrer abgeklärten Enkel überhaupt nicht mehr zu berühren vermag. Ich mache mir wirklich oft Gedanken darüber, ob die Jungen und Mädchen heutiger Tage genau so frisch und unverfälscht sind, wie es unsere Eltern zu ihrer Zeit waren? Hat der allgemeine Fortschritt vielleicht hinsichtlich Jugenderziehung einen etwas zu weiten Schritt getan und sind wir, die Modernen unserer Tage, vielleicht um ein entscheidendes Spürchen zu gut erzogen?
Ohne diese kaptiose Frage jetzt und hier entscheiden zu wollen, will ich wenigstens das zu Protokoll geben, daß ich, wenn Pesca anwesend war, nie meine Mutter und Schwester nebeneinander gesehen habe, und meine Mutter mir nicht als die, und zwar mit Abstand, jugendlichere von beiden Frauen erschienen wäre. Während zum Beispiel heute wieder die alte Dame herzlich über die jungenhafte Manier lachte, mit der wir ins Wohnzimmer getobt kamen, sammelte Sarah ihrerseits verstört die Scherben einer Teetasse vom Fußboden zusammen, die der Professor in seinem Feuer, mich am Tor in Empfang zu nehmen, vom Tisch gestoßen hatte.
»Also, wenn Du noch lange geblieben wärst, Walter,« sagte meine Mutter, »ich weiß nicht, was hier alles noch passiert wäre. Pesca ist

bereits halb toll vor Ungeduld; und ich, was mich anbelangt, vor Neugierde. Der Professor hat irgendeine wundersame Neuigkeit mitgebracht, die wie er behauptet, vor allem Dich angeht; und hat sich bis jetzt aufs grausamste geweigert, uns auch nur die kleinste Andeutung zu machen, ehe nicht sein Freund Walter erschienen wäre.«

»Wie ärgerlich; jetzt ist das Service nicht mehr komplett,« hörte ich Sarah, trübe trauernd über den Trümmern der Teetasse, vor sich hin murmeln.

Während diese Worte gesprochen wurden, zerrte Pesca lärmend (und in glücklicher Ahnungslosigkeit des unersetzlichen Schadens, der dem Geschirrvorrat des Hauses durch ihn widerfahren war) einen großen Armsessel an das fernste Ende des Zimmers, um uns alle Drei von dort aus, im Stil eines öffentlichen Redners, der sich an eine Hörerschaft wendet, zu haranguieren. Als er den Stuhl, mit der Lehne zu uns hin, glücklich aufgebaut hatte, sprang er mit den Knien darauf, und begann, sein kleines Auditorium von drei Mann, von seinem Stegreifkatheder her aufgeregt anzureden.

»Nun, meine Werten Lieben,« begann Pesca (der immer ›Werte Liebe‹ da sagte, wo er ›Teure Freunde‹ meinte), »hört mich an. Die Zeit ist da – ich verkünde meine gute Nachricht – ich spreche endlich!«

»Hört, hört,« sagte meine Mutter, die auf den Scherz einging.

»Oh, Mama, das nächste, was der kaputt macht,« flüsterte Sarah, »ist die Rückenlehne von unserm besten Sessel.«

»Ich greife tief zurück in meine eigene Vergangenheit, und wende mich vor allem an das edelste aller lebenden Wesen,« fuhr Pesca fort, indem er über den Oberteil der Sessellehne hinweg mit Hitze meine Wenigkeit apostrophierte: »Wer war es, der mich tot auf dem Grunde des Meeres fand? (Infolge Krampf). Wer beförderte mich wieder hinauf an seine Oberfläche? Und was war es, das ich beteuerte, nachdem ich wieder in mein Leben und meine eigenen Kleider zurückgekehrt war?!«

»Weit mehr, als nötig gewesen wäre,« erwiderte ich so störrisch wie möglich; denn bei diesem Gegenstand genügte die geringste Ermutigung meinerseits, und die Erregung des Professors machte sich sogleich Luft in einem Strom von Tränen.

»Ich beteuerte,« beharrte Pesca, »daß mein Leben nunmehr für den Rest meiner Tage meinem teuren Freunde Walter gehöre – und so ist es auch. Ich sagte, daß ich nicht eher wieder glücklich sein könnte, bis ich nicht Gelegenheit gefunden hätte, irgendetwas Gutes für Walter zu tun – und nie–nie–nie bin ich seitdem mit mir selbst zufrieden gewesen, bis auf den heutigen allergesegnetsten Tag. Nunmehr jedoch«, rief der enthusiastische kleine Mann, so laut er nur immer konnte, »nunmehr jedoch bricht überströmendes Glück mir aus jeglicher Pore meiner Haut, einer Transpiration vergleichbar; denn auf mein Wort, und meine Seele und meine Ehre, das erwähnte Irgendetwas-Gute ist endlich getan, und nun gibt es nur noch ein Wort zu sagen: right, right-allright!«

An diesem Punkt mag die Erklärung von Nutzen sein, daß Pesca sich nicht nur hinsichtlich Kleidung, Manieren und Freizeitgestaltung einbildete, ein perfekter Engländer zu sein, sondern vor allem auch, was die Sprache anbelangt. Er hatte zu diesem Zweck eine Handvoll unserer gängigsten Redewendungen aufgeschnappt, und verflocht sie seitdem in seine Unterhaltung, wann immer sie ihm nur einfielen; wobei er sie, ganz entzückt von ihrem bloßen Klang, und meist in Unkenntnis ihrer eigentlichen Bedeutung, in Wortschlangen und Gebilde eigener Erfindung verwandelte, und sie vor allem grundsätzlich in einem Zuge aussprach, wie wenn sie nur aus einer einzigen Silbe beständen.

»Unter den feinen Londoner Häusern, wo ich die Sprache meines Vaterlandes lehre,« sagte der Professor sich nunmehr ohne jedes weitere einleitende Wort kopfüber in seine so lange zurückgehaltene Erklärung stürzend, »ist eines besonders fein, und es steht auf dem weiten Platz, den man hierzulande Portland nennt. Sie wissen alle, wo das ist? Ja, ja – türlich-natürlich. Dies feine Haus, meine werten Lieben, birgt in seinem Innern auch eine feine Familie. Eine Mama, hübsch und dick; drei junge Fräulein, hübsch und dick; zwei junge Herren, hübsch und dick; und einen Papa, den hübschesten und dicksten von allen, und er ist ein gewaltiger Kaufmann und sitzt im Gold bis an die Nasenspitze – einst ein feiner Mann; doch in Anbetracht dessen, daß er einen nackten Kopf mit zwei Kinnen daran bekommen hat, in diesem Augenblick nicht länger fein zu nennen. Jetzt aufpassen, bitte! Ich lehre die jungen Damen den erhabenen Dante; und, oh! – Du meine Güte-meine-Güte-meine-Güte! – die menschliche Sprache hat kein Wort es auszudrükken, in welche Verwirrung der erhabene Dante die hübschen Köpfe von allen Dreien setzt! Nun, es tut nichts – alles zu seiner Zeit –

und je mehr Stunden, desto besser ja für mich. Jetzt aufpassen, bitte! Stellen Sie sich das Bild vor, wie ich auch heute wieder, wie gewöhnlich, die jungen Damen unterrichte: alle Vier wir, vereint zusammen, tief unten in Dantes HÖLLE. Im ›Siebenten Kreise‹ nebenbei bemerkt – aber sei's drum; sind ihnen doch letztlich sämtliche Kreise gleich, meinen drei jungen Damen, hübsch und dick – dennoch befinden wir uns nichtsdestoweniger im Siebenten Kreise, wo meine Schülerinnen festsitzen; ich meinerseits, um sie wieder in Gang zu bringen, rezitiere, erläutere und erhitze mich vor lauter unangebrachter Begeisterung förmlich bis zur Rotglut – da! Auf einmal ein Knarren von Stiefeln draußen im Korridor; und herein tritt der goldene Papa, der gewaltige Kaufmann mit dem nackten Kopf und den zwei Kinnen daran. – Ha, meine werten Lieben, ich bin schon weit-weit näher an dem entscheidenden Punkt, als Sie glauben, jetzt, in diesem Augenblick! Sind Sie mir so weit geduldig gefolgt? Oder haben Sie bereits zu sich selbst gesagt: ›Teufel noch eins und Teufel noch zwei: hat Pesca aber heut eine lange Leitung!‹?«
Wir erklärten, daß wir uns in größter Spannung befänden. Und der Professor fuhr fort:
»In seiner Hand hält der Goldene Papa einen Brief; und nach einer Entschuldigung, daß er uns, in unsern Infernalischen Regionen unten mit einer banalen sterblichen geschäftlichen Angelegenheit des Hauses zu stören kam, wendet er sich an seine drei jungen Damen und beginnt seine Rede, wie Ihr Engländer Alles was Ihr in dieser besten der Welten zu sagen habt, mit einem großen ›O‹. ›O, meine Lieben‹, sagt dieser gewaltige Kaufmann, ›hier habe ich einen Brief bekommen, von meinem Freund, Herrn-ä –‹ (der Name ist meinem Gedächtnis entfallen; aber sei's drum; wir kommen noch darauf zurück; jawohljawohl: right, right-all-right!). Also der Papa sagt: ›Hier hab' ich einen Brief bekommen, von meinem Freund, dem Herrn; und er bittet mich, ihm einen Zeichenlehrer zu empfehlen, der in seinem Haus, auf dem Lande, Unterricht erteilen kann.‹ Meine Güte, meine-Güte-meine-Güte! Als ich den Goldenen Papa diese Worte aussprechen höre – also ich hätte ihm die Arme um den Hals schlingen, und ihn an meinen Busen drücken mögen, in einer langen und dankbaren Umarmung, wenn ich nur groß genug gewesen wäre, um zu ihm hinauf zu reichen! Da das aber nicht sein kann, beginne ich lediglich auf meinem Stuhl zu hüpfen. Ich sitze

wie auf Dornen, und meine Seele steht in hellen Flammen; ich will reden, halte aber noch meine Zunge im Zaum, und lasse Papa fortfahren. ›Vielleicht wüßtet Ihr‹, sagt dieser treffliche Geldmann, und dreht dabei jenen Brief seines Freundes zwischen seinen goldenen Fingern und Daumen erst so und dann wieder so herum: ›Vielleicht wüßtet Ihr, meine Lieben, einen Zeichenlehrer, den ich empfehlen könnte?‹ Die drei jungen Damen sehen erst Alle einander an, und sagen dann (und das unvermeidliche große ›O‹ zu Anfang fehlt mit nichten): ›O, das nicht Papa. Aber Herr Pesca hier –.‹ Und nun, wo ich selbst erwähnt werde, vermag ich nicht länger an mich zu halten – der Gedanke an Euch, meine werten Lieben, steigt mir mitsamt dem Blut zu Kopf – ich schnelle hoch von meinem Stuhl, als wäre ein Stachel aus dem Boden emporgewachsen, und durch meinen Sitz hindurch – ich wende mich direkt an den gewaltigen Kaufmann, und spreche es aus, in echt englischen Wendungen: ›Verehrter Herr, ich weiß den Mann für Sie! Den ersten und besten aller Zeichenlehrer der Welt! Empfehlen Sie ihn postwendend noch heute Abend; und schicken Sie ihn ab, mit Sack und Pack (urenglische Wendung: Ha!) morgen Früh mit dem ersten Zug!‹ ›Sachte, sachte‹, sagt Papa, ›auch ein Ausländer, oder ein Brite?‹ ›Britisch bis zum Grat seines Rückens‹, entgegne ich. ›Respektabel?‹ fragt Papa. ›Sir‹ sage ich, (denn diese seine letzte Frage hat mich empört, und mich ihm auf ewig entfremdet): ›Sir! In der Brust dieses Briten brennt die unsterbliche Flamme des Genius; und, was noch mehr ist, schon sein Vater hatte den gleichen Brand!‹ ›Lassen wir‹, sagt dieser Goldene Barbar von einem Papa, ›lassen wir mal den Genius beiseite, Herr Pesca. Genius ist hierzulande unerwünscht, wenn er nicht von Respektabilität begleitet wird – dann allerdings ist er uns willkommen, ausgesprochen willkommen. Kann Ihr Freund irgendwelche Zeugnisse vorlegen? Etwa briefliche Empfehlungen, aus denen man seinen Charakter ersieht?‹ Ich schlenkere nur verächtlich mit der Hand. ›Briefe?‹ sage ich. ›Ha! Meine Güte, meine-Güte-meine-Güte; in der Tat, das will ich meinen! Ganze Bände von Briefen, und Mappen voll mit Zeugnissen, wenn Sie wollen!‹ ›Ein oder zwei genügen mir‹, sagt dieser Mann, pomadig und golden: ›Sagen Sie ihm doch, daß er sie mir, zusammen mit Namen und Adresse, mal herschickt. Und – stop, stop, Herr Pesca – ehe Sie zu Ihrem Freund aufbrechen, nehmen Sie doch lieber eine Note mit.‹ ›Bank-Note?!‹ rufe ich entrüstet: ›Nichts von Bank-Noten, bitte sehr; nicht ehe mein wackerer Brite sie sich ehrlich verdient hat!‹ ›Bank-Note?‹ sagt Papa, unverkennbar sehr überrascht: ›Wer hat von Bank-Note gesprochen? Ich meinte eine Note, ein kleines Memorandum, bezüglich der Bedingungen die ihn dort erwarten. Setzen Sie Ihre Lektion nur weiter fort, Herr Pesca; ich mache Ihnen unterdes den erforderlichen Auszug aus dem Brief meines Freundes.‹ Und hin setzt sich der Mann der Waren und des Geldes zu Feder, Tinte und Papier; während ich erneut frisch in Dantes HÖLLE hinab tauche, und meine drei jungen Damen hinter mir her. Binnen 10 Minuten ist die Notiz geschrieben, und Papas Stiefel knarren draußen im Korridor von dannen. Auf Ehre und Seele und Gewissen: von diesem Augenblick an weiß ich nichts mehr! Der gloriose Gedanke, daß ich endlich meine günstige Gelegenheit beim Schopfe ergriffen habe, und meinem besten Freund auf der Welt ein Liebesdienst bereits so gut wie erwiesen ist, steigt mir zu Kopf, und macht mich trunken. Wie ich meine jungen Damen und mich selbst aus unsern infernalischen Regionen wieder ans Licht des Tages befördere, wie ich meine anderweitigen beruflichen Verpflichtungen danach noch erfülle, wie mein bißchen Abendbrot sich selbst durch meine Gurgel hinunter befördert – ich weiß davon so wenig, wie der Mann im Mond. Genug für mich, daß ich mich hier befinde, das Schreiben des gewaltigen Kaufmanns in meiner Hand; ich, in Lebensgröße, feurig wie Höllenglut, und so glücklich, wie ein König! Ha, ha, ha!: Right-right-right-all-Right!«. Hier schwenkte der Professor den Brief mit den Bedingungen hoch über seinem Kopf; und schloß seinen langen und wortreichen Bericht mit der gewohnten italienisch-schrillen Verballhornung eines englischen ›Hurrah!‹.

Den Augenblick als er geendet hatte, erhob sich meine Mutter auch schon, mit leuchtenden Augen und geröteten Wangen. Mit Wärme nahm sie den kleinen Mann bei beiden Händen.

»Mein lieber, guter Pesca,« sagte sie, »ich habe zwar nie an der Aufrichtigkeit Ihrer Zuneigung zu Walter gezweifelt – aber jetzt bin ich mehr davon überzeugt, denn je!«

»Ja, ich bin überzeugt, wir sind Professor Pesca ungemein verpflichtet, um Walters willen,« fügte auch Sarah hinzu. Sie erhob sich halb, während sie sprach, wie um sich ihrerseits ebenfalls dem Sessel zu nähern; da sie jedoch sah, wie Pesca meiner Mutter hingerissen die Hände küßte, schaute sie erneut ernsthaft drein, und nahm wieder Platz. »Wenn der kleine Mann derart familiär mit meiner Mutter umgeht, was wird er dann erst mit *mir* anstellen?« Gesichter verraten ja manchmal die Wahrheit; und genau das war fraglos Sarahs Gedankengang, als sie sich wieder hinsetzte.

Obgleich auch ich dankbar anerkannte, wie gut Pesca es mit mir meinte, war ich doch nicht annähernd so erfreut, wie ich ob der sich hier öffnenden Aussicht auf künftige berufliche Betätigung eigentlich hätte sein müssen. Als der Professor mit der Hand meiner Mutter endgültig fertig war, und auch ich ihm wärmstens für seine Verwendung in meinem Interesse gedankt hatte, bat ich, mir nun auch den Brief mit den Bedingungen ansehen zu dürfen, den sein Geschäftsgewaltiger zu meiner Information entworfen hatte.

Mit einem triumphierenden Schwung der Hand händigte Pesca mir das Schriftstück aus.

»Lesen Sie!« sagte der kleine Mann majestätisch. »Ich verspreche Ihnen, mein Freund, das Schreiben des goldnen Papas wird für sich selbst reden, und zwar mit Trompetenstimme.«

Das Schriftstück war einfach gehalten, ohne Umschweife, und auf jeden Fall zumindest klar verständlich. Ich erfuhr daraus,

1. daß Herr Frederick Fairlie, Hochwohlgeboren, von Limmeridge-Haus, Cumberland, sich der Dienste eines guten, fachmännisch ausgebildeten Zeichenlehrers zu versichern wünsche, und zwar auf die Dauer von mindestens vier Monaten;
2. daß die von dem betreffenden Lehrer zu erfüllenden Obliegenheiten von zweifacher Art wären. Einmal Anleitung und Unterricht zweier junger Damen in der Kunst, mit Wasserfarben zu malen (also Aquarellieren); anschließend müsse er einen Teil seiner Stunden der Aufgabe widmen, eine wertvolle Sammlung von Handzeichnungen, die man leider vernachlässigt und völlig verfallen lassen habe, sorgfältig zu restaurieren und aufzuziehen;
3. daß das Gehalt der Person, die besagte Obliegenheiten zu übernehmen und angemessen auszuführen sich verpflichte, 4 Guineas pro Woche betragen werden; daß der Betreffende in Limmeridge-Haus essen und wohnen und dort als Gentleman behandelt werden würde.
4. und letztens: daß Niemand sich erst um diesen Posten zu bewerben brauche, der nicht die untadeligsten Referenzen hinsichtlich

Lebenswandel und beruflicher Fähigkeiten vorzulegen imstande sei. Die betreffenden Unterlagen seien Herrn Fairlies Freund in London einzuschicken, der Vollmacht habe, über alle notwendigen Einzelheiten abzuschließen.

Was dann noch folgte, war nicht viel mehr, als Name und Anschrift von Pescas Brotherrn in Portland Place – und damit war das Schreiben, beziehungsweise Memorandum, zu Ende.

Die Aussichten, die dies Stellenangebot eröffnete, waren zweifellos anziehend genug. Die Arbeit schien sowohl leicht als auch angenehm; der Vorschlag kam mir im Herbst des Jahres, wo ich am wenigsten zu tun hatte; und die Bedingungen waren, meiner persönlichen Erfahrung im Beruf nach, erstaunlich großzügig. Ich wußte das wohl; wußte, daß ich mich ausgesprochen glücklich zu schätzen hätte, falls es mir gelänge, mir die offene Stelle zu sichern – und dennoch, ich hatte das Schreiben kaum recht gelesen und verarbeitet, als ich auch schon spürte, wie sich in meinem Innern der unerklärlichste Widerstand regte, etwas in der Angelegenheit zu unternehmen. Noch nie in meiner ganzen bisherigen Erfahrung war es mir begegnet, daß Pflicht und Neigung derart peinlich und irrational miteinander im Zwiespalt lagen, wie es mir diesmal widerfuhr.

»Oh, Walter, so eine Chance hat dein Vater in seinem ganzen Leben nicht gehabt!« sagte meine Mutter, nachdem sie die Bedingungen gelesen und mir den Brief wieder ausgehändigt hatte.

»Allein die Bekanntschaft mit so einflußreichen Leuten,« bemerkte Sarah und richtete sich gerader in ihrem Stuhl auf; »und vor allem die wohltuende Behandlung auf gleichem Fuße!«

»Ja, ja; alles recht, die Bedingungen sind verführerisch genug«, antwortete ich ungeduldig. »Aber ehe ich meine Zeugnisse einreiche, möchte ich ganz gern ein bißchen Zeit zum Überlegen haben –«

»Überlegen?!« rief meine Mutter aus. »Aber Walter, was ist denn mit dir los?«

»Überlegen!« echote meine Schwester. »Was für ein merkwürdiger Ausdruck, bei den Bedingungen!«

»Überlegen!« stimmte nun auch Pesca mit ein. »Was gibt es hier noch zu überlegen? Beantworten Sie mir das! Haben Sie nicht letzthin über Ihre Gesundheit geklagt, und sich ausdrücklich nach dem gesehnt, was Sie einen Hauch reiner Landluft nannten? Also!: Dort in Ihrer Hand halten Sie das Papier, das Ihnen knüppeldick, pausenlos, haufenweis', vier Monate lang Landluft nach Herzenslust garantiert: Also! Sind 4 goldne Guineas pro Woche etwa nichts? Meine Güte, meine-Güte-meine-Güte! Wenn *ich* das nur hätte — meine Stiefel sollten knarren, wie die des goldenen Papas, im Vollgefühl des überwältigenden Reichtums des Mannes, der in ihnen einherschreitet! 4 Guineas die Woche; ja, mehr als das: die Gesellschaft zweier reizender junger Damen! Ja, mehr als das: Bett, Frühstück, Dinner, alle Eure pompösen englischen Tees, Imbisse, hochschäumende Biergläser, alles-alles frei — Walter, mein Liebster, bester Freund — Teufel-noch-eins, Teufel-noch-zwei! — zum ersten Mal in meinem Leben habe ich nicht Augen genug im Kopf, Sie anzustarren und mich über Sie zu wundern!«

Aber weder meiner Mutter ungekünsteltes Erstaunen ob meines Gebarens, noch Pescas hitzige Herzählung sämtlicher mit der neuen Stelle verbundenen Vorteile vermochten irgend eine Verminderung meiner verstandesmäßig nicht zu begründenden Abneigung, nach Limmeridge-Haus zu gehen, zu bewirken. Nachdem ich erst einmal alle kleineren Einwände, die mir einfielen, hergezählt hatte, warum ich nicht nach Cumberland gehen könnte; und sie mir, einer nach dem andern, zu meinem eigenen nicht geringen Mißvergnügen widerlegt worden waren, versuchte ich, ein letztes echtes Hindernis aufzurichten, indem ich zu bedenken gab: was denn aus meinen anderen Londoner Schülern werden solle, in der Zeit, wo ich Herrn Fairlies junge Damen anlernen würde, nach der Natur zu zeichnen? Die Antwort war schlicht die, daß der größere Teil von ihnen sich ja ebenfalls in Ferien und auf Reisen befinden würde; und die paar, die wirklich daheim geblieben wären, könnte ich wahrlich der Betreuung eines meiner Kollegen anvertrauen, dem ich bei ähnlicher Gelegenheit einmal den gleichen Dienst erwiesen hatte. Meine Schwester erinnerte mich noch daran, daß der betreffende Herr sich gerade für die laufende Saison ausdrücklich in diesem Sinne zu meiner Verfügung gestellt hätte, im Falle ich die Stadt verlassen wollte; meine Mutter redete mir ernstlich ins Gewissen, meine Gesundheit und meine ureigensten Interessen doch nicht einer müßigen Laune aufzuopfern; und Pesca beschwor mich aufs erbarmungswürdigste, ihn doch nicht dadurch bis ins Herz zu verwunden, daß ich, wo sich ihm jetzt zum ersten Mal eine kleine Möglichkeit zeigte, mir, dem Freund, der ihm das Leben gerettet hätte, einen Dankesdienst zu erweisen, diesen einfach schnöde von mir wiese.

Die nicht wegzuleugnende Richtigkeit und Zuneigung, die aus allen diesen Vorstellungen sprach, würde wohl auf jeglichen Menschen, der noch ein Atom ehrlichen Gefühls in seiner Seele zurückbehalten hatte, nicht ohne Wirkung geblieben sein. Obschon ich zwar meiner eigenen, wunderlichen Verdrehtheit nicht Herr zu werden vermochte, war ich am Ende doch verständig genug, mich ihrer wenigstens herzlich zu schämen, und der Diskussion dadurch ein erquickliches Ende zu bereiten, daß ich nachgab, und alles zu unternehmen versprach, was man von mir verlangte.
Der Rest des Abends verging dann noch heiter genug, in humorvollen Schilderungen des mir bevorstehenden Lebens mit jenen zwei jungen cumberländischen Damen. Pesca, höchlich befeuert von unserem nationalen Grog – der, keine 5 Minuten nachdem er seine Kehle passiert hatte, ihm auch schon aufs wundersamste zu Kopfe zu steigen schien – verfocht seinen Anspruch, als vollgültiger Engländer zu gelten, vermittelst einer ganzen Serie von Ansprachen, in immer rascherer Reihenfolge; wobei er erst die Gesundheit meiner Mutter, dann die meiner Schwester, dann die meinige, und endlich, en bloc, die jenes unbekannten Herrn Fairlie und seiner zwei jungen Damen ausbrachte; worauf er sofort anschließend, im Namen aller Anwesenden, sich selbst pathetischen Dank aussprach. »Unter uns, Walter«, sagte mein kleiner Freund vertraulich, als wir dann zusammen heimgingen, »ich bin ganz außer mir, wenn ich mir meine heutige eigene Beredsamkeit so vergegenwärtige. Meine Brust schwillt vor Ehrgeiz. Eines schönen Tages ziehe ich noch in euer nobles Parlament ein – es ist der Traum meines Lebens, der Sehr Ehrenwerte Herr Pesca, M.d.P., zu werden!«
Am nächsten Morgen schickte ich meine Referenzen nach Portland Place, an den Brotherrn des Professors. Drei Tage gingen hin, und ich sagte mir schon, mit geheimer Befriedigung, daß man meine Unterlagen als nicht hinreichend befunden hätte. Am vierten Tage jedoch erhielt ich eine Antwort. Sie bestand darin, daß Herr Fairlie meine Dienste annahm, und mich ersuchte, unverzüglich nach Cumberland aufzubrechen. Ein Postscriptum enthielt ausführlich und sehr klar, alle Instruktionen, die zu meiner Reise notwendig waren.
Ich traf also, obschon widerwillig genug, meine Vorbereitungen, London am nächsten Tag, in aller Frühe, zu verlassen. Gegen Abend schaute Pesca, auf dem Wege zu einer Abendgesellschaft, noch einmal bei mir herein, um mir Lebewohl zu sagen.

»Meine Tränen während Ihrer Abwesenheit«, sagte der Professor lustig, »werde ich mit der grandiosen Vorstellung zu stillen versuchen: daß es diese meine glückverheißende Hand gewesen ist, die den ersten Anstoß zu Ihrem Vorkommen in der Großen Welt gegeben hat. Reisen Sie, mein Freund. Und wenn Ihnen in Cumberland die Sonne lacht – ein englisches Sprichwort! – machen Sie, in des Himmels Namen, Ihr Heu. Heiraten Sie eine jener beiden jungen Damen; werden Sie der Sehr Ehrenwerte Herr Hartright, Mitglied des Parlaments; und dann, wenn Sie auf der obersten Stufe der Leiter stehen, erinnern Sie sich zuweilen daran, daß Pesca, unten am Fuße der Leiter, der eigentliche Urheber von Allem gewesen ist!«

Ich mühte mich, mit meinem kleinen Freund zusammen über seinen Abschiedsscherz zu lachen; aber ich vermochte meiner Gefühle nicht Meister zu werden – während er leichthin seine Abschiedsworte sprach, schnarrte irgendeine Saite mißtönend in meinem Innern.

Als ich dann wieder allein war, blieb mir eigentlich nichts weiter mehr zu tun, als noch einmal zu dem Häuschen in Hampstead hinaus zu pilgern, und meiner Mutter und Sarah ›Auf Wiedersehen‹ zu sagen.

IV

Den ganzen Tag über war die Hitze buchstäblich eine Qual gewesen, und die Nacht jetzt schwül und drückend.

Meine Mutter und Schwester hatten so viele Letzte Worte gesprochen, und mich so oft gebeten, doch noch fünf Minuten zu bleiben, daß es nicht mehr weit von Mitternacht war, als das Dienstmädchen endgültig das Gartentor hinter mir zuschloß. Ich tat ein paar Schritte auf dem Weg, der der kürzeste nach London zurück war; hielt dann inne und zögerte.

Der Mond stand rund und groß an einem dunkelblauen sternenlosen Himmel, und die rauhen Haideflächen wirkten in seinem geheimnisvollen Licht derart wild und öde, als läge die große Stadt wohl hundert Meilen weit entfernt in ihren Niederungen. Die bloße Vorstellung, eher als unbedingt notwendig wieder in die Dusternis und Treibhausluft Londons hinabsteigen zu müssen, widerte mich an. Die Aussicht, in der stagnierenden Luft meiner Kammer zu Bett zu gehen, schien mir in meiner augenblicklichen ruhelosen Stimmung von Körper und Gemüt identisch mit der Aussicht auf langsamen Erstickungstod. Ich beschloß deshalb, mich in reinerer Luft, langsam und auf dem größtmöglichen Umweg nach Hause zu verfügen; erst den weißen geschlängelten Sandpfaden hier über die einsame Haide zu folgen; mich dann London durch die am lockersten besiedelte seiner Vorstädte zu nähern, also auf der Finchley Road; und dergestalt, in der Frische und Kühle des neuen Morgens, an der Westseite des Regent Parkes anzukommen.

Gemächlich verfolgte ich also meinen Weg über die Haide; genoß die unirdische Stille der Landschaft, und bewunderte das sanfte Gemisch von Lichtern und Schatten, wie zu beiden Seiten von mir eins das andere auf dem unebenen Grunde aufs zierlichste ablöste. Solange ich mich auf diesem ersten und hübschesten Teil meines nächtlichen Spazierganges befand, stand mein Gemüt gewissermaßen passiv all den bildhaften Eindrücken geöffnet, und ich dachte kaum an ein bestimmtes Thema – ja, mehr noch, wenn ich mein eigenes Gefühl befrage und ehrlich sein will: ich dachte eigentlich überhaupt nicht.

Aber als ich die Haiden hinter mir gelassen hatte, und in einen Weg eingebogen war, wo es weniger zu sehen gab, zogen die Fantasiebilder, die der mir nahe bevorstehende Wechsel in Lebensgewohnheiten und Betätigung natürlicherweise erzeugte, meine Aufmerksamkeit immer ausschließlicher auf sich allein. Zu der Zeit, als ich am Ende dieses Weges anlangte, war ich bereits ganz in wunderliche Fantasiegebilde von Limmeridge-Haus vertieft, von Herrn Fairlie und den beiden Damen, deren Übungen in der Kunst zu aquarellieren ich nun so bald zu beaufsichtigen haben würde.

Ich war nunmehr an dem speziellen Punkt meines Spazierganges angelangt, wo sich 4 Landstraßen treffen – die nach Hampstead, auf der ich gekommen war; die Straße nach Finchley; die nach West End; und endlich die, die zurück nach London führt. Ich hatte bereits automatisch die Richtung dieser letzteren eingeschlagen, und schlenderte weiter die ganz einsame Landstraße entlang – ich entsinne mich, daß ich gerade müßigerweise dabei war, mir auszumalen, wie jene beiden jungen cumberländischen Damen wohl aussehen möchten – als, binnen dem Bruchteil einer Sekunde, jeglicher Blutstropfen in meinem Körper erstarrte, unter der Berührung einer Hand, die sich mir urplötzlich und ganz leicht von hinten auf die Schulter legte.

Ich fuhr sogleich herum, während meine Finger sich um den Griff meines Spazierstocks krampften. Dort, mitten auf der breiten mondhellen Landstraße – dort, wie wenn sie im selben Augenblick aus der Erde emporgeschossen oder vom Himmel herunter gefallen wäre – stand die Gestalt einer einzelnen Frau, von Kopf bis Fuß in weiße Gewänder gekleidet, ihr Gesicht in ernster Frage mir zugeneigt, mit einer Hand, die auf das dunkle, London überlagernde Gewölk hinzeigte, während ich sie meinerseits nur anstarren konnte.

Ich war viel zu ernstlich erschrocken ob der Plötzlichkeit, mit der diese außerordentliche Erscheinung, mitten in der Totenstille der Nacht und an einem so einsamen Ort, vor mir aufgetaucht war, um fragen zu können, was sie von mir wolle. Das seltsame Frauenwesen sprach zuerst.

»Ist das hier die Straße nach London?« sagte sie.

Ich betrachtete sie aufs aufmerksamste, während sie diese merkwürdige Frage an mich richtete. Es war jetzt kurz vor 1 Uhr. Alles, was ich beim Schein des Mondes zu unterscheiden vermochte, war ein farbloses jugendliches Antlitz, mager anzuschauen und zumal um Backenknochen und Kinn scharf geschnitten; große, ernste, schier sehnsüchtig aufmerksame Augen; ein nervöser, unsicherer Mund; auffällig feines Haar von blaß braungelber Farbe. Keinerlei Verwilderung oder Unverschämtheit in ihrem Auftreten: es war vollkommen ruhig und selbstbeherrscht, ein bißchen Schwermut mit einem kleinen Schuß Argwohn; nicht direkt das Benehmen einer großen Dame, und gleichzeitig doch auch wieder nicht das Benehmen einer Frau aus den untersten Volksschichten. Im Klang der Stimme, wenig wie ich bis jetzt davon gehört hatte, schien etwas merkwürdig verhaltenes und mechanisches zu liegen, obwohl sie ganz auffällig schnell gesprochen hatte. In der Hand trug sie einen kleinen Pompadour; und ihre Kleidung – alles in Weiß übrigens, Hut, Schal, Gewand – bestand, soweit ich im Augenblick ausmachen konnte, sicher nicht aus sehr feinen oder übermäßig kostbaren Stoffen. Ihre Gestalt war sehr schlank und unverkennbar über Mittelgröße; ihre Haltung und Gebärdung frei von auch der geringsten Spur irgend einer Auffälligkeit. Das war Alles, was ich bei dem unsicheren Licht und unter den überaus befremdlichen Umständen unseres Zusammentreffens von ihr erkennen konnte. Was für eine Art Frau sie sein, und wie sie dazu kommen mochte, eine

Stunde hinter Mitternacht allein auf einer öden Landstraße zu stehen, das zu erraten überstieg meine Verstandeskräfte. Das einzige, dessen ich mich sicher deuchte, war, daß trotz der verdächtig späten Stunde und des verdächtig einsamen Ortes, selbst das grobschlächtigste Menschenkind ihre Anrede nicht hätte mißdeuten können.

»Haben Sie mich verstanden?« fragte sie, immer ganz ruhig, und, obwohl mit rapider Aussprache, doch ohne jedwede Gereiztheit oder Ungeduld. »Ich bat Sie um Auskunft, ob dies der Weg nach London sei.«

»Ja,« entgegnete ich; »das ist der richtige Weg: er führt über St. Johns Wood und Regents Park. – Entschuldigen Sie, daß ich Ihnen nicht schon eher geantwortet habe. Aber ich war etwas erschrocken, als Sie so unversehens auf der Straße auftauchten; und, offen gestanden, kann ich es mir selbst jetzt noch nicht ganz erklären.«

»Sie haben mich nicht im Verdacht, daß ich irgendwie Böses getan hätte, nein? Ich habe bestimmt nichts Böses getan. Ich habe lediglich einen Unfall – ich bin selbst sehr unglücklich darüber, daß ich allein und so spät hier stehen muß. Warum haben Sie mich im Verdacht, daß ich Böses getan haben könnte?«

Sie sprach mit unangebrachtem Ernst und aufgeregt, und wich diverse Schritte von mir zurück. Ich tat mein Bestes, sie wieder zu beruhigen.

»Bitte, glauben Sie nicht, daß ich dem geringsten Gedanken an einen Verdacht gegen Sie Raum gäbe«, sagte ich, »oder irgend einen anderen Wunsch hegte, als den, Ihnen nach Kräften behilflich zu sein. Ich habe mich doch nur über Ihr plötzliches Erscheinen auf der Straße hier gewundert; einer Straße, die mir den Augenblick zuvor noch gänzlich leer schien.«

Sie drehte sich kurz um, und wies auf einen Fleck nahe der Stelle, wo die Straße nach London und die nach Hampstead ineinander mündeten und sich eine Lücke in der Hecke befand.

»Ich hab' Sie kommen hören,« sagte sie, »und mich dort versteckt; um, ehe ich Sie anredete, zu sehen, was für eine Art Mensch Sie wären. Ich scheute mich und zögerte, bis Sie vorüber waren; und dann blieb mir ja weiter nichts, als mich hinter Ihnen her zu stehlen, und Sie anzurühren.«

Hinter mir her zu stehlen und mich anzurühren. Warum nicht

einfach rufen? Merkwürdig; um mich ganz vorsichtig auszudrücken.

»Darf ich Ihnen vertrauen?« fragte sie. »Sie denken deswegen nicht schlechter von mir, weil ich einen Unfall gehabt habe?« Verwirrt hielt sie inne; nahm ihren Pompadour aus der einen Hand in die andere; und seufzte bitterlich.

Die Verlassenheit und Hilflosigkeit dieser Frau berührten mich tief. Der natürliche Trieb, ihr zu helfen und sie mit Nachsicht zu behandeln, gewann bei mir die Oberhand über Besonnenheit, Vorsicht und weltliche Bedenklichkeiten, wie sie einem älteren, weiseren und ergo kälteren Manne vielleicht bei einem ähnlich befremdlichen Vorkommnis zu Gebote gestanden hätten.

»Soweit es sich um nichts Ungesetzliches handelt,« sagte ich, »können Sie mir voll vertrauen. Falls es Ihnen peinlich sein sollte, mir Ihre seltsame Lage des breiten zu erläutern, lassen Sie das Thema getrost fallen. Ich habe kein Recht, Sie um großartige Erklärungen zu ersuchen. Sagen Sie mir lediglich, inwiefern ich Ihnen nützlich sein kann; und ich werde es nach Kräften sein.«

»Sie sind sehr freundlich; und ich sehr-sehr dankbar, gerade Sie getroffen zu haben.« Die erste Spur weiblichen Empfindens, die ich von ihr vernommen hatte, schwang jetzt in ihrer Stimme, als sie die Worte aussprach; aber nichts einer Träne ähnliches glitzerte in diesen großen, sehnsüchtig aufmerksamen Augen, die immer noch unverwandt auf mich gerichtet waren. »Ich bin vordem lediglich ein Mal in London gewesen,« fuhr sie fort, immer rascher und rascher, »und speziell über diese Gegend hier, weiß ich gar nichts. Meinen Sie, daß ich eine Droschke, oder sonst irgend einen Wagen bekommen könnte? Oder ist das zu spät? Ich hab' keine Ahnung. Wenn Sie mir zeigen könnten, wo ich eine Droschke bekommen kann – und mir versprechen würden, sich nicht weiter um mich zu bekümmern, und mich sofort allein zu lassen, wann und wo ich will – ich weiß eine Bekannte in London, die mich mit Freuden aufnehmen wird – weiter will ich nichts – versprechen Sie mir das?«

Ihr Blick glitt angstvoll die Straße auf und nieder, und der Pompadour wanderte wiederum aus einer Hand in die andere; die Worte »Versprechen Sie mir das?« wurden wiederholt; und sie sah mir dazu ins Gesicht, mit einem Ausdruck von bettelnder Furcht und Verwirrung, daß es mich fast überwältigte.

Was sollte ich machen? Hier war ein Fremdling, der sich mir auf Gedeih und Verderb anvertraute – und nicht nur ein Fremdling, sondern eine hülflose Frau. Kein Haus in der Nähe; kein Passant, mit dem ich mich hätte beraten können; und keinerlei Spur auch nur des Scheines eines Rechts meinerseits, das ich über sie hätte ausüben können, selbst wenn ich eine Ahnung gehabt hätte, wie mich seiner zu bedienen. Ich schreibe diese Zeilen nieder, erfüllt von tiefem Selbst-Mißtrauen; auf einem Papier, das ob des Wissens um das, was erfolgte, zu ergrauen scheint – und trotzdem muß ich fragen: Was hätte ich machen sollen?!

Was ich damals tat, war, Zeit und Besonnenheit zu gewinnen, indem ich sie weiter befragte:

»Wissen Sie auch bestimmt, daß Ihre Londoner Bekannte Sie zu so später Stunde noch aufnehmen wird?« fragte ich.

»Ja, ganz bestimmt. Versprechen Sie mir nur, daß Sie mich sofort allein lassen, wann und wo ich will – versprechen Sie mir, daß Sie sich nicht weiter um mich bekümmern werden. Versprechen Sie mir das?«

Während sie die gleichen Worte nunmehr zum dritten Mal wiederholte, kam sie ganz dicht heran, und legte mir unversehens, mit einer sanften, verstohlenen Heimlichkeit die Hand auf die Brust – eine dünne Hand; und eine kalte Hand, selbst in dieser schwülen Nacht (ich merkte es, als ich sie mit der meinen fortnahm). (Und man behalte zusätzlich immer im Auge, daß ich jung war; und die Hand, die mich anrührte, eine Frauenhand.)

»Versprechen Sie mir das?«

»Ja.«

Ein Wort! Jenes kleinste, allergebräuchlichste Wort, das Jedermann im Munde führt, jeglichen Tag, zu jeder Stunde. Oh weh!; und jetzt, wo ich es niederschreibe, erfaßt mich ein Zittern.

Wir richteten also die Gesichter London-wärts, und schritten einträchtig fürbaß, in der ersten stillen Stunde des neuen Tages – ich und diese Frau, deren Name, Stand, Geschichte, Lebenszweck, ja, deren bloße Anwesenheit zu meiner Seite, in diesem Augenblick, für mich unauslotbare Geheimnisse waren. Es war wie im Traum. War ich Walter Hartright? War das die wohlbekannte nüchterne Landstraße, auf der die Leute in ihrer Freizeit die Sonntagsspaziergänge machten? Hatte ich tatsächlich erst vor wenig mehr denn einer Stunde die ruhige, korrekte, gutbürgerliche Atmosfäre des mütterlichen Landhäuschens verlassen? Ich war allzu benommen – mir auch des schattenhaften Gefühls, daß ich selbst irgendwie zu tadeln sei, undeutlich bewußt – als daß ich meine seltsame Begleiterin während der ersten Minuten hätte anreden können. Wiederum war es ihre Stimme, die das Schweigen zwischen uns zuerst brach.

»Ich möchte Sie etwas fragen,« sagte sie plötzlich: »Kennen Sie viele Leute in London?«

»Ja; sehr viele.«

»Viele Männer von Rang und Namen?« Ein nicht zu überhörender Klang des Argwohns lag in der befremdlichen Erkundigung. Ich zögerte etwas mit meiner Antwort.

»Einige ja –« sagte ich nach einer momentanen Pause.

»Viele?« – sie blieb wie angewurzelt stehen, und blickte mir dringlich forschend ins Gesicht – »Viele Männer im Baronsrange?«

Zu erstaunt, um zu antworten, erkundigte ich mich jetzt meinerseits.

»Warum wollen Sie das wissen?«

»Weil ich, in meinem eigensten Interesse, hoffe, daß es einen Baron gibt, den Sie nicht kennen.«

»Wollen Sie mir seinen Namen nennen?«

»Ich kann nicht – ich trau' mich nicht – ich vergesse mich selbst, wenn ich ihn ausspreche!« Sie hatte laut und schier mit Wildheit gesprochen, auch die geballte Faust hoch in die Luft gehoben, und leidenschaftlich geschüttelt; dann, ohne jedweden Übergang, schien sie ihre Selbstbeherrschung wieder zu gewinnen, und fügte, mit einer Stimme, die zum Wispern herabgesunken war, hinzu: »Sagen Sie mir lieber, welche von ihnen *Sie* kennen.«

Ich sah keinen Grund zur Weigerung, ihr in einer solchen Kleinigkeit zu Willen zu sein, und zählte ihr die drei Namen her. Zwei davon waren Familienväter, deren Töchter ich unterrichtete; der Dritte ein Junggeselle, der mich einmal zu einer längeren Fahrt auf seiner Yacht mitgenommen hatte, um in seinem Auftrag Skizzen zu machen.

»Ah! Sie kennen ihn also *nicht*,« sagte sie mit einem Seufzer der Erleichterung. »Sind Sie selbst etwa ein Mann von Rang und Namen?«

»Weit gefehlt. Ich bin nichts als ein einfacher Zeichenlehrer.«

Noch während ich diese Auskunft gab – ein klein bißchen bitter,

vielleicht — nahm sie auch schon meinen Arm, mit der Fahrigkeit, die alle ihre Bewegungen charakterisierte.
»Kein Mann von Rang und Namen,« wiederholte sie es sich selbst: »Gott sei Dank! *Dem* kann ich trauen.«
Bis dahin hatte ich aus Rücksicht auf meine Begleiterin immer noch vermocht, meine Neugier in Schranken zu halten; aber nun gewann sie doch einmal die Oberhand.
»Ich nehme an, Sie haben gewichtige Gründe, sich über einen Mann von Rang und Namen zu beklagen?« fragte ich. »Ich fürchte, jener Baron, dessen Namen Sie mir gegenüber nicht über die Lippen bringen wollen, hat Ihnen irgend ein empfindliches Unrecht angetan? Ist er die Ursache, daß Sie sich zu dieser Nachtzeit hier im Freien befinden?«
»Fragen Sie mich nicht; versuchen Sie nicht, mich, was das anbelangt, zum Sprechen zu bringen,« antwortete sie. »Ich bin im Augenblick nicht dazu im Stande. Mir ist aufs grausamste Unrecht geschehen, und die grausamste Behandlung zuteil geworden. Krönen Sie Ihre bisherige Güte dadurch, daß Sie möglichst rasch ausschreiten, und gar nicht mit mir sprechen. Ich muß, wenn irgend möglich, mich zu beruhigen versuchen, und zwar ganz dringend.«
Wir schritten also erneut und rascher aus; und, wohl mindestens eine halbe Stunde lang, erfolgte von keiner Seite ein Wort. Da mir untersagt worden war, weitere Fragen zu stellen, richtete ich von Zeit zu Zeit verstohlen einen Seitenblick auf ihr Gesicht — es war immer das nämliche: die Lippen fest geschlossen, die Stirn leicht gerunzelt, die Augen schauten strack nach vorn, einerseits eifrig, andrerseits wiederum wie abwesend. Wir hatten allmählich die ersten Häuser erreicht, und waren dicht beim neuen Wesley College, und nun erst begannen ihre Züge sich einigermaßen zu entspannen, und sie hob neuerlich an, zu sprechen.
»Wohnen Sie in London?« fragte sie.
»Ja.« Noch während ich sprach, durchzuckte mich der Gedanke, daß sie möglicherweise auf den Einfall geraten sei, sich des weiteren um Hülfe oder Beratung an mich zu wenden, und daß ich gut daran täte, sie von meiner dicht bevorstehenden Abreise zu unterrichten, um ihr etwaige Enttäuschungen zu ersparen. Also setzte ich noch hinzu: »Allerdings werde ich morgen schon London für einige Zeit verlassen. Ich muß eine Reise in die Provinz tun, aufs Land.«

»Norden – nach Cumberland.«
»Cumberland!« sie wiederholte das Wort mit unverkennbarer Zärtlichkeit. »Ach, ich wollte, ich wäre ebenfalls dahin unterwegs. Ich war einmal sehr glücklich in Cumberland.«
Erneut versuchte ich, einen Zipfel des Schleiers zu lüften, der zwischen mir und dieser Frau hing.
»Sind Sie etwa in dem Land der schönen Seen geboren?« fragte ich.
»Nein,« erwiderte sie, »geboren bin ich in Hampshire. Aber in Cumberland bin ich einmal für kürzere Zeit in die Schule gegangen. – Seen? An irgendwelche Seen kann ich mich nicht erinnern. Nein, was ich wiedersehen möchte ist das Dorf Limmeridge, und Limmeridge-Haus.«
Jetzt war die Reihe an mir, wie angewurzelt stehen zu bleiben. Bei dem ohnehin aufgeregten Zustand meiner Fantasie und Neugier, machte mich die beiläufige Erwähnung von Herrn Fairlies Wohnsitz aus dem Munde meiner seltsamen Begleiterin fast straucheln vor Bestürzung.
»Haben Sie etwa Jemanden hinter uns rufen hören?!« fragte sie, in dem Augenblick, wo sie mich derart stutzen sah, und ließ den Blick entsetzt die Straße auf und nieder irren.
»Nein, nicht doch. Ich war lediglich frappiert ob des Namens ›Limmeridge-Haus‹. Ich hab' ihn erst vor ein paar Tagen von Bekannten aus Cumberland nennen hören.«
»Ach, nicht von *meinen* Bekannten. Madame Fairlie ist tot; und ihr Gatte ist tot; und selbst ihr kleines Mädchen dürfte schon längst verheiratet und fortgezogen sein. Ich weiß nicht, wer zur Stunde in Limmeridge wohnen mag. Ich kann nur sagen: falls noch jemand des Namens dort übrig sein sollte, ist er mir um Madame Fairlies willen teuer.«
Es schien, als stünde sie im Begriff noch mehr zu sagen; aber schon während ihrer letzten Worte war der Schlagbaum am Eingang von Avenue Road in Sicht gekommen. Ihre Hand schloß sich sogleich fester um meinen Arm, und ihr Blick irrte ängstlich über das Hindernis vor uns.
»Hält der Schlagbaumwächter Ausschau?« fragte sie.
Nein, er hielt keine Ausschau; nichts und niemand war in Sicht, während wir den Durchgang passierten. Der Anblick der Gaslaternen und der Häuser schien sie aufzuregen und ungeduldig zu machen.

»Wir sind in London,« sagte sie. »Könnten Sie irgendeinen Wagen sehen, den ich bekommen könnte? Ich bin müde und etwas ängstlich. Ich möchte die Tür hinter mir zu machen, und davon gefahren werden.«

Ich erklärte ihr, daß wir noch ein kleines Stück Weges weiter zu gehen hätten, bis zur nächsten Droschken-Haltestelle – es sei denn, wir hätten Glück und begegneten einem leeren Gefährt; dann versuchte ich, wieder auf das Thema Cumberland zurückzukommen. Jedoch vergeblich. Sie schien von der neuen Vorstellung, eine Tür hinter sich zu zu machen und davon gefahren zu werden, völlig eingenommen zu sein; sie konnte anscheinend an nichts anderes mehr denken und von nichts anderem reden.

Wir waren Avenue Road noch nicht zum Drittel hinunter, als ich, ein paar Häuser vor uns, auf der gegenüberliegenden Straßenseite eine Droschke herankommen und halten sah. Ein Herr stieg aus, und schloß sich dann ein Vorgartentor auf. Als der Kutscher wieder auf den Bock steigen wollte, rief ich ihn an. Während wir den Fahrdamm überquerten, erreichte die Ungeduld meiner Begleiterin einen solchen Grad, daß sie mich fast zum Laufschritt nötigte.

»Es ist schon so spät«, sagte sie. »Ich hab' es nur deshalb so eilig, weil es schon so spät ist.«

»Ich könnte die Fahrt aber lediglich noch übernehmen, wenn Sie in Richtung Tottenham Court Road wollten, Sir,« sagte der Kutscher höflich, als ich die Wagentür öffnete. »Mein Pferd ist total ermüdet; und weiter als bis in'n Stall krieg ich's heute nicht mehr.«

»Ja, gut. Genügt mir vollständig. Ich will in die Richtung – ich will in die Richtung.« Sie sprach, atemlos vor Eifer, und zwängte sich an mir vorbei ins Kutscheninnere.

Ich hatte mich, bevor ich sie in das Gefährt einsteigen ließ, vergewissert, daß der Mann nicht nur höflich, sondern vor allem auch nüchtern sei. Und, als sie drinnen saß, gab ich ihr dringend zu bedenken, sie möchte sich doch sicherheitshalber von mir zu ihrem Bestimmungsort begleiten lassen.

»Nein, nein, nein!« sagte sie heftig. »Ich bin ganz sicher jetzt; und ganz glücklich. Wenn Sie ein Gentleman sind, denken Sie an das, was Sie mir versprochen haben. Sagen Sie ihm, er solle fahren, bis ich ›Halt!‹ sage. Und aufrichtigen Dank, oh, Dank, Dank!«

Meine Hand lag auf dem Kutschenschlag. Sie nahm sie in ihre beiden, küßte sie, und stieß sie dann von sich. Im gleichen Augenblick zog das Pferd an – ich wollte hinterher starten, vielleicht in der vagen Absicht, sie noch einmal anzuhalten, ›warum‹ hätte ich allerdings schwerlich zu sagen vermocht – zögerte, aus Furcht, sie zu erschrecken oder zu beunruhigen – rief endlich; jedoch nicht laut genug, um die Aufmerksamkeit des Kutschers zu erregen. Schon wurde das Geräusch der Räder schwächer in der Entfernung – die Droschke war unkenntlich eins geworden mit der schwarzen Schattenreihe der Häuser – die Frau in Weiß war verschwunden.

Zehn Minuten oder mehr mochten vergangen sein. Ich befand mich noch immer auf derselben Straßenseite; jetzt mechanisch ausschreitend, dann wieder, wie geistesabwesend, stehen bleibend. Einen Augenblick zweifelte ich allen Ernstes an der Realität des bestandenen Abenteuers; im nächsten verspürte ich unleugbares Unbehagen bei dem undeutlichen Gefühl, irgend etwas Unrechtes begangen zu haben, und war doch wiederum ganz konfus vor Unsicherheit, wie ich mich denn am richtigsten verhalten hätte. Ich wußte kaum noch, wohin ich ging, oder was ich als nächstes vorhatte; das einzige, dessen ich mir sicher bewußt war, war eine große Verwirrung in meinen Gedanken – als ich plötzlich wieder zu mir selbst zurückgerufen wurde – geweckt, möchte ich beinahe sagen – durch ein sich rapide näherndes Rollen von Rädern, dicht hinter mir.

Ich befand mich auf der finsteren Seite der Straße und überdem gerade noch zusätzlich im dichten Schatten einiger Gartenbäume, als ich stehen blieb, um mich umzusehen. Unweit von mir, auf der gegenüberliegenden hellen Seite der Straße, kam eben, geruhsamen Schritts, ein Polizist in Richtung Regents Park patrouilliert.

Das Gefährt flog an mir vorbei – ein offener Wagen, mit zwei Männern darin.

»Stop!« rief der Eine. »Da ist ein Polizist. Fragen wir ihn.«

Das Pferd wurde nur ein paar Meter von der dusteren Stelle, wo ich stand, zum Anhalten gebracht.

»Wachtmeister!« rief der Sprecher von vorhin. »Haben Sie etwa zufällig eine Frau des Wegs kommen sehen?«

»Was für 'ne Frau sollte das gewesen sein, Sir?«

»Eine Frau in einem lila Kleid –«

»Nein, nicht doch,« griff jetzt der zweite Mann ein. »Die Kleidung,

die sie von uns hat, lag doch auf dem Bett. Sie muß in den Kleidern gegangen sein, die sie trug, als sie zu uns kam. In Weiß, Wachtmeister. Eine Frau in Weiß.«
»Nichts von ihr gesehen, Sir.«
»Falls Sie oder einer Ihrer Kollegen auf die Frau stoßen sollten: sofort festhalten; und sie unter sorgfältiger Bewachung an diese Adresse hier weiter transportieren. Alle Auslagen werden vergütet, und 'ne feine Belohnung winkt außerdem noch.«
Der Polizist sah sich die Visitenkarte an, die ihm hinunter gereicht wurde.
»Warum sollen wir sie anhalten, Sir? Was hat sie angestellt?«
»Angestellt?!: Aus meinem Sanatorium ist sie entkommen! – Also nicht vergessen: eine Frau in Weiß. – Los, weiter!«

V

»Aus meinem Sanatorium ist sie entkommen!«
Ich kann, wenn ich aufrichtig sein will, nicht direkt sagen, daß die schreckliche Schlußfolgerung, die sich aus diesen Worten zu ergeben schien, mir nun wie eine unerwartete Offenbarung gekommen wäre. Einige der wunderlichen Fragen, die die Frau in Weiß mir nach meinem unüberlegten Versprechen, ihr nach Belieben Handlungsfreiheit zu lassen, stellte, hatten die Vermutung nahe gelegt, daß sie entweder von Natur zerstreut und fahrig sei, oder aber daß ein kürzlich erfolgter Schock oder Schreck das Gleichgewicht ihres Geistes vorübergehend beeinträchtigt habe. Aber der Gedanke an glatten Wahnsinn, wie wir ihn wohl Alle zwangsläufig mit dem bloßen Wort ›Sanatorium‹ verbinden, war mir, das kann ich ehrlich beteuern, in Bezug auf sie zu keiner Sekunde gekommen. Weder an ihrer Ausdrucks- noch Handlungsweise war mir vorhin irgendetwas aufgefallen, was einen solchen Verdacht hätte rechtfertigen können; und selbst in dem neuen Licht jetzt, das die an den Polizisten gerichteten Worte des Fremden auf den Fall warfen – selbst jetzt noch schien er mir durch nichts gerechtfertigt.
Aber was hatte ich hier angerichtet? Einem Opfer der grausigsten aller unrechtmäßigen Einsperrungen zur Flucht verholfen; oder aber auf das Großstadtmeer von London ein unseliges Geschöpf

losgelassen, dessen Handlungen nachsichtig zu überwachen nicht nur meine, sondern die Pflicht jedes Menschen überhaupt war? Mir wurde ganz übel, als diese Frage sich mir stellte; vor allem, als ich reuig erkennen mußte, daß sie sich mir zu spät stellte.

Als ich dann zuguterletzt meine Wohnung in Clement's Inn erreichte, war ich in einem derart verstörten Gemütszustand, daß der Gedanke an Schlafengehen sinnlos erschien. Binnen wenigen Stunden würde ich ja doch meine Reise nach Cumberland antreten müssen. Ich setzte mich also lieber hin, und versuchte erst etwas zu zeichnen, dann zu lesen – aber stets geriet die Frau in Weiß zwischen mich und den Bleistift, zwischen mich und mein Buch. Ob dem unseligen Wesen etwas zugestoßen war? Das war mein erster Gedanke; obwohl ich ihn selbstsüchtigerweise gleich wieder verdrängte. Andere, auf denen zu verweilen weniger peinvoll war, schlossen sich an. Wo hatte sie die Droschke wohl halten lassen? Was mochte in diesem Augenblick mit ihr sein? War sie aufgespürt und von den Männern im Wagen wieder festgenommen worden? Oder war sie noch im vollen Besitz ihrer Handlungsfreiheit; und folgten wir Jeder unsern weit auseinanderliegenden Wegen durchs Leben zu einem fernen Punkt in geheimnisvoller Zukunft, wo sie sich erneut kreuzen würden?

Es war eine ausgesprochene Erleichterung, als die Stunde geschlagen hatte, wo ich meine Wohnungstür abschloß, Londoner Freunden, Londoner Schülern und Londoner Betätigungen Ade sagte, und mich in Richtung auf ein neues Dasein mit neuen Interessen in Bewegung setzen konnte. Selbst Lärm und Wirrwarr auf dem Bahnhof, wo der Zug eingesetzt wurde, so störend und lästig sie zu anderen Zeiten auch sein mochten, ermunterten mich heute und taten mir gut.

Die Instruktionen für meine Reise lauteten, erst bis Carlisle zu fahren und dort eine Nebenstrecke zu benützen, die in Richtung Küste weiter lief. Als erstes einleitendes Mißgeschick, ging zwischen Lancaster und Carlisle unsere Lokomotive kaputt; und, infolge der dadurch verursachten Verspätung, verpaßte ich den Anschluß jener Nebenbahn, mit dem ich vorgesehenermaßen unverzüglich weiter gekonnt hätte. Nunmehr war ich gezwungen, diverse Stunden zu warten; und als mich ein späterer Zug endlich auf der Limmeridge-Haus zunächst gelegenen Station absetzte, war es bereits 10 Uhr vorbei und die Nacht so finster, daß ich kaum meinen Weg zu der

Ponykutsche fand, die gemäß Herrn Fairlies Anweisung auf mich wartete.

Der Fahrer war unverkennbar verärgert ob meines späten Ankommens; und folglich von jenem korrekt flapsigen Benehmen, das typisch für englische Dienstboten ist. Langsam und in absolutem Stillschweigen fuhren wir durch die Dunkelheit dahin. Die Wege waren schlecht; und die dichte Finsternis der Nacht verhinderte uns noch zusätzlich daran, die Strecke rasch zurückzulegen. Meiner Uhr nach dauerte es fast anderthalb Stunden seit unserer Abfahrt vom Bahnhof, bis ich das Knirschen der Räder im Kies einer glatten Auffahrt vernahm, und aus größerer Ferne kam es wie Geräusch des Meeres. Bevor wir in die Auffahrt einbogen, hatten wir ein Tor zu passieren gehabt; und ehe wir beim Wohngebäude vorfuhren, mußten wir durch ein zweites. Ein feierlicher aber unlivrierter Diener stand zu meinem Empfang bereit; informierte mich, daß die Herrschaften sich bereits zur Nachtruhe zurückgezogen hätten; und führte mich dann in einen weiten, hohen Raum, wo am äußersten Ende eines verödeten Eßtisches, einer wahren Sahara aus Mahagony, einsam und verlassen mein Abendbrot auf mich wartete.

Ich war zu müde und abgekämpft, um noch groß essen oder trinken zu mögen; zumal angesichts des feierlichen Dieners hier, der mich derart formvoll bediente, wie wenn eine komplette kleine Dinner-Party anstatt eines einzelnen Mannes eingetroffen wäre. Binnen einer Viertelstunde war ich soweit, mir mein Schlafzimmer zeigen zu lassen. Der feierliche Diener führte mich in einen sehr nett eingerichteten Raum – verkündete »Frühstück um 9 Uhr, Sir.« – schaute noch einmal in der Runde, um sich zu vergewissern, daß Alles vorhanden und am rechten Platz sei – und zog sich dann geräuschlos zurück.

»Von was werd' ich heute Nacht wohl träumen?« dachte ich bei mir selbst, als ich das Licht löschte; »Von der Frau in Weiß? Oder von den unbekannten Bewohnern dieses Cumberländer-Herrenhauses?«. Es war und blieb immer ein merkwürdiges Gefühl, in einem Hause zu schlafen, wie der Freund einer Familie, und dabei nicht einen der Insassen zu kennen, nicht einmal vom Sehen!

VI

Als ich am nächsten Morgen aufstand und die Jalousie hochzog, lag das Meer vor meinen Augen, heiter im hellen Licht der Augustsonne; den Horizont säumte, mit bläulich verschwimmenden Linienschwüngen die ferne Küste Schottlands.
Der Anblick kam mir so überraschend, und bedeutete nach den voraufgegangenen trüben Eindrücken der Londoner Putz- und Mörtel-Landschaft einen solchen Wechsel für mich, daß in dem Moment, wo mein Blick darauf fiel, schlagartig ein neues Leben und ganz neue Gedankenketten für mich einzusetzen schienen. Ein undeutliches Gefühl, plötzlich die Vertrautheit mit meiner eigenen Vergangenheit eingebüßt, dafür aber mit nichten zusätzliche Klarheit über die Zukunft oder auch nur die Gegenwart eingetauscht zu haben, bemächtigte sich meines Gemütes. Ereignisse, die erst wenige Tage alt waren, verblichen auf einmal in meinem Gedächtnis, als hätten sie sich vor so und so viel Monaten abgespielt. Pescas skurrile Verkündung der Umstände, unter denen er mir meine jetzige Stelle hier vermittelt hatte; der Abschiedsabend, den ich bei meiner Mutter und Schwester verbracht hatte; selbst das geheimnisvolle Abenteuer auf meinem Heimweg von Hampstead — eins wie das andere waren auf einmal wie Ereignisse geworden, die sich in irgendeiner weit zurückliegenden Epoche meines Daseins abgespielt hatten. Obgleich die Frau in Weiß noch in meinen Gedanken spukte, schien ihr Bild doch bereits schwach und undeutlich geworden.
Ein paar Minuten vor 9 stieg ich also ins Erdgeschoß hinunter. Der feierliche Diener vom Vorabend begegnete mir, wie ich durch die Korridore irrte, erbarmte sich meiner, und zeigte mir den Weg zum Frühstücks-Zimmer.
Mein erster Blick in die Runde, nachdem der Mann mir die Tür geöffnet hatte, traf auf einen wohlbesetzten Frühstückstisch inmitten eines langen Raumes, der viele Fenster hatte. Ich schaute weiter, vom Tisch fort zu dem entferntesten dieser Fenster hin, und sah dort, mit dem Rücken zu mir, eine Dame stehen. Ich hatte kaum den Blick auf sie gerichtet, als mir auch schon die seltene Schönheit ihrer Figur und die ungekünstelte Anmut ihrer Haltung auffielen. Sie war hoch von Gestalt, aber nicht übermäßig; die Formen gut entwickelt, aber keineswegs dick; der Kopf wurde mit einer gewissen geschmeidigen Festigkeit auf den Schultern getragen; ihre Taille

war, zumal für Männeraugen, schlechthin vollkommen, denn sie saß in der richtigen Höhe, hatte genau den richtigen Umfang, und war ersichtlich und aufs erfreulichste von keinem Korsett entstellt. Sie hatte meinen Eintritt ins Zimmer überhört; und ich erlaubte mir den Luxus, sie einige wenige Sekunden lang zu bewundern, bevor ich mit einem der mir nächsten Stühle rückte, als das am wenigsten in Verlegenheit setzende Mittel, ihre Aufmerksamkeit zu erregen. Sie drehte sich sofort zu mir herum. Die leichte Eleganz jeder ihrer Bewegungen, ob des ganzen Körpers ob einzelner Glieder, als sie von ihrem Ende des Zimmers her auf mich zuzuschreiten begann, machte mich schier aufgeregt vor Erwartung, auch ihr Gesicht jetzt zu sehen. Sie löste sich aus der Fensternische – und ich sagte mir: die Dame ist brünett. Sie tat ein paar Schritte heran – und ich sagte mir: die Dame ist jung. Sie näherte sich endgültig – und ich sagte mir (mit einem Gefühl der Überraschung, das ich nicht in Worte fassen kann): die Dame ist häßlich!
Selten wohl ist die alte gedankenlose Behauptung, daß die Natur keine Fehler mache, handgreiflicher widerlegt worden – selten das, was eine liebliche Gestalt versprach, seltsamer und befremdlicher von dem Gesicht und Kopf, der sie krönte, Lügen gestraft worden. Der Teint der Dame war schier negerbraun, und der schwärzliche Flaum auf ihrer Oberlippe schon mehr ein Schnurrbart zu nennen. Sie hatte einen großen, festen, ausgesprochen maskulinen Mund über dem dito Kinn; die weit hervortretenden braunen Augen blickten entschlossen, ja durchdringend; und grobes, kohlschwarzes Haar wuchs ihr ganz ungewöhnlich tief in die Stirn. Ihr Gesichtsausdruck – obwohl frank und frei und intelligent – schien, solange sie schwieg, völlig jenes weiblichen Reizes der Sanftheit und Nachgiebigkeit zu entbehren, ohne den die Schönheit der ausgezeichnetsten Frau der Welt eben doch unvollkommene Schönheit wäre. Ein Gesicht dieser Art auf Schultern befestigt zu sehen, die es der Traum jedes Bildhauers gewesen wäre, modellieren zu dürfen – von einem Gliederspiel bezaubert zu sein, das bei der bescheidensten Bewegung die hinreißendste Symmetrie und Anmut verriet, und dann von dem grenadiermäßigen Zuschnitt und Ausdruck von Zügen zurückgestoßen zu werden, in denen eine so vollkommen gebaute Figur endete – das ergab ein Gefühl, aufs kurioseste vergleichbar dem hilflosen Mißbehagen, das wir Alle aus Träumen kennen, wenn wir die Abweichungen und Widersprüche seiner einzelnen Bestand-

teile zwar wahrnehmen, aber nicht imstande sind, sie befriedigend miteinander zu vereinbaren.
»Herr Hartright?« sagte die Dame in fragendem Ton, während ihr dunkles Gesicht von einem Lächeln erhellt, und im Augenblick, wo sie zu sprechen anhob, sogleich weicher und weiblicher wurde. »Wir hatten gestern Abend in Bezug auf Sie schon alle Hoffnung aufgegeben, und sind dann, zur üblichen Stunde zu Bett gegangen. Entschuldigen Sie unsern, bestimmt nur scheinbaren, Mangel an Aufmerksamkeit; und gestatten Sie, daß ich Ihnen in mir eine Ihrer Schülerinnen vorstelle. Wollen wir uns die Hand geben, ja? Früher oder später dürfte das meines Erachtens doch wohl unvermeidlich werden – warum also nicht früher?«
Dieser seltsame Willkommensgruß war mit einer klaren, angenehmen, tragenden Stimme gesprochen worden. Die dargebotene Hand – ziemlich groß; aber von schöner Form – wurde mir mit der leichten, unaffektierten Sicherheit der ausgezeichnet erzogenen, gebildeten Frau hingehalten. Und wir nahmen in einer derart herzlichen und entspannten Weise am Frühstückstisch Platz, als hätten wir einander bereits seit Jahren gekannt, und uns jetzt, nach vorangegangener Verabredung, hier in Limmeridge-Haus getroffen, um wieder einmal über alte Zeiten zu plaudern.
»Ich hoffe, Sie sind mit einem Vorrat guter Laune angekommen, und entschlossen, Ihrer Stellung hier die beste Seite abzugewinnen,« fuhr die Dame fort. »Sie können heut Morgen gleich anfangen, sich zu üben, indem Sie sich meine Gesellschaft gefallen lassen, und keine andere außerdem. Meine Schwester ist in ihrem eigenen Zimmer, völlig ausgelastet mit jener spezifisch weiblichen Krankheit, einem leichten Kopfschmerz; und ihre alte Gouvernante, Frau Vesey, steht ihr dabei mit stärkendem Tee hülfreich zur Seite. Mein Onkel, Herr Fairlie, nimmt sowieso niemals an unseren Mahlzeiten teil; er ist arg kränklich und führt ein Junggesellendasein in seinen Zimmern. Und ansonsten ist Niemand weiter im Hause, als ich. Zwei junge Damen waren zwar kürzlich zu Besuch da; sind jedoch gestern, und ein Wunder ist es nicht, voller Verzweiflung wieder abgefahren. Während der ganzen Dauer ihres Aufenthaltes hier konnten wir (eine Folge von Herrn Fairlies angegriffenem Gesundheitszustand) keinen Zeitvertreib herbeischaffen, der auch nur annähernd einem beflirtbaren, tanzfähigen, zu süßen Nichtigkeiten aufgelegten Exemplar der Species Mann ähnlich gesehen hätte; was zur

Folge hatte, daß wir nichts taten, als miteinander zanken, zumal zur Dinner-Stunde. Wie sollten wohl auch 4 Frauen Tag für Tag allein miteinander dinieren, und sich nicht zanken? Wir sind solch närrische Geschöpfe, daß wir uns bei Tisch schlechterdings nicht miteinander zu unterhalten wissen. Sie sehen, Herr Hartright, daß ich von meinem eigenen Geschlecht nicht sonderlich viel halte – möchten Sie Tee, oder lieber Kaffee? – keine Frau hält imgrunde viel von ihrem eigenen Geschlecht, obgleich nur die Wenigsten das so offen eingestehen, wie ich. Mein, Sie schauen ja ganz verwirrt drein. Wie das? Sind Sie in Verlegenheit, was Sie als Belag wählen sollen? Oder sind Sie erstaunt, daß ich so ins Blaue daherschwätze? Im ersteren Falle würde ich Ihnen den freundschaftlichen Rat erteilen, sich möglichst nicht mit dem gekochten Schinken dort neben Ihrem rechten Ellbogen zu befassen, sondern lieber zu warten, bis die Omelette erscheint. Im zweiten Fall will ich Ihnen gern frischen Tee einschenken, damit Sie Zeit haben, sich wieder zu fassen; und überdem alles tun, was in Weibeskräften steht (was, nebenbei bemerkt, sehr wenig sein dürfte), um den Mund zu halten.«

Unter lustigem Lachen hielt sie mir meine Teetasse wieder hin. Ihre leicht fließende Unterhaltung und ihre vertrauliche Lebhaftigkeit angesichts eines ihr doch vollkommen Fremden, waren von einer so ungekünstelten Natürlichkeit und einem derart ungezwungenen, angeborenen Vertrauen auf sich selbst und ihre gesellschaftliche Stellung begleitet, daß es ihr den Respekt auch des kühnsten der lebenden Männer gesichert haben würde. Während es einerseits unmöglich war, sich in ihrer Gesellschaft steif und reserviert zu verhalten, war es andererseits noch viel unmöglicher, sich mit ihr, und sei es nur in Gedanken, die kleinste Spur irgendeiner Freiheit herauszunehmen. Ich fühlte das instinktiv; selbst während ich von ihrer munteren Laune angesteckt wurde und mein Bestes tat, ihr in ihrer eigenen frank und freien Weise zu antworten.

»Aber natürlich,« sagte sie, nachdem ich die einzig mögliche, leidlich plausible Erklärung für mein verwirrtes Dreinschauen vorgebracht hatte, »ich verstehe schon. Sie sind so total fremd im Hause hier, daß meine intimen Anspielungen auf seine ehrenwerten Inwohner Sie zwangsläufig durcheinanderbringen müssen. Selbstverständlich; daran hätte ich früher denken sollen. Immerhin läßt sich das, und auf der Stelle, noch in Ordnung bringen. Darf ich gleich mit mir anfangen, so daß wir diesen Teil des Themas so schnell wie möglich hinter uns gebracht haben? Ich heiße Marian Halcombe; und bin darin, daß ich Herrn Fairlie meinen Onkel, und Fräulein Fairlie meine Schwester nenne, so unakkurat, wie Frauen eben gewöhnlich sind. Meine Mutter war zweimal verheiratet: das erste Mal mit einem Halcombe, also meinem Vater; das zweite Mal mit einem Herrn Fairlie, dem Vater meiner Halbschwester. Und abgesehen davon, daß wir beide Vollwaisen sind, kann man sich in jeglicher anderen Hinsicht platterdings nicht unähnlicher sein. Mein Vater ist ein armer Mann gewesen; und Fräulein Fairlies Vater war ein reicher Mann. Ich hab' also gar nichts; und sie besitzt ein Vermögen. Ich bin brünett und häßlich; und sie ist blond und hübsch. Jedermann hält mich für verdreht und excentrisch (mit vollkommenem Recht übrigens); und sie hält Jedermann für gutartig und reizend (mit noch weit mehr Recht). Mit einem Wort, sie ist ein Engel; und ich bin ein — wollen Sie die Marmelade mal probieren, Herr Hartright; und überdem, im Namen weiblicher Züchtigkeit, meinen Satz selbst beenden. Tcha, was soll ich Ihnen über Herrn Fairlie erzählen? Mein Ehrenwort, ich wüßte es kaum. Er wird nach dem Frühstück zuverlässig nach Ihnen schicken; und da können Sie ihn ja dann selbst studieren. Inzwischen kann ich Sie aber insoweit informieren, daß er erstens des verstorbenen Herrn Fairlie jüngerer Bruder, zweitens ein alleinstehender Mann, und drittens der Vormund von Fräulein Fairlie ist. Ich mag ohne sie nicht leben, und sie kann ohne mich nicht sein; und so kommt es, daß ich hier in Limmeridge-Haus wohne. Meine Schwester und ich haben einander aufrichtig gern; was, wie die Dinge liegen, vollkommen unbegreiflich ist, werden Sie sagen, und ich gebe Ihnen da ganz und gar recht — aber es ist nun einmal so. Sie müssen sich entweder uns Beiden angenehm zu machen bemühen, Herr Hartright oder aber Keiner von uns Beiden; auch, und es ist wohlgemerkt kein geringeres Übel, Sie werden sich gänzlich auf unsere Gesellschaft angewiesen sehen. Denn Frau Vesey ist zwar ein treffliches Wesen und im Besitz sämtlicher Kardinaltugenden, außerdem jedoch für nichts zu rechnen; und Herr Fairlie ist viel zu angegriffen, um den Gesellschafter für Irgendjemand abgeben zu können. Ich kann zwar nicht genau angeben, was ihm eigentlich fehlt; und die Ärzte können es auch nicht genau angeben; und ob er es genau angeben könnte, wäre wohl auch noch die große Frage — wir haben uns Alle darauf geeinigt, daß es die Nerven sein müssen, und haben wie billig keinen Schimmer, was wir damit meinen, wenn wir das sagen. Trotzdem würde ich Ihnen raten, auf seine kleinen Eigentümlichkeiten einzugehen, wenn Sie ihn nachher sehen. Bewundern Sie seine Münzsammlung, seine Radierungen und Aquarelle, und Sie werden sein ganzes Herz gewinnen. Auf mein Wort: falls Ihr Sinn nach einem sogenannten stillen ländlichen Dasein stehen sollte, sehe ich nicht ein, warum Sie sich hier nicht so recht von Herzen wohl fühlen sollten. Zwischen Frühstück und Lunch wird Herrn Fairlies Aquarell- und Graphik-Sammlung Sie beschäftigen. Nach dem Lunch dann schultern Fräulein Fairlie und ich unsere Skizzenbücher, um unter Ihrer Oberaufsicht die schöne Natur nach Kräften falsch abzubilden. Wollen Sie bitte beachten, daß Zeichnen *ihre* Lieblingsgrille ist, nicht meine. Frauen können nicht zeichnen – ihre Gemüter sind zu flüchtig, und ihre Augen haben keine rechte Ausdauer. Aber egal: meine Schwester hat Spaß dran; ergo verschwende ich die Farben und verderbe um ihretwillen das Papier so gelassen wie die Beste in ganz Alt-England. Was die Abende anbelangt, denke ich, wir werden sie tot kriegen: Fräulein Fairlie musiziert recht trefflich; und was meine Wenigkeit angeht, so kann ich zwar nicht eine Note von der anderen unterscheiden, mache mich jedoch erbötig, Ihnen notfalls im Schach, Trick-Track und Ecarté gegenüberzutreten; ja, sogar – ein paar unvermeidliche weibliche Handicaps abgerechnet – am Billard. Was halten Sie von solchem Programm? Werden Sie sich mit unserem stillen, regelmäßigen Leben befreunden können? Oder haben Sie vor, in der faden Atmosfäre von Limmeridge-Haus den Rastlosen zu spielen und insgeheim nach Abwechslung und Abenteuern zu dürsten?«

So weit war ihre Rede, immer in der beschriebenen anmutig-burschikosen Weise gediehen, mit keinen anderen Unterbrechungen von meiner Seite, als jenen unbedeutenden Wendungen, wie sie die Höflichkeit von mir erforderte. Der Wechsel des Ausdrucks in ihrer letzten Frage jedoch, oder richtiger das eine zufällig gebrauchte Wort ›Abenteuer‹, leicht wie es über ihre Lippen kam, richtete meine Gedanken wieder auf das Zusammentreffen mit der Frau in Weiß; und bewogen mich, die Beziehungen zu erkunden, die, wie ich der eigenen Anspielung der Fremden auf Madame Fairlie entnommen hatte, irgendwann einmal zwischen meinem namenlosen Flüchtling aus dem Sanatorium und der früheren Herrin von Limmeridge-Haus bestanden haben mußten.

»Selbst falls ich der Rastloseste meines ganzen Geschlechtes wäre,« sagte ich, »würde ich für die nächste Zeit wohl schwerlich in Gefahr sein, nach Abenteuern zu dürsten. Die allerletzte Nacht noch, bevor ich hier im Hause eintraf, ist mir ein Abenteuer aufgestoßen; und das Staunen und die Aufregung darob dürften mir — dessen kann ich Sie versichern, Fräulein Halcombe — für die gesamte Zeit meines Aufenthaltes in Cumberland genügen; wenn nicht für einen noch weit beträchtlicheren Zeitraum.«

»Was Sie nicht sagen, Herr Hartright! Darf man es erfahren?«

»Sie haben sogar ein Recht darauf, es zu hören. Die Hauptfigur in meinem Abenteuer war mir vollständig fremd, und wird Ihnen möglicherweise genau so fremd sein; aber das Eine steht fest, daß sie den Namen der verstorbenen Frau Fairlie erwähnt hat, und zwar mit Ausdrücken der aufrichtigsten Dankbarkeit und Verehrung.«

»Den Namen meiner Mutter erwähnt! Aber das interessiert mich unbeschreiblich. Bitte, fahren Sie doch fort.«

Ich berichtete ohne Verzug von allen Umständen, unter denen mir die Frau in Weiß begegnet war, genau wie sie sich abgespielt hatten; und wiederholte auch, möglichst wortgetreu, was sie bezüglich Frau Fairlie und Limmeridge-Haus geäußert hatte.

Fräulein Halcombes funkelnde entschlossene Augen blickten von Anfang bis zu Ende meines Berichtes unverwandt in die meinigen. Ihr Gesicht drückte lebhaftes Interesse und Erstaunen aus; mehr allerdings nicht. Sie war unverkennbar ebensowenig im Besitz eines Schlüssels zu dieser geheimnisvollen Affäre, wie ich selbst.

»Sind Sie sich, hinsichtlich der auf meine Mutter bezüglichen Worte, absolut sicher?« fragte sie.

»Absolut,« erwiderte ich. »Wer sie auch immer sein mag: die Frau ist irgendwann einmal im Dorfe Limmeridge hier in die Schule gegangen; von Frau Fairlie mit besonderer Güte behandelt worden; und empfindet, in dankbarer Erinnerung solcher Güte, noch heute ein liebevolles Interesse für sämtliche überlebenden Mitglieder der Familie. Daß Frau Fairlie und ihr Gatte tot waren, wußte sie; und von Fräulein Fairlie sprach sie in einer Weise, wie wenn sie einander gekannt hätten, als sie Kinder waren.«

»Sie sagten, wenn ich mich recht erinnere: daß sie aber von hier nicht stamme?«

»Ja; sie sagte, sie wäre aus Hampshire.«

»Und den Namen festzustellen, ist Ihnen einfach nicht möglich gewesen?«

»Nein.«

»Sehr merkwürdig. – Ich möchte sagen, Sie haben vollständig recht gehandelt, Herr Hartright, indem Sie dem armen Geschöpf zur Freiheit verhalfen; denn sie scheint ja in Ihrer Gegenwart nichts getan zu haben, sich des Genusses derselben irgend unwürdig zu erweisen. Trotzdem wünsche ich begreiflicherweise, Sie hätten etwas resoluter nach ihrem Namen geforscht. Wir müssen diese mysteriöse Angelegenheit tatsächlich auf irgendeine Weise aufklären. Es wird übrigens besser sein, wenn Sie Herrn Fairlie oder meiner Schwester gegenüber noch nichts davon erwähnen. Beide sind, des bin ich gewiß, bezüglich dessen, wer diese Frau ist oder inwiefern ihre Vergangenheit mit uns in Beziehung stehen könnte, genau so wenig im Bilde, wie ich selbst. Außerdem sind Beide, obwohl in gänzlich verschiedener Art, ziemlich nervös und sensibel; und Sie würden den Einen nur zwecklos behelligen, und die Andere dito aufregen. Was mich selbst anbetrifft, ich brenne förmlich vor Neugierde, und werde von dieser Sekunde an meine ganze Energie der Aufklärung der Sache widmen. Als meine Mutter, nachdem sie zum zweiten Mal geheiratet hatte, hierher kam, hat sie die hiesige Dorfschule auf dem Fuße eingerichtet, wie sie jetzt noch existiert, das stimmt. Aber die damaligen Lehrkräfte sind entweder alle schon tot, oder anderswohin verzogen; und von der Seite her ist schwerlich mehr Aufklärung zu hoffen. Die einzige Alternative, die ich mir noch vorstellen könnte –«

An dieser Stelle wurden wir durch den Eintritt des Dieners unterbrochen, der eine Botschaft von Herrn Fairlie überbrachte, des Sinnes, daß er sich freuen würde, mich, sobald ich mein Frühstück beendet hätte, bei sich zu sehen.

»Warten Sie solange in der Halle draußen,« sagte Fräulein Halcombe, indem sie in ihrer raschen resoluten Art dem Diener an meiner statt antwortete: »Herr Hartright kommt sofort. – Was ich sagen wollte,« fuhr sie dann, wieder zu mir gewandt, fort, »war, daß meine Schwester und ich noch eine große Anzahl Briefe meiner Mutter besitzen, ich an meinen und sie an ihren Vater. In Ermange-

lung etwelcher anderer Mittel, im Augenblick Licht in die Sache zu bringen, will ich den Vormittag dazu verwenden, den Briefwechsel meiner Mutter mit Herrn Fairlie durchzusehen. Er war sehr für London, und fast ständig abwesend von seinem Landsitz hier; und meine Mutter hatte sich zu den betreffenden Zeiten angewöhnt, ihm ausführlich brieflich zu berichten, was in Limmeridge alles vor sich ging. Ihre Briefe sind voll mit Nachrichten über die Schule, an der sie ungewöhnlich starkes Interesse hatte; und ich halte es eigentlich für mehr als wahrscheinlich, daß ich irgendetwas entdeckt haben werde, wenn wir uns das nächste Mal sehen. Um 2 Uhr wird übrigens zu Mittag gegessen, Herr Hartright. Ich werde dann das Vergnügen haben, Sie meiner Schwester vorzustellen; den Nachmittag können wir anschließend zu einer Rundfahrt durch die Umgegend benützen, und Ihnen alle unsere Lieblings-Aussichtspunkte vorführen. – Auf Wiedersehen also, um 2 Uhr.«
Sie nickte mir mit der lebhaften Anmut, der köstlichen verfeinerten Vertrautheit zu, die alle ihre Handlungen und Worte kennzeichnete; und verschwand durch eine Tür an der entfernteren Seite des Zimmers. Sobald ich mich allein sah, richtete ich meine Schritte in Richtung Vorhalle, und folgte dem Diener auf seinem Wege, der ersten Bekanntschaft mit Herrn Fairlie gewärtig.

VII

Mein Führer geleitete mich treppauf, und einen Korridor entlang, der mich zunächst zurück zu dem Schlafzimmer führte, in dem ich die verflossene Nacht verbracht hatte; er öffnete die benachbarte Tür, und bat mich, einen Blick hinein zu werfen.
»Mein Herr hat mir befohlen, Ihnen erst noch Ihr eigenes Wohnzimmer zu zeigen, Sir«, sagte der Mann, »und mich zu erkundigen, ob Sie hinsichtlich Lage und Beleuchtung damit zufrieden sind?«
Ich hätte wahrlich schwer zu befriedigen sein müssen, wenn ich mit diesem Zimmer, und allem, was es enthielt, nicht zufrieden gewesen wäre. Das halbkreisförmige Erkerfenster ging auf die gleiche herrliche Aussicht hinaus, die ich heute früh schon, von meinem Schlafzimmer aus, bewundert hatte. Das Möblement war das Letzte hin-

sichtlich Schönheit und Luxus; der Tisch in der Mitte funkelte förmlich von schön-gebundenen Büchern, elegantem Schreibgerät und geschmackvollen Blumen; ein zweiter Tisch, am Fenster, war mit allen notwendigen Materialien bedeckt, um Aquarelle neu aufzuziehen, und hatte an der Seite eine kleine Staffelei angebracht, die ich nach Belieben hoch stellen oder zusammenlegen konnte; die Wände waren mit Zitz in munteren Farben bespannt; und den Fußboden bedeckten maisfarbene Läufer mit roten Mustern. Es war das hübscheste und komfortabelste kleine Wohnzimmer, das ich jemals gesehen hatte; und ich bewunderte es mit dem wärmsten Enthusiasmus.

Der feierliche Diener war viel zu gut geschult, um sich die geringste Befriedigung anmerken zu lassen. Als ich alle meine lobenden Ausdrücke erschöpft hatte, verneigte er sich mit eisiger Distanziertheit, und hielt mir schweigend die Tür offen, daß ich wieder in den Korridor hinaus treten möge.

Wir bogen um eine Ecke und betraten einen neuen langen Gang, stiegen an seinem Ende eine kurze Treppe nach oben, durchschritten eine kleine kreisrunde obere Halle, und blieben vor einer mit dunkelgrünem Fries bezogenen Tür stehen. Der Diener öffnete dieselbe, führte mich ein paar Meter weiter zu einer zweiten, öffnete auch diese, worauf eine zweiteilige Portiere von schwerer blaß-seegrüner Seide vor uns sichtbar wurde; geräuschlos schlug er die eine Hälfte beiseite; äußerte gedämpft die Worte, »Herr Hartright«; und ließ mich allein stehen.

Ich befand mich in einem großen und hohen Raum mit prachtvoll geschnitzter Decke; den Fußboden bedeckte ein so dicker und weicher Teppich, daß ich an den Füßen das Gefühl hatte, als schritte ich durch eine Wiese aus Samt. Die ganze eine Seite des Raumes wurde von einem langen Bücherschrank eingenommen, aus rarem, eingelegtem Holz, das mir gänzlich neu war. Er war jedoch nicht mehr als 6 Fuß hoch, und oben mit kleinen marmornen Statuetten geschmückt, die in regelmäßigen Abständen eine von der anderen standen. An der gegenüberliegenden Zimmerwand standen zwei antike Schränkchen; und zwischen ihnen und entsprechend höher, hing unter Glas ein Bild der Jungfrau mit dem Kinde, das vergoldete Schildchen unten am Rahmen trug den Namen RAFFAEL. Zu meiner Rechten und Linken, von der Tür aus gerechnet, wo ich stand, befanden sich Vitrinen und zierliche Schaukästen mit Intar-

sien oder eingelegt mit Schildpatt und Elfenbein, überfüllt mit Figürchen aus Meißner Porzellan, seltenen Vasen, Elfenbeinschnitzereien, Bric-a-Brac und Kuriositäten, die rundherum von Gold, Silber und kostbaren Steinen nur so funkelten. Die Fenster an dem mir gegenüberliegenden, entfernten Ende des Raumes waren verhangen, und das Sonnenlicht durch mächtige Vorhänge gedämpft, die die gleiche seegrüne Farbe hatten, wie die Portieren vor der Tür. Das solchergestalt erzeugte Licht wirkte nicht nur gedämpft sondern deliziös weich und geheimnisvoll; es fiel gleichmäßig über alle Gegenstände im Zimmer; es trug dazu bei, die tiefe Stille und den Eindruck völliger Abgeschlossenheit, der über dem Ganzen lag, zu verstärken; und umgab mit einem schicklichen ruhevollen Heiligenschein die einsame Gestalt des Herrn vom Hause, der, in teilnahmsloser Entspannung zurückgelehnt, in einem großen Liegestuhl ruhte, an dessen einer Lehne ein Lesepultchen befestigt war, und an der anderen eine kleine Tischchenplatte.
Falls die äußere Erscheinung eines Mannes – vorausgesetzt, daß er über die Vierzig, und für den Tag fertig angekleidet ist – sichere Rückschlüsse auf sein Alter zuläßt – was übrigens mehr als zweifelhaft sein dürfte – dann hätte man Herrn Fairlies Alter, als ich ihn jetzt zuerst sah, mit einigem Grund auf zwischen 50 und 60 ansetzen können. Sein bartloses Gesicht war dünn, verlebt, und durchscheinend blaß, aber ohne jedes Fältchen; die Nase vorspringend und hakenförmig; die trüben, graublauen Augen groß, etwas vorstehend, und der Rand ihrer Lider leicht gerötet; das Haar schütter, dem Anschein nach sehr fein, und von jener sandfarbenen Helle, der man die Tendenz zum Grauwerden am spätesten ansieht. Gekleidet war er in einen dunklen Gehrock, obwohl aus einem Material weit dünner und feiner als Tuch; Weste und Hose waren von fleckenlosem Weiß. Seine Füße waren effeminiert klein, und staken in braungelben Seidensocken und, gleichfalls weiblich-winzigen, Pantöffelchen aus bronzefarbenem Leder. Zwei Ringe schmückten seine weißen, delikaten Hände, deren Wert selbst mein ungeübtes Auge als schlechthin unbezahlbar erkannte. Alles in Allem hatte er etwas zerbrechliches, schlaff-reizbares, überfeinertes an sich – ganz eigentümlich und unangenehm überzüchtet für einen Mann; und gleichzeitig doch auch wieder so, daß es keinesfalls natürlich und angemessen gewirkt hätte, wenn man es sich auf Person und Wesen einer Frau übertragen vorstellte. Meine ersten morgendlichen Er-

fahrungen mit Fräulein Halcombe hatten mich an sich für Jedermann im Hause voreingenommen gemacht gehabt; aber beim ersten Anblick von Herrn Fairlie hier trat alles, was ich an Sympathien besaß prompt in Streik.
Als ich mich ihm näherte, machte ich jedoch die Entdeckung, daß er mit nichten so ganz ohne jede Beschäftigung war, wie ich zuerst angenommen hatte. Inmitten anderer rarer und schöner Gegenstände, stand auf dem großen runden Tisch neben ihm auch ein Zwergen-Schränkchen aus Ebenholz und Silber, das lauter kleine, mit purpurdunklem Samt gefütterte Schübchen enthielt, in denen Münzen von allen ersinnlichen Größen und Formen lagen. Eines dieser Schübchen stand auf dem kleinen, an seiner Stuhllehne befestigten Tischchen; und daneben diverse winzige Juweliers-Pinsel und Bürstchen, ein waschlederner ›Wischer‹, und ein Fläschchen mit irgendeiner Flüssigkeit, jedwedes in seiner Art bereit, zu der Entfernung etwelcher Verunreinigungen beizutragen, die zufällig auf den Münzen zu entdecken sein möchten. Seine zerbrechlichen weißen Finger tändelten lustlos mit etwas, das meinen unerleuchteten Augen wie eine schmutzige Zinnmedaille mit ramponiertem Rand vorkam, während ich bis auf respektvolle Entfernung von seinem Stuhl vorschritt, und dann mit einer Verbeugung inne hielt.
»Sehr erfreut, Sie in Limmeridge zu haben, Herr Hartright,« sagte er mit einer quengeligen, leicht krächzenden Stimme, in der sich, auf nichts weniger als angenehme Art, eine unverhältnismäßig hohe Tonlage mit einer schlaffen trägen Sprechweise verband. »Bitte, nehmen Sie doch Platz. Und machen Sie sich nicht die Mühe, den Stuhl zu rücken, bitte; bei dem hoffnungslosen Zustand meiner Nerven ist Bewegtes jedweder Art unsäglich peinvoll für mich. Haben Sie Ihr Studio gesehen? Wird es genügen?«
»Ich komme gerade von der Besichtigung des Zimmers, Herr Fairlie; und kann Ihnen nur versichern —«
Er unterbrach mich mitten im Satz, indem er die Augen schloß, und eine seiner weißen Hände beschwörend ausstreckte. Ich hielt erstaunt inne, und die feinkrächzende Stimme beehrte mich mit dieser Erklärung:
»Oh bitte; Sie entschuldigen. Aber *könnten* Sie versuchen, in etwas leiserem Ton zu sprechen? In dem hoffnungslosen Zustand meiner Nerven stellt jedwedes laute Geräusch eine unbeschreibliche Qual für mich dar. Sie vergeben einem Kranken, ja? Sage ich Ihnen doch

lediglich das, was mein beklagenswerter Gesundheitszustand mich Jedermann zu sagen nötigt. Ja. – Und das Zimmer gefällt Ihnen also?«

»Ich hätte mir nichts hübscheres und bequemeres wünschen können,« antwortete ich mit der gewünschten leisen Stimme, und begann bereits zu durchschauen, daß Herrn Fairlies angegriffene Nerven und Herrn Fairlies selbstsüchtige Affektiertheit so ziemlich ein und dasselbe waren.

»Sehr erfreulich. Sie werden bald finden, Herr Hartright, daß Ihre Stellung hier angemessen gewürdigt wird. In diesem Hause gibt es bezüglich der sozialen Stellung eines Künstlers nichts der normalen grauslichen englischen Gesinnungsbarbarei Ähnliches. Ich habe einen so beträchtlichen Teil meiner früheren Jahre im Ausland verbracht, daß ich in dieser Beziehung meine insulare Haut wohl als völlig abgestreift bezeichnen darf. Ich wollte, ich könnte dasselbe von dem Landadel – abscheuliches Wort; aber ich fürchte, ich muß es wohl oder übel verwenden – von dem Landadel der Nachbarschaft sagen. Was Kunst anbelangt, Herr Hartright, sind das traurige Gotengestalten. Leute, die, mein Wort darauf, ihre Augen vor Erstaunen weit aufgerissen hätten, wären sie Zeuge gewesen, wie Karl V. einem Tizian den Pinsel aufhob. Würde es Ihnen etwas ausmachen, diesen Schub mit Münzen in sein Schränkchen zurückzustellen, und mir dafür den nächsten darunter zu geben? In dem hoffnungslosen Zustand meiner Nerven, ist mir jedwede Anstrengung unsäglich unangenehm. Ja. Danke Ihnen.«

Als praktischer Kommentar zu der großherzigen gesellschaftlichen Theorie, die zu entwickeln er mir eben geruht hatte, belustigte mich Herrn Fairlies ganz kalt vorgebrachtes Ansinnen heimlich nicht wenig. Ich brachte das Schublädchen also an seinen Ort, und gab ihm dafür ein anderes hin, alles mit der äußersten Höflichkeit. Er begann unverzüglich mit dem neuen Satz Münzen und den kleinen Pinselchen zu tändeln, so daß er die ganze Zeit über, wo er mit mir sprach, die ein- oder andere erschöpft besah und bewunderte.

»Tausend Dank und tausend Entschuldigungen. Haben Sie Spaß an Münzen? Ja. Sehr erfreulich, daß wir noch ein weiteres Interesse gemeinsam haben, außer unserem Interesse für Kunst. – Jetzt zu den zwischen uns getroffenen pekuniären Abmachungen – was ist Ihre Ansicht – sind sie zufriedenstellend?«

»Äußerst zufriedenstellend, Herr Fairlie.«
»Sehr erfreulich. Und-ä – was war denn noch? Ah! Jetzt weiß ich wieder. Ja. Hinsichtlich dieses Entgelts, das Sie die Güte haben anzunehmen, um mir im Austausch dagegen Ihre künstlerischen Kenntnisse angedeihen zu lassen, wird sich nach Ablauf der ersten Woche mein Hausmeister mit Ihnen in Verbindung setzen, um Ihre diesbezüglichen Wünsche entgegenzunehmen. Und-ä was war denn noch? Wie merkwürdig, nicht wahr? Ich hatte doch noch eine solche Menge mehr zu sagen: und scheine alles total vergessen zu haben. Würde es Ihnen etwas ausmachen, auf die Glocke zu drücken? Dort in der Ecke. Ja. Danke Ihnen.«
Ich läutete; und lautlos erschien ein neuer Diener – ein Ausländer mit maskenhaftem Lächeln und untadelig gebürstetem Haar – jeder Zoll ein Kammerdiener.
»Louis,« sagte Herr Fairlie, indem er sich mit einem der winzigen Münzpinselchen träumerisch die Fingerspitzen abstaubte, »ich habe heute Früh einige Eintragungen in meiner Schreibtafel gemacht. Finden und bringen Sie diese Schreibtafel. Tausendmal um Verzeihung, Herr Hartright; ich fürchte, ich kann nicht umhin, Sie zu langweilen.«
Da seine Augen sich bereits wieder müde geschlossen hatten, ehe ich zu einer Antwort ansetzen konnte, und er mich überdem tatsächlich maßlos langweilte, blieb ich still sitzen, und sah lieber zu Raffaels MADONNA MIT DEM KIND hoch. Inzwischen hatte der Kammerdiener den Raum verlassen, und kehrte gleich darauf wieder mit einem kleinen elfenbeinernen Büchelchen zurück. Herr Fairlie, nachdem er sich erst noch durch einen sanften Seufzer erleichtert hatte, ließ mit einer Hand das Büchlein aufklappen; während die andere den winzigen Pinsel etwas in die Höhe hielt, als Zeichen für den Diener, weiterer Befehle gewärtig zu sein.
»Ja. Ganz recht,« sagte Herr Fairlie, nachdem er seine Täfelchen zu Rate gezogen hatte. »Louis; nehmen Sie dort die Mappe herunter.« Er wies, während er sprach, nach einem Mahagonyregal nahe dem Fenster, in dem mehrere Mappen ruhten. »Ach nein. Nicht die mit dem grünen Rücken – die enthält meine Rembrandt-Radierungen, Herr Hartright. Haben Sie Spaß an Radierungen? Ja? Wie erfreulich, daß wir schon wieder ein Interesse gemeinsam haben. Die Mappe mit dem roten Rücken, Louis. Lassen Sie sie ja nicht hinfallen! Sie können sich kein Bild von den Qualen machen,

Herr Hartright, die ich ausstehen würde, wenn Louis die Mappe fallen ließe. Liegt sie auch sicher auf dem Sessel? Meinen *Sie*, daß sie dort sicher liegt, Herr Hartright? Ja? Sehr erfreulich. Wollen Sie mich verbinden, und sich die Stücke ansehen; vorausgesetzt, daß Sie wirklich meinen, daß sie dort ganz sicher liegen. Treten Sie zur Seite, Louis. Was für ein Esel Sie sind. Sehen Sie nicht, daß ich noch die Schreibtafel halte? Sind Sie der Ansicht, ich gedächte sie ständig zu halten? Warum befreien Sie mich also nicht von der Schreibtafel, ohne daß ich es Ihnen erst großartig sagen muß? Tausendmal um Entschuldigung, Herr Hartright; aber Diener sind ja *solche* Esel, nicht wahr? – Sagen Sie mir doch, was halten Sie von den Sachen? Sie sind seinerzeit direkt von der Auktion gekommen, in einem grauenvollen Zustand – als ich sie das letzte Mal durchsah, hatte ich immerfort das Gefühl, sie röchen förmlich nach den Fingern dieser schrecklichen Händler oder Makler oder wie sie sich nennen. *Könnten* Sie's eventuell versuchen?«

Wiewohl meine Nerven nicht feinfühlig genug waren, um das Odeur plebejischer Finger zu entdecken, das Herrn Fairlies Nüstern beleidigt hatte, war wenigstens mein Kunstverstand ausgebildet genug, mich zu befähigen, den Wert der Stücke abzuschätzen, während ich ein Blatt nach dem andern umwandte. Es handelte sich größtenteils um ausgesprochen schöne Exemplare englischer Aquarellierkunst, die eine weit bessere Behandlung von den Händen ihrer früheren Besitzer verdient gehabt hätten, als ihnen anscheinend zuteil geworden war.

»Die Stücke,« begann ich endlich, »müßten sorgfältig geglättet und aufgezogen werden; danach werden sie, meiner Schätzung nach, durchaus alles belohnen, was –«

»Bitte um Verzeihung«, fiel mir Herr Fairlie in die Rede. »Würde es Ihnen etwas ausmachen, wenn ich, während Sie sprechen, die Augen schließe? Selbst dies Licht ist noch zu viel für sie. – Ja, bitte?«

»Ich stand im Begriff zu sagen, daß die Aquarelle alle aufgewendete Zeit und Mühe reichlich belohnen –«

Herr Fairlie hatte unversehens die Augen wieder geöffnet, und ließ sie mit dem Ausdruck alarmierter Hülflosigkeit in Richtung Fenster rollen.

»Ich beschwöre Sie, mich zu entschuldigen, Herr Hartright,« sagte er mit schwächlicher Aufgeregtheit. »Aber ich bin mir fast sicher,

ich höre ein paar gräßliche Kinder im Garten – meinem privaten Gärtchen – unten?«
»Ich kann es nicht sagen, Herr Fairlie. Ich selbst habe nichts vernommen.«
»Tun Sie mir doch den Gefallen – Sie haben bisher schon so nett Nachsicht mit meinen armen Nerven gehabt – tun Sie mir den Gefallen, eine Ecke des Vorhangs anzuheben. Aber daß mich ja nicht das Sonnenlicht trifft, Herr Hartright! Haben Sie den Vorhang etwas angehoben? Ja? Dann wollen Sie doch bitte so freundlich sein, in den Garten hinunter zu schauen, damit wir ganz sicher gehen –«
Ich erfüllte auch dies neue Ansuchen. Um den betreffenden Garten zog sich, sorgfältig rundherum, eine hohe Mauer. Kein menschliches Wesen, ob groß oder klein, ließ sich irgend im Bereich des Allerheiligsten erblicken. Ich verfehlte nicht, Herrn Fairlie von solch befriedigendem Befund zu unterrichten.
»Tausend Dank. Dann muß es wohl meine Einbildung gewesen sein. Im Haus hier befindet sich zwar, dem Himmel sei Dank, nicht ein Kind; aber das Dienstpersonal (alles Leute, ohne Nerven geboren) sind imstande, und ermutigen die Dorfkinder. Diese Brut – oh, meingott, was für eine Brut! Soll ich mich dazu bekennen, Herr Hartright? –: Ich wäre dringend für eine Reform bezüglich der Konstruktion von Kindern! Die Natur scheint einzig und allein die Idee gehabt zu haben, sie als Maschinen zur pausenlosen Erzeugung von Geräuschen und Lärm anzulegen. Da ist doch die Konzeption unseres herrlichen Raffael unendlich vorzuziehen, wie?«
Er wies zu dem Madonnenbildnis hin, in dessen oberer Hälfte sich mehrere Cherubs der konventionellen italienischen Manier breit machten, mit den üblichen blaßgelben Ballonwölkchen als himmlischen Vorrichtungen zum Kinnaufstützen.
»Eine ausgesprochene Modell-Familie!« sagte Herr Fairlie, und beäugelte dabei die Cherube. »So hübsche rundliche Gesichtchen, so hübsche weiche Flügelchen – und sonst nichts, gar nichts. Keine schmutzigen kleinen Beine zum darauf Herumtoben; und keine lautstarken kleinen Lungen, um damit zu blöken. Wie unendlich überlegen im Vergleich mit der augenblicklichen Konstruktion! – Wenn Sie erlauben, schließe ich jetzt wieder die Augen. Und Sie können die Zeichnungen tatsächlich instand setzen? Sehr erfreulich. Wäre sonst noch etwas zu erledigen? Wenn es der Fall sein sollte,

glaube ich, es muß mir entfallen sein. Ob wir noch einmal nach Louis klingeln?«
Da ich allmählich meinerseits nicht minder daran interessiert war, unsere Unterhaltung möglichst umgehend zum Abschluß zu bringen, als Herr Fairlie seinerseits es sein konnte, versuchte ich, eine neuerliche Zitierung des Dieners dadurch überflüssig zu gestalten, daß ich den notwendigen Hinweis auf eigene Verantwortung machte.
»Der einzige Punkt, Herr Fairlie, der vielleicht noch zu erörtern wäre,« sagte ich, »dürfte sich eventuell auf den Zeichenunterricht beziehen, den ich den beiden jungen Damen zu erteilen engagiert worden bin?«
»Ah! Ganz recht,« sagte Herr Fairlie. »Ich wollte, ich fühlte mich kräftig genug, auf diesen Teil unserer Abmachungen einzugehen – aber ich kann nicht. Die Damen, die von Ihren freundlichen Dienstleistungen profitieren sollen, Herr Hartright, müssen selbst entscheiden, arrangieren, und wie die Dinge alle heißen. Meine Nichte schwärmt für Ihre herrliche Kunst; weiß jedoch gerade genug davon, um sich ihrer eigenen bedauerlichen Mängel bewußt zu sein. Bitte, geben Sie sich besondere Mühe mit ihr. Ja. Wäre sonst noch etwas? Nein. Wir verstehen einander vollkommen, ja? Ich habe kein Recht Sie noch länger von Ihrer beneidenswerten Betätigung abzuhalten – nicht wahr? Wie angenehm, wenn Alles geregelt ist – welch fühlbare Erleichterung den geschäftlichen Teil erledigt zu haben. Würde es Ihnen etwas ausmachen, nach Louis zu klingeln, damit er Ihnen die Mappe auf Ihr Zimmer tragen kann?«
»Wenn Sie gestatten, Herr Fairlie, trage ich sie selber.«
»Wollen Sie das wirklich? Fühlen Sie sich stark genug dazu? Wie hübsch, so stark zu sein! Sind Sie sich auch ganz sicher, daß Sie sie nicht fallen lassen? Wie erfreulich, Sie hier in Limmeridge zu haben, Herr Hartright. Ich selbst bin allerdings derart leidend, daß ich kaum zu hoffen wagen darf, viel von Ihrer Gesellschaft zu profitieren. Würden Sie sich bitte alle Mühe geben, die Türen nicht zuzuschlagen, und die Mappe keinesfalls hinfallen zu lassen? Danke Ihnen. Vorsicht mit den Portieren, bitte – das leiseste Geräusch von ihnen geht mir wie ein Messer durch und durch. Ja. *Guten* Morgen!«
Als die seegrünen Portieren zugegangen und die beiden friesbespannten Türen hinter mir ins Schloß gezogen waren, hielt ich in

der kleinen kreisrunden Halle draußen doch erst einen Augenblick inne, und tat einen langen, genußvollen Atemzug der Erleichterung. Ich hatte, als ich mich außerhalb von Herrn Fairlies Zimmerfluchten fand, das Gefühl eines Tauchers, der, aus Wassertiefen emporsteigend, glücklich wieder die Oberfläche erreicht hat.
Sobald als ich mich dann in meinem hübschen kleinen Studio behaglich für den Vormittag eingerichtet hatte, war der erste Entschluß, zu dem ich gelangte, meine Schritte freiwillig nie mehr in Richtung der Appartements dieses Hausherrn zu richten; es sei denn in dem, freilich äußerst unwahrscheinlichen, Fall, er beehrte mich mit der speziellen Einladung, ihm einen neuerlichen Besuch abzustatten. Nachdem ich hinsichtlich meiner künftigen Beziehungen zu Herrn Fairlie zu solchem, mich befriedigenden Entschluß gelangt war, gewann ich bald die Gemütsruhe zurück, deren mich meines Brotherrn hochmütige Vertraulichkeit und unverschämte Höflichkeit für einen Augenblick beraubt hatte. Die restlichen Stunden des Vormittags gingen mir angenehm genug damit hin, die Aquarelle noch einmal durchzusehen, sie der Zusammengehörigkeit nach zu ordnen; eingerissene Ränder auszubessern; und sämtliche nötigen Vorbereitungen für die künftige Arbeit des Aufziehens zu treffen. Ich hätte vielleicht mehr als das schaffen müssen; aber je näher die Mittagsstunde kam, desto rastloser und unruhiger wurde mir zumut, und ich fühlte mich einfach unfähig, mich auf irgendeine Arbeit zu konzentrieren, selbst wo diese Arbeit nur aus relativ einfachen Handgriffen bestand.
Um 2 Uhr stieg ich dann, direkt ein bißchen ängstlich, wieder zum Frühstückszimmer hinunter; waren doch bei meinem jetzigen Wiedererscheinen in diesem Teil des Hauses interessante Aufschlüsse irgendwelcher Art zu erwarten. Die erste Bekanntschaft mit Fräulein Fairlie stand mir unmittelbar bevor; und, vorausgesetzt, daß Fräulein Halcombes Durchsicht der mütterlichen Korrespondenz, das von ihr erwartete Ergebnis gezeitigt haben sollte, war jetzt ebenfalls die Stunde gekommen, das Geheimnis der Frau in Weiß aufzuklären.

VIII

Als ich den Raum betrat, fand ich Fräulein Halcombe und eine ältliche Dame am Mittagstisch sitzen.

Die ältliche Dame, als ich ihr vorgestellt wurde, entpuppte sich als Fräulein Fairlies frühere Gouvernante, Frau Vesey, die meine muntere Gefährtin beim Frühstück mir kurz als ›im Besitz sämtlicher Kardinaltugenden, außerdem jedoch für nichts zu rechnen‹ charakterisiert hatte. Ich kann wenig mehr tun, als die Wahrheit von Fräulein Halcombes Skizze vom Wesen der alten Dame bescheinigen. Frau Vesey schaute wie die personifizierte menschliche Seelenruhe und frauliche Liebenswürdigkeit drein. Ruhiges Genießen eines ruhigen Daseins sonnenscheinte aus dem verschlafenen Lächeln ihres vollen milden Antlitzes. Manche von uns stürmen durchs Leben, und Manche trödeln hindurch — Frau Vesey *saß* durchs Leben. Saß früh und spät im Hause; saß im Garten; saß aufs unerwartetste in Fensternischen auf Korridoren; saß (auf einem Feldstühlchen) wenn ihre Freunde sie zu einem Spaziergang überredet hatten; setzte sich, bevor sie sich irgendetwas ansah, über irgendetwas sprach, oder auf die simpelste Frage mit ›Ja‹ oder ›Nein‹ antwortete — immer mit dem gleichen ungetrübten Lächeln um die Lippen, der gleichen verbindlichen gedankenlos-aufmerksamen Kopfhaltung, der gleichen genüßlich-behaglichen Anordnung von Händen und Armen, und dies unter allen nur denkbaren Kombinationen häuslicher Ereignisse. Eine sanfte, willfährige, eine unsäglich ruhevolle und harmlose alte Dame, die nie und unter keinen Umständen den Verdacht aufkommen ließ, daß sie seit der Stunde ihrer Geburt jemals richtig lebendig gewesen sei. Die Natur hatte ja so viel in dieser Welt zu tun, und immerfort eine so große Anzahl gleichzeitig-existierender Wesen zu erzeugen, daß sie ohne Zweifel dann und wann einmal, in der Hitze des Gefechts, sich verheddert, und vorübergehend zwischen den vielen parallellaufenden Schöpfungsvorgängen nicht mehr scharf genug unterscheidet. Diese Theorie einmal vorausgesetzt, wird es stets meine private Überzeugung bleiben, daß die Natur gerade völlig in die Erfindung neuer Kohlsorten vertieft war, als Frau Vesey entstand; und daß die gute Dame folglich zeitlebens an den Konsequenzen solcher vegetabilischen Belustigungen von Unser Aller Mutter zu laborieren hatte.

»Tcha, Frau Vesey«, sagte Fräulein Halcombe, und wirkte geschei-

ter, witziger und lebhafter denn je, mit der anspruchslosen alten Dame an ihrer Seite als Folie, »was möchten Sie denn haben? Ein Kotelett?«
Frau Vesey faltete die Hände mit den Grübchen darin über der Tischkante, lächelte mild, und sagte, »Ja, meine Liebe.«
»Was steht denn dort gegenüber von Herrn Hartright? Gekochtes Huhn, was? Meines Wissens mögen Sie doch gekochtes Huhn lieber als Kotelett, Frau Vesey?«
Frau Vesey nahm die Hände mit den Grübchen darin von der Tischkante herunter, und legte sie statt dessen kreuzweise in ihrem Schoß übereinander; nickte beschaulich dem gekochten Huhn zu, und sagte, »Ja, meine Liebe.«
»Schön; aber was hätten Sie heute denn am liebsten? Soll Herr Hartright Ihnen etwas von dem Huhn geben? Oder ich Ihnen ein Kotelett?«
Frau Vesey legte eine ihrer Hände, und es waren Grübchen darin, wieder zurück auf die Tischkante; zögerte schläfrig; und sagte dann, »Wie Sie meinen, meine Liebe.«
»Oh, Erbarmung! Aber liebste, beste Frau, es ist doch eine Frage *Ihres* Geschmacks, und nicht des meinen. Wie wär's, wenn Sie von beidem ein bißchen nähmen? Und anfingen, sagen wir, mit dem Hühnchen; denn Herr Hartright sieht schon aus, als fieberte er förmlich danach, Ihnen vorlegen zu dürfen.«
Frau Vesey legte auch die andere Hand (mit Grübchen darin) wieder auf die Tischkante; strahlte einen Augenblick matt auf, verlosch im nächsten wieder; machte eine folgsame kleine Verbeugung, und sagte, »Wenn Sie so gut sein wollen, Sir.«
Unverkennbar: eine sanfte, willfährige, eine unsäglich ruhevolle und harmlose alte Dame! Aber genug wohl, für den Augenblick, von Frau Vesey.

Und die ganze Zeit über nicht das geringste Anzeichen von Fräulein Fairlie. Wir beendigten unsern Lunch; noch immer kam sie nicht zum Vorschein. Fräulein Halcombe, deren scharfem Auge nichts entging, vermerkte natürlich auch die Blicke, die ich von Zeit zu Zeit in Richtung Tür warf.
»Ich weiß, was Sie denken, Herr Hartright,« sagte sie, »Sie wundern sich, was aus Ihrer anderen Schülerin geworden sein mag. Sie ist bereits unten gewesen; die Kopfschmerzen sind überwunden;

aber um uns beim Essen Gesellschaft zu leisten, hat sie doch noch nicht wieder Appetit genug. Wenn Sie sich meiner Führung anvertrauen wollen — ich glaube, ich kann mich verbürgen, daß wir sie irgendwo im Garten auftreiben.«

Sie nahm den Sonnenschirm zur Hand, der auf einem Stuhl neben ihr lag, und ging mir voran, hinaus, durch eine hohe Fenster-Tür am Ende des Raumes die geradeswegs auf den Rasen führte. Es ist wohl unnötig zu erwähnen, daß wir Frau Vesey, immer am Tisch sitzend, zurück ließen, die Hände mit den Grübchen darin auf der Tischkante friedlich übereinander gelegt; und anscheinend entschlossen, den Rest des Nachmittags in dieser Stellung zu verbringen.

Während wir den Rasenplatz überquerten, schaute Fräulein Halcombe mich bedeutsam an, und wiegte den Kopf.

»Ihr geheimnisvolles Abenteuer da neulich,« sagte sie, »bleibt zunächst noch in das ihm angemessene mitternächtliche Dunkel gehüllt. Ich hab' den ganzen Vormittag lang Briefe meiner Mutter durchgesehen, und bis jetzt keinerlei Entdeckung machen können. Noch brauchen Sie aber nicht zu verzweifeln, Herr Hartright. Hier handelt es sich um eine Frage der Neugier; und Sie haben als Alliierten eine Frau; unter solchen Voraussetzungen ist, sei es früher oder später, ein Erfolg gewiß. Auch ist die Briefquelle noch nicht erschöpft; noch sind drei Packe übrig, und Sie können sich zuversichtlich darauf verlassen, daß ich den ganzen geschlagenen Abend darauf verwenden werde.«

Ergo erwies sich die eine meiner morgendlichen Einbildungen schon als noch nicht erfüllt; und ich begann mich als nächstes zu fragen, ob die Bekanntschaft mit Fräulein Fairlie etwa auch die Erwartungen enttäuschen würde, die ich mir seit dem Frühstück her von ihr gemacht hatte.

»Und wie sind Sie mit Herrn Fairlie zurechtgekommen?« forschte Fräulein Halcombe weiter, während wir den Grasplatz verließen, und in eine Buschreihe einbogen. »War er heute Morgen etwa besonders nervös? Machen Sie sich nicht die Mühe, umständlich über eine Antwort nachzusinnen, Herr Hartright: der bloße Umstand, daß Sie anheben müssen, nachzusinnen, genügt mir. Ich lese es in Ihren Zügen, daß er besonders nervös *war*; und da ich gutmütigerweise nicht Willens bin, Sie in einen ähnlichen Zustand zu versetzen, frage ich nicht weiter.«

Wir bogen, während sie noch sprach, in einen geschlängelten Seitenpfad ab, und näherten uns einem hübschen Sommerhäuschen, ganz aus Holz gebaut, etwa in der Art eines schweizerischen ›Châlet‹ en miniature. Wir stiegen die wenigen Stufen zu seiner Tür hinauf, und fanden den einzigen Raum dieses Sommerhäuschens bereits von einer jungen Dame mit Beschlag belegt. Sie stand neben einem ländlich-derben Tisch; schaute dorthin hinaus, wo sich durch eine Lücke in den Bäumen die Aussicht ins Binnenland mit seinen Mooren und Hügeln auftat; und schlug dann und wann abwesend ein Blatt in einem kleinen Skizzenbuch um, das ihr zur Seite lag. Es war Fräulein Fairlie.

Wie kann ich sie am besten beschreiben? Wie kann ich diesen ersten Anblick und meine eigenen Gefühle auseinanderhalten, sowie das, was sich späterhin dann alles ereignet hat? Wie stelle ich es an, um sie wieder so zu sehen, wie damals, als mein Blick zuerst auf sie fiel – und wie sie also den Augen, die jetzt auf diesen Zeilen ruhen, eigentlich erscheinen sollte?

Das Wasserfarben-Porträt, das ich zu einer späteren Zeit von Laura Fairlie entwarf, in eben der Stellung und an dem Ort, wo ich sie zum ersten Mal sah, liegt neben mir auf dem Tisch, während ich dieses schreibe. Ich schaue darauf hin; und allmählich tritt vor dem dunklen, grün-bräunlichen Hintergrund des Sommerhäuschens, erst undeutlich, dann immer klarer, eine leichte jugendliche Gestalt hervor, angetan mit einem schlichten Musselinkleid, mit einem Muster aus breiten Streifen in zartem Blau und Weiß. Um die Schultern schlingt sich, duftig und eng, ein Schal aus dem gleichen Material; ein kleiner, einfacher Hut aus ungefärbtem Stroh, ganz sparsam mit einem zum Kleid passenden Band verziert, bedeckt ihr Haupt, und wirft einen sanften perlmutternen Schatten über den oberen Teil ihres Gesichts. Ihr Haar ist von einem so delikaten und blassen Braun – nicht flachsen, obgleich fast ebenso hell; nicht golden, obgleich fast ebenso schimmernd – daß es hier und dort nahezu mit dem Schatten des Hutes verschmilzt. Es ist ganz schlicht gescheitelt, hinter die Ohren zurückgekämmt, und der Ansatz über der Stirn zeigt eine natürliche Wellung. Die Augenbrauen sind merklich dunkler als das Haar; und die Augen selbst von jenem weichen, durchsichtigen Türkisblau, von dem die Dichter so oft singen, und dem man im wirklichen Leben so selten begegnet. Liebliche Augen, was die Farbe, und lieblich, was ihre Form anbelangt – groß und zärt-

lich, und still und gedankenvoll – jedoch schön vor allem wegen der klaren Wahrhaftigkeit des Ausdrucks, der tief in ihrem Innern wohnt, und mit dem Licht einer reineren und besseren Welt durchscheint, gleichviel welches wechselnde Gefühl sie beseelt. Der Reiz, den sie über das ganze Gesicht ausstrahlen – ein höchst sanfter und dennoch höchst ausgeprägter Reiz – verändert, ja verdeckt dessen anderweitige zierliche Defekte, die natürlich-menschlichen, in einer Art, daß es schwierig wird, die anderen Züge objektiv und nach Verdienst zu loben oder zu tadeln. Es ist schwer zu erkennen, daß der untere Teil des Gesichtes, zumal um das Kinn herum, etwas zu zart und verfeinert ist, um mit dem oberen Teil voll und ganz zu harmonisieren; daß die Nase nicht nur nicht Adlerform hat (die bei Frauen ja immer irgendwie hart und grausam wirkt; einmal abgesehen davon, wie vollkommen geschwungen im abstrakten Sinne sie dann sein mag) sondern, im Gegenteil, ein klein wenig ins andere Extrem abgeirrt ist, und die ideale gerade Linie nun so wiederum etwas verfehlt hat; und daß die süßen, sensiblen Lippen, wenn sie lächeln, unwillkürlich einem gewissen nervösen Zucken unterworfen sind, die sie auf der einen Seite etwas hoch in die Wange hinauf ziehen. Im Gesicht einer anderen Frau würde es zweifellos leichter sein, diese kleinen Schönheitsfehler festzustellen; aber bei ihr ist es nicht leicht, bewußt darauf zu verweilen, derart unmerklich und fein sind sie mit all dem verwebt, was in ihrem Gesichtsausdruck charakteristisch und individuell ist, und derart innig beruht wiederum dieser Gesichtsausdruck auf dem lebendigen Zusammenspiel sämtlicher Züge, vor allem der Wirkung des bewegten Auges.
Zeigt mein ärmliches Porträt, die liebevolle, geduldige Arbeit langer und glücklicher Tage, mir all diese Dinge? Ach, wie wenig davon sind in die mechanisch-blasse Zeichnung eingegangen, und wie viele davon in das Auge, mit dem ich sie betrachte! Ein hübsches, körperlich zartes Mädchen, in einem netten hellen Kleid, das in den Seiten eines Skizzenbuches blättert, während es gleichzeitig mit aufrichtigen, unschuldig blauen Augen davon hochsieht – das ist alles, was die Zeichnung darüber aussagen kann; alles, vielleicht, was auch der Gedanke und die ihm gehorchende Feder, mit ihren größeren Möglichkeiten, in ihrer Sprache davon werden aussagen können. Die Frau, die als Erste unseren schattenhaften Vorstellungen von ›Schönheit‹ Klarheit, Gestalt und Leben gibt, füllt damit eine Lücke in unserer geistigen Natur aus, die uns, bis zu ihrem Erscheinen, so

gut wie unbewußt geblieben ist. Geheime Sympathieen, die zu tief für Worte, ja, zu tief fast für Empfindungen liegen, werden in solchen Augenblicken von Reizen angesprochen, die ihrerseits ebenfalls andersgeartet sind, als daß die Sinne sie fühlen, die Möglichkeiten der Sprache sie in Worte fassen könnten. Das Frauenschönheit zugrunde liegende Mysterium erweist sich uns erst dann als unausdrückbar, wenn wir erkannt haben, daß es gleicher Art ist mit den ähnlich tiefer liegenden Mysterien unserer eigenen Seele. Dann erst, und nur dann, erkennen wir es als über die begrenzten Regionen unserer Niederwelt hinausgewachsen, denen Pinsel oder Feder allenfalls einiges weniges Licht zu geben vermögen.

Der Leser stelle sie sich also schlicht so wie jene Frau vor, die seine Pulse zuerst in einer Art beschleunigte, wie alle übrigen ihres Geschlechtes es nicht zu tun vermochten. Er leihe den guten, redlichen Blauaugen, deren Blick jetzt den meinen traf, jenen einzigartigen unvergleichlichen Ausdruck, dessen wir Beide uns so gut erinnern. Leihe ihrer Stimme den gleichen Klang wie Musik, über den einst nichts ging, und der seinem Ohr so wohl tat, wie dieser jetzt meinem. Ihr leichter Schritt, wie sie auf diesen Seiten kommen und gehen wird, sei gleich jenem anderen Schritt, zu dessen elfischem Tropfenfall sein Herz einst den Takt schlug. Der Leser akzeptiere sie solchermaßen als den Pflegling seiner eigenen Fantasie, und er wird sie dadurch desto deutlicher erblicken, desto ähnlicher der lebendigen Frau, die die meine erfüllt.

Unter all den Gefühlen jedoch, die mich bestürmten, als mein Blick zuerst auf sie fiel – Gefühle, die uns Allen vertraut sind; die in den meisten Herzen einmal zum Leben erwachen, in vielen wieder sterben, und nur in wenigen sich hell und frisch zum zweiten Mal erneuern – war eines, das mich frappierte und beunruhigte; eines, das mir in Fräulein Fairlies Gegenwart seltsam widersinnig und aufs unerklärlichste fehl am Platz erschien.

Gemischt mit dem lebhaften Eindruck, den ihr schönes Antlitz und Haupt, ihr süßer Gesichtsausdruck, und die gewinnende Schlichtheit ihres Wesens auf mich machten, war ein anderer, der mir auf ganz merkwürdig schattenhafte Art und Weise den Gedanken eingab, daß irgendwo irgendetwas *fehle*. Zuweilen schien es, als fehle etwas in *ihr*; dann wieder war es, als fehle etwas in mir, das mich daran hindere, sie so zu verstehen, wie ich eigentlich müßte. Dieser Eindruck war, auf die widerspruchvollste Weise, immer dann am stärk-

sten, wenn sie mich ansah; beziehungsweise, anders ausgedrückt: dann, wenn ich mir der Harmonie und des Reizes ihrer Züge am deutlichsten bewußt war, wurde ich gleichzeitig von dem Gefühl einer Unvollständigkeit geplagt, die zu entdecken mir jedoch unmöglich war. Irgendetwas fehlte, irgendetwas fehlte – doch wo es war, und was es war, hätte ich nicht sagen können.
Die Folge dieser kuriosen Eskapade meiner Fantasie (für die ich es damals hielt) war nicht von der Art, daß ich bei dieser ersten Unterhaltung mit Fräulein Fairlie, ganz ungezwungen und natürlich hätte auftreten können. Selbst auf die wenigen guten Worte der Bewillkommnung, die sie sprach, in den hergebrachten Redewendungen zu erwidern, fand ich kaum hinreichende Selbstbeherrschung. Fräulein Halcombe, die mein Zögern bemerkte, und es sich ohne Zweifel und ja auch am natürlichsten durch eine momentane verlegene Scheu meinerseits erklärte, nahm, rüstig wie stets, die Leitung des Gesprächs sogleich selbst in die Hand.
»Sie sehen, Herr Hartright,« sagte sie, indem sie auf das Skizzenbuch auf dem Tisch und die kleine, zart-nervöse Hand wies, die immer noch damit spielte, »vermutlich werden Sie jetzt selbst zugeben, daß Ihre Musterschülerin endlich gefunden ist? Den Augenblick, wo sie hört, daß Sie im Hause sind, ergreift sie auch schon ihr unschätzbares Skizzenbuch, sieht der Natur allgemein fest ins Gesicht, und brennt darauf, zu beginnen!«
Fräulein Fairlie lachte in launigem, echtem Humor, der sich sogleich so hell über ihr ganzes liebliches Angesicht verbreitete, wie wenn er ein Teil des Sonnenscheins draußen gewesen wäre.
»Ich kann mir kein Verdienst zuschreiben, in Fällen, wo ich gar kein Verdienst habe,« sagte sie, indem ihre wahrhaftigen klarblauen Augen zwischen Fräulein Halcombe und mir hin und her gingen. »So gern ich zugegebenermaßen auch zeichne, so bewußt bin ich mir doch meiner eigenen Unwissenheit, und habe vielmehr Angst als Lust anzufangen. Jetzt, wo ich weiß, daß Sie hier sind, Herr Hartright, hab' ich meine Skizzen ungefähr mit dem Gefühl gemustert, mit dem ich mir als kleines Mädchen meine Schularbeiten ansah, wo ich immer die trübsten Befürchtungen hegte, daß ich beim Aufsagen dann stecken bleiben würde.«
Sie machte dies Geständnis sehr hübsch und schlicht, und zog auch ihr Skizzenbuch fort, näher auf ihre Seite des Tisches hin, mit einer wunderlich kindlichen Ernsthaftigkeit. Fräulein Halcombe, in ihrer

resoluten offenen Art, zerhieb jedoch den entstandenen kleinen Knoten der Verwirrung auf der Stelle:
»Gut, schlecht, oder mittelmäßig,« sagte sie, »die Skizzen der Schülerin müssen die Feuerprobe der Beurteilung durch den Meister bestehen; und da gibt's gar kein Reden mehr. – Wie wär's wenn wir sie mit in den Wagen nähmen, Laura, und sie Herrn Hartright dies erste Mal unter den erschwerenden Umständen pausenlosen Gerütteltund Unterbrochenwerdens angucken ließen? Wenn wir ihn für die Dauer der Fahrt nur in ständiger Verwirrung erhalten können, ob des Anblicks der Natur, wie sie auf den Aussichtspunkten wirklich ist, und ihres Anblicks, wie sie nicht ist, wenn er wieder in unsere Skizzenbücher schaut; dann treiben wir ihn dadurch zu dem letzten verzweifelten Auskunftsmittel, unserer Kunstfertigkeit Komplimente zu machen, und schlüpfen ihm durch die Fachmannsfinger, ohne daß uns auch nur ein Federchen unserer liebsten Eitelkeiten verknickt wird.«
»Ich hoffe, Herr Hartright wird *meiner* Kunstfertigkeit keine Komplimente machen,« sagte Fräulein Fairlie, während wir vereint das Sommerhäuschen verließen.
»Darf ich die Frage wagen, warum Sie dieser Hoffnung Ausdruck geben?« erkundigte ich mich.
»Weil ich alles glauben werde, was Sie mir sagen,« erwiderte sie schlicht.
Mit diesen wenigen Worten gab sie mir unbewußterweise den Schlüssel zu ihrem ganzen Charakter; zu jenem großherzigen Vertrauen in Andere, das ihrer Natur aufs unschuldigste, aus dem Gefühl ihrer eigenen Wahrhaftigkeit, entsproßte. Damals wußte ich das nur rein intuitiv; aus Erfahrung weiß ich es heute.
Wir hatten lediglich noch die gute Frau Vesey zu bewegen, sich von ihrem Platz an dem verlassenen Eßtisch zu erheben, den sie immer noch einnahm, und konnten dann den offenen Wagen zu unserer vorgesehenen Rundfahrt besteigen. Die alte Dame und Fräulein Halcombe nahmen den Rücksitz, und ich und Fräulein Fairlie zusammen den Vordersitz ein, mit dem Skizzenbuch zwischen uns, das nun endgültig und vollständig vor meinen fachmännischen Augen offen da lag. Aber jedwede ernsthafte Kritik der Zeichnungen, selbst wenn ich in der Stimmung gewesen wäre, eine solche vorzunehmen, wurde durch Fräulein Halcombes mutwilligen Entschluß unmöglich gemacht, an den Schönen Künsten, wie sie von ihr selbst,

ihrer Schwester und der Damenwelt im allgemeinen praktiziert wurden, nur die lächerliche Seite zu sehen. Ich kann mich der zwischen uns geführten Unterhaltung mit weit mehr Leichtigkeit erinnern, als der Skizzen, die ich nur ganz mechanisch überflog. Speziell der Teil unserer Gespräche, an dem Fräulein Fairlie irgendeinen Anteil nahm, ist meinem Gedächtnis noch so lebendig eingeprägt, wie wenn er sich erst vor einigen wenigen Stunden ereignet hätte.

Ja! Ich will es getrost zugeben, daß ich mich an diesem ersten Tage, infolge des Reizes ihrer Gegenwart, von der Erinnerung, wer ich selbst und was meine Stellung hier sei, abwendig machen ließ. Die nebensächlichste der Fragen, die sie mir bezüglich Pinselführung und Farbenmischung stellte; der geringste Wechsel des Ausdrucks in den lieblichen Augen, die mit einem so ernstlichen Wunsch in die meinigen blickten, Alles zu lernen, was ich lehren, Alles gleichfalls zu entdecken, was ich zeigen könnte, nahm mehr von meiner Aufmerksamkeit gefangen, als die schönsten Aussichten, an denen wir vorbeikamen, oder die grandiosesten Wechsel von Licht und Schatten, wie sie über dem flachen Sandstrand und dem unebnen Moorland ineinanderflossen.

Ist es nicht ganz merkwürdig, zu beobachten, wie wenig zu Zeiten, zumal unter Umständen, wo menschliche Anteilnahme mit im Spiele ist, die Gegenstände der natürlichen Welt, inmitten deren wir doch leben, dann auf Herz und Sinn bei uns wirken? Nur in Büchern suchen wir bei der Natur Trost im Leid und Teilnahme in der Freude. Die Bewunderung jener Schönheiten der unbelebten Welt, wie sie die moderne Dichtung so ausführlich und beredt beschreibt, gehört, selbst in den Besten unter uns, nicht zu den angeborenen Naturinstinkten. Als Kind besitzt sie nicht Einer von uns; und auch der Ungebildete, ob Mann ob Weib, besitzt sie nicht. Diejenigen, die ihr Leben am ausschließlichsten inmitten der immerneuen Wunder von Land und Meer verbringen, sind auch Diejenigen, die jeglicher Erscheinung der Natur, die nicht direkt mit ihrem Berufsinteresse in Verbindung steht, mit der umfassendsten Gefühllosigkeit begegnen. Unsere Fähigkeit, die Schönheiten der Erde die wir bewohnen, zu würdigen, ist in Wahrheit eine der Errungenschaften der Zivilisation, die Jeder erlernen muß wie eine Kunst; ja, mehr noch, eine Kunst, die nur selten von Einem unter uns ausgeübt wird, und auch dann höchstens, wenn unser Gemüt am indolentesten und wenigsten beschäftigt ist. Wieviel Anteil haben die

Reize der Natur jemals an den angenehmen oder schmerzlichen Erregungen und Gefühlen von uns selbst oder unsern Freunden gehabt? Welchen Raum nehmen sie ein, in den tausend und abertausend kleinen persönlichen Mitteilungen von Erlebnissen, wie sie tagtäglich Jeder von uns dem Andern mündlich macht? Alles, was unser Geist zu begreifen, unser Herz zu umfassen vermag, kann mit gleicher Gewißheit, gleichem Gewinn und gleicher Befriedigung für uns selbst, in der dürftigsten wie in der prangendsten Landschaft, die die Erde nur immer aufweist, vorgenommen werden. Und solcher Mangel an eingeborener Sympathie zwischen dem Geschöpf und der es umgebenden Schöpfung ist ja zuverlässig auch nicht ohne Grund; einen Grund, den man vielleicht in der so weit divergierenden Bestimmung des Menschen und seinem irdischen Wirkungskreise zu suchen hat: der Anblick des imposantesten Gebirges, den das Auge nur überschauen kann, ist ja der schließlichen Vernichtung bestimmt: die geringste menschliche Regung, die ein reines Herz empfindet, gehört der Unsterblichkeit an.

Als der Wagen wiederum durch die Tore von Limmeridge-Haus rollte, waren wir fast drei volle Stunden unterwegs gewesen.

Auf der Rückfahrt hatte ich die Damen sich selbst über den ersten Aussichtspunkt, den sie ab Nachmittag des nächsten Tages unter meiner Anleitung zu skizzieren gedachten, untereinander einigen lassen. Als sie sich dann zurückgezogen hatten, um sich zum Abendbrot umzukleiden, und ich wieder allein mit mir in meinem kleinen Wohnzimmer saß, schien mich meine angeregte Stimmung schlagartig zu verlassen. Ich fühlte mich wenig behaglich und unzufrieden mit mir selbst, und wußte doch kaum warum. Möglich, daß mir zum ersten Mal zum Bewußtsein kam, wie ich unsere Ausfahrt eigentlich zu sehr in der Eigenschaft als Gast genossen hatte, und zu wenig in meiner Eigenschaft als Zeichenlehrer. Möglich auch, daß jene seltsame Empfindung von etwas Fehlendem, sei es bei Fräulein Fairlie, sei es bei mir selbst, die mich so verblüfft hatte, als ich ihr das erstemal vorgestellt wurde, mir noch nachging. Auf jeden Fall bedeutete es für mich eine ausgesprochene Gemütserleichterung, als die Abendbrotstunde mich aus meiner Verlassenheit erlöste, und mich wiederum in die Gesellschaft der Damen des Hauses zurückrief.

Als ich das Zimmer unten betrat, machte mich ein kurioser Kontrast in der Kleidung, die sie jetzt trugen, ganz betroffen, und zwar sowohl hinsichtlich des Stoffes als auch der Farben. Während Frau

Vesey und Fräulein Halcombe beide reich gekleidet waren, (eine Jede in der Art, die ihrem Lebensalter am besten anstand: die erstere in Silbergrau; die Zweite in jenes spezifische Primelgelb, das so gut zu einer brünetten Hautfarbe und schwarzen Haaren paßt), war Fräulein Fairlie ganz bescheiden, ja fast ärmlich in einfachsten weißen Musselin gekleidet. Gewiß, es war von fleckenloser Weiße; es war von untadeligem Sitz; dennoch blieb es immer die Art Kleidung, die auch Frau oder Tochter eines armen Mannes hätte anhaben können, und bewirkte, daß sie vom reinen Äußeren her, aus weniger gut gestellten Kreisen zu kommen schien, als ihre eigene Gouvernante. In späterer Zeit, als ich Fräulein Fairlies Charakter näher kennen lernte, erkannte ich, daß dieses merkwürdige Verfallen ins andere Extrem ihrem natürlich feinen Herzenstakt zuzuschreiben sei, sowie ihrer ebenfalls natürlichen hochgradigen Abneigung gegen jedwedes persönliche Zurschautragen des eigenen Reichtums. Weder Frau Vesey noch Fräulein Halcombe vermochten sie jemals zu bewegen, diesen Vorzug bezüglich Kleidung den beiden Damen zu nehmen, die arm waren, und ihn sich selbst, die sie reich war, anzueignen.

Als das Abendessen vorbei war, kehrten wir zusammen wieder ins Wohnzimmer zurück. Obwohl Herr Fairlie (im Wetteifer mit der dekorativen Herablassung jenes Monarchen, der einst Tizian ein Mal den Pinsel aufgehoben hatte) ausdrücklich seinen Butler angewiesen hatte, sich nach meinen Wünschen bezüglich der Weinsorte, die ich nach dem Abendessen vorziehen würde, zu erkundigen, besaß ich doch Festigkeit genug, der Versuchung, einsam und großartig zwischen Flaschen meiner eigenen Wahl herumzusitzen, zu widerstehen; und Verstand genug, statt dessen die Damen um Erlaubnis zu bitten, mich grundsätzlich, für die Zeit meines Aufenthaltes in Limmeridge-Haus, nach guter zivilisierter Ausländersitte, zusammen mit ihnen vom Tisch erheben zu dürfen.

Das Wohnzimmer, in das wir uns nunmehr für den Rest des Abends begeben hatten, befand sich im Erdgeschoß, und war von der gleichen Gestalt und Größe, wie das Eßzimmer. Große Glastüren führten am unteren Ende auf eine Terrasse hinaus, die ihrer ganzen Länge nach aufs verschwenderisch-schönste mit einem wahren Blumenmeer geschmückt war. Eine weiche dunstige Dämmerung bewirkte soeben mit ihrem eigenen schlichten Ton, daß Blätter und Blüten gleichermaßen verschattet-harmonischere Tinten annahmen, als wir den Raum betraten, und der süße abendliche Blumenduft kam uns durch die weit offen stehenden Glastüren wie ein wohlriechender Willkommensgruß entgegen. Frau Vesey, die Gute, (immer die erste in der Gesellschaft, die Platz nahm), ergriff Besitz von dem Armsessel in einer Ecke, und nickte unverzüglich in ein behagliches Schläfchen hinüber. Fräulein Fairlie setzte sich auf meine Bitte hin ans Klavier; und als ich ihr zu einem Platz unweit des Instrumentes folgte, sah ich Fräulein Halcombe sich in die Nische eines der Seitenfenster zurückziehen, um bei den letzten stillen Schimmern des Abendlichtes die Durchsicht der Briefe ihrer Mutter fortzusetzen.

Wie lebhaft mir das friedvolle, häusliche Bild dieses Wohnzimmers wieder vor Augen tritt, jetzt, während ich schreibe! Von der Stelle aus, wo ich saß, konnte ich Fräulein Halcombes anmutsvolle Gestalt erblicken, zur Hälfte sanft beleuchtet, zur Hälfte in geheimnisvollen Schatten, wie sie sich gespannt über die Briefe in ihrem Schoß beugte; während, noch näher bei mir, sich das feine Profil der Klavierspielerin aufs delikateste vor dem unmerklich immer dämmriger werdenden Hintergrund der inneren Wand des Raumes abzeichnete. Draußen, auf der Terrasse, bewegten sich die Blumenbuschen, die hohen Ziergräser und Ranken so sacht in dem leichten Abendlüftchen, daß kein Geräusch ihres Raschelns uns erreichte. Der Himmel war wolkenlos, und an seinem östlichen Rand begann bereits das erste zitternde Mondlicht geheimnisreich heraufzudämmern. Ein Gefühl des Friedens und der Weltabgeschiedenheit wiegte alle Gedanken und Empfindungen in schier unirdisch hinreißende Ruhe ein; und die balsamische Stille, immer mehr zunehmend wie die Dunkelheit zunahm, schien uns mit noch einschmeichelnderem Einfluß zu umschweben, als sich vom Klavier her in himmlischer Zartheit die Klänge Mozartischer Musik stahlen. Es war ein Abend unvergeßlicher Beleuchtungen und Laute.

Wir alle saßen sehr still auf den von uns erkorenen Plätzen — Frau Vesey unverändert schlummernd; Fräulein Fairlie unverändert spielend; Fräulein Halcombe unverändert lesend — bis es zu dunkel wurde. Um diese Zeit hatte sich auch der Mond um die Ecke der Terrasse gestohlen, und sanfte, geheimnisvolle Lichtbahnen fielen bereits schräg über den unteren Teil des Zimmers. Aber die Ablösung des einen Zwielichts durch das andere war so schön, daß wir, als der Diener die Lampen herein brachte, sie einstimmig verbann-

ten, und den ganzen großen Raum, mit Ausnahme des Scheins der zwei Kerzen auf dem Klavier, unbeleuchtet ließen.
Eine halbe Stunde noch ging das Musizieren fort; dann verlockte die Schönheit des Anblicks der mondbeschienenen Terrasse Fräulein Fairlie, sie sich anzusehen, und ich folgte ihrem Beispiel. Als die Kerzen auf dem Klavier angezündet worden waren, hatte Fräulein Halcombe ihren Platz dergestalt gewechselt, daß sie sich ihrer bedienen konnte, während sie in ihrer Durchsicht der Briefe fortfuhr; dort, an der einen Seite des Instrumentes, blieb sie in einem niedrigen Sessel so vertieft in ihre Lektüre sitzen, daß sie von unserm Hinausgehen keine Notiz zu nehmen schien.
Wir konnten schwerlich ganze 5 Minuten zusammen draußen auf der Terrasse, genau in Front der mächtigen Glastüren, gewesen sein, würde ich sagen; und Fräulein Fairlie band sich auf meinen Rat hin gerade ihr weißes Halstüchlein zum Schutz gegen die Nachtluft als Kopftuch um – als ich Fräulein Halcombes Stimme drinnen meinen Namen aussprechen hörte – leise, mit Eifer, und beträchtlich verschieden von dem ihr sonst eigenen munteren Ton.
»Herr Hartright?« sagte sie, »wollen Sie bitte 'mal für eine Minute herkommen? Ich möchte gern mit Ihnen sprechen.«
Ich trat sogleich in den Raum zurück. Das Klavier stand an der Innenwand (also aufs Hausinnere zu) und ungefähr in deren Mitte; auf der der Terrasse fernsten Seite des Instrumentes saß, einen Haufen durcheinander geratener Briefe im Schoß, Fräulein Halcombe und hielt einen ausgewählten davon in Kerzennähe in der Hand. Auf der der Terrasse näheren Seite des Klaviers stand ein Sofa, auf dem ich jetzt Platz nahm – in dieser Stellung war ich nicht weit von den Glastüren, und vermochte in deren Rahmen deutlich Fräulein Fairlie zu erkennen, wie sie im vollen Strahl des Mondes langsam von einem Ende der Terrasse zum andern schritt, und jedesmal, bald von rechts, bald von links, an den offenen Türen vorbei kam.
»Hören Sie bitte zu, während ich Ihnen die Schlußabsätze dieses Briefes hier vorlese,« sagte Fräulein Halcombe. »Und sagen Sie mir dann, ob Sie meinen, daß dadurch einiges Licht auf Ihr seltsames Abenteuer auf jener Landstraße nach London fällt. Der Brief stammt von meiner Mutter; ist an ihren zweiten Mann, Herrn Fairlie gerichtet; und dem Datum nach aus einer Zeit, die zwischen

11 und 12 Jahren zurückliegt. Damals wohnten Herr und Frau Fairlie, sowie meine Halbschwester Laura, schon seit Jahren in diesem Haus hier; während ich fern von ihnen weilte, damit meine Bildung in einer Pariser Schule ihren Abschluß erhielte.«
Sie sah ernst aus, und sprach auch so; ja, mir schien, sie wäre sogar ein bißchen unruhig. In dem Moment, wo sie den Brief wieder näher an die Kerze hob, um mit dem Vorlesen zu beginnen, kam Fräulein Fairlie draußen auf der Terrasse an der Türöffnung vorüber, und schaute einen Augenblick herein; um dann, als sie erkannte, daß wir beschäftigt waren, langsam wieder weiter zu schreiten.
Fräulein Halcombe begann zu lesen wie folgt: –

»›Du wirst es fast müde sein, mein lieber Philipp, ständig von meiner Schule und deren Schülern zu hören; gib die Schuld daran aber, bitte, weniger mir, sondern mehr der öden Einförmigkeit des Lebens in Limmeridge hier. Außerdem hab' ich Dir diesmal etwas wirklich Interessantes über eine neue Schülerin zu schreiben.
Du erinnerst Dich an die alte Frau Kempe, beim Dorfkaufmann? Gut; nach Jahren des Siechtums also hat der Arzt sie endlich aufgegeben, und sie geht nun allmählich, Tag um Tag, ihrem Ende entgegen. Ihre einzige lebende Verwandte, eine Schwester, ist letzte Woche eingetroffen, um sie zu pflegen; und zwar kam diese Schwester von ziemlich weit her – von Hampshire – und heißt mit Namen Frau Catherick. Vor 4 Tagen nun ist diese Frau Catherick bei mir gewesen, und mit ihr ihr einziges Kind, ein süßes kleines Mädchen, rund ein Jahr älter als unser Liebling Laura –‹«

Als dieser letzte Satz über die Lippen der Vorleserin kam, ging draußen auf der Terrasse eben wieder Fräulein Fairlie vorbei. Sie sang mit leiser Stimme eine der Melodien vor sich hin, die sie vorher im Verlauf des Abends gespielt hatte. Fräulein Halcombe wartete, bis sie wieder außer Sicht war, und fuhr dann im Briefe fort –:

»›Frau Catherick ist eine anständige, reputierliche Frau, von gutem Benehmen; dazu von mittlerem Alter, und den unverkennbaren Spuren einst leidlich, aber auch nur leidlich, gut ausgesehen zu haben. Trotzdem ist etwas in ihrer Erscheinung und in ihrem

Auftreten, aus dem ich nicht klug werden kann. Über sich selbst und ihre Verhältnisse ist sie von einer Verschwiegenheit, die an Geheimniskrämerei grenzt; und ihr Gesicht hat manchmal einen Ausdruck — ich kann ihn nicht näher beschreiben — dem zumindest ich entnehmen möchte, daß sie irgend etwas auf dem Gewissen hat. Sie ist ganz das, was Du ein wandelndes Geheimnis nennen würdest. Dennoch war ihr Anliegen bei mir in Limmeridge-Haus simpel genug. Als sie Hampshire verließ, um ihre Schwester, Frau Kempe, in ihrer letzten Krankheit zu pflegen, sah sie sich gezwungen, ihre Tochter mit zu nehmen; weil sie zuhause Niemanden hatte, der sich des kleinen Mädchens hätte annehmen können. Nun kann Frau Kempe wohl binnen einer Woche sterben, ihr Ende kann sich aber auch noch monatelang hinauszögern, und da war Frau Cathericks Absicht, mich zu bitten: ob ihr Töchterchen, Anne, nicht die Erlaubnis erhalten könnte, meine Schule hier zu besuchen; mit der Einschränkung, daß sie, nach Frau Kempes Tod, wieder ohne Schwierigkeiten abgehen und mit ihrer Mutter nachhause fahren dürfe. Ich gab sogleich meine Einwilligung; und als ich dann mit Laura spazieren ging, nahmen wir das kleine Mädchen (das übrigens gerade 11 geworden ist) noch am selben Tag in die Schule mit.‹«

Erneut passierte Fräulein Fairlies Gestalt — hell und schaumig anzuschauen in ihrem schneeigen Musselingewand; das Gesicht aufs zierlichste gerahmt von den Falten des Tuches, dessen Zipfel sie unterm Kinn zusammengeknotet hatte — draußen im Mondschein an uns vorbei. Erneut wartete Fräulein Halcombe, bis sie außer Sicht war, und fuhr dann fort —

»›Ich habe mich ganz und gar in diese meine neue Schülerin vernarrt, Philipp, und zwar aus einem Grunde, den ich, um Dich zu überraschen, mir bis zuletzt aufheben will. Da die Mutter mir ebenso wenig von dem Kinde berichtet hatte, wie von sich selbst, blieb es mir überlassen, die Entdeckung zu machen (was übrigens bereits am ersten Tage geschah, als wir sie zur Prüfung ein paar Schulaufgaben lösen ließen), daß die Intelligenz des armen kleinen Dingelchens nicht so entwickelt ist, wie es ihrem Alter nach eigentlich sein müßte. In Anbetracht dessen traf ich die Veranstaltung, daß sie am nächsten Tage wieder bei uns im Hause sei, und vereinbarte gleichzeitig privat mit dem Arzt, daß er kommen und sie sich unauffällig ansehen, auch Fragen an sie richten möge, und mir dann sagen, was er über den Fall dächte. Er ist der Meinung, daß es sich bei der Kleinen lediglich um einen sogenannten Spätentwickler handele; betont jedoch, daß gerade jetzt, in diesem Stadium, eine sorgfältige verständnisvolle Schulausbildung von entscheidender Wichtigkeit sei; weil ungewöhnliche Langsamkeit bei Aneignung neuer Ideen wiederum eine ungewöhnliche Zähigkeit an ihnen festzuhalten zur Folge hat, wenn sie erst einmal bei ihr sitzen. Nun mußt Du Dir aber nicht, in Deiner schnellfertigen Art, gleich wieder einbilden, mein Lieber, ich hätte nun eine Idiotin ins Herz geschlossen. Diese arme kleine Anne Catherick ist vielmehr ein süßes, anhängliches, dankbares Mädchen; und kann aufs komisch-unversehenste in einer ganz selbst-überraschten, halb erschrockenen Art die kuriosesten, nettesten Sachen sagen – Du sollst gleich ein Beispiel hören, und selbst urteilen. Obgleich sie sehr reinlich angezogen geht, tut ihre Kleidung doch hinsichtlich Farbe und Muster einen bedauerlichen Mangel an Geschmack kund; weshalb ich gestern veranlaßt habe, daß ein paar von unserm Liebling Laura abgelegte weiße Röckchen und Hütchen für Anne Catherick umgeändert werden sollen; der ich dabei erklärte, daß kleine Mädchen von ihrem Teint hübscher und adretter ganz in Weiß aussehen, als in sonst irgendeiner Farbe. Wohl eine volle Minute lang zögerte sie und wirkte verwirrt; leuchtete dann jedoch plötzlich auf, und schien zu begreifen. Unversehens ergriff sie mit ihrer kleinen Hand die meinige; küßte sie, Philipp, und sagte (und so ernst, Du!): „Ich will jetzt immer in Weiß gehen, solange ich lebe. Das wird mir helfen, mich an Sie zu erinnern, Madame; und mir, wenn ich dann wieder weg muß, und Sie nicht mehr sehe, einzubilden, daß Sie mich immerfort mit Wohlgefallen betrachten." Das ist lediglich ein kleines Pröbchen der kuriosen Sachen, die sie so nett zu sagen weiß. Die arme Kleine! Ich will ihr ein paar weiße Röckchen auf Vorrat machen lassen, mit breiten Säumen und Abnähern, die, wie sie wächst, ausgelassen werden können –‹«.

Fräulein Halcombe machte eine Pause, und blickte mich über das Klavier hinweg an.

»Scheint Ihnen jene verlassene Frau, die Sie dort auf der Landstraße getroffen haben,« fragte sie, »jung genug, um erst zwei- oder dreiundzwanzig sein zu können?«
»Ja, Fräulein Halcombe; so jung könnte sie gewesen sein.«
»Und sie ging merkwürdig gekleidet; von Kopf bis Fuß ganz in Weiß?«
»Ganz in Weiß.«
Während diese Antwort noch über meine Lippen ging, kam Fräulein Fairlie zum dritten Mal auf der Terrasse in Sicht. Anstatt jedoch ihre Promenade fortzusetzen, blieb sie, mit dem Rücken zu uns gekehrt, stehen, und schaute, auf die Balustrade der Terrasse gestützt, in den sich anschließenden Garten hinunter. Mein Blick ruhte auf dem Musselinkleid und dem Kopftuch, beide weißschimmernd im Mondlicht – und plötzlich wollte ein Gefühl mich überkommen, für das ich keinen Namen weiß – ein Gefühl, vor dem meine Pulse schneller zu schlagen, mein Herz zu flattern begann.
»Ganz in Weiß?« wiederholte Fräulein Halcombe. »Die wichtigsten Sätze des Briefes stehen am Ende, das ich Ihnen gleich vorlesen werde, Herr Hartright. Aber ich möchte erst doch noch ein wenig bei der Übereinstimmung verweilen, hinsichtlich der weißen Tracht der Frau, die Sie trafen, und den weißen Röckchen, die die kleine Schülerin meiner Mutter zu der erwähnten merkwürdigen Antwort veranlaßten. Der Arzt könnte sich ja auch in seiner Diagnose geirrt haben, als er die Kleine wohl als zurückgeblieben, jedoch lediglich als einen ›Spätentwickler‹ bezeichnete. Vielleicht hat sie sich ja nie nennenswert weiter entwickelt; und die alte, aus Dankbarkeit geborene, fixe Idee, sich künftig nur noch weiß zu kleiden, die dem Kinde ernstlich teuer war, könnte auch der erwachsenen Frau noch ernstlich teuer sein.«
Ich erwiderte irgend ein paar Worte – ich weiß nicht mehr was. Meine ganze Aufmerksamkeit hatte sich auf den weißen Schimmer von Fräulein Fairlies Musselinkleid draußen konzentriert.
»Achten Sie auf die letzten Sätze des Briefes jetzt,« sagte Fräulein Halcombe. »Ich denke, Sie werden überrascht sein.«
Als sie den Brief näher ans Kerzenlicht hob, drehte sich Fräulein Fairlie von der Balustrade weg, ließ den Blick unentschlossen die Terrasse auf und ab gleiten, tat ein paar Schritte auf die Glastüren zu; und hielt, das Gesicht zu uns her gerichtet, wieder inne.

Währenddessen las mir Fräulein Halcombe jene letzten Sätze vor, auf die sie angespielt hatte –

»›Und nun, mein Lieber, wo ich sehe, daß das Papier zu Ende geht, jetzt magst Du den wahren Grund erfahren, den überraschenden Grund meiner Vorliebe für diese kleine Anne Catherick. Obgleich sie natürlich nicht halb so hübsch ist, so ist sie dennoch, mein lieber Philipp, infolge einer dieser erstaunlichen Capricen zufälliger Ähnlichkeit, wie man sie zuweilen antrifft, das wandelnde Ebenbild, sei es hinsichtlich Haar, Teint, Augenfarbe, Gesichtsschnitt –‹«

Ich fuhr hoch von meinem Sofasitz, bevor Fräulein Halcombe noch die folgenden Worte aussprechen konnte. Das gleiche Gefühl durchschauerte mich eiskalt, wie damals, als es auf der öden nächtlichen Landstraße unerwartet meine Schulter angerührt hatte.
Da stand Fräulein Fairlie, eine weiße Gestalt, allein im Mondschein; in ihrer Körperhaltung, der Art den Kopf zu tragen, in Teint und Gesichtsschnitt, auf die Entfernung und unter diesen Umständen das wandelnde Ebenbild der Frau in Weiß! Und der Zweifel, der mir die letzten Stunden hindurch so viel zu schaffen gemacht hatte, wurde schlagartig zur Gewißheit: jenes ›es fehlt irgend etwas‹ war mein eigenes undeutliches Bewußtsein der ominösen Ähnlichkeit gewesen, zwischen jener aus dem Sanatorium Entflohenen und meiner Schülerin in Limmeridge-Haus hier.
»Sie sehen es!« sagte Fräulein Halcombe. Sie ließ den nun überflüssig gewordenen Brief sinken, und ihre Augen flammten, als sie den meinen begegneten: »Sie sehen es jetzt ebenso, wie meine Mutter es vor 11 Jahren gesehen hat!«
»Ich sehe es –« sagte ich, »sehe es mit größerem innerem Widerstand, als ich in Worte fassen kann. Jene verlassene, freundlose, verirrte Frau, und sei es auch nur aufgrund einer zufälligen Ähnlichkeit, mit Fräulein Fairlie irgend in Verbindung zu bringen, scheint mir unnötig einen Schatten über die Zukunft des lichten Wesens zu werfen, das dort steht, und uns anschaut. Lassen Sie mich das Gefühl bitte sobald wie möglich los werden. Rufen Sie sie herein aus diesem traurigen Mondlicht – bitte: rufen Sie sie herein!«
»Sie erstaunen mich, Herr Hartright. Lassen wir ’mal die Frauen

außer Betracht; aber das hätte ich doch gedacht, daß im 19. Jahrhundert wenigstens die Männer über Aberglauben erhaben seien.«

»Bitte; rufen Sie sie herein!«

»Pst, pst! Sie kommt von selbst. Sagen Sie in ihrer Gegenwart nichts; lassen Sie die Entdeckung von dieser Ähnlichkeit ein Geheimnis zwischen Ihnen und mir bleiben. – Komm herein, Laura; komm, und weck' Frau Vesey mit Hilfe des Klavieres auf. Herr Hartright sucht ebenfalls submissest um noch etwas mehr Musik nach; und zwar diesmal von der leichtesten und heitersten Sorte.«

IX

So endete mein ereignisreicher erster Tag in Limmeridge-Haus.

Fräulein Halcombe und ich bewahrten unser Geheimnis getreulich. Auch schien nach der Entdeckung jener Ähnlichkeit keinerlei weiteres Licht mehr auf das Geheimnis der Frau in Weiß fallen zu wollen. Bei der ersten günstigen Gelegenheit brachte Fräulein Halcombe ihre Stiefschwester behutsam auf ihre gemeinsame Mutter zu sprechen, auf alte Zeiten allgemein, und dann auf Anne Catherick. Aber Fräulein Fairlies Erinnerungen an die kleine Schülerin damals in Limmeridge, waren nur noch ganz verschwommen und von der allgemeinsten Art. Wohl entsann sie sich der Ähnlichkeit zwischen jener Lieblingsschülerin ihrer Mutter und sich selbst, als etwas, das es in vergangenen Zeiten einmal gegeben haben sollte; ließ aber kein Wort hinsichtlich eines Geschenkes von weißen Kleidchen verlauten, noch von etwelchen eigentümlichen Worten, in denen sich die Dankbarkeit jenes Kindes damals kunstlos ausgesprochen hätte. Sie erinnerte sich, daß Anne lediglich ein paar Monate lang hier in Limmeridge sich aufgehalten habe, und dann wieder mit ihrer Mutter nach Hampshire zurückgefahren sei; aber ob Mutter oder Tochter jemals wiedergekehrt, beziehungsweise späterhin etwas hätten von sich hören lassen, das wußte sie nicht zu sagen. Auch wollte kein weiteres Studium von Seiten Fräulein Halcombes in den wenigen noch ungelesen gebliebenen Briefen Frau Fairlies dazu beitragen, die vielen Zweifel, die uns immer noch plagten, aufzuhellen. Wir hatten jene von mir zur Nachtzeit angetroffene Unglückliche, als Anne Catherick identifiziert – hatten wenigstens einen gewissen Fortschritt gemacht, bezüglich des Zusammenhangs zwischen dem höchstwahrscheinlich beschränkten Geisteszustand des armen Geschöpfes, und ihrer eigentümlichen Gewohnheit grundsätzlich ganz in Weiß zu gehen; wie auch, daß sie ihre kindliche Dankbarkeit gegenüber Frau Fairlie mit in ihre reiferen Jahre hinüber genommen hatte – aber damit, zumindest soweit wir es damals überschauten, hatten unsere Entdeckungen auch ein Ende.

Die Tage verstrichen, die Wochen verstrichen, und durch das sommerliche Grün der Bäume begann schon der goldene Herbst sichtbarlich seine helle Spur zu ziehen. Friedvolle, schnelldahinfliegende, glückliche Zeit!; über die meine Erzählung jetzt so rasch hinweghuschen kann, wie du damals an mir vorbeihuschtest. Von allen Schätzen der Lust, mit denen du mein Herz so freigebig fülltest, wie viele sind mir geblieben, wertvoll und wichtig genug, um auf dieser Seite schriftlich festgehalten zu werden? Nicht einer; vielmehr das betrüblichste aller Geständnisse, das ein Mann machen kann – das Geständnis seiner eigenen Torheit.

Das Geheimnis, welches dieses mein Geständnis offenbaren wird, sollte sich eigentlich unschwer berichten lassen; denn es ist mir ja wohl bereits ohne mein Zutun indirekt entkommen. Die ärmlichen unzureichenden Worte, die mir versagten, als ich Fräulein Fairlie zu beschreiben versuchte, werden zumindest den einen Erfolg gehabt haben, die Gefühle, die sie in mir weckte, zu verraten. Aber so geht es uns Allen: unsere Worte sind wahre Riesen, wenn es sich darum handelt, uns Schaden zu tun, und Zwerge, wenn sie uns dienen und nützen sollen.

Ich liebte sie.

Ach, mir ist nur zu gut bekannt, was diese 3 Worte alles an Trübsal und Spott enthalten! Ich kann mit der zartfühlendsten Frau, die sie liest und mich innig bemitleidet, seufzen über mein trübes Geständnis. Ich kann mit dem härtesten Mann, der sie voller Verachtung von sich weist, aufs bitterste um die Wette lachen. Ich liebte sie! Man fühle nach Belieben mit mir oder verachte mich; ich gestehe es dennoch mit der gleichen unerschütterlichen Entschlossenheit, der Wahrheit treu zu bleiben.

Gab es keinerlei Entschuldigung für mich? Doch; eine Entschuldigung

lag sicherlich für mich in den besonderen Umständen, unter denen meine Zeit als befristet gemieteter Angestellter in Limmeridge-Haus verbracht wurde.
Von den Morgenstunden löste, in der Stille und Abgeschiedenheit meines eigenen Zimmers, eine die andre gelassen ab. Das Aufziehen der Handzeichnungen und Aquarelle meines Brotgebers erforderte gerade soviel Arbeit, daß Hände und Augen ständig angenehm beschäftigt waren; während der Geist dabei volle Muße hatte, sich den gewagten Luxus eigener frei schweifender Gedanken zu leisten. Also eine gefährliche Art Einsamkeit; denn sie dauerte immer nur so lange, mich zu schwächen, nicht lange genug, mich zu stärken. Eine gefährliche Einsamkeit; denn sie war Tag für Tag und Woche für Woche gefolgt von Nachmittagen und Abenden, allein in Gesellschaft von zwei Frauen verbracht, von denen die Eine alle die Vorzüge besaß, die hohe Bildung, Witz und körperliche Anmut verleihen; und die Andere alle Reize an Schönheit, Sanftheit und schlichter Wahrhaftigkeit, die ein Männerherz veredeln und sich untertan machen können. Nicht ein Tag verstrich, an dem meine Hand nicht, in der gefährlichen Vertraulichkeit von Lehrer und Schülerin, der von Fräulein Fairlie nahe gewesen wäre; an dem nicht meine Wange, wenn wir uns einträchtig über ihr Skizzenbuch beugten, die ihre nahezu berührt hätte. Je aufmerksamer sie jede Bewegung meines Pinsels verfolgte, desto tiefer trank ich den Duft ihres Haares ein und den warmen Wohlgeruch ihres Atems. Gehörte es ja zu den ausgesprochenen Obliegenheiten meiner Stellung, buchstäblich unter ihren Augen zu leben — mich jetzt über sie zu beugen, so nahe ihrem Busen, daß ich erbebte bei dem Gedanken ihn zu berühren; und dann wieder zu fühlen, wie sie sich über mich beugte, ganz nahe kam, um zu erkennen, was ich machte, so daß ihre Stimme unwillkürlich leiser wurde, wenn sie zu mir sprach, und ihre Bänder im leichten Wind meine Wange streiften, ehe sie sie beiseite halten konnte.
Die Abende, die den Zeichen-Ausflügen des Nachmittags folgten, dienten eher noch dazu, in diese unschuldigen, diese unvermeidlichen Vertraulichkeiten Abwechslung zu bringen, anstatt ihnen ein Ende zu bereiten. Meine natürliche Vorliebe für die Musik, die sie mit so feinem Gefühl, mit so delikatem fraulichem Geschmack wiederzugeben wußte; und ihre natürliche Freude daran, mir, durch Ausübung ihrer Kunst, das Vergnügen zu vergelten, das ich ihr durch die Ausübung der meinigen verschaffte, woben nur wieder

ein Band mehr, das uns enger und enger zueinander zog. Die Zufälligkeiten der Unterhaltung; die einfachen Lebensgewohnheiten, durch die so geringfügige Dinge, wie unsere Sitzplätze am Eßtisch geregelt wurden; das Geplänkel von Fräulein Halcombes immer auf dem Sprunge liegender Spöttelei, grundsätzlich nicht minder gegen meine Überängstlichkeit als Lehrer, wie gegen Lauras Begeisterung als Schülerin gerichtet; Frau Veseys harmlose Wendungen schläfriger Billigung, in denen sie Fräulein Fairlie und mich als zwei junge Mustermenschen in einem Atem nannte, die sie niemals störten – all solche winzigen Kleinigkeiten, und noch viele mehr, verschworen sich förmlich, uns in der gleichen häuslichen Atmosfäre immer dichter zusammen und uns beide unmerklich demselben hoffnungslosen Ende näher zu bringen.
Ich hätte mir meiner Stellung bewußt und insgeheim auf meiner Hut sein sollen. Und ich war es auch; aber erst, als es zu spät war. Alle Vorsicht, alle Erfahrung, die mir sonst bei Frauen zugute gekommen waren, und mich in anderen Fällen gegen Versuchung geschützt hatten, versagten bei ihr. Es hatte schließlich seit Jahren schon zu meinem Beruf gehört, mit jungen Mädchen jeglichen Alters und aller Abstufungen von Schönheit, in ähnlich engem Kontakt zu verkehren. Ich hatte mich damit als mit einem unerläßlichen Teil meines Lebensberufes abgefunden; hatte mich trainiert, sämtliche, meinem Alter an sich natürlichen, Gefühle im Treppenhaus meiner Brotgeber genau so kühl abzustellen, wie meinen Regenschirm, bevor ich die Treppen hinaufstieg. Es war lange her, daß ich, ganz sachlich und als absolute Selbstverständlichkeit, einsehen gelernt hatte, wie meine bloße Stellung im Leben als Garantie dagegen betrachtet wurde, daß irgendeiner meiner weiblichen Schüler mehr als das allergewöhnlichste Interesse an mir nehmen könnte; und daß ich mich letztlich zwischen scharmanten und schönen Frauen ungefähr in der Art bewegen durfte, wie man ein harmloses Haustier sich zwischen ihnen bewegen läßt. Diese sehr nützliche, protektive Erfahrung war mir sehr früh geworden; diese protektive Erfahrung hatte mich strikt und eisern entlängst meines eigenen ärmlich-schmalen Lebenspfades geleitet, ohne daß ich mir ein einziges Mal, weder nach rechts noch nach links abzuschweifen erlaubt hätte. Und jetzt waren ich und mein erprüfter Talisman zum ersten Mal auseinander geraten. Ja; meine so sauer erworbene Selbstbeherrschung war mir derart gründlich verloren gegangen, wie

wenn ich sie nie besessen hätte; verloren gegangen, wie sie täglich anderen Männern, in anderen kritischen Situationen, wo Frauen mit im Spiele sind, gleichermaßen verloren geht. Heute weiß ich, daß ich, vom ersten Augenblick an, mich hätte sorgfältig erforschen müssen; mich fragen, warum ein beliebiges Zimmer im Hause hier mir mehr als heimisch wurde, sobald sie es betrat, und öde wie die dürrste Wüste, wenn sie es wieder verließ – warum ich kleine Veränderungen an ihrer Kleidung sogleich bemerkte und mir einprägte, was mir zuvor doch bei keiner andern Frau begegnet war – warum ich sie sah, hörte und berührte (wenn wir uns Abends und Morgens die Hand gaben), wie ich in meinem Leben noch keine andere Frau gesehen, gehört und berührt hatte? Ich hätte tief in mein eigenes Herz schauen, das junge Pflänzchen dort aufkeimen sehen, und es ausreißen müssen, solange es noch jung war. Warum war solch leichteste, simpelste Handlung der Selbsterhaltung jedesmal zu schwer für mich? Die Erklärung steht bereits geschrieben, in jenen 3 Worten, die zahlreich genug und klar genug für mein Geständnis sind: Ich liebte sie.

Die Tage gingen hin, die Wochen gingen hin; es näherte sich der dritte Monat meines Aufenthaltes in Cumberland. In der süßen Eintönigkeit unseres stillen abgeschiedenen Lebens wurde mir zumute, wie dem Schwimmer, der mit der Strömung den glatten Fluß hinuntergleitet. Jegliche Erinnerung an Vergangenes, jegliches Bedenken des Zukünftigen, jegliches Gefühl für die Falschheit und Hoffnungslosigkeit meiner Stellung hier, lag eingewiegt in trügerische Ruhe in meinem Innern. Eingelullt von dem Sirenenlied, das mein eigenes Herz mir sang, mit Augen, die sich jeglichem Anblick, und Ohren, die sich jeglichem Laut von Gefahr verschlossen, trieb ich den verhängnisvollen Klippen näher. Das Warnsignal, das mich endlich aufmerksam machte, und mich zum plötzlichen Bewußtsein meiner eigenen Schwäche und zu Selbstanklagen erweckte, war das schlichteste, das aufrichtigste, das liebevollste aller Warnsignale, denn es kam wortlos von *ihr selbst.*

Wir waren eines Abends wie üblich auseinander gegangen. Kein Wort war über meine Lippen gekommen, weder damals noch zuvor, das mich hätte erraten oder sie in plötzlicher Erkenntnis der Wahrheit aufschrecken lassen können. Dennoch; als wir uns am nächsten Morgen wieder sahen, war eine Veränderung über sie gekommen – eine Veränderung, die mir Alles verriet.

Ich schrak damals – wie auch heute noch – davor zurück, in das innerste Heiligtum ihres Herzens einzudringen, und seine Geheimnisse Fremden so darzulegen, wie ich es mit den meinigen tue. Genug, wenn ich sage, daß der Augenblick, wo sie zuerst mein Geheimnis erriet, auch – und dessen bin ich fest überzeugt – der Augenblick war, wo sie sich selbst zuerst erriet; und ebenso der Augenblick, wo sie, binnen einer Nacht, ihr Verhalten mir gegenüber änderte. Ihre Natur, zu aufrichtig, um Andere zu täuschen, war zu edel, um sich selbst täuschen zu wollen. Als die Bedenken, die ich leichtfertig in Schlummer gelullt hatte, sich zuerst schwer auch auf ihr Herz legten, verriet ihr ehrliches Gesicht gleich Alles, und sprach es, auf seine eigene, frank und freie Weise, aus – ich sorge mich um ihn; ich sorge mich um mich.

Das sagte ihr Gesicht, und noch mehr, was ich mir damals nicht zu deuten vermochte. Aber was ich nur zu gut begriff, das war der Wandel in ihrem Benehmen: noch größere Güte, noch raschere Bereitwilligkeit, all meinen Wünschen zuvor zu kommen, wenn Dritte anwesend waren – gegenüber Gezwungenheit und Trauer und einer nervösen Ängstlichkeit, sich in die erste beste Beschäftigung zu stürzen, die bei der Hand war, sobald wir zufällig einmal allein gelassen wurden. Ich begriff, warum die süßen, sensiblen Lippen ab jetzt nur noch so selten und zurückhaltend lächelten; und warum der Blick der klarblauen Augen zuweilen mit dem Mitleid eines Engels, und dann wieder mit der unschuldigen Verwirrung eines Kindes auf mir ruhte. Aber der Wandel bedeutete noch mehr. Eine Kälte lag in ihrem Händedruck, eine unnatürliche Unbeweglichkeit über ihrem Gesicht, und in all ihren Bewegungen der stumme Ausdruck nicht mehr weichender Furcht und überwältigender Selbstvorwürfe. Mit den Gefühlen, die ich in ihr und mir entdeckte, den unausgesprochenen Gefühlen, die uns gemeinsam waren, hatte das nichts zu tun. Noch waren in dem Wandel, der über sie gekommen war, gewisse Elemente, die uns weiterhin heimlich zueinander zogen; und dann wieder andere, die uns, ebenso heimlich, voneinander entfernten.

Inmitten meiner Irrungen und Wirrungen, meiner undeutlichen Ahnung von etwas Verborgenem, das ich, ohne Hülfe von irgendwelcher Seite aus eigenen Mitteln ausfindig zu machen hatte, suchte ich auch in Fräulein Halcombes Mienen und Betragen nach einer Erleuchtung. Bei einem so intimen Verkehr wie dem unseren, konn-

te in Keinem eine ernstliche Veränderung vor sich gehen, die nicht sympathetisch auch die beiden Anderen irgendwie beeinflußt hätte. Und die Veränderung in Fräulein Fairlie spiegelte sich sehr wohl an ihrer Halb-Schwester. Obgleich Fräulein Halcombe nicht ein Wort entkam, das auf eine Veränderung ihrer Gefühle in Bezug auf mich hingedeutet hätte, hatten ihre Augen, denen nichts entging, eine neue Art angenommen, mich pausenlos zu beobachten. Manchmal lag es wie unterdrückter Ärger in diesem Blick, manchmal wie unterdrückte Angst, und manchmal wie keines von beiden — zumindest wie nichts, was ich hätte verstehen können. Eine Woche verging so, während der wir alle Drei in unserer Position heimlicher Verkrampfung zueinander verharrten. Meine Situation, die das, freilich nun zu spät erwachte, Gefühl meiner eigenen erbärmlichen Schwäche und Selbstvergessenheit noch verschärfte, wurde allmählich unerträglich. Ich fühlte, daß ich den Druck, unter dem ich dahinvegetierte, abwerfen mußte, und zwar ein für allemal — aber was ich am besten zu unternehmen, beziehungsweise was als erstes zu sagen hätte, war mehr, als ich selbst wußte.
Aus dieser hilflosen und demütigenden Lage wurde ich erlöst durch Fräulein Halcombe. Ihre Lippen verkündeten mir endlich die bittere, die notwendige, die unerwartete Wahrheit; ihre Güte und Herzlichkeit halfen mir den Schock der Nachricht überwinden; ihr Verstand und Mut waren es, die ein Ereignis, das mir und anderen Bewohnern von Limmeridge-Haus das Schlimmste nur denkbare gedroht hätte, wieder in die rechte Bahn lenkten.

X

Der Wochentag war ein Donnerstag, und der dritte Monat meines Aufenthalts in Cumberland neigte sich seinem Ende zu.
Des Morgens, als ich zur üblichen Stunde ins Frühstückszimmer hinunterkam, fehlte Fräulein Halcombe auf ihrem gewohnten Platz an der Tafel; es war das erste Mal, seitdem wir uns kannten.
Fräulein Fairlie war draußen, auf dem Rasenplatz. Sie neigte zum Gruß den Kopf, kam jedoch nicht herein. Nicht ein Wort war meinen oder auch ihren Lippen entkommen, das einen von uns hätte der Fassung berauben können — und dennoch ließ uns dasselbe

unbewußte Gefühl der Verwirrung gleichermaßen davor zurückbeben, unter vier Augen allein miteinander zu sein – sie wartete draußen auf dem Rasen, und ich wartete drinnen im Eßzimmer, bis entweder Frau Vesey oder Fräulein Halcombe erscheinen würden. Wie rasch würde ich mich zu ihr gesellt haben; wie freudig würden wir uns die Hand geschüttelt und uns mitten im gewohnten unbefangenen Geplauder befunden haben – vor vierzehn Tagen noch.

Wenige Minuten später trat Fräulein Halcombe ein. Sie machte einen unverkennbar zerstreuten Eindruck, und entschuldigte sich wie abwesend ob ihrer Verspätung.

»Was mich aufgehalten hat,« sagte sie, »war eine Beratschlagung mit Herrn Fairlie bezüglich einer Haushaltsangelegenheit, über die er mit mir sprechen wollte.«

Fräulein Fairlie kam aus dem Garten herein, und die übliche Morgen-Begrüßung zwischen uns ging vor sich. Ihre Hand lag noch kälter in der meinen denn je. Sie sah mich nicht an, und war so bleich, daß es selbst Frau Vesey auffiel, als diese einen Augenblick später ins Zimmer trat.

»Der Wind hat sich gedreht, das wird's sein,« sagte die alte Dame. »Der Winter meldet sich an – ach, mein Gott, bald haben wir wieder Winter!«

In ihrem Herzen und in dem meinen herrschte er schon.

Unsere Morgenmahlzeit – einst so anregend und belebt durch muntere Diskussionen des Tagesplanes – verlief rasch und schweigend. Fräulein Fairlie schien die bedrückend langen Pausen der Unterhaltung besonders zu empfinden, und schaute zu ihrer Schwester hinüber, mit der stummen Bitte, sie auszufüllen. Nach ein- oder zweimaligem Ansetzen, jedoch in einer an ihr ganz ungewohnten Art immer wieder innehaltend, schickte sich Fräulein Halcombe endlich zum Sprechen an.

»Ich habe heute Früh mit Deinem Onkel gesprochen, Laura,« sagte sie. »Er meint, daß das Rote Zimmer dasjenige ist, was herzurichten wäre; und bestätigte außerdem, was ich Dir schon andeutete – Montag ist der betreffende Tag, nicht Dienstag.«

Während diese Worte noch gesprochen wurden, schlug Fräulein Fairlie auch schon den Blick auf das Tischtuch vor sich nieder. Ihre Finger bewegten sich nervös in den Brotkrümchen, die verstreut auf der Decke lagen. Die Blässe ihrer Wangen verbreitete sich jetzt weiter bis in die Lippen; und diese Lippen selbst begannen sichtbar zu beben. Ich war nicht der Einzige unter den Anwesenden, dem dies auffiel; auch Fräulein Halcombe sah es, stand sofort auf, und gab uns dadurch das Beispiel, das Frühstück gleichfalls zu beenden.

Frau Vesey und Fräulein Fairlie verließen zusammen das Zimmer. Die guten sorglichen Blauaugen schauten mich einen Moment lang wie voll der vorahnenden Trauer eines nahenden und langen Abschieds an. Ich spürte in meinem Herzen eine antwortende wehe Pein – die Pein, die mir ankündigte, ich werde sie bald verlieren; und sie ob solchen Verlustes nur desto unveränderlicher lieben.

Als die Tür sich hinter ihr geschlossen hatte, drehte ich mich um, in Richtung Garten. Dort an der großen Fenster-Tür, die auf den Rasen hinausführte, stand, einen Schal überm Arm, ihren Hut in der Hand, Fräulein Halcombe, und beobachtete mich voller Aufmerksamkeit.

»Hätten Sie ein paar Minuten für mich übrig?« fragte sie, »bevor Sie wieder hinauf in Ihr Zimmer und an die Arbeit gehen?«

»Selbstverständlich, Fräulein Halcombe. Meine Zeit steht Ihnen immer zu Diensten.«

»Ich möchte ein vertrauliches Wort mit Ihnen sprechen, Herr Hartright. Holen Sie bitte Ihren Hut, und kommen Sie mit in den Garten. Dort wird uns, zu dieser frühen Stunde, schwerlich Jemand stören.«

Als wir auf den Rasenplatz hinaus traten, kam einer der Gärtnergehülfen – ein halbwüchsiger Junge noch – mit einem Brief in der Hand an uns vorbei, und wollte ins Haus. Fräulein Halcombe hielt ihn an.

»Ist der Brief etwa für mich?« fragte sie.

»Nee, Frollein; 's hieß, er wär' für Froll'n Fairlie,« erwiderte der Junge, während er gleichzeitig den Brief hinhielt.

Fräulein Halcombe nahm ihn ihm aus der Hand, und besah sich die Adresse.

»Fremde Handschrift,« sagte sie zu sich selbst. »Wer könnte das sein, der an Laura schreibt? – Woher hast du ihn?« fuhr sie fort, indem sie sich an den Gärtnerjungen wandte.

»Och, Frollein,« sagte der Junge, »'ne Frau hat'n mir eb'm gegeb'm.«

»Was für eine Frau?«
»Nu, de Jüngste war se woll nich mehr.«
»Ach, eine alte Frau. Kanntest du sie?«
»Ich müßt' lügen, wenn ich behaupten wollt', se wär' mir nich fremd gewes'n.«
»Wohin ist sie denn anschließend gegangen?«
»Durchs Tor da,« sagte der Gärtnergehülfe, drehte sich mit großer Bedächtigkeit nach Süden, und bezeichnete mit einer umfassenden Bewegung seines Armes so ungefähr den Rest dieses Teils von England.
»Komisch,« sagte Fräulein Halcombe; »na, ich nehm' an, es wird sich wohl um irgendeinen Bittbrief handeln. Hier,« fügte sie hinzu, und gab dem Jungen den Brief wieder zurück, »trag' ihn ins Haus und gib ihn einem von den Dienern. – Und uns, Herr Hartright, lassen Sie jetzt mal hier lang gehen, falls Sie nichts dagegen haben.«
Sie führte mich quer über den Rasen, und weiter, den gleichen Pfad entlängst, auf dem ich ihr auch an jenem ersten Tag meiner Ankunft in Limmeridge gefolgt war. Vor dem kleinen Sommerhäuschen, in dem Laura Fairlie und ich einander zum ersten Male gesehen hatten, hielt sie an, und brach das Schweigen, das sie, während wir nebeneinander herschritten, bisher standhaft bewahrt hatte.
»Was ich Ihnen zu sagen habe, kann ich hier sagen.«
Mit diesen Worten trat sie ein in das Sommerhäuschen; nahm sich einen der Stühle, die um den kleinen Rundtisch drinnen her standen, und gab mir ein Zeichen, mir den anderen zu nehmen. Geschwant was kommen würde, hatte mir bereits im Eßzimmer, als sie mich ansprach; jetzt war ich mir dessen sicher.
»Herr Hartright,« sagte sie, »als Einleitung möchte ich Ihnen ganz offen eine Erklärung abgeben. Ich möchte Ihnen – und zwar ohne alles Phrasendrechseln, das ich hasse oder gar Komplimentemachen, das ich von Herzen verabscheue – sagen, daß ich, im Verlauf Ihres Aufenthaltes hier bei uns, dahin gelangt bin, Sie mit ausgesprochen freundschaftlicher Hochachtung zu betrachten. Ich wurde sofort zu Ihren Gunsten voreingenommen, als Sie mir, gleich zuerst, von Ihrem Verhalten gegenüber jener unglücklichen Frau erzählten, die Sie unter so bemerkenswerten Umständen kennengelernt hatten. Die Art, wie Sie die Sache angefaßt haben, mag vielleicht nicht vollendet weltklug gewesen sein; zeigte aber unverkennbar Selbst-

beherrschung, Feinfühligkeit und Mitgefühl eines Mannes, der von Natur aus ein Gentleman ist. Ich erwartete damals sogleich Gutes von Ihnen, und Sie haben meine Erwartungen nicht enttäuscht.«

Sie machte eine Pause – hielt zugleich jedoch abwehrend die Hand in meine Richtung, zum Zeichen, daß sie, bevor sie fortführe, keine Antwort meinerseits erwarte. Bis ich das Sommerhäuschen betrat, hatte ich übrigens mit keinem Gedanken der Frau in Weiß gedacht; nunmehr jedoch hatten Fräulein Halcombes eigene Worte mir die Erinnerung an mein Abenteuer wieder ins Gedächtnis zurückgerufen. Dort verblieb sie, während des ganzen Laufes unserer Unterredung; verblieb – und nicht resultatlos.

»Als Ihre Freundin also,« fuhr sie fort, »will ich Ihnen nur gleich sagen – in meiner eigenen, offenen, ungeschminkten Sprache geradeheraus sagen – daß ich Ihr Geheimnis entdeckt habe; wohlgemerkt, ohne jede Hilfe oder Hinweis von anderer Seite. Herr Hartright, Sie haben sich gedankenloserweise erlaubt, einer Zuneigung – und zwar, wie ich fürchte, einer ernstzunehmenden, tiefen Zuneigung – zu meiner Schwester Laura Raum zu gewähren. Ich will Ihnen nicht den Kummer machen, und Sie die Sache des breiten in Worten gestehen lassen; denn ich sehe ja selbst, und weiß es auch, daß Sie viel zu ehrlich sind, es ableugnen zu wollen. Ich will Sie nicht einmal anklagen – lediglich bemitleiden will ich Sie, Ihr Herz einer aussichtslosen Zuneigung aufgetan zu haben. Sie haben ja nicht versucht, sich etwelche unfairen Vorteile zu verschaffen; haben nicht insgeheim mit meiner Schwester gesprochen. Wohl haben Sie sich der Schwäche und des Mangels an Wahrung Ihrer eigenen besten Interessen schuldig gemacht; aber nichts Schlimmerem. Falls Sie sich in irgend der kleinsten Hinsicht weniger feinfühlig und weniger bescheiden verhalten hätten, hätte ich Ihnen, ohne eine Sekunde zu zögern oder Irgendjemand groß zu Rate zu ziehen, auf der Stelle die Tür gewiesen! Aber so, wie der Fall liegt, kann ich nur Ihren Jahren und Ihrer Stellung hier die Schuld geben – *Ihnen selbst* gebe ich keine. Reichen Sie mir die Hand – ich habe Ihnen wehe getan; ich werde Ihnen sogleich noch weit weher tun; aber es läßt sich leider nicht ändern – reichen Sie vorher Ihrer Freundin, Marian Halcombe, die Hand.«

Ihre unerwartete Güte – das warmherzige, hochgesinnte, furchtlose Mitgefühl, mit dem sie mir auf so wohltuend gleichem Fuß begegnete, mit dem sie sich auf derart zartfühlende und großzügige Direktheit geradeswegs und gleichzeitig an mein Herz, mein Ehrgefühl und meinen Mut wandte, überwältigten mich schlagartig. Ich versuchte, sie anzusehen, als wir uns die Hand schüttelten; aber es schwamm mir vor den Augen. Ich versuchte ihr zu danken; aber die Stimme versagte mir.

»Hören Sie zu,« sagte sie, und nahm rücksichtsvollerweise keinerlei Notiz von dem Verlust meiner Selbstbeherrschung, »hören Sie mir zu; und lassen Sie uns ohne Verzug darüber hinwegkommen. Es ist mir eine wirkliche Erleichterung, daß ich bei dem, was ich nunmehr zu sagen habe, nicht genötigt bin, auf die Frage – die, meiner Ansicht nach, harte und grausame Frage – der ungleichen gesellschaftlichen Stellung einzugehen. Umstände, die *Sie* freilich bis aufs Blut treffen werden, ersparen *mir* die plumpe Notwendigkeit, einem Mann, der in Freundschaft und Vertraulichkeit unter demselben Dache mit mir gewohnt hat, durch ein demütigendes Verweilen auf Verhältnissen wie Rang und Stand Schmerz zuzufügen. Sie müssen Limmeridge-Haus verlassen, Herr Hartright, ehe weiterer Schaden angerichtet wird. Es ist meine Pflicht, Ihnen das zu sagen; und es wäre gleichermaßen meine Pflicht, Ihnen das zu sagen, und zwar mit genau derselben zwingenden Notwendigkeit, wenn Sie der Erbe der ältesten und reichsten Familie in ganz England wären: Sie müssen uns verlassen; nicht weil Sie ein Zeichenlehrer sind –«

Sie zögerte einen Augenblick; wandte mir ihr Gesicht voll zu, langte über den Tisch herüber, und legte mir ihre Hand fest auf den Arm.

»– nicht, weil Sie ein Zeichenlehrer sind«, wiederholte sie; »sondern weil Laura Fairlie verlobt ist, und kurz vor der Heirat steht.«

Dies letzte Wort traf mich wie ein Schuß mitten ins Herz! Mein Arm verlor alles Gefühl der Hand, die ihn umfaßt hielt. Weder bewegte ich mich, noch sprach ich. Der scharfe Herbstwind, der die toten Blätter zu unseren Füßen raschelnd in neue Muster legte, berührte mich plötzlich so kalt, als wären meine eigenen wahnwitzigen Hoffnungen ebenfalls nichts als erstorbene Blätter, die er wirbelnd davonwehte. Hoffnungen?! Verlobt oder nicht verlobt: *mir* stand sie immer gleichermaßen fern. Ob sich andere Männer an meiner Stelle das stets vor Augen gehalten hätten? Nicht, wenn sie geliebt hätten, wie ich liebte.

Aber der Schmerz verging, und nichts blieb von ihm zurück als das dumpfe Gefühl einer Betäubung. Ich spürte wieder Fräulein Halcombes Hand, und wie sie sich fester um meinen Arm schloß – ich hob den Kopf und schaute sie an. Ihre großen schwarzen Augen lagen unverwandt auf mir, und verfolgten jegliche Wandlung meines weißen Gesichts, die ich nur fühlte und die sie sah.

»Weg damit!« kommandierte sie. »Hier, wo Sie sie zum ersten Male sahen: weg damit! Brechen Sie nicht zusammen unter dem Gefühl wie ein Weib. Reißen Sie es aus Ihrem Herzen; setzen Sie den Fuß darauf wie ein Mann!«

Die unterdrückte Heftigkeit, mit der sie sprach; die Kraft, die aus ihrem Willen – konzentriert in dem Blick, den sie nicht von mir ließ, in dem Griff um meinen Arm, den sie noch nicht gelockert hatte – in den meinen überging, gaben mir Fassung. Schweigend ließen wir Beide eine Minute verstreichen. Nach Ablauf dieser Frist hatte ich ihr hochgemutes Vertrauen in meine Mannheit gerechtfertigt – hatte, zumindest nach außen hin, meine Selbstbeherrschung wiedergewonnen.

»Sind Sie wieder Sie selbst?«

»Zumindest hinreichend ich-selbst, Fräulein Halcombe, um Sie und sie um Verzeihung zu bitten. Hinreichend ich-selbst, um mich von Ihrem Rat leiten zu lassen, und Ihnen meine Dankbarkeit wenigstens auf diese Art zu beweisen, wenn ich es schon nicht auf andere tun kann.«

»Sie haben sie bereits bewiesen,« antwortete sie, »durch diese Ihre Worte. Das Vertuschen hat ein Ende zwischen uns, Herr Hartright; ich kann *Ihnen* gegenüber nicht kunstvoll verbergen, was meine Schwester *mir* unbewußt verriet: Sie müssen uns nicht minder um Lauras, als um Ihretwillen verlassen. Ihre Anwesenheit hier, Ihr unvermeidlich enger Verkehr mit uns – harmlos, wie er, weißgott, in jeder anderen Beziehung gewesen ist – hat sie unsicher und elend gemacht. Ich, die ich sie mehr liebe, als mein eigenes Leben; ich, die ich gelernt habe, an diese reine, edle, unschuldige Natur zu glauben, wie an das Evangelium; ich kenne nur zu gut das heimliche Elend und die Selbstvorwürfe, unter denen sie gelitten hat, seitdem der erste Schatten eines mit ihrem Verlöbnis nicht zu vereinbarenden Gefühls sich wider Willen ihres Herzens bemächtigte. Ich will damit nicht sagen – nach dem, was geschehen ist, wäre es sinnlos, die Behauptung zu wagen – daß ihr Verlöbnis jemals auf irgendeiner starken echten Zuneigung beruht hätte. Es ist ein Verlöbnis aus Ehrgefühl, nicht aus Liebe; ihr Vater hat es eigentlich geschlossen, als er vor 2 Jahren auf dem Sterbebett lag; was sie selbst anbelangt, so hat sie es weder freudig begrüßt noch leidenschaftlich abgelehnt — sie hat gewissermaßen sachlich eingewilligt. Bevor Sie hier erschienen, befand sie sich in der Lage von Hunderten anderen Frauen, die ihre Männer ehelichen, ohne großartig zu ihnen hingezogen oder von ihnen abgestoßen zu sein; und die sie lieben lernen (vorausgesetzt, daß sie sie nicht hassen lernen!) nicht vor, sondern nach der Heirat. Ich hoffe inbrünstiger als Worte es auszudrücken vermögen — und Sie sollten solch opfervollen Mut gleichermaßen aufbringen — daß die neuen Gedanken und Gefühle, die ihr die frühere Ruhe, die frühe Zufriedenheit, verstörten, noch nicht zu tiefe Wurzeln geschlagen haben, um je wieder ausgereutet werden zu können. Ihre Abwesenheit (wenn ich weniger Glauben an Ihre Ehre, Ihren Mut und Ihre Einsicht hätte, würde ich Ihnen nicht dermaßen vertrauen, wie ich Ihnen jetzt vertraue) — Ihre Abwesenheit wird meine diesbezüglichen Bemühungen unterstützen, und die Zeit wird uns allen Dreien helfen. Das feste Wissen, daß mein ursprüngliches Vertrauen auf Sie nicht fehl am Platze war, ist immerhin schon etwas. Es ist immerhin etwas, zu wissen, daß Sie der Schülerin gegenüber, deren Stellung zu Ihnen zu vergessen Sie das Unglück hatten, nicht weniger ehrlich, weniger männlich, weniger gewissenhaft verfahren werden, als gegenüber der Fremden und Verstoßenen, die nicht vergebens an Sie appellierte.«

Wieder diese Anspielung auf die Frau in Weiß! Gab es denn keine Möglichkeit, über mich und Fräulein Fairlie zu reden, ohne gleichzeitig die Erinnerung an Anne Catherick zu wecken, und zwischen uns wie ein Verhängnis aufzurichten, das zu vermeiden von vornherein hoffnungslos war?

»Sagen Sie mir, was für eine Entschuldigung ich Herrn Fairlie gegenüber vorbringen könnte, um ein Abbrechen meines Engagements hier zu rechtfertigen,« sagte ich. »Und sobald dann diese Entschuldigung akzeptiert ist: sagen Sie mir, wann ich gehen soll. Ich verspreche Ihnen und jeder Ihrer Anweisungen unbedingten Gehorsam.«

»Das Wichtigste in diesem Fall ist die Zeitfrage,« erwiderte sie. »Sie haben mich heute früh sicher den kommenden Montag erwähnen hören; und die Notwendigkeit, das Rote Zimmer herrichten zu lassen. Der Besucher, den wir für Montag erwarten —«

Ich war einfach nicht imstande, nähere Erläuterungen auszuhalten. Im Bewußtsein dessen, was ich eben erfahren hatte, in Erinnerung an Fräulein Fairlies Aussehen und Betragen am Frühstückstisch, war mir klar, daß der Besucher, den man in Limmeridge-Haus erwartete, ihr zukünftiger Gatte sei. Ich versuchte, es mit Gewalt zurückzudrängen; aber etwas in mir war in dem Augenblick stärker als mein Wille, und ich fiel Fräulein Halcombe ins Wort.

»Lassen Sie mich heute reisen,« sagte ich bitter. »Je eher, desto besser.«

»Nein; heute nicht,« entgegnete sie. »Der einzige stichhaltige Grund für eine vorzeitige Abreise, könnte Herrn Fairlie gegenüber nur darin bestehen, daß eine unvorhergesehene Notwendigkeit Sie zwingt, ihn um Erlaubnis zu Ihrer sofortigen Rückkehr nach London zu ersuchen. Sie müssen, um ihm das zu erzählen, schon bis morgen warten, und zwar bis zu der Stunde, wo die Post kommt; weil er dann die plötzliche Änderung Ihrer Pläne insofern begreifen wird, als er sie mit der Ankunft eines Briefes aus London in Verbindung bringen kann. Es ist ekel und entwürdigend, zu einer Täuschung, und sei sie noch so harmloser Natur, greifen zu müssen — aber ich kenne Herrn Fairlie; und wenn Sie nur den allerentferntesten Verdacht in ihm erwecken, ihm etwas vorspiegeln oder ihn leichtfertig hintergehen zu wollen, wird er sich halsstarrig weigern, Sie gehen zu lassen. Sprechen Sie Freitag früh mit ihm; beschäftigen Sie sich anschließend (um Ihres eigenen Interesses in Bezug auf Ihren Auftraggeber willen) damit, Ihre unbeendete Arbeit in so wenig Unordnung wie möglich zu hinterlassen. Und am Sonnabend dann reisen Sie fort von hier. Das wird noch Zeit genug lassen, sowohl für Sie, Herr Hartright, als für uns Alle.«

Bevor ich ihr noch zuzusichern vermochte, wie sie sich darauf verlassen könne, daß ich genau ihren Anweisungen gemäß handeln würde, wurden wir Beide durch sich nahende Schritte in den Büschen aufgeschreckt. Vom Haus her kam Jemand, um uns zu suchen! Ich fühlte, wie mir das Blut ins Gesicht schoß, und dann wiederum daraus wich — konnte zu solcher Stunde und unter den Umständen jetzt, diese dritte Person, die sich uns so hastig näherte, etwa Fräulein Fairlie sein?!

Es bedeutete eine Erleichterung — so betrüblich, so hoffnungslos war meine Stellung zu ihr bereits verändert — es bedeutete eine ausgesprochene Erleichterung für mich, als der Betreffende, der uns hoch-

geschreckt hatte, endlich in der Tür des Sommerhäuschens erschien, und sich lediglich als die Zofe Fräulein Fairlies entpuppte.
»Könnt' ich Sie 'n kleinen Augenblick sprechen, Fräulein?« fragte das Mädchen, und zwar in einer ausgesprochen aufgeregten, unruhigen Weise.
Fräulein Halcombe stieg die wenigen Stufen in den Garten hinab, und trat mit dem Mädchen ein paar Schritte beiseite.
Dergestalt sich selbst überlassen, richteten sich meine Gedanken – und zwar mit einem Gefühl der Ödheit und Verelendung, das zu beschreiben ich einfach keine Worte zu finden vermag auf die mir bevorstehende Rückkehr in meine einsame Londoner Wohnung, wo mich Verlassenheit und Verzweiflung erwarteten. Gedanken an meine gute alte Mutter und meine Schwester, die sich im Verein und so unschuldig ob meiner günstigen beruflichen Aussichten in Cumberland gefreut hatten – Gedanken, die ich so lange aus meinem Herzen verbannt hatte, und die mir nun, zu Scham und Selbstvorwürfen, zum ersten Male deutlich wurden – traten, wie alte vernachlässigte Freunde mit liebevoll trauernden Gesichtern vor mich hin. Meine Mutter und meine Schwester: was würden sie denken, wenn ich zu ihnen zurückkehrte, mit vorzeitig gekündigter Stelle, mit dem Eingeständnis meines elendiglichen Geheimnisses; sie, die so hoffnungsvoll Abschied von mir genommen hatten, an jenem letzten glücklichen Abend, im Häuschen zu Hampstead.
Da: wieder Anne Catherick! Selbst die Erinnerung an den Abschiedsabend von Mutter und Schwester konnte mir nicht kommen, ohne daß sich nicht prompt die Erinnerung an meine Mondscheinwanderung zurück nach London angeschlossen hätte. Was sollte denn das bedeuten? Ob diese Frau und ich uns noch einmal wiederzusehen bestimmt waren? Möglich war das immerhin. Ob sie wußte, daß ich in London wohnte? Ja, natürlich; das hatte ich ihr mitgeteilt, entweder vor oder nach dieser befremdlichen Erkundigung ihrerseits, ob ich etwa viele Männer im Baronsrange kenne. Davor oder danach – ich war im Augenblick nicht ruhig genug, um mich genau zu entsinnen.
Ein paar Minuten gingen hin, bevor Fräulein Halcombe das Mädchen entließ, und wieder zu mir zurück kam. Jetzt schaute auch sie aufgeregt und unruhig drein.
»Wir haben ja eigentlich alles Notwendige miteinander durchgesprochen, Herr Hartright,« sagte sie. »Wir haben einander ver-

standen, wie es Freunden wohl ansteht; und könnten an sich unverzüglich ins Haus zurückkehren. Um Ihnen die Wahrheit zu gestehen: ich mache mir Sorgen um Laura. Sie hat nach mir geschickt, und sagen lassen, daß sie mich sofort sprechen möchte; und die Zofe hat noch hinzugesetzt, daß Ihre Herrin furchtbar aufgeregt wäre, scheinbar infolge eines Briefes, den sie heute früh bekommen hat – desselben Briefes, ohne Zweifel, den ich ins Haus tragen ließ, bevor wir hierher gingen.«

Wir lenkten unsere Schritte hastig entlängst des umbüschten Pfades zurück. Obgleich Fräulein Halcombe alles für gesagt gehalten hatte, was ihr, ihrerseits, zu sagen nötig schien; hatte doch ich nicht alles gesagt, was ich, meinerseits, für notwendig erachtete. Von dem Augenblick an, wo ich entdeckte, daß es sich bei dem in Limmeridge erwarteten Besuch um Fräulein Fairlies künftigen Gatten handelte, hatte ich eine bitterliche Neubegier empfunden, einen neidischen brennenden Eifer, zu erfahren, wer der Betreffende sei. Es war sehr möglich, daß sich eine künftige Gelegenheit, diese Frage anzubringen nicht so leicht mehr ergeben würde; also wagte ich, sie während unseres Rückwegs zum Hause zu stellen.

»Nunmehr, wo Sie die Güte hatten, mir zu erklären, daß wir einander verstanden haben, Fräulein Halcombe,« begann ich, »nunmehr, wo Sie meines Dankes für Ihre Langmut, und meines Gehorsams gegenüber Ihren Wünschen versichert sein können: darf ich mir die Frage erlauben, wer –« (ich zögerte; ich hatte mich zwar gezwungen, seiner als ihres künftigen Gatten zu gedenken; aber von ihm in dieser Eigenschaft zu sprechen, war doch weit schwerer) – »wer der mit Fräulein Fairlie verlobte Herr ist?«

Ihr Gemüt war augenscheinlich weit mehr mit der Botschaft beschäftigt, die sie eben von ihrer Schwester empfangen hatte. Sie antwortete in einer hastigen, geistesabwesenden Art –

»Ein Herr mit großem Grundbesitz; aus Hampshire.«

Hampshire – wo Anne Catherick geboren war! Immer wieder und wieder die Frau in Weiß. Es *lag* irgendwie etwas schicksalhaftes darin.

»Und sein Name?« sagte ich; so ruhig und gleichmütig, wie ich vermochte.

»Sir Percival Glyde.«

Sir – Sir Percival! Anne Cathericks Frage – jene verdächtige Frage, bezüglich Männern im Baronsrang, die ich eventuell kennen könnte;

kaum war sie durch Fräulein Halcombes Rückkehr ins Sommerhäuschen aus meinen Gedanken verscheucht worden, als sie auch schon, infolge ihrer eigenen Antwort, wieder vor mich hin trat. Ich blieb unwillkürlich stehen, und sah sie an.

»Sir Percival Glyde,« wiederholte sie; in der Annahme wohl, daß ich ihre erste Auskunft nicht richtig verstanden hätte.

»Einfach ›von‹; oder ein Baron?« fragte ich, in einer Aufregung, die ich nicht länger zu verbergen vermochte.

Sie hielt überrascht einen Moment inne; dann erwiderte sie, und ziemlich kühl —

»Ein Baron, selbstverständlich.«

XI

Nicht ein Wort mehr, von keiner Seite, fiel zwischen uns, während wir rasch zum Hause zurück schritten. Fräulein Halcombe eilte unverzüglich zu ihrer Schwester aufs Zimmer; und ich begab mich in mein Studio, um alle diejenigen Zeichnungen Herrn Fairlies in Ordnung zu bringen, die ich noch nicht ausgebessert und aufgezogen hatte, bevor ich sie der Sorgfalt anderer Hände überließ. Jetzt, wo ich allein war, bedrängten mich ganze Schwärme von Gedanken, die ich bisher immer verbannt hatte; Gedanken, die meine Stellung schwerer erträglich denn je gestalteten.

Sie war verlobt und dicht vor der Heirat, und ihr künftiger Gatte hieß Sir Percival Glyde. Ein Mann im Baronsrange, und reicher Grundbesitzer in Hampshire.

Natürlich gab es Hunderte von Baronen in England, und Dutzende von Rittergutsbesitzern in Hampshire. Nach den normalen Regeln der Wahrscheinlichkeitsrechnung hätte ich allein daraufhin nicht den Schatten eines Grundes gehabt, Sir Percival Glyde irgendwie mit dem Wortlaut der argwöhnischen Erkundigung in Verbindung zu bringen, die die Frau in Weiß an mich gerichtet hatte. Und dennoch brachte ich ihn damit in Verbindung. Geschah das etwa nur deswegen, weil er in meinen Gedanken jetzt mit Fräulein Fairlie verknüpft war; sie, die, seit jenem Abend, wo ich die ominöse Ähnlichkeit entdeckt hatte, ihrerseits wiederum mit Anne Catherick verknüpft war? Hatten die Vorfälle des heutigen Morgens mich denn

schon so mitgenommen, daß ich ein Opfer jedweder Einbildung wurde, die das allergewöhnlichste Zusammentreffen, der allerbanalste Zufall, meiner Fantasie vorgaukelten? Es war mir nicht möglich, zu entscheiden; ich fühlte lediglich, daß das, was sich auf unserm Rückweg vom Sommerhäuschen zwischen mir und Fräulein Halcombe abgespielt hatte, mich auf ganz merkwürdige Weise beeinflußte. Das Vorgefühl irgendeiner unerkennbaren Gefahr, die, uns Allen noch verborgen, im Dunkel der Zukunft lauerte, lastete schwer auf mir. Der Zweifel, ob ich nicht etwa längst Glied einer Kette von Ereignissen geworden sei, die auch meine bevorstehende Abreise aus Cumberland nicht mehr die Macht haben würde, zu sprengen — der Zweifel, ob einer von uns Beteiligten imstande sei, das Ende vorauszusehen, wie das Ende wirklich sein würde — legte sich düster und immer düsterer über mein ganzes Wesen. So brennend das Leid auch war, das das schmähliche Ende meiner kurzen vermessenen Liebe mir verursachte, es schien abgestumpft, ja abgetötet, durch das noch stärkere Gefühl von etwas dunkel über uns Schwebendem, einer unsichtbaren Drohung, die die Zeit über unseren Häuptern für uns bereithielt.
Ich hatte mich mit den Zeichnungen nur wenig mehr als eine halbe Stunde beschäftigt, als es an meine Tür pochte. Auf mein ›Herein‹ öffnete sie sich; und zu meiner Überraschung trat Fräulein Halcombe zu mir ins Zimmer.
Sie trug ein ärgerliches, erregtes Wesen zur Schau; griff sich einen Stuhl, noch bevor ich ihr einen hatte anbieten können, und ließ sich, dicht an meiner Seite darauf nieder.
»Herr Hartright,« sagte sie, »ich hatte gehofft, daß alle peinlichen Gesprächsgegenstände zwischen uns abgetan seien; zumindest für heute. Aber es scheint nicht der Fall sein zu sollen. Es ist hier irgendeine heimliche Schurkerei am Werk, mit der Absicht, meine Schwester hinsichtlich ihrer bevorstehenden Heirat zu ängstigen. Sie haben vorhin gesehen, wie ich den Gärtnerjungen mit einem Brief an Fräulein Fairlie, die Anschrift von unbekannter Hand, ins Haus geschickt habe?«
»Gewiß.«
»Dieser Brief war ein anonymer Brief — der schmutzige Versuch, Sir Percival Glyde in der Achtung meiner Schwester herabzusetzen. Er hat sie derartig erregt und aufgestört, daß ich die größten erdenklichen Schwierigkeiten gehabt habe, ihr Gemüt einigermaßen

soweit wieder zu beruhigen, um ihr Zimmer zu verlassen, und zu Ihnen herkommen zu können. Ich weiß sehr wohl, daß dies eigentlich eine reine Familienangelegenheit ist, bei der ich Sie nicht zu Rate ziehen dürfte, und an der Sie weder beteiligt sind, noch Interesse —«

»Verzeihung, Fräulein Halcombe: aber ich bin so stark wie nur irgend möglich beteiligt und interessiert an allem, was Fräulein Fairlies oder Ihr Wohlergehen betrifft.«

»Ich freue mich sehr, das zu hören. Sie sind praktisch die einzige Person im Hause hier, oder in seiner näheren Umgebung, die mich beraten könnte. Herr Fairlie kommt, bei seinem Gesundheitszustand und seinem Horror vor Schwierigkeiten und Verwicklungen jedweder Art, überhaupt nicht in Betracht. Der Ortspfarrer ist ein guter aber schwacher Mann, der über die täglichen Pflichten seines Amtes hinaus gar nichts weiß; und die Nachbarn sind genau die bequeme, schlafmützige Sorte von Bekanntschaften, die man in Zeiten von Not und Gefahr am besten nicht stört. Worüber ich Ihre Ansicht hören möchte, ist folgendes: soll ich sofort Schritte unternehmen, um den Verfasser des Briefes zu entdecken? Oder soll ich lieber warten, und mich morgen an Herrn Fairlies Rechtsberater wenden? Die Frage ist die — und möglicherweise eine sehr wichtige! — ob man einen Tag gewinnt oder verliert. Sagen Sie mir, was Sie meinen, Herr Hartright. Hätte mich nicht die bittere Notwendigkeit bereits genötigt, Sie unter ausgesprochen delikaten Verhältnissen ins Vertrauen zu ziehen, könnte ja selbst meine relativ hilflose Situation vielleicht keine Entschuldigung für mich darstellen. Aber wie die Dinge einmal liegen, werde ich sicherlich, in Anbetracht dessen, was sich alles zwischen uns abgespielt hat, bestimmt nicht fehlgehen, wenn ich außer Acht lasse, daß unsere Freundschaft erst kurze drei Monate alt ist.«

Sie reichte mir den Brief. Er begann unvermittelt, ohne irgendeine vorangehende Form der Anrede, wie folgt —:

Glauben Sie an Träume? Ich hoffe, in Ihrem eigensten Interesse, daß dem so ist. Lesen Sie nach, was die Heilige Schrift über Träume und deren Erfüllung sagt (I. Mose, 40, 8 und 41, 25; Daniel IV, 18—25) und beherzigen Sie die Warnung, die ich Ihnen sende, bevor es zu spät ist. Vergangene Nacht habe ich von Ihnen geträumt, Fräulein Fairlie. Mir träumte, daß ich innerhalb der Al-

targitter einer Kirche stand — ich auf der einen Seite des Altars; der Geistliche mit Priestergewand und Stola und seinem Gebetbuch auf der anderen.
Nach einer kleinen Weile kamen, das Kirchenschiff herunter, ein Mann und eine Frau auf uns zu geschritten, und sie sollten getraut werden. Sie waren die Frau. Sie wirkten so hübsch und unschuldig in Ihrem schönen weißen Seidenkleid und dem langen Brautschleier aus weißen Spitzen, daß mein ganzes Herz vor Mitgefühl für Sie schwoll und die Tränen mir in die Augen traten.
Es waren Tränen des Mitleids, gnädiges junges Fräulein, die der Himmel segnen möge; und anstatt aus meinen Augen niederzufallen gleich den alltäglichen Tränen, wie wir sie Alle vergießen, verwandelten diese sich in zwei Lichtstrahlen, die näher und näher auf den Mann zuströmten, der neben Ihnen am Altare stand, bis sie endlich seine Brust berührten. Dann zersprangen die beiden Strahlen und wurden zu Bögen, Regenbogen gleich, zwischen mir und Jenem. Ich blickte hindurch, und schaute so bis in sein innerstes Herz.
Das Äußere des Mannes, den Sie zu heiraten im Begriff standen, war freilich schön genug anzusehen. Er war weder groß noch klein — nur wenig unter Mittelgröße. Ein beweglicher, rascher, hochfahrender Mann — dem Augenschein nach zu urteilen um die 45. Er hatte ein blasses Gesicht und eine hohe, schon kahle Stirn; aber das Haar, das seinen übrigen Kopf bedeckte, war noch dunkel. Das Kinn war glatt rasiert; aber ein schöner dunkelbrauner Bart bedeckte ihm Wangen und Oberlippe. Auch seine Augen waren braun und auffallend scharf; die Nase gerade und hübsch und so fein geformt, daß sie jeder Frau zur Zierde gereicht hätte. Desgleichen seine Hände. Nur plagte ihn von Zeit zu Zeit ein kurzer trockener Husten; und einmal, als er dabei seine weiße Hand an den Mund führte, leuchtete auf deren Rücken, quer darüber hinweg, die rote Narbe einer alten Wunde auf. Habe ich von dem richtigen Manne geträumt? Sie müssen es am besten wissen, Fräulein Fairlie; Sie müssen am besten sagen können, ob der Traum mich äffte oder nicht. Lesen Sie weiterhin, was ich unter dieser seiner Außenseite erblickte — ich beschwöre Sie: lesen Sie, und ziehen Sie Nutzen daraus!
Ich schaute wieder entlängst der beiden Lichtbogen, und blickte tief bis in sein innerstes Herz. Es war schwarz wie die Nacht; und

auf ihm stand geschrieben, in roten Flammenbuchstaben, die da sind die Handschrift des gefallenen Engels: ›Ohne Mitleid und ohne Reue. Leid hat er gehäuft auf den Pfad Anderer, und wird fürderhin leben, um Leid zu häufen auf den Lebensweg des Weibes an seiner Seite.‹ Das las ich, und sogleich begannen die Lichtstrahlen zu wandern; sie wiesen hinweg über seine Schulter: und dort, dicht hinter ihm stand ein lachender Teufel. Und die Lichtstrahlen wanderten wieder; sie wiesen über Ihre Schulter; und siehe, dort, hinter Ihnen, stand ein Engel, der weinte. Und die Lichtstrahlen wanderten zum dritten Male, und wiesen geradeswegs zwischen Sie und jenen Mann. Sie wichen weiter und weiter auseinander, und drängten und trennten sie Beide, Einen vom Andern. Und der Priester suchte vergeblich nach dem Texte der Heiratsliturgie: der war verschwunden aus seinem Buche, und er schlug die Seiten zu, und stieß es in Verzweiflung von sich. Und ich erwachte, die Augen noch voll von Tränen und mit hämmerndem Herzen – denn *ich* glaube an Träume!

Glauben auch Sie, Fräulein Fairlie – ich bitte Sie, in Ihrem ureigensten Interesse, glauben Sie, wie ich es tue. Joseph und Daniel und viele Andere in den Heiligen Schriften haben an Träume geglaubt. Forschen Sie in der Vergangenheit jenes Mannes mit der Narbe auf seiner Hand, ehe Sie die Worte sprechen, die Sie zu seinem Weibe und elend machen. Ich lasse Ihnen diese Warnung nicht um meinetwillen zukommen; sondern um Ihretwillen. Ich hege eine Teilnahme an Ihrem Wohlergehen, die nicht in mir ersterben kann, solange ich Leben atme. Die Tochter Ihrer Mutter nimmt in meinem Herzen einen Ehrenplatz ein – denn Ihre Mutter war meine erste, meine beste, meine einzige Freundin!

Dergestalt endete dieser erstaunliche Brief, ohne die Spur irgendeiner Unterschrift.

Die Handschrift allein bot keinerlei Anhaltspunkt dar. Auf liniiertem Papier, in ihrer steifen, konventionellen, schülerhaften Art, war sie genau das, was man eine ausdruckslose ›Kopistenhandschrift‹ nennt. Die einzelnen Züge schwach und unsicher, stellenweise von Klecksen verunstaltet; aber ansonsten fand sich nichts, was sie irgend ausgezeichnet hätte.

»Also das ist nicht das Geschreibsel eines ganz Ungebildeten,« sagte Fräulein Halcombe, »und andererseits doch gleichzeitig wieder zu unzusammenhängend, um als Brief eines gebildeten Menschen aus den höheren Ständen gelten zu können. Die ausführlichen Anspielungen auf Brautkleid und -schleier, sowie gewisse andere kleine Wendungen, scheinen darauf hinzudeuten, daß es sich um das Erzeugnis einer Frau handelt. Was meinen Sie, Herr Hartright?«

»Der Ansicht bin ich gleichfalls. Es scheint mir nicht nur der Brief einer Frau zu sein; sondern auch einer Frau, deren Verstand —«

»— zerrüttet sein muß?« ergänzte Fräulein Halcombe. »Genau das war auch mein erster Eindruck.«

Ich antwortete nicht. Während ich gesprochen hatte, war mein Blick noch einmal auf den letzten Satz des Briefes gefallen — »Die Tochter Ihrer Mutter nimmt in meinem Herzen einen Ehrenplatz ein — denn Ihre Mutter war meine erste, meine beste, meine einzige Freundin.« — diese Worte, zusammengehalten mit dem Zweifel hinsichtlich des Geisteszustandes des Briefschreibers, der mir unwillkürlich entschlüpft war, wirkten auf einmal mit vereinter Kraft auf mich, und ließen einen Einfall bei mir entstehen, den ich offen auszusprechen, ja auch nur heimlich im Innern zu hegen, mich buchstäblich fürchtete. Ich fing langsam an zu zweifeln, ob nicht etwa meine eigene Vernunft in Gefahr stünde, das Gleichgewicht zu verlieren. Schien es ja allmählich zur fixen Idee bei mir zu werden, jedes seltsame Ereignis, jede unerwartete Äußerung, immer auf die gleich verborgene Quelle, den gleichen unheildrohenden Einfluß, zurückzuführen. Ich nahm mir diesmal ausdrücklich vor, um des lieben Selbsterhaltungstriebes willen, und um mir Mut und den gesunden Menschenverstand zu bewahren, keinerlei Urteil zu fällen, das nicht durch die nacktesten Tatsachen gerechtfertigt würde; sowie All und Jedem, das mich in Gestalt eines Argwohns in Versuchung führen möchte, auf der Stelle und resolut den Rücken zuzudrehen.

»Wenn wir überhaupt eine Chance haben, die Person, die das geschrieben hat, zu ermitteln,« sagte ich, »dann kann es keinen Schaden tun, jedwede Gelegenheit zu ergreifen, sobald sie sich bietet. Ich meine, wir sollten noch einmal mit dem Gärtnerjungen über jene ältliche Frau reden, die ihm den Brief gegeben hat; und anschließend unsere Nachforschungen im Dorf selbst fortsetzen. Aber darf ich erst noch eine Frage stellen: Sie erwähnten eben noch die andere Alternative, nämlich morgen Herrn Fairlies Rechtsbeistand zu Rate zu ziehen. Gibt es keine Möglichkeit, sich eher mit ihm in Verbindung zu setzen? Warum nicht gleich heute?«

»Das kann ich Ihnen nur erklären,« erwiderte Fräulein Halcombe, »indem ich auf bestimmte, mit der bevorstehenden Hochzeit meiner Schwester in Verbindung stehende Einzelheiten eingehe, die ich Ihnen gegenüber zu erwähnen heute früh weder notwendig noch wünschenswert fand. Eine der Absichten Sir Percival Glydes, wenn er am Montag herkommt, ist die, den Tag der Verehelichung, der bisher noch ganz unbestimmt geblieben war, endgültig festzusetzen. Ihm persönlich liegt sehr daran, daß das Ereignis noch vor Jahresende stattfindet.«

»Weiß Fräulein Fairlie von diesem seinem Wunsch?« fragte ich eifrig.

»Sie hat nicht die entfernteste Ahnung davon; und nach allem, was jetzt geschehen ist, denke ich nicht daran, die Verantwortung auf mich zu nehmen und sie darüber aufzuklären. Nein, Sir Percival hat sein Anliegen lediglich Herrn Fairlie gegenüber zur Sprache gebracht; der dann wiederum mir mitgeteilt hat, daß er, als Lauras Vormund, bereit und sehr willig wäre, es zu befördern. Er hat dann nach London, an Herrn Gilmore, den Rechtsanwalt der Familie, geschrieben; Herr Gilmore befand sich eben zufälligerweise in Geschäften in Glasgow, und hat als Antwort den Vorschlag gemacht, seine Rückreise in Limmeridge-Haus zu unterbrechen. Morgen trifft er ein; und wird einige Tage bei uns bleiben, um Sir Percival Zeit zu geben, seine Sache selbst zu betreiben. Falls ihm das mit Erfolg gelingt, wird Herr Gilmore anschließend nach London zurückkehren, mit den Anweisungen für den Ehekontrakt meiner Schwester in der Tasche. Sie begreifen jetzt, Herr Hartright, warum ich davon sprach, bis morgen und juristischen Rat abzuwarten? Herr Gilmore ist seit zwei Generationen schon der alte und erprobte Freund der Familie Fairlie, und wir können ihm vertrauen, wie keinem Anderen sonst.«

Der Ehekontrakt! Das bloße Anhören des Wortes ging mir durch und durch, mit einer verzweifelten Eifersucht, die Gift für meine edleren und höheren Instinkte war. Schon fing ich an – es fällt mir schwer, es zu gestehen; aber ich darf und will von all den schrecklichen Ereignissen, die zu enthüllen mir aufgetragen ist, von Anfang bis zu Ende nicht das Geringste unterdrücken – schon fing ich an, der unklaren Anschuldigungen gegen Sir Percival Glyde, die der anonyme Brief enthielt, mit gehässigem Eifer, gleichsam hoffnungsvoll, zu gedenken: wie nun, falls diesen verwilderten Anklagen tatsächlich etwas wie Wahrheit zugrunde läge? Und falls diese Wahrheit sich beweisen ließe, bevor noch das verhängnisvolle ›ja‹ gesprochen und der Ehekontrakt unterzeichnet worden war? Ich habe seitdem mehrfach versucht, zu denken, daß die Empfindung, die mich damals beseelte, von A bis Z lediglich dem einen Wunsche entsprang, Fräulein Fairlies Interessen zu dienen; aber es ist mir nie recht gelungen, mir den Glauben daran hundertprozentig einzureden, und ich will auch jetzt nicht erst versuchen, Andere in dieser Beziehung zu täuschen: mein Gefühl damals bestand von A bis Z in nichts anderem, als einem rücksichtslosen, rachsüchtigen, hoffnungslosen Haß gegen den Mann, der sie heiraten wollte!

»Wenn wir überhaupt noch etwas ausfindig machen wollen,« sagte ich, und sprach unter dem neuen Antrieb, der mich nunmehr beherrschte, »wäre es besser, wir ließen nicht eine Minute mehr ungenützt verstreichen. Ich kann lediglich noch einmal vorschlagen, daß es nützlich sein dürfte, den Gärtner ein zweites Mal darüber zu vernehmen; und anschließend sofort im Dorfe weiter zu recherchieren.«

»Ich glaube, ich werde Ihnen in beiden Fällen von Nutzen sein können,« sagte Fräulein Halcombe, die sich bereits erhob. »Wollen wir gleich losgehen, Herr Hartright, ja; und es mit vereinten Kräften so gut machen, wie wir können.«

Ich hatte schon die Tür in der Hand, um ihr aufzumachen – hielt jedoch plötzlich noch einmal inne, um, ehe wir ans Werk gingen, eine wichtige Frage zu stellen.

»Der eine Absatz dieses anonymen Briefes,« sagte ich, »enthält in ein paar Sätzen eine detaillierte Personenbeschreibung. Sir Percivals Name ist zwar nicht ausdrücklich erwähnt, ich weiß – aber hat die betreffende Beschreibung eine, und sei es noch so entfernte, Ähnlichkeit mit ihm?«

»Haargenau sogar – selbst mit der Angabe, daß er 45 ist –«

Fünfundvierzig! Und sie noch nicht 21! Sicher; Männer seines Alters heiraten Frauen ihres Alters alle Tage; und die Erfahrung hatte bewiesen, daß dergleichen Ehen sehr oft die glücklichsten sind; das wußte ich wohl – und dennoch verstärkte die bloße Erwähnung seines Alters, wenn ich es mit dem ihrigen zusammenhielt, meinen blinden Haß und mein Mißtrauen ihm gegenüber.

»Haargenau,« fuhr Fräulein Halcombe indessen fort; »sogar die Narbe am rechten Handrücken stimmt, die von einer Wunde herrührt, die er vor Jahren erhielt, als er Italien bereiste. Darüber, daß dem Briefschreiber die geringste Eigenheit seiner äußeren Erscheinung von Grund auf vertraut ist, kann gar kein Zweifel bestehen.«

»Ist nicht sogar ein chronischer Husten, an dem er leidet, erwähnt, wenn ich mich recht erinnere?«

»Jawohl, und auch das ist korrekt. Er selbst bagatellisiert die Sache zwar; aber seine Freunde haben deswegen manchmal etwas Angst um ihn.«

»Und was seinen Ruf anbelangt, ist nie auch nur das mindeste geflüstert worden, nehme ich an?«

»Herr Hartright! Ich will hoffen, Sie sind nicht ungerecht genug, sich von diesem infamen Brief im geringsten beeinflussen zu lassen?!«

»Ich hoffe nicht,« antwortete ich in Verwirrung. »Vielleicht habe ich kein Recht gehabt, diese Frage zu stellen.«

»Es ist mir gar nicht so unwillkommen, daß Sie sie gestellt haben,« sagte sie; »denn ich bin dadurch in den Stand gesetzt, Sir Percivals Ruf Gerechtigkeit widerfahren zu lassen: nicht das geringste gegen ihn gerichtete Geflüster, Herr Hartright, hat jemals mich oder unsere Familie erreicht. Er hat überdem zweimal, und mit Erfolg, im Wahlkampf gestanden; und ist aus solcher Feuerprobe völlig unverletzt hervorgegangen: ein Mann, dem das in England gelingt, ist ein Mann von wirklich untadeligem Ruf.«

Ich öffnete ihr schweigend die Tür, und folgte ihr dann hinaus. Überzeugt hatte sie mich nicht. Und wenn der Engel, der über unsere Taten Buch führt, persönlich vom Himmel herabgekommen wäre, um ihre Worte zu bestätigen, ja, wenn er mir vor meine sterblichen Augen sein aufgeschlagenes Buch hingehalten hätte – auch der Engel hätte mich nicht überzeugt.

Wir trafen den Gärtner bei seiner üblichen Beschäftigung. Aber nicht die künstlichste Fragetechnik vermochte der wahrhaft transzendentalen Stupidität des Burschen auch nur eine einzige, einigermaßen wichtige Antwort zu entlocken. Die Frau, die ihm den Brief gegeben hatte, war eine ältliche Frau; gesprochen hatte sie kein Wort mit ihm; und war anschließend in großer Eile wieder in Richtung Süden verschwunden – das war alles, was der Gärtner uns zu sagen hatte.

Das Dorf lag südlich von Limmeridge-Haus. Also begaben wir uns als nächstes zum Dorf.

XII

Wir nahmen unsere Nachforschungen in Limmeridge wahrlich mit aller Geduld, in allen Richtungen, und unter sämtlichen Leuten aller Stände vor; aber das Ergebnis war gleich Null. Drei der Dörfler versicherten uns zwar mit der größten Bestimmtheit, daß sie die betreffende Frau erblickt hätten; da sie aber gänzlich außerstande waren, sie näher zu beschreiben, und total unfähig, sich über die genaue Richtung zu einigen, in der sie, als sie zuletzt gesehen wurde, gegangen war, gewährten diese drei schimmernden Ausnahmen von der Regel der sonstigen umfassenden Unwissenheit uns imgrunde auch nicht mehr echte Unterstützung, als die große Masse ihrer unergiebigen und unachtsamen Nachbarn.

Im Verlauf unserer nutzlosen Erkundungen gelangten wir endlich auch an das Ende des Dorfes, wo sich die von Frau Fairlie eingerichteten Schulen befanden. Als wir an der Seite des für die Jungen bestimmten Gebäudes entlanggingen, fiel mir als eine letzte Möglichkeit ein, den Lehrer selbst zu befragen, den man ja aufgrund seines Amtes, immerhin noch für den intelligentesten Mann im Ort halten konnte.

»Ich fürchte nur,« sagte Fräulein Halcombe, »der Lehrer wird eben um die Zeit, als die Frau durchs Dorf kam und wieder davon ging, gerade mit seinen Schülern vollauf beschäftigt gewesen sein. Trotzdem ist ein Versuch natürlich angebracht.«

Wir traten in den umzäunten Schulhof, und mußten, um zur Eingangstür, die sich auf der Rückseite des Gebäudes befand, zu gelangen, am Fenster des Schulzimmers vorüber. Ich blieb einen Augenblick am Fenster stehen und schaute hinein.

Der Lehrer saß, mit dem Rücken zu mir, an seinem Katheder, und hielt den Schülern, die, mit einer Ausnahme, sämtlich vor ihm aufgestellt waren, anscheinend eine Standpauke. Diese eine Ausnahme war ein untersetztes weißköpfiges Bürschchen, der, weit abgesondert von der Masse der Übrigen, auf einem Schemel in der Ecke stehen mußte — ein kleiner verlassener Robinson, allein auf seinem wüsten Straf-Inselchen, in Einsamkeit und Ungnade.

Als wir um die Hausecke bogen, stand die Tür halb offen, und die Stimme des Lehrers erreichte uns, die wir erst noch eine Minute unter dem Vordach verweilten, klar und deutlich:

»Also Jungens,« sagte die Stimme, »merkt Euch das, was ich Euch jetzt sage. Wenn mir in dieser Schule noch ein einziges Wort über ›Gespenster‹ zu Ohren kommt, habt Ihr, und zwar ohne Ausnahme, nichts zu lachen. Es gibt keine Gespenster! Folglich glaubt ein Junge, der an Gespenster glaubt, an etwas, was es einfach nicht geben kann; und ein Junge, der in Limmeridge in die Schule geht, und an etwas glaubt, was es einfach nicht geben kann, der kehrt damit der Vernunft und Schulzucht mutwillig den Rücken, und muß also dementsprechend bestraft werden. Ihr Alle seht Jakob Postlethwait zu seiner Schande dort auf dem Schemel stehen. Er ist bestraft worden, nicht deshalb weil er gesagt hat, er hätte vergangenen Abend ein Gespenst gesehen; sondern weil er zu unverfroren, zu hartnäckig war, um der Stimme der Vernunft Gehör zu geben; und weil er dabei blieb, zu behaupten, er hätte das Gespenst gesehen, selbst nachdem ich ihm gesagt hatte, daß es sowas einfach nicht gibt. Falls nichts anderes helfen sollte, bin ich bereit, Jakob Postlethwait sein Gespenst mit dem Rohrstock auszutreiben; und falls seine Ansicht noch bei Mehreren unter Euch um sich greift, will ich auch gern noch einen Schritt weiter gehen, und das Gespenst der ganzen Schule mit dem Rohrstock austreiben.«

»Wir haben uns für unsern Besuch anscheinend einen ungünstigen Augenblick ausgesucht,« sagte Fräulein Halcombe; stieß, als der Schulmeister mit seiner Ansprache fertig war, die Tür vollends auf, und ging voran hinein.

Unser Erscheinen verursachte kein geringes Aufsehen unter den Jungen. Sie schienen anzunehmen, daß wir ausdrücklich zu dem Zweck gekommen wären, um zuzugucken, wie Jakob Postlethwait den Stock bekäme.

»So; jetzt nach Hause mit Euch Allen, zum Mittagessen,« sagte der Schulmeister, »Jakob ausgenommen. Jakob bleibt wo er ist; dem kann sein Gespenst ja heute Mittagessen bringen, wenn das Gespenst so gut sein will.«

Bei dem zwiefachen Verschwinden sowohl seiner Schulkameraden, als der Aussicht auf's Mittagessen, verließ Jakob seine bisherige Standhaftigkeit. Er zog die Fäustchen aus den Taschen; besah sich erst angestrengt die Knöchel, hob sie dann ungemein bedächtig an die Augen, und bohrte, als sie dort angelangt waren, langsam damit hin und her; eine Aktion, die er in regelmäßigen Abständen mit Schnief-Salven begleitete – nasale Notschüsse jugendlicher Verzweiflung.

»Wir sind an sich hergekommen, um Sie etwas zu fragen, Herr Dempster,« wandte Fräulein Halcombe sich an den Schulmeister, »und waren wenig darauf gefaßt, Sie mit dem Austreiben von Gespenstern beschäftigt zu finden. Was soll das denn alles bedeuten? Was ist in Wirklichkeit passiert?«

»Dieser böse Junge dort hat die gesamte Schule in Angst versetzt, Fräulein Halcombe, durch die Behauptung, er hätte gestern Abend ein Gespenst gesehen,« sagte der Schulmeister; »und er bleibt immer noch bei seiner ungereimten Geschichte, allem was ich ihm sagen kann zum Trotz.«

»Äußerst erstaunlich,« sagte Fräulein Halcombe. »Ich hätte nie und nimmer gedacht, daß einer der hiesigen Jungen Fantasie genug besäße, um Gespenster zu erblicken. Das ist allerdings ein neuer Zuwachs zu Ihrer ohnehin schweren Aufgabe, die jugendlichen Gemüter von Limmeridge zu formen und zu bilden, Herr Dempster, und ich wünsche Ihnen von Herzen und auf der ganzen Linie Erfolg. Aber darf ich Ihnen zwischendurch erklären, warum Sie mich hier sehen, und was mein Anliegen ist.«

Sie legte dann dem Schulmeister dieselben Fragen vor, wie wir sie bereits an nahezu jeglichen Dorfbewohner auch gerichtet hatten; und erhielten die gleichen entmutigenden Antworten. Herrn Dempster war die Fremde, die wir so eifrig suchten, nicht zu Gesicht gekommen.

»Ich glaube, wir können wieder nach Hause zurückkehren, Herr Hartright,« sagte Fräulein Halcombe; »es liegt auf der Hand, daß wir die gewünschte Auskunft nicht erhalten können.«

Sie hatte Herrn Dempster kurz zugenickt, und war schon dabei, das Schulzimmer wieder zu verlassen, als die einsame Stellung Jakob Postlethwaits, der immer noch aufs bemitleidenswerteste auf seinem Strafschemelchen stand und schniefte, beim Vorbeigehen ihre Aufmerksamkeit auf sich zog, und sie gutmütig stehen blieb, um, bevor sie die Tür öffnete, ein Wort mit dem kleinen Gefangenen zu sprechen.

»Du dummer Junge, Du,« sagte sie; »warum bittest Du denn Herrn Dempster nicht um Verzeihung, und hältst den Mund von Gespenstern?«

»Nu! — Ich hab's aber doch geseh'n, das Geschpenst,« Jakob Postlethwait blieb beharrlich dabei, mit entsetztem Blick und unter einer wahren Tränenflut.

»Ach, Quatsch! Du hast gar nichts dergleichen gesehen. Sowas, Gespenster! Wessen Gespenst –«

»Verzeihung, Fräulein Halcombe,« mischte sich der Schulmeister, ein bißchen verlegen, wie es schien, jetzt ein – »ich glaube, es wäre besser, wenn Sie den Jungen nicht weiter ausfragten. Es übersteigt alle Vorstellung, wie hartnäckig er bei seiner närrischen Geschichte bleibt; und Sie könnten es dahin bringen, daß er Sie, in seiner Unwissenheit –«

»Mich? In welcher Unwissenheit?« erkundigte sich Fräulein Halcombe mit Schärfe.

»Daß er, in seiner Unwissenheit, Ihr Gefühl verletzt,« sagte Herr Dempster, und schaute dabei hochverlegen drein.

»Auf mein Wort, Herr Dempster, Sie machen meinen Gefühlen ja ein merkwürdig großes Kompliment, wenn Sie sie für schwächlich genug halten, um von so einem Bengel verletzt werden zu können!« Sie wandte sich mit dem Ausdruck spöttischer Herausforderung jetzt voll zu dem kleinen Jakob, und begann ihn absichtlich auszufragen. »Los!« sagte sie; »jetzt will ich aber auch Alles hören. Wann hast Du denn Dein Gespenst gesehen, Du Nichtsnutz?«

»Gestern A'amd, wie's duster wurde,« erwiderte Jakob.

»Ho! Gestern Abend in der Dämmerung? Wie hat's denn ausgesehen?«

»Ganz in Weiß – wie Geschpenster e'bm gehn,« auskunftete der Geisterseher, mit einer Dreistigkeit, die weit über sein Alter hinausging.

»Und wo hast Du's gesehen?«

»Drüb'm dort, uff'm Kirchhof – wo Geschpenster e'bm umgehn.«

»Wie ein ›Geschpenst‹ eben geht – wo ›Geschpenster‹ eben umgehen – Du redest ja gerade so, Du kleiner Dummerjahn, als ob Dir die Sitten und Gebräuche der Gespenster von frühester Kindheit an geläufig wären! Auf jeden Fall kannst Du Deine Geschichte trefflich auswendig. Ich nehme an, das nächste wird sein, daß Du mir auch noch genau sagen kannst, *wessen* Gespenst das war?«

»Nu! Grade kann ich's,« entgegnete Jakob, und nickte düster dazu, mit einer Art verzweifelten Triumphes.

Herr Dempster hatte bereits mehrere Male versucht, sich einzuschalten, während Fräulein Halcombe seinen Schüler ins Gebet nahm; an dieser Stelle nahm er alle seine Entschlossenheit zusammen, und verschaffte sich Gehör.

»Entschuldigen Sie mich, Fräulein Halcombe,« sagte er, »wenn ich die Bemerkung wage, daß Sie den Jungen doch gewissermaßen nur noch mehr ermutigen, wenn Sie ihn auf solche Art fragen.«
»Ich werde lediglich eine Frage noch stellen, Herr Dempster; dann bin ich völlig befriedigt. – Na,« fuhr sie fort, indem sie sich wieder zu dem Jungen wandte, »und wessen Gespenst ist es nun gewesen?«
»Das Geschpenst von der Frau Fairlie,« antwortete Jakob im Flüsterton.
Die Wirkung, die diese erstaunliche Auskunft auf Fräulein Halcombe übte, rechtfertigte voll und ganz die Besorgnis, die der Schulmeister in dem Bemühen gezeigt hatte, sie nicht zu ihrer Kenntnis gelangen zu lassen. Ihr Gesicht wurde purpurn vor Entrüstung – sie trat mit einem derartigen Ungestüm auf den kleinen Jakob zu, daß vor Schreck ein neuerlicher Tränenausbruch bei ihm erfolgte – öffnete schon den Mund, um etwas zu sagen – beherrschte sich dann jedoch wieder; und redete statt des Jungen lieber den Lehrer an.
»Es ist nutzlos,« sagte sie, »so ein Kind für das, was es sagt, verantwortlich machen zu wollen. Ich habe keinen Zweifel, daß ihm dergleichen Ideen von anderer Seite in den Kopf gesetzt worden sind. Falls es im Dorf Leute geben sollte, Herr Dempster, die den Respekt und die Dankbarkeit, die jegliche Menschenseele hier dem Andenken meiner Mutter schuldig ist, außer Acht gesetzt haben, dann werde ich die Betreffenden ausfindig machen; und wenn mein Wort noch das geringste bei Herrn Fairlie gilt, werden sie dafür büßen.«
»Ich hoffe – das heißt, ich bin mir sicher, Fräulein Halcombe – daß Sie im Irrtum sind,« sagte der Schulmeister. »Die Sache beruht bestimmt von Anfang bis Ende bloß auf der Verdrehtheit und Narretei dieses einen Jungen. Er hat gestern abend, als er am Kirchhof vorbeikam, eine Frau in Weiß gesehen, beziehungsweise sich eingebildet zu sehen; und die Gestalt, ob Wirklichkeit ob Fantasie, hat bei dem Marmorkreuz gestanden, von dem er, wie Jedermann in Limmeridge, weiß, daß es das Grabmal von Madame Fairlie ist. Diese beiden Umstände sind sicherlich hinreichend, um dem Jungen seine Antwort eben eingegeben zu haben, die Sie natürlicherweise verletzen mußte; meinen Sie nicht?«
Obgleich Fräulein Halcombe nicht überzeugt schien, fühlte sie augenscheinlich doch, daß diese Darstellung, die der Lehrer von dem

Fall gab, zu vernünftig war, um offen bestritten werden zu können. Sie erwiderte lediglich dadurch, daß sie ihm für seine Aufmerksamkeit dankte, und ihm versprach, sich mit ihm, sobald ihre Zweifel behoben wären, wieder in Verbindung zu setzen. Nach diesen Worten nickte sie ihm grüßend zu, und ging voran, aus dem Schulzimmer.

Während der ganzen Dauer dieser merkwürdigen Szene hatte ich, aufmerksam zuhörend, etwas abseits gestanden, und meine eigenen Schlüsse für mich daraus gezogen. Sobald wir uns wieder allein sahen, fragte mich Fräulein Halcombe, ob ich mir über das Gehörte irgend eine Meinung gebildet hätte?

»Eine recht bestimmte Meinung sogar,« antwortete ich; »die Geschichte des Jungen hat, meiner Ansicht nach, eine sehr reale Unterlage. Ich gestehe, daß ich gern einmal das Grabmal von Frau Fairlie sehen, und den Boden umher genauer untersuchen würde.«

»Sie sollen das Grab sehen.«

Sie machte eine kleine Pause nach diesen Worten, und überlegte sichtlich etwas, während wir weiter gingen. »Was sich da in der Schule eben abgespielt hat,« sagte sie, »hat meine Aufmerksamkeit dergestalt von dem eigentlichen Thema dieses Briefes abgelenkt, daß ich direkt mit einer gewissen Zerstreutheit zu kämpfen habe, wenn ich mich darauf wieder konzentrieren will. Müssen wir jeden Gedanken an weitere Nachforschungen aufgeben, und abwarten, bis wir die Sache morgen in Herrn Gilmores Hände legen können?«

»Keinesfalls, Fräulein Halcombe. Was sich eben in der Schule abgespielt hat, ermutigt mich vielmehr die Nachforschungen intensiv fortzusetzen.«

»Inwiefern ermutigt Sie das?«

»Weil sich dadurch ein Verdacht verstärkt hat, den ich schon hegte, als Sie mir den Brief zu lesen gaben.«

»Ich nehme an, Sie hatten Ihre Gründe, Herr Hartright, mir einen solchen Verdacht bis zu diesem Augenblick vorzuenthalten?«

»Ich hatte, offen gesagt, Angst, ihn selbst zu nähren. Ich hielt ihn für absolut unsinnig – ich mißtraute ihm, als einer eventuellen Grille meiner eigenen mißleiteten Einbildungskraft. Aber das geht jetzt nicht länger. Nicht nur die Antworten des Jungen selbst auf Ihre Fragen; sondern sogar ein ganz zufälliger Ausdruck, der über die Lippen des Schulmeisters kam, als er uns seine Erklärung des Rätsels vortrug, haben mir jenen Einfall förmlich wieder ins Gedächtnis zurückgezwungen. Selbstverständlich kann sich dieser Einfall im Laufe der Ereignisse noch als eine Täuschung herausstellen, Fräulein Halcombe; aber im Augenblick bin ich so ziemlich des Glaubens, daß jener angebliche Geist auf dem Kirchhof, und der Verfasser des anonymen Briefes ein- und dieselbe Person sind.«

Sie blieb sofort stehen, wurde blaß, und schaute mir angespannt ins Gesicht.

»Welche Person?«

»Der Schulmeister hat es Ihnen, ohne sein Wissen, bereits mitgeteilt. Als er von der Gestalt sprach, die der Junge auf dem Kirchhof gesehen hätte, gebrauchte er den Ausdruck ›eine Frau in Weiß‹.«

»Doch nicht etwa Anne Catherick?«

»Ja; Anne Catherick.«

Sie schob ihren Arm durch den meinen, und stützte sich schwer darauf.

»Ich weiß nicht wieso,« sagte sie in leisem Ton; »aber in diesem Ihrem Verdacht liegt etwas, was mich ganz schwach und nervös macht. Mir wird wie —« sie brach ab, und versuchte, die Sache mit einem Lachen abzutun. »Herr Hartright,« fuhr sie dann fort, »ich will Ihnen rasch noch das Grab zeigen, und dann unverzüglich nach Haus zurück. Ich möchte Laura möglichst nicht zu lange allein lassen. Ich sehe am besten zu, daß ich heim komme, und mich um sie kümmere.«

Wir befanden uns, als sie so sprach, bereits nahe am Friedhof. Die Kirche selbst, ein trübsinniges Bauwerklein aus grauem Stein, lag in einem kleinen Talgrund, dergestalt, daß sie vor den rauhen Winden geschützt war, die sie sonst von allen Seiten, über Moor und Haide her, hätten treffen können. Der eigentliche Friedhof zog sich von der einen Längsseite der Kirche ein Stückchen den Hügelhang hinan. Er war mit einem kunstlosen, niedrigen Mäuerchen umgeben, und lag ungeschützt und bloß unter freiem Himmel; mit Ausnahme des einen äußersten Endes, wo ein Rinnsalbächlein den steinigen Hang hinuntersickerte, und ein Grüppchen zwergiger Bäume seinen kargen Schatten über das kurze schüttere Gras warf. Ganz dicht jenseits von Bächlein und Bäumen, und unweit eines der 3 steinernen Stufenübergänge, die an verschiedenen Stellen Zutritt zum Friedhof gewährten, erhob sich das Kreuz aus weißem Marmor, das Frau Fairlies Grab von den so lichteren Denkmälern rings umher auszeichnete.

»Weiter brauch' ich nicht mit Ihnen zu gehen,« sagte Fräulein Halcombe, indem sie auf jenes Grab wies. »Sie werden es mich ja wissen lassen, falls Sie irgendetwas finden sollten, was die Vermutung, die Sie mir gegenüber eben geäußert haben, bestärken könnte. Im Haus sprechen wir dann weiter miteinander.«

Sie ging. Ich stieg unverzüglich den Hang zum Friedhof hinunter, und über den erwähnten, in das Mäuerchen eingebauten Stufenübergang, der direkt zu Frau Fairlies Grab führte.

Das Gras in der näheren Umgebung war jedoch zu kurz und der Boden allzu hart, um irgend Abdrücke von Schuhen aufzuweisen. In dieser Beziehung enttäuscht, sah ich mir als nächstes genau das Kreuz an, sowie den Sockel, der die Gestalt eines Marmorwürfels hatte, und in den die Inschrift gemeißelt war.

Die ursprüngliche Weiße des Kreuzes war hier und da, infolge der Unbilden der Witterung, fleckig und verschattet; und auch der Marmorwürfel darunter war, auf der Seite, die die Inschrift trug, zur Hälfte, oder etwas darüber, in demselben Zustand. Die andere kleinere Hälfte jedoch zog sogleich meine Aufmerksamkeit auf sich: sie war ganz auffällig frei von Flecken oder sonst Verunreinigungen irgendwelcher Art. Ich sah noch näher hin, und erkannte, daß sie gesäubert worden war — vor kurzem abgewischt, und zwar in der Richtung von oben nach unten. Die Trennungslinie zwischen dem sauberen Teil und dem noch unberührten, war auf dem leeren Marmorgrunde, den die Buchstaben frei ließen, zu erkennen — genau zu erkennen, als eine Linie, die mit künstlichen Mitteln hergestellt worden war. Wer hatte die Säuberung der Marmorfläche begonnen, und sie dann unvollendet gelassen?

Ich ließ den Blick in die Runde schweifen, gespannt, wie diese Frage sich lösen werde. Kein Zeichen einer menschlichen Behausung war irgendwo auszumachen, zumindest nicht von meinem augenblicklichen Standpunkt aus — der Friedhof befand sich allein und ausschließlich im Besitz der Toten. Ich kehrte wieder zu der Kirche zurück, ging um sie herum, auf die Rückseite des Gebäudes; überstieg dann das Grenzmäuerchen jenseits auf einem der anderen Steintritte und fand mich dort am Anfang eines Pfades, der in einen verlassenen Steinbruch hinunter führte. Angelehnt an eine Wand dieses Steinbruches hatte man ein kleines Häuschen von nur 2 Zimmern erbaut, und dicht vor seiner Tür stand eine alte Frau und wusch Wäsche.

Ich begab mich zu ihr hin, und fing ein Gespräch über Kirche und Friedhof allgemein mit ihr an. Sie redete augenscheinlich nur zu gern; und fast die ersten Worte schon, die sie sagte, unterrichteten mich, daß ihr Mann das doppelte Amt eines Küsters und Totengräbers bekleidete. Als nächstes sagte ich ein paar lobende Worte über Frau Fairlies Grabmal. Da schüttelte die Alte den Kopf, und erzählte mir, daß jetzt nicht der günstigste Augenblick dafür sei; es wär' an sich die Aufgabe ihres Mannes danach zu sehen; aber er wär' all die letzten Monate eben doch so krank und schwach gewesen, und kaum fähig an Sonntagen bis in die Kirche zu krabbeln, um wenigstens da seine Schuldigkeit zu tun; und infolgedessen wär' eben das Denkmal ein bißchen vernachlässigt worden. Aber es würde gerade jetzt besser mit ihm, und so in 8 oder 10 Tagen hoffte er wieder rüstig genug zu sein, daß er rangehen und es sauber machen könnte.

Diese Auskunft – der Extrakt einer endlos weitschweifigen Antwort im breitesten Cumberländer Dialekt – informierte mich vollständig über das, was ich am dringendsten hatte wissen wollen. Ich gab der armen Frau eine Kleinigkeit, und kehrte dann spornstracks nach Limmeridge-Haus zurück.

Die teilweise Säuberung des Grabdenkmals war also augenscheinlich von fremder Hand vorgenommen worden. Wenn ich das, was ich bis jetzt herausbekommen hatte, mit dem zusammenhielt, was ich aufgrund der Geschichte vom Gespenst in der Dämmerung gleich vermutet hatte, bedurfte es nichts mehr, um mich in meinem Entschluß zu bestärken, Frau Fairlies Grab heute Abend heimlich zu beobachten. Und zwar gedachte ich bei Sonnenuntergang wieder dorthin zu gehen, und, in Sichtweite davon, bis zum Einbruch der Nacht auszuharren. Die Säuberung des Denkmals war unbeendet abgebrochen worden, und die Person, die solche Arbeit begonnen hatte, konnte ja möglicherweise wiederkommen wollen, um sie zu vollenden.

Sobald ich in Limmeridge-Haus angelangt war, unterrichtete ich Fräulein Halcombe von dem, was ich vorhatte. Sie schaute zwar erstaunt und unbehaglich drein, während ich ihr meine Absicht auseinandersetzte; machte jedoch keine direkten Einwände gegen die praktische Ausführung; sondern sagte nur: »Hoffentlich geht Alles gut.« Gerade als sie mich wieder verlassen wollte, wagte ich, sie zurückzuhalten, indem ich mich, so ruhig wie ich vermochte, nach dem

Befinden von Fräulein Fairlie erkundigte. Sie hatte sich angeblich wieder etwas erholt; und Fräulein Halcombe hoffte, sie zu einem kleinen Erholungsspaziergang überreden zu können, solange die Nachmittagssonne noch schien.

Ich begab mich wieder auf mein Zimmer zurück, und fuhr fort, die Zeichnungen in Ordnung zu bringen. Die Arbeit war als solche notwendig; und doppelt notwendig, meinen Geist mit irgendetwas zu beschäftigen, das meine Aufmerksamkeit von mir selbst, sowie von der hoffnungslosen Zukunft, die vor mir lag, ablenkte. Von Zeit zu Zeit unterbrach ich meine Tätigkeit, um durch das Fenster einen Blick auf den Himmel zu werfen, an dem die Sonne tiefer und immer tiefer dem Horizont zu sank. Bei einer dieser Gelegenheiten erblickte ich auf dem breiten Kiesweg unter meinem Fenster eine Gestalt. Es war Fräulein Fairlie.

Ich hatte sie seit heute früh nicht mehr gesehen, und auch da kaum mit ihr gesprochen. Ein weiterer Tag noch in Limmeridge, das war alles was mir blieb; und nach diesem einen Tage, würde mein Auge sie vielleicht nie mehr erblicken. Der Gedanke genügte, um mich ans Fenster zu bannen. Ich hatte noch Besonnenheit genug, aus Rücksicht für sie den Vorhang so zu ordnen, daß sie mich, falls sie hoch sah, nicht erkennen konnte; aber der Versuchung zu widerstehen, meine Blicke ein letztes Mal solange wie möglich auf der Spaziergängerin ruhen zu lassen, dazu besaß ich nicht die Kraft.

Sie trug einen weiten braunen Umhang und darunter ein einfaches schwarzes Seidenkleid. Auf dem Kopf hatte sie den gleichen schlichten Strohhut, wie an dem Morgen, an dem wir uns das erste Mal gesehen hatten; heut allerdings war ein Schleier daran befestigt, der mir ihr Gesicht verbarg. Ihr zur Seite trabte ein kleines italienisches Windspiel, ihr Lieblingsbegleiter auf allen Spaziergängen; schmuck angetan mit einem scharlachnen Tuchdeckchen, um die scharfe Luft von seinem empfindlichen Fellchen fernzuhalten. Sie schien keine Notiz von dem Hund zu nehmen. Sie ging vor sich hin, immer geradeaus, den Kopf ein wenig geneigt, die Arme unter dem Umhang übereinandergeschlagen. Die toten Blätter, die vor mir im Winde getanzt hatten, als ich heut früh von ihrer bevorstehenden Hochzeit vernahm, tanzten nunmehr vor ihr im Wind; schwebten auf, schwebten ab, und streuten sich um ihre Füße, wie sie durch den bleichen welken Sonnenschein dahinschritt. Das Hündchen zitterte und schauerte, und drängte sich ungeduldig an ihr Kleid, um beachtet und gewürdigt zu werden; aber sie merkte nicht auf ihn. Weiter ging sie, immer weiter und weiter fort von mir, von toten Blättern umwirbelt auf ihrem Pfade – ging, und ging, bis meine schmerzenden Augen sie nicht mehr erblicken konnten, und ich mich wieder allein fand, mit meinem eigenen schweren Herzen.

Nach Ablauf einer weiteren Stunde war meine Arbeit getan, und auch der Sonnenuntergang stand dicht bevor. Ich griff mir Mantel und Hut in der Vorhalle, und schlüpfte aus dem Haus, ohne daß mir eine Menschenseele begegnet wäre.

Der Westhimmel war voll von verwildertem Gewölk, und der Wind blies kalt vom Meer herüber. So weit die Küste auch entfernt lag, das Geräusch der Brandung wurde über das dazwischenliegende Flachland herangetragen, und rauschte mir trüblich im Ohr, als ich den Kirchhof betrat. Nicht ein lebendes Wesen war in Sicht. Der Ort wirkte verlassener denn je, als ich mir meinen Posten aussuchte, und wartete und wachte, den Blick auf das weiße Kreuz gerichtet, das sich über dem Grabe von Frau Fairlie erhob.

XIII

Infolge der freien Lage des Kirchhofs tat bei der Wahl des Beobachtungspostens, den ich einzunehmen hatte, besondere Sorgfalt not.

Der Haupteingang der Kirche befand sich auf der dem Friedhof zugekehrten Seite des Gebäudes; die Tür war überdacht, und auch rechts und links durch ein vorgezogenes Stück Mauer geschützt. Nach einem kurzen Zögern – veranlaßt durch einen natürlichen Widerwillen, mich zu verbergen; obschon dergleichen Verbergen im Hinblick auf unser Ziel unerläßlich war – entschloß ich mich, in dieser tiefen Türblende Aufstellung zu nehmen. In jede der beiden Seitenwände war ein schießschartenähnliches Fensterchen eingeschnitten; und durch das eine davon konnte ich Frau Fairlies Grab sehen. Das andere ging in Richtung des Steinbruches, wo das Küsterhäuschen lag. Gerade vor mir, der Kirchentür gegenüber, lag ein kahles Stück Friedhof, begrenzt von seinem niedrigen Mauerstreifen; dahinter, einer fahlen Barre gleich, ein öder Hügelhang, über den im starken, gleichmäßig sausenden Wind Wolken mit Sonnenuntergangsfarben schwerfällig dahintrieben. Kein lebendes Wesen war zu sehen oder zu hören – kein Vogel strich an mir vorbei, kein Hundegebell scholl vom Küsterhäuschen herüber. Wenn in dem fernen stumpfen Murren der Brandung einmal eine Pause eintrat, wurde sie sogleich von dem unerfreulichen Rascheln der Baumkrüppel am Grabe drüben ausgefüllt, und dem schwächlichen kalten Gewischel des Rinnsals in seinem steinigen Bettlein. Ein trübseliger Ort, zu trübseliger Stunde. Meine Stimmung sank rasch, während ich in meinem Versteck im Türvorbau die Abendminuten zählte.

Die Dämmerung hatte noch nicht voll eingesetzt – noch verweilte es wie ein letzter zögernder Schein der untergegangenen Sonne am Horizont; und nur wenig mehr als die erste halbe Stunde meiner einsamen Wacht konnte verstrichen sein – als ich Schritte vernahm und eine Stimme. Die Schritte nahten sich von der andern Seite der Kirche her, und die Stimme war die einer Frau.

»Mach' Dir keine Kopfschmerzen um den Brief, Kind,« sagte die Stimme. »Ich hab' ihn dem Jungen getreulich übergeben; und der Junge hat ihn genommen, ohne ein Wort zu sagen. Er ist seinen Weg gegangen und ich den meinigen; und es gibt keine Menschenseele, die mir etwa gefolgt wäre – dafür will ich bürgen.«

Diese Worte spannten meine Aufmerksamkeit zu einem derartigen Grad von Erwartung, daß es mich fast körperlich schmerzte. Nun schwieg es zwar; aber die Fußtritte näherten sich weiterhin. Im nächsten Augenblick erschienen zwei Personen, beides Frauen, im Gesichtsfeld meines Schießschartenfensters; sie gingen geradeswegs auf das Grab zu, und kehrten mir infolgedessen den Rücken.

Die eine der Frauen trug einen Hut und ein großes Umschlagetuch; die andere einen langen Reiseumhang von dunkelblauer Farbe, mit angeschnittener Kapuze, die sie über den Kopf gezogen hatte. Ein paar Zentimeter ihres Kleides kamen unter dem Saum des Umhangs hervor – mein Herz begann zu hämmern, als ich der Farbe gewahr wurde: es war Weiß!

Nachdem sie ungefähr auf halbem Wege zwischen Kirche und Grab angekommen waren, blieben sie stehen, und die Frau im Umhang drehte den Kopf zu ihrer Begleiterin hin. Ein Hut hätte mir jetzt erlaubt, ihr Profil zu erkennen; aber so blieb es mir hinter dem dikken vorstehenden Rand der Kapuze verborgen.

»Denk' dran, daß Du ja den warmen, praktischen Umhang hier

anbehältst,« sagte dieselbe Stimme, die ich eben schon vernommen hatte — die Stimme der Frau mit Hut und Tuch. »Frau Todd hat vollkommen recht, daß Du gestern, so ganz in Weiß, viel zu auffällig ausgesehen hast. Ich geh', während Du hier bist, draußen 'n bißchen spazieren; Friedhöfe sind nicht mein Fall, und wenn Du sie noch so gern hast. Sieh zu, daß Du fertig kriegst, was Du vorhast, bevor ich zurückkomme; wir wollen sicher gehen und vorm Finsterwerden wieder zu Hause sein.«

Mit diesen Worten machte sie kehrt; ging denselben Weg wieder zurück, und hatte mir also nunmehr das Gesicht zugewendet. Es war das Gesicht einer älteren Frau; gefurcht aber braun und gesund, und mit einem Ausdruck, der nichts Unehrliches oder Verdächtiges verriet. Dicht vor der Kirche blieb sie einen Augenblick stehen, um das Tuch fester um ihre Schultern zu ziehen.

»Komisch,« sagte sie zu sich selbst, »allzeit komisch, mit ihren Schnurren und Einfällen; solange, wie ich mich schon an sie erinnern kann. — Aber vollkommen harmlos, das arme Ding; so harmlos wie'n kleines Kind.«

Sie seufzte ein bißchen — ließ den Blick nervös über den Friedhof gleiten — schüttelte den Kopf, wie wenn der traurige Anblick ihr in keiner Weise gefiele; und verschwand dann um die Ecke der Kirche.

Ich war einen Augenblick im Zweifel, ob ich ihr folgen und sie ansprechen solle, oder nicht. Jedoch mein ängstliches Verlangen, ihrer Begleiterin von Angesicht zu Angesicht gegenüber zu stehen, machte, daß ich mich rasch im verneinenden Sinne entschied. Ich hätte mich dieser Frau im Umschlagetuch zwar leicht versichern können, indem ich einfach in Friedhofsnähe wartete, bis sie wieder kam; aber mir schien mehr als zweifelhaft, daß sie mir würde die Auskunft geben können, die ich begehrte. Die Person, die den Brief abgegeben hatte, war von untergeordneter Bedeutung. Die Person, die ihn geschrieben hatte, die stand im Mittelpunkt unseres Interesses, die war die eigentliche Quelle jeglicher Information; und diese Person, dessen fühlte ich mich gewiß, befand sich dort vor mir, auf dem Friedhof.

Während diese Gedankengänge mir durch den Kopf gingen, sah ich, daß die Frau im Umhang dicht vor das Grab hingetreten war, und eine kleine Weile so stehen blieb, das Auge darauf gerichtet. Dann warf sie einen Blick in die Runde; zog ein weißes Stück Leinen oder ein Taschentuch unter ihrem Umhang hervor, und wandte sich seitwärts, dem Wässerlein zu. Der Bach kam durch einen winzigen Gewölbebogen unter der Mauer hervor auf den Friedhof geflossen; beschrieb hier ein paar Dutzend Meter lang seinen geschlängelten Lauf; und verschwand wieder unter einer ähnlichen Öffnung. Sie tauchte ihr Tuch in das Wasser, und kehrte dann zu dem Grabe zurück. Ich sah, wie sie erst das weiße Kreuz küßte; dann vor der Inschrift niederkniete, und vermittelst des nassen Tuches die weitere Säuberung vornahm.

Nach einigem Überlegen, wie ich mich ihr am besten zeigen müßte, um ihr den geringsten Schrecken einzujagen, beschloß ich, die Umfassungsmauer hier bei mir zu übersteigen, außen herum zu gehen, und den Friedhof dann wieder über die Steinstufen dicht beim Grabe zu betreten, so daß sie mich sehen würde, wie ich näher kam. Sie war derart vertieft in ihre Beschäftigung, daß sie mich erst dann hörte, als ich schon über die Stufen hinüber war. Dann blickte sie hoch, sprang mit einem schwächlichen Schrei auf die Füße, und stand und sah mich sprach- und regungslos vor Entsetzen an.

»Sie müssen keine Angst haben,« sagte ich. »Sie erinnern sich doch sicher noch an mich?«

Ich blieb während dieser Worte stehen – tat dann wieder, ganz ruhig, ein paar Schritte nach vorn – blieb erneut stehen – und kam ihr auf solche Weise nach und nach näher, bis ich endlich dicht vor ihr stand. Falls ich bis jetzt noch den Schatten eines Zweifels gehegt haben sollte, hätte ich ihn nun endgültig verabschieden können – hier war es, und sprach entsetzt für sich selbst: hier, über Frau Fairlies Grab hinweg, starrte mich das gleiche Gesicht an, das damals zuerst auf der nächtlichen Landstraße in das meine geschaut hatte.

»Erkennen Sie mich wieder?« sagte ich. »Wir sind uns erst jüngst begegnet, und ich half Ihnen damals den Weg nach London hinein finden. Das haben Sie doch sicher noch nicht vergessen?«

Ihre Züge entspannten sich, und sie tat einen tiefen Atemzug der Erleichterung. Ich sah, wie die totenähnliche Starre, die die Furcht ihren Zügen aufgeprägt hatte, langsam dem neuen Leben wich, die das Wiedererkennen bei ihr bewirkte.

»Machen Sie sich nicht die Mühe, mir sofort jetzt zu antworten,« fuhr ich fort. »Lassen Sie sich Zeit und erholen Sie sich – lassen Sie sich Zeit, bis Sie sich ganz vergewissert haben, daß ich Ihr Freund bin.«

»Sie sind sehr nett zu mir,« murmelte sie. »So nett wieder, wie Sie damals auch waren.«
Sie verstummte erneut, und auch ich meinerseits schwieg erst einmal. Ich gewährte damit ja nicht nur *ihr* Zeit, sich zu sammeln, ich gewährte sie nicht minder *mir*. Unter dem bleichen wilden Abendhimmel sahen diese Frau und ich einander jetzt wieder, zwischen uns ein Grab, rundum die Toten, von allen Seiten eingeschlossen von fernen öden Hügelhängen. Die Zeit, der Ort, die Umstände unter denen wir uns jetzt inmitten der abendlichen Stille dieses düsteren Talgrundes von Angesicht zu Angesicht gegenüber standen – die Entscheidung fürs Leben, die von den nächsten zufällig zwischen uns gewechselten Worten abhängen konnte – das Gefühl, zumindest der Möglichkeit, daß Laura Fairlies ganzes zukünftiges Dasein, im Guten wie im Bösen, darauf beruhen konnte, ob ich jetzt das Vertrauen des unglücklichen Wesens, das bebend am Grabe ihrer Mutter stand, gewinnen oder verlieren würde – alles vereinte sich, um die Festigkeit und Selbstbeherrschung, von denen doch jeder Zoll Fortschritt, der mir etwa gelänge, abhing, zu untergraben. Als ich das erkannte, versuchte ich mit aller Macht das, was ich an Fähigkeit und Gaben besaß, zu konzentrieren; ich tat mein Äußerstes, die paar Augenblicke, die mir zum Überlegen blieben, nach Kräften zu benützen.
»Sind Sie jetzt ruhiger?« sagte ich, sobald ich die Zeit für gekommen hielt, weiter zu sprechen. »Können Sie mit mir reden, ohne Furcht zu fühlen, und ohne zu vergessen, daß ich Ihr Freund bin?«
»Wie sind Sie hier her gekommen?« fragte sie, ohne auf das zu achten, was ich eben gesagt hatte.
»Erinnern Sie sich nicht, daß ich Ihnen bei unserem letzten Zusammentreffen erzählte, ich müßte nach Cumberland reisen? Seitdem bin ich ständig hier in Cumberland gewesen – ich hab' die ganze Zeit über in Limmeridge-Haus gewohnt.«
»In Limmeridge-Haus?!« Ihr blasses Gesicht leuchtete auf, als sie die Worte wiederholte, und ihr herumirrender Blick richtete sich plötzlich fest auf mich. »Ach, wie glücklich müssen Sie da gewesen sein!« sagte sie; und schaute mich voller Eifer an, und jeder Schatten des vorigen Mißtrauens war auf einmal von ihren Zügen gewichen.
Ich benützte sogleich ihr neuerwachtes Zutrauen zu mir, um ihr Gesicht mit einer Aufmerksamkeit und Neugier zu mustern, die zu

zeigen ich mich bisher vorsichtigerweise sorgfältig gehütet hatte. Nunmehr sah ich sie an, ganz voll der Erinnerung an jenes andere liebliche Antlitz, dessen Anblick auf der mondbeleuchteten Terrasse mir damals die ominöse Erinnerung an diese hier zurückgerufen hatte. Damals hatte ich bei Fräulein Fairlie die Ähnlichkeit mit Anne Catherick erkannt. Jetzt erkannte ich bei Anne Catherick die Ähnlichkeit mit Fräulein Fairlie – erkannte sie um so deutlicher, weil nunmehr die einzelnen Unterschiede zwischen den Beiden mir ebenso zum Vergleich vorlagen, wie die Übereinstimmung im einzelnen. Was den allgemeinen Umriß des Gesichtes, den allgemeinen Zuschnitt der Züge anbelangt – die Farbe der Haare oder die kleine nervöse Unsicherheit um die Lippen – aber auch Höhe und Form der Gestalt, sowie die Art den Kopf zu tragen und die Körperbewegungen, war die Ähnlichkeit tatsächlich noch frappierender, als ich bisher jemals angenommen hatte. Dann allerdings hatte die Ähnlichkeit ein Ende, und die Verschiedenheiten im Detail setzten ein. So fehlten zum Beispiel dem hageren müden Gesicht, das mir jetzt zugekehrt war, die erlesene Feinheit von Fräulein Fairlies Teint, die Glätte und Reinheit der Haut, die zarte Blütenfarbe der Lippen und die durchsichtige Klarheit des Auges. Obgleich ich mich selbst ob des Einfalls verworfen schalt, drängte sich mir, während mein Blick auf das Frauenwesen mir gegenüber ruhte, doch gewaltsam der Gedanke auf, daß eine einzige traurige künftige Veränderung hinreichend sein würde, um auch dies zur Zeit noch abweichende Detail in die absolute, jetzt noch unvollständige, Ähnlichkeit zu verwandeln. Falls jemals Sorgen und Leid Fräulein Fairlies jugendschönes Gesicht mit ihren Makeln entstellen sollten, dann, aber auch nur dann würden Anne Catherick und sie zu Zwillingsschwestern zufälliger Ähnlichkeit werden, die Eine das lebende Spiegelbild der Anderen.

Ich schauderte bei dem Gedanken. Es lag etwas ausgesprochen grausiges in diesem blinden, unvernünftigen Mißtrauen in die Zukunft, das ein bloßer, mich durchfahrender Gedanke prompt auszulösen schien. Da war es eine willkommene Unterbrechung, durch Anne Cathericks Hand, die sich auf meine Schulter legte, aufgerüttelt zu werden. Die Berührung kam wieder ebenso verstohlen und unerwartet, wie sie mich, in jener Nacht als wir einander zum ersten Male begegneten, von Kopf bis Fuß versteinert hatte.

»Sie schauen mich an, und Sie denken etwas dabei,« sagte sie, mit ihrer seltsam schnellen, wie atemlosen Aussprache: »Woran denken Sie?«
»An nichts Besonderes,« antwortete ich. »Ich wunderte mich lediglich wie Sie wohl hierher gekommen sein mögen.«
»Mit einer Freundin, die sehr gut zu mir ist. Ich bin erst seit zwei Tagen hier.«
»Und an dieser Stelle sind Sie gestern gewesen?«
»Woher wissen Sie das?«
»Ich hab' bloß geraten.«
Sie wandte sich von mir, und kniete erneut vor der Inschrift nieder.
»Wohin sollte ich wohl gehen, wenn nicht hierher?« sagte sie. »Die Freundin, die mir teurer war als eine Mutter, ist die einzige Bekannte, die ich in Limmeridge zu besuchen hätte. Ach, es tut mir in der Seele weh, den geringsten Flecken auf ihrem Grabmal zu sehen! Das müßte so weiß wie Schnee gehalten werden, um ihretwillen. Ich kam gestern in Versuchung, mit dem Saubermachen anzufangen; und konnte heute nicht widerstehen, zurückzukommen und weiter zu machen. Ist das irgendwie unrecht? Ich hoff' doch nicht. Es kann doch bestimmt nichts unrechtes sein, was ich im Interesse Frau Fairlies unternehme?«
Jenes Dankbarkeitsgefühl aus früheren Tagen ob der Güte ihrer Wohltäterin, war unverkennbar immer noch die beherrschende Vorstellung im Geist des armen Wesens – einem beschränkten Geist, der, es lag nur allzu klar auf der Hand, seit jenem ersten Eindruck ihrer jüngeren und glücklicheren Tage, keinen ähnlich anhaltenden Eindruck mehr angenommen hatte. Ich sah ein, wie meine größte Chance, ihr Zutrauen zu gewinnen, darin bestand, daß ich sie ermutigte, mit der einfachen Beschäftigung, die zu verrichten sie auf den Friedhof gekommen war, fortzufahren. Nachdem ich ihr versichert hatte, daß sie das selbstverständlich tun dürfe, nahm sie ihr Werk sogleich wieder auf; sie berührte den harten Marmor so zart, wie wenn es sich um ein mit Gefühl begabtes Wesen gehandelt hätte, und wisperte dazu die Worte der Inschrift immer und immer wieder vor sich hin, als ob die vergangenen Tage ihrer Mädchenzeit zurückgekehrt wären, und sie wiederum, an Frau Fairlies Knie gelehnt, geduldig ihre Schulaufgaben zu lernen hätte.
»Würden Sie sehr erstaunt sein,« sagte ich, indem ich auf die eigentlichen Fragen, die zu stellen waren, so behutsam wie nur möglich

zusteuerte, »wenn ich Ihnen gestünde, daß es sowohl eine Überraschung als auch eine Befriedigung für mich bedeutet, Sie hier zu sehen? Ich habe, seitdem Sie damals in der Kutsche davonfuhren, doch beträchtliche Sorge um Sie verspürt.«
Sie blickte rasch und argwöhnisch auf.
»Sorge?« wiederholte sie. »Wieso?«
»Nachdem wir uns in jener Nacht getrennt hatten, ist mir noch eine ganz merkwürdige Sache passiert. Zwei Männer in einem offenen Wagen überholten mich. Sie konnten zwar nicht sehen, wo ich stand; hielten aber in meiner Nähe, und redeten mit einem Polizisten auf der andern Seite der Straße.«
Sie unterbrach ihre Tätigkeit auf der Stelle. Die Hand, die das feuchte Tuch hielt, mit dem sie die Inschrift abgewischt hatte, sank an ihrer Seite hernieder; die andere griff nach dem marmornen Kreuzesstamm auf dem Grabe und schloß sich haltsuchend darum. Das Gesicht kam langsam zu mir herum, und wieder lag der Ausdruck des blanken Entsetzens maskenstarr darauf. Ich fuhr auf gut Glück fort – für einen Rückzug war es jetzt doch zu spät.
»Die zwei Männer riefen den Polizisten an,« sagte ich, »und fragten ihn, ob er Sie gesehen hätte. Er hatte Sie nicht gesehen. Und dann redete der eine der Männer weiter, und sagte, Sie wären aus einem Sanatorium entsprungen.«
Sie sprang auf die Füße, wie wenn meine letzten Worte die Verfolger schon auf ihre Spur gesetzt hätten.
»Halt! Warten Sie doch das Ende ab,« rief ich. »Halt!, und Sie werden gleich hören, wie ich Sie beschützt habe: ein Wort von mir hätte ja die Männer informiert, in welcher Richtung Sie gefahren waren – und dieses eine Wort habe ich nie gesprochen! Ich habe doch Ihre Flucht befördert – habe sie sicher und erfolgreich gemacht. Überlegen Sie doch; versuchen Sie zu überlegen. Versuchen Sie zu begreifen, was ich Ihnen erzähle.«
Aber mehr als meine Worte schien meine ganze Art sie zu beeinflussen. Man sah ihr die Anstrengung an, den neuen Gedanken zu fassen. Sie ließ das nasse Tuch zögernd aus einer Hand in die andere wandern; genau, wie sie es in jener Nacht, da ich sie zum erstenmal sah, mit ihrem kleinen Reise-Pompadour gemacht hatte. Ganz langsam schienen Sinn und Absicht meiner Worte durch all die Erregung und Gemütsverwirrung hindurch in ihren Geist einzudringen. Langsam entspannten sich ihre Züge wieder; und sie sah mich aus

Augen an, die sich, im gleichen Maß wie ihr Ausdruck an Furcht verlor, mit einer Art Neugier füllten.

»*Sie* sind nicht der Ansicht, daß ich wieder ins Sanatorium zurück müßte, nicht wahr?« sagte sie.

»Ach, selbstverständlich nicht. Ich bin froh, daß Sie daraus entkommen sind – bin froh, daß ich Ihnen helfen konnte.«

»Ja, ja; Sie haben mir in der Tat geholfen; Sie haben mir an der schwierigsten Stelle geholfen,« fuhr sie, in einer gewissen gedankenleeren Art fort. »Zu entfliehen war leicht, sonst wäre ich ja nie 'rausgekommen. Sie hatten mich in dieser Beziehung nie im Verdacht, wie sie wohl Andere im Verdacht hatten. Ich war immer so still und folgsam, und so leicht zu erschrecken. Nein, London zu finden, das war das Schwierige; und dabei haben Sie mir geholfen. – Hab' ich mich damals bei Ihnen bedankt? Ich danke Ihnen wenigstens jetzt, von ganzem Herzen.«

»Lag das Sanatorium weit von der Stelle, wo wir uns trafen? Kommen Sie: beweisen Sie mir, daß Sie glauben, daß ich es gut mit Ihnen meine, und sagen Sie mir, wo es war.«

Sie nannte den Ort – ein Privat-Sanatorium also, wie ich aus seiner Lage schließen konnte; ein Privat-Sanatorium, gar nicht weit von der Stelle, wo sie mich angehalten hatte – und wiederholte dann, mit unverkennbarem Argwohn hinsichtlich des Gebrauches, den ich von ihrer Antwort machen könnte, ängstlich ihre frühere Frage: »*Sie* sind nicht der Ansicht, daß ich dahin zurückgebracht werden müßte, nicht wahr?«

»Noch einmal: ich freue mich, daß Sie entkommen sind – freue mich, daß es Ihnen anscheinend gut gegangen ist, seitdem wir uns trennten,« entgegnete ich. »Sie sagten damals, Sie hätten eine Freundin in London, zu der Sie gehen könnten. Haben Sie diese Freundin gefunden?«

»Ja. Es war schon sehr spät; aber ein Mädchen, das nähte, war doch noch dort im Hause wach, und sie war mir behilflich, Frau Clements herauszuklopfen. Das ist meine Freundin, Frau Clements. Eine liebe, gute Frau; aber natürlich nicht wie Frau Fairlie. Oh nein; wie Frau Fairlie gibt's Niemanden mehr.«

»Ist Frau Clements eine alte Freundin von Ihnen? Kennen Sie sie schon lange?«

»Ja, sie ist früher mal unsere Nachbarin gewesen, zuhaus, in Hampshire; sie hat mich immer gern gehabt, und auf mich aufgepaßt, als ich noch ein kleines Mädchen war. Als sie dann, vor vielen Jahren schon, von uns weg zog, hat sie mir in mein Gebetbuch aufgeschrieben, wo in London sie wohnen würde, und hat dazu gesagt: ›Wenn Du jemals in Not geraten solltest, Anne, dann komm' nur zu mir. Ich hab' weder einen Mann mehr, der mir Vorschriften machen könnte, noch Kinder, die ich warten müßte; und ich nehm' Dich dann schon in meine Obhut.‹ Freundliche Worte, nicht wahr? Ich glaub', ich weiß sie deswegen noch, weil sie freundlich waren. Ach ich weiß wenige genug außerdem – wenig genug, wenig genug.«

»Haben Sie nicht Vater oder Mutter, die sich um Sie kümmern könnten?«

»Mein Vater? – den hab' ich nie gesehen – hab' Mutter nie von ihm sprechen hören. Vater? Achduliebergott! Er wird tot sein, nehm' ich an.«

»Und Ihre Mutter?«

»Mit der komm' ich nicht gut aus. Wir sind einander nur zu Last und Angst auf der Welt.«

Einander nur zu Last und Angst auf der Welt!? Bei diesen Worten schoß mir zum ersten Mal der Verdacht durch den Sinn, ihre Mutter könnte diejenige Person sein, die sie hatte unter Aufsicht stellen lassen.

»Fragen Sie mich nichts mehr über Mutter,« fuhr sie fort. »Ich will lieber von Frau Clements erzählen. Frau Clements denkt wie Sie; die meint auch, daß ich nicht mehr ins Sanatorium zurück brauchte, und freut sich genau so wie Sie, daß ich von da entkommen bin. Sie hat über mein Unglück sehr geweint, und gesagt, wir müßten es vor Jedermann streng geheim halten.«

Ihr ›Unglück‹ – in welcher Bedeutung gebrauchte sie dieses Wort jetzt? In einer Bedeutung etwa, aus der sich ihr Beweggrund, einen anonymen Brief der betreffenden Art zu schicken, erklären ließe? In einer Bedeutung, die diesen Beweggrund als den nur allzu häufigen und allzu üblichen dartun würde, aus dem schon so manch eine Frau der Heirat des Mannes, der sie ruinierte, ein anonymes Hindernis in den Weg zu legen gesucht hat? Ich beschloß, rasch diesen speziellen Zweifel möglichst zu klären, bevor noch von irgendeiner Seite ein weiteres ablenkendes Wort fallen könne.

»Was für ein ›Unglück‹?« fragte ich.

»Das Unglück, daß ich eingesperrt wurde,« erwiderte sie, mit einem

Gesichtsausdruck, der nichts als Staunen ob meiner Erkundigung besprach. »Was für ein Unglück sollte wohl sonst noch sein?«
Aber ich war entschlossen, der Sache auf den Grund zu gehen, so schonend und geduldig, wie ich immer vermochte. Es war ja von größter Wichtigkeit, bei jedem Schritt vorwärts, der mir im Verlauf meiner Ermittlungen hier gelang, absolut sicher zu gehen.
»Es gibt noch ein anderes Unglück,« sagte ich, »das eine Frau treffen kann, und bei dem sie lebenslänglich Sorge und Scham zu erleiden hat.«
»Was wäre das?« erkundigte sie sich eifrig.
»Das Unglück, allzu unschuldsvoll der eigenen Tugend und der Rechtlichkeit und Ehre des geliebten Mannes vertraut zu haben,« antwortete ich.
Sie schaute zu mir hoch, mit der ungekünstelten Verwirrung eines Kindes. Nicht das leiseste Anzeichen von Verstörtheit, oder daß sie die Farbe gewechselt hätte – nicht die entfernteste Spur von heimlicher Scham oder Schuldbewußtsein, das sich sichtbar machen will – war auf ihrem Gesicht zu lesen; jenem Gesicht, das doch sonst jegliche anderweitige Erregung so umgehend und durchsichtig widerspiegelte. Kein Wort, das sie hätte sagen können, würde mich so überzeugt haben, wie mich jetzt ihr Blick und Gebaren überzeugten, daß der von mir ursprünglich unterstellte Beweggrund, jenen Brief zu schreiben und an Fräulein Fairlie zu schicken, ganz klar und offenkundig nicht der richtige sein konnte. Jener Argwohn also hatte zu Unrecht existiert; aber eben durch seine Beseitigung eröffnete sich nunmehr ein noch weiteres Feld für Hypothesen. Der Brief verwies, wie mir ausdrücklich bezeugt worden war, auf Sir Percival Glyde, obgleich sein Name selbst nicht genannt war. Sie mußte also, aus dem Gefühl irgendeiner tiefen Kränkung heraus, den starken Antrieb fühlen, ihn heimlich und in solchen Ausdrücken, wie sie gebraucht hatte, bei Fräulein Fairlie anzuschwärzen; und dieser Antrieb konnte, das stand nunmehr außer Frage, nicht auf den Verlust ihrer Unschuld und ihres Rufes zurückgeführt werden. Was immer er ihr angetan haben mochte, es war kein Unrecht dieser Art gewesen. Aber welcher Art konnte es denn nur sein?
»Ich versteh' Sie nicht,« sagte sie; nachdem sie sich augenscheinlich ebenso angespannt wie vergeblich bemüht hatte, die Bedeutung der Worte, die ich zuletzt zu ihr gesprochen hatte, zu begreifen.
»Lassen Sie's gut sein,« antwortete ich. »Wollen wir da wieder an-

knüpfen, wo wir stehen geblieben sind. Erzählen Sie mir doch, wie lange Sie bei Frau Clements in London gewesen, und wie Sie dann hierher gekommen sind.«

»Wie lange?« wiederholte sie. »Ich hab' bei Frau Clements gewohnt bis vor 2 Tagen, wo wir hierher gekommen sind.«

»Ach, Sie wohnen im Dorf jetzt?« fragte ich. »Es ist merkwürdig, daß ich nichts davon gehört habe; obwohl Sie sich erst seit zwei Tagen hier aufhalten.«

»Nein, nein; nicht im Dorf. In einem Bauernhaus, 5 Kilometer von hier. Kennen Sie das Haus? Es wird ›Todds Corner‹ genannt.«

Ich konnte mich ganz genau an den Fleck erinnern — wir waren auf unsern Ausfahrten oft genug daran vorbei gekommen. Es war einer der ältesten Bauernhöfe in der Umgebung, und lag im Binnenland, ganz für sich und geschützt, an einer Stelle, wo zwei Hügel zusammenstießen.

»Das sind Verwandte von Frau Clements, die Leute da in Todds Corner,« fuhr sie fort, »und hatten sie schon oft aufgefordert, zu ihnen zu Besuch zu kommen. Da entschloß sie sich denn, zu fahren und mich mitzunehmen, wegen der Stille und der frischen Luft. Das war doch sehr freundlich, nicht wahr? Ich wär' ja überallhin mitgegangen, wo's still ist und sicher, und möglichst Niemand hin kommt. Aber als ich hörte, daß Todds Corner in der Nähe von Limmeridge läge — ach!, da war ich so glücklich; ich wär' den ganzen Weg barfuß gegangen, um bloß hin zu kommen, und die Schule und das Dorf und Limmeridge-Haus wieder zu sehen! — Das sind sehr gute Leute, in Todds Corner. Hoffentlich kann ich da noch recht lange bleiben. Nur eines haben sie an sich, was mir nicht gefällt, und was mir auch nicht an Frau Clements gefällt —«

»Nämlich?«

»Sie foppen mich beständig, weil ich immer ganz in Weiß gehe — 's säh' so eigen aus, behaupten sie. Wie wollen Die so was wohl wissen? Frau Fairlie wußte das am besten. Frau Fairlie hätte nie verlangt, daß ich diesen häßlichen blauen Umhang tragen solle! Solange sie lebte, hat sie stets Weiß gern gehabt; und hier, auf ihrem Grab, der Stein, ist auch wieder weiß — und ich mach' ihn, um ihretwillen, noch weißer. Sie ist selbst so oft in Weiß gegangen, und ihre kleine Tochter hat sie überhaupt immer weiß angezogen. Geht es Fräulein Fairlie gut, und ist sie glücklich? Trägt sie jetzt auch noch Weiß, wie früher, als sie ein kleines Mädchen war?«

Ihre Stimme wurde leiser, während sie diese Erkundigungen nach Fräulein Fairlie vorbrachte, und das Gesicht drehte sie dabei immer weiter von mir weg. Mir däuchte, es sei in dieser Änderung ihres Gebarens ein unbewußtes Schuldgefühl ob des Risikos zu erkennen, das sie infolge des Absendens ihres anonymen Briefes eingegangen war; und ich beschloß auf der Stelle, meine Antwort so zu formulieren, daß sie es vor Überraschung eingestehen müsse.

»Heute früh ging es Fräulein Fairlie gar nicht gut,« sagte ich, »und sie war gar nicht glücklich.«

Sie murmelte ein paar Worte, die jedoch so leise und konfuse gesprochen wurden, daß ich nicht einmal zu erraten wagte, was sie wohl bedeuten sollten.

»Fragten Sie nicht eben, wieso es Fräulein Fairlie heute früh nicht gut gegangen und sie nicht glücklich sei?« fuhr ich fort.

»Nein,« sagte sie voller Hast und eifrig – »Oh nein; danach hab' ich niemals gefragt.«

»Ich will es Ihnen auch ohne Frage mitteilen,« fuhr ich fort. »Fräulein Fairlie hat Ihren Brief erhalten.«

Sie hatte während der letzten Minuten auf den Knien gelegen, damit beschäftigt, während wir miteinander sprachen, die letzten noch übrigen Flecken auf der Inschrift mit Sorgfalt zu entfernen. Der erste Teil des Satzes, den ich eben an sie gerichtet hatte, bewirkte, daß sie ihre Tätigkeit unterbrach, und sich, ohne sich von den Knien zu erheben, langsam so herumdrehte, daß wir uns wieder in die Gesichter sahen. Der zweite Teil meines Satzes versteinerte sie förmlich. Das Tuch, das sie immer noch gehalten hatte, entsank ihren Händen – der Mund klaffte ihr auf – das ganze bißchen Farbe, das ihr Gesicht normalerweise besaß, wich schlagartig daraus.

»Woher wissen Sie das?« sagte sie schwächlich. »Wer hat ihn Ihnen gezeigt?« Das Blut kam ihr ins Gesicht zurückgeschossen – kam unaufhaltsam und überwältigend zurückgeschossen, als ihr zum Bewußtsein kam, daß ihre eigenen Worte sie verraten hatten. Sie schlug voller Verzweiflung die Hände gegeneinander. »Ich hab' ihn niemals geschrieben,« ächzte sie entsetzt; »ich weiß überhaupt nichts davon!«

»Doch,« sagte ich; »Sie haben ihn geschrieben, und Sie wissen sehr wohl davon. Es war Unrecht, so einen Brief zu schicken; war Unrecht, Fräulein Fairlie derart zu erschrecken. Falls Sie irgendetwas

zu sagen hatten, das ihr gut und nötig zu hören ist, hätten Sie persönlich nach Limmeridge-Haus kommen sollen – hätten mit Ihrem eigenen Munde zu der jungen Dame reden sollen.«
Sie schmiegte sich ganz flach auf die Steintafel, die das Grab deckte, versteckte ihr Gesicht darauf, und gab keine Antwort.
»Fräulein Fairlie würde genau so lieb und nett zu Ihnen sein, wie ihre Mutter es auch gewesen ist; vorausgesetzt, daß Sie es gut mit ihr meinen,« fuhr ich fort. »Fräulein Fairlie wird Ihr Geheimnis ebenfalls bewahren, und dafür sorgen, daß Ihnen kein Leid geschieht. Wollen Sie sie etwa morgen im Bauernhaus, wo Sie wohnen, einmal sprechen? Oder wollen Sie lieber im Garten von Limmeridge-Haus mit ihr zusammenkommen?«
»Ach, wenn ich doch sterben könnte, und aus der Welt sein, und Ruhe haben, bei *Dir*!« Ihre Lippen murmelten die Worte dicht am Stein des Grabes; murmelten sie in Tönen leidenschaftlicher Hingebung an die sterblichen Reste darunter. »*Du* weißt es, wie ich Dein Kind liebe, um Deinetwillen! Ach, Frau Fairlie, Frau Fairlie, lehren Sie mich, wie ich sie retten könne! Seien Sie noch einmal die liebe, die gütige Mutter, und lehren Sie mich, wie ich es am besten anfange.«
Ich hörte, wie ihr Mund den Stein küßte – sah, wie ihre Hände ihn leidenschaftlich schlugen. Das Geräusch und der Anblick ergriffen mich zutiefst. Ich bückte mich, nahm sanft ihre armen hülflosen Hände in die meinen, und versuchte, sie zu beschwichtigen.
Es war zwecklos. Sie entriß mir ihre Hände, und ihr Gesicht blieb unverändert dem Stein zugekehrt. Angesichts der dringenden Notwendigkeit, sie auf alle Gefahr hin und mit allen Mitteln wieder zu beruhigen, nahm ich meine Zuflucht zu der einzigen Besorgnis, die sie vorhin in Verbindung mit mir und meiner Meinung von ihr zu empfinden geschienen hatte – der Besorgnis, mich von ihrer Fähigkeit zu überzeugen, sehr wohl Herrin über ihre eigenen Handlungen zu sein.
»Na na na,« sagte ich sanft. »Versuchen Sie sich doch zusammen zu nehmen; oder wollen Sie, daß ich meine Meinung von Ihnen ändere? Soll ich etwa denken, daß die Person, die Sie ins Sanatorium gesteckt hat, auch nur die geringste Entschuldigung –«
Was ich weiter hatte sagen wollen, erstarb mir auf den Lippen. In dem Augenblick, als ich versuchsweise eine Anspielung auf die Person wagte, die sie ins Sanatorium gesteckt hatte, schnellte sie sofort

auf die Knie hoch. Eine ganz erstaunliche, ja erschreckende Veränderung kam über sie. Ihr Gesicht, das in seiner nervösen Sensibilität, seiner Hülflosigkeit und Unsicherheit normalerweise so rührend anzuschauen war, verfinsterte sich schlagartig und nahm den Ausdruck wahrhaft manisch intensiver Furcht und eines Hasses an, der jeglichem seiner Züge eine wilde, unnatürliche Energie verlieh. Ihre Pupillen erweiterten sich in dem schweren Dämmerlicht gleich denen eines wilden Tieres. Sie griff nach dem Tuch, das neben ihr zu Boden gefallen war, wie wenn es eine lebendige Kreatur gewesen wäre, die sie umbringen könnte, und würgte es in beiden Händen mit einer so krampfigen Kraft, daß das bißchen noch darin enthaltene Feuchtigkeit auf den Stein unter ihr tröpfelte.

»Reden Sie von etwas anderem,« sagte sie im Flüsterton zwischen den zusammengebissenen Zähnen. »Ich vergesse mich selbst, wenn Sie davon reden.«

Jegliche kleinste Spur der sanfteren Empfindungen, die doch vor kaum einer Minute noch ihren ganzen Sinn erfüllt hatten, waren wie fortgewischt daraus. Es lag auf der Hand, daß die Erinnerung an Frau Fairlies Güte mit nichten, wie ich zuerst angenommen hatte, der einzige starke Eindruck in ihrem Gedächtnis war. Neben der dankbaren Erinnerung an ihre Schultage in Limmeridge, ging grundsätzlich die rachsüchtige Erinnerung an das Unrecht her, das man ihr durch die Internierung in einem Sanatorium angetan hatte. Wer hatte dieses Unrecht bloß verschuldet? Ob es tatsächlich ihre Mutter sein konnte?

Es fiel mir schwer, die Nachforschung nicht bis zu jenem Endpunkt vorantreiben zu können, sondern vielmehr aufgeben zu müssen; aber ich zwang mich mit Gewalt, jeden Gedanken daran aufzugeben. Bei einem Anblick, wie sie ihn mir hier bot, wäre es grausam gewesen, an irgend etwas anderes zu denken, als nur menschlich zu sein, und sie sobald wie möglich wieder zu beruhigen.

»Ich will von nichts reden, was Sie irgend quälen könnte,« sagte ich beschwichtigend.

»Sie wollen irgend'was!« erwiderte sie scharf und argwöhnisch. »Sehen Sie mich nicht so an. Reden Sie – sagen Sie frei heraus, was Sie von mir wollen.«

»Ich will lediglich, daß Sie sich beruhigen; und dann, wenn Sie wieder gefaßter sind, sich überlegen, was ich gesagt habe.«

»Gesagt?« Sie brach ab – wickelte sich das Tuch um die Hände, nach vorwärts, nach rückwärts, und flüsterte zu sich selbst, »Was hat er gesagt?«. Wandte sich dann wieder zu mir, und bewegte ungeduldig den Kopf: »Warum kommen Sie mir nicht zu Hülfe?« fragte sie mit ärgerlichem Ungestüm.

»Gut, gut,« sagte ich; »ich will Ihnen ja zu Hülfe kommen, und Sie werden sich gleich erinnern. Ich fragte, ob Sie nicht morgen mit Fräulein Fairlie sprechen, und ihr die Wahrheit hinsichtlich jenes Briefes sagen wollten?«

»Ah! Fräulein Fairlie – Fairlie – Fairlie –«

Der bloße Klang des geliebten Familiennamens schien sie ruhiger zu machen. Ihr Gesicht entspannte sich, und wurde wieder normal.

»Sie brauchen keinerlei Angst vor Fräulein Fairlie zu haben,« fuhr ich fort, »und auch keine Angst, daß Sie durch den Brief irgendwie in Ungelegenheiten geraten könnten. Sie weiß bereits so viel in dieser Hinsicht, daß Sie keine Schwierigkeiten dabei haben werden, ihr nun auch Alles zu erzählen. Es besteht doch keine Notwendigkeit zum Verschweigen mehr, in einer Sache, wo kaum noch etwas zu verschweigen ist. Sie haben in dem Brief zwar keine Namen genannt; aber Fräulein Fairlie weiß, daß die Person, von der Sie schreiben, Sir Percival Glyde –«

In dem Augenblick, wo ich diesen Namen aussprach, stand sie auch schon auf den Füßen, und ein Schrei brach aus ihr hervor, der über den ganzen Friedhof hin gellte, und machte, daß mir vor Schreck das Herz still stand. Der finstere, entstellende Gesichtsausdruck, der eben erst verschwunden war, kehrte erneut zurück, und in verdoppelter und verdreifachter Intensität. Der Aufschrei bei diesem Namen und der sofort parallel damit erscheinende Ausdruck von Haß und Furcht, sagten mir Alles. Nicht der geringste Zweifel blieb mir mehr übrig: ihre Mutter war schuldlos an ihrer Einlieferung ins Sanatorium; ein Mann hatte sie dort einsperren lassen – und dieser Mann hieß Sir Percival Glyde.

Aber ihr Gekreisch hatte auch noch ein anderes Ohr erreicht, als nur das meinige. Auf der einen Seite vernahm ich, wie sich weit drüben die Tür des Küsterhauses öffnete; von der andern hörte ich die Stimme ihrer Begleiterin, der Frau im Umschlagetuch; jener Frau, von der sie als ›Frau Clements‹ gesprochen hatte.

»Ich komm'! Ich komm' schon!« scholl die Stimme hinter der Gruppe der verkümmerten Bäumchen hervor; und im Handumdrehen war Frau Clements in Sicht.

»Wer sind Sie?« rief sie mir resolut entgegen, während sie den Fuß auf die Stufen setzte. »Wieso wagen Sie, eine arme hilflose Frau dermaßen zu erschrecken?!«
Ehe ich noch antworten konnte, war sie auch schon an Anne Cathericks Seite, und legte einen Arm um sie. »Was ist denn, mein Schatz?« sagte sie. »Was hat er Dir denn getan?«
»Nichts,« entgegnete das arme Geschöpf. »Nichts. Ich hab' bloß so Angst.«
Frau Clements wandte sich wieder zu mir, mit einer Furchtlosigkeit und Entrüstung, die mir alle Achtung abnötigten.
»Ich würde mich, und zwar von ganzem Herzen, schämen, wenn ich Ihren ärgerlichen Blick verdient hätte,« sagte ich. »Aber ich verdiene ihn wirklich nicht. Ich habe sie unglücklicherweise erschreckt, ohne es zu beabsichtigen. Es ist nicht das erste Mal, daß sie mich zu sehen bekommt. Fragen Sie sie selbst, und sie wird Ihnen bestätigen, daß ich nicht der Mann bin, ihr oder sonst einer Frau, absichtlich ein Leid anzutun.«
Ich sprach langsam und deutlich, damit Anne Catherick mich hören und verstehen möge, und sah auch gleich, daß meine Worte und deren Sinn von ihr gefaßt worden waren.
»Ja, ja,« sagte sie – »er war früher einmal gut zu mir – er half mir –« den Rest flüsterte sie ihrer Freundin ins Ohr.
»Komisch; wirklich!« sagte Frau Clements, und schaute ganz verblüfft drein. »Das ist natürlich nun ein gewaltiger Unterschied. – Entschuldigen Sie, daß ich so derb auf Sie losgefahren bin, Sir; aber Sie werden ja selbst zugeben, daß der Augenschein für'n Fremden verdächtig aussah. Es ist weniger Ihre Schuld, als vielmehr meine, daß ich ihrer Grille nachgegeben und sie an solchem Ort allein gelassen habe. Komm, komm, mein Kind – komm nach Haus jetzt.«
Ich hatte den Eindruck, die gute Frau mache beim Gedanken an den bevorstehenden Rückweg ein etwas bedenkliches Gesicht, und bot ihr an, sie wenigstens soweit zu geleiten, bis sie in Sicht ihres Hauses wären. Aber Frau Clements dankte mir höflich und lehnte ab. Sie sagte, sie würden bestimmt unterwegs den oder jenen Landarbeiter treffen, sobald sie erst einmal in Moornähe wären.
»Versuchen Sie bitte, mir zu vergeben,« sagte ich, als ich Anne Catherick den Arm ihrer Freundin nehmen und sich zum Gehen anschicken sah. Schuldlos, wie ich mich einerseits der vorsätzlichen Ab-

sicht wußte, sie zu erschrecken und aufzuregen, tat es mir doch im innersten Herzen weh, wenn ich in ihr armes, blasses, entsetztes Gesicht schaute.

»Ich will es versuchen,« antwortete sie. »Aber Sie wissen zu viel – ich fürchte, ich werde künftig immer Angst vor Ihnen haben.«

Frau Clements warf mir einen Blick zu, und schüttelte dann mitleidig den Kopf.

»Gute Nacht, Sir,« sagte sie. »Sie konnten nichts dafür, ich weiß wohl; aber dennoch wollte ich, Sie hätten lieber mich erschreckt, und nicht das arme Kind.«

Sie entfernten sich ein paar Schritte. Ich dachte schon, sie hätten mich endgültig verlassen; aber plötzlich hielt Anne an, und löste sich wieder von ihrer Freundin.

»Wart' noch ein bißchen,« sagte sie. »Ich muß noch ›Auf Wiedersehen‹ sagen.«

Sie kehrte zum Grabe zurück; legte beide Hände zärtlich auf das Marmorkreuz, und küßte es.

»So; jetzt ist mir besser,« seufzte sie, und sah gefaßt zu mir auf. »Ich verzeihe Ihnen.«

Sie schloß wieder zu ihrer Begleiterin auf, und beide verließen nun den Friedhof. Ich sah, wie sie nahe der Kirche noch einmal stehen blieben, und mit der Küstersfrau sprachen, die aus ihrem Haus herübergekommen war, und gewartet und uns aus der Ferne beobachtet hatte. Dann gingen sie weiter, den Pfad entlang, der moorwärts, ins Binnenland, führte. Ich schaute Anne Catherick nach, wie sie sich entfernte; immer weiter; bis jegliche Spur von ihr in der tiefen Dämmerung verschwunden war – schaute so besorgt und ängstlich hinter ihr her, wie wenn dies das Letzte wäre, was ich auf dieser traurigen Seite der Welt von der Frau in Weiß zu sehen bekommen sollte.

XIV

Eine halbe Stunde später war ich wieder im Hause, und informierte Fräulein Halcombe ausführlich von allem, was sich abgespielt hatte. Sie lauschte mir von Anfang bis Ende mit einer nicht nachlassenden wortlosen Aufmerksamkeit, die bei einer Frau von ihrem Temperament und ihrer Veranlagung der stärkste nur immer

mögliche Beweis war, auf wie ernstliche Weise mein Bericht sie bewegte.
»Mir ahnt nichts Gutes,« war alles, was sie sagte, nachdem ich geendet hatte. »Mir ahnt ganz und gar nichts Gutes hinsichtlich der Zukunft.«
»Diese Zukunft«, gab ich ihr zu verstehen, »kann aber möglicherweise immer noch von dem Gebrauch abhängen, den wir von der Gegenwart machen. Es wäre nicht unmöglich, daß Anne Catherick einer Frau gegenüber bereitwilliger und rückhaltloser sich äußerte, als sie es mir gegenüber getan hat. Wenn Fräulein Fairlie –«
»Überhaupt nicht dran zu denken!«, unterbrach mich Fräulein Halcombe, in ihrer entschiedensten Manier.
»Darf ich dann vielleicht vorschlagen,« fuhr ich fort, »daß Sie selbst mit Anne Catherick zusammenkommen, und alles versuchen, was Sie nur können, um ihr Vertrauen zu gewinnen? Was mich anbelangt, mir graut bei der Vorstellung, das arme Wesen möglicherweise ein zweites Mal so zu erschrecken, wie ich das Pech gehabt habe, bereits zu tun. Wüßten Sie irgendeinen Einwand dagegen, mich morgen nach jenem Bauernhaus zu begleiten?«
»Nicht den geringsten. Ich würde überall hin gehen, und schlechthin alles tun, wenn ich damit Lauras Wohlergehen befördern könnte. Was sagten Sie, wie der Ort hieße?«
»›Todds Corner‹ heißt er. Sie müssen ihn doch gut kennen.«
»Ja, sicher. Todds Corner ist eins von Herrn Fairlies Bauerngütern. Unsere Melkerin hier ist die zweitälteste Tochter des Pächters. Sie geht andauernd hin und her zwischen diesem Haus und dem ihres Vaters, und es könnte durchaus möglich sein, daß sie irgendetwas gesehen oder gehört hat, was zu erfahren uns nützlich wäre. Soll ich gleich 'mal feststellen, ob das Mädchen etwa unten ist?«
Sie läutete, und schickte den Diener mit der betreffenden Botschaft. Er kehrte umgehend zurück, und teilte uns mit, daß jene Melkerin heute zuhaus bei ihrem Vater sei. Sie wäre die vergangenen drei Tage nicht dort gewesen; da hätte ihr die Haushälterin heute Abend Erlaubnis gegeben, für ein oder 2 Stunden heim zu gehen.
»Na, ich kann ja auch morgen noch mit ihr reden,« sagte Fräulein Halcombe, als der Diener das Zimmer wieder verlassen hatte. »Wollen wir uns in der Zwischenzeit das Ziel ganz klar machen, auf das ich bei meiner Aussprache mit Anne Catherick hinzuarbeiten hätte. Hegen Sie selbst also keinerlei Zweifel mehr daran, daß die

Person, die ihre Überführung ins Sanatorium veranlaßt hat, Sir Percival Glyde gewesen ist?«

»Es gibt hier nicht den Schatten eines Zweifels mehr. Das einzige Geheimnis, was noch bleibt, ist das Geheimnis seines *Beweggrundes*. In Anbetracht des gewaltigen Unterschiedes zwischen seiner Stellung im Leben und der ihrigen, der ja den Gedanken an auch nur die entfernteste Bluts-Verwandtschaft zwischen beiden wohl ausschließt, wäre es von der größten Wichtigkeit – selbst einmal angenommen, es wäre tatsächlich erforderlich, sie unter Aufsicht zu stellen – in Erfahrung zu bringen, wieso gerade *er* dazu gekommen ist, die Person zu sein, die die schwere Verantwortung auf sich nimmt, sie einzusperren in ein –«

»In ein Privatsanatorium, sagten Sie, glaube ich?«

»Ja; in ein Privatsanatorium, wo für ihre Aufgabe als Patientin eine Geldsumme bezahlt worden sein muß, die ein armer Mensch sich niemals zu geben leisten könnte.«

»Ich sehe, wo das Problem liegt, Herr Hartright; und verspreche Ihnen, daß es gelöst werden wird, gleichviel ob Anne Catherick uns morgen dabei unterstützt oder nicht. Sir Percival Glyde soll nicht lange im Hause hier sein, ohne Herrn Gilmore und mich in dieser Hinsicht befriedigt zu haben. Die Zukunft meiner Schwester ist mein teuerstes Anliegen im Leben; und ich besitze hinreichend Einfluß auf sie, mir, was ihre Heirat anbelangt, eine gewisse Machtbefugnis einzuräumen, und mir auch deren Ausübung zu gestatten.«

Dann verabschiedeten wir uns für heute.

Am nächsten Morgen, nach dem Frühstück, kam uns ein Hindernis, das die Ereignisse des vorhergehenden Abends ganz aus meinem Gedächtnis verdrängt hatte, dazwischen, und machte, daß wir nicht unverzüglich nach dem Bauernhaus aufbrechen konnten. Heut war ja mein letzter Tag in Limmeridge-Haus; und sofort nach Posteingang wurde es, Fräulein Halcombes Rat gemäß, erforderlich, Herrn Fairlie um die Erlaubnis zu bitten, mein Engagement, infolge einer unvorhergesehenen Notwendigkeit, nach London zurückzukehren, um einen Monat zu verkürzen.

Zum Glück für die Wahrscheinlichkeit einer solchen Entschuldigung, zumindest was den äußeren Anschein anbelangt, brachte mir die Post an jenem Morgen 2 Briefe von Londoner Freunden. Ich nahm sie sogleich mit mir auf mein Zimmer, und schickte dann den

Diener mit einer Botschaft an Herrn Fairlie, des Sinnes, sich zu erkundigen, wann ich ihn in einer geschäftlichen Angelegenheit sprechen könne.

Ich harrte der Rückkehr des Mannes ohne jedwedes Gefühl der Ängstlichkeit hinsichtlich der Art, wie sein Herr meinen Antrag wohl aufnehmen möchte. Ob mit Herrn Fairlies Erlaubnis, ob ohne sie: gehen mußte ich. Das Bewußtsein, nunmehr den ersten Schritt auf dem traurigen Wege getan zu haben, der hinfürder mein Leben von dem Fräulein Fairlies trennen würde, schien jedwede Empfindlichkeit in Rücksicht meiner selbst in mir abgestumpft zu haben. Ich war mit dem reizbaren Stolz des Armen in mir fertig – war fertig mit all meiner kleinen Eitelkeit als Künstler. Keine Unverschämtheit seitens Herrn Fairlies, falls es ihm einfallen sollte, unverschämt zu werden, konnte mich jetzt noch verwunden.

Der Diener kehrte mit einer Botschaft wieder, auf die ich nicht gänzlich unvorbereitet war: Herr Fairlie bedauerte, daß der Zustand seiner Gesundheit, speziell an diesem Morgen, ein derartiger sei, daß er sich jede Hoffnung, das Vergnügen zu haben, mich empfangen zu können, versagen müsse. Er bäte mich deshalb, seine Entschuldigung anzunehmen, und so freundlich zu sein, das, was ich ihm zu sagen hätte, in Form eines Briefes zu übermitteln. Mitteilungen in diesem Sinne hatten mich, während meines dreimonatigen Aufenthaltes in diesem Hause hier, in unregelmäßigen Abständen mehrfach erreicht. Den ganzen erwähnten Zeitraum über, war Herr Fairlie zwar stets entzückt gewesen, mich zu ›besitzen‹; jedoch nie gesund genug, um mich ein zweites Mal persönlich zu sehen. Der Diener nahm jeden neuen Stoß Zeichnungen, die ich ausgebessert und aufgezogen hatte, an sich, überbrachte sie mit meinen ›Empfehlungen‹ seinem Herrn; und kehrte dann wieder, mit leeren Händen und Herrn Fairlies ›freundlichen Empfehlungen‹, ›bestem Danke« und ›tiefem Bedauern‹, daß der Zustand seiner Gesundheit ihn immer noch nötige, ein einsames Gefangenendasein in seinen eigenen Gemächern zu führen. Man hätte ja schwerlich eine für beide Teile befriedigendere Einrichtung ersinnen können; und es würde unter sotanen Umständen schwierig gewesen sein, zu entscheiden, wer von uns Herrn Fairlies gefälligen Nerven am meisten zu Dank verpflichtet war.

Ich setzte mich also unverzüglich hin, den verlangten Brief abzufassen, indem ich mich nach Kräften, höflich, klar und gleichzeitig auch so kurz wie möglich ausdrückte. Herr Fairlie beeilte sich mit seiner Antwort nicht. Nahezu eine Stunde verstrich, ehe sie meinen Händen übergeben wurde. Sie stand auf einem Briefpapier, fast so stark wie Karton, so glatt wie Elfenbein, in prächtig regelmäßigen und sauberen Schriftzügen in veilchenfarbener Tinte, und redete mich in Ausdrücken an, wie folgt –

»Herrn Fairlies Empfehlungen an Herrn Hartright. – Herr Fairlie ist über Herrn Hartrights Ansinnen mehr erstaunt und enttäuscht, als ihm der augenblickliche Zustand seiner Gesundheit auszudrücken gestattet. Herr Fairlie ist selbst kein Geschäftsmann; hat jedoch seinen Kammerdiener, der einer ist, zu Rate gezogen, und Dieser hat Herrn Fairlies Meinung dahingehend bestätigt, daß Herrn Hartrights Ersuchen um Erlaubnis, sein Engagement vorzeitig abzubrechen, durch keinerlei Notwendigkeit zu rechtfertigen ist, es sei denn, es handele sich um Leben oder Tod. Falls das Gefühl der Hochschätzung gegenüber der Kunst und den sie Ausübenden, welches zu kultivieren Herrn Fairlie in seinem Leidensdasein Trost und Glück bedeutet, leichtlich zu erschüttern wäre, dann hätte Herrn Hartrights gegenwärtiges Vorgehen es erschüttert. Es hat dies jedoch nicht vermocht – ausgenommen in Bezug auf Herrn Hartrights eigenen Fall.

Nach solcher Darlegung seiner Meinung – das heißt, soweit ein akutes schweres Nervenleiden ihm Darlegungen etwelcher Art überhaupt erlaubt – hat Herr Fairlie nichts weiter hinzuzufügen, als die Formulierung seiner Entscheidung bezüglich des höchst regelwidrigen Ansinnens, das ihm vorgetragen worden ist. Da in seinem Fall der höchste Grad von Wichtigkeit auf die völlige Ruhigstellung von Körper und Gemüt zu legen ist, gedenkt Herr Fairlie, Herrn Hartright besagte Ruhe nicht dadurch stören zu lassen, daß Jener unter Umständen, die für beide Beteiligten notwendigerweise irritierend werden würden, in seinem Hause verbleibe. Demgemäß also läßt Herr Fairlie sein Recht der Verweigerung fahren, lediglich mit Hinblick auf die Erhaltung seiner eigenen Seelenruhe – und informiert Herrn Hartright hiermit, daß Jener gehen dürfe.«

Ich faltete dieses Schreiben zusammen, und legte es zu meinen anderen Papieren. Es hatte eine Zeit gegeben, wo ich mich darüber, als eine Beleidigung, erbost hätte — nunmehr registrierte ich es lediglich als eine schriftliche Entbindung von meinen vertraglichen Verpflichtungen. Ich hatte es aus meinem Gemüt, ja fast schon aus meinem Gedächtnis gestrichen, als ich die Treppen zum Frühstückszimmer hinunterstieg, und Fräulein Halcombe mitteilte, daß wir jetzt von mir aus nach dem Bauernhaus gehen könnten.

»Ist die Antwort von Herrn Fairlie befriedigend ausgefallen?« fragte sie, als wir aus dem Hause traten.

»Er hat mir gestattet, zu gehen, Fräulein Halcombe.«

Sie blickte rasch zu mir auf; und nahm dann — zum ersten Mal, seitdem ich sie kannte — aus eigenem Antrieb meinen Arm. Kein Wort hätte so zart und rücksichtsvoll auszudrücken vermocht, daß sie begriff, auf welche Art mir die Erlaubnis, meine Tätigkeit hier einzustellen, erteilt worden war, und daß sie mir ihre Sympathie schenkte, nicht als Höherstehende sondern als eine Freundin. Des Mannes unverschämten Brief hatte ich nicht empfunden; aber aufs tiefste empfand ich die ausgleichende Güte der Frau.

Während unseres Weges nach dem Bauernhaus, einigten wir uns dahingehend, daß Fräulein Halcombe zunächst allein hineingehen, und ich unterdessen draußen, in Rufweite, warten sollte. Wir schlugen dieses Verfahren ein, in der Befürchtung, daß meine Gegenwart, nach dem was sich gestern Abend auf dem Friedhof abgespielt hatte, die Wirkung haben könnte, Anne Cathericks Angst und Nervosität zu erneuern, und ihr von vornherein ein Mißtrauen gegen die Annäherungsversuche einer Dame einzuflößen, die ihr gänzlich fremd war. Fräulein Halcombe verließ mich also, mit der Absicht, zu allererst einmal mit der Bauersfrau zu sprechen, (von deren freundlicher Bereitwilligkeit, sie in jeder Beziehung zu unterstützen, sie völlig versichert war); während ich in der nächsten Umgebung des Hauses auf sie wartete.

Ich hatte mich vollauf gefaßt gemacht, eine ganze Zeit jetzt allein zu verbringen; zu meinem Erstaunen waren jedoch wenig mehr als 5 Minuten erst verflossen, und schon kehrte Fräulein Halcombe zu mir zurück.

»Weigert Anne Catherick sich, Sie zu empfangen?« fragte ich voller Erstaunen.

»Anne Catherick ist verschwunden,« entgegnete Fräulein Halcombe.

»Verschwunden?«

»Ja; sie und Frau Clements. Heute um 8 Uhr in der Frühe haben beide zusammen das Haus verlassen.«
Ich konnte keine Worte finden – ich hatte nur das eine Gefühl, daß unsere letzte Chance, etwas zu entdecken, mit Jenen verschwunden war.
»Alles, was Frau Todd von ihren Gästen weiß, weiß auch ich,« fuhr Fräulein Halcombe fort, »und ich tappe zunächst, genau wie auch sie, im Dunkeln. Beide sind gestern Abend, nach dem Zusammentreffen mit Ihnen, wohlbehalten zurückgekehrt; und haben anschließend, wie üblich, die ersten Stunden im Kreise der Familie Todd zugebracht. Unmittelbar vorm Abendbrot jedoch hat Anne Catherick ihnen Allen einen mächtigen Schrecken eingejagt, indem sie in Ohnmacht fiel. Sie hat einen ähnlichen, obwohl weniger besorgniserregenden, Anfall schon an dem Tage erlitten, als sie hier eintraf; und Frau Todd meint, daß der damals wohl in Zusammenhang stehen müsse, mit etwas, das sie kurz vorher in unserer Lokalzeitung gelesen habe, die gerade auf dem Wohnzimmertisch gelegen und die sie nur ein oder zwei Minuten vorher zur Hand genommen habe.«
»Ist Frau Todd vielleicht bekannt, welcher spezielle Absatz in dem Blatt sie dergestalt beeinflußt haben könnte?« forschte ich.
»Nein,« erwiderte Fräulein Halcombe. »Sie hat sie sich zwar angesehen; aber nichts darin gefunden, was Jemanden irgend aufregen könnte. Ich habe natürlich um Erlaubnis gebeten, mir die Zeitung meinerseits mal angucken zu dürfen, und gleich auf der ersten Seite, die ich aufschlug, gesehen, wie der Redakteur seinen kleinen Vorrat an Neuigkeiten dadurch angereichert hat, daß er auf unsere Familienangelegenheiten zurückgegriffen, und, unter anderen, aus Londoner Gazetten abgeschriebenen Nachrichten à la ›AUS DER GROSSEN WELT – EHESCHLIESSUNGEN‹, auch die Verlobung und bevorstehende Heirat meiner Schwester veröffentlicht hat. Ich folgerte sogleich, daß dies die Stelle sein müsse, auf die Anne Catherick so befremdlich reagiert hatte; und meinte gleichermaßen, darin den eigentlichen Anlaß zu jenem Brief zu erkennen, den sie uns am nächsten Tag dann ins Haus geschickt hat.«
»Weder an dem einen noch an dem andern kann irgend gezweifelt werden. Und was haben Sie bezüglich ihres zweiten Ohnmachtsanfalls, gestern Abend, ausfindig machen können?«
»Nichts. Dessen Ursache ist noch ein völliges Geheimnis. Kein Frem-

der befand sich im Zimmer. Der einzige Besuch war unser Milchmädchen, die, ich sagte es Ihnen ja schon, eine von Frau Todds Töchtern ist; und die ganze Unterhaltung hat einzig und allein in dem üblichen Geklatsche über Ortsneuigkeiten bestanden. Auf einmal hat man sie aufschreien hören und todtenbleich werden sehen, ohne den geringsten ersichtlichen Grund. Frau Todd und Frau Clements haben sie vereint nach oben gebracht, und Frau Clements ist bei ihr geblieben. Man hat sie miteinander reden hören, weit über die gewöhnliche Schlafenszeit hinaus; und heute, in aller Herrgottsfrühe, hat Frau Clements dann eben Frau Todd beiseite genommen, und sie durch die Mitteilung, daß sie sofort weg müßten, derartig überrascht, daß es ihr förmlich die Sprache verschlagen hat. Die einzige Erklärung zu der Frau Todd ihren Gast noch hat bewegen können, war diese: daß sich irgendetwas ereignet habe, an dem Keiner der Familie hier schuld, was jedoch ernst genug sei, um Anne Catherick zu dem Entschluß bewogen zu haben, Limmeridge unverzüglich zu verlassen. Weiter in Frau Clements zu dringen, sich doch deutlicher zu erklären, sei gänzlich ohne Erfolg geblieben; sie hätte nur immer den Kopf geschüttelt und gesagt, daß sie um Annes willen bitten und betteln müsse, von Niemandem weiter ausgefragt zu werden. Sie habe nur immer und immer, und zwar allem Anschein nach selbst ernstlich erregt, wiederholt, daß Anne unbedingt weg, sie selbst sie begleiten, und daß der Ort, nach dem sie Beide sich verfügen würden vor Jedermann geheim gehalten werden müsse. Ich erspare Ihnen die Herzählung von Frau Todds gastlichen Einwänden und Weigerungen. Das Ganze hat jedenfalls damit geendet, daß man, vor über 3 Stunden, die Beiden zur nächsten Bahnstation gefahren hat. Noch auf dem Hinweg hat Frau Todd versucht, sie zu bewegen, sich doch deutlicher zu erklären, aber ohne Erfolg; und sie dann vor der Bahnhofstür abgesetzt, so gekränkt und beleidigt ob der formlosen Überstürztheit ihrer Abreise und der unfreundlichen Weigerung, das geringste Vertrauen in sie zu setzen, daß sie ganz wütend davon gefahren ist, ohne sich auch nur die Zeit noch zu nehmen, ihnen ›Auf Wiedersehen‹ zu sagen. – Genau das hat sich abgespielt. Jetzt versuchen Sie sich doch noch einmal zu erinnern, Herr Hartright, und mir zu sagen, ob gestern Abend auf dem Friedhof noch irgendetwas vorgefallen ist, das die befremdlich überstürzte Abreise dieser beiden Frauen heute früh wenigstens einigermaßen klären könnte?«

»Was ich zuerst einmal klären möchte, Fräulein Halcombe, wäre der Grund für Anne Cathericks plötzlichen Anfall, der die Bauersleute so erschreckt hat; und der sich immerhin diverse Stunden nach unserem Auseinandergehen ereignete, nachdem hinreichend Zeit verstrichen war, daß jede heftige Erregung, die auszulösen ich unglücklich genug gewesen bin, sich wieder hatte legen können. Haben Sie sich speziell nach dem Klatsch erkundigt, der gerade im Zimmer durchgehechelt wurde, als sie in Ohnmacht fiel?«
»Das Ja. Aber Frau Todds Aufmerksamkeit scheint an dem Abend zwischen ihrer Hausarbeit und der Unterhaltung im Wohnzimmer einigermaßen geteilt gewesen zu sein. Sie konnte mir nur sagen, es hätte sich gehandelt um ›Was es halt so Neues gibt‹ – und womit sie vermutlich ausdrücken will, daß sie, wie üblich, Einer über den Andern geschwatzt haben.«
»Vielleicht ist das Gedächtnis des Milchmädchens besser, als das ihrer Mutter,« sagte ich. »Womöglich wäre es am geratensten, Fräulein Halcombe, Sie redeten gleich 'mal mit dem Mädchen, sobald wir zurück sind.« –
Wir waren kaum zuhause angekommen, als mein Vorschlag auch schon in die Tat umgesetzt wurde. Fräulein Halcombe führte mich außen herum in die Wirtschaftsgebäude, und dort, in der Milchkammer, fanden wir das Mädchen, die Ärmel aufgestreift bis zu den Schultern, wie sie eine mächtige Milchsatte auswusch und sich zu ihrer Arbeit munter eins sang.
»Ich wollte dem Herrn hier 'mal Deine Milchkammer vorführen, Hannah,« sagte Fräulein Halcombe. »Das ist ja eine der Sehenswürdigkeiten des Hauses, und macht Dir allezeit ausgesprochen Ehre.«
Das Mädchen errötete und knixte und sagte schüchtern, sie hoffe, sie täte stets ihr Bestes, um alles fein sauber und reinlich zu erhalten.
»Wir kommen übrigens gerade von Deinem Vater,« fuhr Fräulein Halcombe fort. »Du bist gestern Abend dagewesen, hab' ich gehört, und hast Besuch daheim vorgefunden?«
»Ja, Fräulein.«
»Einer davon wäre schlecht geworden, hieß es, und sie sei in Ohnmacht gefallen? Ich nehme doch an, daß nichts gesagt oder getan worden ist, sie zu erschrecken? Ihr habt Euch nicht von 'was besonders Gruseligem unterhalten, oder?«

»Ach nein, Fräulein!« sagte das Mädchen lachend. »Wir haben bloß davon geredet, was es so Neues gibt.«
»Deine Schwestern haben Dir erzählt, was es in Todds Corner Neues gibt, ja?«
»Ja, Fräulein.«
»Und Du Deinerseits hast ihnen erzählt, was es hier in Limmeridge-Haus Neues gibt.«
»Ja, sicher, Fräulein. Und es ist ganz bestimmt kein Wort gefallen, was das arme Ding hätte erschrecken können; denn gerade wie ihr so schlecht wurde, war ich am Erzählen. Es hat mir direkt 'n Ruck gegeben, Fräulein, das zu sehen; ich selber bin ja noch nie in Ohnmacht gefallen.«
Bevor noch weitere Fragen an sie gerichtet werden konnten, wurde sie abgerufen, um an der Tür der Milchkammer einen Korb Eier entgegen zu nehmen. Während sie sich so ein Stück entfernte, flüsterte ich Fräulein Halcombe zu –
»Fragen Sie doch, ob sie gestern Abend etwa beiläufig auch das erwähnt hat: daß man Besuch in Limmeridge-Haus erwarte.«
Fräulein Halcombe zeigte durch einen Blick, daß sie begriffen habe, und stellte die Frage, sobald das Milchmädchen wieder zu uns zurückgekehrt war.
»Oh ja, Fräulein; das hab' ich erwähnt,« sagte das Mädchen einfach. »Das war ja alles, was ich an Neuigkeiten mit nach Hause zu bringen hatte: daß Besuch käm'; und dann das Unglück mit der scheckigen Kuh.«
»Hast Du irgend Namen genannt? Hast Du erzählt, daß Sir Percival Glyde am Montag erwartet wird?«
»Ja, Fräulein – ich hab' erzählt, daß Sir Percival Glyde käme. Ich hoff' doch, daß ich nichts Unrechtes damit getan hab'? Oder irgendwie Schaden angerichtet?«
»Oh nein, Schaden nicht. – Kommen Sie nur, Herr Hartright; Hannah wird denken, daß wir ihr im Wege 'rumstehen, wenn wir sie noch länger von der Arbeit abhalten.«
Sobald wir wieder allein waren, blieben wir stehen, und schauten einander an.
»Hegen Sie *jetzt* noch irgend einen Zweifel, Fräulein Halcombe?«
»Sir Percival Glyde soll diesen Zweifel beheben, Herr Hartright – oder Laura Fairlie wird seine Gattin nie.«

XV

Während wir uns wieder herum zum Vordereingang des Hauses begaben, sahen wir von der Bahn her einen leichten Einspänner die Auffahrt herankommen. Fräulein Halcombe wartete gleich auf den Treppenstufen, bis jener Wagen vorfuhr, und trat dann hinzu, um einem alten Herrn, der, sobald der Tritt heruntergeklappt war, rüstig ausstieg, die Hand zu schütteln. Herr Gilmore war angekommen.

Während wir einander vorgestellt wurden, musterte ich ihn mit einem Interesse, ja einer Neugier, die ich kaum zu verbergen vermochte. Würde dieser alte Mann doch in Limmeridge-Haus weilen, wenn ich dann abgefahren war. Er würde Sir Percival Glydes Erklärungen entgegennehmen, und Fräulein Halcombe seinen erfahrenen Beistand leihen, sich ihr abschließendes Urteil zu bilden. Er würde bleiben, bis die Frage der Heirat endgültig geregelt war; und, falls diese Frage im bejahenden Sinne entschieden würde, würde seine Hand es sein, die den Kontrakt aufsetzte, der Fräulein Fairlie unwiderruflich an dieses Übereinkommen band. Selbst damals schon – als ich im Vergleich zu dem, was ich jetzt weiß, noch nichts wußte – schaute ich auf diesen Rechtsanwalt der Familie mit einem Interesse, das ich zuvor noch nie in der Gegenwart eines lebenden Mannes, der mir ein vollkommen Fremder war, empfunden hatte.

In seiner äußeren Erscheinung war Herr Gilmore das genaue Gegenteil der landläufigen Vorstellung von einem ›alten Rechtsanwalt‹. Seine Gesichtsfarbe war frisch; das schneeweiße, sorgfältig gebürstete Haar trug er ungewöhnlich lang; sein schwarzer Rock, wie auch Weste und Hose waren von untadeligem Sitz; die weiße Krawatte war vorbildlich gebunden; und die lavendelfarbenen Glacéhandschuhe hätten ungescheut und ohne weiteres auch den Händen eines hohen geistlichen Würdenträgers zur Ehre gereicht. Seine Manieren zeichneten sich wohltuend durch jene formelle Liebenswürdigkeit und feine Lebensart aus, die für die ›Alte Schule‹ der Höflichkeit charakteristisch ist; aber belebt durch die rüstige Wendigkeit und Gewandtheit eines Mannes, dessen Tätigkeit im Leben ihn nötigt, Geist und Gaben beständig in gutem Funktionieren zu erhalten. Ein sanguinisches Temperament und ein günstiger Start im Leben – anschließend eine lange Karriere unbescholtener und bequemer Wohlhäbigkeit – ein heiteres, emsiges, weithin geachtetes Alter — das war so mein allgemeiner Eindruck, den ich, nachdem ich Herrn Gilmore vorgestellt worden war, von ihm mitnahm; (und die Gerechtigkeit fordert, hinzuzufügen, daß die Kenntnisse, die mir eine spätere und längere Bekanntschaft mit ihm vermittelten, nur dazu gedient haben, diesen ersten Eindruck zu bestärken).

Als Fräulein Halcombe und der alte Herr zusammen das Haus betraten, blieb ich zurück; damit sie, unbehindert durch die Zurückhaltung, die ihnen die Gegenwart eines Fremden auferlegt hätte, Familienangelegenheiten besprechen könnten. Sie durchschritten die Vorhalle auf ihrem Weg zum Wohnzimmer; und ich meinerseits stieg die Stufen wieder hinunter, um für mich allein im Garten herumzugehen.

Meine Stunden in Limmeridge-Haus waren gezählt — meine Abreise am nächsten Morgen unwiderruflich beschlossen — mein Anteil an den Nachforschungen, die der anonyme Brief notwendig gemacht hatte, war zu Ende. Niemandem als nur mir selbst konnte ein Schade daraus erwachsen, wenn ich für die kurze Spanne Zeit, die mir gelassen war, mein Herz noch einmal aus den kalten grausamen Banden der Resignation freiließ, welche die Notwendigkeit mich gezwungen hatte, ihm anzulegen; und Abschied von all den Orten nahm, die meinen kurzen Tagtraum von Glück und Liebe mit angesehen hatten.

Ich begann instinktiv mit dem Parkweg unterm Fenster meines Arbeitszimmers droben, wo ich sie gestern Nachmittag mit ihrem Hündchen gesehen hatte, und folgte dem Pfad, den ihr lieber Fuß so oft berührt hatte, bis ich an das Pförtchen kam, das in ihren Rosengarten führte. Über den hatte sich jetzt die Blöße und Nacktheit des Winters gebreitet. Die Blumen, die sie mich mit Namen zu unterscheiden gelehrt, die Blumen, die ich sie mit Pinsel und Farbe nachzubilden gelehrt hatte, waren fort, und die winzigen weißen Wegelchen, die zwischen den Beeten hinführten, schon feucht und grünüberwachsen. Ich ging weiter in die große Baumallee, wo wir zusammen den warmen Duft der Augustabende geatmet, zusammen die zehntausendfältigen Abstufungen von Sonnenlicht und Schatten, die den Boden zu unsern Füßen fleckten, bewundert hatten. Jetzt fielen aus den stöhnenden Ästen die Blätter um mich her, und in der Luft war es wie Wust und Fäulnis, daß mich bis ins Mark schauderte. Wieder ein Stück weiter, und ich war aus dem Park heraus und folgte dem Weg, der, ansteigend und leicht geschlängelt, auf die nächsten Anhöhen führte. Der alte gefällte Stamm am Wegrand, auf dem wir gesessen und ausgeruht hatten, war schlüpfrig und durchweicht vom Regen; und das große Büschel aus Farnen und Gräsern, das sich an die Bruchsteinmauer uns gegenüber angeschmiegt, und das ich für sie abgezeichnet hatte, war in ein schlampig-sudliges Unkrautinselchen verwandelt, mit einem düsteren Pfuhl stehenden Wassers darum. Ich erreichte den Gipfel der Anhöhe, und blickte auf die Aussicht, die wir in schöneren Zeiten so oft bewundert hatten – sie wirkte kalt und kahl; sie war nicht länger die Aussicht, deren ich mich erinnerte. Der Sonnenschein ihrer Gegenwart war weit von mir; das Zauberlied ihrer Stimme murmelte nicht mehr in mein Ohr. Auf eben dem Fleck, von dem ich jetzt ins Land sah, hatte sie von ihrem Vater erzählt, dem letzten überlebenden Elternteil – hatte berichtet, wie gern sie einander gehabt hätten; wie sie ihn noch immer schwer vermißte, wenn sie bestimmte Zimmer im Hause beträte, oder auch halbvergessene Zeitvertreibe und Beschäftigungen wieder aufnähme, die mit ihm in Verbindung gestanden hätten. War die Aussicht, die ich damals gesehen hatte, als ich solchen Worten lauschte, die gleiche Aussicht, die ich jetzt sah, wo ich allein auf dem Gipfel der Anhöhe stand? Ich drehte mich um und ging – nahm wieder den Weg zurück, über Moor, um Dünen herum, und hinunter an den Strand. Da war die weiße Wut der Brandung und die vielgestaltige Pracht anspringender Wogen – aber wo war die Stelle, wo sie einst mit dem Sonnenschirm müßige Figuren in den Sand gezogen hatte – die Stelle, wo wir beieinander gesessen hatten; wo sie von mir und meinem Zuhause gesprochen, sich mit der typischen Genauigkeit der Frau hinsichtlich Kleindetail nach meiner Mutter und Schwestern erkundigt, und sich dann unschuldig gewundert hatte, ob ich wohl jemals meine einsame Junggesellenwohnung aufgeben und ein eigenes Haus und eine Frau haben würde? Wind und Welle hatten längst schon ihre Spur verwischt, die sie als Zeichen in den Sand geschrieben hatte. Ich blickte über die eintönige Weite der Meeresfläche hin; und die Stelle wo wir einst sonnige Stunden müßig vertändelt hatten, war mir so unauffindbar, wie wenn ich sie nie gekannt, so fremd, als ob ich schon an einem Strand in fernem Lande gestanden hätte.

Die schweigende Leere dieser Küste erkältete mich bis ins Herz hinein. Ich wandte mich wieder dem Haus und dem Park zu, wo an

jeglicher Wegebiegung noch Spuren verblieben waren, die von ihr redeten.
Auf der Promenade bei der westlichen Terrasse traf ich Herrn Gilmore. Er hatte mich unverkennbar gesucht; denn sobald wir in Sicht voneinander kamen, beschleunigte er seine Schritte. Meine augenblickliche Stimmung machte mich zwar herzlich wenig zum Gesellschafter eines Fremden geeignet; aber ein Zusammentreffen war unvermeidlich, und ich beschloß, mich nach Kräften damit abzufinden.
»Sie sind gerade Derjenige, den ich treffen wollte,« sagte der alte Herr. »Ich muß früher oder später ein paar Worte mit Ihnen sprechen, mein lieber Herr; und, falls Sie nichts dagegen haben, möchte ich die jetzige Gelegenheit gleich dazu benützen. Ganz einfach gesagt: Fräulein Halcombe und ich haben Familienangelegenheiten miteinander besprochen — Angelegenheiten, die der Grund meines Hierseins sind — und im Lauf unseres Gespräches ist sie natürlicherweise auch dahin gekommen, mir von dieser unangenehmen Geschichte mit dem anonymen Brief zu berichten, und von dem Anteil, den Sie so weit, und sehr rühmlich und angemessen, an den bisherigen Schritten gehabt haben. Dieser Ihr Anteil, das sehe ich vollständig ein, wird Ihnen ein gewisses berechtigtes Interesse, das Sie ansonsten nicht empfunden hätten, daran einflößen, zu wissen, daß die künftige Fortführung der Untersuchung, die Sie eingeleitet haben, in guten Händen liegt. Mein lieber Herr, machen Sie sich über diesen Punkt keinerlei Gedanken mehr — sie liegt in *meinen* Händen.«
»Sie, Herr Gilmore, sind in jeglicher Beziehung weit geeigneter als ich, in dieser Angelegenheit zu raten und zu handeln. Wäre es eine Indiskretion meinerseits, wenn ich fragte, ob Sie sich schon für ein bestimmtes Vorgehen entschieden haben?«
»So weit es möglich ist, sich jetzt schon zu entscheiden, Herr Hartright, habe ich mich entschieden. Ich habe vor, eine Abschrift des Briefes zusammen mit einer kurzen Darlegung aller Begleitumstände nach London, an Sir Percivals Sachwalter zu schicken, mit dem ich entfernt bekannt bin. Den Brief selbst werde ich hier behalten, um ihn Sir Percival, sobald er eintrifft, zu zeigen. Die Spur der beiden Frauen wieder aufzufinden, habe ich bereits eingeleitet, indem ich einen von Herrn Fairlies Dienern — einen vertrauenswürdigen Mann — zum Bahnhof geschickt habe, um Erkundigungen

einzuziehen. Der Mann hat Geld mitbekommen und genaue Anweisungen; und kann, falls er irgendeinen Anhaltspunkt finden sollte, den Frauen sofort folgen. Das ist Alles, was bis Montag, wo Sir Percival eintrifft, unternommen werden kann. Ich selbst habe keinerlei Zweifel, daß er jede Erklärung, die man von einem Gentleman und einem Ehrenmann zu erwarten berechtigt ist, bereitwilligst geben wird. Sir Percival ist eine sehr hochstehende Persönlichkeit, — hervorragende Stellung; ein Ruf, über jeden Verdacht erhaben — ich bin völlig unbesorgt hinsichtlich des Endergebnisses — völlig unbesorgt, wie ich mich freue, Ihnen versichern zu können. Sachen dieser Art passieren ja pausenlos in meiner Praxis. Anonyme Briefe — bedauernswerte Frauen — betrübliche soziale Zustände. Ich leugne natürlich nicht, daß in diesem Fall gewisse eigentümliche Komplikationen vorliegen; aber der Fall selbst ist, höchstbedauerlicherweise, gewöhnlich — ganz gewöhnlich.«
»Ich fürchte, Herr Gilmore, ich habe das Mißgeschick, mit meiner Ansicht des Falles beträchtlich von der Ihrigen abzuweichen.«
»Aber selbstverständlich, lieber Herr — selbstverständlich. Ich bin ein alter Mann, und nehme den rein praktischen Standpunkt ein; Sie sind ein junger Mann, und nehmen folglich den romantischen Standpunkt ein. Lassen Sie uns, bitte, nicht über Standpunkte disputieren. Ich lebe beruflich in einer Atmosfäre, wo nichts als disputiert wird, Herr Hartright, und bin unsagbar froh, wenn ich einmal daraus entkommen kann, wie ich jetzt und hier daraus entkommen bin. Lassen wir die Ereignisse an uns herantreten. — Aber ein scharmantes Fleckchen Erde hier, was? Gute Jagd? Oder vermutlich nicht; denn soweit ich mich erinnere, hat Herr Fairlie keine Ländereien eingehen lassen. Aber trotzdem; ein scharmantes Fleckchen, und ganz reizende Leute. Sie zeichnen und malen, wie ich gehört habe, Herr Hartright? Beneidenswerte Fertigkeiten. Welcher Richtung gehören Sie an?«
Wir gingen in eine allgemeine Unterhaltung über; oder, richtiger, Herr Gilmore redete und ich hörte zu. Aber meine Aufmerksamkeit war fern von ihm und von den Themen über die er so unverbindlich-flüssig dahinplätscherte. Der einsame Gang der letzten beiden Stunden hatte seine Wirkung auf mich geübt — hatte mir den Gedanken eingegeben, meine Abreise von Limmeridge-Haus noch zu beschleunigen. Warum sollte ich die schwere Prüfung des Abschiednehmens unnötig um auch nur eine Minute verlängern? Wel-

che fernere Dienstleistung würde man von mir noch irgend begehren? Nein; mit meinem weiteren Aufenthalt in Cumberland war keinerlei sinnvoller Zweck mehr verbunden; und in der Reiseerlaubnis, die mein Brotgeber mir erteilt hatte, befand sich keine Klausel hinsichtlich irgendeiner zeitlichen Begrenzung. Warum also nicht auf der Stelle ein Ende machen? Ich beschloß, ein Ende zu machen. Noch waren ein paar Stunden Tageslicht übrig – es war kein Grund abzusehen, warum meine Rückfahrt nach London nicht schon heute Nachmittag beginnen sollte. Ich entschuldigte mich bei Herrn Gilmore mit dem ersten besten höflichen Einfall, der mir kam, verabschiedete mich von ihm, und kehrte unverzüglich ins Haus zurück.

Auf dem Weg in mein Zimmer hinauf traf ich auf der Treppe Fräulein Halcombe. Sie erkannte an der Eile meiner Bewegungen und meinem veränderten Wesen, daß ich irgend Unerwartetes vorhabe, und erkundigte sich, was Neues eingetreten sei.

Ich zählte ihr hastig die Gründe her, die ich bereits oben erwähnt habe, und die mich bewogen, meine Abreise zu beschleunigen.

»Nicht doch, nicht doch,« sagte sie ernst und freundlich; »verlassen Sie uns wie ein Freund – brechen Sie noch einmal das Brot mit uns. Bleiben Sie zum Abendessen hier; bleiben Sie, und helfen Sie uns, den letzten gemeinsamen Abend mit Ihnen so sorglos, so ähnlich den ersten Abenden zu verbringen, wie wir nur können. Ich lade Sie ein – Frau Vesey lädt Sie ein –« sie zögerte ein bißchen; fügte dann aber hinzu, »und Laura lädt Sie nicht minder ein.«

Ich versprach also zu bleiben. Weißgott, ich hatte wirklich nicht den Wunsch, bei Irgendeinem hier auch nur den Schatten eines unangenehmen Eindrucks zu hinterlassen.

Ich hatte den ganzen Tag über nicht mit Fräulein Fairlie gesprochen – ja, sie nicht ein Mal gesehen; und das erste Zusammentreffen mit ihr, als ich das Wohnzimmer betrat, war für ihre Selbstbeherrschung eine nicht minder harte Prüfung als für die meine. Auch sie hatte ihr bestes getan, um an unserm letzten Abend die alten goldenen Tage noch einmal zu erneuern – die Tage, die niemals wiederkehren konnten. Sie hatte das Kleid angezogen, das ich von sämtlichen, die sie besaß, am meisten bewunderte – aus dunkelblauer Seide und, seltsam und schön zugleich, mit altmodischen Spitzen besetzt. Sie trat vor, um mich mit dem alten Wohlwollen zu begrüßen; sie gab mir die Hand mit der offenen unschuldigen Bereitwilligkeit glücklicherer Tage. Aber die kalten Finger, die um die meinen bebten – die bleichen Wangen, auf deren jeder mittenin ein heller roter Fleck brannte – das schwache Lächeln, um das ihre Lippen sich mühten, und das auf ihnen erstarb, während ich darauf hinschaute – all und jedes sprach mir davon, unter welcher Selbstaufopferung sie ihre Ruhe nach außen hin aufrecht erhielt. Mein Herz konnte sie nicht eindringlicher lieben; oder ich hätte sie jetzt geliebt, wie ich sie nie zuvor geliebt hatte.

Herr Gilmore war uns von größtem Nutzen. Er befand sich bei bester Laune, und hielt die Unterhaltung mit nicht versiegendem Scherz im Gange. Fräulein Halcombe unterstützte ihn aufs entschlossenste dabei; und ich tat, was ich vermochte, um ihrem Beispiel zu folgen. Die lieben blauen Augen, deren geringsten Wechsel im Ausdruck ich so gut zu deuten gelernt hatte, schauten mich in flehentlicher Bitte an, als wir uns zu Tisch niederließen: ›Hilf meiner Schwester‹ schien das süße angstvolle Gesicht zu sagen, ›Hilf meiner Schwester, und Du wirst *mir* helfen!‹

Allem äußeren Anschein nach wurde das Abendessen trefflich von uns durchgestanden. Nachdem die Damen sich von der Tafel erhoben und Herrn Gilmore und mich allein im Eßzimmer gelassen hatten, erschien ein neuer Gegenstand des Interesses, der unsere Aufmerksamkeit in Anspruch nahm, und der mir heilsame Gelegenheit gab, mich während der paar Minuten des ebenso erforderlichen wie willkommenen Schweigens zu beruhigen. Der Diener, der ausgesandt worden war, um Anne Catherick und Frau Clements auf die Spur zu kommen, kehrte zurück, und wurde unverzüglich ins Eßzimmer geführt, um seinen Bericht abzustatten.

»Na,« sagte Herr Gilmore, »was haben Sie 'rausbekommen?«

»Ich habe herausbekommen, Sir,« antwortete der Mann, »daß beide Frauen auf unserem Bahnhof hier Fahrkarten nach Carlisle gelöst haben.«

»Und sind, wie Sie das gehört haben, natürlich ebenfalls sofort nach Carlisle gefahren?«.

»Selbstverständlich, Sir. Aber ich muß leider sagen, daß ich weiter keine Spur von ihnen auffinden konnte.«

»Auf der Bahn haben Sie nachgeforscht?«

»Jawohl, Sir.«

»Und in den diversen Gasthäusern?«

»Jawohl, Sir.«

»Und den schriftlichen Tatbestand, den ich Ihnen aushändigte, haben Sie auf der Polizeiwache abgegeben?«
»Ist geschehen, Sir.«
»Schön, mein Lieber; Sie haben getan, was Sie konnten. – Und ich habe getan, was ich konnte, und darauf müssen wir die Sache bis auf weiteres beruhen lassen. Wir haben unsere Trümpfe ausgespielt, Herr Hartright,« fuhr der alte Herr fort, nachdem der Diener sich wieder entfernt hatte: »Für diesmal zumindest haben jene Frauen uns überlistet; und die einzige Hülfsquelle, die uns jetzt noch bleibt, besteht darin, bis Montag zu warten, bis Sir Percival ankommt. – Sie trinken kein Glas mehr? Gute Flasche Portwein, das – voll, mild, solide. Obwohl ich, in meinem Keller, noch besseren habe.«
Dann gingen auch wir ins Wohnzimmer hinüber – jenen Raum, in dem ich die glücklichsten Abende meines Lebens verbracht hatte – den Raum, den ich, nach dieser letzten Nacht, niemals wieder sehen würde. Auch er hatte, seitdem die Tage kürzer und die Witterung rauher geworden war, ein anderes Aussehen angenommen. Die Glastüren zur Terrasse hin waren geschlossen und mit dicken Portieren verhangen. Anstelle des abendlich sanften Zwielichts, bei dem wir meist gesessen hatten, blendete nunmehr hell strahlender Lampenschein meine Augen. Alles verändert – ob drinnen oder draußen: alles war verändert!
Fräulein Halcombe und Herr Gilmore nahmen beieinander am Kartentisch Platz. Frau Vesey begab sich zu ihrem gewohnten Sessel. *Sie* brauchten sich, um den Abend hinzubringen, keinen Zwang aufzuerlegen; während mir, der ich das beobachtete, der Zwang, den ich mir auferlegen mußte, desto schmerzlicher zum Bewußtsein kam. Ich sah, wie Fräulein Fairlie in der Nähe des Notenständers zögerte – es hatte eine Zeit gegeben, wo ich mich hätte zu ihr gesellen dürfen. Ich wartete unentschlossen; ich wußte weder, wohin ich mich begeben, noch was ich als nächstes unternehmen sollte. Sie warf einen raschen Blick zu mir her, nahm sich plötzlich ein Notenheft aus dem Ständer, und kam dann aus eigenem Antrieb auf mich zu.
»Soll ich eine dieser kleinen Mozart-Piècen spielen, die Sie sonst so gern gehört haben?« fragte sie, indem sie nervös das Heft aufschlug und, während sie sprach, den Blick darauf nieder senkte.
Ehe ich ihr noch danken konnte, war sie bereits zum Klavier geeilt. Der Stuhl daneben, der stets mein gewohnter Sitz gewesen war,

stand leer. Sie schlug ein paar Tasten an – blickte dann herum zu mir – und dann wieder zurück auf die Noten.

»Wollen Sie Ihren alten Platz nicht einnehmen?« fragte sie, und sprach sehr abgebrochen und in sehr leisem Ton.

»Am letzten Abend darf ich ihn vielleicht einnehmen«, antwortete ich.

Sie erwiderte nichts – sie hatte ihre Aufmerksamkeit gänzlich auf die Noten konzentriert – Noten, die sie auswendig kannte, die sie, in früheren Tagen, wieder und wieder gespielt hatte, ohne des Heftes zu bedürfen. Daß sie mich vernommen hatte, daß sie sich meiner Nähe dicht bei ihr bewußt war, erkannte ich nur daran, als der rote Fleck auf der mir zugekehrten Wange schwächer wurde und Blässe sich über ihr ganzes Gesicht verbreitete.

»Es tut mir sehr leid, daß Sie fortgehen,« sagte sie; ihre Stimme war fast zu einem Flüstern herabgesunken; ihre Augen richteten sich immer angespannter auf die Noten; ihre Finger flogen über die Klaviertasten mit einer seltsam fiebrigen Energie, wie ich sie noch nie zuvor an ihr bemerkt hatte.

»Ich werde mich dieser gütigen Worte erinnern, Fräulein Fairlie, wenn der morgige Tag längst schon entschwunden ist.«

Die Blässe auf ihrem Gesicht wurde noch weißer, und sie wandte es weiter ab von mir.

»Sprechen Sie nicht von morgen,« sagte sie. »Lassen Sie die Musik, in einer seligeren Sprache als die unsere ist, vom heutigen Abend zu uns reden.«

Ihre Lippen bebten – ein schwacher Seufzer begann zwischen ihnen zu flattern, den zu unterdrücken sie sich vergeblich bemühte. Ihre Finger irrten über das Klavier – sie schlug eine verkehrte Taste an; verwirrte sich, im Versuch den Fehler zu berichtigen, gänzlich; und ließ die Hände ärgerlich in den Schoß sinken. Vom Kartentisch her, an dem sie spielten, schauten Fräulein Halcombe und Herr Gilmore erstaunt auf, und herüber. Selbst Frau Vesey, die in ihrem Sessel dahindämmerte, wurde, als die Musik so plötzlich abbrach, wach, und wollte wissen, was passiert sei.

»Können Sie Whist spielen, Herr Hartright?« fragte Fräulein Halcombe, den Blick vielsagend nach dem Platz richtend, den ich einnahm.

Ich wußte, was sie meinte – wußte, daß sie recht hatte; und erhob mich sofort, um zum Kartentisch zu gehen. Als ich mich vom Kla-

vier entfernte, schlug Fräulein Fairlie eine Seite im Notenheft um, und berührte dann wieder die Tasten mit sichereren Fingern.
»Ich *will* es spielen,« sagte sie, und schlug die Töne beinah leidenschaftlich an. »Ich *will* es, heut am letzten Abend, spielen.«
»Kommen Sie, Frau Vesey,« sagte Fräulein Halcombe; »Herr Gilmore und ich sind des Ecarté müde – kommen Sie, und machen Sie Herrn Hartrights Partner bei einer Partie Whist.«
Der alte Jurist lächelte satirisch. Er hatte die besseren Karten gehabt, und gerade noch einen König abgehoben. Er schrieb Fräulein Halcombes jähe Veränderung des Arrangements am Spieltisch augenscheinlich der Unfähigkeit der Damen zu, ein Spiel mit Anstand zu verlieren.
Der Rest des Abends verging dann, ohne Wort oder Blick von ihrer Seite. Sie blieb am Klavier sitzen, und ich am Kartentisch. Sie spielte ununterbrochen – spielte, wie wenn ihr die Musik die einzige Zufluchtsmöglichkeit vor sich selbst darstellte. Zuweilen berührten ihre Finger die Tasten mit zögernder Innigkeit – einer sanften, klagenden, hinsterbenden Zärtlichkeit, unaussprechlich schön und traurig zu vernehmen; zuweilen stockten sie und wollten ihr versagen, oder hasteten mechanisch über das Instrument, wie wenn ihre Aufgabe eine Last für sie wäre. Aber dennoch, gleichviel wie der Ausdruck auch schwankte und wechselte, den sie der Musik verliehen, ihr Entschluß zu spielen änderte sich nie. Sie stand erst dann vom Klavier auf, als wir uns Alle erhoben hatten, um ›Gute Nacht‹ zu sagen.
Frau Vesey stand am nächsten an der Tür, und war die Erste, die mir die Hand schüttelte.
»Wir sehen uns ja nicht mehr, Herr Hartright,« sagte die alte Dame, »und es tut mir aufrichtig leid, daß Sie weg gehen. Sie sind immer sehr freundlich und aufmerksam gewesen; und eine alte Frau, wie ich, weiß Freundlichkeit und Aufmerksamkeit zu würdigen. Ich wünsche Ihnen alles Gute, Sir – wünsche Ihnen ein herzliches Lebewohl.«
Der nächste war Herr Gilmore.
»Ich hoffe, wir finden in Zukunft noch Gelegenheit, unsere Bekanntschaft zu vertiefen, Herr Hartright. Und was diese kleine geschäftliche Angelegenheit da betrifft, sehen Sie ein, daß sie sich bei mir in den besten Händen befindet? Ja, ja; natürlich. – Meingott, wie kalt das ist! Ich will Sie nicht an der Tür hier aufhalten: ›Bon voyage‹, mein lieber Herr, ›bon voyage‹, wie der Franzose sagt.«

Fräulein Halcombe folgte.
»Also morgen Früh um halb Acht,« sagte sie – und fügte dann flüsternd hinzu: »Ich habe mehr gehört und gesehen, als Sie vielleicht meinen. Ihr Benehmen heute Abend hat mich zu Ihrer Freundin fürs Leben gemacht.«
Zuletzt kam Fräulein Fairlie. Ich traute mir nicht genug Kraft zu, sie anzusehen, als ich ihre Hand nahm, zumal, wenn ich des kommenden Morgens gedachte.
»Meine Abfahrt muß sehr zeitig erfolgen,« sagte ich. »Ich werde also fort sein, Fräulein Fairlie, ehe Sie –«
»Nein nein,« fiel sie mir hastig ins Wort, »nicht, ehe ich mein Zimmer verlassen habe. Ich werde unten sein, um mit Marian zu frühstücken. Ich bin nicht so undankbar, habe nicht das vergangene Vierteljahr derart vergessen –«
Die Stimme versagte ihr. Ihre Hand schloß sich sanft um die meine – ließ sie dann plötzlich fahren. Ehe ich noch ›Gute Nacht‹ sagen konnte, war sie verschwunden.
Das Ende näherte sich jetzt rasch – kommt rasch und unvermeidlich wie das Licht des letzten Morgens damals über Limmeridge-Haus.
Es war knapp halb Acht, als ich nach unten ging; aber ich fand Beide bereits am Frühstückstisch, wie sie auf mich warteten. Bei rauher Luft, im trüben Licht, in der düsteren Frühstille des Hauses, nahmen wir Drei beieinander Platz, und versuchten zu essen, versuchten zu plaudern. Aber der Kampf, den äußeren Schein aufrechtzuerhalten, erwies sich je länger desto nutz- und hoffnungsloser; und ich stand auf, um ihm ein Ende zu bereiten.
Als ich die Hand ausstreckte und Fräulein Halcombe, die mir am nächsten war, sie ergriff, wandte sich Fräulein Fairlie plötzlich um, und floh aus dem Zimmer.
»Besser so,« sagte Fräulein Halcombe, als die Tür sich hinter ihr geschlossen hatte: »Besser so; für Sie Beide.«
Ich mußte eine Pause einlegen, bevor ich zu sprechen imstande war – es war hart sie zu verlieren, ohne ein Abschiedwort, ohne einen Abschiedsblick. Ich bezwang mich – ich versuchte, mit passenden Wendungen Lebewohl von Fräulein Halcombe zu nehmen; aber jedwedes Abschiedwort, das ich gern gesprochen hätte, schrumpfte zusammen in den einen Satz:
»Hab' ich verdient, daß Sie mir einmal schreiben werden?« war alles, was ich herausbringen konnte.

»Sie haben, und aufs Edelste, alles verdient, was ich für Sie tun kann, solange wir Beide leben. Was immer das Ende sein mag, Sie sollen es erfahren.«

»Und falls ich Ihnen jemals künftig noch nützlich sein könnte – wenn die Erinnerung an meine Vermessenheit und Torheit einst verblaßt ist –«

Ich konnte nichts weiter hinzufügen. Die Stimme versagte mir; die Augen wurden mir wider Willen naß.

Sie nahm mich bei beiden Händen – drückte sie mir mit dem starken gleichmäßigen Griff eines Mannes – in ihren dunklen Augen begann ein Glitzern – tiefe Röte überzog ihren braunen Teint – ihr Gesicht glühte vor Kraft und Energie, und wurde schön vor dem reinen inneren Licht, das ihr Mitleid und ihre Großmut ausstrahlten.

»Ich will Ihnen vertrauen – falls der Zeitpunkt je eintreten sollte, will ich Ihnen vertrauen, als *meinem* Freunde und *ihrem* Freunde, als *meinem* Bruder und *ihrem* Bruder.« Sie hielt inne; zog mich näher an sich – das furchtlose, edle Geschöpf – berührte meine Stirn, geschwisterlich, mit ihren Lippen, und nannte mich beim Vornamen: »Gehen Sie mit Gott, Walter!« sagte sie. »Warten Sie noch etwas allein hier, und beruhigen Sie sich – ich bleibe besser nicht, um unser Beider willen – es wird besser sein, ich sehe oben vom Balkon aus zu, wie Sie abfahren.«

Sie verließ das Zimmer. Ich wandte mich um, dem Fenster zu, wo mich nichts mehr anschaute als herbstlich verlassenes Land – wandte mich ab, um wieder Herr meiner Selbst zu werden, bevor auch ich, meinerseits, das Zimmer verließ.

Eine Minute verstrich so – es konnte schwerlich mehr gewesen sein – als ich die Tür erneut sich leise öffnen hörte, und das Rascheln eines Frauenkleides, das über den Teppich her auf mich zu kam. Mein Herz hämmerte wie unsinnig, als ich mich umdrehte – Fräulein Fairlie kam vom andern Ende des Zimmers her auf mich zu.

Sie hielt an und zögerte, als unsere Blicke sich trafen und sie bemerkte, daß wir allein waren. Dann, mit jenem Mut, den die Frauen bei kleinen Nöten so oft verlieren und bei großen so selten, kam sie näher zu mir herbei, seltsam bleich und seltsam gefaßt; sie zog die eine Hand auf dem Tisch, an dem sie entlang ging, nach; in der andern, die an ihrer Seite herabhing, hielt sie etwas, was die Falten ihres Kleides verbargen.

»Ich war nur ins Wohnzimmer gegangen,« sagte sie, »um dies zu holen. Es wird Sie vielleicht an Ihren Aufenthalt hier erinnern, und an die Freunde, die Sie zurücklassen. Sie haben mir, als ich es machte, erklärt, daß ich mich ganz bedeutend verbessert hätte; und da dachte ich mir, Sie würden es vielleicht gern –«

Sie hielt mir, abgewandten Gesichts, eine kleine Skizze des Sommerhäuschens hin, in dem wir uns zuerst gesehen hatten, ganz von ihr allein gezeichnet. Das Blatt zitterte in ihrer Hand, mit der sie es mir hinhielt – es zitterte in der meinigen, mit der ich es entgegennahm.

Ich hatte Furcht zu sagen, was ich empfand – ich antwortete nur: »Es soll mich niemals verlassen – soll mein ganzes Leben lang das Kleinod sein, das ich am höchsten schätze. Ich bin sehr dankbar dafür – bin *Ihnen* sehr dankbar, daß Sie mich nicht haben gehen lassen, ohne mir zu gestatten, Ihnen Lebewohl zu sagen.«

»Oh,« sagte sie unschuldig; »wie hätte ich Sie wohl so abreisen lassen können, nachdem wir doch so viele glückliche Tage zusammen verlebt haben!«

»Diese Tage werden vermutlich nie wieder kehren, Fräulein Fairlie – mein Lebensweg und der Ihrige verlaufen weit getrennt voneinander. Aber falls einmal die Zeit kommen sollte, wo die Aufopferung meines ganzen Herzens, meiner Seele und all meiner Fähigkeiten Ihnen einen Augenblick des Glücks verschaffen oder einen Augenblick der Sorge ersparen könnte – wollen Sie dann versuchen, sich des armen Zeichenlehrers zu erinnern, der Sie einst unterrichten durfte? Fräulein Halcombe hat versprochen, mir zu vertrauen – würden auch Sie mir das versprechen?«

In den guten blauen Augen schimmerte die Abschiedstrauer durch die langsam aufsteigenden Tränen.

»Ich verspreche es,« sagte sie mit gebrochener Stimme. »Oh, bitte, sehen Sie mich nicht so an! Ich verspreche es ja, von ganzem Herzen.«

Ich wagte es, ein wenig näher zu ihr heran zu treten, und streckte meine Hand aus.

»Sie besitzen viele Freunde, die Ihnen zugetan sind, Fräulein Fairlie. Ihr zukünftiges Glück ist der Gegenstand so mancher Hoffnungen. Darf ich es, zum Abschied, aussprechen: daß es der Gegenstand auch *meiner* teuersten Hoffnungen ist?«

Jetzt rollten ihr die Tränen über die Wangen herab. Sie legte eine zitternde Hand auf die Tischplatte, um sich zu stützen, während sie mir die andere reichte. Ich ergriff sie mit der meinen – ich hielt sie fest. Mein Kopf senkte sich tief darauf; meine Tränen fielen darüber hin; ich drückte meine Lippen darauf – nicht in Liebe; oh nein, in Liebe nicht, in diesem letzten Augenblick; sondern wie im Todeskampf und in der Selbstaufgabe der Verzweiflung.

»Um Gotteswillen; lassen Sie mich allein!« sagte sie schwach.

Das Eingeständnis ihres Herzensgeheimnisses brach in diesen beschwörenden Worten aus ihr. Ich hatte kein Recht sie zu hören, kein Recht, sie zu beantworten – es waren die Worte, die mich, im Namen ihrer heiligen Schwäche, aus dem Zimmer verbannten. Alles war zu Ende. Ich ließ ihre Hand fahren; ich sagte nichts mehr. Ich konnte sie vor hervorbrechenden Tränen nicht mehr erkennen, und wischte sie ungestüm fort, um den Blick ein letztes Mal auf ihr ruhen zu lassen. Ein Blick noch, wie sie in einen Stuhl sank, ihre Arme auf den Tisch fielen, und ihr schönes Haupt sich darauf nieder beugte. Ein Abschiedsblick noch, und die Tür hatte sich zwischen uns geschlossen – der große Abgrund der Trennung sich zwischen uns aufgetan – und schon war das Bild Laura Fairlies zur Erinnerung geworden, zu einer Erinnerung an Vergangenes.

(Ende von Walter Hartrights Bericht.)

Bericht
fortgesetzt von Vincent Gilmore
(Chancery Lane, Anwalt)

I

Ich schreibe diese Zeilen auf das Ersuchen meines Freundes, Herrn Walter Hartright. Sie haben zum Ziel, die Schilderung gewisser Vorgänge festzuhalten, die Fräulein Fairlies Interessen aufs ernstlichste beeinflußten, und die sich in dem Zeitraum unmittelbar nach Herrn Hartrights Abreise von Limmeridge-Haus abgespielt haben. Es liegt kein Grund für mich vor, darauf einzugehen, ob die Enthüllung dieser bemerkenswerten Familienaffäre, von der mein Bericht einen wichtigen Bestandteil ausmacht, nun meiner eigenen Meinung nach gerechtfertigt ist oder nicht – jegliche Verantwortung in dieser Beziehung hat Herr Hartright auf sich genommen; und aus Umständen, die noch zur Sprache kommen werden, ergibt sich einwandfrei, daß er sich vollauf das Recht, so zu verfahren, erworben hat, falls er gesonnen ist, es auszuüben. Das Verfahren, das er entwickelt hat, die Geschichte auf die wahrhaftigste und eindringlichste Weise Anderen zu unterbreiten, erfordert, daß sie in jedem aufeinanderfolgenden Stadium im Lauf der Ereignisse von *den* Personen vorgetragen werden muß, die mit den betreffenden Ereignissen, zu der Zeit da sie geschahen, am direktesten in Verbindung standen. Mein Auftreten als Berichterstatter hier ist die notwendige Folge dieser Methode. Ich war während des Aufenthaltes von Sir Percival Glyde in Cumberland, persönlich anwesend, und an einem der wichtigen Resultate seines kurzen Aufenthalts unter Herrn Fairlies Dach maßgeblich beteiligt. Folglich ist es meine Pflicht, der Kette der Ereignisse die nachstehenden neuen Glieder anzufügen, und diese Kette selbst an dem Punkt aufzunehmen, wo sie, vorübergehend, von Herrn Hartright fallen gelassen wurde.

* * *

Ich traf in Limmeridge-Haus am Freitag, den 2. November ein. Meine Absicht war, bei Herrn Fairlie bis zum Eintreffen von Sir Percival Glyde zu verweilen. Falls dessen Besuch zur Vereinbarung eines festen Datums für die Verehelichung von Sir Percival mit

Fräulein Fairlie führen sollte, würde es mir obliegen, mit den erforderlichen Anweisungen versehen, nach London zurückzukehren, und mich daselbst mit dem Entwurf eines Ehekontraktes für die Dame zu befassen.
Am Freitag wurde mir die Gunst einer Aussprache mit Herrn Fairlie noch nicht zuteil. Er war — beziehungsweise bildete sich ein zu sein — seit Jahren leidend, und fühlte sich nicht wohl genug, mich zu empfangen. Das erste Mitglied der Familie, das ich sah, war Fräulein Halcombe. Wir trafen uns vor der Haustür, und sie stellte mir dabei Herrn Hartright vor, der sich bereits seit einiger Zeit in Limmeridge aufgehalten hatte.
Fräulein Fairlie bekam ich erst im weiteren Verlauf des Tages zu Gesicht, beim Abendessen. Sie machte den Eindruck, als sei ihr nicht wohl; was beobachten zu müssen mir leid tat. Sie ist ein süßes, liebenswürdiges Mädchen; ebenso freundlich und aufmerksam gegen Jedermann in ihrer Umgebung, wie ihre treffliche Mutter auch zu sein pflegte — obwohl sie, was das Äußere anbelangt, ja nach dem Vater geht. Frau Fairlie hatte dunkles Haar und dunkle Augen, und ihre ältere Tochter, Fräulein Halcombe, erinnert mich immer sehr an sie. Fräulein Fairlie gab uns dann am Abend etwas Musik zum besten — nicht so gut wie sonst, würde ich sagen. Wir Andern veranstalteten eine Runde Whist; was reines Spielen anbelangt, eine glatte Entweihung dieser edlen Geistesübung. Ich war bei meiner ersten Begegnung mit Herrn Hartright zunächst in ausgesprochen günstigem Sinne von ihm beeindruckt gewesen; mußte jedoch bald die Erfahrung machen, daß auch er von den gesellschaftlichen Mängeln seiner Generation nicht frei sei. Dreierlei ist es ja, was von den jungen Männern unseres Zeitalters nicht Einer mehr vermag: sie können nicht beim Wein sitzen; sie verstehen nicht, Whist zu spielen; und einer Dame ein Kompliment zu machen, wissen sie gleich gar nicht. Von dieser Regel war denn auch Herr Hartright keine Ausnahme. Ansonsten hatte ich, selbst in Anbetracht seiner relativen Jugend und der Kürze unserer Bekanntschaft, durchaus den Eindruck eines bescheidenen und wohlerzogenen jungen Mannes von ihm.
So verging also der Freitag. Ich sage nichts bezüglich der ernsteren Angelegenheiten, die mich an dem Tage noch in Anspruch nahmen — den anonymen Brief an Fräulein Fairlie; die Maßnahmen, die ich, als der Fall mir unterbreitet wurde, einzuleiten für richtig hielt, so-

wie die Überzeugung, die ich hegte, daß Sir Percival Glyde bereitwilligst jede nur zu wünschende Erklärung über die näheren Umstände abgeben würde – all das ist ja, wie ich mir habe sagen lassen, in dem Bericht, der dem meinigen voraufgeht, vollauf beschrieben.

Am Sonnabend dann war Herr Hartright bereits abgereist, noch bevor ich zum Frühstück hinunter kam. Fräulein Fairlie blieb den ganzen Tag über auf ihrem Zimmer, und auch Fräulein Halcombe schien mir lustlos und unmustern zu sein – das Haus hier war eben nicht mehr das, was es einst in den Tagen von Herrn und Frau Philip Fairlie gewesen war. Ich unternahm am Vormittag für mich allein einen Spaziergang, und schaute mich auf einigen der Fleckchen um, die ich vor nun mehr als 30 Jahren, als ich nach Limmeridge kam, um geschäftliche Angelegenheiten der Familie zu regeln, zuerst gesehen hatte – auch sie waren nicht mehr das, was sie damals gewesen waren.

Um 14 Uhr ließ Herr Fairlie mir dann sagen, daß er sich nun wohl genug befinde, um mich zu sehen. Zumindest *er* hatte sich, seitdem ich zuerst seine Bekanntschaft machte, nicht geändert. Seine Rede ging in der gleichen Richtung wie eh und je – ausschließlich über sich selbst und seine Leiden, seine wundervollen Münzen, und seine unvergleichlichen Rembrandt-Radierungen. Sobald ich von dem Geschäft anzufangen versuchte, um dessentwillen ich mich hier im Hause befand, schloß er sofort die Augen und sagte, ich ›beraubte ihn aller Fassung‹. Ich beharrte natürlich dabei, ihn aller Fassung zu berauben, indem ich immer und immer wieder auf den Gegenstand zurückkam. Aber alles, was ich darüber in Erfahrung bringen konnte, war: daß er die Heirat seiner Nichte als eine abgemachte Sache betrachte; daß ihr Vater sie gutgeheißen hätte; daß er selbst sie gutgeheißen hätte; daß es eine durchaus wünschenswerte Partie wäre; und daß er persönlich überglücklich sein würde, wenn die damit verbundene Unruhe nur erst vorbei wäre. Was die Abmachungen im einzelnen anbelangte?: wenn ich mich nur mit seiner Nichte beraten, und anschließend meine eigene Kenntnis der Familienstatuten so profund, wie es mir nur immer beliebe, hinzuziehen, und dann alles fertig machen, und seinen Anteil als Vormund an der ganzen Transaktion möglichst darauf beschränken könnte, im richtigen Augenblick ›Ja‹ zu sagen – aber selbstverständlich würde er dann meinen Ansichten, und überhaupt Jedermanns Ansichten,

entsprechen, und zwar mit unendlichem Vergnügen. Inzwischen sähe ich ihn ja wohl selbst: einen hülflosen Leidenden, an sein Zimmer Gefesselten. Ob ich etwa dächte, er wirke, wie wenn er der Fopp- und Plackereien bedürfe? Nicht. Warum dann also ihn quälen und foppen?
Ich hätte vielleicht gelinde befremdet sein dürfen ob dieser erstaunlichen Desinteressiertheit seitens Herrn Fairlie, in seiner Eigenschaft als Vormund auf seinem Recht zu bestehen, wenn meine Kenntnis der Familienverhältnisse nicht hinreichend gewesen wäre, mir immer vor Augen zu halten, daß er ein alleinstehender Mann sei, und sein Interesse an dem Fideikommiß Limmeridge mit seinem Leben aufhöre. Deshalb war ich, bei besagter Lage der Dinge, über solches Ergebnis unserer Unterredung weder überrascht noch enttäuscht. Herr Fairlie hatte schlicht das erfüllt, was ich von ihm erwartet hatte – und damit war dieser Teil erledigt.
Der Sonntag verlief öde, drinnen wie draußen. Von Sir Percival Glydes Rechtsanwalt ging ein Brief für mich ein, in dem mir der richtige Empfang der Abschrift jenes anonymen Briefes zusammen mit meiner begleitenden Darlegung des Falles bestätigt wurde. Am Nachmittag gesellte sich Fräulein Fairlie zu uns; sie schaute blaß und niedergeschlagen drein, und war ganz und gar nicht sie selbst. Ich kam mit ihr ins Gespräch, und riskierte eine zarte Anspielung auf Sir Percival – sie hörte mir zu, sagte aber nichts. Auf jegliches andere Thema ging sie bereitwillig ein, vermied jedoch dieses eine spezielle und zwar betont. Mir kamen Zweifel, ob sie nicht etwa gar ihr Verlöbnis zu bedauern begänne – wie es ja oft die Art junger Damen ist, wenn die Reue zu spät kommt.
Am Montag traf dann Sir Percival Glyde ein.
Ich lernte in ihm, was Manieren und äußere Erscheinung angeht, einen Mann von höchst einnehmendem Wesen kennen. Er sah allerdings älter aus, als ich erwartet hatte, mit seiner schon etwas sehr hohen Stirn und dem ein bißchen gefurchten und verlebten Gesicht; aber seine Bewegungen waren so spannkräftig und seine Laune so glänzend, wie die des jüngsten Mannes. Seine Begrüßung mit Fräulein Halcombe war erfreulich herzlich und ungekünstelt; und mir begegnete er, als wir uns vorgestellt wurden, derart ungezwungen und angenehm, daß wir miteinander auskamen, wie alte Freunde. Fräulein Fairlie war, als er eintraf, gerade nicht anwesend; betrat das Zimmer jedoch ungefähr 10 Minuten später. Sir Percival erhob

sich, und machte ihr sein Kompliment mit einer Perfektion, die ich nur vollendet nennen kann. Seine unverkennbare Betroffenheit, als er den Wandel zum Schlimmeren im Aussehen der jungen Dame gewahrte, drückte sich in einer Mischung von Zärtlichkeit und Ehrerbietung aus, und mit einer ungeheuchelten Delikatesse hinsichtlich Ausdruck, Tonfall und Benehmen, daß es gleichermaßen seiner guten Erziehung wie seinem gesunden Menschenverstand Ehre machte. Bei solcher Lage der Dinge war ich doch einigermaßen überrascht, sehen zu müssen, daß Fräulein Fairlie auch jetzt noch, in seiner Gegenwart, fortfuhr, verkrampft und unbehaglich zu wirken, und die erste sich bietende Gelegenheit dazu benützte, sich wieder aus dem Zimmer zu entfernen. Sir Percival nahm weder von ihrem zurückhaltenden Empfang Notiz, noch daß sie sich so plötzlich unserer Gesellschaft entzog. Er war ihr, solange sie anwesend blieb, nicht mit etwelchen Aufmerksamkeiten zur Last gefallen; und setzte, als sie gegangen war, auch Fräulein Halcombe durch keinerlei Anspielung auf ihr Verschwinden irgend in Verlegenheit. Sein Takt und sein Geschmack waren bei dieser wie bei jeder anderen Gelegenheit, während ich mich in seiner Gesellschaft in Limmeridge-Haus aufhielt, über jede Kritik erhaben.

Kaum daß Fräulein Fairlie das Zimmer wieder verlassen hatte, nahm er uns jedwede etwaige Verlegenheit bezüglich jenes anonymen Briefes dadurch ab, daß er von sich aus davon anfing. Er hatte auf seinem Weg von Hampshire her in London Zwischenstation gemacht; hatte mit seinem Anwalt gesprochen, die von mir eingesandten Schriftstücke gelesen; und war dann unverzüglich weiter nach Cumberland gereist, mit dem ängstlichen Wunsch, unsere Gemüter durch die rascheste und umfassendste mündliche Erklärung wieder zu beruhigen. Als ich ihn sich in diesem Sinne ausdrücken hörte, bot ich ihm sogleich das Originalschreiben dar, das ich zu seiner persönlichen Einsichtnahme hier behalten hatte. Er dankte mir; lehnte es jedoch ab, einen Blick darauf zu werfen, indem er sagte, daß er ja die Abschrift gesehen hätte, und sehr damit einverstanden wäre, daß das Original in unseren Händen verbliebe.

Seine Erklärung selbst, mit der er dann unverzüglich begann, war gerade so einfach und befriedigend, wie ich es ja längst vorausgesehen hatte.

Frau Catherick, teilte er uns mit, hätte in vergangenen Jahren einigen seiner Verwandten und auch ihm selbst treue Dienste geleistet, und ihm dadurch gewisse Verpflichtungen auferlegt. Dieser Frau wäre zwiefaches Unglück im Leben widerfahren; einmal dadurch, daß sie einen Mann heiratete, der sie dann verlassen hätte; und weiterhin, daß die geistigen Fähigkeiten ihres einzigen Kindes sich schon von frühesten Jahren an in zerrüttetem Zustand befunden hätten. Obgleich sie durch ihre Verehelichung in einen Teil von Hampshire versetzt worden wäre, beträchtlich von dem entfernt, in dem Sir Percivals Güter lagen, hätte er Sorge getragen, sie nicht aus den Augen zu verlieren – sein ursprüngliches Wohlwollen gegenüber der armen Frau, in Anbetracht ihrer früher geleisteten treuen Dienste, sei durch die Bewunderung der Geduld und des Mutes, mit dem sie ihren Jammer ertrug, noch beträchtlich vermehrt worden. Im Lauf der Jahre nun hätten bei jener unglücklichen Tochter die Symptome geistiger Störung in einem Ausmaß zugenommen, daß es eine schlichte Notwendigkeit geworden wäre, sie unter angemessene ärztliche Aufsicht zu stellen. Frau Catherick selbst hätte diese Notwendigkeit durchaus anerkannt; aber auch ein, bei Personen von respektablem Stande gängiges, Vorurteil gehegt, ihr Kind auf Armenrecht und Almosen hin in einer öffentlichen Irrenanstalt unterzubringen. Sir Percival hätte dieses Vorurteil respektiert – wie er denn Unabhängigkeitssinn und aufrichtiges Gefühl in allen Gesellschaftsschichten respektiere – und sich entschlossen, seine Dankbarkeit für Frau Cathericks ehemalige Anhänglichkeit an seine und die Interessen seiner Familie dadurch darzutun, daß er die Aufenthaltskosten für ihre Tochter in einem vertrauenswürdigen Privatsanatorium übernahm. Zum großen Bedauern ihrer Mutter, und auch zu seinem eigenen Bedauern, hätte das unglückliche Wesen den Anteil an ihrer Internierung entdeckt, den zu übernehmen die Umstände ihn bewogen hätten; und infolgedessen sei der allerintensivste Haß und das größte Mißtrauen gegen ihn in ihr entstanden. Eben diesem Haß und Mißtrauen nun – der sich übrigens auch schon im Sanatorium auf verschiedene Art manifestiert habe – sei offenkundig dieser, nach ihrem Entkommen abgefaßte, anonyme Brief zuzuschreiben. Falls Fräulein Halcombes oder Herrn Gilmores Gesamteindruck von dem betreffenden Schriftstück ihnen mit dieser seiner Darstellung nicht vereinbar scheine, beziehungsweise, falls sie weitere zusätzliche Einzelheiten über jenes Sanatorium wünschten (hier nannte er dessen Anschrift; und ebenso Namen und Adressen der beiden Ärzte, auf deren Gutachten hin die Patientin damals aufgenommen

worden war) sei er gern bereit, jedwede Frage zu beantworten und jede noch bestehende Unklarheit zu beheben. Er habe dem unglücklichen jungen Frauenwesen gegenüber seine Pflicht insofern getan, als er seinen Anwalt sogleich angewiesen habe, keine Ausgabe zu scheuen, um ihre Spur wieder aufzufinden, und ihr dann erneut ärztliche Fürsorge angedeihen zu lassen; und ihm läge jetzt nur noch daran, in derselben frank- und freien Weise, seine Pflicht auch gegenüber Fräulein Fairlie und deren Familie zu erfüllen.
Ich war der Erste, der ihm auf diesen abschließenden Appell hin antwortete. Der Kurs, den ich einzuschlagen hatte, lag klar vor mir. Das ist ja das Große und Schöne am Gesetz, daß sich damit jedwede Erklärung aus Menschenmund, sei sie auch unter was für Umständen und in welcher Form immer abgegeben, notfalls bestreiten läßt. Falls es also beruflich meines Amtes gewesen wäre, ein Verfahren gegen Sir Percival Glyde zu konstruieren, und zwar aufgrund seiner eigenen wörtlichen Erklärungen, dann hätte ich das ohne allen Zweifel mühelos tun können. Aber meine Pflicht lag ja diesmal nicht in solcher Richtung – meine Funktion war im Augenblick rein richterlicher Art. Mir lag nur ob, die Erklärung, die wir soeben vernommen hatten, abzuwägen; dabei im vollsten Maße den untadeligen bürgerlichen Ruf des Gentleman, der sie abgegeben hatte, positiv mit zu berücksichtigen; und dann ehrlich-sachlich zu entscheiden, ob aufgrund von Sir Percivals eigener Aussage, die Wahrscheinlichkeit überwiegend für ihn, oder aber überwiegend gegen ihn spräche. Meine eigene Überzeugung war, daß sie einwandfrei *für* ihn spräche; und ich erklärte mich demzufolge dahingehend, daß, was mich anbelange, das Gehörte fraglos zufriedenstellend sei.
Fräulein Halcombe, nachdem sie mich lange und ernst angesehen hatte, sagte ihrerseits ein paar Worte im gleichen Sinne – jedoch mit einem gewissen zögernden Wesen, das die Lage der Dinge mir nicht zu rechtfertigen schien. Ich bin nicht imstande, hundertprozentig zu behaupten, ob Sir Percival es bemerkte oder nicht. Ich glaube aber, er spürte es; in Anbetracht dessen, daß er noch einmal und betont auf den Gegenstand zurückkam, obgleich er ihn ja nun, in allen Ehren, als erledigt hätte fallen lassen dürfen.
»Falls meine schlichte Darlegung der Tatsachen lediglich an Herrn Gilmore gerichtet gewesen wäre,« sagte er, »würde ich jede weitere Erwähnung dieser unseligen Angelegenheit als unnötig betrachten.

Von einem Gentleman wie Herrn Gilmore dürfte ich ohne weiteres annehmen, daß er mir auf mein Wort glaube; und sobald er mir diese Gerechtigkeit hätte widerfahren lassen, wäre jede neuerliche Diskussion des Gegenstandes zwischen uns überflüssig. Einer Dame gegenüber ist meine Position jedoch eine veränderte; ihr schulde ich – was ich keinem lebenden Manne bewilligen würde – den *Beweis* der Wahrheit meiner Versicherungen. Sie können von sich aus nach einem solchen Beweis nicht fragen, Fräulein Halcombe; deswegen ist es Ihnen, und noch mehr Fräulein Fairlie gegenüber, meine Pflicht, ihn von mir aus anzubieten. Darf ich Sie bitten, auf der Stelle an die Mutter jenes unglücklichen Geschöpfes zu schreiben – an Frau Catherick also – und sie, bezüglich der soeben von mir vorgetragenen Erklärung, um ihr bestätigendes Zeugnis zu bitten.«

Ich sah, wie Fräulein Halcombe die Farbe wechselte und ein bißchen verlegen dreinschaute. Denn Sir Percivals Vorschlag, höflich formuliert wie er war, schien auch ihr, ebenso wie mir, sehr geschickt und taktvoll das kleine Zögern zu rügen, das sie ein oder zwei Minuten zuvor durch ihr Benehmen verraten hatte.

»Ich hoffe, Sir Percival, Sie tun mir nicht die Ungerechtigkeit an, zu vermuten, daß ich Ihnen mißtraue,« sagte sie rasch.

»Gewiß nicht, Fräulein Halcombe. Ich mache meinen Vorschlag einzig und allein als einen Akt der Aufmerksamkeit, *Ihnen* gegenüber. Wollen Sie bitte meine Hartnäckigkeit entschuldigen, daß ich auch weiterhin darauf zu bestehen wage?«

Er ging, während er diese Worte sprach, zum Schreibtisch, zog einen Stuhl herbei, und schlug die Briefmappe auf.

»Darf ich Sie bitten, den erwähnten Brief zu schreiben, als eine Gunst, die Sie *mir* gewähren? Es wird Sie nicht länger als nur ein paar Minuten in Anspruch nehmen. Sie haben ja lediglich 2 Fragen an Frau Catherick zu richten: erstens, ob ihre Tochter mit ihrem Wissen und ihrer Einwilligung in jenes Sanatorium überführt wurde; und zweitens, ob mein Anteil an der ganzen Angelegenheit von der Art gewesen ist, daß er den Ausdruck der Dankbarkeit ihrerseits verdient hat. Herrn Gilmores Skrupel bezüglich dieses unangenehmen Themas sind beruhigt; und die Ihrigen sind beruhigt – bitte, beruhigen Sie die meinigen gleichfalls dadurch, daß Sie besagten Brief schreiben.«

»Sie nötigen mich, Ihrem Ersuchen zu willfahren, Sir Percival; ob ich es gleich weit lieber ablehnen würde.«

Mit diesen Worten erhob Fräulein Halcombe sich von ihrem Platz, und begab sich zum Schreibtisch. Sir Percival dankte ihr, reichte ihr eine Feder, und trat dann zur Seite, zum Kamin hinüber, wo auf dem Vorleger Fräulein Fairlies kleines italienisches Windspiel lag. Er streckte seine Hand aus, und redete den Hund gutgelaunt an.
»Na, komm, Nina,« sagte er; »wir kennen uns doch, was?«
Das kleine verwöhnte Biest, feige und gleichzeitig widerborstig, wie Schoßtiere ja meist sind, schaute mit einem Ruck zu ihm auf, wich vor seiner ausgestreckten Hand zurück, begann zu winseln, zu schaudern, und versteckte sich dann unter einem der Sofas. Nun war es zwar schwerlich denkbar, daß er sich von einer Kleinigkeit, wie der Art wie ein Hund ihm begegnete, verstimmen lassen könnte; und dennoch beobachtete ich, daß er hastig kehrt machte, und zum Fenster hinüber schritt. Vielleicht ist er zu Zeiten reizbaren Gemüts? Falls dem so sein sollte, kann ich voll mit ihm sympathisieren. Ich bin zu Zeiten auch reizbaren Gemüts.
Fräulein Halcombe brauchte nicht lange, um den Brief zu schreiben. Als sie damit zu Ende war, erhob sie sich vom Schreibtisch, und händigte den Bogen Sir Percival offen aus. Er verbeugte sich, nahm ihn entgegen, faltete ihn, ohne auch nur einen Blick auf den Inhalt zu werfen, zusammen; siegelte ihn, versah ihn mit der Adresse, und gab ihn ihr schweigend wieder zurück – ich habe in meinem ganzen Leben nichts graziöser oder mit mehr Anstand verrichten sehen.
»Sie bestehen darauf, daß ich den Brief zur Post gebe, Sir Percival?« fragte Fräulein Halcombe.
»Ich bitte darum,« gab er zur Antwort. »Und nun, wo er geschrieben und versiegelt ist, erlauben Sie mir ein oder zwei abschließende Fragen, hinsichtlich der unglücklichen Frau, von der er handelt, zu stellen. Ich habe zwar das Begleitschreiben gelesen, das Herr Gilmore freundlicherweise an meinen Anwalt gesandt hat, und in dem die näheren Umstände geschildert sind, unter denen der Verfasser des anonymen Briefes identifiziert wurde; aber es gibt da gewisse Punkte, auf die jene Darlegung nicht eingeht. – Ist Anne Catherick mit Fräulein Fairlie zusammengekommen?«
»Erfreulicherweise nein,« erwiderte Fräulein Halcombe.
»Haben Sie sie gesehen?«
»Nein.«
»Sie hat also, von sämtlichen Hausbewohnern hier, lediglich einen

gewissen Herrn Hartright gesehen, der sie zufällig auf dem hiesigen Friedhof getroffen hat?«

»Ja; sonst Niemanden.«

»Dieser Herr Hartright ist, glaube ich, als Zeichenlehrer in Limmeridge tätig gewesen. Ist er Mitglied von irgend einem der größeren Künstlerverbände?«

»Ich glaube, er gehört der Vereinigung der Aquarell-Maler an,« antwortete Fräulein Halcombe.

Er machte eine kleine Pause, wie wenn er diese letzte Auskunft verarbeitete; und fuhr dann fort –

»Haben Sie herausfinden können, wo Anne Catherick gewohnt hat, als sie sich in der Gegend hier aufhielt?«

»Ja. Auf einem Bauernhof im Moor, namens ›Todds Corner‹.«

»Es ist ja gewissermaßen Unser Aller Schuldigkeit geworden, das arme Geschöpf um ihrer selbst willen wieder aufzufinden,« fuhr Sir Percival fort. »Vielleicht hat sie in Todds Corner irgendeine Äußerung getan, die uns dabei behülflich sein könnte. Ich werde einmal gehen, und auf die Möglichkeit hin Nachforschungen anstellen. Dürfte ich jedoch in der Zwischenzeit Sie, Fräulein Halcombe, bitten, es freundlicherweise zu übernehmen, Fräulein Fairlie die erforderlichen Erklärungen vorzutragen – ich selbst kann es nicht über mich gewinnen, das peinliche Thema des breiten mit ihr durchzusprechen – aber selbstverständlich erst, nachdem Sie die Antwort auf dieses Ihr Schreiben hier empfangen haben werden.«

Fräulein Halcombe versprach, seinem Ansuchen zu willfahren. Er dankte ihr, nickte uns verbindlich zu, und ging dann, um sich in seinem Zimmer wohnlich einzurichten. Während er die Tür öffnete, steckte das schlechtgelaunte Windspiel sein spitzes Schnäuzchen unter dem Sofa hervor, und bellte, und schnappte ihm nach.

»Ein schönes Vormittagspensum erledigt, Fräulein Halcombe,« sagte ich, sobald wir uns allein sahen. »Ein ängstlich erwarteter Tag – und schon ist er zufriedenstellend geendet.«

»Ja,« erwiderte sie; »zweifellos. Ich bin sehr erfreut, daß Ihr Gemüt zufriedengestellt ist.«

»*Mein* Gemüt!? Na aber mit dem Brief in Ihrer Hand, ist Ihres doch wohl auch beruhigt?«

»Oh ja – wie könnte's anders sein? – Ich weiß, es war nicht zu machen,« fuhr sie fort, und sprach mehr wie zu sich selbst, als zu mir; »aber ich fühle mich fast versucht, zu wünschen, Walter Hartright hätte lange genug hier bleiben können, um bei der Erklärung eben anwesend zu sein, und den mir gemachten Vorschlag, diesen Brief hier zu schreiben, mit angehört zu haben.«

Ich war ein klein wenig überrascht – vielleicht ein bißchen pikiert auch wohl – ob dieser letzten Worte.

»Die Ereignisse haben, das ist wahr, Herrn Hartright auf recht bemerkenswerte Weise mit dieser Brief-Affäre in Zusammenhang gebracht,« sagte ich; »und ich gebe bereitwillig zu, daß er, Alles in Allem genommen, mit großer Feinheit und dito Zartgefühl verfahren ist. Aber das zu verstehen tappe ich doch vollkommen im Dunkeln: welchen nützlichen Einfluß seine Anwesenheit wohl bezüglich der Wirkung von Sir Percivals Erklärung auf Ihr oder mein Gemüt hätte hervorbringen sollen.«

»Nur so ein Einfall,« sagte sie abwesend. »Zwecklos, weiter darüber zu debattieren, Herr Gilmore. – Naja; Ihre Erfahrung müßte mir eigentlich der beste Leitstern sein, und ist es ja zweifellos auch.«

Das gefiel mir nun freilich gar nicht, daß sie die gesamte Verantwortlichkeit, in derart betonter Weise, auf meine Schultern abschob. Falls Herr Fairlie so verfahren wäre, hätte ich mich nicht im geringsten darob verwundert; aber dies resolute, klarköpfige Fräulein Halcombe hier, wäre eigentlich die letzte Person auf der Welt gewesen, von der ich erwartet hätte, daß sie vor dem Ausdruck einer eigenen Meinung zurückschrecken würde.

»Für den Fall, daß Sie immer noch Zweifel plagen sollten,« sagte ich, »warum zählen Sie sie mir jetzt dann nicht her? Sagen Sie doch frei heraus: haben Sie irgendeinen Grund, Sir Percival Glyde zu mißtrauen?«

»Nicht den geringsten.«

»Oder meinen Sie in seiner Erklärung irgendetwas Unwahrscheinliches oder Widerspruchsvolles zu erkennen?«

»Wie könnte ich das noch sagen, nach so einem Wahrheitsbeweis, wie dem mir von ihm offerierten? Kann es ein besseres Zeugnis zu seinen Gunsten geben, Herr Gilmore, als das Zeugnis der Mutter jener Frau?«

»Unmöglich. Falls die Antwort auf Ihr Erkundigungsschreiben zufriedenstellend ausfällt, dann wüßte ich wahrlich nicht, was ein Freund von Sir Percival nun womöglich noch von ihm verlangen könnte.«

»Dann wollen wir den Brief doch gleich zur Post geben,« sagte sie, stand auf und schickte sich an, das Zimmer zu verlassen, »und jedwede weitere Ventilierung des Themas solange zurückstellen, bis die Antwort eingegangen ist. Messen Sie bitte meinem zögernden Verhalten keinerlei Bedeutung bei. Ich habe keinen besseren Grund dafür anzuführen, als daß ich letzthin übermäßig besorgt um Laura gewesen bin – und Sorgen, Herr Gilmore, können ja den Stärksten von uns aus dem Gleichgewicht bringen.«
Ihre normalerweise feste Stimme schwankte, als sie diese letzten Worte sprach; sie wandte sich jäh und ließ mich allein. Eine feinfühlige, heftige, leidenschaftliche Natur – eine Frau, wie man sie in unseren trivialen, oberflächlichen Zeiten kaum ein Mal unter Zehntausend antrifft. Ich kannte sie von frühesten Jahren an – hatte sie, als sie dann aufwuchs, in mehr als einer den Menschen mitnehmenden Familienkrise sich bewähren sehen – und meine lange Erfahrung ließ mich ihrem Zögern unter den hier beschriebenen Umständen eine Bedeutung beimessen, die ich im Fall jeder anderen Frau garantiert nicht gefühlt hätte. Ich konnte zwar keinen klaren Grund zu Zweifel oder Unruhe erkennen; aber ein bißchen unruhig hatte sie mich doch gemacht, und ein bißchen zweifelsvoll nicht minder. In jüngeren Jahren hätte ich mich ereifert und geärgert, und wäre gereizt gewesen, ob meines eigenen unvernünftigen Gemütszustandes; auf meine alten Tage jetzt, wußte ich Besseres zu tun, und begab mich filosofisch ins Freie, um es zu ver-spazieren.

II

Abends zum Dinner kamen wir dann Alle wieder zusammen.
Sir Percival war in bester Laune, und zwar derart geräuschvoll, daß ich in ihm kaum denselben Mann wiedererkannte, dessen ruhiger Takt, Vornehmheit und Verständigkeit mich bei der Aussprache heute früh so stark beeindruckt hatten. Die einzige Spur seines damaligen Selbst, die ich zu entdecken vermochte, kam dann und wann in seinem Benehmen Fräulein Fairlie gegenüber wieder zum Vorschein. Ein Blick oder ein Wort von ihr genügten, um ihn sein lautes Lachen einstellen, seinen muntersten Redefluß hemmen, und ihn im Handumdrehen ganz Aufmerksamkeit ihr gegenüber, und gegen

niemand sonst am Tische, werden zu lassen. Obgleich er niemals einen direkten Versuch machte, sie in die Unterhaltung zu ziehen, ließ er doch nie die kleinste Gelegenheit vorübergehen, die sie ihm gab, sie wie zufällig daran teilnehmen zu lassen; und bei so günstigen Anlässen dann die Worte zu ihr zu sagen, die ein Mann mit weniger Takt und Feingefühl, in dem Augenblick, wo sie ihm einkamen, betont an sie gerichtet haben würde. Ich war recht überrascht, daß Fräulein Fairlie für seine Aufmerksamkeiten zwar ein Ohr zu haben schien, jedoch ohne von ihnen tiefer berührt zu werden. Sie schien von Zeit zu Zeit ein wenig verwirrt zu werden, wenn er sie anblickte, oder mit ihr redete; wurde ihm gegenüber jedoch nie nennenswert wärmer. Rang und Stand, Reichtümer, gute Erziehung, gutes Aussehen, sowie die Ehrerbietung eines Gentleman und die Ergebenheit eines Liebhabers, alles alles wurde ihr bescheidentlich zu Füßen gelegt – und, zumindest dem Augenschein nach, vergeblich.

Am nächsten Tage, am Dienstag also, begab sich Sir Percival vormittags, mit einem von der Dienerschaft als Führer, nach Todds Corner. Seine Nachforschungen führten, wie ich später vernahm, zu keinerlei Ergebnis. Nach seiner Rückkehr hatte er eine Unterredung mit Herrn Fairlie; und am Nachmittag fuhren Fräulein Halcombe und er zusammen aus. Nichts Nennenswertes ereignete sich. Der Abend verging wie gewöhnlich. An Sir Percival war keine Veränderung zu spüren, und auch an Fräulein Fairlie nicht.

Die Mittwochs-Post dann brachte etwas Neues mit sich – die Antwort von Frau Catherick. Ich habe mir eine Abschrift ihres Briefes genommen, die ich mir aufgehoben habe, und die ihre schickliche Stelle hier finden mag. Der Wortlaut war dieser –

MADAM, – Ich erlaube mir, den Eingang Ihres Briefes zu bestätigen, in dem Sie sich erkundigten, ob meine Tochter, Anne, mit meinem Wissen und meiner Einwilligung unter ärztliche Aufsicht gestellt worden wäre; und ob der Anteil Sir Percival Glydes an der Angelegenheit von der Art gewesen sei, daß dieser Herr den Ausdruck meiner Dankbarkeit verdient habe. Ich erlaube mir, beide Fragen in bejahendem Sinne zu beantworten; und verbleibe,

Ihre sehr ergebene

JANE ANNE CATHERICK

Knapp, sachlich und ohne alle Umschweife. Der Form nach ein erstaunlich geschäftsmäßiges Schreiben für eine Frau; dem Inhalt nach eine so glatte Bestätigung von Sir Percivals Angaben, wie man sie nur wünschen konnte. Das war meine Meinung; und, mit gewissen kleineren Vorbehalten auch die von Fräulein Halcombe. Als wir den Brief Sir Percival zeigten, schien er von dessen knappem, sachlichem Ton nicht im geringsten überrascht. Er sagte lediglich, daß Frau Catherick eine Frau von wenigen Worten sei; eine nüchterne Person, sehr sachlich und geradezu, die auch genau so spräche, wie sie hier schriebe, knapp und klar.

Nun, da die Antwort eingegangen war, lag es uns pflichtgemäß als nächstes ob, Fräulein Fairlie mit Sir Percivals Erklärungen bekannt zu machen. Das hatte Fräulein Halcombe übernommen; und hatte bereits das Zimmer verlassen gehabt, um sich in diesem Sinne zu ihrer Schwester zu begeben, als sie plötzlich wieder erschien, und neben dem Sessel Platz nahm, in dem ich saß und meine Zeitung las. Eine Minute zuvor war auch Sir Percival hinausgegangen, um sich in den Ställen umzusehen, und außer uns Beiden befand sich Niemand im Zimmer.

»Ich nehme an, wir haben wirklich und in der Tat alles unternommen, was wir konnten?« sagte sie, und drehte dabei Frau Cathericks Brief in den Fingern hin und her.

»Wenn wir Sir Percivals Freunde sind, die ihn kennen und ihm vertrauen, dann haben wir alles, ja mehr als alles, unternommen, was nötig ist,« erwiderte ich, ein wenig verdrossen ob dieses neuerlichen Zögerns. »Falls wir jedoch seine Feinde sein sollten, die ihm mit Verdacht –«

»Das ist eine Alternative, die sich nicht einmal denken läßt,« fiel sie mir schon ins Wort. »Wir sind Sir Percivals Freunde; und wenn Großzügigkeit und schonende Nachsicht Eigenschaften sind, die unsere Achtung für ihn noch erhöhen können, müssen wir sogar seine Bewunderer sein. Sie wissen ja, daß er gestern mit Herrn Fairlie gesprochen, und anschließend mit mir zusammen ausgewesen ist.«

»Ja. Ich sah Sie zusammen fortfahren.«

»Zu Beginn unserer Fahrt sprachen wir von Anne Catherick, und über die eigentümliche Art, in der Herr Hartright ihre Bekanntschaft gemacht hat. Ließen diesen Gegenstand jedoch bald fallen; und Sir Percival sprach sich anschließend, in den selbstlosesten Ausdrücken, über seine Verlobung mit Laura aus. Er habe beobachtet, sagte er, daß sie niedergeschlagen sei; und sei seinerseits, falls man ihn nicht eines Gegenteiligen belehre, bereit, ihr verändertes Betragen ihm gegenüber, während seines diesmaligen Besuches hier, eben dieser Niedergeschlagenheit zuzuschreiben. Falls diesem Wechsel jedoch eine ernsthaftere Ursache zugrunde liege, möchte er dringend bitten, daß weder von Herrn Fairlies noch von meiner Seite, irgendein Druck auf ihre Neigungen ausgeübt werde. Alles warum er in solchem Falle bäte, wäre lediglich das Eine: daß sie sich noch einmal, zum letzten Male, die Umstände ins Gedächtnis zurückriefe, unter denen das Verlöbnis zwischen ihnen seinerzeit geschlossen worden, und wie sein Betragen gewesen sei, vom Beginn seiner Bewerbung bis auf den heutigen Tag. Wenn sie, nach angemessener Erwägung dieser beiden Punkte, den ernstlichen Wunsch hege, daß er seinen Anspruch auf die Ehre, ihr Gatte zu werden, aufgeben möge—und wenn sie ihm das ganz schlicht mit ihrem eigenen Munde mitteilte — würde er sich zu dem Opfer verstehen, und ihr vollkommene Freiheit lassen, von dem Verlöbnis zurückzutreten.«

»Mehr als das kann ja wohl kein Mann sagen, Fräulein Halcombe. Meiner Erfahrung nach würden wenige Männer in seiner Situation so viel gesagt haben.«

Sie schwieg, nachdem ich diese Worte gesprochen hatte, und schaute mich mit einer ganz eigentümlichen Mischung aus Verstörtheit und Bekümmernis an.

»Ich beschuldige Niemanden, und habe nichts im Verdacht,« brach es dann unvermittelt aus ihr hervor; »aber ich kann und will die Verantwortung nicht übernehmen, Laura zu dieser Ehe zugeredet zu haben!«

»Ja aber das ist doch genau der Kurs, den einzuschlagen Sir Percival Glyde Sie selbst ersucht hat,« entgegnete ich voller Erstaunen. »Er hat Sie gebeten, den Neigungen Ihrer Schwester keinerlei Gewalt anzutun.«

»Und mich, wenn ich seine Botschaft ausrichte, indirekt eben dazu gezwungen!«

»Wie könnte das möglich sein?«

»Befragen Sie Ihre eigene Kenntnis Lauras, Herr Gilmore!: Wenn ich ihr sage, sie solle die Umstände ihrer Verlobung erwägen, so appelliere ich damit automatisch an zwei der stärksten Gefühle in ihrem ganzen Wesen — an die liebevolle Erinnerung an das Gedächtnis ihres Vaters, und an ihre unverbrüchliche Wahrheitsliebe. Sie wissen, daß sie in ihrem ganzen Leben noch kein Versprechen gebrochen hat – wissen, daß sie dieses Verlöbnis zu Beginn der tödlichen Krankheit ihres Vaters eingegangen ist, und daß er auf seinem Sterbebett noch hoffnungsvoll und glücklich von ihrer Heirat mit Sir Percival Glyde gesprochen hat.«

Ich gebe zu, daß ich von dieser Ansicht des Falles ein wenig schokkiert war.

»Sicherlich,« sagte ich, »gedenken Sie nicht zu unterstellen, daß, als Sir Percival gestern mit Ihnen sprach, er auf ein Resultat, wie das eben von Ihnen angedeutete, spekuliert habe?«

Ihr offenes furchtloses Gesicht gab von sich aus Antwort, noch bevor sie gesprochen hatte.

»Meinen Sie, ich würde auch nur einen Augenblick noch in der Gesellschaft eines Mannes verweilen, den ich einer solchen Schlechtigkeit für fähig hielte?!« fragte sie ärgerlich.

Mir gefiel's, daß sie in ihrer aufrichtigen Entrüstung dergestalt gegen mich losfuhr; man sieht so viel Bosheit und so wenig aufrichtige Entrüstung in meinem Beruf.

»In dem Fall,« sagte ich, »müssen Sie aber entschuldigen, wenn ich Ihnen, in unserer Juristensprache, entgegne, daß Sie dann vom Gegenstand abschweifen. Was immer die Folgen auch sein mögen: Sir Percival hat ein Recht darauf, zu erwarten, daß Ihre Schwester die Frage ihres Verlöbnisses sorgfältig und von jedem nur einigermaßen billigen Gesichtspunkt aus erwäge, bevor sie auf Entbindung davon anträgt. Falls jener unselige Brief sie gegen ihn ungünstig eingenommen haben sollte, dann gehen Sie aber jetzt unverzüglich, und sagen Sie ihr, daß er sich in Ihren Augen und in den meinen gerechtfertigt habe. Was für einen Einwand könnte sie danach noch gegen ihn vorbringen? Welche Entschuldigung möglicherweise noch haben, ihre Stimmung gegenüber einem Mann zu ändern, den sie, vor mehr als zwei Jahren nun, dem Sinne nach als Gatten akzeptiert hat?«

»In den Augen von Gesetz und Verstand, Herr Gilmore, hat sie, das glaube ich wohl, keine Entschuldigung. Wenn sie nun trotzdem zögert, und wenn ich trotzdem zögere – dann müssen Sie unsere seltsame Aufführung, wenn es Ihnen so gefällt, in beiden Fällen einer Laune zuschreiben; und wir unsererseits müssen den Vorwurf ertragen, so gut wir können.«

Mit diesen Worten erhob sie sich unvermittelt, und verließ mich.

Wenn einer ansonsten vernünftigen Frau eine ernsthafte Frage vorgelegt wird, und sie sie durch eine schnippische Antwort umgeht, dann ist das, in 99 von 100 Fällen, ein sicheres Zeichen, daß sie etwas zu verbergen hat. Ich wendete mich also wiederum meiner Zeitungslektüre zu; mit dem starken Verdacht, daß Fräulein Halcombe und Fräulein Fairlie ein Geheimnis zusammen hätten, das sie vor Sir Percival verbargen, und vor mir nicht minder. Das schien mir ausgesprochen hart uns gegenüber; zumal gegenüber Sir Percival.

Meine Zweifel – beziehungsweise, korrekter ausgedrückt, meine Überzeugungen – wurden im späteren Verlauf des Tages durch Fräulein Halcombes Sprache und Benehmen weiter bestätigt. Als sie mir von dem Ergebnis der Aussprache mit ihrer Schwester berichtete, war sie verdächtig kurz und zurückhaltend. Fräulein Fairlie, so schien es, hatte zwar ruhig zugehört, solange ihr die Brief-Affäre ins rechte Licht gerückt wurde; als aber Fräulein Halcombe sie als nächstes dann davon informiert hatte, daß der Zweck von Sir Percivals Besuch in Limmeridge der sei, sie dazu zu bewegen, ein festes Datum für die Hochzeit ansetzen zu lassen, hätte sie jedes weitere Eingehen auf den Gegenstand dadurch abgeschnitten, daß sie um Zeit bat. Wenn Sir Percival nur damit einverstanden wäre, für den Augenblick nicht weiter in sie zu dringen, wollte sie sich anheischig machen, ihm noch vor Ablauf des Jahres eine endgültige Antwort zu erteilen. Sie hätte derart erregt, ja geängstet, um diesen Aufschub nachgesucht, daß Fräulein Halcombe schließlich versprochen habe, notfalls auch ihren Einfluß mit einzusetzen, um ihn zu erlangen – und damit hatte dann eben, auf Fräulein Fairlies ernstliches Ansuchen hin, alle weitere Erörterung der Heiratsfrage ein Ende gehabt.

Die solchermaßen beabsichtigte dilatorische Behandlung mochte allenfalls der jungen Dame von Herzen konvenieren, für den Schreiber dieser Zeilen jedoch hätte sie sich als ziemlich unbequem erwiesen. Ich hatte mit der Frühpost einen Brief meines Partners erhalten, der es erforderlich machte, daß ich morgen, mit dem Nachmittagszug nach London zurückkehren mußte. Es war äußerst wahrscheinlich, daß sich mir für den Rest des Jahres nicht noch einmal die Gelegenheit bieten würde, ein zweites Mal in Limmeridge-Haus vorzusprechen. In welchem Fall – vorausgesetzt, daß Fräulein Fairlie sich letzten Endes dafür entscheiden sollte, an dem Verlöbnis festzuhalten – die notwendige persönliche Fühlungnahme mit ihr, bevor ich den Ehekontrakt aufsetzte, nahezu schlechterdings unmöglich werden, und wir dazu genötigt sein würden, Fragen, die grundsätzlich von Seiten aller Beteiligten mündlich verhandelt werden sollten, brieflich zu erledigen. Ich erwähnte jedoch von dieser Schwierigkeit zunächst nichts, bis Sir Percival über diese Angelegenheit des erbetenen Aufschubes zu Rate gezogen worden wäre. Er war viel zu sehr Gentleman, als daß er die Bitte nicht auf der Stelle genehmigt hätte. Als Fräulein Halcombe mich hiervon in Kenntnis setzte, erklärte ich ihr, daß ich, bevor ich von Limmeridge abreiste, unbedingt mit ihrer Schwester eine Aussprache haben müsse; woraufhin dann verabredet wurde, daß ich am folgenden Morgen mit Fräulein Fairlie auf ihrem eigenen Zimmer zusammenkommen sollte. Sie kam weder zum Dinner herunter, noch gesellte sie sich im weiteren Verlauf des Abends zu uns. ›Indisposition‹ lautete die Entschuldigung; und mir war, wie wenn Sir Percival, als er es vernahm, ein wenig ungehalten dreinschaute – nicht ganz unberechtigterweise wohl.

Am nächsten Morgen, sobald wir das Frühstück hinter uns hatten, begab ich mich also nach oben, in Fräulein Fairlies Wohnzimmer. Das arme Mädchen schaute so blaß und trübselig drein, und kam mir gleichzeitig so nett und bereitwillig entgegen, um mich zu bewillkommnen, daß der Entschluß, den ich mir auf dem Weg treppauf zurechtgelegt hatte – nämlich ihr eine kleine Vorlesung ob ihrer Launenhaftigkeit und Wankelmütigkeit zu halten – mir auf der Stelle entsank. Ich führte sie zu dem Sessel zurück, aus dem sie sich erhoben hatte, und nahm meinerseits ihr gegenüber Platz. Ihr übellauniger Liebling, das Windspiel, befand sich gleichfalls im Zimmer, und ich machte mich schon ganz auf eine Begrüßung in Form von Bellen und Zuschnappen gefaßt. Merkwürdigerweise strafte das launische kleine Biest meine Erwartungen insofern Lügen, als es mir vielmehr, kaum daß ich mich gesetzt hatte, auf den Schoß sprang und mir sein spitzes Schnäuzchen vertraulich in die Hand wühlte.

»Sie haben oftmals auf meinem Knie gesessen, als Sie noch ein Kind waren, mein liebes Fräulein,« sagte ich; »und jetzt scheint Ihr kleiner Hund entschlossen, die Nachfolge auf dem leeren Thron anzutreten. – Ist diese hübsche Zeichnung da Ihr Werk?«

Ich deutete dabei auf das kleine Album, das neben ihr auf dem Tisch lag, und das sie sich augenscheinlich gerade angesehen hatte, als ich eintrat. Die aufgeschlagene Seite zeigte, sehr sauber aufgezogen, in Wasserfarben eine Landschaft in kleinem Format. Dies war die Zeichnung, die meine Frage veranlaßt hatte — eine ziemlich müßige Frage, zugegeben — aber ich konnte ja schließlich nicht sofort von geschäftlichen Dingen zu reden anfangen, sobald ich den Mund auftat.

»Nein,« erwiderte sie, und sah etwas verwirrt von der Zeichnung weg; »sie ist nicht von mir.«

Ihre Finger hatten die Angewohnheit, deren ich mich schon von ihren Kindertagen her erinnerte, sobald Jemand mit ihr redete, mit dem ersten besten Gegenstand, der zur Hand war, ruhelos herumzuspielen. Bei der jetzigen Gelegenheit wanderten sie zu jenem Album hin, und tändelten abwesend an den Rändern des besagten kleinen Aquarells herum. Der Ausdruck der Schwermut auf ihrem Gesicht vertiefte sich noch. Sie blickte weder auf die Zeichnung hin, noch zu mir her. Ihr Blick irrte rastlos von einem Gegenstand im Zimmer zum anderen, und verriet einwandfrei, daß ihr schon schwante, was der Zweck meines Besuches und unserer Unterredung sei. Nachdem ich das einmal erkannt hatte, hielt ich es für das Beste, möglichst ohne Umschweife zur Sache zu kommen.

»Einer der Beweggründe, daß ich hier bei Ihnen erscheine, mein liebes Fräulein, ist der, daß ich mich von Ihnen verabschieden will,« begann ich. »Ich muß heute noch nach London zurück; und möchte, bevor ich abfahre, ein Wort über Ihre eigenen Angelegenheiten mit Ihnen sprechen.«

»Es tut mir sehr leid, daß Sie schon wieder fahren, Herr Gilmore,« sagte sie, und sah mich freundlich an. »Sie hier zu sehen, ist ja immer, als wären die früheren schönen Tage wiedergekommen.«

»Ich hoffe stark, daß mir möglich sein wird, noch einmal wiederzukommen und jene angenehmen Erinnerungen erneut wachzurufen,« fuhr ich fort; »aber da die Zukunft nun einmal immer ein Element der Unsicherheit enthält, muß ich meine Gelegenheit wahrnehmen, wo ich sie finde, und also jetzt mit Ihnen reden. Ich bin Ihr langjähriger Anwalt ebenso wie Ihr langjähriger Freund, und darf Sie, dessen bin ich mir gewiß, ohne Ihre Gefühle zu verletzen, an die Möglichkeit erinnern, daß Sie vielleicht Sir Percival Glyde ehelichen werden.«

Sie zog ihre Hand so jäh von dem kleinen Album fort, wie wenn es glühend geworden wäre und sie verbrannt hätte. Die Finger in ihrem Schoß flochten sich nervös durcheinander, ihre Augen richteten sich erneut auf den Fußboden, und ein derartiger Ausdruck von Gezwungenheit trat in ihr Gesicht, daß es fast schon wie körperlicher Schmerz aussah.

»Ist es unumgänglich erforderlich, von meinem Verlöbnis zu sprechen?« fragte sie mit gedämpfter Stimme.

»Es ist erforderlich, kurz darauf einzugehen,« entgegnete ich; »aber nicht, des Breiten darauf zu verweilen. Lassen Sie uns lediglich so sagen: entweder heiraten Sie; oder Sie heiraten nicht. Im ersten Fall muß ich mich im voraus darauf vorbereiten, den Kontrakt zu entwerfen; und das kann ich nicht tun, ohne Sie vorher zu Rate gezogen zu haben, und sei dies nur eine reine Frage der Höflichkeit. Es wäre ja möglich, daß dies der einzige Augenblick ist, wo ich, aus Ihrem eigenen Munde, Ihre diesbezüglichen Wünsche vernehmen kann. Lassen Sie uns deshalb einmal den Fall setzen, Sie entschlössen sich zu heiraten; und lassen Sie sich von mir, in so kurzen Worten wie möglich, davon unterrichten, wie Ihre Lage zur Zeit ist, beziehungsweise was Sie, wenn Sie Lust haben, in Zukunft daraus machen können.«

Ich erklärte ihr Sinn und Zweck eines Ehe-Kontraktes; und sagte ihr dann ganz exakt, wie ihre Aussichten stünden – erstens, sobald sie mündig geworden wäre; und, zweitens, nach einem etwaigen Hinscheiden ihres Onkels – wobei ich besonders den Unterschied zwischen dem Eigentum, an dem ihr nur die lebenslängliche Nutznießung zustand, hervorhob; und dem Eigentum, über das sie selbständig verfügen könne. Sie lauschte aufmerksam; aber immer mit diesem verkrampften Gesichtsausdruck, und nervös im Schoß ineinandergeschlungenen Händen.

»So; und nun,« sagte ich abschließend, »teilen Sie mir bitte mit, ob Sie, für den betreffenden Fall, eine Bedingung, einen Sonderwunsch hätten, den ich juristisch fixieren sollte – immer vorausgesetzt natürlich, daß Ihr Vormund zustimmte; da Sie ja noch nicht mündig sind.«

Sie bewegte sich unbehaglich in ihrem Sessel, und blickte mir dann plötzlich, sehr ernst, voll ins Gesicht.

»Falls es eintreten sollte,« begann sie schwach, »falls ich –«

»Falls Sie also heiraten sollten –« ergänzte ich, ihr zu Hülfe kommend.

»Erlauben Sie ihm nicht, mich von Marian zu trennen,« rief sie, in einer plötzlichen Aufwallung von Energie: »Oh bitte bitte, Herr Gilmore, machen Sie es zum Gesetz, daß Marian bei mir wohnen muß!«
Unter anderen Umständen wäre ich vermutlich über diese typisch weibliche Auslegung meiner Frage und der langen ihr voraufgegangenen Erklärung, amüsiert gewesen; aber Blick und Ton, mit dem sie sprach, waren von der Art, daß ich mehr als ernst wurde – mir wurde ganz beklommen dabei. Ihre Worte, so wenige es auch gewesen waren, verrieten ein verzweifeltes Sichanklammern an die Vergangenheit, das für die Zukunft Unheil verhieß.
»Daß Fräulein Halcombe künftig bei Ihnen wohnte, würde sich ja wohl leicht durch eine private Abmachung regeln lassen,« sagte ich. »Ich glaube, Sie haben meine Frage nicht richtig verstanden. Sie bezog sich auf Ihr persönliches Eigentum – wie Sie über Ihr Geld disponieren wollen. Gesetzt den Fall, Sie wollten, sobald Sie mündig geworden sind, ein Testament machen: Wem möchten Sie das Geld in diesem Fall hinterlassen?«
»Marian ist mir Mutter und Schwester zugleich gewesen,« sagte das gute, liebevolle Mädchen, und in ihren schönen blauen Augen begann es zu glitzern, während sie sprach. »Dürfte ich es wohl Marian hinterlassen, Herr Gilmore?«
»Selbstverständlich, meine Liebe,« antwortete ich. »Aber bedenken Sie, um was für eine große Summe es sich handelt: möchten Sie, daß Fräulein Halcombe Alles, ausnahmslos, erhält?«
Sie zögerte; die Farbe kam und ging in ihrem Gesicht, und ihre Hand stahl sich wieder nach dem kleinen Album zurück.
»Alles nicht,« sagte sie. »Es gibt noch Jemand außer Marian –«
Sie hielt inne; sie bekam mehr Farbe; und die Finger der Hand, die auf dem Album ruhte, begannen sich auf dem Rand der Zeichnung zu bewegen, wie wenn ihr Gedächtnis sie automatisch in Gang gesetzt hätte, und sie eine Lieblingsmelodie auswendig spielten.
»Sie meinen noch ein anderes Familienmitglied, außer Fräulein Halcombe?« half ich ein; da ich sie in Ungewißheit sah, wie sie fortsetzen solle.
Die sich immer erhöhende Farbe verbreitete sich nunmehr auch über Stirn und Nacken, und die nervösen Finger schlossen sich plötzlich fest um den Rand des Buches.

»Es gibt noch Jemanden,« sagte sie, ohne auf meine letzten Worte zu achten, obwohl sie sie unverkennbar vernommen hatte. »Es gibt noch Jemanden, dem mit einem kleinen Andenken ein Gefallen geschähe – falls ich es hinterlassen dürfte. Wenn ich zuerst stürbe, würde ja kein Schade –«

Sie brach erneut ab. Das Blut, das ihr so plötzlich in die Wangen gestiegen war, wich, und zwar genau so plötzlich, wieder daraus. Die Hand auf dem Album lockerte ihren Griff, zitterte ein bißchen, und schob dann das Buch weiter von sich fort. Einen Herzschlag lang sah sie mich an – dann drehte sie den Kopf im Sessel zur Seite. Ihr Taschentuch fiel zu Boden, als sie solchermaßen ihre Stellung veränderte, und sie verbarg ihr Gesicht eiligst vor mir in den Händen.

Traurig! Wenn man sich, wie ich, an das lebhafteste glücklichste Kind, wie nur eines je den ganzen Tag gelacht hatte, erinnern konnte; und sie jetzt, in der Blüte ihrer Tage und Schönheit, auf eine derartige Weise gebrochen und geknickt zu sehen!

In dem Kummer, den sie mir bereitete, vergaß ich der Jahre, die vergangen waren, und der Veränderung, die sie in unserer Stellung zueinander hervorgebracht hatten. Ich schob meinen Stuhl näher zu ihr hin, hob ihr das Taschentüchlein vom Teppich auf, und zog ihr behutsam die Hände vom Gesicht fort. »Nicht weinen, Liebchen,« sagte ich, und trocknete ihr die Tränen, mit denen sich ihre Augen bereits wieder füllten, mit meinen eigenen Händen, wie wenn sie noch die kleine Laura Fairlie eines längst dahingegangenen Jahrzehnts gewesen wäre.

Das war das beste Mittel, sie zu beruhigen, das ich hätte wählen können. Sie legte den Kopf an meine Schulter, und lächelte schwach durch ihre Tränen hindurch.

»Es tut mir so leid, daß ich mich derart habe gehen lassen,« sagte sie arglos. »Aber mir ist schon vorher nicht gut gewesen – ich hab' mich letzthin mehrfach ganz schwach und nervös gefühlt; und wenn ich allein bin, muß ich oft, ohne jeden Grund, weinen. Jetzt ist mir wohler – ich kann Ihnen jetzt antworten, wie sich's geziemt, Herr Gilmore; bestimmt, ich kann es.«

»Nicht doch, nicht doch, meine Liebe,« wehrte ich ab, »wollen wir das Thema für den Augenblick als erledigt betrachten. Sie haben genug gesagt, um ganz allgemein zu sanktionieren, daß ich mich Ihrer Interessen nach besten Kräften annehmen dürfe, und Einzel-

heiten können wir bei Gelegenheit noch regeln. Betrachten Sie den geschäftlichen Teil als zur Zeit abgetan, und lassen Sie uns von etwas anderem unterhalten.«
Ich brachte sogleich andere Gegenstände auf's Tapet; binnen 10 Minuten war sie schon in besserer Stimmung; und ich erhob mich, um Abschied zu nehmen.
»Besuchen Sie uns doch wieder,« sagte sie dringlich. »Ich will mir Mühe geben, Ihrer Wohlgesinntheit mir und meinen Interessen gegenüber, würdiger zu werden; wenn Sie mir nur versprechen, wiederzukommen.«
Immer noch dies Anklammern an die Vergangenheit — jene Vergangenheit, die ich ihr, auf meine Art, zu verkörpern schien, wie Fräulein Halcombe in der ihrigen! Es bekümmerte mich bitterlich, sie, am Beginn ihres Lebens, in einer Art zurückblicken zu sehen, wie es allenfalls mir, der ich am Ende des meinigen stand, geziemte.
»Falls ich wieder einmal her komme, hoffe ich, Sie wohler anzutreffen,« sagte ich; »wohler und glücklicher. — Mit Gott, meine Liebe!«
Sie antwortete lediglich dadurch, daß sie mir ihre Wange zum Kuß darbot. Selbst Rechtsanwälte haben ja Herzen; und das meine tat mir, als ich Abschied von ihr nahm, ein bißchen weh.
Die ganze Aussprache zwischen uns hatte schwerlich mehr als eine halbe Stunde in Anspruch genommen — sie hatte in meiner Gegenwart nicht ein Sterbenswörtchen geäußert, um das Geheimnis ihrer unverkennbaren Nöte und Befürchtungen bei der Aussicht auf eine Heirat zu erklären; und dennoch hatte sie es fertig bekommen, mich für Ihre Ansicht der Sache zu gewinnen, wieso oder wodurch weiß ich nicht. Betreten hatte ich ihr Zimmer mit dem Gefühl, daß Sir Percival Glyde durchaus ein Recht hätte, sich über die Art, in der sie ihn behandelte, zu beklagen; ich verließ es in der heimlichen Hoffnung, der Affäre dadurch ein Ende bereitet zu sehen, daß sie ihn beim Wort nähme, und auf die Lösung des Verhältnisses antrüge. Ein Mann von meinem Alter und meinen Erfahrungen hätte nicht auf so irrationale Weise wankelmütig sein sollen. Ich habe auch keine Entschuldigung für mich; ich kann lediglich der Wahrheit die Ehre geben und sagen: so und nicht anders ist es gewesen.
Die Stunde meiner Abreise nahte sich. Ich schickte noch einmal zu Herrn Fairlie hinein, um ihm sagen zu lassen, daß ich gern noch, falls er es wünsche, persönlich Abschied von ihm nehmen würde,

allerdings müsse er sich gefaßt halten, zu entschuldigen, daß ich in einer gewissen Eile begriffen sei. Er sandte sogleich Rückantwort, mit Bleistift auf einen Zettel geschrieben:

> Freundliche Empfehlungen und beste Wünsche, lieber Gilmore. Aber Eile jedweder Art ist unaussprechlich schädlich für mich. Passen Sie nur gut auf sich auf. – Auf Wiedersehen.

Unmittelbar bevor ich das Haus verließ, konnte ich noch einen Moment allein mit Fräulein Halcombe reden.

»Haben Sie mit Laura alles besprochen, was Sie vorhatten?« fragte sie.

»Ja,« entgegnete ich. »Sie ist sehr schwach und nervös – ich bin froh, daß Sie da sind, und sich um sie kümmern können.«

Fräulein Halcombes scharfe Augen studierten angespannt in meinem Gesicht.

»Sie sind im Begriff, Ihre Meinung über Laura zu ändern,« stellte sie fest. »Sie sind heute mehr bereit, ihr gegenüber Nachsicht zu üben, als Sie es gestern waren.«

Kein vernünftiger Mann läßt sich ja unvorbereitet auf ein Wortgefecht mit einer Frau ein. Ich erwiderte deshalb auch nur –

»Halten Sie mich auf dem Laufenden, was geschieht, bitte. Ich werde nichts unternehmen, bevor ich nicht Nachricht von Ihnen habe.«

Sie schaute mir immer noch fest ins Gesicht. »Ich wünschte, es wäre Alles vorüber, und zwar gut vorüber, Herr Gilmore – und genau das wünschen Sie auch.« Nach diesen Worten ging sie.

Sir Percival bestand aufs höflichste darauf, mich bis an den Wagenschlag zu begleiten.

»Falls Sie je in meine Nachbarschaft kommen sollten,« sagte er, »vergessen Sie bitte nicht, daß mir, und wirklich ernstlich, daran liegt, unsere Bekanntschaft zu vertiefen. Ein erprobter und verläßlicher alter Freund der Familie hier, wird mir stets ein willkommener Gast, in jedem meiner Häuser, sein.«

Tatsächlich, ein unwiderstehlicher Mann! Höflich, rücksichtsvoll, aufs herrlichste frei von Stolz; kurzum, jeder Zoll ein Gentleman. Wie ich so zum Bahnhof fuhr, hatte ich das Empfinden, als könnte ich, um Sir Percivals Interessen zu befördern, Alles tun; schlechthin Alles auf der Welt – ausgenommen, den Ehekontrakt seiner Gattin aufzusetzen.

III

Eine Woche nach meiner Rückkehr nach London war vergangen, ohne daß ich irgendeine Benachrichtigung seitens Fräulein Halcombes empfangen hätte.

Am achten Tage dann wurde mir, zusammen mit der anderen Post, auch ein Brief in ihrer Handschrift auf den Schreibtisch gelegt.

Er enthielt die Ankündigung, daß Sir Percival Glyde endgültig als Bräutigam akzeptiert wäre, und die Heirat, wie er ursprünglich gewünscht hatte, noch vor Ende des Jahres stattfinden würde. Aller Wahrscheinlichkeit nach würde die Trauzeremonie in der zweiten Dezemberhälfte erfolgen. Fräulein Fairlies 21. Geburtstag war Ende März – sie würde demnach, gemäß der erwähnten Übereinkunft, ein Vierteljahr bevor sie mündig wurde, Sir Percivals Gattin werden.

Ich hätte darob weder überrascht noch betrübt sein dürfen, und war dennoch nichtsdestoweniger beides: überrascht und betrübt. Eine gewisse kleine Enttäuschung, veranlaßt durch die unbefriedigende Kürze von Fräulein Halcombes Brief, kam zu diesen Empfindungen noch hinzu, und trug ihren Teil dazu bei, meine Seelenruhe für diesen Tag zu verstören. In 6 Zeilen informierte meine Korrespondentin mich von der geplanten Heirat; in 3 weiteren, daß Sir Percival Cumberland verlassen habe, um auf seinen Landsitz in Hampshire zurückzukehren; und tat mir endlich in 2 abschließenden Sätzen noch kund, erstens, daß Laura dringend der Veränderung und aufmunternden Gesellschaft bedürfe, und zweitens, daß sie sich unverzüglich entschlossen habe, die Wirkung einer solchen Veränderung dadurch zu erproben, daß sie ihre Schwester mit auf Besuch zu gewissen alten Bekannten in Yorkshire nehmen wolle. Und damit war der Brief zu Ende; ohne ein Wort der Erklärung, welches die Umstände gewesen wären, die Fräulein Fairlie bewogen hätten, Sir Percival Glydes Hand anzunehmen; und das binnen einer einzigen kurzen Woche, nachdem ich sie zuletzt gesprochen hatte.

Zu einer späteren Zeit ist mir der Grund zu solchem plötzlichen Entschluß ausführlich dargetan worden. Es ist nicht meines Amtes, ihn hier, aufs Hörensagen hin und also unvollständig, anzuführen; die betreffenden Umstände sind von Fräulein Halcombe persönlich miterlebt worden, und werden in ihrem Bericht, der sich dem meinen anschließt, mit allen Einzelheiten, genau wie sie sich zugetragen haben, geschildert werden. Bis dahin besteht die Pflicht, die mir obliegt, schlicht darin – ehe ich, meinerseits, die Feder niederlege, und mich aus der Darlegung ausschalte – den einen noch verbleibenden, mit Fräulein Fairlies geplanter Hochzeit zusammenhängenden Umstand nachzutragen, an dem ich maßgeblich beteiligt war, nämlich die Abfassung des Ehekontraktes.

Es ist nicht möglich, von diesem Dokument verständlich zu berichten, ohne zuvor auf gewisse, mit den pekuniären Angelegenheiten der Braut zusammenhängende Eigentümlichkeiten einzugehen. Ich will mich bemühen, meine Erläuterungen knapp und klar, und so frei von Fachausdrücken und juristischen Komplikationen wie möglich zu halten. Die Sache ist jedoch von der äußersten Wichtigkeit. Ich mache alle Leser dieser Zeilen im Voraus darauf aufmerksam, daß Fräulein Fairlies Erbschaftsangelegenheit ein sehr gewichtiger Bestandteil von Fräulein Fairlies Geschichte ist; und daß, in diesem speziellen Punkt, sie Herrn Gilmores Wissen auch zu dem ihrigen machen müssen; vorausgesetzt, daß ihnen daran liegt, die Reihe der noch folgenden Berichte wirklich zu verstehen.

Fräulein Fairlies Erbaussichten also waren zwiefacher Art; indem sie sich einmal, für den Fall daß ihr Onkel starb, auf die Nutznießung des Einkommens aus Grund und Boden bezogen; und zum zweiten auf die unbeschränkte Verfügung über persönliches Eigentum, beziehungsweise Geld, sobald sie mündig wurde.

Besprechen wir zuerst Grund und Boden.

Zur Zeit von Fräulein Fairlies Großvater väterlicherseits (im folgenden kurz ›Herr Fairlie der Ältere‹ genannt) war die Erbfolge bezüglich des unveräußerlichen Rittergutes Limmeridge diese:

Herr Fairlie der Ältere starb, und hinterließ 3 Söhne, Philip, Frederick und Arthur. Philip, als ältester Sohn, trat also die Erbschaft an. Falls er starb, ohne einen Sohn zu hinterlassen, ging die Nutznießung auf den zweiten Bruder, Frederick, über; und, falls auch Frederick ohne männlichen Nachkommen sterben sollte, würde eben der dritte Bruder, also Arthur, Erbe werden.

Der Gang der Dinge nun war der, daß Herr Philip Fairlie starb, und eine einzige Tochter, eben die Laura der vorliegenden Geschichte, zurückließ; folglich waren, dem Wortlaut des Gesetzes gemäß, die Einkünfte aus dem Grundbesitz auf den zweiten Bruder Frederick, einen Junggesellen, übergegangen. Der dritte Bruder, Arthur, war vor schon vielen Jahren vor dem Ableben Philips verstorben, mit Hinterlassung eines Sohnes und einer Tochter. Der Sohn war,

18 Jahre alt, in Oxford ertrunken. Sein Tod machte, daß Laura, die Tochter von Herrn Philip Fairlie, präsumtive Erbin auch der Einkünfte aus Grund und Boden wurde; und sie hatte, den normalen Gang der Natur vorausgesetzt, alle Chancen, beim Tode ihres Onkels Frederick in den Genuß des Erbes zu kommen – vorausgesetzt, daß besagter Frederick stürbe, ohne männliche Nachkommenschaft zu hinterlassen.

Ausgenommen diesen einen Fall also – nämlich, daß Herr Frederick Fairlie doch noch heiraten und einen männlichen Erben hinterlassen sollte (beides so ziemlich das Letzte in der Welt, was er aller Wahrscheinlichkeit nach zu unternehmen gesonnen war) – würde, nach seinem Tode, auch der Grund und Boden seiner Nichte zufallen; wobei sie allerdings, das muß nochmals betont werden, auch wieder nur die lebenslängliche Nutznießung davon haben würde. Falls sie ihrerseits unverheiratet, oder auch kinderlos verheiratet, sterben sollte, würde der Besitz auf ihre Cousine Magdalene, die Tochter von Herrn Arthur Fairlie, übergehen. Falls sie heiratete, würde, bei entsprechender vertraglicher Regelung – in anderen Worten: bei einer vertraglichen Regelung, wie sie mir für sie vorschwebte – das Einkommen, das der Grundbesitz abwarf (gute 3000 pro Jahr übrigens), ihr, für die Dauer ihres Lebens, zur freien, selbstständigen Verfügung stehen. Sollte sie vor ihrem Gatten sterben, würde er natürlich erwarten können, daß ihm der Genuß dieser Einkünfte für den Rest *seines* Lebens gelassen bliebe. Sollte der Ehe ein Sohn entspringen, dann würde dieser Sohn der Erbe, und jene Cousine Magdalena von der Erbfolge ausgeschlossen sein. Insofern eröffneten sich Sir Percival bei einer Ehe mit Fräulein Fairlie (was die Anwartschaft seiner Gattin auf Grund und Boden und alles damit zusammenhängende anbetraf), beim Tode von Herrn Frederick Fairlie, folgende zwei hoffnungsvolle Aussichten: erstens, der Genuß eines Jahreseinkommens von 3000 (während Lebzeiten seiner Gattin mit deren Erlaubnis; nach ihrem Tode, falls er sie überlebte, selbstständig); und zweitens, der Erbanfall von ganz Limmeridge, für seinen Sohn, falls er einen erzielte.

Soviel vom Grundbesitz und den Verfügungsmöglichkeiten über die Einkünfte aus diesem, für den Fall, daß Fräulein Fairlie heiraten sollte. Hier konnten, menschlichem Ermessen nach, zwischen Sir Percivals Anwalt und mir schwerlich größere Differenzen oder Meinungsverschiedenheiten bezüglich des Ehevertrages der Dame statthaben.

Das persönliche Vermögen Fräulein Fairlies — oder, in anderen Worten, die ihr, sobald sie das Alter von 21 Jahren erreichen würde, zufallende Geldsumme — ist der nächste in Erwägung zu ziehende Punkt.
Dieser Teil ihres Erbes war ja, auch für sich allein betrachtet, ein nettes kleines Vermögen; es stammte aus dem Testament ihres Vaters, und belief sich auf eine Summe von 20 000 Pfund. Außerdem fielen ihr auf Lebenszeit noch die Zinsen von weiteren 10 000 Pfund zu; welche letzteres Kapital nach ihrem Tode dann die einzige Schwester ihres Vaters, ihre Tante Eleanor, erben sollte. Es wird dem Leser eine große Unterstützung sein, die Familienangelegenheiten im klarstmöglichen Licht überschauen zu können, wenn ich an dieser Stelle einen kleinen Exkurs einfüge, um zu erklären, warum die Tante auf ihr Erbteil warten mußte, bis ihre Nichte gestorben wäre.
Herr Philip Fairlie war zwar mit seiner Schwester Eleanor glänzend ausgekommen, solange diese ledig geblieben war; als sie sich dann aber, in schon recht vorgerückten Jahren, doch noch entschloß, in den Stand der Ehe zu treten, und diese Ehe sie gar noch mit einem italienischen Herrn, namens Fosco, vereinigte — beziehungsweise, korrekter, einem italienischen Adeligen; in Anbetracht dessen, daß er sich des Titels ›Conte‹ erfreute — mißbilligte Herr Fairlie diese ihre Aufführung derart, daß er jeglichen Verkehr mit ihr abbrach, und sogar soweit ging, ihren Namen aus seinem Testament ausstreichen zu lassen. Sämtliche anderen Familienmitglieder hatten allerdings diese dramatische Zurschaustellung seiner Verärgerung über die Heirat seiner Schwester für mehr oder weniger unverständig gehalten. Conte Fosco war, obschon kein reicher Mann, so doch auch nichts weniger als ein Bettler oder Abenteurer; er besaß ein zwar kleines aber ausreichendes eigenes Einkommen. Er lebte schon seit vielen Jahren in England, und nahm eine durchaus geachtete Stellung in der Gesellschaft ein. All diese Empfehlungen jedoch vermochten nichts über Herrn Fairlie, der in vielen seiner Ansichten ein Engländer von der alten Schule war, und einen Ausländer einzig und allein deswegen haßte, weil er ein Ausländer war. Das Alleräußerste, wozu er in späteren Jahren überredet werden konnte, sich zu verstehen — hauptsächlich auf Fräulein Fairlies Verwendung hin — war, den Namen seiner Schwester zwar wieder an die ehemalige Stelle in seinem Testament einzusetzen, sie aber auf ihr Legat war-

ten zu lassen; indem er die Zinsen der Summe seiner Tochter für die Zeit ihres Lebens vermachte, sowie die Summe selbst, falls seine Schwester dann inzwischen sterben sollte, Lauras Cousine Magdalena. In Anbetracht des beträchtlich verschiedenen Alters der beiden Damen, war, den normalen Gang der Natur vorausgesetzt, die Chance der Tante, ihre 10 000 Pfund je zu erhalten, im höchsten Maße zweifelhaft; und Madame Fosco reagierte auf die brüderliche Behandlung denn auch so wütend und ungerecht, wie in dergleichen Fällen üblich zu sein pflegt: sie weigerte sich, mit ihrer Nichte zu verkehren; ja, lehnte es strikt ab, zu glauben, wie es hauptsächlich Fräulein Fairlies Einfluß zuzuschreiben sei, daß ihr Name überhaupt wieder in Herrn Fairlies Testament Eingang gefunden habe.
Dies also die Geschichte besagter 10 000 Pfund. Auch hier konnte sich keine Schwierigkeit mit Sir Percivals Rechtsbeistand ergeben: die Zinsen würden der Gattin zur Verfügung stehen, und das Kapital, nach ihrem Tode, eben entweder an die Tante oder die Cousine fallen.
Nachdem alle erläuternden Präliminarien dergestalt aus dem Wege geräumt sind, komme ich zum Schluß auf den eigentlichen Knoten des vorliegenden Falles – die schon erwähnten 20 000 Pfund.
Diese Summe wurde Fräulein Fairlies unbestrittenes Eigentum, sobald sie ihr 21. Lebensjahr vollendet haben würde; und die gesamte zukünftige Verfügung hierüber hing in erster Linie von den Bedingungen ab, die ich für sie bei Abfassung des Ehekontraktes herausholen konnte. Alle anderen, in dem Dokument enthaltenen Klauseln, waren letztlich formaler Natur, und brauchen hier nicht hergezählt zu werden; aber eben diese eine, das Geld betreffend, ist zu wichtig, um sie übergehen zu können. Ein paar Zeilen werden hinreichen, den nötigen Begriff davon zu geben.
Mein Vorschlag mit Bezug auf diese 20 000 Pfund war schlicht dieser: über die ganze Summe so zu verfügen, daß die Zinsen daraus für ihre Lebenszeit der Dame gehören sollten – danach, für seine Lebenszeit, Sir Percival – das Kapital selbst den aus der Ehe entspringenden Kindern. Falls keine Nachkommenschaft erzielt würde, sollte die Dame testamentarisch über das Kapital verfügen dürfen, für welchen Zweck ich ihr ausdrücklich das Recht, ein Testament zu machen, vorbehalten wissen wollte. Die Auswirkung solcher Bestimmungen wäre kurz diese gewesen. Falls Lady Glyde starb, ohne

Kinder zu hinterlassen, hätten ihre Halbschwester, Fräulein Halcombe, sowie alle anderen Verwandten oder Freunde, denen sie etwas Gutes angedeihen lassen wollte, nach dem Tode ihres Gatten, das Kapital so unter sich aufteilen können, wie Lady Glyde es gewünscht hätte. Falls sie andererseits mit Hinterlassung von Kindern starb, dann hätte deren Interesse, natürlicher- und notwendigerweise, jegliches andere Interesse überwogen. Das waren meine Vorschläge – und ich glaube nicht fehlzugehen, daß jeder Leser mit mir übereinstimmen wird, wie hier doch wohl allen Beteiligten ihr Recht widerfahren wäre.

Man wird gleich sehen, wie meine Vorschläge von der Gattenseite aufgenommen wurden.

Ich war zwar zur Zeit, als Fräulein Halcombes Schreiben mich erreichte, noch weit mehr als gewöhnlich mit Arbeit überlastet; ermöglichte es aber doch, den Vertrag mit Muße auszuarbeiten. In weniger als einer Woche, nachdem Fräulein Halcombe mich von der geplanten Verehelichung unterrichtet hatte, war er entworfen, und Sir Percivals Anwalt zur Genehmigung unterbreitet.

Nach Verlauf zweier Tage wurde mir das Dokument mit den Anmerkungen und Ausstellungen von des Barons Anwalt zurückgeschickt. Seine Einwände bestanden im allgemeinen in Kleinigkeiten der nichtigsten technischen Art, bis er auf die Klausel bezüglich jener 20 000 Pfund zu sprechen kam. Sie war doppelt und noch dazu mit roter Tinte angestrichen, verbunden mit der folgenden Notiz:

»Unzulässig. Für den Fall, daß Sir Percival Lady Glyde überlebt, und keine Kinder vorhanden, muß das *Kapital* an ihn fallen.«

Mit anderen Worten also: nicht ein roter Heller von den 20 000 Pfund sollte an Fräulein Halcombe oder sonst einen Verwandten oder Freund von Lady Glyde fallen dürfen. Falls sie keine Kinder hinterließe, sollte die gesamte Summe in die Tasche ihres Gatten gelangen!

Die Antwort, die ich auf diese kühne Forderung zurückschrieb, war so kurz und scharf gehalten, wie ich nur antworten konnte:

»Sehr geehrter Herr. / Betrifft Ehekontrakt Fräulein Fairlie. / Ich bestehe auf der von Ihnen beanstandeten Klausel, und zwar wörtlich. / Ihr sehr ergebener.«

Eine Viertelstunde später hatte ich bereits die Antwort:

»Sehr geehrter Herr. / Betrifft Ehekontrakt Fräulein Fairlie. / Ich bestehe auf meinem, von Ihnen beanstandeten, Gegenvorschlag in roter Tinte, und zwar wörtlich. / Ihr sehr ergebener.«

Wir waren also nunmehr, um mich des scheußlichen Slangausdrucks unserer Tage zu bedienen, ›vollständig festgefahren‹; und nichts blieb beiden Seiten übrig, als sich erneut an unsere Klienten zu wenden.
Wie die Dinge lagen, hieß mein Klient – da Fräulein Fairlie noch nicht ihr 21. Jahr zurückgelegt hatte – Herr Frederick Fairlie, ihr Vormund.
Ich schrieb noch am gleichen Tage, und stellte ihm den Fall genau so dar, wie er lag; wobei ich mich nicht nur jedweden Arguments, das mir einfiel, bediente, ihn dazu zu bewegen, die Klausel, so wie ich sie entworfen hatte, beizubehalten; sondern ihm auch klipp und klar zu wissen tat, wie dieser Opposition gegen meine Vorschläge bezüglich der Verfügung über die 20 000 Pfund reinlichste Gewinnsucht und Geldgier zugrunde lägen. Die Einsicht in Sir Percivals Angelegenheiten – die mir zwangsläufig geworden war, als die Vertragsunterlagen *seiner* Seite pflichtgemäß meiner Prüfung vorgelegt werden mußten – hatte mich nur allzudeutlich davon unterrichtet, daß die Schulden auf seinem Grundbesitz enorm waren; und sein Einkommen, obwohl auf dem Papier ansehnlich genug, doch für einen Mann in seiner Stellung praktisch gleich Null. Der Mangel an barem Geld war *das* eine, allumfassende Bedürfnis in Sir Percivals Dasein; und die Anmerkung seines Rechtsanwalts zu der betreffenden Vertragsklausel nichts als das offene zynische Eingeständnis hiervon.
Herrn Fairlies Antwort erreichte mich postwendend, und erwies sich als abschweifend und unverbindlich, und zwar im höchsten Grade. In schlichtes Englisch übersetzt, drückte sie sich praktisch etwa so aus:

»Würde der liebe Gilmore vielleicht so gefällig sein, und seinen Freund und Kunden nicht wegen einer Läpperei behelligen, die sich in ferner Zukunft möglicherweise einmal ereignen könnte? Sei es wohl wahrscheinlich, daß eine junge Frau von 21 eher sterben würde, als ein Mann von 45; und ohne Kinder sterben? Auf der andern Seite: sei es auf dieser miserabelsten der Welten überhaupt möglich, den Wert von Frieden und Ruhe zu überschätzen? Und wenn Einem diese zwei Segnungen des Himmels angeboten würden, im Austausch gegen eine derartige irdische Lumperei wie die weit entlegene Chance etwelcher 20 000 Pfund — sei das dann nicht ein gutes Geschäft? Doch wohl ja. Warum es dann nicht machen?«

Ich warf das Geschreibsel angewidert von mir. Gerade als es auf dem Fußboden angekommen war, klopfte es an meiner Tür, und Sir Percivals Anwalt, ein gewisser Herr Merriman, wurde eingelassen. Nun gibt es natürlich eine ganze Menge Spielarten von Leuten mit hoch entwickeltem Erwerbssinn in dieser Welt; aber ich habe als die Allerunangenehmsten im Umgang immer diejenigen Typen empfunden, die Einen unter der Maske unabänderlich guter Laune übers Ohr hauen wollen: ein rundlicher, wohlgenährter, freundlich lächelnder Geschäftsmann ist von allen denkbaren Verhandlungspartnern der hoffnungsloseste. Herr Merriman gehörte zu dieser Klasse.
»Und wie geht's unserm geschätzten Herrn Gilmore?« begann er sogleich, förmlich rundherum glühend vor der Wärme der eigenen Liebenswürdigkeit. »Freut mich, Sie bei so glänzender Gesundheit zu finden, Sir. Ich kam gerade draußen vorbei, und dachte, ich könnte mal rasch mit rein schauen, falls Sie mir irgendwas zu sagen hätten. Nanu — bittschön, wollen wir doch diese unsere kleine Differenz da mündlich abmachen, wenn sich's tun läßt! Haben Sie von Ihrem Klienten schon gehört?«
»Ja. Sie von Ihrem schon?«
»Mein lieber, guter Herr! Ich wollte, ich hätte von ihm gehört, sei's was es wolle — ich wünschte von ganzem Herzen, die Verantwortung wäre wieder von meinen Schultern — aber Der ist stur — ›entschlossen‹, müßte ich wohl richtiger sagen — und will sie mir nicht abnehmen. ›Merriman, die Einzelheiten überlass' ich Ihnen. Tun Sie, was Sie in meinem Interesse für richtig halten; mich betrachten Sie, bitte, als aus dem geschäftlichen Teil ausgeschaltet, bis alles erledigt ist.‹: genau das waren vor 14 Tagen Sir Percivals eigene Worte; und das äußerste, wozu ich ihn zur Zeit bewegen kann, ist, daß er sie wiederholt. Ich bin kein harter Mann, Herr Gilmore,

das wissen Sie ja selbst. Persönlich und privatim versichere ich Ihnen, daß ich auf der Stelle bereit wäre, meine strittige Randbemerkung ohne weiteres zu streichen. Aber wo Sir Percival sich weigert auf die Sache einzugehen, wo Sir Percival alle seine Interessen blindlings meiner Obhut anvertraut, was kann ich da wohl anderes tun, als sie getreulich wahrzunehmen? Mir sind die Hände gebunden – sehen Sie das nicht selbst ein, mein Bester? – mir sind die Hände gebunden.«

»Sie bestehen also auch weiterhin und buchstäblich auf Ihrer Anmerkung zu der betreffenden Klausel?« sagte ich.

»Ja – hol's der Teufel! Ich hab' doch keine andere Alternative.« Er schritt munter kaminwärts, und wärmte sich, wobei er mit einer vollen jovialen Baßstimme den Refrain eines Liedchens vor sich hin summte. »Wie äußert sich Ihre Seite denn?« fuhr er fort; »sagen Sie bitte mal – wie äußert sich Ihre Seite?«

Ich schämte mich, es ihm mitzuteilen. Ich versuchte Zeit zu gewinnen – nein, noch schlimmer: meine juristischen Instinkte gewannen die Oberhand, und ich versuchte zu schachern.

»20 000 Pfund ist ja schließlich ein etwas großer Betrag, als daß die Freunde der Dame ihn binnen zwei Tagen aufgeben könnten,« sagte ich.

»Sehr richtig,« erwiderte Herr Merriman, indem er gedankenvoll seine Schuhspitzen betrachtete. »Treffend formuliert, Sir – sehr treffend sogar!«

»Ein Kompromiß, der die Interessen der Familie der Dame ebenso berücksichtigt, wie die des Gatten, hätte meinem Klienten vielleicht nicht einen ganz so großen Schreck eingejagt,« fuhr ich fort. »Kommen Sie, seien Sie vernünftig! Die strittige Angelegenheit wird sich letzten Endes doch dahingehend auflösen, daß wir handeln. Was wäre Ihre Mindestforderung?«

»Unsere Mindestforderung,« sagte Herr Merriman, »wären 19 999 Pfund, 19 Schilling, 11 Pence und 3 Farthings. Ha, ha, ha! Sie entschuldigen Herr Gilmore; ich muß immer meinen kleinen Spaß machen.«

»Klein und kümmerlich genug,« bemerkte ich. »Ihr Spaß ist genau den einen restlichen Farthing wert.«

Herr Merriman war entzückt; er belachte meine Erwiderung, bis ich ein Echo im Zimmer hatte. Ich meinerseits war nicht halb so gut gelaunt; ich kam wieder zur Sache und beschloß unsere Unterredung.

»Heut haben wir Freitag,« sagte ich. »Lassen Sie uns für unsere endgültige Entscheidung Zeit bis Dienstag.«

»Aber ohne weiteres,« entgegnete Herr Merriman. »Länger noch, mein bester Herr, wenn Sie wollen.« Er griff nach seinem Hut, um zu gehen; wandte sich dann aber doch noch einmal an mich: »Nebenbei —« sagte er, »haben Ihre Klienten in Cumberland wieder mal was von der Frau gehört, die diesen anonymen Brief da geschrieben hat, oder nicht?«

»Bisher nichts,« antwortete ich. »Haben Sie keine Spur von ihr gefunden?«

»Noch nicht,« sagte mein Berufskollege. »Aber wir verzweifeln nicht deswegen. Sir Percival hat da seinen speziellen Verdacht, daß Jemand ihr Unterschlupf gewähre, und wir lassen diesen Jemand beobachten.«

»Sie meinen die alte Frau, mit der sie in Cumberland da gesehen wurde,« sagte ich.

»Jemand ganz Andern, Sir,« antwortete Herr Merriman. »Was die betreffende Alte anbelangt, so haben wir Deren noch nicht habhaft werden können. Nein; unser Jemand ist ein Mann. Wir haben ihn unter genauester Aufsicht, hier in London; und den starken Verdacht, daß in erster Linie er ihr irgendwie behülflich gewesen sein könnte, ihre Flucht aus dem Sanatorium begünstigt zu haben. Sir Percival wollte ihn ursprünglich direkt fragen; ich aber habe gesagt: ›Nein. Wenn wir ihn fragen, wird er nur vorsichtig gemacht — überwachen und abwarten.‹ Wir werden ja sehen, was sich ergibt. Das ist ein gefährliches Frauenzimmer, Herr Gilmore, so ganz in Freiheit; kein Mensch weiß, was ihr als nächstes einfallen kann. — Na, Guten Morgen, Sir. Nächsten Dienstag also hoffe ich das Vergnügen zu haben, wieder von Ihnen zu hören.« Er lächelte liebenswürdig, und ging ab.

Während des letzten Teils dieser Unterredung mit meinem Kollegen war ich mit meinen Gedanken nicht ganz bei der Sache gewesen. Mir lag die Angelegenheit mit dem Ehekontrakt derart am Herzen, daß ich für andere Themen nur wenig Aufmerksamkeit übrig hatte; und sobald ich mich wieder allein fand, begann ich intensiv zu überlegen, was für Schritte mir nun als nächstes oblagen.

Im Falle eines jeden anderen Klienten hätte ich mich einfach an meine Instruktionen gehalten, so widerwärtig sie mir auch persönlich gewesen wären; und hätte bezüglich des Punktes dieser 20 000

Pfund auf der Stelle nachgegeben. Aber Fräulein Fairlie gegenüber vermochte ich mit so geschäftsmäßiger Gleichgültigkeit nicht zu verfahren. Ich empfand ehrliche Zuneigung und Bewunderung für sie – ich erinnerte mich dankbar des Umstandes, daß ihr Vater mir der gütigste Gönner und Freund gewesen war, den ein Mann nur haben kann – ich hatte ihrer, als ich den Ehekontrakt entwarf, mit Gefühlen gedacht, wie ich, wäre ich nicht ein eingefleischter alter Junggeselle gewesen, wahrscheinlich meiner eigenen Tochter gedacht haben würde – und war, kurzum, entschlossen, in ihrem Dienst und wo ihre Interessen auf dem Spiel standen, kein persönliches Opfer zu scheuen. Ein zweites Mal an Herrn Fairlie zu schreiben, war undenkbar und sinnlos – das hätte lediglich bedeutet, ihm ein zweites Mal Gelegenheit zu geben, mir durch die Finger zu schlüpfen. Ihm gegenüberzutreten und persönlich ins Gewissen reden, konnte möglicherweise etwas mehr Sinn haben. Morgen hatten wir Sonnabend – ich rang mich zu dem Entschluß durch, eine Rückfahrkarte zu nehmen, und meine alten Knochen nochmals nach Cumberland und zurück durchrütteln zu lassen; auf die Chance hin, ihn eventuell doch noch dazu zu überreden, den geraden, männlichen, ehrenvollen Weg einzuschlagen. Die Chance war schwach genug, ohne Zweifel; aber wenn ich den Versuch unternahm, würde ich anschließend wenigstens ein gutes Gewissen haben können. Dann hätte ich Alles getan, was ein Mann in meiner Stellung tun konnte, um die Interessen des einzigen Kindes eines alten Freundes zu befördern. –

Das Wetter am Sonnabend war ausgesprochen schön, mit leichtem West und Sonnenschein. Da ich letzthin gespürt hatte, wie dieses Fülle- und Druckgefühl im Kopf wiederkommen wollte, vor dem mein Arzt mich vor über 2 Jahren nun so ernstlich gewarnt hatte, beschloß ich die Gelegenheit zu benützen, und mir zusätzlich etwas Bewegung zu machen, indem ich meinen Koffer vorausschickte, und ihm dann selbst zu Fuß zur Endstation Euston Square folgte. Als ich Holborn betrat, blieb ein vorbeigehender Herr unvermittelt stehen und sprach mich an: es war Herr Walter Hartright.

Wenn er mich nicht als Erster begrüßt hätte, wäre ich bestimmt an ihm vorbeigegangen. Er sah derart verändert aus, daß ich ihn kaum wiedererkannte. Sein Gesicht wirkte so blaß und eingefallen – sein Wesen war so hastig und fahrig – und sein Anzug, dessen ich mich von Limmeridge her als durchaus sauber und respektabel erinnerte,

war jetzt derart schlampig, daß ich mich tatsächlich geschämt hätte, wenn einer meiner Schreiber so rumgelaufen wäre.
»Sind Sie schon lange von Cumberland zurück?« fragte er. »Ich habe letzthin Nachricht von Fräulein Halcombe gehabt. Ich bin im Bilde darüber, daß Sir Percivals Erklärung als befriedigend akzeptiert worden ist. Wird die Hochzeit bald stattfinden? Wissen Sie es vielleicht, Herr Gilmore?«
Er redete so schnell, und drängte seine Fragen so komisch und konfus aneinander, daß ich ihm kaum folgen konnte. Wie intim er auch mit der Familie in Limmeridge gelegentlich umgegangen sein mochte, ich vermochte nicht einzusehen, daß er irgendein Recht besäße, Auskunft über ihre Privatangelegenheiten zu erwarten; und ich beschloß, ihn, was das Thema von Fräulein Fairlies Hochzeit anging, so unverbindlich wie möglich abzufertigen.
»Die Zeit wird's lehren, Herr Hartright,« sagte ich, »die Zeit wird's lehren. Ich möchte sagen, wenn wir in den Zeitungen unter Heiratsnachrichten nachsehen, werden wir nicht sehr fehl gehen. – Entschuldigen Sie die Bemerkung: aber ich sehe mit Bedauern, daß Sie nicht mehr ganz so munter wirken, wie, als wir uns zuletzt sahen?«
Ein vorübergehendes nervöses Zucken umspielte ihm Mund und Augen, und machte mich halbwegs bereuen, daß ich ihm so betont zurückhaltend geantwortet hatte.
»Ich hatte kein Recht, mich nach ihrer Hochzeit zu erkundigen,« sagte er mit Bitterkeit. »Ich muß warten, wie andere Leute auch, bis ich es gedruckt in der Zeitung lese. – Ja,« fuhr er fort, ehe ich noch irgendeine Entschuldigung hatte vorbringen können; »mir ist in der letzten Zeit nicht ganz wohl gewesen. Ich gehe ins Ausland, um es mit Ortsveränderung und einer anderen Beschäftigung zu versuchen. Fräulein Halcombe war so freundlich, mich mit ihrem Einfluß zu unterstützen, und man hat meine Zeugnisse als hinreichend befunden. Es ist ja etwas sehr weit weg; aber mir ist es gleichgültig, wohin ich gehe, wie das Klima ist, oder wie lange ich abwesend sein werde.« Er ließ, während er so redete, den Blick auf eine ganz seltsame, argwöhnische Weise die Menschenströme zu beiden Seiten von uns durchirren, wie wenn er dächte, einige dieser total Fremden möchten uns beobachten wollen.
»Na, dann wünsch' ich Ihnen nur gute Reise, und gesunde Wiederkehr,« sagte ich; und setzte dann, um ihn bezüglich der Fairlies

doch nicht so ganz absolut auf Distanz zu halten, noch hinzu: »Ich fahre übrigens heute wieder geschäftlich nach Limmeridge. Fräulein Halcombe und Fräulein Fairlie sind allerdings augenblicklich nicht dort anwesend; sondern bei Freunden, irgendwo in Yorkshire, zu Besuch.«
Seine Augen leuchteten auf, und er schien etwas darauf erwidern zu wollen; aber schon lief das erwähnte nervöse Zucken wiederum über sein Gesicht. Er ergriff meine Hand, drückte sie hart, und verschwand dann, ohne auch nur ein Wort noch zu äußern, in der Menge. Obgleich er für mich ja so gut wie ein Fremder war, blieb ich doch einen Augenblick stehen, und sah ihm, mit einem Gefühl fast wie Bedauern nach. Ich hatte in meinem Beruf sattsam Erfahrung mit jungen Männern, um die äußeren Anzeichen und Merkmale zu kennen, wenn sie angefangen hatten, auf die schiefe Bahn zu geraten; und als ich meinen Weg zum Bahnhof wieder aufnahm, hatte ich – es tut mir leid, es auszusprechen – schwere Bedenken bezüglich Herrn Hartrights Zukunft.

IV

Da ich mit einem recht frühen Zug gefahren war, kam ich in Limmeridge gerade zur Zeit des Abendbrots an. Das Haus wirkte öde und bedrückend. Ich hatte angenommen, daß, wenn die jungen Damen schon abwesend waren, doch wenigstens Frau Vesey, die Gute, mir Gesellschaft leisten würde; aber sie war erkältet und an ihr Zimmer gebannt. Die Diener waren so überrascht, mich zu sehen, daß sie aufs absurdeste herumhasteten und -fummelten, und alle möglichen lästigen Versehen begingen. Selbst der Butler, der ja nun wirklich alt genug gewesen wäre, um es wissen zu können, kam mit einer *gekühlten* Flasche Portwein an. Die Bulletins bezüglich Herrn Fairlies Gesundheit lauteten wie gewöhnlich; und als ich ihm eine Botschaft hinaufschickte, mit der Benachrichtigung von meiner Ankunft, erhielt ich den Bescheid, daß er zwar entzückt sein würde, mich morgen Früh zu empfangen, der Schock meines plötzlichen Eintreffens ihn jedoch für den Rest des heutigen Abends mit schwerem Herzklopfen aufs Lager hingestreckt habe. Der Wind heulte beängstigend die ganze Nacht hindurch; und seltsam knackende und ächzende Geräusche schollerten hier und dort und überhaupt überall in dem großen leeren Hause. Ich schlief so schlecht, wie nur irgend möglich; und stand folglich am nächsten Morgen in mächtig übler Laune auf, um mit mir selbst zu frühstücken.

Um 10 Uhr wurde ich dann in Herrn Fairlies Gemächer geführt. Er befand sich in seinem gewohnten Zimmer, auf seinem gewohnten Sessel und in seinem gewohnten widerlichen Körper- und Geisteszustand. Als ich eintrat, stand sein Kammerdiener vor ihm und hielt ihm einen gewaltigen Band mit Radierungen, so lang und breit wie die Platte von meinem Büroschreibtisch, zum Ansehen hin. Der miserable Ausländer grinste auf eine wahrhaft verruchte Art, und schien so ermüdet, wie wenn er jeden Augenblick umfallen wollte; während sein Herr behaglich ein Blatt nach dem andern umwendete, und die verborgenen Schönheiten seiner Radierungen mit Hilfe eines Vergrößerungsglases ins rechte Licht brachte.

»Sie Allerbester von sämtlichen guten alten Freunden,« sagte Herr Fairlie, der sich erst träge zurücklehnen mußte, bevor er mich ansehen konnte, »sind Sie auch wirklich *ganz* wohlauf? Wie nett von Ihnen, hierher zu kommen, und mich in meiner Einsamkeit zu besuchen. Wackerer Gilmore!«

Ich hatte erwartet, er würde den Kammerdiener bei meinem Erscheinen hinausschicken; aber nichts dergleichen erfolgte. Da stand er, gerade vor dem Sessel seines Herrn, wankend unter der Last der Radierungen; und dort saß Herr Fairlie, und drehte zwischen weißen Fingern und Daumen heiter sein Vergrößerungsglas.

»Ich bin gekommen, um mit Ihnen über eine sehr wichtige Angelegenheit zu konferieren,« sagte ich, »deshalb werden Sie entschuldigen, wenn ich vorschlage, daß wir dazu am besten allein sind.«

Der unselige Kammerdiener sandte mir einen Dankesblick. Herr Fairlie wiederholte meine drei letzten Worte, »am besten allein?«, mit allem Anschein des äußersten Erstaunens.

Ich war nicht in der Stimmung danach, lange Possen zu treiben, und beschloß, ihm ganz klar zu sagen, was ich meinte.

»Geben Sie, bitte, diesem Mann hier die Erlaubnis, sich zurückzuziehen,« sagte ich, und zeigte dabei auf den Kammerdiener.

Herr Fairlie wölbte die Brauen und formte ein Schnutchen, um sarkastisches Erstaunen anzudeuten.

»Mann?« wiederholte er. »Sie ärgerniserregender alter Gilmore, was können Sie nur damit meinen, daß Sie ihn einen ›Mann‹ nennen? Er ist nichts dergleichen. Vor einer halben Stunde, bevor ich meine Radierungen sehen wollte, mag er ein Mann gewesen sein; und in wieder einer halben Stunde, wenn ich sie nicht mehr wünsche, mag er meinethalben wieder ein Mann sein. Zur Zeit aber ist er schlicht ein Mappenständer: was haben Sie gegen die Anwesenheit eines Mappenständers, Gilmore?«

»Ich *habe* etwas dagegen. – Zum dritten Mal, Herr Fairlie: darf ich bitten, daß wir allein miteinander sprechen.«

Mein Ton und meine Art ließen ihm keine andere Wahl mehr, als meinem Ersuchen zu willfahren. Er sah den Diener an, und zeigte mißlaunig auf einen Stuhl zu seiner Seite.

»Legen Sie die Radierungen da hin, und gehen Sie weg,« sagte er. »Ärgern Sie mich ja nicht dadurch, daß Sie die Seite verwechseln, wo ich bin. Haben Sie die Seite verwechselt, oder nicht? Sind Sie sich *ganz* sicher, daß Sie sie nicht verwechselt haben?! Und haben Sie mir meine Handglocke in Reichweite gestellt? Ja? Warum, zum Teufel, gehen Sie dann noch nicht?«

Der Kammerdiener ging ab. Herr Fairlie verdrehte sich ein wenig in seinem Sessel, polierte das Vergrößerungsglas mit seinem Taschentüchlein aus feinstem Batist, und vergönnte sich einen genüßlichen Seitenblick in den aufgeschlagenen Band mit seinen Radierungen. Es war keine ganz leichte Sache, unter solchen Umständen die Ruhe zu bewahren; aber es gelang mir.

»Ich bin unter beträchtlichen persönlichen Ungelegenheiten hierhergekommen,« sagte ich, »um den Interessen Ihrer Nichte und Ihrer Familie zu dienen; und ich glaube, ich habe mir ein gewisses kleines Anrecht darauf erworben, dagegen nun auch Ihrerseits einiger Aufmerksamkeit gewürdigt zu werden.«

»Tyrannisieren Sie mich nicht!« rief Herr Fairlie, indem er dabei hilflos ganz in den Sessel zurücksank und die Augen schloß. »Bitte, nicht tyrannisieren. Ich bin nicht stark genug.«

Ich war um Laura Fairlies willen entschlossen, mich nicht von ihm reizen zu lassen.

»Mein Anliegen ist,« fuhr ich fort, »Sie zu bewegen, Ihren Brief noch einmal zu überdenken, und mich nicht zu zwingen, die gerechten Ansprüche Ihrer Nichte und Aller, die ihr angehören, einfach fahren zu lassen. Darf ich Ihnen den Fall noch einmal, zum letzten Mal, vortragen?«

Herr Fairlie schüttelte den Kopf, und seufzte steinerweichend. »Es

ist herzlos von Ihnen, Gilmore — ganz herzlos,« sagte er. »Aber schon gut; nur weiter.«
Ich trug ihm einen Punkt nach dem andern mit Sorgfalt vor — ich stellte ihm den Fall in jeder nur möglichen Beleuchtung dar. Er lag, die ganze Zeit über wo ich sprach, mit geschlossenen Augen zurückgelehnt im Sessel. Als ich zuende war, öffnete er sie träge, nahm sein silbernes Riechfläschchen vom Tisch, und schnupperte daran, mit dem Ausdruck sanften Genusses.
»Guter Gilmore!« sagte er, immer zwischen zwei Schnaufern, »wie maßlos nett das von Ihnen ist! Wie Sie Einen mit der menschlichen Natur wieder aussöhnen können!«
»Geben Sie mir eine klare Antwort auf eine klare Frage, Herr Fairlie. Ich sage Ihnen noch einmal: Sir Percival Glyde hat nicht den Schatten eines Rechtes, mehr als die Zinsen des Kapitals zu erwarten. Das Kapital selbst, vorausgesetzt, daß Ihre Nichte keine Kinder haben sollte, müßte auf jeden Fall unter ihrer Kontrolle bleiben, und in letzter Instanz zur Familie zurückkehren. Falls Sie fest bleiben, muß Sir Percival nachgeben — muß nachgeben, sage ich Ihnen; oder aber er setzt sich unweigerlich der Unterstellung aus, Fräulein Fairlie einzig und allein aus niedrigsten gewinnsüchtigen Beweggründen geheiratet zu haben!«
Herr Fairlie drohte mir spielerisch mit seinem silbernen Riechfläschchen.
»Sie lieber alter Gilmore, Sie: wie Sie aber Rang und Stand hassen! Stimmt's? Wie Sie Glyde verabscheuen, nur weil er zufällig Baron ist. Was sind Sie doch für ein Radikaler — mein, oh mein, was für ein böser Radikaler Sie doch sind!«
Ein Radikaler?!!! Also ich kann wohl wahrlich auch mein Teil Herausforderung vertragen; aber jetzt, nach einem langen ehrbaren Leben voll der gesundesten konservativen Prinzipien, mich einen Radikalen heißen lassen, *das* vermochte ich nun doch nicht! Mein Blut siedete förmlich auf — ich sprang hoch von meinem Stuhl — ich war sprachlos vor Entrüstung —
»Nicht das Zimmer erschüttern!« rief Herr Fairlie — »um des Himmels willen, nicht das Zimmer erschüttern! Teuerster aller möglichen Gilmores, ich habe Sie doch nicht kränken wollen. Meine eigenen Ansichten sind so extrem liberal, daß ich mich oft selbst für einen Radikalen halte. Ja. Wir sind Beide ein Paar Radikale. Bitte nicht zornig sein. Ich kann mich nicht streiten — ich habe nicht Kraftre-

serven genug. Wollen wir das Thema fallen lassen? Ja. Kommen Sie, und werfen Sie einen Blick auf diese Radierungen. Darf ich Sie lehren, die himmlische Geperltheit dieser Linienzüge zu würdigen? Kommen Sie, Gilmore, seien Sie gut.«

Während er in dieser Weise noch weiter faselte, gewann ich, erfreulicherweise für meine Selbstachtung, Verstand und Beherrschung wieder. Als ich erneut zu sprechen anhob, war ich gefaßt genug, seine Unverschämtheit mit derjenigen schweigenden Verachtung zu behandeln, die sie verdiente.

»Sie sind auf einem Holzweg, Sir,« sagte ich, »wenn Sie annehmen, daß ich aus irgendeinem Vorurteil gegen Sir Percival Glyde heraus so spreche. Ich mag vielleicht bedauern, daß er sich in dieser Angelegenheit derart rückhaltlos den Richtlinien seines Anwalts gefügt und jeglichen Appell an sich selbst unmöglich gemacht hat; aber voreingenommen gegen ihn bin ich nicht. Was ich geäußert habe, würde für jeden andern Mann in dieser Lage genau so gelten, ob hoch- ob niedriggeboren. Der Grundsatz auf dem ich beharre, ist ein anerkannter Rechtsgrundsatz: wenden Sie sich, in der nächsten Stadt hier, an den ersten besten angesehenen Rechtsanwalt; und er, als völlig Fremder, wird Ihnen genau das gleiche sagen, was ich als Freund Ihnen gesagt habe. Er wird Ihnen bestätigen, daß es gegen alle Regeln ist, das Vermögen der Dame gänzlich dem Manne zu übertragen, den sie heiratet. Er würde, aufgrund der allergewöhnlichsten juristischen Vorsicht, es unter allen nur denkbaren Umständen, ablehnen, den Tod seiner Gattin und das Interesse an 20 000 Pfund bei dem betreffenden Ehemann zu koppeln.«

»Meinen Sie tatsächlich, Gilmore?« sagte Herr Fairlie. »Ich dagegen versichere Ihnen: wenn er etwas nur halb so Gruseliges vorbrächte, würde ich mit meinem Glöckchen Louis herbeirufen, und den Herrn unverzüglich aus dem Hause weisen lassen.«

»Ich lasse mich von Ihnen nicht reizen, Herr Fairlie — um Ihrer Nichte, und um des Vaters Ihrer Nichte willen: ich lasse mich von Ihnen nicht reizen! Sie sollen die ganze Verantwortlichkeit für dieses ehrenrührige Arrangement auf Ihre eigenen Schultern nehmen, eher verlasse ich diesen Raum nicht.«

»Nicht doch! — bitte, nicht doch!« sagte Herr Fairlie. »Bedenken Sie, was für eine kostbare Sache die Zeit ist, Gilmore, und vergeuden Sie sie nicht. Ich würde gern mit Ihnen disputieren, wenn ich könnte — aber ich kann es nicht; ich habe nicht Kraftreserven genug. Sie wollen Allewelt verwirren: mich; sich selbst; Glyde; Laura; und – ach, Du lieber Gott! – alles wegen einer Möglichkeit, die so ziemlich das Letzte ist, was sich auf der Welt ereignen könnte. Nein, mein lieber Freund; im Interesse von Ruhe und Frieden: ein schlichtes Nein!«

»Sie wollen damit zu verstehen geben, daß Sie an der in Ihrem Brief ausgedrückten Entscheidung festhalten?«

»Ja, bitte. Wie schön, daß wir einander endlich verstehen. Nehmen Sie doch wieder Platz – ja?«

Ich schritt prompt zur Tür, und Herr Fairlie ließ resigniert sein ›Glöckchen‹ ertönen. Bevor ich das Zimmer endgültig verließ, drehte ich mich noch einmal um, und redete ihn, zum letzten Male, an:

»Was künftig immer auch geschehen möge, Sir,« sagte ich, »erinnern Sie sich stets daran, daß ich meine Pflicht, Sie zu warnen, erfüllt habe. Als treuer Freund, beziehungsweise Diener, Ihrer Familie, erkläre ich Ihnen zum Abschied, daß ich eine Tochter von mir, unter solchen Bedingungen, wie Sie mich für Fräulein Fairlie aufzusetzen nötigen, mit keinem lebenden Mann sich verheiraten lassen würde.«

Die Tür hinter mir ging auf, und auf ihrer Schwelle stand wartend der Kammerdiener.

»Louis,« sagte Herr Fairlie, »lassen Sie Herrn Gilmore hinaus; und kommen Sie dann zurück und halten Sie mir wieder meine Radierungen. – Lassen Sie sich unten einen anständigen Lunch geben. Tun Sie mir den Gefallen, Gilmore: lassen Sie sich von meinen faulen Bestien von Bediensteten einen anständigen Lunch bereiten!«

Ich war zu angeekelt, um etwas zu erwidern – ich wandte mich auf dem Absatz um, und verließ ihn ohne ein Wort. Am Frühnachmittag, um 14 Uhr, ging ein Zug nach London hinunter; ich kehrte mit diesem Zug zurück.

Am Dienstag dann schickte ich den abgeänderten Ehekontrakt ein, durch den praktisch eben diejenigen Personen enterbt wurden, denen, wie Fräulein Fairlies eigener Mund mich informiert hatte, sie am liebsten etwas Gutes erwiesen hätte. Aber mir blieb ja keine Wahl. Wenn ich mich geweigert hätte, hätte irgendein anderer Anwalt es unternommen, den Vertrag auszufertigen.

* * *

Hier endet meine Aufgabe. Mein persönlicher Anteil an den Ereignissen der Familiengeschichte erstreckt sich über den Punkt, den ich gerade erreicht habe, nicht hinaus. Andere Federn als die meine werden die seltsamen Begebenheiten schildern, die binnen kurzem erfolgten. Ich schließe diesen meinen Kurzbericht ernst und kummervoll. Ernst und kummervoll wiederhole ich hier noch einmal die Abschiedsworte, die ich damals in Limmeridge-Haus sprach: – eine eigene Tochter von mir, hätte ich sich mit keinem lebenden Mann auf Erden verheiraten lassen, unter Bedingungen, wie ich sie jetzt für Laura Fairlie aufzusetzen genötigt war! –

(Hier endet Herrn Gilmores Bericht.)

Bericht
fortgesetzt mit Auszügen aus dem Tagebuch
von Marian Halcombe

(Bei den hin und wieder ausgelassenen Stellen handelt es sich lediglich um solche, die weder auf Fräulein Fairlie noch auf eine andere der auf diesen Seiten mit ihr in Zusammenhang stehenden Personen Bezug haben.)

I

LIMMERIDGE-HAUS, *8. November*

....
....

Heute früh ist Herr Gilmore abgefahren.

Seine Aussprache mit Laura hatte ihn unverkennbar bekümmert, und mehr überrascht, als er zugeben wollte. Sein Aussehen und Benehmen als wir uns voneinander verabschiedeten, machten mich fürchten, sie könnte ihm unachtsamerweise das wahre Geheimnis ihrer Niedergeschlagenheit und meiner Angst verraten haben. Diese Besorgnis wurde, nachdem er dann fort war, so stark bei mir, daß ich es ablehnte, mit Sir Percival auszufahren, und statt dessen in Lauras Zimmer hinaufging.

Ich bin aufgrund dieser schwierigen und beklagenswerten Affäre – seitdem ich meine eigene Unwissenheit bezüglich der Stärke von Lauras unseliger Neigung erkennen mußte – gründlich mißtrauisch gegen mich selbst geworden. Ich hätte wissen müssen, daß das Zartempfinden, die Geduld, das Ehrgefühl, die mich zu dem armen Hartright hinzogen, und mich ihn so aufrichtig bewundern und respektieren machten, eben auch genau die Eigenschaften waren, die am unwiderstehlichsten Lauras natürliches Feingefühl und die natürliche Großherzigkeit ihres Wesens ansprechen würden. Und dennoch hegte ich, bevor sie mir ihr Herz nicht aus eigenem Antrieb offenbarte, nicht den geringsten Verdacht, daß dies neue Gefühl derart tiefe Wurzeln geschlagen haben könnte. Dann dachte ich wieder, Zeit und liebevolle Behandlung möchten es vielleicht noch beseitigen. Heute fürchte ich, sie wird es stets behalten und dadurch für ihr ganzes Leben verändert sein. Die Entdeckung, daß ich eines solchen Fehlurteils, wie dieses, fähig gewesen bin, läßt mich jetzt bei schlechthin allem zögern. Ich zögere, angesichts der klarsten Beweise, was Sir Percival angeht. Ich zögere, wenn ich etwas mit Laura bespreche. Ja, heute Früh stand ich, die Hand auf der Türklinke, und zauderte und zweifelte, ob ich die Fragen, die zu stellen ich gekommen war, an sie richten sollte oder nicht.

Als ich dann in ihr Zimmer trat, sah ich sie in großer Ungeduld auf und ab gehen. Sie schaute rot und aufgeregt drein; sie kam sogleich auf mich zu, und sprach mich an, ehe ich noch den Mund auftun konnte.

»Dich wollte ich,« sagte sie. »Komm, und setz' Dich zu mir aufs Sofa. – Marian!: ich kann es nicht länger ertragen – ich muß und will ihm ein Ende bereiten.«

Sie hatte dabei etwas zu viel Farbe im Gesicht, zu viel Energie im Benehmen, in ihrer Stimme war zu viel Festigkeit. Das Büchlein mit Hartrights Zeichnungen – dies fatale Buch, über dem sie sitzt und träumt, sobald sie nur allein ist – war in ihrer einen Hand. Ich begann damit, daß ich es ihr, sanft aber fest, weg nahm, und es, außer Sichtweite, zur Seite auf ein Tischchen legte.

»Nun erzähl' mir mal, ganz ruhig, mein Liebling, was Du vorhast,« sagte ich. »Hat Herr Gilmore Dich irgendwie beraten?«

Sie schüttelte den Kopf: »Nein; in dem, woran ich jetzt denke, nicht. Er war sehr lieb und gut zu mir, Marian; und ich schäme mich, zu bekennen, daß ich geweint und ihm dadurch Kummer bereitet habe. Ich bin erbärmlich hilflos – ich kann mich einfach nicht beherrschen. Um meiner selbst willen, und um unser Aller willen, muß ich den Mut aufbringen, der Sache ein Ende zu machen.«

»Du meinst: Mut genug, um auf die Lösung des Verhältnisses anzutragen?« fragte ich.

»Nein,« sagte sie schlicht: »den Mut, Liebste, die Wahrheit zu sagen.«

Sie legte mir die Arme um den Nacken, und bettete ihren Kopf still an meinen Busen. An der Wand gegenüber hing das Miniaturporträt ihres Vaters. Ich beugte mich über sie, und erkannte, daß, während ihr Haupt an meiner Brust lag, ihr Blick darauf ruhte.

»Auf Entbindung von meinem Versprechen kann ich nie und nimmer antragen,« fuhr sie fort. »Wie immer es auch ausgeht, für *mich* muß es elendiglich ausgehen. Alles, was ich tun kann, Marian, ist: dieses Elend nicht noch größer dadurch zu machen, daß ich die Erinnerung damit verbinden muß, mein Versprechen gebrochen und die letzten Worte meines sterbenden Vaters in den Wind geschlagen zu haben.«

»Ja, und was hast Du nun vor?« fragte ich.

»Sir Percival mit eigenem Mund die Wahrheit zu sagen,« antwortete sie, »und ihn dann, falls er will, mich freigeben zu lassen – nicht, weil ich ihn darum bitte; sondern weil er Alles weiß.«

»Was meinst Du mit ›Alles‹, Laura? Sir Percival wird genug wissen, (er hat es mir selbst gesagt), wenn er weiß, daß dies Verlöbnis Deinen Wünschen zuwiderläuft.«

»Kann ich ihm das sagen, wo mein Vater, mit meiner eigenen Einwilligung, dies Verlöbnis in meinem Namen abgeschlossen hat? Dies Versprechen hätte ich halten müssen; wenn auch nicht voller Glück, wie ich fürchte, aber doch wenigstens leidlich zufrieden –« sie brach ab, drehte mir das Gesicht zu, und drückte ihre Wange an die meine – »und ich hätte mein Versprechen ja gehalten, Marian; wenn in meinem Herzen nicht eine andere Liebe aufgekeimt wäre, die noch nicht da war, als ich zuerst versprach, Sir Percivals Gattin zu werden.«

»Laura! Du wirst Dich doch nicht so weit erniedrigen, daß Du ihm ein Geständnis ablegst?!«

»Ich würde mich in der Tat erniedrigen, wenn ich meine Freiheit dadurch zurückgewönne, daß ich ihm etwas verheimlichte, was zu wissen er ein Recht hat.«

»Er hat nicht den Schatten eines Rechtes das zu wissen!«

»Falsch, Marian, ganz falsch. Ich darf Niemanden täuschen wollen – am allerwenigsten denjenigen Mann, dem mein Vater mich geben wollte, und dem ich mich selbst gegeben habe.« Sie legte ihre Lippen auf die meinigen, und küßte mich. »Du Beste,« sagte sie sehr sacht, »Du hast mich derart lieb, und bist derart stolz auf mich, daß Du, in meinem Fall, die Augen vor dem zumachst, was Du, in Deinem Fall, sehr wohl beachten und berücksichtigen würdest. Besser, daß Sir Percival, wenn er so will, meine Motive anzweifelt und meinem Verhalten mißtraut, als wenn ich zuerst in Gedanken ihm gegenüber falsch wäre, und dann noch niedrig genug, mein eigenes Interesse dadurch zu befördern, daß ich ihm diese Falschheit verhehle.«

Ich hielt sie voller Erstaunen von mir ab. Zum ersten Mal in unserem Leben hatten wir die Plätze vertauscht — sie ganz Entschlossenheit, ich ganz Zaudern. Ich blickte in das bleiche, gefaßte, resignierte junge Antlitz — erkannte in den liebevollen Augen, die zurück in die meinen schauten, das reine, unschuldige Herz — und die armseligen weltlichen Einwände und Warnungen, die sich mir auf die Lippen drängen wollten, schrumpften dahin und erstarben an ihrer eigenen Nichtigkeit. Ich hing schweigend den Kopf. Wäre doch, an ihrer Stelle, der verächtliche kleine Stolz, der so viele Frauen zu Betrügerinnen machte, eben mein Stolz gewesen und hätte auch mich betrügerisch vorgehen lassen.

»Sei mir nicht böse, Marian,« sagte sie, mein Schweigen mißdeutend.

Ich antwortete nur, indem ich sie wiederum dicht an mich zog. Ich hatte Angst, sobald ich spräche, loszuheulen. (Und meine Tränen fließen nicht so leicht, wie sie sollten — sie kommen fast, wie bei Männern die Tränen kommen, unter Schluchzen, das mich zerreißen zu wollen scheint, und Jedermann, der dann um mich ist, entsetzt.)

»Ich hab', Du Liebe, schon seit vielen Tagen darüber nachgedacht,« fuhr sie fort, und ihre Finger spielten und wickelten währenddessen in meinem Haar mit der kindischen Unrast, von der die arme Frau Vesey sie immer noch ebenso geduldig wie vergeblich, zu kurieren versucht — »ich hab' wirklich ganz ernstlich darüber nachgedacht; und kann, wenn mein Gewissen mir sagt, daß ich richtig handle, auch meines Mutes sicher sein. Laß mich morgen mit ihm sprechen — in Deiner Gegenwart, Marian. Ich werde nichts Unrechtes sagen, nichts, dessen Du oder ich uns schämen müßten — aber — ach, Du, es wird mein Herz *so* erleichtern, diesem jämmerlichen Versteckspiel ein Ende zu bereiten! Wenn ich nur das Gefühl und Bewußtsein habe, mich, von meiner Seite her, keiner Täuschung schuldig gemacht zu haben, dann mag er, sobald er vernommen hat, was ich zu sagen hatte, mir gegenüber verfahren, wie immer er will.«

Sie seufzte und legte ihren Kopf wieder, wie zuvor, an meinen Busen. Trübe Ahnungen, was hier wohl der endliche Ausgang sein werde, drückten auf mein Gemüt; aber da ich mir erneut zu mißtrauen anfing, versprach ich ihr, daß ich nach ihrem Willen tun würde. Sie dankte mir; und nach und nach lenkte sich unser Gespräch auf andere Themen.

Am Abendessen nahm sie heute wieder teil, und verkehrte mit Sir

Percival ungezwungener und natürlicher, als es bisher der Fall gewesen war. Danach setzte sie sich ans Klavier, obwohl sie moderne Musik, von der künstlichen, unmelodischen, überladenen Art wählte. Die lieblichen alten Mozartmelodien, die der arme Hartright so gern hörte, hat sie, seitdem er uns verließ, nicht mehr gespielt. Das Album befindet sich auch gar nicht mehr im Notenständer; sie hat den Band eigenhändig fortgenommen, sodaß Niemand ihn etwa finden, und sie auffordern kann, daraus zu spielen.
Ich hatte keine Gelegenheit, zu entdecken, ob sie ihren Vorsatz von heute Morgen geändert habe oder nicht, bis sie Sir Percival Gute Nacht wünschte – dann aber unterrichteten mich ihre eigenen Worte, daß er unverändert feststehe. Sie sagte, sehr gefaßt, daß sie ihn morgen nach dem Frühstück sprechen möchte, und daß er sie, zusammen mit mir, in ihrem Wohnzimmer antreffen würde. Er wechselte bei diesen Worten die Farbe; und, als die Reihe an mich kam, ihm die Hand zu reichen, fühlte ich, daß diese ein wenig zitterte. Die Ereignisse des kommenden Morgens würden ja über sein zukünftiges Leben entscheiden, und er wußte das auch offenkundig.
Ich trat noch einmal durch die Tür, die unsere beiden Schlafzimmer trennte, um Laura, wie gewöhnlich, Gute Nacht zu sagen, bevor sie einschlief. Als ich mich über sie beugte, um sie zu küssen, sah ich das kleine Skizzenbuch Hartrights halb unter ihrem Kopfkissen verborgen; genau an derselben Stelle, wo sie als Kind ihr Lieblingsspielzeug immer versteckt hatte. Ich konnte es nicht übers Herz bringen, direkt etwas zu sagen; zeigte jedoch auf das Buch, und schüttelte mit dem Kopf. Sie langte mit beiden Händen an meine Wangen hoch, und zog mein Gesicht zu sich hernieder, bis unsere Lippen sich trafen –
:»Laß' es heut Nacht noch da,« wisperte sie; »der Morgen kann grausam werden, und mich vielleicht vermögen, ihm für immer Lebewohl zu sagen.«

* * *

9. November. – Das erste Ereignis heut Früh war nicht von der Art, mich in Hochstimmung zu versetzen – vom armen Walter Hartright kam ein Brief für mich an. Es war die Antwort auf meinen, in dem ich die Art und Weise geschildert hatte, wie Sir Percival sich hinsichtlich des durch Anne Cathericks Brief entstandenen Ver-

dachtes gerechtfertigt hätte. Er schreibt kurz und mit Bitterkeit über Sir Percivals abgegebene Erklärungen, indem er sich darauf beschränkt, zu sagen, daß er kein Recht habe, eine Meinung bezüglich der Aufführung von über ihm Stehenden abzugeben. Das ist schon traurig; aber was er gelegentlich von sich selbst berichtet, bekümmert mich noch mehr. Er schreibt, daß die Bemühung, zu seinen früheren Beschäftigungen und Lebensgewohnheiten zurückzukehren, ihm täglich schwerer falle, anstatt leichter; und beschwört mich, falls ich irgendwelche Beziehungen hätte, diese einzusetzen, und ihm wenn möglich eine Tätigkeit zu vermitteln, die seine Abwesenheit von England erfordere und ihn in eine andere Umgebung unter andere Menschen versetze. Ich bin umso bereitwilliger geworden, seiner Bitte nachzukommen, weil sich gegen Ende seines Briefes eine Stelle findet, die mich ganz bestürzt gemacht hat.
Nachdem er erwähnt, daß er von Anne Catherick nichts mehr weder gesehen noch gehört habe, bricht er auf einmal ab; und deutet in der abruptesten, mysteriösesten Weise an, wie er, seit seiner Rückkehr nach London, beständig von fremden Männern beobachtet und verfolgt worden sei. Er gibt zwar zu, daß er diesen außerordentlichen Verdacht weder beweisen noch einen bestimmten Personenkreis bezeichnen könne; erklärt jedoch, daß der Verdacht selbst ihn Tag und Nacht nicht loslasse. Das hat mich erschreckt; denn es sieht ja fast aus, wie wenn seine eine fixe Idee bezüglich Lauras allmählich zu viel für sein Gemüt werde. Ich will doch unverzüglich an ein paar alte einflußreiche Freunde meiner Mutter in London schreiben, und sie veranlassen, sich nachdrücklich für ihn einzusetzen. Es mag tatsächlich so sein, daß in dieser Krisis seines Lebens ein Ortswechsel und veränderte Beschäftigung die beste Rettung für ihn wären. –
Zu meiner großen Erleichterung ließ Sir Percival sich entschuldigen, daß er an unserm Frühstück heut nicht teilnehmen könne; (er hatte früh auf seinem Zimmer eine Tasse Kaffee getrunken, und war dort immer noch mit Briefschreiben beschäftigt). Um 11 Uhr jedoch, falls uns dieser Zeitpunkt genehm sei, würde er sich die Ehre geben, Fräulein Fairlie und Fräulein Halcombe seine Aufwartung zu machen.
Mein Blick war auf Lauras Gesicht gerichtet, während uns diese Botschaft ausgerichtet wurde. Als ich am Morgen in ihr Zimmer trat, hatte ich sie ganz befremdlich ruhig und gefaßt angetroffen, und auch das ganze Frühstück über blieb sie so. Selbst als wir dann in

ihrem Zimmer zusammen auf dem Sofa saßen und auf Sir Percival warteten, bewahrte sie noch immer ihre Selbstbeherrschung.

»Hab' keine Angst wegen mir, Marian,« war alles was sie sagte; »ich kann mich bei einer lieben Schwester wie Dir, oder allenfalls bei einem alten Freund wie Herrn Gilmore, vielleicht vergessen; aber in Sir Percival Glydes Gegenwart vergesse ich mich nicht.«

Ich sah und hörte sie in stillem Staunen an. In all den Jahren unserer innigen Vertrautheit war mir diese passive Kraft ihres Wesens verborgen geblieben – war ihr selbst verborgen geblieben, bis die Liebe sie weckte, und das Leid sie auf den Plan rief.

Als die Uhr auf dem Kaminsims 11 schlug, klopfte es an der Tür, und Sir Percival trat ein. Unterdrückte Aufregung und Besorgnis sprach aus jedem Zug seines Gesichts. Der kurze, scharfe Husten, der ihn die meiste Zeit plagt, schien ihn jetzt nahezu unaufhörlich zu quälen. Er nahm am Tisch, uns gegenüber Platz, während Laura bei mir blieb. Ich beobachtete sie angespannt, und er war der Blassere von Beiden.

Mit sichtlicher Anstrengung, das sonst an ihm gewohnte ungezwungene Benehmen zu bewahren, sagte er ein paar unverbindliche Worte; aber seine Stimme war nicht recht fest, und die besorgte Rastlosigkeit in seinen Augen ließ sich nicht verbergen. Er mußte das auch selbst gefühlt haben; denn er brach mitten im Satz ab, und gab den Versuch, seine Unruhe noch länger zu verhehlen, auf.

Einen Augenblick lang herrschte Totenstille, bevor Laura ihn anredete.

»Ich möchte mit Ihnen über einen Gegenstand sprechen, Sir Percival,« begann sie dann, »der für uns Beide sehr wichtig ist. Meine Schwester ist deshalb anwesend, weil ihre Gegenwart mir hilft, und mir Selbstvertrauen einflößt; jedoch von dem, was ich jetzt sagen werde, geht nicht ein Wort auf eine Anregung von ihr zurück – ich rede aufgrund meiner eigenen Gedanken, nicht der ihrigen. Ich bin sicher, Sie werden so freundlich sein, und das verstehen, bevor ich weiter fortfahre?«

Sir Percival verneigte sich. So weit war sie mit völliger äußerlicher Ruhe und untadeligem Benehmen vorgegangen. Sie blickte auf ihn und er blickte auf sie. Beide schienen, jetzt zu Beginn wenigstens, entschlossen, einander heute vollkommen deutlich zu verstehen.

»Ich habe durch Marian vernommen,« fuhr sie fort, »daß ich lediglich auf die Lösung unseres Verlöbnisses anzutragen brauchte, um diese Lösung von Ihnen gewährt zu erhalten. Es war sehr nachsichtig und großzügig von Ihrer Seite, Sir Percival, mir eine solche Mitteilung zukommen zu lassen. Ihnen geschieht nur Gerechtigkeit, wenn ich sage, daß ich Ihnen für Ihr Angebot dankbar bin; und ich hoffe und glaube, daß ich auch mir selbst Gerechtigkeit widerfahren lasse, wenn ich Ihnen mitteile, daß ich es ablehne, davon Gebrauch zu machen.«

Sein aufmerksames Gesicht entspannte sich ein wenig. Aber ich sah einen seiner Füße leise, sacht, unaufhörlich, auf dem Teppich unterm Tisch federn, und spürte, daß er insgeheim noch ebenso beunruhigt wie zuvor sei.

»Ich habe nicht vergessen,« sagte sie, »daß Sie erst meines Vaters Genehmigung einholten, ehe Sie mich mit einem Heiratsantrag beehrten. Vielleicht haben auch Sie nicht vergessen, was ich geäußert habe, als ich seinerzeit in unser Verlöbnis willigte? Ich sagte Ihnen ganz offen, daß es hauptsächlich Rat und Einfluß meines Vaters seien, die mich bewögen, Ihnen mein Versprechen zu geben. Ich vertraute mich der Führung meines Vaters an, weil ich in ihm stets den treuesten aller Ratgeber, den besten und liebevollsten aller Beschützer und Freunde, erkannt hatte. Ich habe ihn nunmehr verloren – kann nur noch sein Andenken lieben und ehren; aber mein Vertrauen auf diesen teuren toten Freund ist nie erschüttert worden. Ich glaube in diesem Augenblick, so unverbrüchlich wie ich nur je geglaubt habe, daß er wußte, was am Besten ist, und daß seine Hoffnungen und Wünsche auch meine Hoffnungen und Wünsche zu sein hätten.«

Hier zitterte ihre Stimme ein erstes Mal. Ihre ratlosen Finger stahlen sich in meinen Schoß herüber, und hielten sich an einer meiner Hände fest. Wieder trat für einen Augenblick Schweigen ein; und dann war es Sir Percival, der sprach.

»Darf ich fragen,« sagte er, »ob ich mich je des anvertrauten Gutes unwürdig erwiesen habe, das zu besitzen seitdem mein größter Stolz, mein größtes Glück gewesen ist?«

»Ich habe an Ihrem Betragen nie etwas auszusetzen gefunden,« antwortete sie. »Sie haben mich stets mit demselben Zartgefühl, derselben Nachsicht behandelt. Sie haben mein Vertrauen verdient; und, was in meinen Augen weit mehr bedeutet: Sie haben das Vertrauen meines Vaters verdient, aus dem das meinige ja erst erwuchs. Sie haben mir, selbst wenn ich darauf ausgewesen wäre, einen zu finden, keinerlei Anlaß gegeben, daß ich mit Grund auf Entbindung von meinem Versprechen antragen könnte. Was ich bisher gesagt habe, ist einzig mit dem Wunsch gesprochen worden, Ihnen meine Anerkennung für meine ganze Verpflichtung Ihnen gegenüber auszudrücken. Meine Rücksicht auf diese Verpflichtung, die Rücksicht auf meines Vaters Andenken, und die Rücksicht auf mein eigenes Versprechen, alle verbieten mir, von *meiner* Seite aus den Anfang zu machen, und unsere augenblickliche Position zu verändern. Die Lösung unseres Verlöbnisses müßte gänzlich *Ihr* Wunsch und Wille sein, Sir Percival – nicht der meine.«

Das unruhige Trommeln seines Fußes hörte plötzlich auf, und er beugte sich eifrig näher über den Tisch her.

»*Mein* Wunsch und Wille?« fragte er. »Welcher Grund könnte auf *meiner* Seite bestehen, einen Abbruch zu wünschen?«

Ich hörte, wie ihr Atem schneller zu gehen – fühlte, wie ihre Hand kälter zu werden begann. Trotz dessen, was sie mir beteuert hatte, als wir allein gewesen waren, fing ich an, Angst um sie zu bekommen. Ich hatte Unrecht.

»Ein Grund, den es sehr schwer ist, Ihnen zu bekennen,« antwortete sie. »Es ist eine Veränderung in mir vorgegangen, Sir Percival – eine Veränderung, ernstlich genug, um Sie zu berechtigen – in Bezug auf sich selbst und auf mich – unser Verlöbnis zu lösen.«

Sein Gesicht wurde erneut so blaß, daß selbst die Lippen ihre Farbe verloren. Er nahm seinen Arm vom Tisch, auf dem er bisher geruht hatte, drehte sich ein wenig im Sessel zur Seite, so daß wir nur noch ein Profil von ihm erblicken konnten, und stützte den Kopf in eben diese Hand.

»Eine Veränderung welcher Art?« fragte er. Der Ton, in welchem er diese Frage stellte, berührte mich unangenehm – es lag irgendetwas nur mit Mühe Unterdrücktes darin.

Sie seufzte schwer, und lehnte sich etwas zu mir her, so daß ihre Schulter an der meinen ruhen konnte. Ich spürte, wie sie zitterte, und versuchte, sie dadurch zu schonen, daß ich zu sprechen anheben wollte. Sie gebot mir durch einen warnenden Druck der Hand Einhalt; und richtete das Wort dann wieder an Sir Percival, diesmal jedoch ohne ihn anzusehen.

»Ich habe gehört,« sagte sie, »und ich glaube es gern, daß die liebevollste und wahrste aller Zuneigungen diejenige ist, die eine Frau ihrem Gatten entgegenbringen sollte. Zu Beginn unserer Verlo-

bungszeit hatte ich diese Zuneigung zu vergeben, falls ich wollte; und Sie hätten Sie gewinnen können, falls Sie es vermochten. Wollen Sie mir vergeben, Sir Percival, und mich schonen, wenn ich Ihnen eingestehe, daß dies nicht mehr der Fall ist?«
Ein paar Tränen traten ihr in die Augen, und rollten langsam über ihre Wangen herab, als sie inne hielt und auf seine Antwort wartete. Er sprach nicht ein Wort. Gleich zu Beginn ihrer Erklärung hatte er die Hand, auf der sein Haupt ruhte, so verschoben, daß sie sein Gesicht ganz verdeckte; man sah nur noch seinen Oberkörper am Tisch sitzen. Nicht ein Muskel an ihm regte sich. Die Finger der Hand, die den Kopf unterstützte, hatten sich tief in sein Haar eingedrückt – das konnte ebenso verborgenen Gram ausdrücken, wie auch verborgene Wut – es war schwer zu sagen welches von beiden – irgendein bezeichnendes Zittern konnte man nicht wahrnehmen. Nichts war vorhanden, absolut nichts, um seine geheimen Gefühle in diesem Moment zu verraten – in diesem Moment, der die Krisis seines Lebens bedeutete, und die Krisis des ihrigen.
Ich war, im Interesse Lauras, entschlossen, ihn sich auf jeden Fall erklären zu lassen.
»Sir Percival!« griff ich mit Schärfe ein: »haben Sie nichts zu sagen, wo meine Schwester so viel gesagt hat? – Mehr, meiner Meinung nach,« fügte ich hinzu, indem ich mich wieder einmal von meinem unseligen Temperament überwältigen ließ, »als irgendein Mann, in Ihrer Stellung, ein Recht hat, von ihr zu hören.«
Diese letzte übereilte Wendung eröffnete ihm, falls er so wollte, einen Weg, das Weite zu gewinnen, und er benützte seinen Vorteil auch auf der Stelle.
»Pardon, Fräulein Halcombe,« sagte er, das Gesicht immer noch mit der Hand verdeckend, »Pardon; aber darf ich Sie erinnern, daß ich dieses Recht nicht gefordert habe.«
Die erforderlichen wenigen Worte, um ihn zum eigentlichen Kernpunkt, von dem er abgeschweift war, zurückzubringen, schwebten mir auf den Lippen, als Laura mich dadurch hemmte, daß sie erneut zu reden anhob.
»Ich hoffe, daß ich mein peinliches Bekenntnis nicht vergeblich abgelegt habe,« fuhr sie fort. »Ich hoffe, mir dadurch für alles, was mir noch weiter zu sagen obliegt, Ihr rückhaltloses Vertrauen gesichert zu haben?«
»Bitte, seien Sie davon überzeugt.« Er gab diese Erwiderung kurz

aber warm ab; ließ, während er noch sprach, seine Hand wieder auf den Tisch sinken, und wandte sich uns erneut zu. Was immer an äußeren Veränderungen über sein Gesicht dahingegangen sein mochte, war jetzt verschwunden – es war nur noch aufmerksam und eifrig, und drückte nichts weiter aus, als das dringendste Verlangen, auf ihre nächsten Worte zu lauschen.

»Ich möchte, daß Sie verstehen, wie ich nicht im geringsten aus selbstsüchtigen Motiven heraus gesprochen habe,« sagte sie. »Falls Sie, nach dem, was Sie soeben vernommen haben, nunmehr zurücktreten wollen, Sir Percival, dann bedeutet das mit nichten, daß ich nun einen anderen Mann heiratete – Sie würden mir durch Ihr Zurücktreten erlauben, daß ich für den restlichen Teil meines Lebens eine alleinstehende Frau bliebe. Mein inkorrektes Verhalten Ihnen gegenüber, ist nie über Gedanken hinaus gediehen, und kann nie darüber hinaus gehen. Kein Wort bezüglich meiner Gefühle –« sie zögerte, im Zweifel über die Ausdrücke, deren sie sich im Folgenden zu bedienen hätte; zögerte, in einer momentanen Verwirrung, die zu beobachten sehr traurig und sehr peinlich zugleich war – »Kein Wort bezüglich meiner Gefühle ihm gegenüber; beziehungsweise seiner Gefühle mir gegenüber,« nahm sie dann, geduldig und entschlossen, ihren Satz wieder auf, »ist zwischen mir und der Person, auf die ich jetzt zum ersten und zum letzten Mal in Ihrer Gegenwart anspiele, je gewechselt worden – kein Wort *kann* je gewechselt werden – denn wir werden Einander, auf dieser Seite der Welt, schwerlich noch einmal begegnen. Ich bitte Sie ernstlich, mir jegliche weitere Ausführung zu ersparen, und mir das, was ich Ihnen soeben erzählt habe, auf mein Wort zu glauben. Es ist die Wahrheit, Sir Percival; die Wahrheit, die zu vernehmen der mir anverlobte Mann wie *ich* glaube ein Anrecht hat, was auch immer meine Gefühle dabei sein mögen; ich vertraue dabei auf seine Großzügigkeit, mir zu vergeben, und sein Ehrgefühl, mein Geheimnis zu bewahren.«

»Ihr Vertrauen ist mir heilig,« sagte er; »und es soll heilig bewahrt werden.«

Nachdem er in solchen Wendungen geantwortet hatte, schwieg er wieder, und blickte sie an, wie wenn er noch mehr zu hören erwarte.

»Ich habe Alles gesagt, was ich zu sagen hatte,« fügte sie still hinzu – »habe mehr als genug gesagt, um Ihr Zurücktreten von dem Verlöbnis zu rechtfertigen.«

»Sie haben mehr als genug gesagt,« war seine Erwiderung, »um es zum obersten Ziel meines Lebens zu machen, unser Verlöbnis *aufrecht zu erhalten.*« Bei diesen Worten erhob er sich von seinem Stuhl, und tat ein paar Schritte in Richtung des Platzes, wo sie saß. Sie schrak heftig zusammen, und ein schwacher Schrei des Erstaunens entkam ihr. Jegliches Wort, das sie gesprochen, hatte aufs Unschuldigste ihre Wahrhaftigkeit und Reinheit einem Manne verraten, der zweifellos den unschätzbaren Wert einer reinen und wahrhaftigen Frau sehr wohl zu würdigen verstand. Ihr eigenes edelmütiges Betragen war durchweg der verborgene Feind aller der Hoffnungen gewesen, die sie darauf gesetzt hatte. Ich hatte das von Anfang an gefürchtet; und hätte es verhindert, wenn sie mir nur die kleinste Chance dazu eingeräumt hätte. Selbst jetzt, wo das Unheil geschehen war, wartete und wachte ich noch auf irgendein Wort seitens Sir Percival, das mir Gelegenheit geben würde, ihn ins Unrecht zu setzen.
»Sie haben es in *meine* Hände gelegt, Fräulein Fairlie, ob ich auf Sie verzichten wolle,« fuhr er fort. »Ich bin nicht herzlos genug, auf eine Frau zu verzichten, die sich soeben als die edelste ihres Geschlechtes erwiesen hat.«
Er sprach mit so viel Wärme und Gefühl, mit so viel Feuer und Begeisterung, und dennoch wieder mit solchem Takt und Zartgefühl, daß sie den Kopf hob, ein wenig errötete, und ihn mit unerwarteter Lebhaftigkeit und Eifer anschaute.
»Nein!« sagte sie fest. »Die unseligste ihres Geschlechtes, falls sie eine Ehe eingehen müßte, ohne gleichzeitig ihre Liebe geben zu können.«
»Könnte sie sie nicht in Zukunft geben,« fragte er, »wenn ihr Gatte nur das eine Ziel im Leben hätte, sie sich zu verdienen?«
»Niemals!« entgegnete sie. »Falls Sie immer noch an unserem Verlöbnis festhalten sollten, Sir Percival, könnte ich allenfalls Ihre treue, redliche Gattin werden – Ihre *liebende* Gattin, wenn ich mein Herz nur einigermaßen kenne, nie!«
Sie schaute so unwiderstehlich schön drein, als sie diese tapferen Worte sprach, daß wohl kein lebender Mann sein Herz gegen sie hätte verhärten können. Ich gab mir alle Mühe, zu fühlen und mir einzureden, daß Sir Percival zu tadeln wäre; aber vom Standpunkt der Frau aus mußte ich ihn, ich mochte wollen oder nicht, bemitleiden.

»Ich nehme Ihre Redlichkeit und Treue mit Dank entgegen,« sagte er. »Das Wenigste, was *Sie* anbieten können, bedeutet mir mehr, als das Äußerste, wozu irgend eine andere Frau auf der Welt mir Hoffnung machen könnte.«
Ihre Linke hielt wohl noch die meine; aber ihre rechte Hand hing wie teilnahmslos an ihrer Seite. Er hob sie sacht an seine Lippen – berührte sie eher damit, als daß er sie küßte – verbeugte sich gegen mich – und verließ dann, diskret und mit untadeligem Takt, schweigend das Zimmer.
Weder bewegte sie sich noch sprach sie ein Wort, auch als er gegangen war – kalt und still saß sie mir zur Seite, mit auf den Boden gehefteten Augen. Ich sah ein, daß es ebenso nutz- wie hoffnungslos war, zu reden; also legte ich nur schweigend den Arm um sie, und drückte sie leicht an mich. So saßen wir lange beieinander, eine endlose und trübselige Zeit – so lange und so trübselig, schien mir, daß ich schließlich unruhig wurde, und ihr leise und gut zusprach, in der Hoffnung, eine Änderung zu bewirken.
Der bloße Klang meiner Stimme schien sie ruckartig ins Bewußtsein zurückzurufen. Sie machte sich plötzlich von mir frei, und erhob sich.
»Ich muß mich darein ergeben, Marian, so gut wie ich kann,« sagte sie. »Mein neues Dasein hat seine schweren Pflichten, und eine davon beginnt heute.«
Sie begab sich, während sie sprach, zu dem Tischchen am Fenster, auf dem ihre Zeichenmaterialien ausgebreitet lagen; packte sie sorgfältig zusammen und räumte sie in eine Schublade ihres Schrankes. Dann schloß sie den Schub ab, und brachte den Schlüssel mir her.
»Ich muß mich von Allem trennen, was mich an ihn erinnert,« sagte sie. »Bewahre Du den Schlüssel nach Belieben auf – ich werde ihn nie mehr zurückfordern.«
Bevor ich noch ein Wort sagen konnte, hatte sie sich schon wieder ihrem Bücherregal zugewandt, und daraus jenes Album genommen, das Walter Hartrights Zeichnungen enthielt. Sie zögerte einen Herzschlag lang, und hielt den kleinen Band liebevoll in den Händen – hob ihn dann an die Lippen, und küßte ihn.
»Ach, Laura, Laura!« sagte ich; nicht böse oder irgendwie tadelnd – mit nichts als Kummer in meiner Stimme, und Kummer in meinem Herzen.

»Es ist zum letzten Mal, Marian,« entschuldigte sie sich. »Ich sage ihm nur auf ewig Lebewohl.«
Sie legte den Band auf den Tisch, und zog aus ihrem Haar den Kamm, der es aufgesteckt hielt. In makelloser Schönheit fiel es ihr über Schultern und Rücken, und umhing sie, bis tief unter die Taille hinab. Sie teilte eine lange dünne Locke von dem übrigen, schnitt sie ab, rollte sie zu einem Ring, und heftete sie sorgsam auf das erste leere Blatt des Albums. Sobald das geschehen war, schloß sie auch schon überstürzt den Band, und drückte ihn mir in die Hände.
»Du schreibst ihm, und er schreibt Dir,« sagte sie. »Solange ich am Leben bin, sage ihm immer – falls er nach mir fragen sollte – daß es mir wohl ergehe; auf keinen Fall aber, daß ich unglücklich sei. Bereite ihm keinen Kummer, Marian; um *meinetwillen* bereite ihm keinen Kummer. Versprich mir, für den Fall, daß ich zuerst sterben sollte, ihm sein kleines Zeichenbuch hier, mit meinem Haar darin, wieder zu geben. Wenn ich dann tot bin, kann Niemandem mehr ein Schade daraus erwachsen, wenn Du ihm sagst, daß ich es mit eigener Hand dorthin getan habe. Und sag' ihm dann – oh, Marian, sag Du ihm an meiner Statt, was ich ihm niemals sagen kann – sag': daß ich ihn geliebt habe!«
Sie warf die Arme um meinen Nacken, und flüsterte mir die letzten Worte ins Ohr, mit einem derart leidenschaftlichen Genuß sie auszusprechen, daß es mir fast das Herz brach, es mit anzuhören! All der lange Zwang, den sie sich selbst auferlegt hatte, schwand dahin in jenem ersten-letzten Ausbruch von Zärtlichkeit. Sie riß sich los von mir, mit hysterischem Ungestüm, und warf sich auf's Sofa, in einem Krampf aus Schluchzen und Tränen, der sie von Kopf bis Fuß schüttelte.
Ich versuchte vergebens sie zu beschwichtigen und ihr vernünftig zuzusprechen – sie war jenseits von Beschwichtigung und Vernunft. Das war für uns Beide das traurige plötzliche Ende dieses denkwürdigen Tages. Nachdem der Anfall sich durch seine eigene Heftigkeit verzehrt hatte, war sie zu erschöpft, um irgend sprechen zu können. Sie schlummerte bis tief in den Nachmittag hinein; und ich räumte unterdessen das Zeichenbuch auf die Seite, so daß sie es beim Erwachen nicht mehr erblicken könnte. Als sie endlich wieder die Augen aufschlug und mich anschaute, war mein Gesicht gefaßt, was immer auch mein Herz sein mochte. Kein Wort fiel mehr unter uns hinsichtlich jener betrüblichen Aussprache vom Vormittag. Sir Percivals

Name wurde nicht erwähnt. Keine Anspielung auf Walter Hartright geschah für den Rest des Tages, von keiner Seite.

* * *

10. November. – Da ich sie heute Morgen gefaßt und ihrem früheren Selbst gleich antraf, nahm ich das peinliche gestrige Thema wieder auf; zu dem einzigen Zweck, um sie zu bestürmen, mich deutlicher und nachdrücklicher als sie selbst es einem der Beiden gegenüber vermocht hätte, mit Sir Percival und Herrn Fairlie über diese bedauerliche Heirat aussprechen zu dürfen. Sie unterbrach mich, sanft aber fest, mitten in meinen Vorhaltungen.

»Ich hatte den gestrigen Tag zur Entscheidung bestimmt,« sagte sie, »und der gestrige Tag *hat* entschieden. Jetzt ist es zu spät zum Umkehren.«

Am Nachmittag dann sprach Sir Percival mit mir über das, was sich in Lauras Zimmer abgespielt hatte. Er versicherte mir, wie das Vertrauen ohnegleichen, das sie in ihn gesetzt, bei ihm wiederum eine derartige Überzeugung von ihrer Unschuld und Lauterkeit ausgelöst habe, daß er sich tatsächlich nicht zu bezichtigen brauche, auch nur eine Sekunde lang etwas wie unwürdige Eifersucht empfunden zu haben; weder zu der Zeit, wo er sich in ihrer Gegenwart befunden, als auch späterhin, nachdem er sich zurückgezogen habe. So tief er auch jene unselige Neigung beklage, die den Fortschritt, den er ansonsten wohl in ihrer Schätzung und Achtung gemacht haben könnte, gehindert habe, so sei er doch fest davon überzeugt, daß jene Neigung in der Vergangenheit uneingestanden geblieben sei, und unter allen Umständen und Wechselfällen, die man sich überhaupt nur vorstellen könne, auch in Zukunft uneingestanden bleiben würde. Dies sei seine absolute Überzeugung; und der stärkste Beweis, den er in dieser Beziehung ablegen könne, sei die Zusicherung, die er hiermit abgäbe, daß er keinerlei Neugier verspüre, zu erfahren, ob nun die betreffende Neigung neueren Datums sei oder nicht, oder wer ihr Gegenstand gewesen sei. Sein rückhaltloses Vertrauen in Fräulein Fairlie mache, daß er sich mit dem, was sie ihm zu offenbaren für gut erachte zufrieden gebe; und er fühle sich wirklich, ganz ehrlich, bar des geringsten Gefühls von Neugier, noch mehr zu erfahren.

Nachdem er diese Worte gesprochen, hielt er inne und sah mich forschend an. Ich war mir meines grundlosen Vorurteils gegen ihn so bewußt – so bewußt des unwürdigen Verdachtes, er möchte darauf spekulieren, daß ich in meiner Impulsivität ihm gerade die Fragen beantwortete, die nicht zu stellen entschlossen zu sein er soeben beteuert hatte – daß ich allen Erörterungen über diesen Teilaspekt des Themas auswich, allerdings, mit etwas wie einem Gefühl der Verwirrtheit auf meiner Seite. Zu gleicher Zeit war ich jedoch entschlossen, nicht die kleinste Gelegenheit, im Interesse Lauras zu plädieren, vorübergehen zu lassen, und erklärte ihm kühnlich, wie ich bedauere, daß er in seiner Großmut nicht noch einen Schritt weiter gegangen sei, und sich von ihr habe bewegen lassen, von dem Verlöbnis gänzlich zurückzutreten.

Hier entwaffnete er mich, wieder einmal mehr, dadurch, daß er gar nicht versuchte, sich selbst zu verteidigen. Er bat mich lediglich, den Unterschied zu bedenken: ob er Fräulein Fairlie erlauben, ihn abzulehnen, was in letzter Instanz nur eine Ergebung in sein Schicksal erfordere; oder aber, ob er sich zwänge, Fräulein Fairlie aufzugeben, was ja ein anderer Ausdruck dafür wäre, von ihm zu verlangen, sich selbst zum Mörder seiner schönsten Hoffnungen zu machen. Ihr Betragen vom Vortage habe die unwandelbare Liebe und Bewunderung zweier langer Jahre in einem Maße verstärkt, daß von nun an ein aktives Angehen gegen diese Gefühle, seinerseits nicht mehr in seiner Macht stünde. Zweifellos würde ich ihn für weichlich, selbstisch, gefühllos gegenüber eben der Frau halten, die er anbete, und er müsse diese meine üble Meinung dann so resigniert tragen, wie er vermöge – möchte mir jedoch zur selben Zeit das Eine zu bedenken geben: ob eine Zukunft als alleinstehende Frau, die unter einer unglücklich gerichteten Neigung, die sie niemals öffentlich eingestehen kann, dahinwelkt, ihr denn so nennenswert lichtere Zukunftsaussichten zu versprechen scheine, als an der Seite eines Gatten, der buchstäblich den Boden verehrt, den ihr Fuß betritt? In diesem letzteren Fall wäre doch immer eine Hoffnung, und sei sie noch so schwach, von der Zeit zu erwarten – im ersteren Fall dagegen, sie hätte es ja selbst bekräftigt, gäbe es keinerlei Hoffnung mehr.

Ich gab ihm Antwort hierauf – mehr, weil meine Zunge eben eine Frauenzunge ist und antworten muß, als weil ich irgend Stichhaltiges beizubringen gehabt hätte. Es war ja allzu offenkundig, daß der gestern von Laura eingeschlagene Kurs ihm die Chance zum Vorteil bot, falls er sie zu nützen beschloß – und er *hatte* sie eben zu nützen beschlossen. Das Gefühl hatte ich vorhin; und habe es jetzt, während ich in meinem Zimmer diese Zeilen niederschreibe, wiederum genau so stark. Die einzige Hoffnung, die jetzt noch übrig ist, wäre, daß die Motive für sein Handeln tatsächlich, wie er beteuert, der unwiderstehlichen Stärke seiner Zuneigung zu Laura entspringen. –

Bevor ich meine Tagebucheintragung für heute abschließe, muß ich noch notieren, daß ich vorhin, im Interesse des armen Hartright, an zwei alte Freunde meiner Mutter in London geschrieben habe; Beide einflußreiche Männer in hohen Stellungen. Wenn sie überhaupt etwas für ihn zu unternehmen imstande sind, bin ich überzeugt, daß sie es tun werden. Laura ausgenommen, bin ich noch nie besorgter um Irgendjemanden gewesen, als ich es jetzt um Walter bin. Alles was sich abgespielt hat, seitdem er uns verließ, hat meine ohnehin große Achtung und Sympathie für ihn noch verstärkt. Ich hoffe nur, daß ich insofern richtig handle, als ich mir jetzt Mühe gebe, ihm eine Stelle im Ausland zu vermitteln – ich hoffe, und zwar aufs ernstlichste und inbrünstigste, daß Alles gut ausgehen möge.

* * *

11. November. – Sir Percival hatte eine Aussprache mit Herrn Fairlie; und man schickte nach mir, daß ich daran teilnehme.

Ich fand Herrn Fairlie bedeutend erleichtert ob der Aussicht, daß die ›Familienplackerei‹ (wie es ihm beliebte, die Heirat seiner Nichte zu nennen) endlich so gut wie geregelt sei. Soweit fühlte ich mich noch nicht berufen, ihm meine eigene Meinung klar zu machen; aber als er dann weiterging, und in seiner schlaffsten, aufreizendsten Manier anregte, daß doch nun auch als nächstes der Hochzeitstag gemäß Sir Percivals Wünschen angesetzt werden möge, genoß ich die Befriedigung, Herrn Fairlies Nerven mit einem so scharfen Protest gegen jedes weitere Unterdrucksetzen Lauras zu attackieren, wie ich es nur in Worte zu fassen vermochte. Sir Percival versicherte mir sogleich, daß er die Stärke meines Einspruchs durchaus fühle; und bat mich, überzeugt zu sein, daß jener Vorschlag keinesfalls infolge irgendeiner Anregung von seiner Seite gemacht worden sei. Herr Fairlie lehnte sich in seinem Sessel zurück; schloß die Augen; sagte, wir machten Beide der menschlichen Natur größte Ehre; und wiederholte dann seine Anregung so kalt, wie wenn weder Sir Percival noch ich ein Wörtlein dagegen vorgebracht hätten. Das Ende war, daß ich es platterdings ablehnte, mit Laura über den Gegenstand zu reden; es sei denn, sie komme von sich aus zuerst darauf. Nachdem ich diese Erklärung abgegeben hatte, verließ ich auf der Stelle das Zimmer. Sir Percival schaute verwirrt und ernstlich bekümmert drein; Herr Fairlie räkelte seine faulen Beine noch länger über den samtenen Fußschemel, und äußerte: »Teure Marian!, wie ich Sie um Ihr robustes Nervensystem beneide! – Bitte, nicht die Tür zuknallen!«

Auf dem Weg nach Lauras Zimmer erfuhr ich, daß sie schon nach mir gefragt, und Frau Vesey sie benachrichtigt hatte, wie ich oben, bei Herrn Fairlie wäre. Sie erkundigte sich sofort, was man von mir gewollt habe; und ich unterrichtete sie von allem, was vorgefallen war, ohne daß ich versucht hätte, den Ärger und die Ungehaltenheit, die ich eingestandenermaßen empfand, zu verbergen. Ihre Antwort überraschte und bekümmerte mich unaussprechlich – es war so ziemlich die letzte Erwiderung, auf die ich von ihrer Seite gefaßt gewesen wäre.

»Mein Onkel hat ganz recht,« sagte sie. »Ich habe Ungelegenheiten und Sorgen genug verursacht, Dir, und Allen, die um mich sind. Laß mich jetzt keine mehr verursachen, Marian – laß Sir Percival selbst entscheiden.«

Ich machte Einwände, mit Wärme, mit Feuer; aber nichts, was ich vorbringen konnte, hatte Einfluß auf sie.

»Man hält mich bei meinem gegebenen Wort,« entgegnete sie; »mit meinem früheren Leben habe ich endgültig gebrochen. Der schlimme Tag wird deswegen nicht weniger sicher nahen, wenn ich ihn noch ein wenig verschiebe. Nein, Marian!; noch einmal: Mein Onkel hat Recht. Ich habe Ungelegenheiten und Sorgen genug verursacht; ich verursache nun keine mehr.«

Früher war sie die Fügsamkeit selbst gewesen, und war nunmehr von einer derart passiven Unbeugsamkeit in ihrer Entsagung, ich möchte beinahe sagen, in ihrer Verzweiflung. So lieb ich sie hatte, es hätte mich weniger geschmerzt, sie in der heftigsten Erregung zu finden – sie so kalt und gefühllos zu sehen, wie ich sie jetzt sah, war so erschütternd unähnlich ihrem sonstigen, natürlichen Wesen!

* * *

12. November. – Sir Percival richtete beim Frühstück diverse Erkundigungen bezüglich Lauras an mich, die mir nur die eine Wahl ließen, ihm mitzuteilen, was sie gesagt hatte.
Während wir noch darüber sprachen, kam sie selbst herunter und gesellte sich zu uns. Sie gebarte sich in Sir Percivals Gegenwart genau so unnatürlich gefaßt, wie sie es in der meinen gewesen war. Als das Frühstück vorüber war, fand er Gelegenheit, in einer der tiefen Fensternischen mit ihr ein paar Worte privat zu sprechen. Sie standen nicht mehr als 2 oder 3 Minuten beieinander; und als sie sich dann trennten, verließ sie mit Frau Vesey das Zimmer, während Sir Percival zu mir herüber kam. Er sagte, er habe sie gebeten ihm eine Gunst zu erweisen, indem sie von ihrem Privileg Gebrauch mache, nach eigenem Wunsch und Willen den Termin des Hochzeitstages festzusetzen. Ihre Erwiderung habe lediglich darin bestanden, ihm für seine Rücksicht zu danken, ansonsten jedoch seine Wünsche in dieser Richtung Fräulein Halcombe kund zu geben.
Ich habe einfach nicht die Geduld, weiterzuschreiben. In diesem Fall wie in allen anderen, hat Sir Percival seine Absicht wiederum durchgesetzt, mit aller nur denkbaren Höflichkeit und Korrektheit, und allem, was ich sagen oder tun konnte, zum Trotz. Seine Wünsche sind nun natürlich ganz genau dieselben, wie sie bei seinem Eintreffen schon waren; und Laura verharrt, jetzt wo sie endgültig resigniert und sich zu dem unvermeidlichen Opfer dieser Ehe einmal durchgerungen hat, so hoffnungslos kalt und leidend wie nur je. Indem sie sich von ihrem bißchen Malzubehör und den Reliquien trennte, die sie hätten an Hartright erinnern können, scheint sie auch all ihre Zartheit und Beeindruckbarkeit verabschiedet zu haben. Es ist erst 3 Uhr Nachmittags, während ich diese Zeilen schreibe; und schon hat Sir Percival uns mit all der Eile eines glücklichen Bräutigams verlassen, um sein Haus in Hampshire zum Empfang der Braut herrichten zu lassen. Falls nicht noch ein ganz unerwartetes Ereignis eintritt, es zu verhindern, werden sie genau zu dem Zeitpunkt verheiratet sein, zu dem er verheiratet sein wollte – noch vor Jahresende. Mir brennen förmlich die Finger, mit denen ich das schreibe!

* * *

13. November. – Eine schlaflose Nacht, vor Sorge um Laura. Gegen Morgen kam ich zu dem Entschluß, zu versuchen, ob sie nicht etwa durch eine Ortsveränderung aufzurütteln wäre. Sie kann ja doch wohl nicht in ihrer gegenwärtigen gefühllosen Stumpfheit verharren, wenn ich sie einfach von Limmeridge entführe, und sie mit den wohlmeinenden Gesichtern alter guter Freunde umgebe? Nach einigem Überlegen, entschied ich mich, an die Arnold's, in Yorkshire, zu schreiben: das sind einfache, warmherzige, gastfreundliche Leute, und Laura kennt sie schon von ihren Kindertagen an. Als ich den Brief in den Postsack gesteckt hatte, erzählte ich ihr von meinem Vorhaben. Es würde mir eine Erleichterung gewesen sein, wenn sie Energie genug gezeigt hätte, zu widerstehen oder zu protestieren; aber nein – sie äußerte nichts als: »Mit *Dir*, Marian, will ich gern überall hin gehen. Ich glaube, Du hast recht – ich glaube, die Veränderung wird mir gut tun.«

* * *

14. November. – Ich habe an Herrn Gilmore geschrieben, und ihm die Nachricht weiter gegeben, wie nun tatsächlich starke Aussicht bestehe, daß diese elendigliche Heirat zustande kommt; auch habe ich meines Einfalls erwähnt, zu versuchen, inwieweit Ortsveränderung Laura bekommen möchte. Auf nähere Einzelheiten einzugehen, hatte ich nicht das Herz. Dafür ist noch genügend Zeit, wenn wir dem Ende des Jahres näher sein werden.

* * *

15. November. – 3 Briefe für mich. Der erste von Arnold's, voller Entzücken ob der Aussicht, Laura und mich bei sich zu sehen. Der zweite von einem der Herren, die ich im Interesse Walter Hartrights angeschrieben habe; er informiert mich, daß er sich glücklich schätzt, eine Gelegenheit ausfindig gemacht zu haben, und also meiner Bitte nachkommen zu können. Der dritte stammt von Walter selbst; er dankt mir, und in den wärmsten Ausdrücken, der Arme, daß ich ihm die Gelegenheit verschafft habe, seine Freunde, sein Heim, sein Vaterland zu verlassen. Eine private Expedition, mit dem Zweck, Ausgrabungen in den Ruinenstädten Mittelamerikas zu veranstalten, ist anscheinend gerade im Begriff, vom Hafen

Liverpool aus abzugehen. Dem schon zu ihrer Begleitung bestimmten Zeichner ist in zwölfter Stunde der Mut entsunken; er hat abgesagt, und Walter soll jetzt seinen Platz ausfüllen. Er muß sich, vom Tage der Landung in Honduras an, für 6 Monate fest verpflichten; sowie, falls die Ausgrabungen erfolgreich verlaufen und das Kapital ausreichen sollte, noch für ein weiteres Jahr. Sein Brief schließt mit dem Versprechen, sobald Alle an Bord gegangen sind, und der Lotse das Schiff verläßt, mir mit Jenem noch eine Zeile zum Abschied zu schicken. Ich kann nur hoffen, und inbrünstig darum beten, daß wir Beide, er und ich, in dieser Angelegenheit zum Besten handeln. Es scheint doch ein derart weittragender Schritt, den er da unternimmt, daß das bloße Nachdenken darüber mich aufregen kann. Und dennoch: wie könnte ich in seiner unseligen Lage von ihm verlangen oder auch nur wünschen, daß er daheim bliebe?

* * *

16. November.– Der Wagen steht vor der Tür. Laura und ich reisen heute ab, um Arnold's unseren Besuch abzustatten.

* * *

....
....

* * *

POLESDEAN LODGE, YORKSHIRE

23. November. – Eine Woche in der neuen Umgebung und unter diesen warmherzigen Menschen hier hat ihr einigermaßen gut getan; obwohl nicht in dem Maße, wie ich mir erhofft hatte. Ich habe mich entschlossen, unseren Aufenthalt um mindestens eine weitere Woche noch zu verlängern. Nach Limmeridge zurückzukehren ist, bevor nicht eine absolute Notwendigkeit dazu vorliegt, ja auch nutzlos.

* * *

24. November. – Trübe Neuigkeiten mit der Frühpost heut. Die Expedition nach Mittelamerika ist am 21. aufgebrochen. Ein verläßlicher Mensch ist von uns gegangen – wir haben einen treuen Freund verloren. Walter Hartright hat England verlassen.

* * *

25. November. – Trübe Neuigkeiten gestern; unheilverkündende heute. Sir Percival Glyde hat an Herrn Fairlie geschrieben, und Herr Fairlie wiederum an Laura und mich: wir sollen unverzüglich nach Limmeridge zurückkommen.
Was kann das bedeuten? Hat man etwa in unserer Abwesenheit den Tag für die Hochzeit festgesetzt? ...

II

LIMMERIDGE-HAUS

27. November. – Meine schlimmen Vorahnungen haben sich erfüllt. Die Hochzeit ist auf den 22. Dezember festgesetzt.
Es scheint, daß Sir Percival, den Tag darauf als wir nach Polesdean Lodge abgefahren waren, an Herrn Fairlie geschrieben und ihm mitgeteilt hat, daß die erforderlichen Reparaturen und Veränderungen an seinem Haus in Hampshire doch weit mehr Zeit in Anspruch nehmen würden, als er ursprünglich vorausgesetzt habe. Die verbindlichen Voranschläge würden ihm sobald wie nur möglich unterbreitet; und es würde ihm bedeutend erleichtert werden, die endgültigen Abschlüsse mit den Handwerkern einzugehen, wenn man ihn von dem genauen Termin unterrichten könnte, an dem die Trauungsfeierlichkeiten aller Voraussicht nach vonstatten gingen. Dann könne er sämtliche Kalkulationen hinsichtlich der Zeit mit Muße vornehmen; sowie vor allem auch die erforderlichen Entschuldigungen an alle Freunde versenden, deren Besuch bei ihm ursprünglich für diesen Winter geplant gewesen sei, und die nun natürlich, bei einem Haus voller Handwerker, nicht empfangen werden könnten.

Auf diesen Brief hatte Herr Fairlie mit dem Ersuchen erwidert: Sir Percival möge nur selbst einen Tag für die Trauung vorschlagen – Fräulein Fairlies Einwilligung immer vorausgesetzt, die zu erlangen jedoch er, als Vormund, sein Bestes willig unternehmen würde. Sir Percival schrieb postwendend zurück, und schlug (genau in Übereinstimmung mit den Meinungen und Wünschen, die er von Anfang an gehegt hatte) die letzte Dezemberhälfte vor – etwa den 22., oder den 24., oder eben auch jeglichen anderen Tag, den die Dame und ihr Vormund vorziehen möchten. Da die Dame nicht zur Hand war und ergo nicht für sich selbst sprechen konnte, hatte ihr Vormund sich in ihrer Abwesenheit für den frühesten vorgeschlagenen Termin entschieden – den 22. Dezember – und folglich uns brieflich nach Limmeridge zurückberufen.
Nachdem Herr Fairlie mir gestern, in einer Unterredung unter 4 Augen, diese Details mitgeteilt hatte, schlug er in seiner verbindlichsten Manier vor, daß ich doch gleich heute die nötigen Verhandlungen aufnehmen sollte. In dem Gefühl, daß, solange ich nicht Lauras Vollmacht dazu hätte, ein Widerstand nutzlos sei, willigte ich ein, mit ihr darüber zu sprechen; erklärte aber im selben Atem, daß ich auf keinen Fall unternehmen würde, sie zum Eingehen auf Sir Percivals Wünsche zu überreden. Herr Fairlie machte mir ein Kompliment über mein »prachtvolles Gewissen« – ungefähr so, wie er mir auf einem Spaziergang ein Kompliment über meine »prachtvolle Rüstigkeit« gemacht haben würde – und schien soweit restlos befriedigt, daß es ihm gelungen war, wieder eine familiäre Verantwortlichkeit mehr von seinen Schultern ab, und auf die meinigen zu wälzen.
Folglich redete ich heute früh, wie ich versprochen hatte, mit Laura. Die Gelassenheit – ich glaube, ich kann fast sagen, die Gefühllosigkeit – die sie, seit Sir Percival uns verließ, auf so befremdliche und entschlossene Weise behauptet hatte, machte sie gegen den Schock der Neuigkeit, die ich ihr zu übermitteln hatte, nun doch nicht gefeit. Sie wurde blaß, und begann heftig zu zittern.
»Nicht so bald!« flehte sie: »Oh, Marian, nicht so bald!«
Die kleinste ihrer Andeutungen in dieser Hinsicht genügte mir ja. Ich erhob mich, um das Zimmer zu verlassen, und ihren Kampf auf der Stelle mit Herrn Fairlie für sie auszufechten.
Meine Hand lag schon auf der Klinke, als sie mein Kleid ergriff und mich zurückhielt.

»Laß' mich los!« sagte ich. »Mir brennt es auf der Zunge, Deinem Onkel zu erzählen, daß er und Sir Percival in allem nun doch nicht ihren Willen haben sollen!«
Sie seufzte bitterlich, und hielt mein Kleid noch immer fest.
»Nein,« sagte sie dann schwach. »Zu spät, Marian; zu spät!«
»Nicht eine Minute zu spät,« gab ich zurück: »Die Frage des Zeitpunktes ist *unsere* Frage — und, verlaß' Dich drauf, Laura, daß ich daraus Vorteil zu ziehen gedenke, wie nur je eine Frau!«
Ich machte ihre Hand von meinem Kleid los, während ich so sprach; aber sie schlang im selben Augenblick beide Arme um meine Taille, und hielt mich so weit wirksamer denn zuvor.
»Es wird uns lediglich in neue Aufregung und neue Verwirrung verstricken,« sagte sie. »Es wird Dich und meinen Onkel entzweien; und Sir Percival wird prompt wieder hier erscheinen, und neuen Grund zur Klage haben —«
»Umso besser!« rief ich leidenschaftlich aus. »Wer scheert sich um seinen Grund zur Klage? Willst Du Dir das eigene Herz brechen, bloß um seiner Gemütsruhe willen? Kein Mann auf der Welt verdient derartige Opfer von uns Frauen! Männer?!: Feinde unserer Unschuld und unseres Seelenfriedens sind sie — fort reißen sie uns, von der Liebe unserer Eltern und der Freundschaft unserer Schwestern — sie nehmen uns für sich, mit Leib und Seele, und fesseln unser hülfloses Dasein an das ihrige, wie sie einen Hund an seine Hütte ketten! Und was hat noch der Beste von ihnen uns im Austausch dafür zu bieten? Laß mich gehen, Laura — ich möchte unsinnig werden, wenn ich nur daran denke!«
Tränen — erbärmliche, schwächliche Weibstränen ohnmächtiger Wut und Erregung — traten mir in die Augen. Sie lächelte traurig, und legte ihr Taschentuch über mein Gesicht, sie übernahm es für mich, die verräterischen Zeugen meiner Schwäche zu verdecken — jener Schwäche aller Anderen, von der sie wußte, daß ich sie am meisten verabscheue.
»Ach, Marian!« sagte sie. »*Du* und weinen? Denk' doch, was Du mir sagen würdest, wenn unsere Plätze vertauscht und diese Tränen die meinigen wären. All Deine Liebe, Dein Mut und Deine Hingebung ändern nicht mehr das, was früher oder später *doch* geschehen muß. Laß meinen Onkel seinen Willen haben. Erspare uns alle weiteren Aufregungen und Unzuträglichkeiten, die ein Opfer meinerseits verhindern kann. Versprich mir nur das Eine, Marian: daß Du

bei mir wohnen willst, wenn ich dann verheiratet bin – und mehr bedarf's nicht.«

Aber ich sagte doch mehr. Ich drängte mit Gewalt die schandbaren Tränen zurück, die *mir* keine Erleichterung brachten, und *ihr* nur zusätzlichen Kummer verursachten, und sprach ihr Vernunft zu und brachte Gründe bei, so ruhig, wie ich nur immer vermochte. Es war nutzlos. Zweimal noch ließ sie mich das Versprechen wiederholen, bei ihr zu wohnen, wenn sie verheiratet sein würde; und stellte dann plötzlich eine Frage, die meine Besorgnis und mein Mitgefühl für sie wieder in neue, andere Richtungen lenkte.

»Als wir in Polesdean waren,« sagte sie, »hast Du einen Brief bekommen, Marian –«

Der veränderte Tonfall – die jähe Art, mit der ihr Blick von mir abglitt, und sie dann das Gesicht an meiner Schulter barg – das Zögern, das sie zum Schweigen brachte, bevor sie ihre Frage noch gänzlich vollendet hatte, alles verriet mir, nur allzudeutlich, wem ihre halbausgesprochene Erkundigung galt.

»Ich dachte, Laura, weder Du noch ich wollten jemals wieder auf ihn anspielen,« sagte ich sanft.

»Aber Du hattest einen Brief von ihm?« beharrte sie.

»Ja,« erwiderte ich; »wenn Du's durchaus wissen mußt.«

»Hast Du vor, ihm wieder zu schreiben?«

Ich zögerte. Ich hatte mich gescheut, ihr von seiner Abwesenheit von England zu erzählen, wie auch von der Art und Weise, in der meine Bemühungen, seinen neuen Ab- und Aussichten zu nützen, mit seiner Abreise in Verbindung gestanden hatten. Welche Antwort sollte ich ihr jetzt geben? Er war dorthin unterwegs, wo ihn für die kommenden Monate, vielleicht Jahre, kein Brief erreichen konnte.

»Gesetzt den Fall, ich beabsichtigte, ihm wieder zu schreiben,« sagte ich schließlich. »Was dann, Laura?«

Ihre Wange an meinem Hals wurde brennend heiß, und die Arme, die um mich lagen, schlangen sich zitternd fester.

»Dann sag' ihm nichts vom *Zweiundzwanzigsten*,« wisperte sie. »Versprich mir, Marian – bitte, versprich mir, daß Du, wenn Du das nächste Mal schreibst, ihm gegenüber nicht einmal meinen Namen erwähnen wirst.«

Ich gab ihr das Versprechen. Worte vermögen nicht auszudrücken, wie kummervoll ich es gab. Sie ließ unverzüglich meine Taille los; ging von mir fort zum Fenster, und stand und sah hinaus, mit dem

Rücken zu mir gekehrt. Nach einer kleinen Weile sprach sie erneut; jedoch ohne sich umzudrehen, ohne mir zu erlauben, den kleinsten Blick in ihr Gesicht zu werfen.

»Gehst Du jetzt zu meinem Onkel?« fragte sie. »Willst Du ihm bitte ausrichten, daß ich in jedes Arrangement einwillige, das ihm am richtigsten dünkt? Du kannst mich getrost verlassen, Marian. Mir wird besser sein, wenn ich einen kleinen Augenblick allein gewesen bin.«

Ich ging hinaus. Wenn ich, als ich den Korridor entlang ging, durch das Anheben eines meiner Finger, Herrn Fairlie mitsamt Sir Percival Glyde an die fernsten Enden der Welt hätte versetzen können: ich hätte diesen Finger gehoben, ohne auch nur eine Sekunde zu zögern! Wenigstens diesmal jetzt wurde mein ungestümes Temperament mir zum Retter – ich wäre ja vollständig zusammengebrochen, und hätte einen reinrassigen Weinkrampf erlitten, wenn nicht meine sämtlichen Tränen vor der Hitze meiner Wut gewissermaßen verdampft gewesen wären. So aber platzte ich in Herrn Fairlies Zimmer – brüllte ihn so rauh wie möglich an: »Laura ist mit dem 22. einverstanden!« – und stürmte dann wieder hinaus, ohne eine Silbe Antwort abzuwarten. Auch knallte ich die Tür hinter mir zu; und hoffe, daß ich, zumindest für den Rest dieses Tages, Herrn Fairlies Nervensystem erfolgreich erschüttert habe!

* * *

28. November. – Heute früh habe ich noch einmal den Abschiedsbrief des armen Hartright überlesen; da mich seit gestern beträchtliche Zweifel überkommen hatten, ob ich auch weislich handle, wenn ich den Umstand seiner Abreise vor Laura geheim halte.

Nach nochmaligem Überlegen meine ich doch, daß ich recht daran tue. Die zufälligen Anspielungen seines Briefes auf die Vorbereitungen, die man für jene Expedition nach Mittelamerika trifft, deuten sämtlich daraufhin, daß die Leiter sich der Gefährlichkeit bewußt sind. Und wenn diese Erkenntnis *mich* schon unruhig macht, was würde sie dann bei *ihr* bewirken?! Schon das Gefühl ist ja schlimm genug, daß seine Abreise uns des Freundes aller Freunde beraubt hat, auf dessen absolute Ergebenheit wir in der Stunde der Not hätten bauen können, falls diese Stunde jemals kommen und uns hilflos finden sollte; aber noch weit niederschlagender ist das Wissen, daß er von uns gegangen ist, um den Gefahren eines ungesunden Klimas, eines wilden Landes und einer unzuverlässigen Bevölkerung zu trotzen. Da wäre es doch bestimmt eine grausame Art Offenheit, Laura hiervon zu unterrichten, ohne daß die positive zwingende Notwendigkeit dafür vorliegt?

Ich bin mir sogar im Zweifel, ob ich nicht noch einen Schritt weiter gehen, und den Brief unverzüglich verbrennen sollte; damit er nicht etwa eines Tages einmal in die unrechten Hände falle. Er spricht schließlich nicht nur von Laura in Ausdrücken, die für immer ein Geheimnis bleiben müssen zwischen ihm und mir; sondern wiederholt seinen Verdacht – so hartnäckig, so unerklärbar, und so beunruhigend – daß er seit seiner Abreise von Limmeridge heimlich überwacht worden sei. Er erklärt, daß er die Gesichter der beiden fremden Männer, die ihm in den Straßen von London ständig auf den Fersen gewesen seien, in der Menge wiedergesehen habe, die sich am Hafen von Liverpool versammelte, um die Expedition abgehen zu sehen; und behauptet steif und fest, wie er beim Einsteigen ins Boot deutlich hinter sich den Namen ›Anne Catherick‹ habe aussprechen hören. Er schreibt dann wörtlich: »Diese Dinge haben irgendeine Bedeutung; diese Dinge müssen früher oder später irgendwelche Ergebnisse zeitigen. Das Geheimnis um Anne Catherick ist *noch längst nicht* aufgeklärt. Daß sie meinen Pfad niemals mehr kreuzen wird, ist durchaus möglich; aber sollte sie jemals den Ihren kreuzen, dann, Fräulein Halcombe, nützen Sie die Gelegenheit besser, als ich es seinerzeit tat. Ich sage das aus stärkster Überzeugung – ich beschwöre Sie, meine Worte im Gedächtnis zu bewahren!«.

Das sind seine eigenen Ausdrücke. Es besteht keinerlei Gefahr, daß ich sie vergessen könnte – ist doch mein Gedächtnis nur zu bereitwillig, sich ausführlich mit jeder Nachricht Hartrights, die sich auf Anne Catherick bezieht, zu beschäftigen. Aber daß ich den Brief aufbewahre, birgt irgendwie Gefahr in sich. Der dümmste Zufall könnte ihn der Willkür von Fremden preisgeben – ich kann krank werden; ich kann sterben – nein; besser, ihn auf der Stelle zu verbrennen, und eine Angst und Sorge weniger zu haben! –

Er ist verbrannt. Die Asche seines Abschiedsbriefes – vielleicht des letzten, den er mir je schreibt – liegt, ein armseliges schwarzes Häufchen, im Kamin. Ist das das traurige Ende der ganzen traurigen Geschichte? Oh, nicht das Ende – sicher, sicher doch nicht schon das absolute Ende?!

29. November. — Die Vorbereitungen für die Hochzeit haben begonnen. Die Schneiderin ist eingetroffen, um ihre Anweisungen entgegenzunehmen. Laura ist völlig teilnahmslos, völlig gleichgültig in Bezug auf das, was für eine Frau doch die Frage aller Fragen ist, mit welcher ihr allerpersönlichstes Interesse aufs intimste zusammenhängt. Sie hat schlechthin Alles der Schneiderin und mir überlassen. Wenn der arme Hartright der Baron wäre, und der Mann der Wahl ihres Vaters — wie anders würde sie sich dann gehaben! Wie kapriziös und penibel würde sie dann gewesen sein; und vor was für einer schwierigen Aufgabe würde dann auch die beste der Schneiderinnen gestanden haben, um es ihr auch nur einigermaßen recht zu machen!

* * *

30. November. — Wir hören täglich von Sir Percival. Die letzte Neuigkeit ist die, daß die Veränderungen an seinem Haus 4 bis 6 Monate in Anspruch nehmen dürften, bevor sie angemessen fertiggestellt genannt werden können. Wenn Anstreicher, Tapezierer und Polsterer, so wie sie äußeren Glanz fabrizieren, auch echtes Glück hervorbringen könnten, dann würde mich ihre Geschäftigkeit an und in Lauras künftigem Heim durchaus interessieren. Aber so, wie der Fall liegt, ist der einzige Teil von Sir Percivals Brief, der mich nicht genau so läßt, wie er mich fand — nämlich vollkommen gleichgültig hinsichtlich all seiner Pläne und Projekte — derjenige Teil, der von der Hochzeitsreise handelt. Er schlägt vor, da Laura von zarter Gesundheit sei, und der Winter ungewöhnlich streng zu werden drohe, mit ihr nach Rom zu reisen, und bis zum Frühsommer nächsten Jahres in Italien zu bleiben. Falls dieser sein Vorschlag keine Zustimmung finden sollte, sei er jedoch, obschon er kein eigenes Stadthaus besäße, gleichermaßen bereit, die Wintersaison mit ihr in London zu verbringen, in dem bequemsten möblierten Haus, das sich zu diesem Zweck nur immer mieten lasse.
Wenn ich nun mich und meine Gefühle einmal gänzlich ausschalte, (was zu tun meine Pflicht ist, und was ich auch getan habe), hege ich — ausnahmsweise — keinen Zweifel, daß der erste Vorschlag der annehmbarere ist. Eine zeitweilige Trennung zwischen mir und Laura ist in jedem Fall zunächst einmal unvermeidlich. Es wird, im Fall, daß sie ins Ausland reisen, eine längere Trennung werden, wie wenn sie in London bleiben würden — aber gegenüber diesem Nach-

teil müssen wir in die andere Wagschale die wohltätige Wirkung auf Laura legen, wenn sie den Winter in einem milden Klima verbringen kann; und, mehr als das: das Staunen und die Aufregung der ersten großen Reise in ihrem Leben, und dazu in dem interessantesten Lande von der Welt, müßte fast unfehlbar von größter Hülfe sein, ihre Lebensgeister anzuregen, und sie mit ihrem neuen Dasein auszusöhnen. Aus den konventionellen gesellschaftlichen Anregungen und Großstadtbelustigungen Londons neue Kraft zu schöpfen, liegt nicht in ihrer Art; die würden nur bewirken, daß die Bedrückung ob dieser bejammernswerten Heirat desto schwerer auf ihr lastet. Ich fürchte gerade den Beginn ihres neuen Lebensabschnittes mehr, als Worte auszudrücken vermögen; aber wenn sie reist, glaube ich noch einen Hoffnungsschimmer für sie zu erblicken — wenn sie daheim bleibt, nicht.

Wie seltsam, diese eben gemachte Eintragung in mein Tagebuch noch einmal zu überlesen, und zu gewahren, daß ich von der Heirat Lauras und über die Trennung von ihr in einer Art geschrieben habe, wie die Leute von unwiderruflich beschlossenen Dingen schreiben. Es wirkt irgendwie so kalt und gefühllos, auf so grausam gefaßte Art in die Zukunft zu blicken. Aber welche andere Art wäre wohl möglich, jetzt, wo die Zeit bereits so nahe ist? Wird sie doch, noch bevor ein Monat ins Land gegangen ist, *seine* Laura sein, anstatt meiner! *Seine* Laura! Ich bin so wenig imstande, mir die diesen zwei Worten zugrundeliegende Vorstellung zu vergegenwärtigen — mein Gemüt fühlt sich dabei so betäubt und abgestumpft — wie wenn ›von ihrer Hochzeit‹ zu schreiben, gleichbedeutend wäre mit ›von ihrem Tode‹ zu schreiben.

* * *

1. Dezember. — Ein trüber, trüber Tag — ein Tag, den des breiteren zu schildern, ich nicht das Herz habe. Nachdem ich es vergangenen Abend aus Schwäche noch einmal verschoben hatte, mit ihr über Sir Percivals Vorschlag bezüglich der Hochzeitsreise zu reden, war ich heute Früh nun doch dazu gezwungen.

In der vollen Zuversicht, daß ich bei ihr sein würde, wohin immer sie auch ginge, war das arme Kind — denn sie ist in vielerlei Hinsicht noch Kind — beinah ein wenig glücklich, bei der Aussicht, die Wunder von Florenz und Rom und Neapel zu schauen. Mir brach schier das Herz, sie aus dem holden Wahn zu reißen, und ihr die rauhe

Wirklichkeit von An- zu Angesicht zu zeigen. Ich hatte die Aufgabe, ihr zu erklären, daß kein Mann einen Nebenbuhler – auch keinen weiblichen Geschlechts – im Herzen seiner Gattin duldet, wenn er frisch verheiratet ist; ganz gleich, was eventuell auch später seine Einstellung dann sein mag. Es war meine Aufgabe, sie beizeiten zu warnen: daß meine Chance, ständig mit ihr unter einem Dach wohnen zu dürfen, gänzlich darauf beruhe, keinesfalls Sir Percivals Eifersucht oder Mißtrauen dadurch zu erregen, daß ich gleich von Anfang an zwischen ihnen stünde, in der Eigenschaft als erkorene Bewahrerin der verborgensten Geheimnisse seiner Gattin. Tropfenweise flößte ich die profane Bitterkeit solch weltlicher Weisheit diesem reinen Herzen, diesem unschuldigen Gemüt ein, während in meinem Innern sich jegliches höhere und edlere Gefühl gegen diese meine jämmerliche Pflicht auflehnte. Es ist überstanden jetzt. Sie hat die harte, die unvermeidliche Lektion gelernt. Sie hat die naiven Träume ihrer Mädchenzeit abgelegt, und meine Hand war es, die sie ihrer beraubte. Nun, besser meine, als seine – das ist mein einziger Trost –: besser meine, als seine.

Also ist sein erster Vorschlag nunmehr der offiziell akzeptierte: sie fahren nach Italien; und ich bereite mich, Sir Percivals Erlaubnis vorausgesetzt, dazu, sie nach ihrer Rückkehr nach England wiederzusehen, und bei ihnen zu bleiben. Mit anderen Worten: ich muß das erste Mal in meinem Leben um eine persönliche Gefälligkeit bitten; und ausgerechnet noch den Mann darum bitten, dem ich am allerletzten eine ernsthafte Gefälligkeit etwelcher Art schuldig wäre! Je nun, ich glaube, um Luras willen könnte ich schließlich auch noch mehr auf mich nehmen.

* * *

2. Dezember. – Wenn ich so zurückblättere, ertappe ich mich dabei, wie ich von Sir Percival grundsätzlich in herabsetzenden Ausdrükken spreche – bei der Wendung, die die Dinge nunmehr genommen haben, muß und will ich mein Vorurteil gegen ihn ausrotten. Ich kann mir auch gar nicht klar darüber werden, wieso es zuerst in mir entstanden sein mag? In früheren Zeiten ist es jedenfalls bestimmt nicht dagewesen.

Sind es Lauras Widerstände, seine Gattin zu werden, gewesen, die mich gegen ihn aufgebracht haben? Haben Hartrights vollkommen begreifliche Vorurteile mich angesteckt, ohne daß ich darauf geachtet hätte? Hat der Brief Anne Cathericks immer noch einen Stachel des Mißtrauens in meinem Gemüt zurückgelassen, allen Erklärungen Sir Percivals zum Trotz, und selbst angesichts des in meinem Besitz befindlichen Beweismaterials? Ich vermag mir über den Zustand meiner eigenen Gefühle nicht Rechenschaft zu geben; nur des einen bin ich mir sicher, daß es meine Pflicht ist – nunmehr doppelt meine Pflicht – Sir Percival nicht dadurch Unrecht zu tun, daß ich ihm ungerechterweise mißtraue. Falls ich es mir tatsächlich angewöhnt haben sollte, von ihm immer in derselben abfälligen Weise zu schreiben, dann will und muß ich mit dieser unwürdigen Angewohnheit brechen, selbst wenn die dazu benötigte Anstrengung mich zwingen sollte, die Niederschrift meines Tagebuches so lange auszusetzen, bis die Hochzeit vorüber ist! Ich bin ernstlich unzufrieden mit mir – ich schreibe heut nicht mehr weiter.

* * *

....

....

* * *

16. Dezember. – Volle zwei Wochen sind ins Land gegangen, und nicht ein Mal habe ich diese Blätter aufgeschlagen. Ich habe mich nun wohl lange genug von meinem Tagebuch ferngehalten, um mit gesünderen und geläuterteren Ansichten zu ihm zurückzukehren, was Sir Percival anbelangt – ich hoffe es wenigstens.

Viel ist aus den vergangenen vierzehn Tagen nicht zu berichten. Sämtliche Kleider sind so gut wie fertig; und die neuen Reisekoffer sind uns von London her zugeschickt worden. Die arme liebe Laura geht mir tagsüber kaum noch einen Augenblick von der Seite; und letzte Nacht, als Keine von uns schlafen konnte, kam sie zu mir ins Bett gekrochen, um sich da mit mir zu unterhalten. »Ich soll Dich so bald verlieren, Marian,« sagte sie; »ich muß soviel wie möglich bei Dir sein, solange ich noch kann.«

Die Trauung soll in der Kirche von Limmeridge stattfinden; und, dem Himmel sei Dank, von den Nachbarn ist Keiner zu der Feierlichkeit eingeladen worden. Der einzige Besuch wird unser alter Freund, Herr Arnold, sein, der von Polesdean herüber kommt, um bei Laura den Brautvater zu machen; da ihr leiblicher Onkel ja viel zu zart ist, sich bei so unfreundlichem Wetter, wie zur Zeit herrscht, vor die Tür zu trauen. Wenn es nicht beschlossene Sache bei mir wäre, von diesem heutigen Tage an nichts als nur noch die Lichtseiten unserer Situation zu sehen, dann würde der schwermütige Zustand, daß bei dem wichtigsten Moment in Lauras Leben nicht ein männlicher Verwandter von ihr zur Hand ist, mich bezüglich ihrer Zukunft sehr düster und mißtrauisch stimmen. Aber Düsterkeit und Mißtrauen existieren für mich nicht mehr – das heißt sie existieren insofern für mich nicht, als ich weder über das eine noch das andere auf den Seiten meines Tagebuches hier zu schreiben gedenke.

Sir Percival wird für morgen erwartet. Er hatte sich, für den Fall, daß wir ihn streng nach den Regeln der Etikette zu behandeln vorhätten, erbötig gemacht, an unsern hiesigen Geistlichen zu schreiben, und von ihm, für die kurze Übergangszeit seines Aufenthaltes in Limmeridge, vor der Hochzeit gastliche Aufnahme im Pfarrhause zu erbitten. Aber wie die Umstände liegen, haben weder Herr Fairlie noch ich, es irgend für nötig erachtet, uns groß mit der Beobachtung läppischer Förmlichkeiten und Zeremonien abzuplagen. In unserem wilden Moorgebiet hier, in diesem großen öden Haus, dürfen wir gut und gern Anspruch darauf machen, über allzu konventionelle Steifheiten, wie sie die Menschen anderswo beengen, hinaus zu sein. Ich habe also an Sir Percival geschrieben, ihm für sein höfliches Anerbieten gedankt, und ihn gebeten, daß er nur immer, wie bisher auch, seine altgewohnten Räume in Limmeridge-Haus wieder beziehen möchte.

* * *

17. Dezember. – Heut ist er eingetroffen; mir deuchte, ein bißchen müde und sorgenvoll im Aussehen; dennoch plauderte und lachte er, wie ein Mann in bester Laune. Er hat Laura ein paar wirklich hübsche Stücke Juwelierarbeit als Geschenk mitgebracht, die sie mit ihrer besten Manier und, zumindest äußerlich, auch mit vollendeter Selbstbeherrschung entgegennahm. Das einzige Zeichen des inneren Kampfes, den es sie kosten muß, in dieser Prüfungszeit den äußeren Anschein aufrecht zu erhalten, und das ich entdecken kann, besteht in eben ihrem plötzlich aufgetretenen Widerwillen, jemals mit sich allein zu sein. Anstatt sich, wie sonst, in ihr Zimmer zurückzuziehen, scheint sie jetzt Angst zu haben, sich dahin zu begeben. Als ich heut nach dem Lunch nach oben ging, um mir zu einem Spaziergang meinen Hut zu holen, schloß sie sich mir aus freien Stücken an; und vor'm Dinner wiederum stieß sie die Tür zwischen unsern Zimmern weit auf, sodaß wir uns während des Ankleidens, miteinander unterhalten konnten. »Gib mir immerfort zu tun,« hat sie gesagt: »Laß mich immerfort in Jemandes Gesellschaft sein. Laß mich nicht zum Nachdenken kommen — das ist alles, was ich jetzt brauche, Marian — laß mich nicht zum Nachdenken kommen.«

Diese traurige Veränderung, die über sie gekommen ist, hat ihre Anziehungskraft für Sir Percival nur vermehrt. Er legt sie, das erkenne ich deutlich, in einem für ihn vorteilhaften Sinne aus. Liegt doch eine fiebrische Röte über ihren Wangen, strahlt doch eine fiebrische Helle aus ihrem Blick, den er als die Wiederkehr ihrer Schönheit begrüßt, und als die Wiederherstellung ihrer Lebensgeister. Sie plauderte heut beim Dinner mit einer Sorglosigkeit und Fröhlichkeit — und der Ton war so falsch, so gar nicht ihrem Wesen gemäß, daß ich insgeheim darauf brannte, sie zum Schweigen zu bringen und hinauszuführen. Sir Percivals Erstaunen und Entzücken schien jeden Ausdruck zu übersteigen! Die Sorge, die ich ihm bei seiner Ankunft vom Gesicht abgelesen hatte, verließ ihn total; und er wirkte, sogar in meinen Augen, gute zehn Jahre jünger, als er in Wirklichkeit ist.

Es kann kein Zweifel darüber bestehen — obgleich eine kuriose Verdrehtheit meinerseits mich daran hindert, es auch zu erblicken — es kann kein Zweifel darüber bestehen, daß Lauras künftiger Gatte ein ausgesprochen schöner Mann ist! Regelmäßige Züge, um damit anzufangen, stellen ja ein erstes großes persönliches Plus dar — und die hat er. Leuchtende braune Augen wirken, bei einem Mann wie bei einer Frau, äußerst anziehend — er besitzt sie. Selbst Kahlheit, wenn sie, wie in seinem Fall, sich auf eine sogenannte ›hohe Stirn‹ beschränkt, steht einem Mann ja eher gut, als das Gegenteil; das Haupt wirkt dann mächtiger, und das Gesicht klug-markanter. Anmutige und leichte Bewegungen; ein unermüdlich lebhaftes Wesen; eine allzeit disponible, geschmeidige Unterhaltungsgabe — sämtlich bilden sie unleugbare Vorzüge, und er besitzt sie unbestreitbar alle. Sicherlich war der, nicht in Lauras Geheimnis eingeweihte, Herr Gilmore höchst entschuldbar, wenn er Überraschung ob ihrer Widerstände gegen die geplante Hochzeit bekundete. Jeder Andere an seiner Stelle hätte diese Meinung unseres wackeren alten Freundes bestimmt geteilt. Wenn man mich jetzt, in diesem Augenblick, zur Rede stellte, mit klaren Worten herauszusagen, was für Mängel ich an Sir Percival zu rügen hätte – ich wüßte lediglich zwei anzugeben. Das eine wäre seine unaufhörliche Reizbarkeit und Unrast – was natürlich auch auf ein ungewöhnlich energisches Temperament zurückzuführen sein mag. Das andere wäre die kurze, scharfe, übellaunige Art, wie er mit dem Dienstpersonal umspringt – was aber letztlich nur eine schlechte Angewohnheit sein kann. Nein, ich kann es nicht abstreiten, und ich will es auch nicht abstreiten: Sir Percival Glyde ist ein ausgesprochen schöner und ebenso ein ausgesprochen angenehmer Mann. So! Da steht es endlich auf dem Papier; und ich bin froh, daß ich das hinter mir habe.

* * *

18. Dezember. – Da ich mich heute früh abgespannt und niedergeschlagen fühlte, ließ ich Laura bei Frau Vesey, und unternahm allein einen meiner kurz-rüstigen Vormittagsgänge, die ich in letzter Zeit viel zu sehr hintangestellt habe; und zwar schlug ich die trockene, windige Straße über's Moor ein, die nach Todds Corner führt. Als ich ungefähr eine halbe Stunde unterwegs gewesen war, sah ich zu meiner unaussprechlichen Überraschung auf einmal Sir Percival aus der Richtung des Gehöfts her auf mich zu kommen. Er schritt weit aus, schwenkte seinen Stock, trug den Kopf hoch wie gewöhnlich, und seine Jagdjoppe stand offen und flatterte im Wind. Als wir zusammentrafen, wartete er nicht erst eine Frage meinerseits ab; sondern informierte mich sogleich, daß er zum Bauernhaus dort hingegangen wäre, um sich zu erkundigen, ob Herr oder Frau Todd seit seinem letzten Hiersein in Limmeridge irgend Nachrichten in betreffs Anne Catherick's erhalten hätte.

»Und Ihr Ergebnis war natürlich, daß man nichts gehört hätte?« sagte ich.

»Nicht das Geringste,« bestätigte er. »Ich beginne allmählich ernstlich zu fürchten, daß wir sie verloren haben. – Wissen Sie etwa zufällig,« fuhr er fort, und blickte mir dabei überaus aufmerksam ins Gesicht, »ob dieser Künstler – Herr Hartright – in der Lage sein könnte, uns irgend Aufklärung zu geben?«

»Er hat von ihr weder etwas gehört noch gesehen, seitdem er damals Cumberland verließ,« antwortete ich.

»Äußerst bedauerlich,« sagte Sir Percival, im Ton eines Mannes, der schwer enttäuscht ist; und sah dabei, befremdlich genug, wie ein

Mann aus, der sich beträchtlich erleichtert fühlt. »Es ist unmöglich zu sagen, was alles für Unfälle dem unseligen Geschöpf zugestoßen sein können. Ich kann gar nicht aussprechen, wie es mich bedrückt, daß alle meine Bemühungen, ihr wieder die Pflege und den Schutz angedeihen zu lassen, dessen sie so bedürftig ist, bisher fehlgeschlagen sind.«

Hier schaute er nun wirklich bedrückt drein. Ich sagte ein paar mitfühlende Worte; und dann schwatzten wir, auf unserm Rückweg zum Hause, von anderen Dingen. Zweifellos hat doch mein zufälliges Zusammentreffen mit ihm im Moor einen weiteren vorteilhaften Charakterzug an ihm enthüllt? Zweifellos ist es doch ganz auffällig rücksichtsvoll und selbstlos von ihm, fast am Vorabend seiner Hochzeit noch an Anne Catherick zu denken, und den ganzen weiten Weg nach Todds Corner zu machen, um Erkundigungen über sie einzuziehen, wo er die Zeit doch weit angenehmer auch in Lauras Gesellschaft hätte hinbringen können? In Anbetracht dessen, daß nur reinlichste Wohltätigkeit sein Motiv zu solchem Handeln gewesen sein kann, deutet, wie die Umstände liegen, sein Vorgehen auf ungewöhnliche, mitfühlende Gutmütigkeit und verdient größtes Lob. So! Da steht mein größtes Lob auf dem Papier — und ich bin froh, daß das erledigt ist.

* * *

19. Dezember. — Immer neue Entdeckungen in der unerschöpflichen Bonanza von Sir Percivals Tugenden.

Heute schnitt ich das Thema meines etwaigen Aufenthaltes unter seiner künftigen Gattin Dach an, sobald er sie wieder nach England zurückgebracht haben wird — ich hatte mir kaum eine erste tastende Andeutung in dieser Richtung erlaubt, als er mich auch schon mit Wärme bei der Hand ergriff, und mir gestand, ich hätte ihm genau das Angebot gemacht, das er mir seinerseits schon längst und dringend habe machen wollen. Ich sei unter allen Lebenden die Gefährtin, die seiner Gattin zu sichern er sich aufrichtig sehne; und er bitte mich, zu glauben, daß ich ihn durch mein Anerbieten, auch nach Lauras Hochzeit mit ihr wie früher weiter zu wohnen, lebenslänglich verpflichtet habe.

Als ich ihm in ihrem und meinem Namen ob seiner rücksichtsvollen Güte uns Beiden gegenüber gedankt hatte, gingen wir, als nächstes, zum Thema der Hochzeitsreise über, und begannen von Rom zu sprechen und den dort lebenden Engländern, in deren Gesellschaft Laura eingeführt werden sollte. Er zählte rasch die Namen diverser Freunde her, denen er diese Wintersaison im Ausland zu begegnen hoffte; alles Engländer, soweit ich mich entsinnen kann, mit einer Ausnahme — diese eine Ausnahme hieß: Conte Fosco.

Diese Erwähnung des Namens des Conte, und die Entdeckung, daß er und seine Frau sich höchstwahrscheinlich irgendwo auf dem Kontinent mit Braut und Bräutigam treffen werden, läßt Lauras Heirat, zum ersten Male, in einem ausgesprochen günstigeren Licht erscheinen: sie könnte durchaus die Möglichkeit ergeben, eine Familienfehde zu bereinigen. Bisher hat Madame Fosco sich absichtlich all und jeder Beziehung zu Laura, deren Tante sie ja ist, enthalten; und zwar aus reiner Wut gegen den verstorbenen Herrn Fairlie, wegen dessen Benehmen in jener bewußten Legats-Angelegenheit. Nunmehr jedoch kann sie den bisherigen Kurs ihres Benehmens schwerlich länger beibehalten; denn Sir Percival und Conte Fosco sind alte und erprobte Freunde, und ihren beiderseitigen Frauen wird keine andere Wahl bleiben, als miteinander auf höflichem Fuße zu verkehren. Madame Fosco war in ihren Mädchenjahren eines der impertinentesten Weiber, denen ich je begegnet bin — launisch, anspruchsvoll, und eitel in einem Grade, der an Albernheit grenzte. Wenn ihr Gatte es geschafft haben sollte, sie zur Vernunft zu bringen, hat er sich den Dank sämtlicher Familienmitglieder verdient, und ich will die Erste sein, die ihn abstattet.

Ich werde allmählich gespannt, den Conte kennen zu lernen. Ist er doch, wie gesagt, der Busenfreund von Lauras Gatten, und erregt in dieser Eigenschaft schon mein stärkstes Interesse. Weder Laura noch ich haben ihn bisher je gesehen. Alles, was ich von ihm weiß, ist lediglich, daß vor Jahren seine zufällige Anwesenheit auf den Stufen von Trinitá del Monte in Rom, entscheidend dazu beitrug, daß Sir Percival Räubern und Mördern entkommen konnte; und zwar genau in dem kritischen Augenblick, wo er bereits eine Wunde an der Hand empfangen hatte, und im nächsten Moment auf eine ins Herz gefaßt sein mußte. Außerdem erinnere ich mich noch, daß, als der verstorbene Herr Fairlie damals seine absurden Argumente gegen die Heirat seiner Schwester vorbrachte, der Conte ihm einen sehr gemäßigten und verständigen Brief über diesen Gegenstand geschrieben hat; der aber, ich schäme mich es zu gestehen, unbeant-

wortet geblieben ist. Das wäre eigentlich alles, was ich von Sir Percivals Freund weiß. Ich bin neugierig, ob er jemals nach England kommen wird. Und neugierig, wie er mir gefallen wird.
Meine Feder läuft mir in bloße Gedankenspielereien davon; ich will lieber zu den nüchternen Tatsachen zurückkehren. So viel steht fest, daß die Art, wie Sir Percival mein kühnes Angebot, auch fürderhin mit seiner Gattin zu leben, aufnahm, mehr als freundlich war; sie war fast liebreich. Ich bin mir schier sicher, Lauras Gatte wird keinen Grund haben, sich über mich zu beklagen, wenn ich nur weiter so fortfahren kann, wie ich begonnen habe. Ich habe ihm bereits bescheinigt, daß er hübsch ist; angenehm; voller Mitgefühl gegenüber Unglücklichen; voll liebreicher Güte gegenüber mir. Wahrlich, ich kenne mich selbst kaum noch wieder, in meiner neuen Eigenschaft als wärmste Freundin Sir Percivals. –

* * *

20. Dezember. – Ich hasse Sir Percival! Ich streite glatt ab, daß er ein schöner Mann ist. Ich erkläre ihn für hochgradig widerlich, und einen schlechten Charakter, dem es total an Güte und Mitgefühl mangelt!
Gestern Abend kamen die Hochzeitskarten an. Laura öffnete das Päckchen, und erblickte ihren künftigen Namen zum ersten Mal gedruckt. Vertraulich blickte ihr Sir Percival über die Schulter auf die neue Karte, die Fräulein Fairlie schon in eine Lady Glyde verwandelt hatte – lächelte mit aufreizendster widerlichster Selbstzufriedenheit, und wisperte ihr etwas ins Ohr. Was es war, weiß ich nicht (Laura hat sich geweigert, es mir mitzuteilen); aber ich sah ihr Gesicht eine so tödliche Blässe überziehen, daß ich dachte, sie würde in Ohnmacht fallen. Er nahm keinerlei Notiz von ihrer Veränderung. Er schien sich aufs barbarischste der Tatsache bewußt, etwas geäußert zu haben, das ihr Schmerz verursachte. Mein altes Gefühl der Feindseligkeit ihm gegenüber erwachte schlagartig wieder; und all die Stunden, die seitdem verstrichen sind, haben nichts dazu beitragen können, es zu vermindern. Ich bin unverständiger und ungerechter denn je zuvor. In drei Worten – und wie fließend schreibt meine Feder sie hin! – in drei Worten: Ich hasse ihn!

* * *

21. Dezember. – Haben die Ängste dieser ängstlichen Zeit mich am Ende doch ein wenig mitgenommen? Ich habe die letzten Tage über in einem derart leichtfertigen Ton geschrieben, von dem mein Herz doch, weiß der Himmel, weit genug entfernt ist, und den beim Zurückblättern in meinen Tagebucheintragungen zu entdecken, mich ziemlich schockiert hat.
Möglich, daß mich Lauras fieberhafte Aufregung während der letzten Wochen angesteckt hat. Falls ja, dann ist der Anfall bei mir aber bereits wieder vorbei, und hat mich in einem ganz seltsamen Gemütszustand zurückgelassen. Seit vergangener Nacht hat sich eine Art fixer Idee meines Geistes bemächtigt: daß noch Irgendetwas eintreten und die Hochzeit verhindern würde. Was kann diesen befremdlichen Einfall erzeugt haben? Ist er das indirekte Ergebnis meiner Befürchtungen hinsichtlich Lauras Zukunft? Oder hat er sich unbewußt bei mir gebildet, infolge der ständig zunehmenden Rastlosigkeit und Reizbarkeit, die ich an Sir Percivals Benehmen beobachtet habe, je näher der Tag der Hochzeit kommt? Unmöglich zu entscheiden. Ich weiß nur, daß die Idee sich festgesetzt hat – sicherlich doch, zumal unter diesen Umständen, die basisloseste Idee, die je einer Frau einkam? – kann aber, ich mag mich anstellen wie ich will, nicht zurückverfolgen, wie sie in mir entstanden sein mag. Dieser letzte Tag ist nichts als Verworrenheit und Elend gewesen. Wie kann ich ihn beschreiben? – und dennoch, ich muß es tun. Alles ist schließlich besser, als über meinen eigenen düsteren Einbildungen zu brüten.
Frau Vesey, die Gute, die wir Alle in der letzten Zeit viel zu sehr übersehen und vernachlässigt haben, hat uns, um damit zu beginnen, in aller Unschuld gleich einen traurigen Morgen verursacht. Sie hat, und es muß Monate in Anspruch genommen haben, insgeheim einen warmen Schal aus Shetlandwolle für ihren geliebten Zögling angefertigt – für eine Frau von ihrem Alter und ihrer Bequemlichkeit ein wunderschönes und ganz erstaunliches Stück Arbeit! Heute früh nun wurde das Geschenk überreicht; und als die liebreiche alte Freundin und Beschützerin ihrer mutterlosen Kindheit ihr voller Stolz den Schal um die Schultern legte, brach die arme, warmherzige Laura uns total zusammen. Mir war kaum Zeit gelassen, die Beiden einigermaßen zu beruhigen, beziehungsweise mir die eigenen Augen zu trocknen, denn schon sandte Herr Fairlie nach mir, um mich mit einer langen Aufzählung der Vorsichtsmaß-

nahmen zu beehren, die er am Hochzeitstag zur Erhaltung seiner eigenen Seelenruhe zu veranstalten gedachte.
Zunächst sollte »unsere liebe Laura« sein Geschenk entgegennehmen — einen schäbigen Ring mit einer Haarlocke ihres zärtlichen Onkels als Schmuck, anstatt eines kostbaren Steines; auf der Innenseite mit einer herzlosen französischen Inschrift von ›Übereinstimmung der Gefühle‹ und ›Ewiger Freundschaft‹ — »unsere liebe Laura« also sollte dieses Zeichen des zärtlichen Wohlwollens auf der Stelle aus meinen Händen entgegennehmen! so daß sie reichlich Zeit hätte, sich von der Aufregung ob solcher Gabe wieder zu erholen, bevor sie dann in Herrn Fairlies Gegenwart erschiene. Denn »unsere liebe Laura« solle ihm heut Abend einen kleinen Besuch abstatten, und die Freundlichkeit haben, keine Szene zu machen. Morgen früh dann solle »unsere liebe Laura« ihm einen weiteren kurzen Besuch im Hochzeitskleid abstatten; und hierbei, wiederum, die Freundlichkeit haben, keine Szene zu machen. Zum dritten Male dann solle »unsere liebe Laura« vor ihrer Abreise kurz bei ihm hereinschauen; jedoch ohne ihm das Herz durch die Nennung des genauen Abfahrttermins zu zerreißen, und ohne Tränen — »im Namen des Mitleids, liebste Marian, im Namen von Allem, was Zuneigung heißt und Häuslicher Friede, und entzückendste, scharmanteste Seelenruhe: *ohne Tränen!*«. Ich hatte mich derart aufgeregt über sein erbärmliches, selbstsüchtiges Getändle zu solcher Stunde, daß ich Herrn Fairlie garantiert vermittelst einiger der härtesten und rüdesten Wahrheiten, die er bisher in seinem Leben gehört hat, schokkiert haben würde; hätte mich nicht eben da die Ankunft Herrn Arnolds aus Polesdean zu anderweitigen Pflichten nach unten abberufen.
Der Rest des Tages ist schlechthin unbeschreiblich! Ich glaube, Niemand im Hause vermöchte zu sagen, wie er im Einzelnen verlaufen ist. Die Konspiration von Kleinstvorkommnissen, von denen sich eins ins andere verfitzte, hat Jedermann rettungslos verwirrt. Kleidungsstücke trafen ein, die vergessen worden waren — Koffer waren zu packen; und wurden wieder ausgepackt; und dann noch einmal frisch gepackt — von nah und fern liefen Geschenke von Freunden ein, von hoch- und von niedrigstehenden Freunden. Alle hasteten wir nutzlos. Alle erwarteten wir nur nervös den morgigen Tag. Zumal Sir Percival war nunmehr allzu rastlos geworden, als daß er es auch nur 5 Minuten noch hätte an demselben Platz aushalten

können. Sein kurzer, trockener Husten, an dem er laboriert, quälte ihn mehr denn je. Den ganzen Tag über war er bald drinnen, bald draußen; und schien plötzlich so wißbegierig geworden zu sein, daß er sogar ganz fremde Leute, die zufällig beruflich ins Haus kamen, verhörte. Dazu nun noch Lauras und mein einer-ewiger Gedanke, daß wir uns morgen trennen müßten; und die, zwischen uns zwar unausgesprochen bleibende, dennoch uns ständig gegenwärtige Furcht, wie diese beklagenswerte Eheschließung sich möglicherweise als der eine ganz große schicksalshafte Irrtum ihres, und der eine hoffnungslose Kummer meines Lebens herausstellen könnte. Zum erstenmal in all den Jahren unseres vertrauten und glücklichen Umgangs miteinander, vermieden wir es fast, uns ins Gesicht zu sehen, und standen, wie durch Vereinbarung, davon ab, den ganzen Abend hindurch unter 4 Augen miteinander zu reden. Ich kann einfach nicht länger dabei verweilen. Was die Zukunft mir auch immer an Kummer und Sorge noch aufbehalten haben mag, auf diesen 21. Dezember werde ich stets wie auf den trostlosesten, den jammervollsten Tag meines Lebens zurückblicken.
Ich schreibe diese Zeilen in der Abgeschiedenheit meines eigenen Zimmers, weit hinter Mitternacht, nachdem ich eben von einem verstohlenen Blick auf Laura zurück bin, wie sie in ihrem netten, weißen Bettchen liegt – dem Bettchen, das sie seit ihren Mädchentagen benützt hat.
Da lag sie, unbewußt meiner Gegenwart und daß ich sie anschaute – ruhig; ruhiger, als ich zu hoffen gewagt hatte; schlummerte jedoch nicht. Der schwache Schimmer des Nachtlichts zeigte mir, daß ihre Augen nur halb geschlossen waren – wie Spuren von Tränen glitzerte es zwischen den Lidern. Mein kleines Geschenk zum Andenken – lediglich eine Brosche – lag auf dem Nachttisch neben ihrem Bett, zusammen mit dem Gebetbuch, und einem Miniaturporträt ihres Vaters, das sie überallhin mit sich nimmt. Ich wartete einen Augenblick hinter ihrem Kopfende, und schaute auf sie herab, wie sie da unter mir lag, den einen Arm mit der Hand still auf der weißen Bettdecke, so ruhig, so sanft atmend, daß nicht ein Rüschchen an ihrem Ausschnitt ihres Nachtkleides sich bewegte – ich stand und schaute auf sie, wie ich sie tausende von Malen gesehen habe, wie ich sie nie mehr sehen werde – dann stahl ich mich zurück in mein Zimmer. Mein Liebstes auf Erden!, mit all Deinem Reichtum und all Deiner Schönheit: wie freundlos bist Du! Der eine Mann, der freu-

dig sein Herzblut geben würde, um Dir zu dienen, ist weit, weit fort, ein Spielball der Meereswogen in dieser stürmischen Nacht. Wer anders ist Dir noch geblieben? Nicht Vater, nicht Bruder – kein lebendes Wesen, als die hülf-, die nutzlose Frau, die diese kummervollen Zeilen schreibt; und bis zum Morgen in Deiner Nähe wachen wird, voller Sorgen, die sie nicht beschwichtigen, voller Zweifel, die sie nicht besiegen kann. Oh, welch teures Pfand wird morgen in dieses Mannes Hände gelegt werden. Falls er es jemals versäumen – jemals ein Haar ihres Hauptes krümmen sollte – –!

* * *

ZWEIUNDZWANZIGSTER DEZEMBER. – *Sieben Uhr.* Ein wilder, planloser Morgen. Sie ist eben aufgestanden – besser und gefaßter, jetzt wo die Stunde herbeigekommen ist, als sie es gestern war.

Zehn Uhr. Sie ist angekleidet. Wir haben einander geküßt – haben einander versprochen, nicht den Mut sinken zu lassen. Ich bin für einen Augenblick allein auf meinem Zimmer. Durch all den Wirbel und Trubel meiner Gedanken hindurch kann ich erkennen, wie mir immer noch jene grillenhafte Idee von irgend einem unvorhergesehenen Ereignis, das die Hochzeit hindern würde, im Kopfe herum spukt. Spukt sie etwa auch in seinem Kopf? Ich kann ihn durchs Fenster erblicken, wie er sich in wunderlicher Unruhe zwischen den Kutschwagen unten hin und her bewegt. – Wie mag ich nur solchen Unfug schreiben! Ist doch die Hochzeit so gut wie vollzogen; werden wir doch in weniger als einer halben Stunde zur Kirche fahren!

Elf Uhr. Es ist alles vorüber. Sie sind getraut.

Drei Uhr. – Sie sind fort! Ich sehe nichts mehr vor Tränen – ich kann nicht weiter schreiben – –

. . . .

(Hier endet der Erste Zeitraum dieses Berichtes.)

[illegible] ein Herz Mädchen wieder um Dich zu dienen; ich weiß, was [illegible] ein Spielball der Meereswogen in dieser schrecklichen Nacht. Wer anders ist Dir noch geblieben? Nicht Vater, nicht Mutter, kein lebendes Wesen als die hilflose, die untröstliche Frau, die diese kummervollen Zeilen schreibt, und bis zum Morgen in Deinen Händen [illegible] wird, voller Sorgen, die sie nicht beschwichtigen soll – Zweifel, die sie nicht besiegen kann. Oh, werden treuere Frauenhände morgen in dieses Mannes Hände gelegt werden, [illegible] es [illegible] stimmen, [illegible] gemalten Haar ihres Hauptes bestimmen sollte – –

* * *

ZWEIUNDZWANZIGSTER DEZEMBER. – Sieben Uhr. Ein wilder, planloser Morgen. Sie ist eben aufgestanden – besser und gefaßter, jetzt wo die Stunde herbeigekommen ist, als sie es gestern war.

Zehn Uhr. Sie ist angekleidet. Wir haben einander geküßt – haben einander versprochen, nicht den Mut sinken zu lassen. Ich bin für einen Augenblick allein auf meinem Zimmer. Durch all den Wirbel und Trubel meiner Gedanken hindurch kann ich erkennen, daß ich immer noch eine grillenhafte Idee von irgendeinem unvorhergesehenen Ereignis, das die Hochzeit hindern würde, im Kopf herumwälze. Spukt sie etwa auch in seinem Kopf? Ich kann ihn durchs Fenster erblicken, wie er sich in wunderlicher Unruhe zwischen den Kutschwagen unten hin und her bewegt. – Wie mag ich nur solchen Unsinn schreiben! Ist doch die Hochzeit so gut wie vollzogen; werden wir doch in weniger als einer halben Stunde nach der Kirche fahren!

Elf Uhr. Es ist alles vorüber. Sie sind getraut.

Drei Uhr. – Sie sind fort! Ich sehe nichts mehr vor Tränen – ich kann nicht weiter schreiben – –

. . . .

. . . .

(*Hier endet der Erste Zeitraum dieses Berichtes*)

ZWEITER ZEITRAUM

Bericht
fortgesetzt von Marian Halcombe

I

....
....

BLACKWATER PARK, HAMPSHIRE

11. Juni 1850. – Sechs zurückliegende Monate sind zu überschauen – 6 lange, einsame Monate, seit Laura und ich einander zuletzt gesehen haben!
Wieviel Tage habe ich noch zu warten?: nur einen noch! Morgen, am 12., werden die Reisenden nach England zurückkehren. Ich kann mir mein Glück gar nicht recht vorstellen – kann kaum glauben, daß binnen der nächsten 24 Stunden der letzte Tag der Trennung zwischen Laura und mir abgelaufen sein wird. –
Sie und ihr Gatte haben den ganzen Winter erst in Italien verbracht, und anschließend in Tirol. Sie kehren zurück, in Begleitung von Conte Fosco und dessen Frau, die vorhaben, sich irgendwo in der Umgebung von London niederzulassen; sich jedoch bereitgefunden haben, die Sommermonate in Blackwater Park zu verbringen, bevor sie sich für einen bestimmten Wohnsitz entscheiden. Wenn nur Laura wiederkehrt, soll es keine Rolle weiter spielen, wer mit ihr kommt. Sir Percival kann meinethalben das Haus vom Keller bis unters Dach mit Gästen füllen, wenn es ihm so paßt, vorausgesetzt, daß seine Gattin und ich es zusammen auch bewohnen dürfen.
Inzwischen bin ich erst einmal hier in Blackwater Park eingetroffen, ›dem alten und interessanten Herrensitz‹ (wie mich die Geschichte des hiesigen Kreises zu belehren die Verbindlichkeit hat) ›Eigentum von Sir Percival Glyde, Bar.‹; und, wie ich nunmehr

aus eigener Machtvollkommenheit hinzuzusetzen wagen darf, künftiger Aufenthaltsort von Marian Halcombe, einer unschönen alten Jungfer, zur Zeit eingenistet in einem behaglichen kleinen Wohnzimmer, eine Teetasse ihr zur Seite, und all ihr irdisches Hab und Gut, nämlich 3 Kisten und eine Reisetasche, um sie herum aufgestapelt.

Ich war gestern, nachdem ich Lauras höchst erfreulichen Brief aus Paris tags zuvor empfangen hatte, von Limmeridge abgefahren. Ich war mir bis dahin noch ganz im unklaren gewesen, wo ich zu ihnen stoßen sollte, ob in London oder in Hampshire; dieser letzte Brief jedoch gab mir bestimmte Nachricht, daß Sir Percival vorhabe, in Southampton von Bord zu gehen, und von dort geradeswegs nach seinem Landsitz weiter zu reisen. Er hat unterwegs so viel Geld ausgegeben, daß nichts mehr übrig ist, die Kosten eines London-Aufenthaltes für den Rest der Saison zu bestreiten; und hat sich also als guter Hauswirt entschlossen, Sommer und Herbst in aller Stille in Blackwater zu verbringen. Laura ihrerseits hat mehr als genug an Aufregung und Ortsveränderung gehabt, und freut sich ob der Aussicht auf ländliche Stille und Zurückgezogenheit, wie die Wirtlichkeit ihres Gatten sie ihr klug verschafft. Was mich angeht, bin ich bereit, überall glücklich zu sein – wenn sie nur da ist! Folglich sind wir für den Anfang, Jeder auf seine Art, durchaus erst einmal zufrieden.

Übernachtet habe ich gestern in London; und bin auch heute noch durch diverse Besuche und Besorgungen so lange dort aufgehalten worden, daß ich Blackwater erst nach Einbruch der Dunkelheit heut erreicht habe.

Wenn ich nach meinen bisherigen, allerdings ganz unzureichenden, Eindrücken urteilen darf, ist Blackwater das genaue Gegenteil von Limmeridge.

Das Haus liegt völlig im Flachland, und ist dicht umstellt – meinem Nordlands-Geschmack nach schier erstickt – von Bäumen. Gesehen habe ich weiter Niemanden, außer dem Diener, der mir die Tür aufmachte, und der Haushälterin, einer sehr höflichen Person, die mir den Weg zu meinem Zimmer gezeigt und anschließend den Tee gebracht hat. Ich habe ein hübsches kleines Boudoir nebst Schlafzimmer, am Ende eines langen Korridors im ersten Stock. Die Räume für die Dienerschaft, sowie einige der leeren Gästezimmer liegen im zweiten Stock; während die Wohnzimmer sich sämtlich

im Erdgeschoß befinden. Ich habe bisher noch nicht eines davon gesehen; und weiß auch sonst nichts weiter von dem Haus, als daß sein einer Flügel 500 Jahre alt sein soll, daß es einst eine ›Motte‹ besaß, und seinen Namen ›Blackwater‹ von einem See im Park erhalten hat.
Eben hat es auf eine recht geisterhafte und feierliche Weise Elf Uhr vom Türmchen herunter geschlagen, das ich, als ich eintrat, oben mitten auf dem Dach erkennen konnte. Auch ist ein großer Hund wach geworden, anscheinend von eben jenem Glockenschlagen, und heult nun und gähnt trübselig, irgendwo um eine Ecke. In den Korridoren unter mir kann ich das Echo von Schritten vernehmen, und wie an der Haustür sich Eisernes bewegt, gleich Riegel und Stangen – die Dienstboten gehen augenscheinlich zu Bett. Soll ich mich ihrem Beispiel anschließen?
Nein, ich bin noch nicht schläfrig; noch nicht halb genug. Habe ich ›schläfrig‹ geschrieben? Ich habe das Gefühl, als würde ich meine Augen nie mehr schließen können. Die bloße Vorfreude, morgen das liebe Gesicht wiederzusehen, die wohlbekannte Stimme wieder zu vernehmen, erhält mich pausenlos in einem wahren Fieber von Erregung. Wären mir nur die Vorrechte eines Mannes zugebilligt, ich würde mir auf der Stelle Sir Percivals bestes Roß satteln lassen, und im Galopp in die Nacht sprengen, Richtung Osten, der aufgehenden Sonne entgegen – ein langer, anstrengender, endlos schwerer Galopp, Stunde um Stunde, gleich dem Ritt jenes berühmten Highwaymanns nach York. Da ich aber nichts als eine Frau bin, und ergo zeitlebens verdammt zu Prüderie, Phlegma und Petticoats, muß ich Rücksicht auf die Meinung der Haushälterin nehmen, und mich auf irgendeine fraulich-schwächliche Weise zu fassen versuchen.
Lesen kommt nicht in Frage – ich kann mich auf Bücher nicht konzentrieren. Ich will lieber versuchen, mich müde und schläfrig zu schreiben. Mein Tagebuch ist in letzter Zeit recht arg vernachlässigt worden. Was kann ich erinnernd noch nachtragen – jetzt, wo ich gleichsam auf der Schwelle eines neuen Daseins stehe – von Personen und Ereignissen, von Zu- und Wechselfällen der verflossenen 6 Monate – dieses langen trüben leeren Intervalls seit Lauras Hochzeitstag? – – –

* * *

Walter Hartright gehören die meisten Gedanken, und er zieht als erster Schatte in der Prozession abwesender Freunde vorüber. Nachdem die Expedition in Honduras gelandet war, hatte ich ein paar Zeilen von ihm empfangen, und sie klangen heiterer und hoffnungsvoller als er je bisher geschrieben hatte. 4 oder 6 Wochen später dann, kam mir ein Auszug aus einer amerikanischen Zeitung zu Gesicht, in dem der Aufbruch der Abenteurer zu ihrer Reise ins Innere des Landes beschrieben war. Sie sind zuletzt gesehen worden, wie sie in einen wilden Urwald eindrangen, jeder Mann sein Gewehr über der Schulter und das Gepäck auf dem Rücken. Seit diesem Zeitpunkt mangelt der zivilisierten Welt jegliche Spur von ihnen. Nicht eine Zeile habe ich von Walter weiter empfangen; nicht eine Nachricht von der Expedition, sei sie noch so fragmentarisch, ist seitdem in irgendeinem der öffentlichen Blätter erschienen.

Das gleiche dichte entmutigende Dunkel liegt über den Begebenheiten und Schicksalen von Anne Catherick und ihrer Begleiterin, jener Frau Clements. Nicht das geringste ist über sie in Erfahrung gebracht worden. Ob sie noch innerhalb der Landesgrenzen weilen oder außerhalb, ob sie noch leben oder schon tot sind, das weiß Niemand. Selbst Sir Percivals Rechtsbeistand hat jede Hoffnung aufgegeben, und angeordnet, die nutzlose Suche nach den beiden Flüchtlingen endgültig einzustellen.

Unser guter alter Freund, Herr Gilmore, hat in seiner tätigen beruflichen Laufbahn einen betrüblichen Dämpfer hinnehmen müssen. Im Vorfrühling sind wir durch die Nachricht aufgeschreckt worden, daß man ihn besinnungslos an seinem Schreibtisch aufgefunden, und als Ursache des Übels einen Schlaganfall erkannt habe. Er hatte ja schon längere Zeit über ein Gefühl von Fülle und Druck im Kopf geklagt, und sein Arzt ihn vor den Folgen gewarnt, die sich unvermeidlich daraus ergeben müßten, falls er von früh bis spät zu arbeiten fortführe, wie wenn er noch ein junger Mann wäre. Und damit ist denn nun das Endergebnis, daß er strikte Order erhalten hat, sich mindestens ein volles Jahr hindurch nicht mehr in seinem Büro blicken zu lassen, und Ruhe für den Körper, Ausspannung für den Geist, womöglich dadurch zu verschaffen, daß er seine bisherige Lebensweise von Grund auf ändert. Dementsprechend hat er sein Geschäft zur Weiterführung in die Hände seines Partners gelegt, und befindet sich in diesem Augenblick irgendwo bei Verwand-

ten in Deutschland, die sich dort als Kaufleute niedergelassen haben. So ist uns ein weiterer treuer Freund und verläßlicher Berater verloren gegangen – das heißt, wie ich ernstlich hoffe und vertraue, nur zeitweilig verloren.
Frau Vesey, die Arme, ist mit mir bis London mitgefahren. War es doch platterdings unmöglich, sie, nachdem nun sowohl Laura als ich das Haus verlassen haben, mutterseelenallein in Limmeridge sitzen zu lassen; also haben wir es schließlich so eingerichtet, daß sie künftig bei einer jüngeren, unverheirateten Schwester von ihr, die eine Schule in Clapham leitet, wohnen wird. Künftigen Herbst ist vorgesehen, daß sie hierher kommen soll, ihren Zögling – ich möchte fast sagen, ihr Adoptivkind – zu besuchen. Ich habe die gute alte Dame wohlbehalten an ihrem Bestimmungsort abgeliefert und der Obhut ihrer Verwandten übergeben, zufrieden und glücklich ob der Aussicht, binnen weniger Monate Laura wiederzusehen.
Was Herrn Fairlie anbelangt, so glaube ich mich ihm gegenüber keiner Ungerechtigkeit schuldig zu machen, wenn ich ihm ein Gefühl unaussprechlicher Erlösung unterstelle, nun endlich uns Weiber sämtlich aus dem Hause zu haben. Der Einfall, er könne seine Nichte etwa vermissen, ist schlechthin lächerlich – hat er doch in früheren Zeiten manchmal Monate verstreichen lassen, ohne den geringsten Versuch, sie zu sehen – und was meinen und Frau Veseys Fall angeht, nehme ich mir die Freiheit, seine uns beiden getane Äußerung, daß ihm unsre Abreise schier das Herz breche, für gleichbedeutend mit dem Geständnis zu halten, daß er sich im geheimen freue, uns los zu sein. Seine neueste Laune besteht darin, zwei Fotografen pausenlos in Trab zu halten, die ihm von sämtlichen Schätzen und Kuriositäten, die er besitzt, Aufnahmen machen müssen. Ein Sammelband mit diesen Fotografien, auf feinsten Karton aufgezogen, soll dem Gewerbemuseum in Carlisle zum Geschenk gemacht werden, unter jeder Aufnahme, prahlerisch in roten Buchstaben, was es bedeutet, à la ›Madonna mit dem Kind, von Raffael. Im Besitz von Frederick Fairlie, Esquire.‹; ›Kupferne Münze, aus der Zeit von Tiglath-Pilesar. Im Besitz von Frederick Fairlie, Esquire.‹; ›Radierung von Rembrandt. Unikum! In Europa allgemein als *›Der Schmutzfleck‹* bekannt; da infolge eines Versehens des Druckers ein Klecks in der einen Ecke, den keines der anderen bekannten Exemplare aufweist. Wert geschätzt auf 300 Guineas. Im Besitz von Frederick Fairlie, Esquire.‹. Diverse Dutzend Fotografien dieser

Art, sämtlich mit Unterschriften der beschriebenen Sorte, waren bereits fertig, als ich Cumberland verließ, und mehrere Hundert blieben noch herzustellen. Angesichts dieser neuen, interessanten Beschäftigung wird Herr Fairlie für so manchen kommenden Monat ein glücklicher Mann sein; und die zwei unseligen Fotografen dürfen sich mit in das soziale Martyrium teilen, das er bisher seinem Kammerdiener allein hat zuteil werden lassen.
So viel hinsichtlich der Personen und Ereignisse, die die vordersten Plätze in meinem Gedächtnis einnehmen. Ja, was als nächstes nun von der Einen, die den ersten Platz in meinem Herzen einnimmt? Denn während ich die vorstehenden Zeilen schrieb, hat die ganze Zeit Laura in meinen Gedanken gelebt und gewebt. Wessen kann ich mich aus den vergangenen 6 Monaten von ihr erinnern, ehe ich für heute Nacht mein Tagebuch abschließe?
Als einziger Führer können mir da ihre Briefe dienen; und hinsichtlich der wichtigsten aller Fragen, die unsere Korrespondenz überhaupt behandeln könnte, läßt mich jeglicher dieser Briefe im Dunkeln.
Behandelt er sie gut? Ist sie jetzt glücklicher, als sie damals war, da ich am Hochzeitstag von ihr Abschied nahm? Alle meine Briefe haben, bald mehr bald weniger direkt, bald in *der* Form und bald in einer andern, diese beiden Fragen immer wieder gestellt; und alle sind sie, was diesen einen Punkt anbelangt, prinzipiell ohne Antwort geblieben; beziehungsweise sind in einer Art beantwortet worden, wie wenn sich meine Erkundigungen lediglich auf ihren Gesundheitszustand bezogen hätten. Sie versichert mir, ein übers andere Mal, daß sie ganz wohlauf sei – daß das Reisen ihr zuträglich sei – daß sie das erste Mal in ihrem Leben ohne sich zu erkälten durch einen Winter komme – aber nirgendwo kann ich ein Sterbenswörtchen auftreiben, das mir rundheraus mitteilte, wie sie sich mit ihrer Heirat ausgesöhnt habe, und auf jenen 22. Dezember ohne bittere Gefühle von Reue oder Bedauern zurückblicken könne. Der Name ihres Gatten findet sich in ihren Briefen nur so erwähnt, wie etwa der eines Bekannten, der mit ihnen reist, und es auf sich genommen hat, alle erforderlichen Arrangements zu treffen. »Sir Percival« hat bestimmt, daß wir an dem und dem Tage weiterfahren – »Sir Percival« hat sich für die und die Reiseroute entschieden. (Zuweilen schreibt sie nur »Percival«, aber äußerst selten – in 9 Fällen von 10 setzt sie den Titel dazu.)

Ich kann nicht finden, daß seine Gewohnheiten und Ansichten auf die ihrigen irgend eingewirkt, oder auch nur in kleineren Einzelheiten abgefärbt hätten. Der normale Charakter- und Anschauungswandel, den die Heirat bei jeder jungen, frischen, bildsamen Frau ja unmerklich bewirkt, scheint im Fall Lauras überhaupt nicht stattgefunden zu haben. Sie berichtet von ihren Gedanken und Eindrücken inmitten all der Wunder, die sie gesehen hat, genau so, wie sie an einen Dritten geschrieben haben würde, wenn *ich* mit ihr gereist wäre, anstatt ihres Gatten jetzt. Nirgends vermag ich eine Spur davon zu entdecken, daß etwas wie eine Art Harmonie oder Sympathie zwischen ihnen bestünde. Selbst wenn sie einmal vom Thema der Reise abkommt, und sich mit den Aussichten befaßt, die sie in England erwarten, sind ihre Spekulationen voll von dem künftigen Zusammenleben mit mir als Schwester, und übersehen beharrlich ihre Zukunft als Sir Percivals Gattin. Dennoch findet sich in all diesem keinerlei klagender Unterton, der mich vorwarnen könnte, daß ihr eheliches Leben nun absolut unglücklich verlaufe. Gottseidank hat der Eindruck, den ich aus unserem Briefwechsel empfangen habe, mich zu einer derart niederschlagenden Folgerung nicht berechtigt. Ich nehme eigentlich nur eine betrübliche Stumpfheit, eine unveränderliche Gleichgültigkeit wahr, wenn ich den alten Gesichtspunkt der Schwester absichtlich einmal verlasse, und sie, durch das Medium ihrer Briefe, in ihrer neuen Eigenschaft als Ehegattin betrachte. Mit anderen Worten: Die, die mir die vergangenen 6 Monate geschrieben hat, ist jedesmal Laura Fairlie gewesen, niemals Lady Glyde. Das befremdliche Schweigen, das sie bezüglich Charakter und Aufführung ihres Gatten beharrlich beibehält, hat sie mit nahezu gleicher Konsequenz auch in den spärlichen Nachrichten bewahrt, die ihre späteren Briefe über den Busenfreund ihres Gatten, Conte Fosco, enthalten.
Aus irgendeinem nicht näher erklärten Grunde, scheinen der Conte und seine Gattin zu Ende vergangenen Herbstes ihre ursprünglichen Pläne plötzlich geändert, und sich nach Wien anstatt nach Rom begeben zu haben; an welch letzterem Ort Sir Percival, als er von England abreiste, ihn ja zu treffen erwartet hatte. Sie haben Wien erst im Frühling wieder verlassen, und sind dem jungen Ehepaar dann nach Tirol entgegengekommen, um sich dort, auf der Heimreise, mit ihnen zu treffen. Laura berichtet bereitwillig und des breiten über das Wiedersehen mit Madame Fosco; und beteuert mir,

sie habe ihre Tante derart im guten Sinne verändert gefunden – so viel ruhiger, und so viel vernünftiger als Frau, als sie unverheirateterweise gewesen ist – daß ich sie kaum wiedererkennen würde, wenn ich sie jetzt hier sehen werde. Aber bezüglich des Conte Fosco selbst (der mich unendlich mehr interessiert als seine Frau) verhält Laura sich wiederum aufreizend behut- und schweigsam. Sie sagt lediglich, daß er ihr Rätsel aufgebe; und daß sie mir ihren Eindruck von ihm nicht eher mitteilen wolle, bevor ich ihn nicht selbst gesehen und mir eine eigene Meinung über ihn gebildet hätte.

Das spricht, meines geringen Erachtens, stark gegen den Conte. Laura hat sich – weit mehr denn andere Leute, wenn sie älter werden – die kindliche Fähigkeit intakt erhalten, einen Freund instinktiv als solchen zu erkennen; und falls ich mit meiner Vermutung recht haben sollte, daß ihr erster Eindruck von Conte Fosco kein günstiger gewesen ist, befinde ich mich von vornherein in einer gewissen Gefahr, dem erlauchten Fremdling mit Zweifel und Mißtrauen zu begegnen, noch ehe ich ihn zu Gesicht bekommen habe. Aber Geduld, Geduld – diese Ungewißheit kann, wie so viele andere auch, nicht mehr lange andauern. Der morgige Tag schon wird alle meine Zweifel auf bestem Wege sehen, früher oder später aufgeklärt zu werden.

Inzwischen hat es 12 geschlagen; und ich bin eben zu diesen Blättern zurückgekehrt, nachdem ich einen Blick aus meinem geöffneten Fenster getan habe.

Draußen steht die Nacht, still, schwül, mondlos. Der Sterne sind nur wenige und trübe. Die Bäume, die auf allen Seiten die Aussicht einengen, wirken auf die Entfernung so schwarz und solide wie eine mächtige Felswand. Schwach und von weit herüber kann ich Froschgequake vernehmen; und das Echo der großen Turmuhr summt und schwingt noch lange, nachdem die Schläge verhallt sind, in der dumpfigen Stille. Ich bin neugierig, wie Blackwater Park bei Tage aussehen mag – bei Nacht gefällt es mir gar nicht!

12. Juni. – Ein Tag der Forschungen und Entdeckungen – ein aus mehreren Gründen bei weitem interessanterer Tag, als ich vorher anzunehmen gewagt hatte.

Ich begann meine Besichtigung, wie billig, zuerst mit dem Hause selbst.

Der Mittelteil des Gebäudes stammt aus der Zeit jener höchlichst überschätzten Frau, der Königin Elisabeth. Das Erdgeschoß nehmen zwei mächtig lange, parallel zueinander liegende Galerien ein; die Decken sind niedrig, und abscheuliche Ahnenbilder machen das Ganze noch zusätzlich düster und gruselig – ich würde sie allesamt verbrennen. Die Zimmer in dem Stockwerk über diesen beiden Galerien sind leidlich in Stand gehalten, werden aber sehr selten benützt. Die höfliche Haushälterin, die mir als Führer diente, machte sich erbötig, sie mir sämtlich zu zeigen; setzte aber besonnen hinzu, wie sie fürchte, ich würde eine ziemliche Unordnung antreffen. Nun übersteigt mein Respekt für die Untadeligkeit meiner eigenen Strümpfe und Petticoats unendlich meinen Respekt für alle Elisabethanischen Schlafgemächer im ganzen Königreich zusammen genommen; ergo erklärte ich mich in eindeutigen Ausdrücken gegen eine Entdeckungsreise in den Staub und Schmutz jener oberen Regionen, bei welcher Gefahr bestünde, mir meine netten sauberen Sachen zu besudeln. Die Haushälterin sagte: »Ganz meiner Meinung, Fräulein,« und schien mich für das mit Abstand vernünftigste Frauenzimmer zu halten, das ihr seit langer Zeit begegnet war.

So viel, was den Mittelteil des Gebäudes anbetrifft. An jeder Seite findet sich ein Flügel angebaut. Der halb in Trümmern liegende zur Linken (wenn man auf das Haus zukommt, gerechnet) stand früher als eigentliches Herrenhaus für sich allein, und ist im 14. Jahrhundert errichtet worden. Einer von Sir Percivals Vorfahren – Welcher speziell, weiß ich nicht mehr, und es ist mir auch gleich – hat dann, zur Zeit der schon vorhin erwähnten Königin Elisabeth, im rechten Winkel dazu den Mittelteil des Gebäudes daran gekleistert. Die Haushälterin belehrte mich, daß wirkliche Kenner die Architektur dieses ›alten Flügels‹, sowohl von außen als von innen, für äußerst bemerkenswert erachteten. Auf nähere Erkundigungen hin erfuhr ich, daß besagte wirkliche Kenner ihre Fähigkeiten an Sir Percivals antikem Stück nur dann auszuüben vermöchten, wenn sie zuvor all und jede Furcht vor Nässe, Finsternis und Ratten abgelegt hätten. Unter sotanen Umständen erklärte ich mich unverzüglich als absolute Nicht-Kennerin; und proponierte, daß wir den ›alten Flügel‹ genau so behandelten, wie wir es zuvor mit den ›Elisabethanischen Schlafgemächern‹ getan hatten. Die Haushälterin sagte einmal mehr: »Ganz meine Meinung, Fräulein«; und sah mich einmal mehr mit unverstellter Bewunderung ob meines gesunden Menschenverstandes an.

Als nächstes begaben wir uns nach dem Flügel zur Rechten, der – um den wundersamen architektonischen Mischmasch von Blackwater Park zwanglos abzurunden – zur Zeit Georgs des Anderen erbaut worden war.

Dies nun ist der eigentlich bewohnbare Teil des Hauses, dessen Inneres um Lauras willen hergerichtet und renoviert worden ist. Meine 2 Räume, und alle guten Schlafzimmer außerdem, befinden sich im ersten Stock; wogegen das Erdgeschoß ein Wohnzimmer enthält, ein Eßzimmer, ein Damenzimmer zum Morgenaufenthalt, eine Bibliothek, und ein sehr hübsches kleines Boudoir für Laura; sämtlich hell und freundlich im modernen Stil ausgeschmückt, auch sämtlich sehr elegant und luxuriös möbliert und überhaupt erfreulich neuzeitlich eingerichtet. Zwar ist auch nicht einer der Räume annähernd so groß und luftig, wie die unsrigen in Limmeridge; aber sie wirken doch alle recht angenehm und wohnlich. Ich hatte, aus dem, was ich bisher über Blackwater Park gehört, mich schon vor allen möglichen Schreckbildern gefürchtet, wie etwa strapazierende antike Stühle, gruseligste Butzenscheiben, halb verschimmelte muffige Gobelins und sonstigen barbarischen Trödel, wie ihn Leute ohne angeborenen Sinn für Gemütlichkeit um sich herum anhäufen, ohne die geringste Rücksicht, die sie der Bequemlichkeit ihrer Freunde schuldig sind. Es bedeutet doch eine unaussprechliche Erleichterung für mich, daß das 19. Jahrhundert eine erfolgreiche Invasion in dieses mein künftiges Heim unternommen, und den Kehricht der ›guten alten Zeit‹ etwas aus dem Weg unseres täglichen Lebens gefegt hat.

Ich vertrödelte den Rest des Vormittags – zum Teil in den Zimmern unten; zum Teil draußen auf dem großen Hof, der von den 3 Seiten des Hauses und dem hohen Eisengitter mit Tor, das sie nach vorn zu abschließt, gebildet wird. Mitten im Hofe befindet sich ein großes kreisrundes Fischbecken aus Stein, und in dessen Mitte wiederum hockt irgendein bleiernes allegorisches Ungetüm. Das Becken selbst wimmelt von Gold- und Silberfischen, und der breite Rasenstreifen darum besteht aus dem weichsten Gras, das mein Fuß je betreten hat. Dort, auf der schattigen Seite des Beckens, bin ich bis zum Lunch recht behäglich herumgebummelt; danach dann nahm ich mir meinen breitrandigen Strohhut, und wanderte allein hinaus

in den hellen warmen Sonnenschein, um Park und Umgebung etwas zu erkunden.
Das Tageslicht bestätigte meinen Eindruck, den ich schon nachts zuvor gewonnen hatte: es gab zu viel Bäume hier in Blackwater. Das Haus wird buchstäblich erstickt von ihnen. Sie sind zum größten Teil noch jung, und viel zu dicht gepflanzt. Ich habe den Verdacht, daß, vor Sir Percivals Zeit, der gesamte Baumbestand des Gutes einmal rücksichtslos abgeholzt worden sein muß, und der nächste Nachfolger mit einer gewissen wütenden Hast nichts weiter zu tun wußte, als die Lücken so flink und dicht wie möglich wieder vollzustopfen. Nachdem ich mich vor dem Haus etwas umgesehen hatte, bemerkte ich einen Blumengarten zur linken Hand, und ging darauf zu, um zu sehen, was in dieser Richtung zu entdecken sei.
Bei näherer Betrachtung erwies das Gärtchen sich als ärmlich, klein und schlecht gepflegt. Ich öffnete ein Türchen in dem es rundum einhegenden Zaun, verließ den Garten wieder, und fand mich in einer Fichtenschonung.
Ein schöngeschlängelter, künstlich angelegter Pfad führte unter den Bäumen dahin, und meine ländliche Erfahrenheit als Nordengländerin ließ mich bald erkennen, daß ich mich sandigem Haideboden näherte. Nach einem Spaziergang von schätzungsweise rund einem Kilometer, immer unter Fichten dahin, machte der Pfad eine scharfe Wendung – die Bäume hörten zu beiden Seiten von mir gleichzeitig auf; und ich fand mich plötzlich am Rand einer großen Lichtung stehend, mit der Aussicht auf den See von Blackwater, von dem das Haus seinen Namen bekommen hat.
Der Boden, der sich von mir aus nach vorn hin abflachte, bestand ganz aus Sand, mit wenigen und kleinen Haidebulten an einzelnen Stellen dazwischen, die die Eintönigkeit etwas belebten. Der See selbst hatte sich einstmals unverkennbar bis zu der Stelle erstreckt, wo ich jetzt stand; war aber allmählich bis auf weniger als ein Drittel seiner ehemaligen Größe eingeschrumpft und ausgetrocknet. Rund 500 Meter von mir, an der tiefsten Stelle der Mulde, konnte ich die stillen, stehenden Wasser sehen, durch Dickichte von Binsen und Röhricht, und kleine Erderhöhungen in einzelne Teiche und Pfuhle unterteilt. Auf dem mir gegenüberliegenden, entfernten Ufer erhob sich gleich wieder dichtester Baumwuchs; er begrenzte den Blick und warf seinen schwärzlichen Schatten über die flachen, trä-

gen Wasser. Als ich zum See hinunter ging, sah ich auch, daß das jenseitige Ufer naß und moorig sein müsse, es war gänzlich überwuchert mit Riedgras und bettelhaften Weidengestalten. Das Wasser, das auf meiner offenen Sandseite hier, wo die Sonne darauf schien, leidlich klar aussah, wirkte drüben, wo es tief im Schatten der schwammigen Ufer, der überhängenden wuchernden Dickichte und ineinander verwachsenen Bäume lag, ausgesprochen schwarz und giftig. Die Frösche huben zu quaken und Ratten in dem verschatteten Wasser ein- und auszuschlüpfen an, wie wenn sie selbst regsame Schatten seien, als ich mich der sumpfigen Seite des Sees näherte. Ich kam zu dem verrotteten Rumpf eines alten, umgedrehten Bootes, das halb in, halb außer dem Wasser lag, und auf dessen trockenes Ende durch eine Lücke in den Baumkronen ein Fleck kränklichen Sonnenlichtes fiel: mitten in diesem Fleck nahm eine Schlange, fantastisch geringelt und bösartig reglos, ihr Sonnenbad. Nah und fern machte alles den nämlichen niederschlagenden Eindruck von Einsamkeit und Verfall; und die herrliche Helle des Sommerhimmels zu Häupten schien die Öde und Unfruchtbarkeit der Wildnis, auf die sie herabstrahlte, nur noch tiefer und härter zu machen. Ich wandte mich, und richtete meinen Schritt wieder nach dem erhöhten Sand- und Haideboden zurück, wobei ich von meinem Herweg ein bißchen seitwärts abwich, zu einem verfallenen alten Schuppen hin, der am Rande der Fichtenschonung stand, und mir bisher zu unwichtig gewesen war, um ihm, vor der weiten wilden Ansicht des Sees, meine Aufmerksamkeit zu widmen.

Als ich mich dem Schuppen näherte, erkannte ich, daß er einstmals als Bootshaus gedient haben mußte, und daß späterhin anscheinend ein Versuch gemacht worden war, ihn in eine Art behelfsmäßiger Laube umzuwandeln, indem man eine Bank, ein paar Schemel und einen Tisch aus Fichtenholz darin angebracht hatte. Ich trat hinein, und setzte mich ein bißchen, um auszuruhen und wieder zu Atem zu kommen.

Ich hatte mich nicht länger als eine Minute in dem Bootshaus befunden, als mir däuchte, wie das Geräusch meines eigenen, rasch gehenden Atems ein ganz seltsames Echo von unter mir her erzeuge. Ich horchte einen Augenblick angespannt hin, und vernahm ein leises, seufzendes, wie ersticktes Atmen, das direkt unter dem Sitz, den ich einnahm, aus dem Boden heraufzukommen schien! Nun sind meine Nerven durch Kleinigkeiten wahrlich nicht leicht zu erschüt-

tern; aber in diesem Fall sprang ich doch entsetzt auf die Füße – rief – empfing keinerlei Antwort – nahm meinen abtrünnigen Mut beherzt zusammen, und guckte unter den Sitz.
Dort, in die entfernteste Ecke gedrückt, lag einsam und verlassen das Ursächlein meines Schreckens, in Gestalt eines armen kleinen Hundes – ein schwarz-weißes Wachtelhündchen war es. Das Geschöpf stöhnte schwächlich, als ich es ansah und anrief, bewegte sich jedoch nicht. Ich schob die Bank beiseite und schaute es mir näher an – die Augen des armen Tierchens verglasten rasch, und auf seiner glatten weißen Flanke sah man Blutflecken. Das Leiden einer schwachen, hilf- und vor allem sprachlosen Kreatur ist ja nun von all den bedauerlichen Schauspielen, die diese Welt uns reichlich zeigt, eines der betrüblichsten! Ich nahm den armen Hund also so sanft wie nur möglich auf die Arme, und machte ihm eine Art behelfsmäßiger Hängematte, in der er liegen könne, indem ich das Vorderteil meines Kleides vorn etwas anhob und ihn hinein legte. Auf solche Weise trug ich das Tier so schmerzlos wie möglich, und auch so schnell wie möglich, zurück zum Haus.
Da ich unten in der Vorhalle Niemanden fand, ging ich sofort nach oben, in mein eigenes Wohnzimmer; bereitete dort aus einem meiner alten Schals ein Lager für den Hund, und läutete dann. Das größte und fetteste aller Dienstmädchen, das man sich nur vorstellen kann, erschien; mit einem Benehmen von so heiterer Stupidität, daß es die Geduld eines Heiligen erschöpft hätte. Beim Anblick der verwundeten Kreatur auf dem Fußboden verzog sich das fette, formlose Gesicht des Mädchens doch tatsächlich zu einem breiten Grinsen.
»Was sehen Sie dabei zum Lachen!?« fragte ich; so wütend, wie wenn es sich um einen meiner eigenen Dienstboten gehandelt hätte. »Wissen Sie etwa, wem der Hund gehört?«
»Nö, Frollein; keine Ahnung.« Sie bückte sich; besah sich die Wunde an der Seite des Wachtelhündchens – strahlte plötzlich auf, wie unter der Erleuchtung eines ganz neuen Einfalls – wies, mit einem befriedigten Kichern, auf die Wunde hin, und sagte: »Das iss Baxter; der tut das mit Fleiß.«
Ich war derart außer mir, daß ich sie am liebsten geohrfeigt hätte. »Baxter?« fragte ich. »Wer ist der Rohling, den Sie Baxter nennen?«
Wieder griente das Mädchen, und heiterer denn je. »Na aber Frol-

lein! Baxter 'ss doch der Wächter; und wenn der draußen fremde Hunde wildern sieht, fängt und erschießt er se. Das iss Wächterflicht, Frollein. Der Hund hier stirbt bestimmt. Da, an der Stelle, hat er'n getroffen, nich? Ja, das iss Baxter; der macht das mit Fleiß. Baxter iss fleißich, Frollein, und Baxter iss flichtbewußt.«

Mir war beinahe verrucht genug zu Sinn, zu wünschen, daß Baxter das Dienstmädchen angeschossen hätte anstatt des Hundes. Aber ich sah ein, daß es ganz und gar unnütz war, von dieser restlos dickfelligen Person hier irgendeine Hülfeleistung zu erwarten, die das leidende Geschöpf zu unsern Füßen zu erleichtern geholfen hätte; also schickte ich sie lieber mit meinen besten Empfehlungen zur Haushälterin, und sie möchte gleich mal bei mir vorkommen. Sie verschwand, genau wie sie gekommen war, indem sie von einem Ohr zum andern griente. Während die Tür sich hinter ihr schloß, hörte ich sie noch leise zu sich selber sagen: »Baxter iss fleißich, und Baxter iss flichtbewußt – so iss es, und nich anders.«

Die Haushälterin besaß immerhin eine gewisse Erziehung und Intelligenz, und war bedachtsam genug, gleich etwas Milch und warmes Wasser mit herauf zu bringen. Sie hatte kaum den Hund auf dem Fußboden liegen sehen, da schreckte sie auch schon auf und wechselte die Farbe.

»Meingott!« rief sie, »das muß Frau Cathericks Hund sein!«

»Wessen?« fragte ich in höchstem Erstaunen.

»Frau Cathericks. – Sie scheinen Frau Catherick zu kennen, Fräulein Halcombe?«

»Persönlich nicht; aber ich hab' von ihr gehört. Wohnt sie hier? Hat sie irgendwelche Nachrichten von ihrer Tochter?«

»Nein, Fräulein Halcombe; sie kam im Gegenteil her, um sich nach Neuigkeiten zu erkundigen.«

»Wann?«

»Gestern erst. Sie sagte, sie hätte von Irgendjemandem gehört, eine Fremde, auf die die Beschreibung ihrer Tochter passe, sei in der Nachbarschaft hier gesehen worden. Nun ist uns kein solches Gerücht zu Ohren gekommen, und auch im Dorf war nichts dergleichen bekannt, als ich, um Frau Cathericks willen, hinschickte, um uns dort zu erkundigen. Sie hatte diesen armen kleinen Hund bestimmt bei sich, als sie ankam; und als sie wieder fort ging, hab' ich ihn auch noch hinter ihr her traben sehen. Ich nehm' an, das Tier wird sich in die Neupflanzungen verlaufen haben, und dort ange-

schossen worden sein. Wo haben sie's denn gefunden, Fräulein Halcombe?«
»In dem alten Schuppen, von wo man die Aussicht auf den See hat.«
»Ah, ja, das ist die Seite nach den Neupflanzungen zu; und das arme Ding, nehme ich an, wird sich dann eben, wie Hunde tun, in den nächsten stillen Schlupfwinkel geschleppt haben, um da zu sterben. Wenn Sie ihm vielleicht die Lippen mit Milch anfeuchten wollten, Fräulein Halcombe, könnte ich unterdes versuchen, ihm die verklebten Haare von der Wunde abzuweichen? Ich fürchte nur, es wird für Hilfe schon zu spät sein. Aber wir wollen unser Bestes versuchen.«
Frau Catherick! Der Name schallte mir immer noch in den Ohren, wie wenn die Haushälterin ihn zu meinem unsäglichen Erstaunen eben erst ausgesprochen hätte. Während wir uns um den Hund bemühten, kam mir der Wortlaut von Walter Hartrights Warnung wieder ins Gedächtnis: »Sollte Anne Catherick je noch einmal Ihren Pfad kreuzen, dann, Fräulein Halcombe, nützen Sie die Gelegenheit besser, als ich es seinerzeit tat!«. Schon hat mich der Fund des verwundeten Wachtelhündchens zu der Entdeckung von Frau Cathericks Besuch in Blackwater Park geführt; und dieser Umstand kann, seinerseits, durchaus zu noch mehr Neuem führen. Ich beschloß, die Chance, die sich mir jetzt bot, nach Kräften zu nützen, und so viel Nachrichten einzuziehen, wie ich nur vermochte.
»Sagten Sie, Frau Catherick wohne irgendwo in der Nachbarschaft hier?« fragte ich.
»Oh nein, nicht doch,« sagte die Haushälterin. »Die wohnt in Welmingham, ganz am andern Ende des Kreises — gute 40 Kilometer weg, wenn nicht mehr.«
»Ich nehme an, Sie kennen Frau Catherick schon mehrere Jahre lang?«
»Im Gegenteil, Fräulein Halcombe; ich hatte sie noch nie vorher gesehen, ehe sie gestern ankam. Von ihr *gehört* hatte ich natürlich; weil ich von Sir Percivals Freundlichkeit wußte, mit der er dafür gesorgt hatte, daß ihre Tochter unter ärztliche Obhut gestellt wurde. In Bezug auf ihr Auftreten ist Frau Catherick ja eine etwas seltsame Person; aber ansonsten wirkt sie äußerst achtbar und korrekt. Sie schien schwer enttäuscht, als sie erfuhr, daß das Gerücht, ihre Tochter sei hier in der Nähe gesehen worden, jeglicher Grundlage ent-

behre – zumindest jeglicher, die *wir* hier ausfindig machen konnten.«

»Frau Catherick interessiert mich direkt etwas,« fuhr ich fort, im Bestreben, die Unterhaltung solange wie möglich in Gang zu halten. »Ich wollte, ich wäre gestern früh genug gekommen, um sie mal zu sehen. Ist sie denn längere Zeit dageblieben?«

»Ja,« sagte die Haushälterin, »einige Zeit schon; und ich möchte meinen, sie würde auch noch länger geblieben sein, wenn ich nicht zwischendurch einmal abgerufen worden wäre, um einem fremden Herrn Auskunft zu geben – der Herr wollte wissen, wann wir Sir Percival zurück erwarteten. Als Frau Catherick das Dienstmädchen mir ausrichten hörte, weswegen der Besucher käme, ist sie sofort aufgestanden und weggegangen. Beim Abschied hat sie mir noch gesagt, es wäre nicht nötig, Sir Percival zu erzählen, daß sie hier gewesen sei. Ich fand die Bemerkung eigentlich ein bißchen komisch; zumal einer Person in meiner verantwortlichen Stellung gegenüber.«

Ich fand die Bemerkung gleichfalls komisch. Hatte Sir Percival mich doch in Limmeridge zu dem Glauben veranlaßt, daß zwischen ihm und Frau Catherick das rückhaltloseste Vertrauen herrsche. Warum, wenn das der Fall war, hätte ihr daran liegen können, ihren Besuch in Blackwater Park vor ihm geheim zu halten?

»Wahrscheinlich,« sagte ich, da ich merkte, wie die Haushälterin von mir eine Stellungnahme zu Frau Cathericks Abschiedsworten erwartete, »wahrscheinlich wird sie gedacht haben, die Erwähnung ihres Besuches könnte Sir Percival insofern zwecklos verstimmen, als es ihn unnötig daran erinnere, wie ihre verlorene Tochter immer noch nicht wieder aufgefunden sei. Hat sie sich darüber des näheren ausgelassen?«

»So gut wie gar nicht,« entgegnete die Haushälterin. »Hauptsächlich hat sie von Sir Percival gesprochen, und eine Menge Fragen gestellt: wohin er verreist gewesen, und was für eine Dame seine junge Frau wäre. Daß es ihr fehlgeschlagen war, in unserer Gegend irgendwelche Spuren ihrer Tochter ausfindig zu machen, schien sie weniger zu bekümmern, als vielmehr aufzubringen und zu ärgern. ›Ich, Madame,‹ waren, soweit ich mich entsinnen kann, ihre letzten Worte in dieser Hinsicht: ›Ich, Madame, geb' sie endgültig verloren.‹ Dann ging sie auch schon sofort zu ihren Erkundigungen bezüglich Lady Glyde über; und wollte wissen ob es eine hübsche und freundliche Dame wäre, ob anmutig, gesund, jung – – ts, oh mein!

Ich dachte mir schon, daß es so enden würde: sehen Sie, Fräulein Halcombe, das arme Ding hat endlich ausgelitten.«
Der Hund war tot. Er hatte einen schwachen schluchzenden Schrei ausgestoßen, seine Gliederchen hatten sich einen Augenblick lang verkrampft, gerade, als jene letzten Worte »anmutig, gesund, jung« über die Lippen der Haushälterin gekommen waren. Die Veränderung war mit erschreckender Plötzlichkeit eingetreten – einen Moment später schon lag das Geschöpfchen tot unter unsern Händen da. –
Acht Uhr abends. – Ich habe unten mutterseelenallein diniert, und bin eben wieder nach oben gekommen. Über der Wildnis von Baumwipfeln, auf die ich von meinem Fenster aus schaue, steht die Brandröte des Sonnenuntergangs, und ich vertiefe mich wiederum in mein Tagebuch, um meine Ungeduld nach der Rückkehr unserer Reisenden einigermaßen in Zaum zu halten. Sie müßten, meiner Rechnung nach, doch schon längst da sein! Wie einsam und verlassen liegt doch das Haus in dieser dösigen Abendstille. Ach, und wieviel Minuten mögen noch verstreichen, ehe ich Wagenräder höre, und treppab in die Arme Lauras fliegen kann.
Der arme kleine Hund! Ich wünschte, mein erster Tag in Blackwater Park wäre nicht gleich mit dem Begriff des Todes überblendet worden; und sei es auch nur der Tod eines herumstreunenden Tieres.
Welmingham – beim Zurückblättern in diesen meinen privaten Aufzeichnungen finde ich, daß Welmingham der Name des Ortes ist, wo Frau Catherick sich aufhält. Ihr Brief befindet sich noch in meinem Besitz; jener Brief, mit dem sie meine Anfrage bezüglich ihrer unglücklichen Tochter beantwortet hat, die Sir Percival mich zu schreiben quasi nötigte. An irgendeinem künftigen Tage, sobald sich eine sichere Gelegenheit dazu ergibt, will ich doch versuchen, was bei einer persönlichen Unterredung mit Frau Catherick herauskommt, und ihren Brief als Einführung und Vorstellung zu mir stecken. Wieso sie möchte, daß ihr hiesiger Besuch Sir Percival verborgen bleibe, kann ich nicht begreifen; auch bin ich mir nicht halb so sicher, wie es sich die Haushälterin anscheinend ist, daß ihre Tochter Anne sich schließlich nicht doch in der Nähe hier aufhält. Was würde Walter Hartright zu diesem unerwarteten Ereignis gesagt haben? Der arme, gute Hartright! Ich fange bereits an, den Mangel seines Rates und seiner Hülfsbereitschaft ernstlich zu empfinden.

Eben hab' ich doch etwas gehört? – Klang es nicht wie viele Schritte durcheinander von unten? – Ja! – Ich vernehme Hufschläge – das Geräusch rollender Räder – –

II

15. Juni. – Das Durcheinander ihrer Ankunft hat Zeit zum Abklingen gefunden. Zwei Tage sind seit der Rückkehr der Reisenden verstrichen, und solche Frist hat hingereicht, die neue Maschinerie unseres Zusammenlebens in Blackwater Park einigermaßen zum Einspielen zu bringen. Ich kann jetzt zu meinem Tagebuch mit etwas mehr Aussicht zurückkehren, die Eintragungen darin annähernd so gesammelt und ordentlich fortzuführen, wie früher.

Ich glaube, ich beginne am richtigsten damit, daß ich ein wunderliches Aperçu hier niederlege, das sich mir anläßlich Lauras Rückkehr aufgedrängt hat:

Wenn zwei Mitglieder einer Familie, oder auch zwei gute Freunde, zeitweilig dadurch getrennt werden, daß der Eine auf Reisen geht, während der Andere daheim bleibt, dann scheint die Rückkehr des gereisten Verwandten (oder Freundes) grundsätzlich denjenigen Verwandten (oder Freund), der daheim geblieben ist, wenn die Beiden sich das erste Mal wiedersehen, in einen betrüblichen Nachteil zu versetzen. Der plötzliche Zusammenprall von mit Eifer assimilierten neuen Gedanken und Lebensgewohnheiten auf der einen, und den passiv bewahrten alten Gedankengängen und Lebensgewohnheiten auf der andern Seite, scheint zuerst einmal die Sympathien auch der liebendsten Anverwandten, der getreuesten Freunde zu scheiden, und an ihre Stelle eine jähe Fremdheit zu setzen, die für beide Seiten unerwartet kommt, und sich wohl auch der Kontrolle der Beteiligten entzieht. – Nachdem der erste Glücksüberschwang des Wiedersehens mit Laura bei mir vorüber war, nachdem wir uns Hand in Hand zusammen hingesetzt, und wieder genug zu Atem und Fassung gelangt waren, um uns unterhalten zu können, spürte ich die geschilderte Fremdheit auf der Stelle, und konnte sehen, daß auch Laura sie empfand. Nun, da wir die meisten unserer alten Lebensgewohnheiten wieder aufgenommen haben, ist sie zum Teil schon verschwunden, und wird binnen kurzem vermutlich wieder ganz verschwinden. Dennoch sind die ersten Eindrücke, die ich, jetzt, wo wir wieder zusammen leben, von ihr gewonnen habe, zweifellos dadurch beeinflußt worden — und lediglich aus diesem Grunde habe ich den ganzen Komplex hier erwähnen wollen.

Sie hat mich unverändert wiedergefunden; aber ich habe sie verändert wiedergefunden!

Persönlich verändert; und, in einer Hinsicht, auch charakterlich verändert. Ich kann nicht absolut behaupten, sie sei jetzt weniger schön als sie früher gewesen ist — ich will nur sagen, daß sie *mir* weniger schön *scheint*.

Andere, die sie nicht mit meinen Augen und Erinnerungen beurteilen, würden vermutlich eher meinen, daß sie gewonnen habe. Ihr Gesicht hat frischere Farben, vollere Umrisse und dazu einen entschiedeneren Ausdruck als früher bekommen; und ihre Figur scheint fester und all ihre Bewegungen gleichzeitig müheloser und sicherer geworden, als in ihrer Mädchenzeit der Fall war. Aber ich, wenn ich sie mir so ansehe, vermisse etwas — etwas, was dem glücklichen, unschuldigen Leben der Laura Fairlie einstmals eignete, und das ich bei Lady Glyde nicht wiederfinden kann. In jenen alten Tagen lag eine Frische, eine Weichheit, eine immer-wechselnde und doch immer-gegenwärtige zarte Schönheit über ihren Zügen, deren Reiz in Worten zu erfassen nicht möglich ist, noch, wie der arme Hartright oftmals zu sagen pflegte, mit dem Pinsel. Dieser Reiz ist verschwunden. Einmal dachte ich, ich vermöchte einen momentanen schwachen Widerschein davon zu erkennen, als sie am Abend ihrer Rückkehr in der Erregung unseres ersten Wiedersehens erbleichte; aber seitdem ist davon nichts mehr zum Vorschein gekommen. Keiner ihrer Briefe hatte mich darauf vorbereitet, daß eine äußerliche Veränderung an ihr vorgegangen sein könnte. Im Gegenteil, alle hatten mich erwarten machen, daß ihre Heirat sie, wenigstens hinsichtlich ihrer äußeren Erscheinung, unverändert gelassen hätte. Vielleicht habe ich ihre Briefe also in der vergangenen Zeit falsch gelesen, und lese in der Gegenwart jetzt wieder ihr Gesicht falsch? Gleichviel. Ob ihre Schönheit in den verstrichenen 6 Monaten gewonnen oder verloren hat, die Trennung hat sie mir auf jeden Fall teurer denn je gemacht, und das ist ja wenigstens ein gutes Resultat ihrer Heirat.

Die zweite angedeutete Veränderung, die nämlich, die ich in ihrem Charakter beobachtet habe, hat mich nicht überrascht, weil ich in diesem Fall durch den Ton ihrer Briefe schon darauf vorbereitet war. Jetzt wo sie wieder daheim ist, finde ich sie genau so wenig willens, irgend auf Einzelheiten hinsichtlich des Themas ihres Ehelebens einzugehen, als ich sie vorher schon, während der ganzen Zeit unserer Trennung, als wir nur schriftlich miteinander verkehren konnten, gefunden habe. Bei der ersten Hindeutung, die ich auf den verbotenen Gegenstand wagte, legte sie mir die Hand auf die Lippen, mit einem Blick und einer Gebärde, die mir aufs rührendste, ja fast schmerzlich, die Tage ihrer Mädchenzeit ins Gedächtnis zurückrief, die glücklichen dahingegangenen Jahre, wo es keine Geheimnisse zwischen uns gegeben hatte.

»Wenn immer Du und ich zusammen sind, Marian,« sagte sie, »werden wir Beide desto leichter und besser fahren, wenn wir mein eheliches Leben, so wie es ist, akzeptieren; und im übrigen so wenig wie möglich darüber reden und nachdenken. Ich würde Dir, Liebling, ja gern Alles über mich selbst erzählen,« fuhr sie fort, indem sie das Band um meine Taille nervös auf- und dann wieder zuhakte, »wenn meine vertraulichen Geständnisse damit ein Ende hätten. Aber das wäre ja nicht der Fall – sie würden unvermeidlich mit Geständnissen auch über meinen Gatten verquickt sein müssen; und jetzt, da ich verheiratet bin, meine ich, ich täte besser daran, dergleichen zu vermeiden, um seinetwillen, und auch um Deinet- und meinetwillen. Wohlgemerkt, ich sage nicht, daß sie Dir Kummer machen würden, oder mir Kummer machen würden – ich möchte um keinen Preis, daß Du Dir das etwa einbildest. Aber – ach, ich möchte so glücklich sein, jetzt, wo ich Dich wiederhabe, und möchte, daß auch Du glücklich bist – –«. Sie brach unvermittelt ab, und ließ den Blick durchs Zimmer wandern, das heißt mein eigenes Wohnzimmerchen, in dem wir uns unterhielten. »Ach!« rief sie, und schlug mit einem erfreuten Lächeln des Wiedererkennens die Hände zusammen: »schon wieder einen weiteren alten Freund ausfindig gemacht! Dein Bücherregal, Marian – Dein liebes-kleines-schäbiges-altes-seidenhölzernes Bücherregälchen – wie freu' ich mich, daß Du es von Limmeridge mitgebracht hast! Und auch der entsetzliche schwere Männer-Schirm, mit dem Du prinzipiell ausgingst, wenn es regnete! Und zuerst und vor allem Dein eigenes liebes-dunkles-kluges Zigeunergesicht, das mich anschaut, genau wie sonst! Es ist gerade, als wäre man zu Hause hier. Wie stellen wir es wohl an, daß es noch mehr wie zu Hause wird? Ich werd' das Porträt meines Vaters in Dein Zimmer hier hängen, anstatt in meins – und Alles, was ich mir an kleinen Schätzen aus Limmeridge mitgebracht habe, will ich hier aufbewahren – und dann werden wir täglich Stunde um Stunde zwischen diesen friedlichen vier Wänden um uns zubringen. Ach, Marian!« fuhr sie fort, setzte sich plötzlich auf den Schemel zu meinen Füßen, und schaute mir ernsthaft hoch in mein Gesicht, »versprich mir, daß Du niemals heiraten und mich verlassen wirst. Es ist selbstsüchtig so zu reden, aber man ist als alleinstehende Frau so viel besser daran – es sei denn – es sei denn, man hätte seinen Mann sehr gern – aber Du wirst außer mir niemals Jemand sehr gern haben, ja, Du?« Sie hielt erneut inne, legte mir meine Hände im Schoß übereinander und bettete ihr Gesicht hinein. »Hast Du in letzter Zeit viel Briefe geschrieben, oder auch viele Briefe empfangen?« fragte sie, in leisem, plötzlich ganz verändertem Ton. Ich verstand sofort, was die Frage bezweckte; hielt es jedoch für meine Pflicht, sie nicht schon auf halbem Weg zu ermutigen. »Hast Du etwas von ihm gehört?« fuhr sie fort, indem sie, die direktere Erkundigung, die sie jetzt wagte, zu entschuldigen, mir schmeichelte, und die Hände küßte, auf denen ihr Gesicht immer noch ruhte. »Ist er wohlauf und glücklich, und kommt vorwärts in seinem Beruf? Hat er sich wieder gefaßt – und *mich* vergessen?«

Sie hätte diese Fragen nicht stellen sollen. Hätte sich ihres eigenen Entschlusses von jenem Morgen erinnern sollen, als Sir Percival sie bezüglich der Heirat beim Wort hielt, und sie das Album mit Hartrights Zeichnungen für immer meinen Händen übergab. Aber, ach, wo ist wohl das makellose menschliche Wesen, das bei einem einmal gefaßten guten Vorsatz ewig beharren kann, ohne je zu straucheln und rückfällig zu werden? Wo lebt die Frau, die aus ihrem Herzen ein Bild, das wahre Liebe darin einprägte, wohl jemals rest- und rückhaltlos heraus gerissen hat? In Büchern lesen wir wohl, daß dergleichen unirdische Wesen existiert haben – aber was antwortet uns die eigene Erfahrung auf solche Bücher?

Ich machte keinen Versuch, sie groß zu tadeln. Vielleicht, weil ich eben die furchtlose Aufrichtigkeit zu würdigen wußte, die mich sehen ließ, was andere Frauen in ihrer Lage, und nicht ohne Grund, selbst vor ihren liebsten Freundinnen verborgen gehalten hätten – vielleicht, weil ich in meinem eigenen Herzen und Gewissen spürte, daß ich, an ihrer Stelle, die gleichen Gedanken gehegt und die gleichen Fragen gestellt haben würde. Alles was ich ehrlicherweise tun konnte, war, ihr zu erwidern, daß ich in letzter Zeit weder an ihn

geschrieben noch von ihm gehört hätte – und dann das Gespräch auf weniger verfängliche Gegenstände zu lenken.
Vieles, was mich traurig zu stimmen geeignet ist, hat sich während unserer Unterredung ergeben – dieser meiner ersten vertraulichen Unterredung mit ihr, seitdem sie zurückgekehrt ist. Die Veränderung, die ihre Ehe in unserem Verhältnis zueinander hervorgebracht hat, indem sie, zum ersten Mal in unserem Dasein, ein verbotenes Thema zwischen uns stellte; dann die schwermütige Gewißheit vom Mangel jedweden wärmeren Gefühls, jeder echten Sympathie, zwischen ihr und ihrem Gatten, dessen ihre eigenen Worte mich wider ihren Willen nunmehr endgültig versichert haben; endlich die niederschlagende Entdeckung, daß der Einfluß jener unseligen Neigung (gleichviel wie unschuldig und harmlos) immer noch, und so tief wie nur je, in ihrem Herzen wurzelt – all das sind schließlich Eröffnungen, die jede Frau traurig stimmen müßten, die sie so aufrichtig liebt und die so ehrlich mit ihr fühlt, wie ich.
Ein einziger tröstlicher Umstand steht dem gegenüber – ein Umstand, der mich beruhigen sollte, und der mich auch in der Tat beruhigt: Alle Anmut und Sanftheit ihres Charakters, all die unverstellte Zuneigung ihres Wesens, all der süße, schlichte, weibliche Zauber, der sie zur Lust und Freude von Jedermann machte, der nur in ihre Nähe kam, all das ist mit ihr zu mir zurückgekommen. Was meine sonstigen Eindrücke anbelangt, neige ich zuweilen einigermaßen zum Zweifel. Was diesen letzten, besten, erfreulichsten aller Eindrücke anbelangt, werde ich mir mit jeder Stunde, jedem Tag, seiner immer sicherer. –
Nun will ich mich von ihr zu ihren Reisegefährten wenden. Da ist der Erste, dem meine Aufmerksamkeit gebührt, ihr Gatte. Was, das meine Meinung von ihm weiter verbessern könnte, habe ich seit seiner Rückkehr an Sir Percival wahrgenommen?
Das ist schwer zu sagen. Allerhand kleiner Ärger und Ungelegenheiten scheinen ihn, seit er wiederkehrte, zu plagen, und unter solchen Umständen kann sich ja wohl kein Mann von seiner besten Seite zeigen. Äußerlich scheint er mir abgemagert, seit dem Tage, da er England verließ; und der beständige Husten, sowie seine rastlose Unruhe haben unleugbar zugenommen. Sein Benehmen – zumindest sein Benehmen mir gegenüber – ist wesentlich mehr kurz angebunden, denn zuvor. Am Abend seiner Rückkehr begrüßte er

mich mit nichts weniger als der Zeremonie und Höflichkeit früherer Tage — richtiger, mit gar keiner — kein Wort von höflicher Bewillkommnung — auch nicht der Anschein einer Befriedigung, mich zu sehen — nichts als ein kurzes Händeschütteln; ein scharf hervorgestoßenes »Na, wie geht's, Fräulein Halcombe — freut mich, Sie wiederzusehen.« Er schien sich mit mir als mit einem notwendigen Inventarstück von Blackwater Park abzufinden, zufrieden damit, mich an dem mir angewiesenen Platz eingerichtet zu sehen — und dann über mich hinweg zur Tagesordnung überzugehen.

Die meisten Männer verraten gewisse Charakterzüge in ihrer eignen Häuslichkeit, die sie anderswo zu verbergen pflegen; und da ist an Sir Percival bereits jetzt ein Ordnungs- und Regelmäßigkeitszwang sichtbar geworden, der, was meine frühere Kenntnis von seinem Charakter betrifft, einer funkelnagelneuen Offenbarung gleichkommt. Wenn ich mir ein Buch aus der Bibliothek nehme, und es dann auf dem Tisch liegen lasse, kommt er hinter mir her, und stellt es wieder an seinen Ort. Wenn ich mich von einem Stuhl erhebe, und ihn dort stehen lasse, wo ich gesessen habe, trägt er ihn sorgfältig auf seinen angestammten Platz an der Wand. Heruntergefallene Blüten und Blumen hebt er eigenhändig vom Teppich auf, und murrt dabei derart mißvergnügt, wie wenn es sich um glühende Asche handele, die Löcher hineinbrennen könnte; und wenn das Tischtuch nur eine Falte zeigt, oder ein Messer beim Dinner nicht an seinem richtigen Platz auf dem Tisch liegt, wütet er gegen die Dienstboten los, wie wenn sie ihn persönlich beleidigt hätten.

Ich hatte bereits auf kleine Ärgernisse angespielt, die ihn seit seiner Rückkehr behelligt zu haben scheinen. Viel von der Veränderung zum Schlimmeren, die ich an ihm wahrgenommen habe, mag auf diese zurückzuführen sein; wenigstens versuche ich mir einzureden, daß dem so ist; weil ich mir Mühe geben möchte, nicht jetzt schon hinsichtlich der Zukunft den Mut gänzlich sinken zu lassen. Es ist ja sicherlich eine Zumutung für jeden Mann, sofort, wenn er den Fuß nach langer Abwesenheit wieder auf die Schwelle seines Hauses setzt, einem Ärgernis zu begegnen; und ein solcher ärgerlicher Umstand ist Sir Percival in meiner Gegenwart widerfahren.

Am Abend ihrer Ankunft war mir die Haushälterin in die große Halle unten gefolgt, um den Herrn, die Herrin und deren Gäste zu empfangen. Im Augenblick, wo er sie sah, fragte Sir Percival auch schon, ob Jemand letzthin nach ihm gefragt habe. Die Haus-

hälterin berichtete ihm zur Erwiderung, was sie zuvor schon mir gegenüber erwähnt hatte: vom Besuch jenes fremden Herrn, der sich nach der Zeit erkundigt habe, wann der Herr zurückkommen werde. Er fragte sogleich nach dem Namen des Herrn? Ein Name war nicht genannt worden. In welcher Angelegenheit war der Herr gekommen? Eine Angelegenheit war nicht genannt worden. Wie sah der betreffende Herr aus? Die Haushälterin gab sich Mühe, ihn zu beschreiben; es gelang ihr jedoch nicht, solche persönlichen Eigentümlichkeiten jenes namenlosen Besuchers herzuzählen, daß ihr Herr ihn daran hätte identifizieren können. Sir Percival runzelte die Stirn, stampfte ärgerlich auf den Boden, und schritt ins Haus, ohne weiter Notiz von Jemanden zu nehmen. Wieso er sich von solch einer Läpperei derartig außer Fassung bringen ließ, weiß ich nicht zu sagen – aber ernstlich außer Fassung war er; daran kann kein Zweifel bestehen.
Alles in Allem genommen, wird es vielleicht am besten sein, ich enthalte mich solange einer abschließenden Meinung über seine Manieren, Sprechweise und Aufführung in seinem eigenen Hause, bis die Zeit ihn instand gesetzt haben wird, die Sorgen abzuschütteln, die, was immer sie auch sein mögen, sein Gemüt zur Zeit insgeheim aber unverkennbar beunruhigen. Ich will lieber ein neues Blatt aufschlagen, und meine Feder soll für den Augenblick Lauras Gatten in Ruhe lassen. –
Die zwei Gäste – der Conte und die Contessa Fosco – stehen als Nächste auf meiner Liste. Zuerst will ich mich der Contessa entledigen, damit ich so schnell wie möglich mit der Frau zu Rande bin.
Man kann Laura wahrlich nicht der geringsten Übertreibung bezichtigen, als sie mir schriftlich gab, ich würde ihre Tante kaum wiedererkennen, wenn wir uns träfen: nie zuvor in meinem Leben habe ich eine Frau durch ihre Heirat in einem solchen Grade verändert gesehen, wie hier bei Madame Fosco der Fall ist!
Als Eleanor Fairlie (Alter: 37 Jahre) hat sie pausenlos anmaßenden Unsinn dahergeschwätzt, und die unselige Männerwelt unaufhörlich mit allen möglichen ungebührlich-läppischen Ansinnen gepiesackt, die ein eitles und törichtes Weib der langduldenden männlichen Nachsicht nur immer zumuten kann. Als Madame Fosco (Alter: 43 Jahre) sitzt sie stundenlang hintereinander, ohne ein Wort zu sprechen, wie auf die kurioseste Art innerlich eingefroren.

Die abscheulichen, lächerlichen ›Liebeslocken‹, die früher zu jeder Seite ihres Gesichtes korkenzieherten, sind nunmehr kleinen Reihen sehr kurzer steifer Löckchen gewichen, von der Art, wie man sie von altmodischen Perücken her kennt; ein schlichtes, matronenhaftes Häubchen deckt ihr Haupt, und macht, daß sie zum ersten Mal in ihrem Leben, seit ich sie kenne, wie eine vernünftige bescheidene Frau wirkt. Niemand (ihr Gatte natürlich ausgenommen, versteht sich) sieht heute, was früher Jedermann an ihr sah – ich meine, den Bau des weiblichen Skeletts in den oberen Regionen von Schlüsselbeinen und Schulterblättern. Mit Gewändern von ruhigem Schwarz oder Grau angetan, um den Hals hochgeschlossen – eine Tracht, über die sie im Ledigenstande gelacht haben würde; oder auch gekreischt, je nach ihrer augenblicklichen Laune – sitzt sie nunmehr wortlos in Ecken herum; ihre trockenen weißen Hände (so trocken, daß die Poren ihrer Haut wie gekalkt wirken) unaufhörlich beschäftigt, sei es mit einförmigen Stickereien, oder mit dem Drehen endloser Zigarettenmengen für den persönlichen Rauchbedarf des Conte. Bei den spärlichen Gelegenheiten, wo ihre kalten blauen Augen nicht auf ihrer Arbeit ruhen, sind sie gewöhnlich, mit jenem Blick stummen, untertänigen Forschens, wie wir ihn alle aus dem Gesichtsausdruck treuer Hunde her kennen, auf ihren Gatten gerichtet. Die einzige Andeutung von etwas wie innerlichem Auftauen, das ich bisher unter ihrem äußerlichen Panzer eisiger Zurückhaltung habe entdecken können, hat sich bei ein oder zwei Gelegenheiten in Form einer unterdrückten, tigerhaften Eifersucht auf jegliches weibliche Wesen im Hause (Dienstmädchen mit eingeschlossen) verraten, mit dem der Conte spricht, oder das er auf eine Art ansieht, die sich auch nur entfernt als Aufmerksamkeit oder Interesse deuten ließe. Diese eine Eigenheit ausgenommen, ist sie immer – morgens, mittags und abends, drinnen und draußen, bei Regen und Sonnenschein – kalt wie ein Standbild, und auch ebenso undurchdringlich wie der Stein, aus dem ein solches besteht. Für die Zwecke der normalen menschlichen Gesellschaft ist die also in ihr erfolgte Veränderung ohne jeden Zweifel eine Veränderung zum besseren, wenn man erwägt, daß sie aus ihr eine höfliche, stille, unaufdringliche Frau gemacht hat, die keinem Menschen mehr im Wege ist. Inwieweit sie sich im eigentlichen Kern ihres Wesens gebessert, beziehungsweise verschlechtert haben mag, ist freilich eine andere Frage. Ein oder zwei Mal habe ich den Ausdruck um ihre zusammengepreßten Lippen sich so plötzlich wandeln sehen, und in ihrer beherrschten Stimme so plötzliche Veränderungen der Tonlage wahrgenommen, daß es mir den Verdacht nahe gelegt hat, wie ihr gegenwärtiger unterwürfiger Zustand nur etwas Gefährliches in ihrer Natur verkapselt habe, das in der Freiheit ihres früheren Lebens gleichsam harmlos verdunsten konnte. Es ist sehr möglich, daß ich recht habe. Nun, die Zeit wird's lehren.

Und der Magier, der diese wundersame Verwandlung bewirkt hat – der ausländische Ehemann, der diese einst so launische englische Frau auf eine Art gezähmt hat, daß ihre eigenen Anverwandten sie kaum wiedererkennen – der Conte selbst? Was sage ich vom Conte?

Mit einem Wort dies: er sieht aus wie ein Mann, der Alles zähmen könnte. Falls er sich eine Tigerin anstatt eines Menschenweibes zur Gattin erkiest hätte, er hätte die Tigerin gezähmt. Wenn er *mich* gewählt hätte – nun, dann hätte *ich* ihm seine Zigaretten gedreht, wie seine Frau jetzt tut; hätte meinen Mund gehalten, wenn er mich ansieht, wie sie jetzt den ihren hält.

Ich fürchte mich beinahe davor, es selbst diesen geheimen Blättern anzuvertrauen: der Mann hat mich interessiert, mich angezogen, mich gezwungen, ihn zu mögen. Binnen zweier kurzer Tage hat er sich den geraden Weg mitten in meine Gunst und Hochschätzung hinein zu bahnen gewußt; und wie er dies Mirakel bewerkstelligt hat, ist mehr, als ich zu sagen weiß.

Ich bin ganz betroffen, zu erkennen, wie deutlich ich ihn vor mir sehe, jetzt wo sich meine Gedanken mit ihm beschäftigen! – unvergleichlich deutlicher, als ich Sir Percival sehe, oder Herrn Fairlie, oder Walter Hartright, oder sonst jemand Abwesenden, den ich mir vorzustellen versuche – mit der einzigen Ausnahme von Laura selbst. Ich kann seine Stimme hören, wie wenn er diesen Augenblick zu mir spräche. Ich weiß, worüber wir uns gestern unterhalten haben, noch so genau, wie wenn ich es jetzt vernähme. Wie fange ich es an, ihn zu beschreiben? Hat er doch Absonderlichkeiten sowohl in seiner äußeren Erscheinung, seinen Angewohnheiten und Lieblingsbeschäftigungen, die ich, sähe ich sie an einem anderen Mann, in den derbsten Ausdrücken anprangern, oder auf die erbarmungsloseste Weise lächerlich machen würde! Was ist es, das mich unfähig erhält, sie in *seinem* Fall anzuprangern oder lächerlich zu machen?

Zum Beispiel ist er ungeheuerlich dick. Vor dieser Zeit ist mir, wenn überhaupt etwas, so menschliche Korpulenz immer besonders unangenehm gewesen. Ich habe stets die Ansicht verfochten, daß die volkstümliche Meinung, die übermäßige Körperfülle für untrennbar von übermäßiger Gutmütigkeit hält, gleichwertig mit der Behauptung wäre, entweder daß nur liebenswürdige Menschen dick werden könnten; oder aber, daß die zufällige Addition von soundsoviel Pfund Fleisch einen unmittelbaren günstigen Einfluß auf das Gemüt der betreffenden Person ausüben, auf deren Leib sie sich ansammeln. Unermüdlich habe ich jede dieser beiden, gleichermaßen unsinnigen Annahmen bekämpft, indem ich Beispiele von dicken Leuten zitierte, die ebenso niedriggesinnt, lasterhaft und grausam waren, wie die magersten und bösesten ihrer Nachbarn. Ich habe gefragt, ob etwa Heinrich VIII. ein liebenswürdiger Charakter gewesen sei? Oder Papst Alexander VI. ein guter Mann? Ob Herr Mörder und Frau Mörderin Manning nicht Beide ungewöhnlich dicke Leute gewesen seien? Ob gemietete Krankenpflegerinnen – ja wohl sprichwörtlich eine der ruchlosesten Frauenklassen, die man in ganz England nur auftreiben kann! – nicht auch meistenteils gleichzeitig eine der *fettesten* Klassen von Frauenzimmern wären, die man in ganz England auftreiben könne? – undsoweiter undsoweiter, an Dutzenden von Beispielen, modernen und antiken, in- und ausländischen, aus hohen und niederen Ständen. Und hier sitze ich nun, meine Ansichten über diesen Gegenstand so fest und unerschüttert wie nur je; und dennoch hat sich Conte Fosco, fett wie Heinrich VIII. persönlich, binnen eines Tages Frist, bei mir zu insinuieren verstanden, ohne daß ihn seine eigene abscheuliche Korpulenz dabei gefördert oder gehindert hätte. Wahrlich wundersam!

Ist es sein Gesicht, das ihm so zur Empfehlung gereicht hat?

Es könnte sein Gesicht sein. Er hat die erstaunlichste Ähnlichkeit, im weitesten Sinne gesprochen, mit Napoleon dem Großen. Seine Züge besitzen Napoleons prachtvolle Regelmäßigkeit – ihr Ausdruck erinnert sogleich an die imposante Ruhe, die unbewegliche Kraft im Gesicht des Großen Soldaten. Diese frappante Ähnlichkeit hat mich sicherlich als Erstes beeindruckt; aber außer dieser Ähnlichkeit ist noch etwas anderes in ihm, das mich weit mehr beeindruckt hat. Ich glaube, der Einfluß, über den ich mir jetzt klar zu werden suche, liegt in seinen Augen begründet. Es sind die unergründlichsten Grauaugen, die ich je sah; und zu Zeiten liegt ein kal-

tes klares schönes unwiderstehliches Glitzern darin, das mich zwingt, ihn anzusehen, und mir gleichzeitig während des Hinsehens Empfindungen erregt, die ich lieber nicht fühlen möchte. Auch andere Teile seines Gesichtes und Kopfes haben ihre seltsamen Eigentümlichkeiten. Sein Teint, zum Beispiel, ist von einer sehr befremdlichen blaßgelben Helle, die mit seiner dunkelbraunen Haarfarbe derart in Widerspruch steht, daß ich ihn im Verdacht habe, eine Perücke zu tragen; auch ist sein glattrasiertes Gesicht straffer und freier von Hautunreinheiten und Fältchen als das meinige, obwohl er (nach dem, was Sir Percival von ihm berichtet hat) an die 60 Jahre alt sein soll. Dennoch sind all dies immer noch nicht die hervorstechendsten persönlichen Merkmale, die ihn, für mein Auge, vor allen Männern, die ich bisher gesehen habe, unverwechselbar auszeichnen. So weit ich es gegenwärtig formulieren kann, beruht die betonte Eigentümlichkeit, die ihn aus der großen Masse der gewöhnlichen Menschheit heraushebt, ganz und gar auf dem ungewöhnlichen Ausdruck, der ungewöhnlichen Kraft seines Auges.
Bis zu einem gewissen Grade mag ihm auch sein Benehmen und die Beherrschung unserer Sprache dabei förderlich gewesen sein, sich derart in meiner guten Meinung festzusetzen. Er besitzt jene ruhige Ehrerbietigkeit, jenen Ausdruck angenehmwohltuenden, aufmerksamen Interesses, wenn er einer Frau zuhört; auch, wenn er mit ihr dann spricht, jene heimliche Sanftheit im Tonfall, dem, wir können ja sagen, was wir wollen, letztlich Keine von uns widersteht. Auch hier kommt ihm natürlich seine ungewöhnliche Herrschaft über die englische Sprache sehr zu Hülfe. Ich hatte oft schon von der erstaunlichen Fertigkeit vernommen, mit der sich viele Italiener unserer starken, harten, nordländischen Mundart bemeistern könnten; nie jedoch, bis ich Conte Fosco sah, hätte ich es für möglich gehalten, daß ein Ausländer so englisch spreche, wie er es tut. Es gibt Augenblicke, wo es schier unmöglich ist, an seinem Akzent herauszuhören, daß er nicht unser Landsmann ist; und was Geläufigkeit anlangt, gibt es sehr wenig geborene Engländer, die mit so wenig Unterbrechungen und Wiederholungen zu sprechen wissen, wie der Conte. Mag die syntaktische Konstruktion seiner Sätze auch stets mehr oder weniger ausländisch sein, ich habe nie gehört, daß er einen falschen Ausdruck gebraucht, oder je eine Sekunde bei der Wahl eines Wortes zu zögern gehabt hätte.
Noch die kleinsten Eigenheiten dieses seltsamen Mannes haben et-

was frappierend Originelles und verblüffend Widersprüchliches an sich. So dick und ältlich wie er ist, seine Bewegungen sind erstaunlich leicht und frei. Er bewegt sich im Zimmer ebenso geräuschlos wie nur eine von uns Frauen; und, mehr als das, bei all dem unverkennbaren Eindruck von geistiger Festigkeit und Macht, der von ihm ausgeht, ist er doch gleichzeitig so nervös und sensibel wie die schwächste unter uns. Bei zufälligen Geräuschen fährt er unweigerlich auf, wie höchstens noch Laura. Gestern, als Sir Percival einen der Wachtelhunde durchprügelte, schauderte er und wand sich in einer Art, daß ich mich meines Mangels an Feingefühl und Sensibilität im Vergleich mit dem Conte direkt ein bißchen geschämt habe.

Die Erwähnung dieser letzten Begebenheit bringt mich zwanglos auf eine seiner auffallendsten Eigentümlichkeiten, von der ich bisher noch nicht gesprochen habe – seine auffällige Vorliebe für Schoßtiere!

Einige davon hat er drüben auf dem Festland gelassen; aber ins Haus hier mitgebracht hat er einen Kakadu, 2 Kanarienvögel, und eine ganze Familie weißer Mäuse. Er widmet sich eigenhändig allen Bedürfnissen dieser sonderbaren Lieblinge, und hat die Tierchen abgerichtet, ihm erstaunlich zugetan zu sein, und mit Vertraulichkeit zu begegnen. Der Kakadu – jedem Andern gegenüber der launenhafteste und unzuverlässigste Vogel – scheint ihn buchstäblich zu lieben. Sobald er ihn aus seinem Käfig läßt, hüpft er ihm auch schon aufs Knie, klettert dann an seinem großen, massigen Körper hoch, und reibt den Schopf auf die zärtlichste Art, die man sich nur vorstellen kann, an seinem gelblichen Doppelkinn. Er braucht nur die Tür des Kanarienkäfigs aufzumachen und zu rufen, und schon sitzen die hübschen kleinen gelehrigen Geschöpfchen ihm auf der Hand, hüpfen, sobald er kommandiert: »Die Treppe rauf!« von einem seiner ausgespreizten dicken Finger zum anderen, und schmettern zusammen vor Entzücken, als sollte ihnen die Kehle bersten, wenn sie dann den obersten erreicht haben. Seine weißen Mäuse hausen in einer kleinen, lustig-bunten Pagode aus Drahtgeflecht, die er selbst entworfen und angefertigt hat. Sie sind fast ebenso zahm wie die Kanarienvögel, und werden auch genau wie diese beständig herausgelassen; krabbeln überall an ihm herum, schlüpfen zu seiner Weste ein und aus, oder sitzen paarweise, weiß wie Schnee, auf seinen geräumigen Schultern. Diese seine Mäuse scheint er beinah noch

lieber zu haben, als seine übrigen Schoßtiere; er lächelt ihnen zu, küßt sie, und lockt sie mit allen Arten von Kosenamen. Falls es möglich sein sollte, sich einen Engländer vorzustellen, der an derart kindischen Interessen und Belustigungen Gefallen fände, dann würde dieser Engländer sich ihrer bestimmt ein bißchen schämen, und in Gesellschaft von Erwachsenen das Bedürfnis fühlen, sich darob irgendwie zu entschuldigen. Der Conte jedoch vermag augenscheinlich nichts Lächerliches in dem fantastischen Kontrast zu erblicken, den sein eigenes kolossales Selbst mit seinen winzig-zerbrechlichen Schoßtieren bildet. Er würde auch inmitten einer Versammlung englischer Fuchsjäger unbefangen seine weißen Mäuschen küssen und mit seinen Kanarienvögeln zwitschern, und sie, wenn sie Alle am lautesten über ihn lachten, nur ganz gelassen als Barbaren bemitleiden.
Es scheint, während ich es niederschreibe, kaum glaublich, und ist dennoch schlichte Wahrheit: daß dieser selbe Mann, der für seinen Kakadu alle Zärtlichkeit einer alten Jungfer entwickelt, und seine weißen Mäuse mit all der kniffIichen Kleinlichkeit eines Leierkastenjungen manipuliert, sobald ihn zufällig irgendetwas anregt mit einer derartigen geistigen Kühnheit und Unabhängigkeit zu sprechen weiß, mit einer solchen Kenntnis der Hochliteratur sämtlicher Sprachen, und einer Bekanntschaft der großen Welt der Hauptstädte von halb Europa, daß es ihn prompt in jeglichem Zirkel der zivilisierten Welt zum gesellschaftlichen Mittelpunkt machen würde. Dieser Kanarienvogeltrainer, dieser Pagodenkonstrukteur für weiße Mäuse, ist nebenbei (wie mir Sir Percival selbst erzählt hat) einer der ersten lebenden Chemiker, und soll, unter anderen wundersamen Erfindungen, auch ein Mittel entdeckt haben, mit dem man einen Leichnam nach dem Tode gewissermaßen versteinern, und ihn so, hart wie Marmor, bis ans Ende der Zeiten erhalten kann. Dieser fette träge ältliche Mann, dessen Nerven so fein organisiert sind, daß er bei unvorhergesehenen Geräuschen auffährt, und zuckt und Gesichter schneidet, wenn er sehen muß, wie ein Haushund abgeprügelt wird, ist am Morgen nach seiner Ankunft in den Stallhof gegangen, und hat dort einem angeketteten Bluthund die Hand auf den Kopf gelegt – einer so wütenden Riesenbestie, daß selbst der Knecht, der ihn füttert, sich außer seiner Reichweite hält. Seine Frau und ich waren dabei; und ich werde die Szene, kurz wie sie war, mein Lebtag nicht vergessen.

»Vorsicht mit dem Hund, Sir!« sagte der Knecht; »der geht sofort auf Jeden los!«. »Er tut das, mein Freund,« erwiderte der Conte gelassen, »weil Jeder sich vor ihm fürchtet. Wollen gleich mal sehen, ob er auch auf *mich* los geht.« Und er legte seine plumpen, weißgelben Finger, auf denen zehn Minuten vorher die Kanarienvögelchen gesessen hatten, auf den Kopf des schrecklichen Viehes, und blickte ihm genau in die Augen. »Ihr großen Hunde seid ja sämtlich Feiglinge,« sagte er, und redete das Tier geringschätzig an, während sein Gesicht und das des Hundes nur um Zollbreite auseinander waren. »Ein armes Kätzchen würdest Du abwürgen, Du erbärmlicher Feigling. Einen halbverhungerten Bettler würdest Du anspringen, Du erbärmlicher Feigling. Alles, was Du hinterrücks überraschen kannst – Alles, was sich vor Deinem klotzigen Leib fürchtet, und Deinem verruchten weißen Gebiß, und Deinem sabbernden blutdürstigen Maul, das sind so Diejenigen, auf die Du am liebsten los gehst. Theoretisch könntest Du mich in diesem Augenblick erwürgen, Du elender erbärmlicher Prahlhans; und traust Dich dabei nicht einmal, mir gerade ins Gesicht zu gucken, nur weil ich keine Angst vor Dir habe. Na, überleg Dir's; noch kannst Du Deine Zähne an meinem Speckgenick probieren? – Pff! Du nicht!«. Er wandte sich ab, und lachte ob des Erstaunens der Stallknechte, während der Hund eingeschüchtert in seine Hütte zurückschlich. »Oh! Meine hübsche Weste!« sagte er pathetisch. »Wie gedankenlos von mir, hierher zu gehen. Hat mir doch das Vieh tatsächlich meine feine saubere Weste vollgesabbert.« Aus diesen Worten ergibt sich gleich eine weitere seiner unbegreiflichen Schrullen: er ist so vernarrt in prächtige Kleidung, wie der größte Geck, den man sich nur vorstellen kann; und ist in den bisherigen zwei Tagen seines Aufenthaltes in Blackwater Park bereits in vier prachtvollen Westen erschienen, alle von buntesten auffallenden Farben, und alle riesengroß, selbst für seine Figur. Sein Takt und seine Geschicklichkeit in kleinen Dingen sind ganz ebenso bemerkenswert, wie die erstaunlichen Widersprüchlichkeiten seines Charakters oder die kindische Oberflächlichkeit seiner normalen Beschäftigungen und Neigungen.

Ich kann jetzt schon klar erkennen, daß er sich bemüht, für die Dauer seines hiesigen Aufenthaltes mit uns Allen aufs Beste auszukommen. Er hat einwandfrei gemerkt, daß Laura ihn innerlich ablehnt (sie hat es mir, als ich diesbezüglich in sie drang, gestanden); aber er hat gleichermaßen herausbekommen, daß sie im höchsten

Maße Blumen gern hat. Und wenn immer sie jetzt den Wunsch nach einem Sträußchen ausdrückt – schon hält er eins für sie in Bereitschaft, eigenhändig von ihm gepflückt und geordnet; ist jedoch, und ich amüsiere mich immer großartig darüber, klugerweise stets noch mit einem Duplikat versehen, aus genau denselben Blumen bestehend und in genau derselben Weise angeordnet, um seine eisig-eifersüchtige Gattin zu beschwichtigen, noch ehe sie den Gedanken an eine Kränkung zu fassen vermag. Überhaupt ist es sehenswert, wie er (in der Öffentlichkeit) die Contessa behandelt. Er verbeugt sich vor ihr; redet sie prinzipiell mit »Mein Engel« an; trägt ihr seine Kanarienvögel auf den Fingern zu, damit sie sie ansingen und auch ihr kleine Besuche abstatten; er küßt ihr die Hand, wenn sie ihm seine Zigaretten zureicht, und belohnt sie seinerseits mit Bonbons, die er in einer Dose in seiner Tasche hat, und die er ihr spielerisch in den Mund steckt. Die eiserne Rute, mit der er sie regiert, tritt unten in Gesellschaft nie in Erscheinung – es ist eine Privat-Rute, und wird grundsätzlich oben gelassen.
Seine Methode, sich bei *mir* zu insinuieren, ist wieder ganz anders. Er schmeichelt meiner Eitelkeit dadurch, daß er sich mit mir so ernst und verständig unterhält, als wäre ich ein Mann. Jawohl! Ich durchschaue ihn, sobald ich fern von ihm bin – wenn ich allein hier in meinem Zimmer sitze und an ihn denke, weiß ich genau, daß er geschickt meiner Eitelkeit schmeichelt – und dennoch: wenn ich nach unten gehe und in seiner Gesellschaft bin, wird er mich wieder blenden und ich werde wiederum geschmeichelt sein, geradeso, als hätte ich ihn nicht im geringsten durchschaut! Er handhabt mich, mit derselben Leichtigkeit wie er seine Frau handhabt oder Laura, wie er den Bluthund im Stallhof handhabte, und wie er auch Sir Percival selbst, täglich und stündlich, handhabt. »Mein bester Percival! Wie ich Deinen rauhen englischen Humor schätze!« – »Mein bester Percival! Wie gut Einem Dein gesunder englischer Menschenverstand tut!« – auf diese und ähnliche Weise erledigt er ganz ruhig die rüdesten Bemerkungen, die Sir Percival sich hinsichtlich seines effeminierten Geschmacks und seiner Neigungen auch erlauben mag – nennt den Baron dabei grundsätzlich beim Vornamen, und lächelt ihn mit der umfassendsten Überlegenheit an, klopft ihm herablassend auf die Schulter, und erträgt ihn gewissermaßen mit geduldigem Wohlwollen, etwa wie ein humorvoller Vater einen etwas verdrehten Sohn erträgt.

Das Interesse, das ich, ich mag wollen oder nicht, für diesen seltsam originellen Mann empfinde, hat mich veranlaßt, mich bei Sir Percival nach seiner Vergangenheit zu erkundigen.
Sir Percival weiß entweder selbst wenig darüber; oder aber er will mir wenig erzählen. Er und der Conte haben sich vor vielen Jahren in Rom kennen gelernt, bei jenem gefahrvollen Anlaß, den ich schon irgendwann früher einmal angedeutet habe. Seit der Zeit sind sie fast beständig zusammen gewesen, bald in London, bald in Paris und Wien – dagegen niemals wieder in Italien; da der Conte, höchst merkwürdigerweise, die Grenzen seines Heimatlandes seit Jahren nicht mehr überschritten hat. Ist er vielleicht das Opfer irgendeiner politischen Verfolgung? Auf jeden Fall scheint er patriotisch bemüht, jedweden seiner Landsleute, der sich zufällig in England aufhält, nicht aus dem Auge zu verlieren. Am Abend seiner Ankunft schon erkundigte er sich, wie weit es bis zur nächsten Stadt wäre; und ob wir etwas von irgendeinem italienischen Herrn wüßten, der sich dort niedergelassen hätte? Er muß auch, das ist gewiß, im Briefwechsel mit Leuten auf dem Festland stehen; denn auf seiner Post kann man die merkwürdigsten raren Marken finden, und heute früh habe ich sogar gesehen, wie auf seinem Platz am Frühstückstisch ein Brief mit großem, amtlich-dreinschauenden Siegel darauf auf ihn wartete. Ist er vielleicht offizieller Korrespondent seiner Regierung? Aber das wäre ja dann wieder kaum mit meiner ersteren Idee zu vereinbaren, daß er ein politischer Flüchtling sein könnte.
Wie viel habe ich jetzt nicht scheinbar über Conte Fosco geschrieben! Und was ergibt sich letztlich groß daraus? – wie etwa der arme gute Herr Gilmore in seiner unerschütterlichen geschäftlichen Weise fragen würde? Ich kann nur noch einmal wiederholen, daß ich, selbst nach einer so kurzen Bekanntschaft, mir unleugbar des Gefühls einer merkwürdigen, halb willigen halb unwilligen Vorliebe für den Conte gewiß bin. Er scheint über mich das gleiche Übergewicht erlangt zu haben, das er unverkennbar auch über Sir Percival besitzt. So frei, ja rüde, er auch manchmal in seinem Benehmen gegenüber seinem dicken Freunde sein mag, ist Sir Percival dennoch ängstlich bemüht, dem Conte niemals ernstlich Anlaß zur Kränkung zu geben, das merke ich ganz deutlich. Kann es sein, daß auch ich etwas Angst habe? Zumindest habe ich, in meiner bisherigen Vergangenheit, noch nie einen Mann kennen gelernt, den ich so ungern zum Feinde ha-

ben würde. Liegt das nun daran, daß ich ihn gern habe, oder daß ich Angst vor ihm habe? *Chi sa?* – wie Conte Fosco in seiner Muttersprache wohl sagen würde: Wer weiß?

* * *

16. Juni. – Heute, außer meinen eigenen Gedanken und Eindrücken, auch etwas Tatsächliches festzuhalten: ein Besucher ist erschienen – Laura und mir gänzlich unbekannt, und Sir Percival augenscheinlich gänzlich unerwartet.

Wir saßen alle beim Lunch, in dem Raum mit den neuen, bis zum Boden reichenden Flügelfenstern, die auf die Veranda hinausgehen; und der Conte (der feines Backwerk in einem Maßstab verschlingt, wie ich es, außer in Mädchenpensionaten, noch nie bei einem menschlichen Wesen gesehen habe) hatte uns gerade höchlichst amüsiert, indem er auf die ernsthafteste Weise um ein viertes Törtchen bat – als der Diener eintrat, und den Besuch anmeldete.

»Herr Merriman ist soeben eingetroffen, Sir Percival; und möchte Sie, wenn möglich sofort, sprechen.«

Sir Percival schrak auf, und schaute den Mann mit einem Ausdruck erschrockenen Ärgers an.

»Herr Merriman?!« wiederholte er, wie wenn er dächte, sein Ohr müßte ihn getäuscht haben.

»Jawohl, Sir Percival – Herr Merriman aus London.«

»Wo ist er?«

»In der Bibliothek, Sir Percival.«

Kaum daß die Antwort erfolgt war, erhob er sich auch schon vom Tisch, und verließ, ohne Jemandem von uns ein Wort zu sagen, mit größter Eile das Zimmer.

»Wer ist dieser Herr Merriman?« fragte Laura, zu mir gewandt.

»Ich hab' nicht die blasseste Ahnung,« war alles, was ich zu erwidern wußte.

Der Conte war unterdessen mit seinem vierten Törtchen fertig geworden, und hatte sich zu einem Seitentischchen begeben, um nach seinem Kakadu zu sehen. Jetzt drehte er sich, den Vogel auf der Schulter, zu uns herum.

»Herr Merriman ist Sir Percivals Rechtsanwalt,« sagte er ruhig.

Sir Percivals Rechtsanwalt. Es war eine schlichte erschöpfende Antwort auf Lauras Frage; und dennoch, wie die Dinge lagen, nichts weniger als befriedigend. Wenn Herr Merriman von seinem Klienten ausdrücklich herbeigerufen worden wäre, würde ja ganz und gar nichts Wundersames daran gewesen sein, daß er die Stadt verlassen hätte, um der Aufforderung zu gehorchen. Aber wenn ein Rechtsanwalt von London nach Hampshire reist, ohne daß man ihn gerufen hat; und wenn sein Eintreffen im Hause eines Herrn diesen Herrn selbst ungekünstelt aufschreckt; dann darf es wohl für sicher gelten, daß der juristische Besucher der Überbringer einer sehr wichtigen und sehr unerwarteten Nachricht ist – wobei diese Nachricht selbst entweder sehr gut oder sehr schlecht, auf keinen Fall jedoch irgendwie alltäglicher Natur sein kann.

Eine Viertelstunde lang oder mehr saßen Laura und ich schweigend am Tisch, unruhigen Gedanken nachhängend, was wohl vorgefallen sein möge, und jeden Augenblick Sir Percivals eilige Wiederkunft erwartend. Aber kein Anzeichen seiner Rückkehr ließ sich erkennen, und wir erhoben uns schließlich, um das Zimmer zu verlassen.

Der Conte, aufmerksam wie immer, kam sogleich aus der Ecke vor, in der er bisher seinen Kakadu gefüttert hatte, und öffnete uns, den Vogel immer noch auf der Schulter, die Tür. Laura und Madame Fosco gingen als erste hinaus. Just als ich im Begriff war, ihnen zu folgen, machte er ein Zeichen mit der Hand, und redete mich, bevor ich an ihm vorbei war, in der befremdlichsten Weise an.

»Ja,« sagte er, und beantwortete meine in dem Moment vorherrschenden, unausgesprochenen Gedanken so gelassen, wie wenn ich sie ihm in klaren wohlgesetzten Worten anvertraut hätte – »ganz recht, Fräulein Halcombe; irgendetwas *ist* geschehen.«

Ich wollte eben antworten, »Ich hab' doch kein Wort davon gesagt«; aber in demselben Augenblick flatterte der verzogene Kakadu mit den gestutzten Flügeln, und gab ein Gekreisch von sich, daß es mir durch und durch ging, und ich nur heilfroh war, aus dem Zimmer zu entkommen.

Am Fuß der Treppe holte ich Laura ein. Ihr gingen die gleichen Gedanken im Kopf herum, die auch mir in meinem herumgegangen waren, und die Conte Fosco so überrumpelnd erraten hatte. Als sie sprach, waren ihre Worte fast wie ein Echo der seinigen; auch sie vertraute mir heimlich an, wie sie befürchtete, daß irgendetwas geschehen sei.

III

16. Juni. — Ich muß noch ein paar Zeilen zu der Eintragung dieses Tages hinzufügen, bevor ich für heut zu Bett gehe.

Ungefähr 2 Stunden nachdem Sir Percival vom Lunch aufgesprungen war, seinen Anwalt, Herrn Merriman, in der Bibliothek zu empfangen, verließ ich mein Zimmer, um allein ein Stück in den Anlagen spazieren zu gehen. Gerade als ich am Ende des Treppenabsatzes angekommen war, öffnete sich die Tür der Bibliothek und die beiden Herren traten heraus. Es schien mir das angemessenste, sie nicht erst dadurch zu stören, daß ich auf der Treppe erschiene; und also beschloß ich, mit dem Hinuntergehen so lange zu warten, bis sie durch die Halle und hinaus sein würden. Obgleich sie nur halblaut und vorsichtig miteinander redeten, wurden die einzelnen Worte doch deutlich genug ausgesprochen, daß sie mein Ohr erreichen konnten.

»Machen Sie sich keine unnötigen Sorgen, Sir Percival,« hörte ich den Anwalt eben sagen; »es kommt letztlich alles auf Lady Glyde an.«

Ich hatte mich schon umgedreht gehabt, um mich wieder für ein oder zwei Minuten auf mein Zimmer zu begeben; aber den Namen Lauras aus dem Munde eines Fremden zu vernehmen, brachte mich sofort zum Stehen. Ich gestehe gern, daß es sehr unrecht von mir war und sehr schimpflich, zu lauschen; aber wo in der ganzen großen Zahl unseres Geschlechtes ist wohl die Frau, die ihre Handlungen nach abstrakten Ehrprinzipien einzurichten vermöchte, wenn diese Prinzipien nach der einen Richtung weisen, und ihre Zuneigungen und das daraus erwachsende Interesse in die entgegengesetzte?

Ich lauschte also — und würde in ähnlicher Lage wiederum lauschen — jawohl!, meinethalben auch mit dem Ohr am Schlüsselloch, wenn es sich auf andere Art nicht ermöglichen ließe.

»Also Sie sind völlig im Bilde, Sir Percival?« fuhr der Anwalt fort: »Lady Glyde muß ihren Namen darunter setzen, in Gegenwart eines Zeugen — beziehungsweise von zwei Zeugen, wenn Sie besonders sicher gehen wollen — muß dann ihren Finger auf die Siegeloblate legen, und dazu sprechen, ›Ich erkläre dies als meinen ausdrücklichen Wunsch und Willen‹. Falls das binnen Wochenfrist geschieht, wird das erwähnte Arrangement tadellos funktionieren, und alle Not und Sorge ein Ende haben. Falls nicht —«

»Was wollen Sie mit Ihrem ›Falls nicht‹ sagen?« fragte Sir Percival ärgerlich zurück. »Wenn die Sache geschehen *muß*, dann *wird* sie auch geschehen. Mein Wort darauf, Merriman.«

»Ganz recht, Sir Percival – ganz recht. Aber es gibt schließlich bei allen Transaktionen immer zwei Möglichkeiten; und wir Juristen machen uns gern darauf gefaßt, beiden mutig ins Gesicht zu schauen. Falls infolge irgendeines unvorherzusehenden Umstandes jenes Arrangement *nicht* getroffen werden könnte; dann glaube ich immer noch imstande zu sein, die Parteien zur Annahme von Wechseln mit 3 Monaten Laufzeit bewegen zu können. Wie die Summen allerdings am Fälligkeitstage dann aufzubringen wären –«

»Zum Teufel mit Wechseln! Das Geld kann nur auf *eine* Weise beschafft werden, und auf diese Weise, ich wiederhole es Ihnen noch einmal, *wird* es jetzt auch beschafft. – Trinken Sie noch'n Glas Wein, Merriman, ehe Sie wieder gehen.«

»Sehr verbunden, Sir Percival; aber ich habe keinen Augenblick zu verlieren, wenn ich den Gegenzug noch erreichen will. Und Sie geben mir bitte sofort Bescheid, sobald die Sache geregelt ist, ja? Und nicht die von mir erwähnten Vorsichtsmaßnahmen außer Acht lassen –«

»Klar lass' ich sie nicht außer Acht. – Der Dogcart wartet schon an der Tür auf Sie. Mein Reitknecht schafft Sie im Handumdrehen zum Bahnhof. – Benjamin! Einsteigen; und fahr' wie wild! Wenn Herr Merriman den Zug verpaßt, bist Du Deine Stelle los! – Halten Sie sich fest, Merriman; und wenn's umkippen sollte, vertrauen Sie darauf, daß der Deuwel die Seinigen nicht verläßt.« Mit solcher Segnung als Abschied drehte der Baron sich um, und begab sich wieder in die Bibliothek zurück.

Ich hatte nun zwar nicht viel vernommen; aber das wenige, das mein Ohr erreicht hatte, war hinreichend, mich beträchtlich unruhig zu fühlen. Bei dem »etwas« was »geschehen war«, handelte es sich, das war jetzt nur allzuklar, um eine ernstliche finanzielle Verlegenheit, und Sir Percivals Befreiung daraus hing von Laura ab. Die Aussicht, sie in ihres Gatten geheime Schwierigkeiten verwickelt zu sehen, erfüllte mich mit einer Bestürzung, die durch meine Unkenntnis in geschäftlichen Angelegenheiten, sowie mein eingewurzeltes Mißtrauen gegen Sir Percival noch erhöht wurde. Anstatt, wie ich ursprünglich vorgehabt hatte, spazieren zu gehen, begab ich mich auf der Stelle nach Lauras Zimmer, um ihr zu berichten, was ich abgehört hatte.

Sie nahm meine schlimmen Neuigkeiten derart gefaßt zur Kenntnis, daß es mich überraschte. (Vermutlich weiß sie weit mehr vom Charakter ihres Gatten, und auch von dessen Schwierigkeiten, als ich mir bis heute eingebildet habe.)

»Ich habe das schon gefürchtet,« sagte sie, »als ich von jenem unbekannten Herrn hörte, der kurz vor unserer Ankunft vorgesprochen und es abgelehnt habe, seinen Namen zu hinterlassen.«

»Was denkst Du dann, wer der Herr gewesen sein könnte?« fragte ich.

»Irgendjemand, der bedeutende Forderungen an Sir Percival hat,« erwiderte sie, »und der auch die Ursache für Herrn Merrimans heutigen Besuch bei uns ist.«

»Weißt Du irgend Näheres über diese Forderungen?«

»Nein; Einzelheiten sind mir unbekannt.«

»Aber Du wirst nichts unterschreiben, Laura, ohne es Dir vorher genau anzusehen?«

»Bestimmt nicht, Marian. Was ich ohne Schaden und Ehrverlust tun kann, um ihm zu helfen, will ich tun – um Dein Leben, Du Liebe, und auch meines, so leicht und glücklich zu machen, wie nur möglich. Aber ich werde unwissenderweise nichts tun, was wir eines Tages vielleicht zu bereuen Ursache hätten. Laß uns jetzt nicht weiter darüber reden. Ich sehe, Du hast Deinen Hut auf – wie wär's, wenn wir ausgingen, und den Nachmittag im Park verträumten?«

Als wir aus dem Haus traten, richteten wir unsern Schritt gradeswegs nach der nächsten schattigen Stelle.

Wir gingen unter den Bäumen vor der Vorderfront des Hauses dahin, kamen an eine offene Stelle, und trafen dort auf Conte Fosco, wie er langsam in der prallsten Glut des heißen Juninachmittags auf dem Rasen hin und herspazierte und sich sonnte. Er trug einen mächtigen Strohhut mit einem lila Band darum. Eine blaue Bluse, über der Brust verschwenderisch mit weißer Handstickerei geschmückt, bedeckte seinen ausladenden Leib, und war in der Gegend, wo sich einst seine Taille befunden haben mochte, mit einem breiten scharlachnen Lederriemen gegürtet. Braungelbe Nankinghosen (mit mehr weißer Stickerei um die Knöchel) und purpurne Maroquinleder-Hausschuhe zierten seine unteren Extremitäten. Er sang die berühmte Arie Figaros aus dem ›Barbier von Sevilla‹ mit

jener unglaublichen Geläufigkeit und gleichzeitig Deutlichkeit, wie es nur eine italienische Kehle fertig bringt, wobei er sich noch selbst auf dem Akkordeon begleitete, das er mit ekstatischen Armschwüngen und so graziösen Drehungen und Verrenkungen des Kopfes bediente, daß er wie eine fette Sancta Cecilia aussah, die sich aus Spaß als Mann verkleidet hat. »Figaro quà! Figaro là! Figaro sù! Figaro giù!« sang der Conte, schwenkte das Akkordeon munter auf Armlänge von sich, und machte uns, über das eine Ende des Instrumentes hinweg, eine Verbeugung von so tänzerischer Grazie und Eleganz, daß es einem 20jährigen Figaro Ehre gemacht hätte.
»Mein Wort darauf, Laura: dieser Mann ist hinsichtlich Sir Percivals Schwierigkeiten einigermaßen im Bilde,« sagte ich, während wir den Gruß des Conte aus sicherer Entfernung erwiderten.
»Wieso kommst Du auf den Gedanken?« wollte sie hören.
»Wie hätte er sonst wissen können, daß Herr Merriman Sir Percivals Anwalt ist?« gab ich zurück. »Und überdies hat er mir, als ich heut Vormittag hinter Dir aus dem Frühstückszimmer herausging, ohne ein Sterbenswörtchen der Frage meinerseits, erklärt, daß ›irgendetwas geschehen‹ sei. Verlaß' Dich drauf: Der weiß mehr, als wir.«
»Falls dem so sein sollte, frag' ihn aber bitte nichts. Zieh' ihn nicht in unser Vertrauen!«
»Du scheinst ihn abzulehnen, Laura, und zwar auf sehr entschiedene Weise: was hat er eigentlich gesagt oder getan, das Dich dazu berechtigt?«
»Gar nichts, Marian. Im Gegenteil, er war während unserer Heimreise die Freundlichkeit und Aufmerksamkeit in Person; und hat Sir Percival, wenn er seinem Ärger unbeherrscht Luft machen wollte, diverse Male Einhalt getan, in einer Art, wie sie sich *mir* gegenüber rücksichtsvoller nicht denken läßt. Vielleicht mißfällt er mir, weil er so viel mehr Einfluß über meinen Gatten besitzt, als ich. Vielleicht fühlt sich mein Stolz verletzt, daß ich seinem Eingreifen irgendwie zu Dank verpflichtet sein soll. Ich weiß im Grunde nur, daß ich ihn eben nicht *mag*.«
Der Rest dieses Tages und der Abend verliefen friedlich genug. Der Conte und ich spielten zusammen Schach. Die ersten beiden Partien ließ er sich aus Höflichkeit von mir besiegen; dann jedoch, nachdem er merkte, daß ich ihn durchschaut hatte, bat er mich um Verzeihung, und setzte mich beim dritten Spiel binnen 10 Minuten Schach

und Matt. Sir Percival spielte auch nicht ein Mal im Verlauf des Abends auf den Besuch seines Anwaltes an. Aber entweder hatte dieses Ereignis oder sonst irgendetwas eine bemerkenswerte Wendung zum Besseren in ihm bewirkt: er war so höflich und verbindlich zu uns Allen, wie nur je in den Tagen seiner Limmeridger Prüfungszeit; und zumal seiner Gattin gegenüber in einer so erstaunlichen Art zuvorkommend und liebreich, daß sich selbst Madame Fosco, die Eisige, bewogen fühlte, ihn mit gravitätischem Erstaunen zu mustern. Was soll das bedeuten? Ich glaube, ich kann es erraten — ich fürchte, Laura kann es erraten — und ich bin überzeugt, Conte Fosco weiß es. Ich habe Sir Percival im Laufe des Abends mehr als einmal ertappt, wie er, nach Billigung suchend, zu ihm hinüber schielte.

17. Juni. — Ein ereignisreicher Tag. (Ich hoffe inbrünstig, daß ich nicht auch noch nachzutragen habe, ein unheilvoller Tag.) —
Sir Percival schwieg sich beim Frühstück genau so wie am Abend zuvor bezüglich jenes geheimnisvollen ›Arrangements‹ (wie der Rechtsanwalt es nannte) aus, das über unseren Häuptern hängt. Eine Stunde später jedoch trat er plötzlich in das Damenzimmer, wo seine Gattin und ich, unsere Hüte schon auf, der Madame Fosco, die sich uns anschließen wollte, harrten, und fragte nach dem Conte.
»Wir erwarten ihn jeden Moment hier zu sehen,« sagte ich.
»Die Sache ist nämlich die,« fuhr Sir Percival fort, indem er nervös im Zimmer auf und nieder ging, »ich brauche Fosco und seine Frau in der Bibliothek, wegen einer rein geschäftlichen Formsache; und übrigens auch Dich, Laura, für eine Minute.« Er hielt inne, und schien zum ersten Mal gewahr zu werden, daß wir zum Ausgehen angezogen waren. »Seid Ihr gerade rein gekommen?« fragte er, »oder wollt Ihr eben ausgehen?«
»Wir hatten eigentlich Alle vor, heut früh zum See zu gehen,« sagte Laura. »Aber falls Du ein anderes Arrangement vorschlagen —«
»Nicht doch, nicht doch,« erwiderte er hastig. »Mein Arrangement kann warten. Ob nach dem Frühstück oder nach dem Lunch, ist eins wie's andere. Zum See wollt Ihr Alle, ja? Eine gute Idee. Machen wir einen freien Vormittag — ich schließe mich an, ja?«
Sein Gebaren ließ keinerlei Mißdeutung zu; selbst wenn es noch möglich gewesen wäre, die ungewohnte Bereitwilligkeit, die seine

Worte ausdrückten, zu mißdeuten, seine eigenen Pläne und Vorhaben der Bequemlichkeit Anderer unterzuordnen: er war offenkundig erleichtert, eine Entschuldigung zu finden, die ›geschäftliche Formsache‹ in der Bibliothek, auf die seine eigenen Worte abgezielt hatten, noch etwas hinausschieben zu können. Mir wurde ganz beklommen um's Herz, als ich die unvermeidliche Schlußfolgerung daraus zog.

In eben dem Augenblick stießen der Conte und seine Frau zu uns. Die Dame trug ihres Gatten gestickten Tabaksbeutel in Händen, zusammen mit dem für die Anfertigung der ewigen Zigaretten erforderlichen Papiervorrat. Der Herr, wie gewöhnlich mit Bluse und Strohhut angetan, trug die bunte kleine Käfig-Pagode, mit seinen weißen Lieblingsmäuschen darin, und lächelte sie und uns mit einer so umfassenden Liebenswürdigkeit an, der zu widerstehen schlechthin unmöglich war.

»Ihre gütige Erlaubnis vorausgesetzt,« sagte der Conte, »möchte ich meine kleine Familie hier – meine arm'-klein'-hübsch'n-harmlos'n Mausemäuschen – mit Uns an die frische Luft nehmen. Hier treiben sich Hunde ums Haus herum; und sollte ich meine verlassenen weißen Kinderchen der Gnade von Hunden preisgeben? Ah, nie!«

Er zirpte seinen kleinen weißen Kinderchen väterlich durch die Gitterstäbe der Pagode zu, und wir verließen sämtlich das Haus, uns nach dem See zu begeben.

In der Schonung verlor sich Sir Percival von unserer Seite. Es scheint zu seiner konstitutionellen Rastlosigkeit zu gehören, daß er sich bei solchen Anlässen grundsätzlich von seinen Begleitern absondert; und sich, wenn er allein ist, damit beschäftigt, einen neuen Spazierstock zu seinem eigenen Gebrauch zurechtzuschneiden. Der reine Vorgang des Schneidens und Schnitzelns auf gut Glück, scheint ihn irgendwie zu befriedigen. Das ganze Haus steht voll mit Spazierstöcken seiner Anfertigung, von denen er aber keinen zum zweiten Mal in die Hand nimmt. Sobald er einen einmal gebraucht hat, erlischt sein Interesse an ihm, und er denkt an nichts mehr, als loszugehen und einen neuen zu schneiden.

Am alten Bootshaus stieß er wieder zu uns. Ich will die Unterhaltung, die sich entspann, nachdem wir Jeder unsern Platz eingenommen hatten, möglichst wörtlich wiedergeben. Es war, zumindest was mich anbetrifft, eine wichtige Unterhaltung; denn sie hat mich ernst-

lich geneigt gemacht, dem Einfluß, den Conte Fosco bisher über meine Gedanken und Gefühle ausgeübt hat, zu mißtrauen, und ihm künftig nach Kräften zu widerstehen.
Das Bootshaus war groß genug, uns Allen Raum zu gewähren; jedoch blieb Sir Percival draußen davor, um mit seiner kleinen Taschenaxt den neuesten Spazierstock zuzurichten. Wir 3 Frauen hatten reichlich Platz auf der großen Bank. Laura holte ihre Handarbeit hervor; Madame Fosco nahm sogleich ihre Zigaretten in Angriff; ich, wie üblich, hatte nichts zu tun. Meine Hände waren schon immer so unbeholfen wie die eines Mannes, und werden's nun wohl auch bleiben. Der Conte suchte sich humoristischerweise einen für ihn um mehrere Größen zu kleinen Schemel aus, und balancierte darauf, den Rücken gegen die Schuppenwand gestemmt, daß das Holz vor seinem Gewicht ächzte und stöhnte. Er stellte sich den Pagodenkäfig auf den Schoß, und ließ die Mäuse heraus, daß sie, wie üblich, an ihm herumturnen könnten. Es sind niedliche, kleine, unschuldig dreinschauende Wesen, ja; aber der Anblick, wie sie einen menschlichen Körper überwimmeln, ist mir aus irgendeinem Grunde gar nicht angenehm. Nicht nur, daß er ein sympathetisches Krabbeln auf der Haut bei mir hervorriefe; er löst auch scheußliche Vorstellungen aus, von Menschen, die im Gefängnis sterben, und regsamen Kerkergeschöpfen, die sie ungestraft überwimmeln.
Der Morgen war wolkig und windig, und der rasche Wechsel von Schatten und Sonnenschein über dem öden See ließ die Aussicht doppelt wild, verhext und düster erscheinen.
»Es gibt Leute, die das malerisch nennen,« sagte Sir Percival, und wies mit seinem halbfertigen neuen Spazierstock über den weiten Umkreis hin. »Ich sage, es ist ein Schandfleck auf einem anständigen Rittergut. Zu Lebzeiten meines Urgroßvaters reichte der See bis zu der Stelle hier. Und man sehe ihn sich jetzt an! Kaum eine Stelle, die tiefer als einen Meter wäre, und nichts als einzelne Lachen und Pfuhle. Ich wollte, ich könnte mir's leisten ihn zu dränieren, und die ganze Stelle zu bepflanzen. Mein Inspektor, der abergläubische Idiot, behauptet, er wär' sich ganz sicher, daß der See irgendwie ›verflucht‹ wäre, ungefähr wie's Tote Meer. Was meinst Du, Fosco? Sieht's nicht gerade aus, wie der ideale Platz für'n Mord, was?«
»Mein bester Percival,« tadelte der Conte. »Was für ein Gedanke bei Deinem soliden englischen Verstand? Das Wasser wäre doch viel

zu seicht, den Körper zu verbergen, und noch dazu rings von Sand umgeben, in dem jeglicher Fußtapfe des Mörders sich abprägte. Ich würde sagen: Alles in Allem genommen der ungeeignetste Platz für einen Mord, der mir je vor Augen gekommen ist.«

»Humbug!« sagte Sir Percival, und schnitzelte wütender an seinem Stecken herum. »Du weißt ganz genau, was ich meine. Die traurige Kulisse, die einsame Lage. Wenn Du mich verstehen willst, ist es nicht schwer – wenn Du nicht willst, werd' ich mich nicht groß abquälen, auseinanderzusetzen, was ich meine.«

»Wie sollte ich nicht,« fragte der Conte zurück, »wo doch Jedermann in 2 Worten ausdrücken könnte, was Du gemeint hast? Wenn ein Narr sich anschickte, einen Mord zu begehen, wäre Dein See der erste Platz, den er sich dafür aussuchen würde. Wenn ein weiser Mann sich anschickte, einen Mord zu begehen, wäre Dein See so ziemlich der letzte Platz, den er sich dafür aussuchen würde. Ist es das, was Du sagen wolltest? Falls ja, dann hast Du die zureichende Erklärung eben fertig geliefert bekommen. Nimm sie hin, Percival, zusammen mit dem Segen Deines braven Fosco.«

Laura blickte zu dem Conte hinüber, mit einem Gesicht, in dem sich ihre Abneigung etwas zu offenkundig spiegelte. Er war jedoch so mit seinen Mäusen beschäftigt, daß er keine Notiz davon nahm.

»Ich höre sehr ungern, daß man die Aussicht auf den See hier mit etwas so abscheulichem wie Mordgedanken in Verbindung bringt,« sagte sie. »Und wenn Conte Fosco schon die Mörder in Klassen einteilen muß, dann möchte ich meinen, daß er in der Wahl seiner Ausdrücke recht unglücklich gewesen ist. Sie lediglich als ›Narren‹ zu bezeichnen, scheint mir sie mit einer Nachsicht zu behandeln, auf die sie kein Anrecht haben. Und sie als ›Weise Männer‹ zu bezeichnen, klingt mir wie ein glatter Widerspruch in sich: habe ich doch immer gehört, wie wahrhaft weise Männer stets auch wahrhaft gute Männer seien, die einen Abscheu vor Verbrechen empfinden.«

»Meine teure Dame,« sagte der Conte, »das sind bewundernswerte Maximen, und ich erinnere mich, daß ich sie schon in Schönschreibheften als Vorlage gesehen habe.« Er hob die Handfläche, mit einer seiner weißen Mäuse darin, vor sein Gesicht, und sprach sie in seiner schnurrigen Weise also an: »Mein hübsches-kleines-glattes-weißes Schürkchen,« sagte er, »paß auf, hier gibt es eine Moral für Dich zu lernen: eine wahrhaft weise Maus ist auch eine wahrhaft gute Maus! Teile das gefälligst Deinen anderen Kumpanen mit,

und knabbere nie mehr an den Stäben Deines Käfigs, solange Du lebst.«
»Es läßt sich schließlich alles lächerlich machen, das ist nicht schwer,« sagte Laura resolut; »aber Sie werden es nicht ganz so leicht finden, Conte Fosco, mir ein Beispiel anzuführen, wo ein weiser Mann gleichzeitig auch ein großer Verbrecher gewesen ist.«
Der Conte zuckte die mächtigen Achseln, und lächelte in der freundlichsten Weise zu Laura hinüber.
»Nur zu wahr!« sagte er. »Das Verbrechen des Narren ist das Verbrechen, das herauskommt; und das Verbrechen des weisen Mannes ist das Verbrechen, das *nicht* herauskommt. Wenn ich Ihnen also ein Beispiel anzuführen vermöchte, wäre es eben nicht mehr das Beispiel eines weisen Mannes. Teure Lady Glyde, Ihr gesunder englischer Menschenverstand hat mich widerlegt. Diesmal bin *ich* Schachmatt – wie, Fräulein Halcombe?«
»Nicht gewankt und gewichen jetzt, Laura!« höhnte Sir Percival, der von seinem Platz an der Tür her eifrig zugehört hatte. »Sag' ihm als nächstes, daß jedes Verbrechen sich letztlich selbst entdeckt. Das wäre wieder so eine Maxime aus dem Schönschreibheft für Dich, Fosco. ›Jedes Verbrechen entdeckt sich selbst.‹ – Was für ein toller Humbug!«
»Ich glaube daran,« sagte Laura ruhig.
Sir Percival brach in eine Lache aus, so heftig, so gewaltsam, daß wir Alle darob zusammenfuhren – am meisten noch der Conte.
»Ich glaube es ebenfalls,« sagte ich, um Laura zu Hülfe zu kommen.
Sir Percival, der sich ob der Bemerkung seiner Gattin so unerklärlich amüsiert gezeigt hatte, ließ sich von der meinigen jetzt ebenso unerklärlich reizen. Er hieb mit seinem neuen Stock wild in den Sand; und begab sich dann weg von uns.
»Armer bester Percival!« rief Conte Fosco, und blickte ihm heiter nach, »er ist das Opfer des englischen Spleens. – Aber, mein verehrtes Fräulein Halcombe, meine teure Lady Glyde, glauben Sie tatsächlich daran, daß jedes Verbrechen sich letzten Endes selbst entdeckt? Und Du, mein Engel,« fuhr er fort, sich zu seiner Gattin wendend, die bisher noch kein Wort geäußert hatte: »denkst Du ebenfalls so?«
»Ich harre grundsätzlich erst der Belehrung,« entgegnete die Contessa im Ton kalten Vorwurfs (für mich und Laura bestimmt),

»bevor ich, in Anwesenheit hochgebildeter Männer, meine Meinung abzugeben wage.«
»Tatsächlich?« sagte ich. »Ich erinnere mich wohl noch an die Zeit, Contessa, wo Sie für die Rechte der Frau eintraten, und war da nicht ›weibliche Meinungsfreiheit‹ eines davon?«
»Was ist Deine Ansicht über diesen Fall?« fragte Madame Fosco den Conte, indem sie ruhevoll mit dem Zigarettendrehen fortfuhr, und nicht die geringste Notiz von mir nahm.
Der Conte streichelte nachdenklich eines seiner weißen Mäuschen mit dem gleichsam pausbäckigen, kleinen Finger, ehe er zu antworten anhob.
»Es ist wirklich wundersam,« sagte er dann, »wie leicht die menschliche Gesellschaft es versteht, sich auch über die schlimmsten ihrer Unzulänglichkeiten mit ein paar Gemeinplätzchen hinwegzutrösten. Sie hat, zum Beispiel, für die Aufdeckung von Verbrechen eine Maschinerie eingerichtet, die aufs jämmerlichste unzulänglich ist – und dennoch, man propagiere nur einen hinreichend zündenden moralischen Werbeslogan, des Sinnes, daß sie glänzend funktioniere, und Jedermann wird von dem Augenblick an wie blind auch gegen ihre gröblichsten Schnitzer sein. ›Ein jedes Verbrechen entdeckt sich selbst‹, ist dem wirklich so? Und (ein neuer moralischer Werbeslogan!) ›Ein Mord will ans Tageslicht‹: will er wirklich? Fragen Sie die staatlichen Beamten bei Leichenschauen in unseren Großstädten, ob das die Wahrheit ist, Lady Glyde. Fragen Sie die Privatsekretäre der großen Lebensversicherungsgesellschaften, ob das die Wahrheit ist, Fräulein Halcombe. Oder nehmen Sie Ihre eigene Zeitung. Gibt es, selbst in den wenigen Fällen, die zur Kenntnis der Presse gelangen, nicht Beispiele genug, von ermordet Aufgefundenen, zu denen man die Mörder nie entdeckt? Nehmen Sie die Fälle, über die berichtet wird, mal mit der Zahl der Fälle, über die *nicht* berichtet wird; und die ermordet Aufgefundenen mit der Zahl der Ermordeten, die man *nicht* auffindet, und zu welchem Ergebnis werden Sie gelangen? Zu diesem: daß es törichte Verbrecher gibt, die entdeckt werden, und weise Verbrecher, die entkommen. Die Verschleierung eines Verbrechens, beziehungsweise die Entdeckung eines Verbrechens – worum handelt es sich letztlich dabei? Um einen Geschicklichkeitswettbewerb, zwischen der Polizei auf der einen, und dem Individuum auf der anderen Seite. Wenn der Verbrecher ein brutaler, unwissender Tölpel ist, wird, in 9 Fällen von 10, die Poli-

zei gewinnen. Wenn der Verbrecher ein entschlossener, gebildeter, hochintelligenter Mann ist, verliert in 9 Fällen von 10 die Polizei. Wenn die Polizei gewonnen hat, werden Sie im allgemeinen ausgiebig davon unterrichtet. Wenn die Polizei verloren hat, hören Sie, ebenso allgemein, nichts. Und auf dergleichen wankenden Grund errichten Sie Ihr bequemes Gebäude moralischer Werbeslogans, vom ›Verbrechen, das sich selbst entdeckt‹?! Sicher: all das Verbrechen, von dem *Sie* erfahren. Aber wie steht's mit dem Rest?«
»Satanisch wahr, und glänzend formuliert,« rief eine Stimme vom Eingang des Bootshauses her. Sir Percival hatte sein Gleichgewicht wiedergewonnen, und war, während wir dem Conte lauschten, zurückgekehrt.
»Einiges davon mag wahr sein,« sagte ich, »und glänzend formuliert gewesen sein mag meinethalben Alles. Aber ich sehe nicht recht ein, aus welchem Grund Conte Fosco den Sieg des Verbrechers über die Gesellschaft mit solchem Frohlocken feiern sollte; oder auch, warum Sie, Sir Percival, ihm darob so lautstark applaudieren?«
»Hörst Du das, Fosco?« sagte Sir Percival. »Laß Dir raten, und schließe Frieden mit Deiner Zuhörerschaft. Sag' ihnen, Tugend sei was Feines — dergleichen mögen sie; mein Wort darauf.«
Der Conte lachte innerlich-lautlos (und 2 der weißen Mäuse in seiner Weste, aufgeschreckt von der tektonischen Erschütterung, die unter ihnen vor sich ging, kamen in größter Hast hervorgestürmt, und flüchteten krabbelnd wieder in ihren Käfig!).
»Die Damen, mein guter Percival, sollen lieber *mir* etwas von der Tugend erzählen,« sagte er. »Sie sind in diesem Fall bessere Autoritäten als ich; denn sie wissen, was Tugend ist, und ich weiß es nicht.«
»Hört Euch das an!« sagte Sir Percival: »Ist es nicht schrecklich?«
»Es ist wahr,« sagte der Conte gelassen. »Ich bin ein Weltbürger, und im Lauf meines Lebens mit so vielen verschiedenen Sorten Tugend zusammengetroffen, daß ich, nun da ich alt bin, in Verlegenheit käme, wenn ich entscheiden sollte, welches die richtige und welches die falsche Sorte sei. Hier, in England, gilt die eine Tugend. Drüben, in China, eine andere. Und John Bull behauptet ›Meine Tugend ist die richtige Tugend‹. Und John Immernurlächeln behauptet ›Meine Tugend ist die richtige Tugend‹. Und ich sage Ja-ja zu dem Einen oder Nein-nein zu dem Anderen; und bin mir imgrunde immerfort gleichmäßig unsicher darüber, ob es sich nun um John

Schaftstiefel handelt oder um John Zopf. Ach, meine hübsche kleine Mausi: komm, gib mir einen Kuß! Was wäre Deine eigene private Definition von einem tugendhaften Manne, mein Schi-Scha-Schätzchen? Ein Mann, der Dich warm hält, und Dir tüchtig zu essen gibt, ja? Und übrigens gar keine schlechte Definition; denn sie wäre, um das mindeste zu sagen, verständlich.«

»Einen Moment mal, Conte,« griff ich ein. »Um bei dem von Ihnen gebrauchten Beispiel zu bleiben: eine unbestreitbare Tugend besitzen wir ja doch wohl bestimmt in England, deren China ermangelt. Die chinesischen Behörden bringen, unter den fadenscheinigsten Vorwänden, Tausende von unschuldigen Menschen ums Leben. Von jeglicher Schuld dieser Art sind wir in England frei — so entsetzliche Verbrechen begehen wir hier nicht — ruchloses Blutvergießen verabscheuen wir Alle von ganzem Herzen.«

»Sehr richtig, Marian,« sagte Laura. »Gut, daß Du daran gedacht hast; und gut formuliert.«

»Bitte, gestatten Sie dem Conte fortzufahren,« mischte sich Madame Fosco mit strenger Höflichkeit ein. »Sie werden erkennen, meine jungen Damen, daß *er nie* redet, ohne treffliche Gründe, für alles, was er sagt, zu haben.«

»Danke Dir, mein Engel,« entgegnete ihr der Conte. »Darf ich Dir ein Bonbon anbieten?« Er holte eine niedliche eingelegte Dose aus der Tasche, und stellte sie offen auf den Tisch. »Chocolat à la Vanille!« rief der unerschütterliche Mensch aus, indem er die Bonbons in der Dose aufs heiterste erklappern ließ, und sich in die Runde verbeugte. »Dargeboten von Fosco, als ein Akt der Huldigung gegenüber seiner reizenden Gesellschaft!«

»Möchtest Du so gut sein und fortfahren, Conte,« sagte seine Gattin; und fügte, als hämische Spitze gegen mich noch hinzu, »verpflichte mich dadurch, daß Du Fräulein Halcombe widerlegst.«

»Fräulein Halcombe *ist* nicht zu widerlegen,« entgegnete der höfliche Italiener; »das heißt, bis zu einem gewissen Punkt. Ja; ich stimme mit ihr überein: John Bull verabscheut die Verbrechen des John Immernurlächeln. Er ist der flinkste alte Herr, die Gebrechen seiner Nachbarn zu erkennen; und der gemächlichste alte Herr, der auf der ganzen weiten Welt existiert, wenn es sich darum handelt, seine eigenen Gebrechen einzusehen. Ist er, auf seine Art, wirklich so viel besser, als die Leute, die er in ihrer Art verdammt? Die Englische Gesellschaft, Fräulein Halcombe, ist ebensooft der Komplize des Verbrechens, wie sein Feind. Ja-ja! Auch in diesem Land hier ist das Verbrechen das, was es in anderen Ländern ist – ein guter Freund manchem Manne und Denen, die um ihn sind, ebensooft wie ein böser Feind. Ein großer Schurke sorgt gleichsam für seine Frau und Familie; je schlimmer *er* ist, desto mehr macht er *sie* zu Objekten Ihres Mitgefühls. Oft sorgt er dadurch sogar für sich selbst. Ein liederlicher Verschwender, der ständig Geld borgt, wird mehr aus seinen Freunden herausholen, als der streng ehrliche Mann, der nur ein einziges Mal, unter dem Druck der härtesten Not, von ihnen zu borgen sucht: im ersten Falle werden die Freunde nicht im geringsten überrascht sein und geben; im andern Fall werden sie höchlichst überrascht sein und sehr zaudern. Ist das Gefängnis, in dem Herr Schuft am Ende seiner Laufbahn landet, ein nennenswert ungemütlicherer Ort, als das Armenhaus, in dem Herr Ehrenmann sich, am Ende *seiner* Laufbahn wiederfindet? Wenn ein John Howard-Menschenfreund sich anschickt, Not zu lindern, begibt er sich ins Gefängnis, wo das Verbrechen dahinvegetiert – nicht in Hütten und Elendsquartiere, wo die Tugend nicht minder dahinvegetiert. Wer ist der englische Dichter, der die umfassendsten Sympathien gewonnen hat – der das leichteste Sujet ergibt, für pathetisches Geschreibe und pathetisches Gemale? Es ist jener reizende junge Mensch, der sein Leben mit einer Fälschung begann, und mit seinem Selbstmord beendete – Euer geliebter, interessanter, achsoromantischer Chatterton. Welche, was meinen Sie wohl, fährt am besten, von 2 armen, verhungernden Schneiderinnen – Diejenige, die der Versuchung widersteht und ehrlich bleibt; oder Diejenige, die der Versuchung unterliegt, und stiehlt? Sie wissen selbst, daß im Fall jener zweiten Frau, Stehlen gleichbedeutend ist mit ›ihr Glück machen‹ – es macht Reklame für sie, von einem Ende des wohltätigen, gutgelaunten England bis zum anderen – und sie findet sich gerettet, als Brecherin eines Gebotes; wenn man sie, hätte sie es gehalten, dem Hungertode überlassen hätte. Komm' her, meine lustige kleine Mausi! Heh! Presto! Simsalabim! Ich verwandle Dich hiermit, einen Moment lang, in eine geachtete Dame. Bleib ja still sitzen auf der Fläche meiner großen dicken Hand, und hör fein zu. Du heiratest den armen Mann, den Du liebst, Mausi; und die Hälfte Deiner Freunde bemitleidet und die andere Hälfte tadelt Dich. Jetzt wiederum, verkaufst Du Dich, im Gegenteil, für Gold an einen Mann, aus dem Du Dir nicht das geringste machst; und alle Deine Freunde frohlocken ob Deiner Tat, und ein staatlich angestellter Geistlicher sanktioniert öffentlich den elendiglichen Graus und das schändlichste alles menschlichen Geschachers; ja, wenn Du höflich genug bist, ihn anschließend an Deinen Frühstückstisch zu laden, lächelt und schmunzelt er Dich noch an. Heh! Presto! Simsalabim! Sei Du lieber wieder Maus und quieke. Wenn Du noch lange fortführest, die Dame zu sein, müßte ich's noch erleben, wie Du mich informiertest, daß die Gesellschaft das Verbrechen verabscheue – und dann, Mausi, müßte ich ja bezweifeln, ob Dir deine eigenen Augen und Ohren auch wirklich irgendwie von Nutzen sind. Ach ja: ich bin ein schlechter Mensch, Lady Glyde; meinen Sie nicht? Ich spreche es aus, was andere Leute höchstens denken; und wenn die ganze übrige Menschheit sich verschworen hat, die Maske als das wahre Gesicht zu akzeptieren, dann ist meine Hand so rauh, daß sie die plumpe Pappfratze herunter reißt und die blanken Knochen darunter sichtbar werden? Ich will mich lieber auf meine dicken Elefantenbeine stellen, ehe ich mir noch mehr Schaden in Ihrer geschätzten Hochachtung zufüge – aufstehen will ich, und ein bißchen auf eigene Faust Luft schnappen gehen. Teure Damen, wie Ihr trefflicher Sheridan sagte: ich gehe – und lasse Ihnen meinen Ruf zurück.«

Er erhob sich, stellte den Käfig auf den Tisch, und verzog noch einen Augenblick, um die Mäuse darin zu zählen: »1, 2, 3, 4 – Ha!« rief er, mit einem Blick des Entsetzens, »wo, im Namen des Himmels, ist der Fünfte – der Jüngste, der Weißeste, der Liebenswerteste von Allen – der Benjamin unter meinen Mäusen?!«

Nun waren weder Laura noch ich in geeigneter Stimmung, uns amüsieren zu lassen. Der geschmeidige Zynismus des Conte hatte eine neue Seite seines Wesens enthüllt, vor der wir Beide zurückschraken. Aber es war platterdings unmöglich, der komischen Bekümmernis eines so dicken Mannes beim Verlust einer so überaus winzigen Maus zu widerstehen – wir mußten wider Willen lachen; und als Madame Fosco sich erhob, um uns das Beispiel zu geben, das Bootshaus zu räumen, damit ihr Gatte es bis in seine entferntesten Ecken durchstöbern könne, da erhoben auch wir uns, und folgten ihr hinaus.

Aber wir hatten noch keine 3 Schritte getan, da entdeckte der rasche Blick des Conte die verlorengegangene Maus auch schon unter dem Sitz, den wir inne gehabt hatten. Er zog die Bank beiseite,

nahm das Tierchen in die Hand – hielt dann jedoch plötzlich, immer noch auf den Knieen, inne, und spähte angespannt nach einem Fleck auf dem Boden, gerade vor ihm.
Als er sich wieder aufrecht stellte, zitterte seine Hand derart, daß er die Maus kaum in ihren Käfig zurückstecken konnte, und sein ganzes Gesicht hatte eine kränkliche, fahlgelbe Farbe angenommen.
»Percival!« sagte er im Flüsterton: »Percival, komm her!«
Sir Percival hatte schon seit den letzten 10 Minuten nicht mehr auf uns geachtet. Er war vollständig damit beschäftigt gewesen, mit der Spitze seines neuen Stockes Figuren in den Sand zu zeichnen, und sie anschließend wieder auszulöschen.
»Was'nn nu wieder los?« fragte er, und kam uninteressiert ins Bootshaus gebummelt.
»Siehst Du dort nichts?« sagte der Conte, und packte ihn nervös mit der einen Hand beim Kragen, während er mit der andern auf einen Fleck nahe der Stelle zeigte, wo er seine Maus wiedergefunden hatte.
»Ich seh' eine ganze Menge trockenen Sand,« antwortete Sir Percival, »und mitten drin 'n kleinen Dreckfleck.«
»Kein Dreck,« wisperte der Conte, der plötzlich auch noch seine andere Hand in Sir Percivals Kragen gehakt hatte, und Jenen in seiner Erregung schüttelte: »Blut!«
Laura war nahe genug, um dies letzte Wort, sachte, wie es geflüstert worden war, vernommen zu haben. Mit einem Blick des Entsetzens drehte sie sich zu mir um.
»Ach, Unsinn, Liebling,« sagte ich. »Hier liegt keinerlei Grund zur Aufregung vor. Es ist lediglich das Blut eines armen kleinen Hundes, der sich verlaufen hatte.«
Jedermann war erstaunt; und Jedermanns Augen waren fragend auf mich gerichtet.
»Woher wissen Sie das?« fragte Sir Percival, der als Erster das Schweigen brach.
»Weil ich den Hund, am Tage wo Sie Alle von Ihrer Reise zurückkehrten, sterbend hier gefunden habe,« erwiderte ich. »Das arme Tier hatte sich in der Schonung verlaufen, und ist von Ihrem Wächter erschossen worden.«
»Wessen Hund war es?« forschte Sir Percival. »Doch nicht einer von meinen?«
»Hast Du versucht, das arme Ding zu retten?« erkundigte Laura

sich ernsthaft. »Bestimmt hast Du doch versucht, es zu retten, Marian.«
»Natürlich,« sagte ich, »wir haben Beide, die Haushälterin und ich, unser Bestes getan — aber der Hund war tödlich verwundet, und ist uns unter den Händen gestorben.«
»Wessen Hund war es?« Sir Percival blieb beharrlich dabei, und wiederholte seine Frage schon ein wenig gereizt: »Einer von meinen?«
»Nein; keiner von Ihren.«
»Wessen dann? Wußte es die Haushälterin?«
Im Moment, wo er diese letzte Frage stellte, kam mir der Bericht der Haushälterin wieder in den Sinn, von Frau Cathericks Wunsch, ihren Besuch in Blackwater Park möglichst vor Sir Percival zu verbergen, und ich zweifelte halb, ob es geraten sei, ihm zu antworten; aber in meiner Besorgnis, die allgemeine Aufregung zu beschwichtigen, war ich für einen Rückzug gedankenloserweise zu weit gegangen; das hätte jetzt nur noch auf die Gefahr hin, Verdacht zu erregen, geschehen können, und die Sache vermutlich schlimmer gemacht. Jetzt half es nichts mehr; ich mußte unverzüglich und ohne Rücksicht auf das Endergebnis antworten.
»Ja,« sagte ich also, »die Haushälterin war im Bilde. Sie sagte mir, es handele sich um Frau Cathericks Hund.«
Bis hierher war Sir Percival immer noch zusammen mit Conte Fosco hinten im Bootshaus gewesen, während ich zu ihm von der Tür aus sprach. Im Augenblick jedoch, wo der Name ›Frau Catherick‹ über meine Lippen kam, drängte er sich rücksichtslos am Conte vorbei, und stellte sich mir im vollsten Tageslicht von An- zu Angesicht gegenüber.
»Wieso kam die Haushälterin dazu, zu wissen, daß es Frau Cathericks Hund war?« fragte er stirnrunzelnd, indem er seinen Blick derart forschend und aufmerksam in den meinen bohrte, daß es mich halb ärgerte, halb erschreckte.
»Sie wußte es deshalb,« entgegnete ich ruhig, »weil Frau Catherick den Hund bei sich gehabt hatte.«
»Bei sich gehabt? Wo hat sie ihn bei sich gehabt?«
»Hier im Haus.«
»Was, zum Teufel, hat Frau Catherick hier im Hause zu suchen?!«
Die ganze Art, in der er diese Frage stellte, war fast noch beleidigender, als die Sprache deren er sich zu ihrer Formulierung be-

diente. Ich gab ihm meine Ansicht ob solchen Mangels an einfachster Höflichkeit dadurch zu erkennen, daß ich ihm schweigend den Rücken drehte.
Gerade, als ich diese Bewegung ausführte, legte sich die Hand des Conte begütigend auf seine Schulter, und die Stimme des Conte griff honigsüß ein, ihn zu beruhigen:
»Mein bester Percival! – sachte – sachte!«
Sir Percival warf den Kopf auf die wütendste Art herum – der Conte lächelte lediglich, und wiederholte seine beschwichtigende Mahnung:
»Sachte, mein guter Freund – sachte!«
Sir Percival zauderte; kam mir dann ein paar Schritte nach, und entschuldigte sich zu meinem großen Erstaunen bei mir.
»Verzeihung, Fräulein Halcombe,« sagte er. »Ich bin letzthin ganz außer Ordnung gewesen, und fürchte immer, ich bin ein bißchen gereizt. Aber ich möchte doch gern wissen, was in aller Welt Frau Catherick hier gewollt haben kann. Wann ist sie denn gekommen? War die Haushälterin die einzige Person, die mit ihr gesprochen hat?«
»Die einzige Person,« antwortete ich, »das heißt, soweit ich im Bilde bin.«
Wiederum griff der Conte ein.
»Warum bei solcher Lage der Dinge nicht die Haushälterin befragen?« sagte er. »Warum sich nicht gleich an die Quelle selbst begeben, wenn Du informiert sein willst, Percival?«
»Sehr richtig!« sagte Sir Percival. »Natürlich ist die Haushälterin Diejenige, die zuerst befragt werden muß. Unglaublich dämlich von mir, daß ich nicht selbst daran gedacht habe.« Mit diesen Worten ließ er uns sogleich stehen, und verschwand in Richtung Haus.
Das Motiv des Conte, sich einzumischen, das mir zunächst rätselhaft gewesen war, verriet sich, kaum daß Sir Percival uns den Rükken gekehrt hatte: er hatte mir ein ganzes Rudel von Fragen hinsichtlich Frau Cathericks und den Grund ihres Besuches in Blackwater Park vorzulegen, die er in Gegenwart seines Freundes schwerlich hätte stellen können. Ich hielt meine Antworten so knapp, wie ich höflicherweise nur konnte; war ich doch bereits entschlossen, auch den geringsten Versuch nach etwas wie den Austausch von Vertraulichkeiten zwischen mir und Conte Fosco von vornherein zu

unterbinden. Indessen kam Laura ihm unbewußt dabei zu Hilfe, mir alles was ich wußte, herauszuholen, indem sie ihrerseits Fragen stellte, die mir keine andere Wahl ließen, als ihr entweder zu antworten, oder aber in dem wenig beneidenswerten und gänzlich falschen Charakter einer Bewahrerin von Sir Percivals Geheimnissen dazustehen. Das Ende vom Liede war jedenfalls, daß der Conte binnen 10 Minuten ebensoviel wie ich von Frau Catherick wußte; wie auch von den Ereignissen, die uns auf so seltsamliche Weise mit ihrer Tochter Anne in Verbindung gebracht haben, von der Zeit an, wo Hartright ihr begegnete bis auf den heutigen Tag.

Die Wirkung meiner Auskünfte auf ihn war, in einer Hinsicht, immer merkwürdig genug.

So genau er Sir Percival auch kennen, und so intim er mit Sir Percivals Privatangelegenheiten im allgemeinen auch verbunden sein mag, so ist er doch unverkennbar ebenso weit davon entfernt wie ich, etwas verläßliches von der wahren Geschichte Anne Cathericks zu wissen. Das mit dieser unglücklichen Frau in Zusammenhang stehende Geheimnis ist in meinen Augen nunmehr doppelt verdächtig dadurch geworden, daß ich die absolute Überzeugung fühle, wie Sir Percival den Schlüssel dazu selbst dem vertrautesten Freunde, den er auf der ganzen Welt besitzt, vorenthalten hat. Es war unmöglich, den neugierigen Eifer in Blick und Benehmen des Conte zu mißdeuten, während er begierig jedes Wort eintrank, das über meine Lippen kam. Ich weiß, es gibt mancherlei Arten von Neugier – aber eine, die sich nicht verkennen läßt, ist die Neugier der blanken Überraschung: wenn ich sie je in meinem Leben irgendwo gesehen habe, dann jetzt und hier im Gesicht des Conte!

Während dieses Frag- und Antwortspiel zwischen uns vor sich ging, waren wir Alle gemütlich durch die Schonung zurück spaziert. Kaum in Sicht des Hauses, war der erste Gegenstand, der sich unseren Blicken darstellte, Sir Percivals Dogcart, mit einem Pferd davor angeschirrt, und daneben der wartende Reitknecht in der Stalljacke. Wenn man aus diesem unerwarteten Anblick einen Schluß ziehen durfte, hatte das Verhör der Haushälterin bereits zu bedeutsamen Resultaten geführt.

»Ein prächtiges Pferd, mein Freund,« sagte der Conte, indem er sich mit der gewinnendsten Vertraulichkeit an den Reitknecht wandte. »Sie wollen gerade ausfahren?«

»*Ich* nicht, Sir,« erwiderte der Mann, der an seiner Stalljacke heruntersah und sich augenscheinlich verwundert fragte, ob der Herr Ausländer die etwa für seine Livree halten könnte: »Der Herr kutschiert selbst.«

»Ah!« sagte der Conte, »tut er das, in der Tat? Das wundert mich, daß er sich die Mühe nimmt, wo er doch Sie als Fahrer hat. Wird er dies hübsche, blanke, schimmernde Pferd heute arg ermüden, indem er sich von ihm weit herumfahren läßt?«

»Das weiß ich nicht, Sir,« antwortete der Mann. »Das Pferd ist übrigens, mit Ihrer Erlaubnis, Sir, eine Stute. Und das beste mutigste Stück im ganzen Stall, das wir haben. Sie heißt ›Brown Molly‹, Sir, und läuft Ihnen, bis sie umfällt. Im allgemeinen nimmt Sir Percival für kürzere Strecken den ›Isak von York‹.«

»Und Eure blanke, mutige ›Brown Molly‹ für die langen?« »Jawohl, Sir.«

»Logische Folgerung daraus, Fräulein Halcombe,« fuhr der Conte, sich rasch zu mir herum wendend, fort: »Sir Percival beabsichtigt, heute eine größere Strecke zurückzulegen.«

Ich erwiderte nichts. Ich zog meine eigenen Schlüsse aus dem, was ich von der Haushälterin erfahren hatte und dem, was ich hier vor mir sah, und hatte kein Interesse daran, sie mit Conte Fosco zu teilen.

Als Sir Percival damals in Cumberland war (dachte ich bei mir selbst), ist er, um Anne's willen, einen weiten Weg zu Fuß gelaufen, um bei der Familie in Todds Corner Erkundigungen einzuziehen. Jetzt, wo er in Hampshire ist, schickt er sich – wieder um Anne's willen – an, einen weiten Weg zu fahren, um bei Frau Catherick in Welmingham Erkundigungen einzuziehen?

Wir betraten zusammen das Haus. Als wir die Vorhalle durchschritten, kam Sir Percival aus der Bibliothek auf uns zu. Er wirkte blaß und bedrückt und hatte Eile – war aber trotz allem, als er uns ansprach, in seiner höflichsten Laune.

»Ich habe Ihnen leider mitzuteilen, daß ich Sie kurz verlassen muß,« begann er – »eine größere Ausfahrt – eine Angelegenheit, die nicht gut aufgeschoben werden kann. Morgen, im Lauf des Tages, bin ich ohne weiteres wieder zurück. Aber ehe ich losfahre, hätte ich doch gern noch diese kleine geschäftliche Formalität, von der ich heute früh schon gesprochen habe, erledigt: könntest Du wohl mal rasch mit in die Bibliothek kommen, Laura? Es erfordert keine Minute – eine reine Formsache. Contessa, dürfte ich auch Sie bemühen? Ich hätte gern Dich, Fosco, und die Contessa als Zeugen bei einer Unterschrift – nichts weiter. Kommt, bitte, gleich mit, daß es abgetan ist.«

Er hielt die Tür zur Bibliothek offen, bis sie hinein waren; folgte ihnen dann, und zog sie sachte ins Schloß.

Einen Augenblick lang blieb ich noch allein in der Halle stehen, mit einem Herzen, das heftig schlug, und einem Sinn voll trüber Ahnungen. Dann ging ich treppenwärts, und stieg langsam zu meinem eigenen Zimmer hinauf.

IV

17. Juni. – Eben als meine Hand nach der Klinke meiner Zimmertür griff, hörte ich Sir Percivals Stimme, der mich von unten her anrief.

»Ich muß Sie bitten, sich noch einmal herunter zu bemühen,« sagte er. »Es ist Foscos Schuld, Fräulein Halcombe, nicht die meinige. Er hat da einen unsinnigen Einwand aufs Tapet gebracht, von wegen seiner Frau als Zeugin; und mich bewogen, Sie zu bitten, doch zu uns in die Bibliothek herunter zu kommen.«

Ich betrat den Raum zugleich mit Sir Percival. Laura wartete am Schreibtisch; in den Händen ihren Gartenhut, den sie unruhig hin und her drehte und wendete. Unweit von ihr saß Madame Fosco in einem Armsessel, unerschütterlich mit der Bewunderung ihres Gatten beschäftigt, der am andern Ende des Bibliothekzimmers stand, und sich damit befaßte, den Topfblumen auf dem Fenster die vertrockneten Blättchen abzuzupfen.

Im Augenblick, wo ich erschien, kam auch schon der Conte auf mich zu, um sich wortreich zu entschuldigen.

»Bitte tausendmal um Verzeihung, Fräulein Halcombe,« sagte er, »aber Sie wissen doch, was die Engländer als den Nationalcharakter meiner Landsleute bezeichnen? Wir Italiener sind der Einschätzung des biedern John Bull nach sämtlich von Natur aus verschlagen und argwöhnisch. Auch mich dürfen Sie, wenn es Ihnen so gefällt, als nicht besser denn die übrigen meiner Rasse einstufen: ich bin ein verschlagener Italiener und ein argwöhnischer Italiener. Sie haben gewiß auch selbst schon so gedacht, verehrte Dame, oder irre ich mich? Nun gut!, es gehört zu meiner Verschlagenheit, und es gehört zu meinem Argwohn, daß ich gegen Madame Foscos Zeugenschaft zu Lady Glydes Unterschrift protestiere: wenn ich gleichzeitig selbst als Zeuge fungiere.«

»Dabei besteht nicht der Schatten eines Grundes für seine Bedenken,« mischte Sir Percival sich ein. »Ich habe ihm des breiten auseinandergesetzt, daß Madame Fosco nach englischem Recht genau so gut eine Unterschrift beglaubigen kann wie ihr Gatte auch.«

»Ich räume das ein,« begann der Conte erneut. »Das englische Recht sagt ›Ja‹; das Gewissen Foscos jedoch sagt ›Nein!‹.« Er legte sich die Hand, die dicken Finger weit gespreizt, auf seine Blusenbrust, und verneigte sich würdevoll, wie wenn er sein Gewissen uns Allen vorzustellen wünschte, gleichsam als eine erlauchte Komplettierung unserer Gesellschaft. »Um was es sich bei dem Dokument, das Lady Glyde jetzt hier zu unterschreiben im Begriff steht, handeln mag,« fuhr er fort, »weiß ich weder, noch begehre ich es zu wissen. Ich sage lediglich so: es könnten sich, im Laufe der Zukunft, Umstände ergeben, die Percival — oder auch seinen bevollmächtigten Vertreter — dazu nötigten, sich auf die beiden Zeugen zu berufen; ein Fall, in dem es dann bestimmt wünschenswert wäre, daß besagte Zeugen zwei verschiedene Ansichten repräsentierten, von denen die eine vollständig unabhängig von der andern ist. Das kann aber nicht der Fall sein, wenn meine Gattin vereint mit mir unterzeichnet; denn wir Beide haben nur noch eine Ansicht, und das ist die meine. Ich möchte keinesfalls eines schönen Tages ins Gesicht hinein Anspielungen hören müssen, wie etwa, daß Madame Fosco von mir beeinflußt gehandelt habe, und, in dürren Worten, als Zeuge gar nichts gelte. Ich spreche in Percivals Interesse, wenn ich vorschlage, daß hier zwei Namen erscheinen sollen: der meinige (als der intimste Freund des Ehemanns), und der Ihrige, Fräulein Halcombe, (als der intimsten Freundin der Ehefrau). Ich bin ein Jesuit, wenn Sie wollen — ein ausgesprochener Haarspalter — ein Mann der Skrupel und Häkchen und kleinen Bedenken — aber Sie werden auch, das hoffe ich, bei freundlicher Berücksichtigung meines argwöhnischen italienischen Charakters und meines zarten italienischen Gewissens, Nachsicht mit mir üben.« Er verneigte sich neuerlich, trat ein paar Schritte zurück, und ließ sein Gewissen ebenso höflich aus unserer Gesellschaft wieder abgehen, wie er es uns vorgestellt hatte.

Die Bedenklichkeiten des Conte mochten immer vernünftig und

auch ehrenwert genug sein; aber in der Art, wie er sie vorbrachte, lag etwas, das meinen Widerstand, irgend in diese Unterschriftsangelegenheit mit hineingezogen zu werden, noch steigerte. Nur eine Rücksicht – eben meine Rücksicht auf Laura – wäre gewichtig genug gewesen, mich zu der Einwilligung zu bewegen, hier den Zeugen zu machen. Ein Blick in ihr verängstetes Gesicht befestigte mich jedoch in dem Entschluß, lieber Alles zu wagen, als sie im Stich zu lassen.

»Ich will gern anwesend sein,« sagte ich. »Und falls ich keinen Grund finde, meinerseits etwelche kleinen Bedenken vorzubringen, können Sie sich auf mich als Zeugin verlassen.«

Sir Percival sah mich scharf an, wie wenn er im Begriff stünde, etwas zu sagen. Aber im selben Augenblick lenkte Madame Fosco seine Aufmerksamkeit dadurch ab, daß sie sich von ihrem Sitz erhob. Sie hatte im Auge ihres Gatten gelesen, und dort augenscheinlich Order empfangen, das Zimmer zu verlassen.

»Sie brauchen nicht zu gehen,« sagte Sir Percival.

Madame Fosco fragte mit den Augen noch einmal nach der Order; empfing sie wiederum; sagte, sie zöge es vor, uns unseren Geschäften zu überlassen, und begab sich entschlossenen Schrittes hinaus. Der Conte zündete sich eine Zigarette an, ging wieder zu den Blumen im Fenster hinüber, und blies mit dem Ausdruck der tiefsten Besorgnis, kleine Rauchkegel gegen die Blätter, um die schädlichen Insekten zu vertreiben.

Inzwischen schloß Sir Percival eines der Schränkchen unter den Bücherregalen auf, und entnahm ihm ein, vielfach der Länge nach gefaltetes, Stück Pergament. Er legte es auf den Tisch, öffnete nur das letzte Blatt halb, und hielt die Hand fest auf das übrige gelegt. Auf diesem letzten Längsstreif war nichts zu erblicken, als einige kleine Siegeloblaten an mehreren Stellen; ansonsten war es leer. Jede Zeile des Schriftstücks selbst war unsichtbar in dem zusammengefalteten Teil unter seiner Hand. Laura und ich sahen einander an. Ihr Gesicht war blaß, besprach jedoch weder Unentschlossenheit noch Furcht.

Sir Percival tauchte eine Feder in die Tinte, und händigte sie seiner Gattin aus.

»Da, schreib Deinen Namen dorthin,« sagte er, indem er auf die betreffende Stelle zeigte. »Sie, Fräulein Halcombe und Fosco unterzeichnen dann anschließend, neben diesen beiden Siegeloblaten hier. Komm her, Fosco!; man bezeugt keine Unterschrift dadurch, daß

man träumerisch zum Fenster hinaus gafft und Rauch in Blümchen pustet.«
Der Conte warf seine Zigarette fort, und kam zu uns an den Tisch, die Hände sorglos in den Scharlachgurt seiner Bluse geschoben, das Auge fest auf Sir Percivals Antlitz gerichtet. Laura, auf der anderen Seite ihres Gatten, schaute, die Feder in der Hand, gleichfalls zu ihm auf. Er stand zwischen ihnen, drückte den zusammengefalteten Teil des Pergamentes fest auf die Tischplatte nieder, und blickte zu mir, die ich ihm gegenüber saß, mit einem Gesicht her, über dem eine derart finstere Mischung von Mißtrauen und Verwirrung lag, daß er mehr wie ein Gefangener vor Gericht wirkte, denn wie ein großer Herr in seinem eigenen Hause.
»Unterschreib dort,« wiederholte er, sich plötzlich zu Laura wendend, und erneut auf die leere Stelle des Pergaments deutend.
»Was ist es, das ich hier unterschreiben soll?« fragte sie ruhig.
»Ich hab' keine Zeit zu Erklärungen,« antwortete er. »Der Dogcart steht vor der Tür, und ich muß sofort weg. Überdies, wenn ich auch wirklich Zeit hätte, würdest Du's nicht verstehen. Es ist ein rein formelles Dokument, voll von juristischen Fachausdrücken, und all solchem Zeugs. Los!, unterschreib schon, und laß uns sobald wie möglich fertig sein.«
»Sicherlich muß ich aber doch wissen, was ich unterzeichne, Sir Percival, ehe ich meinen Namen unterschreibe?«
»Unsinn! Was haben Frauen mit geschäftlichen Angelegenheiten zu tun? Ich wiederhole es noch einmal: Du würdest das Ganze nicht begreifen.«
»Laß mich doch wenigstens den Versuch machen, ob ich's nicht begreifen kann. Wenn Herr Gilmore geschäftliche Dinge mit mir zu erledigen hatte, hat er sie mir immer erst erklärt, und ich hab' ihn eigentlich immer begriffen.«
»Das glaub' ich gern. Er war schließlich Dein Diener, und zu Erklärungen verpflichtet. Ich bin Dein Mann, und *nicht* zu Erklärungen verpflichtet. Wie lange gedenkst Du mich hier noch stehen zu lassen? Ich sag' Dir noch einmal: es ist jetzt keine Zeit, groß irgendwas zu lesen — der Dogcart wartet vor der Tür. Kurz und gut jetzt: willst Du unterschreiben, oder willst Du nicht unterschreiben?!«
Sie hatte immer noch den Federhalter in der Hand, machte aber keine Anstalten ihren Namen damit zu schreiben.
»Wenn meine Unterschrift mich zu irgendetwas verpflichtet,« sagte

sie, »habe ich aber doch sicherlich ein Recht zu erfahren, zu was sie mich verpflichten soll?«
Er hob das Pergament hoch, und hieb damit ärgerlich auf den Tisch.
»Nur immer frei heraus damit!« sagte er. »Du warst ja immer berühmt für Deine Wahrheitsliebe. Nimm weder auf Fräulein Halcombe Rücksicht, noch auf Fosco – sprich es aus, in nackten Worten, daß Du mir mißtraust.«
Der Conte zog eine seiner Hände aus dem Gürtel und legte sie Sir Percival auf die Schulter. Sir Percival schüttelte sie gereizt ab. Mit ungetrübter Seelenruhe legte sie ihm der Conte wieder auf.
»Zügle Dein unglückliches Temperament, Percival,« sagte er. »Lady Glyde hat recht.«
»Recht?!« rief Sir Percival. »Eine Frau Recht, die ihrem Manne mißtraut?!«
»Es ist ungerecht und grausam von Dir, mich des Mißtrauens zu beschuldigen,« sagte Laura. »Frag' Marian, ob ich nicht berechtigt bin, wissen zu wollen, was dieses Schriftstück von mir verlangt, bevor ich es unterschreibe.«
»Ich wünsche keinerlei Berufung auf Fräulein Halcombe,« grollte Sir Percival zurück. »Fräulein Halcombe hat mit der Angelegenheit überhaupt nichts zu schaffen.«
Ich hatte mich bisher nicht geäußert, und würde es auch jetzt weit lieber unterlassen haben. Aber der kummervolle Ausdruck auf Lauras Gesicht, das sie mir nunmehr zuwendete, und die unverschämte Ungerechtigkeit in der Aufführung ihres Gatten, ließen mir, um ihretwillen, keine andere Wahl, als nunmehr wo sie gefordert wurde, meine Meinung abzugeben.
»Sie entschuldigen, Sir Percival« – sagte ich – »aber als einer der Zeugen der Unterschrift wage ich mir einzubilden, daß ich *einiges doch* mit der Angelegenheit zu schaffen habe. Lauras Einwand scheint mir vollkommen fair; und – ich spreche jetzt für mich selbst – ich kann die Verantwortung, ihre Unterschrift zu bestätigen, keinesfalls auf mich nehmen; es sei denn, sie wäre gänzlich im Bilde über das Schriftstück, das Sie von ihr unterzeichnet haben möchten.«
»Das heiß' ich eine kalte Erklärung abgeben, meiner Treu!« rief Sir Percival. »Das nächste Mal, wenn Sie sich in eines Mannes Haus einladen, Fräulein Halcombe, empfehle ich Ihnen, seine Gastlich-

keit nicht wieder dadurch zu belohnen, daß Sie, in einer Sache, die Sie nichts angeht, die Partei seiner Frau gegen ihn ergreifen!«
Ich schoß hoch von meinem Stuhl, als ob ich unversehens einen Schlag von ihm erhalten hätte. Wäre ich ein Mann gewesen, ich hätte ihn auf der Schwelle seines eigenen Hauses niedergeschlagen, und dieses Haus selbst verlassen, um es nie wieder, auf dieser Seite des Daseins, zu betreten. Aber ich war eben nur eine Frau – und liebte seine Gattin so sehr!
Gottseidank, diese tiefe Liebe half mir, daß ich mich, ohne ein Wort zu äußern, wieder hinsetzen konnte. *Sie* erkannte, was ich gelitten und um ihretwillen hinuntergeschluckt hatte. Sie kam um den Tisch herum zu mir gelaufen, mit Augen aus denen die Tränen strömten. »Oh, Marian!« flüsterte sie leise: »Wenn meine Mutter noch am Leben wäre – mehr hätte auch sie nicht für mich tun können!«
»Komm zurück, und unterschreib!« rief Sir Percival von der anderen Seite des Tisches her.
»Soll ich?« fragte sie in mein Ohr; »wenn Du meinst, tu ich's.«
»Nie,« erwiderte ich. »Recht und Wahrheit sind beide auf Deiner Seite – unterschreib' ja nicht, ehe Du es nicht gelesen hast.«
»Komm zurück und unterschreib!« kommandierte er wieder, in den lautesten und zornigsten Tönen.
Der Conte, der indessen, ganz Schweigen und Achtsamkeit, Laura und mich beobachtet hatte, griff jetzt zum zweiten Male ein.
»Percival!« sagte er, »*ich* vergesse nicht, daß ich mich in der Gesellschaft von Damen befinde. Sei bitte so gut, und vergiß auch Du es nicht.«
Sir Percival drehte sich zu ihm herum, sprachlos vor Wut. Die marmorne Hand des Conte auf seiner Schulter zog sich fester zusammen, und die gelassene Stimme des Conte wiederholte noch einmal: »Sei bitte so gut, und vergiß auch Du es nicht.«
Sie schauten einander an.
Dann zog Sir Percival langsam seine Schulter unter der Hand des Conte weg; wandte langsam sein Gesicht vor dem Blick des Conte beiseite; starrte verbissen eine kleine Weile auf das Pergament auf der Tischplatte; und begann dann wieder zu sprechen, jedoch eher mit der mürrischen Unterwürfigkeit eines gezähmten Tieres, als mit der angemessenen Niedergeschlagenheit eines Mannes, der überzeugt worden ist.
»Ich will wahrlich Niemanden beleidigen,« sagte er; »aber die Wi-

derspenstigkeit meiner Frau könnte einen Heiligen außer Fassung bringen. Ich habe ihr ja wohl erklärt, daß es sich um ein rein formelles Schriftstück handelt – und was kann sie mehr verlangen? Ihr könnt sagen, was Ihr wollt; aber es hat nichts mit der Pflicht einer Gattin zu tun, ihrem Mann Trotz zu bieten. – Noch einmal, Lady Glyde, und zum letzten Mal jetzt: willst Du unterschreiben; oder willst Du nicht?«

Laura kehrte auf seine Seite des Tisches zurück, und nahm den Federhalter wieder auf.

»Ich will mit Vergnügen unterschreiben,« sagte sie, »wenn Du mich nur als ein vernünftiges, verantwortliches Wesen behandelst. Ich schere mich wenig darum, ob und welches Opfer von mir verlangt wird, Hauptsache, es betrifft keinen Andern, und führt zu keinen schlimmen Ergebnissen –«

»Wer hat davon geredet, daß ein Opfer von Dir verlangt wird?« fiel er ihr, mit einer nur halb unterdrückten Wiederkehr seiner früheren Heftigkeit ins Wort.

»Ich meinte lediglich,« nahm Laura wieder auf, »daß ich keine Konzession zu verweigern gedenke, die ich in Ehren machen kann. Wenn ich Bedenken fühle, meinen Namen unter einen bindenden Kontrakt zu setzen, von dessen Inhalt ich nichts weiß, warum läßt Du es dann an mir mit solcher Strenge aus? Es ist doch etwas hart, glaube ich, Conte Foscos Bedenklichkeiten mit so viel mehr Duldsamkeit zu behandeln, als Du die meinigen behandelt hast.«

Diese unglückliche, obwohl sehr natürliche, Anspielung auf die außerordentliche Gewalt, die der Conte über ihren Gatten ausübte, fachte, so indirekt sie auch immer gewesen war, Sir Percivals schwelende Zornesglut im Nu wieder zu hellen Flammen an.

»Bedenklichkeiten?« äffte er ihr nach: »*Deine* Bedenklichkeiten?! Es ist etwas spät am Tage für Dich, die Bedenkliche machen zu wollen. Ich sollte meinen, über Schwächen dieser Art hättest Du hinweg sein können, als Du aus der Not eine Tugend machtest, indem Du *mich* heiratetest.«

Er hatte die Worte kaum ausgesprochen, als Laura den Federhalter hinwarf – ihn mit einem Ausdruck in ihren Augen maß, wie ich ihn, bei all meiner Bekanntschaft mit ihr, noch nie darin erblickt hatte, und ihm schweigend den Rücken wandte.

Diese großgebärdige Darlegung einer ganz offenen und bitteren Verachtung war ihr so wenig ähnlich, war ihrem sonstigen Wesen

so fremd, daß es uns Alle verstummen machte. Unter der bloßen oberflächlichen Brutalität der Worte, mit denen ihr Gatte sie soeben angeredet hatte, lag ja ohne Zweifel irgend etwas verborgen. Irgendeine versteckte Beleidigung war gleichzeitig in ihnen begriffen, (bezüglich deren ich völlig im Dunkeln tappte), die aber das Mal einer Profanierung so deutlich auf ihrem Gesicht hinterlassen hatte, daß selbst ein ganz Fremder es dort erkannt haben würde.
Der Conte, der kein Fremder war, sah das ebenso deutlich wie ich. Während ich meinen Sitz verließ, um mich zu Laura zu gesellen, konnte ich hören, wie er Sir Percival verstohlen zuflüsterte: »Du Idiot!«.
Laura schritt, wie ich auf sie zukam, mir voran zur Tür; und im selben Augenblick begann ihr Gatte noch einmal zu sprechen.
»Du weigerst Dich also endgültig, mir Deine Unterschrift zu geben?« sagte er, mit dem veränderten Ton eines Mannes, der sich bewußt ist, daß seine eigene ungezügelte Sprache ihm diesmal ernstlich Schaden getan hatte.
»Nach dem, was Du mir eben gesagt hast,« erwiderte sie mit Festigkeit, »verweigere ich meine Unterschrift solange, bis ich jede Zeile des Aktenstücks, von der ersten bis zur letzten, durchgelesen habe. – Komm' bitte mit fort, Marian; wir haben hier lange genug ausgehalten.«
»Einen Moment!« griff der Conte jetzt ein, ehe noch Sir Percival erneut zum Reden ansetzen konnte – »Einen Moment, Lady Glyde, ich beschwöre Sie!«
Laura würde das Zimmer verlassen haben, ohne Notiz von ihm zu nehmen; aber ich hielt sie zurück.
»Mach Dir nicht den Conte zum Feinde,« wisperte ich. »Was immer Du auch tust: mach Dir nicht den Conte zum Feinde!«
Sie gab mir nach. Ich schloß die Tür noch einmal wieder; obwohl wir, wartend, in ihrer Nähe stehen blieben. Sir Percival ließ sich am Tisch nieder, den Ellenbogen auf das gefaltete Pergament, den Kopf auf die geballte Faust gestützt. Der Conte stand zwischen uns – ganz Herr der entsetzlichen Lage, in der wir uns befanden, wie er stets Herr Alles anderen auch war.
»Lady Glyde,« sagte er, mit einer Sanftheit, die sich mehr an die Adresse unserer hilflosen verfahrenen Lage zu richten schien, als an uns selbst: »bitte, vergeben Sie mir, wenn ich einen Vorschlag zu machen wage; und glauben Sie mir, bitte, daß ich aus einem pro-

funden Respekt und einer achtungsvollen Freundschaft für die Herrin dieses Hauses rede —«. Er drehte sich scharf zu Sir Percival herum: »Ist es unbedingt notwendig,« fragte er, »daß dieses Dings, da unter Deinem Ellenbogen, ausgerechnet *heute* unterschrieben werden muß?«

»Für meine Pläne und Wünsche wäre es notwendig,« entgegnete der Angeredete verstockt. »Aber Erwägungen dieser Art kommen, wie Du ja vielleicht gemerkt haben wirst, bei Lady Glyde nicht in Betracht.«

»Beantworte mir meine präzise Frage bitte ebenso präzise: kann die Angelegenheit dieser Unterschriftsleistung bis morgen verschoben werden — Ja oder Nein?!«

»Ja; wenn Du durchaus willst.«

»Warum vergeudest Du dann hier noch Deine Zeit? Laß das Unterschreiben bis morgen — laß es warten, bis Du wieder zurück bist.«

Sir Percival blickte auf, mit einem Fluch und drohend gerunzelter Stirn.

»Du nimmst Dir einen Ton mit mir heraus, der mir nicht gefällt,« sagte er. »Einen Ton, den ich mir von keinem Menschen bieten zu lassen gedenke.«

»Ich rate Dir zu Deinem besten,« gab der Conte ihm mit einem Lächeln ruhiger Verachtung zurück. »Laß Dir doch Zeit — und laß Lady Glyde Zeit. Hast Du ganz vergessen, daß Dein Dogcart vor der Tür auf Dich wartet? Von meinem Ton bist Du überrascht — ha? Glaub's gern: es ist der Ton eines Mannes, der sich zu beherrschen weiß. Wieviel Portionen Guten Rates habe ich Dir im Lauf der Zeiten wohl schon so gegeben? Mehr als Du zählen kannst. Und habe ich jemals Unrecht gehabt? Ich bezweifle, daß Du mir auch nur ein einziges Beispiel anführen könntest. Geh! Fahr nur ab. Die Unterschrift kann bis morgen warten. Also laß sie warten — und, sobald Du zurück bist, geh' die Sache von neuem an.«

Sir Percival zauderte und blickte auf die Uhr. Seine Sorge ob der geheimen Reise, die er für heute vor hatte, und die durch die Worte des Conte neu angefacht worden war, kämpfte jetzt augenscheinlich in seinem Gemüt um die Oberhand mit jener ersten Sorge um Lauras Unterschrift. Er überlegte noch eine Weile, und erhob sich dann von seinem Stuhl.

»Es ist leicht, mich niederzustimmen,« sagte er, »wenn ich keine Zeit habe, Antwort zu geben. Ich will Deinen Rat befolgen, Fosco

— nicht weil ich ihn benötige, oder dran glaube; sondern weil ich mich ganz einfach nicht länger hier aufhalten kann.« Er legte eine Pause ein, und blickte finster zu seiner Gattin herüber. »Falls Du mir Deine Unterschrift nicht gibst, wenn ich morgen zurück komme —!«. Der Rest ging unter in dem Geräusch, das er beim neuerlichen Öffnen des Schränkchens verursachte, als er das Pergament wieder einschloß. Er griff sich Hut und Handschuh' vom Tisch, und wandte sich zur Tür. Laura und ich traten etwas zurück, um ihn vorbei zu lassen. »Denk dran: morgen!« sagte er zu seiner Gattin, und war hinaus. Wir verharrten, um ihm Zeit zu geben, durch die Vorhalle zu kommen und abzufahren. Während wir noch so in Türnähe standen, näherte sich uns der Conte.

»Sie haben Percival eben von seiner schlechtesten Seite kennen gelernt, Fräulein Halcombe,« sagte er. »Als sein alter Freund schäme ich mich für ihn, und entschuldige mich für ihn. Als sein alter Freund verspreche ich Ihnen auch, daß er morgen nicht wieder in der gleichen unschönen Art losbrechen wird, wie er heute getan hat.«

Laura hatte meinen Arm genommen, während er sprach, und drückte ihn bedeutsam, als er geendet hatte. Es hätte ja wohl für jegliche Frau eine schwere Zumutung bedeutet, in ihrem eigenen Haus Zeuge davon zu sein, wie der Freund ihres Gatten sich ganz gelassen das Amt des Apologeten für dessen schlechte Aufführung anmaßt — und es war auch für *sie* eine Zumutung. Ich dankte dem Conte höflich, und wir verließen das Zimmer. Jawohl!, ich dankte ihm: empfand ich doch bereits, obschon mit einem Gefühl unaussprechlicher Hülflosigkeit und Demütigung, daß ihm an meinem weiteren Verbleiben hier in Blackwater Park, sei es nun aus reiner Laune oder einem geheimen eigenen Interesse, durchaus gelegen sei; und ich wußte genau, nach Sir Percivals heutiger Aufführung mir gegenüber, daß ohne Unterstützung durch den Einfluß des Conte, meine Tage hier unweigerlich gezählt seien. Sein Einfluß — ausgerechnet dieser Einfluß, den ich von allem noch am meisten fürchtete — war tatsächlich das einzige Band geworden, das mich in der Stunde ihrer äußersten Not noch mit Laura zusammenhielt!

Als wir in die Halle traten, hörten wir eben die Räder des Dogcarts im Kies der Auffahrt knirschen — Sir Percival hatte seine Reise angetreten.

»Wohin fährt er eigentlich, Marian?« wisperte Laura. »Jegliche neue Sache, die er einleitet, scheint mir frisches Entsetzen für die Zukunft zu verheißen. Hast Du irgendeine Vermutung?«

Nach dem, was sie heute Vormittag schon durchgemacht hatte, verspürte ich keine Lust, sie mit meinen Vermutungen bekannt zu machen.

»Woher sollte ich wohl mit seinen Geheimnissen vertraut sein?« sagte ich ausweichend.

»Ob etwa die Haushälterin etwas wissen könnte?« beharrte sie.

»Bestimmt nicht,« erwiderte ich. »Sie muß ebensowenig im Bilde sein wie wir.«

Aber Laura bewegte zweifelsvoll den Kopf.

»Hast Du nicht von der Haushälterin gehört, wie ein Gerücht umliefe, daß Anne Catherick hier in der Nähe gesehen worden wäre? Meinst Du nicht, daß er da weggefahren sein könnte, um nach ihr zu forschen?«

»Ich persönlich würde lieber vorziehen, mich etwas zu beruhigen, Laura, indem ich überhaupt nicht darüber nachdenke; und nach dem, was sich eben abgespielt hat, tätest Du besser, meinem Beispiel zu folgen. Komm mit ins Zimmer zu mir, ruh Dich aus, und versuche, wieder ein wenig Fassung zu gewinnen.«

Wir setzten uns nebeneinander, dicht ans Fenster, und ließen den duftenden Sommerwind über unsere Gesichter hinstreichen.

»Ich schäme mich, wenn ich Dich anschaue, Marian,« sagte sie, »nach all dem, was Du um meinetwillen unten hast über Dich ergehen lassen. Ach, Du Liebe, Du Gute; das Herz will mir brechen, wenn ich nur daran denke! Aber ich will mir Mühe geben, es wieder gut zu machen — wirklich Du, das will ich!«

»Pscht! Pscht!« entgegnete ich; »sprich doch nicht so. Was will das bißchen Demütigung meines Stolzes bedeuten, verglichen mit dem schrecklichen Opfer Deines Lebensglücks?«

»Hast Du gehört, was er zu mir gesagt hat?« fuhr sie rasch und mit Heftigkeit fort: »Die Worte magst Du gehört haben — aber was sie bedeuten sollten, weißt Du nicht — weißt nicht, warum ich die Feder hinwarf, und ihm den Rücken zuwandte.« Sie erhob sich in plötzlicher Erregung, und schritt im Zimmer auf und ab. »Ich hab' Dir Vielerlei vorenthalten, Marian, aus Angst, Dir Sorgen zu bereiten, und Dich gleich zu Beginn unseres neuen Daseins unglücklich zu machen. Du kannst Dir nicht vorstellen, wie er mich behandelt hat. Und dennoch solltest Du's wissen; hast Du doch mit angesehen, wie er mich heute behandelt hat. Hast gehört, wie er mich ob meiner vorgeblichen ›Bedenklichkeiten‹ verhöhnte — hast ihn sagen hören, ich hätte dadurch, daß ich ihn heiratete, ›aus der Not eine Tugend‹ gemacht.« Sie setzte sich wieder hin, tiefgeröteten Gesichts und mit Händen, die sich in ihrem Schoß durcheinanderwanden und -krampften. »Ich vermag es im Augenblick nicht auszusprechen, Marian,« sagte sie; »ich würde in Tränen ausbrechen, wenn ich es Dir jetzt sagen wollte — später, Marian, wenn ich meiner selbst etwas sicherer geworden bin. Mich schmerzt mein armer Kopf, Liebste — schmerzt, schmerzt, schmerzt. Wo hast Du Dein Riechfläschchen? Laß mich mit Dir von Dir selbst reden. Ich wollte um Deinetwillen, ich hätte ihm die Unterschrift einfach gegeben. Soll ich sie ihm morgen geben? Ich will weit lieber mich bloßstellen, als Dich. Nachdem Du heut meine Partei gegen ihn ergriffen hast, wird er, wenn ich mich erneut weigere, unfehlbar alle Schuld auf Dich schieben. Was sollen wir nur anfangen? Ach, ein Freund, der uns helfen und beraten könnte! — ein Freund, dem wir wirklich vertrauen könnten!«

Sie seufzte bitterlich. Ich las in ihrem Gesicht, daß sie an Hartright dachte — erkannte es um so deutlicher, weil ihre letzten Worte auch mich sogleich an ihn denken ließen. 6 knappe Monate nach ihrer Hochzeit nur, und wie wären wir der treuen Dienste, die er uns mit seinen Abschiedsworten angeboten hatte, bereits benötigt gewesen. Wie wenig hatte ich damals gedacht, daß wir sie überhaupt je benötigen könnten!

»Wir müssen nach Kräften versuchen, uns selbst zu helfen,« sagte ich. »Laß uns versuchen, die Angelegenheit in Ruhe durchzusprechen, Laura — laß uns alles in unserer Macht stehende tun, hier die richtige Entscheidung zu finden.«

Indem wir zusammenhielten, was sie ihrerseits von den Schwierigkeiten ihres Gatten wußte, und was ich meinerseits von seiner Unterredung mit dem Rechtsanwalt erlauscht hatte, mußten wir logischerweise zu der Folgerung gelangen, daß es sich bei der Urkunde in der Bibliothek um ein Instrument handelte, welches Geldborgen ermöglichen sollte; und weiterhin, daß Lauras Unterschrift unbedingt erforderlich war, um es für die Erreichung von Sir Percivals Zweck brauchbar zu machen.

Die zweite Frage, bezüglich der gesetzlichen Natur des Kontraktes, vermittelst dessen man Geld beschaffen wollte, und des Ausmaßes an persönlicher Haftung, dem Laura sich gegebenenfalls aussetzen könnte, wenn sie ihn blindlings unterzeichnete, erforderte allerdings Überlegungen, die weit über die Kenntnisse und Erfahrungen von uns Beiden hinausgingen. Meine eigene Überzeugung bewog mich zu der Annahme, daß sich hinter dem geheimen Inhalt des Aktenstücks nichts als eine Transaktion der niedrigsten und betrügerischsten Art verbarg.

Ich war zu dieser Folgerung noch nicht einmal so sehr durch Sir Percivals Weigerung gelangt, uns die Urkunde zu zeigen oder zu erläutern; denn diese Weigerung hätte sich gut und gern noch aus seinem störrischen Charakter und seinem tyrannischen Wesen allein erklären lassen. Mein Hauptmotiv, seiner Ehrlichkeit zu mißtrauen, entsprang dem Wechsel in seiner Sprache und Benehmen, die ich hier in Blackwater Park beobachtet hatte; einem Wechsel, der mich davon überzeugte, daß er während seiner ganzen Probezeit in Limmeridge-Haus lediglich geschauspielert hatte. Sein vollendetes Zartgefühl damals; seine zeremonielle Höflichkeit, die so trefflich mit Herrn Gilmores altväterischen Ansichten harmoniert hatte; seine Bescheidenheit Laura, seine Offenheit mir, sein Gleichmut Herrn Fairlie gegenüber – all das waren nur die Kunstgriffe eines niedrigen, pfiffigen und brutalen Menschen gewesen, der sein Kostüm wieder abwarf, sobald seine gespielte Rolle ihren Zweck erreicht, und der sich eben heute, in der Bibliothek unten, unverhüllt gezeigt hatte. Ich gehe nicht weiter auf den Kummer ein, den mir diese Entdeckung um Lauras willen verursachte, denn ich verfüge einfach nicht über die Worte, ihn auszudrücken; ich erwähne ihn lediglich deshalb, weil er mich bewog, mich einer Unterzeichnung des Aktenstücks durch sie zu widersetzen, gleichviel was die Folgen auch sein möchten; es sei denn, sie würde zuerst mit dem Inhalt vertraut gemacht.

Unter so bewandten Umständen bestand unsere einzige Chance für morgen darin, uns möglichst gegen die Unterschriftsleistung mit einem Einwand zu versehen, der auf hinreichend bündigen geschäftlichen, beziehungsweise juristischen Gründen beruhte, um Sir Percivals Entschluß erschüttern zu können, und ihn vermuten zu machen, daß wir zwei Frauen mit Gesetzesparagraphen und geschäftlichen Verpflichtungen so gut Bescheid wüßten, wie er selbst.

Nach einigem Überlegen entschied ich mich dafür, an den einzigen ehrlichen Mann innerhalb Reichweite zu schreiben, dem wir zutrauen konnten, daß er uns in unserer verlassenen Situation verständig beraten würde. Dieser Mann war Herrn Gilmores Partner, ein gewisser Herr Kyrle, der, nun da unser alter Freund gezwungen gewesen war, sich vom Geschäft zurückzuziehen und London gesundheitshalber zu verlassen, die Firma weiterführte. Ich gab Laura zu wissen, wie Herr Gilmore mir ausdrücklich versichert hätte, daß wir in seines Partners Redlichkeit, Besonnenheit und genaue Kenntnis aller Fairlie'schen Angelegenheiten unumschränktes Vertrauen setzen dürften; und setzte mich dann sogleich mit ihrer vollen Billigung hin, um den betreffenden Brief abzufassen.

Ich schilderte Herrn Kyrle einleitend erst unsere Situation, genau wie sie war; und erbat mir dann dagegen seinen Rat, in möglichst klaren, einfachen Worten ausgedrückt, so daß wir ihn ohne jede Gefahr eines Irrtums oder einer Mißdeutung verstehen könnten. Ich faßte meinen Brief so kurz ab, wie mir nur irgend möglich war, und – so hoffe ich wenigstens – unbelastet durch unnötiges Detail und ebenso unnötige Entschuldigungen.

Gerade, als ich die Adresse auf den Umschlag schreiben wollte, fiel Laura noch ein echtes Hindernis ein, das meiner Aufmerksamkeit im Eifer und der Tätigkeit des Schreibens entgangen war.

»Wie erhalten wir aber seine Antwort noch zur Zeit?« fragte sie. »Dein Brief wird vor morgen früh in London nicht ausgetragen; und die Antwort darauf kann per Post vor übermorgen früh nicht hier sein.«

Die einzige Möglichkeit diese Schwierigkeit zu überwinden, war, uns die Antwort aus dem Anwaltsbüro durch einen besonderen Boten überbringen zu lassen. Ich fügte also noch ein Postskript des Sinnes hinzu: den Boten mit der Antwort den 11-Uhr-Vormittagszug benützen zu lassen, wodurch er 20 Minuten nach 1 auf unserem Bahnhof hier, und also in der Lage sein würde, Blackwater Park spätestens um 2 Uhr nachmittags zu erreichen. Er solle direkt nach mir fragen; keinerlei von anderer Seite an ihn gerichtete Erkundigung beantworten; und den Brief in keine andern Hände geben, als nur in die meinen.

»Für den Fall, daß Sir Percival morgen schon vor 2 Uhr zurück kommen sollte,« sagte ich zu Laura, »wäre das Klügste, was Du tun könntest, Dich für den ganzen Vormittag mit Deinem Buch oder einer Arbeit in die Anlagen zu verfügen, und nicht eher wieder im

Hause sehen zu lassen, bis der Bote nicht Zeit gehabt hat, mit dem Brief zu erscheinen. Ich werde ebenso den ganzen Vormittag hier auf ihn warten, um jeglichen Irrtum oder jegliches Mißgeschick möglichst auszuschalten. Durch ein solches Vorgehen müßten wir eigentlich, das hoffe und glaube ich, jeder Überrumpelung aus dem Wege gehen können. – Und jetzt laß uns wieder ins Wohnzimmer hinuntergehen. Es könnte Verdacht erregen, wenn wir hier zulange die Köpfe zusammen stecken.«

»Verdacht?« wiederholte sie. »Wessen Verdacht könnten wir wohl erregen, jetzt, wo Sir Percival aus dem Hause ist? Meinst Du etwa Conte Fosco?«

»Vielleicht ja, Laura.«

»Also beginnt er Dir im gleichen Maße zu mißfallen, wie mir, Marian.«

»Nein; mißfallen nicht. Mißfallen ist ja wohl immer mehr oder weniger mit Verachtung verbunden – und Verächtliches kann ich am Conte eigentlich nicht erblicken.«

»Du weißt bestimmt, daß Du keine Angst vor ihm hast?«

»Doch, vielleicht – ein bißchen.«

»Angst vor ihm, trotzdem er heute derart zu unsern Gunsten eingegriffen hat!«

»Ja. Ich habe mehr Angst vor seinem Eingreifen, als vor Sir Percivals Toben. Erinnere Dich daran, was ich Dir in der Bibliothek zugeflüstert habe: Was Du auch immer tust, Laura, mach Dir den Conte nicht zum Feind!«

Wir begaben uns nach unten. Laura ging ins Wohnzimmer, während ich, meinen Brief in der Hand, die Halle durchquerte, um ihn in den allgemeinen Postsack zu stecken, der an der gegenüberliegenden Wand hing.

Die Haustür stand offen, und als ich daran vorbeikam, sah ich Conte Fosco und seine Frau draußen auf den Stufen stehen, und sich, die Gesichter zu mir gewandt, miteinander unterhalten.

Die Contessa kam mit einer gewissen Hast in die Halle, und erkundigte sich, ob ich 5 Minuten Zeit für eine kleine private Aussprache übrig hätte? Ich konnte mich ob solchen Ansinnens von einer solchen Seite einer gewissen Überraschung nicht erwehren; steckte meinen Brief in den Sack, und erwiderte, daß ich ganz zu ihrer Verfügung stände. Sie bemächtigte sich mit ungewohnter Freundlichkeit und Vertraulichkeit meines Armes, und anstatt mich in irgendein leeres

Zimmer zu führen, zog sie mich mit sich hinaus, auf den Rasengürtel, der das große Fischbecken umgab.
Als wir auf den Stufen an dem Conte vorbei kamen, verbeugte er sich und lächelte; und begab sich dann ohne Verzug ins Haus, wobei er die Tür hinter sich zumachte, obwohl nicht direkt ins Schloß zog.
Die Contessa promenierte sachte mit mir um das Fischbecken herum. Ich hatte mich darauf gefaßt gemacht, die Vertraute irgendeines unerhörten Geheimnisses zu werden, und war nun erstaunt, zu finden, daß Madame Foscos private Mitteilung für mich in nichts weiter bestand, als einer höflichen Versicherung ihrer Sympathie für mich, nach dem, was sich vorhin in der Bibliothek abgespielt hatte. Ihr Gatte hätte sie über alles Vorgefallene unterrichtet, auch über die unverschämte Art und Weise, in der Sir Percival zu mir gesprochen habe. Diese Mitteilung hätte sie, um Lauras und meinetwillen, derart schockiert, daß sie sich entschlossen habe, ihre Ansicht über Sir Percivals unglaubliches Benehmen dadurch kundzutun, daß sie bei dem nächsten derartigen Vorkommnis das Haus verließe. Der Conte hätte ihren Entschluß gebilligt, und sie hoffte, daß auch ich ihn jetzt billigen würde?
Mir däuchte das ein sehr merkwürdiges Verhalten seitens einer so auffällig zurückhaltenden Frau, wie Madame Fosco es war; zumal nach dem Austausch so scharfer Worte, wie sie erst heute Vormittag im Lauf der Unterhaltung im Bootshaus zwischen uns gefallen waren. Dennoch war es meine Pflicht und Schuldigkeit, das höfliche und freundliche Entgegenkommen seitens einer älteren Person mit einer höflichen und freundlichen Antwort zu erwidern. Dementsprechend entgegnete ich der Contessa in ihrem eigenen Ton; und machte dann, da ich annahm, daß nunmehr von jeder Seite alles Notwendige gesagt worden wäre, einen Versuch, wieder ins Haus zurück zu gelangen.
Madame Fosco jedoch schien entschlossen, sich noch nicht von mir zu trennen, und, zu meinem unaussprechlichen Erstaunen, auch entschlossen, zu plaudern! Bisher die schweigsamste aller Frauen, drangsalierte sie mich auf einmal plötzlich mit einem Strom alltäglicher Redewendungen über das eheliche Leben als solches; über Sir Percival und Laura; über ihr eigenes hohes Eheglück; über des verstorbenen Herrn Fairlie Benehmen ihr gegenüber, in Bezug auf ihr Legat; und über ein halbes Dutzend weiterer ähnlicher The-

men; bis sie mich mehr als eine geschlagene halbe Stunde aufgehalten und dabei immerfort um das Fischbecken herumgeschleppt hatte, daß ich ganz erschöpft davon war. Ob sie das endlich gemerkt hatte oder nicht, weiß ich nicht zu sagen; jedenfalls unterbrach sie sich auf einmal, ebenso abrupt, wie sie begonnen hatte — schaute zur Haustür hinüber — nahm im Handumdrehen ihr eisiges Wesen wieder an; und gab meinen Arm von sich aus frei, bevor ich noch auf eine Entschuldigung sinnen konnte, mich aus eigenen Kräften von ihr frei zu machen.

Als ich die Tür aufstieß und in die Halle trat, fand ich mich neuerlich unversehens dem Conte von An- zu Angesicht gegenüber — er schob gerade einen Brief in den Postsack.

Nachdem er ihn hineinfallen und den Sack geschlossen hatte, erkundigte er sich, wo Madame Fosco und ich uns getrennt hätten. Ich sagte es ihm, und er verließ sofort die Halle, um seine Gattin aufzusuchen. Die Art, wie er zu mir sprach, war so ungewohnt ruhig gewesen, daß ich mich direkt umdrehte, ihm nachschaute und mich wunderte, ob er irgendwie niedergeschlagen oder gar krank sei?

Wieso meine nächste Handlung darin bestand, geradeswegs zum Postsack hinzugehen, meinen eigenen Brief wieder heraus zu nehmen und ihn mir, voll eines unbestimmten Mißtrauens, nochmals anzusehen; und wieso dieses zum zweitenmal Ansehen mir unverzüglich den Gedanken eingab, den Umschlag der größeren Sicherheit halber doch lieber zu versiegeln — das sind Mysterien, entweder zu tief oder aber zu seicht, als daß ich sie ergründen könnte. Nun handeln Frauen, wie Jedermann sattsam bekannt ist, ja beständig aufgrund von Impulsen, die sie nicht einmal sich selber zu erklären wissen; und ich kann nur annehmen, daß ein solcher Impuls auch der heimliche Beweggrund für meine unerklärliche Handlungsweise in diesem Falle gewesen ist.

Aber was für ein Einfluß auch immer mich bewogen haben mag, ich fand Grund, mir selbst ob meiner Folgsamkeit ihm gegenüber zu gratulieren, sobald ich in meinem eigenen Zimmer angelangt war und mich anschickte, den Brief zu versiegeln. Ich hatte den Umschlag ursprünglich nur auf die übliche Weise verschlossen, das heißt durch Anfeuchten und anschließendes Andrücken des Klebrandes; und als ich nun, nach Verlauf von vollen Dreiviertelstunden, mit dem Finger probierte, ging er sofort auf, mühelos und ohne irgend zu kle-

ben. Hatte ich ihn vielleicht ungenügend zugemacht? Oder war vielleicht die Gummierung zufälligerweise defekt gewesen?
Oder vielleicht – Nein!; es ist wohl gerade widerlich genug, zu fühlen, daß jene dritte Möglichkeit mir überhaupt zu Sinn kommen kann. Ich möchte mich ihr lieber nicht hier, Schwarz auf Weiß, gegenüberstellen.
Ich spüre beinahe Furcht vor morgen – so Vieles hängt ab von meiner Klugheit und Selbstbeherrschung. Zweierlei Vorsichtsmaßnahmen sind es vor allem, die ich auf keinen Fall vernachlässigen darf: ich muß einmal Sorge tragen, wenigstens scheinbar auf freundlichem Fuß mit dem Conte zu verkehren; und muß weiterhin völlig auf dem Posten sein, wenn der Bote vom Anwaltsbüro mit der Antwort auf meinen Brief hier erscheint.

V

17. Juni. – Als die Dinner-Stunde uns das nächste Mal wieder vereinte, war Conte Fosco in seiner normalen glänzenden Laune. Er gab sich alle erdenkliche Mühe, uns zu interessieren und amüsieren, wie wenn er entschlossen sei, aus unseren Gemütern jegliche Erinnerung an das, was sich heute gegen Mittag in der Bibliothek abgespielt hatte, zu vertilgen. Lebendige Beschreibungen seiner Reiseabenteuer; amüsante Anekdoten von bekannten Persönlichkeiten, mit denen er im Ausland zusammengekommen war; wunderlichsinnreiche Vergleichungen zwischen den gesellschaftlichen Gepflogenheiten der verschiedenen Nationen, illustriert an den Exempeln von Männern und Frauen, ohne Unterschied sämtlichen Ländern Europas entnommen; humoristische Bekenntnisse unschuldiger Torheiten seiner eigenen frühen Jahre, als er in einer zweitrangigen italienischen Stadt den Ton angab, und für ein zweitrangiges italienisches Blatt alberne Romane nach französischen Vorbildern schrieb – all das floß ihm so leicht und munter von den Lippen, und all das war so direkt und so geschickt an die diversen Adressen unserer Neugierde und unserer Interessen gerichtet, daß Laura und ich ihm mit ebensoviel Aufmerksamkeit, ja, wankelmütig, wie es scheinen mag, auch mit ebensoviel Bewunderung lauschten, wie Madame Fosco selbst. Frauen können wohl der Liebe eines Mannes widerstehen, dem Ruhm, der äußeren Erscheinung und dem Geld

eines Mannes; aber der *Zunge* eines Mannes, wenn er sie damit anzusprechen weiß, können sie nicht widerstehen.
Nach dem Dinner, während der günstige Eindruck den er auf uns gemacht hatte, noch in unsern Gemütern lebendig war, zog sich der Conte bescheidentlich zum Lesen in die Bibliothek zurück.
Laura schlug einen Gang durch die Anlagen vor, um den verdämmernden langen Abend zu genießen. Die gewöhnliche Höflichkeit erforderte, Madame Fosco zu bitten, sich uns anzuschließen; aber sie hatte diesmal anscheinend ihre Order schon im voraus empfangen, und bat uns, wir möchten so freundlich sein, sie zu entschuldigen. »Der Conte dürfte höchstwahrscheinlich neue Zigaretten benötigen,« führte sie zu ihrer Verteidigung an, »und Niemand außer mir weiß sie zu seiner Zufriedenheit herzustellen.« Der Blick ihrer kalten blauen Augen wurde fast warm, als sie die Worte aussprach – sie sah buchstäblich stolz aus, auf ihre Rolle als amtierendes Medium, durch welches ihr Herr und Meister sich mit Tabaksrauch ergötzte!
Also gingen Laura und ich allein nach draußen.
Es war ein dunstiger, drückender Abend, und ein Gefühl wie von etwas Ungesundem lag in der Luft. Die Blumen im Garten ließen die Köpfchen hängen; der Boden war ausgedörrt und ohne eine Spur von Tau. Der Westhimmel, soweit wir ihn über den unbeweglichen Baumspitzen sehen konnten, war von einem bleichen Gelb, und die Sonne sank lichtlos in Dunstschichten ein. Baldiger Regen schien bevorzustehen – bei Einbruch der Nacht würde er vermutlich beginnen.
»Welche Richtung wollen wir einschlagen?« fragte ich.
»Zum See, Marian; wenn's Dir recht ist,« antwortete sie.
»Du scheinst diesen unheimlichen See merkwürdig gern zu mögen, Laura.«
»Ach, den See als solchen weniger; wohl aber seine Umgebung: der Sand, das Haidekraut, die Nadelbäume, sind das einzige, was ich an diesem ganzen weiten Gebiet entdecken kann, das Limmeridge ein bißchen ähnelt. Aber wenn Dir's lieber ist, können wir auch in jede andere Richtung gehen.«
»Ich habe in Blackwater Park keine Lieblingsspaziergänge, Du Gute; mir ist einer wie der andere. – Laß uns nur zum See gehen; vielleicht ist es, dort in dem großen freien Raum, etwas kühler, als sonstwo hier.«

Wir gingen schweigend durch die Baumschatten dahin. Das Drükkende des Abends lastete auf uns Beiden; und als wir das Bootshaus erreicht hatten, waren wir recht froh, daß wir uns hinsetzen und ausruhen konnten.
Dicht über dem See lag eine weiße Nebelschicht. Die massivbraune Borte der Baumspitzen am jenseitigen Ufer darüber, wirkte wie ein im Himmel schwebendes Zwergwäldchen. Der sandige Boden, der von unserem Sitzplatz aus zum See hin abfiel, verlor sich geheimnisvoll in den äußeren Lagen des Nebels. Die Stille war entsetzlich. Kein Blatt regte sich – kein Vogelruf im Forst – nicht ein Schrei eines Wasservogels aus den Lachen des unsichtbaren Sees. Selbst die Frösche hatten heut Abend ihr Quaken eingestellt.
»Es ist sehr öde und verlassen,« sagte Laura. »Aber wir können hier mehr für uns sein, als anderswo sonst.«
Sie sprach ruhig, und schaute gefaßten und nachdenklichen Blicks auf die Wildnis aus Sand und Nebel. Ich konnte erkennen, daß ihr Gemüt zu sehr mit anderem beschäftigt war, um die trüben Eindrücke der Außenwelt zu empfinden, die sich in meinem bereits festgesetzt hatten.
»Ich hab' Dir versprochen, Marian, Dir die Wahrheit über mein eheliches Leben mitzuteilen, anstatt Dich noch länger selbst daran herumrätseln zu lassen,« begann sie. »Es ist dies das erste Geheimnis gewesen, das ich je vor Dir gehabt habe, Du Liebe, und ich bin entschlossen, daß es auch das letzte sein soll. Ich habe bisher, Du weißt es ja, um Deinetwillen geschwiegen – und vielleicht auch ein wenig um meinetwillen. Es ist sehr schwer für eine Frau, wenn sie eingestehen muß, daß der Mann, dem sie ihr ganzes Dasein zum Geschenk gemacht hat, gleichzeitig der Mann von allen ist, dem am wenigsten an solcher Gabe gelegen war. Wenn Du selbst verheiratet wärst – würdest Du mit mir fühlen, wie eine alleinstehende Frau, so lieb und treu sie auch sonst immer sein mag, es einfach nicht vermag.«
Was für eine Antwort konnte ich geben? Ich konnte lediglich ihre Hand ergreifen, und sie so rückhaltslos herzlich anschauen, wie meine Augen nur immer herzugeben vermochten.
»Wie oft,« fuhr sie fort, »habe ich Dich lachen hören, über das, was Du Deine ›Armut‹ zu nennen pflegtest; und wie oft hast Du mir aus Spaß kleine Glückwunschansprachen ob meines Reichtums gehalten! Ach, Marian, lach nie mehr darüber. Danke Du vielmehr

Gott für Deine ›Armut‹ — ihr verdankst Du, daß Du Deine eigene Herrin bist; und sie hat Dich vor dem Los bewahrt, das *mir* gefallen ist.«

Eine traurige Einleitung aus dem Munde einer jungen Ehefrau — doppelt traurig in ihrer ruhigen, schlichten Aufrichtigkeit. Die wenigen Tage, die wir Alle hier in Blackwater Park verbracht hatten, waren bereits völlig hinreichend gewesen, mir zu zeigen — Jedermann zu zeigen — warum ihr Gatte sie geheiratet hatte.

»Ich will Dich nicht unnötig dadurch betrüben,« sagte sie, »indem ich Dich hören lasse, wie bald meine Enttäuschungen, meine Prüfungen, einsetzten — noch auch durch die Herzählung, worin sie bestanden. Es ist schlimm genug, wenn *mein* Gedächtnis sie aufbewahrt. Wenn ich Dir erzähle, wie er den ersten und gleichzeitig letzten Versuch einer versöhnlichen Vorhaltung, die ich wagte, aufgenommen hat, wirst Du ebenso genau wissen, wie er mich beständig behandelt hat, als wenn ich es Dir wortreicher beschriebe. — Es war eines Tages in Rom, als wir zusammen zum Grabmal der Cecilia Metella ausgeritten waren. Der Himmel war lieblich und still, die großartige alte Ruine wirkte wunderschön, und der Gedanke, daß die Liebe eines Gatten sie vor Zeiten zur Erinnerung seiner Gattin errichtet hatte, ließ mich *meinem* Gatten gegenüber zärtlichere und sorglichere Gefühle empfinden, als ich bisher je gespürt hatte. ›Würdest auch Du mir ein solches Grabmal errichten, Percival?‹ fragte ich ihn. ›Du hast mir, ehe wir heirateten, beteuert, Du liebtest mich so sehr; und dennoch, seit jenen Tagen —‹. Ich kam nicht weiter, Marian!; er sah nicht ein Mal zu mir her! Ich zog meinen Schleier herunter, weil ich es für das Beste hielt, ihn nicht sehen zu lassen, daß mir die Augen voller Tränen standen. Erst bildete ich mir ein, er hätte überhaupt nicht acht auf mich gegeben, aber er hatte es schon. Er sagte, ›Komm weiter‹; und lachte, als er mir in den Sattel half, in sich hinein. Bestieg dann sein eigenes Pferd, und als wir davon ritten, lachte er wieder. ›Wenn ich Dir ein Grabmal baue,‹ sagte er, ›dann wird das von Deinem eigenen Gelde geschehen. Ich muß mich doch mal erkundigen, ob diese Cecilia Metella vermögend war, und ihres auch selbst bezahlt hat.‹ Ich erwiderte nichts — wie hätte ich es wohl vermocht, wo ich doch hinter meinem Schleier schluchzte? ›Ach, ihr Blondinen seid doch Alle launisch,‹ sagte er. ›Was willst Du eigentlich? Komplimente und schöne Redensarten? Na, meinetwegen; ich bin heute früh guter Laune. Nimm also die

Komplimente für gemacht, und die schönen Redensarten für gesagt.‹ Die Männer wissen ja wenig, wenn sie uns harte Worte sagen, wie genau wir sie uns merken, und wie viel Schaden sie bei uns anrichten. Es wäre besser für mich gewesen, wenn ich fortgefahren hätte, mich auszuweinen; aber seine verächtliche Art hemmte meine Tränen und verhärtete mein Herz. Von dem Augenblick an, Marian, hab' ich mir *keinen* Zwang mehr auferlegt, an Walter Hartright zu denken. Habe vielmehr die Erinnerung an jene glücklichen Tage, wo wir einander heimlich so von Herzen gut waren, wieder aufleben und mich trösten lassen. Wo sonst hätte ich mich um Trost wohl auch hin wenden sollen? Wenn wir beieinander gewesen wären, hättest Du mir ja zu besseren Gedanken verholfen. Ich weiß wohl, es war unrecht von mir, Liebste; aber sag mir, ob ich keine Entschuldigung für mein Unrecht gehabt habe?«
Ich mußte das Gesicht von ihr abwenden. »Frag nicht mich!« sagte ich. »Habe ich gelitten, wie Du gelitten hast? Welches Recht hätte ich, hier zu entscheiden?«
»Ich hab' oft an ihn gedacht,« ihre Stimme wurde leiser, und sie rückte näher an mich heran, als sie ihre Erinnerungen weiter verfolgte, »ich hab' oft an ihn gedacht, wenn Percival mich abends allein ließ, um in die Oper und zu den Theaterleuten zu gehen. Dann hab' ich mir vorgestellt, wie es mir vielleicht gegangen wäre, wenn es Gott gefallen hätte, mich mit Armut zu segnen, und ich seine Frau geworden wäre. Ich hab' mich dann immer in meinem netten, billigen Kleidchen gesehen, wie ich daheim sitze und auf ihn warte, während er unsern Lebensunterhalt verdient – daheim sitze, und für ihn arbeite; und ihn nur um so lieber habe, *weil* ich mit für ihn arbeiten muß – sah ihn dann, wie er müde heim kam; nahm ihm Hut und Mantel ab; und setzte ihm dann kleine Gerichte zum Abendbrot vor, Marian, die ich um seinetwillen zu bereiten gelernt hatte. Ach!, ich hoffe nur, daß ihm niemals so einsam und traurig zumute sein wird, daß er so an mich denken und sich mich vorstellen muß, wie ich an *ihn* gedacht und ihn *mir* vorgestellt habe!«
Während sie diese schwermütigen Worte sprach, kehrte all die verschwunden gewesene Zärtlichkeit in ihre Stimme, all die verloren gegangene Schönheit auf ihr Antlitz zurück. Ihre Augen ruhten so liebevoll auf der heillosen, verödeten, schlimmen Aussicht vor uns, wie wenn sie die vertrauten Hügel Cumberlands in dem drohend umschleierten Himmel erblickten.

»Sprich nicht weiter von Walter,« sagte ich, sobald ich mich nur einigermaßen wieder gefaßt hatte. »Oh, Laura; erspare uns Beiden die Betrübnis, in diesem Augenblick von ihm zu sprechen!«
Sie richtete sich wie erwachend auf, und schaute mich gütig an.
»Ich würde lieber auf ewig von ihm schweigen,« antwortete sie, »als Dir auch nur einen Augenblick Pein verursachen.«
»Es ist in Deinem eigenen Interesse,« brachte ich vor; »es geschieht um Deinetwillen, daß ich so rede – wenn Dein Mann Dich hörte –«
»Es würde ihn nicht überraschen, wenn er mich hörte.«
Sie gab diese befremdliche Erwiderung mit einer müden Ruhe, ja Kälte, ab. Die Veränderung in ihrem Wesen, während sie mir diese Antwort gab, erschreckte mich beinahe ebenso sehr, wie ihr Inhalt selbst.
»Ihn *nicht* überraschen?!« wiederholte ich. »Laura! Weißt Du, was Du sagst – Du erschreckst mich!«
»Es ist wahr,« sagte sie; »es ist genau das, was ich Dir schon heute Vormittag, als wir in Deinem Zimmer saßen und zusammen redeten, sagen wollte. Mein einziges Geheimnis, als ich ihm damals in Limmeridge mein ganzes Herz eröffnete, war ein harmloses Geheimnis, Marian – das hast Du mir ja selbst bestätigt. Alles, was ich ihm vorenthielt, war der Name. Und den hat er entdeckt.«
Ich hörte sie wohl, konnte aber nichts herausbringen. Ihre letzten Worte hatten das bißchen Hoffnung, das immer noch in mir wach gewesen war, erstickt.
»Es war gleichfalls in Rom,« fuhr sie mit eben der vorigen müden Ruhe und Kälte fort. »Wir waren auf einer kleinen Party, die den anwesenden Engländern von einem Sir Percival befreundeten Ehepaar gegeben wurde – ein gewisser Herr und Frau Markland. Frau Markland stand im Ruf sehr gut zeichnen zu können, und einige der Gäste bewogen sie dazu, uns ihre Zeichnungen zu zeigen. Wir bewunderten sie Alle; aber durch etwas, was ich sagte, wurde ihre Aufmerksamkeit besonders auf mich gerichtet. ›Sie zeichnen doch bestimmt selbst?‹ fragte sie. ›Früher habe ich ein bißchen gezeichnet,‹ antwortete ich; ›es aber dann aufgegeben.‹ ›Wenn Sie einmal gezeichnet haben,‹ sagte sie, ›kann es durchaus sein, daß Sie eines schönen Tages doch wieder anfangen; und für diesen Fall würde es mich freuen, wenn ich Ihnen einen Lehrer empfehlen dürfte.‹ Ich erwiderte nichts – warum, weißt Du ja, Marian – und versuchte, das Thema zu wechseln. Aber Frau Markland ließ sich nicht ablen-

ken: ›Ich habe schon alle möglichen Lehrer gehabt,‹ fuhr sie fort, ›aber der Beste von Allen, der Intelligenteste, und der sich die meiste Mühe gegeben hat, war ein gewisser Herr Hartright. Falls Sie jemals wieder mit Zeichnen anfangen sollten, probieren Sie's doch mit ihm als Lehrer. Er ist ein junger Mann — bescheiden und wohlerzogen — ich glaub' bestimmt, er würde Ihnen gefallen.‹ Stell Dir vor: solche Worte öffentlich an mich gerichtet, in Gegenwart von Fremden — von Leuten, die eingeladen waren, uns Neuvermählte kennen zu lernen! Ich tat, was ich vermochte, um mich zu beherrschen — ich erwiderte kein Wort, und bückte mich tief auf die Zeichnungen nieder. Als ich wieder den Kopf zu heben wagte, trafen sich meine und meines Gatten Augen, und ich erkannte an seinem Blick, daß mein Gesicht mich verraten hatte. ›Wir werden uns diesen Herrn Hartright mal ansehen,‹ sagte er, ohne den Blick von mir zu lassen, ›sobald wir nach England zurückkehren. Ich pflichte Ihnen vollkommen bei, Frau Markland: ich glaube bestimmt, daß er Lady Glyde gefallen würde.‹ Er betonte die letzten Worte in einer Art, daß mir die Wangen zu brennen und das Herz zu hämmern anfing, als wollte es mich ersticken. Kein Wort fiel weiter. Wir verabschiedeten uns zeitig. Im Wagen, der uns ins Hotel zurückfuhr, saß er schweigend. Er half mir heraus, und folgte mir, wie gewöhnlich nach oben. Aber sobald wir im Wohnzimmer angekommen waren, verschloß er die Tür, drückte mich in einen Sessel nieder, und stand hoch über mir, die Hände auf meine Schultern gelegt. ›Seit jenem Morgen in Limmeridge, an dem Du mir Dein dreistes Geständnis ablegtest,‹ sagte er, ›habe ich immerfort versucht, den betreffenden Mann herauszubekommen; und heute Abend habe ich ihn in Deinem Gesicht gefunden: Dein Zeichenlehrer war dieser Mann; und sein Name ist Hartright. Das sollst Du bereuen, und er soll es bereuen, bis zum letzten Augenblick Eures Daseins! — So; jetzt darfst Du zu Bett gehen, wenn Du willst, und von ihm träumen, mit den Striemen meiner Reitpeitsche über seinem Rücken.‹ — Und jedesmal jetzt, wenn er wütend auf mich ist, spielt er höhnisch oder drohend auf dasjenige an, was ich ihm in Deiner Gegenwart damals bekannt habe. Es steht nicht in meiner Macht, ihn daran zu verhindern, aus dem Vertrauen, das ich in ihn gesetzt habe, seine eigenen abscheulichen Schlüsse zu ziehen. Ich habe weder soviel Einfluß, um ihn mir glauben zu machen, noch ihn zum Schweigen zu bringen. Du schautest heute so überrascht drein, als Du ihn mir sagen hörtest, ich hätte, indem ich ihn heiratete, aus der Not eine Tugend gemacht – Du wirst jetzt nicht mehr überrascht sein, wenn Du es ihn, das nächste Mal sobald er die Beherrschung verliert, erneut wiederholen hörst. – Oh, Marian! Nicht doch! Nicht doch! Du tust mir weh!«

Ich hatte sie in die Arme geschlossen, und unter dem Stachel und der Qual meiner Reue vermutlich mit der Kraft einer Zange. Ja: meiner Reue! Die nackte Verzweiflung auf Walters Gesicht, als ihn im Sommerhäuschen zu Limmeridge meine grausamen Worte mitten ins Herz trafen, stieg mit stummem, unerträglichem Tadel vor meinem inneren Auge auf. Meine Hand war der Wegweiser gewesen, der den Mann, den meine Schwester liebte, Schritt um Schritt fortgewiesen hatte, weit von Vaterland und Freunden. Ich war es gewesen, die zwischen diese zwei jungen Herzen getreten war, um sie auf ewig, Eins vom Anderen, zu scheiden; und jetzt lagen sein Leben und ihr Leben, gleichermaßen verwüstet, vor mir, als Zeugen meiner Tat. Das hatte ich getan; und für Sir Percival Glyde getan. Für Sir Percival Glyde!

* * *

Ich hörte sie reden, und entnahm dem Klang ihrer Stimme, daß sie mich tröstete – *mich*, die ich nichts als ihren schweigenden Vorwurf verdient hätte! Wie lange es dauerte, bis ich wieder Herr über mein allumfassendes Elend und meine Gedanken wurde, weiß ich nicht zu sagen. Das erste, was mir zum Bewußtsein kam, waren ihre Küsse; dann schienen meine Augen mit einem Ruck wieder fähig, die Dinge der Außenwelt aufzunehmen, und ich erkannte, daß ich mechanisch gerade vor mich hin, über die Seelandschaft, schaute.

»Es ist spät,« hörte ich sie flüstern. »In den Anlagen wird es schon dunkel sein.« Sie schüttelte mich am Arm, und wiederholte: »Marian! Es wird schon dunkel sein in den Pflanzungen.«

»Gib mir noch eine Minute länger,« sagte ich – »Eine Minute, in der ich mich erholen kann.«

Ich hatte Angst; ich traute mich einfach noch nicht, sie wieder anzusehen, und hielt die Augen starr auf die Aussicht gerichtet.

Ja, es *war* schon spät. Die vorhin so dichte braune Kante der Baumwipfel am Himmel war in der zunehmenden Dunkelheit undeutlich geworden, und hatte jetzt nur noch schwache Ähnlichkeit mit einer langgezogenen Rauchfahne. Der Nebel überm See unten hatte sich verstohlen ausgebreitet, und war auf uns zu gekommen. Die Stille war noch die gleiche wie vorhin; nur schien das Entsetzliche sich daraus verloren und nichts als ein feierliches schweigendes Geheimnis hinterlassen zu haben.

»Wir sind weit vom Haus weg,« wisperte sie. »Laß uns zurückgehen.«

Sie brach plötzlich ab, und wandte ihr Gesicht von mir fort, zum Eingang des Bootshauses hin.

»Marian!« sagte sie, und zitterte heftig. »Siehst Du nichts? Schau doch!«

»Wo denn?«

»Da unten, unterhalb von uns!«

Sie zeigte. Meine Augen folgten ihrer Hand – und da sah ich es auch: eine lebende Gestalt bewegte sich in der Ferne über Wust und Haide; und zwar quer zu unserer Blickrichtung vom Bootshaus aus. Dunkel zog sie dahin, auf weißem Nebelgrund. Blieb weit drüben, vor uns, stehen – wartete – und zog dann weiter; langsamen Ganges, weißen Nebelstreif hinter und über sich – langsam, langsam; bis der Pfosten am Bootshauseingang sie deckte und wir sie nicht weiter verfolgen konnten.

Nun waren wir, durch das, was im Lauf des Abends zwischen uns vorgegangen war, ohnehin Beide fertig mit den Nerven. Diverse Minuten verflossen, ehe Laura bereit war, sich in die Schonung zu trauen, und bevor ich Entschlossenheit genug gesammelt hatte, um sie zum Hause zurück zu geleiten.

»War es ein Mann oder eine Frau?« erkundigte sie sich im Flüsterton, als wir endlich in die finstere Feuchte der Außenluft hinaustraten.

»Ich bin mir nicht sicher.«

»Was glaubst Du?«

»Es wirkte wie eine Frau.«

»Ich fürchte eher, es war ein Mann im langen Umhang.«

»Es könnte auch ein Mann gewesen sein. Bei solchem Dämmerlicht ist es nicht möglich, etwas sicheres zu sagen.«

»Oh, warte, Marian! Ich hab' Angst – ich seh' den Fußpfad gar nicht. Wenn die Gestalt uns nun folgt?«

»Das ist doch ganz unwahrscheinlich, Laura. Es liegt keinerlei Grund zur Aufregung vor. Das Seeufer ist ja nicht weit vom Dorf, und Jedermann hat schließlich die Freiheit, bei Tag und bei Nacht da herumzuspazieren. Es ist eher verwunderlich, daß wir früher nicht längst schon einmal einem lebenden Wesen begegnet sind.«

Wir befanden uns unterdessen zwischen den Jungbäumen. Es war sehr finster — so finster, daß wir tatsächlich Schwierigkeiten hatten, auf dem schmalen Pfad zu bleiben. Ich gab Laura den Arm, und wir legten unsern Heimweg so rasch zurück, wie wir nur immer vermochten.

Wir waren noch nicht halb hindurch, als sie anhielt, und mich dadurch nötigte, mit ihr stehen zu bleiben. Sie lauschte.

»Pst,« wisperte sie. »Ich hör' Jemanden hinter uns.«

»Verdorrte Blätter,« sagte ich, um ihr Mut zu machen, »oder der Wind hat einen Zweig vom Baum geknickt.«

»Wir haben doch Sommer, Marian; und kein Windhauch regt sich. — Horch doch!«

Ich vernahm das betreffende Geräusch sehr wohl — es hörte sich an wie leichte Schritte, die uns folgten.

»Ach, egal Wer oder Was es ist,« sagte ich, »laß uns nur ausschreiten. Eine Minute noch — falls wir wirklich Grund zur Aufregung haben sollten — und wir werden nahe genug am Haus sein, so daß man uns notfalls hören kann.«

Wir gingen schneller — so schnell, daß Laura, als wir fast durch die Stämme hindurch und in Sicht der erleuchteten Fenster waren, keine Luft mehr bekam.

Ich wartete einen Moment, damit sie wieder zu Atem käme. Gerade als wir uns wieder in Bewegung setzen wollten, hielt sie mich erneut an, und bedeutete mir mit der Hand, wiederum zu lauschen —: wir hörten Beide, aus dem tiefschwarzen Baumdunkel hinter uns, einen langen schweren Seufzer!

»Wer ist dort?« rief ich aus.

Keine Antwort.

»Wer ist dort!?« wiederholte ich.

Ein kurzes Schweigen folgte; dann vernahmen wir wieder das Geräusch der leichten Schritte; immer schwächer und schwächer — wie versinkend im Dunkel — tiefer, tiefer, noch tiefer — bis sie eins geworden waren mit dem Schweigen.

Wir hasteten durch die Bäume, hinaus auf den offenen Rasen dahinter; überquerten ihn eiligst; und erreichten das Haus, ohne daß auch nur ein Wort noch zwischen uns gefallen wäre.

Im Licht der Hallen-Lampe blickte Laura mich an, aus verschreckten Augen in einem schneeweißen Gesicht.
»Ich bin halbtot vor Furcht,« sagte sie. »Wer kann denn das gewesen sein?«
»Das wollen wir morgen zu erraten versuchen,« entgegnete ich. »Sag Du nur in der Zwischenzeit Niemandem etwas von dem, was wir gehört und gesehen haben.«
»Warum nicht?«
»Weil Schweigen gleichbedeutend mit Sicherheit ist; und wir in diesem Hause Sicherheit nötig haben.«
Ich schickte Laura unverzüglich nach oben; wartete eine Minute, um meinen Hut abzunehmen und mir das Haar glatt zu streichen; und schickte mich dann sofort an, den ersten Schritt zur Aufklärung dadurch zu tun, daß ich mir, unter dem Vorwand nach einem Buch sehen zu wollen, in der Bibliothek zu schaffen machte.
Da saß der Conte, füllte mühelos den geräumigsten Polstersessel im ganzen Hause aus, rauchte gemächlich und las, die Füße auf einer Ottomane, den Hemdkragen weit offen und die Krawatte über die Knie gelegt. Und dort, auf einem Stühlchen ihm zur Seite, saß, wie ein artiges Kind, Madame Fosco und drehte Zigaretten. Es war nicht gut menschenmöglich, daß Eines von Beiden, ob Mann ob Frau, heut Abend noch spät draußen gewesen und soeben erst in aller Eile ins Haus zurückgekommen war. Ich fühlte, daß der Zweck meines Besuches in der Bibliothek in demselben Moment erreicht war, wo mein Blick auf Jene fiel.
Conte Fosco erhob sich in höflicher Verwirrung, als ich eintrat, und band sich seine Krawatte um.
»Bitte, lassen Sie sich nicht durch mich stören,« sagte ich. »Ich bin lediglich hergekommen, um ein Buch zu holen.«
»Alle unglücklichen Männer meines Formats leiden unter der Hitze,« sagte der Conte, während er sich gravitätisch mit einem großen grünen Fächer erfrischte. »Ich wollte, ich könnte mit meiner trefflichen Gattin tauschen. Der ist in diesem Augenblick so kühl, wie einem Fisch im Becken draußen.«
Die Contessa erlaubte sich unter dem Einfluß des schnurrigen Vergleichs ihres Gatten eine Auftauerscheinung. »Mir ist niemals warm, Fräulein Halcombe,« merkte sie mit der bescheidenen Miene einer Frau an, die sich zu einer ihrer Tugenden bekennt.
»Sind Sie und Lady Glyde heute Abend noch aus gewesen?« fragte

der Conte, während ich mir, um den Anschein aufrecht zu erhalten, ein Buch aus dem Regal langte.
»Ja, wir waren ein bißchen an der frischen Luft draußen.«
»Darf ich fragen in welcher Richtung?«
»In Richtung See – bis hin zum Bootshaus.«
»Ach? Bis hin zum Bootshaus?«
Unter andern Umständen hätte ich mich womöglich ob seiner Neubegier geärgert; heute Abend jedoch war sie mir willkommen, als ein weiterer Beweis, daß weder er noch seine Gattin irgendwie mit der geheimnisvollen Erscheinung am See in Zusammenhang stünden.
»Keine neuen Abenteuer heut Abend, nehme ich an?« fuhr er fort. »Keine neuen Entdeckungen, wie damals Ihre Entdeckung des verletzten Hundes?«
Und er richtete die unergründlichen Grauaugen auf mich, mit jenem kalten, klaren, unwiderstehlichen Glitzern darin, das mich jedesmal zwingt, ihn anzusehen, und mich jedesmal unsicher macht, während ich hinschaue. In solchen Augenblicken überkommt mich grundsätzlich der unausgesprochene Verdacht, daß er mich aushorchen will, und er überkam mich auch diesmal.
»Nein,« erwiderte ich also kurz: »weder Abenteuer noch Entdekkungen.«
Ich gab mir Mühe, von ihm weg zu sehen, und den Raum zu verlassen. Es mag sich seltsam anhören, aber ich glaube, daß meinem Versuch schwerlich Erfolg beschieden gewesen sein würde, wäre mir nicht Madame Fosco dadurch zu Hilfe gekommen, daß sie ihn veranlaßte, sich seinerseits zu bewegen und als Erster wegzusehen.
»Conte, Du läßt Fräulein Halcombe stehen,« mahnte sie.
Den Augenblick, wo er sich umdrehte, mir einen Stuhl zu geben, benützte ich die Gelegenheit – dankte ihm – brachte eine Entschuldigung vor – und schlüpfte hinaus.
Eine Stunde später, als Lauras Zofe sich einmal zufälligerweise im Zimmer ihrer Herrin befand, nahm ich die Gelegenheit wahr, das Drückende des Abends zu erwähnen; mit der Absicht, als nächstes festzustellen, wie die Dienerschaft die betreffende Zeit verbracht hatte.
»Haben Sie unten sehr unter der Hitze zu leiden gehabt?« erkundigte ich mich.

»Nö, Frollein,« sagte das Mädchen, »hat uns nich nennenswert zu schaffen gemacht.«
»Da sind Sie vermutlich in den Wald 'raus gegangen, was?«
»'n paar von Uns wollten erst gehen, Frollein. Aber die Köchin meinte, sie würde sich lieber 'n Stuhl auf'n kühlen Hof stellen, vor die Küchentür draußen; und da haben wir's uns auch noch mal überlegt, und schließlich Alle unsere Stühle auch mit da hin gestellt.«
Damit blieb als einzige zu berücksichtigende Person nun noch die Haushälterin übrig.
»Ist Frau Michelson schon zu Bett gegangen?« forschte ich.
»Das wohl nich grade, Frollein,« sagte das Mädchen lächelnd. »Frau Michelson wird wohl eher beim Aufstehen jetz sein, als beim Zubettgehen.«
»Wie das? Was meinen Sie damit? Hat Frau Michelson den Tag über im Bett gelegen?«
»Nich grade buchstäblich, Frollein; aber doch ungefähr: sie hat den lieben langen Abend auf dem Sofa in ihrem Zimmer geschlafen.«
Alles zusammen genommen also, was ich selbst in der Bibliothek beobachtet und was ich eben von Lauras Zofe gehört habe, scheint eine Schlußfolgerung unvermeidlich: die Gestalt, die wir am See erblickt haben, war weder die Gestalt von Madame Fosco, noch die ihres Gatten, noch die Eines der Dienerschaft. Die Schritte, die wir hinter uns vernahmen, waren nicht Schritte von irgendeinem unserer Hausgenossen.
Wer aber kann es dann gewesen sein?
Es scheint nutzlos, weiter nachzuforschen. Konnte ich doch nicht einmal für gewiß behaupten, ob es die Gestalt eines Mannes oder einer Frau gewesen ist. Das einzige, was ich sagen kann, wäre: ich möchte meinen, es war die Gestalt einer Frau.

VI

18. Juni. – Das Elend ob der Selbstvorwürfe, die ich gestern Abend schon, beim Anhören dessen, was Laura mir im Bootshaus erzählte, zu erdulden hatte, kam in der Einsamkeit der Nachtstille zurück, und ließ mich stundenlang wach und zerknirscht daliegen.

Ich zündete zuguterletzt das Licht an, und suchte in meinen alten Tagebucheintragungen nach, um zu sehen, wie groß mein Anteil an dem verhängnisvollen Fehler dieser ihrer Heirat denn nun wirklich gewesen sei, beziehungsweise, was ich seinerzeit hätte unternehmen können, um sie davor zu bewahren. Das Ergebnis beruhigte mich ein klein wenig – denn es bewies, daß, wie blind und unwissend ich auch immer gehandelt haben mochte, ich doch jederzeit das Beste gewollt hatte. Nun tut mir Weinen im allgemeinen zwar gar nicht gut; aber vergangene Nacht war es einmal nicht so – ich glaube, es erleichterte mich vielmehr. Ich erhob mich diesen Morgen mit ruhigem Gemüt und einem eisenfesten Entschluß: nichts was Sir Percival auch sagen oder tun wird, soll mich künftighin noch reizen, oder auch nur einen Augenblick lang vergessen machen können, daß ich, allen Demütigungen, Beleidigungen und Drohungen zum Trotz, um Lauras willen und in Lauras Interesse hier auszuhalten habe.
Sämtliche Spekulationen, denen wir uns bezüglich der Gestalt am See und der Schritte im Walde heut Morgen eventuell ausgiebig hätten überlassen können, sind verschoben worden; infolge eines unbedeutenden Vorfalls, der Laura aber beträchtliche Betrübnis verursacht hat: sie hat die kleine Brosche verloren, die ich ihr am Tag vor ihrer Hochzeit als Andenken schenkte. Da sie sie gestern Abend, als wir spazieren gingen, noch getragen hat, können wir nur annehmen, daß sie ihr entweder im Bootshaus oder während unseres Rückwegs vom Kleid losgegangen sein muß. Die Dienerschaft ist auf Suche ausgeschickt worden; jedoch ohne Erfolg zurückgekehrt. Zur Zeit jetzt ist Laura selber unterwegs, um sich danach umzusehen. Ob sie sie nun findet oder nicht, der Verlust wird sich auf jeden Fall zur Entschuldigung ihrer Abwesenheit vom Haus hülfreich erweisen, falls Sir Percival zurückkehren sollte, bevor der Brief von Herrn Gilmores Partner in meine Hände gelangt.
Gerade hat es 1 Uhr geschlagen. Ich erwäge noch, ob ich die Ankunft des Londoner Boten besser hier abwarten, oder aber unauffällig hinausschlüpfen, und ihn draußen, noch vorm Pförtnerhäuschen abfangen soll?
Mein Verdacht gegen All- und Jedes in diesem Hause hier macht mich geneigt zu denken, daß der zweite Plan der bessere sein könnte. Der Conte sitzt wohlaufgehoben im Frühstückszimmer. Als ich vor 10 Minuten heraufgerannt bin, habe ich durch die Tür gehört, wie er seine Kanarienvögel ihre Kunststückchen exerzieren läßt: –

»Kommt raus und auf meinen kleinen Finger, Ihr Piep-piep-Pieblinge! Heraus mit Euch, und die Treppe hochgehüpft! Eins, Zwei, Drei, – und hoch! Drei, Zwei, Eins – und schon wieder runter! Eins, Zwei, Drei – Zwit-Zwit-Zwit-Zwiiiit!« Die Vögelchen brachen sogleich in ihren üblichen ekstatischen Gesang aus, und der Conte seinerseits zirpte und pfiff zur Antwort, wie wenn er selber ein Vogel sei. Meine Zimmertür steht offen, und ich kann das schrille Gesinge und Gepfeife diesen Moment ganz deutlich vernehmen. Falls ich tatsächlich unbeobachtet hinausschlüpfen will, wäre jetzt die Zeit dazu – –

* * *

Vier Uhr nachmittags. – Die 3 Stunden, die seit meiner letzten Eintragung verstrichen sind, haben dem Gang der Ereignisse hier in Blackwater Park eine gänzlich neue Richtung gegeben. Ob zum Guten oder zum Schlimmen, kann ich weder entscheiden, noch wage ich es.

Ich muß als Erstes dort wieder anknüpfen, wo ich abgebrochen habe, oder ich verliere in all der Verwirrung meiner Gedanken noch ganz den Faden. –

Ich begab mich also, wie ich mir vorgesetzt hatte, ins Freie, um den Boten mit meinem Londoner Brief vor dem Pförtnerhäuschen abzufassen. Auf der Treppe begegnete mir Niemand. In der Halle hörte ich, wie der Conte immer noch seine Vögelchen dressierte. Aber als ich den Hof draußen überquerte, mußte ich an Madame Fosco vorbei, die sich auf ihrem Lieblings-Spazierkreis erging, immer rund um das große Fischbecken. Ich nahm sofort eine gemächlichere Gangart an, um den geringsten Anschein irgendeiner Eile zu vermeiden; ja, ich ging vorsichtshalber sogar so weit, mich zu erkundigen, ob sie vor'm Lunch noch einen kleinen Gang vor hätte? Sie lächelte mich auf die freundschaftlichste Weise an – sagte, sie zöge es vor, in Hausnähe zu bleiben; nickte verbindlich, und ging wieder in die Halle hinein. Ich sah ihr hinterher, und bemerkte, daß sie die Haustür noch eher geschlossen hatte, als ich das kleine Seitentürchen neben der Wageneinfahrt aufbekam.

In weniger als einer Viertelstunde hatte ich das Pförtnerhäuschen erreicht.

Der Zufahrtsweg davor machte erst eine scharfe Biegung nach links; lief dann rund 100 Meter geradeaus; und beschrieb dann eine weitere scharfe Biegung nach rechts, um danach auf die Chaussee einzumünden. Zwischen diesen zwei Wegebiegungen nun, auf der einen Seite gegen das Pförtnerhäuschen hin gedeckt, auf der andern gegen den Weg vom Bahnhof her, wartete ich, indem ich immer auf und ab promenierte. Zu jeder Seite von mir befanden sich hohe Hecken; und 20 Minuten lang, nach meiner Uhr, hörte und sah ich nichts. Nach Verlauf der angegebenen Zeit vernahm mein Ohr das Geräusch eines Wagens, und als ich mich sogleich in Richtung nach der zweiten Biegung in Bewegung setzte, kam mir eine leichte Eildroschke vom Bahnhof her entgegen. Ich machte dem Kutscher ein Zeichen zum Anhalten. Während er mir gehorchte, steckte ein vertrauenswürdig aussehender Mann den Kopf aus dem Fenster, um zu sehen, was los wäre.

»Sie entschuldigen,« sagte ich; »aber habe ich Recht mit der Vermutung, daß Sie nach Blackwater Park wollen?«

»Oh ja, Madame.«

»Mit einem Brief für Jemanden?«

»Mit einem Brief an Fräulein Halcombe, Madame.«

»Dann können Sie mir den Brief geben. Ich bin Fräulein Halcombe.«

Der Mann griff grüßend an seinen Hut; stieg unverzüglich aus der Droschke, und überreichte mir den Brief.

Ich öffnete ihn auf der Stelle, und las die folgenden Zeilen. (Ich schreibe sie hier ab, weil ich es für das beste erachte, das Original vorsichtshalber zu vernichten):

»Madame. – Ihr heute früh eingegangener Brief hat mir beträchtliche Unruhe verursacht. Ich will darauf so kurz und klar wie möglich antworten.

Nach sorgfältiger Erwägung des mir von Ihnen gemachten Berichtes und meiner Kenntnis von Lady Glydes Position wie in dem seiner Zeit geschlossenen Ehekontrakt genau definiert, habe ich leider zu der Schlußfolgerung gelangen müssen, daß Sir Percival höchstwahrscheinlich eine Anleihe bei dem seinem Bevollmächtigten zu treuen Händen übergebenen Kapital vor hat, (beziehungsweise, anders ausgedrückt: daß man die 20.000 £ von Lady Glydes Vermögen zum Teil beleihen will); wie auch, daß man sie an dem Vorgang zu beteiligen gedenkt, um sich ihrer Zustimmung zu einem flagranten Vertrauensbruch zu versichern, und notfalls, sollte sie sich später einmal beklagen wollen, ihre eigene Unterschrift gegen sie ins Feld führen zu können. In Anbetracht der Situation, in der sie sich befindet, ist es unmöglich, sich einen anderen zureichenden Grund vorzustellen, warum man ihre Mitwirkung zu einem juristischen Akt etwelcher Art überhaupt benötigen sollte.

Im Falle Lady Glyde ihre Unterschrift unter ein Dokument dieser Art, für welches ich das in Frage stehende Schriftstück zu halten mich fast gezwungen sehe, setzen sollte, würde das dem Treuhänder die Freiheit geben, Sir Percival von besagten 20.000 £ gewisse Summen vorzuschießen. Sollten die dergestalt entliehenen Summen nicht mehr zurückgezahlt werden, und sollte Lady Glyde jemals Kinder haben, dann würde deren Erbschaft sich um die betreffende Summe, sei sie nun klein oder groß, verringern. Noch deutlicher formuliert: bei der beschriebenen Transaktion könnte es sich, solange Lady Glyde nicht eines Gegenteiligen belehrt ist, durchaus um einen Betrug an ihren ungeborenen Kindern handeln.

Unter so bedenklichen Umständen, würde ich Lady Glyde empfehlen, als Grund für die Vorenthaltung ihrer Unterschrift anzuführen: daß sie die Akte vorher erst mir, dem Rechtsbeistand ihrer Familie (in Abwesenheit meines Partners, Herrn Gilmore), zur Durchsicht vorlegen möchte. Gegen einen solchen Kurs läßt sich vernünftigerweise nicht das Geringste einwenden — denn, falls es sich bei jener Transaktion um eine ehrliche handeln sollte, müßte ich ja logischerweise keinerlei Schwierigkeit finden, Ihnen zuzuraten.

Indem ich Sie auch weiterhin meiner Bereitschaft versichere, Ihnen gern jegliche Hilfe und Beratung zuteil werden zu lassen, die Sie nur wünschen mögen, verbleibe ich, Madame,

Ihr ergebenster Diener
WILLIAM KYRLE«

Ich las diesen netten und vernünftigen Brief mit großer Dankbarkeit; versah er doch Laura mit einem Grund, sich der Unterschrift zu widersetzen, gegen den es keinen Einwand gab, und den wir Beide überdies voll verstehen konnten. Der Bote war, während ich las, wartend in meiner Nähe stehen geblieben, um, sobald ich fertig sein würde, weitere Anweisungen entgegenzunehmen.

»Wollen Sie, bitte, so freundlich sein und ausrichten, daß ich den Brief verstehe und sehr dankbar dafür bin?« sagte ich. »Eine andere Antwort ist im Augenblick nicht nötig.«
In genau demselben Augenblick, als ich, den offenen Brief in der Hand, diese Worte sprach, kam Conte Fosco aus Richtung Chaussee her um die Wegbiegung und stand, wie aus dem Boden gewachsen, vor mir.
Dieses sein plötzliches Auftauchen auf eben dem Fleck, wo ich ihn so ziemlich am letzten zu erscheinen erwartet hatte, überrumpelte mich total. Der Bote wünschte mir einen ›Guten Tag‹ und stieg wieder in seine Droschke – ich konnte kein Wort erwidern; ich war nicht einmal imstande, ihm mit einem Kopfneigen zu danken. Das Bewußtsein, daß ich ertappt war – und ausgerechnet von diesem Mann wieder! – hatte mich buchstäblich versteinert.
»Gehen Sie etwa wieder zum Hause zurück, Fräulein Halcombe?« erkundigte er sich, ohne seinerseits die geringste Überraschung an den Tag zu legen; ja, ohne auch nur einen Blick nach der Droschke zu richten, die, während er mich anredete, davon fuhr.
Ich nahm mich soweit zusammen, um ein Zeichen der Bejahung machen zu können.
»Auch ich bin im Begriff zurückzugehen,« sagte er. »Bitte, erlauben Sie mir das Vergnügen, Sie zu begleiten. Wollen Sie meinen Arm nehmen? Sie schauen so überrascht drein bei meinem Anblick!«
Ich nahm seinen Arm. Der erste Gedanke, der mir wieder deutlich zum Bewußtsein kam, war der Gedanke, der mich mahnte, lieber wer weiß was zu opfern, als mir ihn zum Feinde zu machen.
»Sie schauen so überrascht drein bei meinem Anblick!« wiederholte er in seiner ruhig-hartnäckigen Art.
»Ich dachte, Conte, ich hätte Sie und Ihre Vögel im Frühstückszimmer gehört,« entgegnete ich, so ruhig und fest, wie mir möglich war.
»Gewiß. Aber meine kleinen gefiederten Kinder, teure Dame, sind nur zu sehr wie andere Kinder auch. Sie haben ihre launischen Tage, und heute Morgen war anscheinend einer davon. Als ich sie wieder zurück in ihren Käfig beförderte, kam meine Frau herein, und teilte mir mit, als sie auseinandergingen, seien Sie eben im Begriff gewesen, einen Spaziergang zu unternehmen. Sie haben es ihr doch selbst gesagt, ja?«

»Sicher.«
»Sehen Sie, Fräulein Halcombe: da war das Vergnügen, Sie begleiten zu dürfen, eine allzugroße Versuchung für mich, als daß ich hätte widerstehen können. In meinem Alter darf man dergleichen Geständnis ja wohl ungescheut ablegen, wie? Ich griff nach meinem Hut und marschierte los, um mich Ihnen zum Begleiter anzubieten. Selbst ein so fetter alter Mann wie Fosco ist doch bestimmt besser, als überhaupt kein Begleiter? Ich schlug den falschen Weg ein – drehte verzweifelt wieder um – und bin nun hier, angelangt (darf ich es aussprechen?) auf dem Gipfel meiner Wünsche.«
Und er fuhr fort, mir ein Kompliment nach dem andern zu machen, mit einer Geläufigkeit, die mich jedweder anderen Anstrengung überhob, ausgenommen der, meine Fassung zu behaupten. Er spielte nie auch nur im entferntesten darauf an, was er auf dem Zufahrtsweg erblickt hatte, oder auf den Brief, den ich immer noch in der Hand hielt. Diese seine ominöse Diskretion bestärkte mich in meiner Überzeugung, daß er sich, und zwar durch die niedrigsten Machenschaften, in den Besitz des Geheimnisses meiner Verwendung für Laura bei ihrem Anwalt gesetzt haben müsse; und daß er, nun da er sich der privaten Art und Weise, in der ich die Antwort erhielt, versichert hatte, genug für seine Absichten entdeckt habe, und nur noch darauf bedacht sei, den Argwohn, der, wie er wußte, bei mir erregt worden sein müsse, zu beschwichtigen. Ich war bei so bewandten Umständen klug genug, nicht erst den Versuch zu machen, ihn durch Scheinerklärungen zu täuschen; und Frau genug, um, meiner Furcht vor ihm ungeachtet, das Gefühl zu haben, daß meine Hand durch das bloße Liegen auf seinem Arm befleckt würde.
Auf der Auffahrt vor dem Hause sahen wir, wie gerade der Dogcart nach hinten, zu den Ställen gefahren wurde – Sir Percival war eben zurückgekehrt. Er schien uns erwartet zu haben und trat aus der Haustür. Was für Ergebnisse seine Reise auch ansonsten gezeitigt haben mochte, seine gereizte Laune war dadurch jedenfalls nicht besser geworden.
»Oh! Hier kommen wenigstens Zwei von Euch zurück,« sagte er finsteren Gesichts. »Was soll das bedeuten, das Haus derart allein zu lassen? Wo ist Lady Glyde?«
Ich sagte ihm von dem Verlust der Brosche, und fügte hinzu, daß Laura in die Baumpflanzung gegangen wäre, um sich danach umzusehen.

»Brosche hin, Brosche her,« knurrte er übellaunig, »ich empfehle ihr lieber, das Rendezvous in der Bibliothek heut Nachmittag nicht zu vergessen! In einer halben Stunde erwarte ich, sie zu sehen.«
Ich löste meine Hand aus dem Arm des Conte, und stieg langsam die Stufen hinauf. Er beehrte mich noch mit einer seiner pompösen Verbeugungen, und wandte sich dann heiter an den finsterblickenden Herrn des Hauses.
»Nun, Percival,« sagte er, »hast Du eine angenehme Fahrt gehabt? Und ist Deine hübsche, glatte ›Brown Molly‹ sehr müde wiedergekommen?«
»Brown Molly soll sich hängen lassen – und meine ganze Fahrt dito! Ich will meinen Lunch.«
»Und ich möchte mich vorher 5 Minuten mit Dir unterhalten, Percival,« gab der Conte zurück. »5 Minuten, mein Freund, gleich hier auf dem Rasen.«
»Worum handelt sich's?«
»Etwas Geschäftliches, das Dich sehr nahe angeht.«
Ich verweilte mich lange genug beim Durchgang durch die Haustür, um dieses Frage- und Antwort-Spiel noch zu vernehmen, und zu sehen, wie Sir Percival in mürrischem Zögern die Hände in die Taschen schob.
»Falls Du mich wieder mit einem von Deinen verdammten Skrupeln zu plagen gedenkst,« sagte er, »diesmal hör' ich ihn mir gar nicht erst an. – Ich will meinen Lunch.«
»Komm nur mit hinaus hier, und hör' mich an,« wiederholte der Conte; wie immer völlig ungerührt auch von der rüdesten Sprechweise, deren sein Freund sich ihm gegenüber bedienen mochte.
Sir Percival stieg die Stufen hinab. Der Conte faßte ihn beim Arm, und führte ihn sacht mit sich fort. Das ›Geschäftliche‹, dessen war ich mir sicher, würde sich auf die Frage der Unterschriftsleistung beziehen. Zweifellos würden sie von mir und Laura sprechen. Mir war ganz schlecht und elend vor lauter Angst. Konnte es doch von der äußersten Wichtigkeit für uns Beide sein, was Jene jetzt, in diesem Augenblick, miteinander besprachen; und keine Möglichkeit bestand, daß auch nur ein Wörtlein davon mein Ohr erreichte!
Ich irrte durchs ganze Haus, aus einem Zimmer ins andere, mit dem Brief des Anwalts im Busen (ich war allmählich so weit, daß ich ihn selbst unter Schloß und Riegel nicht für sicher hielt!), bis die bedrückende Ungewißheit mich halb wahnsinnig gemacht hatte. Kein

Zeichen von Lauras Rückkehr ließ sich erblicken, und ich dachte schon daran, hinaus und ihr entgegen zu gehen. Aber meine Kraft war von den Sorgen und Anstrengungen des heutigen Morgens so erschöpft, und die Schwüle des Tages überwältigte mich noch zusätzlich derart, daß ich mich, nach einem Versuch, die Tür zu erreichen, gezwungen sah, ins Wohnzimmer zurückzukehren, und mich dort auf das erste beste Sofa zu legen, um mich nur zu erholen.

Ich war gerade dabei, etwas ruhiger zu werden, als die Tür sich sachte öffnete und der Conte hereinschaute.

»Tausendmal um Verzeihung, Fräulein Halcombe,« sagte er; »ich wage Sie lediglich deshalb zu stören, weil ich gute Nachrichten bringe. Percival – der, Sie wissen es, in jeder Hinsicht launisch ist – hat es in letzter Minute für angemessen erachtet, seinen Sinn zu ändern, und die Unterschriftsangelegenheit ist zunächst vom Programm abgesetzt. Eine große Erleichterung für uns Alle, Fräulein Halcombe, wie ich mit Vergnügen an Ihrem Gesicht erkenne. Bitte, übermitteln Sie doch gleichzeitig meine Hochachtung und beste Glückwünsche, wenn Sie Lady Glyde von dieser erfreulichen Wandlung der Dinge unterrichten.«

Er war verschwunden, ehe ich mich von meinem Erstaunen erholt hatte. Es konnte kein Zweifel darüber bestehen, daß diese außerordentliche Sinnesänderung in Bezug auf die Unterschrift seinem Einfluß zuzuschreiben war; und daß seine Entdeckung, wie ich mich gestern an London gewendet und heute die Antwort darauf erhalten hatte, es war, die ihm die Mittel anhand gegeben hatte, mit sicherem Erfolg einzugreifen.

Ich empfand diese Gedankengänge wohl; aber mein Geist schien die Erschlaffung meines Körpers zu teilen, und ich fühlte mich einfach nicht in der Lage, sie auf irgendwelche fruchtbaren Nutzanwendungen hinsichtlich der unsicheren Gegenwart oder der drohenden Zukunft bis zuende zu durchdenken. Ich versuchte ein zweitesmal, nach draußen zu entrinnen und Laura aufzufinden; aber mir schwankte der Kopf und meine Knie zitterten förmlich unter mir. Mir blieb keine andere Wahl, als meinen Vorsatz erneut aufzugeben, und wiederum, ganz gegen meinen Willen, auf jenes Sofa zurückzukehren.

Die Stille, die im ganzen Hause herrschte, und das leise sommerliche Gesumse und Gemurmel der Insekten vor den offenen Fenstern draußen, beruhigte mich nach und nach. Meine Augen schlossen sich von selbst, und ich dämmerte Schritt um Schritt in einen seltsamen Zustand hinüber, der nicht Wachen war (denn ich wußte nicht, was um mich her vorging) und nicht Schlafen (denn ich war mir bewußt, daß ich lag und ruhte). Während mein übermüdeter Leib dergestalt ausruhte, löste sich mein fieberhaft überreizter Geist gleichsam von ihm ab, und wie in einem Trancezustand oder einem Tagtraum meiner gaukelnden Fantasie – ich weiß selbst nicht, wie ich es nennen soll – sah ich Walter Hartright. Ich hatte seit heute Früh, seit dem Aufstehen, nicht an ihn gedacht – auch Laura hatte nicht ein Wort geäußert, das direkt oder indirekt auf ihn hingedeutet hätte – und dennoch erblickte ich ihn nun so deutlich, wie wenn vergangene Zeiten zurückgekehrt, und wir Beide wieder in Limmeridge-Haus beieinander wären.

Er erschien mir, wie ein Mann inmitten Vieler, von deren Gesichtern ich jedoch keines deutlich unterscheiden konnte; aber Alle lagen sie auf den Stufen einer ungeheuren Tempelruine. Tropische Baumriesen – ihre Stämme von endlos-üppigen Schlingpflanzen umwunden, mit Blättern, Stengeln und Astwerk durch das hier und da steinerne Götzenbilder schimmerten und widerlich grinsten – umstanden den Tempel und verdeckten den Himmel und warfen einen schlimmen Schatten über das verlorene Häuflein Männer auf den Stufen. Weißlockige Dämpfe schlängelten sich verstohlen aus dem Grund empor, näherten sich den Männern wie Rauchgirlanden, rührten sie an, und streckten sie tot zu Boden, Einen nach dem Andern, auf dem Fleck wo sie lagen. Im Überschwang des Mitleides und der Angst um Walter löste sich mir die Zunge, und ich beschwor ihn, sich zu retten: »Komm zurück! Komm zurück!« sagte ich, »gedenke Deines *ihr und mir* gegebenen Versprechens. Komm zurück zu uns, bevor die Seuche auch Dich erfaßt, und, wie die Übrigen, tot zu Boden streckt!«

Er sah mich an mit einem Gesicht, über dem unirdische Ruhe lag. »Warte,« sagte er. »Ich werde zurückkehren. Jene Nacht, als ich die verlaufene Frau auf der Landstraße traf, war die Nacht, die mein Leben zum Werkzeug einer Bestimmung machte, die unsere Augen noch nicht sehen. Ob hier, verloren in der Wildnis; ob dort, bewillkommnet im Vaterlande: immer wandre ich weiter auf der dunklen Straße, die mich und Dich und die Schwester, die wir Beide lieben, der unbekannten Vergeltung entgegenführt und dem unausweich-

lichen Ende. Warte und sieh. Die Seuche, die die Übrigen befällt, wird an *mir* vorübergehen.« –
Zum zweiten Mal sah ich ihn. Noch immer war er im tiefen Forst und die Zahl seiner verlornen Begleiter auf einige Wenige zusammengeschrumpft. Der Tempel war fort; die Götzenbilder verschwunden – an ihrer Statt lauerten die Schattengestalten zwergiger Männer zwischen den Stämmen, den Bogen in der Hand, den mörderischen Pfeil auf der Sehne. Wiederum überkam mich Angst wegen Walter, und ich tat einen Warnruf. Und wieder drehte er mir sein Gesicht zu, über dem die unerschütterliche Ruhe lag.
»Nur ein weiterer Schritt auf der dunklen Straße,« sagte er. »Warte und sieh: Die Pfeile, die die Übrigen treffen, werden *mich* verschonen.« –
Zum dritten Mal sah ich ihn, im Wrack eines Schiffes, gestrandet an einer wilden, sandigen Küste. Überladene Boote strebten hastig dem Lande zu, und ihn allein hatte man auf dem, dem Untergang geweihten Schiff zurückgelassen. Ich schrie ihm zu: doch das hinterste der Boote anzurufen, und eine letzte Anstrengung zu seiner Rettung zu unternehmen! Als Antwort richtete sich das gefaßte Gesicht zu mir her, und die unbewegte Stimme gab mir die immergleiche Antwort zurück: »Wieder ein Schritt weiter auf der Reise: Warte und sieh: Das Meer, das die Übrigen ertränkt, wird *mich* verschonen.«
Ein letztes Mal erblickte ich ihn. Er kniete neben einem Grabmal aus weißem Marmor; aus dem Grunde darunter stieg der Schatten eines verschleierten Weibes auf und wartete ihm zur Seite. Die unirdische Ruhe auf seinem Gesicht war dem Ausdruck eines unirdischen Grames gewichen; die schreckliche Bestimmtheit seiner Rede jedoch die gleiche geblieben. »Dunkler, immer dunkler,« sagte er; »weiter, und immer noch weiter. Die Guten, die Schönen, die Jungen, sie Alle nimmt der Tod – *mich* verschont er. Die verzehrende Seuche, der durchbohrende Pfeil, die ertränkende See, das Grab, das sich schließt über Liebe und Hoffen – alle sind sie Schritte auf meiner Reise; alle führen sie mich näher und näher dem Ende entgegen.«
Mir brach das Herz vor einer Furcht, die keinen Namen hat, vor einem Gram, zu überwältigend für Tränen. Dann schloß sich die Dunkelheit um den Pilgersmann am Marmorstein – schloß sich um

die verschleierte Frau aus dem Grabe – schloß sich auch um die Träumerin, die auf die Beiden hinschaute – ich sah und hörte nichts weiter. –

Aufgerüttelt wurde ich von einer Hand, die auf meiner Schulter lag. Sie gehörte Laura.

Sie war neben meinem Sofa auf die Knie gefallen. Ihr Gesicht war gerötet und aufgeregt, und ihre Augen suchten auf eine bestürzte, verwilderte Art die meinen. Ich fuhr auf, im Augenblick als ich sie sah.

»Was ist denn los?« fragte ich. »Was hat Dich erschreckt?«

Sie warf erst einen Blick nach der halb offenstehenden Tür hinter sich; legte dann ihre Lippen dicht an mein Ohr, und antwortete im Flüsterton: »Marian! – die Gestalt am See – die Schritte gestern Abend – ich hab' sie eben gesehen! Hab' eben mit ihr gesprochen!«

»Wen denn, um Himmelswillen?.«

»Anne Catherick.«

Die Verstörtheit in Lauras Antlitz und Gebaren hatte mich derart aufgeregt, und die erste wache Erinnerung an meinen Traum mich so bestürzt gemacht, daß ich einfach nicht fähig war, das Offenbarungslicht zu ertragen, das über mich hereinbrach, als ihre Lippen diesen Namen nannten. Ich vermochte gerade nur wie in den Boden gewurzelt stehen zu bleiben, und sie in atemlosem Schweigen anzugaffen.

Sie war von dem Geschehenen noch viel zu erfüllt, als daß sie die Wirkung, die ihre Auskunft bei mir hervorgebracht hatte, beachtet hätte. »Ich hab' Anne Catherick gesehen! Ich hab' mit Anne Catherick gesprochen!« wiederholte sie ein über's anderemal, wie wenn ich sie nicht verstanden gehabt hätte. »Ach, Marian, hab' ich Dir Sachen zu erzählen! Komm mit fort – hier könnten wir gestört werden – komm sofort mit in mein Zimmer.«

Bei diesen Worten griff sie eifrig nach meiner Hand, und führte mich durch die Bibliothek hindurch und weiter im Erdgeschoß den ganzen Korridor entlang, an dessen äußerstem Ende ein Zimmer zu ihrem eigenen speziellen Gebrauch hergerichtet worden war. Kein Dritter – ihre Zofe höchstens ausgenommen – hätte uns hier ohne plausible Entschuldigung überraschen können. Sie schob mich vor sich her hinein, schloß die Tür ab, und zog die Portieren aus buntem Zitz, die innen davor hingen, fest zusammen.

Noch immer beherrschte mich das merkwürdige, wie benommene Gefühl, das von mir Besitz ergriffen hatte. Aber eine wachsende Überzeugung, daß die Verwicklungen, die schon seit langem gedroht hatten, sich um sie und auch mich zusammenzuziehen, nunmehr rasch und plötzlich über uns Beide hereinbrächen, begann jetzt doch meinen Geist langsam zu durchdringen. In Worten hätte ich es nicht ausdrücken können – vermochte ich es mir doch kaum in meinen eigenen Gedanken leidlich deutlich zu machen. »Anne Catherick!« flüsterte ich vor mich hin, in nutz- und hülfloser Wiederholung – »Anne Catherick!«

Laura zog mich nieder auf die erstbeste Sitzgelegenheit, eine Ottomane, die mitten im Zimmer stand. »Hier!« sagte sie: »Schau her!« – und zeigte dabei auf ihre Kleidbrust.

Jetzt erst sah ich, daß die verlorengegangene Brosche wieder an ihrem alten Platz angesteckt war. Ihr Anblick gab mir ein gewisses Realitätsgefühl wieder, und mein anschließendes Hinfassen mit der Hand desgleichen, wodurch sich die Verworrenheit und das Durcheinander meiner Gedanken etwas zu legen schien, und das mir half, mich einigermaßen zu fassen.

»Wo hast Du Deine Brosche wiedergefunden?«, waren meine ersten Worte, die ich an sie zu richten vermochte – in einem so bedeutsamen Augenblick solche Worte und eine so triviale Frage!

»*Sie* hat sie gefunden, Marian.«

»Wo?«

»Auf der Erde, im Bootshaus. – Oh, wo soll ich bloß beginnen, wie Dich davon unterrichten! Sie hat derart seltsam zu mir gesprochen – hat so furchtbar krank ausgesehen – hat mich so plötzlich wieder allein gelassen –!«

Ihre Stimme wurde lauter, während der Tumult der Erinnerungen dergestalt ihr Gemüt bedrückte. Das tiefgewurzelte Mißtrauen, das in diesem Hause Tag und Nacht auf meinen Lebensgeistern lastet, bewog mich sogleich, sie zu warnen – gerade wie, den Augenblick zuvor, der Anblick der Brosche mich bewogen hatte, sie zu befragen.

»Sprich leise,« sagte ich. »Das Fenster steht offen, und der Gartenpfad läuft genau darunter entlang. Fang ganz von vorne an, Laura. Erzähl mir Wort für Wort, was zwischen jener Frau und Dir vorgegangen ist.«

»Soll ich etwa das Fenster zumachen?«

»Nein; nur leise sprechen — nur immer daran denken, daß ›Anne Catherick‹ ein gefährliches Thema unter dem Dach Deines Mannes darstellt. Wo hast Du sie zuerst gesehen?«

»Im Bootshaus, Marian. — Ich bin, wie Du weißt, losgegangen, um meine Brosche wiederzufinden; und zwar den Weg durch die Schonungen, wobei ich bei jedem Schritt sorgfältig nach unten auf die Erde geschaut habe. Auf diese Weise bin ich endlich, nach einer beträchtlichen Zeit, beim Bootshaus angelangt; und sobald ich drinnen war, hab' ich mich hingekniet, um den Boden ganz genau zu mustern. Ich war so, den Rücken zur Tür gekehrt, mitten im besten Suchen, als ich eine sanfte unbekannte Stimme hinter mir sagen hörte: ›Fräulein Fairlie —‹.«

»Fräulein Fairlie?!«

»Ja; meinen Mädchennamen — den lieben, vertrauten Namen, von dem ich mich schon auf ewig geschieden gewähnt hatte. Ich fuhr hoch — nicht vor Schreck; die Stimme war viel zu sanft und gut, um Irgendjemand zu erschrecken — aber weil ich so überrascht war. Dort, in der Türöffnung, stand eine Frau, deren Gesicht ich mich nicht erinnern konnte, vorher jemals schon gesehen zu haben, und blickte zu mir her. —«

»Wie ging sie angezogen?«

»Sie hatte ein sauberes, hübsches weißes Gewand an, und darüber ein ärmliches, abgetragenes, dünnes-dunkles Schultertuch. Ihr Hut war aus braunem Stroh, und genau so ärmlich und abgetragen wie das Tuch. Ich war ob des Unterschiedes zwischen dem Gewand und ihrer übrigen Kleidung ganz betroffen, und sie merkte, daß es mir auffiel. ›Nicht meinen Hut und Tuch ansehen,‹ sagte sie, in einer ganz raschen, wie atemlosen Sprechweise; ›wenn ich nicht Weiß tragen darf, ist es mir ganz einerlei, was ich trage. Mein Kleid dürfen Sie ansehen, solange Sie mögen — dessen brauche ich mich nicht zu schämen.‹ Ganz komisch, nicht? Ehe ich noch etwas sagen konnte, um sie zu begütigen, streckte sie auch schon die eine ihrer Hände aus, und ich sah meine Brosche darin liegen. Ich war so erfreut und so dankbar, daß ich ganz dicht zu ihr hin trat, um diesen Gefühlen Ausdruck zu verleihen. ›Sind Sie dankbar genug, um mir einen ganz kleinen Gefallen zu erweisen?‹ fragte sie. ›Ja; sicher,‹ antwortete ich, ›ich werde mich freuen, Ihnen jeglichen Gefallen, der in meiner Macht steht, erweisen zu können.‹ ›Dann lassen Sie sich Ihre Brosche, jetzt wo ich sie gefunden habe, von mir anstecken.‹ Ihr Ansinnen kam mir so unerwartet, Marian, und sie hatte es mit so ungewöhnlichem Eifer vorgebracht, daß ich unwillkürlich ein oder zwei Schritte zurückwich, und gar nicht wußte, was ich tun sollte. ›Ach!‹ sagte sie, ›Ihre Mutter hätte mich die Brosche anstecken lassen.‹ In Ihren Worten und Blicken, wie auch, daß sie meiner Mutter auf so anklagende Weise erwähnte, lag etwas, das mich meines Mißtrauens schämen machte. Ich griff nach ihrer Hand mit der Brosche darin, und führte ihre Finger selbst sacht an meine Kleidbrust. ›Sie haben meine Mutter gekannt?‹ sagte ich. ›Ist es sehr lange her? Und habe ich Sie früher ebenfalls schon gesehen?‹. Ihre Hände waren emsig damit beschäftigt, die Brosche zu befestigen; jetzt hielt sie inne, und drückte sie leicht an meine Brust. ›Erinnern Sie sich nicht mehr an den schönen Frühlingstag in Limmeridge?‹ fragte sie, ›wie Ihre Mutter den Weg entlang geht, der zur Schule führt; an jeder Seite ein kleines Mädchen? Ich hab' seitdem nichts mehr gehabt, an das ich hätte denken können, und *ich* kann mich daran erinnern: *Sie* waren das eine dieser kleinen Mädchen, und *ich* war das andere. Das hübsche, aufgeweckte Fräulein Fairlie, und die arme beschränkte Anne Catherick – damals waren sie einander näher, als sie es jetzt sind!‹ –«

»Konntest Du Dich, nun, nachdem sie ihren Namen genannt hatte, an sie erinnern, Laura?«

»Ja; ich entsann mich, wie Du mich einmal in Limmeridge nach Anne Catherick gefragt, und dazu gesagt hattest, man hätte sie und mich einmal für einander ähnlich gehalten.«

»Wieso hast Du Dich daran wieder erinnert, Laura?«

»*Sie* hat mich daran erinnert. Während ich sie mir so ansah, während sie mir so sehr nahe war, überkam es mich plötzlich, daß wir einander eigentlich ganz gleich wären! Ihr Gesicht war zwar blaß und hager und erschöpft – aber sein Anblick gab mir auf einmal einen Ruck, wie wenn es der Widerschein meines eigenen Gesichtes im Spiegel, etwa nach einer langen Krankheit, wäre. Diese Entdekkung – warum weiß ich nicht – verursachte mir einen derartigen Schock, daß ich für den Augenblick vollständig unfähig war, weiter mit ihr zu reden.«

»Schien sie durch Dein Schweigen irgend verletzt zu sein?«

»Ich fürchte fast, sie war darob verletzt. ›Sie haben nicht das Gesicht Ihrer Mutter mitbekommen,‹ sagte sie, ›und auch nicht das Herz Ihrer Mutter. Das Gesicht Ihrer Mutter war ganz brünett;

und das Herz Ihrer Mutter, Fräulein Fairlie, war das Herz eines Engels.‹ ›Ich hege bestimmt freundliche Gefühle Ihnen gegenüber,‹ sagte ich, ›obgleich ich vielleicht nicht fähig bin, ihnen angemessenen Ausdruck zu verleihen. Aber warum nennen Sie mich immer Fräulein Fairlie —?‹ ›Weil ich den Namen Fairlie liebe, und den Namen Glyde hasse!‹ stieß sie mit Heftigkeit hervor. Zuvor hatte ich ihr nichts von Wahnsinn angemerkt; aber jetzt bildete ich mir ein, ich könnte ihn in ihren Augen lesen. ›Ich hab' doch nur gedacht, Sie wüßten vielleicht nicht, daß ich verheiratet wäre,‹ sagte ich, indem mir der verworrene Brief einfiel, den sie mir nach Limmeridge geschrieben hatte, und ich sie zu beruhigen versuchen wollte. Sie seufzte bitterlich und wandte sich ab von mir. ›Nicht wissen, daß Sie verheiratet wären?‹ wiederholte sie: ›Ich bin hier, *weil* Sie verheiratet sind. Bin hier, um Ihnen Genugtuung zu leisten, bevor ich Ihrer Mutter gegenübertrete, in jener Welt, die jenseits des Grabes ist.‹ Dabei rückte sie weiter und weiter von mir ab, bis sie ganz aus dem Bootshaus hinaus war, und sah sich um und lauschte eine kleine Weile. Als sie sich dann umwandte, um ihre Rede erneut zu beginnen, blieb sie, anstatt wieder herein zu kommen, stehen wo sie war; das heißt, die Hände an je einem der Eingangspfosten, den Blick nach innen zu gerichtet. ›Haben Sie mich vergangenen Abend am See gesehen?‹ fragte sie. ›Haben Sie gehört, wie ich Ihnen durch den Wald gefolgt bin? Seit Tagen schon warte ich darauf, Sie allein sprechen zu können — habe die einzige Freundin, die ich auf der ganzen Welt besitze, ängstlich und besorgt wegen mir dahinten gelassen — habe riskiert, erneut ins Irrenhaus eingesperrt zu werden — und Alles um Ihretwillen, Fräulein Fairlie; Alles um Ihretwillen.‹ Ihre Worte schreckten mich auf, Marian; und dennoch war in der Art wie sie sprach auch wiederum etwas, das mich sie von ganzem Herzen bemitleiden machte. Ich bin mir sicher, daß dieses Mitleid echt gewesen sein muß; denn es machte mich kühn genug, das arme Geschöpf aufzufordern, doch ins Bootshaus herein zu kommen und sich neben mich hin zu setzen.«

»Hat sie das getan?«

»Nein. Sie schüttelte den Kopf und informierte mich: sie müsse bleiben, wie und wo sie sei, und spähen und lauschen, daß kein unberufener Dritter uns überrasche. Und so hat sie, von da an bis zuletzt, am Eingang gestanden, in jeder Hand einen Türpfosten; hat sich zuweilen plötzlich hereingebogen, um mit mir zu sprechen; und manchmal wieder, ebenso plötzlich, nach rückwärts gelehnt, um einen Blick in die Runde zu werfen. ›Ich bin gestern hier gewesen,‹ sagte sie, ›ehe es finster wurde, und habe Sie und die Dame, die mit Ihnen war, miteinander sprechen hören. Ich hörte, wie Sie von Ihrem Mann erzählten. Ich hörte Sie sagen, wie Sie keinen Einfluß besäßen, ihn zu bewegen, daß er Ihnen glaube; und auch keinen Einfluß, ihn zum Schweigen zu bringen. Ach, ich wußte gleich, was diese Worte bedeuteten — mein Gewissen sagte es mir, noch während ich zuhörte — wie konnte ich Sie ihn nur heiraten lassen! Oh, meine Angst — meine irre, erbärmliche, elendigliche Angst! —‹. Sie verbarg ihr Gesicht in dem ärmlichen, abgetragenen Tuch, und stöhnte und murmelte dahinter mit sich selbst. Ich fing an zu fürchten, sie könnte sich irgendeiner schrecklichen Verzweiflung überlassen, deren dann weder sie noch ich Herr zu werden vermöchten. ›Versuchen Sie sich doch zu beruhigen,‹ sagte ich; ›versuchen Sie, mir zu erklären, wie Sie meine Heirat hätten verhindern können?‹. Sie machte ihr Gesicht aus dem Schal frei, und sah mich gedankenlos an. ›Ich hätte Mut genug aufbringen müssen, in Limmeridge zu bleiben,‹ antwortete sie dann; ›hätte mich nie von der bloßen Nachricht von seinem Eintreffen fortschrecken lassen dürfen. Warnen hätte ich Sie müssen und retten, ehe es zu spät war. Warum brachte ich nur den Mut auf, Ihnen jenen Brief zu schreiben? Warum hab' ich nur Schaden angerichtet, wo ich doch wünschte und vorhatte Gutes zu tun? Oh, meine Angst — meine irre, erbärmliche, elendigliche Angst!‹. Erneut wiederholte sie diese Worte; und barg erneut das Gesicht in einem Ende ihres ärmlichen abgetragenen Schultertuchs. Es war schrecklich, sie anzusehen, und schrecklich, sie anzuhören.«

»Du hast sie doch sicher gefragt, Laura, worum es sich bei der Angst, auf der sie so eindringlich verweilte, eigentlich handele?«

»Ja, das hab' ich gefragt.«

»Und was hat sie geantwortet?«

»Sie hat zurückgefragt: ob *ich* mich vielleicht nicht vor einem Mann fürchten würde, der mich ins Irrenhaus gesperrt hat, und der mich sofort wieder einsperren würde, wenn er könnte?! Darauf ich: ›Sie haben immer noch Angst deswegen? Sie wären aber doch sicher nicht hier, wenn Sie jetzt, im Augenblick, Angst verspürten?‹ ›Nein,‹ erwiderte sie; ›jetzt im Augenblick hab' ich keine Angst.‹ Ich fragte, wieso nicht. Sie beugte sich wieder jäh vor ins Bootshaus, und sagte: ›Können Sie nicht raten, wieso?‹. Ich schüttelte den Kopf. ›Sehen

Sie mich doch an,‹ fuhr sie fort. Ich sagte ihr, es mache mir Kummer, zu sehen, daß sie sehr vergrämt und auch sehr krank aussähe. Sie lächelte zum ersten Male: ›Krank?‹ wiederholte sie; ›Eine Sterbende bin ich — da wissen Sie, wieso ich jetzt keine Angst mehr vor ihm habe. Meinen Sie, daß ich Ihrer Mutter im Himmel begegnen werde? Ob Sie mir wohl vergibt, wenn ich es noch tue?‹. Ich war derart bestürzt und außer Fassung, daß ich nichts zu erwidern vermochte. ›Ich hab immerfort daran denken müssen,‹ redete sie weiter, ›die ganze Zeit, wo ich mich vor Ihrem Manne versteckt gehalten, die ganze Zeit, wo ich krank gelegen habe. Meine Gedanken haben mich hierher getrieben — ich will Genugtuung leisten — will den Schaden, den ich einstmals angerichtet habe, wieder gut machen, soweit ich kann.‹ Ich ersuchte sie, so eindringlich ich nur vermochte, mir zu erklären, was sie meine. Sie schaute mich immer noch aus starren leeren Augen an. ›*Soll* ich den Schaden wieder gut machen?‹ sagte sie wie zweifelnd zu sich selbst. ›Sie haben Freunde, Ihre Partei zu ergreifen. Wenn *Sie* sein Geheimnis wissen, wird er Angst vor Ihnen haben; Sie wird er nicht zu traktieren wagen, wie er es mit mir getan hat. Sie muß er, sobald er Angst vor Ihnen und Ihren Freunden hat, um seiner selbst willen gnädig behandeln. Und wenn er Sie dann gnädig behandelte, und ich sagen könnte, das wäre mein Verdienst —‹ Ich lauschte begierig nach mehr; aber mitten im Wort brach sie ab.«

»Du hast doch versucht, sie zum Weiterreden zu bewegen?«

»Versucht hab' ich's; aber sie wandte sich einzig erneut weg von mir, legte die Arme an die Wand des Bootshauses und drückte das Gesicht hinein. ›Oh!‹ hörte ich sie sagen, mit einer fürchterlichen, zerrütteten Zärtlichkeit in ihrer Stimme: ›oh, wenn ich doch nur bei Ihrer Mutter begraben werden könnte! An ihrer Seite erwachen dürfte, wenn dann die Trompete des Engels ertönt, und die Gräber ihre Toten wiedergeben am Tage der Auferstehung!‹ — Also, Marian: ich hab' gezittert von Kopf bis Fuß! — es war schrecklich, ihr zuzuhören. ›Aber dazu ist keine Hoffnung,‹ sagte sie, und bewegte sich ein bißchen, so daß sie mich wieder sehen konnte, ›keine Hoffnung für einen armen Fremdling wie mich. *Ich* werde nicht unter dem Marmorkreuz ruhen, das ich mit meinen eigenen Händen abgewaschen und um ihretwillen so rein und weiß gemacht habe. Oh nein! Oh nein! Gottes Gnade, nicht die der Menschen, wird mich zu ihr nehmen; dahin, wo der Böse nicht mehr schaden, und der Müde ausruhn kann.‹ Sie sprach diese Worte ruhig und kummervoll, begleitete sie mit einem tiefen hoffnungslosen Seufzer, und wartete dann ein wenig. Ihr Gesicht wirkte unruhig und verwirrt; sie schien zu denken, beziehungsweise zu versuchen zu denken. ›Was war es doch, was ich zuletzt gesagt hab'?‹ fragte sie nach einer Weile: ›Wenn ich Ihrer Mutter gedenke, ist Alles andere wie verschwunden. Was hab' ich gesagt? Was hab' ich gesagt?‹. Ich erinnerte das arme Wesen daran, so liebevoll und zartfühlend ich nur immer vermochte. ›Ach ja, ja,‹ sagte sie, wieder auf diese leere, gleichsam verblüffte Weise. ›Sie wissen sich mit Ihrem bösen Ehemann nicht zu helfen. Richtig. Und ich muß das tun, was zu tun ich her gekommen bin — muß es Ihnen gegenüber wieder gut machen; weil ich mich gefürchtet habe, zur rechten Stunde frei heraus zu reden.‹ ›Was *ist* es denn, das Sie mir zu sagen haben?‹ fragte ich. ›Das Geheimnis, vor dem Ihr grausamer Mann so Angst hat,‹ antwortete sie. ›Ich habe ihm ein einziges Mal mit dem Geheimnis gedroht, und ihm Schrecken eingejagt: Sie sollen ihm gleichfalls mit dem Geheimnis drohen, und ihm auch Schrecken einjagen.‹ Ihr Gesicht verfinsterte sich, und in ihre Augen trat ein harter, wütender Glanz; sie begann auf eine nichtssagende, bedeutungslose Weise die Hand gegen mich zu schwenken. ›Meine Mutter kennt das Geheimnis,‹ sagte sie. ›Meiner Mutter hat das Geheimnis ihr halbes Leben verdorben. Eines Tages, als ich schon erwachsen war, hat sie *mir* gegenüber etwas geäußert. Und am nächsten Tag, als Ihr Mann —‹«

»Ja! Ja doch! Weiter: Was hat sie Dir von Deinem Manne gesagt?«

»An dieser Stelle, Marian, hat sie sich wieder unterbrochen —«

»Und weiter nichts gesagt?«

»Eifrig gelauscht hat sie. ›Pst!‹ hat sie geflüstert, und immer noch ihre Hand gegen mich geschwenkt. ›Pst!‹ Sie ist aus dem Eingang hinaus und zur Seite getreten, ganz langsam und verstohlen, Schritt für Schritt, bis ich sie, um die Ecke des Bootshauses, aus den Augen verlor.«

»Aber Du bist ihr doch sicher gefolgt?«

»Ja; meine Angst machte mich kühn genug, aufzustehen und ihr zu folgen. Gerade als ich den Eingang erreicht hatte, erschien sie plötzlich wieder um die Ecke des Bootshauses. ›Das Geheimnis,‹ flüsterte ich ihr zu: ›Warten Sie noch und teilen Sie mir das Geheimnis mit!‹. Sie ergriff meinen Arm, und sah mich verstört aus verschreckten Augen an. ›Jetzt nicht‹ sagte sie; ›wir sind nicht allein — man beobachtet uns. Kommen Sie morgen um diese Zeit wieder her – aber allein – denken Sie daran – ganz allein.‹ Sie stieß mich, beinah roh, wieder ins Bootshaus zurück – und weiter hab' ich nichts mehr von ihr gesehen.«

»Oh, Laura-Laura: wieder eine Chance verpaßt! Wenn ich doch nur in Deiner Nähe gewesen wäre; sie hätte uns nicht entkommen sollen. Nach welcher Seite hin ist sie Dir aus den Augen entschwunden?«

»Nach links hin; wo der Wald am dichtesten ist.«

»Bist Du nicht rausgelaufen? Hast Du nicht hinter ihr hergerufen?«

»Wie konnte ich? Ich war doch zu erschrocken, um mich zu bewegen oder zu reden.«

»Aber als Du Dich dann bewegen *konntest* – als Du ins Freie tratest –?«

»Bin ich hierher gerannt, um Dir zu erzählen, was passiert war.«

»Hast du zwischen den Bäumen Irgendjemanden gesehen oder gehört?«

»Nein; mir schien nichts als Ruhe und Schweigen zu herrschen, während ich hindurch eilte.«

Ich wartete erst einen Augenblick und überlegte. Ob es sich bei jenem ›unberufenen Dritten‹, der angeblich bei der Unterredung heimlich hätte anwesend sein können, wohl um etwas Wirkliches gehandelt hatte, oder aber nur um eine Schöpfung von Anne Cathericks aufgeregter Einbildungskraft? Es war unmöglich zu entscheiden. Das einzig sichere Ergebnis war, daß wir, nur um Haaresbreite noch von der Entdeckung getrennt, unsern Zweck neuerlich verfehlt hatten – endgültig und unwiederbringlich verfehlt – es sei denn, Anne Catherick würde ihr Versprechen halten, und morgen wieder beim Bootshaus erscheinen.

»Bist Du Dir ganz sicher, daß Du mir auch Alles mitgeteilt hast, was vorgefallen ist?« forschte ich eindringlich: »Jedes einzelne Wort, das zwischen Euch gewechselt wurde?«

»Ich glaube, ja,« antwortete sie. »Mein Gedächtnis ist zwar nicht mit dem Deinigen zu vergleichen, Marian; aber ich war so tief beeindruckt, so stark interessiert, daß mir diesmal doch wohl nichts von einiger Bedeutung entgangen sein dürfte.«

»Meine beste Laura: wo Anne Catherick im Spiele ist, wird das scheinbar Nebensächlichste von Bedeutung. Denk noch einmal nach.

Ist ihr nicht etwa zufällig eine unbewachte Äußerung entkommen, hinsichtlich des Ortes, wo sie sich zur Zeit aufhält?«

»Keine, deren ich mich zu entsinnen wüßte.«

»Hat sie nichts von einer Begleiterin, einer Freundin erwähnt – einer gewissen Frau Clements?«

»Oh ja, ja! Das hab' ich vergessen. – Sie hat mir erzählt, wie Frau Clements sie unbedingt hätte zum See begleiten und auf sie aufpassen wollen; gebeten und gebettelt hätte sie, sich doch nicht ganz allein in unsere Nähe hier zu wagen.«

»War das alles, was sie von Frau Clements gesagt hat?«

»Ja; das war alles.«

»Sie hat nichts geäußert, bezüglich ihres Zufluchtsortes, nachdem sie Todds Corner verlassen hatte?«

»Nichts – das weiß ich ganz genau.«

»Auch nicht, wo sie in der Zwischenzeit gewohnt hat? Oder welcher Art ihre Krankheit gewesen ist?«

»Nein, Marian; nicht ein Wort. Sag mir doch, oh, bitte sag mir, was Du von alledem hältst? Ich weiß nicht, was ich denken, oder als nächstes unternehmen soll.«

»Unternehmen mußt Du dieses, meine Liebe: Du mußt Eure Verabredung für morgen, beim Bootshaus, aufs sorgfältigste einhalten. Es ist unmöglich, zu entscheiden, was Alles davon abhängen kann, daß Du diese Frau wiedersiehst. Aber Du wirst ein zweites Mal nicht Dir selbst überlassen sein: ich werde Dir in sicherer Entfernung folgen. Sehen soll mich Niemand; aber ich werde mich innerhalb Deiner Rufweite halten, für den Fall, daß irgendetwas passieren sollte. Anne Catherick ist Walter Hartright entkommen, und sie ist *Dir* entkommen – was auch immer geschehen mag: *mir* soll sie nicht entkommen!«

Lauras Augen versuchten aufmerksam in den meinen zu lesen.

»Glaubst Du an dieses ›Geheimnis‹, vor dem mein Mann so Angst haben soll?« fragte sie. »Gesetzt den Fall, Marian, es existierte letztlich doch nur in Anne Cathericks Fantasie? Gesetzt den Fall, sie würde mich nur um lieber alter Erinnerungen willen sehen und mit mir sprechen wollen? Ihr Gehaben war schließlich so seltsam – ich bin zum Schluß ganz irre an ihr geworden. Würdest Du ihr in anderer Hinsicht trauen?«

»Ich traue nur noch dem, Laura, was meine eignen Augen mir über das Benehmen Deines Mannes mitteilen. Ich beurteile Anne Cathe-

ricks Worte nach seinen Handlungen – und da glaube ich denn: es *ist* ein Geheimnis vorhanden.«
Weiter sagte ich nichts; ich erhob mich und schickte mich an, das Zimmer zu verlassen, von Gedanken geplagt, die ich ihr, hätten wir länger miteinander gesprochen, womöglich mitgeteilt hätte, und die zu kennen ihr vielleicht gefährlich gewesen wäre. Über jeglichem neuen Eindruck, wie er sich im Verlauf ihres Berichtes in meinem Gemüt erzeugte, hing als düstere schwere Wolke die Stimmung des schrecklichen Traumes, aus dem sie mich erweckt hatte. Ich spürte die Zeichen einer nahe herbeigekommenen Zukunft mit Schaudern und unaussprechlicher Ehrfurcht, und die Vorstellung einer verborgenen Absicht, in den langen Ketten von Ereignissen, die uns nun zu umschlingen begannen, zwang sich mir auf. Ich gedachte Hartrights – wie ich ihn im Fleische gesehen hatte, als er Abschied nahm; wie ich ihn im Geiste gesehen hatte in meinen Träumen – und auch ich begann jetzt allmählich unsicher zu werden, ob wir nicht doch blindlings einem vorgeplanten und unausweichlichen Endziel zutappten?
Ich ließ Laura allein nach oben gehen, und begab mich meinerseits hinaus, um mich auf den Wegen in Nähe des Hauses umzusehen. Die Umstände, unter denen Anne Catherick sich von ihr trennte, hatten insgeheim das ängstliche Bedürfnis in mir erregt, zu wissen, wie Conte Fosco den Nachmittag heut hinbrächte, und mir auch eine heimliche Unruhe ob der Ergebnisse jener einsamen Reise verursacht, von der Sir Percival erst vor wenigen Stunden zurück gekommen war.
Nachdem ich mich in allen möglichen Richtungen nach ihnen umgesehen und nichts entdeckt hatte, kehrte ich ins Haus zurück, und ging die verschiedenen Zimmer im ganzen Erdgeschoß, eins nach dem anderen, durch – sie waren sämtlich leer. Ich kam wieder in die Halle hinaus, und ging die Treppe hoch, um zu Laura zurückzukehren. Als ich auf meinem Weg den Korridor entlang an Madame Foscos Tür vorbei kam, öffnete sich diese, und ich hielt mich kurz auf, um zu sehen, ob sie mir etwa über den Verbleib ihres Gatten und Sir Percivals Licht geben könne? Oh ja; sie hätte vor mehr als einer Stunde von ihrem Fenster aus die Beiden gesehen. Der Conte hätte mit seiner gewohnten Freundlichkeit aufgeschaut, und ihr, mit seiner üblichen Höflichkeit auch in den kleinsten Dingen ihr gegenüber, hochgerufen, wie er und sein Freund zusammen einen weiten Spaziergang unternähmen.

Einen weiten Spaziergang!? Solange ich die Beiden kannte, hatten sie sich bisher zu solchem Zweck noch niemals zusammengetan. Sir Percival war an keiner Leibesübung außer Reiten interessiert; und der Conte (ausgenommen, wenn er vor lauter Höflichkeit meinen Begleiter machte) war überhaupt an keiner Leibesübung interessiert.

Als ich wieder bei Laura eintraf, fand ich, daß sie sich in meiner Abwesenheit mit dem drohenden Problem der Unterschrift unter das Aktenstück beschäftigt hatte, das wir, vor lauter Interesse an der Diskussion ihrer Unterredung mit Anne Catherick, bisher gänzlich aus den Augen verloren hatten. Ihre ersten Worte, als sie mich sah, drückten ihr Erstaunen über das Ausbleiben der erwarteten Aufforderung aus, zu Sir Percival in die Bibliothek zu kommen.

»Was das anbelangt, kannst Du erstmal etwas aufatmen,« sagte ich. »Im Augenblick zumindest wird weder Deine noch meine Entschlossenheit einer neuen Belastungsprobe ausgesetzt werden. Sir Percival hat seinen Plan geändert – die Frage der Unterschrift ist aufgeschoben.«

»Aufgeschoben?« wiederholte Laura ganz verwundert. »Wer hat Dir das gesagt?«

»Mein Gewährsmann heißt Conte Fosco. Ich glaube, sein Eingreifen ist es, dem wir für die plötzliche Sinnesänderung Deines Gatten verpflichtet sind.«

»Das klingt aber unglaublich, Marian. Wenn der Sinn meiner Unterschrift, wie wir ja vermuten, doch der ist, Sir Percival eine dringend benötigte Geldsumme zu verschaffen – wie kann die Sache da aufgeschoben sein?«

»Ich denke, Laura, daß wir die Mittel an der Hand haben, speziell diesen Zweifel zu beheben. Hast Du das Gespräch zwischen Sir Percival und seinem Anwalt vergessen, das ich abgehört habe, während sie durch die Halle unten gingen?«

»Das nicht; aber ich erinnere mich nicht –«

»Ich ja. – Es handelte sich damals um zwei Möglichkeiten: die eine war Deine Unterschrift unter das Schriftstück; die andere, durch Ausstellung von Dreimonats-Wechseln Zeit zu gewinnen. Zu diesem letzteren Auskunftsmittel hat man sich jetzt augenscheinlich entschlossen, und wir können uns ziemlich sicher in der Hoffnung wiegen, daß wir wenigstens für eine gewisse Zeit unseres Anteils an Sir Percivals Schwierigkeiten enthoben sein dürften.«

»Oh, Marian – es klingt fast zu schön, um wahr zu sein!«
»Tatsächlich, Liebste? Es ist noch gar nicht so lange her, daß Du mir ein Kompliment ob meines verläßlichen Gedächtnisses gemacht hast, obwohl Du jetzt wieder daran zu zweifeln scheinst. Ich hol' mal mein Tagebuch, und Du kannst selber sehen, ob ich recht oder unrecht habe.«
Ich ging sogleich und holte das Buch.
Als wir die Eintragung nachlasen, die von dem Besuch jenes Anwalts handelte, fanden wir, daß meine Erinnerung an die beiden damals angedeuteten Möglichkeiten völlig korrekt war. Es war Lauras Gemüt eine große Erleichterung, und meinem schier nicht minder, bestätigt zu finden, daß mir mein Gedächtnis bei diesem Anlaß genau so getreulich gedient hatte, wie sonst auch. Bei der gefährlichen Unsicherheit unserer augenblicklichen Lage ist es schwer zu sagen, was in der Zukunft nicht noch Alles von der Regelmäßigkeit meiner Tagebucheintragungen und der Verläßlichkeit meiner Erinnerungen zu dem Zeitpunkt, wo ich sie vornehme, abhängen kann.
Lauras Gesicht und Gebaren ließen mich merken, daß dieser letzterwähnte Gedanke ihr ebenso gekommen war, wie mir selbst. Es ist natürlich nur eine Lappalie, und ich schäme mich fast, sie hier Schwarz auf Weiß niederzulegen – scheint sie doch die Ausweglosigkeit unserer Lage in ein so erbärmlich grelles Licht zu setzen –: aber wir müssen ja tatsächlich sehr wenig haben, auf das wir uns verlassen können, wenn schon die Entdeckung, daß mein Gedächtnis noch verläßlich seinen Dienst tut, von uns so freudig begrüßt wird, wie wenn wir einen ganz neuen Freund ausfindig gemacht hätten!
Das erste Glockenzeichen zum Dinner trennte uns. Gerade als die Glocke verhallt war, kamen Sir Percival und der Conte von ihrem Spaziergang zurück. Wir hörten den Herrn vom Hause die Dienerschaft verwünschen, weil sie sich um 5 Minuten verspätete; und den Gast des Herrn vom Hause, wie üblich, vermittelnd eingreifen, im Interesse von Schicklichkeit und Frieden und Geduld.

* * *

Der Abend ist gekommen, und wieder vergangen. Nichts Außerordentliches hat sich ereignet. Wohl aber habe ich gewisse Eigentümlichkeiten im Benehmen Sir Percivals und des Conte bemerkt, die mich hinsichtlich Anne Cathericks sehr unruhig zu Bette gehen

ließen, wie auch bezüglich der Resultate, die der morgige Tag ergeben könnte.
Ich habe inzwischen genügend Erfahrungen gesammelt, um mir sicher zu sein, daß die falscheste und deshalb die unheilverkündendste von allen Masken Sir Percivals diejenige ist, die in Höflichkeit und Verbindlichkeit besteht. Der bewußte lange Spaziergang mit seinem Freund heute hat zu dem Endergebnis geführt, daß sein Benehmen sich gebessert hat, zumal seiner Frau gegenüber. Zu Lauras geheimer Überraschung (und zu meinem geheimen Schrecken!) nannte er sie auf einmal grundsätzlich beim Vornamen; fragte, ob sie in letzter Zeit von ihrem Onkel etwas gehört hätte; erkundigte sich, wann denn nun Frau Vesey eigentlich ihre Einladung nach Blackwater Park erhalten sollte; kurz, er erwies ihr so viele anderweitige kleine Aufmerksamkeiten, daß es beinahe die Erinnerung an die Tage seiner verhaßten Werbung in Limmeridge wieder wachrief. Das war ja schon ein schlechtes Zeichen; und noch unheilverkündender schien es mir, daß er nach dem Dinner im Wohnzimmer angeblich in Schlummer verfiel, und daß dabei seine Blicke, sobald er sich von uns unbeobachtet glaubte, Laura und mir mit unangenehm pfiffigem Ausdruck folgten. Nun habe ich zwar niemals daran gezweifelt, daß seine Reise, so allein und plötzlich, Welmingham und die Befragung Frau Cathericks zum Ziel gehabt hat – aber die Eindrücke des heutigen Abends lassen mich befürchten, daß er seine Erkundungsfahrt nicht vergebens unternommen, und die Auskünfte erhalten hat, die einzuziehen er uns unfraglich verließ. Wenn ich wüßte, wo Anne Catherick zu finden wäre, würde ich morgen früh mit der Sonne aufstehen und sie warnen!
Während mir also der Aspekt, unter dem Sir Percival sich heute Abend darstellte, unglücklicherweise nur allzu vertraut war, bot mir andererseits der Conte einen Anblick, der mir, meiner bisherigen Erfahrung von ihm nach, gänzlich neu war. Er erlaubte mir heute Abend, zum erstenmal seine Bekanntschaft in Gestalt eines Mannes von Gefühl zu machen – und zwar eines Gefühls, das er, wie ich glaube, tatsächlich empfand, und nicht etwa nur bei dieser Gelegenheit heuchelte.
Zum Beispiel war er sehr ruhig, sehr gedämpft – in Augen und Stimme drückte sich eine gewisse, in Schranken gehaltene, Sensibilität aus. Er trug (wie wenn eine verborgene Beziehung zwischen seinen tiefsten Gefühlen und seiner prächtigsten Tracht bestünde) die

wundervollste Weste, in der er bisher erschienen ist — blasse seegrüne Seide, aufs geschmackvollste besetzt mit feiner Silberlitze. Seine Stimme nahm die zartesten Modulationen an; sein Lächeln besprach die gedankenvollste, väterlichste Bewunderung, wenn er sich mit Laura oder mir unterhielt. Er drückte seiner Gattin unterm Tisch die Hand, wenn sie ihm für kleine unbedeutende Aufmerksamkeiten während des Dinners dankte. Er trank ihr sein Glas zu: »Auf Dein Glück und Dein Wohlsein, mein Engel!« sagte er, mit liebevoll feuchtschimmernden Augen. Er nahm wenig oder nichts zu sich; er seufzte und sagte »Guter Percival!«, wenn sein Freund ihn auslachte. Nach dem Dinner nahm er Lauras Hand, und bat sie, ob sie nicht »so süß sein, und ihm etwas vorspielen wolle?«. Sie willigte vor reinem Erstaunen ein. Er setzte sich neben das Piano, und die Uhrkette legte sich sogleich auf dem seegrünen Hügel seiner Weste in Ringel wie eine goldene Schlange. Sein riesiges Haupt lag schlaff nach einer Seite, und mit zwei seiner weißgelben Finger schlug er sacht den Takt. Er billigte das Stück höchlichst, und bewunderte zärtlich Lauras Spiel — nicht wie der arme Hartright es immer gelobt hat, mit einer unschuldigen Freude an den süßen Tönen; sondern mit einer klaren, geschulten, praktischen Kenntnis, erstens die Verdienste des Komponisten, zweitens die Fingertechnik der Spielerin. Als der Abend tiefer sank, bat er, das liebliche dahinsterbende Licht, zumindest jetzt noch nicht, durch das Hereinbringen von Lampen zu entweihen. Er kam, mit seinem schrecklich lautlosen Gang, zu dem entfernten Fenster, an dem ich stand, um ihm aus dem Wege zu sein, ja, selbst seinen Anblick soweit möglich zu vermeiden — kam, und bat mich, seinen Einspruch gegen die Lampen doch mit zu unterstützen. Wenn ihn in diesem Augenblick Eine davon hätte zu Asche verbrennen können, ich wäre in die Küche gerannt, und hätte sie mit meinen eigenen Händen geholt!

»Sicher lieben Sie dieses bescheidene, bebende englische Zwielicht doch auch?« sagte er sanft. »Ach, ich liebe es! An einem Abend wie diesem fühle ich meine angeborene Bewunderung alles dessen, was edel ist, was groß ist und gut, wie gereinigt durch den Atem des Himmels. Für mich besitzt die Natur unvergängliche Reize, hat unauslöschliche Zartheiten! — Ich bin nur ein alter fetter Mann — und Worte, die Ihren Lippen wohl anständen, Fräulein Halcombe, klingen auf den meinen wie Spott und Hohn. Es ist hart für mich, in meinen empfindsamen Augenblicken ausgelacht zu werden, wie

wenn meine Seele ebenso alt und auseinandergegangen wäre, wie ich selbst. – Sehen Sie doch, teuerste Dame, was für ein Licht dort über den Bäumen dahingilbt! Durchdringt es Ihr Herz ebenso, wie es das meine durchdringt?«
Er brach ab, sah mich an, und rezitierte die berühmten Verse Dantes von der Abendstunde, mit einer Melodik und einem Zartempfinden, die der unvergleichlichen Schönheit der Dichtung noch einen ganz eigenen Zauber hinzufügten.
»Ah-bah!« rief er plötzlich, als die Schlußkadenz der edlen italienischen Worte über seine Lippen dahingestorben waren: »Ich mache hier einen alten Narren aus mir selber, und langweile Sie nur Alle! Wollen wir das Fenster in unserem Busen wieder zu machen, und uns zurück in die reelle Welt der Tatsachen begeben. Percival! Ich genehmige die Zulassung von Lampen. Lady Glyde – Fräulein Halcombe – Eleanor, meine teure Gattin – welche von den Damen wird mir eine Partie Domino gewähren?«
Er redete zwar uns Alle, sah dabei jedoch speziell Laura an.
Sie hatte inzwischen meine Furcht ihn zu beleidigen mitfühlen gelernt, und nahm seinen Vorschlag an; was mehr war, als ich in dem Moment vermocht hätte. Ich hätte mich um keinen Preis jetzt an denselben Tisch mit ihm setzen können. Seine Blicke schienen, durch das immer dichter werdende Zwielicht hindurch, meine innerste Seele abzutasten; seine Stimme schnitt mir durch jeglichen Nerv im Leibe, und machte mir abwechselnd heiß und kalt. Mein Traum, dies Mysterium und Entsetzen, der mich mit Zwischenpausen schon den ganzen Abend hindurch verfolgt hatte, begann jetzt auf mein Gemüt zu drücken, mit unaussprechlichen Ahnungen und immer heiligerer Scheu. Mir war, als sähe ich wieder das weiße Grabmal, ihm zur Seite Hartright und die verschleierte Frau, die aus dem Grunde heraufstieg. Aus der tiefsten Tiefe meines Herzens quoll, springquellgleich, der Gedanke an Laura auf, und erfüllte es mit Wassern der Bitterkeit, wie ich sie nie-nie zuvor gekannt hatte. Ich faßte nach ihrer Hand, als sie auf dem Weg zum Spieltisch an mir vorüberging, und küßte sie, wie wenn die heutige Nacht uns scheiden sollte auf ewig – während noch Aller Blicke erstaunt auf mir lagen, rannte ich durch die vor mir offen stehende Glastür hinaus ins Freie – rannte davon, mich vor ihnen in Dunkelheiten zu bergen, ja, mich vor mir selbst zu verbergen.

* * *

Wir gingen diesen Abend später als gewöhnlich auseinander. Gegen Mitternacht wurde die sommerliche Stille draußen durch einen leisen schwermütigen Wind unterbrochen, der durch die Bäume schauderte. Wir Alle empfanden die plötzliche Kühle in der Luft; aber der Erste, der das verstohlene Aufkommen von Wind merkte, war der Conte. Er hielt, während er mir meine Kerze anzündete, auf einmal inne, und hob bedeutsam die Hand –

»Hören Sie –?« sagte er. »Morgen werden wir ander Wetter haben.«

VII

19. Juni. – Die Ereignisse des gestrigen Tages hatten mich gewarnt, mich früher oder später auf das Schlimmste gefaßt zu machen – nun ist der heutige Tag noch nicht einmal zu Ende, und das Schlimmste bereits eingetreten.

Nach der allerpräzisesten Zurückrechnung der Zeit, die Laura und ich zusammen nur anstellen konnten, kamen wir zu dem Ergebnis, daß Anne Catherick gestern Nachmittag um halb Drei am Bootshaus erschienen sein mußte. Dementsprechend wurde vereinbart, daß Laura sich heute beim Lunch rasch einmal am Tisch zeigen und dann bei der ersten Gelegenheit wieder hinausschlüpfen sollte; während ich zurückbliebe, um den Schein zu wahren, und ihr, sobald ich glaubte, es mit Sicherheit tun zu können, dann folgte. Ein solches Vorgehen mußte sie in den Stand setzen – immer vorausgesetzt, daß nichts uns hindernd in den Weg träte – noch vor halb Drei beim Bootshaus zu sein; und mir ermöglichen, (wenn ich dann meinerseits vom Tisch aufstand), vor Drei Uhr einen sicheren Beobachtungsposten in der Schonung zu beziehen.

Die Wetteränderung, die zu erwarten der Windstoß der vergangenen Nacht uns schon vorbereitet hatte, war am Morgen da. Als ich aufstand floß der Regen in Strömen, und es fuhr auch fort zu gießen bis gegen 12 – da auf einmal zerteilten sich die Wolken, der blaue Himmel kam zum Vorschein, und die Sonne strahlte wieder herab und versprach einen hellen schönen Nachmittag.

Meine ängstlichen Bemühungen, in Erfahrung zu bringen, womit Sir Percival und der Conte den ersten Teil des Tages heute ausfüllen möchten, wurden, zumindest was Sir Percival angeht, nicht gerade dadurch zur Ruhe gebracht, daß er uns unmittelbar nach dem Frühstück verließ, und, trotz des strömenden Regens, allein spazieren ging. Er teilte uns weder mit, wohin er sich begäbe, noch wann wir ihn zurück erwarten dürften; wir sahen ihn lediglich in Schaftstiefeln und Regenmantel am Fenster des Frühstückszimmers vorbeihasten – das war alles.

Der Conte verbrachte den Vormittag still daheim; zum Teil in der Bibliothek, zum Teil im Wohnzimmer, wo er auf dem Piano abgerissene Fetzen aus allen möglichen Musikstücken klimperte, und vor sich hin summte. Dem äußeren Anschein nach zu urteilen, war immer noch die sentimentale Seite seines Charakters beharrlich obenauf und verlangte Spielraum. Er war still und empfindsam, und beim kleinsten Anlaß zum Seufzen und tiefsinnigen Schmachten geneigt (einem Seufzen und Schmachten, wie es eben nur fette Männer fertig bringen).

Die Zeit zum Lunch kam, und Sir Percival war noch nicht zurück. Der Conte nahm den Platz seines Freundes am Tisch ein, verschlang wehmutsvoll den größeren Teil einer Obsttorte, die ein ganzer Krug voll Schlagsahne überschwemmte, und erläuterte uns dann, sobald er damit fertig war, das eigentlich Verdienstliche solcher Leistung: »Ein Geschmack an Süßigkeiten,« sagte er in seinen sanftesten Tönen auf die zärtlichste Manier, »ist der Geschmack der Unschuld, wie Frauen und Kinder ihn besitzen. Ich teile ihn freudig mit Jenen – ist er doch ein weiteres Band, meine teuren Damen, zwischen Ihnen und mir.«

Laura hatte die Tafel binnen zehn Minuten wieder verlassen. Ich war stark in Versuchung, sie zu begleiten. Aber wenn wir Beide zusammen ausgegangen wären, hätten wir zwangsläufig Verdacht erregen müssen; und, was schlimmer gewesen wäre: wenn Anne Catherick Laura hätte ankommen sehen, begleitet von einer zweiten, ihr wieder ganz fremden Person, würden wir im selben Augenblick aller Wahrscheinlichkeit nach ihr Vertrauen verwirkt, und schwerlich jemals wieder errungen haben.

Deshalb hielt ich, mit soviel Geduld wie ich aufbringen konnte, aus, bis der Diener hereinkam, den Tisch abzuräumen. Als ich das Zimmer verließ, war weder im Hause noch außerhalb irgendein Zeichen von Sir Percivals Rückkehr zu entdecken. Ich verließ den Conte mit einem Stück Würfelzucker zwischen den Lippen, während sein verzogener Kakadu, es sich zu holen, ihm die Weste hinaufkletterte;

und Madame Fosco, die ihrem Gatten gegenüber saß, die Manöver des Vogels wie auch ihn selbst derart hingerissen beobachtete, wie wenn sie in ihrem ganzen Leben vorher noch nichts dergleichen erblickt hätte. Auf meinem Weg in Richtung Schonung achtete ich sorgsam darauf, mich immer außer Sichtweite der Eßzimmerfenster zu halten.

Kein Mensch sah mich, und kein Mensch folgte mir. Meiner Uhr nach war es jetzt ein Viertel vor Drei.

Einmal zwischen den Bäumen, schritt ich nach Kräften aus, bis ich sie mehr als zur Hälfte hinter mir hatte. Von da ab mäßigte ich mein Tempo und drang behutsamer vor; sah jedoch Niemanden und vernahm auch keinerlei Stimmen. Bei kleinem kam die Rückwand des Bootshauses in Sicht – ich stand und lauschte – ging dann wieder weiter, bis ich dicht dahinter war, und hätte ja nun unweigerlich hören müssen, falls drinnen gesprochen worden wäre. Dennoch brach nichts das Schweigen ringsum – nirgendwo, weder fern noch nah, war auch nur eine Spur eines Lebewesens wahrzunehmen.

Nachdem ich die Rückseite des Bauwerkleins erst von der einen Seite, und dann von der anderen, vorsichtig umgangen und immer noch keine Entdeckungen gemacht hatte, wagte ich mich auch nach der Vorderfront und schaute ganz offen hinein – das Innere war leer.

Ich rief: »Laura! –« erst leise nur, dann immer lauter und lauter. Niemand antwortete, und Niemand erschien. Allem, was ich sehen und hören konnte, nach, war das einzige menschliche Wesen in Seenähe und Wald lediglich ich selbst.

Mein Herz begann heftig zu pochen; aber ich bewahrte Fassung, und suchte erst das Bootshaus, und dann den Boden davor nach irgendwelchen Anzeichen ab, die mir dartun könnten, ob Laura den Platz hier wirklich erreicht hätte oder aber nicht. Innerhalb des Schuppens ergab sich kein Merkmal ihrer Anwesenheit; aber draußen traf ich auf Spuren von ihr, nämlich Fußabdrücke im Sande.

Und zwar entdeckte ich Fußabdrücke von 2 Personen – die einen groß, wie von einem Manne; die anderen klein, die – ich stellte meinen Fuß in eine davon, und prüfte auf die Weise ihre Größe – meiner Meinung nach unfehlbar von Laura herstammen mußten. Der freie Grund gleich vorm Bootshaus war auf konfuse Weise da-

mit wie gemustert. Nahe der Schuppenwand, im Schutz des überstehenden Daches, gewahrte ich noch eine kleine Grube im Sand – ein künstlich gemachtes Loch, ohne jeden Zweifel. Ich warf lediglich einen Blick darauf hin, und wandte mich dann sogleich wieder weiter, die Fußstapfen zu verfolgen, soweit ich konnte, und der Richtung zu folgen, in der sie mich führen würden.
Sie führten mich, von der linken Wand des Bootshauses ausgehend, am Waldrand entlang, und zwar schätzungsweise eine Strecke von zwei oder drei Hundert Metern; dann auf einmal fehlte auf dem Sandgrund jegliche weitere Spur von ihnen. Da ich mir sagte, daß die Personen, deren Fährte ich verfolgte, an diesem Punkt also zwangsläufig die Anlagen betreten haben müßten, drang ich gleichfalls hinein. Zuerst konnte ich keinen Pfad erkennen, entdeckte aber gleich danach doch einen, der sich, ganz schwach angedeutet, zwischen den Stämmen hinzog, und folgte ihm. Er führte mich eine Strecke weit in Richtung Dorf, bis ich an einer Stelle innehielt, wo ein zweiter schmaler Trampelpfad ihn kreuzte, dessen beide Seiten dicht mit Brombeeren bewachsen waren. Ich stand, und schaute voller Unsicherheit nach unten, welche Richtung ich nunmehr einschlagen sollte; aber während ich so stand und schaute, sah ich an einem der Dornenzweige ein paar Fäden aus dem Fransensaum eines Frauenschals hängen. Als ich sie mir näher besah, erkannte ich unschwer, daß sie einem Schal Lauras entstammten, und folgte sogleich dem neuen Pfad; auf dem ich endlich, zu meiner nicht geringen Erleichterung, auf der Rückseite des Hauses herauskam. Ich sage deshalb ›zu meiner Erleichterung‹, weil ich schloß, daß Laura, aus einem mir noch nicht bekannten Grunde, vor mir auf diesem Umweg nachhause zurückgekehrt sein müsse. Ich ging über den Wirtschaftshof und trat bei den Verwalterzimmern ins Haus. Die erste Person, der ich im Dienstbotenflügel hier begegnete, war Frau Michelson, die Haushälterin.
»Können Sie mir etwa sagen,« fragte ich, »ob Lady Glyde von ihrem Spaziergang schon zurück ist oder nicht?«
»Mylady ist vor einer kleinen Weile zusammen mit Sir Percival zurückgekommen,« erwiderte die Haushälterin. »Ach, ich fürchte, Fräulein Halcombe, es muß was sehr Unangenehmes passiert sein.«
Mir wurde ganz elend ums Herz – »Meinen Sie – ein Unfall?« fragte ich schwach.
»Nein, das nicht – Gottseidank, ein Unfall nicht. Aber Mylady ist

unter Tränen die Treppe hinauf in ihr Zimmer gelaufen; und Sir Percival hat mir befohlen, Fanny zu kündigen: binnen einer Stunde müßte sie das Haus verlassen haben.«

Fanny war Lauras Zofe – ein gutes zutunliches Mädchen, die schon seit Jahren um sie war – und die einzige Person im ganzen Hause hier, auf deren Treue und Ergebenheit wir Beide uns verlassen konnten.

»Wo ist Fanny jetzt?« erkundigte ich mich.

»Bei mir im Zimmer, Fräulein Halcombe. Das junge Frauenzimmer ist total hin; ich hab' ihr gesagt, sie solle sich bloß hinsetzen und zu erholen versuchen.«

Ich begab mich nach Frau Michelsons Zimmer, und fand in einer Ecke dort, ihren Koffer neben sich, Fanny, wie sie bitterlich weinte. Sie wußte mir keinerlei Grund für ihre plötzliche Entlassung anzugeben. Sir Percival hätte befohlen, ihr, anstelle der monatlichen Kündigung, einen Monat Lohn auszuzahlen, und zu verschwinden. Kein Grund wäre angegeben worden – kein Tadel ihrer Aufführung, nichts. Es wäre ihr verboten worden, sich an ihre Herrin zu wenden; ja, selbst das wäre ihr untersagt worden, sie nur noch einen Augenblick zu sehen, um Abschied zu nehmen. Ohne Erklärung müsse sie gehen, ohne Lebewohl, und zwar auf der Stelle!

Nachdem ich das arme Mädchen durch ein paar freundliche Worte etwas beruhigt hatte, fragte ich sie, wo sie die kommende Nacht zu schlafen beabsichtigte. Sie entgegnete, wie sie daran gedacht hätte, nach dem kleinen Dorfgasthaus zu gehen, bei dessen Wirtin es sich um eine respektable Frau handelte, die mit den Dienstboten in Blackwater Park gut bekannt war. Den folgenden Morgen dann, wenn sie früh genug abführe, könnte sie wieder bei ihren Freunden in Cumberland ankommen, ohne sich in London, wo sie total fremd wäre, aufhalten zu müssen.

Ich fühlte auf der Stelle, daß Fannys Abreise für uns ein sicheres Mittel zur Verbindung mit London und Limmeridge-Haus darbot, dessen sich zu bedienen von größter Wichtigkeit für uns sein könnte. In diesem Sinne sagte ich ihr, wie sie sich nur immer gefaßt halten solle, im Laufe des Abends von ihrer Herrin oder mir zu hören; und wie sie sich darauf verlassen könne, daß wir Beide alles in unserer Macht stehende tun würden, ihr zu helfen; so traurig es auch sei, daß sie uns, zumindest für den Augenblick, erst einmal verlassen

müsse. Nach diesen Worten schüttelte ich ihr die Hand, und ging nach oben.
Die Tür vom Korridor aus führte nicht direkt in Lauras Zimmer, sondern zunächst in einen Vorraum – als ich hineinwollte, merkte ich, daß sie von innen verriegelt war.
Ich klopfte; die Tür ging auf, und dasselbe massige, überdimensionale Dienstmädchen erschien, deren plumpe Gefühllosigkeit mir schon an dem Tage, wo ich den verwundeten Hund fand, eine so schwere Geduldsprobe auferlegt hatte. Ich hatte seit jener Zeit in Erfahrung gebracht, daß sie sich des Namens Margaret Porcher erfreute, und außerdem der linkischste, schlampigste und widerspenstigste Dienstbote im ganzen Haus war.
Sie machte die Tür auf, trat sofort breit auf die Schwelle, und stand und griente mich in törichtem Schweigen an.
»Was stehen Sie da?« sagte ich. »Sehen Sie nicht, daß ich 'rein will?«
»Och; aber Sie dürf'n ja nich rein,« war die Antwort, gefolgt von einem neuen und noch breiteren Grinsen.
»Auf was für eine Art wagen Sie denn mit mir zu sprechen? Treten Sie sofort zur Seite!«
Sie breitete die dicken roten Arme mit den entsprechenden Händen daran ein bißchen zur Seite, so daß sie den Eingang damit versperrte, und nickte mir langsam mit dem Hohlkopf zu.
»Befehl vom Herrn,« sagte sie, und nickte wieder.
Ich hatte alle meine Selbstbeherrschung nötig, mich daran zu verhindern, die Sache mit *ihr* hier auszumachen, und mir vor Augen zu halten, daß das nächste, was ich zu sagen hätte, an die Adresse ihres Herrn gerichtet sein müßte. Ich drehte ihr den Rücken, und begab mich unverzüglich nach unten, um ihn zu suchen. Mein Vorsatz, unter allen Schikanen, die Sir Percival nur immer einkommen mochten, die Fassung zu bewahren, war inzwischen in einem Maße von mir vergessen – ich gestehe es zu meiner Beschämung – wie wenn ich ihn nie gefaßt hätte. Es tat mir gut, nach all dem, was ich in diesem Hause schon hatte erdulden und hinunterschlucken müssen – es tat mir buchstäblich gut, zu fühlen, wie wütend ich war.
Das Wohn- und das Eßzimmer, beide standen leer. Ich stürmte weiter in die Bibliothek, und fand dort Sir Percival, den Conte und Madame Fosco. Alle Drei standen in einer dichten Gruppe beieinan-

der, und Sir Percival hatte ein kleines Stück Papier in der Hand. Als ich die Tür aufmachte, hörte ich, wie der Conte eben zu ihm sagte: »Nein. Und zum tausendsten Male: Nein!«
Ich ging stracks auf ihn zu, und schaute ihm gerade ins Gesicht.
»Soll ich das so verstehen, Sir Percival, daß das Zimmer Ihrer Gattin ein Gefängnis ist, und Ihr Dienstmädchen der Wärter, der es bewacht?!« fragte ich.
»Jawohl, genau so sollen Sie es verstehen,« erwiderte er. »Passen Sie sich nur auf, daß mein Wärter nicht doppelte Arbeit kriegt – passen Sie sich auf, daß Ihr Zimmer nicht auch ein Gefängnis wird.«
»Passen *Sie* sich lieber auf, wie Sie Ihre Frau behandeln, oder *mir* drohen!« brach ich jetzt in der Hitze meiner Wut los: »Noch gibt es Gesetze in England, die Frauen vor Gewalttat und Grausamkeit schützen. Wenn Sie nur ein Haar auf Lauras Haupt zu krümmen, nur im geringsten meine Bewegungsfreiheit einzuschränken wagen – komme was soll: diese Gesetze werde ich anrufen!«
Anstatt mir zu antworten, wandte er sich an den Conte.
»Na, was hab' ich Dir gesagt?« fragte er. »Was sagst Du jetzt?«
»Genau das, was ich vorher auch gesagt habe,« entgegnete der Conte: »Nein.«
Selbst in all dem Schwung und Drang meines Zornes fühlte ich seine ruhigen, kalten, grauen Augen auf meinem Gesicht. Sie wandten sich von mir, sobald er ausgesprochen hatte, und blickten dafür bedeutsam zu seiner Gattin hin. Sogleich trat Madame Fosco mir ganz dicht zur Seite, und redete aus solcher Position Sir Percival an, bevor noch jemand anders von uns das Wort wieder ergreifen konnte.
»Wollen Sie mir bitte einen Moment Ihre Aufmerksamkeit schenken,« sagte sie in ihrer deutlichen, eisig-gedämpften Aussprache: »Ich habe Ihnen, Sir Percival, für Ihre Gastfreundschaft zu danken; lehne es jedoch ab, sie noch irgend länger in Anspruch zu nehmen. Ich bleibe in keinem Hause, in dem Damen so behandelt werden, wie Ihre Gattin und Fräulein Halcombe heute und hier behandelt worden sind!«
Sir Percival prallte einen Schritt zurück und starrte sie in betroffenem Schweigen an. Die Erklärung, die er soeben vernommen hatte – eine Erklärung, die, wie er wohl wußte (ebenso wie ich es wußte), Madame Fosco ohne Erlaubnis ihres Gatten niemals abzugeben ge-

wagt haben würde – schien ihn vor Überraschung förmlich zu versteinern. Der Conte stand dabei, und schaute seine Gattin voll der enthusiastischsten Bewunderung an.
»Sie ist grandios!« sagte er, wie zu sich selbst. Noch während er so sprach, näherte er sich ihr, und zog ihren Arm durch den seinen. »Ich stehe zu Deiner Verfügung, Eleanor,« fuhr er fort, mit einer ruhigen Würde, die ich zuvor auch noch nie an ihm wahrgenommen hatte. »Ebenso wie zu Fräulein Halcombes Verfügung, falls sie mir die Ehre antun will, allen Beistand anzunehmen, den ich nur immer anzubieten vermag.«
»Verdammt! Was meinst Du damit?« rief Sir Percival, während der Conte sich mit seiner Gattin gemessen türwärts bewegte.
»Zu anderen Zeiten meine ich, was *ich* sage; diesmal jedoch meine ich, was *meine Frau* sagt,« erwiderte der undurchdringliche Italiener. »Wir haben die Plätze für diesmal vertauscht, Percival, und Madame Foscos Ansicht ist – die meine.«
Sir Percival knüllte das Papier in der Hand zusammen; drängte sich dann, mit einem neuerlichen Fluch, an dem Conte vorbei, und stellte sich zwischen Jenen und die Tür.
»Schön, mach wie Du denkst,« sagte er in halbem Flüsterton, in dem es wie verwirrte, unterdrückte Wut schwang: »Mach wie Du denkst – du wirst ja sehen, was dabei 'rauskommt.« Mit diesen Worten verließ er den Raum.
Madame Fosco blickte fragend zu ihrem Gatten hin. »Er ist recht plötzlich verschwunden,« sagte sie. »Was bedeutet das?«
»Es bedeutet, daß Du und ich, vereint, den übellaunigsten Mann in ganz England zu Verstande gebracht haben,« antwortete der Conte. »Es bedeutet, Fräulein Halcombe, daß Lady Glyde einer gröblichen Unwürdigkeit ledig ist, und Sie vor der Wiederholung einer unverzeihlichen Kränkung sicher sind. Gestatten Sie, daß ich Ihnen meine Bewunderung ausspreche, ob Ihres Auftretens und Ihres Mutes in einem sehr kritischen Moment?«
»Aufrichtige Bewunderung,« verbesserte Madame Fosco.
»Aufrichtige Bewunderung,« echote der Conte.
Mich verließ indessen die Kraft, mit der mich mein zorniger Widerstand gegen Gewalttat und Beleidigung zunächst aufrechterhalten hatte. Meine angstvolle Betrübnis, Laura zu sehen, das Gefühl meiner hülflosen Unwissenheit dessen, was sich im Bootshause abgespielt haben mochte, bedrückten mich auf einmal wie eine unerträg-

liche Last. Ich versuchte zwar noch den Schein aufrecht zu erhalten, und dem Conte und seiner Gattin in demselben Ton zu erwidern, dessen sich mir gegenüber zu bedienen es ihnen beliebt hatte; aber die Worte erstarben mir auf den Lippen – mein Atem ging kurz und schwer – meine Augen richteten sich schweigend und sehnsüchtig nach der Tür. Der Conte, der meine Angst begriff, öffnete sie, trat hinaus, und zog sie wieder hinter sich zu. Im gleichen Augenblick hörte man Sir Percivals schweren Schritt die Treppe herab kommen. Während Madame Fosco mich in ihrer ruhigsten und förmlichsten Weise versicherte, wie sie sich um unser Aller willen freue, daß Sir Percivals Benehmen sie und ihren Gatten nicht gezwungen hätte, Blackwater Park zu verlassen, hörte ich draußen die Beiden flüstern. Noch bevor Madame Fosco ihre Ansprache beendet hatte, verstummte das Flüstern; die Tür öffnete sich, und der Conte schaute herein.

»Fräulein Halcombe,« sagte er, »ich bin glücklich, Ihnen mitteilen zu können, daß Lady Glyde wiederum Herrin in ihrem eigenen Hause ist. Ich dachte, es würde Ihnen angenehmer sein, von dieser Wendung zum Besseren durch *mich* unterrichtet zu werden, anstatt durch Sir Percival; und bin ausdrücklich deswegen noch einmal zurückgekehrt, Ihnen die Nachricht zu übermitteln.«

»Bewunderungswürdiges Feingefühl!« sagte Madame Fosco, und zahlte ihrem Gatten seinen Tribut an Bewunderung von vorhin gleichsam in des Conte eigener Münze und auf des Conte eigene Art zurück. Er lächelte und verbeugte sich, als hätte ihm ein höflicher Fremder soeben eine formvollendete Schmeichelei gesagt, und zog sich dann zurück, um mich zuerst hinaus zu lassen.

In der Halle stand Sir Percival. Während ich die Treppe hinauf eilte, hörte ich ihn ungeduldig dem Conte zurufen, aus der Bibliothek heraus zu kommen.

»Was hast Du da drin noch zu warten?« sagte er. »Ich möchte mit Dir reden.«

»Und ich möchte ein bißchen alleine nachdenken,« erwiderte der Andere. »Warte bis nachher, Percival; wart bis nachher.«

Weder er noch sein Freund sprach ein Wort weiter. Ich war unterdes die Treppe hinauf, und rannte den Korridor entlang. In meiner Hast und Aufregung ließ ich die Tür des Vorraums offen; schloß jedoch die Tür des Schlafzimmers sobald ich eingetreten war.

Laura saß allein am fernsten Ende des Zimmers, die Arme müde

vor sich auf den Tisch gelegt, das Gesicht in beiden Händen verborgen. Als sie mich erblickte, fuhr sie mit einem Schrei des Entzückens hoch.
»Wie bist Du hereingekommen?« fragte sie. »Wer hat Dir die Erlaubnis gegeben? Doch nicht Sir Percival?«
In meiner überwältigenden Angst, zu vernehmen, was sie mir zu berichten hätte, konnte ich ihr gar nicht antworten – konnte nur meinerseits immerfort Fragen stellen. Lauras Begierde, zu erfahren, was unten vor sich gegangen war, erwies sich jedoch als zu stark, um übergangen zu werden; sie wiederholte beharrlich ihre Erkundigungen.
»Ach, der Conte natürlich,« antwortete ich ungeduldig. »Wessen Einfluß hier im Haus –«
Sie unterbrach mich mit einer Gebärde des Abscheus.
»Sprich mir nicht von dem!« rief sie. »Der Conte ist das niederträchtigste Geschöpf unter der Sonne: ein erbärmlicher Spion ist der Conte –!«
Ehe Eine von uns nur ein weiteres Wort zu äußern vermochte, schreckte uns ein sachtes Pochen an der Tür des Schlafzimmers auf.
Ich hatte mich noch nicht hingesetzt gehabt, und ging als Erste, um zu sehen, wer das sein könnte. Als ich die Tür öffnete, stand Madame Fosco vor mir, in der Hand eines meiner Taschentücher.
»Sie haben das-hier auf der Treppe verloren, Fräulein Halcombe,« sagte sie, »und ich dachte, ich könnte es Ihnen, wo ich auf dem Weg nach meinem Zimmer einmal vorbeikomme, gleich wiedergeben.«
Ihr Gesicht, von Natur aus schon blaß, hatte eine derart geisterhafte Weiße angenommen, daß ich bei ihrem Anblick direkt zusammenzuckte. Auch ihre, sonst grundsätzlich immer so sicheren und ruhigen Hände zitterten heftig, und ihre Augen richteten sich mit wölfischem Ausdruck an mir vorbei, durch die offenstehende Tür, auf Laura.
Sie hatte, ehe sie anklopfte, gehorcht! Ich erkannte es an ihrem weißen Gesicht, erkannte es an ihren zitternden Händen, erkannte es an diesem Blick auf Laura.
Nachdem sie noch einen Augenblick so gestanden hatte, wandte sie sich schweigend von mir fort, und ging langsamen Schrittes davon.
Ich drückte die Tür wieder ins Schloß. »Oh, Laura, Laura! Den Tag werden wir Beide noch bereuen, wo Du den Conte einen Spion genannt hast!«

»Du hättest ihn bestimmt selber so genannt, Marian, hättest Du gewußt, was ich weiß. Anne Catherick hat Recht gehabt: wir *sind* gestern in der Schonung von einem Dritten beobachtet worden, und dieser Dritte –«

»Bist Du Dir ganz sicher, daß es der Conte war?«

»Absolut sicher. Er hat für Sir Percival den Spion gemacht – er ist der Angeber bei Sir Percival gewesen – er hat Sir Percival veranlaßt, den ganzen Vormittag lang mir und Anne Catherick nachzuspüren und aufzulauern.«

»Hat man Anne gefunden? Hast Du sie am See gesehen?«

»Nein. Sie hat sich dadurch gerettet, daß sie weggeblieben ist von dem Ort. Als ich beim Bootshaus ankam, war Niemand da.«

»Ja? Und?«

»Ich ging hinein, setzte mich ein paar Minuten hin, und wartete. Aber meine Rastlosigkeit jagte mich wieder hoch, daß ich lieber ein bißchen auf und ab gehen wollte. Als ich aus dem Eingang trat, bemerkte ich, dicht vor der Front des Bootshauses, ein paar Eindrücke im Sand. Ich bückte mich, sie näher zu untersuchen, und erkannte ein Wort, das mit großen Buchstaben in den Sand geschrieben war. Das Wort hieß – HIER.«

»Und da hast Du den Sand weggekratzt, und eine kleine Grube hineingegraben.«

»Wieso weißt Du das, Marian?«

»Weil ich diese Grube selbst gesehen habe, als ich Dir zum Bootshaus gefolgt bin. Nur weiter – weiter!«

»Ja; ich hab' also den Sand oben weggekratzt, und kam binnen kurzem auf einen Streifen Papier, der darunter lag und auf dem etwas geschrieben stand. Als Unterschrift trug er die Anfangsbuchstaben von Anne Catherick.«

»Wo ist dieses Papier?«

»Sir Percival hat mir's weggenommen.«

»Kannst Du Dich an den Inhalt erinnern? Meinst Du, Du könntest ihn mir hersagen?«

»Dem Sinne nach durchaus, Marian. Es war auch sehr wenig. Du würdest ihn ja noch Wort für Wort wissen.«

»Dann versuch doch bitte, ihn mir sinngemäß zu wiederholen, ehe wir weiter gehen.«

Sie willigte ein. Ich schreibe die Zeilen hier genau so nieder, wie sie sie mir angegeben hat; und zwar:

»Ich bin gestern mit Ihnen gesehen worden, von einem großen dicken alten Mann, so daß ich rennen mußte, um mich in Sicherheit zu bringen. Er war nicht flink genug auf den Beinen, mir zu folgen, und hat mich zwischen den Bäumen verloren. Ich wage nicht, zur vereinbarten Stunde heute wieder hierher zu kommen. Es ist 6 Uhr morgens, wo ich dieses schreibe, und im Sand verstecke, damit Sie Bescheid wissen. Wenn wir uns das nächste Mal über das Geheimnis Ihres bösen Mannes unterhalten, müssen wir in Sicherheit reden können oder gar nicht. Versuchen Sie sich zu gedulden. Ich verspreche Ihnen, daß Sie mich wiedersehen sollen, und zwar bald. – A. C.«

Die Anspielung auf den »großen dicken alten Mann« (eine Formulierung, von der Laura sich sicher war, daß sie sie mir korrekt wiederholt hätte) ließ keinen Zweifel darüber, wer der ungebetene Gast gewesen war. Mir fiel dabei ein, daß ich tags zuvor, in Anwesenheit des Conte, Sir Percival mitgeteilt hatte, Laura wäre nach dem Bootshaus, ihre Brosche suchen, gegangen. Aller Wahrscheinlichkeit nach war er ihr in seiner dienstfertigen Weise gefolgt, um ihr Gemüt bezüglich der Unterschriftsangelegenheit zu erleichtern; und zwar mußte das unmittelbar danach geschehen sein, nachdem er auch mir im Wohnzimmer Sir Percivals veränderte Pläne bekanntgegeben hatte. In diesem Fall konnte er aber gerade eben erst in Bootshausnähe gelangt gewesen sein, als Anne Catherick ihn entdeckte. Die verdächtig eilige Weise, in der sie sich von Laura trennte, hatte ihn zweifellos zu dem fruchtlosen Versuch bewogen, ihr zu folgen. Von der Unterhaltung, die vorher zwischen den Beiden stattgefunden hatte, konnte er nichts abgehört haben. Die Entfernung zwischen Haus und See einer-, und die Zeit, als er mich im Wohnzimmer verließ, verglichen mit der, als Anne Catherick und Laura miteinander sprachen, andererseits, machten uns zumindest diesen Umstand über allen Zweifel erhaben.
Nachdem wir in dieser einen Hinsicht zu etwas wie einem Abschluß gekommen waren, verlangte mich als nächstes am meisten zu erfahren, was für Entdeckungen Sir Percival gelungen wären, nachdem Conte Fosco ihn von den seinigen informiert hatte.
»Wieso bist Du denn den Brief losgeworden?« fragte ich. »Was hast Du damit gemacht, sobald Du ihn dort im Sande gefunden hattest?«

»Nachdem ich ihn einmal rasch gelesen hatte,« erwiderte sie, »nahm ich ihn mit ins Bootshaus, um mich hinzusetzen und ihn mir ein zweites Mal anzusehen. Während ich noch las, fiel es wie ein Schatten über's Papier — ich schaute auf, und sah Sir Percival im Eingang stehen und mich beobachten.«

»Hast Du versucht, den Brief zu verstecken?«

»Versucht hab' ich's; aber er unterbrach mich. ›Streng Dich nicht unnötig an, das Dings zu verstecken,‹ sagte er. ›Ich hab's zufällig auch gelesen.‹ Ich konnte ihn nur hilflos anschauen — zu sagen vermochte ich nichts. ›Hast Du mich verstanden?‹ fuhr er fort: ›Ich hab's gelesen. Vor zwei Stunden schon hab' ich's aus dem Sand geholt; und dann wieder vergraben und das Wort wieder hin geschrieben, damit Du's in aller Ruhe finden konntest. Diesmal sitzt Du drin in der Patsche, und kannst Dich nicht wieder 'rauslügen. Gestern hast Du Dich mit Anne Catherick heimlich getroffen; und jetzt sitzt Du da, mit ihrem Brief in der Hand. *Sie* hab' ich noch nicht erwischen können; aber *Dich* hab' ich erwischt! — Gib den Brief her.‹ Er kam dicht zu mir heran — ich war ja alleine mit ihm, Marian — was konnte ich machen? — da hab' ich ihm den Brief gegeben.«

»Was hat er dann gesagt, als Du ihm den Brief gegeben hattest?«

»Zuerst gar nichts. Er hat mich beim Arm genommen und vor's Bootshaus draußen geführt, und sich dann nach allen Seiten umgesehen, wie wenn er Angst hätte, man könnte uns sehen oder hören. Dann hat er meinen Arm ganz fest mit seiner Hand umfaßt, und mir zugeflüstert: ›Was hat Anne Catherick Dir gestern gesagt? Ich muß jedes Wort davon wissen, vom ersten bis zum letzten!‹«

»Hast Du's ihm gesagt?«

»Ich war doch ganz alleine mit ihm, Marian — seine rohe Hand hat meinem Arm so weh getan — was konnte ich denn machen?«

»Hat Dein Arm etwa noch blaue Flecken? Laß mal sehen.«

»Warum willst Du sie sehen?«

»Ich will sie deswegen sehen, Laura, weil unser passives Dulden endlich ein Ende haben, weil mit dem heutigen Tage unser Widerstand beginnen muß. Diese Flecken sind eine Waffe, mit der wir ihn treffen können. Laß sie mich sofort sehen — es könnte sein, daß ich den Anblick, irgendwann in der Zukunft einmal, beschwören muß.«

»Oh, Marian, schau doch nicht so drein – sprich doch nicht so! Es tut doch schon gar nicht mehr weh!«
»Laß mich's sehen!
Sie wies mir die blauen Flecken. Ich war über den Kummer darob hinaus; über Schluchzen darob hinaus; über's Schaudern darüber hinaus. Man sagt gern, wir wären entweder besser als die Männer, oder aber gleich schlimmer. Wenn in dem Augenblick eine Versuchung, wie sie manchen Frauen auf ihrem Lebensweg begegnet ist und sie schlimm gemacht hat, mir jetzt in den meinen getreten wäre – Gottseidank, mein Gesicht verriet nichts, das seine Gattin hätte lesen können. Das sanfte, unschuldige, zutunliche Geschöpf dachte nur, ich fühle Angst um sie und Gram um sie, und weiter dachte sie nichts.
»Du mußt es nicht allzuernst nehmen, Marian,« sagte sie schlicht, während sie sich den Ärmel wieder herunterstreifte. »Es tut nicht weh im Augenblick.«
»Ich will mir Mühe geben, möglichst ruhig daran zu denken, um Deinetwillen, Du Liebe. – Gut! Schon gut! – Und Du hast ihm also Alles mitgeteilt, was Anne Catherick Dir gesagt hatte – Alles, was Du auch mir gesagt hast?«
»Ja, Alles. Er bestand darauf – und ich war ganz alleine mit ihm – ich konnte ihm nichts verbergen.«
»Hat er irgend etwas geäußert, sobald Du fertig warst?«
»Er hat mich angesehen, und auf eine spöttische, bittere Art in sich hineingelacht. ›Ich wünsche, daß Du auch mit dem Rest herauskommst,‹ sagte er, ›verstehst Du mich? – Den Rest!‹ Ich beteuerte ihm feierlich, wie ich ihm Alles mitgeteilt hätte, was ich nur wüßte. ›Du nicht, Du!‹ war seine Antwort; ›Du weißt mehr, als Du zu erzählen für gut befindest. Du willst es nicht erzählen? Du sollst es! Wenn ich es Dir hier nicht 'rausleiern kann, dann leier' ich es Dir zuhause 'raus!‹. Dann hat er mich, über unbekannte Pfade, durch die Bäume geführt – Wege, auf denen keine Aussicht bestand, *Dir* zu begegnen – und hat nicht mehr gesprochen, ehe wir in Sicht des Hauses kamen. Da hat er noch einmal angehalten und gesagt: ›Willst Du das zweite Mal die Chance benützen, falls ich sie Dir gebe? Willst Du Dich eines Besseren besinnen, und mir den Rest erzählen?‹ Ich konnte ihm lediglich die gleichen Worte wie vorhin wiederholen. Er fluchte auf meine Widerspenstigkeit; ging dann weiter und nahm mich mit sich ins Haus. ›Du führst mich nicht hin-

ters Licht,‹ sagte er; ›Du weißt mehr, als Du mir zu erzählen beliebst. Aber ich hol' Dein Geheimnis aus Dir raus, Du; und aus Deiner komischen Schwester da nicht minder. Jetzt ist Schluß mit den Kabalen und dem Geflüster zwischen Euch. Weder Du noch sie sollt einander eher wiedersehen, bevor Du nicht die Wahrheit gestanden hast. Bewachen werd' ich Dich lassen, morgens, mittags und abends, solange, bis Du die Wahrheit bekennst!‹. Er war taub gegen Alles, was ich vorbringen konnte. Er nahm mich unverzüglich mit die Treppe hinauf, und in mein Zimmer. Da saß Fanny, mit irgendeiner Arbeit für mich beschäftigt; und er befahl ihr, auf der Stelle zu verschwinden. ›Ich werde Sorge tragen,‹ sagte er, ›daß *Sie* nicht auch noch in die Verschwörung mitverwickelt werden. Sie verlassen heute noch das Haus. Wenn Ihre Herrin ein Dienstmädchen benötigt, soll sie eins haben, das *ich* ihr aussuche.‹ Er stieß mich in mein Zimmer, und schloß die Tür hinter mir ab. Er hat dies gefühllose Weib davor gesetzt, um mich zu bewachen, Marian! Ausgesehen und gesprochen hat er, wie ein Irrsinniger! Du wirst es kaum begreifen können – aber es war in der Tat so.«

»Ich kann das sehr wohl begreifen, Laura. Er *ist* irrsinnig – irrsinnig vor Schrecken ob eines bösen Gewissens. Jegliches einzelne Wort, das Du mir jetzt berichtet hast, gibt mir die positive Gewißheit, daß Du, als Anne Catherick Dich gestern verließ, im Begriff standest, ein Geheimnis zu entdecken, das den Untergang Deines nichtswürdigen Gatten bedeuten konnte; und er denkt eben, Du *hättest* es entdeckt. Nichts was Du sagen oder tun kannst, wird künftig dies schuldbewußte Mißtrauen wieder einschläfern, oder sein falsches Wesen von Deiner Aufrichtigkeit überzeugen können. Ich sage das nicht etwa, Liebste, um Dir Furcht einzujagen; ich sage es lediglich, um Dir die Augen über Deine Situation zu öffnen, und Dich von der dringenden Notwendigkeit zu überzeugen, mich nach Kräften für Deinen Schutz handeln zu lassen, solange wir noch die Gelegenheit dazu haben. Conte Foscos Eingreifen hat mir heute den Zutritt zu Dir gesichert – morgen schon kann er sich's anders überlegen. Sir Percival hat bereits Fanny entlassen, weil sie ein aufgewecktes Mädchen und Dir rückhaltlos ergeben ist; und als Ersatz eine Frau ausgesucht, die sich für Dich überhaupt nicht interessiert, und deren niedriger Intelligenzgrad sie auf eine Stufe mit dem Kettenhund im Hof unten stellt. Es ist unmöglich, vorauszusagen, was für gewaltsame Maßnahmen ihm als nächstes einfallen können; es sei denn, wir nützen unsere Chancen nach Kräften, solange wir sie noch haben.«

»Was können wir denn bloß tun, Marian? Ach, wenn wir doch nur diesem Hause den Rücken kehren könnten, und es nie wieder zu sehen brauchten!«

»Hör mich an, Liebste; und bemüh Dich vor allem immer, zu denken, daß Du, solange ich hier bei Dir bin, so gänzlich hülflos noch nicht seiest.«

»Ja, ich werd' dran denken – ich tu's sowieso. Aber vergiß über all Deinem Denken an mich nicht die arme Fanny. Auch sie braucht Trost und Unterstützung.«

»Ich vergess' sie nicht. Ich hab' schon mit ihr gesprochen, ehe ich hier herauf kam, und mit ihr vereinbart, mich noch heute Abend mit ihr in Verbindung zu setzen. Im Postsack von Blackwater Park sind Briefe nicht mehr sicher; und ich habe, in Deinem Interesse, heute noch zwei zu schreiben, die durch keine andern Hände gehen dürfen, als nur durch Fannys.«

»Was für Briefe?«

»Als erstes hab' ich vor, Laura, an Herrn Gilmores Partner zu schreiben, der uns für alle neu auftretenden Schwierigkeiten seine Hilfe angeboten hat. So wenig ich auch von Juristerei verstehe, bin ich mir doch sicher, daß es Gesetze gibt, die eine Frau vor solcher Behandlung schützen, wie dieser Rohling sie Dir heute angetan hat. Bezüglich Anne Cathericks werde ich mich auf keine Einzelheiten einlassen, weil ich verläßliche Hinweise nicht zu geben habe. Aber von den blauen Flecken auf Deinem Arm soll der Anwalt erfahren, und von dem, Dir in diesem Zimmer hier zugefügten Zwang – das soll er wissen, und zwar noch bevor ich heut Abend mein Haupt aufs Kissen lege!«

»Aber bedenk doch das Aufsehen, Marian!«

»Gerade mit dem Aufsehen rechne ich. Von dem hat Sir Percival mehr zu befürchten, als Du. Vielleicht wird ihn, wenn nichts anderes mehr verfängt, die Aussicht auf eben dieses Aufsehen zum Einlenken bewegen.«

Ich erhob mich noch während ich sprach; aber Laura beschwor mich, sie nicht allein zu lassen. »Du wirst ihn dadurch nur zur Verzweiflung treiben,« sagte sie, »und die uns drohenden Gefahren verzehnfachen.«

Ich fühlte die Wahrheit – die entmutigende Wahrheit – solcher

Worte; konnte mich jedoch nicht überwinden, ihr das offen einzugestehen. In unserer schrecklichen Situation bestand die einzige Hoffnung und Möglichkeit für uns darin, das Äußerste zu wagen. Ich sprach mich, obwohl vorsichtig formuliert, in diesem Sinne aus. Sie seufzte bitterlich, bestritt die Sache jedoch nicht weiter. Sie fragte lediglich noch nach dem zweiten Brief, den zu schreiben ich vorhätte. An wen sollte er gerichtet sein?

»An Herrn Fairlie,« sagte ich. »Dein Onkel ist immerhin Dein nächster männlicher Verwandter, und das Oberhaupt der Familie. Er muß und wird eingreifen.«

Laura schüttelte nur kummervoll den Kopf.

»Ja, ja,« fuhr ich fort, »Dein Onkel ist ein weichlicher, selbstischer, weltlichgesinnter Mann, ich weiß es wohl; aber er ist immer noch nicht ein Sir Percival Glyde und hat keinen Conte Fosco als Freund um sich. Ich erwarte nichts von seiner Herzensgüte, oder seiner zärtlichen Zuneigung Dir oder mir gegenüber; aber er wird Alles tun, um seine eigene Trägheit zu hätscheln und sich seine Gemütsruhe zu sichern. Laß mich ihn nur davon überzeugen, daß ein Eingreifen, zu diesem Zeitpunkt jetzt, ihm späterhin sonst unvermeidlich eintretende Aufregungen, Mühsale und Verantwortlichkeiten erspart, und er wird sich um seiner selbst willen bemühen. Ich weiß mit ihm umzugehen, Laura – ich hab' meine Erfahrungen mit ihm.«

»Wenn Du ihn nur dazu bewegen könntest, mich für eine kleine Weile nach Limmeridge zurückkommen, und dort in aller Stille mit Dir leben zu lassen, Marian – ach, dann könnte ich beinahe wieder so glücklich sein, wie ich vor meiner Verheiratung gewesen bin!«

Diese Worte gaben meinen Gedanken eine neue Richtung. Ob es wohl möglich sein konnte, Sir Percival schlicht vor diese Alternative zu stellen: entweder sich dem Skandal auszusetzen, der Arm der Justiz hätte zum Schutz seiner Gattin eingreifen müssen; oder aber ihr die Erlaubnis zu geben, sich in aller Stille für eine Zeit von ihm zu trennen, und zwar unter dem Vorwand eines Besuches bei ihrem Onkel? Ob man in diesem Falle wohl mit einiger Sicherheit damit rechnen durfte, er würde sich für die letztgenannte Möglichkeit entscheiden? Es schien mir zweifelhaft – ja, mehr als zweifelhaft. Und dennoch, hoffnungslos wie das Experiment immer aussehen mochte, des Versuches war es sicherlich wert. Ich beschloß, es zu probieren;

allerdings mehr aus Verzweiflung in Ermangelung eines besseren Einfalls.

»Dein Onkel soll von Deinem eben geäußerten Wunsch erfahren,« versprach ich, »und auch den Anwalt werde ich bezüglich dieses Punktes um seine Beratung bitten. Hoffentlich schlägt es uns zum Besten aus – ich bin eigentlich ziemlich überzeugt davon, Laura.«

Mit diesen Worten erhob ich mich neuerlich, und neuerlich versuchte Laura, mich zu bewegen, meinen Platz wieder einzunehmen.

»Laß mich nicht alleine,« bat sie unruhig. »Mein Schreibzeug steht dort auf dem Tisch – Du kannst doch auch hier schreiben.«

Es tat mir in der Seele weh, daß ich ihr das, in ihrem eigensten Interesse, abschlagen mußte. Aber wir hatten schon wieder zu lange zusammen eingeschlossen gesessen. Unsere Chance, einander künftig wiederzusehen, konnte gänzlich davon abhängen, daß wir nicht laufend neuen Verdacht erregten. Es war höchste Zeit für mich, mich ruhig und unbeteiligt wieder unter die Elenden unten zu mischen, die vielleicht in eben diesem Augenblick genau so an uns dachten und sich über uns unterhielten. Ich erklärte Laura diese erbärmliche Zwangslage, und brachte sie schließlich dahin, sie einzusehen, wie auch ich es mußte.

»In einer Stunde oder noch weniger bin ich wieder bei Dir, Liebste,« versprach ich. »Das Schlimmste ist ja heute vorbei. Bleib Du nur recht ruhig, und fürchte nichts.«

»Steckt der Schlüssel in der Tür, Marian? Kann ich von innen abschließen?«

»Ja; der Schlüssel ist hier. Schließ nur ab; und mach keinem Menschen auf, bis ich wieder nach oben komme.«

Ich küßte sie und ging. Es war mir eine Erleichterung, beim Weggehen zu vernehmen, wie der Schlüssel im Schloß umgedreht wurde, und zu wissen, daß sie über ihre Zimmertür nach Belieben selbst gebieten konnte.

VIII

19. Juni. – Ich war noch nicht weiter als bis zur Treppe gekommen, als Lauras Türzuschließen mir auf einmal die Ratsamkeit vor Augen stellte, künftig auch meine Tür immer abzuschließen, sobald ich mein

Zimmer verlassen würde, und den Schlüssel sicher bei mir zu tragen. Mein Tagebuch lag zwar schon, mit anderen Papieren zusammen, sicher in der Tischschublade; aber meine Schreibmaterialien standen frei herum, inklusive eines Briefsiegels (darauf das verbreitete Sinnbild: zwei Tauben, die aus derselben Schale trinken), und diversen Blättern Löschpapier, auf denen sich bestimmt immer die letzten Zeilen der Eintragung die ich am Abend zuvor schrieb, abgedrückt hatten. Im Zerrspiegel des Verdachtes, der mir allmählich zur zweiten Natur jetzt geworden war, sahen mir selbst solche Kleinigkeiten wie diese allzu gefährlich aus, um sie unbewacht herumliegen zu lassen — selbst der verschlossene Schreibtischschub schien mir in meiner Abwesenheit nicht mehr geschützt genug, wenn nicht die Mittel, sich ihm zu nähern ebenso sorgfältig von mir gehütet würden.
Ich fand jedoch kein Anzeichen, daß etwa Jemand, während ich mit Laura mich ausgesprochen hatte, mein Zimmer betreten haben könnte. Meine Schreibmaterialien (bezüglich deren die Dienstboten Anweisung hatten, sie nicht anzurühren) lagen, wie gewöhnlich, breit über den Tisch hingestreut — das einzige, was mich in dieser Beziehung ein bißchen störte, war, daß das Briefsiegel fein säuberlich in der Bleistiftschale und beim Siegellack lag. Es war nicht in meiner (ich muß es leider gestehen) unordentlichen Art, es je dorthin zu tun; auch konnte ich mich nicht erinnern, es unlängst dorthin getan zu haben. Aber da ich mich andererseits auch wieder nicht zu entsinnen vermochte, wo ich es zuletzt wohl hingeschmissen hatte, und ich mir durchaus im Zweifel war, ob ich es nicht doch einmal gewissermaßen mechanisch an die richtige Stelle gelegt haben könnte, verzichtete ich darauf, zu all der Verstörtheit, mit der mir die Ereignisse des Tages den Schädel randvoll gemacht hatten, nun auch noch den frischen Ärger wegen einer Läpperei hinzuzutun. Ich schloß die Tür ab, steckte den Schlüssel in die Tasche, und begab mich nach unten.
Madame Fosco stand allein in der Halle, den Blick auf dem Barometer.
»Immer noch ›fallend‹,« sagte sie. »Ich fürchte, wir müssen uns auf mehr Regen gefaßt machen.«
Ihr Gesicht hatte wieder seinen gewöhnlichen Ausdruck und seine gewöhnliche Farbe angenommen; aber die Hand, mit der sie auf das Zifferblatt des Wetterglases wies, zitterte noch.
Ob sie wohl ihren Gatten bereits davon unterrichtet haben konnte,

daß sie Laura belauscht hätte, wie sie ihn, in meiner Anwesenheit, einen »Spion« gescholten hatte? Mein starker Verdacht, sie müsse ihn bereits davon informiert haben — meine unwiderstehliche Angst (um so überwältigender, desto unklarer sie war) ob der möglicherweise sich daraus ergebenden Konsequenzen — meine feste Überzeugung, (gewonnen aus mehreren découvrierenden Kleinigkeiten, die Frauen sehr wohl an einander wahrnehmen), wie Madame Fosco, trotz ihrer gutgespielten äußerlichen Höflichkeit, ihrer Nichte durchaus noch nicht verziehen hatte, daß sie unschuldigerweise zwischen ihr und einem Legat von 10.000 £ stand—all das stürmte jetzt vereint auf mein Gemüt ein; all das trieb mich, sie anzusprechen, in der eitlen Hoffnung, mit meinem Einfluß und meinen Überredungskünsten Lauras Beleidigung einigermaßen ungeschehen zu machen.

»Darf ich auf Ihre Güte rechnen, Madame Fosco, mir zu verzeihen, wenn ich es wage, Ihnen ein paar Worte über ein, zugegeben, ungemein peinliches Thema zu sagen?«

Sie legte die Hände vor sich übereinander, und beugte feierlich ein wenig den Kopf; ohne ein Wörtchen zu entgegnen, und ohne auch nur einen Moment mit ihren Augen die meinigen loszulassen.

»Als Sie vorhin die Freundlichkeit hatten, mir mein Taschentuch wiederzubringen,« fuhr ich fort, »bin ich sehr-sehr besorgt, Sie könnten zufällig Laura etwas sagen gehört haben, was zu wiederholen ich nicht willens bin, und was zu verteidigen ich gar nicht erst versuchen möchte. Ich wage lediglich die Hoffnung auszudrücken, daß Sie es für nicht hinreichend wichtig gehalten haben könnten, es dem Conte gegenüber zu erwähnen.«

»Ich halte es in keiner Hinsicht für wichtig!« sagte Madame Fosco unvermittelt und mit Schärfe. »Aber,« fuhr sie fort, indem sie im Handumdrehen ihr eisiges Wesen wieder annahm, »ich habe keine Geheimnisse vor meinem Gatten, auch nicht in Kleinigkeiten. Als er vorhin eben wahrnahm, daß ich sehr niedergeschlagen aussähe, da wurde es meine schmerzliche Pflicht, ihm mitzuteilen, weshalb ich niedergeschlagen sei; und ich gestehe Ihnen ganz frei und offen, Fräulein Halcombe, daß ich es ihm mitgeteilt *habe.*«

Ich hatte mich auf solche Eröffnung zwar vorbereitet; und dennoch überlief es mich eiskalt von Kopf bis Fuß, als sie diese Worte aussprach.

»Dürfte ich Sie allen Ernstes bitten, Madame Fosco — dürfte ich den Conte allen Ernstes darum bitten — einiges der traurigen Lage, in die meine Schwester versetzt ist, zugute zu halten? Sie sprach ganz unter dem quälenden Eindruck der seitens ihres Gatten erlittenen Beleidigungen und Ungerechtigkeiten, und war nicht sie-selbst, als sie diese unbesonnenen Worte ausstieß. Darf ich hoffen, daß sie ihr rücksichtsvoll und großherzig vergeben werden?«

»Aber selbstverständlich,« sagte die ruhige Stimme des Conte hinter mir. Er hatte sich uns mit seinem lautlosen Schritt verstohlen und mit einem Buch in der Hand von der Bibliothek her genähert.

»Als Lady Glyde diese übereilten Worte sprach,« fuhr er fort, »hat sie mir ein Unrecht angetan, das ich beklage – und vergebe. Lassen Sie uns nie wieder auf den Gegenstand zurückkommen, Fräulein Halcombe; wollen wir uns Alle von diesem Augenblick an nach Kräften gegenseitig unterstützen, ihn aus unserm Gedächtnis zu streichen.«

»Sie sind sehr gütig,« sagte ich; »Sie erleichtern mich unaussprechlich –«

Ich gab mir alle Mühe, weiter zu reden; aber sein Blick ruhte auf mir; sein tödliches Lächeln, das Alles verbirgt, lag hart und unbeweglich über seinem breiten, glatten Gesicht. Mein Mißtrauen in seine unauslotbare Falschheit – das Gefühl meiner eigenen Erniedrigung, daß ich mich derart demütigen mußte, um ihn und sein Weib zu beschwichtigen – ich war in einem solchen Maße verstört und verwirrt, daß mir die nächsten Worte auf den Lippen erstarben, und ich stumm da stand.

»Ich bitte Sie auf den Knien, Fräulein Halcombe, nichts mehr zu sagen – wirklich, ich bin ganz bestürzt, daß Sie es für erforderlich gehalten haben sollten, schon so viel zu sagen.« Unter solchen höflichen Redewendungen griff er nach meiner Hand – oh, wie ich mich selbst verachtete; wie wenig Trost selbst die Überzeugung bringt, daß ich es um Lauras willen zu dulden hatte! – er nahm meine Hand, und führte sie an sein vergiftetes Lippenpaar! Wenig hatte ich bis dahin gewußt, wie sehr mir vor ihm grauste. Diese unschuldige Vertraulichkeit machte mein Blut kochen, als habe es sich um die gemeinste Beleidigung gehandelt, die ein Mann mir zufügen könnte. Trotzdem verbarg ich ihm meinen Ekel – ich suchte zu lächeln – Ich, die ich einst über jegliche Täuschung an anderen Frauen so gnadenlos abgeurteilt hatte, ich war jetzt so falsch wie die Falscheste unter ihnen, war genau so falsch wie der Judas, dessen Lippen meine Hand berührt hatten.

Ich hätte meine erniedrigende Selbstbeherrschung nicht aufrechtzuerhalten vermocht – es ist das einzige, was mich in meiner Selbstachtung einigermaßen freispricht, dies Wissen, daß ich es länger nicht ausgehalten hätte – wenn seine Augen weiterhin auf mein Gesicht gerichtet gewesen wären. Aber die tigerhafte Eifersucht seiner Frau kam mir zu Hülfe, und nötigte ihn, fast in demselben Augenblick, da er sich meiner Hand bemächtigte, seine Aufmerksamkeit von mir weg zu richten. In ihren kalten Blauaugen entstand ein Licht, ihre matten weißen Wangen fingen Feuer – sie wirkte im Handumdrehen diverse Jahre jünger, als sie zählte.
»Conte!« sagte sie. »Deine ausländischen Höflichkeitsformen versteht eine englische Frau nicht.«
»Pardon, mein Engel! Die beste und teuerste aller englischen Frauen in der Welt versteht sie –.« Mit diesen Worten gab er meine Hand frei, und führte statt ihrer gelassen die Hand seiner Gemahlin an seine Lippen.
Ich flog die Treppe hinauf und davon, um Zuflucht in meinem Zimmer zu suchen. Wäre Zeit zum Denken gewesen, hätten mir meine Gedanken, als ich mich wieder allein sah, bitteres Leid verursacht; aber es war ja keine Zeit zum Denken. Glücklicherweise für die Aufrechterhaltung meiner Fassung und meines Mutes, war zu nichts Zeit, als zum Handeln. Noch waren die Briefe an den Anwalt und an Herrn Fairlie zu schreiben; und ohne auch nur einen Moment zu zögern, setzte ich mich hin, um mich dieser Aufgabe zu widmen.
Hier gab es keine Vielzahl von Möglichkeiten, die mich verwirrt hätten – hier war absolut Niemand, auf den ich mich in erster Instanz hätte verlassen können, als einzig mich-selbst. Sir Percival hatte weder Freunde noch Verwandte in der Nachbarschaft, deren Vermittlung anzurufen ich hätte versuchen können. Er verkehrte mit den Familien seines eigenen Ranges und Standes, die in der Nähe wohnten, nur auf dem kühlsten Fuße – in einigen Fällen war man sogar ausgesprochen verfeindet. Und wir zwei Frauen andererseits besaßen weder Vater noch Bruder, die hier ins Haus hätten kommen und unsere Partei ergreifen können. Es gab keine andere Wahl, als eben entweder diese beiden dubiosen Briefe zu schreiben; oder aber Laura und mich entscheidend ins Unrecht zu setzen, und alle möglichen gütlichen Verhandlungen für die Zukunft dadurch unmöglich zu machen, daß wir heimlich von Blackwater Park flohen. Dieses allerletzte Auskunftsmittel zu wählen, war jedoch durch

nichts als die unmittelbarst drohende persönliche Gefahr zu rechtfertigen. Nein; zuerst mußten die Briefe versucht werden; und ich schrieb sie.
Hinsichtlich Anne Cathericks teilte ich dem Anwalt nichts mit; weil (wie ich schon Laura gegenüber angedeutet hatte) mit diesem Thema ein Geheimnis verknüpft war, das wir noch nicht erklären konnten, und das anzuschneiden deshalb einem Geschäftsmann gegenüber nutzlos gewesen wäre. Ich ließ meinen Korrespondenten deshalb, wenn er so wollte, des Glaubens, daß Sir Percivals schändliche Aufführung neuerlichen Auseinandersetzungen über Geldangelegenheiten zuzuschreiben sei; und konsultierte ihn lediglich hinsichtlich der Möglichkeit, geeignete gesetzliche Schutzmaßnahmen bezüglich Lauras zu treffen, für den Fall, daß ihr Gatte ihr die Erlaubnis Blackwater Park für einige Zeit zu verlassen und mit mir nach Limmeridge zurückzukehren, abschlagen sollte. Ich verwies ihn, was die Details dieser letzteren Regelung anbelangte, an Herrn Fairlie – versicherte ihn, daß ich mit Lauras Vollmacht schriebe – und schloß damit, daß ich ihn beschwor, in ihrem Namen zu handeln; und zwar mit dem geringstmöglichen Zeitverlust bis an die äußerste Grenze dessen zu gehen, was in seiner Macht stünde.
Als nächstes befaßte ich mich mit dem Brief an Herrn Fairlie. Ich appellierte an ihn in Wendungen, wie ich sie schon Laura gegenüber als die geeignetsten erwähnt hatte, ihn in Bewegung zu setzen. Ich legte ihm eine Abschrift meines Briefes an den Anwalt mit bei, um ihm zu zeigen, wie ernst der Fall sei; und stellte ihm dann unsern Wohnungswechsel nach Limmeridge zurück als die einzige mögliche Lösung dar, die zu verhindern vermöchte, daß die Sorgen und Gefährlichkeiten von Lauras augenblicklicher Situation in nicht allzuferner Zeit unweigerlich auch an ihren Onkel herantreten würden.
Als ich zuende war, und die beiden Umschläge versiegelt und adressiert hatte, begab ich mich mit den Briefen nach Lauras Zimmer zurück, um ihr zu zeigen, daß sie geschrieben wären. »Hat Dich inzwischen Jemand gestört?« fragte ich, als sie mir die Tür aufmachte.
»Geklopft hat Keiner,« entgegnete sie. »Aber im Vorzimmer war Jemand zu hören.«
»Ein Mann oder eine Frau?«
»Eine Frau. Ich hab' ihr Kleid rascheln hören.«

»Etwa wie Seide raschelt?«
»Ja, wie Seide.«
Also hatte dem Anschein nach Madame Fosco draußen Wache gestanden. Das Unheil, das sie von sich aus anzurichten imstande war, war wenig zu fürchten; aber das Unheil, das sie als williges Werkzeug in der Hand ihres Gatten anzurichten vermochte, war allzu fürchterlich, um unberücksichtigt bleiben zu dürfen.
»Was ist aus dem Kleiderrascheln geworden, als Du es dann nicht mehr im Vorzimmer gehört hast?« forschte ich. »Hast Du hören können, ob und wie es an Deiner Zimmerwand entlang im Korridor weitergegangen ist?«
»Ja. Ich hab' mich ganz still verhalten und gelauscht, und es noch gerade so hören können.«
»In welcher Richtung ist es gegangen?«
»In Richtung Deines Zimmers.«
Ich überlegte wiederum. Mein Ohr hatte kein dergleichen Geräusch erreicht. Aber ich war ja auch ganz in meine Briefe vertieft gewesen; und überdem schreibe ich mit schwerer Hand und unter Verwendung eines Gänsekiels, der geräuschvoll übers Papier knirscht und kratzt, Madame Fosco würde mit mehr Wahrscheinlichkeit das Geräusch meiner Feder vernommen haben, als ich das Rascheln ihres Kleides. Ein Grund mehr, (wenn es noch eines bedurft hätte), meine Briefe nicht mehr dem Postsack in der Halle anzuvertrauen.
Laura sah, wie ich überlegte. »Wieder neue Schwierigkeiten!« sagte sie müde; »neue Schwierigkeiten und neue Gefahren.«
»Gefahren nicht,« erwiderte ich. »Kleinere Schwierigkeiten vielleicht. Ich denke nur über den sichersten Weg nach, meine beiden Briefe in Fannys Hände gelangen zu lassen.«
»Du hast sie also tatsächlich geschrieben? Oh, Marian, geh' keinerlei Risiko ein — bitte, bitte, nicht das geringste Risiko eingehen!«
»Nein, nein — keine Angst. Laß mich überlegen. — Wie spät ist es im Augenblick?«
Es war ein Viertel vor sechs. Da hätte eigentlich Zeit für mich sein müssen, ins Dorfgasthaus zu gehen, und noch vor'm Dinner wieder zurück zu sein. Falls ich bis zum Abend zögerte, würde ich womöglich keine zweite Gelegenheit finden, mich sicher vom Hause zu entfernen.
»Schließ Du jetzt wieder zu, Laura, und laß den Schlüssel stecken,« sagte ich; »und mach Dir keine Sorgen um mich. Falls man irgend

Erkundigungen anstellen sollte, rufst Du einfach durch die Tür, und sagst, daß ich ein Stück spazieren gegangen wäre.«
»Wann wirst Du wieder zurück sein?«
»Unfehlbar noch vor'm Dinner. Nur Mut, Liebste. Morgen um diese Zeit schon, wird ein vertrauenswürdiger, klarblickender Mann zu Deinem Besten tätig sein. Herrn Gilmores Partner ist, nach Herrn Gilmore selbst, unser nächstbester Freund.«
Sobald ich allein war, reichte die Überlegung eines Augenblicks hin, mich zu überzeugen, daß ich, bevor ich nicht festgestellt hätte, was unten im Erdgeschoß des Hauses vor sich ginge, mich besser nicht zum Ausgehen angekleidet zeigen würde. Wußte ich doch zum Beispiel nicht, ob Sir Percival sich im Moment drinnen oder draußen befände.
Das Geschmetter der Kanarienvögel in der Bibliothek, zusammen mit dem Tabaksaroma, das aus der nicht ganz geschlossenen Tür drang, informierte mich auf der Stelle, wo der Conte sich befand. Als ich an jener Tür vorbei kam, warf ich einen raschen Blick über die Schulter, und erkannte zu meinem Erstaunen, daß er die Gelehrigkeit seiner Vögel, und zwar auf die gewinnendste, höflichste Weise, der Haushälterin vorführte! Er mußte sie ausdrücklich dazu eingeladen haben; denn aus eigener Machtvollkommenheit in die Bibliothek zu kommen würde ihr nie und nimmer eingefallen sein. Nun lag auch den geringfügigsten Handlungen des Mannes prinzipiell irgend ein besonderer Zweck zugrunde – um welchen Zweck konnte es sich hierbei handeln?
Aber es war jetzt nicht die Zeit, seinen Motiven nachzugehen. Ich sah mich als nächstes nach Madame Fosco um, und fand sie auf ihrer Lieblingskreisbahn, immer rund um das Fischbecken.
Ich war mir ein bißchen im Zweifel darüber, wie sie mir, nach dem Eifersuchtsausbruch, dessen Ursache ich so kurz zuvor gewesen war, jetzt begegnen würde; aber ihr Gatte hatte sie inzwischen längst wieder gezähmt, und sie erwiderte mir mit der gleichen Höflichkeit wie sonst. Der einzige Zweck, daß ich sie überhaupt jetzt anredete, war, herauszubekommen, ob sie etwa wisse, was aus Sir Percival geworden war. Ich versuchte, seiner so indirekt wie möglich zu erwähnen; und bekam sie, nach ein paar Ausflüchten und Finten von beiden Seiten, endlich auch so weit, daß sie andeutete, wie er unterwegs sei.
»Welches von den Pferden hat er denn heut genommen?« erkundigte ich mich gleichgültig.

»Keines,« entgegnete sie. »Er ist vor 2 Stunden zu Fuß ausgegangen. Soweit ich im Bilde bin, war sein Ziel, neuerlich Forschungen nach dieser Frau, dieser Anne Catherick, anzustellen. Er scheint da ganz unbegreiflich besorgt, ihre Spur wieder aufzufinden – wissen Sie etwa, ob die Person gemeingefährlich wahnsinnig ist, Fräulein Halcombe?«

»Ich hab' keine Ahnung, Contessa.«

»Gehen Sie jetzt wieder ins Haus?«

»Ja; ich glaube fast. Ich nehme an, es wird auch langsam Zeit, sich zum Dinner umzukleiden.«

Wir traten zusammen ins Haus. Madame Fosco schlenderte in die Bibliothek, und zog die Tür hinter sich zu. Ich ging sofort, mir Hut und Schal zu holen. Jede Sekunde war jetzt wichtig, wenn ich noch mit Fanny im Gasthaus sprechen, und bis zum Dinner wieder zurück sein wollte.

Als ich erneut die Halle unten durchquerte, war Niemand mehr da und auch der Gesang der Vögel in der Bibliothek war verstummt. Ich konnte mich nicht aufhalten, um neue Nachforschungen anzustellen. Ich konnte mich nur versichern, daß der Weg relativ frei war; und dann das Haus verlassen, meine beiden Briefe in der Tasche.

Während des Weges zum Dorf hin, bereitete ich mich mentaliter auf die Möglichkeit vor, Sir Percival zu begegnen. Solange ich mit ihm allein zu tun haben würde, war ich mir gewiß, nicht die Geistesgegenwart zu verlieren – ist doch eine Frau, die den klaren Kopf behält, jederzeit einem Manne gewachsen, der leicht die Beherrschung verliert. Ich hatte vor Sir Percival längst nicht die Angst, die ich vor dem Conte hatte. Anstatt daß ich angefangen hätte zu flattern, hatte es mich vielmehr beruhigt, von dem Zweck seines Ausganges heute zu erfahren. Solange das Aufspüren Anne Cathericks seine große Sorge war und blieb, die ihn gänzlich ausfüllte, solange durften Laura und ich uns erhoffen, daß die aktive Verfolgung von seiner Seite eine gewisse Einstellung erfahren würde. Sowohl um Anne's selbst, als auch um unseretwillen hoffte und betete ich inbrünstig darum, daß sie ihm entkommen möge.

Ich schritt so rasch aus, wie die Hitze mir erlauben wollte, bis ich die Kreuzung erreicht hatte, wo die Straße zum Dorf hin abzweigte; wobei ich nicht verfehlte, mich von Zeit zu Zeit umzuschauen, um mich zu versichern, daß mir Niemand folgte.

Auf dem ganzen Weg hinter mir sah ich nichts, als einen leeren ländlichen Frachtwagen. Das Geräusch der mahlenden Räder wurde mir lästig, und als ich merkte, daß der Wagen, genau wie ich, die Straße nach dem Dorf zu einschlüge, hielt ich an, um ihn vorbei und außer Hörweite kommen zu lassen. Als ich so stand und aufmerksamer denn zuvor zu ihm hinschaute, war mir, als könnte ich ab und zu die Füße eines Mannes entdecken, der dicht dahinter kam — der Fuhrmann selbst ging vorn, neben seinen Pferden. Der Teil des Kreuzweges, über den ich gerade hinüber war, war derart eng, daß der hinter mir herkommende Frachtwagen die Bäume und Sträucher zu beiden Seiten streifte, und ich erst warten mußte, bis er ganz vorbei war, bevor ich die Richtigkeit meiner Wahrnehmung nachprüfen konnte. Augenscheinlich war jedoch diese Wahrnehmung falsch gewesen; denn als der Wagen an mir vorüber war, lag die Straße dahinter gänzlich frei und leer da.

Ich erreichte das Gasthaus, ohne Sir Percival getroffen oder sonst weiter etwas bemerkt zu haben, und freute mich, als ich sah, daß die Wirtin Fanny mit aller nur denkbaren Freundlichkeit aufgenommen hatte. Das Mädchen hatte ein kleines Wohnzimmer, fern vom Lärm der Gaststube, in das sie sich setzen konnte, und unterm Dach des Hauses ein sauberes Schlafkämmerchen. Als sie meiner ansichtig wurde, fing sie gleich wieder an zu weinen; und sagte — die Arme; es war ja auch wahr! — daß es schrecklich wäre, sich derart hinausgestoßen zu fühlen in die weite Welt, wie wenn sie einen unverzeihlichen Fehler begangen hätte; dabei könnte ihr doch wirklich Niemand die geringste Schuld nachsagen, nicht einmal ihr Herr, der sie weggejagt hätte!

»Nehmen Sie sich das nicht so zu Herzen, Fanny,« sagte ich. »Ihre Herrin und ich werden deswegen Ihre Freunde bleiben, und dafür sorgen, daß Ihr Leumund nicht im geringsten darunter leidet. — Jetzt hören Sie mir mal zu. Ich hab' nur ganz-ganz wenig Zeit, und möchte etwas sehr Verantwortungsvolles in Ihre Hände legen: ich übergebe Ihnen hiermit zwei Briefe. Den einen, mit der Marke darauf, stecken Sie bitte in den Briefkasten, sobald Sie morgen in London eintreffen. Den andern, an Herrn Fairlie gerichtet, übergeben Sie ihm persönlich, sobald Sie daheim angekommen sind. Behalten Sie diese beiden Briefe immer bei sich, und geben Sie sie in keine anderen Hände. Sie sind im Interesse Ihrer Herrin, und von der alleräußersten Wichtigkeit.«

Fanny barg die Briefe im Ausschnitt ihres Kleides. »Da sollen sie bleiben, Fräulein,« sagte sie, »bis damit geschehen ist, was Sie mir anbefohlen haben.«

»Denken Sie nur daran, daß Sie morgen früh zur rechten Zeit auf dem Bahnhof sind,« fuhr ich fort. »Und wenn Sie die Haushälterin in Limmeridge wiedersehen, grüßen Sie sie von mir, und richten Sie ihr aus, daß Sie, bis Lady Glyde wieder imstande ist, Sie zu übernehmen, in *meinen* Diensten stehen. Wir werden uns vielleicht eher wiedersehen, als Sie meinen. Also Kopf hoch und guten Mut; und ja nicht den 7-Uhr-Zug verpassen.«

»Schönen Dank, Fräulein – allerbesten Dank! Man faßt sich gleich wieder ein Herz, wenn man Ihre Stimme hört. Wollen Sie bitte so freundlich sein, Mylady meinen Respekt zu vermelden, und auszurichten, daß ich Alles so sauber und ordentlich hinterlassen habe, wie ich in der knappen Zeit nur konnte. Oh weh, Oh-weh-oh-weh!: Wer wird sie heute zum Dinner ankleiden helfen?! mir bricht es förmlich das Herz, Fräulein, wenn ich nur daran denke!«

* * *

Als ich das Haus wieder erreichte, blieb mir nur eine Viertelstunde übrig, mich für's Dinner in Ordnung zu bringen, und, ehe ich nach unten ging, noch zwei Worte mit Laura zu wechseln.

»Also die Briefe sind in Fannys Hand,« flüsterte ich ihr durch die Tür zu. »Hast Du vor, zum Dinner zu uns hinunter zu kommen?«

»Oh nein, nein – nicht um Alles in der Welt!«

»Ist irgendwas passiert? Hat Dich Jemand gestört?«

»Ja – eben erst – Sir Percival –«

»War er drin bei Dir?«

»Nein; er hat mich lediglich durch einen Schlag außen an die Tür aufgeschreckt. Ich fragte: ›Wer ist da?‹. ›Du weißt schon,‹ antwortete er: ›Bist Du andern Sinnes geworden, und willst mir den Rest erzählen? Du sollst es! Früher oder später hol' ich es aus Dir raus. Du weißt auch, wo Anne Catherick sich in diesem Augenblick aufhält.‹ ›Oh wirklich, wirklich,‹ sagte ich, ›ich weiß es nicht.‹ ›Du weißt es!‹ rief er zurück. ›Aber ich breche Deinen Widerstand – merk Dir das! – ich hol's noch aus Dir raus!‹ – Mit diesen Worten ist er dann wieder gegangen. Gegangen, Marian, vor kaum 5 Minuten erst.«

Hatte er also Anne nicht gefunden! Für heute Nacht waren wir sicher — noch hatte er sie nicht gefunden.

»Gehst Du jetzt runter, Marian? Komm im Lauf des Abends doch wieder hoch.«

»Ja, ja. Sei nicht unruhig, falls es ein bißchen später wird — ich muß acht geben, daß ich sie nicht unnötig aufbringe, indem ich sie zu schnell wieder verlasse.«

Da läutete die Glocke zum Dinner, und ich eilte davon.

Sir Percival führte Madame Fosco ins Eßzimmer; mir gab der Conte den Arm. Er war rot und erhitzt, und nicht so sorgfältig und akkurat wie sonst gekleidet. War auch er vor'm Dinner noch aus gewesen und hatte sich beim Zurückkommen verspätet? Oder litt er lediglich etwas mehr als sonst unter der Hitze?

Wie dem auch immer sein mochte, er war unverkennbar von irgendeiner geheimen Sorge oder Unruhe geplagt, die zu verbergen selbst ihm und all seiner Kunst der Täuschung nicht restlos gelang. Während der ganzen Dauer des Dinners war er beinahe ebenso schweigsam wie Sir Percival selbst, und blickte ab und zu immer wieder mit dem Ausdruck einer verstohlenen Nervosität zu seiner Frau hinüber, die mir ganz neu an ihm war. Die einzige gesellschaftliche Verpflichtung, die so sorgfältig wie immer auszuüben er Selbstbeherrschung genug besaß, war die Verpflichtung, mir gegenüber, und zwar mit Ausdauer, höflich und aufmerksam zu sein. Welch niedrigen Zweck er im Auge hat, kann ich immer noch nicht genau entdecken; aber was seine Absicht auch sein mag, die Mittel deren er sich vom ersten Augenblick an, als er seinen Fuß in dieses Haus setzte, entschlossen und undurchdringlich, zur Erreichung seines Zieles bedient hat, heißen: unveränderliche Höflichkeit mir gegenüber; unveränderliche Demut Laura gegenüber; unveränderliche Dämpfung von Sir Percivals plumper Heftigkeit, (und zwar um jeden Preis). Ich hatte ihn in dieser Beziehung schon an jenem Tage im Verdacht, wo er, als es in der Bibliothek um das Aktenstück ging, erstmalig zu unsern Gunsten eingriff; heute bin ich mir sicher.

Als Madame Fosco und ich uns erhoben, die Tafel zu verlassen, stand der Conte gleichfalls auf, um uns zurück ins Wohnzimmer zu begleiten.

»Was rennst Du schon wieder weg?« fragte Sir Percival — »*Dich* mein' ich, Fosco.«

»Ich gehe weg, weil ich des Dinners und Weines genug zu mir

genommen habe«, entgegnete der Conte. »Sei so freundlich, Percival, und halte mir meine ausländische Gewohnheit, mit den Damen zu kommen und zu gehen, zugute.«

»Unsinn! Noch ein Glas Claret wird Dir nicht schaden. Setz' Dich nur wieder hin, wie ein Engländer. Ich möchte mich mal mit Dir beim Glase Wein ruhig 'ne halbe Stunde unterhalten.«

»Ruhig unterhalten von ganzem Herzen, Percival; aber nicht im Augenblick, und nicht beim Wein. Später im Lauf des Abends, wenn Du gestattest – später; im Laufe des Abends.«

»Höflich!« sagte Sir Percival wild: »Höfliches Benehmen, meiner Treu, einem Manne in seinem eigenen Hause gegenüber!«

Ich hatte ihn im Verlauf des Dinners mehr als ein Mal unruhig zum Conte hinüberblicken sehen, und erkannt, daß der Conte seinerseits ihn anzublicken sorgsam vermied. Dieser Umstand, verbunden mit dem Wunsch des Hausherrn nach einer kurzen, ruhigen Unterhaltung beim Wein, und der hartnäckigen Weigerung des Gastes sich nicht noch einmal an den Tisch zu setzen, rief mir die Erinnerung an das Ansuchen zurück, das Sir Percival schon früher am Tage, und ebenso vergeblich, an seinen Freund gerichtet hatte, nämlich aus der Bibliothek zu kommen, und mit ihm zu sprechen. Schon am Nachmittag, als er zuerst um eine private Unterredung ersucht wurde, hatte der Conte seine Einwilligung hinausgeschoben; und nunmehr, als am Dinnertisch zum zweiten Mal darum angehalten wurde, verschob er seine Einwilligung erneut. Was auch der Gegenstand des bevorstehenden Gespräches zwischen ihnen sein mochte, soviel stand fest, daß es nach Sir Percivals Meinung ein wichtiger – nach des Conte Meinung (seinem augenfälligen Widerwillen nach, sich damit zu befassen) vielleicht sogar ein gefährlicher Gesprächsgegenstand sein mußte.

Diese Überlegungen gingen auf unserm Wege vom Eß- ins Wohnzimmer in mir vor. Sir Percivals wütender Kommentar ob der Desertion seines Freundes hatte nicht die geringste Wirkung hervorgebracht. Der widerspenstige Conte geleitete uns an den Teetisch – hielt sich noch 1, 2 Minuten im Zimmer auf – verschwand dann hinaus in die Halle – und kam wieder, in der Hand den Postsack; (es war gerade 8 Uhr, die Stunde, wo die Briefpost von Blackwater Park grundsätzlich abging).

»Haben Sie etwa der Post noch einen Brief mitzugeben, Fräulein Halcombe?« fragte er, indem er sich mir mit dem Sack näherte.

Ich sah, wie Madame Fosco, die den Tee bereitete, mit der Zuckerzange in der Hand inne hielt, um meiner Antwort zu lauschen.
»Nein, Conte; danke sehr. Heut hab' ich keine Briefe.«
Er übergab den Sack dem Diener, der sich gerade im Zimmer befand; setzte sich dann ans Klavier, und klimperte zweimal hintereinander die muntere Melodie des neapolitanischen Straßensänger-Liedes ›La mia Carolina‹. Seine Gattin, ansonsten in all ihren Bewegungen die pedantischste der Frauen, bereitete den Tee so rasch, wie ich selbst es nur vermocht hätte – leerte ihre eigne Tasse binnen 2 Minuten – und glitt dann geräuschlos aus dem Zimmer.
Ich erhob mich, um ihrem Beispiel zu folgen; teils weil ich sie im Verdacht hatte, oben bei Laura eine neue Verräterei anzetteln zu wollen, teils weil ich entschlossen war, nicht mehr mit ihrem Mann allein im selben Zimmer zu verweilen.
Ehe ich jedoch noch die Tür erreichen konnte, hielt mich der Conte dadurch auf, daß er um ein Täßchen Tee bat. Gab ich ihm also sein Täßchen Tee, und versuchte dann zum zweiten Male, mich los zu machen. Wieder hielt er mich zurück – diesmal, indem er sich erneut ans Klavier begab, und mich unversehens um Entscheidung in einer musikalischen Frage anrief, die, wie er sich ausdrückte, die Ehre seines Vaterlandes anginge.
Vergeblich berief ich mich auf meine absolute Unkenntnis was Musik anbelangt, und meinen absoluten Mangel an Geschmack in dieser Beziehung. Er appellierte lediglich ein zweites Mal an mich, und zwar mit einer Heftigkeit, die jedem weiteren Protest meinerseits Hohn sprach. Die Engländer und die Deutschen (erklärte er voller Entrüstung) verlästerten immerfort die Italiener, ob ihrer angeblichen Unfähigkeit, die höheren Gattungen der Musik zu kultivieren; und zwar deklamierten wir pausenlos von unseren Oratorien, und jene ebenso pausenlos von ihren Symphonien. Vergaßen wir, und vergaßen jene, denn ganz seinen unsterblichen Freund und Landsmann, Rossini? Was wäre ›MOSES IN ÄGYPTEN‹ letzten Endes anderes, als ein erhabenes Oratorium, auf einer Bühne aufgeführt, anstatt kalt in einem Konzertsaal abgesungen? Was wäre die Ouvertüre zu ›WILHELM TELL‹ anderes, als eine Symphonie ohne diesen Namen? Ob ich jemals ›MOSES IN ÄGYPTEN‹ gehört hätte? Ob ich mir vielleicht einmal das anhören wollte; oder dies; und dies hier; und dann selbst sagen, ob je ein Sterblicher etwas Heilig-Erhabeneres und Großartigeres komponiert hätte?! – Und,

ohne ein Wort der Zustimmung oder Ablehnung von meiner Seite abzuwarten, (er hatte mir all die Zeit über beharrlich ins Gesicht gestarrt), begann er auf dem Klavier herumzugewittern, und dazu laut und voll des prächtigsten Enthusiasmus zu singen. Unterbrach sich auch nur, um mir zwischendurch dramatisch die Titel der diversen Musikstücke zuzuschleudern: »Chor des Volkes, während der Ägyptischen Finsternis, Fräulein Halcombe!« – »Rezitativ des Moses, mit den Gesetzestafeln in der Hand.« – »Gebet der Israeliten, beim Durchgang durch das Rote Meer. – Haha! Hoho!: *Ist* das heilig? *Ist* das erhaben?!« Das Klavier erbebte unter seinen mächtigen Händen, und die Teetäßchen auf dem Tisch erklirrten, als seine raumfüllende Baßstimme die Töne herausdonnerte und sein schwerer Fuß dazu den Takt auf dem Parkett schlug.
Es lag etwas schreckliches – etwas wildes und satanisches – in diesem Ausbruch des Entzückens, ob seines eigenen Gesangs und Spiels, und nicht minder in dem Triumph, mit dem er die Wirkung auf mich beobachtete, wie ich weiter und immer weiter türzu wich. Endlich wurde ich erlöst; wenn auch nicht durch eigene Kraft, sondern durch das Eingreifen Sir Percivals. Er riß drüben bei sich die Tür des Eßzimmers auf, und wollte ärgerlich wissen, was der »höllische Krach« eigentlich bedeuten solle? Der Conte erhob sich sogleich vom Klavier. »Ah! Wenn Percival erscheint,« sagte er, »haben sowohl Harmonie wie auch Melodie ein Ende. Die Muse der Tonkunst, Fräulein Halcombe, flieht uns voller Bestürzung; und ich, der fette alte Troubadour, will lieber den Rest meines Enthusiasmus der frischen Luft anvertrauen!« Er stolzierte hinaus auf die Veranda; steckte die Hände in die Taschen; und noch vom Garten her hörte ich ihn das Rezitativ des Moses, *sotto voce,* wieder anstimmen.
Ich vernahm, wie Sir Percival aus dem Eßzimmerfenster hinter ihm her rief – er jedoch nahm keine Notiz davon; er schien entschlossen, nichts zu verstehen. Diese lang-vertagte ruhige Unterhaltung zwischen ihnen, mußte sich einmal mehr hinausschieben lassen, hatte erneut zu warten, ganz nach des Conte Wunsch und Willen.
Er hatte mich fast eine geschlagene halbe Stunde im Wohnzimmer aufgehalten, von der Zeit an gerechnet, da seine Frau uns verlassen hatte. Wo war sie gewesen, und was hatte sie in der Zwischenzeit unternommen?
Ich begab mich nach oben, um mich zu vergewissern, konnte aber nichts entdecken; und als ich Laura befragte, ergab sich, daß auch

sie nichts gehört hatte. Niemand hatte sie gestört, und auch das schwache Rascheln des Seidenkleides war nicht vernehmbar gewesen, weder im Vorzimmer noch auf dem Korridor.
Es war jetzt 20 Minuten vor 9. Nachdem ich in mein Zimmer gegangen und mir mein Tagebuch geholt hatte, kam ich wieder zurück und setzte mich zu Laura; schrieb zuweilen; und hielt zuweilen inne, um mit ihr zu plaudern. Niemand kam uns nahe, und nichts ereignete sich. So blieben wir bis gegen 10 beisammen; dann stand ich auf, sagte ihr ein paar letzte ermunternde Worte, und wünschte ihr Gute Nacht. Nachdem wir noch vereinbart hatten, daß es am Morgen mein erstes sein sollte, hereinzukommen und nach ihr zu sehen, schloß sie ihre Tür wieder ab.
Ich hatte, bevor ich selbst zur Ruhe ging, meinen Tagebucheintragungen noch ein paar Sätze hinzuzufügen; und während ich mich, nachdem ich so zum letzten Mal an diesem trüben Tage von Laura Abschied genommen hatte, noch einmal nach unten ins Wohnzimmer begab, beschloß ich, mich lediglich rasch ein Mal dort zu zeigen, meine Entschuldigung vorzubringen, und mich dann, eine Stunde früher als normal, für heute zurückzuziehen.
Sir Percival, sowie der Conte und seine Gattin saßen beisammen. Sir Percival räkelte sich gähnend in einem Lehnstuhl; der Conte las; Madame Fosco fächelte sich. Merkwürdigerweise war jetzt *ihr* Gesicht gerötet! Sie, die ansonsten nie unter der Hitze litt, schien außer allem Zweifel heute Abend darunter zu leiden.
»Ich fürchte, Contessa, Sie befinden sich nicht ganz so wohl wie sonst?« erkundigte ich mich.
»Genau das, was ich eben zu *Ihnen* sagen wollte,« erwiderte sie. »Sie sehen so blaß aus, meine Liebe.«
›Meine Liebe‹? Es war das erste Mal, daß sie mich mit solcher Vertraulichkeit anredete! Auch lag ein unverschämtes Lächeln auf ihrem Gesicht, während sie diese Worte aussprach.
»Ein schwerer Anfall von Kopfschmerz, wie manchmal bei mir«, antwortete ich kalt.
»Ach, tatsächlich? Vielleicht Mangel an Bewegung? Da wäre doch ein kleiner *Spaziergang vorm Dinner* genau das Richtige für Sie gewesen.« Sie legte dabei einen ganz seltsamen Nachdruck auf das Wort ›Spaziergang‹ – hatte sie mich etwa fortgehen sehen? Na, wenn auch, es spielte keine Rolle. Befanden sich doch die Briefe inzwischen sicher in Fannys Händen.

»Komm und laß uns rauchen, Fosco,« sagte Sir Percival, und stand, neuerlich mit einem unruhigen Blick zu seinem Freund hinüber, auf.
»Mit Vergnügen, Percival; sobald die Damen zur Ruhe gegangen sein werden,« erwiderte der Conte.
»Sie entschuldigen mich, Contessa, wenn ich mich heut' einmal als Erste zurückziehe,« sagte ich. »Aber das einzige Mittel gegen einen Kopfschmerz wie den meinigen, ist, sich ins Bett zu legen.«
Ich verabschiedete mich ergo. Auf dem Gesicht des Weibes lag wieder dasselbe unverschämte Lächeln, als wir uns die Hand gaben. Sir Percival beachtete mich gar nicht; er schaute nur ungeduldig zu Madame Fosco hin, die keinerlei Anstalten machte, mit mir zusammen den Raum zu verlassen. Der Conte, hinter seinem Buch, lächelte verstohlen in sich hinein – noch immer würde sich die bewußte ›ruhige Unterhaltung‹ mit Sir Percival hinauszögern; diesmal hieß das Hindernis die Contessa.

IX

19. Juni. – Einmal sicher eingeschlossen in meinem Zimmer, öffnete ich diese Seiten wieder, und schickte mich an, bei dem Teil des Tages fortzufahren, über den schriftlich zu berichten noch übrig war.
Wohl an die zehn Minuten oder noch länger saß ich, die Feder in der Hand, müßig da, und überdachte die Ereignisse der letzten 12 Stunden. Als ich mich dann schließlich meiner Aufgabe zuwandte, fiel es mir in einem Maße schwer, damit voranzukommen, wie ich es bisher noch nie an mir erfahren hatte. Trotz aller Bemühungen, die Gedanken auf mein Vorhaben zu konzentrieren, schweiften sie, und zwar mit der kuriosesten Beharrlichkeit, immer wieder in die eine Richtung Sir Percivals und des Conte ab. All mein Interesse, das ich vergeblich auf mein Tagebuch zu fixieren versuchte, wandte sich statt dessen immer mehr jener privaten Aussprache zwischen den Beiden zu, die den ganzen langen Tag über verschoben worden war, und die nunmehr im Schutz und in der Stille der Nacht vor sich gehen sollte.
Bei diesem meinem verdrehten Gemütszustand wollte mir die Erinnerung an das, was sich seit heute Morgen abgespielt hatte, nicht

recht kommen, und mir fiel kein anderes Auskunftsmittel ein, als mein Tagebuch zuzumachen, und mich für ein Weilchen davon wegzubegeben.
Ich öffnete die Tür, die aus meinem Schlafraum in mein Wohnzimmerchen führte, und zog sie, nachdem ich sie passiert hatte, wieder hinter mir zu; um zu verhindern, daß die Kerze, die ich auf dem Frisiertischchen brennen gelassen hatte, Zugluft bekommen und Schaden anrichten könne. Das Fenster in meinem Wohnzimmer stand weit offen, und ich lehnte mich gedankenlos in die Nacht hinaus.
Draußen war es finster und stille. Weder Mond noch Sterne waren zu erblicken. Es lag ein Duft wie nach Regen in der schweren, unbeweglichen Luft, und ich reckte die Hand aus dem Fenster – ? –: nein, es drohte erst mit Regen; noch war er nicht gekommen.
So blieb ich, schier eine volle Viertelstunde lang, auf das Fensterbrett gelehnt, schaute geistesabwesend in die schwarze Dunkelheit hinaus, und hörte keinen Laut; es sei denn dann und wann die Stimmen der Dienerschaft, oder, im unteren Stockwerk des Hauses, das ferne Geräusch einer ins Schloß fallenden Tür.
Gerade als ich mich müde wieder vom Fenster fortwenden wollte, um zurück ins Schlafzimmer zu gehen, und einen neuerlichen Versuch zu machen, die unfertige Eintragung in meinem Tagebuch zu vervollständigen, spürte ich, wie das Aroma von Tabaksrauch durch die schwere Nachtluft auf mich zu kam. Im nächsten Augenblick sah ich auch schon, vom andern Ende des Hauses her, durch die Pechrabenschwärze einen winzigen roten Funken herankommen. Schritte vernahm ich keine, und zu erkennen vermochte ich auch nichts, außer eben dem Funken. Er wanderte durch die Nacht dahin; kam unter dem Fenster vorbei, an dem ich stand; und hielt dann gegenüber meinem Schlafzimmerfenster an, wo ich auf dem Frisiertischchen das Licht hatte brennen lassen.
Dort blieb der Funke einen Augenblick lang stehen; und zog dann wieder davon, zurück in die Richtung, aus der er gekommen war. Wie ich seinen Weg verfolgte, sah ich einen zweiten roten Funken, dicker als den ersten, sich aus der Ferne nähern. Inmitten der Dunkelheit trafen sich die Zwei. Indem ich mir ins Gedächtnis zurückrief, Wer Zigaretten rauche und Wer Zigarren, folgerte ich sogleich, daß zuerst der Conte herausgekommen sei und unter meinem Fenster nachgesehen und gehorcht habe, und daß anschließend Sir Per-

cival zu ihm gestoßen sei. Beide mußten auf dem Rasenstreifen gegangen sein; sonst hätte ich ja unbedingt Sir Percivals schwere Tritte vernommen, (obgleich der Katzenschritt des Conte mir vielleicht sogar auf dem Kiespfad entgangen wäre).
Ich wartete ruhig in meinem Fenster, überzeugt, daß Keiner von ihnen mich gegen den Hintergrund des dunklen Zimmers würde erblicken können.
»Was ist denn nun eigentlich los?« hörte ich Sir Percival mit leiser Stimme sagen: »Warum kommst Du nicht endlich 'rein und setzt Dich hin?«
»Ich möchte erst noch in jenem Fenster dort das Licht ausgehen sehen,« erwiderte der Conte sacht.
»Was tut Dir das Licht?«
»Es beweist, daß sie noch nicht zu Bett ist. Sie ist gewitzt genug, um etwas zu argwöhnen; und kühn genug, um herunter zu kommen und zu lauschen, wenn sie die Chance dazu ersieht. Geduld, Percival – nur Geduld.«
»Humbug! Ständig schwatzt Du von ›Geduld‹!«
»Ich werde dann gleich von etwas anderem schwatzen. Mein lieber Freund, Du stehst am Rande des wirtschaftlichen Abgrundes; und falls ich Dich diesen Frauen noch eine einzige weitere Chance geben lasse – also, auf mein Heiliges Ehrenwort, Du: die stoßen Dich hinein!«
»Was zum Teufel, meinst Du damit?«
»Wir können Uns einander gleich ausgiebig erklären, Percival; sobald das Licht in dem besagten Fenster erloschen sein wird, und nachdem ich mir die Räume zu beiden Seiten der Bibliothek noch einmal kurz angesehen habe, und das Treppenhaus nicht minder.«
Langsam begaben sie sich weiter, und der Rest der Unterhaltung zwischen ihnen (die immerfort in demselben gedämpften Ton geführt worden war) hörte auf, verständlich zu sein. Aber das war egal. Ich hatte genug vernommen, was mich bewog, die gute Meinung des Conte von meiner Kühnheit und Gewitztheit zu rechtfertigen. Noch ehe die beiden roten Funken in der Dunkelheit außer Sicht gekommen waren, hatte ich den Entschluß gefaßt, daß, wenn diese beiden Männer sich zu ihrer Aussprache zueinander setzen, ein Horcher dabei sein, und daß dieser Horcher, allen Vorsichtsmaßnahmen des Conte zum Trotz, Niemand anders als ich sein sollte. Ich bedurfte nur eines zureichenden Grundes, um dergleichen Akt vor

meinem Gewissen zu verantworten, und mir hinlänglichen Mut zur Ausführung einzuflößen — und diesen Grund hatte ich: Lauras Ehre, Lauras Glück, ja, Lauras Leben sogar, konnten von der Schärfe meiner Ohren und der Verläßlichkeit meines Gedächtnisses heute Nacht abhängen!

Ich hatte den Conte sagen hören, daß er vorhabe, die Räume zu beiden Seiten der Bibliothek zu untersuchen, und das Treppenhaus nicht minder, bevor er sich Sir Percival gegenüber auf Erklärungen irgendwelcher Art einließe. Diese Formulierung seiner Absichten war hinreichend deutlich, um mich zu informieren, daß die Bibliothek der Raum sein sollte, in dem er die Unterhaltung zu führen beabsichtigte. Die kurze Spanne Zeit, deren ich bedurfte, um zu dieser Schlußfolgerung zu gelangen, reichte auch hin, um mir ein Mittel einzugeben, alle seine Vorsichtsmaßregeln zu vereiteln — das heißt in anderen Worten: mit anzuhören, was er und Sir Percival einander zu sagen hatten, ohne daß ich überhaupt nötig hätte, zu riskieren, in die unteren Regionen des Hauses hinabzusteigen.

Als ich früher einmal die Räumlichkeiten im Erdgeschoß beschrieb, habe ich beiläufig auch der Veranda davor Erwähnung getan, auf die die Zimmer hinausgingen, und zwar sämtlich vermittels großer Fenster-Türen, die von der Gardinenstange oben bis zum Fußboden herunter reichten. Das Dach über dieser Veranda war ziemlich flach, und mit Dachrinnen versehen, die das anfallende Regenwasser durch Rohre in Tanks leiteten, die zur Wasserversorgung des Hauses mit beitrugen. Dieses schmale bleigedeckte Dach erstreckte sich unter unserem Schlafzimmer hier oben entlang, und zwar, wie ich schätzen mochte, weniger als einen Meter unterhalb des Fensterbrettes. Eine ganze Reihe Blumentöpfe war darauf gestellt, allerdings in ziemlich weiten Abständen voneinander, und um ihr Herabfallen bei heftigen Winden zu verhindern, zog sich außen, am Rand des Daches, ein zierliches schmiedeeisernes Gitterchen entlang.

Der Plan, welcher mir nun eingefallen war, bestand darin: aus meinem Wohnzimmerfenster auf eben dieses Dach hinauszusteigen; geräuschlos darauf entlang zu kriechen, bis ich die Stelle erreicht hatte, die genau über dem Fenster der Bibliothek gelegen war; und mich dort zwischen die Blumentöpfe niederzuducken, das Ohr gegen das Gitter am Dachrand gedrückt. Falls Sir Percival und der Conte sich auch heut Nacht wiederum dergestalt zum Rauchen hinsetzen sollten, wie ich sie schon so manche Nacht zuvor hatte sitzen und rauchen sehen – nämlich ihre Sessel in die offene Fenster-Tür gerückt, die Füße auf eiserne Gartenstühle gelegt, wie sie auf der Veranda mehrfach herumstanden – dann mußte jedes lauter als im Flüsterton gesprochene Wort, (und keine längere Unterhaltung *kann* ja, wie wir Alle aus Erfahrung wissen, durchweg im Flüsterton geführt werden) zwangsläufig mein Ohr erreichen. Falls es ihnen andererseits ausgerechnet heute Nacht einfallen sollte, weit drinnen im Zimmer sich hinzusetzen, würde meine Chance als Lauscher nahezu gleich Null werden – in dem Fall mußte ich dann eben das weit ernsthaftere Risiko eingehen, sie unten im Hause selbst zu überlisten.

So sehr auch die desperate Art der Situation, in der wir uns befanden, mich in meinem Entschluß bestärkte, so inbrünstig hoffte ich doch, daß mir dieses letztere Wagnis erspart bleiben möchte. Mein Mut war in allerletzter Instanz eben doch nur der Mut einer Frau, und, bei der Vorstellung, mich allein, in totenstiller Nacht, in Reichweite Sir Percivals und des Conte zu getrauen, nahe daran zu versagen.

Ich begab mich leise in mein Schlafzimmer zurück, um zuerst einmal das sicherere Experiment via Verandadach zu versuchen.

Zunächst war es unbedingt erforderlich, mich komplett umzuziehen, und zwar aus mancherlei Gründen. Als erstes mußte mein Seidenkleid herunter; weil in einer derart stillen Nacht das leichteste Geräusch davon mich sofort verraten hätte. Als nächstes legte ich alles ab, was an meiner Unterkleidung weiß und unbehülflich war, und statt dessen einen Petticoat aus dunklem Flanell an. Über alles zog ich mein schwarzes Reisecape, und gleich die Kapuze über den Kopf. In meinem gewöhnlichen Abendkostüm nahm ich mindestens soviel Raum wie 3 Männer ein – in meiner jetzigen Tracht, wenn ich sie eng um mich zog, hätte ein Mann nicht leichter durch die engsten Orte schlüpfen können, als ich. Der schmale Raum, der auf dem Verandadach blieb, zwischen den Blumentöpfen auf der einen und Hauswand und Fenster auf der anderen Seite, machte das zu einem wichtigsten Erfordernis; wenn ich etwas herunterstoßen, wenn ich das geringste Geräusch verursachen sollte, wer konnte wohl sagen, was die Folgen davon sein mochten?

Dann aber nahm ich mir lediglich noch die Zeit, die Streichhölzer neben die Kerze zu legen, bevor ich sie auslöschte, und ertastete mir dann meinen Weg zurück ins Wohnzimmer. Verschloß erst diese Tür,

ebenso wie ich meine Schlafzimmertür abgeschlossen hatte – stieg dann still aus dem Fenster, und setzte den Fuß vorsichtig auf das Bleidach der Veranda.
Meine beiden Räume lagen im innersten Winkel des ›Neuen Flügels‹ des Hauses (in dem wir ja Alle wohnten); und bevor ich meinen Posten unmittelbar über der Bibliothek, den einzunehmen unbedingt erforderlich war, erreichen konnte, mußte ich an 5 anderen Fenstern vorbei. Das erste gehörte zu einem Reserve-Zimmer, das leer stand. Das zweite und dritte gehörte zu Lauras Räumen. Das vierte zu dem Sir Percivals. Das fünfte endlich zu dem der Contessa. (Die übrigen, die zu passieren ich nicht nötig hatte, waren das vom Ankleidezimmer des Conte, das Badezimmer, und das eines weiteren leerstehenden Gästezimmers.)
Kein Laut traf mein Ohr; rundum nichts als blinde, pechschwarze Nacht, als ich nun auf dem Verandadach stand, ausgenommen diejenige Stelle davon, die unter Madame Foscos Fenster verlief. Dort, genau an dem Fleck über der Bibliothek, wo ich hin wollte – genau da erblickte ich einen Lichtschimmer: die Contessa war noch nicht zu Bett!
Aber zum Rückzug war es zu spät – zum Warten keine Zeit mehr. Ich beschloß, es jetzt auf Alles ankommen zu lassen und was Sicherheit anbetraf auf meine eigene Behutsamkeit und die Finsternis der Nacht zu vertrauen. »Um Lauras willen!« dachte ich bei mir, als ich den ersten Schritt entlängst des Daches tat und mit der einen Hand mein Cape eng um mich zuhielt, während ich mich mit der anderen an der Hauswand entlang tastete. Es war besser, mich ganz dicht an der Mauer zu halten, als der anderen Seite zu nahe zu kommen, wo, nur ein paar Zentimeter entfernt, die Blumentöpfe standen, an die ich leicht mit dem Fuß anstoßen konnte.
Ich passierte das dunkle Fenster des ersten unbewohnten Gästezimmers, wobei ich das Bleidach bei jeglichem Schritt immer erst mit vorgesetztem Fuß sondierte, ehe ich ihm mein Gewicht anvertraute. Ich passierte die dunklen Fenster von Lauras Zimmern (»Gott segne und beschütze sie heut Nacht!«). Ich passierte das finstere Fenster von Sir Percivals Zimmer. Dann wartete ich einen Moment; ließ mich auf Hände und Knie nieder; und kroch so auf allen Vieren zu meinem Posten hin, in Deckung des niedrigen Mauerstücks zwischen Unterkante des erleuchteten Fensters und Dachansatz.
Als ich es wagte, zum Fenster selbst hoch zu blicken, erkannte ich,

daß es nur ganz oben geöffnet, und drinnen die Jalousie herunter gezogen war. Während ich noch hinschaute, sah ich Madame Foscos Schatten auf dem hellen Fensterfeld erscheinen – darüber hinwegziehen – und anschließend wieder, langsam, zurückwandern. Bis jetzt zumindest konnte sie mich noch nicht gehört haben; sonst würde der Schatte ja vor der Jalousie verweilt haben, selbst wenn ihr der Mut, das Fenster zu öffnen und hinauszusehen gemangelt hätte.

Ich versicherte mich erst durch behutsames Um-mich-fühlen von der Stellung der nächsten Blumentöpfe auf jeder Seite, und drückte mich dann seitlich gegen das Gitter am Dachrande. Es war eben Platz genug für mich, daß ich mich zwischen zwei davon hinsetzen konnte, aber mehr auch nicht. Die süßduftenden Blätter der Blume zu meiner Linken streiften buchstäblich meine Wange, als ich den Kopf an das kleine Geländer legte.

Die ersten Geräusche, die mich von unten her erreichten, wurden durch das Öffnen beziehungsweise Schließen (wahrscheinlich das letztere) von 3 Türen, der Reihe nach, verursacht – jener Türen, ohne Zweifel, die in die Vorhalle, sowie in die Räume zu beiden Seiten der Bibliothek führten, und die zu untersuchen der Conte sich selbst gelobt hatte. Der erste Gegenstand, den ich sah, war wieder der rötliche Funke, der unter der Veranda hervor in die Nacht hinaus wanderte; sich in Richtung meines Fensters bewegte, einen Moment dort verharrte, und dann wieder zu dem Platz zurückkehrte, von dem er ausgegangen war.

»Hol der Henker Deine Unrast! Wann gedenkst Du Dich eigentlich mal ruhig hinzusetzen?« knurrte Sir Percivals Stimme unter mir.

»Uff – eine Hitze ist das!« erwiderte der Conte; er seufzte und paffte müde.

Dieser seiner Äußerung folgte das Scharren von Gartenstühlen auf den Steinplatten des Verandafußbodens – das willkommene Geräusch, das mir kund tat, sie wären dabei, wie üblich, in der Glastür Platz zu nehmen. So weit hatte ich Glück gehabt. Die Uhr im Türmchen oben schlug just dreiviertel auf zwölf, als sie sich in ihren Stühlen zurecht setzten. Durch das offene Fenster über mir hörte ich Madame Fosco gähnen, und sah ihren Schatten einmal mehr über die helle Jalousiefläche dahinziehen.

Inzwischen begannen unten Sir Percival und der Conte sich zu unterhalten, mit Stimmen, die ab und zu ein wenig unter normaler

Lautstärke, jedoch nie direkt zu einem Flüstern herabsanken. Die Seltsamkeit und das Gefahrvolle meiner Lage, sowie die Furcht vor Madame Foscos erleuchtetem Fenster, deren ich nicht Herr werden konnte, machten es mir zuerst schwierig, ja fast unmöglich, die Geistesgegenwart zu bewahren, und meine ganze Aufmerksamkeit einzig und allein auf das Gespräch unter mir zu konzentrieren. Ein paar Minuten hindurch gelang es mir lediglich, den Inhalt allgemein zu fassen; nämlich wie der Conte etwa sagte, daß im Erdgeschoß alles in Ordnung wäre, und sie sich jetzt ohne Furcht vor Überraschungen miteinander aussprechen könnten. Sir Percivals Antwort bestand nur darin, daß er seinem Freund Vorwürfe machte, den ganzen langen Tag auf nicht zu rechtfertigende Weise seine Wünsche einfach übersehen, und seine Interessen vernachlässigt zu haben. Worauf der Conte sich durch die Erklärung verteidigte, wie er völlig mit gewissen Mühen und Kümmernissen ausgelastet gewesen sei, die all seine Aufmerksamkeit in Anspruch genommen hätten; und daß die einzig sichere Zeit, sich zu verständigen, eben eine Stunde sei, zu der sie sich sicher fühlen könnten, weder unterbrochen noch belauscht zu werden. »Wir sind bei einer ernsthaften Krisis in unseren Transaktionen angelangt, Percival,« sagte er, »und wenn wir überhaupt Entschlüsse hinsichtlich der Zukunft zu fassen gedenken, dann muß das heute Nacht und heimlich geschehen.«

Dieser Satz des Conte war der erste, dessen meine allmählich zurückgekehrte Aufmerksamkeit sich wieder wörtlich zu bemächtigen vermochte. Von diesem Zeitpunkt an war – mit kleineren Unterbrechungen und Lücken – all mein Interesse mit atemloser Spannung auf das Gespräch gerichtet, und ich verfolgte es Wort für Wort.

»Krisis?« wiederholte Sir Percival: »Es ist eine bösere Krisis, als Du Dir vorstellst, das kann ich Dir sagen.«

»Man sollte es fast meinen, in Anbetracht Deines Benehmens während der letzten ein, zwei Tage,« gab der Andere kühl zurück. »Aber warte noch etwas. Ehe wir zu dem übergehen, was ich *nicht* weiß, laß uns ganz klar über das werden, *was* ich weiß. Laß uns zuerst sehen, ob ich, was die Vergangenheit anbelangt, im Recht bin, bevor ich Dir Vorschläge hinsichtlich der Zukunft unterbreite.«

»Wart erst, bis ich Brandy und Wasser geholt hab'. Und nimm Dir auch welchen.«

»Danke, Percival. Kaltes Wasser mit Vergnügen, und auch einen Löffel und die Zuckerdose: ›Eau sucrée‹, mein Freund – und weiter nichts.«
»Zuckerwasser für einen Mann in Deinem Alter! – Da. Mix Dir Deine schlappe Brühe – Ihr Ausländer seid doch Einer wie der Andere.«
»Hör mir jetzt mal zu, Percival. Ich werde Dir unsere Situation kurz umreißen, so wie ich sie sehe; und Du sollst mir dann sagen, ob ich recht habe oder aber unrecht. – Du und ich, wir sind vom Kontinent in dieses Haus zurückgekehrt, mit Finanzen, die man ohne Übertreibung ernstlich derangiert –«
»Mensch, mach's kurz!: ich brauchte diverse Tausende, und Du diverse Hunderte; und ohne das Geld waren wir Beide auf dem besten Wege, zusammen vor die Hunde zu gehen. So, da hast Du Deine ›Situation‹! Und wohl bekomm's. – Mach schon weiter.«
»Schön, Percival; um mich Deiner eigenen soliden englischen Ausdrucksweise zu bedienen: Du brauchtest diverse Tausende, und ich diverse Hunderte; und die einzige Möglichkeit, dazu zu gelangen, bestand für Dich darin, die Summe, deren Du benötigt warst, mit Hilfe Deiner Frau aufzubringen – mit einem zusätzlichen kleinen Spielraum noch, für meine armen paar Hunderter. Was nun habe ich Dir während unserer Rückreise nach England hinsichtlich Deiner Frau gesagt? – und habe es Dir wieder gesagt, nachdem wir hier angekommen waren, und ich mit eigenen Augen gesehen hatte, was für eine Sorte Weib dieses Fräulein Halcombe war?«
»Wie soll ich das wissen? Ich nehme an, Du wirst beim Schwatzen wie immer vom Hundertsten ins Tausendste gekommen sein.«
»Was ich sagte, war dies: der menschliche Scharfsinn, mein Freund, hat bisher nur 2 Methoden ausfindig gemacht, wie ein Mann eine Frau erfolgreich behandeln kann. Die eine ist, sie k. o. zu schlagen – eine Methode, zumal in den brutalen niederen Volksschichten weit verbreitet, in wohlerzogenen und wahrhaft gebildeten oberen Gesellschaftskreisen jedoch mit Recht verabscheut. Die andere Methode – langwieriger, komplizierter, zugegeben; im Endeffekt jedoch nicht minder sicher – besteht darin, sich von einem Weibe reizen zu lassen, was immer es auch sei. Das bewährt sich bei Tieren; es bewährt sich bei Kindern; und bewährt sich folglich auch bei Frauen, die ja letzten Endes nur besonders groß gewachsene Kinder sind. Ruhige Entschlossenheit ist die eine große Eigenschaft, die Tie-

ren, Kindern und Frauen gänzlich abgeht. Wenn es ihnen auch nur ein einziges Mal gelingt, diese überlegene Eigenschaft ihres Herrn zu erschüttern, dann gewinnen *sie* die Oberhand; wenn es ihnen niemals gelingt, sie erfolgreich zu verstören, dann gewinnt *er* die Oberhand. Ich habe zu Dir gesagt: gedenke dieser einfältigsten aller Wahrheiten, wenn Du willst, daß Deine Frau Dir zu Deinem Gelde verhelfe. Ich habe Dir gesagt: gedenke ihrer doppelt und dreifach in Anwesenheit der Schwester Deiner Frau, Fräulein Halcombe. Hast Du es berücksichtigt?: nicht 1 Mal in all den Komplikationen, die uns im Laufe der Zeit in diesem Haus hier gegenüber getreten sind! Auf den geringsten Versuch seitens Deiner Frau oder ihrer Schwester, Dich zu reizen, bist Du prompt eingegangen. Deine unsinnige Unbeherrschtheit hat uns die Unterschrift unter das Aktenstück gekostet, also das baare Geld; hat bewirkt, daß Fräulein Halcombe ein erstes Mal an ihren Anwalt schrieb –«

»Ein erstes Mal? Hat sie etwa schon wieder geschrieben?!«

»Ja; sie hat heute wiederum geschrieben.«

Unten fiel ein Stuhl auf den Steinfußboden der Veranda – fiel mit einem Geräusch, wie wenn er umgetreten worden wäre.

Es war gut für mich, daß die Enthüllung des Conte Sir Percivals Ärger derart entfachte – als ich vernahm, wie ich wieder einmal mehr entdeckt worden sei, fuhr ich so zusammen, daß das Gitterchen, gegen das ich gedrückt lag, neuerlich knackte; er war mir *doch* zum Gasthaus gefolgt? Hatte er geschlossen, daß ich, als ich ihm erklärte, ich hätte keine Briefe für den Postsack, sie also an Fanny gegeben hätte? Aber selbst wenn dem so sein sollte: wie konnte er meine Briefe kennen, wo sie doch geradeswegs aus meiner Hand in den Kleidausschnitt des Mädchens gewandert waren?

»Danke Du nur immer Deinem Glücksstern,« hörte ich den Conte als nächstes sagen, »daß Du mich im Hause hast; mich, der den Schaden, den Du laufend anrichtest, im gleichen Tempo wieder ausbessert. Danke Du Deinem Glücksstern, daß ich ›Nein‹ sagte, als Du verrückt genug warst, Fräulein Halcombe gegenüber von Einsperren zu faseln, wie Du schon in Deiner gefährlichen Narretei Deine Frau eingesperrt hattest. Wo hast Du bloß Deine Augen? Kannst Du Dir dieses Fräulein Halcombe anschauen, und nicht sofort erkennen, daß sie den Weitblick und die Entschlossenheit eines Mannes besitzt? Mit *der* Frau als Freundin, würde ich mit diesen meinen Fingern der ganzen Welt ein Schnippchen schlagen. Mit ihr als Feindin muß ich – ich, mit all meinem Scharfsinn und meiner Erfahrung – ICH, Fosco, schlau wie Satan persönlich, wie Du mir selbst einige hundert Mal bestätigt hast – da muß ich, um mich Eurer englischen Wendung zu bedienen, wie auf Eiern gehen! Und dieses grandiose Geschöpf – ich trinke auch gleich auf der Stelle in Zuckerwasser ihre Gesundheit! – dies grandiose Geschöpf, die in aller Kraft ihrer Liebe und ihres Mutes, fest wie ein Fels zwischen uns und Deiner armen, nichtigen, niedlich-blonden Frau steht – dieses Prachtweib, das ich von ganzer Seele bewundere (obschon ich in Deinem und meinem Interesse gegen sie vorgehen muß), das treibst Du so ohne weiteres zum Äußersten, wie wenn sie auch nicht schlauer und kühner wäre, als der Rest ihres Geschlechtes? Oh, Percival, Percival! Du verdienst zu scheitern; und Du *bist* gescheitert.«

Es erfolgte eine Pause. (Ich schreibe die Redensarten des Schurken über mich hier nieder, weil ich sie mir ins Gedächtnis prägen will – weil ich noch den Tag zu erleben hoffe, wo ich, ein für alle Mal, in seiner Anwesenheit frei herausreden, und sie ihm, Stück für Stück, wieder heimzahlen kann.)

Sir Percival war es, der das Schweigen als Erster wieder brach.

»Jaja; prahle und bramarbasier' Du nur nach Herzenslust,« sagte er mürrisch, »die Geldverlegenheit ist aber nicht meine einzige Schwierigkeit. Du würdest selbst dafür sein, den Weibern gegenüber schärfste Maßnahmen zu ergreifen – wenn Du wüßtest, was ich weiß.«

»Wir werden zu gegebener Zeit auch auf diese zweite Schwierigkeit kommen,« gab der Conte zurück. »Jedenfalls magst Du Dich immer nach Gefallen verwirren lassen, Percival: mich sollst Du nicht verwirren. Laß zuerst die Geldfrage geregelt sein. Habe ich Deine Widerspenstigkeit widerlegt? Dir dargetan, daß Deine Aufgebrachtheit Dich daran verhindert, Dir erfolgreich zu helfen? – Oder muß ich noch weiter zurückgehen, und (wie Du es in Deinem trefflichen, frank- und freien Englisch ausdrücktest) noch ein bißchen mehr ›prahlen und bramarbasieren‹?«

»Pah! Es ist leicht genug, *mir* gegenüber brummig zu tun. Sag' lieber, was geschehen soll – das ist'n bißchen schwieriger.«

»Wirklich? Bah! Zu geschehen hat Folgendes: von heute Nacht an gibst Du, und zwar jede, Leitung der Angelegenheit auf – und legst sie künftighin, einzig und allein, in *meine* Hände. Ich spreche ja schließlich zu einem praktischen britischen Manne – ja? Nun gut, Praktikus: genügt Dir das?«

»Was würdest Du vorschlagen, wenn ich es Dir gänzlich übertrüge?«

»Erst antworte mir: wird es in meine Hände gelegt oder nicht?«

»Nehmen wir an, es läge in Deinen Händen – was dann?«

»Dann zunächst ein paar Fragen, Percival. – Ein bißchen müßte ich erst noch warten, um mich von den Umständen leiten zu lassen; müßte auch, in jeder nur erdenklichen Beziehung wissen, welcher Art diese Umstände vermutlich sein werden. Zeit zu verlieren haben wir nicht. Ich sagte Dir ja wohl bereits, daß Fräulein Halcombe heute ein zweites Mal an ihren Anwalt geschrieben hat.«

»Wie hast Du das 'rausbekommen? Was hat sie denn geschrieben?«

»Wenn ich Dir das auch auseinandersetzen wollte, Percival, würden wir uns am Ende doch wieder nur auf genau demselben Fleck befinden, auf dem wir jetzt sind. Genug, daß ich es herausbekommen *habe* – und eben das hat all die Aufregung und Sorge veranlaßt, die mich heute, den ganzen langen Tag hindurch, Dir gegenüber so unzugänglich gemacht haben. Jetzt, um mein Gedächtnis hinsichtlich Deiner Lage noch einmal aufzufrischen – es ist ja einige Zeit her, daß wir sie miteinander ausführlich durchgesprochen haben – die betreffende Summe ist also, in Ermangelung der Unterschrift Deiner Frau, vermittelst von Wechseln auf 3 Monate beschafft worden – zu einem Zinssatz beschafft worden, daß mir bei dem bloßen Gedanken daran mein mit Armut geschlagenes Ausländer-Haar zu Berge steht! Und wenn diese bewußten Wechsel fällig werden: dann gibt es, gewiß und wahrhaftig, kein anderes irdisches Mittel mehr, sie zu bezahlen, als die Hilfe Deiner Frau?«

»Keines.«

»Was?! Du hast keinen Pfennig Geld mehr auf der Bank?«

»Ein paar Hundert. Wo ich ebensoviele Tausende brauchte.«

»Und irgendeine andere Sicherheit, um weiter darauf zu borgen, besitzt Du nicht mehr?«

»Kein Fäserchen mehr.«

»Was hat Dir denn Deine Frau eigentlich mitgebracht, über das Du im Augenblick verfügst?«

»Außer den Zinsen ihrer 20.000 Pfund nichts – kaum genug, um unsere täglichen Ausgaben zu bestreiten.«

»Was hast Du von Deiner Frau weiterhin zu erwarten?«
»3.000 pro Jahr, wenn ihr Onkel stirbt.«
»Ein hübsches Sümmchen, Percival! – Was für eine Art Mensch ist dieser Onkel? Alt?«
»Nein – weder alt noch jung.«
»Ein gutlauniger, lebenslustiger Mann? Verheiratet? Nein, halt – verheiratet wohl nicht, wie mir, glaub' ich, meine Frau erzählt hat.«
»Selbstverständlich nicht. Wenn er verheiratet wäre und einen Sohn hätte, wäre Lady Glyde ja nicht die nächste Erbin des Besitztums. Ich will Dir sagen, was er ist: ein zimperlicher, plappernder, selbstsüchtiger Narr ist er, der Jeden, der ihm nur nahe kommt, mit Bulletins über seinen Gesundheitszustand ennuyiert.«
»Ffff – Männer dieses Schlages, Percival, pflegen lange zu leben, und, wenn Du es am wenigsten erwartest, aufs hinterhältigste zu heiraten. Was diese 3.000 pro Jahr anbelangt, mein Freund, geb' ich Dir nicht sonderliche Chancen. – Und sonst hast Du von Deiner Frau nichts weiter zu erwarten?«
»Nichts.«
»Absolut nichts?«
»Absolut nichts – ausgenommen für den Fall ihres Todes.«
»Aha! Für den Fall ihres Todes.«
Wieder erfolgte eine Pause. Der Conte bewegte sich über die Veranda, und dann draußen auf dem Kiesweg – an der Stimme erkannte ich, daß er den Ort veränderte – »Ah, es hat angefangen zu regnen« hörte ich ihn sagen. Ja, es *hatte* angefangen. Der Zustand meines Umhangs tat mir kund, daß es, wenn auch erst kurze Zeit, so doch ziemlich heftig geregnet haben müsse.
Der Conte kam unters Verandadach zurück – ich hörte den Sessel unter seinem Gewicht erknacken, als er sich wieder in ihn niederließ.
»Hm, Percival,« sagte er, »und für den Fall also, daß Lady Glyde stürbe: was fiele Dir dann noch zu?«
»Wenn sie keine Kinder hinterließe –«
»Besteht dazu die Möglichkeit?«
»Die Möglichkeit besteht nicht im geringsten!«
»Ja? Weiter?«
»Naja; also dann kriege ich ihre 20.000 £.«
»Baar ausgezahlt?«

»Baar ausgezahlt.«
Wieder schwiegen die Beiden. Ihre Stimmen waren kaum verklungen, als der Schatten Madame Foscos erneut das Fenster verdunkelte. Anstatt jedoch vorbeizugehen, blieb er diesmal, einen Moment lang, ganz still stehen. Ich sah ihre Finger um die Kante der Jalousie herum erscheinen, und sie etwas zur Seite ziehen. Ihre matt erhellte Profillinie erschien genau über mir hinter der Fensterscheibe, und blickte hinaus. Ich, von Kopf bis Fuß in meinem dunklen Umhang vermummt, verhielt mich mäuschenstill. Der Regen, der mich immer mehr durchnäßte, schlug auch ans Fensterglas, verschlierte es, und verhinderte sie so daran, etwas zu erkennen. »Wieder Regen!« hörte ich sie zu sich selbst sagen. Sie ließ die Jalousie los, und ich atmete wieder freier.
Unter mir begann das Gespräch erneut; diesmal war es der Conte, der es wieder aufnahm:
»Percival – machst Du Dir etwas aus Deiner Frau?«
»Also, Fosco! – Das heiß' ich wahrlich eine offenherzige Frage.«
»Ich bin ein offenherziger Mann, und wiederhole sie hiermit.«
»Was, zum Teufel, schaust Du mich dabei so an?«
»Du willst mir keine Antwort geben? Gut; setzen wir einmal den Fall, Deine Frau stürbe, noch ehe der Sommer vorbei ist –«
»Anderes Thema, Fosco!«
»– gesetzt den Fall, Deine Frau stürbe –«
»Anderes Thema, sag' ich Dir!«
»– in diesem Fall würdest Du 20.000 £ gewinnen; und würdest verlieren –«
»Verlieren würde ich die Chance von 3.000 £ pro Jahr.«
»Die *sehr schwache* Chance, Percival – lediglich die sehr schwache Chance. Und Geld brauchst Du auf der Stelle. In Deiner Situation wäre der Gewinn sicher – der Verlust dubios.«
»Sprich doch bitte auch in *Deinem* Namen, und nicht immer nur in *meinem*! Ein Teil des Geldes, das ich brauche, ist schließlich auch für *Dich* mit geborgt worden. Und wenn wir schon von Gewinn reden: *meiner* Gattin Tod würde gleichzeitig 10.000 £ in *Deiner* Gattin Tasche bedeuten. Schlau, wie Du bist, scheinst Du Madame Foscos Legat gänzlich vergessen zu haben – es ist ja auch bequemer. – Sieh mich nicht so an! Ich mag das nicht! Bei meiner Seele, Du kannst Einem ja 'ne Gänsehaut verursachen mit Deinen Blicken und Fragen!«

»Gänsehaut? Sagt Ihr in England ›Gänsehaut‹ für ›Gewissen‹? Ich spreche vom Tod Deiner Frau, wie ich von jeder anderen Möglichkeit auch spreche. Warum denn nicht? Eure geachteten Anwälte, die Eure Verfügungen und Testamente aufs Papier kritzeln, schauen doch Alle dem Tod noch-lebender Leute ins Angesicht: verursachen diese Anwälte Dir eine Gänsehaut? Warum dann ich? Es war meine Aufgabe heute Nacht, bezüglich Deiner Position klar zu sehen, unter Ausschaltung aller Fehlermöglichkeiten; und das habe ich jetzt getan. Deine Position heißt: wenn Deine Frau lebt, bezahlst Du die Wechsel mit ihrer Unterschrift unter das Aktenstück; wenn Deine Frau stirbt, bezahlst Du sie mit ihrem Tode.«
Während er noch sprach, ging das Licht in Madame Foscos Zimmer aus, und das gesamte zweite Stockwerk des Hauses lag nunmehr in völliger Finsternis da.
»Worte, nichts als Worte!« knurrte Sir Percival. »Wenn man Dich so reden hört, möchte man meinen, wir hätten die Unterschrift meiner Frau unter die Akte bereits in der Tasche.«
»Du hast die Angelegenheit in meine Hände gelegt,« gab der Conte zurück, »und ich habe mehr denn 2 Monate Bewegungsfreiheit vor mir. Im Augenblick also, wenn's gefällig ist, kein Wort mehr darüber: *wenn* die Wechsel fällig werden, wirst Du dann mit eigenen Augen sehen, ob meine ›Worte, nichts als Worte‹ etwas wert sind oder nicht. – Und nunmehr, Percival, wo die Geldangelegenheiten für heut Nacht abgetan sind, kann ich Dir – immer vorausgesetzt, daß Du mich konsultieren wolltest – meine Aufmerksamkeit bezüglich jener zweiten Schwierigkeit zur Verfügung stellen, die sich mit unseren kleinen Verlegenheiten da verquickt, und Dich derart zum Schlechteren verändert hat, daß ich Dich kaum wiedererkenne. Sprich frei, mein Freund – und vergib mir, wenn ich Eure feurigen patriotischen Geschmäcker dadurch verletze, daß ich mir zum zweiten Mal ein Glas Zuckerwasser mixe.«
»Es ist ganz schön und gut, zu sagen, ›Sprich frei‹,« erwiderte Sir Percival, in einem weit ruhigeren und höflicheren Ton, als er sich bisher bedient hatte; »aber es ist nicht ganz so einfach, zu wissen, wie man anfangen soll.«
»Darf ich Dir helfen?« schlug der Conte vor. »Darf ich dieser Deiner privaten Verlegenheit einen Namen geben? Wie wär's, ich nennte sie – Anne Catherick?«
»Hör mal, Fosco; Du und ich, wir kennen einander jetzt schon

lange Zeit; und wenn Du mir, in früheren Tagen, ein oder zwei Mal aus der Klemme geholfen hast, so habe, andererseits, ich mein Bestes getan, wiederum Dir zu helfen, soweit sich das mit Geld machen ließ. Wir haben also, von beiden Seiten, in aller Freundschaft so viel Opfer gebracht, wie Männer können; aber wir haben selbstverständlich auch Jeder gewisse Geheimnisse vor dem Andern gehabt – oder etwa nicht?«

»*Du* hast ein Geheimnis vor *mir* gehabt, Percival. Du hast ›ein Skelett in Deinem Schrank‹, hier in Blackwater Park, und diverse andere Leute außer Dir haben es während der letztvergangenen Tage mehrfach herausgucken sehen.«

»Gut, nehmen wir an, es sei so. – Aber wenn Dich eine Sache nichts angeht, brauchst Du wegen ihr nicht neugierig zu sein; stimmt's?«

»Sieht man mir Neugierde deswegen an?«

»Ja; ganz deutlich.«

»So-so! spricht mein Gesicht also demnach die Wahrheit? Welch gewaltiges Fundament an Güte muß doch in der Natur eines Mannes liegen, der mein Alter erreicht, und dessen Gesicht noch immer nicht die Gewohnheit eingebüßt hat, die Wahrheit auszudrücken! – Komm, komm, Glyde; wollen wir ganz offen miteinander sein: nicht *ich* habe Dein Geheimnis gesucht; es hat *mich* aufgesucht. Schön, sagen wir, ich wäre neugierig – verlangst Du von mir, als Deinem alten Freund, Dein Geheimnis zu respektieren, und es, ein für allemal, Deiner eigenen Obhut zu überlassen?«

»Jawohl – genau das ist es, was ich verlange.«

»Dann hat meine Neugier ein Ende: von diesem Augenblick an ist sie tot in mir.«

»Das ist Dein wahrer Ernst?«

»Was für Grund hast Du, an mir zu zweifeln?«

»Ich hab' so meine gewisse Erfahrung von Deiner Art, hinten herum zu kommen, Fosco; und bin mir nicht ganz sicher, daß Du mir's nicht letzten Endes doch herauszulocken gedenkst.«

Unversehens knarrte wieder ein Sessel unter mir auf – ich spürte, wie das Gitterwerk des Stützpfeilers unter mir von oben bis unten erbebte: der Conte war auf die Füße gesprungen, und hatte entrüstet mit der Hand daran geschlagen.

»Percival! Percival!« rief er leidenschaftlich, »kennst Du mich denn tatsächlich nicht besser? Hat all Deine Erfahrenheit Dir denn so gar nichts von meinem Charakter sichtbar gemacht? Ich bin ein ganz und gar antiker Menschentyp! Bin der spektakulärsten tugendhaften Handlungen fähig – wenn sich mir die Gelegenheit darbietet, sie auszuüben; daß ich so wenig Gelegenheiten gehabt habe, ist ja eben die Tragik meines Lebens. Mein Begriff von ›Freundschaft‹ ist der erhabenste! Ist es meine Schuld, daß Dein Skelett mich angeguckt hat? Warum habe ich mich zu meiner Neugier bekannt? Du armer, oberflächlicher Englisch-Mann: es geschah, um meine eigene Selbstbeherrschung erstrahlen zu lassen. Ich könnte, wollte ich nur, Dein Geheimnis aus Dir herausziehen, wie ich diesen meinen Finger hier auf meine Handfläche setze und wieder wegnehme – Du weißt das genau! Aber Du hast an meine Freundschaft appelliert, und die Pflichten der Freundschaft sind mir heilig. Hier, schau: ich trample meine niedrige Neubegier unter meine Füße. Meine aufgeregten Gefühle heben mich weit darüber hinaus. Erkenne sie, Percival! Strebe ihnen nach, Percival! – Reich mir Deine Hand; ich vergebe Dir.«

Seine Stimme schwankte bei diesen letzten Worten – schwankte, wie wenn er tatsächlich Tränen vergösse!

Sir Percival versuchte, ganz verwirrt, sich zu entschuldigen; aber der Conte war viel zu großherzig, ihn anzuhören.

»Nein!« sagte er. »Wenn mein Freund mich verwundet hat, kann ich ihm vergeben, auch ohne Entschuldigung. – Sag' mir, in schlichten Worten, brauchst Du meine Hülfe?«

»Ja, und zwar dringend genug.«

»Und Du kannst mich darum bitten, ohne Dich irgendwie zu kompromittieren?«

»Auf jeden Fall könnte ich's versuchen.«

»Also versuch's.«

»Na gut; die Sache steht so –: ich hab' Dir ja heute bereits erzählt, wie ich mein bestes getan habe, um Anne Catherick ausfindig zu machen, und daß es mir nicht gelungen ist.«

»Ja, das hast Du.«

»Fosco! –: Ich bin ein verlorener Mann, wenn ich sie *nicht* ausfindig mache!«

»Hoh! Liegt der Fall so ernst?!«

Ein schmaler Lichtstreif kam unter dem Verandadach hervor, und fiel über den Kiesweg. Der Conte hatte sich die Lampe aus dem Zimmer innen geholt, um bei ihrem Licht seinen Freund besser zu sehen.

»Wirklich!« sagte er. »Diesmal spricht *Dein* Gesicht die Wahrheit. Also tatsächlich ernsthaft – genau so ernsthaft, wie die Geldangelegenheit selbst.«

»Ernsthafter. So wahr, wie ich hier sitze: wesentlich ernsthafter!«

Der Lichtschein verschwand wieder, und das Gespräch ging weiter.

»Ich zeigte Dir den Brief an meine Frau, den Anne Catherick im Sand da versteckt hatte,« fuhr Sir Percival fort. »Es ist keine Prahlerei, was in diesem Brief steht. Fosco – sie *kennt* das Geheimnis.«

»Bitte, Percival: sprich in meiner Gegenwart so wenig wie möglich von dem Geheimnis! – Hat sie es von Dir erfahren?«

»Nein, von ihrer Mutter.«

»Zwei Weiber im Besitz Deiner privatesten Angelegenheiten? – Schlimm, schlimm-schlimm, mein Freund! Aber an dieser Stelle eine Frage, bevor wir weitergehen: Dein Beweggrund, die Tochter ins Sanatorium hinter Schloß und Riegel zu bringen, ist mir nunmehr verständlich genug; aber was mir nicht entfernt so klar ist, ist die Art ihres Entkommens. Hast Du die mit ihrer Beaufsichtigung beauftragten Leute irgend im Verdacht, sie könnten die Augen vorsätzlich zugedrückt haben? Etwa auf Veranlassung eines Feindes hin, der es sich finanziell leisten könnte, so daß es sich für sie gelohnt hätte?«

»Nein; sie war die folgsamste Patientin, die sie überhaupt hatten – und da haben sie ihr eben, wie die Hanswürste, die sie sind, vertraut. Sie ist gerade toll genug, um eingesperrt werden zu können; und gerade normal genug, um mich zu ruinieren, wenn sie frei und los ist – falls Du das verstehen kannst.«

»Ich kann es durchaus verstehen. Aber komm jetzt bitte sofort auf die eigentliche dringende Gefahr, Percival; und ich werde dann wissen, was zu tun ist: worin besteht, in diesem Augenblick der wunde Punkt Deiner Situation?«

»Anne Catherick hält sich in der Nachbarschaft auf und steht in Verbindung mit Lady Glyde – da hast Du die Gefahr, und deutlich genug. Ich meine: wer kann den Brief lesen, den sie im Sande versteckt hat, und noch zweifeln, daß meine Frau im Besitz des Geheimnisses ist, mag sie leugnen wie sie will?!«

»Einen Moment, Percival! – Wenn Lady Glyde das Geheimnis kennt, muß sie ja auch wissen, daß es sich um ein für *Dich* kompromittierendes Geheimnis handelt. Läge es da nicht, als Deine Frau, in ihrem ureigensten Interesse, es zu bewahren?«

»Wirklich? Darauf komme ich ja eben: es würde in ihrem Interesse liegen, falls sie sich das Geringste aus mir machte. Aber ich stehe zufälligerweise als Hindernis einem andern Mann im Wege. Sie war in ihn verliebt, bevor sie mich heiratete – sie ist zur Stunde noch in ihn verliebt – in einen himmelhündischen Vagabunden von Zeichenlehrer, namens Hartright.«

»Aber, mein lieber Freund! Was ist daran schon außergewöhnliches? Sie sind doch Alle in irgendeinen andern Mann verliebt. Wer ist schon der Erste im Herzen einer Frau? In allen meinen Jahren bin ich noch niemals dem Manne begegnet, der ›Nummer Eins‹ gewesen wäre. Nummer Zwei zuweilen. Nummer Drei, Vier, Fünf oftmals. Nummer Eins?: nie! Er muß, natürlich, existieren, selbstverständlich – aber *ich* bin ihm noch nicht begegnet.«

»Warte ab! Ich bin noch nicht zuende. Wer, meinst Du, hat Anne Catherick geholfen, ganz zu Anfang, als die Leute von der Irrenanstalt hinter ihr her waren? Hartright. Wer, meinst Du, hat sie, da oben in Cumberland, dann wiedergesehen? Hartright. Beide Male hat er allein mit ihr gesprochen. Halt! Unterbrich mich jetzt nicht. Der Schuft ist ebenso scharf auf meine Frau, wie sie auf ihn. Er kennt das Geheimnis, und sie kennt das Geheimnis: laß sie jetzt nur ein einziges Mal wieder zusammenkommen, und schon läge es in ihrem Interesse, und in dem seinen nicht minder, ihr Wissen gegen mich zu kehren.«

»Sachte, Percival – sachte! Läßt Du da nicht gänzlich die Tugendhaftigkeit von Lady Glyde außer acht?«

»*So viel* für die Tugendhaftigkeit von Lady Glyde, Mensch! Was das angeht, glaube ich an nichts, außer an ihr Geld. Begreifst Du denn nicht, wie die Sache steht? Allein und für sich kann sie leidlich harmlos sein; aber wenn sie und dieser Vagabund, dieser Hartright – –«

»Ja, ja; ich versteh' schon. – Wo ist Herr Hartright?«

»Außer Landes. Und wenn er Wert auf eine heile Haut und dito Knochen legt, empfehle ich ihm, sich mit dem Zurückkommen auch nicht unnötig zu beeilen.«

»Bist Du Dir sicher, daß er außer Landes ist?«

»Vollkommen. Ich hab' ihn beobachten lassen; von dem Augenblick seiner Abreise von Cumberland an, bis zum Zeitpunkt, da er sich einschiffte. Oh, ich hab' mir schon aufgepaßt, das kann ich Dir versichern! Anne Catherick hatte sich bei Leuten, in einem Bauernhaus in der Nähe von Limmeridge, aufgehalten. Ich bin persönlich da gewesen, nachdem sie mir entwischt war, und hab' mich vergewissert, daß Jene nichts wußten. Ihrer Mutter hab' ich einen Briefentwurf gegeben, den sie an Fräulein Halcombe schicken mußte, und der mich von jedem verdächtigen Motiv freisprach, bezüglich Annes Internierung. Beträge hab' ich aufgewendet, ich mag gar nicht sagen, wieviel, beim Versuch ihr wieder auf die Spur zu kommen; und trotz alledem taucht sie jetzt hier auf, und entkommt mir auf meinem eigenen Grund und Boden! Wie soll ich wissen, mit Wem sie noch Umgang hat, mit Wem sie noch spricht? Dieser schuftige Spion, dieser Hartright, kann ohne mein Wissen zurückkommen, kann morgen schon Gebrauch machen von ihr und – –«

»Der nicht, Percival! Solange ich mich hier aufhalte, und solange diese Frau hier in der Nachbarschaft ist, stehe ich Dir dafür, daß sie in unsere Hände fallen soll, bevor Herr Hartright – selbst gesetzt den Fall, er käme zurück – aha, ich seh' schon! Jaja, ich sehe schon: Anne Catherick ausfindig zu machen ist das dringendst Notwendige – mach Dir über alles übrige keine Sorgen. Deine Frau ist im Haus, unter Deiner Gewalt – Fräulein Halcombe ist unzertrennlich von ihr, und ergo ebenfalls unter Deiner Gewalt – und Herr Hartright befindet sich außer Landes. Das einzige, worum wir uns im gegenwärtigen Augenblick zu bekümmern haben, ist diese Deine unsichtbare Anne. Du hast nach ihr recherchiert, ja?«

»Ja. Ich war bei ihrer Mutter. Und das Dorf hier hab' ich auch um und um gedreht – alles ohne jeden Erfolg.«

»Ist ihre Mutter verläßlich?«

»Ja.«

»Hat aber Dein Geheimnis bereits ein Mal ausgeplappert.«

»Sie wird es nicht wieder tun.«

»Und warum nicht? Liegt es in ihrem eigensten Interesse, es zu bewahren, genau wie in dem Deinigen?«

»Ja – in ihrem ureigensten Interesse.«

»Das freut mich zu hören, Percival; um Deinetwillen. Laß den Mut nicht sinken, mein Freund. Unsere Geldangelegenheit, ich sagte es Dir schon, läßt mir reichlich zeitlichen Spielraum und Bewegungsfreiheit; und vielleicht suche *ich* ja bereits morgen mit besserem Erfolg nach Anne Catherick, als Dir beschieden war. Eine letzte Frage noch, ehe wir uns zur Ruhe begeben –«

»Und das wäre?«
»Es wäre diese: als ich zum Bootshaus ging, um Lady Glyde zu unterrichten, daß diese kleine Unannehmlichkeit bezüglich ihrer Unterschrift verschoben worden sei, kam ich zufälligerweise gerade zur rechten Zeit, um noch zu sehen, wie eine fremde Frau sich in höchst verdächtiger Weise von Deiner Frau entfernte. Aber zufälligerweise war ich wiederum nicht nahe genug, um das Gesicht dieser Frau deutlich zu gewahren; und ich muß ja wissen, woran ich unsre unsichtbare Anne erkennen kann: wie sieht sie aus?«
»Wie sie aussieht? Du, das kann ich Dir in zwei Worten sagen: das genaue Spiegelbild meiner Frau, bloß etwas kränklicher.«
Wieder knarrte der Sessel, und der Pfeiler schütterte ein zweites Mal. Der Conte war neuerlich aufgesprungen – diesmal vor Erstaunen.
»Was!!!« rief er begierig aus.
»Ja; stell' Dir meine Frau nach einer schweren Krankheit vor, und mit einem Gesichtsausdruck, als wär' ihr im Kopf 'ne Schraube locker – dann hast Du Anne Catherick wie sie leibt und lebt,« entgegnete Sir Percival.
»Sind sie etwa miteinander verwandt?«
»Ach, nicht die Spur.«
»Und einander dennoch so ähnlich?«
»Ja, so ähnlich. – Worüber lachst Du?«
Keine Antwort erfolgte, und auch sonst kein Geräusch irgendwelcher Art. Der Conte lachte auf seine geschmeidige stille Art in sich hinein.
»Worüber lachst Du?« wiederholte Sir Percival.
»Vielleicht über meine eigenen Einbildungen, guter Freund. Gestatte mir nur meinen italienischen Humor – bin ich nicht ein Kind jener illustren Nation, die die Gestalt des Arlecchino erfand? Schön, schön, schön; jetzt werde ich also Anne Catherick erkennen, wenn ich ihr begegne – und damit genug für heute. Verscheuch' Deine Grillen Percival. Schlaf' Du den Schlaf des Gerechten, mein Sohn und Du wirst erleben, was ich für Dich tue, wenn der Tag anbricht, uns Beiden mit seinem Licht zu helfen. Ich habe schon so meine Projekte und Plänchen hier, in meinem dicken Kopf. Du wirst die Wechsel einlösen, und Du wirst Anne Catherick finden – mein heiliges Ehrenwort darauf, das wirst Du! Bin ich nun ein Freund, den Du im besten Winkel Deines Herzens hegen und pflegen solltest,

oder bin ich es nicht? Bin ich diese kleinen Gelddarlehen wert, an die Du vor einem kleinen Weilchen delikat genug warst, mich zu erinnern? Was immer Du auch tust: verletze nicht noch einmal meine Gefühle. Erkenne sie lieber an, Percival! Strebe ihnen nach, Percival! Ich vergebe Dir noch einmal – schüttle Dir noch einmal die Hand. – Gute Nacht!« –

Weiter fiel kein Wort mehr. Ich hörte den Conte die Tür zur Bibliothek schließen. Hörte Sir Percival die Läden verriegeln. Und geregnet hatte es, die ganze Zeit geregnet. Ich war ganz steif geworden ob meiner verkrampften Stellung, und erkältet bis ins Mark. Als ich mich wieder zu regen versuchte, tat es mir bei dem Bemühen derart weh, daß ich davon abstehen mußte. Dann versuchte ich's zum zweiten Mal; mit dem Erfolg, daß ich mich auf dem nassen Dach jetzt wenigstens in knieender Stellung aufrichten konnte.

Als ich zur Hauswand hingekrochen war, und mich daran hochgezogen hatte, schaute ich zurück, und sah, wie das Ankleidezimmerfenster des Conte hell wurde. Mein sinkender Mut flackerte erneut in mir auf, und ich hielt meine Augen fest auf dies Fenster gerichtet, während ich mich Schritt für Schritt, an der Hauswand entlang zurückstahl.

Als ich die Hände auf das Fensterbrett meines eigenen Zimmers stemmte, schlug die Uhr eben Viertel nach Eins. Ich hatte nichts gesehen und nichts gehört, was mir hätte die Vermutung nahe legen können, mein Rückzug sei irgendwie beobachtet worden.

X

....

20. Juni – 8 Uhr. – Die Sonne strahlt aus einem wolkenlosen Himmel; ich habe mein Bett noch nicht berührt – noch nicht ein Mal meine wachsammüden Augen geschlossen. Von dem gleichen Fenster, aus dem ich vergangenen Abend in die Dunkelheit hinausschaute, schaue ich jetzt wiederum in die helle Stille des Morgens hinaus.

Ich messe die Stunden, die verstrichen sind, seitdem ich in den Schutz dieses Raumes entkam, an meinen Empfindungen – und diese Stunden erscheinen mir wie ebensoviele Wochen.
Welch kurze Spanne Zeit, und dennoch, wie endlos für *mich* – seitdem ich, umschränkt von Finsternis, auf den Fußboden hier niedersank – naß bis auf die Haut, jegliches Glied verkrampft, kalt bis ins Mark, ein nutzloses, hülfloses, panisch-verschrecktes Wesen.
Ich weiß kaum, wann ich mich wieder aufraffte. Weiß kaum, wann ich mir meinen Weg zurück ins Schlafzimmer tastete, die Kerze anzündete, und mir, um wieder warm zu werden, trockene Kleidung heraussuchte (mit einer ganz merkwürdigen fremden Unwissenheit zuerst: *wo* ich da nachzusehen hätte). Daß ich all diese Dinge unternommen habe, weiß ich durchaus noch; nicht aber die Zeit, wann ich sie unternahm.
Kann ich mich überhaupt noch entsinnen, wann das Gefühl der Erstarrung und Verkrampfung mich verließ, und der jetzigen pulsierenden Hitze Platz machte?
Doch bestimmt noch vor Sonnenaufgang? Sicher; ich hörte ja, wie es 3 Uhr schlug. Ich erinnere mich der Stunde, weil mit ihr die plötzliche Helligkeit und Klarheit über mich kam, die fieberische Aufregung und Überbetonung aller meiner Fähigkeiten. Ich erinnere mich meines Entschlusses, mich zu beherrschen und geduldig zu warten, Stunde nach Stunde, bis die Gelegenheit sich ergeben würde, Laura aus diesem entsetzlichen Ort zu entfernen, ohne die Gefahr unmittelbarer Entdeckung und Verfolgung. Ich erinnere mich, daß sich in meinem Geist mehr und mehr die Überzeugung befestigte, wie die zwischen jenen beiden Männern gefallenen Worte uns nicht nur hinreichende Rechtfertigung gäben, dies Haus zu verlassen, sondern ebensowohl auch die Waffen zu künftiger Verteidigung gegen sie. Ich entsinne mich, daß der Antrieb in mir erwachte, die betreffenden Worte schriftlich festzuhalten, genau so, wie sie gesprochen worden waren, solange mein Gedächtnis sie noch lebendig aufbewahrte, und ich über ausreichende Zeit zu ihrer Fixierung verfügte. All dies weiß ich noch genau; so weit existiert keine Verwirrung in meinem Kopf. Auch wie ich aus dem Schlafzimmer hierher zurückgekommen bin, vor Sonnenaufgang, mit Tinte, Feder und Papier – wie ich mich ans weit offene Fenster hingesetzt habe, um so viel Luft zu bekommen, wie ich nur könne, und Kühlung vor al-

lem — wie ich pausenlos schrieb, immer schneller und schneller, wilder und wilder, immer zügiger und immer hellwacher, die ganze schreckhafte Zeitspanne hindurch, ehe es sich im Hause wieder zu regen begann — wie deutlich ich es mir alles zurückrufen kann, vom Anbeginn an, noch bei Kerzenschein, bis zum Ende der vorletzten Seite, im Sonnenschein des neuen Tages!

Warum aber sitze ich dann noch hier? Warum quäle ich mir die heißen Augen und den feuernden Schädel damit ab, daß ich noch weiter schreiben will? Warum leg' ich mich jetzt nicht hin, und ruh' mich aus, und geb' mir Mühe, das Fieber, das mich verzehrt, durch einen Schlaf erfolgreich niederzuhalten?

Ich wage es einfach nicht. Eine Furcht, namenlos und groß, hat gänzlich Besitz von mir ergriffen. Ich fürchte mich vor der Hitze, die mir die Haut ausdörrt. Fürchte mich vor dem Schaudern und Pochen, das meinen Kopf einnimmt. Falls ich mich jetzt hinlegte, wie könnte ich wissen, daß ich anschließend Verstand und Kraft genug hätte, auch wieder aufzustehen?

Oh, der Regen, der Regen — dieser grausame Regen, der mich erkältet hat, letzte Nacht!

....

Neun Uhr.: Hat es 9 geschlagen, oder 8? 9 doch sicher? Ich schaudere eben wieder so sehr — schaudere von Kopf bis Füßen, und das mitten in der Sommerluft. Bin ich etwa hier im Sitzen eingeschlafen? Ich hab' keine Ahnung, was ich gemacht haben kann.

Oh, mein Gott: fange ich etwa an, krank zu werden?!

Krank, ausgerechnet zu so einer Zeit!

Mein Kopf — also mein Kopf macht mir ernstlich Sorge. Schreiben kann ich; aber die Zeilen verlaufen alle ineinander. Die Worte sehe ich, ›Laura‹ — ich kann noch Laura schreiben, und sehen, daß ich es schreibe. (8 oder 9 — welches von beiden war es?).

So kalt, so kalt — oh, dieser Regen letzte Nacht! — und die Schläge dieser Uhr; Schläge, die ich nicht zählen kann, die mir aber ständig im Kopf nachhallen — —

....

ANMERKUNG:

(An dieser Stelle hören die Tagebucheintragungen auf, leserlich zu sein. Die 2 oder 3 Zeilen, die noch folgen, enthalten lediglich Bruchstücke von Worten, untermischt mit Klecksen und bloßen Federzügen. Die allerletzten Zeichen auf dem Papier weisen eine entfernte Ähnlichkeit auf mit ›L‹ und ›A‹, das heißt, den beiden ersten Buchstaben von Lady Glydes Vornamen.

Auf der folgenden Seite des Tagebuches erscheint eine andere Eintragung. Es handelt sich um eine Männerhandschrift, mit großen, kühnen und bemerkenswert regelmäßigen Zügen; datiert vom 21. Juni; der Inhalt ist folgender –) :

POSTSKRIPT EINES AUFRICHTIGEN FREUNDES

Die Erkrankung unseres verehrungswürdigen Fräulein Halcombe hat mir Gelegenheit gegeben, ein unerwartetes intellektuelles Vergnügen zu genießen.

Ich meine damit die Durchsicht (die eben vollendete) dieses hochinteressanten Tagebuches.

Es handelt sich hierbei um viele hunderte von Seiten: ich erkläre hiermit, die Hand auf dem Herzen, daß jegliche einzelne davon mich entzückt, erfrischt, bezaubert hat.

Für einen Mann von meinen Sentiments ist es unsäglich erfreulich, dergleichen aussprechen zu können.

Bewundernswertes Weib!

Ich meine Fräulein Halcombe.

Erstaunliche Leistung!

Ich meine das Tagebuch.

Jawohl!, diese Seiten sind erstaunlich. Der Takt, dem ich überall hier begegne, die Diskretion, der seltene Mut, die wundersame Gedächtniskraft, die präzise Beobachtung der Charaktere, die graziöse Leichtigkeit des Stils, die hinreißenden Ausbrüche weiblichen Gefühls – alles hat meine Bewunderung dieses Prachtgeschöpfes, dieser herrlichen Marian, unaussprechlich gesteigert. Die Darstellung meines eigenen Charakters ist meisterhaft im höchsten Grade. Ich bescheinige die Ähnlichkeit des Porträts von ganzem Herzen. Ich fühle, einen wie lebhaften Eindruck ich hervorgerufen haben muß, um mit so starken, leuchtenden, massiven Farben gezeichnet worden zu sein, wie hier der Fall ist. Ich beklage einmal mehr die grausame Notwendigkeit, die unsere Interessen derartig in Widerspruch zueinander setzte, und uns zu Gegnern machte. Unter glücklicher gelagerten Umständen — wie würdig würde ich nicht Fräulein Halcombes, wie würdig Fräulein Halcombe nicht *meiner* gewesen sein! (Die Gefühle, die in diesem Augenblick mein Herz schlagen machen, versichern mich, daß die Zeilen, die ich soeben nieder schrieb, eine profunde Wahrheit enthalten.)

Diese Gefühle sind es auch, die mich über alle persönlichen Bedenklichkeiten hinausheben. Ich bezeuge also, in der alleruninteressiertesten Weise, daß das Stratagem, vermittelst dessen die unvergleichliche Frau das private Gespräch zwischen mir und Percival abgehört hat, ausgezeichnet war — wie auch, daß ihr Bericht über eben dieses Gespräch von bewundernswerter Vollständigkeit und Genauigkeit ist, von Anfang bis zu Ende.

Diese Gefühle haben mich bewogen, dem stumpfen Arzt, der sie behandelt, meine umfassenden Kenntnisse in Chemie zu offerieren, wie auch meine lichtvollen Erfahrungen in den feineren Techniken, die die medizinische und psychiatrische Wissenschaft der leidenden Menschheit geschenkt haben — er hat bis heute abgelehnt, sich meines Rats zu bedienen. Der Elende!

Schließlich und endlich sind es diese Gefühle, die mir die Zeilen — dankbare, verwandte, väterliche Zeilen — diktieren, die man an dieser Stelle hier erblickt. Ich schließe dieses Buch. Mein ausgeprägtes Gefühl für Eigentum und Schicklichkeit legt es (durch die Hand meiner Gattin) an seinen Platz auf dem Schreibtisch der Verfasserin zurück. Die Ereignisse nötigen mich zu einer raschen Reise. Umstände führen mich ernsthaften Ergebnissen zu. Weite Aussichten auf Erfolg entrollen sich vor meinen Blicken. Ich vollende mein Geschick mit einer Ruhe, die mir selbst schrecklich erscheint. Nichts ist imgrunde mein Eigen, als der Tribut meiner Bewunderung: ihn lege ich, mit respektvoller Zärtlichkeit, Fräulein Halcombe zu Füßen!

Ich hoffe innig auf ihre Genesung.

Ich drücke ihr mein Beileid darob aus, daß jeglicher Plan, den sie für das Wohlergehen ihrer Schwester entworfen hat, zum Scheitern verdammt ist. Zur gleichen Zeit beschwöre ich sie, mir zu glauben, daß die Informationen, die ich ihrem Tagebuch entnahm, mir in keiner Hinsicht behülflich sein werden, zu diesem Scheitern irgend beizutragen; sie haben lediglich dazu gedient, mich in meinem bereits vor-

gefaßten Plan zu bestärken. Ich habe diesen Seiten nur das eine zu verdanken, die edelsten Empfindungen meiner Natur wieder einmal geweckt zu haben – nichts weiter.
Einer Person von ähnlich edlen Empfindungen gegenüber wird diese meine schlichte Beteuerung alles erklären – und entschuldigen.
Fräulein Halcombe ist eine Person von ähnlich edlen Empfindungen.
In dieser Überzeugung ist es, daß ich mich unterzeichne,

FOSCO.

Fortsetzung des Berichtes
durch Frederick Fairlie, Esqu.
(Limmeridge-Haus)

(Anmerkung: Die Art und Weise, wie Herrn Fairlies Relation – sowie andere ähnliche, die binnen kurzem folgen werden – ursprünglich erlangt wurde, bildet den Gegenstand einer besonderen Erklärung, die zu späterer Zeit an ihrem Ort gegeben werden wird.)

Es ist das eine große Mißgeschick meines Lebens, daß kein Mensch mich in Ruhe lassen kann.

Warum – ich frage Jedermann – warum gerade *mich* plagen? Kein Mensch beantwortet mir diese Frage, und kein Mensch läßt mich in Ruhe. Verwandte, Freunde, total Fremde – Alle tun sich zusammen, mich zu behelligen. Was habe ich verbrochen? Ich frage mich selbst, ich frage Louis, meinen Kammerdiener, wohl an die 50 Mal am Tage: was habe ich verbrochen? Keiner von uns weiß es zu sagen. Äußerst erstaunlich!

Die letzte Behelligung, mit der man mich attackierte, bestand darin, daß man mich aufgefordert hat, die vorliegende Relation abzufassen. Ist ein Mann, dessen Nerven sich im Zustand so totalen Ruins befinden, wie die meinen, noch groß in der Lage, ›Relationen abzufassen‹? Wenn ich diesen, doch wohl äußerst stichhaltigen Einwand vorbringe, sagt man mir, daß gewisse, sehr ernste, mit meiner Nichte in Zusammenhang stehende Vorgänge sich in meiner Nähe abgespielt hätten, und daß folglich ich die zuständige Person wäre, sie wiederzugeben. Für den Fall, daß ich ablehnen sollte, mich in der angedeuteten Weise abzuarbeiten, wird mir mit Konsequenzen gedroht, an die ich nicht einmal denken darf, ohne daß es mich sogleich aufs Lager wirft. Wahrlich, es liegt kein Grund vor, mich zu bedrohen. Darniedergeschmettert von meiner zerrütteten Gesundheit und unaufhörlichem Familienärger, bin ich unfähig jedes Widerstandes. Wer mich beharrlich forciert, bedient sich unfairer Vorteile über mich, und ich gebe unverzüglich nach. Ich will versuchen, mich zu erinnern, soweit ich kann (immer unter Protest); niederzuschreiben, was ich kann (ebenfalls unter Protest); und wessen ich mich nicht mehr entsinnen, was ich nicht niederschreiben kann, daran muß Louis sich erinnern, und das muß Louis niederschreiben.

ten grundsätzlich zur Vernunft. So brachte es denn auch Louis zu *seiner* Vernunft. Er war so freundlich, mit Grinsen aufzuhören, und mir mitzuteilen, daß draußen eine ›Junge Person‹ wäre, die mich zu sprechen wünsche. Dann fügte er, (mit dieser unangenehmen Geschwätzigkeit, wie Diener sie an sich haben) noch hinzu, daß ihr Name Fanny sei.

»Wer ist Fanny?«

»Lady Glydes Zofe, Sir.«

»Was will Lady Glydes Zofe von *mir*?«

»Ein Brief, Sir –«

»Nimm ihn entgegen.«

»Sie weigert sich, ihn jemand anders auszuhändigen, als Ihnen, Sir.«

»Von wem ist der Brief?«

»Von Fräulein Halcombe, Sir.«

Im Augenblick, wo ich Fräulein Halcombes Namen hörte, gab ich auf. Ich habe es mir zur Gewohnheit gemacht, Fräulein Halcombe gegenüber grundsätzlich sofort aufzugeben. Die Erfahrung hat mich gelehrt, daß das Geräusch erspart. Also gab ich auch bei diesem Anlaß schlicht auf. Die gute Marian!

»Lady Glydes Zofe soll hereinkommen, Louis. – Halt! knarren ihre Schuhe?«

Ich konnte nicht umhin, diese Frage zu stellen. Knarrendes Schuhwerk reicht hin, mich für den Rest eines Tages zu ruinieren. Ich hatte mich damit abgefunden, die Junge Person zu sehen; aber mich von den Schuhen der Jungen Person für den Rest des Tages ruinieren zu lassen, damit hatte ich mich *nicht* abgefunden. Selbst meine Dulderkraft hat ihre Grenzen.

Louis bestätigte mir ausdrücklich, daß man sich auf ihre Schuhe verlassen könne. Ich bewegte meine Hand. Er führte sie herein. Ist es noch nötig zu sagen, wie sie ihrem Gefühl der Verlegenheit dadurch Ausdruck verlieh, daß sie ihren Mund zuklappte, und tönend durch die Nase atmete? Dem Kenner der menschlichen, zumal weiblichen Natur in den niederen Schichten sicherlich nicht.

Ich will dem Mädchen durchaus Gerechtigkeit widerfahren lassen. Ihr Schuhwerk knarrte *nicht*. Aber warum müssen alle dienstbaren Jungen Personen so verschwitzte Hände haben? Warum haben sie Alle derart klobige Nasen, und rauhe Backen? Warum vor allem wirken ihre Gesichter so betrüblich unfertig, besonders um die

Augenwinkel herum? (Ich selbst bin nicht kräftig genug, um über irgendein Problem tiefschürfend nachzudenken; möchte es aber hiermit den Fachleuten vorgelegt haben, die dazu imstande sind: warum besitzen wir in unserem Bestand an Jungen Personen keine Varietäten?)

»Sie haben also einen Brief für mich, von Fräulein Halcombe? Legen Sie ihn dort auf den Tisch, bitte, und reißen Sie nichts dabei 'runter. Wie geht es Fräulein Halcombe?«

»Sehr gut, Sir; danke schön.«

»Und Lady Glyde?«

Mir wurde keine Antwort. Das Gesicht der Jungen Person wurde unfertiger denn je, und mir schien es, sie finge an zu weinen. Auf jeden Fall gewahrte ich Feuchtigkeit in der Umgebung ihrer Augen. Tränen oder Schweiß? Louis, den ich soeben deshalb konsultiert habe, neigt zu der Meinung: Tränen. Er gehört ihrer Gesellschaftsklasse an, und müßte es am besten wissen. Schön, sagen wir also Tränen.

Nun bin ich – ausgenommen den Fall, wo das sublimierende Verfahren der Kunst ihnen jegliche Ähnlichkeit mit dem natürlichen Vorgang genommen hat – ein ausgesprochener Gegner von Tränen. Wissenschaftlich ausgedrückt sind Tränen ja wohl eine ›Ausscheidung‹. Ich kann begreifen, daß es gesunde oder ungesunde Ausscheidungen gibt; aber vom gefühlsmäßigen Gesichtspunkt aus flößen Ausscheidungen mir kein Interesse ein. Mein Vorurteil in dieser Beziehung mag davon herrühren, daß meine eigenen Ausscheidungen gänzlich durcheinandergeraten sind. Lassen wir das. Ich benahm mich, auch bei diesem Anlaß, so schicklich und gefühlvoll wie nur möglich. Ich schloß die Augen, und sagte zu Louis –

»Versuch' herauszubekommen, was sie meint.«

Louis gab sich Mühe, und die Junge Person gab sich Mühe. Es gelang ihnen, sich gegenseitig in einem solchen Ausmaß zu verwirren, daß die schlichte Dankbarkeit mich verpflichtet, es hier niederzulegen: sie machten mir tatsächlich Spaß. Ich hätte nicht übel Lust, wenn mich das nächste Mal Niedergeschlagenheit überkommt, wieder nach den Beiden zu schicken. (Ich habe den Einfall eben Louis gegenüber zur Sprache gebracht. Merkwürdigerweise schien die Vorstellung davon ihm Unbehagen zu bereiten. Armer Teufel!)

Sicherlich wird man nicht von mir erwarten, hier die Erklärung der Tränen der Zofe meiner Nichte in der englischen Verdolmetschung

meines Schweizer Kammerdieners wiederzugeben. Die Sache wäre eine offenkundige Unmöglichkeit. Vielleicht darf ich statt dessen meine eigenen Impressionen und Gefühle geben? Wird das genügen? Man sage, bitte, ja.
Mein allgemeiner Eindruck also ist der, wie sie damit anfing, mir (über Louis) mitzuteilen, daß ihr Herr sie aus dem Dienst ihrer Herrin entlassen habe. (Man beachte, durchweg, die seltsamen Abschweifungen der Jungen Person: war es *meine* Schuld, daß sie ihre Stellung verlor?). Anschließend an ihre Entlassung habe sie sich zum Schlafen ins Gasthaus begeben. (*Ich* halte das Gasthaus doch nicht – warum es *mir* gegenüber erwähnen?). Zwischen 6 und 7 Uhr abends sei dann Fräulein Halcombe gekommen, um ihr ›Auf Wiedersehen‹ zu sagen, und ihr 2 Briefe zu geben: einen für mich, und einen für einen Herrn in London. (Bin *ich* ein Herr in London? Hole der Henker den Herrn in London!). Sie habe die beiden Briefe sorgfältig in ihrem Busen geborgen (was hab' ich mit ihrem Busen zu schaffen?); sie sei sehr unglücklich gewesen, als Fräulein Halcombe dann wieder gegangen sei; sie habe gar keinen Mut gehabt, ›Nasses oder Trocknes‹ zwischen die Lippen zu bringen, bis es fast Schlafenszeit gewesen sei – dann, als es gegen 9 Uhr ging, habe sie das Gefühl gehabt, sie könne eine Tasse Tee vertragen. (Bin ich verantwortlich für etwelches vulgäres Unschlüssigsein, das mit Niedergeschlagenheit beginnt und mit Tee endet?). Gerade als sie dabei gewesen sei, *›den Pott warm zu machen‹* (ich berufe mich bei Wiedergabe dieser Worte auf Louis als Gewährsmann, der behauptet, er wisse, was sie bedeuten, und der es mir auch erklären wollte; aber ich verweise ihn aus Prinzip in seine Schranken) – just also, wie sie den Pott warm machte, sei die Tür aufgegangen, und sie *›total von'n Socken‹* gewesen (wiederum ihr eigener Ausdruck; diesmal nicht nur mir, sondern auch Louis vollkommen unverständlich) durch die Erscheinung von ›Ihrer Ladyschaft der Contessa‹ im Dorfgastzimmer. (Ich gebe das Titelgemisch, dessen sich die Zofe meiner Nichte bediente, mit einem wahren Gefühl des Genusses wieder – meine arme liebe Schwester ist ein übelberatenes Weib, die einen Ausländer geehelicht hat.) Um den Faden wieder aufzunehmen: die Tür öffnete sich; Ihre Ladyschaft, die Contessa, erschien im Gastzimmer; und die Junge Person war von den Socken. Ganz erstaunlich!

* * *

Ich muß mich wirklich erst ein wenig ausruhen, bevor ich weiter fortfahren kann. Vielleicht, wenn ich mich ein paar Minuten lang mit geschlossenen Augen zurückgelegt habe, und Louis meine armen schmerzenden Schläfen mit ein wenig Eau de Cologne erfrischt hat, werde ich imstande sein, fortzufahren.

›Ihre Ladyschaft, die Contessa‹ —

Nein. Fähig fortzufahren bin ich allenfalls; aber aufrichten kann ich mich nicht. Ich will zurückgelehnt bleiben und diktieren. Louis hat zwar einen grausigen Akzent; aber er versteht die Sprache, und schreiben kann er auch. Wie erfreulich bequem!

* * *

Ihre Ladyschaft, die Contessa, erklärte ihr unerwartetes Auftauchen im Gasthof dadurch, daß sie Fanny mitteilte, wie Fräulein Halcombe in ihrer Eile ein oder zwei Kleinigkeiten vergessen habe, die nachträglich auszurichten sie jetzt gekommen sei. Die Junge Person wartete daraufhin in ängstlicher Spannung, zu erfahren, um was es sich bei diesen Kleinigkeiten handele; aber die Contessa schien nicht geneigt, sie zu erwähnen (so ganz die ermüdende Art meiner Schwester!) bis Fanny nicht ihren Tee getrunken hätte. Ihre Ladyschaft sei in diesem Punkt ganz überraschend freundlich und rücksichtsvoll gewesen (so gänzlich unähnlich meiner Schwester), und habe gesagt: »Ich bin mir sicher, mein armes Kind, der Tee wird Ihnen gut tun. Was ich auszurichten habe, hat Zeit bis danach. Kommen Sie, kommen Sie — wenn Sie sich denn gar so unbehaglich fühlen, will ich selbst den Tee zurecht machen, und eine Tasse mittrinken.« Ich glaube, das waren die Worte, wie die Junge Person sie so aufreizend in meiner Gegenwart wiedergab. Auf jeden Fall hätte die Contessa darauf bestanden, den Tee zu bereiten, und ihren lächerlichen Anschein von Herablassung tatsächlich so weit getrieben, sich die eine Tasse zu nehmen und darauf zu bestehen, daß das Mädchen sich die andere nähme. Das Mädchen trank seinen Tee, und verherrlichte, ihrer eigenen Aussage nach, die einzigartige Angelegenheit 5 Minuten später dadurch, daß sie das erste Mal in ihrem Leben schlankweg in Ohnmacht fiel. Ich bediene mich hier wiederum ihrer eigenen Worte. Louis meint, sie seien von einer verstärkten Ausscheidung von Tränen begleitet gewesen. Ich selbst kann es nicht sagen.

Da die Anstrengung des Zuhörens meine gesamte Leistungskraft aufbrauchte, waren meine Augen geschlossen.
Wo bin ich stehen geblieben? Ah, ja – sie fiel, nachdem sie zusammen mit der Contessa eine Tasse Tee getrunken hatte, in Ohnmacht – ein Vorgang, der mich allenfalls hätte interessieren können, wenn ich ihr Hausarzt gewesen wäre; da ich aber nichts dergleichen bin, empfand ich lange Weile beim Zuhören, und sonst gar nichts. Als sie dann, eine halbe Stunde später, wieder zu sich selbst kam, fand sie sich auf dem Sofa, und weiter Niemanden in ihrer Nähe als die Wirtin. Die Contessa, der es zu spät geworden war, sich noch länger dort im Gasthaus aufzuhalten, war bei den ersten Anzeichen, daß das Mädchen anfinge, sich wieder zu erholen, gegangen; und die Wirtin ihrerseits so freundlich gewesen, ihr die Treppe hoch und ins Bett zu helfen.
Sich selbst überlassen, hätte sie in ihrem Busen nachgefühlt (ich bedaure die Notwendigkeit, ein zweites Mal auf diesen Teil des Gegenstandes zurückkommen zu müssen), und ihre beiden Briefe dort, zwar seltsam zerknittert, aber ansonsten wohlbehalten, vorgefunden. Sie wäre die Nacht hindurch noch schwindlig, am nächsten Morgen jedoch wohlauf genug gewesen, um ihre Reise antreten zu können. Sie hätte den an diesen aufdringlichen Fremden, diesen Herrn in London, gerichteten Brief, daselbst in den Kasten gesteckt, und den an mich nunmehr in meine Hände gelegt, wie zu tun sie geheißen worden sei. Das wäre die reine Wahrheit; und obgleich sie sich keine Schuld geben könnte, etwas absichtlich vernachlässigt zu haben, wäre es ihr doch furchtbar unruhig im Gemüt, und sie eines guten Rates dringend bedürftig. An dieser Stelle erschienen, wie Louis meint, neuerlich die betreffenden Ausscheidungen. Vielleicht war dem so; aber es dürfte von unendlich größerer Bedeutung sein, zu erwähnen, daß auch an eben dieser Stelle mir die Geduld ausging, ich die Augen öffnete, und eingriff.
»Was ist der Sinn von alledem?« wollte ich wissen.
Die Zofe meiner Nichte stand sprachlos und starrte mich unverbindlich an.
»Versuch's zu erklären,« sagte ich zu meinem Kammerdiener. »Übersetzen, Louis.«
Louis versuchte es und übersetzte. Mit anderen Worten, er stieg unverzüglich in einen wahren Abgrund von Verworrenheit hinunter, und die Junge Person folgte ihm rüstig. Ich weiß mich, auf Ehre,

nicht zu erinnern, daß ich mich jemals derartig amüsiert hätte. Solange sie mich unterhielten, ließ ich sie auf dem Boden ihres Abgrundes gewähren. Als sie mich nicht mehr unterhielten, bediente ich mich meiner Intelligenz und beförderte sie wieder nach oben.
Es ist wohl unnötig zu sagen, daß mein Eingreifen zu gegebener Zeit mich in den Stand setzte, den Sinn der Bemerkungen der Jungen Person zu durchschauen.
Ich erkannte, daß sie sich in einem Zustand der Gemütsunruhe befand, weil der Gang der Ereignisse, wie er mir eben von ihr beschrieben worden war, sie darin verhindert hatte, Kenntnis von den erwähnten zusätzlichen Kleinigkeiten zu nehmen, die Fräulein Halcombe der Contessa zwecks Überbringung anvertraut hatte. Sie fürchtete, es möchte sich dabei um Dinge gehandelt haben, die für das Interesse ihrer Herrin von großer Wichtigkeit sein könnten. Ihre Angst vor Sir Percival hätte sie davon abgehalten, noch spät in der Nacht nach Blackwater Park zu gehen, um sich danach zu erkundigen; und Fräulein Halcombes ausdrückliche Mahnung, ja nicht den Morgenzug zu verpassen, sie verhindert, noch einen Tag länger im Gasthaus zu warten. Sie hätte so Angst, daß ihr Pech mit diesem Ohnmachtsanfall zu dem zweiten Pech führen könnte, daß ihre Herrin sie für nachlässig hielte; und sie sei hiermit so frei, mich um Erlaubnis zu bitten, die Frage stellen zu dürfen, ob ich ihr wohl riete, einen Brief mit Erklärungen und Entschuldigungen an Fräulein Halcombe zu schreiben, mit dem Ersuchen, ihr das Betreffende doch brieflich mitzuteilen, wenn es nicht etwa schon zu spät wäre. (Ich entschuldige mich nicht ob all der prosaischen Langeweile dieser und ähnlicher Stellen – ich habe schließlich Order empfangen, so zu schreiben. Gibt es doch, so unbegreiflich das auch scheinen mag, Leute, die tatsächlich mehr Interesse an dem haben, was die Zofe meiner Nichte bei dieser Gelegenheit zu mir sagte, als an dem, was ich zu der Zofe meiner Nichte sagte. Amüsante verkehrte Welt!).
»Ich wär' Ihn'n sehr zu Dank verpflichtet, Sir, wenn Sie so freundlich sein und mir sagen würden, was ich am besten hier machte,« bemerkte die Junge Person.
»Lassen Sie die Sache, wie sie ist,« sagte ich, indem ich meine Ausdrucksweise meinem Zuhörerkreis anpaßte. »*Ich* lasse die Sachen prinzipiell wie sie sind. Ja. – Ist das Alles?«
»Wenn Sie mein'n, daß ich mir zu viel Freiheit nehmen würde, Sir, wenn ich schriebe, dann werd' ich das natürlich lieber nicht wagen.

Aber mir liegt so sehr daran, nach Kräften alles zu tun, um meiner Herrin getreulich zu Diensten –«
Angehörige der niederen Gesellschaftsschichten wissen nie, wann oder wie sie sich aus einem Raum zu entfernen haben; sie bedürfen dazu unveränderlich der Nachhilfe Höherstehender. Es schien mir hohe Zeit, der Jungen Person nunmehr hinaus zu helfen. Ich tat das vermittelst zweier besonnener Worte –
: »Guten Morgen.«
Urplötzlich quietschte etwas bei diesem merkwürdigen Mädchen; entweder außen oder innen. Louis, der sie gerade ansah, (was ich nicht tat) sagt, es habe gequietscht, als sie knixte. Kurios. Waren es ihre Knochen, ihr Korsett, oder doch ihr Schuhwerk? Louis meint, es müßte ihr Korsett gewesen sein. Äußerst merkwürdig!
Sobald ich endlich allein war, schlummerte ich ein Weilchen – ich war dessen wahrlich bedürftig. Als ich daraus wieder erwachte, fiel mir der Brief unserer teuren Marian ins Auge. Wenn ich auch nur die allerblasseste Ahnung von seinem Inhalt gehabt hätte, nichts hätte mir ferner gelegen, als der Versuch, ihn zu öffnen! Da ich, unglücklicherweise für mein unschuldiges Selbst, baar jeglichen Verdachtes war, las ich den Brief. Und war für diesen Tag sogleich aller Fassung beraubt.
Ich bin von Natur aus eines der gutmütigsten Geschöpfe, die je gelebt haben – ich lasse Jedermann die größte Freiheit, und stoße mich an nichts. Aber, wie ich bereits zuvor bemerkt habe, auch meine Geduld hat ihre Grenzen. Ich legte Marians Brief wieder hin, und hatte das Gefühl – berechtigterweise, wie ich wohl annehme – eines gekränkten, eines angegriffenen Mannes.
Ich möchte hier eine Bemerkung einschalten. Sie ist selbstverständlich auf den hier vorliegenden, sehr ernsthaften Fall voll anwendbar; oder ich würde ihr an dieser Stelle keinen Raum lassen zu erscheinen.
: nichts setzt, meiner Meinung nach, die abstoßende Selbstsucht des Menschengeschlechts in ein derart schweflig grelles Licht, als die Behandlung, wie sie, und zwar in sämtlichen Gesellschaftsschichten, die Ledigen Leute von Seiten der Verheirateten Leute erfahren! Sobald man sich als zu selbstverleugnend und weitdenkend erwiesen hat, um einer bereits unsinnig dichtgedrängten Bevölkerung noch eine weitere eigene Familie verantwortungsloserweise hinzuzufügen, wird man von seinen verheirateten Freunden – denen ähnliche

Überlegungen und ähnliche Selbstverleugnung fremd sind — sogleich und rachsüchtigerweise zum Teilhaber ihrer ehelichen Schwierigkeiten und zum geborenen Freunde ihrer sämtlichen Kinder auserkoren. Ehemänner und Ehefrauen *schwatzen* von den Lasten des Ehestandes, und die Junggesellen und Junggesellinnen *tragen* sie! Nehmen wir nur meinen eigenen Fall. Ich bleibe wohlbedächtig ledig; mein armer lieber Bruder Philip heiratet unbedachtsamerweise. Was tut er, als er stirbt? : hinterläßt *mir* seine Tochter. Ein süßes Mädchen, gewiß — aber auch gleichzeitig eine schreckliche Verantwortung. Warum sie ausgerechnet auf meine Schultern legen? : weil anscheinend ich, in meiner harmlosen Eigenschaft als Lediger Mann, dazu verpflichtet bin, meine sämtlichen verheirateten Verwandten all ihrer Unannehmlichkeiten zu entladen. Ich tue hinsichtlich der mir von meinem Bruder aufgebürdeten Verantwortlichkeit also mein Bestes — ich verheirate meine Nichte, unter unsäglichem Aufruhr und Schwierigkeiten, an den Mann, an den schon ihr Vater sie verheiraten wollte. Sie und ihr Gatte zerstreiten sich, und unangenehme Folgen beginnen sich abzuzeichnen — was tut sie mit diesen Folgen? Sie gibt sie an *mich* weiter! Warum gibt Sie sie an *mich* weiter? : Weil ich, in meiner harmlosen Eigenschaft als Lediger Mann, anscheinend dazu verpflichtet bin, meine sämtlichen verheirateten Verwandten all ihrer Unannehmlichkeiten zu entladen. Wir armen Ledigen! Arme menschliche Natur!
Es ist gänzlich unnötig zu sagen, daß mir in Marians Brief gedroht wurde. Mich bedroht ja Jeder. Alle Arten von Schrecken sollten auf mein verfemtes Haupt fallen, falls ich nur im geringsten zögerte, Limmeridge-Haus in ein Asyl für meine Nichte und deren Mißgeschicke umzuwandeln. Ich erlaubte mir dennoch, zu zögern.
Ich habe erwähnt, wie mein üblicher Kurs bisher darin bestanden habe, unsrer lieben Marian gegenüber nachzugeben, und so Geräusch einzusparen. Diesesmal jedoch waren die in ihrer äußerst gedankenlosen Zumutung enthaltenen möglichen Folgen von einer Art, daß ich unwillkürlich innehielt. Gesetzt den Fall, ich öffnete Lady Glyde die Pforten von Limmeridge-Haus als Asyl: was sicherte mich dann gegen Sir Percival Glyde, wenn er sie hierher verfolgte, und zwar im Zustand heftigster Ungehaltenheit gegen *mich*, weil ich seiner Frau Unterschlupf gewährt habe? Ich sah in diesem Falle ein solches endloses Labyrinth von Ungelegenheiten voraus, daß ich mich entschloß, doch erst einmal noch nach allen Seiten hin zu sondieren.

Ich schrieb deshalb an unsre liebe Marian, und bat sie (da sie keinen Gatten hätte, der Ansprüche auf sie machen könnte) zunächst doch einmal selbst herzukommen, und die Angelegenheit mit mir durchzusprechen. Falls sie mir dann meine Bedenken zu meiner eigenen vollen Zufriedenheit beantworten könnte, würde ich – so versicherte ich ihr – unsere süße Laura mit dem größten Vergnügen bei mir aufnehmen; sonst allerdings nicht.
Ich war mir natürlich, als ich dieses schrieb, ziemlich klar darüber, wie das Ergebnis dieser meiner Verzögerungstaktik letztlich nur damit enden würde, daß Marian tugendhaft und entrüstet und türzuknallend hier erschiene. Aber andererseits konnte ein gegenteiliges Verfahren durchaus damit enden, daß nun Sir Percival hier erschiene, nicht minder tugendhaft entrüstet und türzuknallend; und bei der Wahl zwischen diesen beiden Entrüst- und Knallungen, zog ich die von Marian vor, weil ich an sie gewöhnt war. Folglich gab ich meinen Brief doch postwendend auf. Auf jeden Fall gewann ich ein wenig Zeit dadurch – und, oh Du meine Güte, das ist, zu Anfang, doch wenigstens etwas.
Wenn mich etwas gänzlich darniedergeworfen hat (hatte ich bereits erwähnt, daß Marians Brief mich gänzlich darniedergeworfen hatte?), benötige ich im allgemeinen drei Tage, um mich wieder davon zu erholen. Ja, ich war sehr unverständig – ich erwartete drei Tage der Ruhe und Stille. Natürlich wurden sie mir nicht.
Am dritten Tage schon brachte mir die Post ein höchst impertinentes Schreiben von einer Person, mit der ich total unbekannt bin. Er stellte sich vor, als den tätigen Teilhaber des Mannes, der unsere geschäftlichen Angelegenheiten für uns erledigt – unseres lieben dummen eigensinnigen alten Gilmore – und unterrichtete mich, wie ihm letzthin per Post ein an ihn gerichteter Brief, adressiert in Fräulein Halcombes Handschrift, zugekommen sei. Als er den Umschlag geöffnet habe, habe er zu seinem Erstaunen entdecken müssen, daß er nichts enthielte, als einen leeren Bogen Briefpapier. Dieser Umstand habe ihm so verdächtig geschienen (da seinem rastlosen Juristengemüt sich sogleich die Möglichkeit darstellte, wie Unberufene sich mit dem Briefe bemengt haben könnten), daß er unverzüglich an Fräulein Halcombe zurückgeschrieben, jedoch die erbetene postwendende Antwort bisher nicht erhalten habe. In dieser Verlegenheit – anstatt sich wie ein vernünftiger Mensch zu benehmen, und die Sachen ihren eigenen Gang gehen zu lassen – bestand, wie das Vorliegende

bewies, sein nächster absurder Schritt darin, *mich* zu behelligen, und sich schriftlich bei mir zu erkundigen, ob ich nicht Näheres wüßte. Was, zum Henker, sollte ich wohl Näheres wissen? Wenn er schon beunruhigt war, warum dann noch zusätzlich *mich* beunruhigen? In diesem Sinne schrieb ich ihm zurück. Es wurde einer meiner geschliffensten Briefe. Seit jener schriftlichen Entlassung, die ich dieser maßlos lästigen Person, diesem Herrn Walter Hartright, zuteil werden ließ, war mir nichts Epistolarisches von auch nur annähernd so epigrammatischer Schärfe gelungen.

Mein Brief erfüllte seinen Zweck; ich habe seitdem nichts mehr von jenem Anwalt vernommen.

Das war nun vielleicht noch nicht so übermäßig erstaunlich. Aber das war sicher ein bemerkenswerter Umstand, daß mich kein zweiter Brief von Marian erreichte, ebenso wenig wie irgendwelche warnenden Vorzeichen ihres Eintreffens. Ihr unerwartetes Fernbleiben tat mir unglaublich wohl. Es war so beruhigend und angenehm, daraus zu schließen (wie ich es natürlich tat), daß meine verheirateten Verwandten sich wieder miteinander vertragen hätten. Fünf Tage ungestörter Ruhe, köstlichsten Ledigenstandes, restaurierten mich gänzlich. Am sechsten Tage fühlte ich Kraft genug, den Fotografen kommen und weiter an den Aufnahmen meiner Kunstschätze arbeiten zu lassen, die ich, ich erwähnte es bereits, zwecks Hebung des Geschmacks in diesen barbarischen Landstrichen, zu verschenken gedenke. Ich hatte ihn gerade wieder in seine Werkstatt entlassen, hatte soeben begonnen, mit meinen Münzen schön zu tun, als urplötzlich Louis erschien, in der Hand eine Visitenkarte.

»Noch eine Junge Person?« sagte ich. »Ich mag sie nicht sehen. Junge Personen sind meinem Gesundheitszustand nicht zuträglich. Nicht zuhause.«

»Diesmal ist es ein Gentleman, Sir.«

Ein Gentleman war natürlich ein anderes. Ich warf einen Blick auf die Karte — —

: gütiger Himmel! meiner Schwester, ermüdenden Angedenkens, Ausländergatte, Conte Fosco!

* * *

Muß ich noch ausdrücklich sagen, was mein erster Gedanke war, während ich auf die Visitenkarte meines Besuchers schaute? Sicherlich nicht. Da meine Schwester einen Ausländer geheiratet hatte,

gab es schließlich nur *einen* Gedanken, auf den ein Mensch, der im Besitz seiner fünf Sinne war, verfallen konnte: selbstverständlich war der Conte erschienen, um Geld von mir zu borgen!
»Louis,« sagte ich, »meinst Du, er würde wieder weggehen, wenn Du ihm 5 Schilling hinausreichtest?«
Louis schaute ganz schockiert drein. Und überraschte mich dann unaussprechlich durch die Erklärung, daß meiner Schwester Ausländergatte untadelig gekleidet und ein Bild ausgesprochenen Wohlstandes sei. Unter so bewandten Umständen trat in meinen ersten Gedanken eine Änderung ein; ich nahm es nunmehr für gewiß, daß der Conte seinerseits mit ehelichen Differenzen zu kämpfen habe, und, gleich den übrigen Familienmitgliedern, gekommen sei, sie sämtlich auf meine Schultern abzuladen.
»Hat er erwähnt, in welcher Angelegenheit er käme?«
»Conte Fosco läßt sagen: er sei hierhergekommen, Sir, weil Fräulein Halcombe nicht imstande sei, Blackwater Park zu verlassen.«
Augenscheinlich neue Ungelegenheiten. Nicht direkt die seinigen, wie ich angenommen hatte; sondern die unserer lieben Marian. Dennoch Ungelegenheiten. Oh weh!
»Laß ihn 'reinkommen,« entschied ich resigniert.
Der erste Eindruck des Conte erschreckte mich förmlich. Er war eine so beunruhigend große Person, daß ich direkt bebte. Ich war mir gewiß, er müsse den Fußboden erzittern machen, und meine Kunstschätze herunterstoßen. Dennoch tat er weder das eine noch das andere. Er trug einen leichten, erquicklichen Sommeranzug – sein Benehmen war entzückend selbstbeherrscht und ruhevoll – sein Lächeln hinreißend. Mein erster Eindruck von ihm war äußerst günstig. Es gereicht meinem Scharfsinn zwar nicht zur Empfehlung, dies einzugestehen – wie sich in der Folge herausstellen wird – aber ich bin ein von Natur aus offener Mann, und gestehe es folglich dennoch ein.
»Gestatten Sie mir, daß ich mich Ihnen vorstelle, Herr Fairlie,« sagte er. »Ich komme von Blackwater Park, und habe die Ehre und das Glück, Madame Foscos Gatte zu sein. Gestatten Sie mir, daß ich mich dieses Umstandes zum ersten und gleichzeitig letzten Mal insofern bediene, als ich Sie bitte, mich nicht als gänzlich Fremden zu behandeln. Ich beschwöre Sie, sich keinesfalls stören zu lassen – beschwöre Sie, sich nicht zu bewegen.«
»Sie sind sehr gütig,« entgegnete ich. »Ich wollte, ich wäre kräftig

genug, aufzustehen. Sehr erfreut, Sie in Limmeridge zu sehen. Bitte, nehmen Sie doch einen Stuhl.«
»Ich fürchte, Sie sind leidend heute – « sagte der Conte.
»Wie gewöhnlich,« sagte ich. »Ich bin imgrunde nichts als ein Nervenbündel, so gekleidet, daß es wie ein Mann aussieht.«
»Ich habe meinerzeit so manches Wissensgebiet studiert,« bemerkte diese sympathische Persönlichkeit. »Unter anderem auch das unerschöpfliche Gebiet der Nerven. Darf ich mir einen Vorschlag erlauben; den einfältigsten und dennoch tiefsinnigsten zugleich? Würden Sie mir erlauben, die Lichtverhältnisse in Ihrem Gemach zu verändern?«
»Gewiß – vorausgesetzt, Sie wollen so freundlich sein und dafür sorgen, daß es mich nicht trifft.«
Er begab sich zum Fenster. So ein Kontrast gegenüber unserer lieben Marian!; so außerordentlich rücksichtsvoll in allen seinen Bewegungen!
»Licht,« sagte er dabei, in jenem prächtigen vertrauenerweckenden Ton, der einem schwer Leidenden so wohl tut, »ist das erste und wichtigste. Licht regt an, nährt, erhält. Ohne es können Sie ebensowenig auskommen, Herr Fairlie, wie wenn Sie eine Blume wären. Sehen Sie. Hier, wo Sie sitzen, schließe ich die Jalousieen, um Ihnen Ruhe zu verschaffen. Dort, wo Sie *nicht* sitzen, ziehe ich sie hoch, und lasse die stärkende Sonne herein. Gestatten Sie dem Licht wenigstens Zutritt in Ihr Gemach, wenn Sie es schon auf sich selbst nicht zu ertragen vermögen. Licht, Sir, ist das Ur-Dekret aller Schöpfung. Sie akzeptieren die Schöpfung, mit Ihren eigenen Vorbehalten: akzeptieren Sie, unter den gleichen Bedingungen, auch das Licht.«
Mir schien dies recht überzeugend und aufmerksam. Er hatte mich angeführt, was diese Frage des Lichtes anbetrifft; er hatte mich tatsächlich angeführt.
»Sie sehen mich in Verwirrung,« sagte er, währenddem er wieder zu seinem Platz zurückkam – »mein Ehrenwort, Herr Fairlie: Sie sehen mich verwirrt in Ihrer Gegenwart.«
»Ich bin bestürzt, es zu hören, gewiß und wahrhaftig. Darf ich fragen wieso?«
»Kann ich in diesen Raum eindringen, Sir, in dem Sie, ein schwer Leidender, sitzen – kann ich Sie sehen, umgeben von diesen bewundernswerten Gegenständen der Kunst, ohne sogleich zu erken-

nen, daß Sie ein Mann sind, dessen Gefühle äußerst beeindruckbar, dessen Sympathien unaufhörlich rege sind? Sagen Sie selbst: kann ich das?«

Wenn ich kräftig genug gewesen wäre, mich in meinem Stuhl aufzurichten, würde ich mich selbstverständlich verbeugt haben. Da ich nicht kräftig genug war, lächelte ich statt dessen meine Anerkennung. Es genügte völlig; wir verstanden einander.

»Bitte, folgen Sie meinem Gedankengang,« fuhr der Conte fort. »Hier sitze ich, selbst ein Mann verfeinerter Gefühle, in der Gegenwart eines anderen Mannes, von ebenfalls verfeinerten Gefühlen. Ich bin mir der grausamen Notwendigkeit bewußt, diese Gefühle dadurch aufs schwerste zu verletzen, indem ich häusliche Ereignisse der schwermütigsten Natur zu erwähnen habe. Was ist die unvermeidliche Folge davon? Ich hatte bereits die Ehre, es Ihnen gegenüber anzudeuten: ich bin verwirrt.«

War es an dieser Stelle, daß mir der Verdacht kam, er schicke sich an, mich zu langweilen? Ich möchte fast sagen, es war so.

»Ist es denn unbedingt erforderlich, auf diese unangenehmen Gegenstände zu sprechen zu kommen?« erkundigte ich mich. »Um es in ländlich-einfältigem Englisch auszudrücken, Conte Fosco: ›halten‹ sie sich sonst nicht?«

Der Conte seufzte mit beunruhigender Feierlichkeit, und schüttelte den Kopf.

»Muß ich sie unbedingt erfahren?«

Er zuckte die Achseln (die erste ausländische Gebärde, die ihm unterlief, seitdem er im Zimmer hier war), und schaute mich dabei auf unangenehm durchdringende Weise an. Mein Instinkt sagte mir, daß ich besser täte, die Augen zu schließen. Ich folgte meinem Instinkt.

»Bitte, bringen Sie es mir schonend bei,« beschwor ich ihn. »Ist Jemand tot?«

»Tot?« rief der Conte, mit unnötig ausländischem Feuer: »Herr Fairlie; Ihre nationale Gefaßtheit entsetzt mich! Im Namen des Himmels, was habe ich gesagt oder getan, daß Sie mich für einen Todesboten halten?«

»Bitte meine Entschuldigungen entgegenzunehmen,« antwortete ich. »Sie haben nichts gesagt und nichts getan. Aber es ist meine Maxime in dergleichen betrüblichen Fällen, zunächst grundsätzlich das Schlimmste vorauszusetzen. Man mildert die Wucht eines Schlages,

indem man ihm undsoweiter. Unaussprechlich erleichtert, auf mein Wort, zu erfahren, daß Niemand gestorben ist. Ist Jemand krank?«
Ich öffnete die Augen wieder, und blickte ihn an. (War er schon so gelb im Gesicht, als er herein kam; oder war er erst innerhalb der letzten ein oder zwei Minuten so gelb geworden? Ich könnte es wirklich nicht sagen; und Louis fragen kann ich auch nicht, weil er zu der Zeit nicht im Zimmer war.)
»Ist Jemand krank?« wiederholte ich also; da ich sah, daß meine ›nationale Gefaßtheit‹ ihn noch immer anzugreifen schien.
»Das eben ist ein Teil meiner schlimmen Nachrichten, Herr Fairlie: Jawohl. Jemand ist krank.«
»Das tut mir leid; mein Wort darauf. – Wer von ihnen ist es denn?«
»Zu meiner tiefen Bekümmernis, Fräulein Halcombe. Vielleicht sind Sie in gewissem Grade schon darauf gefaßt gewesen, dergleichen zu vernehmen? Als Sie merkten, daß Fräulein Halcombe weder persönlich hierher kam, wie Sie vorgeschlagen hatten, noch auch ein zweites Mal schrieb, hat Ihre zärtliche Besorgtheit Sie vielleicht bereits fürchten machen, sie könne krank sein?«
Nun zweifle ich zwar nicht daran, daß meine zärtliche Besorgtheit mich längst schon auf so schwermütige Hypothesen geführt hatte; aber im Augenblick weigerte sich mein geschwächtes Gedächtnis hartnäckig, mich des Umstandes zu erinnern. Trotzdem sagte ich, um mir Gerechtigkeit widerfahren zu lassen, ja. Ich war doch sehr schockiert. Es war so ganz und gar nicht charakteristisch für eine derart robuste Person wie unsere liebe Marian, krank zu sein, daß ich eigentlich nur annehmen konnte, ihr wäre ein Unfall zugestoßen. Ein Pferd, oder ein falscher Schritt auf der Treppe, oder etwas dergleichen.
»Ist es ernsthaft?« fragte ich.
»Ernsthaft – ohne jeden Zweifel,« erwiderte er. »Gefährlich – das hoffe ich zuversichtlich nicht. Fräulein Halcombe hat sich unglücklicherweise einem heftigen Regen ausgesetzt, und ist völlig durchnäßt gewesen. Die sich anschließende Erkältung war ungewöhnlich schwer, und hat nunmehr die schlimmste Folgeerscheinung gezeitigt – Fieber.«
Als das Wort ›Fieber‹ an mein Ohr schlug, und mir im selben Augenblick einfiel, daß eben die skrupellose Person, die hier auf mich einredete, geradenwegs aus Blackwater Park kam, wurde mir, als müßte ich auf der Stelle in Ohnmacht sinken.

»Großer Gott!« sagte ich. »Ist es ansteckend?«
»Im Augenblick nicht,« entgegnete er mit abscheulicher Gefaßtheit. »Es kann noch ansteckend werden – aber, zumindest da ich Blackwater Park verließ, war solch beklagenswerte Komplikation noch nicht eingetreten. Ich habe selbst das größte Interesse an dem Fall empfunden, Herr Fairlie – habe versucht, den offiziellen ärztlichen Helfer bei seinen Bemühungen zu unterstützen – glauben Sie meiner persönlichen Beteuerung: als ich zuletzt danach sah, war das Fieber nicht von ansteckender Natur.«
Seinen Beteuerungen glauben! In meinem Leben bin ich nicht weiter davon entfernt gewesen, etwas zu glauben. Und wenn er einen Eid geschworen hätte, ich hätte ihm nicht geglaubt. Dazu war er zu gelb, um Glauben zu verdienen. Schaute er doch drein wie eine ganze wandelnde westindische Epidemie. War er doch dick genug, um Typhus tonnenweise mit sich zu führen, und den Teppich auf dem er einherging, mit Scharlach zu färben. In gewissen plötzlichen Notständen arbeitet mein Geist mit erstaunlicher Schnelligkeit – ich beschloß sofort, ihn mir vom Halse zu schaffen.
»Sie werden einen Leidenden sicher freundlichst entschuldigen,« sagte ich – »aber ausgedehnte Konferenzen, um was immer es sich auch handeln mag, werfen mich unweigerlich darnieder. Dürfte ich um präzise Angabe des Zweckes bitten, dem ich die Ehre Ihres Besuches verdanke?«
Ich hoffte inbrünstig, daß dieser doch recht deutliche Hinweis ihn aus der Fassung bringen würde – ihn verwirren – ihn auf höfliche Entschuldigungen einschränken – kurzum, ihn aus dem Zimmer gehen machen. Im Gegenteil; er setzte sich bequemer in seinem Sessel zurecht. Er wurde noch um einige Grade feierlicher, und würdevoller, und vertraulicher. Er hielt zwei seiner entsetzlichen Finger in die Höhe, und beschenkte mich mit einem weiteren seiner unangenehmen durchdringenden Blicke. Was sollte ich tun? Ich war nicht stark genug, mich mit ihm zu streiten. Man stelle sich, bitte, meine Situation vor. Reicht die menschliche Sprache hin, sie zu beschreiben? Ich glaube, nicht.
»Der Zweck meines Besuches,« fuhr der nicht zu Unterdrückende fort, »läßt sich an den Fingern herzählen. Es sind ihrer Zwei. Erstens komme ich, um mit aufrichtiger Bekümmernis persönlich Zeugnis von den beklagenswerten Unstimmigkeiten zwischen Sir Percival und Lady Glyde abzulegen. Ich bin Sir Percivals ältester Freund

– mit Lady Glyde durch meine Heirat verwandt – bin ein Augenzeuge all dessen gewesen, was sich in Blackwater Park abgespielt hat. In dieser dreifachen Eigenschaft spreche ich mit Autorität, mit Vertraulichkeit, mit ehrlichem Bedauern. Sir: ich unterrichte hiermit Sie, als das Haupt von Lady Glydes Familie, daß Fräulein Halcombe in ihrem Brief, den sie an Ihre Adresse richtete, nichts übertrieben hat. Ich bestätige, daß das Auskunftsmittel, das jene bewunderungswürdige Dame vorgeschlagen hat, das einzige Auskunftsmittel ist, das Ihnen die Schrecknisse eines öffentlichen Skandals ersparen kann. Eine zeitweilige Trennung zwischen Gatten und Ehefrau, ist die einzige friedliche Lösung in dieser schwierigen Lage. Legen Sie für jetzt räumlichen Abstand zwischen Beide; und dann, wenn sämtliche Ursachen zur Gereiztheit beseitigt sind, werde ich – ich, der ich jetzt die Ehre habe, zu Ihnen zu sprechen – es über mich nehmen, Sir Percival zu Verstande zu bringen. Lady Glyde ist unschuldig; Lady Glyde ist der gekränkte Teil; aber – bitte, folgen Sie hier meinem Gedankengang! – eben deswegen ist sie (ich sage es mit Beschämung), solange sie unter ihres Gatten Dach weilt, die Ursache seiner Gereiztheit. Kein anderes Haus kann sie schicklicherweise aufnehmen, als das Ihrige: ich bitte Sie, es Ihr zu öffnen.«

Unverfroren. Da unten, im Süden Englands tobte ein eheliches Hagelwetter; und hier wurde ich, von einem Mann mit Fieber in jeder Jackettfalte, freundlich eingeladen, doch aus meinem Norden Englands herauszukommen, und mir meinen Teil an dem Wolkenbruch zu sichern. Ich versuchte mich nachdrücklich dagegen zu verwahren, in Wendungen, wie ich sie eben hier gebraucht habe. Der Conte legte bedächtig einen seiner entsetzlichen Finger um; ließ den andern weiterhin hoch stehen, und fuhr fort – überfuhr mich gleichsam, ohne auch nur den üblichen kutscherhaften Warnruf ›Hei!‹ auszustoßen, ehe er mich umriß.

»Bitte, folgen Sie noch ein weiteres Mal meinem Gedankengang,« nahm er erneut das Wort. »Meinen ersten Zweck haben Sie vernommen. Der zweite Beweggrund, daß ich in dieses Haus getreten bin, ist der, dasjenige auszurichten, was zu tun Fräulein Halcombe durch ihre Krankheit leider verhindert worden ist. Meine ausgebreiteten Erfahrungen werden in Blackwater Park in nahezu allen schwierigen Fällen zu Rate gezogen, und so wurde auch bezüglich des interessanten Gegenstandes Ihres Briefes an Fräulein Halcombe meine freundliche Beratung erbeten. Ich begriff sogleich – denn meine Sympathien sind Ihre Sympathien – warum Sie sie zuvor hier zu sehen wünschten, ehe Sie sich anheischig machten, Lady Glyde einladen zu wollen. Sie handeln vollkommen richtig darin, Sir, mit der Aufnahme einer Ehegattin bei sich zu zögern, bevor Sie nicht ganz sicher sind, daß der Gatte nicht etwa seine Machtvollkommenheiten ins Spiel bringe, sie wieder zurückzufordern. Ich bin ganz Ihrer Ansicht. Bin auch darin Ihrer Ansicht, daß so delikate Auseinandersetzungen, wie dergleichen Schwierigkeiten sie unweigerlich mit sich bringen, nicht von der Art sind, daß man sie durch bloßen Briefwechsel schicklich abzumachen vermöchte. Meine Anwesenheit hier ist (zu meiner eigenen, nicht geringen Unbequemlichkeit) wohl der beste Beweis, daß ich aufrichtig rede. Was nun diese Differenzen selbst angeht: ich – Fosco – ich, der ich Sir Percival wesentlich besser kenne, als Fräulein Halcombe ihn kennt, bestätige Ihnen hiermit feierlich, auf meine Ehre und auf mein Wort, daß er weder diesem Haus hier zu nahe kommen, noch versuchen wird, irgend Verbindung mit diesem Haus aufzunehmen, solange seine Gattin darinnen weilt. Seine Lage ist prekär – offerieren Sie ihm Freiheit dadurch, daß Sie ihm Lady Glyde zunächst abnehmen. Ich verspreche Ihnen, er wird diese seine Freiheit nützen, und wieder auf den Kontinent zurückkehren, und zwar zum frühesten Zeitpunkt, wo er nur abkommen kann. Ist Ihnen all das kristallklar? Ja, sicher. Haben Sie etwelche Fragen an mich zu richten? Sei's drum: hier bin ich, sie zu beantworten. Fragen Sie, Herr Fairlie – verbinden Sie mich dadurch, daß Sie nach Herzenslust Fragen stellen.«

Er hatte aber schon, höchlichst wider meinen Willen, so viel gesagt, und sah so grausam fähig aus, auch noch weit mehr sagen zu können (wiederum höchlichst wider meinen Willen), daß ich seine freundschaftliche Einladung aus reinlichster Selbstverteidigung ablehnte.

»Danke vielmals,« antwortete ich. »Meine Kräfte nehmen fühlbar ab. In meinem Gesundheitszustand muß ich die Dinge nehmen, wie sie sind. Erlauben Sie mir, daß ich dies auch jetzt tue. Wir verstehen einander vollkommen. Ja. Äußerst verbunden, bestimmt, für Ihr gütiges Eingreifen. Falls ich jemals genesen, und sich dann eine zweite Gelegenheit ergeben sollte, unsere Bekanntschaft zu vertiefen –«

Er erhob sich. Ich dachte, er würde gehen. Nichts da. Mehr Worte, mehr Zeit für die Ausbreitung ansteckender Miasmen – in *meinem*

Zimmer noch dazu – man behalte das im Auge: in meinem Zimmer!

»Einen Moment noch,« sagte er, »einen Moment, bevor ich mich empfehle. Scheidend bitte ich um Erlaubnis, Ihnen eine dringende Notwendigkeit noch vor Augen führen zu dürfen. Und zwar diese, Sir. Sie dürfen nicht daran denken, mit der Einladung an Lady Glyde zu warten, bis Fräulein Halcombe sich erholt habe. Fräulein Halcombe wird betreut vom Arzt, von der Haushälterin von Blackwater Park, und von einer erfahrenen Krankenschwester nicht minder – alles Drei Personen, für deren Fähigkeit und Gewissenhaftigkeit ich mich mit meinem Leben verbürge. Das möchte ich Ihnen sagen. Möchte Ihnen aber weiterhin sagen, daß die Angst und Aufregung ob der Krankheit ihrer Schwester bereits auch Lady Glydes Gesundheit und Gemüt angegriffen und sie gänzlich unfähig gemacht haben, im Krankenzimmer irgend von Nutzen zu sein. Ihr Verhältnis zu ihrem Gatten wird mit jeglichem Tage beklagenswerter und gefährlicher. Wenn Sie sie noch länger in Blackwater Park belassen, tun Sie nicht das mindeste dazu, die Genesung ihrer Schwester zu beschleunigen; und riskieren zur selben Zeit eben einen öffentlichen Skandal, den Sie und ich und wir Alle, im geheiligten Interesse der Familie zu vermeiden verpflichtet sind. Von ganzer Seele gebe ich Ihnen den Rat, die sehr ernste Verantwortlichkeit der Verzögerung dadurch von Ihren Schultern selbst abzuwälzen, daß Sie Lady Glyde auf der Stelle schreiben, hierher zu kommen. Tun Sie Ihre liebreiche, Ihre ehrenvolle, unausweichliche Pflicht, und, was auch immer im Schoß der Zukunft verborgen sein möge: Niemand wird dann mehr imstande sein, *Ihnen* die Schuld zu geben. Ich rede aufgrund meiner ausgebreiteten Erfahrung – ich biete wohlgemeinten Rat. Ist er angenommen – Ja, oder Nein?«

Ich sah ihn an – sah ihn lediglich an – mit einem Gesicht, das in jeglichem Zuge sowohl mein Erstaunen ob seiner erzenen Selbstsicherheit ausgedrückt haben dürfte, als auch meinen sich langsam abzeichnenden Entschluß, nach Louis zu klingeln und ihn hinaus führen zu lassen. Es klingt völlig unglaublich, ist aber dennoch wahr, daß dieses mein Gesicht nicht den geringsten Eindruck auf ihn zu machen schien. Ohne Nerven geboren – augenscheinlich total ohne Nerven geboren.

»Sie zögern?« sagte er. »Herr Fairlie: ich begreife dieses Zögern. Sie wenden ein – erkennen Sie, Sir, wie unsere Sympathie es mir ermöglicht, geradeswegs Ihre Gedanken zu lesen? — Sie wenden ein, daß Lady Glyde, angegriffener Gesundheit und angegriffenen Gemüts, nicht imstande sein werde, die weite Reise von Hampshire bis hierher allein zu unternehmen. Ihre Kammerzofe ist, Sie wissen es, von ihr getrennt worden; und von anderer Dienerschaft, die geeignet wäre, mit ihr von einem Ende Englands zum anderen zu reisen, wüßte ich in Blackwater Park keinen. Sie wenden weiterhin ein, daß sie, auf ihrem Wege hierher, nicht nach Bequemlichkeit in London Aufenthalt nehmen und sich ausruhen könne; weil sie ja nicht ungezwungen und ungeleitet in ein öffentliches Hotel gehen kann, wo sie eine gänzlich Fremde ist. Ich gebe Ihnen beide Einwände ohne weiteres zu — ich räume sie, ebenso ohne weiteres, sogleich aus dem Wege. Bitte, folgen Sie — zum letzten Mal — meinem Gedankengang. Es war, als ich mit Sir Percival nach England zurückkehrte, meine Absicht, mich in der Umgebung Londons niederzulassen. Diese Absicht hat soeben aufs glücklichste ihre Erfüllung gefunden: ich habe für 6 Monate ein kleines möbliertes Haus in dem Stadtteil gemietet, der sich St. Johns Wood nennt. Wollen Sie bitte so freundlich sein, diesen Umstand im Gedächtnis zu behalten, und das Programm zu beachten, das ich hiermit vorschlage: Lady Glyde reist nach London — ein kleines Stück nur — ich selbst warte am Bahnhof auf sie — führe sie in mein Haus, das ja gleichermaßen das Haus ihrer Tante ist, um dort auszuruhen und zu schlafen — sobald sie sich erholt hat, begleite ich sie neuerlich zum Bahnhof — sie reist bis hierher, und ihre eigene Zofe (die sich in diesem Augenblick unter Ihrem Dach befindet) nimmt sie an der Coupétür in Empfang. Hier ist die Bequemlichkeit berücksichtigt — ist das Interesse der Schicklichkeit berücksichtigt — hier ist zumal Ihre Pflicht — die Pflicht der Gastlichkeit, des Mitgefühls, des Schutzes, einer unglücklichen Dame gegenüber, die dieser drei sämtlich bedarf — leicht und bequem gemacht, von Anfang bis zu Ende. Ich lade Sie, im geheiligten Interesse der Familie, von ganzem Herzen ein, Sir, bei meinen Bemühungen mitzuwirken. Ich rate Ihnen ernstlich, zu schreiben; und jener gekränkten und unglücklichen Dame, deren Sache ich heute zu vertreten gekommen bin, durch meine Hand die Gastfreundschaft Ihres Hauses und Herzens und die Gastfreundschaft meines Hauses (und Herzens) anzubieten.«

Währenddessen schwenkte er ständig seine entsetzliche Hand in meine Richtung — schlug an seine ansteckende Brust — redete mich

nach Rednerart an, wie wenn ich im Unterhaus läge. Es war hohe Zeit, irgend einen desperaten Kurs einzuschlagen. Es war desgleichen höchste Zeit, nach Louis zu schicken, und das Zimmer vorsichtshalber ausräuchern zu lassen.
In diesem ausgesprochenen Großnotstand kam mir plötzlich eine Idee – eine unschätzbare Idee, mit der ich, sozusagen, zwei zudringliche Fliegen mit einer Klappe schlagen konnte. Ich beschloß, gleichzeitig des Conte ermüdender Beredsamkeit und Lady Glydes ermüdender Ungelegenheiten dadurch loszuwerden, daß ich auf dieses anrüchigen Ausländers Ansinnen einginge, und den betreffenden Brief auf der Stelle schriebe. Es bestand ja nicht die geringste Gefahr, daß meine Einladung angenommen würde; da nicht entfernt zu erwarten stand, daß Laura Blackwater Park irgend verlassen würde, solange Marian dort krank läge. Wieso dies reizend gelegen kommende Hindernis dem zudringlichen Scharfblick des Conte entgangen sein mochte, war unmöglich zu erraten – auf jeden Fall *war* es ihm entgangen. Meine Furcht, daß er es, wenn ich ihm viel Zeit zum Überlegen ließe, noch entdecken könnte, beflügelte mich in einem so erstaunlichen Grade, daß ich die Kraft gewann, mich in sitzende Stellung aufzurichten – die Schreibmaterialien zu meiner Seite zu ergreifen – tatsächlich, zu ergreifen! – und den Brief mit einer derartigen Geschwindigkeit zu produzieren, wie wenn ich ein gewöhnlicher kaufmännischer Büroangestellter gewesen wäre.

»Beste Laura,
bitte, komm doch, sobald es Dir gefällt. Unterbrich Deine Reise, indem Du im Haus Deiner Tante, in London, absteigst. Sehr betrübt ob der Nachricht von der Krankheit unserer teuren Marian. –
Stets Dein, Dir innig zugetaner . . . . .«

Ich händigte diese Zeilen, auf Armeslänge, dem Conte aus – sank zurück in meinen Sessel – sagte, »Entschuldigen Sie – es hat mich total aufs Lager gestreckt – ich kann nicht mehr tun. Wollen Sie bitte unten noch etwas zu sich nehmen und ausruhen. Beste Grüße an Alle, aufrichtiges Mitgefühl, undsoweiter – *Guten* Morgen.«
Er hielt eine weitere Rede – der Mann war tatsächlich unerschöpflich. Ich schloß die Augen – ich gab mir alle Mühe, so wenig wie

möglich davon zu verstehen. Trotz meiner Bemühungen war ich genötigt, eine beträchtliche Menge zu verstehen. Meiner Schwester endloser Gatte beglückwünschte erst sich selbst, und beglückwünschte dann mich, zu den Ergebnissen unserer Unterredung – erwähnte noch eine ganze Menge mehr hinsichtlich seiner Sympathien und der meinigen – beklagte meinen erbarmenswürdigen Gesundheitszustand – erbot sich mir ein Rezept zu verschreiben – schärfte mir die Notwendigkeit ein, ja nicht zu vergessen, was er bezüglich der Bedeutung des Lichtes gesagt habe – nahm meine freundliche Einladung, sich auszuruhen und etwas zu sich zu nehmen dankend an – empfahl mir, mich binnen zwei oder drei Tagen zum Empfang Lady Glydes bereit zu halten – bat mich um die Erlaubnis, anstatt durch Abschiednehmen sich und mir das Herz zu zerreißen, sich lieber jetzt schon auf unsere nächste Begegnung freuen zu dürfen – er redete noch eine große Menge mehr, auf das (und der Gedanke erquickt mich recht) ich damals nicht acht gegeben habe, und an das ich mich auch jetzt nicht mehr entsinnen kann. Ich vernahm dann, wie seine seelenverwandte Stimme sich nach und nach von mir entfernte – aber, so überdimensional er auch immer war: *ihn selbst* hörte ich nie. Er besaß immerhin das negative Verdienst, absolut lautlos zu sein. Ich wüßte nicht zu sagen, wann er die Tür geöffnet, oder wann er sie hinter sich zugezogen hätte. Nach einer gewissen Zeit des Schweigens wagte ich es endlich wieder, von meinen Augen Gebrauch zu machen – er war verschwunden.
Ich schellte nach Louis, und zog mich in mein Badezimmer zurück. Lauwarmes Wasser, reichlich versetzt mit Räucheressig für mich, und umfassende Ausräucherungen für mein Studio waren die vordringlichsten Vorsichtsmaßregeln, und natürlich ergriff ich sie. Ich freue mich zu sagen, daß sie sich erfolgreich erwiesen. Ich genoß anschließend meiner üblichen Siesta – ich erwachte kühl und gesund-feucht.
Meine ersten Erkundigungen galten dem Conte. Waren wir ihn auch bestimmt wieder los? Ja – er war mit dem Nachmittagszug abgereist. Hatte er etwas zu sich genommen, und falls ja, was? Nichts als Obsttörtchen mit Schlagsahne. Welch ein Mann! Was für eine Verdauung!

* * *

Erwartet man von mir, daß ich mich noch weiter äußere? Ich glaube nicht. Ich glaube, ich habe die mir gesteckten Grenzen hiermit erreicht. Die schockierenden Vorfälle, wie sie sich zu einer späteren Zeit abspielten, haben sich, ich sage es voller Dankbarkeit, nicht in meiner Gegenwart ereignet. Ich bitte und hoffe, daß Niemand so gefühllos sein, und irgendeinen Teil der Verantwortung für jene Vorfälle *mir* zur Last legen werde. Ich habe nach Kräften das Beste angestrebt. Ich bin nicht haftbar für eine beklagenswerte Kalamität, die vorherzusehen gänzlich unmöglich war. Ich bin förmlich zerschmettert worden dadurch – habe darunter gelitten, wie kein Anderer gelitten hat. Mein Kammerdiener Louis (der mir in seiner unintelligenten Art aufrichtig zugetan ist) meint, ich werde niemals darüber hinwegkommen. Er sieht mich in diesem Augenblick, das Taschentuch vor den Augen, diktieren. Ich wünsche festzuhalten (ich bin mir diese Gerechtigkeit schuldig), daß es nicht mein Versehen war, und daß ich völlig erschöpft und gebrochenen Herzens dahinlebe. Muß ich noch mehr sagen?

Bericht
fortgesetzt durch Eliza Michelson
(Haushälterin in Blackwater Park)

I

Man ist an mich herangetreten, so klar wie möglich niederzulegen, was ich vom Verlauf von Fräulein Halcombes Krankheit noch weiß, sowie von den näheren Umständen, unter denen Lady Glyde damals von Blackwater Park nach London abreiste.
Der Grund, daß man mit solcher Forderung an mich herantritt ist, daß mein Zeugnis im Interesse der Wahrheit benötigt wird. Als Witwe eines Geistlichen der anglikanischen Hochkirche (durch Mißgeschick zu der Notwendigkeit gezwungen, eine Stellung anzunehmen), hat man mich gelehrt, die Ansprüche der Wahrheit jeglicher anderen Bedenklichkeit voranzustellen. Deswegen komme ich einer Aufforderung nach, auf die einzugehen ich ansonsten, aus Widerstreben, mich mit betrüblichen Familienangelegenheiten zu bemengen, gezögert haben würde.
Ich habe seinerzeit zwar keine Aufzeichnungen geführt, und kann infolgedessen das Datum nicht auf den Tag genau angeben, glaube mich jedoch nicht sonderlich zu irren, wenn ich schreibe, daß Fräulein Halcombes ernstliche Erkrankung in der letzten Junihälfte, wann nicht sogar im letzten Monatsdrittel erst, begann. Man frühstückte grundsätzlich spät in Blackwater Park – zuweilen wurde es 10; vor 9 Uhr 30 geschah es nie. An dem Morgen, von dem ich hier berichte, erschien Fräulein Halcombe (die sonst im allgemeinen als Erste herunter kam) nicht bei Tisch. Nachdem die Herrschaft eine Viertelstunde auf sie gewartet hatte, wurde das für den Oberstock zuständige Dienstmädchen geschickt, nach ihr zu sehen, und kam tödlich erschrocken aus dem Zimmer gestürzt. Ich traf sie auf der Treppe, und begab mich sofort selbst zu Fräulein Halcombe, um zu sehen, was los sei. Die arme Dame war nicht imstande, es mir zu sagen – sie irrte, die Schreibfeder in der Hand, in ihrem Zimmer umher, völlig wirr im Kopf und im Zustand hohen Fiebers.
Lady Glyde (da ich nicht mehr in Sir Percivals Diensten stehe, darf

ich wohl, ohne gegen die gute Sitte zu verstoßen, meine ehemalige Herrin bei ihrem Namen nennen, anstatt ›Mylady‹ zu sagen) war die Erste, die direkt aus ihrem Schlafzimmer mit dazu kam. Sie war so entsetzlich aufgeregt und verstört, daß sie sich als gänzlich nutzlos erwies. Dagegen waren Conte Fosco und seine Gattin, die unmittelbar darauf nach oben kamen, Beide sehr nett und denkbar hülfreich. Ihre Ladyschaft unterstützte mich dabei, Fräulein Halcombe ins Bett zu schaffen. Seine Lordschaft, der Conte, blieb nebenan im Wohnzimmer, und bereitete, nachdem ich meine Hausapotheke hatte herbeiholen lassen, Medizin für Fräulein Halcombe und ein kühlendes Mittel für Kopfumschläge, so daß, bis der Arzt einträfe, keine Zeit verloren ginge. Wir machten die Umschläge, konnten sie jedoch zum Einnehmen der Medizin nicht bewegen. Sir Percival nahm es über sich, einen Arzt herbeizuschaffen. Er schickte einen Reitknecht zu Pferd nach Oak Lodge, wo der nächste Doktor, Herr Dawson, wohnte.

In weniger als einer Stunde war Herr Dawson zur Stelle. Ein angesehener älterer Herr, in der ganzen Gegend wohlbekannt; und wir waren nicht wenig bestürzt, als wir vernehmen mußten, wie er den Fall für ausgesprochen ernsthaft erachtete.

Seine Lordschaft der Conte ließ sich in ein leutseliges Gespräch mit Herrn Dawson ein, und gab seine Meinung mit Besonnenheit und Freimut kund. Herr Dawson erkundigte sich, nicht übermäßig höflich, ob es sich bei seiner Lordschaft Rat um den Rat eines Arztkollegen handele; und erwiderte, nachdem er in Erfahrung gebracht, es sei der Rat Eines, der sich privatim mit Medizin beschäftigt hätte, daß es nicht seine Gewohnheit sei, Amateure zu konsultieren. Der Conte, mit echt christlicher Langmut, lächelte und verließ das Zimmer. Bevor er ging, teilte er mir noch mit, wie, für den Fall, daß man ihn im Laufe des Tages gebrauchte, er im Bootshaus am Seeufer zu finden sein würde. Warum er sich gerade dorthin begab, weiß ich nicht zu sagen. Aber gegangen ist er; und den ganzen geschlagenen Tag hindurch bis 8 Uhr abends, der festgesetzten Dinner-Zeit, ausgeblieben. Vielleicht wollte er ein Beispiel geben, das Haus so ruhig wie nur möglich zu halten – es wäre ganz in seiner Art gewesen; er war äußerst rücksichtsvoll, ein Edelmann wie wenige.

Fräulein Halcombe verbrachte eine sehr böse Nacht; die Fieberschauer kamen und gingen, und gegen Morgen befand sie sich eher noch schlechter als besser. Da in der näheren Umgegend keine Krankenschwester, die sie hätte pflegen können, zu haben war, nahmen Ihre Ladyschaft die Contessa und ich diese Pflicht über uns, indem wir einander ablösten. Lady Glyde bestand, höchst unweislich, darauf, ständig mit uns zu wachen. Sie war viel zu nervös und von viel zu zarter Gesundheit, um die Beängstigungen, die Fräulein Halcombes Krankheit mit sich brachte, mit der nötigen Ruhe zu ertragen. Sie schadete lediglich sich selbst, ohne dabei von dem geringsten Nutzen zu sein. Eine sanftere und freundlichere Dame hat vielleicht nie gelebt – aber sie schluchzte und erschrak ständig; zwei Schwächen, die sie für den Aufenthalt in einem Krankenzimmer völlig ungeeignet machten.

Am Morgen erschienen Sir Percival und der Conte, um sich zu erkundigen.

Sir Percival (aus Kummer über die Angegriffenheit seiner Gattin nehme ich an, wie auch über Fräulein Halcombes Krankheit) wirkte ganz verstört und fassungslosen Gemütes; im Gegensatz wozu Seine Lordschaft von wohltuender Geistesgegenwart und Teilnahme war. Er hielt seinen Strohhut in einer Hand, ein Buch in der anderen; und teilte Sir Percival so, daß ich es hörte, mit, wie er wiederum ausgehen und am See studieren wolle. »Sorgen wir für möglichste Ruhe im Hause,« sagte er. »Unterlassen wir, jetzt wo Fräulein Halcombe krank ist, das Rauchen drinnen. Geh Du Deiner Wege mein Freund, und ich gehe der meinigen. Ich bin gern allein zum Studieren. – Guten Morgen, Frau Michelson.«

Sir Percival war nicht höflich genug – vielleicht müßte ich, aus Gerechtigkeit, sagen: nicht gefaßt genug – sich von mir mit gleich höflicher Aufmerksamkeit zu verabschieden. In der Tat ist die einzige Person im ganzen Hause, die mich damals oder sonstwann als Dame in unverschuldet gedrückten Umständen behandelt hat, der Conte gewesen. Sein Benehmen war das des wahren Edelmannes – er war Jedermann gegenüber rücksichtsvoll. Selbst von der jungen Person (Fanny mit Namen) die Lady Glyde aufwartete, Notiz zu nehmen, war nicht unter seiner Würde. Als sie von Sir Percival fortgeschickt wurde, war Seine Lordschaft (der mir in eben dem Moment seine süßen kleinen Vögelchen vorführte) so gütig, sich angelegentlich danach zu erkundigen, was aus ihr geworden sei; wo sie am selben Tage, als sie Blackwater Park verließ, sich anschließend denn hinbegeben würde, undsoweiter. Gerade in solchen kleinen, artigen

Aufmerksamkeiten zeigen sich ja grundsätzlich die Vorteile aristokratischer Geburt. Ich gedenke nicht, mich ob der Anführung dieser Einzelheiten zu entschuldigen – ich erwähne sie, um Seiner Lordschaft Gerechtigkeit widerfahren zu lassen, dessen Charakter, wie ich Grund habe anzunehmen, von gewisser Seite sehr hart beurteilt wird. Ein Edelmann, der einer Dame in unverschuldet gedrückten Umständen Respekt entgegenbringen kann; der ein väterliches Interesse an dem Ergehen eines einfachen Dienstmädchens zu nehmen imstande ist, legt eben dadurch Grundsätze und Gefühle an den Tag, die von zu hohem Range sind, um sie leichtfertig in Zweifel zu ziehen. Ich trage hierbei keinerlei Meinungen vor – ich stelle lediglich Tatsachen fest. Mein Bestreben all mein Leben hindurch ist es gewesen: Nicht zu richten, auf daß ich nicht gerichtet werde. (Eine der schönsten Predigten meines geliebten Gatten war über eben diesen Text. Ich lese sie immer aufs neue – in meinem eigenen Exemplar der, in den ersten Zeiten meiner Witwenschaft auf Subskription gedruckten Ausgabe – und erfahre bei jeglicher neuen Lektüre einen Zuwachs an geistlicher Segnung und Erbauung.)

Bei Fräulein Halcombe trat keine Besserung ein; ja, die zweite Nacht war noch schlimmer als die erste. Herr Dawson machte regelmäßig seine Visiten. Die Pflichten der Pflege waren praktisch noch immer zwischen der Contessa und mir geteilt, und auch Lady Glyde blieb beharrlich mit am Lager sitzen, obgleich wir Beide sie beschworen, sich etwas Ruhe zu gönnen. »Mein Platz ist am Bett Marians,« war ihre einzige Antwort. »Ob ich krank bin, ob gesund: nichts wird mich bewegen, sie aus den Augen zu lassen.«

Gegen Mittag begab ich mich nach Unten, um mich einigen meiner regulären Aufgaben zu widmen. Eine Stunde später, auf dem Rückweg zum Krankenzimmer, sah ich, wie der Conte (der, zum dritten Mal heute, sich in der Frühe entfernt hatte), die Halle betrat, und zwar allem Anschein nach in der rosigsten Laune. Im selben Moment steckte Sir Percival den Kopf aus der Tür der Bibliothek, und redete seinen adligen Freund, mit äußerstem Eifer, in folgenden Worten an:

»Hast Du sie gefunden?«

Seiner Lordschaft großes Gesicht wurde gleichsam über und über voller Grübchen vor mildem Schmunzeln, in Worten jedoch antwortete er nicht. Im selben Augenblick drehte Sir Percival den Kopf,

bemerkte, daß ich auf dem Wege zur Treppe war, und warf mir einen denkbar rüden und zornigen Blick zu.
»Komm hier zu mir 'rein, und berichte,« sagte er zum Conte. »Sobald Weiber in einem Haus sind, kann man sich auch drauf verlassen, daß es pausenlos treppauf und treppab geht.«
»Mein guter Percival,« merkte Seine Lordschaft hier freundlich an, »Frau Michelson hat Pflichten. Du solltest lieber, und zwar ebenso aufrichtig wie ich, anerkennen, wie bewundernswert sie ihnen obliegt. – Wie geht es unserer Kranken, Frau Michelson?«
»Ich bedaure sehr, Mylord, aber immer noch nicht besser.«
»Traurig – sehr traurig,« bemerkte der Conte. »Sie wirken erschöpft, Frau Michelson. Es wird ja auch bestimmt Zeit, daß Sie und meine Gattin einige Hülfe bei der Krankenpflege bekommen. Ich glaube, es liegt in meiner Macht, Ihnen diese Hülfe zuteil werden zu lassen. Es sind Umstände eingetreten, die Madame Fosco nötigen, entweder morgen, oder aber den Tag darauf, eine Reise nach London zu unternehmen. Sie wird morgen abfahren und abends wiederkommen, und mit ihr eine Pflegerin von erstklassiger Führung und Erfahrung, die eben jetzt frei ist, und Sie ablösen kann. Die betreffende Frau ist meiner Gattin als vertrauenswürdige Person bekannt. Sagen Sie jedoch, bitte, dem Doktor nichts von ihr, bevor sie eingetroffen ist; denn er würde ja auf jegliche Pflegerin, die ich besorgte, mit scheelem Auge blicken. Wenn sie aber erst einmal im Hause hier ist, wird ihre Erscheinung für sich selbst sprechen, und Herr Dawson genötigt sein, anzuerkennen, daß es keinen Grund gebe, sie *nicht* einzustellen. Lady Glyde wird dasselbe sagen. Bitte, richten Sie doch gleich Lady Glyde meine besten Empfehlungen und mein Mitgefühl aus.«
Ich gab meiner dankbaren Anerkennung für Seiner Lordschaft gütige Aufmerksamkeit Ausdruck. Sir Percival schnitt mir das Wort jedoch dadurch ab, daß er seinen edlen Freund ersuchte – ich bedaure, sagen zu müssen, daß er sich dabei einer profanen Wendung bediente – endlich mit in die Bibliothek zu kommen, und ihn nicht noch länger hier stehen und warten zu lassen.
Ich begab mich nach oben. Wir sind ja alle arme, irrende Geschöpfe; und wie gefestigt die Grundsätze einer Frau auch immer sein mögen, sie kann schließlich nicht immer auf der Wacht sein, den Versuchungen einer müßigen Neubegier nachzugeben. Ich gestehe beschämt, daß bei diesem Anlaß eine müßige Neubegier auch *meine*

Grundsätze überwältigte, und mich ungebührlich wißbegierig machte, hinsichtlich der Frage, die Sir Percival aus der Tür der Bibliothek an seinen edlen Freund gerichtet hatte. *Wen* zu finden war vom Conte im Verlauf seiner gelehrten Morgenwanderungen in Blackwater Park erwartet worden? Eine Frau vermutlich, wie man aus der Formulierung von Sir Percivals Frage entnehmen konnte. Ich verdächtigte den Conte nicht etwa irgendwelcher Unschicklichkeit – dazu kannte ich seinen hochmoralischen Charakter allzu gut. Nein; die einzige Frage, die sich mir aufdrängte, war: Hatte er sie gefunden?

Ich fahre fort. – Die Nacht verging wie gewöhnlich, ohne bei Fräulein Halcombe eine Wendung zum Günstigeren zu bringen. Am nächsten Tage schien eine leichte Besserung einzutreten. Den Tag darauf dann fuhr Ihre Ladyschaft die Contessa – ohne, meines Wissens, den Zweck ihrer Reise gegenüber Irgendjemandem zu erwähnen – mit dem Frühzug nach London, (und ihr edler Gatte begleitete sie, mit der von ihm gewohnten Aufmerksamkeit, zum Bahnhof).

Jetzt war ganz allein mir die Wartung von Fräulein Halcombe anvertraut; mit der baldigen Aussicht, infolge ihres schwesterlichen Entschlusses, nicht vom Krankenbett zu wanken und zu weichen, als nächstes Lady Glyde selbst pflegen zu können.

Der einzige Umstand von einiger Bedeutung, der sich im Verlauf des Tages ereignete, war ein weiteres recht unangenehmes Rencontre zwischen dem Arzt und dem Conte.

Als Seine Lordschaft vom Bahnhof zurückkehrte, kam er in Fräulein Halcombes Wohnzimmer herauf, um sich nach ihr zu erkundigen. Da zu der Zeit gerade Herr Dawson und Lady Glyde bei der Kranken anwesend waren, verließ ich das Schlafzimmer, um mit ihm zu sprechen. Der Conte stellte mir mehrere Fragen hinsichtlich der Symptome und der Behandlung. Ich teilte ihm mit, wie die Symptome darin bestünden, daß zwischen den einzelnen Fieberanfällen Schwäche und Erschöpfung immer mehr zunähmen; und daß als Behandlung diejenige Methode angewendet werde, die man die ›salinische‹ nenne. Gerade als ich dieser Einzelheiten erwähnte, kam Herr Dawson aus dem Schlafzimmer.

»Guten Morgen, Sir,« sagte Seine Lordschaft, trat in der allerurbansten Weise nach vorn, und dem Doktor mit einer vornehmen Entschlossenheit in den Weg, der zu widerstehen unmöglich war. »Ich fürchte sehr, Sie haben heute keine Besserung in den Symptomen vorgefunden?«

»Ich finde eine entscheidende Besserung,« erwiderte Herr Dawson.

»Und Sie beharren immer noch auf Ihrer niederschlagenden Behandlung in diesem speziellen Fall von Fieber?« fuhr Seine Lordschaft fort.

»Ich beharre auf derjenigen Behandlung, wie meine eigene berufliche Erfahrung sie rechtfertigt,« sagte Herr Dawson.

»Erlauben Sie mir, was das weite Feld beruflicher Erfahrung angeht, eine einzige Frage an Sie,« bemerkte der Conte. »Ich nehme mir mit nichten heraus, Ihnen weitere Ratschläge zu erteilen – ich wage lediglich eine Erkundigung. Sie wohnen in einiger Entfernung, Sir, von den gigantischen Zentren wissenschaftlicher Forschung – von London, von Paris. Haben Sie je davon gehört, wie man den auszehrenden Wirkungen des Fiebers, vernünftiger- und überzeugenderweise dadurch begegnet, daß man dem erschöpften Patienten stärkende Mittel wie Kognak, Wein, Ammoniak, Chinin, eingibt? Hat diese neueste Ketzerei der höchsten medizinischen Koryphäen bereits Ihr Ohr erreicht – Ja oder Nein?«

»Wenn ein Fachkollege einmal diese Frage an mich richtet, werde ich ihm mit Freuden Antwort erteilen,« sagte der Doktor, indem er schon die Tür öffnete, um hinauszugehen. »Sie sind kein Fachkollege; ergo gestatte ich mir, es abzulehnen, *Ihnen* Antwort zu geben.«

Auf so unentschuldbar unhöfliche Weise gleichsam auf die eine Wange geschlagen, bot der Conte, als der praktische Christ der er war, sogleich die andere dar, und erwiderte auf die sanfteste Art nur: »Guten Morgen, Herr Dawson.«

Wenn mein geliebter seliger Gatte das Glück gehabt hätte, Seine Lordschaft zu kennen: wie sehr hätten er und der Conte einander hochgeschätzt!

Ihre Ladyschaft die Contessa kam nachts mit dem allerletzten Zug zurück, und brachte die Pflegerin aus London mit. Man unterrichtete mich, daß der Name der betreffenden Person Frau Rubelle sei. Ihre äußere Erscheinung, sowie das unvollkommene Englisch, das sie sprach, sagten mir sogleich, daß es sich um eine Ausländerin handele.

Nun habe ich Ausländern gegenüber prinzipiell Gefühle menschlicher Duldung in mir zu nähren gesucht. Unsere Segnungen und Vorzüge sind ihnen nun einmal nicht zuteil geworden, und überdem ist die Mehrzahl von ihnen in der Blindheit und den Irrtümern des Papismus aufgewachsen. Weiterhin ist es stets, in Wort und Tat, mein Bestreben gewesen, (wie es vor mir schon meines geliebten Gatten Bestreben in Wort und Tat war; man vergleiche Sermon XXIX der Predigtsammlung des verstorbenen Reverend Samuel Michelson, M. A.), so zu tun, wie ich wünsche, daß man mir tun möge. In Anbetracht beider Maximen will ich also mit nichten gesagt haben, daß Frau Rubelle mir wie eine kleine, drahtige, schlaue Person in den Fünfzigern vorkam, mit dunkelbraunem Teint, wie eine Kreolin, und wachsamen hellgrauen Äuglein. Aus eben den angeführten Gründen will ich nicht weiter darauf verweilen, daß mir ihr Kleid, obwohl von der schlichtesten schwarzen Seide, für eine Person von ihrer gesellschaftlichen Stellung, unangebracht kostbar was den Stoff, und überflüssig elegant, was Machart und Besatz anbelangt, erschien. Ich hätte es nicht gern, wenn man dergleichen von mir sagen könnte; deshalb ist es meine Pflicht, auch von Frau Rubelle nichts dergleichen zu äußern. Ich will lediglich noch erwähnen, daß ihr Benehmen vielleicht nicht direkt unangenehm reserviert, sondern meinethalben nur auffällig ruhig und zurückhaltend war – daß sie sehr wenig redete, und sich dafür sehr viel umsah, was freilich ebensosehr auf ihre angeborene Bescheidenheit zurückzuführen sein konnte, als auf ein Mißtrauen bezüglich ihrer Stellung hier in Blackwater Park – und daß sie es ablehnte, sich am Abendbrot zu beteiligen (was vielleicht eher komisch war; aber doch gewiß nicht verdächtig?), obgleich ich selbst sie höflicherweise zu dieser Mahlzeit in mein eigenes Zimmer einlud.

Auf ausdrücklichen Vorschlag des Conte (so ganz der verzeihenden Güte Seiner Lordschaft ähnlich!) wurde vereinbart, daß Frau Rubelle nicht eher ihren Dienst antreten solle, bevor nicht am nächsten Morgen der Arzt sie gesehen und genehmigt hätte. Die Nachtwache nahm ich über mich. Lady Glyde schien äußerst unwillig, daß eine neue Krankenschwester zur Pflege von Fräulein Halcombe eingesetzt werden sollte. Ein solcher Mangel an Großzügigkeit Ausländern gegenüber, überraschte mich einigermaßen an einer Dame von ihrer Erziehung und Bildung. Ich wagte zu bemerken: »Mylady, wir Alle sollten uns bemühen, mit unserem Urteil über Untergebene nicht vorschnell zu sein – besonders bei Solchen, die aus dem Ausland kommen.« Aber Lady Glyde schien nicht auf mich zu achten. Sie seufzte lediglich, und drückte einen Kuß auf Fräulein Halcombes Hand, die auf der Bettdecke lag – ein Verfahren, in einem Krankenzimmer schwerlich klug zu nennen, zumal bei einer Patientin, die nicht aufzuregen höchlichst erwünscht war. Aber die arme Lady Glyde hatte keine Ahnung von Krankenpflege – nicht die geringste, wie ich leider sagen muß.

Den Morgen darauf wurde Frau Rubelle ins Wohnzimmerchen gesandt, um vom Doktor, auf seinem Wege ins Schlafzimmer, begutachtet zu werden.

Ich ließ Lady Glyde bei Fräulein Halcombe, die zur Zeit gerade in Schlummer gesunken war, und gesellte mich zu Frau Rubelle, mit der freundlichen Absicht, sie daran zu verhindern, sich in Anbetracht der Unsicherheit ihrer Situation nervös oder unbehaglich zu fühlen. Sie schien es jedoch in solchem Licht nicht zu sehen; saß vielmehr, wie von vornherein überzeugt, daß Herr Dawson mit ihr zufrieden sein müßte, ruhevoll da, schaute aus dem Fenster, und genoß allem Anschein nach die herrliche Landluft. Es gibt vielleicht Leute, die dergleichen Auftreten als Anzeichen einer ehernen Stirn gewertet haben würden; ich gestatte mir zu sagen, daß ich es, großzügigerweise, einer ungewöhnlichen Charakterstärke zuschrieb.

Anstatt daß jedoch der Arzt zu uns hoch kam, wurde ich gebeten, zum Arzt herunter zu kommen. Mir däuchte diese Wendung der Dinge einigermaßen befremdlich; Frau Rubelle jedoch schien davon in keinerlei Hinsicht berührt zu werden. Als ich ging, saß sie immer noch, schaute ruhevoll aus dem Fenster, und genoß schweigend weiter die herrliche Landluft. Herr Dawson befand sich allein im Frühstückszimmer, und wartete auf mich.

»Was diese neue Krankenpflegerin anbelangt, Frau Michelson,« sagte der Doktor.

»Ja, Sir?«

»Ich höre eben, daß sie von London herübergebracht worden ist; und zwar von der Frau dieses fetten alten Ausländers da, der mir ständig hineinzureden versucht. Frau Michelson: dieser fette alte Ausländer ist ein Scharlatan!«

Das war überaus roh. Und ich natürlicherweise schockiert darüber.

»Ist Ihnen bekannt, Sir,« sagte ich, »daß Sie von einem Edelmann sprechen?«

»Pah! Es wäre nicht der erste Scharlatan mit'm Schnörkel vor seinem Namen: die nennen sich Alle ›Conte‹ -- hol sie der Henker!«
»Er würde wohl nicht mit Sir Percival Glyde befreundet sein, Sir, wenn er nicht ein Mitglied des Hochadels wäre — unsern englischen Adel natürlich immer ausgenommen.«
»Von mir aus, Frau Michelson, nennen Sie ihn wie Sie wollen, und lassen Sie uns auf diese Krankenschwester zurückkommen. Ich habe bereits gegen sie protestiert.«
»Ohne sie gesehen zu haben, Sir?«
»Jawohl; ohne sie gesehen zu haben. Sie mag die beste Krankenschwester sein, die existiert: dennoch ist sie immer noch nicht eine Krankenschwester, die *ich* besorgt hätte. Ich habe diese Einwendung Sir Percival, in seiner Eigenschaft als Hausherrn, vorgetragen — ich habe keine Unterstützung bei ihm gefunden. Er sagt, bei einer Krankenschwester, die ich besorgt hätte, würde es sich genau so um eine Fremde aus London gehandelt haben; und ist weiterhin der Ansicht, man sollte der Frau wenigstens Gelegenheit zur Bewährung geben, nachdem die Tante seiner Gattin sich einmal die Mühe gemacht, und sie von London herangeholt hat. Das hat eine gewisse Berechtigung, und ich kann nicht gut Nein dazu sagen. Ich habe jedoch zur Bedingung gemacht, daß sie, sollte ich irgend Grund zur Klage finden, sofort wieder gehen muß. Da ich diese Klausel, als Hausarzt, mit einigem Rechte verlangen darf, ist Sir Percival darauf eingegangen. Also, Frau Michelson: daß ich mich auf Sie verlassen kann, ist mir bekannt; und da hätte ich nun gern, wenn Sie so die ersten ein, zwei Tage diese Krankenschwester scharf im Auge behielten, und vor allem darauf achteten, daß sie Fräulein Halcombe außer meinen Medizinen keinerlei andere eingibt. Dieser Ihr edler Ausländer stirbt vor Verlangen, seine Quacksalbermittelchen (einschließlich Mesmerismus) an meiner Patientin auszuprobieren; und eine Krankenschwester, die seine Frau angebracht hat, könnte um eine entscheidende Spur zu willig sein, ihn dabei zu unterstützen. Verstehen Sie mich? Sehr gut; dann können wir nach oben gehen. Die Krankenschwester ist doch dort? Ich möchte ihr einiges sagen, bevor sie ins Krankenzimmer gelassen wird.«
Wir fanden Frau Rubelle noch immer in stillem Genießen am Fenster. Als ich sie Herrn Dawson vorstellte, schienen weder die zweifelhaften Blicke des Doktors, noch seine prüfenden, verdachtvollen Fragen sie im geringsten in Verwirrung zu bringen. Sie antwortete

ihm ruhig in ihrem gebrochenen Englisch; und obgleich er sich Mühe gab, sie zu verblüffen, legte sie, wenigstens was ihre beruflichen Aufgaben anbetraf, keinerlei Unwissenheit an den Tag. Was ja zweifellos, ich sagte es wohl bereits, ein Ergebnis ihrer Charakterstärke sein mußte, und nicht im mindesten etwas mit eherner Stirn zu schaffen hatte.

Dann begaben wir uns Alle ins Schlafzimmer.

Frau Rubelle schaute sich die Patientin sehr aufmerksam an; machte einen Knicks vor Lady Glyde; rückte ein oder zwei kleinere Gegenstände im Zimmer zurecht; und setzte sich dann still in eine Ecke, um dort zu warten, bis man sie brauchen würde. Ihre Ladyschaft schien erschrocken und verdrießlich ob des Erscheinens einer fremden Krankenpflegerin. Niemand sprach ein Wort, aus Furcht, Fräulein Halcombe, die noch schlummerte, aufzustören; ausgenommen der Doktor, der sich im Flüsterton nach der vergangenen Nacht erkundigte. Ich antwortete sacht: »Unverändert; wie bisher,«; Herr Dawson ging wieder hinaus, und Lady Glyde folgte ihm, um, wie ich annehme, über Frau Rubelle mit ihm zu sprechen. Was mich anbelangte, so war ich bereits zu der Ansicht gekommen, daß diese sehr ruhige ausländische Person ihre Stellung hier behalten würde. Sie hat alle ihre 5 Sinne ausgezeichnet beisammen, und verstand ihren Beruf ganz unverkennbar. Bis hierher hätte selbst ich mich schwerlich angemessener am Krankenbett benehmen können.

Herrn Dawsons Warnung immer vor Augen, unterwarf ich im Lauf der folgenden 3 oder 4 Tage Frau Rubelle in bestimmten Abständen einer strengen Überwachung. Immer und immer wieder trat ich leise und unerwartet ins Zimmer, überraschte sie jedoch nie bei irgendeiner verdächtigen Unternehmung. Lady Glyde, die sie ebenso aufmerksam wie ich beobachtete, konnte genausowenig entdecken. Ich nahm nicht das geringste Anzeichen wahr, daß man sich irgend mit den Medizinflaschen zu schaffen gemacht hätte; nie sah ich Frau Rubelle ein Wort an den Conte richten, noch den Conte an sie. Mit Fräulein Halcombe ging sie unfraglich voller Sorgfalt und Besonnenheit um. Das Befinden der armen Dame schwankte beständig hin und her, zwischen einer Art schläfriger Erschöpfung, halb Ohnmacht und halb Schlummer, und dann wieder Fieberanfällen, bei denen sie jedesmal mehr oder weniger ins Delirieren geriet. Im ersten Fall störte Frau Rubelle, im zweiten erschreckte sie sie nie dadurch, daß sie etwa, als Fremde, allzuplötzlich neben dem Bett erschienen wäre. Ehre, Wem Ehre gebührt (ob Ausländer ob Brite) – und ich erteile auch Frau Rubelle unparteiisch ihr Lob. Wohl war sie auffallend wenig mitteilsam in Bezug auf sich selbst; wohl etwas allzu ruhig-unabhängig von jeglichem Ratschlag seitens Personen von Erfahrung, die schließlich auch mit den Obliegenheiten des Krankenzimmers vertraut sind – hiervon jedoch einmal abgesehen, war sie eine gute Krankenpflegerin, und gab weder Lady Glyde noch Herrn Dawson jemals auch nur den Schatten eines Grundes, sich über sie zu beklagen.

Der nächste Umstand von Wichtigkeit, der sich im Hause ereignete, war eine vorübergehende Abwesenheit des Conte, der in geschäftlichen Angelegenheiten nach London mußte. Er fuhr ab (wie ich glaube) am Morgen des vierten Tages nach der Ankunft von Frau Rubelle; und sprach beim Abschied, in meiner Anwesenheit, noch einmal sehr ernsthaft mit Lady Glyde über Fräulein Halcombe.

»Wenn Sie durchaus so wollen,« sagte er, »dann vertrauen Sie Herrn Dawson noch einige Tage länger. Falls aber während dieser Zeit keine Wendung zum Besseren eintreten sollte, ziehen Sie eine Londoner Autorität zu Rate, die dieses Maultier von einem Doktor trotz seiner Verstocktheit akzeptieren muß. Beleidigen Sie Herrn Dawson, aber retten Sie Fräulein Halcombe. Ich sage dies allen Ernstes; mein Ehrenwort darauf, ich spreche von Herzensgrund.«

Seine Lordschaft sagte dies mit äußerster Bewegung und Anteilnahme. Die Nerven der armen Lady Glyde jedoch waren derart angegriffen, daß sie direkt Angst vor ihm zu haben schien. Sie zitterte von Kopf bis Fuß, und ließ ihn sich verabschieden, ohne daß sie ihrerseits auch nur ein Sterbenswörtchen geäußert hätte. Als er hinaus war, wandte sie sich zu mir, und sagte: »Oh, Frau Michelson; der Zustand meiner Schwester bricht mir das Herz, und ich weiß keinen Freund, der mich beraten könnte! Meinen *Sie*, Herr Dawson könnte unrecht haben? Heute Morgen hat er mir doch noch selbst gesagt, daß weder Anlaß zu Befürchtungen bestünden, noch Grund, einen weiteren Arzt mit heranzuziehen.«

»Bei allem Respekt vor Herrn Dawson,« erwiderte ich, »an Eurer Ladyschaft Stelle würde ich mir den Rat des Conte überlegen.«

Lady Glyde wandte mir den Rücken, so unversehens und mit einem

solchen Ausdruck der Verzweiflung, daß mir jeder Schlüssel zu ihrem Verhalten fehlte.
»*Seinen* Rat!?« sagte sie zu sich selbst: »Gott steh uns bei – *seinen Rat*!«

* * *

Soweit ich mich erinnern kann, war der Conte eine Woche von Blackwater Park abwesend.
Sir Percival schien das Fernbleiben Seiner Lordschaft in mancherlei Beziehung sehr zu empfinden; und wirkte auch, wie mir däuchte, recht niedergedrückt und verändert ob all der Krankheit und Sorge hier im Haus. Zuweilen war er derart rastlos, daß es mir auffiel, ich mochte wollen oder nicht: er kam und ging und wanderte in den Anlagen umher, hier und dort und überall. Seine Erkundigungen nach Fräulein Halcombe und seiner Gattin (deren schwindende Gesundheit ihm ernstliche Besorgnis zu verursachen schien) waren äußerst aufmerksam. Ich möchte sagen, sein Herz war sehr erweicht. Wäre in dieser Zeit ein gütiger geistlicher Freund und Berater ihm nahe gewesen – ein Freund, wie er ihn etwa an meinem trefflichen seligen Gatten gefunden haben würde – Sir Percival hätte die erbaulichsten moralischen Fortschritte machen können. Ich irre mich in Fällen dieser Art selten; die Erfahrung meiner glücklichen Ehetage ist mir da ein sicherer Führer.
Ihre Ladyschaft die Contessa, die nunmehr Sir Percivals einzige Gesellschaft unten bildete, vernachlässigte ihn, meines Erachtens, ziemlich – oder aber, auch das ist möglich, er vernachlässigte sie. Ein Fremder hätte schier annehmen können, sie seien – nun, da sie zusammen allein gelassen waren – förmlich darauf aus, Einer dem Andern aus dem Wege zu gehen. Das konnte natürlich nicht der Fall sein. Dennoch geschah es immer wieder, daß die Contessa ihr Dinner zur Lunch-Zeit einnahm, und gegen Abend grundsätzlich nach oben kam; obgleich Frau Rubelle ihr die Pflichten der Krankenpflege gänzlich aus der Hand genommen hatte. Sir Percival dinierte für sich allein; und William (der Futterknecht) machte, so daß ich es hörte, die Anmerkung: der Herr hätte sich scheinbar auf halbe Futter-, dafür aber auf doppelte Trinkration gesetzt. Ich lege einer derart unverschämten Bemerkung seitens eines Dienstboten keinerlei Bedeutung bei. Ich tadelte sie damals schon scharf, und

möchte betont wissen, daß ich sie auch jetzt wieder durchaus verurteile.
Während der folgenden Tage hatten wir alle den unverkennbaren Eindruck, daß Fräulein Halcombe sich ein klein wenig zu bessern schien. Unser Zutrauen zu Herrn Dawson erwachte aufs neue. Er schien voll größter Zuversicht bezüglich des Falles, und versicherte Lady Glyde, als sie mit ihm darauf zu sprechen kam, daß er selbst als Erster den Vorschlag machen würde, noch einen Arzt mit heranzuziehen, sobald er auch nur den Schatten eines Zweifels im Gemüt verspüre.
Die einzige unter uns, die ob seiner Worte nicht erleichtert zu sein schien, war die Contessa. Sie vertraute mir insgeheim an, wie sie sich auf Herrn Dawsons Autorität bezüglich Fräulein Halcombes nicht beruhigt fühlen könne; und daß sie voller Sorge die Rückkehr ihres Gatten erwarte, um seine Meinung zu vernehmen. Diese Rückkehr würde, wie sie seinen Briefen entnommen hätte, binnen drei Tagen erfolgen. (Der Conte und die Contessa korrespondierten während der Abwesenheit Seiner Lordschaft regelmäßig jeden Morgen miteinander. Sie waren in dieser, wie in allen übrigen Beziehungen, ein rechtes Vorbild für alle Eheleute.)
Am Abend des dritten Tages bemerkte ich eine Veränderung an Fräulein Halcombe, die mir ernstliche Befürchtungen einflößte. Auch Frau Rubelle war dies aufgefallen. Zu Lady Glyde, die just, völlig übermannt von Erschöpfung, auf dem Wohnzimmersofa im Schlummer lag, sagten wir nichts davon.
Herr Dawson machte diesen Abend seine Krankenvisite später als gewöhnlich. Sobald sein Blick auf die Patientin fiel, sah ich, wie sein Gesicht sich veränderte. Er versuchte es zwar zu verbergen; aber er wirkte sowohl verwirrt als auch erschreckt. Ein Bote wurde abgefertigt, um aus seiner Wohnung den Arzneikoffer zu holen; Vorbereitungen zum Desinfizieren wurden im Zimmer getroffen; und, seiner eigenen Anweisung nach, im Haus ein Bett für ihn aufgeschlagen. »Ist das Fieber etwa ansteckend geworden?« flüsterte ich ihm zu. »Ich fürchte, ja,« war seine Antwort; »morgen Früh werden wir mehr wissen.«
Auf Herrn Dawsons spezielle Anordnung hin, wurde Lady Glyde in Unwissenheit über diese Veränderung zum Schlimmeren gelassen. Er selbst untersagte ihr strengstens, um ihrer eigenen Gesundheit willen, diese Nacht das Schlafzimmer irgend zu betre-

ten. Sie versuchte zu widerstreben – eine betrübliche Szene erfolgte – aber er bediente sich seiner Autorität als Arzt, und setzte sich durch.
Am folgenden Vormittag wurde einer der Diener mit dem 11-Uhr-Zug nach London geschickt, mit einem Brief an einen Arzt in der Stadt, und dem gemessenen Auftrag, zusammen mit diesem neuen Doktor zurückzukehren, und zwar mit dem frühestmöglichen Zug! Eine halbe Stunde nachdem dieser Bote hinaus war, kehrte der Conte nach Blackwater Park zurück.
Die Contessa brachte ihn, auf ihre eigene Verantwortung, sogleich herein, um sich die Patientin anzusehen. Ich konnte in diesem, von ihr eingeschlagenen Kurs, eigentlich auch keine Unschicklichkeit entdecken: war doch Seine Lordschaft ein verheirateter Mann, alt genug, um Fräulein Halcombes Vater zu sein; und überdem sah er sie in Anwesenheit einer weiblichen Verwandten der Kranken, Lady Glydes Tante. Nichtsdestoweniger protestierte Herr Dawson gegen seine Anwesenheit im Zimmer; aber ich konnte deutlich wahrnehmen, wie der Doktor allzu bestürzt war, um im Augenblick irgend an ernsthaften Widerstand zu denken.
Die arme kranke Dame erkannte Niemanden mehr von denen, die um sie waren. Sie schien ihre Freunde für Feinde zu halten. Als der Conte sich ihrem Bett näherte, richteten ihre Augen, die eben zuvor noch unaufhörlich im Zimmer umhergeirrt waren, sich mit einem solch furchtbaren Ausdruck des Schreckens auf sein Gesicht, daß ich mich bis an meinen Todestag daran erinnern werde. Der Conte setzte sich neben sie, fühlte ihr den Puls und die Schläfen, betrachtete sie aufs aufmerksamste; und drehte sich dann, mit einem solchen Ausdruck der Entrüstung, ja Verachtung auf dem Gesicht zu dem Doktor herum, daß Herrn Dawson die Worte auf den Lippen erstarben, und er einen Augenblick lang blaß vor Zorn und Bestürzung dastand – blaß, und vollkommen sprachlos.
Als nächstes sah Seine Lordschaft zu mir her.
»Wann ist diese Veränderung eingetreten?« fragte er.
Ich gab ihm den Zeitpunkt an.
»Ist Lady Glyde seitdem im Zimmer hier gewesen?«
Ich entgegnete, daß dies nicht der Fall gewesen wäre. Der Doktor hatte ihr schon am Abend zuvor strengstens verboten, den Raum zu betreten, und seine Anordnung heut Morgen noch einmal wiederholt.

»Sind Sie und Frau Rubelle bereits von dem ganzen Umfang des Unheils unterrichtet worden?« war seine nächste Frage.
Wir wären unterrichtet, antwortete ich, daß die Krankheit vermutlich ansteckend sei. Er unterbrach mich, bevor ich noch weiteres hinzusetzen konnte.
»Es ist Typhus,« sagte er.
In der Minute, während diese Fragen und Antworten hin und her gingen, erholte sich Herr Dawson, und wandte sich wieder mit seiner gewohnten Festigkeit an den Conte.
»Es ist *nicht* Typhus,« bemerkte er scharf. »Ich protestiere gegen diese unberufene Einmischung, Sir. Das Recht, Fragen zu stellen, hat hier Niemand außer mir. Ich habe meine Pflicht nach bestem Wissen — «
Der Conte unterbrach ihn — nicht mit Worten, sondern lediglich indem er auf das Bett hinwies. Herr Dawson schien diesen stummen Einwand gegen die Beteuerung seines Wissens sehr wohl zu empfinden, und wurde noch wütender darob.
»Ich wiederhole, ich habe meine Pflicht getan!« stieß er hervor. »Nach einem Londoner Spezialisten ist geschickt worden: ihn will ich über die Natur dieses Fiebers konsultieren, und sonst Niemanden. Ich verlange, daß Sie dieses Zimmer verlassen.«
»Ich habe dieses Zimmer betreten, Sir, im geheiligten Interesse der Menschlichkeit,« sagte der Conte. »Und werde es in dem gleichen Interesse, falls die Ankunft jenes Spezialisten sich verzögern sollte, auch fürderhin betreten. Ich tue Ihnen noch einmal zu wissen, daß aus dem Fieber nunmehr Typhus geworden, und daß an solcher bedauerlichen Veränderung einzig Ihre Behandlung schuld ist. Falls diese unglückliche junge Dame sterben sollte, dann werde ich vor Gericht Zeugnis ablegen, daß die eigentliche Todesursache Ihre Ignoranz und Hartnäckigkeit gewesen sind.«
Bevor Herr Dawson noch etwas erwidern oder der Conte sich entfernen konnte, öffnete sich die Tür vom Wohnzimmer her, und wir sahen Lady Glyde auf der Schwelle erscheinen.
»Ich *muß* und ich *werde* hinein kommen,« sagte sie, mit ganz ungewohnter Entschlossenheit.
Anstatt ihr den Weg zu vertreten, trat der Conte beiseite ins Wohnzimmer und machte ihr Platz zum Eintreten. Bei allen sonstigen Gelegenheiten war er der letzte Mensch auf der Welt, irgendetwas außer Acht zu lassen; aber in der ersten Überraschung jetzt mußte

er anscheinend die Gefahr der Ansteckung mit Typhus und also die dringende Notwendigkeit, Lady Glyde zu zwingen, sich etwas auf sich aufzupassen, vergessen haben.
Zu meinem Erstaunen zeigte Herr Dawson diesmal die größere Geistesgegenwart. Er hielt Ihre Ladyschaft beim ersten Schritt, den sie in Richtung Bett tun wollte, auf. »Es tut mir außerordentlich leid; es macht mir ernstlich Kummer,« sagte er; »aber ich fürchte, das Fieber könnte sich als ansteckend erweisen. Bis ich die Gewißheit habe, daß es das nicht ist, muß ich Sie dringend bitten, dieses Zimmer zu meiden.«
Einen Augenblick schien sie sich widersetzen zu wollen; dann fielen ihr plötzlich die Arme herunter, und sie sank nach vorn — eine Ohnmacht hatte sie überkommen. Die Contessa und ich nahmen sie dem Doktor ab, und trugen sie in ihr eigenes Zimmer. Der Conte ging vorauf, und wartete anschließend solange auf dem Korridor, bis ich wieder heraus kam, und ihm mitteilte, daß wir sie wieder aus ihrer Betäubung zurückgerufen hätten.
Dann begab ich mich zum Doktor zurück, um ihn, Lady Glydes Wunsch gemäß, davon zu unterrichten, daß sie darauf bestünde, unverzüglich mit ihm zu sprechen. Er willfahrte sogleich, um die Aufgeregtheit Ihrer Ladyschaft zu beschwichtigen, und ihr zu versichern, daß der herbeigerufene Spezialist binnen weniger Stunden eintreffen würde. Diese Stunden vergingen sehr langsam. Sir Percival und der Conte blieben zusammen unten, und schickten nur von Zeit zu Zeit hoch, um sich zu erkundigen. Zwischen fünf und sechs Uhr erschien der Spezialist zu unserer großen Erleichterung endlich.
Er war ein jüngerer Mann als Herr Dawson, und sehr ernst und energisch. Was er von der voraufgegangenen Behandlungsweise hielt, vermag ich nicht anzugeben; aber das eine fiel mir als merkwürdig auf, daß er weit mehr Fragen an mich und Frau Rubelle richtete, als an unsern Doktor; und daß er, während er Herrn Dawsons Patientin untersuchte, mit nicht allzuviel Interesse dem zuzuhören schien, was Herr Dawson sagte. Ich begann, aus dem, was ich in dieser Beziehung wahrnahm, zu argwöhnen, daß der Conte von Anfang an bezüglich der Krankheit im Recht gewesen sein könnte, und wurde in solchen Gedanken natürlicherweise bestätigt, als Herr Dawson nach einigem Zögern endlich die eine allwichtige Frage stellte, die zu entscheiden der Londoner Arzt herangeholt worden war.

»Was ist Ihre Meinung hinsichtlich dieses Fiebers?« forschte er.
»Typhus,« erwiderte der Spezialist: »Typhus; ganz einwandfrei.«
Jene stille ausländische Person, Frau Rubelle, legte ihre mageren braunen Hände im Schoß übereinander, und schaute mich mit einem vielsagenden Lächeln an. Der Conte selbst, wäre er im Zimmer gegenwärtig gewesen und hätte die Bestätigung seiner Diagnose mitangehört, hätte schwerlich befriedigter dreinschauen können.
Nachdem er uns noch diverse nützliche Hinweise bezüglich der Betreuung der Patientin gegeben, und angedeutet hatte, daß er nach Ablauf von 5 Tagen wieder vorsprechen würde, zog sich der Spezialist mit Herrn Dawson zu einer geheimen Beratung zurück. Was Fräulein Halcombes Genesungschancen anbelangt, wollte er sich nicht äußern – er sagte lediglich, daß es in diesem Stadium der Krankheit nicht möglich sei, sich nach der einen oder anderen Richtung hin bindend zu erklären.

* * *

Die 5 Tage vergingen angstvoll genug.
Contessa Fosco und ich lösten abwechselnd Frau Rubelle ab; da Fräulein Halcombes Zustand sich laufend verschlimmerte, und unsere ganze Sorgfalt und Aufmerksamkeit in Anspruch nahm. Es war eine schreckliche Prüfungszeit. Lady Glyde, (unterstützt, wie Herr Dawson sich ausdrückte, von der ständigen Spannung ob der Ungewißheit hinsichtlich ihrer Schwester), kam auf die erstaunlichste Weise wieder zu Kräften, und legte eine Festigkeit und Entschlossenheit an den Tag, deren ich sie niemals für fähig gehalten hätte. Sie bestand darauf, jeden Tag 2 oder 3 Mal ins Krankenzimmer zu kommen und sich Fräulein Halcombe mit eigenen Augen anzuschauen; wobei sie versprach, wenn der Doktor ihren Wünschen so weit entgegenkommen würde, ihrerseits nicht zu nahe ans Bett heran zu treten. Herr Dawson machte, obschon äußerst ungern, dies von ihm geforderte Zugeständnis – ich glaube, er sah ein, daß es hoffnungslos wäre, sich mit ihr zu streiten. Sie kam also jeden Tag herein, und hielt ihr Versprechen auch aufs selbstverleugnendste. Ich fühlte es persönlich so empfindlich mit, dies Schauspiel, wie sie un-

ter den Ereignissen litt – es erinnerte mich derart an meine eigenen Heimsuchungen, während der letzten Krankheit meines Gatten – daß ich um Erlaubnis bitten muß, über diesen Teil der Angelegenheit kürzer hinweggehen zu dürfen. Es ist mir weit angenehmer, melden zu können, daß keine neuerlichen Auseinandersetzungen zwischen Herrn Dawson und dem Conte stattfanden. Seine Lordschaft holte alle seine Erkundigungen durch Dritte ein, und blieb fortwährend unten, in Gesellschaft von Sir Percival.

Am fünften Tage erschien der Londoner Arzt wieder, und gab uns diesmal ein wenig Hoffnung. Der 10. Tag, vom ersten Erscheinen des Typhus an gerechnet, sagte er, würde wahrscheinlich über den Ausgang der Krankheit entscheiden. Die angegebene Zeitspanne verging wie die vorige – ausgenommen, daß der Conte einen Tag morgens nach London fuhr, und abends wieder zurückkam.

Am zehnten Tage gefiel es einer gütigen Vorsehung, unseren Haushalt von aller fürderen Angst und Sorge zu erlösen – der Arzt versicherte uns aufs bestimmteste, daß Fräulein Halcombe außer Gefahr sei. »Sie braucht jetzt keinen Doktor mehr – alles was ihr noch not tut, ist sorgsame Wartung und Pflege für die kommenden Wochen, und das hat sie ja, wie ich sehe.« Das waren seine eigenen Worte. Am selben Abend las ich wieder einmal meines Gatten ergreifende Predigt über Genesung nach überstandener Krankheit; und zwar mit noch mehr Glücksgefühl und Nutzen (vom geistlichen Standpunkt aus) als ich mich je zuvor entsinnen kann, daraus gezogen zu haben.

Die Wirkung solch guter Neuigkeit auf die arme Lady Glyde war, es betrübt mich zu sagen, ganz überwältigend. Sie war zu schwach, die heftige Reaktion zu ertragen; und verfiel binnen ein oder zwei Tagen in einen Zustand von Kraftlosigkeit und Abspannung, daß sie gezwungen war ihr Zimmer zu hüten. Absolute Ruhe und Stille, und anschließend Luftveränderung, waren die besten Heilmittel, die Herr Dawson für sie vorzuschlagen wußte. Es war nur gut, daß ihr Fall nicht schlimmer lag; denn an eben demselben Tage, der sie ans Zimmer fesselte, hatten der Conte und der Doktor eine weitere Meinungsverschiedenheit, die diesmal so ernste Formen annahm, daß Herr Dawson das Haus verließ.

Ich war nicht anwesend dabei, erfuhr jedoch soviel, daß der Streit sich um die Menge an Nahrung drehte, die nach dem Abklingen des Fiebers Fräulein Halcombe zu verabreichen erforderlich sei, um ihre Genesung zu fördern. Jetzt, wo seine Patientin sich außer Gefahr befand, war Herr Dawson weniger denn je geneigt, unfachmännische Einmischung zu dulden; und der Conte (warum, kann ich mir gar nicht vorstellen) verlor diesmal ganz die Selbstbeherrschung, die er bei früheren Anlässen so besonnen bewahrt hatte, und stichelte immer und immer wieder auf den Doktor, ob dessen Irrtum hinsichtlich des Fiebers, das sich als Typhus entpuppte. Die unglückliche Angelegenheit endete jedenfalls damit, daß Herr Dawson an Sir Percival appellierte; und damit drohte (jetzt, wo er gehen konnte, ohne daß direkte Gefahr für Fräulein Halcombe bestand), seine Behandlung in Blackwater Park abzubrechen, wenn nicht den Einmischungen des Conte auf der Stelle und endgültig Einhalt getan würde. Sir Percivals Erwiderung, (obwohl nicht ausgesprochen unhöflich), hatte lediglich dazu beigetragen, die Sache noch schlimmer zu machen; worauf Herr Dawson, im Zustand äußerster Entrüstung über die Behandlung von Seiten Conte Foscos, das Haus verlassen, und nächsten Morgen seine Rechnung geschickt hatte.

Infolgedessen blieben wir nun, ohne ärztliche Betreuung, uns selbst überlassen. Obgleich keine gebieterische Notwendigkeit mehr vorlag, einen anderen Doktor heranzuziehen – war doch, wie jener Spezialist verordnet hatte, Wartung und Pflege Alles, wessen Fräulein Halcombe bedurfte – würde doch ich, falls man meine Meinung eingeholt hätte, um der Form willen darauf bestanden haben, fachmännische Betreuung von irgend anderer Seite beizubehalten.

Sir Percival schien den Fall in diesem Lichte freilich nicht zu erblikken. Er äußerte sich dahingehend, daß man immer noch Zeit haben würde, nach einem anderen Doktor zu schicken, wenn bei Fräulein Halcombe Anzeichen für einen Rückfall auftreten sollten; inzwischen hätten wir für geringfügigere Komplikationen ja den Conte als Berater, und brauchten unsere Patientin in ihrem augenblicklichen schwachen und nervösen Zustand nicht unnötig dadurch zu stören, daß ein ganz Fremder bei ihr am Bett auftauche. In diesen Überlegungen lag zweifellos viel Vernünftiges; dennoch hinterließen sie bei mir ein leichtes Unbehagen. Und nicht minder verblieb mir ein Rest von Unbefriedigtheit im Gemüt, ob es angemessen und schicklich sei, den Abgang des Arztes vor Lady Glyde in der Weise zu verbergen, wie wir es taten. Es war eine rücksichtsvolle, eine gnädige Täuschung, ich gebe das zu – denn sie war ja nicht in einer

Verfassung, um erneute Aufregungen zu vertragen — dennoch war und blieb es eine Täuschung; und als solche, wenigstens für eine Person von meinen Grundsätzen, bestenfalls ein dubioses Verfahren.

* * *

Ein zweiter verblüffender Vorfall, der sich am selben Tage ereignete, und durch den ich vollständig überrumpelt wurde, trug sein gerüttelt Maß zu dem Gefühl der Unruhe bei, das allmählich auf meinem Gemüt lastete.

Ich bekam Bescheid: ich solle zu Sir Percival in die Bibliothek kommen. Der Conte, der bei ihm war, als ich eintrat, erhob sich sogleich, und ließ uns allein zusammen. Sir Percival forderte mich höflich auf, Platz zu nehmen; und redete mich dann, zu meinem größten Erstaunen, an, wie folgt:

»Ich möchte mich mit Ihnen, Frau Michelson, über eine Angelegenheit unterhalten, bezüglich deren ich meinen Entschluß bereits vor einiger Zeit gefaßt und die ich auch schon früher zur Sprache gebracht haben würde, wäre nicht all die Aufregung und Krankheit im Haus hier gewesen. Rund heraus: ich habe meine Gründe dafür, den hiesigen Haushalt, und zwar auf der Stelle, aufzulösen — wobei Sie natürlich, wie üblich, als Aufsicht zurückbleiben. Sobald Lady Glyde und Fräulein Halcombe imstande sind, zu reisen, ist ihnen ja Luftveränderung verschrieben. Meine Freunde, Conte Fosco und seine Contessa, werden uns sogar vorher noch verlassen, und in die Umgebung Londons ziehen; und ich habe meine Gründe das Haus Besuchern zunächst nicht mehr zu öffnen, allein schon deswegen, weil ich künftig nach Kräften ökonomisch vorgehen möchte. Ihnen gebe ich keinerlei Schuld daran; aber meine Ausgaben hier sind mir entschieden zu hoch. Kurzum: ich werde die Pferde verkaufen, und sämtliche Diener entlassen, und zwar auf der Stelle. Ich ergreife, Sie wissen es, niemals halbe Maßnahmen, und erkläre also, daß ich morgen um diese Zeit mein Haus von einem Schwung unnützer Leute leer sehen möchte.«

Ich hatte ihm, buchstäblich entgeistert vor Erstaunen, zugehört.

»Wollen Sie damit sagen, Sir Percival, daß ich die mir unterstehende Hausdienerschaft entlassen solle, ohne die gebräuchliche monatliche Kündigung?« fragte ich.

»Jawohl; genau das. Wir werden vermutlich vor Ablauf eines weiteren Monats Alle aus dem Hause sein; und ich denke nicht daran, einen Schwarm müßiger Diener hier zu hinterlassen, ohne Herrn, den sie bedienen müßten.«

»Und wer soll die Küche übernehmen, Sir Percival, solange Sie noch hier verweilen?«

»Margaret Porcher kann braten und kochen – behalten Sie die hier. Was sollte ich mit einer Köchin, wo ich keine Dinner und Parties mehr zu geben beabsichtige?«

»Bei der Dienerin, die Sie erwähnen, Sir Percival, handelt es sich aber um das unintelligenteste Geschöpf im ganzen Hause, und –«

»Ich sage Ihnen: behalten Sie sie; und mieten Sie dazu eine Frau aus dem Dorf, die sauber macht, und anschließend wieder weggeht. Mein Wochenetat muß und wird gesenkt werden, und das auf der Stelle. Ich habe Sie nicht kommen lassen, um Einwände zu hören, Frau Michelson – ich habe Sie kommen lassen, um meine Sparmaßnahmen durchzuführen. Entlassen Sie morgen das gesamte faule Pack von Hausbediensteten, die Porcher ausgenommen. Sie hat Kräfte wie ein Gaul – und wir werden ihr Arbeit geben, wie einem Gaul.«

»Entschuldigen Sie, Sir Percival, wenn ich zu bedenken gebe, daß den Dienern, wenn sie morgen gehen sollen, anstelle der monatlichen Kündigung ein Monatslohn ausbezahlt werden muß.«

»Sollen sie haben! Ein Monatslohn spart einen Monatsverbrauch, sprich Verschwendung und Schlemmerei, im Dienstbotenquartier.«

Diese letzte Bemerkung schloß eine Verdächtigung der gröblichsten Art in Bezug auf meine Wirtschaftsführung in sich. Ich besaß zu viel Selbstachtung, um mich gegen eine derart plumpe Anschuldigung zu verteidigen. Christliche Rücksichtnahme auf die hülflose Lage Fräulein Halcombes und Lady Glydes und die ernstlichen Ungelegenheiten, die eine plötzliche Abwesenheit meinerseits ihnen verursachen würde, war es allein, die mich noch zurückhielt, meine Stellung sogleich zu kündigen. Ich erhob mich wenigstens unverzüglich. Es hätte mich in meiner eigenen Achtung herabgesetzt, dergleichen Unterredung auch nur einen Augenblick länger noch gewähren zu lassen.

»Nach dieser Ihrer Bemerkung, Sir Percival, habe ich weiter nichts zu sagen. Ihre Anordnungen werden ausgeführt werden.« Ich

äußerte diese Worte, neigte den Kopf so distanziert-respektvoll wie möglich, und ging aus dem Zimmer.
Am folgenden Tage verließ uns geschlossen die Dienerschaft. Das Reit- und Fahrpersonal sowie die Stallknechte entließ Sir Percival selbst, und schickte sie, zusammen mit allen Pferden (eins ausgenommen), nach London. Von sämtlichen Außen- und Innen-Domestiken blieben lediglich übrig: ich; Margaret Porcher, und der Gärtner, der in seinem eigenen Häuschen für sich wohnte, und benötigt wurde, das eine noch im Stall verbliebene Pferd zu betreuen.
Bei einem derart eigentümlichen und verlassenen Zustand des Gebäudes – einer Herrin, die krank in ihrem Zimmer lag – mit Fräulein Halcombe, immer noch so hülflos wie ein Kind – mit einem Arzt, der uns im Bösen seine Behandlung entzogen hatte – war es wohl gewiß nicht unnatürlich, daß sich Niedergeschlagenheit meiner bemächtigte, und ich nur mit Mühe die gewohnte Fassung behauptete. Mein Gemüt war voller Unruhe. Ich wollte, die beiden armen Damen wären wieder wohlauf gewesen, und ich fort von Blackwater Park.

II

Das nächste Ereignis, das eintrat, war von so eigentümlicher Natur, daß es mir, wäre mein Gemüt nicht durch Grundsätze gegen etwelche heidnische Schwachheiten dieser Art befestigt, ein Gefühl abergläubischer Überraschung hätte verursachen können. Das undeutliche Empfinden von etwas Ungutem in dieser Familie hier, ob dessen ich mich von Blackwater Park fortgewünscht hatte, war tatsächlich, merkwürdig zu sagen, gefolgt von meiner Abreise aus dem Hause. Zugegeben, diese meine Abwesenheit war lediglich vorübergehender Natur; dennoch blieb solch Zusammentreffen, meiner Meinung nach, immer merkwürdig genug.
Meine Abreise fand unter folgenden Umständen statt –
Ein oder zwei Tage nachdem die Diener sämtlich gegangen waren, ließ Sir Percival erneut nach mir schicken. Der unverdiente Tadel, mit dem er meine Haushaltsführung angeschmitzt hatte, verhinderte mich, ich bin glücklich das feststellen zu können, nicht daran, nach Kräften Böses mit Gutem zu vergelten, und seiner Aufforde-

rung ebenso willig und respektvoll nachzukommen wie nur je. Es kostete mich einen kleinen Kampf mit jener gefallenen Natur, die uns Allen unveränderlich eignet, bevor ich meiner Empfindung Herr wurde; aber, an Selbstdisziplin gewöhnt, gelang es mir, das Opfer zu bringen.

Wieder fand ich Sir Percival und den Conte zusammen sitzen – diesmal blieb Seine Lordschaft bei unserer Aussprache gegenwärtig, und unterstützte Sir Percival bei der Entwicklung seiner Gedankengänge.

Der Gegenstand, um dessentwillen man diesmal meine Aufmerksamkeit in Anspruch nahm, stand mit jener gesunden Luftveränderung in Zusammenhang, von der wir Alle hofften, daß Lady Glyde und Fräulein Halcombe bald in der Lage sein würden, davon zu profitieren. Sir Percival deutete an, daß die beiden Damen den Herbst vermutlich (auf eine Einladung von Herrn Frederick Fairlie, Esquire, hin) in Limmeridge-Haus, Cumberland, verbringen würden. Bevor sie sich jedoch dorthin begäben, sei es seine Meinung, die auch Conte Fosco teile (der hier das Wort nahm, und die Unterhaltung dann bis zu Ende weiter führte), daß zuvor noch ein kurzer Aufenthalt in dem herrlichen Klima Torquay's ihnen am besten bekommen würde. Der langen Rede kurzer Sinn also war: an dem erwähnten Ort Unterkünfte zu beschaffen, die allen Komfort und Bequemlichkeit böten, deren man benötigt war; und die nächste große Schwierigkeit die, eine erfahrene Person zu finden, die fähig sei, ein Logis der gewünschten Art ausfindig zu machen. In dieser Bedrängnis erlaubte der Conte sich, im Auftrag Sir Percivals, zu erkundigen, ob ich etwas dagegen hätte, den Damen meine Hülfe und Beratung dadurch angedeihen zu lassen, daß ich mich in ihrem Interesse persönlich nach Torquay begäbe?

Für eine Person in meiner Lebensstellung war es, ohne stichhaltigen Grund, nicht wohl möglich, einen, zumal in solchen Wendungen vorgebrachten, Antrag zurückzuweisen.

Ich konnte lediglich wagen, auf die ernstlichen Ungelegenheiten hinzudeuten, die meine Abwesenheit von Blackwater Park nach sich ziehen würde; jetzt, bei der ungewöhnlichen Abwesenheit sämtlicher Hausdienerschaft, mit der einzigen Ausnahme von Margaret Porcher. Aber Sir Percival und Seine Lordschaft erklärten, wie sie, um ihrer beiden Kranken willen, gern jede Unbequemlichkeit auf sich nehmen würden. Als nächstes schlug ich, mit allem Respekt, vor, sich schriftlich an einen Agenten in Torquay zu wenden; wurde aber auch hierin durch den Hinweis widerlegt, wie unklug es wäre, Unterkünfte zu mieten, ohne sie sich vorher angesehen zu haben. Außerdem teilte man mir mit, daß die Contessa (die ansonsten selbst nach Devonshire gefahren wäre) in Lady Glydes augenblicklichem Zustand ihre Nichte nicht allein lassen wolle; und daß Sir Percival und der Conte vereinte Geschäfte zu erledigen hätten, die sie zwängen, in Blackwater Park zu bleiben. Kurzum, mir wurde einwandfrei dargetan, daß, wenn ich die Angelegenheit nicht übernähme, man sie Keinem Andern anzuvertrauen wüßte. Bei solcher Lage der Dinge konnte ich Sir Percival nur mitteilen, daß meine Dienste Fräulein Halcombe und Lady Glyde zur Verfügung stünden.

Es wurde daraufhin vereinbart, daß ich am nächsten Morgen abreisen, und ein oder zwei Tage damit zubringen solle, mir sämtliche geeignet scheinenden Häuser in Torquay anzuschauen; und dann mit meinem Bericht, sobald ich angemessenerweise vermöchte, wieder zurückzukehren. Zu diesem Behuf übergab Seine Lordschaft mir ein handschriftliches Memorandum, in dem die Erfordernisse der zu mietenden Räumlichkeiten ausführlich angegeben waren; und Sir Percival fügte noch eine Notiz bezüglich der mir gesetzten pekuniären Grenze hinzu.

Mein erster Gedanke, während ich diese Instruktionen überlas, war der, daß eine Unterkunft, wie ich sie hier beschrieben sah, wohl in keinem englischen Badeort aufzufinden wäre; beziehungsweise, vorausgesetzt, der Zufall führe Einem tatsächlich dergleichen in den Weg, sie bestimmt nicht, für keine Zeitspanne, auf solche Bedingungen hin vermietet werden würde, wie ich sie anzubieten hätte. Ich spielte beiden Herren gegenüber auf diese Schwierigkeiten an; aber Sir Percival (der mir zu antworten übernahm) schien sie nicht als solche zu erkennen. Es war nicht meine Aufgabe, über diesen Punkt zu disputieren. Ich äußerte also nichts weiter; war aber stark davon überzeugt, wie das Geschäft, auf das ich ausgesandt würde, dergestalt mit Hindernissen umstellt wäre, daß mein Unternehmen von vornherein zur Hoffnungslosigkeit verurteilt sei.

Bevor ich abreiste, trug ich Sorge, mich zu versichern, daß Fräulein Halcombe auf dem Wege der Besserung sei.

Über ihrem Antlitz lag ein Ausdruck schmerzlicher Besorgnis und Unruhe, der mich fürchten machte, ihr Geist könne, jetzt da er zum erstenmal das Bewußtsein wieder erlangte, mit irgend etwas beschwert sein. Aber soviel war gewiß, daß sie sich rascher erholte, als ich zu hoffen hätte wagen können, und war schon in der Lage, Lady Glyde kleine nette Botschaften ausrichten zu lassen, des Inhalts, daß sie selbst in schneller Besserung begriffen, und Ihre Ladyschaft sich auf keinen Fall zu bald wieder etwelchen Anstrengungen aussetzen solle. Ich ließ sie also unter Obhut von Frau Rubelle, die noch immer so still-unabhängig von Jedermann im ganzen Hause war, wie nur je. Als ich vor meinem Weggang an Lady Glydes Tür klopfte, wurde mir gesagt, wie sie noch immer bedauerlich schwach und niedergeschlagen sei; und zwar erfuhr ich dies durch die Contessa, die ihr gerade in ihrem Zimmer Gesellschaft leistete. Sir Percival und der Conte ergingen sich auf der Anfahrt zum Pförtnerhaus, als ich in der Kalesche an ihnen vorbeifuhr – ich machte ihnen meine Verbeugung, und ließ das Haus ohne eine lebende Seele in den Dienstbotenräumen zurück, ausgenommen Margaret Porcher.

Wohl Jeder muß fühlen, was ich seit jener Zeit selbst gefühlt habe, nämlich, daß dergleichen Umstände mehr als ungewöhnlich waren – sie waren beinahe verdächtig. Ich bitte jedoch noch einmal hinzufügen zu dürfen, daß es mir, in meiner abhängigen Situation, unmöglich war, anders zu verfahren, als ich tat.

Das Ergebnis meiner Erkundungsfahrt nach Torquay war genau das, was ich vorhergesehen hatte. Weder konnte ein solches Logis, wie mir zu mieten aufgetragen war, irgendwo am ganzen Ort ausfindig gemacht werden; noch wären – selbst wenn ich wider alles Erwarten das entdeckt hätte, was ich wünschte – die finanziellen Bedingungen, die ich zu solchem Zweck anzubieten hatte, auch nur entfernt zureichend gewesen. Infolgedessen kehrte ich nach Blackwater Park zurück, und informierte Sir Percival, der mir an der Tür entgegen kam, daß meine Reise vergeblich unternommen worden sei. Er schien mit irgendeiner anderen Sache allzusehr beschäftigt, um sich ob des Fehlschlagens meiner Bemühungen groß zu sorgen; und gleich seine ersten Worte unterrichteten mich davon, daß selbst in der kurzen Zeit meiner Abwesenheit von Blackwater Park eine weitere bemerkenswerte Veränderung im Hause vor sich gegangen war.

Conte und Contessa Fosco hatten Blackwater Park verlassen, und sich in ihre neue Wohnung in St. John's Wood begeben.

Über das Motiv solch plötzlichen Umzuges erfuhr ich allerdings nichts — mir wurde lediglich gesagt, wie dem Conte besonders daran gelegen habe, daß mir seine besten Empfehlungen ausgerichtet würden. Als ich Sir Percival zu fragen wagte, ob Lady Glyde, in Abwesenheit der Contessa, Jemanden gehabt hätte, der für ihre Bequemlichkeit sorge, erwiderte er mir, daß sie Margaret Porcher zur Bedienung gehabt, und fügte noch hinzu, daß man für die Hausarbeit unten eine Frau aus dem Dorf herangeholt hätte.
Ich bekam förmlich einen Schock bei dieser Antwort — lag doch eine derart eklatante Unschicklichkeit darin, daß man einem Unter-Dienstmädchen gestattet hatte, bei Lady Glyde die Stelle einer vertraulichen Kammerzofe auszufüllen — ich begab mich ohne Verzug nach oben, und traf Margaret auf dem Korridor vorm Schlafzimmer. Man war ihrer Dienste nicht benötigt gewesen (begreiflich genug!), da ihre Herrin sich heute Früh kräftig genug gefühlt habe, das Bett verlassen zu können. Als nächstes erkundigte ich mich nach Fräulein Halcombe; jedoch wurde mir in derart saloppér und mürrischer Weise geantwortet, daß ich am Ende nicht gescheiter war, als zuvor. Ich nahm mir nicht die Mühe, meine Fragen zu wiederholen, und mich womöglich einer unverschämten Erwiderung auszusetzen. Einer Person in meiner Position war es in jedweder Hinsicht geziemender, mich sogleich persönlich bei Lady Glyde im Zimmer zurückzumelden.
Ich fand Ihre Ladyschaft, was Gesundheit anbelangt, allerdings beträchtlich gebessert in Anbetracht der wenigen seitdem vergangenen Tage. Obwohl noch immer bedauerlich schwach und nervös, war sie doch bereits imstande, ohne fremde Hülfe aufzustehen, und langsam im Zimmer herumzugehen, ohne von solcher Anstrengung schlimmere Folgen davonzutragen, als ein gelindes Müdigkeitsgefühl. Heute Früh war ihr wegen Fräulein Halcombe ein bißchen bange gewesen, da sie keinerlei Nachricht von ihr, von keiner Seite, empfangen hatte. Das däuchte mir ein tadelnswerter Mangel an Aufmerksamkeit seitens Frau Rubelle's zu sein; doch sagte ich zunächst nichts, blieb vielmehr bei Lady Glyde, um ihr beim Ankleiden behülflich zu sein. Als sie fertig war, verließen wir Beide zusammen das Zimmer, um uns zu Fräulein Halcombe zu begeben.
Im Korridor wurden wir durch das Erscheinen Sir Percivals aufgehalten. Er sah aus, als habe er absichtlich dort auf uns gewartet.

»Wohin willst Du gehen?« sagte er zu Lady Glyde.
»Nach Marians Zimmer,« antwortete sie.
»Es wird Dir 'ne Enttäuschung ersparen,« bemerkte Sir Percival, »wenn ich Dir gleich jetzt sage, daß Du sie nicht dort finden wirst.«
»Sie nicht dort finden!?«
»Nein. Sie hat gestern Früh, zusammen mit Fosco und seiner Frau, das Haus verlassen.«
Lady Glyde war nicht kräftig genug, die Überraschung dieser außerordentlichen Mitteilung zu ertragen. Sie wurde erschrecklich bleich, und lehnte sich an die Wand zurück, den Blick wortlos auf ihren Gatten gerichtet.
Ich war selbst derartig erstaunt, daß ich kaum wußte, was ich sagen sollte. Ich fragte Sir Percival, ob er tatsächlich meinte, daß Fräulein Halcombe Blackwater Park verlassen habe?
»Genau das meine ich,« antwortete er.
»In ihrem Zustand, Sir Percival? Ohne daß sie ihre Absichten Lady Glyde mitgeteilt hätte?«
Bevor er noch etwas erwidern konnte, erholte Ihre Ladyschaft sich ein wenig, und sprach selbst.
»Unmöglich!« rief sie auf eine laute, verschreckte Weise aus, wobei sie ein paar Schritte von der Wand weg tat: »Wo war der Arzt? Wo ist Herr Dawson gewesen, als Marian wegging?«
»Herr Dawson wurde nicht gebraucht, und Herr Dawson war nicht hier,« sagte Sir Percival. »Er ging damals aus eigenem Willen, was schon an sich selbst Beweis genug ist, daß sie stark genug war zum Reisen. – Wie Du guckst! Wenn Du mir nicht glaubst, daß sie fort ist, dann sieh doch selbst nach. Öffne ihre Zimmertür, und meinethalben die Türen von allen anderen Zimmern dazu, wenn's Dir Spaß macht.«
Sie nahm ihn beim Wort, und ich folgte ihr. Kein Mensch war in Fräulein Halcombes Zimmer außer Margaret Porcher, die damit beschäftigt war, es aufzuräumen. (Auch in den leeren Reserve-Räumen und den Wohnzimmern befand sich, als wir später darin nachsahen, Niemand.) Sir Percival wartete immer noch im Korridor auf uns. Als wir im Begriff standen, das letzte Zimmer, in dem wir nachgesehen hatten, zu verlassen, wisperte Lady Glyde: »Gehen Sie nicht weg, Frau Michelson! Um Himmels willen, verlassen Sie mich nicht.« Bevor ich noch etwas erwidern konnte, war sie schon draußen auf dem Korridor und redete ihren Gatten an:

»Was soll das bedeuten, Sir Percival? Ich bestehe darauf – ich bitte, ich beschwöre Dich: sag mir, was es bedeutet.«

»Es bedeutet,« antwortete er, »daß Fräulein Halcombe gestern Früh kräftig genug war, sich aufzusetzen und angekleidet zu werden; und daß sie darauf bestanden hat, die Gelegenheit, daß Fosco's nach London gingen, zu benützen und sich ihnen anzuschließen.«

»Nach London!«

»Jawohl – und anschließend weiter nach Limmeridge.«

Lady Glyde drehte sich herum, und wandte sich an mich.

»Sie haben Fräulein Halcombe zuletzt gesehen,« sagte sie. »Ich bitte um klare Auskunft, Frau Michelson: hatten Sie den Eindruck, daß sie aussah, als ob sie reisen könne?«

»*Meiner* Meinung nach nicht, Eure Ladyschaft.«

Unverzüglich wandte Sir Percival sich seinerseits zu mir um, und richtete das Wort ebenso an mich.

»Bevor Sie abreisten,« sagte er, »haben Sie da der Krankenpflegerin gesagt, daß Fräulein Halcombe erstaunlich kräftiger und besser aussähe, oder nicht?«

»Gewiß habe ich diese Bemerkung gemacht, Sir Percival.«

Im Augenblick, da ich diese Erwiderung gab, wandte er sich bereits wieder an Ihre Ladyschaft.

»Nun sei bitte so fair, und lege von Frau Michelsons Aussagen die eine gegen die andere in die Waagschale,« sagte er, »und versuche, eine vollkommen klare Angelegenheit vernünftig zu behandeln. Wenn sie nicht kräftig genug gewesen wäre, transportiert zu werden: meinst Du, Einer von uns hätte dann das Risiko auf sich genommen, sie gehen zu lassen? Sie hat schließlich drei sachverständige Leute bei sich, die sich um sie kümmern – Fosco, Deine Tante, und endlich noch Frau Rubelle, die ausdrücklich zu diesem Zweck mit ihnen mitgefahren ist. Sie haben sich 'n ganzes Coupé gestern genommen, und ihr auf dem einen Sitz ein Bett zurecht gemacht, im Fall, daß sie doch Müdigkeit überkommen sollte. Heute nun fahren Fosco und Frau Rubelle selbst mit ihr 'rauf nach Cumberland –«

»Warum geht Marian nach Limmeridge, und läßt mich allein hier?« sagte Ihre Ladyschaft, indem sie Sir Percival unterbrach.

»Weil Dein Onkel Dich nicht aufnehmen will, es sei denn, er habe zuvor mit Deiner Schwester gesprochen,« gab er zurück. »Hast Du den Brief ganz vergessen, den er ihr zu Beginn ihrer Krankheit

Er ist ein Esel, und ich ein Schwerkranker, und wir werden vermutlich vereint die gröblichsten Fehler begehen. Wie demütigend!
Man sagt mir, ich solle Daten angeben – Du Himmel! In meinem ganzen Leben habe ich dergleichen nicht getan – wie soll ich jetzt wohl damit anfangen?
Ich habe Louis gefragt. Er ist nicht gänzlich so sehr Esel, wie ich bisher immer angenommen habe. Er weiß das Datum des Ereignisses, bis auf ein oder zwei Wochen genau – und ich meinerseits entsinne mich des Namens der Person. Das Datum war also ungefähr Ende Juni, beziehungsweise Anfang Juli; und der Name (und meiner Meinung nach ein unnötig vulgärer obendrein) war Fanny.
Ende Juni, beziehungsweise Anfang Juli also, lag ich in meinem gewöhnlichen Zustand darnieder, umgeben von den mancherlei Kunstgegenständen, wie ich sie um mich versammelt habe, in der Absicht, den Geschmack der barbarischen Völkerschaften in meiner Nähe zu heben. Mit anderen Worten, ich hatte um mich herum sämtliche Fotografien meiner Gemälde und Grafiken und Münzen und so weiter, die ich demnächst dem Institut in Carlisle (entsetzliches Nest!) zu schenken beabsichtige (die Fotografien meine ich, falls die plumpe englische Sprache Einem etwas zu meinen gestattet), mit dem Ziel, den Geschmack ihrer Mitglieder (Gothen und Vandalen vom Ersten bis zum Letzten) zu verbessern. Nun möchte man annehmen, daß ein Gentleman, der sich anschickt, seinen Landsleuten eine bedeutende nationale Wohltat zuteil werden zu lassen, auch der letzte Gentleman auf Erden wäre, den man gefühllos mit privaten Schwierigkeiten und Familienangelegenheiten belästigte. Weit gefehlt; zumindest in meinem Fall.
Wie dem auch immer sei, da befand ich mich also, zurückgelehnt, um mich meine Kunstschätze, als einzigen Wunsch den nach einem geruhsamen Morgen. Da ich eines geruhsamen Morgens bedürftig war, kam selbstverständlich Louis herein. Es war völlig natürlich, daß ich mich erkundigte, was, zum Teufel, er damit meine, derart zu erscheinen, wo ich nicht nach ihm geklingelt hätte? Ich fluche wahrscheinlich selten – es ist eine Gewohnheit, die einem Gentleman nicht ansteht – aber als Louis zur Antwort lediglich grinste, war es, glaube ich, wiederum völlig natürlich, daß ich ihn für sein Gegrinse zur Hölle wünschte. Gleichviel, ich tat es jedenfalls.
Diese rigorose Art der Behandlung bringt – ich habe das schon mehrfach beobachtet – Angehörige der niederen Gesellschaftsschich-

sie sich am Leben und wohlauf befindet. – Kommen Sie! Kommen Sie mit mir hinunter zu Sir Percival.«

Ich zögerte, voller Bedenken, daß meine Gegenwart als Zudringlichkeit aufgefaßt werden könnte, und versuchte, Ihrer Ladyschaft das auch anzudeuten; aber sie war taub gegen meine Reden. Sie hielt meinen Arm fest genug, um mich mit ihr treppab zu ziehen, und hatte sich immer noch mit all dem bißchen Kraft, das sie im Moment besaß, an mich geklammert, als ich die Eßzimmertür öffnete.

Am Tisch dort saß Sir Percival, vor sich eine Karaffe mit Wein. Als wir eintraten, hob er eben das Glas an seine Lippen, und leerte es auf einen Zug. Da ich bemerkte, wie er mich beim Niedersetzen des Glases ärgerlich anschaute, machte ich einen Versuch, mich ob meiner zufälligen Anwesenheit im Zimmer zu entschuldigen.

»Bilden Sie sich etwa ein, daß hier irgendwelche geheimen Dinge vor sich gingen?« platzte er plötzlich heraus. »Nichts dergleichen! Keinerlei doppeltes Spiel; nichts, was Ihnen oder sonst Jemandem verheimlicht würde.« Nachdem er diese befremdlichen Worte laut und finster ausgesprochen hatte, schenkte er sich ein weiteres Glas Wein ein; und fragte dann Lady Glyde, was sie von ihm wolle.

»Wenn meine Schwester imstande war, zu reisen, dann bin auch ich imstande zu reisen,« sagte Ihre Ladyschaft, mit mehr Festigkeit, als sie bis jetzt an den Tag gelegt hatte. »Ich bin gekommen, Dich zu bitten, Du möchtest mir meine Besorgnis um Marian zugutehalten, und mich ihr auf der Stelle, gleich mit dem Nachmittagszug jetzt, folgen lassen.«

»Da mußt Du bis morgen warten,« erwiderte Sir Percival; »dann, falls Dir kein gegenteiliger Bescheid wird, darfst Du fahren. Da ich nun mit ziemlicher Gewißheit annehme, daß Dir kein gegenteiliger Bescheid werden wird, will ich mit heutiger Abendpost noch an Fosco schreiben.«

Während er diese letzten Worte sprach, hatte er sein Glas gegen das Licht gehoben, und besah sich den Wein darin, anstatt Lady Glyde. Ja, er schenkte ihr tatsächlich im Verlauf der ganzen Unterhaltung, nicht einen Blick. Ein solch eigentümlicher Mangel an guter Erziehung bei einem Gentleman von seinem Rang beeindruckte mich, ich muß es gestehen, aufs schmerzlichste.

»Wieso mußt Du dazu an Conte Fosco schreiben?« fragte sie, aufs äußerste überrascht.

»Um ihn zu informieren, daß er Dich mit dem Mittagszug erwarten solle,« sagte Sir Percival. »Wenn Du in London eintriffst, wird er Dich am Bahnhof abholen, und Dich zu Deiner Tante, nach St. John's Wood mitnehmen, wo Du übernachten kannst.«
Lady Glydes Hand auf meinem Arm begann heftig zu beben – warum, konnte ich mir nicht vorstellen.
»Es liegt keine Notwendigkeit vor, daß Conte Fosco mich abhole,« sagte sie. »Ich möchte lieber nicht über Nacht in London bleiben.«
»Du mußt. Du kannst die ganze weite Reise bis Cumberland nicht in einem Tage zurücklegen. Du mußt eine Nacht in London ausruhen – und es gefällt mir nicht, daß Du dazu allein in ein Hotel gehen solltest. Fosco hat Deinem Onkel das Angebot gemacht, Dich auf Deinem Hinweg bei sich zu beherbergen; und Dein Onkel hat angenommen. Hier! Hier ist ein Brief von ihm, an Dich gerichtet. Ich hätt' ihn Dir heute Früh schon hinauf schicken sollen; aber ich hab's vergessen. Lies ihn, und sieh, was Herr Fairlie selbst Dir zu sagen hat.«
Lady Glyde starrte einen Augenblick lang den Brief an, und legte ihn dann in meine Hände.
»Lesen Sie ihn,« sagte sie schwach. »Ich weiß nicht, was mit mir ist. Ich kann nicht selbst lesen.«
Es war lediglich eine Notiz von 4 Zeilen – so kurz und so salopp, daß es mich ganz betroffen machte. Wenn ich mich recht erinnere, enthielt sie nicht mehr als nur diese Worte:

»Beste Laura,
bitte, komm doch, sobald es Dir gefällt. Unterbrich Deine Reise, indem Du im Haus Deiner Tante absteigst. Sehr betrübt ob der Nachricht von der Krankheit unserer teuren Marian. – Stets Dein, Dir innig zugetaner,

Frederick Fairlie.«

»Ich möchte lieber nicht dorthin gehen – möchte lieber nicht eine Nacht in London unterbrechen,« sagte Ihre Ladyschaft eifrig; und zwar stieß sie förmlich die Worte hervor, noch ehe ich mit der Notiz, kurz wie sie doch war, zu Ende kommen konnte. »Schreib' nicht an Conte Fosco! Bitte, bitte: schreib' nicht an ihn!«

Sir Percival schenkte sich aus der Karaffe ein weiteres Glas ein, so ungeschickt diesmal, daß er es dabei umstieß, und der Wein sich über die ganze Tischplatte ergoß. »Meine Augen werden tatsächlich schon schlecht,« murmelte er mit seltsam verhangener Stimme dazu vor sich hin. Langsam stellte er das Glas wieder aufrecht; er füllte es erneut, und leerte es dann wieder auf einen Zug. Ich begann zu fürchten, daß ihm, seinem Blick und Benehmen nach, der Wein allmählich zu Kopf zu steigen beginne.

»Bitte, schreib' nicht an Conte Fosco,« drang Lady Glyde in ihn, ernstlicher denn zuvor.

»Wieso denn nicht, das möcht' ich doch mal wissen!« rief Sir Percival in einem so plötzlichen Ausbruch von Zorn, daß wir Beide zusammenfuhren. »Wo in ganz London könntest Du wohl schicklicher übernachten, als an dem Ort, den Dein eigener Onkel für Dich aussucht – im Haus Deiner Tante? Frag' doch Frau Michelson.«

Das von ihm vorgeschlagene Arrangement war so unfraglich das angemessenste und schicklichste, daß ich schlechterdings keine Einwendung dagegen machen konnte. So sehr ich auch mit Lady Glyde in anderen Beziehungen sympathisierte, vermochte ich doch nicht, ihr ungerechtfertigtes Vorurteil gegen Conte Fosco mit ihr zu teilen. Ich bin nie zuvor einer Dame von ihrem Rang und Stande begegnet, die, was Ausländer anbelangt, so bedauerlich engstirnig gewesen wäre. Weder ihres Onkels Briefchen, noch Sir Percivals wachsende Ungeduld schienen den geringsten Eindruck auf sie hervorzubringen. Immer noch protestierte sie dagegen, eine Nacht in London zuzubringen; immer noch beschwor sie ihren Gatten, doch nicht an den Conte zu schreiben.

»Hör auf!« sagte Sir Percival endlich, indem er uns brüsk den Rücken zudrehte. »Wenn Du nicht Verstand genug hast, einzusehen, was am besten für Dich ist, dann müssen ihn andere Leute für Dich haben. Die Angelegenheit ist einmal so geregelt; und nun Schluß damit. Es wird lediglich von Dir verlangt, dasselbe zu tun, was Fräulein Halcombe vor Dir ebenfalls getan hat –«

»Marian?« wiederholte Ihre Ladyschaft in einer verstörten Art: »Marian und in Conte Foscos Haus schlafen?«

»Jawohl, in Conte Foscos Haus. Sie hat vergangene Nacht dort geschlafen, um sich die Reise einzuteilen; und Du wirst ihrem Beispiel folgen, und tun, was Dein Onkel Dich heißt: morgen Nacht

wirst Du, genau wie Deine Schwester vor Dir, in Foscos Haus schlafen, und Dir die Reise einteilen. Leg' mir ja nicht zu viele Hindernisse in den Weg, Du! Laß mich nicht erst bereuen, daß ich Dich überhaupt gehen lasse!«
Er sprang auf. Und schritt dann unversehens durch die offenstehenden Glastüren auf die Veranda hinaus.
»Euer Ladyschaft entschuldigen,« wisperte ich; »aber ich schlage vor, wir warten besser nicht hier, bis Sir Percival zurückkehrt. Ich befürchte sehr, er ist überreizt vom Wein.«
In einer müden, abwesenden Art willigte sie ein, das Zimmer zu verlassen.
Sobald wir wieder sicher oben angekommen waren, tat ich alles was ich konnte, um Ihrer Ladyschaft Aufregung zu beschwichtigen. Ich gab ihr zu bedenken, daß Herrn Fairlies Briefe an Fräulein Halcombe wie auch an sie selbst, den eingeschlagenen Kurs ja nicht nur gut hießen, sondern ihn, früher oder später, schlechterdings zur Notwendigkeit machten. Sie gab das zu; ja, gestand sogar aus eigenem freiem Antriebe, daß beide Briefe vollkommen in Einklang mit ihres Onkels eigentümlicher Sinnesart stünden — aber ihre Besorgnis um Fräulein Halcombe, wie auch ihre befremdliche Furcht vor einer Übernachtung im Londoner Heim des Conte, blieben unerschüttert, allen noch so logischen Erwägungen, die ich vorbringen konnte, zum Trotz. Ich hielt es für meine Pflicht, gegen Ihrer Ladyschaft ungünstige Meinung von Seiner Lordschaft Protest einzulegen, und tat dies mit der geziemenden Nachsicht und Ehrerbietung auch.
»Euer Ladyschaft wollen die Freiheit verzeihen, die ich mir nehme,« bemerkte ich abschließend; »aber es steht geschrieben: ›an ihren Früchten sollt ihr sie erkennen‹. Ich bin mir sicher, daß des Conte anhaltende Güte und Aufmerksamkeit, vom allerersten Tage von Fräulein Halcombes Krankheit an, unser volles Vertrauen verdient, und unsere Achtung. War doch selbst Seiner Lordschaft ernstliches Zerwürfnis mit Herrn Dawson einzig und allein seiner Besorgnis um Fräulein Halcombe zuzuschreiben.«
»Welches Zerwürfnis?« erkundigte sich Ihre Ladyschaft, mit dem Ausdruck plötzlich erwachenden Interesses.
Ich berichtete von den unglücklichen Umständen, unter denen Herr Dawson seine Behandlung eingestellt hatte — erwähnte es um so bereitwilliger, weil ich mißbilligte, daß Sir Percival fortfuhr, das

Geschehene vor Lady Glyde zu verbergen (wie in meiner Gegenwart eben wiederum geschehen war).
Ihre Ladyschaft fuhr auf, mit allen Anzeichen zusätzlicher Aufgeregtheit und Entsetzen ob dessen, was sie von mir vernommen hatte.
»Schlimmer! Noch schlimmer, als ich dachte!« sagte sie, und schritt dabei in einer verwilderten Art im Zimmer auf und ab. »Der Conte hat gewußt, daß Herr Dawson zu einer Reise Marians niemals seine Einwilligung geben würde – er hat den Doktor vorsätzlich beleidigt, um ihn aus dem Hause zu schaffen.«
»Aber, Mylady, Mylady!« mahnte ich.
»Frau Michelson!« fuhr sie mit Heftigkeit fort, »und wenn Sie mit Engelszungen redeten: Sie könnten mich nicht davon überzeugen, daß meine Schwester sich aus eigenem freiem Willen in dieses Mannes Macht, in dieses Mannes Haus befindet. Mein Grauen vor ihm ist von der Art, daß nichts, was Sir Percival sagen, kein Brief, den mein Onkel schreiben, mich, hätte ich nur meine eigenen Empfindungen zurate zu ziehen, dazu zu bewegen vermöchten, unter seinem Dache zu essen, zu trinken oder zu schlafen. Aber das Elend meiner Ungewißheit über Marians Schicksal gibt mir den Mut ihr überallhin zu folgen; ihr zu folgen, und sei es selbst in Conte Foscos Haus.«
An dieser Stelle schien es mir angemessen, einzuschalten, daß Fräulein Halcombe, nach Sir Percivals Darstellung der Sache, doch inzwischen bereits nach Cumberland weitergereist sei.
»Ich glaube kein Wort davon!« war die Antwort Ihrer Ladyschaft. »Ich fürchte, sie wird immer noch im Hause dieses Mannes sein. Wenn ich Unrecht haben, wenn sie tatsächlich schon weiter nach Limmeridge gefahren sein sollte, bin ich dazu entschlossen, morgen Nacht nicht unter Conte Foscos Dach zu verbringen. Meine, nach meiner Schwester, beste Freundin auf der Welt, wohnt nahe bei London. Sie haben mich, Sie haben Fräulein Halcombe den Namen von Frau Vesey erwähnen hören? Ich gedenke ihr zu schreiben, und sie um ein Nachtquartier in ihrem Hause anzugehen. Ich weiß noch nicht, wie ich dorthin gelangen werde – weiß nicht, wie ich es anstellen soll, dem Conte zu entgehen – aber, falls meine Schwester bereits fort nach Cumberland ist, will ich auf die ein- oder andere Weise an diesen Zufluchtsort entkommen. Alles, worum ich Sie bitten möchte, besteht darin, eigenhändig dafür zu sorgen, daß mein

Brief an Frau Vesey heute Abend ebenso sicher nach London abgeht, wie Sir Percivals Schreiben an Conte Fosco. Ich habe Gründe, dem Postsack unten nicht mehr zu trauen: wollen Sie mein Geheimnis bewahren, und mir dabei behülflich sein? Es ist, vielleicht, der letzte Gefallen, um den ich Sie jemals bitten werde.«
Ich zögerte; mir schien das Alles sehr befremdlich; ich fürchtete schier, daß Ihrer Ladyschaft Geist unter den jüngst darüber hingegangenen Sorgen und Leiden ein bißchen gelitten haben könnte. Auf meine eigene Verantwortung jedoch, gab ich schließlich und endlich meine Einwilligung. Falls es sich um einen Brief an einen absolut Fremden gehandelt hätte, oder an jemand anders als an eine Dame, die mir dem Ruf nach immerhin so bekannt war, wie Frau Vesey, würde ich vielleicht abgelehnt haben. Ich danke Gott – im Hinblick auf das, was sich später abgespielt hat – Ich danke Gott, sage ich, daß ich diesen Wunsch nicht vereitelt habe, noch auch irgend einen anderen, den Lady Glyde mir gegenüber an diesem ihrem letzten Aufenthaltstage in Blackwater Park ausgedrückt hat.
Der Brief wurde abgefaßt und in meine Hände gelegt. Ich trug ihn am Abend noch ins Dorf, und steckte ihn eigenhändig dort in den Briefkasten. Von Sir Percival bekamen wir für den Rest des Tages nichts mehr zu sehen.
Ich schlief, auf Lady Glydes ausdrücklichen Wunsch, im Zimmer gleich neben dem ihren, und ließ die Tür zwischen uns offen. In der Leere und Verlassenheit des großen Gebäudes lag etwas derart seltsames und schreckhaftes, daß auch ich meinerseits froh war, Jemanden in meiner Nähe zu wissen. Ihre Ladyschaft saß bis tief in die Nacht hinein auf; las in Briefen, die sie dann verbrannte; und leerte Schubladen und Schränkchen in einer Weise von Kleinigkeiten, die sie schätzte, wie wenn sie mit Bestimmtheit darauf rechnete, nie mehr nach Blackwater Park zurückzukehren. Als sie endlich ihr Lager aufsuchte, war ihr Schlaf aufs Betrüblichste unruhig – ich hörte sie mehrmals aufschreien; einmal so laut, daß sie selbst davon wach wurde. Was immer ihre Träume aber auch gewesen sein mochten, sie erachtete es nicht für angemessen, sie mir mitzuteilen. Vielleicht hatte ich, in meiner Stellung, kein Recht, dergleichen von ihr zu erwarten. Es ist auch jetzt nicht mehr von Bedeutung. Sie tat mir deswegen ganz genauso leid; aufrichtig und von ganzem Herzen tat sie mir leid.

Der folgende Tag war sonnig und schön. Nach dem Frühstück kam Sir Percival herauf, um uns mitzuteilen, daß die Kalesche drei Viertel nach elf Uhr vor der Tür stehen würde; (der Zug nach London fuhr 20 Minuten später in unseren Bahnhof ein). Er teilte Lady Glyde mit, wie er jetzt genötigt sei, auszugehen; fügte jedoch hinzu, daß er zurück zu sein hoffe, bevor sie abführe. Falls er sich infolge irgendeines unvorhergesehenen Ereignisses verspäten sollte, müßte ich sie eben zum Bahnhof begleiten, und vor allem dafür Sorge tragen, daß sie auf jeden Fall zum Zug zurecht käme. Sir Percival gab diese Anweisungen in beträchtlicher Hast – ging auch die ganze Zeit über rastlos im Zimmer hin und her. Ihrer Ladyschaft Blicke folgten ihm, wo immer er sich hin begab, mit großer Aufmerksamkeit; er, seinerseits, sah sie überhaupt nicht an.

Sie sprach erst, als er mit allem fertig war und sich wieder der Tür näherte; dann streckte sie die Hand aus und hielt ihn durch die Gebärde zurück.

»Ich werde Dich vorher nicht mehr sehen,« sagte sie, in einer sehr betonten Art. »Wir trennen uns – trennen uns, wer weiß, für immer. Willst Du versuchen, mir zu vergeben, Percival, ebenso von Herzen, wie ich *Dir* vergebe?«

Sein ganzes Gesicht überzog sich mit einer wahrhaft fürchterlichen Blässe, und dicke Schweißtropfen traten ihm auf die hohe kahle Stirn. »Ich komme wieder,« stieß er hervor, und sah, daß er zur Tür hinaus kam, und zwar mit einer Hast, wie wenn ihn die Abschiedsworte seiner Gattin aus dem Zimmer gescheucht hätten.

Ich hatte Sir Percival nie recht leiden können; aber bei der Art und Weise, wie er jetzt Lady Glyde verließ, schämte ich mich buchstäblich, je sein Brot gegessen und in seinen Diensten gestanden zu haben. Ich hatte vor, der armen Dame ein paar tröstliche, christliche Worte zuzusprechen; aber als sie ihrem Gatten nachschaute, während die Tür sich hinter ihm schloß, lag ein Ausdruck auf ihrem Gesicht, daß ich anderen Sinnes wurde und lieber den Mund hielt.

Zu der genannten Stunde hörten wir die Kalesche am Tor vorfahren. Ihre Ladyschaft hatte recht gehabt: Sir Percival kam nicht zurück. Ich wartete bis zum letzten Moment auf ihn, und wartete vergebens.

Auf meinen Schultern lag zwar keine greifbare, direkte Verantwortung, und dennoch war mir nicht wohl im Gemüt. »Es geschieht aus eigenem freiem Willen,« sagte ich, als die Kalesche mit uns durch das Tor an der Einfahrt rollte, »daß Euer Ladyschaft sich nach London begibt?«
»Ich würde mich überallhin begeben,« antwortete sie, »um der entsetzlichen Unsicherheit, unter der ich im Augenblick leide, ein Ende zu machen.«
Sie hatte es soweit gebracht, daß ich allmählich auch schon soviel Besorgnis und Unsicherheit wegen Fräulein Halcombe empfand, wie sie selbst. Ich erkühnte mich, sie, falls in London Alles gut ginge, um ein paar Zeilen der Benachrichtigung zu bitten. Sie erwiderte: »Sehr gern, Frau Michelson.«
»Wir haben Jeder unser Kreuz zu tragen, Mylady,« sagte ich, als ich sah, wie still und gedankenvoll sie wurde, nachdem sie versprochen hatte, mir zu schreiben.
Sie gab keine Antwort. Sie schien zu tief in ihre eigenen Gedanken versunken, um auf mich Acht zu geben.
»Ich fürchte, Euer Ladyschaft haben vergangene Nacht schlecht geruht,« bemerkte ich, nachdem ich ein Weilchen gewartet hatte.
»Ja,« sagte sie; »ich war schrecklich von Träumen geängstigt.«
»Tatsächlich, Mylady?« Ich dachte, sie würde mir nunmehr von ihren Träumen erzählen; aber nein, als sie wieder zu sprechen anhob, geschah es nur, um eine Frage zu stellen.
»Den Brief an Frau Vesey haben Sie eigenhändig zur Post gegeben?«
»Ja, Mylady.«
»Hat Sir Percival gestern gesagt: Conte Fosco würde an der Endstation in London auf mich warten?«
»Das hat er gesagt, Mylady.«
Sie seufzte schwer, als ich ihr diese letzte Frage beantwortete; dann sagte sie nichts mehr.
Wir hatten kaum noch 2 Minuten Zeit, als wir auf dem kleinen Bahnhof ankamen. Der Gärtner (der kutschiert hatte) übernahm das Gepäck, während ich die Fahrkarte löste. Als ich wieder neben Ihrer Ladyschaft auf dem Bahnsteig stand, hörte man den Zug schon in der Ferne pfeifen. Sie sah ganz seltsam aus, und hielt die Hand aufs Herz gedrückt, wie wenn plötzlich in eben dem Moment Schmerz oder Furcht sie überkommen hätten.

»Ich wünschte, Sie führen mit mir!« sagte sie, als ich ihr die Fahrkarte gab, und faßte voller Eifer meinen Arm.
Wenn noch Zeit genug gewesen wäre; wenn ich den Tag vorher schon dasselbe Gefühl gehabt hätte, wie jetzt – ich hätte meine Maßnahmen getroffen, sie zu begleiten, und wenn mich die Tat genötigt hätte, Sir Percival auf der Stelle zu kündigen! So wie die Dinge lagen, kam ihr, im allerletzten Augenblick ausgesprochener Wunsch für mich zu spät, um ihm noch willfahren zu können. Sie schien das auch selbst einzusehen, noch bevor ich mich erklären konnte, und wiederholte ihren Wunsch, mich als Reisebegleiterin zu haben, nicht mehr. Der Zug fuhr am Bahnsteig ein. Sie gab dem Gärtner ein Geschenk für seine Kinder; und nahm dann, ehe sie ins Abteil stieg, in ihrer schlichten herzlichen Art meine Hand.
»Sie sind sehr nett zu mir und meiner Schwester gewesen,« sagte sie – »nett, als wir Beide gänzlich freundlos waren. Ich werde immer dankbar an Sie zurückdenken, solange ich überhaupt nur lebe und denken kann. Leben Sie wohl – Gott segne Sie!«
Sie sprach diese Worte mit einem Ton und einem Blick, der mir unwillkürlich die Tränen in die Augen brachte – es klang, wie wenn sie für immer Abschied von mir nähme.
»Leben Sie wohl, Mylady,« sagte ich, indem ich ihr ins Abteil half, und sie etwas zu ermuntern versuchte; »ein ›Lebewohl‹, nur für den jetzigen Augenblick. Lebewohl; und meine besten, meine innigsten Wünsche für eine glückliche Zeit.«
Sie schüttelte den Kopf, und schauderte, während sie sich im Abteil zurechtsetzte. Der Schaffner schloß die Tür. »Glauben Sie an Träume?« flüsterte sie mir durchs Fenster zu. »*Meine* Träume, vergangene Nacht, waren Träume, wie ich sie nie zuvor gehabt habe. Ihr Grauen lastet noch immer auf mir.« Bevor ich noch Antwort geben konnte, ertönte der Pfiff, und der Zug setzte sich in Bewegung. Ihr bleiches stilles Gesicht schaute mich zum letzten Male an – schaute kummervoll und feierlich aus dem Fensterrahmen. Sie winkte mit der Hand – und ich sah sie nicht mehr.

* * *

Gegen 5 Uhr, am Nachmittag desselben Tages, als ich inmitten all der Haushaltspflichten, die jetzt auf mir lasteten, ein bißchen Zeit für mich selbst erübrigt hatte, setzte ich mich still für mich in mein Zimmerchen, um versuchsweise mein Gemüt mit dem Predigtband meines seligen Gatten wieder zu beruhigen. Zum ersten Mal in meinem Leben mußte ich merken, daß meine Aufmerksamkeit von diesen frommen und aufrichtigen Worten abirrte. Ich schloß daraus, daß Lady Glydes Abreise mich doch wesentlich ernsthafter beunruhigt haben müßte, als ich selbst angenommen hatte; ich legte das Buch wieder beiseite, und ging hinaus, um ein paar Schritte im Garten zu tun. Sir Percival war, meines Wissens, noch nicht zurückgekommen; folglich empfand ich keine Hemmungen, mich in den Anlagen zu zeigen.
Als ich um die Ecke des Hauses bog, und die Aussicht auf den Garten frei wurde, sah ich zu meiner Betroffenheit, daß ein Fremdes sich darin erging. Und zwar eine fremde Frau – sie schlenderte, den Rücken mir zugekehrt, den Pfad entlang, und pflückte sich Blumen.
Als ich näher kam, hörte sie mich, und drehte sich um.
Mir wollte das Blut in den Adern erstarren: die Fremde im Garten war Frau Rubelle!
Ich fand weder Bewegung noch Sprache. Sie dagegen kam auf mich zu, gelassen wie immer, ihre Blumen in der Hand.
»Was ist denn los, Madame?« sagte sie ruhig.
»*Sie* hier!?« keuchte ich. »Sie sind nicht nach London? Nicht nach Cumberland?«
Frau Rubelle schnupperte, mit einem Lächeln bösartigen Mitleids, an ihrem Sträußchen.
»Anscheinend nicht,« sagte sie. »Ich bin nie von Blackwater Park fort gewesen.«
Ich sammelte endlich Luft genug und Mut genug für meine nächste Frage.
»Wo ist Fräulein Halcombe?«
Diesmal lachte Frau Rubelle mir offen ins Gesicht, und erwiderte wörtlich:
»Fräulein Halcombe, Madame, hat Blackwater Park ebenfalls nie verlassen.«
Als diese erstaunliche Antwort an mein Ohr schlug, wurden alle meine Gedanken mit einem Ruck zu meinem Abschied von Lady

Glyde zurückgeschreckt. Ich kann nicht direkt sagen, daß ich mir Vorwürfe machte; aber ich glaube, ich hätte in diesem Augenblick die sauren Ersparnisse so manchen langen Jahres freudig hingegeben, hätte ich das, was ich jetzt wußte, 4 Stunden früher gewußt!

Frau Rubelle wartete, und arrangierte gelassen ihr Sträußchen, wie wenn sie erwartete, ich solle etwas sagen.

Ich konnte nichts sagen. Ich dachte an Lady Glydes verbrauchte Energien und geschwächte Gesundheit; und zitterte, wenn ich mir den Augenblick vorstellte, wo der Schock der Entdeckung, die ich soeben gemacht hatte, über sie hereinbrechen würde. Eine volle Minute oder noch länger brachte mich die Befürchtung um die beiden armen Damen zum Schweigen. Nach Verlauf dieser Zeit schielte Frau Rubelle seitlich über ihre Blumen her, und sagte: »Hier kommt gerade Sir Percival von seinem Ausritt zurück, Madame.«

Ich hatte ihn im selben Augenblick wie sie auch gesehen. Er kam auf uns zu, wobei er bösartig mit seiner Reitgerte auf die Blumen eindrosch. Als er nahe genug war, um meinen Gesichtsausdruck zu erkennen, hielt er an, hieb mit der Gerte an seinen Stiefel, und platzte dann mit einem derart rauhen und gewaltsamen Gelächter heraus, daß aus dem Baum, neben dem er stand, erschreckt die Vögel aufflogen.

»Na, Frau Michelson,« sagte er, »haben Sie's endlich 'rausgekriegt – was?«

Ich gab keine Antwort. Er wandte sich zu Frau Rubelle.

»Wann haben Sie sich im Garten hier sehen lassen?«

»Vor ungefähr einer halben Stunde habe ich mich sehen lassen, Sir. Sie sagten doch: sobald Lady Glyde ihre Reise nach London angetreten hätte, dürfte ich mich wieder frei bewegen.«

»Ganz recht. Es sollte auch gar kein Tadel sein – ich wollte mich lediglich erkundigen.« Er hielt einen Augenblick inne, und wandte sich dann wiederum mir zu. »Sie können's gar nicht glauben, was?« sagte er spöttelnd. »Hier! Kommen Sie mit, und sehen Sie sich's selbst an.«

Er ging uns voran, zur Vorderfront des Hauses. Ich folgte ihm, und Frau Rubelle folgte mir. Als wir durch das schmiedeeiserne Tor hindurch waren, blieb er stehen, und zeigte mit seiner Reitgerte auf den unbenützten Mittelteil des Gebäudes.

»Da!« sagte er. »Schauen Sie zum ersten Stock hoch. Kennen Sie die alten Elisabethanischen Schlafzimmer? Da, in einem der besten von ihnen, schlummert Fräulein Halcombe in diesem Augenblick sanft und selig. Nehmen Sie sie mit rein, Frau Rubelle – Ihre Schlüssel haben Sie doch bei sich? – nehmen Sie Frau Michelson mit rein, und lassen Sie sie sich mit eigenen Augen überzeugen, daß es sich diesmal um keine Täuschung handelt.«

Der Ton, dessen er sich mir gegenüber bediente, und die ein, zwei Minuten, die verstrichen waren, seitdem wir den Garten verlassen hatten, kamen mir zu Hülfe, so daß ich meine Fassung einigermaßen wiedergewann. Wie ich mich in diesem kritischen Augenblick verhalten haben würde, wenn ich mein ganzes Leben in dienender Stellung verbracht hätte, weiß ich nicht zu sagen. Da ich aber nun einmal die Gefühle, die Grundsätze, die Erziehung einer Dame besaß, gab es über den einzuschlagenden rechten Kurs kein Zögern mehr für mich. Meine Pflicht mir selbst, wie auch meine Pflicht Lady Glyde gegenüber, machten es mir gleichermaßen unmöglich, im Dienst eines Mannes zu verbleiben, der uns Beide aufs schändlichste, vermittelst einer ganzen Serie der abscheulichsten Betrügereien, hintergangen hatte.

»Ich muß um Erlaubnis bitten, Sir Percival, ein paar Worte unter vier Augen an Sie richten zu dürfen,« sagte ich. »Nachdem das geschehen sein wird, bin ich bereit, mich mit dieser Person nach Fräulein Halcombes Zimmer zu begeben.«

Frau Rubelle, auf die ich dabei durch eine leichte Kopfbewegung hingedeutet hatte, schnupperte impertinent an ihrem Sträußchen, und begab sich dann ohne Eile hinweg, in Richtung Haustür.

»Na und?« sagte Sir Percival scharf. »Worum handelt sich's?«

»Ich möchte Sie davon unterrichten, Sir, daß es mein Wunsch ist, die Stellung, die ich zur Zeit in Blackwater Park bekleide, zu kündigen.« Buchstäblich, so habe ich mich geäußert. Ich war entschlossen, daß die ersten Worte, die ich in seiner Gegenwart spräche, Worte sein sollten, die meine Absicht, seinen Dienst zu verlassen ausdrückten.

Er gab mir einen seiner finstersten Blicke zu kosten, und stieß die Hände wütend in die Taschen seines Reitjacketts.

»Warum?« fragte er; »warum, würde ich gern wissen?«

»Es steht mir nicht zu, Sir Percival, eine Meinung darüber zu äußern, was in diesem Hause vor sich gegangen ist. Auch wünsche

ich keinerlei Anstoß zu geben. Ich möchte lediglich sagen, daß ich es nicht mit meinen Pflichten Lady Glyde und mir gegenüber verträglich finde, noch länger in Ihrem Dienst zu bleiben.«
»Verträgt es sich mit Ihrer Pflicht *mir* gegenüber, hier zu stehen, und mir Ihre Verdächtigungen ins Gesicht zu schleudern?!« brach er los, in seiner heftigsten Manier. »Ich sehe schon, worauf Sie hinaus wollen. Sie haben sich Ihre eigene niedrige, hinterhältige Ansicht über eine unschuldige Täuschung gebildet, die man an Lady Glyde um ihres eigenen Besten willen verübt hat. Ihre Gesundheit erforderte, daß sie auf der Stelle Luftveränderung bekam; und Sie wissen ebenso gut wie ich, daß sie nie und nimmer abgereist wäre, hätte man ihr gesagt, Fräulein Halcombe befinde sich noch hier. Sie ist in ihrem ureigensten Interesse getäuscht worden – und mir ist es völlig gleichgültig, wer davon erfährt. Gehen Sie nur, wenn Sie wollen – es sind massenhaft Haushälterinnen zu haben, genau so tüchtig wie Sie, und zwar im Handumdrehen. Gehen Sie wann Sie wollen – aber passen Sie sich auf, wenn Sie aus meinem Dienst sind, was für Gerüchte Sie über mich und meine Angelegenheiten in Umlauf setzen. Erzählen Sie die Wahrheit; aber nichts als die Wahrheit, oder Sie werden es bereuen! Sehen Sie sich Fräulein Halcombe mit Ihren eigenen Augen an – überzeugen Sie sich davon, daß sie in dem einen Flügel des Hauses genau so sorgfältig betreut worden ist, wie in dem anderen. Und denken Sie an die eigene Anweisung des Arztes: daß Lady Glyde Luftveränderung haben müsse, und zwar bei der ersten sich bietenden Gelegenheit. Prägen Sie sich das alles sorgfältig ein; und dann, wenn Sie es wagen, sagen Sie noch etwas gegen mich und mein Vorgehen!«
Er sprudelte diese Sätze wütend, in einem Atemzug heraus; ging dabei vor und wieder zurück, und schlug mit seiner Reitgerte um sich in die Luft.
Nichts von dem, was er sagte oder tat, erschütterte im geringsten meine Meinung über die schändliche Reihe von Lügen, die er tags zuvor in meiner Anwesenheit von sich gegeben, noch über die grausame Täuschung, durch die er Lady Glyde von ihrer Schwester getrennt, und sie, halb von Sinnen vor Angst wegen Fräulein Halcombes Ergehen, gänzlich unnützerweise nach London geschickt hatte. Natürlich behielt ich diese meine Gedanken für mich, und schwieg, um ihn nicht noch mehr zu reizen; war aber deshalb nicht weniger entschlossen, auf meinem Vorsatz zu beharren. ›Eine linde

Antwort stillet den Zorn‹, und ich unterdrückte meine Gefühle dementsprechend, als die Reihe zu erwidern an mich kam.

»Während ich in Ihren Diensten stehe, Sir Percival,« sagte ich, »hoffe ich, daß ich meine Schuldigkeit genugsam kenne, um Ihre Beweggründe keinesfalls erforschen zu wollen. Wenn ich Ihren Dienst verlassen haben werde, hoffe ich ebensowohl meinen Platz genugsam zu kennen, um nicht von Angelegenheiten zu sprechen, die mich nichts angehen –«

»Wann wollen Sie gehen?« fragte er, und unterbrach mich aufs formloseste: »Denken Sie ja nicht, mir würde daran liegen, Sie zu halten – bilden Sie sich ja nicht ein, ich machte mir was 'draus, wenn Sie das Haus verlassen. Ich behandle die Sache vollkommen frei und offen, von A bis Zett. Wann wollen Sie gehen?«

»Mir wäre es am liebsten, so zeitig wie möglich, Sir Percival, sobald es Ihre Bequemlichkeit erlaubt.«

»Meine Bequemlichkeit hat damit überhaupt nichts zu tun. Ich bin morgen Früh sowieso aus dem Haus, mit Sack und Pack, und kann heute Abend mit Ihnen abrechnen. Wenn Sie schon Jemandes Bequemlichkeit berücksichtigen wollen, dann lassen Sie das lieber die von Fräulein Halcombe sein. Frau Rubelles Zeit läuft heute nämlich auch ab, und sie hat ihre Gründe, noch heute Abend in London sein zu wollen. Wenn Sie sofort gehen, wird keine Menschenseele hier zurückbleiben, sich um Fräulein Halcombe zu kümmern.«

Ich hoffe, es ist unnötig, zu sagen, daß ich gänzlich unfähig war, Fräulein Halcombe in einer Notlage im Stich zu lassen, wie nunmehr über sie und Lady Glyde hereingebrochen war. Nachdem ich mir erst noch einmal von Sir Percival ausdrücklich hatte versichern lassen, daß Frau Rubelle sich sofort entfernen würde, falls ich ihre Stelle übernähme; und nachdem ich weiterhin seine Erlaubnis erlangt hatte, Schritte zu tun, daß Herr Dawson seine Behandlung der Patientin wieder aufnehmen dürfe, willigte ich von Herzen ein, noch solange in Blackwater Park zu bleiben, bis Fräulein Halcombe meiner Dienste nicht mehr benötigt sein würde. Es wurde vereinbart, daß ich eine Woche bevor ich abreiste, Sir Percivals Anwalt unterrichten sollte, der dann seinerseits die erforderlichen Schritte tun konnte, um eine Nachfolgerin für mich zu beschaffen. Die Angelegenheit war in wenigen kurzen Worten abgemacht. Am Schluß drehte Sir Percival sich jäh auf dem Absatz um, und gab mir so die Freiheit, mich nunmehr Frau Rubelle anzuschließen. Diese eigen-

tümliche ausländische Person hatte die ganze Zeit über geruhsam auf den Treppenstufen gesessen, und gewartet, daß ich ihr nach Fräulein Halcombes Zimmer folgen könnte.
Ich hatte kaum den halben Weg zum Hause hinter mich gebracht, als Sir Percival, der sich in der entgegengesetzten Richtung entfernt hatte, plötzlich anhielt, und mich noch einmal zurückrief.
»Warum verlassen Sie meinen Dienst?« fragte er.
Diese Frage war, nach dem, was sich soeben zwischen uns abgespielt hatte, so erstaunlich, daß ich im Augenblick tatsächlich nicht wußte, was ich darauf antworten sollte.
»Wohlgemerkt! *Ich* habe keine Ahnung, warum Sie gehen,« fuhr er fort. »Aber Sie werden einen Kündigungsgrund anzugeben haben, nehme ich an, wenn Sie sich um eine neue Stellung bemühen. Welchen Grund? Die Auflösung des Haushaltes hier? Ist es das?«
»Gegen diesen Grund, Sir Percival, kann es keinen stichhaltigen Einwand geben –«
»Schon gut! Das ist alles, was ich wissen wollte. Falls sich Jemand bei mir nach Ihrem Leumund erkundigen sollte, ist also das Ihr Grund, wie Sie ihn mir selbst angegeben haben: Sie gehen, infolge der Auflösung des hiesigen Haushaltes.«
Bevor ich noch ein Wörtchen weiter vorbringen konnte, hatte er sich bereits wieder umgedreht, und ging raschen Schrittes durch die Anlagen davon. Sein Benehmen war ebenso befremdlich wie seine Ausdrucksweise. Ich muß gestehen, er machte mich unruhig.
Als ich mich nun zu Frau Rubelle an der Haustür gesellte, schien selbst ihre Geduld endlich einmal erschöpft zu sein.
»Na, endlich!« sagte sie, und zuckte dazu ihre mageren ausländischen Schultern. Sie ging voran in den unbewohnten Teil des Hauses, stieg die Treppe hinauf, und öffnete mit ihrem Schlüssel die Tür am Ende des Korridors, durch die man in die alten Elisabethanischen Räume gelangte – eine Tür, die während meines Aufenthaltes in Blackwater Park bisher noch nie benützt worden war. Die Räume an sich kannte ich wohl; da ich sie selbst bei mehrfacher Gelegenheit, allerdings von der anderen Seite des Gebäudes her, betreten hatte. Vor der dritten Tür entlängst der alten Galerie verhielt Frau Rubelle den Schritt, händigte mir den Schlüssel dazu aus, zusammen mit dem Schlüssel zu jener Verbindungstür, und unterrichtete mich, daß ich Fräulein Halcombe in dem Raum hier antreffen würde. Bevor ich mich hinein begab, hielt ich es für wün-

schenswert, ihr zu verstehen zu geben, daß ihre Tätigkeit als Pflegerin ein Ende habe. Ich informierte sie also, in knappen klaren Worten, daß die Fürsorge für die erkrankte Dame fürderhin gänzlich auf mich allein übergegangen sei.

»Ich freue mich, das zu hören, Madame,« sagte Frau Rubelle. »Ich wünsche dringend, abzufahren.«

»Sie gehen noch heute?« fragte ich, um ihrer ganz sicher zu sein.

»Nun, wo Sie die Pflege übernommen haben, Madame, bin ich binnen einer halben Stunde fort. Sir Percival war so gütig, mir den Gärtner mit der Chaise zur Verfügung zu stellen, sobald ich sie wünschte. Ich werde sie nunmehr in einer halben Stunde wünschen, um zum Bahnhof zu fahren. Ich habe bereits in dieser Voraussicht gepackt. – Ich wünsche Ihnen einen Guten Tag, Madame.«

Noch ein kleiner flinker Knicks, und schon ging sie davon, durch die Galerie zurück, summte dabei ein kleines Lied und schlug mit dem Sträußchen in ihrer Hand heiter den Takt dazu. Ich bin aufrichtig dankbar, sagen zu können, daß dies das Letzte war, was ich von Frau Rubelle gesehen habe.

Als ich das Zimmer betrat, fand ich Fräulein Halcombe darin im Schlummer liegen. Ich musterte sie angstvoll, wie sie so in dem gräßlichen, altmodisch-hohen Bett dalag – sie war, seitdem ich sie das letzte Mal gesehen hatte, unverkennbar und in keiner Beziehung zum Schlechteren verändert. Vernachlässigt worden war sie nicht, das muß ich gestehen, zumindest in keiner Weise, die mir aufgefallen wäre. Der Raum war natürlich traurig, verstaubt und finster; aber das Fenster (das auf einen einsamen kleinen Hof an der Rückseite des Hauses hinausging) stand offen, um die frische Luft herein zu lassen; und alles, was getan werden konnte, den Ort bequem zu machen, war geschehen. Die hauptsächlich Leidtragende bei der ganzen, von Sir Percival verübten grausamen Täuschung, war anscheinend die arme Lady Glyde. Der einzige Mißbrauch, den er, beziehungsweise Frau Rubelle, mit Fräulein Halcombe getrieben hatte, bestand, soweit ich sah, in erster und einziger Instanz darin, sie versteckt zu haben.

Ich ließ die kranke Dame friedlich weiterschlummern, stahl mich hinaus, und gab dem Gärtner Anweisung, den Arzt herbeizuholen. Ich bat den Mann, er möge, nachdem er Frau Rubelle zum Bahnhof gebracht habe, bei Herrn Dawson vorbeifahren, und ihm, in meinem Namen, Nachricht hinterlassen, daß er kommen und bei mir

vorsprechen möge. Er würde, des war ich mir gewiß, um meinetwillen erscheinen; und, wenn er sah, daß Conte Fosco das Haus verlassen habe, wußte ich, er würde auch bleiben.
Nach Verlauf einer angemessenen Zeit kehrte der Gärtner zurück, und berichtete, daß er, nachdem er Frau Rubelle am Bahnhof abgesetzt habe, anschließend bei Herrn Dawsons Wohnung vorbeigefahren sei; der Doktor ließe mir sagen: daß er zwar selbst nicht richtig auf dem Damm wäre; trotzdem aber, wenn irgend möglich, folgenden Morgen vorsprechen würde.
Als er diese seine Botschaft ausgerichtet hatte, schickte der Gärtner sich an, wieder fortzugehen; aber ich hielt ihn mit dem Ersuchen zurück, vor Einbruch der Dunkelheit wieder herzukommen, und die Nacht anschließend in einem der leerstehenden Gästezimmer zu wachen, so daß er, falls ich ihn benötigen würde, sich in Rufweite befände. Er begriff meinen Widerwillen, die Nacht mutterseelenallein in dem ödesten Teil des ganzen öden Gebäudes zuzubringen, ohne weiteres; und wir verabredeten, daß er so zwischen 8 und 9 Uhr erscheinen sollte.
Er stellte sich auch pünktlich ein; und ich fand guten Grund dafür, dankbar zu sein, daß ich die Vorsicht besessen und den Mann herbeigeholt hatte. Kurz vor Mitternacht schaffte sich Sir Percivals seltsame Laune auf die heftigste und erschreckendste Weise Luft, und wenn der Gärtner nicht zur Stelle gewesen wäre, um ihn sogleich zu beruhigen — — ich schaudere bei der Vorstellung, was sich alles hätte abspielen können.
Fast den ganzen Nachmittag und Abend hindurch war er auf eine rastlose gereizte Art ums Haus herum und durch die Anlagen geirrt, weil er, wie ich mir dachte, aller Wahrscheinlichkeit nach bei seinem einsamen Dinner eine übermäßige Menge Wein zu sich genommen hatte. Aber wie dem auch immer sei; jedenfalls vernahm ich, als ich als Letztes vorm Schlafengehen noch ein paarmal in der Galerie auf und ab ging, lautes und wütendes Geschrei aus dem neuen Flügel des Gebäudes her – es war seine Stimme. Der Gärtner rannte sofort zu ihm hinunter, und ich schloß jene Verbindungstür, um, womöglich, zu verhindern, daß der Krawall Fräulein Halcombes Ohr erreichte. Es dauerte eine geschlagene halbe Stunde, bevor der Gärtner wiederkam. Er erklärte, daß sein Herr gänzlich von Sinnen sei — und zwar gar nicht erhitzt vom Trunk, wie ich angenommen hatte, sondern infolge einer Art Panik oder eines Tobsuchtanfalls, aus

gänzlich unbegreiflicher Ursache. Er sei dazugekommen, wie Sir Percival in der großen Halle allein auf- und abgelaufen sei, und dazu mit allen Anzeichen leidenschaftlicher Erregung getobt und geflucht habe, daß er nicht eine Minute länger mehr in so einem Verlies bleiben würde, wie diesem seinem Hause hier, und daß er die erste Etappe seiner bevorstehenden Reise jetzt, gleich, sofort um Mitternacht antreten würde. Als der Gärtner sich ihm näherte, sei er mit Flüchen und Drohungen hinausgejagt worden, um auf der Stelle Pferd und Wagen bereitzumachen. Eine Viertelstunde danach sei Sir Percival zu ihm hinaus auf den Hof gekommen, in die Kalesche gesprungen, hätte das Pferd sofort zum Galopp angepeitscht, und sei davon gejagt, das Gesicht ganz aschfahl im Mondschein. Der Gärtner hätte ihn noch am Parkeingang nach dem Pförtner schreien, und ihm zufluchen hören, er möge sofort aufstehen und ihm das Tor öffnen – hätte, nachdem das Tor aufgeschlossen worden sei, wiederum das wütende Rädergerolle vernommen, immer ferner in die Nachtstille hinaus – und mehr wußte er nicht zu sagen.

Am nächsten Tage – es kann aber auch noch ein oder zwei Tage darauf gewesen sein; ich hab' es vergessen – brachte der Stallknecht aus dem alten Gasthof in Knowlesbury, unserer nächsten Stadt, die Kalesche zurück. Sir Percival war dort eingekehrt, und anschließend dann mit dem Zug weitergefahren – mit welchem Ziel, wußte der Mann nicht anzugeben. Mir sind auch späterhin nie mehr irgendwelche Nachrichten über Sir Percivals Ergehen zugekommen, weder durch ihn selbst noch durch Dritte, und ich wüßte, in diesem Augenblick, nicht einmal zu sagen, ob er sich noch in England aufhält oder im Ausland. Wir sind einander, seitdem er wie ein entkommener Verbrecher aus seinem eigenen Hause davonfloh, nicht mehr begegnet; und ich hoffe und bete auch inbrünstig, daß wir einander niemals mehr begegnen möchten.

* * *

Mein Anteil an dieser traurigen Familienaffäre nähert sich seinem Ende.

Man hat mir gesagt, daß Einzelheiten, etwa wie Fräulein Halcombe erwachte, und was sich zwischen uns ereignete, als sie mich neben

ihrem Bette sitzend fand, für den Zweck, der mit gegenwärtigem Bericht erfüllt werden soll, nicht mehr von Belang sind. Also wird es genügen, wenn ich an dieser Stelle festhalte, daß sie selbst nichts bezüglich der Mittel wußte, deren man sich bedient hatte, sie aus dem bewohnten in den unbewohnten Teil des Hauses zu transportieren. Sie hatte zu der Zeit in einem tiefen Schlaf gelegen, ob auf natürliche Weise oder aber künstlich hervorgebracht, wußte sie nicht zu sagen. Mit mir nach Torquay geschickt und alle anderen Dienstboten außer Margaret Porcher (die, wenn sie nicht arbeitete, beständig aß, trank oder schlief) auf und davon, dürfte die heimliche Überführung von Fräulein Halcombe aus einem Teil des Hauses in den anderen zweifellos eine Kleinigkeit gewesen sein. Frau Rubelle (wie ich bei näherer Inspektion des Zimmers selbst entdeckte) hatte während der kurzen Tage ihrer Einsperrung mit der kranken Dame zusammen, alles Erforderliche zur Verfügung gestellt bekommen; Lebensmittel, Vorrichtungen zum Wasser und Brühe warm machen, ohne erst groß Feuer anzünden zu müssen, und so weiter und so weiter. Die Fragen, die Fräulein Halcombe natürlicherweise an sie richtete, zu beantworten, hatte sie abgelehnt; hatte sie jedoch, in jeder anderen Hinsicht, nicht im mindesten unfreundlich behandelt oder vernachlässigt. Die Schmach, ihre Hand zu einer niederträchtigen Täuschung geliehen zu haben, ist das Einzige, was ich Frau Rubelle, wenn ich gewissenhaft vorgehen will, zur Last legen kann.
Ich brauche (und ich bin ausgesprochen erleichtert darüber) keine Details etwa über die Wirkung auf Fräulein Halcombe mitzuteilen, als sie die Nachricht von Lady Glydes Abreise erfuhr, oder die der noch weit betrüblicheren Botschaften, die uns nur allzubald darauf in Blackwater Park erreichten. In beiden Fällen bereitete ich ihr Gemüt so sanft und schonend darauf vor, wie möglich; wobei ich mich der Beratung und Hülfe des Doktors nur im zweiterwähnten Falle bedienen konnte; war doch Herr Dawson, die ersten Tage nachdem ich nach ihm geschickt hatte, selbst zu unwohl, um ins Haus kommen zu können. Es war eine trübe Zeit; eine Zeit, an die ich nur voller Gram denken, beziehungsweise jetzt von ihr schreiben kann. Die köstlichen Segnungen geistlichen Trostes, die ich mich zu vermitteln bemühte, brauchten lange, um Fräulein Halcombes Herz zu erreichen; aber ich hoffe und glaube, daß sie am Ende gute Statt fanden. Ich verließ sie nicht, ehe sie nicht vollständig hergestellt und bei Kräften war. Der Zug, der mich von diesem verwünschten Gebäude

fortführte, war der Zug, der auch sie von dannen trug. In London nahmen wir kummervollen Abschied voneinander. Ich blieb bei einer Verwandten in Islington; und sie fuhr weiter nach Cumberland in Herrn Fairlies Haus.

Ich habe lediglich wenige Zeilen noch hinzuzufügen, ehe ich diesen schmerzlichen Rechenschaftsbericht schließe. Sie werden mir von einem Gefühl der Pflicht diktiert.

An erster Stelle wünsche ich meine persönliche Überzeugung zu Protokoll zu geben, daß in Zusammenhang mit den soeben von mir beschriebenen Ereignissen, Conte Fosco schwerlich irgendein Vorwurf treffen dürfte. Man hat mich unterrichtet, daß ein schrecklicher Verdacht sich erhoben, und man Seiner Lordschaft Verhalten von gewisser Seite einer hochbedenklichen Auslegung unterzogen hat. Dennoch bleibt meine Überzeugung von der Unschuld des Conte gänzlich unerschüttert. Wenn er Sir Percival dabei unterstützt hat, mich nach Torquay zu schicken, so geschah dies infolge von Irrtümern, für die er, als Fremder und Ausländer, nicht verantwortlich zu machen ist. Wenn er entscheidend daran beteiligt gewesen ist, Frau Rubelle nach Blackwater Park zu bringen, so war es sein Unglück, aber nicht sein Fehler, wenn sich diese ausländische Person dann als niederträchtig genug erwies, zu einer vom Herrn des Hauses ausgesonnenen und vollführten Täuschung behülflich zu sein. Im Interesse der Sittlichkeit protestiere ich dagegen, daß man den Handlungen des Conte willkürlich und leichtfertig den Vorwurf des Schuldhaften mache.

Zum Zweiten wünsche ich meinem Bedauern Ausdruck zu geben, daß es mir schlechterdings nicht möglich ist, mich des genauen Datums zu erinnern, an dem Lady Glyde Blackwater Park verließ, um nach London zu reisen. Man hat mir gesagt, wie es von der alleräußersten Wichtigkeit sei, ganz exakt den Tag dieser ewig beklagenswerten Reise zu bestimmen, und ich habe meinem Gedächtnis das Letzte abgefordert, um mich seiner zu entsinnen. Meine Anstrengung ist vergeblich gewesen. Ich erinnere mich zur Zeit mit Sicherheit nur, daß es im letzten Teil des Juli gewesen sein muß. Wir kennen ja Alle die Schwierigkeit, die es macht, sich nach Verlauf einer gewissen Zeit ganz verbindlich eines vergangenen Datums zu erinnern, es sei denn, man hätte es zuvor schriftlich festgehalten. In meinem Fall vergrößert sich diese Schwierigkeit noch beträchtlich infolge all der aufregenden und verwirrenden Ereignisse, die sich gerade zur

Zeit von Lady Glydes Abreise drängten und häuften. Ich wünschte von Herzen, ich hätte mir damals Notizen gemacht. Ich wünschte von Herzen, meine Erinnerung an das Datum wäre ebenso lebhaft wie meine Erinnerung an das Antlitz der armen Dame, als es mich zum letzten Mal so kummervoll aus dem Abteilfenster heraus anschaute.

Fortsetzung
in mehreren kleinen Einzel-Berichten

1. BERICHT HESTER PINHORNS, KÖCHIN IN DIENSTEN CONTE FOSCOS

(Abgefaßt aufgrund ihrer eigenen mündlichen Erklärung)

Lesen und Schreiben hab' ich, ich muß es gestehen, leider niemals gelernt. Ich bin all mein Lebtag lang 'ne Frau gewesen, die immer schwer hat arbeiten müssen, und hab' mir stets einen guten Leumund bewahrt. Ich weiß, daß es Sünde und Schande ist, das Ding-das-nicht-ist zu sagen; und will mir nach Kräften aufpassen, daß es mir auch bei dieser Gelegenheit jetzt nich unterläuft. Ich will Alles sagen, was ich weiß, und bitte den Herrn, der dies zu Papier bringt, nur bescheidentlich, meine Ausdrücke immer richtig zu setzen, und freundlich zu berücksichtigen, daß ich kein Gelehrter bin. –

Diesen letztvergangenen Sommer also war ich (obwohl bestimmt nich wegen meiner Schuld!) eine Zeit lang ohne Beschäftigung; und da hörte ich von 'ner offenen Stelle als einfache, gutbürgerliche Köchin in St. John's Wood, Forest Road, Nummer 5. Ich kriegte die Stelle auf Probe. Der Name meiner Herrschaft war Fosco. Die Herrin war eine englische Dame. Er war Conte, und sie war Contessa. Ein Stubenmädchen für die Hausarbeit war schon da, als ich antrat. Sie war nich übermäßig sauber oder ordentlich; aber ansonsten kein schlechter Mensch. Ich und sie waren die einzigen Dienstboten im Haushalt.

Der Herr und die Frau kamen erst nach uns an; und sobald sie eingetroffen waren, kriegten wir unten auch schon Bescheid, daß sie Besuch vom Lande erwarteten.

Der Besuch war die Nichte von der Frau, und das Schlafzimmer im ersten Stock hinten 'raus, wurde für sie in Ordnung gebracht. Die Herrin äußerte zu mir, daß Lady Glyde (so hieß sie) gesundheitlich gar nich auf'm Damm wär', und ich mir infolgedessen beim Kochen ganz besond're Mühe geben müßte. Sie sollte an demselben Tage noch komm'm, so weit ich mich erinnern kann – aber verlassen Sie sich grade in dieser Hinsicht ja nich zu sehr auf *mein* Gedächtnis. Ich muß leider gestehen, es hat kein'n Zweck mich nach Wochen-

und Monatstagen oder sowas zu fragen. Außer Sonntags acht' ich so gut wie überhaupt nich 'drauf; ich bin nu mal 'ne Frau, die ihr Leben lang hat schwer arbeiten müssen, und kein Gelehrter. Ich weiß bloß das Eine noch, daß Lady Glyde ankam; und als sie kam, hat sie uns Allen 'n ganz schönen Schreck eingejagt. Auf was für Weise der Herr sie ins Haus gebracht hat, kann ich nich' sagen, weil ich um die Zeit grade besonders viel zu tun hatte. Aber ich glaube, es war nachmittags, als er sie angebracht hat; und das Stubenmädchen hat ihn'n die Tür aufgemacht, und sie ins Wohnzimmer geführt. Sie war noch nich lange wieder bei mir in der Küche, da haben wir oben großes Hin- und Herrennen gehört, und die Klingel im Wohnzimmer ging wie verrückt, und die Stimme meiner Herrin schrie nach Hülfe.

Wir rannten beide rauf, und sahen die Dame auf dem Sofa dort liegen mit ei'm Gesicht so weiß wie'n Gespenst, die Hände ganz fest zusamm'geballt, und der Kopf hing ihr ganz auf die eine Seite runter. Ihr wär' ganz plötzlich schlecht geworden, sagte meine Herrin; und der Herr setzte hinzu, sie hätte'n Anfall von Krämpfen. Ich kannte mich in der Nachbarschaft 'n bissel besser aus, als alle Übrigen, und bin losgerannt, den nächsten Doktor zu Hülfe zu holen. Dieser nächste hieß ›Goodricke & Garth‹, die als Teilhaber zusammen arbeiteten, und, wie ich gehört hab', in ganz St. John's Wood im besten Ruf und Ansehen standen. Herr Goodricke war da, und kam gleich mit mir mit.

Es dauerte 'ne ganze Zeit, ehe er sich einigermaßen nützlich machen konnte. Die arme, unglückliche Dame fiel aus einem Anfall in den Andern, und immer so weiter, bis sie total von Kräften war und so hilflos wie'n neugeborenes Kind. Dann haben wir sie in's Bett gebracht. Herr Goodricke ist unterdessen nachhause gegangen, um Medizin zu holen, und war binnen einer Viertelstunde, wenn nich' noch eher, wieder da. Außer der Medizin hatte er noch'n Stück hohles Mahagoniholz mitgebracht, ungefähr wie 'ne Trompete sah's aus; und nachdem er'n Weilchen gewartet hatte, hat er das eine Ende der Dame auf's Herz gesetzt, an das andre sein Ohr gelegt, und ganz aufmerksam hingehorcht.

Als er fertig war, hat er zu meiner Herrin, die gerade im Zimmer war gesagt: »Das ist ein ganz ernster Fall,« hat er gesagt, »ich rate Ihnen, auf der Stelle an Lady Glydes Freunde zu schreiben.« Sagte die Herrin zu ihm: »Handelt sich's um eine Herzkrankheit?«. Und

er sagt: »Ja; 'ne Herzkrankheit von der allergefährlichsten Sorte.« Er hat ihr dann noch genau gesagt, um was sich's, seiner Ansicht nach, handelte – das hab' ich nich' mitgekriegt, dazu bin ich nich' schlau genug. Aber das weiß ich noch, wie er zum Schluß gesagt hat: er fürchte, weder seine Hülfe noch die irgendeines anderen Doktors, würde hier viel nützen können.
Die Herrin nahm diese schlimme Nachricht wesentlich gefaßter auf, als der Herr. Er war ein großer, dicker Mann, 'n ganz komischer Alter, der sich Vögel hielt, und weiße Mäuse, und sich mit ihnen unterhielt, als ob's ebensoviele Christenkinder wären. Der war anscheinend ganz fürchterlich mitgenomm' von dem, was passiert war. »Ah! Arme Lady Glyde!« hat er immer gesagt: »Unsre arme, teure Lady Glyde!«; hat die fetten Hände gerungen, und ist hin- und herstolziert, mehr wie'n Schauspieler als wie'n Dschenntlmänn. Für eine Frage, die meine Herrin an den Doktor richtete, über die Schangßen, die die Dame hätte, durchzukommen, stellte er mindestens 50. Ich muß schon sagen, er fiel uns Allen anständig auf die Nerven; und als er endlich stille war, da ist er wieder in das bissel Hintergarten rausgegangen, hat lauter solche lumpigen kleinen Blumensträußchen gepflückt, und mich geheißen, ich sollte sie mit rauf ins Krankenzimmer nehm'm, damit's da hübscher aussähe – als ob *das* irgendwas nützen könnte. Ich glaub' eher, er muß, zumindest zeitweilig, nich' ganz gescheut im Kopp gewesen sein. Aber er war dabei nich' etwa 'n schlechter Herr! Sie, der konnte Ihn'n reden, sowas hab' ich bald überhaupt noch nich' gehört; und immer lustig und vergnügt, und nett zu'n Leuten. Ich konnt' ihn jedenfalls wesentlich besser leiden als die Herrin – wenn's jemals 'ne Strenge und Scharfe gegeben hat, dann war Die das! –
Wie's dann auf die Nacht zu ging, erholte die Dame sich wieder etwas. Vorher war sie derartig kaputt gewesen, von den vielen Krämpfen, daß sie weder Hand noch Fuß geregt oder ein Wort zu Irgendjemandem geäußert hat. Jetzt fing sie an, sich im Bett zu bewegen und um sich zu starren, auf das Zimmer, und Uns, die wir drinne waren. Gesund muß es 'ne hübsche Dame gewesen sein, so mit ihr'm blonden Haar und den blauen Augen, und alle dem. Die Nacht hat sie dann unruhig verbracht – so hab' ich wenigstens von meiner Herrin gehört, die alleine bei ihr gewacht hat. Ich bin vor'm Schlafengehen nur ein einziges Mal noch rein gegangen; um mich zu erkundigen, ob ich mich irgendwie nützlich machen könnte; und

da sprach sie mit sich selber, so auf ganz verworrene, planlose Weise. Es hörte sich an, als wollte sie unbedingt mit Jemandem reden, der irgendwo entfernt von ihr wäre. Das erstemal hab' ich den betreffenden Namen nicht mitkriegen könn'n; und beim zweiten Mal klopfte gerade der Herr an die Tür, mit seinem üblichen Mundvoll von Fragen und 'm neuen Quark von Blumenstrauß.
Als ich am nächsten Morgen früh reinging, war die Dame schon wieder total schlapp, und lag in 'ner Art Erschöpfungsschlummer. Herr Goodricke kam und brachte seinen Teilhaber, Herrn Garth, zur Beratung mit. Sie sagten, sie dürfte auf keinen Fall aus ihrer Ruhe jetzt aufgestört werden. Dann stellten sie viele Fragen an meine Herrin, ganz am andern Ende des Zimmers: wie es früher mit der Gesundheit der Dame gestanden hätte; und bei Wem sie in Behandlung gewesen wär'; und ob sie etwa jemals viel und lange seelischen Kummer gelitten hätte. Ich kann mich noch erinnern, daß meine Herrin auf diese letzte Frage mit »Ja« geantwortet hat. Da hat der Herr Goodricke den Herrn Garth angesehen und mit dem Kopf geschüttelt; und der Herr Garth hat den Herrn Goodricke angesehen, und mit *seinem* Kopf geschüttelt. Es war, als wenn sie meinten, daß dieser ›seelische Kummer‹ etwas mit dem kranken Herzen der Dame zu tun haben könnte. Sie war ja auch 'n ganz schwächliches Ding, wenn man sie sich so ansah, das arme Wesen! Ganz wenig Kraft, all ihr Leben lang, würd' ich sagen – ganz wenig Kraft.
Später am selben Morgen, als sie dann aufwachte, setzte es 'n plötzlichen Umschwung, und der Dame schien auf einmal wesentlich besser zu werden. Ich wurde zwar nich' mehr reingelassen, und das Stubenmädel desgleichen, mit der Begründung, daß der Anblick von Fremden sie nicht aufregen sollte. Was ich von ihrer Besserung weiß, hab' ich über den Herrn erfahren. Er war ganz begeistert ob solcher Wendung, und kuckte vom Garten her zum Küchenfenster rein, sein'n großen-breiten Strohhut mit der geschwungenen Krempe auf'm Kopf, fertig zum Ausgehen.
»Gute Frau Köchin,« hat er gesagt, »Lady Glyde geht es besser. Mir ist weit leichter im Gemüt denn zuvor; und ich gehe jetzt ein bißchen aus, um mir meine großen-dicken Beine auf einem sonnigen kleinen Sommerspaziergang zu vertreten. Soll ich irgend etwas für Sie bestellen, soll ich für Sie einkaufen, Frau Köchin? – Was machen Sie denn gerade da? Eine hübsche Obsttorte zum Dinner? Aber viel Kruste, ja, bitte? Recht viel knusprige Kruste, meine Liebe, die

so köstlich im Munde krümelt und zergeht!« Das war so ganz seine Art: über 60 schon, und wie wild auf Törtchen — das muß sich Einer mal vorstellen!
Im Laufe des Vormittags erschien dann wieder der Doktor und sah mit eigenen Augen, daß Lady Glyde etwas gebessert aufgewacht war. Er verbot uns, sie anzureden oder uns von ihr anreden zu lassen, für den Fall, daß sie dazu Lust zeigen sollte; denn vor allem anderen täte Ruhe ihr gut, hat er gesagt, und man sollte ihr gut zusprechen, so viel wie möglich zu schlafen. Die paarmal wo ich sie sah, schien sie auch gar nicht reden zu wollen, ausgenommen die Nacht da, wo ich nich' mitgekriegt hab', was sie gesagt hat — sie schien zu sehr 'runtergekommen zu sein. Herr Goodricke war auch nich' annähernd so freudig und zuversichtlich über den Fall, als unser Herr; er sagte kein Wort, als er die Treppe runterkam, ausgenommen, daß er am Nachmittag um 5 wieder vorsprechen würde.
Ungefähr um die Zeit (und der Herr war noch nich' wieder heimgekommen) ging auf einmal die Schlafzimmerklingel heftig; die Herrin kam auf den Treppenabsatz rausgerannt, und rief mir zu, ich sollte bloß schnell nach Herrn Goodricke laufen, und ihm sagen, die Dame wär' in Ohnmacht gefallen. Ich hatte mir grade Hut und Schal geschnappt, als das Glück es wollte, daß der Doktor eben selber ankam, um den versprochenen Besuch abzustatten.
Ich ließ ihn rein, und ging gleich mit nach oben. »Lady Glyde war nicht anders als vorher,« sagte meine Herrin an der Tür zu ihm; »sie war wach, und schaute auf seltsame, verlorene Weise um sich — als ich sie auf einmal eine Art gedämpften Schreis ausstoßen hörte, und in dem Augenblick fiel sie auch schon zurück.« Der Doktor ging zum Bett hin, und bückte sich über die kranke Dame. Bei ihrem Anblick wurde er auf einmal ganz-ganz ernst, und legte ihr die Hand aufs Herz.
Die Herrin starrte Herrn Goodricke angespannt ins Gesicht. »Doch nicht etwa tot!« sagt' sie im Flüsterton, und fängt auf einmal von Kopf bis Füßen an zu zittern.
»Ja,« sagt der Doktor, ganz ernst und ruhig: »Tot. Ich fürchtete schon gestern, als ich ihr Herz untersuchte, daß das Ende so plötzlich eintreten würde.« Meine Herrin trat vom Bett weg, während er so sprach, und zitterte, und zitterte immer mehr. »Tot!« hat sie vor sich hingewispert, »so plötzlich tot? So bald tot? Was wird der Conte sagen?«. Herr Goodricke gab ihr den Rat, nach unten zu

gehen, und sich etwas zu beruhigen. »Sie haben die ganze Nacht durch wach gesessen,« hat er gesagt, »und da sind Ihre Nerven angegriffen. — Diese Person hier,« hat er gesagt (und mich gemeint), »diese Person mag im Zimmer hier bleiben, bis ich die erforderlichen Hilfskräfte 'ranbesorgen kann.« Die Herrin hat getan, wie er sie geheißen hat. »Ich muß den Conte vorbereiten,« hat sie gesagt, »ich muß schonend den Conte vorbereiten.« Und so ist sie, bebend von Kopf bis Fuß, von uns weggegangen, und 'raus, und nach unten.

»Ihr Herr ist ja wohl Ausländer,« hat Herr Goodricke gesagt, sobald die Herrin weg von uns war: »Ist er im Bilde, wie Todesfälle angemeldet werden müssen?«. »Ich weiß es wirklich nich, Sir,« hab' ich zur Antwort gegeben; »aber ich würd' sagen: nee.« Der Doktor hat 'ne Minute überlegt, und dann gesagt: »Also im allgemeinen mach' ich sowas ja nicht,« hat er gesagt; »aber in diesem Ausnahmefall dürfte es der Familie doch wohl Arbeit und Unruhe ersparen, wenn ich die Sache selbst anmelden gehe — ich komm' in 'ner halben Stunde sowieso beim Standesamt vorbei, und kann rasch mit 'reinschauen. Sagen Sie Ihrer Herrschaft, bitte, daß ich das erledigen würde.« »Jawohl, Sir,« sage ich, »und bestimmt Schönen Dank dafür, daß Sie so freundlich war'n und dran gedacht hab'm.« »Ihnen macht es doch nichts aus, hier zu bleiben, bis ich die zuständige Person hergeschickt habe?« fragte er. »Nein, Sir,« sag ich; »ich bleib schon solang bei der arm'm Dame. — Ich nehm' an, Sir: mehr als getan worden ist, hat man nich tun können, was?«. »Nein,« sagt er; »nichts. Sie muß, bevor ich sie zu sehen bekam, schon böse gelitten haben — der Fall war bereits hoffnungslos, als ich hinzugezogen wurde.« »Achja, du liebe Zeit! Wir müssen ja, früher oder später, Alle mal ran, nich' wahr, Sir?« sag' ich. Er hat mir weiter keine Antwort darauf gegeben — ihm schien an 'ner Unterhaltung nich viel zu liegen. Er sagte bloß noch »Guten Tag,« und ist gegangen.

Ich bin dann solange am Bett sitzen geblieben, bis Herr Goodricke, wie er versprochen hatte, die betreffende Person geschickt hat. Jane Gould hat sie geheißen. Sie machte'n Eindruck wie 'ne recht ord'ntliche Frau. Gesagt hat sie weiter nich viel, außer sie wüßte schon, was sie zu tun hätte, und daß sie in ihrem Leben schon 'ne ganze Menge eingepackt hätte.

Wie der Herr die Nachricht aufgenommen hat, als er sie zuerst hörte, ist mehr als ich sagen kann, denn ich bin nich' dabei gewesen.

Als ich ihn dann zu sehen gekriegt hab', hat er jedenfalls ganz gebrochen ausgesehen. Er hat still in einer Ecke gesessen, die fetten Hände über seine dicken Knie gehängt, den Kopf hat er hängen lassen, und die Augen haben ins Leere gestarrt. Er schien mir von dem Vorfall weniger bekümmert, als vielmehr ganz erschrocken und wie betäubt. Was das Begräbnis angeht, hat die Herrin alles geregelt, was zu tun war. Es muß jedenfalls 'ne ganz hübsche Stange Geld gekostet haben – der Sarg, vor allem, war was Hochfeines! Der Mann von der toten Dame war, wie ich gehört hab', weit weg, irgendwo im Ausland. Aber meine Herrin (die ihre Tante war) hat mit ihren Freunden auf'm Lande (in Cumberland, glaub' ich) abgemacht, daß sie da beerdigt werden sollte, und zwar in demselben Grab wie ihre Mutter. Also was das Begräbnis anbelangt, sag' ich noch einmal, daß All- und Jedes dabei seinen Schick hatte; und der Herr ist ja auch selber zu der Beerdigung auf's Land mitgefahren. Er hat wunderbar ausgesehen: so ganz in Schwarz, mit sei'm großen feierlichen Gesicht, und dem langsam' Gang, und dem breiten Trauerflor am Hut – bestimmt, das war was!
Zum Abschluß hat man mir noch Fragen gestellt, die ich folgendermaßen beantworte:

1.) Weder ich noch das andere Stubenmädel haben je gesehen, daß der Herr selbst Lady Glyde irgendwie Medizin eingegeben hätte.
2.) So weit ich im Bilde bin, ist er auch niemals mit Lady Glyde alleine im Zimmer gelassen worden.
3.) Was an dem ersten plötzlichen Anfall schuld gewesen ist, von dem meine Herrin mir sagte, daß die Dame ihn bei ihrem Eintritt ins Haus so plötzlich gekriegt hätte, kann ich wirklich nich' sagen. Von einem ›Grund‹ ist weder mir noch dem Stubenmädel, das mit mir diente, gegenüber je die Rede gewesen. –

Die obenstehende Erklärung ist in meiner Gegenwart noch einmal vorgelesen worden. Ich habe nichts weiter hinzuzufügen, beziehungsweise streichen zu lassen. Ich sage nur, auf meinen Eid als Frau und Christin: dies ist die reine Wahrheit.

+ + + (= Hester Pinhorn; anstelle Ihrer Unterschrift)

2. BERICHT DES ARZTES

An den Standesbeamten des Bezirks, in dem der unten näher bezeichnete Sterbefall erfolgte:
Ich bescheinige hiermit, daß ich Lady Glyde (Alter am letzten Geburtstag: 21 Jahre) in Behandlung gehabt habe; daß ich sie zuletzt lebend gesehen habe am Donnerstag, dem 25. Juli 1850; daß sie noch am selben Tage in St. John's Wood, Forest Road Nr. 5, gestorben ist; und daß die Ursache ihres Todes ein Herzinfarkt war. (Dauer der Erkrankung nicht bekannt.)

(gezeichnet: ALFRED GOODRICKE)

Beruf und Titel: M. R. C. S. Eng., L. S. A.
Anschrift: St. John's Wood, Croydon Gardens, Nr. 12

3. BERICHT DER LEICHENWÄSCHERIN JANE GOULD

Ich war die Person, die Doktor Goodricke hingeschickt hatte, um an der sterblichen Hülle einer Dame, die in dem, in der vorstehenden Bescheinigung genannten Hause, gestorben ist, zu tun was recht und billig ist. Ich fand die Leiche unter Aufsicht der Dienstfrau, Hester Pinhorn. Ich übernahm die Totenwacht, und machte sie zur angemessenen Zeit zur Beerdigung zurecht. Sie ist in meiner Gegenwart in den Sarg gelegt worden, und ebenso habe ich den Deckel zuschrauben sehen, bevor er weggebracht worden ist. Erst als das geschehen war, und nicht eher, hab' ich, was mir gebührt, in Empfang genommen, und das Haus verlassen. Personen, die sich nach meinem Ruf erkundigen wollen, verweise ich auf Herrn Goodricke; er kann bezeugen, daß man mir trauen kann, und daß ich die Wahrheit sage.

(gezeichnet: JANE GOULD)

4. DIE INSCHRIFT DES GRABSTEINS

Gewidmet dem Andenken von
LAURA, LADY GLYDE
Gattin von Sir Percival Glyde, Bar., Blackwater Park,
Hampshire, Tochter des verstorbenen Philip Fairlie, Esqu.,
von Limmeridge-Haus in diesem Kirchspiel.
Geboren den 27. März 1829
verehelicht den 22. Dezember 1849
gestorben den 25. Juli 1850

5. ZWISCHENNOTIZ VON WALTER HARTRIGHT

Im Frühsommer des Jahres 1850 verließen ich und meine überlebenden Gefährten die Wildnisse und Urwälder Mittelamerikas, und traten die Heimreise an. An der Küste angekommen, gingen wir an Bord eines nach England auslaufenden Schiffes. Im Golf von Mexiko erlitt das Fahrzeug Schiffbruch – unter den wenigen Geretteten war auch ich. Es war das dritte Mal, daß ich aus Todesgefahr entkam. Tod durch Seuche; Tod von Hand der Indianer; Tod durch Ertrinken – alle Drei hatten sich mir genaht; alle Drei hatten sie mich nicht gemocht.

Die Überlebenden des Schiffbruchs rettete ein amerikanisches Fahrzeug auf seinem Wege nach Liverpool. Am 13. Oktober erreichte es seinen Bestimmungshafen. Wir landeten spät am Nachmittag; in der gleichen Nacht noch traf ich in London ein.

Auf diesen Blättern soll nichts von meinen Wanderungen und Gefahren fern der Heimat berichtet werden. Die Gründe, die mich bewogen, Vaterland und Freunde gegen eine neue Welt der Abenteuer und Bedrängnisse zu vertauschen, sind bekannt. Ich kehrte aus meinem selbst-auferlegten Exil zurück, wie ich gehofft, gebetet, geglaubt hatte, daß ich daraus zurückkehren würde: ein anderer Mensch. In den Gluten eines neuen Lebens war meine Natur gehärtet worden. In der strengen Schule von Nöten und Gefahren hatte mein Wille stark, mein Herz entschlossen sein, mein Gemüt sich auf sich selbst zu verlassen gelernt. Ich war davon gegangen, um vor meiner eigenen Zukunft zu fliehen. Ich kehrte zurück, bereit, ihr ins Auge zu schauen, wie es einem Manne ansteht.

Ihr ins Auge zu schauen; und zwar mit jener unumgänglichen Unterdrückung meiner Gefühle, die, ich wußte es, von mir verlangt werden würde. Der schlimmsten Bitternis der Vergangenheit war ich ledig geworden; aber nicht der Erinnerung an Kummer und Zärtlichkeit jener denkwürdigen Tage, deren mein Herz noch gedachte. Die eine große unteilbare Enttäuschung meines Lebens zu empfinden hatte ich nicht aufgehört – ich hatte lediglich gelernt, sie zu ertragen. Laura Fairlie erfüllte alle meine Gedanken, als das Schiff mich heim brachte, und die freundliche Küste im Morgenlicht zuerst wieder in Sicht kam.

Meine Feder schreibt die vertrauten Buchstaben, da mein Herz der alten Liebe gedenkt. Ich denke an sie stets als an Laura Fairlie. Es ist hart, ihrer zu gedenken, es ist hart, von ihr zu sprechen, unter dem Namen ihres Gatten.

Weitere Worte der Erklärung ob meines neuerlichen Erscheinens auf diesen Seiten sind nicht erforderlich. Dieser Bericht – vorausgesetzt, daß mir Mut und Kraft zu seiner Niederschrift ausreichen – mag nunmehr fortgesetzt werden.

* * *

Meine ersten Sorgen und Hoffnungen, als der Morgen anbrach, konzentrierten sich auf meine Mutter und Schwester. Ich war mir der Notwendigkeit, sie auf die Freude und Überraschung meiner Rückkehr vorzubereiten bewußt, nach einer Abwesenheit, während der es mir, zumal im Lauf der letzten Monate, schlechterdings nicht möglich gewesen war, ihnen Nachricht von mir zukommen zu lassen. Ich sandte also in aller Morgenfrühe erst einen Brief nach Hampstead Cottage voraus; und folgte ihm eine Stunde später in Person nach.

Als das erste Wiedersehen dann vorüber war, als die Ruhe und Gefaßtheit früherer Tage zwischen uns wiederzukehren begann, sah ich auf dem Gesicht meiner Mutter etwas, das mir verriet, wie ein geheimer Druck schwer auf ihrem Herzen laste. In den treuen Augen, die mich so zärtlich anblickten, lag noch etwas mehr als Liebe – Besorgnis lag darin – und in dem Druck der gütigen Hand, die sich langsam und liebevoll fester um die meinige schloß, lag es wie Mitleid. Wir pflegten nichts voreinander zu verbergen. Sie wußte, daß die Hoffnung meines Lebens Schiffbruch erlitten — wußte, warum ich sie verlassen hatte. Mir schwebte es auf der Zunge, mich so gleichmütig wie ich konnte, zu erkundigen, ob ein Brief für mich von Fräulein Halcombe gekommen wäre, ob irgend Neuigkeiten von ihrer Schwester vorlägen? Aber als ich in das Gesicht meiner Mutter schaute, verging mir der Mut, die Frage selbst in dieser vorsichtigen Fassung zu stellen. Ich vermochte nur noch, ebenso unsicher wie zurückhaltend, herauszubringen:

»Du hast mir etwas zu sagen —«

Meine Schwester, die uns gegenüber gesessen hatte, erhob sich plötzlich ohne ein Wort der Erklärung — erhob sich und verließ das Zimmer.

Meine Mutter rückte näher auf dem Sofa zu mir heran, und legte mir ihre Arme um den Hals. Diese guten Arme zitterten — Tränen strömten ihr über das liebevolle redliche Gesicht.

»Walter!« flüsterte sie, »mein lieber Junge! Mir ist das Herz so schwer um Deinetwillen. Ach, mein Sohn, mein Sohn!: versuch' zu denken, daß *ich* Dir noch geblieben bin!«

Mein Kopf sank an ihre Brust. Indem sie diese Worte sagte, hatte sie Alles gesagt.

* * *

Es war der Morgen des dritten Tages nach meiner Rückkehr — der Morgen des 16. Oktober.

Ich war bei ihnen im Häuschen geblieben — hatte mir nach Kräften Mühe gegeben, *ihnen* die Freude ob meiner Rückkehr nicht zu verbittern, wie sie *mir* verbittert war. Ich hatte alles getan, was ein Mann vermag, mich nach dem Schlag wieder zu erholen, und mein Leben resigniert auch so einzurichten — den großen Kummer meines Herzens in sanfte Trauer umzuwandeln und nicht in Verzweiflung. Es war nutz- und hoffnungslos. Keine Träne kühlte mein schmerzendes Auge, keine Erleichterung kam mir vom Mitgefühl meiner Schwester oder der Liebe meiner Mutter.

An jenem dritten Morgen eröffnete ich ihnen mein Herz. Nun endlich kamen diejenigen Worte über meine Lippen, die auszusprechen

ich mich an dem Tage gesehnt, da meine Mutter mir von ihrem Tode berichtet hatte.
»Laßt mich für kurze Zeit verreisen,« sagte ich. »Ich werde es leichter ertragen, wenn ich noch einmal die Stelle gesehen habe, wo wir uns zuerst kennenlernten – wenn ich gekniet und gebetet habe an dem Grabe, wo man sie zur letzten Ruhe gebettet hat.«
Dann trat ich meine Reise an – meine Reise zum Grabe Laura Fairlies. –
Es war ein stiller Herbstnachmittag, als ich an dem verlassenen Bahnhöfchen ausstieg, und allein zu Fuß die wohlbekannte Landstraße entlangschritt. Die tiefstehende Sonne schien schwach durch dünnes weißes Schleiergewölk – die Luft war warm und still – der Friede, der auf der einsamen Landschaft lag, war überschattet und wie durchtrauert vom Einfluß des abklingenden Jahres.
Ich erreichte das Moor – stand wieder am Rande des Hügels oben – mein Blick folgte dem Pfad – und da lagen in der Ferne die vertrauten Parkbäume, der reinlich geschwungene Halbkreis der Auffahrt und die hohen hellen Mauern von Limmeridge-Haus. Die Zu- und Wechselfälle, die Wanderungen und Fährlichkeiten so vieler vergangener Monate, alles schwand und schrumpfte ein zu nichts in meinem Gefühl. Es war wie gestern erst, daß mein Fuß zuletzt über den duftenden Heidegrund hier geschritten war. Mir dünkte, ich sähe sie wieder mir entgegen kommen, den kleinen Strohhut auf, der ihr Gesicht beschattete, das schlichte Kleidchen, das im Winde flatterte, das fleißig-gefüllte Skizzenbuch bereitwillig in der Hand.
Oh, Tod: Du hast Deinen Stachel! Oh, Grab: Du hast Deinen Sieg!
Ich wandte mich seitwärts; und dort, unterhalb von mir, in der engen Talschlucht, lag verlassen das graue Kirchlein, mit der geschützten Seitentür, wo ich auf das Erscheinen der Frau in Weiß gewartet hatte; lag der Hügelhorizont im Kreis um den stillen Friedhof; und in seinem steinigen Bettlein murmelte kalt der Bach. Da stand das Marmorkreuz hoch und weiß am Kopfende des Grabes – des Grabes, das sich nun über Mutter und Tochter zugleich wölbte.
Ich näherte mich dem Grabe. Wieder einmal überstieg ich die eingebauten Steinstufen im Mäuerchen und entblößte das Haupt, als mein Fuß den geweihten Grund betrat. Geweiht der Güte und Sanftheit, geweiht dem Gram und der Ehrfurcht.
Ich blieb vor dem Sockel stehen, aus dem das Kreuz sich erhob. Auf seiner einen Seite, – der Seite, die mir am nächsten war – traf

mein Blick auf die neu-eingemeißelte Inschrift — die hart- und scharfen, grausam schwarzen Buchstaben, die die Geschichte ihres Lebens und ihres Todes kündeten. Ich versuchte, sie zu lesen. Ich kam bis zu dem Namen: ›Gewidmet dem Andenken von Laura —‹. Die guten blauen Augen, trüb vor Tränen — das blonde Haupt, das matt zur Seite sank — die unschuldigen Abschiedsworte, mit denen sie mich beschwor, zu gehen — oh, daß ich jetzt eine frohere Erinnerung an sie hätte, als die Erinnerung, die ich mit mir nahm, die Erinnerung, die ich wieder mit mir bringe, an ihr Grab! Ein zweites Mal versuchte ich die Inschrift zu lesen. Ich sah in der untersten Zeile das Datum ihres Todes, und darüber —

Darüber waren mehr Zeilen auf Marmorgrund — und ein Name darunter, der meine Erinnerungen an sie verstörte. Ich ging auf die andere Seite des Grabes herum, wo nichts zu lesen stand, nichts von irdischer Niedrigkeit, das sich zwischen meinen und ihren Geist drängen konnte.

Ich kniete am Grabe nieder. Ich legte die Hände, legte das Haupt auf den breiten weißen Stein, und schloß die müden Augen vor der Erde um mich, vor dem Licht über mir. Ich ließ sie erneut zu mir zurückkommen. Ach, Liebste, Du meine Liebste!, *jetzt* redet mein Herz wieder frei zu Dir! Nun ist es wieder gestern, da wir uns trennten — gestern, daß mein Blick zum letzten Mal auf Dir ruhte. Oh, Liebste! Du meine Liebste!

....

Die Zeit war weiter gegangen, und Schweigen hatte sich, gleich dichter Nacht, über ihrem Strom gelagert.

Der erste Laut, der mich nach dem himmlischen Frieden wiederum erreichte, raschelte leise, wie ein vorüberziehender Lufthauch über die Gräser des Friedhofs. Ich hörte ihn langsam näher kommen, bis er veränderter mein Ohr traf — wie sich nähernde Schritte kam es — hielt dann inne.

Ich blickte auf.

Die Sonne war dicht am Untergehen. Die Wolken hatten sich zerteilt — schräg fiel der reife matte Schein über die Hügel. Kalt und klar und ruhig war der Tagesrest hier im stillen Tal der Toten.

Drüben auf dem Friedhof sah ich in der kühlen Helle des sinkenden Lichtes zwei Frauen beieinander stehen. Sie schauten zum Grabe, sie schauten zu *mir* herüber.

Zwei. Sie kamen ein Stückchen näher, und hielten neuerlich an. Sie hatten die Schleier herunter gelassen, so daß ihre Gesichter mir verborgen waren. Als sie inne hielten, hob die Eine von ihnen ihren Schleier. Im stillen Abendlicht erkannte ich das Gesicht von Marian Halcombe.

Verändert! Verändert, wie wenn Jahre darüber hingegangen wären! Die Augen, groß und wild, blickten mit einem seltsamen Ausdruck des Entsetzens auf mich her. Das Gesicht abgehärmt und bemitleidenswürdig verfallen. Schmerz und Furcht und Kummer darauf geschrieben, wie gebrandmarkt.

Ich tat einen Schritt vom Grab weg auf sie zu. Sie sprach nicht. Sie regte sich nicht. Die verschleierte Frau neben ihr stieß einen schwachen Schrei aus. Ich hielt an. Alle Energie meines Wesens verließ mich schlagartig, und der Schauder einer unaussprechlichen Furcht überrann mich von Kopf bis Fuß.

Die Frau mit dem verschleierten Gesicht bewegte sich von ihrer Begleiterin fort, und kam langsam auf mich zu. Allein gelassen, allein dastehend, begann Marian Halcombe zu sprechen. Es war die Stimme, die ich kannte — die unveränderte Stimme; nicht wie die verschreckten Augen und das abgehärmte Antlitz.

»Mein Traum! Mein Traum!« Inmitten der schrecklich-hehren Stille hörte ich sie diese Worte halblaut sagen. Sie sank auf die Knie, und hob die gerungenen Hände gen Himmel: »Vater! gib ihm Kraft! Hilf ihm, Vater, in seiner Stunde der Not!«

Die Frau kam näher; langsam und schweigend kam sie näher. Ich schaute auf sie — auf sie: und von dem Augenblick an sah ich nichts anderes mehr.

Die Stimme, die für mich betete, schwankte und sank zur Unhörbarkeit herab — hob sich dann plötzlich wieder, und rief mir furchtsam, rief verzweifelnd her: daß ich weggehen solle!

Aber die verschleierte Frau hatte Besitz von mir ergriffen, mit Leib und Seele. Auf der einen Seite des Grabes hielt sie an. Wir standen einander gegenüber, von Angesicht zu Angesicht, den Grabstein zwischen uns. Sie war nahe der Inschrift an der Seite des Sockels. Ihr Gewand berührte die schwarzen Buchstaben.

Die Stimme kam näher; sie wurde lauter, und leidenschaftlich, immer lauter: »Laß Dein Gesicht verhüllt! — Schauen Sie sie nicht an! — Oh, um Gotteswillen, schone ihn —«

Die Frau hob ihren Schleier.

....

›Gewidmet dem Andenken von / Laura, Lady Glyde . . .‹

....

Laura, Lady Glyde, stand neben der Inschrift, und sah mich, über das Grab hinweg, an . . . .

(Hier endet der zweite Zeitraum dieses Berichtes.)

DRITTER ZEITRAUM

Bericht
fortgesetzt von Walter Hartright

I

Ich schlage eine neue Seite um, ich nehme den Bericht eine Woche später wieder auf.

Die Geschichte der dazwischen liegenden Zeit, über die ich dergestalt hinweggehe, muß ungeschrieben bleiben. Mir setzt das Herz aus, meinen Geist überkommen Finsternis und Verwirrung, wenn ich nur daran denke. Und das darf nicht sein, wenn ich, der ich berichte, Euch, die Ihr lest, getreulich führen soll. Darf nicht sein, wenn der Faden des Knäuels, der sich durch die Labyrinthe dieser Geschichte hinzieht, von einem Ende bis zum andern unverwirrt in meinen Händen bleiben soll.

Ein schlagartig anders gewordenes Leben – mit einem gänzlich neuen Zweck versehen; seine Hoffnungen und Ängste, sein Ringen, seine Opfer, sein ganzer Inhalt, Alles auf einmal und für immer in eine ganze neue Richtung gelenkt – das ist die Aussicht, die sich nunmehr vor mir eröffnet, wie wenn vom Gipfel eines Berges herab plötzlich der ganze Rundblick sich entrollt. Im stillen Abendschatten des Kirchleins von Limmeridge brach ich meinen Bericht ab – ich nehme ihn, eine Woche später, wieder auf; mitten im Trubel und Gewühle einer Londoner Straße.

* * *

Die Straße ist in einem ärmlichen und übervölkerten Viertel gelegen. Das Erdgeschoß eines der Häuser darin hat ein Zeitungshändler mit seinem kleinen Laden mit Beschlag belegt; der erste Stock wie auch der zweite sind als möblierte Wohnungen der bescheidensten Art genützt.

Ich habe diese beiden Stockwerke unter einem angenommenen Namen gemietet. Im oberen, der aus einem Arbeitsraum und einem Schlafraum besteht, wohne ich; in dem darunter, 2 Frauen, die, unter dem gleichen angenommenen Namen, für meine Schwestern gelten. Ich erwerbe meinen Lebensunterhalt dadurch, daß ich für einige billige Zeitschriften zeichne und in Holz schneide, also Illustrationen liefere. Von meinen Schwestern heißt es, daß sie mich insofern dabei unterstützen, als sie kleinere Handarbeiten ausführen. Unsere ärmliche Wohnung, unser bescheidenes Gewerbe, unser vorgeblicher Verwandtschaftsgrad und endlich unser angenommener Name, Alles zusammen dient uns als Mittel, uns in dem Häusermeer Londons zu verbergen. Wir zählen nicht länger zu den Leuten, deren Leben offen und allgemein bekannt ist. Ich bin ein obskurer, unbeachteter kleiner Mann, ohne Freund oder Gönner, der mir helfen könnte. Marian Halcombe ist nichts als meine älteste Schwester, die mit ihrer eigenen Hände Arbeit für die Bedürfnisse unseres Haushalts sorgt. In den Augen gewisser Anderer sind wir Beide die Opfer einer frechen Täuschung, sind zugleich Betrogene und Betrüger. Werden für die Komplizen der irren Anne Catherick gehalten, die den Namen, die gesellschaftliche Stellung und die lebende Persönlichkeit der toten Lady Glyde für sich beansprucht.
Das ist unsere Situation. Dies der veränderte Aspekt, unter dem wir Drei fürderhin auf vielenvielen künftigen Seiten dieses Berichtes zu figurieren haben werden.
In den Augen von Vernunft und Gesetz, nach der Ansicht von Verwandten und Freunden, jeglicher gang- und gäben Formalität der zivilisierten Gesellschaft gemäß, lag ›Laura, Lady Glyde‹ tot und begraben neben ihrer Mutter auf dem Kirchhof zu Limmeridge. Bei lebendigem Leibe gestrichen von der Liste der Lebendigen, mochte die Tochter von Philip Fairlie, die Gattin von Sir Percival Glyde, allenfalls noch für ihre Schwester existieren, mochte existieren für mich – für alle Welt außerdem war sie tot. Tot für ihren Onkel, der sie nicht anerkannt hatte; tot für die Diener des Hauses, die sie nicht mehr erkannt hatten; tot für die Beamtenschaft, die ihr Vermögen dem Gatten und der Tante ausgehändigt hatte; tot für meine Mutter und Schwester, die mich für das Opfer eines Schwindels, von einer frechen Abenteurerin angeführt, hielten; gesellschaftlich, moralisch, gesetzlich: TOT!
Und doch am Leben! In Armut und Verborgenheit am Leben. Am

Leben, mit einem armen Zeichenlehrer, die Schlacht für sie zu schlagen, und ihr den Weg auf ihren Platz in der Welt der Lebendigen wieder zu erkämpfen.

Ob kein Verdacht, erregt durch mein Wissen um Anne Cathericks Ähnlichkeit mit ihr, mir durch den Sinn schoß, als ihr Antlitz sich mir zum ersten Mal enthüllte? Nicht der Schatten eines Verdachtes? Nicht von dem Augenblick an, da sie, neben der Inschrift, die von ihrem Tode berichtete, den Schleier hob.

Bevor die Sonne jenes Tages noch zur Rüste gegangen, bevor noch der letzte Schimmer des Hauses, dessen Tür man vor ihr zugeschlagen hatte, unseren Augen entschwunden war, hatten wir uns Beide der Abschiedsworte erinnert, die ich damals sprach, als wir uns in Limmeridge-Haus von einander trennten — hatte ich sie wiederholt, hatte sie sie wiedererkannt: »Falls einmal die Zeit kommen sollte, wo die Aufopferung meines ganzen Herzens, meiner Seele und all meiner Fähigkeiten Ihnen einen Augenblick des Glücks verschaffen oder einen Augenblick der Sorge ersparen könnte — wollen Sie dann versuchen, sich des armen Zeichenlehrers zu erinnern, der Sie einst unterrichten durfte?« Sie, die sich zur Zeit so wenig des Trubels und Schreckens späterer Tage erinnerte, erinnerte sich sogleich dieser Worte, und legte ihren armen Kopf unschuldig und vertrauensvoll an die Brust des Mannes, der sie gesprochen hatte. In dem Augenblick, da sie mich bei meinem Namen rief, da sie sagte: »Sie haben versucht, mich Alles vergessen zu machen, Walter; aber ich erinnere mich an Marian, und erinnere mich an *Dich*« — in diesem Augenblick, gab ich, der ich ihr längst schon meine Liebe gegeben hatte, auch mein Leben, und dankte Gott, daß es noch mein war, und ihr zur Verfügung gestellt werden konnte. Ja! endlich war die Zeit gekommen, Tausende und Abertausende von Meilen entfernt — durch Urwald und Wildnis, wo Gefährten, stärker als ich, an meiner Seite gefallen waren, durch Todesgefahren, dreifach erneuert, dreifach überstanden, hatte die HAND, die die Menschen auf der dunklen Straße in die Zukunft lenkt und leitet, auch mich geführt: diesem Zeitpunkt entgegen. Verlassen und entrechtet, schwer geprüft und traurig verändert — ihre Schönheit verblaßt, ihr Geist umdüstert — beraubt ihrer Stellung in der Welt, und ihres Platzes unter den Lebenden — jetzt durfte ich die Ergebenheit von Herz und Seel' und Leib, jetzt durfte ich sie unsträflich-ungescheut zu ihren lieben Füßen legen. Mit dem Recht ihrer Trübsal, mit dem

Recht ihrer Freundlosigkeit, war sie endlich mein! Mein, sie zu unterstützen; zu schützen, in Ehren zu halten, gesund zu pflegen. Mein, sie zu lieben und achten als Vater und gleichzeitig als Bruder. Mein ihre Ehrenrettung, allen Opfern und Gefahren zum Trotz – zum Trotz dem aussichtslosen Kampf gegen Rang und Macht; zum Trotz dem langen Ringen mit bewaffnetem Trug und verschanztem Erfolg; zum Trotz dem Ruin meines Rufs, dem Verlust meiner Freunde, dem Einsatz meines Lebens.

II

Meine Position ist klar umrissen – meine Beweggründe sind bekannt. Als nächstes haben jetzt die Geschichten Marians und Lauras zu kommen.
Beide Berichte werde ich nicht in den Worten – den oft unterbrochenen, oft und unvermeidlich verworrenen Worten – der Sprecherinnen selbst wiedergeben; sondern in den Ausdrücken des knappen, klaren, absichtlich schmucklosen Abrisses, wie ich ihn zu meiner eigenen Unterrichtung und der meines juristischen Beraters schriftlich niedergelegt habe. So wird das ganze verwickelte Gespinste am raschesten und am verständlichsten entrollt werden.
Die Erzählung Marians setzt an der Stelle ein, wo der Bericht der Haushälterin von Blackwater Park abbrach.

* * *

Nach Lady Glydes Abreise aus dem Haus ihres Gatten wurden die Tatsache dieser Abreise selbst, wie auch die notwendige Darlegung der Umstände unter denen sie stattgefunden hatte, Fräulein Halcombe durch die Haushälterin mitgeteilt. Erst diverse Tage später dann (wieviel Tage genau, hat Frau Michelson, in Ermangelung etwelcher schriftlicher Notizen über diesen Gegenstand, nicht angeben können) war ein Brief Madame Foscos eingegangen, der die Mitteilung von Lady Glydes unerwartetem Ableben im Hause Conte Foscos brachte. In dem Brief war es vermieden, präzise Daten anzugeben, und es Frau Michelsons Taktgefühl überlassen, Fräulein

Halcombe die Nachricht entweder sofort beizubringen, oder aber dies noch zu verschieben, bis die Gesundheit der Dame sich weiter gefestigt hätte.
Nach einer Beratung mit Herrn Dawson (der selbst nicht recht auf dem Posten, und infolgedessen verhindert gewesen war, die Behandlung in Blackwater Park sofort wieder aufzunehmen) hatte Frau Michelson auf Anraten des Arztes und in seiner Gegenwart die Nachricht entweder am Tage selbst, als der Brief einging, oder aber am Tage darauf, übermittelt. Es erübrigt sich hier, des Breiten auf der Wirkung zu verweilen, die die Mitteilung von Lady Glydes unerwartetem Ableben auf ihre Schwester hervorbrachte. Für den vorliegenden Zweck reicht es völlig hin, zu sagen, daß sie danach über 3 Wochen nicht imstande war zu reisen. Nach Ablauf dieser Zeit begab sie sich, begleitet von der Haushälterin, nach London. Dort trennten sie sich; nachdem Frau Michelson erst noch, für den Fall, daß man irgendwann künftig einmal Verbindung miteinander aufnehmen wollte, Fräulein Halcombe ihre Anschrift gegeben hatte.
Nach dem Abschied von der Haushälterin, begab sich Fräulein Halcombe unverzüglich nach dem Büro von Gilmore & Kyrle, um (in Herrn Gilmores Abwesenheit) sich mit dem Letztgenannten zu beraten. Herrn Kyrle gegenüber sprach sie aus, was sie bis dahin vor Jedermann (einschließlich Frau Michelson) zu verbergen für gut gehalten hatte: ihren Verdacht hinsichtlich der Umstände, unter denen Lady Glydes Tod angeblich eingetreten war. Herr Kyrle, der schon früher Beweise seiner freundlichen Bemühungen, Fräulein Halcombe gefällig zu sein, gegeben hatte, nahm es auf der Stelle über sich, solche Erkundigungen anzustellen, wie die delikate und gefährliche Natur der ihm aufgetragenen Untersuchungen nur immer erlaubte.
Um diesen Teil des Gegenstandes ein für allemal zu erledigen, bevor ich weitergehe, sei erwähnt, daß Conte Fosco Herrn Kyrle jegliche Unterstützung zuteil werden ließ, nachdem Dieser ihm dargetan hatte, wie er im Auftrag Fräulein Halcombes käme, um Details über Lady Glydes Ableben einzuziehen, die ihr bisher noch unbekannt wären. Man setzte Herrn Kyrle sogleich mit dem behandelnden Arzt, Herrn Goodricke, sowie mit den beiden Dienstboten in Verbindung. In Ermanglung jedweder Möglichkeit, das exakte Datum von Lady Glydes Abreise von Blackwater Park verläßlich zu

ermitteln, war die Summe der Aussagen des Doktors und der beiden Dienstboten, zusammen mit den freiwillig abgegebenen Zeugnissen Conte Foscos und seiner Gattin, nach Herrn Kyrles Ansicht überzeugend und beweiskräftig. Er konnte nur noch annehmen, daß die Größe von Fräulein Halcombes Leiden beim Verlust ihrer Schwester ihr Urteilsvermögen aufs Bedauerlichste irregeführt habe; und schrieb ihr nunmehr in diesem Sinne, daß der unglaubliche Verdacht, den sie in seiner Gegenwart angedeutet habe, seiner Meinung nach jeglicher, auch der allerkleinsten, realen Begründung entbehre. Dies Beginn, Verlauf und Ergebnis der Nachforschungen von Herrn Gilmores Partner. –

Inzwischen war Fräulein Halcombe nach Limmeridge-Haus zurückgekehrt, und hatte dort sämtliche zusätzlichen Erkundigungen eingezogen, deren sie nur immer habhaft werden konnte.

Herr Fairlie hatte die erste Andeutung vom Ableben seiner Nichte durch Madame Fosco, seine Schwester, erhalten; auch dieser Brief wieder enthielt keinerlei Angabe von Daten. Er hatte den Vorschlag seiner Schwester gutgeheißen, daß die verstorbene Dame auf dem Friedhof von Limmeridge, im Grab ihrer Mutter, beigesetzt werden sollte. Conte Fosco hatte ihren sterblichen Überresten das Geleit nach Cumberland gegeben, und dem Begräbnis, das am 30. Juli in Limmeridge stattfand, beigewohnt. Sämtliche Bewohner des Dorfes und die Nachbarn waren, zum Zeichen der Ehrerbietung, dem Sarge gefolgt. Am Tage darauf wurde die Inschrift – ursprünglich entworfen, wie es hieß, von der Tante der verstorbenen Dame, und ihrem Bruder, Herrn Fairlie, zur Genehmigung vorgelegt – auf der Seite des Denkmals, unter der das Grab lag, eingemeißelt.

Am Tage der Beerdigung selbst und noch einen Tag darauf, hatte Conte Fosco als Gast in Limmeridge-Haus geweilt; eine Unterredung zwischen ihm und Herrn Fairlie hatte jedoch, auf Wunsch des Letztgenannten, mitnichten stattgefunden. Sie hatten schriftlich miteinander verkehrt; und auf diese Weise hatte Conte Fosco Herrn Fairlie über Einzelheiten hinsichtlich der letzten Krankheit und des Todes seiner Nichte in Kenntnis gesetzt. Der Brief, der diese Mitteilungen enthielt, lieferte zwar über die bereits bekannten Tatsachen hinaus keinerlei neue; enthielt jedoch in der Nachschrift einen äußerst bemerkenswerten Absatz – er bezog sich auf Anne Catherick.

Der Inhalt dieses Absatzes war kurz folgender:

Als erstes wurde Herr Fairlie davon unterrichtet, daß Anne Catherick, (über die er von Fräulein Halcombe, sobald sie in Limmeridge einträfe, alles nähere erfahren könne), in der Umgebung von Blackwater Park aufgespürt und ergriffen, und zum zweiten Mal unter die Aufsicht jenes Arztes gestellt worden sei, aus dessen Gewahrsam sie bereits einmal entkommen sei.

Das war der erste Teil dieser Nachschrift. Im zweiten wurde Herr Fairlie vorgewarnt, daß Anne Cathericks geistige Störung sich infolge ihrer langen Unbeaufsichtigtheit in Freiheit beträchtlich verschlimmert habe, und daß ihr irrsinniger Haß und Mißtrauen gegenüber Sir Percival Glyde, in denen ja schon in früherer Zeit eines der charakteristischen Symptome bestanden hätte, immer noch existiere, aber nunmehr eine neue Form angenommen habe. Das neueste Wahngebilde der unglücklichen Frau in Verbindung mit Sir Percival und der fixen Idee, ihn zu belästigen und ihm Verdruß zu bereiten, bestünde darin, sich, wie sie meine, in der Achtung der Kranken und Pflegerinnen dadurch zu erhöhen, daß sie sich als seine verstorbene Gattin bezeichne – eine Art der Persönlichkeitsverwandlung, die ihr augenscheinlich nach einer heimlichen Unterredung mit Lady Glyde, die sie sich zu verschaffen gewußt habe, und während der sie die zufällige, außerordentliche Ähnlichkeit zwischen sich und der verstorbenen Dame bemerkt habe, eingekommen sei. Nun sei es zwar im höchsten Grade unwahrscheinlich, daß es ihr ein zweites Mal gelingen könne, aus dem Sanatorium zu entkommen; dennoch bestünde allenfalls die Möglichkeit, sie könne Mittel und Wege finden, Lady Glydes Verwandte mit Briefen zu behelligen, für welchen Fall Herr Fairlie hiermit im voraus gewarnt sei, wie er solche dann aufzunehmen habe.

Eben diese, in den erwähnten Wendungen abgefaßte Nachschrift, war Fräulein Halcombe bei ihrem Eintreffen in Limmeridge gezeigt worden. Ebenso hatte man ihr die von Lady Glyde getragenen Kleider, zusammen mit den anderen Effekten, die sie ins Haus ihrer Tante mitgebracht hatte, ausgehändigt. Sie alle waren von Madame Fosco sorgfältig zusammengepackt und nach Cumberland geschickt worden.

So war der Stand der Dinge, als Fräulein Halcombe in der ersten Septemberhälfte in Limmeridge eintraf.

Kurz darauf hatte ein Rückfall sie wieder ans Zimmer gefesselt; da ihre ohnehin in Mitleidenschaft gezogene leibliche Energie unter den

schweren geistigen Heimsuchungen, denen sie jetzt ausgesetzt war, erneut nachgab. Als sie, nach Verlauf eines Monats, wieder zu Kräften gekommen war, fand sie ihren Verdacht bezüglich der Umstände, die ihrer Schwester Tod angeblich begleitet hatten, unerschüttert, wie zuvor. Von Sir Percival hatte sie in der Zwischenzeit nichts gehört; aber von Madame Fosco hatten sie mehrfach Briefe erreicht, voll der liebreichsten Erkundigungen nach ihr, von Seiten ihres Gatten und ihr selbst. Anstatt diese Briefe zu beantworten, ließ Fräulein Halcombe das Haus in St. John's Wood und seine Bewohner beobachten.
Nichts Verdächtiges war zu entdecken. Das gleiche Ergebnis hatten Nachforschungen, die als nächstes und ebenso geheim hinsichtlich Frau Rubelles eingeleitet wurden. Sie war, rund ein halbes Jahr zuvor, mitsamt ihrem Mann in London angekommen. Ihre letzte Adresse war Lyon gewesen; und sie hatten sich ein Haus in der Nähe von Leicester Square gemietet, um es als Pension für Ausländer einzurichten, von denen man annahm, daß sie anläßlich der Weltausstellung von 1851 in großer Zahl nach England geströmt kommen würden. Nichts Nachteiliges war über Mann und Frau in der Nachbarschaft bekannt. Sie galten als ruhige Leute; und hatten bis jetzt stets Alles ehrlich bezahlt. Die letzten Nachforschungen endlich betrafen Sir Percival Glyde. Er hatte sich in Paris niedergelassen, und lebte dort ruhig in einem kleinen Zirkel englischer und französischer Freunde.
Bisher auf allen Punkten zuschanden geworden, aber immer noch nicht fähig, sich zu beruhigen, beschloß Fräulein Halcombe als nächstes, dem Sanatorium einen Besuch abzustatten, in dem sie Anne Catherick nunmehr zum zweiten Male interniert dachte. Sie hatte schon in früheren Tagen starke Neubegier bezüglich der unglücklichen Frau empfunden, und fühlte jetzt doppeltes Interesse — einmal, um sich zu vergewissern, ob die Mitteilung, daß Anne Catherick sich als Lady Glyde auszugeben versuche, auf Wahrheit beruhe; und zweitens (falls dem so sein sollte) selbst herauszubekommen, was die wirklichen Beweggründe des armen Geschöpfes sein könnten, dergleichen Betrug zu unternehmen.
Obgleich Conte Foscos Brief an Herrn Fairlie die Adresse des Sanatoriums nicht enthalten hatte, legte diese bedeutsame Auslassung Fräulein Halcombe kein Hindernis in den Weg. Als Herr Hartright in Limmeridge mit Anne Catherick zusammengetroffen war, hatte

sie ihm von der Gegend gesprochen, in dem das betreffende Haus lag; und Fräulein Halcombe hatte sich die ungefähre Ortsangabe, wie auch alle sonstigen näheren Begleitumstände jener Unterredung, getreulich in ihrem Tagebuch notiert, so wie sie sie aus Herrn Hartrights Munde vernommen hatte. Folglich hatte sie nur jene Eintragung nachzuschlagen und sich die Adresse herauszuschreiben – dann bewaffnete sie sich mit dem Brief des Conte an Herrn Fairlie, als einer Art Berechtigungsnachweis, die ihr von Nutzen sein könnte; und begab sich am 11. Oktober in Person auf die Fahrt nach dem Sanatorium.

Die Nacht vom 11. zum 12. verbrachte sie in London. Ursprünglich war ihre Absicht gewesen, in dem Haus zu übernachten, das Lady Glydes alte Gouvernante bewohnte; aber Frau Veseys Aufregung beim Anblick der engsten und besten Freundin ihrer verlorenen Schülerin nahm so bedenkliche Formen an, daß Fräulein Halcombe wohlbedacht Abstand davon nahm, in ihrer Gegenwart zu verweilen, und sich lieber in eine reputierliche Pension in der Nähe begab, die Frau Veseys verheiratete Schwester ihr empfahl. Am folgenden Tag dann ging es weiter nach dem Sanatorium, das nicht weit von London, im Norden der Metropole gelegen war.

Sie wurde unverzüglich beim Eigentümer vorgelassen.

Anfänglich schien er ausgesprochen abgeneigt, sie mit seiner Patientin zusammenkommen zu lassen. Aber als sie ihm die Nachschrift unter Conte Foscos Brief zeigte – ihm dartat, daß sie jenes, dort erwähnte, »Fräulein Halcombe« sei – daß es sich bei ihr um eine nahe Verwandte der verstorbenen Lady Glyde handele – und daß sie folglich, aus familiären Gründen, ein natürliches Interesse daran habe, sich mit eigenen Augen davon zu überzeugen, wie weit Anne Cathericks fixe Idee in Bezug auf ihre verstorbene Schwester sich erstrecke – da änderte sich Ton und Benehmen des Leiters des Sanatoriums, und er nahm seinen Einspruch zurück. Er war sich vermutlich bewußt, daß unter solchen Umständen eine fortgesetzte Weigerung nicht nur einen Akt der Unhöflichkeit bedeuten würde, sondern auch die Vermutung entstehen lassen könnte, daß es in seinem Institut Praktiken von einer Natur gäbe, die eine nähere Untersuchung durch unbescholtene Fremde nicht vertrügen.

Fräulein Halcombes persönlicher Eindruck war, daß der Leiter des Sanatoriums *nicht* von Sir Percival oder dem Conte ins Vertrauen gezogen worden sei. Daß er überhaupt einwilligte, sie die Patientin

besuchen zu lassen, schien einen Beweis dafür abzugeben; und seine Bereitwilligkeit gewisse Dinge einzuräumen, die einem Komplizen schwerlich über die Lippen gekommen wären, lieferte mit ziemlicher Gewißheit einen zweiten.
So teilte er zum Beispiel Fräulein Halcombe im Verlauf dieser ihrer ersten einleitenden Unterhaltung mit, daß Anne Catherick mit den erforderlichen Anweisungen und Bescheinigungen von Conte Fosco zurückgebracht worden sei, und zwar am 27. Juli – auch hätte der Conte ihm einen von Sir Percival Glyde unterzeichneten Brief mit Erklärungen und Anweisungen vorgelegt. Als er seine Patientin neuerlich in Empfang genommen hätte, seien ihm – dies gab der Leiter des Sanatoriums zu – einige recht merkwürdige persönliche Veränderungen an ihr aufgefallen. Nun waren dergleichen Veränderungen zwar, seinen Erfahrungen mit geisteskranken Personen nach, durchaus nicht etwa ohne Beispiel. Solche waren oft zu dem einen Zeitpunkt, sowohl äußerlich als auch innerlich, verschieden von dem, was sie zu einem anderen Zeitpunkt waren – Wendungen der Geistesstörungen vom Besseren zum Schlimmeren, oder umgekehrt vom Schlimmeren zum Besseren, hätten notwendigerweise auch eine Tendenz, Änderungen in der äußeren Erscheinung hervorzubringen. Das brachte er also in Anschlag; und brachte auch weiterhin den Wandel in Anne Cathericks Wahn in Anschlag, der sich ja zweifellos in Gebaren und Gesichtsausdruck widerspiegeln müsse – und dennoch sei er zu Zeiten immer wieder durch bestimmte Verschiedenheiten verblüfft, zwischen seiner Patientin *vor* ihrem Entkommen, und seiner Patientin *nachdem* sie ihm wieder eingeliefert worden sei. Diese Verschiedenheiten waren allzu fein nüanciert um sich beschreiben zu lassen. Er vermochte natürlich nicht zu sagen, daß sie nun direkt in Größe oder Figur oder Teint, in Haar- beziehungsweise Augenfarbe oder allgemein was Gesichtsschnitt anbelangt, verändert sei – nein, die Wandlung war etwas, das er mehr fühlte, als daß man es sah. Kurzum, der Fall sei ihm schon von Anbeginn ein Rätsel gewesen, und nun sei noch diese weitere Komplikation hinzugekommen.
Man kann nicht sagen, daß diese Unterhaltung bereits zu dem Ergebnis geführt hätte, Fräulein Halcombe, und sei es auch nur teilweise, darauf vorzubereiten, was nun kommen würde. Dennoch brachte sie eine sehr ernste Wirkung bei ihr hervor. Sie fühlte sich dadurch derart außer Fassung gesetzt, daß sie eine kleine Pause ein-

legen mußte, bevor sie Energie genug aufbrachte, dem Leiter des Sanatoriums in jenen Teil des Gebäudes zu folgen, wo die Insassen interniert waren.
Auf Befragen stellte sich heraus, daß die angebliche Anne Catherick sich gerade in den mit dem Institut verbundenen Parkanlagen Bewegung mache. Eine der Pflegerinnen erbot sich freiwillig, Fräulein Halcombe nach dem betreffenden Ort hinzuführen; da der Leiter des Sanatoriums sich noch ein paar Minuten im Gebäude aufhalten mußte, um sich einem Fall zu widmen, der seine persönliche Anwesenheit erforderlich machte; anschließend wollte er dann zu seiner Besucherin in die Anlagen hinaus kommen.
Die Pflegerin führte Fräulein Halcombe in einen entfernten Teil des recht hübsch angelegten Grundstücks; und bog, nachdem sie sich ein bißchen umgesehen hatte, mit ihr in einen schmalen, auf jeder Seite von Gesträuch eingefaßten Rasenpfad ein. Etwa auf halbem Wege dort kamen zwei Frauen ihnen langsam entgegen. Die Pflegerin zeigte auf sie und sagte: »Dort ist Anne Catherick, Madame, mit der Wärterin, die sie beaufsichtigt. Falls Sie Fragen stellen möchten, wird die Wärterin sie Ihnen beantworten.« Mit diesen Worten verließ die Pflegerin sie, und kehrte ins Haus zurück, um dort wieder ihren Pflichten nachzugehen.
Fräulein Halcombe ihrerseits ging auf die beiden Frauen zu, und diese wiederum auf sie. Als sie nur noch ein Dutzend Schritte voneinander entfernt waren, hielt die eine der Frauen einen Herzschlag lang inne, schaute angespannt auf die fremde Dame her, schüttelte die Hand der Wärterin ab – und lag im nächsten Augenblick in Fräulein Halcombes Armen. Im selben Augenblick erkannte Fräulein Halcombe ihre Schwester – erkannte die Lebendig-Tote!
Glücklicherweise für den Erfolg aller anschließend unternommenen Schritte, war in diesem Augenblick Niemand anwesend, außer eben der Wärterin. Es handelte sich um eine noch junge Frau, die so erschrocken war, daß sie zuerst gar nicht imstande war, sich irgend einzumischen. Als sie dann dazu fähig wurde, mußten ihre ganzen Dienste zunächst Fräulein Halcombe gelten, die unter dem Schock der Erkenntnis, und vor Anstrengung, ihre eigenen 5 Sinne zusammenzuhalten, am Umfallen war. Nach ein paar Minuten Aufenthalt in der frischen Luft und im kühlen Schatten kamen ihr jedoch angeborene Energie und Mut ein wenig wieder zu Hülfe, und sie

wurde genügend Herrin über sich selbst, die Notwendigkeit zu fühlen, um ihrer unglücklichen Schwester willen einen klaren Kopf zu bewahren.
Unter der Bedingung, daß sie Beide grundsätzlich in Sichtweite der Wärterin sich aufhielten, bekam sie Erlaubnis, sich mit der Patientin allein zu unterhalten. Für Fragen war keine Zeit – nur dazu hatte Fräulein Halcombe Zeit, der unglücklichen Dame die Notwendigkeit einzuprägen, sich jetzt zu beherrschen; und sie der sofortigen Hülfe und Befreiung zu versichern, wenn sie das täte. Die Aussicht, durch Gehorsam gegenüber den Anweisungen ihrer Schwester aus dem Sanatorium zu entkommen, war hinreichend, Lady Glyde zu beruhigen, und sie begreifen zu lassen, was von ihr verlangt wurde. Als nächstes kehrte Fräulein Halcombe zu der Wärterin zurück; legte alles, was sie an Gold in der Tasche hatte (3 Sovereigns) in deren Hand, und fragte sie, wann und wo sie sie allein sprechen könne.
Zuerst war die Frau überrascht und mißtrauisch. Aber auf Fräulein Halcombes Erklärung hin, daß sie lediglich ein paar Fragen an sie richten möchte, die zu stellen sie im Augenblick viel zu aufgeregt sei, und daß sie gar nicht daran dächte, die Wärterin zu irgendeiner Pflichtvergessenheit verführen zu wollen, nahm die Frau das Geld an, und schlug als Zeitpunkt für ihre Unterredung den nächsten Tag, 3 Uhr nachmittags, vor. Dann könne sie, nachdem die Patienten gespeist hätten, für eine halbe Stunde abkommen, und wolle die Dame an einem abgelegenen Ort gern treffen, und zwar außen, an der hohen Mauer, die die zu dem Haus gehörigen Anlagen im Norden abschirmte. Fräulein Halcombe hatte gerade noch Zeit zuzustimmen, und ihrer Schwester zuzuflüstern, daß sie am nächsten Tag weiter von ihr hören würde, als auch schon der Leiter des Sanatoriums zu ihnen stieß. Er bemerkte die Aufregung seiner Besucherin; die Fräulein Halcombe jedoch dadurch motivieren konnte, daß sie angab, wie ihr Gespräch mit Anne Catherick sie zuerst ein bißchen erschreckt habe. Sie verabschiedete sich anschließend sobald wie möglich – das heißt, sobald sie Energie genug aufbringen konnte, sich von der Gegenwart ihrer unglückseligen Schwester loszureißen.
Schon ein kleines bißchen Überlegung – als die Fähigkeit zu überlegen ihr zurückgekehrt war – überzeugte sie davon, wie jeglicher Versuch, Lady Glyde auf gesetzlichem Wege zu identifizieren und

zu erlösen, (selbst angenommen, daß er erfolgreich verlaufen sollte), eine Verzögerung mit sich bringen würde, die für den Verstand ihrer Schwester verhängnisvoll werden könne; war er doch ohnehin schon durch die Schrecknisse der Lage, der man sie überliefert hatte, merklich erschüttert. Zu dem Zeitpunkt, als Fräulein Halcombe wieder in London eintraf, hatte sie den Entschluß gefaßt, Lady Glydes Flucht auf eigene Faust, vermittelst der Wärterin, zu bewerkstelligen.

Sie begab sich auf der Stelle zu ihrem Bankier, und machte das gesamte kleine Kapital flüssig, das sie besaß – eine Summe von nicht ganz 700 Pfund. Entschlossen, die Freiheit ihrer Schwester nötigenfalls mit dem letzten Pfennig zu bezahlen, über den sie auf dieser Welt zu gebieten vermochte, verfügte sie sich am folgenden Tage, die gesamte Summe in Banknoten in der Tasche, zu dem verabredeten Platz an der Sanatoriumsmauer.

Die Wärterin war bereits dort. Fräulein Halcombe brachte ihr Vorhaben ganz vorsichtig, und erst nach vielen einleitenden Erkundigungen, zur Sprache. Sie brachte, unter anderen Einzelheiten, heraus, daß man die Wärterin, die in früherer Zeit die wahre Anne Catherick beaufsichtigt hatte, für das damalige Entkommen der Patientin verantwortlich gemacht (obwohl sie wirklich keine Schuld traf), und daß Jene infolgedessen ihre Stellung hier verloren habe. Die gleiche Strafe, hieß es, würde auch die Person treffen, die jetzt mit Fräulein Halcombe sprach, falls die angebliche Anne Catherick ein zweites Mal vermißt werden sollte. Und überdies hatte die Wärterin in diesem Fall noch ein spezielles Interesse daran, ihre Stellung hier zu behalten: sie war nämlich verlobt und wollte heiraten; und sie und ihr künftiger Mann warteten lediglich noch, bis sie sich vereint zwei- oder dreihundert Pfund zusammengespart hätten, um damit ein kleines Geschäft aufmachen zu können. Das Gehalt der Wärterin war gut; und wenn sie sparsam wäre, und tapfer ihren Anteil zu der benötigten Summe mit beitrüge, könnten sie in 2 Jahren soweit sein.

Das war der Punkt, bei dem Fräulein Halcombe sofort einhakte! Sie erklärte, daß es sich bei der angeblichen Anne Catherick in Wahrheit um eine nahe Verwandte von ihr handele; daß sie nur infolge eines verhängnisvollen Irrtums ins Sanatorium gesteckt worden sei; und daß die Wärterin eine gute und christliche Tat tun würde, wenn sie sich als Werkzeug erwiese, sie Beide wieder zusammenzuführen.

Ohne ihr noch Zeit für einen einzigen Einwand zu lassen, entnahm Fräulein Halcombe ihrem Notizbuch 4 Banknoten à 100 Pfund, und bot sie der Frau als Entgelt für das einzugehende Risiko und als Ausgleich für den Verlust ihrer Stelle an.
Die Wärterin zögerte aus reiner Ungläubigkeit und Überraschung. Fräulein Halcombe redete erneut nachdrücklich auf sie ein:
»Sie würden eine gute Tat vollbringen,« wiederholte sie; »Sie würden der unglücklichsten und meistgekränkten Frau auf Erden helfen. Hier halte ich zur Belohnung das Geld, was Sie zum sofortigen Heiraten benötigen. Bringen Sie sie mir sicher hier her, und noch ehe ich sie in Empfang nehme, werde ich diese 4 Banknoten in Ihre Hand legen.«
»Würden Sie mir eine Bescheinigung ausstellen, in der diese Worte stehen; damit ich sie meinem Bräutigam zeigen kann, wenn er mich dann fragt, wie ich zu dem Gelde gekommen bin?« forschte die Wärterin.
»Ich werde die Bescheinigung mitbringen, fertig geschrieben und unterzeichnet,« erwiderte Fräulein Halcombe.
»Dann will ich's riskieren,« sagte die Wärterin.
»Wann?«
»Morgen.«
Sie vereinbarten noch hastig miteinander, daß Fräulein Halcombe zeitig am folgenden Morgen wieder her kommen, und außer Sichtweite zwischen den Bäumen warten solle – aber immer in der Nähe dieses stillen Fleckchens hier, an der Nordmauer. Auf eine genaue Zeit für ihr Erscheinen konnte die Wärterin sich nicht festlegen; da die Vorsicht erforderte, daß sie abwartete und sich von den Umständen leiten ließe. Dies abgemacht gingen sie auseinander.
Fräulein Halcombe war, die versprochene Bescheinigung und die vier versprochenen Banknoten in der Tasche, am nächsten Morgen noch vor 10 Uhr auf dem Platz. Sie harrte länger als anderthalb Stunden. Nach Ablauf dieser Zeit erschien die Wärterin beschleunigt um die Mauerecke, an ihrem Arm Lady Glyde. Im Augenblick als sie beisammen waren, drückte Fräulein Halcombe ihr Banknoten und Bescheinigung in die Hand, und die beiden Schwestern waren wieder vereint.
Die Wärterin hatte Lady Glyde, klug und vorausschauend, mit ihren eigenen Sachen angetan, mit Hut und Schleier und Schultertuch. Fräulein Halcombe hielt sie nur noch solange auf, um ihr ein Mittel

vorzuschlagen, die Verfolgung, sobald man im Sanatorium die Flucht entdecken würde, in eine falsche Richtung zu lenken. Sie sollte zum Hause zurückkehren, und so, daß die andern Wärterinnen es hören könnten, erwähnen, wie Anne Catherick sich letzthin immerfort nach der Entfernung von London nach Hampshire erkundigte; anschließend sollte sie bis zum allerletzten Moment warten, wo die Entdeckung unvermeidlich werden würde, und dann selbst den Alarm schlagen: Anne wäre weg. Wenn dem Leiter des Sanatoriums die angeblichen Erkundigungen über Hampshire zu Ohren kämen, würde er daraus folgern, daß seine Patientin unter dem Zwang der fixen Idee, die sie sich so beharrlich als Lady Glyde ausgeben ließ, nach Blackwater Park zurückgekehrt sei; worauf die Verfolgung sich dann, aller Wahrscheinlichkeit nach, zuerst nach dieser Gegend richten würde.

Die Wärterin ging um so eher darauf ein, diese Ratschläge zu befolgen, als sie ihr Mittel darboten, sich gegen etwaige noch schlimmere Konsequenzen, als nur den Verlust ihrer Stelle, zu sichern, indem sie anschließend noch im Sanatorium bleiben und so zumindest den Anschein der Schuldlosigkeit aufrechterhalten konnte. Sie kehrte also unverzüglich ins Haus zurück; und Fräulein Halcombe ihrerseits verlor keine Zeit, ihre Schwester mit sich nach London zu nehmen. Am gleichen Nachmittag noch erreichten sie den Anschlußzug nach Carlisle; und trafen, ohne Unfall oder Schwierigkeit irgendwelcher Art, noch zur selben Nacht in Limmeridge ein.

Während des letzten Teiles ihrer Fahrt waren sie allein zusammen im Abteil gewesen, und Fräulein Halcombe so in den Stand gesetzt, Erkundigungen über das Vergangene einzuziehen, soweit das geschwächte und verwirrte Gedächtnis ihrer Schwester sich zu erinnern fähig war. Die solchermaßen zusammengetragene Schreckensgeschichte der Verschwörung, wurde natürlich nur bruchstückhaft vorgetragen, betrüblich zusammenhanglos, und bestand aus weit auseinanderliegenden Fragmenten. Unvollständig wie diese Enthüllungen sind, müssen sie dennoch hier vorgetragen werden, bevor dieser einleitende Bericht mit den Ereignissen des nächsten Tages in Limmeridge-Haus abschließt.

* * *

Lady Glydes Erinnerung an die Vorfälle, die sich an ihre Abreise von Blackwater Park anschlossen, begannen mit ihrer Ankunft auf der Londoner Endstation der Südwestbahn. Sie hatte es unterlassen, sich auch nur eine vorläufige Notiz über den Tag zu machen, an dem sie die Reise unternahm – alle Hoffnung, dieses sehr wichtige Datum festzustellen, sei es durch ihr oder durch Frau Michelsons Zeugnis, muß anscheinend aufgegeben werden.

Als der Zug am Bahnsteig einlief, sah Lady Glyde bereits Conte Fosco, der auf sie wartete. Kaum konnte der Gepäckträger die Abteiltür aufreißen, als er auch schon mit davorstand. Der Zug war ungewöhnlich überfüllt gewesen, und es gab große Verwirrung, ehe Jeder seinen Koffer hatte. Irgendjemand, den Conte Fosco mitgebracht hatte, kümmerte sich um das Lady Glyde gehörende Gepäck, das mit ihrem Namen gezeichnet war. Sie stieg, allein mit dem Conte, in ein Gefährt, auf das sie zu der Zeit nicht besonders Acht gegeben hatte, und man fuhr davon.

Ihre erste Frage, als man aus dem Bahnhof trat, galt Fräulein Halcombe. Der Conte teilte ihr mit, daß Fräulein Halcombe noch nicht nach Cumberland weitergefahren sei; da ihm bei nochmaligem Überlegen doch Zweifel gekommen wären, ob der Ratsamkeit, eine so weite Reise ohne ein paar voraufgehende Ruhetage zu unternehmen.

Lady Glyde erkundigte sich als nächstes, ob ihre Schwester sich zur Zeit im Hause des Conte aufhielte. Ihre Erinnerung an die Antwort darauf war unklar; und ihr einziger diesbezüglicher Eindruck nur der, daß der Conte erklärt habe, er nähme sie eben jetzt mit, um Fräulein Halcombe zu besuchen. Lady Glydes Bekanntschaft mit London war so eingeschränkt, daß sie nicht anzugeben vermochte, durch was für Straßen sie damals gefahren wären. Aber sie hätten nie die bebauten Gegenden verlassen, und wären nie an Gartenflächen oder Baumgruppen vorübergekommen. Als der Wagen anhielt, erfolgte das in einer kleinen Straße hinter einem großen Platz – einem Platz mit Läden und öffentlichen Gebäuden und vielen Menschen. (Aus diesen Erinnerungen, deren Lady Glyde sich ganz sicher war, scheint sich klar zu ergeben, daß Conte Fosco sie *nicht* in sein eignes Haus in der Vorstadt St. John's Wood mitgenommen hat.)

Sie betraten jenes Haus, und begaben sich die Treppe hoch in ein Hinterzimmer, entweder im ersten oder im zweiten Stockwerk. Das

Gepäck wurde achtsam hereingetragen. Ein Dienstmädchen öffnete ihnen die Tür; und ein Mann mit dunklem Vollbart – anscheinend ein Ausländer – kam ihnen in der Vorhalle entgegen, und führte sie mit großer Höflichkeit nach oben. Als Antwort auf Lady Glydes neuerliche Erkundigungen, versicherte ihr der Conte, daß Fräulein Halcombe sich hier im Hause befände, und unverzüglich von der Ankunft ihrer Schwester unterrichtet werden würde. Dann waren er und der Ausländer fortgegangen, und hatten sie allein dort im Zimmer sitzen lassen. Es war kümmerlich möbliert gewesen, etwa wie ein ärmliches Wohnzimmer, und die Fenster waren auf die Hinterhöfe hinaus gegangen.

Es war auffällig still hier gewesen – keine Schritte auf den Treppen draußen vernehmbar – nur aus dem Zimmer unter ihr hatte sie ein gedämpftes murmelndes Geräusch vernommen, wie wenn Männerstimmen sich unterhielten. Sie hatte nicht allzulange so allein dagesessen, als auch schon der Conte wieder erschien, und ihr erklärte, wie Fräulein Halcombe gerade im stärkenden Schlummer läge und für eine kleine Weile noch nicht gestört werden sollte. Mit ihm war ein Herr (diesmal ein Engländer) ins Zimmer getreten, den er als einen Freund vorstellen zu dürfen bat.

Nach dieser befremdlichen Art der Vorstellung – im Verlauf derer, soweit Lady Glyde sich immer erinnern konnte, keinerlei Name genannt worden war – wurde sie mit dem Fremden allein gelassen. Er war durchaus höflich; verwirrte, ja erschreckte sie jedoch durch diverse merkwürdige Erkundigungen hinsichtlich ihrer selbst, und nicht weniger durch die ganz seltsame Art, in der er sie ansah, während er seine Fragen vorbrachte. Nachdem er kurze Zeit bei ihr geblieben war, ging er hinaus; und ein oder zwei Minuten später erschien ein weiterer Fremder – ebenfalls ein Engländer. Er stellte sich in gleicher Weise als einen Freund Conte Foscos vor; und schaute sie dann seinerseits äußerst komisch an, und stellte mehr kuriose Fragen – wobei er sie, soweit sie sich zu erinnern vermochte, mit Namen anredete – worauf er nach einer kleinen Weile wieder hinaus ging, genau wie jener erste Mann. Sie hatte nun allmählich soviel Angst um sich selbst, und soviel Besorgnis um ihre Schwester bekommen, daß sie schon mit dem Gedanken spielte, sich selbständig wieder nach unten zu wagen, und Schutz und Hülfe von der einzigen Frau zu heischen, die ihr im Hause begegnet war – jenem Dienstmädchen, das aufgemacht hatte.

Gerade, als sie sich von ihrem Stuhl erhoben hatte, war der Conte zurück ins Zimmer gekommen.
Im Moment wo er erschien, hatte sie sich sofort ängstlich erkundigt, wie lange sich die Zusammenkunft zwischen ihr und ihrer Schwester denn noch hinauszögern würde? Worauf er zunächst eine ausweichende Antwort erteilt, dann jedoch, auf neuerliches dringenderes Fragen, mit scheinbar großem Widerstreben zugegeben hatte, daß Fräulein Halcombe eben leider mit nichten so wohlauf sei, wie zu sein er sie bisher geschildert habe. Sein Tonfall und die Art, wie er diese Auskunft gab, hatten Lady Glyde derartig aufgeregt, (präziser: die Besorgnis, die sie in Gesellschaft jener beiden Fremden empfunden hatte, derart peinlich gesteigert), daß sie plötzlich ein Schwächeanfall überkommen und sie sich genötigt gesehen hatte, um ein Glas Wasser zu bitten. Der Conte hatte zur Tür hinaus nach Wasser gerufen, und nach einem Fläschchen mit Riechsalz. Beides war gebracht worden, und zwar von jenem ausländisch wirkenden Mann mit dem Vollbart. Das Wasser, als Lady Glyde zu trinken versuchte, hatte einen derart seltsamen Geschmack gehabt, daß es ihre Schwäche nur noch vergrößerte, und sie hatte nur hastig nach Conte Foscos Fläschchen mit Riechsalz gelangt und daran gerochen – sofort war ihr ganz schwindlig um den Kopf geworden. Der Conte hatte das Fläschchen aufgefangen, als es ihr aus der Hand sank; und der letzte Eindruck, dessen sie sich noch bewußt erinnern konnte, war, daß er es ihr erneut an die Nase gehalten habe.
Von diesem Zeitpunkt ab erwiesen sich alle ihre Erinnerungen als verworren, bruchstückhaft, und schwierig mit Vernunft und Wahrscheinlichkeit zu vereinbaren.
Ihr eigener Eindruck war der, daß sie späterhin im Verlauf des Abends wieder zu sich gekommen sei; dann das Haus verlassen, und (wie sie schon zuvor von Blackwater Park aus vereinbart hatte) sich zu Frau Vesey begeben – daß sie dort Tee getrunken, und anschließend die Nacht unter Frau Veseys Dach verbracht habe. Sie war gänzlich außerstande, anzugeben, wie oder wann oder in wessen Gesellschaft sie das Haus, in welches Conte Fosco sie gebracht hatte, wieder verlassen habe; blieb jedoch hartnäckig dabei, daß sie bei Frau Vesey gewesen und, noch wundersamer: daß ihr beim Auskleiden und Zubettgehen dort Frau Rubelle behülflich gewesen wäre! Worum sich ihre Unterhaltung mit Frau Vesey gedreht hätte, wußte sie nicht mehr zu sagen; und ebensowenig, Wen sie außer der ge-

nannten Dame noch gesehen, oder wieso Frau Rubelle dort im Hause zu ihrer Bedienung gegenwärtig gewesen sein könnte.
Ihre Erinnerung an das, was sich am folgenden Morgen ereignet hatte, war wiederum noch beträchtlich verschwommener und unzuverlässiger.
Es war ihr dunkel, als sei sie neuerlich mit Conte Fosco ausgefahren (zu welcher Tagesstunde konnte sie nicht angeben), und Frau Rubelle als weibliche Begleiterin dazu. Aber wann und warum sie Frau Vesey verlassen hätte, wußte sie nicht zu sagen; und ebensowenig, welche Richtung der Wagen eingeschlagen, wo er sie abgesetzt habe, oder ob der Conte und Frau Rubelle die ganze Zeit der Ausfahrt über bei ihr gewesen seien oder nicht. An dieser Stelle in ihrer traurigen Geschichte bestand eine absolute Lücke – sie hatte auch nicht den unsichersten Eindruck mehr mitzuteilen – nicht die blasseste Idee, ob ein Tag, oder aber mehr als ein Tag, vergangen wäre – bis sie eben plötzlich in einer fremden Umgebung wieder zu sich gekommen sei, umringt von Frauen, die ihr sämtlich unbekannt waren.
Das war also im Sanatorium gewesen. Hier hatte sie sich das erste Mal mit dem Namen ›Anne Catherick‹ anreden hören; und hier hatten, als letzter bemerkenswerter Umstand in der Geschichte der Verschwörung, ihre eigenen Augen sie davon belehrt, daß sie Anne Cathericks Kleider anhatte. Am ersten Abend im Sanatorium hatte die Wärterin ihr jegliches einzelne gezeichnete Stück ihrer Unterwäsche gezeigt, wie sie es, eins nach dem andern, auszog, und hatte dazu, gar nicht etwa gereizt oder unfreundlich, gesagt: »Nu' sehen Sie sich Ihren eigenen Namen, auf Ihren eigenen Sachen hier, mal an; und piesacken Sie uns Alle nicht mehr damit, daß Sie ›Lady Glyde‹ wären: die ist längst tot und begraben, und Sie sind gesund und munter. Hier, sehen Sie sich Ihre Sachen jetzt gefälligst an! Da steht's geschrieben, in bester Wäschetinte; und genau so werden Sie's auch auf Ihren sämtlichen alten Sachen wiederfinden, die wir im Hause aufbewahrt haben – ›ANNE CATHERICK‹, klar wie gedruckt!«. Und genau so stand es zu lesen, als Fräulein Halcombe, am Abend ihrer Ankunft in Limmeridge-Haus, sich die Wäsche ansah, die ihre Schwester trug.

* * *

Dies die einzigen Erinnerungen — und sämtlich waren sie ungewiß, und einige davon sogar widerspruchsvoll — die von Lady Glyde durch sorgfältiges Befragen während der Fahrt nach Cumberland hinauf erhalten werden konnten. Fräulein Halcombe nahm bewußt Abstand davon, sie mit etwelchen Erkundigungen bezüglich der Ereignisse im Sanatorium zu quälen — lag doch nur allzuklar auf der Hand, daß ihr Geist der Belastungsprobe eines Rückblicks dorthin nicht gewachsen gewesen wäre. Immerhin war, durch das freiwillige Eingeständnis des Leiters der Irrenanstalt, bekannt, daß ihre Aufnahme dort am 27. Juli erfolgt war. Von diesem Tage an, bis zum 15. Oktober, dem Tag ihrer Befreiung, hatte sie unter Aufsicht gestanden, war ihr die Identität mit Anne Catherick systematisch eingehämmert, und ihr die geistige Gesundheit von der ersten Minute bis zur letzten, praktisch abgestritten worden. Unter einer Feuerprobe dieser Art hätte auch ein weniger delikat ausbalanciertes Gemüt, ein weniger zart organisierter Körper, leiden müssen; ja, kein Mann hätte sie überstehen und unverändert daraus hervorgehen können!

Als sie spät am Abend des 15. in Limmeridge eintrafen, entschied Fräulein Halcombe sich, und sehr weislich, dafür, den Versuch, Lady Glydes Identität festzustellen, erst am folgenden Tage zu unternehmen.

Ihr erstes am nächsten Morgen war, daß sie sich auf Herrn Fairlies Zimmer begab, und ihm, nach allen nur möglichen Vorsichtsmaßnahmen und einleitenden Bemerkungen, schließlich kurz und klar mitteilte, was geschehen sei. Sobald sich sein erstes Erstaunen, sein erster Schreck gelegt hatten, erklärte er ärgerlich, daß Fräulein Halcombe sich von Anne Catherick hätte an der Nase herumführen lassen. Er verwies sie auf Conte Foscos Brief, und was sie ihm selbst von der frappanten Ähnlichkeit zwischen Anne und seiner verstorbenen Nichte erzählt hätte; und lehnte es endlich ein für allemal ab, und sei es auch nur für eine Minute, eine Wahnsinnige bei sich vorzulassen, die überhaupt nur in sein Haus gebracht zu haben eine Sünde und Schande wäre.

Fräulein Halcombe verließ das Zimmer — wartete, bis die erste Hitze ihrer Entrüstung sich gelegt hatte — entschied nach einigem Überlegen, daß Herr Fairlie, und sei es nur im allgemeinen Interesse der Menschlichkeit, seine Nichte sehen müsse, bevor er seine Tür vor ihr, als einer Fremden, zuschlüge — und nahm infolgedessen,

ohne ein Wort der Vorwarnung, Lady Glyde mit sich in sein Zimmer. Zwar war der Kammerdiener vor der Tür postiert worden, um ihr Eindringen zu verhindern; aber Fräulein Halcombe bestand energisch auf ihrem Eintritt, und erzwang sich, ihre Schwester an der Hand, den Weg in Herrn Fairlies Gegenwart.
Die nun erfolgende Szene, obschon sie nur ganz wenige Minuten gedauert hatte, war zu peinlich gewesen, um geschildert werden zu können – selbst Fräulein Halcombe scheute sich, darauf zurückzukommen. Es genüge zu sagen, wie Herr Fairlie sich in den entschiedensten Ausdrücken dahin erklärt hatte, daß er die Frau, die man hier in sein Zimmer gebracht habe, nicht kenne – daß er in ihrem Gesicht und Benehmen nichts sähe, was ihn auch nur einen Augenblick daran zweifeln lasse, daß seine Nichte auf dem Kirchhof von Limmeridge begraben läge; und daß er zu seinem Schutz die Behörden anrufen würde, falls Jene, bevor der Tag noch vorüber sei, nicht aus dem Hause entfernt würde.
Selbst wenn man von Herrn Fairlies Egoismus, Trägheit und allgemeinem Mangel an Gefühl einmal das Schlimmste dachte, war es doch eine offenkundige Unmöglichkeit, anzunehmen, daß er einer Schurkerei des Ausmaßes fähig wäre, seines Bruders Kind insgeheim wiederzuerkennen und vor der Öffentlichkeit zu verleugnen. Auch Fräulein Halcombe hatte menschlicher- und vernünftigerweise eingeräumt, daß Vorurteil und Überrumpelung ihr gerüttelt Maß dazu beigetragen haben könnten, ihn an der normalen Ausübung seines Wahrnehmungsvermögens zu verhindern, und hatte das Geschehene dem zugeschrieben. Aber als sie als nächstes dann die Dienerschaft auf die Probe stellte, und erkennen mußte, wie auch sie, jeder Einzelne von ihnen, sich, um das mindeste zu sagen, unsicher darüber war, ob die ihnen vorgeführte Frau nun ihre junge Herrin wäre oder aber Anne Catherick, von deren Ähnlichkeit mit ihr sie inzwischen Alle erfahren hatten; da wurde die betrübliche Folgerung unvermeidlich: daß die durch Lady Glydes Aufenthalt im Sanatorium bei ihr hervorgerufene Veränderung in Gesichtsausdruck und Benehmen weit ernstlicher sei, als Fräulein Halcombe zuerst angenommen hatte. Die schändliche Betrügerei, die ihren Tod behauptet hatte, bot selbst in dem Hause, wo sie geboren war und unter den Menschen, bei denen sie gelebt hatte, der Entdeckung siegreich Trotz.
In einer weniger kritischen Situation hätten die Bemühungen trotz-

dem noch nicht als hoffnungslos aufgegeben zu werden brauchen.
Zum Beispiel wurde Fanny, die Zofe, die zufällig gerade abwesend von Limmeridge war, innerhalb von zwei Tagen zurück erwartet; und die Chance, sich als Start von deren Anerkennung zu versichern, war, in Anbetracht dessen, daß sie laufend in wesentlich engerer Beziehung zu ihrer Herrin gestanden hatte, und ihr weit herzlicher zugetan gewesen war, als die anderen Dienstboten, durchaus vorhanden. Weiterhin hätte sich Lady Glyde auch verborgen im Haus oder im Dorfe aufhalten, und warten können, bis sie ihre Gesundheit wenigstens einigermaßen wiedererlangt und ihr Geist sich ein bißchen mehr gefestigt hätte. Sobald sie ihres Gedächtnisses wieder annähernd sicher gewesen wäre, hätte sie natürlich von Personen und Ereignissen der Vergangenheit mit einer Bestimmtheit und Vertrautheit berichten können, wie keine Betrügerin es zu simulieren vermocht hätte; und dergestalt hätte sich der Beweis ihrer Identität, den zu führen ihre äußere Erscheinung jetzt versagt hatte, nach und nach mit Hülfe der Zeit durch den sicheren Beleg ihrer eigenen Worte ja wohl auch erbringen lassen.
Aber die Umstände, unter denen sie ihre Freiheit wiedererlangt hatte, machten alle Zuflucht zu Mitteln wie den erwähnten, schlechthin undurchführbar. Die Verfolgung seitens des Sanatoriums, nur für den Augenblick nach Hampshire irregeleitet, würde sich unfehlbar als nächstes in Richtung Cumberland lenken. Die mit der Aufspürung des Flüchtlings beauftragten Personen konnten binnen weniger Stunden schon in Limmeridge-Haus eintreffen; und durften, bei Herrn Fairlies augenblicklicher Gemütsstimmung, ohne weiteres darauf rechnen, daß er, sie zu unterstützen, von seinem lokalen Einfluß und seiner Autorität unverzüglich Gebrauch machen würde. Die einfachste Rücksicht auf Lady Glydes Sicherheit nötigte Fräulein Halcombe zu der Einsicht, das Ringen um ihre Rehabilitierung zunächst einzustellen, und sich sofort von der Stelle zu entfernen, die ihr von allen auf der Welt im Augenblick die gefährlichste war – aus der eigenen Heimat und deren Nähe.
Die unverzügliche Rückkehr nach London war die erste und gleichzeitig weiseste Sicherheitsmaßregel, die sich von selbst anbot. In der großen Stadt würde sich jegliche Spur von ihnen am raschesten und zugleich sichersten verwischen lassen. Besondere Vorbereitungen

waren nicht zu treffen – kein freundliches Abschiedswort mit Jemandem zu tauschen. Am Nachmittag jenes denkwürdigen 16. Oktober gelang es Fräulein Halcombe, ihre Schwester zu einer letzten Anstrengung ihres Mutes aufzurütteln; und ohne daß ihnen auch nur eine lebende Seele beim Abschied ›Lebewohl‹ gesagt hätte, schlugen die Zwei allein ihren Weg in die weite Welt ein, und kehrten Limmeridge-Haus auf ewig den Rücken.

Sie waren bei dem Hügel oberhalb des Kirchhofes schon vorbei gewesen, als Lady Glyde plötzlich darauf bestand, noch einmal umzudrehen, um einen letzten Blick auf das Grab ihrer Mutter zu werfen. Fräulein Halcombe hatte sich bemüht, ihren Entschluß wankend zu machen; aber in diesem einen Fall war ihr Versuch vergeblich gewesen. Laura war unerschütterlich geblieben. Ein plötzliches Licht war in ihren trüben Augen aufgeglommen, so daß sie durch den Schleier davor förmlich gefunkelt hatten – ihre abgezehrten Finger hatten sich mit jedem Herzschlag fester um den Freundinnenarm geschlossen, auf dem sie bis dahin so teilnahmslos geruht hatten. Ich glaube in meinem tiefsten Innern, daß Gottes Hand es war, die ihnen den Weg zurück wies; und daß das unschuldigste und heimgesuchteste Seiner Geschöpfe in diesem feierlich- und schrecklichen Moment auserkoren wurde, sie zu sehen.

Sie richteten ihre Schritte zurück zum Friedhof, und besiegelten durch diese Handlung den zukünftigen Verlauf dreier Leben.

III

Dies die Geschichte der Vergangenheit – das heißt, der Geschichte, soweit wir sie damals kannten. –

Zwei logische Folgerungen vor allem waren es, die sich, nachdem ich sie vernommen hatte, meinem Geist darstellten. Erstens erkannte ich nunmehr dunkel, welcher Natur die Verschwörung gewesen, in welcher Weise die Chancen im Auge behalten und die Gelegenheiten ausgenützt worden waren, um ein gewagtes und kompliziertes Verbrechen straflos ausführen zu können. Während sämtliche Einzelheiten mir noch ein Geheimnis blieben, war die schändliche Art, in der man sich die persönliche Ähnlichkeit zwischen der Frau in Weiß und Lady Glyde zunutze gemacht hatte, über allen Zweifel erhaben.

Klar war, daß Anne Catherick in Conte Foscos Haus als Lady Glyde eingeführt worden war – klar, daß Lady Glyde die Stelle der Toten im Sanatorium ausgefüllt hatte – eine Unterschiebung, so geschickt bewerkstelligt, daß selbst unschuldige Leute (nämlich der Arzt und die beiden Dienstboten mit Sicherheit; der Leiter der Irrenanstalt höchstwahrscheinlich) zu Komplizen des Verbrechens geworden waren.
Die zweite Folgerung ergab sich als notwendige Konsequenz dieser ersten. Wir Drei hatten keinerlei Gnade zu erwarten, weder von Conte Fosco noch von Sir Percival Glyde. Der Erfolg ihrer Verschwörung hatte diesen beiden Männern einen glatten Gewinn von 30 000 Pfund eingebracht – dem Einen 20; dem Andern, durch seine Gattin, 10 Tausend. Sie hatten dieses Interesse, und einige andere Interessen noch außerdem, sich ihrer Unsträflichkeit und Nicht-Entdeckung um jeden Preis zu versichern; und würden keine Anstrengung unversucht, keinen Stein unumgedreht, keine Verräterei unangewendet lassen, um den Ort ausfindig zu machen, wo ihr Opfer sich verbarg, und sie von den einzigen Freunden fortzureißen, die sie auf der Welt ihr eigen nannte – von Marian Halcombe und mir.
Das Bewußtsein dieser ernstlichen Gefahr – einer Gefahr, die jeder Tag, ja, jede Stunde, uns näher und näher bringen konnte – war die eine Rücksicht, die mich bezüglich des Aussuchens unseres Zufluchtsortes leitete. Ich wählte ihn weit im Osten Londons, wo es auf den Straßen die wenigsten Müßiggänger und Gaffer gab. Ich wählte ihn weiterhin in einer ärmlichen und volkreichen Gegend – denn je härter der Kampf ums Dasein zwischen den Männern und Frauen um uns, desto geringer das Risiko, daß sie Zeit haben oder sich die Mühe machen würden, groß auf Fremdlinge zu achten, die zufällig unter ihnen erschienen. Das waren die bedeutendsten Vorteile, auf die ich ein Augenmerk hatte; aber auch in anderer und kaum weniger wichtiger Beziehung war die Örtlichkeit ein großer Gewinn für uns. Wir konnten hier billig und von der Arbeit meiner Hände leben; konnten jeden Groschen, den wir erübrigten, zu dem Zweck, dem gerechten Zweck, aufsparen, ein infames Unrecht wiedergutzumachen – ein Ziel, das ich nunmehr, von früh bis spät, fest im Auge behielt.
Binnen einer Woche hatten Marian Halcombe und ich die Vorkehrungen getroffen, wie unser Neues Dasein künftig verlaufen sollte.

Es gab weiter keine Mieter in dem Haus, und wir hatten die Möglichkeit, ein- und auszugehen, ohne daß wir durch den Laden gemußt hätten. Wir machten, zumindest für die erste Zeit, ab, daß weder Marian noch Laura sich ohne meine Begleitung vor die Tür wagen sollten; und daß sie in meiner Abwesenheit von zuhause Niemanden in ihre Zimmer lassen sollten, unter was für einem Vorwand auch immer. Nachdem wir diese Einrichtungen getroffen hatten, begab ich mich zu einem Freund, den ich in früheren Tagen gekannt hatte – einem Holzschneider, mit ausgebreiteter Kundschaft – um ihn wegen Beschäftigung anzugehen; indem ich ihm zu gleicher Zeit mitteilte, wie ich meine Gründe hätte, unbekannt zu bleiben.
Er folgerte daraus sogleich, daß ich irgendwie in Schulden stecke, drückte mir in der üblichen Art sein Beileid aus, und versprach mir dann, mich nach Kräften zu unterstützen. Ich beließ ihn ruhig bei seiner irrigen Meinung, und übernahm die Aufträge, die er zu vergeben hatte. Daß er sich auf meinen Fleiß und meine Geschicklichkeit verlassen konnte, war ihm bekannt; ich besaß genau das, was er brauchte: Ausdauer und Routine; und obgleich meine Honorare nur klein waren, reichten sie doch hin, unsere Ausgaben zu decken. Sobald wir uns erst einmal dessen sicher wußten, taten Marian Halcombe und ich, was wir besaßen, zusammen. Ihr waren etwa zwischen 2 und 3 Hundert £ von ihrem Vermögen verblieben; und ich besaß annähernd noch einmal den gleichen Betrag, nämlich das, was mir von der Abstandssumme übrig war, als ich, anläßlich meiner Abreise von England, meine Praxis als Zeichenlehrer verkauft hatte. Im Ganzen bekamen wir Beide mehr als 400 £ zusammen; und ich deponierte dieses unser kleines Vermögen bei der Bank; wo es zur Bestreitung derjenigen geheimen Recherchen und Nachforschungen verbleiben sollte, die in Gang zu bringen, und, falls ich Niemanden finden konnte, der mir dabei half, auch ganz allein anzustellen, ich entschlossen war. Wir kalkulierten unsere wöchentlichen Ausgaben bis auf den letzten Pfennig genau durch, und rührten unser kleines Kapital, es sei denn in Lauras Interesse und um Lauras willen, niemals an.
Die Hausarbeit – die, hätten wir uns getraut, uns jemand Fremdes zu nahekommen zu lassen, von einem Dienstmädchen gemacht worden wäre – wurde vom ersten Tage an, als ihr persönliches Anrecht, von Marian Halcombe übernommen. »Wozu Frauenhände sich eignen,« sagte sie, »sollen, ob früh oder spät, diese *meine* Hände

hier leisten.« Und sie zitterten, während sie sie vorzeigte: die abgemagerten Arme erzählten auf ihre Weise die eigene traurige Geschichte der Vergangenheit, während sie die Ärmel des ärmlichen einfachen Kleides aufstreifte, das sie um der Sicherheit willen anhatte; aber doch leuchteten ihre Augen dabei hell von dem unbesiegbaren Geist dieser Frau. Ich sah, wie sie mich so anschaute, dicke Tränen in ihren Augen entstehen und über ihre Wangen herniederrollen. Sie wischte sie, mit einem Anflug ihrer alten Energie, resolut ab, und lächelte mir einen schwachen Widerschein ihrer alten munteren Laune zu. »Zweifeln Sie nicht an meinem Mut, Walter,« bat sie; »was hier heult, bin nicht *ich*, es ist nur meine Schwachheit. Und falls *ich* sie nicht besiegen können sollte, dann wird's die Hausarbeit tun.« Und sie hielt ihr Wort – als wir uns am Abend wiedersahen, und sie sich zum Ausruhen hinsetzte, war der Sieg gewonnen. Ihre großen schwarzen Augen sahen mich fest an, und es blitzte darin, wie die Klarheit und Festigkeit vergangener Tage. »Ich bin noch nicht völlig gebrochen,« sagte sie. »Meinen Teil an der Arbeit kann man mir anvertrauen.« Bevor ich noch eine Antwort geben konnte, fügte sie schon, im Flüstertone, hinzu: »Und auch meinen Anteil am Wagnis und der Gefahr kann man mir anvertrauen: denken Sie daran, wenn der Augenblick kommt!«.
Ich dachte daran, als der Augenblick kam.

* * *

Bereits vor Ende Oktober noch hatte unser Tagesablauf geregelte Formen angenommen, und wir drei Leutchen lebten so vollständig isoliert in unserem Verstecke dahin, wie wenn das Haus, das wir bewohnten, eine einsame Insel, und das große Netzwerk der Straßen mit den unzähligen Tausenden unserer Mit-Geschöpfe rundum, die Wasser eines unbegrenzten Ozeans gewesen wären. Ich konnte jetzt einige Mußestunden daran wenden, zu überlegen, worin mein Aktionsplan zu bestehen, und wie ich mich, von Anfang an, am sichersten für den kommenden Kampf mit Sir Percival und dem Conte zu wappnen hätte.
Die Hoffnung, mich als Beweis ihrer Identität auf mein Wiedererkennen Lauras, oder auf Marians Wiedererkennen, zu berufen, hatte ich gänzlich aufgegeben. Wenn wir sie nur um eine Spur weni-

ger geliebt hätten, wenn nicht der infolge eben dieser Liebe uns innewohnende Instinkt stärker gewesen wäre, denn alle Vernunft, nicht scharfäugiger denn alles mühsame Beobachten – dann hätten bei ihrem ersten Anblick vielleicht ja selbst *wir* gezweifelt!
Die von den Erleidnissen und Schrecken der Vergangenheit bewirkten äußerlichen Veränderungen hatten die fatale Ähnlichkeit zwischen Anne Catherick und ihr schier fürchterlich ins Hoffnungslose gesteigert. In meinem Bericht über die Ereignisse zur Zeit meines Aufenthaltes in Limmeridge-Haus habe ich es, aufgrund meiner eigenen Beobachtung der Beiden, ja festgehalten, wie diese Ähnlichkeit, allgemein betrachtet zwar frappierend war; wenn man jedoch näher ins Detail einging, sich in so manchem wichtigen Punkt nicht mehr als stichhaltig erwies. Wenn man die Beiden in jenen früheren Tagen Seite an Seite gesehen hätte, würde kein Mensch auch nur einen Augenblick lang die Eine mit der Anderen verwechselt haben – wie es etwa bei Zwillingen so oft passiert. Jetzt konnte ich das nicht mehr sagen. Kummer und Leiden – die, und sei es auch nur durch einen unwillkürlichen Gedanken mit der Zukunft Laura Fairlies in Verbindung zu bringen, ich mich einst getadelt hatte – *hatten* nunmehr der Jugend und Schönheit ihres Antlitzes den entweihenden Stempel aufgedrückt; und die fatale Möglichkeit einer Ähnlichkeit, die ich damals erblickt (und schaudernd erblickt) hatte, war jetzt eine wirkliche, reale Ähnlichkeit geworden, die sich meinen eigenen Blicken darstellte. Fremde, Bekannte, ja selbst Freunde, die sie nicht mit unseren Augen ansahen, würden, hätte man sie ihnen in den ersten Tagen ihrer Erlösung aus dem Sanatorium vorgeführt, daran gezweifelt haben, ob das die Laura Fairlie sei, die sie einst gekannt hatten – gezweifelt, ohne daß man ihnen irgend hätte Schuld geben können.
Auch die andere verbleibende Chance, von der ich zuerst angenommen hatte, daß sie uns womöglich hätte einen Dienst leisten können – die Chance, ihre Erinnerung an Personen und Ereignisse mit heranzuziehen, mit denen eine Betrügerin nie und nimmer vertraut sein konnte – erwies sich, wie die Erfahrung uns allmählich aufs betrüblichste dartat, als gleichermaßen hoffnungslos. War doch jede kleine Vorsicht, deren Marian und ich uns ihr gegenüber bedienten, jegliches Mittelchen, das wir versuchten, ihre geschwächten, erschütterten Fähigkeiten zu kräftigen und wieder ins Lot zu bringen, an sich selbst nur immer eine erneute Warnung gegen das Risiko, ihre Ge-

danken je wieder auf die verstörte, die schreckliche Vergangenheit zu lenken.
Die einzigen Ereignisse früherer Tage, deren sich zu erinnern wir sie zu ermutigen wagten, waren die kleinen häuslichen Vorfälle jener glücklichen Limmeridger Zeiten, da ich zuerst dort erschienen war und sie zu zeichnen gelehrt hatte. Der Tag, da ich diese Erinnerungen dadurch erweckte, daß ich ihr jene Skizze des Sommer-Häuschens zeigte, die sie mir in der Frühe unseres Abschiedstages geschenkt, und die ich seitdem ständig bei mir getragen hatte, war der Tag, an dem unsere ersten neuen Hoffnungen geboren wurden. Sehr sacht und ganz allmählich dämmerte ihr das Gedenken an jene alten Spaziergänge und Ausfahrten auf; und die armen, müden, verhärmten Augen schauten mit einem neuen Interesse auf Marian und mich, mit einer noch zaghaften Nachdenklichkeit, die wir von diesem Augenblick an sorgfältig hegten und pflegten. Ich kaufte ihr einen kleinen Tuschkasten und ein Skizzenbuch, möglichst ähnlich jenem alten, das ich an dem Morgen, als wir uns zum ersten Male sahen, in ihren Händen bemerkt hatte. Noch einmal – ach ja, noch einmal! – saß ich, in kargen, meiner Arbeit abgesparten Stunden, im trüben Londoner Licht, im ärmlichen Londoner Zimmer, an ihrer Seite, der schwachen Hand zu helfen, den wankenden Strich zu lenken. Tag für Tag steigerten und steigerten wir das neue Interesse, bis endlich wenigstens diese Lücke in ihrem Dasein wieder einigermaßen ausgefüllt war – bis sie wiederum ihres früheren Zeichners gedachte, und davon sprach, und sich geduldig übte, mit etwas wie einem schwachen Widerschein des unschuldigen Vergnügens an meiner Unterweisung, des wachsenden Wohlgefallens an ihren eigenen Fortschritten, das dem verlorenen Leben, dem verlorenen Glück vergangener Tage angehörte.
Durch dergleichen schlichte einfältige Mittel kamen wir ihrem Gemüt langsam zu Hülfe. Nahmen sie an schönen Tagen in die Mitte, und gingen mit ihr spazieren; meist auf einem unweit gelegenen, stillen alten Platz der City, wo nichts sie verwirren oder aufregen konnte. Wir entnahmen dem Bankguthaben ein paar £, um ihr Wein zu kaufen, und die anderweitige erlesene, stärkende Kost, deren sie bedurfte. Abends amüsierten wir sie mit kindlich-einfachen Kartenspielen; mit Malbüchern, die ich von dem Holzschneider entlehnte, der mich beschäftigte – vermittelst solcher und anderer ähnlicher kleiner Aufmerksamkeiten beruhigten wir sie und brachten sie

allmählich ins Gleichgewicht; und setzten unsre Hoffnung, so frohgemut wir nur immer vermochten, auf Zeit und Sorgfalt und eine Liebe, die nimmer ermüdet und nimmer an ihr verzagte. Aber sie rücksichtslos aus ihrer Ruhe und Abgeschiedenheit herauszureißen — sie mit Fremden zu konfrontieren, beziehungsweise mit Bekannten, die wenig besser als Fremde waren — die peinigenden Eindrücke ihrer jüngsten Vergangenheit, die wir so mühsam eben erst beschwichtigt hatten, wieder heraufzubeschwören — das trauten wir uns, schon in ihrem ureigensten Interesse, nun doch nicht. Was immer für Opfer es auch kosten, was für lange, mühsame, herbrechende Verzögerungen es auch bedingen mochte — das ihr angetane Unrecht mußte, falls sterbliche Hände es überhaupt zu bewältigen vermochten, ohne ihr Wissen und ohne ihre Beteiligung, wieder gut gemacht werden.
Nachdem dieses Ereignis einmal feststand, wurde es erforderlich zu beschließen, an welcher Stelle der erste Versuch gewagt, und worin die ersten Schritte bestehen sollten.
Nach längeren Beratungen mit Marian entschied ich mich dafür, zunächst einmal soviel Tatsachen zusammenzutragen, wie wir habhaft werden könnten; dann, anschließend, die Ansicht von Herrn Kyrle einzuholen, (der uns als vertrauenswürdig bekannt war), und, als Allererstes, von ihm in Erfahrung zu bringen, ob eine gesetzliche Wiedergutmachung menschlicherweise überhaupt in unserem Bereich läge. War ich es doch Lauras Interesse schuldig, ihre gesamte Zukunft nicht nur auf meine eigenen, isolierten Anstrengungen zu gründen, solange auch nur die entfernteste Aussicht noch bestand, unsere Position dadurch entscheidend zu verstärken, daß wir irgend verläßliche Unterstützung an uns zogen.
Die erste mir zugängliche Quelle der Information war das von Marian Halcombe in Blackwater Park geführte Tagebuch, in dem freilich auf mich bezügliche Stellen enthalten waren, von denen sie es für das Beste hielt, daß ich sie nicht zu Gesicht bekommen sollte. Dementsprechend las sie mir aus dem Manuskript vor, und ich machte mir währenddessen laufend die erforderlichen Notizen. Wir konnten die Zeit für diese Beschäftigung nur so erübrigen, daß wir bis tief in die Nacht hinein sitzen blieben — 3 solcher Nachtwachen wurden diesem Zweck gewidmet, und reichten hin, mich von Allem zu informieren, was Marian zu berichten wußte.
Meine nächste Maßnahme bestand darin, so viel zusätzliche Aus-

sagen von anderen Personen zu erlangen, wie ich, ohne Argwohn zu erregen, nur immer beschaffen konnte. Ich begab mich persönlich zu Frau Vesey, um festzustellen, ob Lauras Eindruck, dort übernachtet zu haben, korrekt sei oder nicht. Mit Rücksicht auf Frau Veseys Alter und Gebrechlichkeit machte ich in diesem Fall, (und in allen folgenden, ähnlich gelagerten Fällen, aus Erwägung reiner Vorsicht) ein Geheimnis aus unserer wirklichen Situation; und gab mir besonders Acht darauf, von Laura immer als von der »verstorbenen Lady Glyde« zu sprechen.

Frau Veseys Antwort auf meine Erkundigungen bestätigte nur die Befürchtungen, die ich zuvor schon gehegt hatte: wohl hatte Laura geschrieben und ihr mitgeteilt, wie sie gedenke, die Nacht unter dem Dach ihrer alten Freundin zu verbringen – aber auch nur in die Nähe des Hauses war sie nie gekommen.

In diesem Fall – und, wie ich fürchtete, bei diversen weiteren Anlässen außerdem noch – spiegelte ihre Erinnerung ihr verschwommen und in trügerischem Licht etwas vor, was zu tun sie zwar beabsichtigt, in Wahrheit jedoch niemals getan hatte. Die unbewußten Widersprüche in ihrem Bericht lösten sich auf diese Weise unschwer auf – konnten aber leider zu sehr ernsthaften Resultaten führen. Das hieß, gleich beim Anfang, schon auf der Schwelle, stolpern – war ein Manko in unserer Beweisführung, das verhängnisvoll werden konnte.

Als ich mich als nächstes nach dem Brief erkundigte, den Laura von Blackwater Park an Frau Vesey geschrieben hatte, wurde er mir zwar vorgelegt; aber ohne den Briefumschlag, der längst in den Papierkorb geworfen und verschwunden war. Der Brief selbst enthielt wieder keinerlei Datum – nicht einmal der Wochentag war angegeben. Er bestand lediglich aus folgenden paar Zeilen:

Liebeliebe Frau Vesey!
Ich habe große Sorgen, bin in einer schwierigen Lage, und werde mich wahrscheinlich morgen Abend bei Ihnen melden und um ein Nachtquartier bitten. Ich kann Ihnen in diesem Billet jetzt nicht sagen, um was es sich handelt – ich schreibe in solcher Hast und Angst, überrascht zu werden, daß ich mich einfach auf nichts konzentrieren kann. Bitte, bleiben Sie zu Hause, damit ich Sie auch ja antreffe. Ich will Ihnen 1000 Küsse geben und Allesalles erzählen.
– Herzlichst, Ihre LAURA

Brachten diese Zeilen irgendeinen Fortschritt? Nicht den geringsten.

Nach meiner Rückkehr von Frau Vesey unterrichtete ich Marian, unter Wahrung derselben Vorsichtsmaßregeln, die auch ich beobachtet hatte, an Frau Michelson zu schreiben. Marian sollte, wenn es ihr recht wäre, einleitend ein allgemeines Mißtrauen hinsichtlich der Rolle Conte Foscos ausdrücken, und die Haushälterin anschließend bitten, uns im Interesse der Wahrheit einen einfachen kurzen Bericht über die damaligen Vorgänge zur Verfügung zu stellen. Während wir auf die Antwort warteten, (die uns übrigens nach Verlauf einer Woche erreichte), begab ich mich zu dem Arzt in St. John's Wood, und stellte mich dort als Abgesandten Fräulein Halcombes vor; mit dem Zweck, wenn möglich noch mehr Einzelheiten bezüglich der letzten Krankheit ihrer Schwester zu erfahren, als Herr Kyrle einzuziehen Zeit gefunden hatte. Durch Herrn Goodrickes Unterstützung erlangte ich eine beglaubigte Abschrift des Totenscheins, und lernte auch die Frau (Jane Gould war ihr Name) kennen, deren man sich bedient hatte, um die Leiche zur Beerdigung zurechtzumachen. Durch Vermittlung dieser Person wurde mir weiterhin die Möglichkeit, Verbindung mit einer der Hausangestellten, Frau Hester Pinhorn, aufzunehmen. Sie hatte ihre Stellung infolge eines Zerwürfnisses mit ihrer Herrin vor kurzem gekündigt, und wohnte bei Leuten in der Nachbarschaft, die Frau Gould kannte. Auf diese hier angedeutete Weise bekam ich die Aussagen der Haushälterin, des Arztes, Jane Goulds und Hester Pinhorns zusammen, so wie sie wörtlich auf den vorangegangenen Seiten erschienen sind.

Dergestalt mit zusätzlichem Material, wie diese Dokumente es ergaben, versehen, erachtete ich mich als für eine Beratung mit Herrn Kyrle hinreichend ausgerüstet; und Marian schrieb dementsprechend an ihn, um meinen Namen zu erwähnen, und Tag und Stunde anzugeben, wo ich ihn in einer vertraulichen Angelegenheit zu sprechen wünschte.

Ich hatte an dem betreffenden Morgen noch Zeit genug, um erst mit Laura unsern üblichen Morgenspaziergang zu unternehmen, und anschließend dafür zu sorgen, daß sie sich friedlich an ihr Malbüchlein setzte. Als ich dann aufstand, um das Zimmer zu verlassen, schaute sie zu mir hoch, mit dem Ausdruck einer neuen Besorgnis auf dem Gesicht, und ihre Finger begannen, fast in der alten Weise,

unsicher mit den Pinseln und Bleistiften auf dem Tisch zu tändeln.
»Du bist meiner noch nicht überdrüssig?« sagte sie. »Du gehst nicht etwa fort, weil Du meiner überdrüssig bist? Ich will mir Mühe geben, mich zu bessern — will mir Mühe geben, gesund zu werden. Hast Du mich auch wirklich noch so gern wie früher, Walter; jetzt, wo ich so blaß und dünn bin, und so schwerfällig beim Zeichnenlernen?«
Sie redete, wie ein Kind hätte reden können; sie zeigte mir ihre Gedanken, wie ein Kind sie gezeigt hätte. Ich wartete noch ein paar Minuten länger — wartete, um ihr zu erklären, daß sie mir heute teurer sei, denn je in vergangenen Tagen. »Versuch nur, wieder gesund zu werden,« sagte ich, und bestärkte nach Kräften die neue Zukunftshoffnung, die ich in ihrem Geist aufdämmern sah. »Versuch gesund zu werden; um Marians und um meiner willen.«
»Ja,« sagte sie zu sich selbst, während sie zu ihrer Zeichnung zurückkehrte; »ich muß mir Mühe geben, weil sie mich Beide so gerne haben.« Unversehens schaute sie noch einmal auf: »Sei nicht lange weg! Ich komm' nicht weiter mit meiner Zeichnung, Walter, wenn Du nicht in der Nähe bist und mir hilfst.«
»Ich bin bald wieder zurück, Liebling — bin bald zurück, und seh' mir dann an, wie Du voran gekommen bist.«
Meine Stimme schwankte wider meinen Willen etwas. Ich riß mich mit Gewalt aus dem Zimmer los. Jetzt war nicht der Zeitpunkt, eine Selbstbeherrschung aufs Spiel zu setzen, die mir, noch ehe der Tag um war, vielleicht bitter nötig werden konnte.
Als ich die Tür öffnete, gab ich Marian einen Wink, mir bis zur Treppe zu folgen. Es wurde allmählich notwendig, sie auf eine Möglichkeit vorzubereiten, die, wie ich fühlte, früher oder später als Folge davon eintreten konnte, daß ich mich in der Öffentlichkeit auf den Straßen zeigte.
»Ich werde, aller Wahrscheinlichkeit nach, in ein paar Stunden wieder zurück sein,« sagte ich, »und Sie werden, wie üblich, Sorge dafür tragen, während meiner Abwesenheit Niemanden zur Tür herein zu lassen. Für den Fall aber, daß etwas passieren sollte —«
»Was soll passieren können?« unterbrach sie mich rasch. »Sagen Sie mir ganz offen, Walter, ob und welche Gefahr besteht, und ich werde mich darauf einstellen, ihr zu begegnen.«
»Die einzige Gefahr,« entgegnete ich, »ist die, daß Sir Percival

Glyde auf die Nachricht von Lauras Entkommen hin nach London zurückgekehrt sein könnte. Sie erinnern sich, daß er mich, bevor ich damals England verließ, hat beobachten lassen, und mich überdem vermutlich vom Sehen kennt, obgleich ich ihn nicht kenne.«
Sie legte mir ihre Hand auf die Schulter, und schaute mich schweigend und besorgt an. Ich sah, daß sie die ernstliche Gefahr, die uns bedrohte, begriff.
»Es ist nicht sehr wahrscheinlich,« sagte ich, »daß ich in London nochmals so rasch Jemandem zu Gesicht komme, weder Sir Percival selbst, noch den Leuten, die er beauftragt. Aber die bloße theoretische Möglichkeit, daß man mich zufällig sehe, besteht natürlich immer. Für einen solchen Fall werden Sie, sollte ich heute Abend nicht zurückkommen, sich bitte nicht aufregen, und irgendwelche Erkundigungen Lauras mit den besten Ausreden beschwichtigen, die Ihnen einfallen, ja? Sollte ich den geringsten Grund für einen Verdacht finden, daß man mich beobachtet, werd' ich mir die größte Mühe geben, damit kein Spion mich bis zu diesem Hause hier verfolgen kann. Also verzagen Sie nicht an meiner Rückkehr, Marian, wie sehr sie sich auch verzögern mag – und fürchten Sie nichts.«
»Nichts!« antwortete sie fest. »Sie sollen nicht zu bedauern haben, Walter, daß Ihr einziger Verbündeter nur eine Frau ist.« Sie machte eine Pause, während der sie mich einen Moment länger zurückhielt. »Passen Sie sich auf!« sagte sie dann, und gab meiner Hand einen besorgten Druck – »Bitte, passen Sie sich auf!«.
Dann verließ ich sie, und brach auf zu meinem Entdeckungsgange – ein dunkler und ungewisser Weg, der an der Haustür des Rechtsanwalts begann.

IV

Nicht das geringste, was von Bedeutung gewesen wäre, stieß mir auf meinem Weg zum Büro von Gilmore & Kyrle in Chancery Lane auf.
Während Herrn Kyrle meine Karte hineingebracht wurde, fiel mir ein Umstand ein, dessen nicht früher gedacht zu haben, ich tief bereute. Die Marians Tagebuch entnommenen Informationen hatten es zu absoluter Gewißheit erhoben, daß Conte Fosco ihren ersten

Brief an Herrn Kyrle aus Blackwater Park geöffnet, und den zweiten, mit Hilfe seiner Frau, abgefangen hatte. Er war deshalb mit der Anschrift dieses Büros wohlbekannt, und würde also natürlicherweise folgern, daß Marian, sobald sie nach Lauras Entkommen aus dem Sanatorium, der Unterstützung und Beratung bedürftig sei, die berufliche Erfahrung von Herrn Kyrle einmal mehr in Anspruch nehmen werde. In diesem Fall war das Anwaltsbüro in Chancery Lane sicher der erste Ort, den er und Sir Percival bewachen lassen würden; und falls zu diesem Zweck dieselben Personen eingesetzt würden, die mich schon vor meiner damaligen Abreise nach England laufend beobachtet hatten, dann würde die Tatsache meiner Rückkehr ihnen aller Wahrscheinlichkeit nach noch am gleichen Tage bekannt werden. Ich hatte gewöhnlich immer nur die Möglichkeit in Betracht gezogen, irgendwann einmal auf der Straße erkannt zu werden; aber das speziell mit diesem Büro hier verbundene Risiko war mir bis zum gegenwärtigen Augenblick ganz und gar nicht eingefallen. Jetzt war es zu spät, den unseligen Denkfehler noch auszubessern – zu spät für den Wunsch, ich hätte Anstalten getroffen, mit dem Anwalt an einem vorher verabredeten privat-dritten Ort zusammen zu kommen. Jetzt konnte ich mir nur noch vornehmen, beim Verlassen von Chancery Lane ganz vorsichtig zu sein, und vor allem auf keinen Fall den geraden Weg nach zu Hause einzuschlagen.

Nach ein paar Minuten des Wartens wurde ich in Herrn Kyrles Privatbüro geführt. Er war ein blasser, hagerer Mann, ruhig und selbstbewußt, hatte ein sehr aufmerksames Auge, eine sehr leise Stimme, und ein sehr zurückhaltendes Wesen – Fremden gegenüber, meiner Schätzung nach, nicht übermäßig rasch mit seiner Sympathie bei der Hand, und in seiner beruflichen Ruhe und Fassung nichts weniger als leicht zu erschüttern. Einen geeigneteren Mann für meine Zwecke hätte ich schwerlich finden können. Falls er sich überhaupt zur Abgabe einer verbindlichen Meinung würde bewegen lassen, und falls diese Meinung eine günstige sein sollte, dann durften wir von diesem Augenblick an unsere Angelegenheit als durchaus verfechtbar betrachten.

»Bevor ich auf das Anliegen eingehe, das mich zu Ihnen führt,« sagte ich, »muß ich Ihnen noch zu bedenken geben, Herr Kyrle, daß auch die knappste Darlegung, deren sie fähig ist, eine gewisse Zeit in Anspruch nehmen wird.«

»Meine Zeit steht Fräulein Halcombe zur Verfügung,« erwiderte er. »Wo irgend persönliche Interessen von ihr auf dem Spiele stehen, vertrete ich meinen Teilhaber nicht nur beruflich, sondern auch persönlich. Das ist sein ausdrücklicher Wunsch gewesen, als er damals aufhörte, aktiven Anteil an unserer Firma zu nehmen.«
»Darf ich fragen, ob sich Herr Gilmore in England befindet?«
»Nein; er ist noch bei seinen Verwandten in Deutschland. Sein Gesundheitszustand hat sich zwar gebessert; aber der Zeitpunkt seiner Rückkehr bleibt weiterhin ungewiß.«
Während wir diese einleitenden Sätze austauschten, hatte er unter den Papieren auf seinem Tisch gesucht, und zog eben jetzt einen versiegelten Brief hervor. Ich dachte schon, er wolle diesen Brief mir aushändigen; aber anscheinend änderte er seinen Entschluß, legte ihn einzeln für sich auf den Tisch, setzte sich in seinem Stuhl zurecht, und harrte schweigend dessen, was ich ihm zu sagen haben würde.
Ohne auch nur einen Augenblick noch an einleitende Wendungen etwelcher Art zu verschwenden, begann ich meine Darlegungen, und setzte ihn von all den Vorgängen in Kenntnis, die auf diesen Seiten bereits berichtet worden sind.
So sehr er auch durch und durch erfahrener Anwalt war, störte ich ihn diesmal doch aus seiner beruflichen Abgebrühtheit auf. Ausdrücke der Ungläubigkeit und Überraschung, die er nicht zu unterdrücken vermochte, unterbrachen mich mehrmals, bevor ich noch zu Ende war. Dennoch hielt ich zähe durch, bis zum Schluß; und stellte, sobald ich diesen erreicht hatte, kühn die eine allwichtige Frage:
»Was halten Sie von alledem, Herr Kyrle?«
Er war zu vorsichtig, sich durch eine Antwort zu kompromittieren, ohne sich vorher die Zeit genommen zu haben, erst einmal seine Selbstbeherrschung wiederzugewinnen.
»Bevor ich eine Meinung äußere,« sagte er, »muß ich um Erlaubnis bitten, erst noch diverse klärende Fragen stellen zu dürfen.«
Dann stellte er diese Fragen — scharfe, mißtrauische, ungläubige Fragen, die mir in ihrer Reihenfolge klar dartaten, daß ich seiner Ansicht nach das Opfer einer Täuschung geworden sei; ja, daß er ohne meine Einführung durch Fräulein Halcombe bei ihm, vielleicht sogar gezweifelt haben würde, ob ich nicht etwa den Versuch einer raffiniert angelegten, betrügerischen Manipulation plane.

»Glauben Sie mir, daß ich die Wahrheit gesprochen habe, Herr Kyrle?« fragte ich, als er mit seiner Examinierung am Ende schien.
»Was Ihre eigene Überzeugung anbelangt, bin ich mir sicher, daß Sie in gutem Glauben die Wahrheit gesprochen haben,« gab er zurück. »Ich hege die höchste Achtung für Fräulein Halcombe, und habe deswegen allen Grund, einen Herrn, dessen Vermittlung sie sich in einer Materie der vorliegenden Art bedient, gleichfalls zu respektieren. Ich will sogar, Ihnen zu Gefallen, noch weiter gehen, und aus Höflichkeit und um der Klärung des Falles willen, annehmen, daß für Fräulein Halcombe und für Sie die Identität Lady Glydes mit einer lebenden Person eine bewiesene Tatsache wäre. Aber Sie sind wegen juristischer Beratung bei mir. Als Rechtsanwalt – und *nur* als Rechtsanwalt! – ist es meine Pflicht, Ihnen zu sagen, Herr Hartright: daß Sie nicht den Schatten eines Faktums besitzen, auf dem eine Anklage sich aufbauen ließe.«
»Sie drücken sich stark aus, Herr Kyrle!«
»Ich will versuchen, mich auch ebenso verständlich auszudrücken. – Die Beweise für Lady Glydes Tod sind, zumindest auf der Oberfläche, klar und vollständig und zufriedenstellend. Da wäre einmal die Aussage der Tante, um zu beweisen, daß sie zu Conte Fosco ins Haus gekommen, dort erkrankt, und anschließend gestorben ist. Da wäre als weiterer Beleg die Bescheinigung des Arztes, aus der sich der Tod ergibt, und ebenso, daß er unter natürlichen Umständen erfolgt ist. Da hätten wir weiter die Tatsache der Beerdigung in Limmeridge, gesichert durch die Inschrift auf dem Grabmal. Das etwa wäre der Tatbestand, den Sie anfechten wollen. Über welches Material nun verfügen Sie Ihrerseits, um Ihre Beteuerung zu stützen, daß es sich bei der Verstorbenen und Begrabenen *nicht* um Lady Glyde gehandelt habe? Lassen Sie uns die Hauptpunkte Ihres Vortrages rasch durchgehen, und sehen, was sie im einzelnen wert sind. – Fräulein Halcombe begibt sich also in ein gewisses Privatsanatorium und erblickt dort einen gewissen weiblichen Patienten. Es ist bekannt, daß eine Frau namens Anne Catherick, die eine außerordentliche persönliche Ähnlichkeit mit Lady Glyde besitzt, seinerzeit aus diesem Sanatorium entkam; desgleichen ist bekannt, daß die vergangenen Juli dort eingelieferte Person als die wieder ergriffene Anne Catherick eingeliefert wurde; es ist weiterhin bekannt, daß der Herr, der sie zurückbrachte, Herrn Fairlie vorgewarnt hat, wie ihre Geistesstörung zum Teil in der Einbildung bestehe, seine

verstorbene Nichte darzustellen; und es ist schließlich auch das bekannt, daß sie sich im Sanatorium – wo kein Mensch ihr glaubte! – wiederholt als Lady Glyde bezeichnet und ausgegeben hat. All das sind Tatsachen. Was haben Sie nun dagegen zu setzen? Daß Fräulein Halcombe jene Frau wiedererkannt habe? Eine Wiedererkennung, der diverse anschließende Ereignisse widersprechen, sie zumindest entkräften. Hat Fräulein Halcombe die Identität ihrer angeblichen Schwester dem Leiter des Sanatoriums gegenüber behauptet, und sich legaler Mittel bedient, um sie wieder auf freien Fuß zu setzen? Nein, sie besticht heimlich eine Wärterin, damit die sie entkommen läßt. Nachdem die Patientin auf diese, gelinde gesagt bedenkliche, Weise wieder auf freien Fuß gesetzt ist, und mit ihrem Onkel, Herrn Fairlie, zusammengebracht wird: erkennt er sie wieder? Wird seine Überzeugung vom Tode seiner Nichte auch nur eine Sekunde lang erschüttert? Nein. Erkennt die Dienerschaft sie wieder? Nein. Nimmt sie ihren Aufenthalt in der Nähe dort, um ihre eigene Identität zu behaupten, und sich weiteren Vernehmungen und Tests zu stellen? Nein; man bringt sie unter der Hand nach London. In der Zwischenzeit haben freilich nunmehr auch Sie sie wiedererkannt; aber Sie sind kein Verwandter – sind nicht einmal ein alter Bekannter oder Freund der Familie. Die Dienerschaft widerspricht Ihnen; und Herr Fairlie widerspricht Fräulein Halcombe; und die angebliche Lady Glyde widerspricht sich selbst. Sie behauptet, eine Nacht in London in einem bestimmten Haus zugebracht zu haben – Ihre eigenen Recherchen ergaben, daß sie niemals in die Nähe dieses Hauses gekommen ist; und Sie geben überdies selbst zu, daß der Geisteszustand jener Person es verbietet, sie irgendwo vorzuführen, um sie einem Verhör zu unterwerfen und für sich selbst sprechen zu lassen. – Ich übergehe, um für jetzt Zeit zu sparen, etwaige weitere, geringfügigere Argumentationen beider Seiten; und frage Sie nur das Eine: gesetzt, der Fall käme jetzt, im Augenblick vor Gericht – käme vor Geschworenen, die dazu verpflichtet sind, sich an die Tatsachen zu halten, so wie sie sich ihnen vernünftigerweise darstellen –: Wo sind Ihre Beweise?«

Ich sah mich tatsächlich genötigt, ein wenig zu warten und mich wieder zu sammeln, bevor ich ihm antworten konnte. Es war immerhin das erste Mal, daß die fürchterlichen Hindernisse, die uns im Wege lagen, uns in ihrer wahren Gestalt und Größenordnung vorgeführt worden waren.

»Daran kann kein Zweifel bestehen,« sagte ich, »daß die Tatsachen, so wie Sie sie hergezählt haben, gegen uns zu sprechen scheinen; aber –«

»Aber Sie meinen, diese Tatsachen ließen sich weg-erklären?« unterbrach mich Herr Kyrle. »Lassen Sie sich speziell hinsichtlich dieses Punktes die Summe meiner Erfahrungen mitteilen: wenn ein englisches Geschworenengericht die Wahl hat, zwischen einer einfachen Tatsache *auf* der Oberfläche und einer langatmig erläuterten Wahrscheinlichkeit *unter* der Oberfläche, dann zieht es grundsätzlich die Tatsache der Wahrscheinlichkeit vor. Um ein Beispiel zu geben: Lady Glyde – ich will die Dame, die Sie vertreten, einmal der Einfachheit halber so nennen – erklärt, sie habe in dem und dem Haus übernachtet, und es wird bewiesen, daß sie *nicht* in dem Haus übernachtet hat. Sie erklären nun diesen Umstand, indem Sie weitläufig Lady Glydes Gemütsverfassung schildern, und am Ende eine metaphysische Folgerung daraus herleiten. Wohlgemerkt, ich sage nicht, daß diese Ihre Folgerung falsch sei – ich sage lediglich, daß die Geschworenen die Tatsache ihres Sich-selbst-Widersprechens festhalten würden, allen Erklärungen dieses Widersprechens, die Sie beibringen könnten, zum Trotz.«

»Aber wäre es nicht möglich,« wandte ich ein, »vermittelst geduldiger Bemühungen zusätzliches Beweismaterial ausfindig zu machen? Fräulein Halcombe und ich, verfügen über ein paar hundert Pfund –«

Er sah mich mit einem Blick halb-unterdrückten Mitleids an, und schüttelte den Kopf.

»Betrachten Sie sich den Fall von Ihrem eigenen Gesichtspunkt aus, Herr Hartright,« sagte er. »Falls Sie bezüglich Sir Percival Glydes und Conte Foscos Recht haben *sollten,* (was ich damit keineswegs unterstellt haben will, wohlgemerkt), dann würde Ihrem Bemühen um neues Beweismaterial ja jede nur vorstellbare Schwierigkeit in den Weg gelegt werden. Sie müßten mit jeglichem juristischen Kniff als Hindernis rechnen – praktisch jeder Punkt der Anklage würde prinzipiell systematisch bestritten werden – und am Ende, wenn wir ebensoviele Tausende ausgegeben hätten, wie Sie Hunderte meinen, würde die Entscheidung in letzter Instanz vermutlich doch gegen uns ausfallen. Fragen der Identifizierung, wo persönliche Ähnlichkeiten mit ins Spiel kommen, sind an sich schon die am schwierigsten beizulegenden Fragen – die schwierigsten, selbst wenn

sie frei von zusätzlichen Komplikationen sind, wie sie den Fall, den wir hier besprechen, ja förmlich spicken. Ich sehe tatsächlich keine Möglichkeit, auch nur das geringste Licht in diese erstaunliche Angelegenheit zu bringen. Selbst wenn die Person, die auf dem Friedhof in Limmeridge begraben liegt, nicht Lady Glyde gewesen sein sollte, so ist sie doch, Ihrer eigenen Darlegung nach, dieser zu Lebzeiten derart ähnlich gewesen, daß wir nichts dadurch gewinnen würden, selbst wenn wir den offiziellen Antrag auf Erlaubnis stellten, die Leiche ausgraben zu lassen. Kurzum, Sie verfügen über nichts, worauf ein Prozeß sich gründen ließe, Herr Hartright – bestimmt: Sie verfügen über nichts.«
Ich war entschlossen, an dem Glauben festzuhalten, daß Grund genug für einen Prozeß vorläge; ging in diesem Entschluß das Thema von einer anderen Seite her an, und appellierte noch einmal an ihn:
»Gibt es kein anderes Beweismaterial, das wir herbeischaffen könnten, außer diesem Beweis der Identität?«
»In Ihrer Situation nicht,« erwiderte er. »Der einfachste und sicherste aller Beweise, nämlich der durch Datenvergleich, liegt, soweit ich verstanden habe, nicht im Bereich Ihrer Macht. Ja, wenn Sie einen Widerspruch aufzeigen könnten, zwischen dem Datum des ärztlichen Totenscheines, und dem Datum von Lady Glydes Reise nach London – dann bekäme die Sache ein gänzlich anderes Aussehen; dann wäre ich der Allererste, der sagen würde: Lassen Sie uns 'rangehen!«
»Die Möglichkeit, das Datum zu verifizieren, besteht noch, Herr Kyrle.«
»An dem Tage, wo es verifiziert *ist*, Herr Hartright, werden Sie die Grundlage für einen Prozeß besitzen. Falls Sie jetzt, in diesem Augenblick, eine Möglichkeit sehen, daran zu kommen – sagen Sie sie mir, und wir wollen sehen, ob ich Sie dabei vielleicht beraten kann.«
Ich überlegte. Die Haushälterin konnte uns nicht helfen – Laura konnte uns nicht helfen – Marian konnte uns nicht helfen. Aller Wahrscheinlichkeit nach waren die einzigen lebenden Personen, die das Datum kannten, Sir Percival und der Conte.
»Mir fällt im Augenblick keine Möglichkeit ein, das Datum zu verifizieren,« sagte ich; »weil ich mir eigentlich nur zwei Personen vorstellen kann, die es mit Sicherheit wissen werden – Conte Fosco und Sir Percival Glyde.«

Herrn Kyrles ruhiges aufmerksames Gesicht entspannte sich das erstemal in einem Lächeln.
»Bei Ihrer Theorie über das Vorgehen der beiden erwähnten Herren,« sagte er, »erwarten Sie von dieser Seite doch wohl wenig Hülfe, nehme ich an? Falls sie sich zusammengetan haben sollten, um durch ein verabredetes Verbrechen große Geldsummen zu erlangen, dann werden sie es ja wohl schwerlich irgendwie eingestehen.«
»Vielleicht könnten sie zum Geständnis gezwungen werden, Herr Kyrle.«
»Von wem?«
»Von mir.«
Wir erhoben uns zur gleichen Zeit. Er blickte mir aufmerksam ins Gesicht, anscheinend mit größerem Interesse, als er bisher an den Tag gelegt hatte. Ich konnte sehen, daß ich ihn doch ein bißchen verwirrt hatte.
»Sie sprechen sehr entschlossen,« sagte er. »Sie haben zweifellos ein persönliches Motiv für Ihr Vorgehen, in welches einzudringen nicht meines Amtes ist. Sollte sich in Zukunft Material für einen Prozeß ergeben, so kann ich nur sagen, daß ich Ihnen nach besten Kräften zu Diensten stünde. Zur selben Zeit möchte ich Sie aber warnen – da die juristischen Fragen hier nun einmal grundsätzlich mit Geldfragen verquickt sind – daß ich, selbst wenn Sie letztlich beweisen würden, wie Lady Glyde noch am Leben sei, nur wenig Hoffnung sähe, das betreffende Vermögen sicherzustellen. Jener Ausländer würde vermutlich noch vor Eröffnung des Verfahrens das Land verlassen; und Sir Percivals Verlegenheiten sind notorisch groß und dringend genug, um praktisch jeden Geldbetrag, den er besitzen könnte, sofort in die Taschen seiner Gläubiger verschwinden zu lassen. Sie sind sich natürlich klar darüber –«
An dieser Stelle fiel ich ihm ins Wort.
»Darf ich bitten, Lady Glydes Vermögen und dergleichen aus dem Spiel zu lassen,« sagte ich. »Ich habe davon in früheren Tagen nichts gewußt, und weiß auch heut nichts davon – außer dem einen, daß ihr Vermögen verloren ist. Mit der Voraussetzung, daß ich persönliche Motive für mein Vorgehen in dieser Angelegenheit habe, sind Sie im Recht. Ich kann nur wünschen, daß diese meine Motive allzeit so uninteressiert wären, wie in diesem Augenblick –«
Er versuchte mich zu unterbrechen und sich zu erklären. Ich war

jedoch, wie ich glaube, in dem Empfinden, daß er an mir gezweifelt hatte, ein wenig in Hitze geraten, und fuhr energisch fort, ohne ihn groß anzuhören:

»Von finanziellen Beweggründen soll keine Rede sein,« sagte ich, »und auch keinerlei Gedanke an etwelche persönlichen Vorteile, bei dem Dienst, den ich Lady Glyde zu leisten beabsichtige. Man hat sie als eine Fremde aus dem Hause gestoßen, in dem sie geboren wurde – auf dem Stein über dem Grab ihrer Mutter steht eine Lüge geschrieben, die von ihrem Tode berichtet – und zwei Männer, die für all das verantwortlich sind, leben, und leben ungestraft. Jedes Haus soll sich ihr wieder öffnen müssen, und zwar in Gegenwart jeder Menschenseele, die bei dieser falschen Beerdigung das Geleit zum Grabe gegeben hat – jene Lüge soll in aller Öffentlichkeit von dem Grabstein ausgemerzt werden, auf Anweisung des Oberhauptes ihrer Familie – und jene zwei Männer sollen sich wegen ihres Verbrechens *mir* gegenüber verantworten; ob schon die Justiz, die in den Palästen zu Gericht sitzt, sich als ohnmächtig erweist, sie zu verfolgen. Ich habe mein Leben diesem Zweck gewidmet; und allein, wie ich dabei dastehe, werde ich, falls GOTT mir das Leben schenkt, ihn durchsetzen.«

Er begab sich zurück hinter seinen Schreibtisch, und antwortete nichts. Sein Gesicht zeigte deutlich, wie er der Ansicht sei, meine fixe Idee sei mit meinem Verstande davon gelaufen, und daß er es für total nutzlos hielte, mir noch irgend weiteren Rat zu erteilen.

»Wir halten Jeder an unserer Meinung fest, Herr Kyrle,« sagte ich, »und müssen nun eben warten, bis die künftigen Ereignisse zwischen uns entscheiden. In der Zwischenzeit bin ich Ihnen äußerst verpflichtet für die Aufmerksamkeit, die Sie meinen Darlegungen gewidmet haben. Sie haben mir dargetan, daß eine gesetzliche Wiedergutmachung außer dem Bereich unserer Mittel liegt, und zwar in jedem Sinne des Wortes: wir vermögen weder den vom Gesetz geforderten Beweis zu erbringen, noch sind wir reich genug, um die Kosten eines Verfahrens zu bestreiten. Auch das zu wissen, ist schon etwas gewonnen.«

Ich verbeugte mich und ging zur Tür. Er rief mich zurück, und übergab mir den Brief, den ich ihn zu Beginn unserer Unterredung hatte einzeln für sich auf den Tisch legen sehen.

»Die Post brachte mir das hier vor ein paar Tagen,« sagte er. »Vielleicht sind Sie so freundlich, es abzugeben? Sagen Sie, bitte, bei der

Gelegenheit Fräulein Halcombe, wie ich es aufrichtig bedauerte, soweit nicht in der Lage zu sein, ihr zu helfen; ausgenommen durch einen Rat, der, wie ich befürchte, ihr ebenso wenig willkommen sein wird, wie Ihnen.«

Mein Blick hatte, während er sprach, auf dem Brief geruht. Er war adressiert an ›Fräulein Halcombe. Durch Vermittlung der Herren Gilmore & Kyrle, Chancery Lane‹. Die Handschrift war mir gänzlich unbekannt.

Bevor ich das Zimmer endgültig verließ, stellte ich noch eine letzte Frage:

»Wissen Sie etwa zufällig,« sagte ich, »ob Sir Percival Glyde sich noch in Paris aufhält?«

»Er ist nach London zurückgekehrt,« entgegnete Herr Kyrle. »Zumindest hab' ich so von seinem Anwalt gehört, den ich gestern traf.«

Nach dieser Auskunft ging ich. –

Die erste zu beobachtende Vorsichtsmaßnahme beim Verlassen des Büros bestand darin, auf keinen Fall Aufmerksamkeit dadurch zu erregen, daß ich etwa stehen blieb und mich groß umschaute. Ich ging vielmehr bis zu einem der unbelebtesten großen Plätze im Norden von Holborn; blieb dann, als ein großes Stück leeren gepflasterten Raumes hinter mir lag, ganz plötzlich stehen, und drehte mich um – –

: da, an der Ecke des Platzes, befanden sich zwei Männer, die gleichfalls eben stehen geblieben waren, und nun da standen und sich miteinander unterhielten. Nachdem ich einen Augenblick überlegt hatte, ging ich wieder zurück, um an ihnen vorbei zu kommen. Als ich näher kam, setzte sich der Eine von ihnen in Bewegung, und verschwand um die Ecke der Straße, die hier in den Platz einmündete. Der Andere blieb stehen. Ich sah ihn mir an, als ich an ihm vorüberging; und erkannte augenblicklich einen der Männer, die mich damals schon, bevor ich England verließ, überwacht hatten.

Wenn ich freie Hand gehabt und nur meinen eigenen Impulsen zu folgen gebraucht hätte, wäre der Anfang wahrscheinlich der gewesen, daß ich den Mann angesprochen, und das Ende, daß ich ihn niedergeschlagen hätte. Aber ich war genötigt, die Folgen zu bedenken. Sobald ich mich nur ein einziges Mal öffentlich ins Unrecht setzte, gab ich damit die Waffen sofort in Sir Percivals Hand. Nein, es gab keine andere Wahl, als der List mit List zu begegnen. Ich bog in die Straße, die hinunter der zweite Mann verschwunden war und sah im Vorbeigehen, wie er in einer Toreinfahrt wartete. Er war mir fremd, und ich froh, mir, für den Fall künftiger Belästigungen seine äußere Erscheinung einprägen zu können. Dies getan, ging ich in nördlicher Richtung weiter, bis ich die New Road erreichte. Von da wandte ich mich westwärts (die beiden Männer beständig hinter mir her), und wartete an einer Stelle, die, wie ich wußte, unweit eines Droschkenhalteplatzes gelegen war, ob nicht vielleicht zufälligerweise ein leerer, schneller zweirädriger Wagen vorbeikommen würde. Wenige Minuten darauf erschien schon einer. Ich sprang hinein, und wies den Kutscher an, mit höchster Geschwindigkeit in Richtung Hyde Park zu fahren. Ein zweiter schneller Wagen für die Spione hinter mir war nicht vorhanden. Ich sah sie auf die andere Straßenseite hinüber stürzen, um mir womöglich rennend solange zu folgen, bis ihnen eine Droschke oder ein Droschkenstand in den Weg käme. Aber ich hatte einen zu großen Vorsprung gewonnen; und als ich den Fahrer halten ließ und ausstieg, waren sie nirgends mehr zu sehen. Ich ging durch den Hyde Park hindurch, und versicherte mich auf den großen freien Flächen, daß ich unverfolgt wäre. Als ich dann endlich meine Schritte heimwärts richtete, waren viele Stunden vergangen – sogar die Dunkelheit war längst hereingebrochen.

* * *

In dem kleinen Wohnzimmer fand ich Marian allein auf mich warten. Sie hatte Laura überreden können, sich zur Ruhe zu begeben, nachdem sie ihr erst versprochen hatte, mir, sofort bei meinem Eintritt, ihre neueste Zeichnung zu zeigen. Die ärmliche, kleine, schwache Skizze – an sich so belanglos; in den Assoziationen, die sie weckte, so ergreifend – war sorgsam mit Hülfe zweier Bücher auf dem Tisch aufgestellt, und zwar so, daß der matte Schein der einen Kerze, die wir uns erlaubten, am vorteilhaftesten darauf fallen konnte. Ich nahm Platz, um mir die Zeichnung anzuschauen, und gleichzeitig Marian im Flüsterton zu berichten, was vorgefallen war. Die Wand, die den benachbarten Raum abteilte, war derart dünn, daß wir Laura beinahe atmen hören konnten, und sie durch lautes Sprechen womöglich gestört hätten.

Während ich ihr meine Unterredung mit Herrn Kyrle berichtete, bewahrte Marian ihre Fassung. Aber als ich anschließend die beiden Männer erwähnte, die mir vom Anwaltsbüro aus gefolgt waren, und sie von meiner Entdeckung der Rückkehr Sir Percivals unterrichtete, wurde der Ausdruck ihres Gesichtes unruhig.

»Schlimme Nachrichten, Walter,« sagte sie, »die schlimmsten, die Sie mitbringen konnten. – Weiter haben Sie mir nichts mitzuteilen?«

»Etwas zu *geben* habe ich Ihnen,« erwiderte ich, indem ich ihr das Schreiben aushändigte, das Herr Kyrle meiner Sorgfalt anvertraut hatte.

Sie warf einen Blick auf die Anschrift, und erkannte den Absender auf der Stelle.

»Sie kennen Ihren Korrespondenten?« fragte ich.

»Nur zu gut,« antwortete sie. »Mein Korrespondent heißt Conte Fosco.«

Während dieser Erwiderung hatte sie auch schon den Umschlag geöffnet. Tiefe Röte überzog ihre Wangen, als sie nun las – ihre Augen funkelten vor Zorn, als sie mir das Blatt aushändigte, um meinerseits Kenntnis davon zu nehmen.

Das Schreiben enthielt die folgenden Zeilen:

»Angetrieben von ehrenvoller Bewunderung – ehrenvoll für mich, ehrenvoll für Sie – ergreife ich, unvergleichliche Marian, im Interesse Ihrer Ruhe, die Feder, um Ihnen 3 Worte des Trostes zukommen zu lassen –

: Fürchten Sie nichts! –

Folgen Sie weiterhin Ihrem feinen natürlichen Empfinden, und verharren Sie in Zurückgezogenheit. Teure und bewundernswürdige Frau, fordern Sie keine gefährliche Publizität heraus. Resignation ist ein erhabenes Gefühl – machen Sie es sich zu eigen. Bescheidene häusliche Ruhe ist ewig neu und frisch – genießen Sie sie. Die Stürme des Lebens ziehen über das Tal der Abgeschiedenheit machtlos dahin – weilen Sie, teure Dame, in eben diesem Tal.

Tun Sie das, und, mein Wort darauf, Sie werden nichts zu fürchten haben. Kein neues Unheil wird Ihre Gefühle mehr fordern – Gefühle, die mir ebenso heilig sind, wie meine eigenen. Nichts soll Sie dann belästigen, nichts die liebreizende Gefährtin Ihrer Einsamkeit behelligen oder verfolgen. Sie hat ein neues Asyl gefun-

den, in Ihrem Herzen — unschätzbares, köstliches Asyl! — Ich beneide sie darum, und lasse es ihr.
Ein letztes Wort noch liebevoller Warnung, väterlicher Fürsorge, und ich reiße mich los, von der Versuchung Sie weiter anzureden — ich schließe diese innigen Zeilen — : Gehen Sie nicht weiter, als Sie bereits gegangen sind; gefährden Sie keine ernsthaften Interessen Anderer; drohen Sie Niemandem. Zwingen Sie, ich beschwöre Sie, nicht *mich* zum Eingreifen — MICH, den Mann der Tat! — wo es doch das sehnlichste Ziel meines Ehrgeizes ist, mich passiv zu verhalten, und dem weiten Spiel meiner Energien und Einfälle Zurückhaltung aufzuerlegen — um Ihretwillen. Sollten Sie voreilige Freunde haben, mäßigen Sie deren beklagenswerten Eifer. Sollte Herr Hartright nach England zurückkehren, nehmen Sie keine Verbindung mit ihm auf. Ich gehe meinen eigenen Weg, und Percival folgt mir auf den Fersen: an dem Tage, wo Herr Hartright diesen Weg kreuzen sollte, ist er ein verlorener Mann.«

Unterschrieben waren diese Zeilen einzig mit dem großen Buchstaben ›F‹, umgeben von einer Girlande komplizierter Schnörkel. Ich warf den Brief auf den Tisch, mit all der Verachtung, die er mir eingeflößt hatte.
»Er versucht, Ihnen Angst zu machen — ein sicheres Zeichen dafür, daß er selber Angst hat,« sagte ich.
Sie war zu sehr Frau, um den Brief so zu behandeln, wie ich es getan hatte. Die unverschämte Vertraulichkeit der Redewendungen war zuviel für ihre Selbstbeherrschung. Während sie mich über den Tisch herüber anschaute, ballten ihre Fäuste sich unwillkürlich in ihrem Schoß, und das alte, feurig-rasche Temperament glühte wieder hell auf ihren Wangen und sprühte aus ihren Augen.
»Walter!« sagte sie, »sollten Ihnen je diese zwei Männer auf Gnade und Ungnade ausgeliefert und Sie gezwungen sein, einen davon zu schonen: lassen Sie es dann nicht den Conte sein.«
»Ich werd' mir seinen Brief aufheben, Marian; damit er, wenn die Zeit reif ist, meinem Gedächtnis zu Hülfe komme.«
Sie blickte mich aufmerksam an, als ich mir das Schreiben in mein Notizbuch wegsteckte.
»Wenn die Zeit reif ist?« wiederholte sie. »Getrauen Sie sich, von der Zukunft zu reden, als wären Sie ihrer ganz sicher? — Sicher, nach

dem, was Sie in Herrn Kyrles Büro gehört, nach dem, was Ihnen heute widerfahren ist?«

»Ich rechne die Zeit nicht von heute, Marian. Alles was ich heute getan habe, bestand schließlich darin, einen andern Mann zu ersuchen, für mich zu handeln. Nein; ich rechne nun ab morgen – «

»Warum ab morgen?«

»Weil ich ab morgen selbsttätig zu handeln gedenke.«

»Und zwar wie?«

»Indem ich mit dem frühesten Zug nach Blackwater Park fahre, und, wie ich hoffe, abends wieder zurück bin.«

»Nach Blackwater?«

»Ja. – Ich habe, seitdem ich Herrn Kyrle verließ, Zeit zum Überlegen gehabt. In einem Punkt trifft seine Meinung gänzlich mit der meinen zusammen: wir müssen schlechterdings Alles daran setzen, das Datum von Lauras Abreise aufzuspüren. Der schwache Punkt jener ganzen Verschwörung, und vielleicht die einzige Chance, zu beweisen, daß sie die lebendige Lady Glyde ist, konzentrieren sich anscheinend auf die Entdeckung dieses Datums.«

»Sie meinen,« sagte Marian, »die Entdeckung, daß Laura Blackwater Park erst *nach* jenem Tage verlassen hat, an dem der Arzt den Totenschein ausstellte?«

»Genau das.«

»Wieso sind Sie der Meinung, es könnte *danach* gewesen sein? Laura weiß über die Zeit ihres Aufenthaltes in London doch gar nichts auszusagen.«

»Aber der Leiter des Sanatoriums hat Ihnen mitgeteilt, daß sie am 27. Juli dort eingeliefert worden ist. Ich bezweifle Conte Foscos Geschicklichkeit, sie länger als eine Nacht so in London festzuhalten, daß sie gegen Alles, was um sie vorging, unempfindlich war. In diesem Fall müßte sie aber am 26. abgereist, und also einen Tag nach dem Datum ihres Ablebens, laut ärztlichem Totenschein, in London eingetroffen sein. Könnten wir dieses einen Datums sicher habhaft werden, dann hätten wir den Prozeß gegen Sir Percival und Conte Fosco so gut wie gewonnen.«

»Ja, ja, das seh' ich ein! – Aber wie sollten wir den Beweis je erbringen können?«

»Nach Frau Michelsons Bericht scheinen mir noch zwei Wege möglich, auf denen wir versuchen könnten, es zu erlangen. Der eine wäre, den Arzt zu befragen, diesen Herrn Dawson, der eigentlich wissen müßte, wann er seine Krankenbesuche in Blackwater Park wiederaufgenommen hat, nachdem Laura das Haus verlassen hatte. Der andere bestünde darin, in jenem Gasthaus zu recherchieren, zu dem Sir Percival sich zur Nachtzeit eigenhändig hinkutschiert hat. Wir wissen ja, daß seine Abreise nur einige wenige Stunden nach derjenigen von Laura erfolgt ist, und könnten also auf die Weise an das Datum kommen. Es wäre zumindest wert, den Versuch zu machen; und ich bin entschlossen, ihn morgen zu unternehmen.«

»Und gesetzt den Fall, er schlüge fehl — ich betrachte es jetzt einmal absichtlich von der schlimmsten Seite, Walter; später, wenn die Enttäuschungen kommen und wir uns bewähren müssen, werde ich es ebenso entschlossen von der besten ansehen — also gesetzt den Fall, Niemand in Blackwater könnte Ihnen helfen?«

»Dann gibt es in London zwei Männer, die mir helfen können und helfen sollen — Sir Percival und der Conte. Unbeteiligte und Unschuldige mögen das Datum durchaus vergessen können — aber *sie* sind schuldig, und *sie* wissen es. Sollte ich andernorts überall scheitern, dann ist es meine Absicht, Einem von Beiden das Geständnis abzuzwingen, und zwar zu meinen eigenen Bedingungen.«

Noch während ich sprach, sah ich schon die typisch weibliche Reaktion in Marians Gesicht aufflammen: »Fangen Sie mit dem Conte an,« wisperte sie begierig. »Mir zu Gefallen: fangen Sie mit dem Conte an, ja?«

»Wir müssen, Laura zu Gefallen, dort ansetzen, wo die aussichtsreichsten Erfolgschancen sich bieten,« versetzte ich.

Die Röte schwand wieder aus ihrem Gesicht, und sie schüttelte trübe den Kopf.

»Natürlich,« sagte sie, »Sie haben Recht — es war niedrig und erbärmlich von mir, so zu reden. Ich versuche ja immer, Geduld zu üben, Walter, und habe jetzt auch mehr Erfolg als früher, unter glücklicheren Umständen. Aber etwas von meinem alten impulsiven Temperament ist eben doch noch übrig, und wenn ich an den Conte denke, überwältigt es mich immer!«

»Auch er wird an die Reihe kommen,« sagte ich. »Aber bedenken Sie selbst: in *seinem* Leben gibt es, zumindest soweit wir im Bilde sind, *keine* angreifbaren Stellen.« Ich legte eine kleine Pause ein, um ihr Zeit zu lassen, ihre Selbstbeherrschung voll wiederzugewinnen; und sprach dann die entscheidenden Worte aus —

: »Marian! In Sir Percivals Leben aber gibt es eine dunkle Stelle, von der wir Beide wissen — «
»Sie meinen: ›Das Geheimnis‹?«
»Ganz recht: ›Das Geheimnis‹. Das ist die einzig sichere Handhabe gegen ihn, die wir besitzen. Durch kein anderes Mittel kann ich ihn aus seiner sicheren Position heraus nötigen, kann ich ihn und seine Schurkerei vor das helle Licht des Tages zerren. Wessen auch immer der Conte sich schuldig gemacht haben mag: Sir Percival hat in das Verbrechen gegen Laura noch aus einem anderen Grunde eingewilligt, aber nur aus gewinnsüchtigen Motiven. Sie haben ihn selbst dem Conte bestätigen hören, wie er glaube, seine Gattin wisse genug, um ihn ruinieren zu können, ja? Sie haben ihn sagen hören, daß er ein verlorener Mann sei, sobald Anne Cathericks Geheimnis bekannt würde?«
»Ja! Ja! Das hab' ich.«
»Nun gut, Marian; wenn uns alle anderen Hilfsmittel versagt haben werden, dann habe ich vor, das Geheimnis kennenzulernen. Ich hege meinen alten Aberglauben unverändert auch jetzt noch; ich sage es noch einmal: die Frau in Weiß ist eine lebendig wirksame Macht in unser Dreier Dasein. Das Ende ist vorherbestimmt — das Ende zieht über uns herauf — und Anne Catherick, obschon tot und begraben, weist uns dennoch den Weg dorthin!«

V

Die Geschichte meiner ersten Nachforschungen in Hampshire ist bald erzählt.
Meine sehr frühzeitige Abfahrt von London setzte mich in den Stand, Herrn Dawson noch am Vormittag in seinem Hause zu erreichen. Unsere Unterredung führte, was den eigentlichen Zweck meines Besuches anbelangte, zu keinem befriedigenden Ergebnis.
Herrn Dawsons Bücher ergaben zwar einwandfrei, wann er die Behandlung Fräulein Halcombes in Blackwater Park wieder aufgenommen hatte; aber von diesem Datum aus mit einiger Sicherheit zurückzurechnen, war ohne Frau Michelsons Hülfe nicht möglich — und eben die war sie, wie ich wußte, zu gewähren nicht imstande.

Sie vermochte aus dem Gedächtnis nicht anzugeben (und wer, unter ähnlichen Umständen könnte das wohl auch?) wieviele Tage zwischen der Wiederaufnahme der Behandlung der Patientin durch den Arzt, und der davorliegenden Abreise von Lady Glyde verstrichen waren. Sie war sich fast sicher, den Umstand der Abreise selbst am Tage darauf Fräulein Halcombe gegenüber erwähnt zu haben — aber das Datum, an dem diese Eröffnungen stattfanden, genau anzugeben, war sie ebensowenig in der Lage, wie das Datum des Tages davor, an dem Lady Glyde nach London abfuhr, zu beschwören. Auch vermochte sie nicht, mit nennenswert größerer Exaktheit die Zeit abzuschätzen, die von der Abreise ihrer Herrin an bis zu dem Termin, als der undatierte Brief von Madame Fosco einging, verflossen war. Und endlich, wie um die Reihe der Schwierigkeiten voll zu machen, hatte der Arzt, der um die betreffende Zeit selbst krank darniederlag, versäumt, unter Monat und Wochentag seine reguläre Eintragung zu machen, als der Gärtner von Blackwater Park bei ihm vorsprach und ihm die Botschaft von Frau Michelson ausrichtete.

Ohne Hoffnung auf Unterstützung seitens Herrn Dawsons, beschloß ich, als nächstes zu versuchen, ob sich das Datum von Sir Percivals Ankunft in Knowlesbury feststellen ließe.

Es war geradezu wie verhext!

Als ich Knowlesbury erreichte, war der betreffende Gasthof geschlossen und Zettel an die Mauern geklebt. Wie man mir mitteilte, war, seit dem Bau der Eisenbahnlinie schon, das Schicksal der Herberge praktisch besiegelt gewesen. Das neue Hotel am Bahnhof hatte allmählich die gesamte Kundschaft an sich gezogen; und die alte Herberge hier (von der wir wußten, daß es die sei, wo Sir Percival eingekehrt war) war vor rund zwei Monaten zugemacht worden. Der Besitzer hatte mit all seinem Hab und Gut das Städtchen verlassen, und wohin er verzogen war, konnte ich mit Gewißheit von Niemandem erfahren. Vier Leute, die ich deshalb befragte, machten mir vier verschiedene Angaben über seine Pläne und Projekte, als er Knowlesbury verließ.

Ich hatte noch ein paar Stunden Zeit übrig, ehe der letzte Zug nach London abging, und ließ mich deshalb noch einmal in einem Einspänner vom Bahnhof Knowlesbury nach Blackwater Park zurückfahren, mit der Absicht, den Gärtner zu befragen, sowie die Leute im Pförtnerhaus. Falls auch sie sich unfähig erweisen sollten, mir

zu helfen, dann waren meine Hilfsquellen für den Augenblick erschöpft, und ich konnte nach der Stadt zurückkehren.
Einen guten Kilometer vorm Park entließ ich den Kutscher, und begab mich, nachdem ich mir noch von ihm die Richtung hatte zeigen lassen, dem Hause zu.
Als ich von der Chaussee ab und in den Fahrweg einbog, sah ich einen Mann mit einer Reisetasche rasch vor mir auf dem Weg zum Pförtnerhaus einherschreiten. Der Mann war klein, ziemlich schäbig in Schwarz gekleidet, und trug einen auffallend großen Hut. Ich taxierte ihn (soweit eine Schätzung hier möglich war) als Schreiber in einem Anwaltsbüro; und hielt sofort inne, um den Abstand zwischen uns zu vergrößern. Er hatte mich nicht gehört, und ging weiter, ohne sich umzudrehen, bis er außer Sicht kam. Als ich dann, eine kleine Weile darauf, selbst durch die Toreinfahrt ging, war er nicht mehr zu erblicken – anscheinend war er in Richtung Haus gegangen.
Im Pförtnerhäuschen befanden sich zwei Frauen. Die eine davon war alt; die andere konnte, wie ich aus Marians Schilderung sofort wußte, nur Margaret Porcher sein.
Ich fragte zuerst, ob Sir Percival da wäre; und erkundigte mich, nachdem ich eine verneinende Antwort erhalten hatte, als nächstes, wann er abgereist wäre? Keine der Frauen wußte mir mehr anzugeben, als daß er ›im Sommer‹ fortgefahren wäre. Aus Margaret Porcher war nichts herauszubekommen, als Kopfschütteln und Grienen. Die alte Frau war ein kleines bißchen intelligenter, und es gelang mir, sie zum Erzählen zu bringen: die Art wie Sir Percival damals abgefahren, und wie erschrocken sie darüber gewesen wäre. Sie erinnerte sich noch, wie der Herr sie aus dem Bett gerufen und durch sein Gefluche in Angst gesetzt hätte – aber das Datum, an dem das Alles sich abgespielt hatte, ging, wie sie ganz ehrlich zugab, »über ihre Kräfte«.
Als ich wieder aus dem Pförtnerhäuschen trat, sah ich, gar nicht weit davon, den Gärtner arbeiten. Als ich ihn anredete, schaute er mich zuerst ziemlich mißtrauisch an; aber als ich dann Frau Michelsons Namen in höflicher Verbindung mit dem seinen erwähnte, ließ er sich bereitwillig genug in ein Gespräch mit mir ein. Ausführlich zu beschreiben, was zwischen uns vorging, hat keinen Zweck – es endete jedenfalls, wie auch alle meine anderen Versuche, das Datum festzustellen, geendet hatten: der Gärtner wußte, daß sein Herr zur Nacht-

zeit davonkutschiert sei, »irgendwann im Juli; so die letzten 14 Tage oder im letzten Monatsdrittel« – mehr war ihm nicht bekannt.
Während wir noch so zusammen sprachen, sah ich den Mann in Schwarz mit dem großen Hut aus dem Hause treten, in geringer Entfernung von uns stehen bleiben und uns beobachten.
Ein gewisser Verdacht bezüglich seines Auftrages in Blackwater Park war mir wohl schon durch den Sinn gefahren; und verstärkte sich jetzt, als der Gärtner nicht fähig (beziehungsweise nicht willens) war, mir mitzuteilen, um wen es sich bei diesem Mann handele. Ich beschloß klaren Tisch einfach dadurch zu machen, daß ich ihn, wenn möglich, selbst ansprach. Die unverfänglichste Frage, die ich als Fremder vorbringen konnte, würde die sein, mich zu erkundigen, ob man das Haus besichtigen dürfte. Ich ging sofort auf den Mann zu, und redete ihn in diesem Sinne an.
Sein Blick und sein Betragen taten unmißverständlich dar, daß er wußte, wer ich sei; wie auch, daß er mich zu einem Streit mit ihm reizen wollte. Seine Entgegnung war an sich unverschämt genug, um ihn, wenn ich weniger entschlossen gewesen wäre, mich zu beherrschen, seinen Zweck umgehend erreichen zu machen. So aber begegnete ich ihm mit der ausgesuchtesten Höflichkeit; entschuldigte mich ob meines unbeabsichtigten Eindringens hier (das er ein »widerrechtliches Betreten« genannt hatte), und verließ das Grundstück. Es war genau, wie ich vermutet hatte: man hatte mich, als ich Herrn Kyrles Büro verließ, erkannt; dies anscheinend sofort an Sir Percival Glyde weitergegeben; und der Mann in Schwarz war nach Blackwater Park schon in der Voraussicht entsandt worden, daß ich im Hause selbst oder aber in der Nachbarschaft meine Erkundigungen anstellen würde. Wenn ich ihm nur die geringste Chance gegeben hätte, die läppischste Klage gegen mich anzubringen, dann wäre das Eingreifen der lokalen Behörden zweifellos dazu benützt worden, jeglichem weiteren Vorgehen meinerseits einen Hemmschuh anzulegen; und mich, zumindest für einige Tage, von Marian und Laura zu trennen.
Ich war darauf vorbereitet, auf meinem Weg von Blackwater Park zum Bahnhof ebenso beobachtet zu werden, wie man es tags zuvor in London mit mir getan hatte. Es ist mir damals jedoch unerfindlich geblieben, ob man mir bei jenem Anlaß nun tatsächlich gefolgt ist oder nicht. Dem Mann in Schwarz mögen mir unbekannte Mittel

zu Gebote gestanden haben, mir nachzuspüren; aber ihn in eigener Person habe ich weder auf meinem Weg zum Bahnhof gesehen, noch anschließend danach, als ich am Abend an der Londoner Endstation ausstieg. Ich erreichte unser Heim zu Fuß; wobei ich die Vorsichtsmaßregel anwandte, bevor ich mich unserer Haustür näherte, eine Runde durch die einsamsten Straßen in der Nachbarschaft zu machen, und mehrfach, sobald ich den entsprechenden freien Raum hinter mir wußte, anzuhalten und zurückzuspähen. Ich hatte mir dieses Stratagem gegen etwaige Verräterei zuerst in den Wildnissen Zentralamerikas anzueignen gelernt – jetzt praktizierte ich es wiederum, zu dem gleichen Zweck und mit noch größerer Behutsamkeit, mitten im Herzen unseres zivilisierten London!

Nichts war während meiner Abwesenheit vorgefallen, was Marian irgend hätte alarmieren können. Sie erkundigte sich eifrig, welcher Erfolg mir beschieden worden sei? Als ich sie davon unterrichtete, konnte sie ihr Erstaunen ob des Gleichmuts, mit dem ich von dem Fehlschlagen meiner Nachforschungen soweit sprach, nicht verbergen.

Die Wahrheit war die, daß der Mißerfolg meiner Recherchen mich in keiner Beziehung entmutigt hatte. Ich hatte sie mehr um der Vollständigkeit willen, als Pflichtgefühl, angestellt – versprochen hatte ich mir nichts von ihnen. Bei meinem damaligen Gemütszustand war es mir eher eine Erleichterung, zu wissen, daß das ganze Ringen sich nunmehr zu einer Kraftprobe zwischen mir und Sir Percival Glyde zugespitzt hatte. Das Motiv der Rachsucht hatte sich selbstverständlich doch mit all meinen anderen und besseren Motiven vermengt; und ich gestehe, daß das Gefühl, wie der sicherste Weg, ja, der einzige noch übrige Weg, Lauras Sache zu dienen, darin bestand, den Schurken, der sie geheiratet hatte, mit festem unerbittlichem Griff zu packen, mich mit Befriedigung erfüllte.

Während ich also einerseits zugebe, daß ich nicht Stärke genug besaß, meine Motive gänzlich von Racheinstinkten frei und rein zu erhalten, kann ich andererseits aber auch ehrlich etwas zu meinen Gunsten sagen: keinerlei niedrige Spekulation hinsichtlich der künftigen Beziehungen zwischen Laura und mir kam mir je zu Sinn; und ebenso keine hinsichtlich etwelcher privater und persönlicher Zugeständnisse, zu denen ich Sir Percival gegebenenfalls nötigen könnte, sobald er mir erst einmal auf Gedeih und Verderb anheim gegeben sein würde. Ich sagte mir niemals: »Falls ich Erfolg haben sollte,

dann soll es aber auch eines der Ergebnisse dieses Erfolges sein, daß ich es ihrem Gatten unmöglich mache, uns je wieder zu trennen.«
Ich konnte sie einfach nicht ansehen, und dabei solche Gedanken hinsichtlich der Zukunft in mir bewegen. Der traurige Anblick der Veränderung von ihrem früheren Selbst zu ihrem jetzigen Zustand bewirkte, daß das einzige Interesse meiner Liebe zur Zeit in einer Zärtlichkeit und einem Mitgefühl bestand, wie ein Vater oder Bruder es empfunden haben würde, und wie, Gott weiß es, auch ich es in meinem innersten Herzen empfand. Alle meine Hoffnungen schauten nicht weiter voraus, als bis zum Tage ihrer Wiedergesundung: dort, wenn sie wiederum kräftig und glücklich sein würde – dort, wenn sie mich wiederum würde anschauen können, wie sie einst geschaut, mich wieder würde anreden können, wie sie einst geredet hatte – dort war der Punkt, an dem meine innigsten Wünsche, meine kühnsten Hoffnungen, ihr Ende fanden.
Diese Worte werden mir mit nichten von einer müßigen Lust an irgendwelcher Selbstbespiegelung eingegeben; aber es werden bald Abschnitte in diesem Bericht erscheinen, die die Gemüter Anderer zu Urteilen über mein Verhalten gewissermaßen herausfordern. Da ist es nur recht und billig, daß zuvor mein Bestes und mein Schlechtestes mit in die Waagschale gelegt werde.

* * *

Am nächsten Morgen nach meiner Rückkehr von Hampshire nahm ich Marian mit nach oben in mein Arbeitszimmer, und unterbreitete ihr dort meinen Plan (soweit ich ihn bis jetzt ausgearbeitet hatte), um uns der einen angreifbaren Stelle im Leben Sir Percival Glydes zu versichern.
Der Weg zum Geheimnis hin ging mitten durch das, uns Allen bisher undurchdringlich gebliebene, Mysterium der Frau in Weiß. Die Annäherung an dieses wiederum konnte theoretisch dadurch erfolgen, daß man den Beistand von Anne Cathericks Mutter zu erlangen versuchte; und das einzig erreichbare Mittel, Frau Catherick in dieser Angelegenheit zum Handeln oder zum Reden zu bewegen, hing seinerseits von meiner Chance ab, zu allererst einmal über Frau Clements lokale und familiäre Einzelheiten zu entdecken. Nachdem ich die Sache sorgfältig nach allen Richtungen hin durchdacht

hatte, fühlte ich mit Gewißheit, wie ich diese neue Serie von Nachforschungen nur dadurch beginnen konnte, daß ich mich mit jener treuen Freundin und Beschützerin Anne Cathericks in Verbindung setzte.

Die erste Schwierigkeit bestand also darin, Frau Clements ausfindig zu machen.

Diesem Erfordernis auf die beste und einfachste Weise zu begegnen, verdankte ich Marians rascher Auffassungsgabe. Sie schlug vor, nach Todd's Corner, jenem Bauernhof bei Limmeridge, zu schreiben; und anzufragen, ob Frau Todd etwa während der letztvergangenen Monate mit Frau Clements Verbindung gehabt hätte. Wieso Frau Clements überhaupt von Anne getrennt worden war, wußten wir natürlich unmöglich anzugeben; aber sobald eine Trennung einmal erfolgt gewesen war, würde es Frau Clements ja bestimmt eingefallen sein, sich nach der verschwundenen Frau in *der* Gegend zu erkundigen, der sie vor allen andern notorisch am meisten zugetan war – das heißt, in Limmeridge und Umgebung. Ich erkannte auf der Stelle, daß Marians Einfall uns eine gute Aussicht auf Erfolg darbot, und sie schrieb noch am selben Tage in diesem Sinne an Frau Todd.

Währenddessen wir auf ihre Antwort warteten, zog ich von Marian alles an Informationen ein, was sie über den Gegenstand von Sir Percivals Familie und Vorleben nur immer beizubringen vermochte. Sie konnte über diese Themen allerdings nur vom Hörensagen reden, war sich jedoch der Wahrheit des bißchens, was sie zu erzählen hatte, ziemlich sicher.

Sir Percival war ein einziges Kind gewesen. Sein Vater, Sir Felix Glyde, war von Geburt an aufs schmerzlichste und unheilbarste mißgestaltet gewesen, litt schwer darunter, und hatte, von seinen frühesten Jahren an, jeglichen gesellschaftlichen Umgang gemieden. Sein einziges Glück waren musikalische Genüsse; und er hatte auch eine Dame geehelicht, von der es hieß, daß ihr Geschmack dem seinen ähnlich, und sie selbst eine ausgezeichnete Musikerin sei. Er erbte Blackwater noch als ganz junger Mann. Weder er noch seine Gattin machten nach der Inbesitznahme irgend Anstalten, gesellige Verbindung mit ihrer Nachbarschaft aufzunehmen, und Niemand unternahm auch den Versuch, sie aus ihrer selbstgewählten Reserve herauszulocken – Niemand, mit der einen verhängnisvollen Ausnahme des Pastor primarius.

Dieser Pastor war der Typ des schlimmsten aller unschuldigen Unheilstifter, nämlich ein Übereifriger. Er hatte vernommen, wie es hieß, daß Sir Felix die Universität verlassen habe, in Bezug auf Politik wenig besser als ein Revolutionär, in Bezug auf Religion ein Ungläubiger; und gelangte gewissenhafterweise zu dem Schluß, wie es seine heilige Pflicht sei, den Gutsherrn aufzufordern, sich der Stimme der Wahrheit nicht zu verschließen, wie sie in der hiesigen Dorfkirche ertöne. Sir Felix wurde teufelswild ob der gutgemeinten aber übelberatenen Einmischung des Geistlichen, und beleidigte ihn derart gröblich und in aller Öffentlichkeit, daß die Familien in der Nachbarschaft Briefe voller empörter Gegenvorstellungen nach Blackwater Park sandten, und selbst die Pächter seiner Ländereien ihre Meinung so kräftig ausdrückten, wie sie nur immer sich trauten. Der Baron, der ohnehin weder Geschmack an ländlichem Leben fand, noch auch irgend Anhänglichkeit an das Besitztum selbst oder irgendeinen von dessen Bewohnern verspürte, erklärte, wie die hiesige Gesellschaft keine zweite Chance haben sollte, ihn zu ennuyieren, und verließ den Ort von jenem Augenblick an.
Nach einem kurzen Zwischenaufenthalt in London reisten er und seine Gattin nach dem Kontinent ab, um nie wieder nach England zurückzukehren. Sie verlebten einen Teil ihrer Zeit abwechselnd in Frankreich und in Deutschland; bewahrten dabei jedoch immerfort dieselbe strenge Zurückgezogenheit, wie sie die krankhafte Empfindlichkeit ob seiner eigenen mißgestalteten Person Sir Felix zur zweiten Natur gemacht hatte. Ihr Sohn, Percival, war im Ausland geboren, und dort auch privat von Hauslehrern erzogen worden. Der erste Elternteil, den er verlor, war seine Mutter; ein paar Jahre darauf starb dann auch sein Vater, und zwar entweder 1825 oder aber 26. Sir Percival war zwar auch schon ein oder zwei Mal vor diesem Zeitpunkt, als junger Mann, in England gewesen; aber seine Bekanntschaft mit dem verstorbenen Herrn Fairlie datierte erst aus der Zeit nach seines Vaters Tode. Sie wurden rasch sehr intim miteinander; obwohl Sir Percival sich in jenen Tagen selten oder gar nie in Limmeridge aufgehalten hatte. Herr Frederick Fairlie mochte ihm ein oder zwei Mal in Gesellschaft seines Bruders Philip begegnet sein; konnte ihn jedoch weder damals, noch sonst zu irgendeiner Zeit, näher gekannt haben. Sir Percivals einziger intimer Freund in der ganzen Fairlieschen Familie war eben nur Lauras Vater gewesen.

Das war alles, was ich an Einzelheiten von Marian in Erfahrung zu bringen vermochte. Es war zwar nicht abzusehen, daß sich für mein gegenwärtiges Vorhaben auch nur eine davon als brauchbar erweisen könnte; aber ich notierte sie mir trotzdem sorgfältig, für den Fall, daß zu einem künftigen Zeitpunkt etwas davon wichtig werden sollte.
Frau Todds Antwort (auf unsern eigenen Wunsch hin an ein Postamt in einiger Entfernung von uns adressiert) war, als ich danach fragen ging, bereits eingetroffen. Der Zufall, der bis dahin grundsätzlich gegen uns gewesen war, schien sich von diesem Augenblick an zu unseren Gunsten wenden zu wollen: Frau Todds Brief enthielt den ersten Ansatzpunkt zur weiteren Verfolgung der Erkenntnis, hinter der wir her waren!
Es ergab sich, daß Frau Clements (wie wir vermutet hatten) tatsächlich nach Todd's Corner geschrieben, sich zunächst einmal ob der formlosen Weise, in der sie und Anne an jenem Morgen, nachdem ich die Frau in Weiß auf dem Kirchhof von Limmeridge überraschte, von ihren Freunden auf dem Bauernhof entfernten, entschuldigt hatte; und dann, nachdem sie Frau Todd von Annes erneutem Verschwinden unterrichtete, sie dringend gebeten hatte, doch einmal in der Umgebung von Limmeridge herumzuhorchen, ob die Verschwundene sich etwa dorthin wieder durchgeschlagen hätte? Im Anschluß an dieses ihr Ersuchen hatte Frau Clements Sorge getragen, die Adresse hinzuzusetzen, unter der sie grundsätzlich zu erreichen wäre, und eben diese Adresse gab Frau Todd hiermit an Marian weiter. Sie lautete auf London, und war keine halbe Wegstunde von unserer Wohnung entfernt.
Genau dem alten Sprichwort gemäß war ich entschlossen, das Eisen zu schmieden solange es heiß war. Am nächsten Morgen bereits zog ich aus, Frau Clements um eine Unterredung zu ersuchen. Dies war mein erster Schritt vorwärts, was unsere Nachforschungen anbelangt. Die eigentliche Geschichte des verzweifelten Unternehmens, auf das ich mich damit eingelassen hatte, beginnt hier.

VI

Die uns von Frau Todd mitgeteilte Anschrift wies mich zu einer Pension, auf einer der angeseheneren Straßen in der Nähe von Gray's Inn Road gelegen.

Als ich klopfte, machte Frau Clements selbst mir die Tür auf; schien mich jedoch nicht wiederzuerkennen, und fragte, in welcher Angelegenheit ich käme. Ich erinnerte sie an unsere Begegnung auf dem Kirchhof von Limmeridge, gegen Ende der Unterredung, die ich dort mit der Frau in Weiß geführt hatte; wobei ich Sorge trug, ihr betont ins Gedächtnis zurückzurufen, daß ich Derjenige sei, der Anne Catherick (wie Diese selbst ihr erklärt hatte) seinerzeit behülflich gewesen war, den Verfolgern aus dem Sanatorium zu entkommen. Darin bestand schließlich mein einziges Anrecht auf Frau Clements' Vertrauen. Sie erinnerte sich auch sofort dieses Umstandes wieder, kaum daß ich davon angefangen hatte, und forderte mich in der größten Besorgnis auf, doch gleich mit ins Wohnzimmer einzutreten, und ihr mitzuteilen, ob ich irgend neue Nachricht von Anne brächte?

Ihr die ganze uneingeschränkte Wahrheit zu sagen, war mir nicht möglich; da ich in diesem Fall nicht umhin gekonnt hätte, auf gewisse Einzelheiten des Verbrechens einzugehen, die einem Fremden mitzuteilen hätte gefährlich werden können. Ich konnte mich lediglich sorgfältig davor hüten, irgend falsche Hoffnungen zu erwekken, und ihr dann anschließend erklären, wie es der Zweck meines Besuches wäre, die Personen ausfindig zu machen, die die eigentlich Verantwortlichen für Annes Verschwinden wären. Ich ging, um mich von nachträglichen Selbstvorwürfen meines Gewissens möglichst zu entlasten, sogar so weit, hinzuzusetzen, wie ich nicht die geringste Hoffnung hegte, ihr auf die Spur zu kommen — daß ich annähme, wir würden sie schwerlich noch einmal lebend wiedersehen — und wie mein Hauptinteresse an dem Fall darin bestünde, zwei Männer, die ich im Verdacht hätte, sie weggelockt zu haben, oder doch maßgeblich daran beteiligt gewesen zu sein, und durch deren Machenschaften auch ich und einige gute Freunde von mir schwerstes Unrecht erlitten hätten, der verdienten Strafe zuzuführen. Nach dieser Erklärung überließ ich es Frau Clements, zu entscheiden, ob unser Interesse an der Angelegenheit — wie verschieden auch unsere Beweggründe immer sein möchten — nicht imgrunde ein- und dasselbe sei; und ob sie irgendwelche Widerstände verspüre, meine Absichten dadurch zu fördern, daß sie mir über den Gegenstand meiner Nachforschungen alles das mitteile, was irgend zu ihrer Kenntnis gelangt sei.

Die arme Frau war zuerst viel zu verwirrt und aufgeregt, um vollkommen zu begreifen, was ich ihr sagte. Sie vermochte bloß zu erwidern, wie sie für all die Freundlichkeit, die ich Anne erwiesen hätte, mir gerne alles mitteilen wollte, was sie nur immer wisse; da sie aber, wenn es sich um eine Unterhaltung mit Fremden handele, schon zu normalen Zeiten nicht die Aufgewecktestе wäre, wollte sie mich nur gebeten haben, sie immer bei der Stange zu halten, und ihr als erstes zu sagen, womit sie anfangen sollte.

Weil ich aus Erfahrung wußte, wie man von Personen, die an logische Gedankengänge nicht gewöhnt sind, den klarsten Bericht dadurch erhält, daß man sie möglichst weit vorne zu erzählen anfangen läßt, um im weiteren Verlauf allem störenden Nachholen aus dem Wege zu gehen, ersuchte ich Frau Clements, mir erst einmal zu berichten, was denn eigentlich geschehen sei, nachdem sie damals Limmeridge verlassen hätte; und führte sie dergestalt, durch aufmerksam-förderndes Fragen, immer von einer Etappe zur andern, bis wir endlich beim Zeitpunkt von Annes Verschwinden angelangt waren.

Was ich auf die beschriebene Weise nach und nach in Erfahrung brachte, war, dem Sinne nach, kurz Folgendes:

Nachdem sie den Bauernhof Todd's Corner verlassen hatten, waren Frau Clements und Anne noch am selben Tage bis Derby weiter gefahren, und dort, um Annes willen, eine Woche geblieben. Anschließend waren sie dann wieder nach London zurückgereist, und hatten einen Monat oder etwas länger in der damaligen Wohnung von Frau Clements zugebracht; nach welcher Zeit gewisse Umstände, die mit dem Haus und Hauswirt zusammenhingen, sie genötigt hatten, das Quartier zu wechseln. Annes ständige Furcht, bei jeglichem Spaziergang, den sie in London oder Umgebung zu unternehmen wagten, entdeckt zu werden, hatte sich allmählich auch auf Frau Clements übertragen, und sie bewogen, nach einem der abgelegensten Orte Englands zu verziehen – nach der Stadt Grimsby in Lincolnshire nämlich, wo ihr verstorbener Mann seine ganzen Jugendjahre verbracht hatte. Seine Verwandten waren anständige, seit langem im Städtchen ansässige Leute, die Frau Cle-

ments immer sehr freundlich und nett behandelt hatten, und sie meinte, daß sie unmöglich besser tun könne, als dorthin zu gehen, und sich von den Freunden ihres Mannes beraten zu lassen. Davon, etwa nach Welmingham zu ihrer Mutter zurückzukehren, wollte Anne nichts hören; war sie doch von eben diesem Ort aus ins Sanatorium gesteckt worden, und Sir Percival würde garantiert wieder dort erscheinen und sie einmal mehr aufspüren. Das war ein Einwand von ernstlichem Gewicht, und Frau Clements fühlte auch, daß sich dagegen nicht leicht etwas vorbringen ließ.
In Grimsby dann hatten sich bei Anne die ersten Symptome einer schweren Erkrankung gezeigt; und zwar waren sie fast anschließend an die Nachricht von Lady Glydes Heirat aufgetaucht, die in allen Zeitungen gestanden und sie auf diesem Umweg erreicht hatte.
Der Arzt, den man zur Behandlung der kranken Frau hinzuzog, stellte sofort fest, daß das Herz ernstlich in Mitleidenschaft gezogen sei. Die Krankheit dauerte lange, schwächte sie sehr, und kehrte, obschon mit stets nachlassender Heftigkeit, in Abständen immer und immer wieder. Infolgedessen waren sie die ganze erste Hälfte des Jahres hindurch in Grimsby geblieben, und hätten vielleicht auch noch beträchtlich länger dort geweilt, wenn Anne nicht unversehens den Entschluß gefaßt hätte, sich doch wieder nach Hampshire zurückzuwagen, mit dem Zweck, sich dort um eine private Aussprache mit Lady Glyde zu bemühen.
Frau Clements tat alles in ihrer Macht stehende, um sich der Ausführung dieses grillenhaften und tollkühnen Projektes zu widersetzen. Anne gab keinerlei Erklärung über ihre Beweggründe ab, außer der einzigen, wie sie glaube, daß ihr Tod nicht mehr fern sei, und sie noch etwas auf dem Gewissen habe, was sie auf jegliche Gefahr hin Lady Glyde insgeheim anvertrauen müsse. Auch war ihr Entschluß, diese ihre Absicht durchzusetzen derart fest und unerschütterlich, daß sie sogar erklärte, ganz alleine nach Hampshire fahren zu wollen, falls Frau Clements irgend Widerwillen verspüre, sie zu begleiten. Der Arzt, den man zu Rate zog, war der Meinung, daß ein ernsthafter Widerstand gegen ihre Wünsche aller Wahrscheinlichkeit nach einen neuerlichen und vielleicht verhängnisvollen Anfall der Krankheit zur Folge haben könne; ein Rat, unter dessen Eindruck Frau Clements aus der Not eine Tugend machte, und Anne Catherick wieder einmal ihren Willen ließ, obgleich voll trüber Vorahnungen von bevorstehendem Ärger und Unheil.

Auf der Strecke von London nach Hampshire entdeckte Frau Clements im Gespräch, daß einer ihrer Mitreisenden mit Blackwater und Umgebung gut bekannt sei, und ihnen hinsichtlich der Örtlichkeit alle erforderlichen Mitteilungen machen konnte. Auf diese Weise bekamen sie heraus, daß der einzige Ort, wohin sie gehen könnten, um Sir Percivals Herrenhaus nicht allzu bedenklich nahe zu sein, ein großes Dorf namens Sandon wäre. Die Entfernung von da bis Blackwater Park betrug freilich zwischen 5 und 6 Kilometer – und diese Strecke war Anne jedes Mal hin und wieder zurück gegangen, wenn sie sich in der Nähe des Sees hatte sehen lassen!

Die paar Tage, die sie sich in Sandon aufhielten, ohne entdeckt zu werden, hatten sie ein Stück vom Dorfe entfernt gewohnt, im Häuschen einer soliden Wittfrau, die ein Schlafzimmerchen zu vermieten hatte, und deren Diskretion und Schweigen sich wenigstens für die erste Woche zu versichern, Frau Clements ihr Bestes getan hatte. Ebenso hatte sie sich alle Mühe gegeben, Anne zu bewegen, sich zuerst einmal daran genügen zu lassen, daß sie Lady Glyde zunächst *schriebe*; aber die Erinnerung an den Mißerfolg ihres anonymen Briefes damals in Limmeridge hatte Anne entschlossen gemacht, diesmal zu *sprechen*, und störrisch in ihrem Entschluß, auf ihre Unternehmung allein auszugehen.

Nichtsdestoweniger war Frau Clements ihr jedesmal heimlich gefolgt, sobald sie sich zum See begab; ohne sich jedoch dicht genug zum Bootshaus heranzuwagen, um Zeuge der dortigen Vorgänge zu werden. Als Anne das letzte Mal aus jener gefahrvollen Nachbarschaft zurückkehrte, hatten sich die Erschöpfung ob der Anstrengung, Tag für Tag zu Fuß Entfernungen zurückzulegen, die weit über ihre Kraft gingen, und die angreifende Wirkung der Aufregungen, denen sie ständig ausgesetzt war, kombiniert, und das Ergebnis herbeigeführt, das Frau Clements schon längst gefürchtet hatte: der alte Schmerz in der Herzgegend und alle andern Symptome ihrer Grimsbyer Krankheit erschienen wieder, und Anne sah sich ans Haus und an ihr Bett gefesselt.

Bei solcher Notlage war, wie Frau Clements aus Erfahrung wußte, das allererste Erfordernis, wenn möglich Annes Gemütsaufregung zu beschwichtigen, zu welchem Zweck sich die gute Frau am nächsten Tag persönlich zum See begab, um zu versuchen, ob sie vielleicht Lady Glyde (die, wie Anne ihr gesagt hatte, ihren täglichen Spaziergang zum Bootshaus bestimmt unternehmen würde) treffen und dazu überreden könnte, heimlich einmal zu dem Häuschen in der Nähe von Sandon mitzukommen. Als sie den Rand der Schonung erreicht hatte, traf Frau Clements zwar nicht Lady Glyde, wohl aber einen großen dicken älteren Herrn, mit einem Buch in der Hand – mit anderen Worten, Conte Fosco.

Der Conte hatte sie erst einen Moment mit angespannter Aufmerksamkeit betrachtet, und dann gefragt, ob sie etwa Jemanden hier zu treffen gedächte? Im selben Atem aber, ehe sie noch erwidern konnte, auch schon hinzugefügt: wie er nämlich hier mit einer Botschaft von Lady Glyde warte; sich jedoch nicht ganz sicher sei, ob auf die jetzt vor ihm stehende Person die Beschreibung Derjenigen zuträfe, mit der sich in Verbindung zu setzen er beauftragt sei.

Daraufhin hatte Frau Clements ihm ihre Absicht auf der Stelle eingestanden, und ihn beschworen, ihr bei der Zerstreuung von Annes Besorgnissen dadurch behülflich zu sein, daß er seine Botschaft ihr anvertraue. Der Conte war äußerst bereitwillig und freundlich auf ihr Ansinnen eingegangen. Bei der Botschaft handele es sich, wie er sagte, um etwas sehr Wichtiges: Lady Glyde lasse nämlich Anne und ihre gute Freundin bitten, unverzüglich nach London zurückzukehren, da sie das sichere Empfinden habe, Sir Percival würde sie, wenn sie sich noch länger in der Umgebung von Blackwater aufhielten, unweigerlich entdecken. Sie selbst würde binnen kürzester Frist ebenfalls nach London kommen; und falls Frau Clements und Anne als Erste dort eintreffen und ihr ihre Adresse mitteilen würden, könnten sie sich darauf verlassen, binnen 14 Tagen oder noch weniger von ihr zu hören und sie auch persönlich zu sehen. Der Conte hatte noch hinzugefügt, wie er bereits bemüht gewesen sei, Anne selbst eine freundliche Warnung zukommen zu lassen; wie sie aber wohl allzusehr über seinen Anblick, als den eines Fremden, erschrocken sei, um ihn sich näher kommen und ansprechen zu lassen.

Worauf Frau Clements in größtem Schreck und Kummer zurückgab, wie sie sich nichts besseres wüßte, als Anne wieder mit nach London zu nehmen; daß aber im Augenblick keinerlei Hoffnung dazu bestünde, sie aus dieser gefährlichen Nachbarschaft herauszubekommen, weil sie nämlich zur Zeit krank zu Bett läge. Der Conte erkundigte sich, ob Frau Clements bereits einen Arzt zu Rate gezogen hätte; und auf die Mitteilung hin, wie sie, aus Furcht in der Dorföffentlichkeit allzu bekannt zu werden, immer noch gezögert und Abstand davon genommen habe, ihr mitgeteilt, wie er selbst Mediziner, und vorausgesetzt, daß es ihr recht sei, gleich mit ihr zurückgehen und sich ansehen wolle, was sich für Anne tun lasse. Frau Clements (die dem Conte gegenüber, als einer von Lady Glyde mit geheimer Botschaft betrauten Person, ein natürliches Vertrauen empfand) nahm das Angebot dankbar an, und einträchtig begaben sich die Beiden zurück zu ihrem Häuschen.

Als sie dort ankamen, lag Anne im Schlaf. Der Conte fuhr bei ihrem Anblick förmlich zusammen, (offenbar vor Erstaunen ob der Ähnlichkeit mit Lady Glyde; Frau Clements, die Gute, nahm dagegen an: vor Betroffenheit, weil er gesehen habe, wie so sehr krank sie sei). Er wollte nicht zugeben, daß sie geweckt würde — er begnügte sich damit, Frau Clements Fragen bezüglich der Symptome zu stellen; sich Anne anzusehen, und ganz leicht nach dem Puls zu fühlen. Sandon war als Ort groß genug, um unter seinen Läden auch eine Drogerie und eine Kolonialwarenhandlung zählen zu können, und dorthin verfügte sich der Conte, um sein Rezept auszuschreiben und die Medizin zurechtmachen zu lassen. Er brachte sie eigenhändig zurück, und instruierte Frau Clements, wie es sich bei dieser Arznei um ein stärkend wirkendes Anregungsmittel handele, das Anne bestimmt Kraft genug geben würde, aufzustehen und die Strapazen einer Fahrt nach London, die ja nur wenige Stunden in Anspruch nehme, auszuhalten. Die Medizin sollte ihr zu bestimmten Stunden an diesem Tage, sowie auch noch tags darauf eingegeben werden — am dritten Tage dann würde sie genug erholt sein, um reisen zu können; und er machte auch gleich noch mit Frau Clements ab, sich mit ihr am Bahnhof Blackwater zu treffen, und sich um sie zu kümmern, bis sie sicher im Mittagszug säßen. Sollten sie jedoch nicht erscheinen, würde er daraus schließen, daß Anne kränker geworden sei, und auf der Stelle wieder im Häuschen hier vorsprechen. Wie sich herausstellte, traten jedoch keinerlei Komplikationen ein.

Die Medizin übte eine ganz erstaunliche Wirkung auf Anne, und das günstige Resultat wurde noch weiterhin durch Frau Clements' Versicherung befördert, die sie ihr geben konnte, nämlich wie sie demnächst mit Lady Glyde in London zusammenkommen würde. Am verabredeten Tag, zur festgesetzten Stunde, (nachdem sie sich

im Ganzen nicht eine volle Woche in Hampshire aufgehalten hatten), trafen sie auf dem Bahnhöfchen ein, wo schon der Conte auf sie wartete und sich mit einer älteren Dame unterhielt, die anscheinend ebenfalls im Begriff stand, mit dem gleichen Zug nach London zu fahren. Er half ihnen aufs Allerfreundlichste, unterstützte sie eigenhändig beim Einsteigen ins Abteil, wobei er Frau Clements noch einmal daran erinnerte, ja nicht zu vergessen, Lady Glyde ihre neue Anschrift mitzuteilen. Jene ältliche Dame war nicht im selben Coupé mitgefahren; und was auf der Endstation in London aus ihr geworden war, darauf hatten sie auch nicht geachtet. Frau Clements sah zu, daß sie in einer ruhigen Gegend eine anständige möblierte Wohnung mieten konnte, und schrieb dann anschließend, wie vereinbart, an Lady Glyde, um ihr die Adresse mitzuteilen.
Etwas über vierzehn Tage vergingen, aber keine Antwort kam.
Nach Verlauf dieser Zeitspanne war eine Dame in einer Droschke vorgefahren gekommen — dieselbe ältere Dame, die sie damals auf dem Bahnhof gesehen hatten — und hatte gesagt, wie sie von Lady Glyde geschickt wäre, die sich in einem Hotel in London aufhielte, eine künftige Unterredung mit Anne zu verabreden. Frau Clements erklärte ihre Bereitwilligkeit, die beabsichtigte Angelegenheit fördern zu helfen, (Anne war dabei und beschwor sie, es doch ja zu tun), und zwar umso eher, als es hieß, sie würde höchstens eine halbe Stunde von zu Hause weg sein. Dann fuhren sie und die ältliche Dame (einwandfrei Madame Fosco) in der Droschke davon. Nachdem sie ein ganzes Stück gefahren waren, ließ die Dame, noch ehe sie das betreffende Hotel erreicht hatten, vor einem Geschäft anhalten, und bat Frau Clements, doch bitte ein paar Minuten zu warten, während sie noch rasch einen Einkauf tätigte, den sie vergessen hätte. Ihr Wiedererscheinen ließ jedoch auf sich warten.
Nachdem Frau Clements eine ganze Weile ausgeharrt hatte, wurde sie allmählich unruhig, und hieß den Kutscher schließlich, sie nachhause zurückzufahren. Als sie, nach Verlauf von nun doch mehr als einer halben Stunde, wieder dort eintraf, war Anne verschwunden.
Die Einzige von allen Leuten im Hause, die ihr einigermaßen Auskunft erteilen konnte, war das Mädchen, das die Mieter bediente. Sie hatte die Haustür aufgemacht, an der ein Straßenjunge geklingelt und einen Brief abgegeben hatte, »für die junge Frau, die im

zweiten Stockwerk wohnt«, (also den Teil des Hauses, den Frau Clements einnahm). Das Dienstmädchen hatte den Brief abgegeben; war anschließend wieder die Treppe hinunter gegangen; und hatte fünf Minuten später Anne die Haustür aufmachen und ausgehen sehen, angetan mit ihrem gewöhnlichen Hut und Tuch. Sie hatte den betreffenden Brief höchstwahrscheinlich mit sich genommen; denn er war nirgends zu finden, und es infolgedessen unmöglich, in Erfahrung zu bringen, was man ihr in Aussicht gestellt haben mochte, um sie zu verlocken, das Haus zu verlassen. Es konnte nichts geringes gewesen sein; denn sie hatte sich bisher noch niemals allein und eigenmächtig in London auf die Straße getraut. Wenn Frau Clements das nicht aus Erfahrung gewußt hätte, würde sie ja nichts dazu bewegen haben können, in einer Droschke von ihr weg zu fahren, und sei es auch nur für den kurzen Zeitraum einer halben Stunde.

Sobald sie ihre Gedanken wieder einigermaßen beisammen hatte, bestand der erste Einfall, der Frau Clements kam, darin, nach dem Sanatorium zu gehen, (in das, wie sie befürchtete, man Anne erneut gesteckt hätte), und sich dort zu erkundigen.

Anne selbst hatte sie über die Gegend informiert, wo die Anstalt sich befände; und am nächsten Tage begab sie sich dorthin. Da ihre Anfrage allem Anschein nach ein oder zwei Tage früher erfolgte, bevor man die falsche Anne Catherick im Sanatorium in sicheren Gewahrsam brachte, war die Auskunft, die ihr zuteil wurde, die: daß bis jetzt keine solche Person eingeliefert worden sei. Sie hatte dann noch nach Welmingham, an Frau Catherick geschrieben, um in Erfahrung zu bringen, ob Diese etwa von ihrer Tochter irgend gesehen oder gehört habe, jedoch ebenfalls eine verneinende Antwort erhalten. Nachdem dieser Bescheid sie erreicht hatte, war sie praktisch am Ende ihrer Hülfsmittel, und völlig im unklaren, wo anders sie sich noch hinwenden, beziehungsweise was sie überhaupt noch unternehmen könnte. Von dieser Zeit an bis heute hatte sie, was die Ursache von Annes Verschwinden und das Ende von Annes Geschichte angeht, total im Dunkeln getappt.

VII

Bis hierher trug Alles, was ich von Frau Clements erfuhr – obschon sich Tatsachen daraus ergaben, von denen ich zuvor nichts gewußt hatte – immer nur erst einleitenden Charakter.

Das war klar, daß die ganze Serie von Betrügereien, mittelst deren Anne Catherick zunächst nach London geholt und anschließend von Frau Clements getrennt worden war, einzig und allein Conte Fosco und seine Contessa ausgeübt hatten; und die Frage, ob irgendein Teil der Machenschaften von Mann oder Weib von der Art gewesen war, um Einen von Beiden in Reichweite des Armes der Justiz zu bringen, mochte zu einem künftigen Zeitpunkt durchaus einmal des Überlegens wert sein. Aber der Zweck, den ich jetzt im Auge hatte, wies mich in andere Richtung als diese. Das eigentliche Ziel meines Besuches bei Frau Clements war ja, wenigstens einen kleinen Schritt zur Entdeckung von Sir Percivals Geheimnis hin zu tun; und bisher hatte sie eben noch nichts geäußert, was mich auf meinem Weg zu diesem allwichtigen Ergebnis hin gefördert hätte. Ich fühlte die Notwendigkeit, möglichst die Erinnerung an vergangene Tage bei ihr wachzurufen, an andere Personen und Ereignisse als die, mit denen ihre Gedanken bisher beschäftigt gewesen waren; und als ich endlich neuerlich zu sprechen anhub, geschah das mit ungefährer Richtung auf diesen Zweck hin.

»Ich wollte, ich könnte Ihnen bei dieser traurigen Angelegenheit irgendwie behülflich sein,« sagte ich. »Alles was ich tun kann, besteht darin, Ihren Kummer von Herzen mitzufühlen. Und wenn Anne Ihr eigenes Kind gewesen wäre, Frau Clements, Sie hätten ihr ja nicht mehr echte Güte erweisen, nicht bereitwilliger Opfer um ihretwillen bringen können.«

»Das war nun wirklich kein großes Verdienst, Sir,« sagte Frau Clements schlicht. »Das arme Dingelchen war ja so gut wie mein eigenes Kind. Ich hab' sie als Baby schon gepflegt, Sir; sie mit diesen meinen Händen hier hochgepäppelt – und es war manchmal tatsächlich nicht leicht, sie durchzubringen. Ihr Verlust würde mir ja auch längst nicht so zu Herzen gehen, wenn ich ihr nicht die ersten Röckchen gemacht, und sie die ersten Schritte zu tun gelehrt hätte. Ich hab' immer gesagt: sie wär' mir vom Himmel geschickt, um mich zu trösten, daß ich selber nie was Kleines gehabt habe. Und jetzt, wo sie weg ist, muß ich wieder so an vergangene Zeiten denken; und, alt wie ich bin, mir kommen die Tränen wegen ihr, ich kann mir nicht helfen – ich kann mir tatsächlich nicht helfen, Sir.«

Ich wartete ein Weilchen, um Frau Clements Zeit zu lassen, sich wieder zu beruhigen. Ob die Erleuchtung, nach der ich mich solange umgesehen hatte, jetzt wohl – ganz entfernt noch, natürlich – aufgrund der Erinnerungen der guten Frau an Annes frühe Jahre aufdämmern konnte?

»Haben Sie eigentlich Frau Catherick schon gekannt, noch ehe Anne geboren wurde?« fragte ich.

»Ja; aber nicht sehr lange, Sir – nicht über vier Monate vorher. Wir haben uns damals sehr häufig gesehen, waren aber nie recht befreundet miteinander.«

Ihre Stimme klang gefaßter, als sie diese Antwort gab. Mochten ihr auch so manche ihrer Erinnerungen schmerzlich sein, so viel merkte ich doch, daß es ihr eine unbewußte Erleichterung bedeutete, sich den verblaßten Ungelegenheiten der Vergangenheit zuzuwenden, nachdem sie solange bei den noch lebendigen Sorgen der Gegenwart verweilt hatte.

»Waren Sie und Frau Catherick Nachbarinnen?« erkundigte ich mich, indem ich ihre Erinnerungen nach Kräften lenkte und weiterführte.

»Ja, Sir – Nachbarinnen in Alt-Welmingham.«

»*Alt*-Welmingham? Gibt es demnach zwei Ortschaften dieses Namens in Hampshire?«

»Naja, Sir; damals gab sie's noch – es sind nun über 23 Jahre seitdem vergangen. Inzwischen hat man 3 Kilometer weiter, bequemer am Fluß gelegen, 'ne neue Stadt hingebaut – und Alt-Welmingham, das überhaupt niemals mehr als 'n Weiler gewesen war, ist so nach und nach völlig verödet. Was sie jetzt Welmingham nennen, ist die neue Stadt. Aber die alte Pfarrkirche ist immer noch die alte Pfarrkirche geblieben. Sie steht ganz allein für sich; die Häuser drum rum sind alle abgerissen worden oder verfallen. Tcha, ich hab' traurige Veränderungen in meinem Leben gesehen. Und es war so ein angenehmes, nettes Fleckchen Erde damals.«

»Haben Sie vor Ihrer Verheiratung dort gewohnt, Frau Clements?«

»Nein, Sir – ich komm' aus Norfolk. Und auch mein Mann stammte nicht daher. Der war aus Grimsby, wie ich Ihnen schon erzählt hab', und hat seine Lehrzeit dort verbracht. Aber da er Bekannte und Freunde unten im Süden hatte, und von 'ner günstigen Gelegenheit dort hörte, machte er'n Geschäft in Southhampton auf. Es war nur 'n kleiner Laden; aber er konnte sich doch immerhin soviel zurücklegen, daß es für'n einfachen Menschen im Alter reichte; da hat er sich dann in Alt-Welmingham zur Ruhe gesetzt, und als wir geheiratet hatten, bin ich mit hingezogen. Wir waren Beide nicht mehr jung; haben aber sehr glücklich zusammen gelebt – glücklicher jedenfalls, als unser Nachbar, der Herr Catherick, mit *seiner* Frau lebte, als sie dann, ein oder zwei Jahre später nach Alt-Welmingham kamen.«

»War Ihr Mann schon vordem mit ihnen bekannt gewesen?«

»Mit ihm, ja – mit der Frau nicht. Die war uns Beiden fremd. Ein paar vornehme Herren hatten sich für Catherick verwendet, daß er die Stelle als Kirchenbuchschreiber bei der Pfarre in Welmingham bekam, und das war der eigentliche Grund, daß er zu uns in die Nähe zog. Er brachte seine junge Frau mit, und wir erfuhren im Laufe der Zeit, daß sie Zofe bei 'ner Dame gewesen war, deren Familie in Varneck Hall, in der Nähe von Southhampton, lebte. Catherick war es anfänglich nicht leicht geworden, sie überhaupt zur Ehe mit ihm zu bewegen, weil sie nämlich die Nase ganz ungewöhnlich hoch trug. Er hatte um sie angehalten, und immer wieder um sie angehalten; und, als er sah, daß sie so sehr dagegen war, die Sache schließlich aufgegeben. Und gerade, als er sie aufgegeben *hatte*, schlug sie auf einmal genau den entgegengesetzten Kurs ein, und kam aus eigenem freiem Willen zu ihm, anscheinend ohne jeden vernünftigen Grund. Mein armer Mann hat immer gesagt: das wär' der Augenblick gewesen, ihr mal 'ne anständige Lektion zu erteilen! Aber Catherick war ja viel zu verliebt in sie, um an dergleichen zu denken – der hat ihr niemals richtig Kontra gegeben, weder vor noch nach der Hochzeit. Er war impulsiv und vorschnell in allen seinen Gefühlen und ließ sich von ihnen immer zu weit mit fortreißen, bald in der einen Richtung und bald in der andern, und hätte wohl auch noch 'ne bessere Frau als Frau Catherick verzogen und verdorben, wenn 'ne bessere ihn geheiratet hätte. Ich sag' doch wirklich Niemandem gern 'was Schlechtes nach, Sir; aber die Frau war ausgesprochen herzlos, und starrköpfig – also einfach schrecklich; ließ sich aufs törichste bewundern, wollte feine Kleider haben; und ihrem Catherick, der sie doch wirklich immer gut behandelt hat, erwies sie nicht mal den Leuten gegenüber auch nur *soviel* Respekt.

Mein Mann hat gleich, als sie in unsere Nähe zogen, gesagt, die Sache *könnte* einfach nicht gut ausgehen; und das erwies sich auch als nur zu wahr: sie hatten noch nicht ganz 4 Monate nebenan gewohnt, da entstand auch schon der furchtbarste Klamauk drüben, und der Haushalt löste sich aufs kläglichste auf. Beide hatten wohl schuld daran – ich fürchte, beide Teile haben hier gleichmäßig schuld gehabt.«

»Sie meinen mit ›Beide‹: Mann und Frau?«

»Oh, nein, Sir! Catherick auf keinen Fall – der verdiente nichts als Mitleid. Ich meinte seine Frau; und die Person, die –«

»– die Person, die den Skandal veranlaßte?«

»Ganz recht, Sir. 'n vornehmer und gebildeter Herr, der den Leuten 'n besseres Beispiel hätte geben sollen. Sie kennen ihn auch, Sir – und meine arme liebe Anne kannte ihn nur allzu gut.«

»Sir Percival Glyde?«

»Ja? Sir Percival Glyde.«

Mein Herz schlug schneller – mir dünkte, ich hätte den Anfang des Knäuels in der Hand. (Wie wenig ahnte ich damals von den Windungen des Labyrinthes, die mich noch in die Irre führen sollten!)

»Wohnte Sir Percival damals bei Ihnen in der Nachbarschaft?« fragte ich.

»Nein, Sir. Er kam als ganz Fremder dahin. Sein Vater war wohl vor kurzem im Ausland gestorben – ich kann mich noch entsinnen, daß er in Trauer ging. Er quartierte sich in dem kleinen Gasthaus am Fluß ein (es ist seitdem abgerissen worden), wo die Herren, die angeln kamen, immer hingingen. Er erregte nicht etwa besonderes Aufsehen, als er zuerst erschien – wir waren's gewohnt, daß die feinen Herren aus ganz England an unsern Fluß fischen und angeln kamen.«

»War Anne damals schon geboren, als er sich das erste Mal im Dorf sehen ließ?«

»Nein, Sir. Anne ist im Juni 1827 geboren worden – und er muß, meines Wissens, so Ende April Anfang Mai aufgetaucht sein.«

»›Aufgetaucht‹: also Allen fremd? Nicht nur sämtlichen Nachbarn ein Fremder, sondern auch für Frau Catherick?«

»Das dachten wir zuerst, Sir. Aber als der Skandal dann losging, glaubte kein Mensch mehr, daß sie sich fremd wären. Ich kann mich noch dran erinnern, wie wenn's gestern gewesen wäre. – Catherick kam eines schönen Nachts in unsern Garten, und weckte uns, indem

geschrieben hat? Man hat ihn Dir gezeigt; Du hast ihn selbst gelesen, und könntest Dich getrost daran erinnern.«
»Ich entsinne mich.«
»Wenn das der Fall ist, wieso bist Du dann so überrascht, daß sie Dich hier allein gelassen hat? Du willst gern wieder zurück nach Limmeridge; und sie hat sich dorthin begeben, um von Deinem Onkel, auf seine eigenen Bedingungen, die Aufenthaltserlaubnis für Dich zu erwirken.«
Die Augen der armen Lady Glyde füllten sich mit Tränen.
»Marian hat mich noch nie zuvor verlassen,« sagte sie, »ohne mir ›Auf Wiedersehen‹ zu sagen.«
»Und sie hätte Dir auch diesmal ›Auf Wiedersehen‹ gesagt,« entgegnete Sir Percival, »wenn sie nicht Befürchtungen gehegt hätte, vor sich selbst und vor Dir. Sie wußte genau, Du würdest versuchen, sie zurückzuhalten; Du würdest ihr durch Tränen und Schluchzen Kummer machen. – Hast Du sonst noch Fragen? Falls ja, mußt Du schon mit 'runter kommen, und Deine Fragestunde im Eßzimmer fortsetzen – diese Plackereien machen mich nervös; ich gehe, ein Glas Wein trinken.« Er verließ uns brüsk.
Sein Benehmen während dieser ganzen merkwürdigen Unterhaltung war gegen sonst gänzlich verändert gewesen. Zuweilen schien er beinahe ebenso nervös und aufgeregt zu sein, wie seine Gattin selbst. Ich hätte mir nie einbilden können, daß seine Gesundheit derart delikat, beziehungsweise daß er so leicht aus der Fassung zu bringen wäre.
Ich versuchte Lady Glyde dazu zu bewegen, sich wieder in ihr Zimmer zurückzubegeben; aber ohne Erfolg. Sie blieb im Korridor stehen, mit dem Gesichtsausdruck einer Frau, deren Gemüt von panischer Furcht erfüllt ist.
»Meiner Schwester ist irgendetwas passiert!« sagte sie.
»Sie müssen berücksichtigen, Mylady,« gab ich zu bedenken, »über was für eine erstaunliche Energie Fräulein Halcombe verfügt. Sie ist sehr wohl imstande, eine Anstrengung zu unternehmen, zu der andere Damen in ihrer Lage einfach nicht fähig wären. Ich hoffe und glaube, daß nichts Unrechtes vorgefallen ist – ich hoffe es aufrichtig.«
»Ich muß Marian folgen,« sagte Ihre Ladyschaft, immer mit dem gleichen panisch-verschreckten Ausdruck. »Ich muß dahin gehen, wohin sie gegangen ist; muß mit meinen eigenen Augen sehen, daß

er 'ne Handvoll Kies vom Weg an unser Fenster warf. Ich hörte, wie er meinen Mann bat, doch um Gotteswillen zu ihm 'runter zu kommen, und mit ihm zu sprechen. Dann haben sie 'ne ganze Zeit zusammen unter'm Vordach unten gestanden, und sich unterhalten; und als mein Mann endlich wieder die Treppe rauf kam, hat er am ganzen Leibe gezittert. Er hat sich auf'n Bettrand zu mir gesetzt und gesagt: ›Lizzie! Ich hab' Dir immer gesagt, das Frauenzimmer taugt nichts – ich hab' Dir immer gesagt, das nimmt noch mal'n schlechtes Ende – und wenn ich mir's so überlege, fürcht' ich, das Ende ist schon herbeigekommen. Catherick hat bei seiner Frau, sorgfältig versteckt in der Kommodenschublade, 'ne ganze Menge feine Spitzentaschentücher gefunden, und 2 teure Ringe, und 'ne neue goldne Uhr samt Kette – alles Sachen, die nur 'ne vornehme Dame rechtmäßig besitzen dürfte – und die Frau will ihm nicht sagen, wie sie dazu gekommen ist.‹ ›Meint er, sie könnte sie gestohlen haben?‹ sag' ich. ›Nein,‹ sagt er; ›Stehlen wär' ja schon schlimm genug; aber der Fall liegt noch schlimmer. Dergleichen Dinge zu stehlen hat sie gar nicht die Gelegenheit gehabt; und selbst wenn sie sie gehabt hätte, wär' sie nicht die Frau dazu, was wegzunehmen. Neenee, das sind Geschenke, Lizzie! Im Uhrdeckel innen, steht ihr eignes Monogramm eingraviert; und Catherick hat sie beobachtet, wie sie sich mit diesem fremden Herrn in Trauer, diesem Sir Percival Glyde, heimlich unterhalten hat, und überhaupt benommen, wie's keine verheiratete Frau tun sollte. Sag' Du zu Niemandem was davon – ich hab' Catherick für heute Nacht beruhigt. Ich hab' ihm gesagt, er sollte den Mund zu, Augen und Ohren aber dafür desto weiter aufmachen, und noch ein oder zwei Tage abwarten, bis er seiner Sache ganz sicher ist.‹ ›Ich glaub', Ihr werdet Einer wie der Andre im Unrecht sein,‹ sag' ich. ›Es wär' doch vollkommen unnatürlich, wenn Frau Catherick, wo sie sich hier gemütlich und angesehen eingerichtet hat, sich mit'm gänzlich Fremden, wie diesem Sir Percival Glyde, einließe.‹ ›Schon richtig; aber *sind* die sich fremd?‹ sagt mein Mann. ›Vergiß' nie die Art, wie Cathericks Frau dazu gekommen ist, ihn zu heiraten. Sie ist aus eigenem freiem Willen zu ihm gekommen; nachdem sie jedesmal erst, wenn er sie fragte, Nein gesagt hat und immer wieder Nein. Es wär' nicht die erste schlechte Frau, Lizzie, die'n ehrlichen Kerl, der sie gern hat, dazu benützt, ihren Fehltritt zu bemänteln; und ich fürchte allen Ernstes, diese Frau Catherick nimmt's mit der Schlechtesten von den Bösen auf.

– Wir werden's ja erleben,‹ hat mein Mann gesagt, ›und zwar sehr bald.‹ – Und's hat auch keine 2 Tage mehr gedauert, da war's soweit.«
Frau Clements hielt hier einen Augenblick inne, bevor sie fortfuhr; und ich begann bereits an dieser Stelle zu bezweifeln, ob der Faden, den gefunden zu haben ich mir eingebildet hatte, mich denn nun auch wirklich endlich ins innerste Geheimnis dieses ganzen Labyrinthes führen würde? Konnte diese alltägliche, allzu-alltägliche, Geschichte von Mannestrug und Weiberschwachheit den Schlüssel zu einem Geheimnis darstellen, das heute noch das lebenslängliche Schreckgespenst von Sir Percival Glyde war?
»Naja; Catherick befolgte jedenfalls den Rat meines Mannes, und wartete ab,« fuhr Frau Clements unterdessen fort. »Und, wie ich Ihnen bereits sagte, Sir: er brauchte gar nicht lange zu warten. Am zweiten Tage schon ertappte er seine Frau und Sir Percival Glyde, wie sie ganz dicht bei der Sakristei aufs Vertraulichste zusammen flüsterten. Ich nehm' an, sie werden gedacht haben, daß die Sakristei und Umgebung so ziemlich das letzte Fleckchen von der Welt wäre, wo Irgendjemand ihnen nachspüren würde; aber wie dem auch immer sei – da standen sie jedenfalls. Sir Percival, anscheinend ganz überrascht und verwirrt, verteidigte sich auf so schuldbewußte Art und Weise, daß der arme Catherick 'ne Art Wutanfall ob seiner Schande kriegte – ich hab' Ihnen ja schon erzählt, wie vorschnell und jähzornig er sein konnte – und Sir Percival schlug. Nun war er aber – leider, muß ich schon sagen – dem Manne, der ihm Unrecht angetan hatte, nicht gewachsen; und kriegte, noch bevor die Nachbarn, die den Krach hörten und gleich an Ort und Stelle gerannt kamen, dazwischen gehen und die Beiden auseinanderbringen konnten, eine furchtbare Tracht Prügel. Das spielte sich alles gegen Abend in der Dämmerung ab; und noch ehe es ganz finster geworden war und mein Mann zu Cathericks Haus 'rüber ging – da war er fort, und Niemand wußte, wohin. Auch hat ihn keine lebende Seele im Dorf jemals wieder gesehen. Ihm war um die Zeit bereits nur allzugut bekannt, welch schändlichen Beweggrund seine Frau gehabt hatte, ihn zu heiraten; und besonders nach dem, was sich dann noch mit Sir Percival ereignet hatte, empfand er sein Elend und seine Schande zu tief. Der Geistliche hat später sogar noch 'ne Annonce in die Zeitung setzen lassen, des Sinnes: daß er doch wieder zurückkommen sollte, und seine Stelle und seine

Freunde würd' er auch nicht verlieren. Aber Catherick besaß zu viel Stolz und Charakter – wie manche Leute sagten; meiner Ansicht nach war er zu feinfühlend, Sir – um seinen Nachbarn noch einmal ins Gesicht sehen, und die Erinnerung an seine Schande so langsam in Vergessenheit geraten lassen zu wollen. Mein Mann hat von ihm gehört, nachdem er England verlassen hatte; und dann noch ein zweites Mal, als er sich in Amerika angesiedelt hatte und gut voran kam. Soviel ich weiß, lebt er da noch heute; aber wir im Alten Lande – und sein böses Weib zu allerletzt – werden ihn wohl schwerlich noch 'mal zu sehen bekommen.«

»Was wurde danach aus Sir Percival?« forschte ich. »Hat er sich noch länger in der Gegend aufgehalten?«

»Oh nein, Sir. Dem war der Boden doch wohl etwas zu heiß geworden. Man hat ihn noch in derselben Nacht, wo der Skandal ausgebrochen war, einen lauten und hitzigen Wortwechsel mit Frau Catherick führen hören, und am folgenden Morgen hat er sich dann dünne gemacht.«

»Und Frau Catherick? Sie ist ja bestimmt auch nicht in dem Dorf geblieben, wo alle Leute ihre Schande kannten?«

»Oh doch, Sir. Die war hart genug und herzlos genug, um der Meinung der ganzen Nachbarschaft schlankweg Trotz zu bieten. Sie hat Jedermann, vom Geistlichen an abwärts, laut erklärt, wie sie das Opfer eines schrecklichen Irrtums sei, und daß sämtliche Klatschbasen der Umgegend sie nicht vertreiben sollten, wie wenn sie eine schuldige Frau wäre. Solange ich da war, ist sie die ganze Zeit über in Alt-Welmingham wohnengeblieben; und nach meiner Zeit, als man dann anfing, die neue Stadt zu bauen, und alle angesehenen Leute so nach und nach dorthin zogen, ist auch sie mitgezogen, wie wenn sie entschlossen wäre, mitten unter ihnen zu leben und Anstoß zu geben, bis zum Letzten! Und da wohnt sie eben noch heute: und wird auch dort bleiben, Allen zum Trotz, bis an ihren Todestag.«

»Aber wie hat sie sich denn all die Jahre durchgeschlagen?« fragte ich. »War ihr Mann denn fähig und vor allem Willens, sie zu unterstützen?«

»Sowohl fähig, als auch willens, Sir,« sagte Frau Clements. »In jenem zweiten Brief, den er meinem seligen Mann schrieb, sagte er: sie hätte nun einmal seinen Namen getragen, und in seinem Hause gelebt; möchte sie so schlecht sein wie sie wollte, wie 'ne Bettlerin auf der Straße sterben sollte sie nicht. Er wär' in der Lage, ihr 'ne kleine Rente auszusetzen, und sie könnte sie sich vierteljährlich irgendwo in London abheben.«

»Hat sie diese Rente angenommen?«

»Aber nicht einen Pfennig, Sir! Sie hat gesagt, sie wollte Catherick für nichts zu Brechen und zu Beißen verpflichtet sein, und wenn sie 100 Jahr' alt würde. Und dies Wort hat sie treulich gehalten. Als mein armer lieber Mann dann starb und mir Alles hinterließ, fiel mir, unter allen möglichen andern Sachen, auch Cathericks Brief in die Hände; und ich hab' ihr gesagt, sie möchte mich's wissen lassen, wenn sie jemals in Not käme. ›Lieber laß ich's ganz England wissen, daß ich in Not bin,‹ hat sie gesagt, ›eh' ich's Catherick wissen lass' oder 'n Freund von Catherick. Lassen Sie sich das als Antwort dienen, Sie; und geben Sie's ihm weiter, falls er nochmal an Sie schreiben sollte.‹«

»Meinen Sie, daß sie von sich aus Geld gehabt hat?«

»Höchstens ganzganz wenig, wenn überhaupt was, Sir. Nein, es hat immer, und wie ich fürchte, mit Recht, geheißen, daß die Mittel zu ihrem Lebensunterhalt heimlich von Sir Percival Glyde kämen.«

* * *

Nach dieser letzten Antwort wartete ich ein Weilchen, um zu überdenken, was ich hier vernommen hatte. Wenn ich mir die Geschichte soweit unvoreingenommen überlegte, war es klar, daß sich mir bis jetzt noch kein Zugang zu dem Geheimnis offenbart hatte, weder direkt noch indirekt; und daß ich bei Verfolgung meines Zieles wieder einmal mehr von Angesicht zu Angesicht einem ebenso handgreiflichen wie entmutigenden Fehlschlag gegenüber stand.

Immerhin gab es einen Punkt in dem ganzen Bericht, der mich daran zweifeln ließ, ob es tunlich sei, ihn in seiner Gesamtheit und ohne Vorbehalt hinzunehmen, und mir den Gedanken an etwas unter der Oberfläche Verborgenes nahelegte.

Und zwar vermochte ich mir einfach nicht den Umstand zu erklären, daß das schuldige Weib des Kirchenbuchschreibers danach so gänzlich freiwillig den Hauptteil ihres Lebens auf dem Schauplatz ihrer Schande sollte verbringen wollen. Die eigene, betont vorgetragene Angabe der Frau, wie sie diesen befremdlichen Kurs zum Zeichen der praktischen Beteuerung ihrer Unschuld einschlüge, befriedigte mich keineswegs. Mir schien es vielmehr weit natürlicher und wahrscheinlicher, anzunehmen, daß sie in diesem Fall mit nichten so gänzlich selbstständig handele, wie sie behauptet hatte. Dies einmal angenommen: Wer war dann wohl die nächstliegende Person, die über die Macht verfügte, sie zum Verbleiben in Welmingham zu zwingen? Fraglos die Person, von der sie die Mittel zu ihrem Lebensunterhalt bezog. Unterstützung von seiten ihres Gatten hatte sie ausgeschlagen; eigene angemessene Hülfsquellen besaß sie, die freundlose, geächtete Frau, ebenfalls nicht – aus welcher Quelle konnte ihr Hilfe kommen, als aus der einen, auf die das Gerücht schon hindeutete – nämlich Sir Percival Glyde?

Von solchen Voraussetzungen ausgehend, und dabei immer die eine gesicherte Tatsache als Leitstern im Auge behaltend, daß Frau Catherick im Besitz des Geheimnisses war, sah ich leicht ein, wie es in Sir Percivals Interesse läge, sie an Welmingham zu fesseln: weil ihr schlechter Ruf an diesem Ort sie gesellschaftlich isolierte, an allem Umgang mit den Frauen der Nachbarschaft verhinderte, und ihr also die Gelegenheit abschnitt, sich in Augenblicken vertraulichen Gesprächs mit neugierigen Busenfreundinnen unvorsichtig zu verplappern. Worum aber handelte es sich bei diesem unbedingt zu verbergenden Geheimnis? Um Sir Percivals ehrenrührige Verbindung mit Frau Cathericks Schande nicht; denn gerade die Nachbarn dort waren ja die Leute, die davon wußten – und auch nicht der Verdacht, daß er Annes Vater sein könnte; denn eben Welmingham war ja wohl der Ort, an dem sich dergleichen Gerücht am hartnäckigsten halten würde. Wenn ich den mir geschilderten Anschein von Schuld ebenso kritiklos gelten ließ, wie Andere ihn hatten gelten lassen; wenn ich aus ihm die gleichen oberflächlichen Schlüsse zog, die Herr Catherick und all seine Nachbarn auch aus ihm gezogen hatten – wo wäre dann wohl, in all dem, was ich vernommen hatte, die Andeutung eines hochgefährlichen Geheimnisses zwischen Sir Percival und Frau Catherick gewesen, eines Geheimnisses, das verborgen geblieben war, von damals an bis auf den heutigen Tag?

Und dennoch: diese beschriebenen verstohlenen Rendezvous, dies vertrauliche Geflüster zwischen der Schreibersgattin und dem »Herrn in Trauer« bargen zweifellos den Keim zur Entdeckung in sich.

Ob es möglich war, daß der äußere Anschein in diesem Fall in die eine Richtung gezeigt, und die Wahrheit derweil die ganze Zeit über unbeargwöhnt in einer ganz entgegengesetzten gelegen hatte? Ob Frau Cathericks Beteuerung, wie sie das Opfer eines schrecklichen Irrtums sei, möglicherweise tatsächlich auf Wahrheit beruhen konnte? Beziehungsweise, einmal angenommen, die Logik, die Sir Percival und ihre Schuld damals miteinander verknüpft hatte, sei falsch, sei auf irgendeinen unvorstellbaren Irrtum gegründet gewesen: ob dann etwa die Möglichkeit bestand, Sir Percival könnte den falschen Verdacht absichtlich genährt haben, um irgendeinen andern Verdacht von sich abzulenken, der der richtige war? Hier — falls ich es herausfinden können sollte — hier war der Zugangsweg zum Geheimnis, tief versteckt unter der Oberfläche der anscheinend wenig versprechenden Geschichte, die ich soeben vernommen hatte.

* * *

Meine nächsten Fragen stellte ich nunmehr mit der einen Absicht, herauszufinden, ob Herr Catherick zu der Überzeugung vom Fehltritt seiner Frau mit Recht oder aber mit Unrecht gekommen wäre. Die Antworten, die ich von Frau Clements erhielt, ließen mich über speziell diesen Punkt nicht im geringsten im Zweifel: Frau Catherick hatte, ganz klar und einwandfrei, während sie noch ledig war ein Verhältnis mit einem Unbekannten gehabt, und, um die Folgen zu decken und ihren Ruf aufrechtzuerhalten, geheiratet. Durch Nachrechnungen bezüglich Zeit und Ort, (auf die ich hier nicht im einzelnen einzugehen brauche), war einwandfrei festgestellt worden, daß es sich bei der Tochter, die ihres Mannes Namen trug, *nicht* um das Kind ihres Mannes handeln konnte.
Der nächste zu ventilierende Punkt — nämlich, ob es gleichermaßen sicher sei, daß es sich bei Annes Vater nun um Sir Percival handeln müsse — bot schon weit größere Schwierigkeiten. Ich war in dieser Beziehung nicht in der Lage, über die Möglichkeiten pro oder contra einen besseren oder auch nur anderen Test auszudenken, als lediglich den der persönlichen Ähnlichkeit.
»Ich nehme an, Sie haben Sir Percival, als er sich seinerzeit in Ihrem Dorf aufhielt, häufig gesehen?« fragte ich.
»Ja, Sir; sehr häufig,« erwiderte Frau Clements.

»Ist Ihnen jemals aufgefallen, daß Anne ihm ähnlich wäre?«
»Die war ihm nicht im geringsten ähnlich, Sir!«
»War sie denn dann ihrer Mutter ähnlich?«
»Ihrer Mutter ebensowenig, Sir. Frau Catherick war dunkel und hatte ein volles Gesicht.«
Weder ihrer Mutter ähnlich, noch ihrem (angeblichen) Vater. Mir war wohl bewußt, daß die bloße persönliche Ähnlichkeit nichts weniger als einen unbedingt verläßlichen Test in dieser Hinsicht abgäbe; aber andererseits war er deshalb auch nicht von vornherein zu verwerfen. Ob es möglich sein konnte, meine Hypothese dadurch zu stützen, daß mir neue beweiskräftige Funde hinsichtlich des Vorlebens von Frau Catherick und Sir Percival gelangen, und zwar aus der Zeit, bevor sie in Alt-Welmingham aufgetaucht waren? Als ich meine nächste Frage vorbrachte, war sie bereits in dieser Absicht gestellt.
»Als Sir Percival das erste Mal in Ihrer Nähe dort erschien,« sagte ich: »hatten Sie etwa gehört, wo er sich unmittelbar zuvor aufgehalten hatte?«
»Nein, Sir. Manche sagten, in Blackwater Park; manche behaupteten in Schottland – aber genau wußte's kein Mensch.«
»War Frau Catherick direkt vor ihrer Verheiratung in Varneck Hall in Stellung?«
»Ja, Sir.«
»Und war sie längere Zeit hintereinander dort gewesen?«
»3 oder 4 Jahre wohl, Sir; ich bin mir da nicht ganz sicher.«
»Haben Sie zufällig jemals den Namen des Herrn gehört, der damals der Besitzer von Varneck Hall war?«
»Oh ja, Sir. Das war'n Major, Donthorne mit Namen.«
»Hatte Herr Catherick, oder sonst Irgendjemand aus Ihrer Bekanntschaft, jemals etwas verlauten hören, daß Sir Percival mit diesem Major Donthorne befreundet wäre; oder war Sir Percival irgendwann einmal in der Nähe von Varneck Hall gesehen worden?«
»Catherick wußte, soweit ich mich erinnern kann, davon nichts, Sir. Und auch sonst Irgendjemand nicht, soweit ich im Bilde bin.«
Ich notierte mir Major Donthornes Namen und Anschrift, auf die Chance hin, daß er noch am Leben sein, und es in Zukunft einmal nützlich werden könnte, sich an ihn zu wenden. Inzwischen hatte sich der Eindruck bei mir noch entschieden verstärkt, daß die Theo-

rie von der Vaterschaft Sir Percivals bei Anne irrig sein müsse; und ebenso entschieden verstärkt die Ansicht, daß das Geheimnis seiner heimlichen Rendezvous mit Frau Catherick mit der Kränkung, die das Weib dem guten Namen ihres Mannes zugefügt hatte, in keinerlei Verbindung stünde. Mir fielen aber keine gezielten Fragen mehr ein, die ich zur weiteren Bestärkung dieser Meinung hätte stellen können – ich konnte Frau Clements höchstens ermutigen, als nächstes aus Annes frühen Tagen zu erzählen, und dabei aufpassen, ob sich mir auf diese Weise ein Hinweis zufällig darbieten würde.

»Sie haben aber immer noch nicht erzählt,« sagte ich, »wie das arme Kind all dieses Elends und der Sünde dazu kam, nun gerade Ihrer Sorgfalt anvertraut zu werden, Frau Clements?«

»Es war doch Niemand anders da, Sir, um sich des kleinen hilflosen Geschöpfes anzunehmen,« entgegnete Frau Clements. »Die böse Mutter schien es förmlich zu hassen – als ob das arme Baby dafür gekonnt hätte! – gleich vom Tage der Geburt an. Mir tat's um das Kind im Herzen leid; und da hab' ich mich erbötig gemacht, es so liebevoll aufzuziehen, wie wenn's mein eigenes wär'.«

»Und Anne ist dann, von der Zeit an, gänzlich unter Ihrer Obhut geblieben?«

»Nein, gänzlich nicht, Sir. Frau Catherick hatte in der Beziehung zu Zeiten ihre Launen und Grillen, und ab und zu gefiel es ihr, Anrechte auf das Kind geltend zu machen, wie wenn sie mich absichtlich dafür kränken wollte, daß es bei mir aufwuchs. Aber lange dauerten solche Anfälle bei ihr nie. Die arme kleine Anne wurde mir grundsätzlich bald wieder gebracht, und war auch grundsätzlich froh, wieder da zu sein – obwohl sie bei mir im Hause ja ziemlich Trübsal blasen mußte, ohne Spielgefährten, die sie'n bissel aufgemuntert hätten, wie bei andern Kindern: Unsere längste Trennung war die, als ihre Mutter sie mal mit nach Limmeridge 'rauf nahm. Das war grad zu der Zeit, wo ich meinen Mann verlor; und ich war einerseits ganz froh darüber, daß Anne bei der traurigen Heimsuchung nicht mit im Hause war. Sie war damals zwischen zehn und elf Jahre alt; langsam im Lernen, das arme Ding, und nicht so munter wie andere Kinder – aber dennoch ein so hübsches kleines Mädel, wie Sie sich bloß vorstellen können. Ich wartete daheim, bis die Mutter mit ihr wieder zurückkam; und machte ihr dann das Angebot, sie mit nach London zu nehmen – in Wahrheit war's so, Sir: ich konnte's einfach nicht über's Herz bringen, nach dem Tode meines Mannes in Alt-Welmingham zu bleiben, so verändert und düster schien mir der ganze Ort.«

»Und ging Frau Catherick auf Ihren Vorschlag ein?«

»Nein, Sir. Sie kam aus dem Norden zurück, noch härter und verbitterter als früher. Die Leute sagten, daß sie als allererstes Sir Percival hätte um Erlaubnis bitten müssen, überhaupt reisen zu dürfen; und daß sie zum Sterbebett ihrer Schwester nach Limmeridge sowieso bloß deshalb gefahren wäre, weil's hieß, die arme Frau hätte sich'n bissel was gespart gehabt – in Wahrheit hat das Geld dann kaum für die Beerdigung gereicht. Deswegen mag Frau Catherick sowieso schon sauer gewesen sein; aber sei's wie's wolle, davon, daß ich das Kind mit mir fortnähme, hat sie jedenfalls nichts hören wollen. Es schien ihr direkt Spaß zu machen, uns Beiden Kummer dadurch zu bereiten, daß sie uns trennte. Alles, was ich noch tun konnte, war, Anne meine Richtung und Adresse anzugeben, und ihr heimlich zu sagen, wenn sie jemals in Not sei, möchte sie nur immer zu mir kommen. Aber ehe sie die Freiheit hatte, zu kommen, sind dann doch Jahre vergangen. Ich hab' das arme Dingelchen nie mehr wiedergesehen – bis dann eben zu der Nacht damals, wo sie aus der Verrücktenanstalt entkommen ist.«

»Wissen Sie, Frau Clements, warum Sir Percival Glyde sie hat einsperren lassen?«

»Ich weiß lediglich das, was Anne selber mir erzählt hat, Sir. Und was die Arme in der Beziehung vorbrachte, war total verworren und unklar, 's war ganz traurig. Sie hat immer behauptet, ihrer Mutter wäre die Hütung von irgendeinem ›Geheimnis‹ von Sir Percival anvertraut. Die hätte sich einmal zu ihr darüber ausgelassen, lange nachdem ich von Hampshire weggezogen war – und als Sir Percival merkte, daß sie Bescheid wisse, hätte er sie eben einsperren lassen. Aber was es eigentlich war, hat sie nie sagen können, so oft ich sie auch gefragt hab'. Das Einzige, was sie mir zu erzählen wußte, war: daß ihre Mutter, wenn sie bloß wollte, Sir Percival ruinieren und total zugrunde richten könnte. Es mag sein, daß Frau Catherick einmal soviel rausgerutscht ist; aber mehr wohl auch nicht. Ich bin mir so gut wie sicher, daß ich von Anne die volle Wahrheit 'rausgekriegt hätte – falls sie tatsächlich, wie sie vorgab, informiert gewesen wäre; was sie sich höchstwahrscheinlich ja bloß eingebildet hat, das arme Ding.«

Der Gedanke war mir nun selbst, und mehr als einmal, schon gekommen. Ich hatte auch Marian gegenüber bereits erklärt, wie ich sehr daran zweifele, daß Laura wirklich drauf und dran gewesen sei, eine wichtige Entdeckung zu machen, als sie und Anne Catherick damals beim Bootshaus von Conte Fosco gestört wurden. Es hätte ja völlig im Einklang mit Annes sonstiger geistiger Verwirrung gestanden, auf dem schwanken Grunde eines vagen, aus zufälligen in ihrer Gegenwart unbedachtsam fallengelassenen Äußerungen ihrer Mutter selbstkonstruierten Verdachtes, nun gleich ihr völliges Wissen um ›Das Geheimnis‹ vorzuspiegeln. In dem Fall mußte Sir Percivals schuldbewußtes Mißtrauen ihm unweigerlich den falschen Verdacht nahelegen, daß Anne Alles von ihrer Mutter erfahren habe; geradeso, wie sich späterhin der gleichermaßen falsche Verdacht bei ihm festgesetzt hatte, daß seine Gattin nun wieder von Anne alles erfahren hätte.
Die Zeit verstrich, der Vormittag verging. Es wurde zweifelhaft, ob ich, auch wenn ich länger verweilte, von Frau Clements weitere Einzelheiten in Erfahrung bringen konnte, die meinem Vorsatz irgend förderlich wären. Diejenigen Mitteilungen über Örtlichkeiten und Familienumstände in Verbindung mit Frau Catherick, auf die ich ausgewesen war, hatte ich allmählich beisammen; und war überdies auf gewisse begründete Vermutungen geraten, die sich mir bei der Festlegung des Kurses meines künftigen Vorgehens als unermeßlich hülfreich erweisen konnten. Ich erhob mich also, um Abschied zu nehmen und Frau Clements für die freundliche Bereitwilligkeit zu danken, die sie mir durch die Gewährung ihrer Mitteilungen erwiesen hatte.
»Ich fürchte, Sie werden mich für furchtbar neugierig gehalten haben?« sagte ich. »Ich hab' Sie ja mit weit mehr Fragen behelligt, als manche Leute sich die Mühe gemacht haben würden, zu beantworten.«
»Ach, ich erzähl' Ihnen von Herzen gerne Alles was ich weiß, Sir,« gab Frau Clements zur Antwort. Dann hielt sie inne, und sah mich sehnsüchtig an: »Aber eines hätt' ich gewünscht,« sagte die arme Frau, »nämlich, daß Sie mir ein bißchen mehr von Anne erzählt hätten, Sir. Als ich Ihr Gesicht sah, wie Sie zuerst 'reinkamen, hatt' ich den Eindruck, daß Sie's könnten. Sie können sich einfach nicht vorstellen, wie schwer es für mich ist, nicht mal das eine zu wissen: ob sie überhaupt noch lebt, oder schon tot ist. Ich würd's wesentlich

leichter ertragen, wenn ich Gewißheit hätte. Sie drückten sich vorhin aus: Sie nähmen nicht mehr an, daß wir sie jemals noch lebendig wiedersehen würden – wissen Sie etwa, Sir – wissen Sie's ganz gewiß – daß es Gott gefallen hat, sie zu sich zu nehmen?«

Gegen derart beschwörende Worte war ich nicht gewappnet; es wäre ja auch unsäglich niedrig und grausam meinerseits gewesen, wenn ich ihnen widerstanden hätte.

»Ich fürchte, es läßt sich nicht länger an der Wahrheit zweifeln,« erwiderte ich sanft; »ich persönlich bin mir gewiß, daß ihre Leiden auf dieser Seite der Welt zuende sind.«

Die arme Frau sank auf ihren Stuhl, und verbarg das Gesicht vor mir. »Oh, Sir,« sagte sie, »wieso wissen Sie's? Wer kann Ihnen das erzählt haben?«

»Niemand hat mir's erzählt, Frau Clements. Aber ich habe meine Gründe, mich dessen sicher zu fühlen – Gründe, die Sie, das verspreche ich Ihnen, erfahren sollen, sobald ich es Ihnen ohne Gefahr auseinandersetzen kann. Ich bin mir sicher, daß sie in ihren letzten Augenblicken nicht vernachlässigt worden ist – bin mir weiterhin sicher, daß das Herzleiden, an dem sie so lange laboriert hat, die eigentliche Ursache ihres Todes gewesen ist. Auch Sie sollen sich dessen bald ebenso gewiß fühlen, wie ich – Sie sollen, und es wird gar nicht mehr lange dauern, wissen, daß sie auf einem stillen Landfriedhof ruht – an einem hübschen, friedlichen Ort, den Sie vielleicht selbst für sie ausgesucht haben würden.«

»Tot!« sagte Frau Clements: »so früh tot; und ich bin übriggeblieben und krieg' die Nachricht. Ich hab' ihr die ersten kurzen Rökkelchen gemacht. Ich hab' sie Gehen gelehrt. Das erste Mal, daß sie ›Mutter‹ sagte, hat sie's zu mir gesagt – und jetzt hat's mich wieder allein übriggelassen, und Anne hat's genommen! – Hatten Sie gesagt, Sir,« fragte die arme Frau, indem sie ihr Taschentuch vom Gesicht nahm, und mich zum erstenmal wieder anschaute: »hatten Sie gesagt, daß sie'ne hübsche Beerdigung gehabt hätte? So ganz richtig und ordentlich, wie sie sie bekommen hätte, wenn sie mein eigenes Kind gewesen wär'?«

Ich versicherte ihr, daß dem so gewesen sei. Meine Bestätigung schien sie mit unerklärlichem Stolz zu erfüllen – ihr einen Trost zu gewähren, wie keine anderweitige, erhabenere Betrachtung ihn ihr gespendet hätte. »Es hätte mir das Herz gebrochen,« sagte sie schlicht, »wenn Anne nicht ordentlich begraben worden wäre –

aber wieso wissen Sie das, Sir? Wer hat Ihnen denn das erzählt?«. Ich bat sie einmal mehr, zu warten, bis ich rückhaltlos zu ihr sprechen könne: »Sie sehen mich wieder, verlassen Sie sich darauf,« sagte ich; »denn ich möchte Sie, sobald Sie sich wieder ein bißchen gefaßt haben, noch um einen Gefallen bitten — also vielleicht in ein oder zwei Tagen.«

»Schieben Sie's wegen mir nicht auf, Sir,« sagte Frau Clements. »Stoßen Sie sich nicht dran, daß ich wein', wenn ich Ihnen von Nutzen sein kann. Wenn Sie noch was auf'm Herzen haben, Sir, was Sie mir sagen möchten, dann sagen Sie's bitte gleich jetzt.«

»Ich wollte lediglich eine letzte Frage an Sie stellen«, sagte ich. »Ich wollte nur die Anschrift von Frau Catherick in Welmingham wissen.«

Mein Ansinnen erschreckte Frau Clements so, daß ihr für den Moment sogar die Nachricht von Annes Tod aus dem Gedächtnis vertrieben schien. Ihre Tränen hörten plötzlich auf zu rinnen, und sie saß und starrte mich in voller Bestürzung an.

»Um Gottes willen, Sir!« sagte sie; »was wollen Sie von Frau Catherick?«

»Ich will einfach das, Frau Clements,« entgegnete ich: »Ich möchte das Geheimnis ihrer damaligen verstohlenen Zusammenkünfte mit Sir Percival Glyde erfahren. Hinter dem, was Sie mir von der seinerzeitigen Aufführung dieser Frau, sowie den seinerzeitigen Beziehungen jenes Mannes zu ihr, erzählt haben, liegt noch etwas mehr verborgen, als Sie oder einer Ihrer Nachbarn damals argwöhnten. Es gibt noch ein anderes Geheimnis zwischen jenen Beiden, von dem weder Sie noch ich etwas ahnen; und ich begebe mich zu Frau Catherick mit dem Entschluß, es ausfindig zu machen.«

»Sie, überlegen Sie sich das zwei Mal, Sir!« sagte Frau Clements, so ernst und dringlich, daß sie dabei aufstand und mir die Hand auf den Arm legte. »Das ist ein fürchterliches Weib — Sie kennen sie nicht so, wie ich. Überlegen Sie sich das zwei Mal!«

»Ich bin mir gewiß, Frau Clements, daß Sie es gut mit Ihrer Warnung meinen. Bin aber auch entschlossen, mit der Frau zu sprechen, komme was soll.«

Frau Clements schaute mir angstvoll ins Gesicht.

»Sie sind tatsächlich entschlossen, wie ich sehe,« sagte sie. »Na, die Adresse kann ich Ihnen ja geben.« —

Ich schrieb sie mir in mein Notizbuch, und ergriff dann ihre Hand, um ihr Lebewohl zu sagen. »Sie werden bald wieder von mir hören,« sagte ich; »und sollen dann Alles erfahren, was zu erzählen ich Ihnen versprochen habe.«
Frau Clements seufzte nur, und schüttelte bedenklich den Kopf.
»Manchmal ist es ganz gut, wenn man auf den Rat einer alten Frau hört«, sagte sie: »Überlegen Sie sich's zwei Mal, bevor Sie nach Welmingham gehen!«

VIII

Als ich nach meinem Gespräch mit Frau Clements unser Zuhause wieder erreichte, machte mich dort Lauras Anblick betroffen, mit der anscheinend eine Veränderung vor sich gegangen war.
Die unwandelbare Sanftmut und Geduld, die ein langanhaltendes Mißgeschick so grausam auf die Probe gestellt und bisher immer noch nicht besiegt gehabt hatte, schien sie jetzt auf einmal unversehens verlassen zu haben. Ohne auf Marians Bemühungen, sie zu beruhigen und zu amüsieren, einzugehen, saß sie da; ihre unfertige Zeichnung auf dem Tisch weit von sich geschoben, die Augen beharrlich zu Boden geschlagen, mit Fingern, die sich in ihrem Schoß rastlos ineinander verflochten. Als ich eintrat, erhob sich Marian mit einem Gesicht, das schweigenden Kummer ausdrückte; wartete noch einen Augenblick um zu sehen, ob Laura jetzt bei meiner Annäherung aufschauen würde; flüsterte mir dann zu: »Versuchen *Sie*, ob Sie sie ermuntern können,« und verließ dann das Zimmer.
Ich nahm auf dem freigewordenen Stuhl Platz – entfaltete ihr sachte die armen, abgezehrten, ruhelosen Finger, und nahm ihre beiden Hände in die meinigen.
»Woran denkst Du denn jetzt, Laura? Erzähl mir's, mein Liebling – versuch' doch, und erzähl mir, worum sich's handelt.«
Sie kämpfte sichtlich mit sich selbst, und hob dann ihre Augen zu den meinen auf. »Ich kann mich nicht glücklich fühlen,« sagte sie; »Ich muß immerfort denken –«. Sie brach wieder ab, lehnte sich ein bißchen nach vorn, und legte ihren Kopf an meine Schulter, mit einer fürchterlichen stummen Hülflosigkeit, die mich bis ins Herz traf.

»Versuch' doch, mir's zu erzählen«, wiederholte ich sanft; »versuch', mir zu sagen, warum Du Dich nicht glücklich fühlst.«
»Ich bin so nutzlos – bin so eine Last für Euch Beide,« erwiderte sie, begleitet von einem matten, hoffnungslosen Seufzer. »Du arbeitest und verdienst das Geld, Walter, und Marian hilft Dir. Wieso gibt es denn nichts, was *ich* tun könnte? Das Ende vom Lied wird sein, daß Du Marian lieber bekommst als mich – das kann ja nicht ausbleiben, wo ich so hilflos bin. Oh bittebittebitte: behandelt mich doch nicht immerfort wie ein Kind!«
Ich hob ihren Kopf hoch, strich ihr das zerzauste Haar glatt, das ihr über's Gesicht gefallen war, und küßte sie – meine arme, welke Blume! meine kranke, verlorene Schwester! »Du kannst uns helfen, Laura,« sagte ich; »und zwar sollst Du schon mit dem heutigen Tage damit anfangen, Liebling.«
Sie schaute mich mit einem so fieberhaften Eifer, einem so atemlosen Interesse an, daß ich für den neuen Hoffnungsschimmer, den ich mit meinen paar Worten jetzt ins Leben gerufen hatte, schier zu zittern begann.
Ich erhob mich, brachte ihre Zeichenmaterialien in Ordnung, und legte sie wieder vor sie hin.
»Du weißt ja, daß ich arbeite und Geld verdiene, indem ich zeichne,« begann ich dann. »Nunmehr, nachdem Du Dir so viel Mühe gegeben und so große Fortschritte gemacht hast, sollst auch Du anfangen zu arbeiten und mit Geld verdienen. Versuch doch einmal, diese kleine Skizze hier, so nett und sauber zu vollenden, wie Du nur kannst. Sobald sie fertig ist, werd' ich sie mit mir nehmen; und die gleiche Person, die mir alles abkauft, was ich mache, wird auch sie kaufen. Du bekommst ein eigenes Portemonnaie, in das Du Dir alles, was Du verdienst hineintun kannst; und Marian kann dann genausooft zu Dir um Haushaltsgeld kommen, wie sie zu mir kommt. Überleg' Dir mal richtig, wie nützlich Du uns Beiden dann sein wirst, Laura; und wenn Du's eingesehen hast, kannst Du den lieben langen Tag hindurch dann froh und glücklich sein.«
Ihr Gesicht wurde immer eifriger, und ein helles Lächeln legte sich darüber. In dem Moment, wo es andauerte, in dem Moment, als sie die schon beiseite geschobenen Pinsel erneut aufnahm, wirkte sie fast wie die Laura vergangener Tage.
Ich hatte die ersten Anzeichen neuen Wachstums, neuer Stärke in ihrem Gemüt richtig gedeutet, und wie sie sich unbewußt in dem

Aufmerken auf die Beschäftigungen ausdrückten, die das Leben ihrer Schwester und das meine ausfüllten. Als ich ihr von dem Vorgefallenen berichtete, sah auch Marian, ebenso wie ich, ein, daß sie danach lechzte, eine ganz kleinwichtige Stellung einzunehmen und sich in ihrer eigenen Achtung und der unseren zu erhöhen — und wir, von diesem Tage an, halfen sorgsam, den neuen Ehrgeiz zu pflegen, ihn, der das erste Versprechen einer hoffnungsvollen, glücklicheren Zukunft darstellte, die nun vielleicht nicht mehr allzuweit entfernt war. Ihre Zeichnungen wurden, wie sie sie beendet oder zu beenden sich mühte, in meine Hände gelegt. Dann nahm Marian sie an sich und versteckte sie sorgfältig; und ich zweigte von meinem Wochenlohn ein kleines Sümmchen ab, das ihr als der Preis ausgehändigt wurde, den Fremde für ihre armen, schwachen, wertlosen Skizzen gezahlt hätten, deren einziger Käufer ich war. Es war manchmal nicht leicht, unsere unschuldige Täuschung konsequent durchzuführen, wenn sie stolz ihr Portemonnaie zum Vorschein brachte, um ihren Teil zu unsern Ausgaben beizutragen; oder ernst und interessiert erwog, wer diese Woche wohl mehr verdient hätte, sie oder ich. Ich besitze all diese versteckten Zeichnungen noch heute — sie sind mir ein unbezahlbarer Schatz — teure Erinnerungen, die ich gern am Leben erhalte — sind Freunde aus einer Zeit vergangener Widerwärtigkeiten, von denen mein Herz sich niemals trennen, die meine Zärtlichkeit nie vergessen wird.
Ob ich hier, in Anbetracht der schweren Erfordernisse meiner Aufgabe ins Tändeln gerate? Voreilig in eine glücklichere Zeit vorausschaue, die mein Bericht noch längst nicht erreicht hat? Ja, doch. Zurück also — zurück in die Tage des Zweifels und der Furcht, wo Geist und Schwung in mir, in der eisigen Stille ewiger Ungewißheit, schwer um ihr Leben zu kämpfen hatten. Ich habe mir eine Pause gegönnt, und auf meinem Weg nach vorn ein Weilchen ausgeruht. Dennoch ist es vielleicht nicht gänzlich verlorene Zeit gewesen, wenn die Freunde, die diese Seiten lesen, gleichfalls eine Pause gemacht und ausgeruht haben.

* * *

Ich ergriff die erste Gelegenheit, die sich mir bot, um mit Marian unter vier Augen zu sprechen, und ihr das Resultat der Erkundigungen, die ich heut Vormittag eingezogen hatte, mitzuteilen. Sie

schien, was den Gegenstand meiner geplanten Reise nach Welmingham betraf, eben die Meinung zu hegen, die auch Frau Clements schon mir gegenüber ausgedrückt hatte.
»Bestimmt, Walter,« sagte sie: »Sie wissen doch im Augenblick schwerlich schon genug, was Sie zu der Hoffnung berechtigen könnte, Frau Cathericks Vertrauen in Anspruch zu nehmen? Ist es weislich gehandelt, gleich zu einem derart Äußersten zu schreiten, noch bevor man wirklich alle sicheren und einfacheren Mittel, sein Ziel zu erreichen, erschöpft hat? Als Sie mir erklärten, wie die einzigen zwei lebenden Menschen, die das genaue Datum von Lauras Reise wüßten, Sir Percival und der Conte seien, haben Sie übersehen – und ich hab's auch übersehen – daß es noch eine dritte Person gibt, die es bestimmt ebenfalls wissen muß: Frau Rubelle nämlich. Ob es nicht weit leichter und weit weniger gefährlich wäre, ihr ein Geständnis herauszuholen, als es Sir Percival abzwingen zu wollen?«
»Leichter vielleicht, ja,« entgegnete ich; »aber wir sind uns über das Ausmaß von Frau Rubelles stillschweigender Duldung beziehungsweise strafbarem Einverständnis nicht im klaren, oder wie weit ihr Interesse an der verbrecherischen Verabredung reicht; und sind uns deshalb weiterhin auch nicht sicher, daß das Datum sich nun ihrem Gedächtnis ebenso eingebrannt hat, wie es das ja garantiert bei Sir Percival und dem Conte getan hat. Es ist zu spät jetzt, an Frau Rubelle eine Zeit zu vergeuden, die allwichtig für die Entdeckung des einen attackierbaren dunklen Punktes in Sir Percivals Vergangenheit werden kann. Malen Sie sich die Gefahren, denen ich mich aussetze, wenn ich erneut nach Hampshire reise, nicht ein bißchen zu ernsthaft aus, Marian? Oder beginnen Sie etwa zu zweifeln, ob Sir Percival mir am Ende nicht doch mehr als gewachsen sein könnte?«
»Mehr als gewachsen wird er Ihnen nicht sein,« erwiderte sie mit Entschiedenheit; »denn beim Widerstand gegen Sie wird ihm die unergründliche Schlechtigkeit des Conte nicht zu Hilfe kommen.«
»Wie sind Sie zu dieser Folgerung gelangt?« erkundigte ich mich einigermaßen überrascht.
»Weil ich Sir Percivals Widerspenstigkeit und Ungeduld ob seines Gegängeltwerdens durch den Conte kenne,« antwortete sie. »Ich glaube, er wird darauf beharren, Ihnen allein entgegenzutreten – genau so, wie er zuerst darauf beharren wollte, auch in Blackwater

Park allein und selbstständig zu handeln. Der Zeitpunkt, ein Eingreifen des Conte zu argwöhnen, wird erst dann eintreten, wenn Sir Percival Ihrer Gewalt preisgegeben sein wird. Denn dann werden auch seine eigenen Interessen direkt bedroht sein; und dann, Walter, wird er in Selbstverteidigung handeln, und zwar mit furchtbarer Konsequenz.«

»Vielleicht können wir ihn einiger Waffen schon im voraus berauben,« sagte ich. »Einige von den Einzelheiten, die ich von Frau Clements in Erfahrung gebracht habe, dürften sich durchaus gegen ihn ausspielen lassen, und vermutlich werden auch noch andere Mittel zu unserer Verfügung sein, das Beweismaterial zu beschaffen. In Frau Michelsons Bericht gibt es einige Stellen, die daraufhindeuten, daß der Conte es für erforderlich gehalten hat, sich mit Herrn Fairlie in Verbindung zu setzen, und bei diesem seinem Vorgehen könnten sich Umstände ergeben haben, die ihn zusätzlich kompromittieren. Schreiben Sie doch einmal, während ich dann weg bin, an Herrn Fairlie, Marian; und sagen Sie ihm, daß Sie eine Antwort benötigen, in der ausführlich und genau beschrieben wird, was sich zwischen dem Conte und ihm abgespielt hat, und die Sie auch über sämtliche Einzelheiten informiert, die damals in Verbindung mit seiner Nichte zu seiner Kenntnis gekommen sind. Erklären Sie ihm, daß das verlangte Memoire ihm früher oder später offiziell abgefordert werden wird, falls er irgend Widerstreben an den Tag legen sollte, es Ihnen freiwillig zur Verfügung zu stellen.«

»Der Brief soll geschrieben werden, Walter. Aber sind Sie tatsächlich entschlossen, nach Welmingham zu fahren?«

»Absolut entschlossen. – Ich gedenke die nächsten beiden Tage der Arbeit zu widmen, damit ich verdiene, was wir für die kommende Woche brauchen; und am dritten Tage dann fahr' ich nach Hampshire.« –

Als dieser dritte Tag anbrach, war ich reisefertig.

Da es möglich war, daß ich für kurze Zeit abwesend sein würde, vereinbarte ich mit Marian, daß wir uns täglich schreiben wollten – wobei wir natürlich vorsichtshalber angenommene Namen verwendeten. Solange ich regelmäßig von ihr hörte, sollte ich annehmen, daß alles in Ordnung sei. Falls jedoch der Morgen einmal kommen und mir keinen Brief bringen sollte, würde ich selbstverständlich mit dem nächsten Zuge nach London zurückkehren. Laura mit meiner Abreise auszusöhnen, brachte ich dadurch zustande, daß ich ihr einredete, wie ich auf's Land führe, um für ihre und meine Zeichnungen neue Käuferkreise ausfindig zu machen, und verließ sie beschäftigt und zufrieden. Marian kam mit die Treppe hinunter, bis an die Haustür.

»Denken Sie immer daran, was für besorgte Herzen Sie hier zurücklassen,« flüsterte sie. »Gedenken Sie all der Hoffnungen, die von Ihrer sicheren Rückkehr abhängen. Wenn Ihnen auf dieser Reise merkwürdige Dinge zustoßen – wenn Sie mit Sir Percival zusammentreffen sollten –«

»Wieso kommen Sie auf den Gedanken, wir könnten zusammentreffen?« fragte ich.

»Ich weiß es nicht – mir kommen manchmal Befürchtungen und Einbildungen, für die ich nichts kann. Sie dürfen gern darüber lachen, Walter, wenn Sie wollen – aber falls Sie jemals in Berührung mit diesem Manne kommen: lassen Sie sich um Himmelswillen nicht reizen!«

»Keine Angst, Marian. Ich bin meiner Selbstbeherrschung sicher.« Mit diesen Worten nahmen wir Abschied voneinander.

Ich begab mich raschen Schrittes zum Bahnhof. Ich empfand etwas wie einen Hoffnungsschimmer. In meinem Gemüt wuchs die Überzeugung, daß meine Reise diesmal nicht vergebens unternommen werden würde. Der Morgen war schön, war klar und kalt. Meine Nerven waren fest, und ich spürte förmlich, wie Stärke und Entschlossenheit mich von Kopf bis Fuß durchpulsten.

Als ich über den Bahnsteig ging, und mich unter den dort versammelten Leuten nach rechts und links umsah, um nach bekannten Gesichtern Ausschau zu halten, kam mir wieder der Zweifel, ob es nicht doch von Vorteil gewesen sein könnte, wenn ich mich vor meinem Aufbruch nach Hampshire irgendwie verkleidet hätte? Aber schon der bloße Gedanke daran widerstrebte mir derartig – das bloße Anlegen einer Verkleidung schmeckte so erniedrigend nach der Herde gemeiner Spione und Denunzianten – daß ich die Frage, fast ebenso plötzlich, wie sie in mir aufgetaucht war, auch wieder aus meinen Erwägungen ausstrich. Und selbst vom Standpunkt der reinen Zweckmäßigkeit aus betrachtet, wäre ein solches Verfahren ja dubios im höchsten Grade gewesen. Falls ich das Experiment daheim anstellte, würde der Hauswirt mich früher oder später doch einmal ertappen, und sogleich Verdacht schöpfen. Stellte ich es außer Hause an, konnte der läppischste Zufall es mit sich bringen, daß ein- und dieselbe Person mich einmal mit und einmal ohne Verkleidung sah, womit ich dann genau das Aufsehen und Mißtrauen erregt haben würde, welches zu vermeiden ja mein dringendstes Anliegen war. Nein; in meiner eigenen Person hatte ich bisher gehandelt – in eigener Person war ich entschlossen, auszuharren bis ans Ende.

In den frühen Nachmittagsstunden setzte mich der Zug in Welmingham ab.

* * *

Gibt es in den Ödnissen Arabiens wohl eine Sandwüste, inmitten der Ruinen Palästinas den Anblick einer Verlassenheit, der mit dem widerwärtigen Eindruck auf das Auge, der niederschlagenden Wirkung auf das menschliche Gemüt wetteifern kann, wie ihn ein englisches Landstädtchen in den ersten Anfängen seiner Entstehung, im Übergangsstadium zum Wohlstand, mühelos erzeugt? Das war die Frage, die ich mir vorlegte, als ich durch die reinliche Öde, die saubere Häßlichkeit, die schmucke Betäubtheit der Straßen von Welmingham dahinschritt. Und die Kaufleute, die aus ihren einsamen Läden hinter mir her gafften – die Bäume, die in ihrem dürren Exil von unfertigen halbmondförmigen oder quadratischen Plätzen hülflos die Zweige hängen ließen – die Leichname von Häusern, die vergeblich des erweckenden menschlichen Elementes harrten, daß es sich beseele mit dem Odem des Lebens – jegliche Kreatur, die ich erblickte, jeglicher Gegenstand, dem ich vorbei ging, alles schien unisono zu antworten: die Wüsten Arabiens sind Unschuldswelten im Vergleich mit unserer zivilisierten Öde; palästinensische Ruinen nicht entfernt unseres modernen Mißmutes fähig.

Ich fragte mich durch, bis in jene Gegend des Städtchens, wo Frau Catherick wohnte; und fand mich, als ich sie erreicht hatte, auf einem Platz, umgeben von kleinen einstöckigen Häusern. In der Mitte befand sich, von einem billigen Drahtzaun umgeben, ein kleines kahles Rasenstück. Eine ältliche Kinderfrau stand mit 2 Kleinen an einer Ecke der Einfriedigung, und alle Drei starrten auf die eine magere Ziege, die man dort angepflockt hatte. Auf der einen Seite unterhielten sich auf dem Bürgersteig vor den Häusern zwei Fußgänger miteinander; auf der gegenüberliegenden führte ein müßiger kleiner Junge seinen müßigen kleinen Hund an der Leine aus. Aus der Ferne vernahm ich das gedämpfte Klimpern eines Klaviers, in Zwischenräumen gleichsam begleitet von Hammerschlägen, die aber von näher her schallten — das war alles, was sich mir optisch oder akustisch von Lebendigem darbot, als ich den Platz betrat.

Ich ging sofort auf die Tür von Nummer 13 los — Frau Cathericks Hausnummer — und klopfte, ohne mir vorher groß zu überlegen, wie ich mich beim Eintritt von meiner besten Seite zeigen könnte. Die allererste Notwendigkeit war ja, zu Frau Catherick überhaupt vorzudringen. Dann konnte ich mir immer noch, meinem eigenen Eindruck von ihr nach, die sicherste und leichteste Art überlegen, wie der Zweck meines Besuches zu erreichen war.

Die Tür ging auf, und ich sah ein melancholisches Dienstmädchen in mittleren Jahren. Ich gab ihr meine Karte, und fragte, ob ich mit Frau Catherick sprechen könnte. Die Karte wurde ins nach vorn gelegene Wohnzimmer geschafft; und dann kehrte das Dienstmädchen wieder, mit der Botschaft, ich solle angeben, in welcher Angelegenheit ich käme.

»Sagen Sie doch bitte, daß mein Anliegen mit Frau Cathericks Tochter zusammenhängt,« erwiderte ich. Das war der Vorwand, der mir im Augenblick einfiel, um meinen Besuch zu erklären. Das Dienstmädchen verschwand erneut im Wohnzimmer; kehrte erneut zurück, und bat mich, diesmal mit einem Blick gramvollen Erstaunens, hereinzukommen.

Ich trat in ein kleines Zimmer mit einer knalligen Tapete der größtgemusterten Art an den Wänden. Tisch, Stühle, Chiffonnière und Sofa, alles billigste Polsterarbeit und von auffälligen Farben, die wie lackiert funkelten. Auf dem größten Tisch, in der Mitte des Zimmers, stand eine schmucke Bibel, akkurat ins Zentrum der rot- und gelben Wollzierdecke gerückt; und an der Seite dieses Tisches, die dem Fenster am nächsten lag, saß, — ein kleines Strickkörbchen im Schoß, ein schnaufendes, triefäugiges altes Wachtelhündchen zusammengerollt zu ihren Füßen, eine bereits alternde Frau in schwarzem Seidenkleid, ein schwarzes Tüllhäubchen auf dem Kopf und an den Händen schieferfarbene Halbhandschuhe ohne Finger. Das eisengraue Haar hing in schweren Flechten zu jeder Seite ihres Gesichtes; die dunklen Augen schauten geradeaus, mit einem harten, trotzigen, unversöhnlichen Blick. Ihre Wangen waren voll und breit; das Kinn lang und massiv; die Lippen farblos, aber dick und sinnlich. Ihre Figur war derb und untersetzt, und ihr Benehmen von aufreizender Selbstsicherheit. Das war Frau Catherick.

»Sie sind gekommen, um mit mir über meine Tochter zu sprechen,« sagte sie, bevor ich noch meinerseits hatte ein Wort äußern können. »Wollen Sie bitte so gut sein, und vorbringen, was Sie zu sagen haben.«

Der Ton ihrer Stimme war ebenso hart, ebenso trotzig und unversöhnlich, wie der Ausdruck ihrer Augen. Sie wies auf einen Stuhl, und musterte mich, während ich darauf Platz nahm, von Kopf bis Fuß mit großer Aufmerksamkeit. Ich erkannte, daß meine einzige Chance bei dieser Frau darin bestand, in ihrem eigenen Ton mit ihr zu sprechen, und ihr, gleich von Anfang unserer Unterredung an, in ihrem eigenen Stil zu begegnen.

»Es ist Ihnen bekannt,« sagte ich, »daß Ihre Tochter verschwunden ist?«

»Das ist mir vollständig bekannt.«

»Haben Sie bereits einmal die Befürchtung gehegt, daß auf die traurige Nachricht von ihrem Verschwinden gegebenenfalls auch die Nachricht von ihrem Tode folgen könnte?«

»Ja. Sind Sie hierher gekommen, um mir mitzuteilen, daß sie tot ist?«

»Ganz recht.«

»Warum?«

Sie stellte diese erstaunliche Frage, ohne daß sich in ihrer Stimme, ihrem Gesicht oder ihrem Benehmen auch nur die geringste Änderung zeigte. Und wenn ich ihr von dem Tod der Ziege auf dem Rasen draußen berichtet hätte, sie hätte wahrlich nicht unbeteiligter dreinschauen können.

»Warum?« wiederholte ich. »Meinen Sie mit Ihrer Frage: warum ich hierher gekommen bin, um Sie von dem Tod Ihrer Tochter zu unterrichten?«

»Ja. Welches Interesse haben Sie an mir oder an ihr? Wieso kommen Sie überhaupt dazu, etwas über meine Tochter zu wissen?«

»Das hat sich so ergeben: ich begegnete ihr in jener Nacht, als sie aus dem Sanatorium entkam, und half ihr dabei, einen sicheren Ort zu erreichen.«

»Daran haben Sie sehr unrecht gehandelt.«

»Es tut mir leid, ihre Mutter das sagen zu hören.«

»Ihre Mutter sagt so. – Woher wissen Sie, daß sie tot ist?«

»Es steht mir nicht frei, Ihnen mitzuteilen, *wieso* ich das weiß – aber ich *weiß* es.«
»Steht es Ihnen frei, mir mitzuteilen, wieso Sie meine Adresse erfahren haben?«
»Sicher, Ihre Adresse habe ich von Frau Clements erhalten.«
»Frau Clements ist ein törichtes Weib. Hat sie Sie geheißen, hierher zu kommen?«
»Nein, das hat sie nicht.«
»Dann frage ich Sie noch einmal: Warum sind Sie hergekommen?«
Da sie durchaus eine Antwort haben wollte, gab ich sie ihr also in der knappst-möglichen Form.
»Ich kam,« sagte ich, »weil ich dachte, Anne Cathericks Mutter könnte ein natürliches Interesse daran haben, zu erfahren, ob ihre Tochter am Leben oder aber tot ist.«
»Ganz recht,« sagte Frau Catherick, und ihre Selbstsicherheit schien noch zugenommen zu haben. »Hatten Sie etwa noch ein anderes Motiv?«
Ich zögerte. Die richtige Antwort auf diese Frage war in der Geschwindigkeit nicht ganz leicht zu finden.
»Falls Sie kein anderes Motiv weiter haben,« fuhr sie fort, streifte dabei ihre schieferfarbenen Halbhandschuhe bedachtsam ab und rollte sie zusammen, »habe ich Ihnen lediglich für Ihren Besuch zu danken, und hinzuzufügen, daß ich Sie nicht weiter hier aufhalten will. Ihre Mitteilung wäre zwar befriedigender ausgefallen, wenn Sie mir willig erklärt hätten, wie Sie in ihren Besitz gelangt sind; immerhin berechtigt sie mich wohl, wie ich annehme, Trauer anzulegen. Wie Sie sehen, wird in meiner Kleidung nicht viel Änderung erforderlich. Sobald ich meine Halbhandschuhe gewechselt haben werde, gehe ich ganz in Schwarz.«
Sie suchte in einem Täschchen ihres Gewandes; zog ein Paar schwarzer Halbhandschuhe aus Spitzen hervor; streifte sie sich mit der steinernsten standhaftesten Gefaßtheit über, und legte dann ruhig die Hände im Schoß übereinander.
»Ich wünsche Ihnen einen Guten Tag,« sagte sie.
Die kalte Verächtlichkeit ihres Betragens reizte mich zu dem direkten Eingeständnis, daß der eigentliche Zweck meines Besuches noch nicht erfüllt sei.
»Ich *habe* noch ein anderes Motiv für mein Erscheinen hier,« sagte ich.

»Ah. Ich dachte mir's,« merkte Frau Catherick an.
»Der Tod Ihrer Tochter –«
»An was ist sie übrigens gestorben?«
»An einem Herzleiden.«
»Ja. Bitte, weiter.«
»Der Tod Ihrer Tochter ist zum Vorwand genommen worden, um einer mir sehr teuren Person schwerstes Unrecht zuzufügen. Zwei Männer sind, das weiß ich mit Bestimmtheit, an der Ausübung dieses Unrechts maßgeblich beteiligt gewesen. Der Eine davon ist Sir Percival Glyde.«
»Tatsächlich.«
Ich beobachtete sie angespannt, um zu sehen, ob sie bei der unversehenen Erwähnung des Namens vielleicht zucken würde? Nicht ein Muskel bewegte sich bei ihr; der harte, trotzige, unversöhnliche Glanz ihrer Augen flackerte nicht eine Sekunde lang.
»Sie werden sich vielleicht wundern,« fuhr ich fort, »wieso ein Ereignis wie der Tod Ihrer Tochter dazu hat ausgenützt werden können, einer anderen Person Unrecht und Schaden zuzufügen?«
»Nein,« sagte Frau Catherick. »Ich wundere mich überhaupt nicht. Es scheint sich lediglich um *Ihre* Angelegenheit zu handeln. Sie interessieren sich für meine Angelegenheiten. Ich mich für die Ihrigen gar nicht.«
»Dann könnten Sie aber fragen,« beharrte ich, »warum ich die Sache in Ihrer Gegenwart zur Sprache bringe.«
»Ja, *das* frage ich.«
»Ich bringe sie deshalb zur Sprache, weil ich entschlossen bin, Sir Percival Glyde für die von ihm begangene Schlechtigkeit zur Rechenschaft zu ziehen.«
»Was habe ich mit Ihrer Entschlossenheit zu tun?«
»Das sollen Sie gleich hören. In Sir Percivals Vergangenheit gibt es gewisse Ereignisse, mit denen ich, um meinen Zweck zu erreichen, unbedingt bekannt sein muß, und zwar restlos. *Sie* kennen diese Ereignisse – und das ist der Grund, warum ich zu Ihnen gekommen bin.«
»Was für ›Ereignisse‹ meinen Sie?«
»Ereignisse die sich, noch bevor Ihre Tochter das Licht der Welt erblickte, in Alt-Welmingham abgespielt haben, als Ihr Gatte Kirchenbuchschreiber daselbst war.«
Jetzt hatte ich endlich die Schranke aus undurchdringlicher Zurück-

haltung durchbrochen, die die Frau zwischen uns aufzurichten verstanden hatte. Jetzt sah ich Gereiztheit in ihren Augen schwelen – genau so deutlich, wie ich ihre Hände ruhelos werden, sich von einander entfernen, und mechanisch das Kleid über ihren Knien glatt zu streichen beginnen sah.

»Was wissen Sie von diesen Ereignissen?« fragte sie.

»Alles, was Frau Clements mir davon zu erzählen wußte,« antwortete ich.

Eine momentane Röte flog über ihr festes, quadratisches Gesicht, eine momentane Stille kam über ihre ruhelosen Hände, scheinbar Anzeichen für einen bevorstehenden Zornesausbruch, der sie vielleicht unvorsichtig machen würde? Aber nein – sie bemeisterte die aufsteigende Gereiztheit, lehnte sich in ihrem Stuhl zurück, verschränkte die Arme über ihrer massiven Brust, und blickte mich so standhaft an, wie nur je, ein Lächeln grimmen Sarkasmus' um die dicken Lippen.

»Ach! Jetzt fang' ich langsam an, zu begreifen,« sagte sie, und ihre beherrschte und gezähmte Wut drückte sich lediglich durch den vollendeten Hohn ihres Tonfalls und Benehmens aus. »Sie haben einen Groll auf Sir Percival Glyde, und ich muß Ihnen behülflich sein, Ihre Wut auszulassen? Ich muß Ihnen dies erzählen, und jenes, und noch ein drittes über mich und Sir Percival, gelt ja? Ach, wirklich?! Sie haben in meinen Privatangelegenheiten herumgeschnüffelt. Sie haben sich eingebildet, Sie hätten hier ein verlorenes Frauenzimmer aufgetrieben, mit dem Sie nach Belieben umspringen könnten; die hier nur geduldet wird, und Alles tun muß, was Sie bloß wollen, aus Furcht, Sie könnten sie in der Meinung der Einwohner des Städtchens herabsetzen. Ich durchschaue Sie und Ihre feine Spekulation – keine Angst!; und sie macht mir auch noch Spaß: Ha! Ha!«

Sie hielt einen Augenblick inne, ihre Arme schlossen sich fester über ihrer Brust, und sie lachte vor sich hin – ein hartes, rauhes, wütendes Lachen.

»Sie haben ja keine Ahnung, wie ich hier am Ort gelebt habe, und was ich hier am Ort getan habe, Herr Wieheißensiegleich,« fuhr sie dann fort. »Ich will's Ihnen ganz kurz erzählen, bevor ich klingele und Sie hinaus führen lasse. Ich kam hierher, als eine Frau, der man Unrecht getan hat – ich kam hierher, meines guten Rufes beraubt, und entschlossen, ihn wieder zu gewinnen. Ich habe mich

Jahr um Jahr darum gemüht – und ich *habe* ihn wieder! Ich bin all diesen ehrenwerten Leuten frei und offen auf ihrem eigenen Grund und Boden gegenübergetreten. Wenn heute Jemand etwas gegen mich sagt, dann muß er das schon ganz insgeheim tun – öffentlich kann es, wagt es Keiner mehr. Ich stehe zu hoch im Städtchen hier, als daß *Sie* mich noch antasten könnten. *Der Geistliche verbeugt sich vor mir!* Ha, darauf waren Sie nicht gefaßt, als Sie hierherkamen, was?! Gehen Sie doch in die Kirche und erkundigen Sie sich nach mir – Sie werden finden, daß Frau Catherick ihren Kirchenstuhl hat, wie Alle andern auch, und die Miete dafür an dem Tage zahlt, wo sie fällig ist. Gehen Sie auf's Rathaus – dort werden Sie eine Eingabe ausliegen finden, eine Eingabe aller ehrbaren Einwohner, gegen das Auftreten eines Zirkus', der Vorstellungen geben und unsere Sittlichkeit gefährden könnte: *UNSERE* Sittlichkeit, jawohl! Heute früh habe ich diese Eingabe unterschrieben. Gehen Sie in die Buchhandlung – unseres Geistlichen ›Mittwoch-Abend-Predigten über die Rechtfertigung durch den Glauben‹ liegen dort zur Subskription aus: mein Name steht auf der Liste. Die Frau des Arztes hat bei unserm letzten Wohltätigkeits-Gottesdienst nur einen Schilling auf den Sammelteller gelegt – ich eine halbe Krone. Der Herr Kirchenvorsteher Soward hielt den Teller, und hat sich vor mir verbeugt – vor 10 Jahren hat er zu Pigrum, dem Apotheker gesagt, ich müßte öffentlich aus der Stadt hinausgepeitscht werden! Ist Ihre Mutter noch am Leben? Hat sie eine bessere Bibel auf ihrem Tisch liegen, als ich auf dem meinigen da? Steht sie besser bei ihren Kaufleuten angeschrieben, als ich bei den hiesigen? Ist sie immer ordentlich mit ihrem Geld ausgekommen?: *ich* bin mit dem meinigen immer ordentlich ausgekommen. – Ah; da *kommt* unser Herr Pastor ja gerade über den Platz – jetzt gucken Sie mal her, Herr Wieheißensiegleich; schauen Sie zu, wenn Sie Lust haben!«
Sie sprang auf, mit aller Spannkraft einer jungen Frau, begab sich ans Fenster, wartete dort, bis der Geistliche vorüber kam, und neigte dann feierlich den Kopf. Der Geistliche hob förmlich den Hut, und ging weiter. Frau Catherick kehrte zu ihrem Sitz zurück, und schaute mich an, voll grimmeren Sarkasmus' denn je.
»So!« sagte sie. »Wie gefällt Ihnen das als Probe einer Frau, die ihren guten Ruf verloren hat? Wie sieht es jetzt um Ihre Spekulation aus?«
Die eigentümliche Methode, die sie sich ausgedacht hatte, um sich

durchzusetzen, der außerordentlich praktische Beleg ihres Ansehens in der Stadt hier, den sie mir soeben vorgeführt hatte – ich war davon derartig verblüfft, daß ich ihr nur in schweigendem Staunen lauschen konnte. Dennoch war ich um nichts weniger entschlossen, einen neuen Versuch anzustellen, sie aus ihrer Reserve herauszutreiben. Wenn die Frau nur ein einziges Mal gegen mich losbrach, konnten ihr durchaus die Worte entwischen, die den Schlüssel in meine Hände gaben.

»Na, wie sieht es jetzt um Ihre Spekulation aus?« wiederholte sie.

»Noch genau so, wie es aussah, als ich zuerst bei Ihnen eintrat,« erwiderte ich. »Ich zweifle die Stellung, die Sie sich in der Stadt hier errungen haben überhaupt nicht an; und würde auch gar nicht daran denken, sie anzutasten, selbst wenn ich das könnte. Ich bin lediglich deshalb hergekommen, weil Sir Percival Glyde meines Wissens ebenso Ihr Feind ist, wie der meinige. Wenn ich einen Groll auf ihn habe, haben Sie ja genau so einen Groll auf ihn. Sie können das abstreiten, wenn Sie wollen; können mir nach Belieben mißtrauen, können so wütend auf mich sein, wie Sie mögen – trotzdem sind von sämtlichen Frauen in England, wenn Sie überhaupt ein Gefühl für Beleidigungen haben sollten, Sie Diejenige, die mir eigentlich helfen müßte, diesen Mann zu vernichten.«

»Vernichten Sie ihn doch selber,« sagte sie; »und dann kommen Sie wieder und sehen Sie zu, was ich Ihnen zu sagen habe.«

Sie sprach diese Worte, wie sie bisher noch keine gesprochen hatte: schnell, wild, rachsüchtig. Ich hatte die jahrzehntealte Schlange des Hasses aus ihrem Lager aufgestört; aber nur für einen Moment. Wie ein lauerndes Reptil war sie auf mich eingesprungen, als Frau Catherick sich begierig in Richtung des Platzes vorbeugte, auf dem ich saß. Wie ein lauerndes Reptil sank sie wieder außer Sicht, als Frau Catherick unverzüglich ihre frühere Stellung auf ihrem Sitz wieder einnahm.

»Sie wollen mir also nicht vertrauen?« sagte ich.

»Nein.«

»Haben Sie Angst?«

»Seh' ich so aus?«

»Sie haben Angst vor Sir Percival Glyde?«

»Ach, wirklich?«

Ihre Farbe erhöhte sich langsam, und ihre Hände waren wieder an der Arbeit beim Kleidglattstreichen. Ich faßte also an diesem

Punkt rücksichtslos weiter nach; ich fuhr fort, ohne ihr einen Moment Zeit zum Überlegen zu lassen:
»Sir Percival bekleidet schließlich eine hohe Stellung in der Welt,« sagte ich, »und es wäre kein Wunder, wenn Sie Angst vor ihm hätten. Sir Percival ist ein einflußreicher Mann, ein Baron, der Besitzer eines großen Rittergutes, der Abkömmling einer bekannten Familie –«
So plötzlich erfolgte der Ausbruch ihres Gelächters, daß ich vor Erstaunen keine Worte fand.
»Jaja,« wiederholte sie, im Ton der bittersten, gesammeltsten Verachtung: »Ein Baron, der Besitzer eines großen Rittergutes, der Abkömmling einer bekannten Familie. Ei ja!: einer bekannten Familie – zumal von Mutterseite her.«
Es war jetzt nicht die Zeit dazu, über die Worte nachzudenken, die ihr da eben entkommen waren; ich hatte lediglich Zeit für das Gefühl, daß sie des Nachdenkens wohl wert sein würden, in dem Moment, wo ich dem Haus den Rücken kehrte.
»Ich bin nicht hier, um mich mit Ihnen über genealogische Fragen zu streiten«, sagte ich. »Ich weiß nichts von Sir Percivals Mutter –«
»Und von Sir Percival wissen Sie ebenso wenig,« unterbrach sie mich scharf.
»Dessen allzu sicher zu sein, möchte ich Ihnen nicht raten«, gab ich zurück. »Einiges weiß ich durchaus über ihn; und wegen weit mehr habe ich ihn im Verdacht.«
»Wegen was haben Sie ihn im Verdacht?«
»Ich will Ihnen sagen, wegen was ich ihn *nicht* im Verdacht habe. Ich habe ihn *nicht* in dem Verdacht, Annes Vater zu sein.«
Sie sprang auf die Füße, und kam dicht an mich heran, mit dem Blick einer Furie.
»Wie können Sie wagen, mit mir über Annes Vater zu sprechen?! Wie können Sie sich erdreisten zu sagen, wer ihr Vater gewesen sei und wer nicht!« brach sie los; ihr Gesicht zuckte, ihre Stimme überschlug sich vor Leidenschaft.
»Bei dem Geheimnis zwischen Ihnen und Sir Percival handelt es sich nicht um *das* Geheimnis,« beharrte ich. »Das Geheimnis, das Sir Percivals Leben überschattet, ist nicht bei der Geburt Ihrer Tochter geboren worden, und ist beim Tod Ihrer Tochter nicht mit gestorben.«

Sie trat einen Schritt zurück. »Hinaus!« grollte sie, und wies düster nach der Tür.

»Weder in Ihrem noch in seinem Herzen war irgendein Gedanke an das Kind,« fuhr ich fort, entschlossen, sie auch bis in ihre letzten Zufluchtsörter zu verfolgen: »und keinerlei Band schuldhafter Liebe bestand zwischen ihm und Ihnen, als Sie Ihre heimlichen Zusammenkünfte abhielten; als Ihr Gatte Sie ertappte, wie Sie miteinander flüsterten bei der Kirchensakristei.«

Ihre Hand, die mich hinauswies, sank ihr sogleich an der Seite herab, und das tiefe Zornrot verblaßte auf ihrem Gesicht, während ich sprach. Ich sah die Wandlung über sie kommen; sah, wie diese harte, furchtlose, selbstsichere Frau unter einer Furcht zu verzagen begann, der zu widerstehen ihre äußerste Entschlossenheit nicht stark genug war, speziell während ich meine letzten 3 Worte aussprach, ›bei der Kirchensakristei‹.

Eine Minute oder noch länger standen wir, und schauten einander schweigend an. Ich sprach als Erster wieder:

»Lehnen Sie es noch immer ab, mir zu vertrauen?« fragte ich.

Es war ihr zwar noch nicht gelungen, die natürliche Farbe, die ihr Gesicht verlassen hatte, wieder zurückzurufen; aber sie hatte wieder ihre Stimme in der Gewalt, hatte die trotzige Selbstsicherheit ihres Auftretens zurückgewonnen, als sie mir jetzt antwortete.

»Ich lehne es ab,« sagte sie.

»Heißen Sie mich noch immer gehen?«

»Ja. Gehen Sie – und kommen Sie niemals wieder.«

Ich ging zur Tür; zögerte noch einen Augenblick bevor ich sie öffnete, und drehte mich dann noch einmal um, um sie anzusehen.

»Vielleicht habe ich Ihnen einmal Neuigkeiten hinsichtlich Sir Percival zu bringen, auf die Sie nicht gefaßt sind,« sagte ich; »und in dem Fall dann werde ich wieder kommen.«

»Ich wüßte, was Sir Percival anbelangt, keine Neuigkeit die mich interessieren könnte, es sei denn –«

Sie hielt inne. Ihr bleiches Gesicht verfinsterte sich, während sie sich mit lautlosem geschmeidigem Katzenschritt zu ihrem Sitz zurückstahl.

»– es sei denn, die Nachricht von seinem Tode,« sagte sie; und setzte sich wieder, die grausamen Lippen von der bloßen Andeutung eines Hohnlächelns umschwebt, und tief im Hintergrund ihrer Augen lauerte es wie heimlicher Haß.

Als ich die Tür des Zimmers öffnete, um mich hinaus zu begeben, sah ich, wie sie noch einmal einen raschen Blick auf mich warf. Das grausame Lächeln um ihren Mund wurde breiter – sie musterte mich mit einem seltsam verstohlenen Interesse von Kopf bis zu den Füßen – und eine unaussprechliche Erwartung legte sich auf's verruchteste über ihr ganzes Gesicht. Ob sie etwa im Innersten ihres Herzens auf meine Jugend und Kraft spekulierte, das Ausmaß des Gefühls meines Beleidigtseins abschätzte und die Reichweite meiner Selbstbeherrschung; und taxierte, wie groß meine Chancen sein möchten, falls Sir Percival und ich einmal aufeinanderträfen? Die bloße Vermutung, daß dem so sein könnte, vertrieb mich aus ihrer Gegenwart, und brachte selbst die einfachsten Abschiedsformeln auf meinen Lippen zum Ersterben. Ohne auch nur ein weiteres Wort ihrer- oder meinerseits, verließ ich das Zimmer.
Als ich die Haustür öffnete, sah ich denselben Geistlichen, der schon einmal am Hause vorbeigekommen war, sich auf seinem Rückweg über den Platz her eben wiederum nähern. Ich wartete auf den Haustürstufen, um ihn vorüber zu lassen, und blickte währenddessen herum, zu dem Fenster des Wohnzimmers.
Auch Frau Catherick hatte bei der auf dem öden Platz herrschenden Stille seine sich nähernden Schritte vernommen, war sogleich wieder auf den Beinen und stand wartend am Fenster. Selbst der Sturm all der schrecklichen Leidenschaften, die ich im Herzen dieser Frau frisch aufgestört hatte, war nicht imstande, den verzweifelten Griff zu lockern, mit dem sie sich an das eine Fragmentchen gesellschaftlichen Ansehens anklammerte, das lange Jahre ehernster Ausdauer ihr gerade so in Reichweite gebracht hatten: da stand sie schon wieder, kaum daß ich eine Minute hinaus war, absichtlich in einer Weise aufgestellt, die es dem Geistlichen zur schlichten Höflichkeitspflicht machte, sich ein zweites Mal vor ihr zu verbeugen. Wiederum hob er den Hut. Ich sah das harte blasse Gesicht hinter der Scheibe sich entspannen, und aufleuchten in befriedigtem Stolz – sah den Kopf mit dem barschen schwarzen Häubchen darauf den Gruß zeremoniös erwidern –: der Geistliche hatte sich vor ihr verbeugt; in meiner Gegenwart und *zwei* Mal an einem Tage!

IX

Ich verließ das Haus mit dem Gefühl, daß Frau Catherick mir, auch wider Willen, doch einen Schritt vorwärts geholfen habe. Aber noch bevor ich die Straßenecke erreicht hatte, die aus dem Platz hinaus führte, wurde meine Aufmerksamkeit plötzlich durch den Schall einer hinter mir ins Schloß fallenden Haustür erregt.
Ich sah mich um, und erblickte einen Mann in Schwarz, etwas unter Normalgröße, der auf den Türstufen vor einem Hause stand, das meiner Schätzung nach unmittelbar neben Frau Cathericks Wohnung liegen mußte – und zwar in der Richtung auf mich zu. Der Mann zögerte nicht einen Moment über den Weg, den er einzuschlagen hätte; sondern kam vielmehr raschen Schrittes auf die Straßenecke zu, an der ich angehalten hatte. Ich erkannte in ihm den ›Schreibertyp‹, der damals, bei meinem Besuch in Blackwater Park, vor mir her gegangen war; und der dann, als ich ihn gefragt hatte, ob ich wohl das Haus besichtigen könne, versucht hatte, mit mir Händel anzufangen.
Ich blieb stehen, wo ich war, um mich zu vergewissern, ob es etwa bei dieser Gelegenheit heute seine Absicht sei, mir auf den Leib zu rücken und mich anzusprechen? Zu meiner Überraschung ging er eilig an mir vorüber, ohne ein Wort zu sagen, ja sogar ohne auch nur einen Blick in mein Gesicht zu werfen, als er an mir vorbeikam. Das war eine so völlige Umkehrung des Vorgehens, das von seiner Seite zu erwarten ich ja allen Grund gehabt hatte, daß es meine Neugier, oder präziser, meinen Verdacht erregte; und ich nun meinerseits beschloß, ihn vorsichtig im Auge zu behalten, und womöglich herauszubekommen, worum es sich bei dem Geschäft handeln könnte, auf das er jetzt wieder aus war. Ohne mir Sorgen darum zu machen, ob er mich nun sähe oder nicht, ging ich hinter ihm drein. Er sah sich nicht ein einziges Mal um, und führte mich durch die Straßen, geradewegs zum Bahnhof hin.
Der Zug war eben am Abfahren, und zwei oder drei Passagiere, die sich verspätet hatten, drängten sich vor dem kleinen Schalter, wo die Fahrkarten verkauft wurden. Ich gesellte mich zu ihnen, und hörte deutlich, wie mein Schreiber ein Billet nach Blackwater verlangte. Ehe ich wegging, versicherte ich mich auch noch, daß er tatsächlich mit dem Zuge abfuhr.
Für das, was ich soeben gesehen und gehört hatte, gab es nur eine

einzige Erklärung. Ich hatte den Mann einwandfrei aus einem Hause treten sehen, das dem von Frau Catherick dicht benachbart war. Er war dort höchstwahrscheinlich auf Sir Percivals Anweisung hin einquartiert worden, in der Voraussicht, daß meine Recherchen früher oder später dazu führen müßten, Verbindung mit Frau Catherick aufzunehmen. Er hatte mich zweifellos hineingehen und wieder herauskommen sehen, und war nunmehr mit dem nächsten Zug nach Blackwater Park geeilt, um Sir Percival Bericht abzustatten, der sich (in Anbetracht dessen, was er augenscheinlich von meinen Bewegungen wußte) natürlicherweise dort aufhalten würde, um auf dem Posten zu sein, falls ich wieder in Hampshire auftauchen sollte. Jetzt begann sich freilich stark die Möglichkeit abzuzeichnen, daß er und ich, noch ehe viele Tage ins Land gingen, aufeinander treffen würden.

Was für ein Ergebnis die Ereignisse letzten Endes hervorzubringen auch immer bestimmt sein sollten, ich beschloß, meinen Kurs geradlinig und ohne Wanken bis zu dem mir gesteckten Ziel zu verfolgen, ohne dabei anzuhalten, oder einen Seitenweg einzuschlagen, sei es nun wegen Sir Percival oder sonst Jemandem. Die schwere Verantwortlichkeit, die in London ständig auf mir lastete – nämlich die, auch bei meiner kleinsten Handlung zu berücksichtigen, daß sie auf keinen Fall etwa zufällig dazu führen könnte, Laura's Zufluchtsort zu verraten – bestand hier in Hampshire überhaupt nicht. In Welmingham konnte ich kommen und gehen, wie ich wollte; und sollte ich irgendeine notwendige Vorsichtsmaßnahme wirklich einmal zufällig außer Acht lassen, würden zumindest die unmittelbaren Folgen lediglich auf mein eigenes Haupt fallen.

Als ich wieder aus dem Bahnhof trat, begann eben die schwere Dämmerung des Winterabends. Nach Einbruch der Dunkelheit bestand wenig Hoffnung, an einer Lokalität, die mir fremd war, meine Nachforschungen mit Aussicht auf Erfolg fortzusetzen. Dementsprechend fragte ich mich nach dem nächsten Hotel, mietete mir dort ein Zimmer, und bestellte das Abendbrot. Anschließend schrieb ich an Marian, um ihr mitzuteilen, daß ich sicher und wohlauf wäre, und begründete Aussichten auf Erfolg hätte. Ich hatte sie bei meiner Abfahrt von zuhause informiert, den ersten Brief, den sie mir schriebe (das heißt also denjenigen, den ich am folgenden Morgen zu empfangen hoffte) mit der Anschrift ›Welmingham, postlagernd‹ zu versehen, und bat sie nunmehr, auch ihren Brief vom zweiten

Tage an die gleiche Adresse zu schicken. Selbst falls ich, wenn er einging, zufällig von dem Städtchen entfernt sein sollte, würde ich ihn ja immer noch unschwer dadurch bekommen können, daß ich dem Leiter des Postamtes schrieb.

Während der späten Abendstunden wurde das Gästezimmer des Hotels zu einer wahren Einöde. Ich konnte mir das, was ich heut Nachmittag erreicht hatte, ebenso ungestört überlegen, wie wenn das Haus mein eigenes gewesen wäre. Bevor ich mich zum Schlafen zurückzog, hatte ich noch einmal mein außerordentliches Interview mit Frau Catherick von Anfang bis zu Ende genau durchdenken, und mich der Schlußfolgerungen, die ich in der ersten Tageshälfte nur in aller Hast gezogen hatte, in aller Muße und Ausführlichkeit versichern können.

Die Kirchensakristei von Alt-Welmingham bildete den Ausgangspunkt, von dem aus ich rückwirkend langsam und methodisch all das analysierte, was ich Frau Catherick sagen hören und tun sehen hatte.

Seinerzeit, als Frau Clements das erste Mal in meiner Gegenwart die Sakristei und Umgebung erwähnte, hatte mir das der kurioseste und unlogischste Fleck gedünkt, den Sir Percival sich für ein heimliches Rendezvous mit der Schreibersfrau aussuchen konnte. Lediglich unter diesem Eindruck, und sonst aus keinem Grunde, hatte ich Frau Catherick gegenüber auf gut Glück hin »die Kirchensakristei« erwähnt — stellte sie doch nur eine der kleineren Eigentümlichkeiten der ganzen Affäre dar, die mir während des Sprechens einfielen. Auf eine verworrene oder wütende Antwort war ich gefaßt gewesen; aber der nackte Schrecken, der über sie kam, als ich die Worte aussprach, hatte mich total überrumpelt. Ich hatte mir zwar schon seit langem unter Sir Percivals ›Geheimnis‹ ein schweres unaufgedecktes Verbrechen vorgestellt, von dem Frau Catherick wüßte; aber weiter als bis dahin war ich noch nicht gegangen. Nun jedoch hatte das Übermaß an Schreck der Frau, dieses Verbrechen direkt oder indirekt mit der Sakristei in Verbindung, und mich zu der Einsicht gebracht, daß es sich bei ihr um mehr als eine bloße Zeugin — vielmehr einwandfrei um eine Komplizin handelte.

Welcher Art mochte dies Verbrechen nur gewesen sein? Zweifellos hatte es nicht nur eine gefährliche, sondern auch irgendwie eine verächtliche Seite; ansonsten hätte Frau Catherick meine Ausdrücke bezüglich Sir Percivals Rang und Einfluß nicht mit so unverkennbarer Geringschätzung wiederholt, wie sie ja einwandfrei an den Tag gelegt hatte. Es handelte sich ergo um ein verächtliches Verbrechen; und um ein gefährliches Verbrechen; und sie war mitbeteiligt daran; und es stand irgendwie mit der Kirchensakristei in Zusammenhang.

Das nächste zu erledigende Detail führte mich von diesem Punkt aus gleich wieder ein Stückchen weiter.

Frau Cathericks ungeschminkte Verachtung für Sir Percival erstreckte sich offenkundig auch auf seine Mutter; hatte sie doch mit bitterstem Hohn auf die ›bekannte Familie‹ angespielt, der er entstamme: »zumal von Mutterseite her«. Was sollte das heißen? Es schienen eigentlich nur 2 Erklärungen hier möglich: entweder war diese seine Mutter von sehr niedriger Herkunft gewesen; oder aber ihr Ruf trug irgendeinen heimlichen Flecken, mit dem sowohl Frau Catherick als Sir Percival unter der Hand bekannt geworden waren. Ich konnte lediglich die erste dieser Möglichkeiten untersuchen, indem ich mir die Heiratseintragung anschaute, und dadurch, als Vorstufe für weitere Nachforschungen, ihren Mädchennamen und die Eltern ermittelte.

Andererseits, falls jene zweite Möglichkeit die richtige sein sollte: um was konnte es sich bei dem Flecken auf ihrem Ruf handeln? Wenn ich mir den Bericht so überlegte, den Marian mir von Sir Percivals Vater und Mutter gegeben, und von dem verdächtig ungeselligen eingezogenen Leben, das Jene geführt hatten, fragte ich mich nunmehr, ob etwa gar die Möglichkeit bestünde, daß die Beiden überhaupt nicht verheiratet gewesen waren? Auch hier wiederum würde mir die schriftliche Eintragung im Kirchenbuch zumindest das eine beweisen können, daß dieser Zweifel jeglicher realen Begründung ermangele. Aber wo würde sich dieses Kirchenbuch auftreiben lassen? An diesem Punkt konnte ich mit meinen zuvor gezogenen Schlußfolgerungen nun anknüpfen, und der gleiche Denkprozeß, der schon die Lokalität des verborgenen Verbrechens ermittelt hatte, ließ nun auch jenes Kirchenbuch in der Sakristei von Alt-Welmingham in Verwahrung sein.

Das waren etwa die Ergebnisse meiner Unterredung mit Frau Catherick – dies die diversen Erwägungen, die letztlich alle in einem Punkt konvergierten, und den Kurs für mein am folgenden Tage einzuschlagendes weiteres Verfahren festlegten.

* * *

Der Morgen war trübe und bewölkt, doch fiel kein Regen. Ich gab mein Köfferchen im Hotel zur Aufbewahrung, bis ich es mir wieder abholen würde; und schlug dann, nachdem ich mich noch nach der Richtung erkundigt hatte, zu Fuß den Weg nach der Kirche von Alt-Welmingham ein.

Es waren fast 3 Kilometer zu gehen, und das Gelände stieg die ganze Strecke über, wiewohl nur sehr allmählich, an.

Auf dem höchsten Punkt erhob sich die Kirche – ein altes verwittertes Bauwerk, mit einem plumpen viereckigen Turm vorn, und mächtigen Strebepfeilern an den Seiten. Die Sakristei auf der Rückseite war unmittelbar an die Kirche angebaut und schien von derselben Altertümlichkeit zu sein. Im weiten Umkreis um das Gebäude herum waren die Reste des Dörfchens zu erblicken, das Frau Clements mir als den Ort beschrieben, wo ihr Mann sich in früheren Jahren zur Ruhe gesetzt hatte, und aus dem die angeseheneren Einwohner längst schon in die neue Stadt übergesiedelt waren. Manche der leerstehenden Häuser waren bis auf die Außenwände abmontiert und manche einfach dem Zahn der Zeit überlassen worden; ja, einige waren auch noch bewohnt, obschon unverkennbar von Angehörigen der ärmsten Volksschichten. Es war ein trübseliger Anblick; und dennoch, auch im schlimmsten Aspekt des Verfalls, nicht so trübselig, wie das moderne Städtchen, aus dem ich eben her kam. Hier lagen doch wenigstens immer noch, weit umhergebreitet, braune windüberpfiffene Felder, auf denen der Blick ausruhen konnte – hier standen überall Baumgruppen herum, obschon jetzt ihres Laubschmucks beraubt, verhinderten, daß die Aussicht irgendwie eintönig wurde, und waren dem Geist behilflich, an künftige Sommerzeit und Schatten zu denken.

Als ich mich von der Rückseite der Kirche wieder entfernte, und, auf der Suche nach einer menschlichen Seele, die mir den Weg zum Kirchenbuchschreiber zeigen könnte, an einigen der abgebrochenen Häuser vorbeikam, sah ich auf einmal hinter einer Mauer zwei Männer hervorgeschlendert und hinter mir herkommen. Der größere der Beiden – ein breiter, athletisch gebauter Mann, in der Tracht eines Wildhüters – war mir fremd; der Andere dagegen einer der Männer, die mir an dem Tage, als ich Herrn Kyrle's Büro in London verließ, gefolgt waren. Ich hatte mir sein Gesicht damals speziell eingeprägt, und war mir sicher, daß ich mich auf keinen Fall irrte, wenn ich den Kerl heute wiedererkannte.

Weder er noch sein Begleiter unternahmen den Versuch, mich anzusprechen, hielten sich vielmehr Beide respektvoll in einiger Distanz; aber der Grund für ihre Anwesenheit in der Nähe der Kirche lag klar auf der Hand. Es war genau, wie ich angenommen hatte: Sir Percival hatte sich schon auf mich vorbereitet. Mein Besuch bei Frau Catherick war ihm am Abend zuvor berichtet, und diese beiden Männer jetzt, in Voraussicht meines Erscheinens in Alt-Welmingham, in der Nähe der Kirche postiert worden, um Ausschau nach mir zu halten. Wenn ich noch eines weiteren Beweises bedürftig gewesen wäre, daß meine Nachforschungen nun endlich die rechte Richtung eingeschlagen hätten, dann würde ihn mir das hier befolgte Verfahren, nämlich mich derart beobachten zu lassen, geliefert haben.

Ich ging also weiter, immer von der Kirche fort, bis ich an eines der noch bewohnten Häuser kam, mit einem winzigen Küchengarten dabei, in dem ein Arbeiter beschäftigt war. Er wies mir die Wohnung des Kirchenbuchschreibers, die nicht mehr weit davon entfernt war – ein kleines Häuschen, allein für sich am äußersten Rande des verlassenen Dörfchens gelegen. Der Kirchenbuchschreiber war zuhause, und zog sich gerade seinen Mantel an. Er war ein munterer, etwas sehr vertraulicher alter Mann, laut und geschwätzig, und der, wie ich unlängst entdeckte, eine recht geringe Meinung von seinem Wohnort hegte, wie auch ein beneidenswertes Gefühl der Überlegenheit über seine Nachbarn, weil er sich der großen persönlichen Auszeichnung erfreute, schon ein Mal in London gewesen zu sein.

»Es ist nur gut, daß Sie so zeitig gekommen sind, Sir,« sagte der alte Mann, als ich ihm den Zweck meines Besuches mitgeteilt hatte. »Zehn Minuten später wär' ich nicht mehr da gewesen. Kirchspielangelegenheiten, Sir, und für einen Mann in meinem Alter ein ganz hübsches Stück zu laufen, ehe man Alles richtig erledigt hat. Na, unberufen, ich bin noch recht gut zu Fuß. Solange einen Menschen seine Beine nich' im Stich lassen, kann er immer noch 'ne ganze Portion Arbeit erledigen – meinen Sie nich' auch, Sir?«

Während er mich so unterhielt, nahm er von einem Haken hinterm Kamin sein Schlüsselbund herunter, und schloß dann die Tür seines Häuschens hinter uns ab.

»Keiner da, der mir das Haus hütet,« sagte der Kirchenbuchschreiber, mit einem schönen Gefühl absoluter Freiheit von allen hinderlichen Familienbanden. »Meine Frau liegt auf dem Kirchhof dort, und meine Kinder sind sämtlich verheiratet. Gottverlassenes Nest hier, was, Sir? Aber das dazugehörige Kirchspiel ist groß, Sie – so wie ich könnte das nich' Jeder erledigen. Dazu muß man schon was gelernt haben, und das hab' ich, und vielleicht noch etwas mehr. Ich sprech' das feinste Englisch Ihrer Majestät der Königin (Gottes Segen über sie!), und das ist mehr, als die meisten Leute hier 'rum von sich rühmen können. Sie komm'm von London, nehm' ich an? Ich bin auch in London gewesen; das können jetz' so – na, 25 Jahre her sein. Was gibt's denn Neues von dort, Sir?«

In der Art ging es immerfort weiter, während mich die alte Plaudertasche zur Sakristei zurückführte. Ich schaute mich um, ob die beiden Spione noch in Sicht wären? –: nein; sie waren nirgends mehr zu bemerken. Nach der Entdeckung, wie ich mich an den Kirchenbuchschreiber wandte, hatten sie sich vermutlich irgendwo versteckt, von wo aus sie unbehindert mein weiteres Vorgehen beobachten konnten.

Die Tür zur Sakristei bestand aus schweren, alten Eichenbohlen, dicht mit großen Nägeln beschlagen; und der Alte schob auch seinen mächtigen plumpen Schlüssel mit der Miene eines Mannes ins Schloß, der weiß, daß ihm eine schwierige Aufgabe bevorsteht, und der sich nicht ganz sicher ist, ob er sie auch rühmlich wird lösen können.

»Ich muß sie leider hierherum führen, Sir«, sagte er; »denn die Tür, die aus der Kirche in die Sakristei führt, ist im Augenblick von der Sakristei her zugeriegelt. Ansonsten hätten wir von der Kirche her reingekonnt. – Das ist doch ein verruchtes Schloß hier, wie nur je eines war – 's wär' groß genug für 'ne Gefängnistür – immer bloß repariert worden, all die langen Jahre hindurch – hätte längst mal erneuert werden müssen, ich hab's dem Kirchenvorstand mindestens 50 Mal schon gesagt – da heißt's bloß immer: ›Ja, ich kümmer' mich drum‹ – um nichts kümmert er sich. Ist eben 'n ausgesprochen toter Winkel, das ganze Nest hier. Wenig Ähnlichkeit mit London, was, Sir? Oh je, wir liegen eben Alle noch im Dornröschenschlaf. *Wir* schreiten nich' mit der Zeit vor.«

Nach einigem weiteren Gewürge und Gedrehe mit dem Schlüssel gab das schwere Schloß endlich nach, und er öffnete die Tür.

Die Sakristei erwies sich beträchtlich größer, als ich sie, nach bloßer Schätzung von außen, gehalten hatte: ein düsteres, modriges, schwermütig-altes Gemach mit niedriger Balkendecke. Zwei der Seiten-

wände, (die nach dem Kircheninnern zu), waren mit massiven hölzernen Schränken umstellt, die aber sämtlich vor Alter klafften und von Würmern zernagt waren. An der hinteren Ecke eines dieser Schränke hingen an Haken diverse Chorhemden, aber so, daß ihre unteren Enden sich stauchten, was ihnen ein recht unehrerbietiges Aussehen nach ›nassen Gewändern‹ verlieh. Unterhalb der Chorhemden, auf dem Fußboden, standen 3 Kisten, die Deckel halb darauf, halb daneben, aus deren sämtlichen Ritzen und Spalten nach allen Richtungen hin in überflüssiger Fülle Stroh hervorquoll. Hinter ihnen, ganz in der Ecke, lag ein Wust staubiger Papiere, manches davon große Rollen, wie die Zeichnungen von Architekten, manches lose zusammengeheftet wie Rechnungen oder Briefkonvolute. Licht hatte der Raum früher einmal von einem schmalen Seitenfenster her empfangen, das jedoch jetzt vermauert und durch ein überkuppeltes Oberlicht in der Decke ersetzt worden war. Die Luft war hier drükkend und dumpfig, und wurde noch zusätzlich beklemmend dadurch, daß man die in die Kirche führende Tür verschlossen hatte. Auch diese Tür war aus massiver Eiche, und von der Sakristei her oben und unten schwer verriegelt.
»Könnte auch ordentlicher aussehen hier, was, Sir?« merkte der muntere Schreiber an; »aber was wollen Sie groß machen, wenn Sie in so ei'm toten Winkel sitzen? Hier, kucken Se ma'; sehen S'ich ma' die Kisten hier an. Da stehen sie jetzt rum, ein Jahr oder noch länger, fertig zum Versand nach London – da stehen se, nehm'm Platz weg; und da wer'n se bleib'm solange die Nägel sie zusamm' halten. Ich sag's Ihn'n noch mal, Sir, wie ich's vorhin schon gesagt hab': wir sind hier nich' in London. Wir liegen eben Alle noch im Dornröschenschlaf. Oh, je, *wir* schreiten nich' mit der Zeit vor!«
»Was ist denn in den Kisten drin?« erkundigte ich mich.
»Alte Holzschnitzereien von der Kanzel, Teile der Täfelung der Empore, allerlei Bildwerk vom Orgelchor,« sagte der Schreiber. »Holzstatuen der 12 Apostel, und nich' einer drunter, der noch 'ne heile Nase hätte. Nichts als Bruch und Wurmfraß und zerfällt zu Staub an allen Ecken und Enden. Brüchig wie Steingut, Sir, und so alt wie die Kirche, wenn nich' noch älter.«
»Und warum sollten sie nach London gehen? Zur Restaurierung?«
»Genau das, Sir: um restauriert zu werden; und was sich nich mehr restaurieren läßt, sollte in neuem, gesundem Holz kopiert werden.

Aber, oh je, das Geld ging aus; und da liegen sie nun; warten auf neue Subskribenten, und Keiner ist da, der subskribierte. Eingefädelt worden ist die ganze Sache vor'm guten Jahr. Da haben 6 Herren, im Hotel in der neuen Stadt drüben, 'n großes Diner veranstaltet; haben Reden gehalten, Resolutionen gefaßt und unterschrieben, und tausende von Prospekten drucken lassen. Hübsche Prospekte, Sir, überall gotische Ornamente rundum in roter Farbe, des Inhalts, wie es eine Sünde und Schande wäre, die Kirche nicht instand zu setzen und die berühmten Schnitzereien nicht zu restaurieren, undsoweiter undsoweiter. Da liegen noch die übrigen Prospekte, die nich' verteilt werden konnten, und die Zeichnungen und Kostenanschläge von den Architekten, und der ganze Briefwechsel, in dessen Verlauf sie Alle uneins wurden und mit'm großen Zank endigten – da in der Ecke, hinter den Kisten, da liegt der ganze Haufen. Zuerst kam ja'n bißchen Geld ein, so tropfenweise – aber was könn'n Se schon außerhalb von London groß erwarten? Es reichte gerade dazu, die beschädigten Schnitzereien einzupacken, wissen Se; und die Kostenanschläge einzuholen, und die Druckerrechnung zu bezahlen, und danach war dann eben nich' mehr ein Pfennig übrig. Und, wie ich schon sagte, da steht das Zeugs nu' rum. Anderswohin können wir's nich stell'n – in der neuen Stadt kümmert sich doch kein Mensch um *uns* – wir liegen eben in'm toten Winkel – die Sakristei ist unordentlich, natürlich – aber Wer soll's wohl ändern? – das möcht' ich ma' wissen.«

Mein dringender Wunsch, das Kirchenbuch einzusehen, machte mich nicht gerade geneigt, die Geschwätzigkeit des alten Mannes noch sonderlich zu ermutigen. Ich gab ihm also kurz zu, daß der Unordentlichkeit der Sakristei hier schwerlich Jemand würde abhelfen können, und schlug dann vor, wir möchten uns ohne weitere Verzögerung an unser eigentliches Geschäft begeben.

»Ah ja, die Heiratseintragungen, freilich,« sagte der Schreiber, und zog dabei ein kleines Schlüsselbund aus seiner Rocktasche: »Wie weit wollten Sie denn zurückgehen, Sir?«

Marian hatte seinerzeit, als wir anläßlich des bevorstehenden Besuches von Sir Percival zusammen über sein Verlöbnis mit Laura redeten, mir gegenüber sein Alter erwähnt; und zwar hatte sie damals von ihm als einem Fünfundvierzigjährigen gesprochen. Indem ich von da aus zurückrechnete, (auch das seit jener Mitteilung verstrichene eine Jahr entsprechend in Anschlag brachte), ergab sich

mir, daß er 1804 geboren sein müsse, und ich also sicherheitshalber meine Durchsicht der Eintragungen von diesem Zeitpunkt an zu beginnen hätte.
»Ich möchte mit dem Jahrgang 1804 anfangen,« sagte ich.
»Und wie dann weiter, Sir,« fragte der Schreiber: »Vorwärts auf unsere Zeit zu; oder aber rückwärts, von uns weg?«
»Rückwärts von uns fort, von 1804 ab.«
Er öffnete die Tür des einen der Schränke – desjenigen übrigens, an dessen Seite die erwähnten Chorhemden hingen – und brachte einen mächtigen, in schmutzig-braunes Leder gebundenen Band zum Vorschein. Ich war ganz frappiert ob der Unsicherheit des Ortes, wo diese Kirchenbücher aufbewahrt wurden! Die Tür des Schrankes hatte sich geworfen, das Holz war vor Alter geborsten, und das Schloß daran von der billigsten und allergewöhnlichsten Sorte. Ich hätte es mühelos mit dem bloßen Spazierstock, den ich in der Hand trug, aufbrechen können.
»Sieht man das als hinreichend sicheren Aufbewahrungsort für Kirchenbücher an?« erkundigte ich mich. »Ich meine, Bücher von solcher Einmaligkeit und Wichtigkeit wie diese, sollten doch unter besserem Verschluß gehalten werden, wenn sie nicht gar in einen stählernen Safe gehörten?«
»Also das ist aber doch wirklich merkwürdig!« sagte der Schreiber, schlug das Buch, das er gerade eben aufgemacht hatte, wieder zu, und klatschte munter mit der Hand auf den Deckel: »Haargenau die Worte, die mein alter Herr immer gesagt hat, vor vielen-vielen Jahren, als ich noch 'n junger Bursche war. ›Warum wird das Kirchenbuch‹ – und er meinte eben den Band, auf dem ich jetzt die Hand liegen habe – ›warum wird das nicht in einem stählernen Safe aufbewahrt?‹ Ich hab' ihn das nicht nur ein Mal: hundert Mal hab' ich ihn das sagen hören! Er war bestallter Kirchspielsyndikus in jenen Tagen, der auch die Stelle als Kirchenbuchschreiber an der Pfarre hier zu vergeben hatte. Ein feiner, patenter, alter Herr, und dabei so eigen, wie der Beste unter uns. Solange er lebte, hat er in seinem Büro in Knowlesbury 'ne Zweitschrift vom Kirchenbuch geführt, und hat sie von Zeit zu Zeit, in regelmäßigen Abständen per Post eingeschickt, um mit den neuen Eintragungen auf dem Laufenden zu bleiben. Sie werden sich's kaum vorstellen können, aber der hatte seine festgesetzten Tage, ein oder zwei Mal im Vierteljahr, da kam er auf seinem alten weißen Pony hier zur Kirche

’rüber geritten, um diese seine Zweitschrift eigenhändig und Zeile für Zeile mit unserm Kirchenbuch zu vergleichen. ›Wie kann ich wissen‹ – war immer seine Rede dabei – ›wie kann ich wissen, ob die Kirchenbücher hier in der Sakristei nicht mal gestohlen werden oder sonst irgendwie vernichtet? Warum werden sie nicht in einem stählernen Safe aufbewahrt? Warum kann ich bloß andere Leute nicht ebenso bedächtig und sorgsam machen, wie ich selber bin? Eines schönen Tages, das seh’ ich schon kommen, passiert hier mal was; und dann, wenn die Eintragungen verloren sind, dann wird man im Kirchspiel den Wert meiner Zweitschrift schon erkennen.‹ Und wenn er das gesagt hatte, nahm er anschließend grundsätzlich ’ne Prise, und sah sich um, stolz wie’n Lord. Ach, so ein’n tüchtigen Geschäftsmann, wie Der war, find’t man heutzutage nich’ mehr leicht. Man könnte nach London gehen, und selbst *da* Seinesgleichen nicht mehr antreffen. – Welches Jahr haben Sie gleich gesagt, Sir: 1800 und wieviel?«

»1804,« erwiderte ich, und beschloß bei mir, dem Alten, ehe ich meine Durchsicht der Eintragungen nicht beendet hätte, keine Gelegenheit mehr zum Plappern zu geben.

Der Schreiber setzte sich sein Brillengeschirr auf, und begann die Seiten des Buches umzuschlagen, wobei er sich bei jedem dritten Blatt bedächtig Daumen und Zeigefinger befeuchtete. »Da hätten wir’s ja schon, Sir,« sagte er, indem er heiter einmal mehr in der Hand auf den aufgeblätterten Band klatschte: »Hier ist das Jahr, das Sie wollten.«

Da mir der Monat, in dem Sir Percival geboren wurde, nicht bekannt war, begann ich meine retrograde Suche vorsichtshalber am Jahresende. Es war die übliche altmodische Art Kirchenbuch; handschriftliche Eintragungen auf großformatigen Seiten, jede von der folgenden durch einen mit Tinte quer über die ganze Seite gezogenen Strich getrennt.

Ich arbeitete mich bis zum Beginn des Jahres 1804 durch, ohne auf die betreffende Heiratseintragung zu stoßen; und ging dann weiter zurück, durch den Dezember 1803 – November und Oktober 1803 – Septem ... Nein, halt! Durch den ganzen September nicht mehr. Unter dieser Monatsüberschrift des Jahres fand ich die Heirat.

Ich sah mir die Eintragung sorgfältig an. Sie stand ganz unten auf einer Seite, und war, aus Mangel an Platz, auf einen weit kleineren Raum zusammengedrückt, als den die darüberstehenden Heiraten einnahmen. Die unmittelbar voraufgehende prägte sich mir um des Umstandes willen ein, daß der Bräutigam denselben Vornamen führte wie ich. Die unmittelbar darauf folgende Eintragung (also oben auf der nächsten Seite) war auffallend durch den großen Raum, den sie beanspruchte, weil nämlich der Fall vorlag, daß zwei Brüder gleichzeitig am selben Tage geheiratet hatten. Die Eintragung der Hochzeit Sir Felix Glydes war in keiner Weise auffällig, es sei denn durch den schmalen Raum auf den sie, ganz unten am Ende der Seite, hingezwängt war. Die Daten über seine Gattin enthielten die in solchen Fällen üblichen Angaben; sie hieß dort

> Cecilia Jane Elster, aus Park-View Cottages, Knowlesbury; einzige Tochter des verstorbenen Patrick Elster, Esqu., früher wohnhaft in Bath.«

Ich schrieb mir diese Einzelheiten in mein Notizbuch ab, hatte aber dabei das Gefühl der Niedergeschlagenheit und des Zweifels bezüglich meines weiteren Vorgehens. Das Geheimnis, das ich bis hierhin schon in greifbarer Nähe geglaubt hatte, schien weiter außer Reichweite denn je zu liegen.

Was für Andeutungen auf ein ungelöstes Geheimnis hatten sich aus meinem Besuch in der Sakristei hier ergeben? Ich sah keinerlei Spur einer Andeutung überhaupt. Welchen Fortschritt hatte ich in Richtung auf die Entdeckung des vermuteten Fleckens auf dem Ruf von Sir Percivals Mutter gemacht? Die einzige Tatsache, deren ich mich hatte vergewissern können, sicherte deren Ruf vielmehr. Neue Zweifel, neue Schwierigkeiten, neue Verzögerungen begannen sich vor mir in schier unübersehbarer Perspektive zu eröffnen. Was sollte ich als nächstes anfangen? Die einzige, mir noch übriggelassene Alternative schien diese zu sein: Nachforschungen in die Wege zu leiten, über ›Fräulein Elster aus Knowlesbury‹; auf die Chance hin, mich dem eigentlichen Hauptziel meiner Recherchen dadurch zu nähern, daß ich erst einmal das Geheimnis von Frau Cathericks Verachtung für Sir Percivals Mutter ausfindig machte.

»Na, haben Sie das gefunden, was Sie suchten, Sir?« fragte der Schreiber, als ich das Kirchenbuch wieder zuklappte.

»Ja,« erwiderte ich; »aber ich hätte noch ein paar Fragen an Sie zu richten. – Ich nehme an, daß der Geistliche, der im Jahre 1803 hier amtiert hat, nicht mehr am Leben ist?«

»Oh, nein, nein, Sir; Der war schon 3 oder 4 Jahre tot, als ich hierher kam, und das ist immerhin so lange her, wie's liebe Jahr 1827.

Ich bin an die Stelle hier ran gekommen, Sir,« mein alter Freund konnte das Schwatzen nicht lassen, »weil der Schreiber vor mir einfach weggelaufen ist. Man erzählt sich, sein Weib hätt' ihn von Haus und Hof vertrieben – Die wohnt übrigens immer noch in der neuen Stadt drüben. Was an der ganzen Geschichte Wahres dran ist, weiß ich selber nicht – ich weiß bloß, daß ich die Stelle gekriegt hab'. Herr Wansborough hat sie mir besorgt – der Sohn von meinem alten Herrn, von dem ich Ihn' vorhin erzählt hab'. Das ist auch ein so netter, umgänglicher Herr, wie nur Einer – reitet bei Hetzjagden mit, hält sich seine eigne Koppel Vorstehhunde, und all's solche Sachen. Der ist jetzt auch Kirchspiel-Syndikus hier, genau wie sein Vater vor ihm.«

»Sagten Sie nicht, Ihr ehemaliger Herr hätte in Knowlesbury gewohnt?« fragte ich; denn mir kam jetzt die lange Geschichte von dem korrekten eigenen Herrn der alten Schule wieder ins Gedächtnis zurück, mit der mein redseliger Freund mich ennuyiert hatte, bevor er das Kirchenbuch aufschlug.

»Oh ja; sicher doch, Sir,« entgegnete der Schreiber. »Der alte Herr Wansborough hat in Knowlesbury gewohnt, und der junge Herr Wansborough wohnt heute ebenso dort.«

»Sie sagten eben, er sei – wie auch schon sein Vater vor ihm – der hiesige ›Kirchspiel-Syndikus‹. Ich bin mir im Moment nicht ganz klar darüber, was ein Kirchspiel-Syndikus ist.«

»Tatsächlich nicht, Sir? Und kommen dabei aus London?! – Jede Pfarrkirche, wissen Sie, hat einen Kirchspiel-Syndikus und einen Kirchspiel-Schreiber. Der Kirchspiel-Schreiber ist ein Mann etwa wie ich, (obwohl ich wesentlich mehr gelernt hab', als die Meisten davon – aber nicht, daß ich mich deswegen groß rühmte). Kirchspiel-Syndikus dagegen ist 'ne Art Ernennung, die ei'm Rechtsanwalt zuteil wird; und wenn mal geschäftliche Dinge für die betreffende Kirche zu erledigen sind, da ist das dann eben deren Aufgabe. In London ist das genauso. Da hat auch jede Pfarrkirche ihren Kirchspiel-Syndikus; und, verlassen S'ich auf mein Wort: das ist garantiert 'n ausgelernter Rechtsanwalt.«

»Demnach ist dann also auch der junge Herr Wansborough von Beruf Rechtsanwalt, nehm' ich an?«

»Natürlich ist er das, Sir! Rechtsanwalt auf der High Street zu Knowlesbury – die alten Büroräume, die schon sein Vater vor ihm innehatte. Wie oft ich die so ausgefegt hab'! und den alten Herrn hab' sehen angetrabt kommen, ins Geschäft, auf sei'm alten weißen Pony; wie er sich die ganze Straße 'runter nach rechts und links umkuckte und Jedermann zunickte! Mein, das war 'ne stadtbekannte Persönlichkeit, Sir! Der hätt' ohne weiteres in London auftreten könn'n!«

»Wie weit ist es eigentlich von hier nach Knowlesbury?«

»Oh, das iss'n ganzes Stück, Sir,« sagte der Schreiber, mit dem, ländlicher Bevölkerung grundsätzlich eigenen, übertriebenen Begriff von Entfernungen und der lebhaften Vorstellung der Schwierigkeiten, von einem Ort zum andern zu gelangen: »Sie, das sind bestimmt an die 8 Kilometer, verlassen S'ich drauf!«

Es war noch verhältnismäßig früh am Vormittag. Ich hatte massenhaft Zeit für einen Spaziergang nach Knowlesbury und wieder zurück nach Welmingham; und wahrscheinlich würde ja im ganzen Städtchen dort kein Mensch geeigneter sein, mich bei meinen Erkundigungen nach dem Ruf der gesellschaftlichen Stellung von Sir Percivals Mutter vor ihrer Heirat zu fördern, als der Rechtsanwalt des Ortes. Ich entschloß mich sofort, zu Fuß nach Knowlesbury zu pilgern, und ging schon voran, aus der Sakristei hinaus.

»Recht schön'n Dank, Sir,« sagte der Schreiber, als ich ihm ein kleines Trinkgeld in die Hand drückte. »Und Sie wollen tatsächlich den ganzen Weg nach Knowlesbury, hin und her, zu Fuß zurücklegen? Naja, Sie sind auch noch rüstig auf den Beinen – und das ist ja ein rechtes Himmelsgeschenk, nich'? Da drüben die Straße iss'es, Sie könn'n sie gar nich' verfehl'n. Ich wollt' ich könnte'n Stück mitgehen – war sehr angenehm, in dem toten Winkel hier ma' wieder'n Herrn aus London zu treffen. Man hört doch, was es Neues gibt. Wünsch' Ihn'n ein' Guten Morgen, Sir; und nochmals Schön'n Dank.«

Wir trennten uns. Als die Kirche hinter mir lag, schaute ich zurück – und da waren die beiden Männer wieder, unten auf der Straße, sogar noch ein Dritter in ihrer Gesellschaft, und dieser Dritte war eben der kleine Mann in Schwarz, dem ich am Abend zuvor bis zum Bahnhof hinterhergegangen war.

Die Drei standen eine kleine Weile zusammen da, unterhielten sich, und gingen dann auseinander, und zwar verfügte der Mann in Schwarz sich allein wieder in Richtung Welmingham; während die beiden Anderen beisammen blieben, anscheinend um mir zu folgen, sobald ich mich in Bewegung setzen würde.

Ich verfolgte ruhig meinen Weg, ohne die Kerle merken zu lassen, daß ich irgendwie Notiz von ihnen nähme. Sie verursachten mir zu dem Zeitpunkt gar nicht etwa das Gefühl besonderer Gereiztheit – im Gegenteil, sie belebten meine sinkenden Hoffnungen wieder. In meiner Überraschung ob der Entdeckung der wirklich vollzogenen Heirat, war mir ganz die Schlußfolgerung aus den Gedanken gekommen, die ich zuerst aus dem Erscheinen der Beiden in der Nähe der Sakristei gezogen hatte. Ihr Wiederauftauchen jetzt erinnerte mich daran, daß Sir Percival meinen Besuch in der Kirche von Alt-Welmingham als nächstes Resultat meiner Unterredung mit Frau Catherick vorausgesehen haben mußte; ansonsten hätte er ja niemals seine Spione hier placiert, um auf mich zu warten. Nein, nein: so glatt und ordentlich es auch in dem Kirchenbuche aussehen mochte, irgendetwas unter der Oberfläche stimmte hier nicht – irgendetwas mußte, wenn ich mich nicht ganz täuschte, mit diesen Eintragungen sein, was ich noch nicht entdeckt hatte.

X

Einmal außer Sichtweite der Kirche, schlug ich auf der Chaussee nach Knowlesbury eine flottere Gangart ein.

Die Straße verlief zum größten Teil gerade und eben. Jedesmal, wenn ich über sie nach hinten zurückblickte, sah ich die beiden Spione, wie sie mir beharrlich folgten. Den größeren Teil des Weges blieben sie in sicherer Entfernung hinter mir; beschleunigten jedoch ein oder zwei Mal ihre Schritte, wie wenn sie vorhätten, mich zu überholen; hielten wieder inne; besprachen sich; und fielen dann wieder zurück, auf den vorherigen Abstand. Sie hatten unverkennbar ein bestimmtes Ziel im Auge, schienen jedoch noch zu zögern, beziehungsweise sich über die beste Art, es zu erreichen, noch nicht einig zu sein. Ich konnte mir zwar nicht vorstellen, was nun genau ihre Absicht sein mochte; fing aber langsam ernstlich daran zu zweifeln an, ob ich in Knowlesbury anlangen würde, ohne daß mir auf dem Weg dorthin etwas zustieße. Diese meine Befürchtungen sollten auch in Erfüllung gehen.

Ich war gerade auf einem einsameren Teil der Chaussee angekommen, dort, wo sie in einiger Entfernung voraus eine scharfe Bie-

gung machte, und hatte eben der Zeit nach geschätzt, daß ich eigentlich allmählich in Stadtnähe kommen müßte, als ich plötzlich die Schritte der Männer dicht hinter mir vernahm.
Ehe ich mich noch umschauen konnte, kam Einer von ihnen (und zwar Derjenige, der mir schon in London gefolgt war) schnell an meiner linken Seite vorbeigerannt, und rempelte mich dabei mit der Schulter an. Die Art, wie er und sein Komplize mir auf Schritt und Tritt von Alt-Welmingham bis hierher auf den Fersen gefolgt waren, mußte mich im Unterbewußtsein doch mehr gereizt haben, als ich mir eingestanden hatte; und infolgedessen stieß ich den Kerl energisch mit der flachen Hand zur Seite. Sofort schrie er laut um Hülfe! Sein Begleiter, der große Schlacks in Wildhütertracht, kam schon an meine rechte Seite gesprungen, und im nächsten Moment hielten mich die beiden Schufte fest gepackt, mitten auf offener Straße.
Die Erkenntnis, daß mir eine Falle gestellt worden war, und der Ärger darüber, daß ich prompt hineingegangen war, verhinderten mich glücklicherweise daran, meine Lage durch einen aussichtslosen Ringkampf mit 2 Männern noch schlimmer zu machen, von denen höchstwahrscheinlich schon der Eine allein mir mehr als gewachsen gewesen wäre. Ich unterdrückte also die erste natürliche Regung eines Versuches sie abzuschütteln; und sah mich lieber um, ob denn kein Mensch in der Nähe wäre, an den ich appellieren könnte.
Auf einem der angrenzenden Felder war ein Knecht bei der Arbeit, der von Allem, was vorgefallen war, Zeuge gewesen sein mußte. Ich rief ihm zu, uns doch bis zur Stadt zu folgen; er aber schüttelte nur den Kopf, hartnäckig und unerschütterlich, und ging davon, in Richtung auf eine Hütte, die in einiger Entfernung von der Chaussee stand. Zur selben Zeit hörte ich die beiden Männer, die mich festhielten, ihre Absicht erklären, mich wegen tätlicher Beleidigung zu verklagen. Ich war jetzt wieder kalt genug und klug genug, um keinen weiteren Widerstand zu leisten. »Lassen Sie meine Arme los,« sagte ich, »und ich verspreche Ihnen dann, daß ich mit zur Stadt komme.« Der Mann in Wildhütertracht weigerte sich barsch; der andere Kleinere aber war helle genug, an etwaige Folgen zu denken, und ließ seinen Gefährten sich nicht unnötig durch Gewalttätigkeiten kompromittieren. Er gab dem Andern ein Zeichen; man ließ meine Arme frei; und ich ging zwischen den Beiden weiter.

Wir kamen an die Chausseebiegung – und siehe da, ganz dicht vor uns, war der Stadtrand von Knowlesbury. Auf dem Fußweg neben der Chaussee kam eben ein Ortspolizist herangewandelt. Sogleich wandten die beiden Männer sich an ihn. Er gab zur Antwort, daß der Friedensrichter gerade eine Sitzung im Rathaus abhielte; und empfahl, daß wir unverzüglich vor ihm erscheinen sollten.
Wir begaben uns zum Rathaus. Der Schreiber füllte gleich eine offizielle Vorladung aus, und die Anklage gegen mich wurde, mit den bei solchen Anlässen üblichen Übertreibungen und Verdrehungen der Wahrheit, eingereicht. Der zuständige Friedensrichter (ein schlechtgelaunter Mann, der ein gewisses sauertöpfisches Vergnügen bei Ausübung seiner Machtvollkommenheiten zu empfinden schien) wollte wissen, ob etwa Irgendjemand auf oder nahe der Straße Zeuge besagten tätlichen Angriffs gewesen sei – und zu meinem größten Erstaunen gaben meine Ankläger die Anwesenheit jenes Feldarbeiters zu. Über den Sinn dieses ihres unerwarteten Eingeständnisses erleuchteten mich sogleich die nächsten Worte des Friedensrichters: er nahm mich, bis zur Herbeischaffung des betreffenden Zeugen, in Untersuchungshaft; wobei er jedoch gleichzeitig hervorhob, wie er willens sei, Sicherheit für mein Wiedererscheinen beim eigentlichen Termin anzunehmen, vorausgesetzt ich könnte annehmbare Bürgschaft dafür beschaffen? Falls ich in der Stadt bekannt gewesen wäre, würde er mich auch gegen Stellung einer eigenen Kaution freigelassen haben; da ich aber ein völlig Fremder war, wurde die zusätzliche Gestellung eines verläßlichen Bürgen erforderlich.
Nunmehr überblickte ich natürlich das ganze Ausmaß des mir gespielten Streiches: er war absichtlich so angelegt worden, daß in einer Stadt, wo ich ein vollkommen Fremder war, und keinerlei Hoffnung bestand, meine Bewegungsfreiheit gegen Kaution wiederzuerlangen, ich einer Untersuchungshaft verfallen mußte. Gewiß, diese Haft würde sich nur über die 3 Tage erstrecken, bis der Friedensrichter seine nächste Sitzung abhielt. Aber während dieser Zeit meiner Detention konnte Sir Percival alle ihm nur ersinnlichen Mittel ins Spiel bringen, meine künftigen Schritte zu hemmen – sich vielleicht sogar gänzlich gegen Entlarvung zu schützen – ohne die geringste Befürchtung einer Behinderung von meiner Seite her. Nach Verlauf der 3 Tage, würde die Anklage zweifellos zurückgezogen werden, und das Auftreten des Zeugen absolut unnütz sein.

Meine Entrüstung, ich möchte beinahe sagen, meine Verzweiflung über diesen boshaften Stop für jeglichen weiteren Fortschritt – ein Hindernis, an sich so niedrig und läppisch, und dennoch in seinen letzten Auswirkungen wahrscheinlich so niederschlagend und ernstzunehmen! – machte mich im ersten Moment gänzlich unfähig, die wirksamsten Mittel und Wege zu überlegen, um mir aus der Patsche, in der ich saß, wieder herauszuhelfen. Ich war närrisch genug, Schreibmaterial zu verlangen, mit der Absicht, den Friedensrichter vertraulich davon zu informieren, wie die Dinge wirklich ständen. Die Aussichtslosigkeit und Unklugheit eines solchen Vorgehens trat mir tatsächlich erst dann vor Augen, nachdem ich buchstäblich schon die ersten Zeilen meines diesbezüglichen Briefes zu Papier gebracht hatte. Erst als ich den Bogen wieder von mir geschoben – erst nachdem ich, ich schäme mich fast, es zu gestehen, der Verärgerung ob meiner hülflosen Lage um ein Haar gestattet hätte, mich zu überwältigen – erst da kam mir plötzlich eine Möglichkeit des Handelns zu Sinn, mit der Sir Percival anscheinend auch nicht gerechnet hatte, und die mich binnen weniger Stunden wieder auf freien Fuß setzen könnte: ich faßte den Entschluß, die Situation, in die ich mich verwickelt fand, Herrn Dawson, dem Arzt in Oak Lodge, mitzuteilen. Man wird sich erinnern, daß ich dem Hause dieses Herrn anläßlich meiner ersten Erkundigungen in Blackwater Park und Umgebung einen Besuch abgestattet, und ihm ein Einführungsschreiben von Fräulein Halcombe überreicht hatte, in welchem sie mich seiner geneigten Aufmerksamkeit in den stärksten Ausdrücken empfahl. Ich schrieb nunmehr; berief mich auf besagten Brief, und auf das, was ich Herrn Dawson hinsichtlich der intimen und gefährlichen Natur meiner Nachforschungen damals mitgeteilt hatte. Ich hatte ihm zwar nicht die volle Wahrheit über Laura enthüllt; sondern vielmehr meinen Auftrag nur dahin präzisiert, daß es für gewisse Privatinteressen der Familie, die Fräulein Halcombe sehr nahe angingen, von der entscheidendsten Wichtigkeit sei. Ich erklärte also meine jetzige Anwesenheit in Knowlesbury, unter Beobachtung der gleichen Vorsicht, auf dieselbe Weise; und überließ es dem Doktor, zu entscheiden, ob das Vertrauen, das eine ihm wohlbekannte Dame in mich setzte, sowie die Gastfreundschaft, die mir in seinem Hause zuteil geworden war, mich zu der Bitte an ihn berechtigten, mir an einem Ort, wo ich ansonsten gänzlich ohne anderweitige Bekannte war, zu Hülfe zu kommen.

Ich erhielt die Erlaubnis, mir einen Boten zu mieten, der auf der Stelle abging, und zwar in einem Gefährt, das gleichzeitig dazu dienen konnte, den Doktor gegebenenfalls sofort mit her zu bringen. Oak Lodge lag zwischen Knowlesbury und Blackwater, auf uns zu; und der Mann machte sich anheischig, in 40 Minuten dort zu sein, und in weiteren 40 mit Herrn Dawson wieder hier zu erscheinen. Ich wies ihn noch an, dem Doktor, falls er nicht zu Hause sein sollte, hinterherzufahren, wo immer er auch sein möchte; und setzte mich dann nieder, um mit soviel Geduld und Hoffnung, wie ich nur immer aufzubringen vermochte, das Ergebnis abzuwarten.

Es war nicht ganz halb Zwei, als der Bote abging — noch vor halb Vier war er wieder da, und brachte den Arzt mit! Herrn Dawsons Freundlichkeit, sowie die feinfühlige Art, mit der er seinen prompten Beistand als pure Selbstverständlichkeit behandelte, überwältigten mich fast. Die erforderliche Bürgschaft wurde angeboten und auf der Stelle akzeptiert. Noch vor dem Glockenschlag Vier schüttelte ich — wiederum ein freier Mann — dem guten alten Doktor auf der Straße in Knowlesbury warm die Hand.

Herr Dawson lud mich aufs gastlichste ein, gleich mit ihm nach Oak Lodge zurückzufahren, und mich dort bei ihm für die Nacht einzuquartieren. Ich konnte ihm nur erwidern, daß meine Zeit nicht mir gehöre, und ihn nur um die Erlaubnis bitten, ihn in ein paar Tagen besuchen zu dürfen, um meine Danksagungen zu wiederholen und ihm jegliche Erklärung abzugeben, von der ich fühlte, daß ich sie ihm schuldig wäre, die ich aber im Augenblick zu machen nicht in der Lage sei. Wir schieden, mit freundlichen Beteuerungen von beiden Seiten, und ich richtete meine Schritte unverzüglich nach Herrn Wansboroughs Büro auf der High Street.

Die Zeitfrage war nunmehr allwichtig geworden!

Die Nachricht, daß ein Bürge sich gefunden und ich wieder frei wäre, würde Sir Percival unweigerlich noch vor Einbruch der Nacht erreichen. Wenn die nächsten paar Stunden jetzt mich nicht in die Lage versetzten, seine schlimmsten Befürchtungen wahr zu machen und ihn mir hülflos auf Gedeih und Verderb preiszugeben, war es möglich, daß ich jeden Zollbreit des bisher gewonnenen Grund und Bodens wieder verlieren konnte, um ihn nie mehr zurückzuerobern. Der skrupellose Charakter des Mannes, der Einfluß, über den er in der Gegend hier verfügte, die verzweifelte Gefahr der Entlarvung, mit der meine blindlings angestellten Untersuchungen ihn bedrohten – all das mahnte mich, einer greifbaren Entdeckung zuzudrängen, und zwar ohne auch nur eine einzige Minute noch nutzlos zu vertun. Während ich auf Herrn Dawsons Eintreffen warten mußte, hatte ich Zeit zum Nachdenken gefunden, und diese wohl angewandt. Gewisse Teile meiner Unterhaltung mit dem alten geschwätzigen Schreiber, die mich heute Früh nur gelangweilt hatten, hatten sich mir, und in einem ganz neuen Licht, dargestellt und ein dunkler Verdacht sich bei mir festgesetzt, der mir während meines Aufenthaltes in der Sakristei überhaupt nicht zu Sinn gekommen war. Auf meinem Wege nach Knowlesbury hatte ich ursprünglich nur das eine vorgehabt: mich an Herrn Wansborough wegen einiger Auskünfte über Sir Percivals Mutter zu wenden. Nunmehr hatte ich die zusätzliche Absicht, mir auch einmal jene bewußte Zweitschrift des Kirchenbuches von Alt-Welmingham anzusehen.

Herr Wansborough befand sich in seinem Büro, als ich nach ihm fragte.

Er war ein jovialer, behaglicher Mann, mit rotem Gesicht, mehr einem Gutsbesitzer als einem Rechtsanwalt ähnlich, und schien ob meines Ansinnens sowohl überrascht als auch amüsiert. Von jener Zweitschrift seines Vaters der Kirchenbucheintragungen wußte er zwar, hatte sie jedoch mit eigenen Augen noch nie gesehen. Kein Mensch hatte bisher danach gefragt, und sie würde sich ohne Zweifel mit im feuerfesten Gewölbe befinden, unter anderweitigen Papieren, die seit dem Tode seines Vaters nicht mehr angerührt worden waren. Es sei ein Jammer (wie Herr Wansborough sich ausdrückte), daß der alte Herr es nicht mehr erlebe, wie endlich mal nach seiner kostbaren Zweitschrift gefragt würde. Er würde dieses sein Lieblingssteckenpferd ja auf der Stelle mehr denn je getummelt haben. Wie sei ich überhaupt dazu gekommen, von dieser Zweitschrift zu wissen? Durch Jemanden in der Stadt hier?

Ich parierte diese Frage so gut ich konnte. Es war in diesem Stadium der Recherchen schlechterdings unmöglich, zu vorsichtig zu sein, und vielleicht ganz geraten, Herrn Wansborough nicht vorzeitig wissen zu lassen, daß ich die Originaleintragungen bereits eingesehen hatte. Ich stellte mich deshalb als beauftragt vor, eine rein familiäre Angelegenheit zu klären, wobei es aber von größter Bedeutung sei, soviel Zeit wie nur irgend möglich zu sparen. Mir liege daran, noch mit der heutigen Post gewisse Einzelheiten nach London gelangen

zu lassen; und ein Blick in die Zweitschrift – selbstverständlich würde ich die erforderlichen Gebühren bezahlen – könnte, was ich benötigte, ergeben, und mir die zusätzliche Reise nach Alt-Welmingham ersparen. Ich fügte noch hinzu, daß, falls in der Folge eine Abschrift aus dem Original erforderlich werden sollte, ich mich dann an Herrn Wansboroughs Büro wenden würde, um mich mit dem betreffenden Dokument zu versehen.
Nach dieser Erklärung wurde gegen die Herbeischaffung der Zweitschrift natürlich kein Einwand mehr erhoben. Ein Angestellter wurde in das feuerfeste Gewölbe entsandt, und kehrte nach einiger Zeit mit dem verlangten Band zurück. Er hatte genau dieselbe Größe, wie der in der Sakristei; mit dem einzigen Unterschied, daß der hier weit besser eingebunden war. Ich begab mich damit zu einem unbenützten Stehpult – meine Hände zitterten – mein Kopf war glühend heiß – ich fühlte die Notwendigkeit, meine Erregung nach Kräften vor den anderen im Zimmer anwesenden Personen zu verbergen, bevor ich daranging, das Buch zu öffnen.
Auf der Titelseite zu Anfang, die ich als erstes aufschlug, waren in verblaßter Tinte einige Zeilen zu lesen. Sie enthielten folgende Worte:

›Zweitschrift der Eintragungen über Eheschließungen in der Pfarrkirche zu Welmingham. Hergestellt in meinem Auftrage, und anschließend von mir selbst, Zeile für Zeile, mit dem Original verglichen.
Robert Wansborough, Kirchspiel-Syndikus.‹

Unter dieser Überschrift stand noch zusätzlich, in einer anderen Handschrift, die folgende Zeile:

›Umfaßt den Zeitraum vom 1. Januar 1800 bis zum 30. Juni 1815‹.

Ich schlug den Monat September des Jahres 1803 auf. Ich fand die Hochzeit des Mannes, der denselben Vornamen wie ich geführt hatte. Ich fand die Eintragung von der Doppelhochzeit jener beiden Brüder. Und zwischen diesen Eintragungen, ganz unten auf der Seite –?
Nichts.

Nicht eine Spur der Eintragung, die dort im Kirchenbuch von der Hochzeit Sir Felix Glydes mit Cecilia Jane Elster berichtete!
Mein Herz tat einen Riesensatz, und begann dann zu schlagen, wie wenn es mich ersticken wolle. Ich sah erneut hin — ich fürchtete mich, dem Zeugnis meiner eigenen Augen zu trauen —: ? — —: Nein! Nicht ein Zweifel: Die Heirat stand nicht da!
Die Eintragungen in der Zweitschrift hier waren sogar seitengetreu so vorgenommen worden, wie die im Original. Die letzte Eintragung auf der einen Seite hielt die Heirat des Mannes mit meinem Vornamen fest. Darunter dann befand sich ein leerer Raum — augenscheinlich deswegen leer gelassen, weil er von vornherein zu schmal gewesen war, die Eintragung der Doppelhochzeit der beiden Brüder aufzunehmen, die dann sowohl in der Zweitschrift wie im Original den oberen Teil der nächsten Seite einnahm. Und dieser freie schmale Raum erzählte die ganze Geschichte! So mußte er auch im alten Kirchenbuch leer gestanden haben, vom Jahre 1803 an, wo die Hochzeiten gefeiert und diese Zweitschrift geführt wurde, bis zum Jahre 1827, als Sir Percival in Alt-Welmingham auftauchte. Hier, in Knowlesbury, zeigte mir die Zweitschrift die Chance, eine Fälschung auszuführen: dort, in Alt-Welmingham, im Kirchenbuch selbst, war sie begangen.
Mir schwindelte der Kopf. Ich mußte mich am Pult festhalten, um mich am Umsinken zu verhindern. Von jeglichem Verdacht, der mir hinsichtlich dieses desperaten Menschen der Reihe nach eingefallen war, war nicht ein einziger der Wahrheit nahe gekommen. Der Gedanke, daß er womöglich überhaupt nicht Sir Percival Glyde sein, auf den Baronstitel und auf ganz Blackwater Park nicht mehr Anrecht haben könnte, als der ärmste Knecht, der auf dem Gut arbeitete, war mir nicht ein Mal eingefallen. Eine Zeitlang hatte ich schon gedacht, er könnte Anne Cathericks Vater — dann wieder, er könnte vielleicht Anne Cathericks Gatte sein — aber auf das Vergehen, dessen er sich tatsächlich schuldig gemacht hatte, war ich vom ersten bis zum letzten Augenblick auch in meinen ausschweifendsten Träumen nicht verfallen.
Die im Grunde armseligen Mittel, durch die der Betrug bewirkt worden war; die Größe und Keckheit des Verbrechens, die er darstellte; das Grauen ob der Folgen, die die Entdeckung jetzt nach sich ziehen würde, überwältigten mich. Jetzt brauchte man sich über die raubtierhafte lebenslängliche Unruhe des Elenden nicht mehr zu verwun-

dern — nicht über den beständigen verzweifelten Wechsel zwischen schändlicher Doppelzüngigkeit und ruchloser Gewalttat — nicht über das wahnsinnige, mißtrauische Schuldgefühl, das ihn veranlaßt hatte, sowohl Anne Catherick in ein Sanatorium zu sperren, als auch in die schandbare Verschwörung gegen seine eigene Frau einzuwilligen, auf den bloßen Verdacht hin, daß die Eine oder Andere um sein schreckliches Geheimnis wissen könnte. Ein paar Jahre früher hätte die Enthüllung dieses seines ›Geheimnisses‹ ihn an den Galgen bringen können — heute konnte es lebenslängliche Deportation für ihn bedeuten. Zumindest würde ihn die Enthüllung des Geheimnisses — selbst einmal vorausgesetzt, daß die Leidtragenden bei seinem Betruge ihm die letzte Strenge des Gesetzes zu ersparen gesinnt sein sollten — mit einem Schlage seines Ranges und Namens, seines Grundbesitzes, kurzum der ganzen gesellschaftlichen Existenz, die er sich angemaßt hatte, berauben. Das also war DAS GEHEIMNIS; und es war mein! Ein einziges Wort von mir, und er war Haus, Ländereien, Titel, für immer los — ein Wort von mir, und er wurde ohne einen Pfennig in die weite Welt hinausgestoßen, ein namenloser, freundloser Vertriebener! Die gesamte Zukunft des Mannes schwebte auf meinen Lippen — und er wußte das in diesem Augenblick, ebensogut wie ich!

Dieser letzte Gedanke brachte mich wieder zur Besinnung. Es hingen schließlich höhere Interessen als die meinigen von der Vorsicht ab, die nunmehr meine geringfügigsten Schritte zu leiten hatte. Es gab ja keine Schurkerei, die Sir Percival gegebenenfalls nicht gegen mich ausüben würde. So desperat und gefahrvoll, wie seine Position nunmehr war, würde er ja kein Risiko mehr scheuen, vor keinem Verbrechen zurückschrecken — würde buchstäblich vor Nichts mehr haltmachen, um sich zu retten.

Ich überlegte eine Minute lang. Der erste erforderliche Schritt war der, die Entdeckung, die ich soeben gemacht hatte, schriftlich und unanfechtbar festzuhalten; und sie weiterhin, für den Fall, daß mir persönlich irgendein Mißgeschick zustoßen sollte, außer Sir Percivals Reichweite sicher zu deponieren. Diese Zweitschrift der Kirchenbucheintragungen hier, war in Herrn Wansboroughs feuerfestem Gewölbe nach menschlichem Ermessen sicher genug aufgehoben. Das Original in der Sakristei jedoch war, wie ich mich mit eigenen Augen überzeugt hatte, nichts weniger als ungefährdet.

In dieser dringenden Verlegenheit faßte ich den Entschluß, zur

Kirche zurückzukehren, mich noch einmal an den Schreiber zu wenden, und mir den notwendigen Auszug aus dem Kirchenbuch zu machen, und zwar noch bevor ich mich heute Abend zur Ruhe legte. Ich hatte damals keine Ahnung davon, daß zu meinem Zweck eine notariell beglaubigte Abschrift erforderlich wäre, und daß ein lediglich von mir selbst hergestelltes Schriftstück niemals die Bedeutung eines Beweisstückes beanspruchen konnte. Davon hatte ich, wie gesagt, keine Ahnung, und mein Entschluß, mein gegenwärtiges Vorhaben geheimzuhalten, verhinderte mich daran, irgendwelche Fragen zu stellen, die mir die erforderliche Information hätten geben können. Ich hatte zur Zeit nur die einzige Sorge: zurück nach Alt-Welmingham zu gelangen. Ich entschuldigte mich so gut ich konnte, ob der Verstörtheit meines Gesichts und Betragens, die Herrn Wansborough bereits aufgefallen war, legte die erforderlichen Gebühren auf den Tisch, machte ab, daß ich ihm in ein, zwei Tagen schreiben würde, und verließ das Büro wieder, mit einem Kopf, der mir schwindelte, und einem Herzen, das mir das Blut in Fieberhitze durch die Adern jagte.
Draußen wollte es eben dunkel werden. Mir kam der Gedanke, daß man mich auf der Chaussee wieder verfolgen und erneut angreifen könnte.
Mein Spazierstöckchen war nur ganz dünn und leicht, und zu Verteidigungszwecken wenig oder überhaupt nicht geeignet. Ehe ich Knowlesbury verließ, machte ich noch einmal Halt und kaufte mir einen derben ländlichen Knotenstock, nicht zu lang und oben keulenförmig verdickt. Mit dieser schlichten Waffe war ich, vorausgesetzt, daß nur ein Einzelner mich aufzuhalten versuchte, dem Betreffenden gewachsen. Falls mehr als einer ankommen sollte, konnte ich mich auf die Schnelligkeit meiner Füße verlassen. Ich war in meiner Schulzeit schließlich ein renommierter Läufer gewesen; und auch in der späteren Hälfte unserer Expedition nach Mittelamerika hatte es mir an Trainingsmöglichkeiten mit nichten gemangelt.
Ich verließ schnellen Schritts das Städtchen, und hielt mich grundsätzlich in Straßenmitte.
Der Abend war dunstig, ein feiner Regen fiel, und während des ersten Teils meines Weges war es schlechterdings nicht auszumachen, ob ich verfolgt würde oder nicht. Während der letzten Hälfte jedoch, als ich meiner Schätzung nach noch rund 3 Kilometer von der Kirche entfernt sein mochte, sah ich im Regen einen Mann an mir vorbei-

rennen, und hörte gleich darauf das Gattertor eines Feldes am Straßenrand hastig zugeworfen werden. Ich hielt mich schnurstracks gradaus, den Knotenstock gebrauchsfertig in der Hand, spitzte die Ohren und strengte meine Augen an, um Nebel und Dusternis möglichst damit zu durchdringen. Bevor ich noch hundert Meter weiter gekommen war, raschelte es in der Hecke zu meiner Rechten, und 3 Männer kamen auf die Straße gesprungen.
Ich tat sofort einen Satz seitwärts auf den Fußweg — die zwei vordersten der Männer wurden von ihrem eigenen Schwung an mir vorbeigetragen, ehe sie sich noch wieder zu fangen vermochten; der Dritte aber war flink wie ein Wiesel. Er bremste sofort, warf sich halb herum und schlug mit seinem Knüttel nach mir. Freilich war der Hieb mehr aufs Geratewohl geführt, und auch nicht sehr kräftig. Er traf mich auf die linke Schulter; und ich ihn, meinerseits, mit Wucht auf den Kopf. Er stolperte, wankte zurück, und behinderte dadurch seine beiden Komplizen, gerade, als sie sich auf mich werfen wollten. Dieser Umstand gab mir einen Vorteil von Sekunden — ich schlüpfte an ihnen vorbei, gewann wieder die Straßenmitte und rannte mit Höchstgeschwindigkeit davon.
Die zwei unverletzten Männer nahmen sofort die Verfolgung auf. Sie waren Beide gute Läufer — die Straße glatt und eben — und die ersten 5 Minuten, wenn nicht noch länger, merkte ich, daß ich ihnen keinerlei Vorsprung abgewinnen konnte. Außerdem war es auf längere Sicht eine gefährliche Angelegenheit, so durch die Finsternis zu rennen. Ich vermochte kaum die undeutliche schwarze Wand der Hecken zu beiden Seiten zu unterscheiden, und das kleinste zufällige Hindernis auf der Straße würde mich garantiert haben hinstürzen machen. Nicht lange, und ich fühlte, wie das Gelände sich veränderte — hinter einer Biegung fiel es nach unten ab, und stieg dann danach wieder an. Bergab kamen mir die Männer anscheinend sogar etwas näher; bergauf jedoch gewann ich merklich an Vorsprung. Der rasche taktmäßige Schall ihres Laufschritts klang schwächer in meinem Ohr, und ich schätzte, daß ich dem Klang nach eigentlich weit genug voraus sein müßte, um ab- und querfeldein biegen zu können, mit der guten Chance, daß sie im Finstern an mir vorbeirennen würden. Ich bog erst auf den nebenherlaufenden Fußweg ein, und sprang dann auf die erste-beste Lücke in der Hecke los, die ich weniger sehen als vielmehr erraten konnte. Sie erwies sich als ein verschlossenes Gatter. Ich flankte darüber, fand mich

auf einem Acker, und lief, den Rücken zur Straße, zügig darüber hin. Ich hörte, wie die Männer an dem Gattertor vorbei und immer weiter rannten; dann, eine Minute später, vernahm ich, wie der Eine dem Andern zurief, zurückzukommen. Es spielte aber keine Rolle mehr, was sie jetzt noch unternahmen; ich befand mich außer ihrer Sicht- und Hörweite. Ich lief immer weiter geradeaus, quer über's Feld, bis ich das gegenüberliegende Ende erreicht hatte, und dort eine Minute Pause einlegte, um wieder zu Atem zu kommen.

Mich noch einmal auf die Straße zurückzutrauen, kam auf keinen Fall in Frage; aber heut Abend noch nach Alt-Welmingham zu kommen, war ich nichtsdestoweniger fest entschlossen.

Weder Mond noch Sterne, nach denen ich mich hätte richten können, waren zu sehen. Ich wußte nur das eine: daß ich, als ich Knowlesbury verließ, Wind und Regen im Rücken gehabt hatte, und daß, wenn ich sie jetzt wieder von hinten kommen ließe, ich mir wenigstens sicher sein könnte, nicht gänzlich in der verkehrten Richtung zu gehen.

In diesem Sinne schritt ich weiter querfeldein — stieß auf keine schlimmeren Hindernisse als Hecken, Gräben und Dickichte, die mich ab und zu ein Weilchen dazu nötigten, vom geraden Kurs etwas abzuweichen — bis ich mich schließlich auf einer kleinen Anhöhe fand, mit einem ziemlich steilen Abfall in meiner Wegrichtung nach vorn. Ich kletterte in die Bodensenkung hinunter; zwängte mich dort durch eine Hecke, und kam auf einen schmalen von Buschwerk gesäumten Pfad heraus. Da ich beim Abbiegen von der Chaussee nach rechts gelaufen war, wandte ich mich jetzt nach links, mit der Absicht, wieder in die ungefähre Richtung zu gelangen, von der ich abgewichen war. Nachdem ich gute 10 Minuten lang dem aufgeweichten, leichtgeschlängelten Wege gefolgt war, erblickte ich plötzlich vor mir ein Häuschen, und in einem der Fenster Licht. Das Gartentor zum Pfad her stand offen, und ich trat sogleich ein, um mich nach dem Weg zu erkundigen.

Ehe ich noch an die Tür pochen konnte, wurde sie plötzlich aufgerissen, und ein Mann, mit einer brennenden Laterne in der Hand kam herausgestürzt. Bei meinem Anblick blieb er stehen, und hielt sie in die Höhe — wir fuhren Beide zurück, als wir einander erkannten! Mein Hakenschlag hatte mich halb um das Dörfchen herum geführt, so daß ich am ferneren Ende herausgekommen war: ich war unversehens in Alt-Welmingham angelangt, und der Mann mit der La-

terne hier niemand Anders, als mein Bekannter von heute früh, der Kirchspiel-Schreiber.
Sein Benehmen schien sich in der Zwischenzeit, seitdem ich ihn nicht mehr gesehen hatte, seltsam verändert zu haben. Er sah verwirrt und argwöhnisch aus — seine frische Gesichtsfarbe war ein tiefes Rot geworden — und seine ersten Worte als er mich anredete, waren mir total unverständlich.
»Wo sind die Schlüssel?« fragte er: »Haben *Sie* sie etwa mitgenommen?«
»Was für Schlüssel?« entgegnete ich. »Ich komm' jetzt, diesen Augenblick, von Knowlesbury her. Was für Schlüssel meinen Sie?«
»Die Schlüssel zur Sakristei. Gott schütze und helfe uns! Was soll ich tun? Die Schlüssel sind weg! Hören Sie nicht?!« schrie der alte Mann, und schüttelte in seiner Aufregung die Laterne gegen mich: »Die Schlüssel sind weg!«
»Wie? — Wann? Wer kann sie genommen haben?«
»Ich weiß nicht,« sagte der Schreiber und starrte dabei wild um sich in die Dunkelheit. »Ich bin eben erst zurückgekommen. Ich hab' Ihn'n doch heut Früh erzählt, daß ich noch'n großes Tagespensum vor mir hätte — ich hab' die Tür zugeschlossen, und das Fenster zugemacht — und jetzt iss'es offen, das Fenster ist offen. Hier, sehen Sie!: Jemand ist reingeklettert und hat die Schlüssel weggenommen.«
Er drehte sich zu dem Schiebefenster hin, um mir zu zeigen, daß es weit offen stand. Als er die Laterne herumschwenkte, ging das Gehäusetürchen aus seinen Angeln, und prompt blies der Wind die Kerze aus.
»Holen Sie sofort wieder Licht,« sagte ich, »und lassen Sie uns zusammen nach der Sakristei gehen. Schnell! Schnell!«
Ich jagte ihn förmlich ins Haus. Die Schurkerei, auf die gefaßt zu sein ich jeden Grund hatte, die Schurkerei, die mich jedwedes mühsam errungenen Vorteils berauben konnte, war vielleicht in eben diesem Augenblick in vollem Gange. Meine Ungeduld, die Kirche zu erreichen, war so groß, daß ich, während der Schreiber die Laterne neu anzündete, nicht untätig in dem Häuschen zu bleiben vermochte. Ich ging schon immer den Gartenpfad entlang, und hinaus auf den Weg.
Ehe ich noch zehn Schritte getan hatte, kam aus der Richtung, in der die Kirche liegen mußte, ein Mann auf mich zu. Als wir dicht

beieinander waren, redete er mich ehrerbietig an. Sein Gesicht konnte ich zwar nicht erkennen; aber der Stimme nach mußte es sich um einen mir gänzlich Fremden handeln.
»Verzeihung, Sir Percival –« fing er an.
Ich unterbrach ihn, bevor er noch weiter reden konnte.
»Sie haben sich in der Dunkelheit geirrt,« sagte ich; »ich bin nicht Sir Percival.«
Sofort zog sich der Mann zurück.
»Ich dachte, es wäre mein Herr,« murmelte er auf eine Art, der man deutlich die Unsicherheit und Verwirrung anhörte.
»Haben Sie erwartet, Ihren Herrn hier zu treffen?«
»Ich hatte Befehl, auf dem Weg hier zu warten.«
Mit dieser Antwort ging er wieder davon. Ich warf einen Blick auf das Häuschen zurück, und sah eben den Schreiber mit seiner wieder neu angezündeten Laterne herauskommen. Ich nahm den alten Mann unterm Arm, um ihm rascher voran zu helfen. Wir eilten den Weg entlang, und kamen dabei an der Person vorbei, die mich angesprochen hatte. Soweit ich beim Schein der Laterne erkennen konnte, handelte es sich um einen nicht-livrierten Diener.
»Wer ist denn das?« flüsterte der Schreiber. »Weiß er etwas von den Schlüsseln?«
»Wir haben keine Zeit, ihn groß zu fragen,« war meine Entgegnung; »lassen Sie uns erst machen, daß wir zur Sakristei kommen.«
Selbst bei Tag wäre die Kirche nicht zu sehen gewesen, bevor wir das Ende des Weges hier erreicht hatten. Als wir den ansteigenden Hang, der von hier aus zu dem Gebäude emporführte, hinanstiegen, kam eines der Kinder aus dem Dorf – ein Junge – zu uns her, augenscheinlich von unserm Licht angelockt, und erkannte den Schreiber.
»Sie, Herr,« sagte der Junge, indem er den Schreiber gleichsam amtlich am Rock zupfte, »da iss Jemand oben in Ihrer Kirche drin. Ich hab' selber gehört, wie er sich de Tür uffgeschlossen – und wie er sich mit'm Schtreichholz Licht gemacht hat.«
Der Schreiber fing an zu zittern und lehnte sich schwerer auf mich.
»Los! Los!« rief ich ermutigend. »Wir kommen noch nicht zu spät. Ganz gleich wer es ist, wir ertappen den Kerl noch. Passen Sie auf die Laterne auf, und kommen Sie so schnell Sie können nach!«
Ich stürzte den Hügel hinan. Der erste Gegenstand, den ich undeutlich gegen den Nachthimmel wahrnehmen konnte, war die

dunkle Masse des Kirchturmes. Als ich zur Seite bog, um an die Sakristei zu gelangen, hörte ich dicht neben mir schwere Schritte – der Diener war hinter uns her mit zur Kirche gekommen. »Ich will weiter nichts Schlimmes,« sagte er, als ich zu ihm herumfuhr, »ich will nur nach meinem Herrn sehen.« Der Ton, in dem er sprach, verriet unverkennbare Angst. Ich nahm weiter keine Notiz von ihm, und lief weiter.

Im Augenblick, wo ich um die Ecke bog und die Sakristei in Sicht kam, sah ich das Oberlicht auf dem Dache in prachtvoller Beleuchtung von innen her erstrahlen – der Lichtschein wirkte, zumal vor dem Hintergrund des finsteren sternenlosen Himmels blendend, ja betäubend.

Ich rannte quer über den Friedhof zur Tür hin.

Während ich näher kam, war mir, als führe die feuchte Nachtluft einen befremdlichen Geruch heran. Ich vernahm ein schnappendes Geräusch aus dem Inneren – sah das Licht darüber heller und immer heller werden – knackend zersprang eine Glasscheibe – ich stürzte zur Tür und drückte die Hand dagegen –: die Sakristei stand in Flammen!

Ehe ich noch ein Glied zu rühren, noch erneut Atem zu schöpfen vermochte ob solcher Erkenntnis, ließ mich ein schwerer Stoß von innen her gegen die Tür vor Schreck wie versteinert stehen. Ich hörte, wie man mit einem Schlüssel wie rasend im Schloß arbeitete – hörte eine Männerstimme hinter der Tür, schrecklich und schrill, nach HÜLFE!!! kreischen.

Der Diener, der mir gefolgt war, stolperte schaudernd zurück und sank auf die Knie. »Oh, mein Gott!« sagte er: »das ist Sir Percival!«

Die Worte waren noch nicht über seine Lippen, als der Schreiber zu uns stieß, und im selben Augenblick hörte man den Schlüssel sich ein weiteres, letztes Mal kratzend im Schloß bewegen.

»Der HErr sei seiner Seele gnädig!« sagte der alte Mann. »Der ist hin und verloren – er hat das Schloß kaputt gemacht.«

Ich stürzte zur Tür. Der eine allumfassende Entschluß, dem meine sämtlichen Gedanken gegolten, der seit Wochen und Monaten all meine Handlungen gelenkt hatte, war mit einem Schlage vergessen. Jeglicher Gedanke an das ganze Leid, das die herzlosen Verbrechen des Mannes uns zugefügt – an die Liebe, die Unschuld, das Glück, die er mitleidlos verwüstet – an den Eid, den ich mir tief im Herzen zugeschworen hatte, mit ihm die grause Abrechnung zu halten, wie er sie verdiente – war wie ein Traum aus meinem Gedächtnis verschwunden. Ich dachte an nichts mehr jetzt, als an das Entsetzliche seiner Lage. Fühlte nichts mehr, als nur den natürlichen, menschlichen Drang, ihn vor einem schrecklichen Tode zu erretten.

»Die andere Tür!« schrie ich: »Versuchen Sie die andere Tür, die in die Kirche führt! Hier ist das Schloß kaputt: Sie sind ein Kind des Todes, wenn Sie auch nur einen Augenblick noch daran verschwenden!«

Seitdem wir den Schlüssel sich zum letzten Mal hatten drehen hören, war kein neuer Hülferuf mehr erschollen, kein Geräusch etwelcher Art, das uns ein Zeichen gegeben hätte, ob er noch am Leben sei. Ich konnte nichts weiter vernehmen, als das schleunigere Geknister der Flammen und das klirrende Zerspringen der Scheiben im Oberlicht auf dem Dache.

Ich sah mich nach meinen beiden Begleitern um. Der Diener hatte sich wieder aufrecht gestellt – hatte die Laterne ergriffen, hielt sie hoch, so daß ihr Schein auf die Tür fiel, und gaffte mit leerem Gesicht. Der Schreck schien ihn buchstäblich mit Idiotie geschlagen zu haben; er stand hinter mir, und folgte mir, wenn ich mich irgend bewegte, wie ein Hund auf den Fersen. Der Schreiber hatte sich auf einen der Grabsteine hingehockt, und zitterte und stöhnte vor sich hin. Die eine Sekunde, während ich einen Blick auf die Beiden warf, reichte hin, mich zu überzeugen, daß sie völlig hilflos waren.

Zwar wußte auch ich kaum, was ich tat; folgte vielmehr desperat dem ersten leidlich scheinenden Einfall, der mir kam, packte den Diener, und schob ihn vor mir her, an die Mauer der Sakristei. »Bücken!« kommandierte ich: »und halten Sie sich an den Steinen fest. Ich kletter' auf Ihren Rücken, und dann weiter auf's Dach – ich will das Oberlicht einschlagen, damit er etwas Luft bekommt!«

Der Mann zitterte von Kopf bis Fuß, begriff aber und stand fest. Ich stieg ihm, meinen Knotenstock zwischen den Zähnen, auf den Rücken, faßte den oberen Mauerrand mit beiden Händen, und war im Nu auf dem Dache. In all der rasenden Eile und Aufregung des Augenblicks kam mir überhaupt nicht der Gedanke, daß ich, anstatt Luft hinein, ja vielleicht auch die Flammen herauslassen könnte. Ich führte einen Hieb auf das Oberlicht, und schlug die gesprungenen, gelockerten Scheiben sofort beim ersten Male ein –: das Feuer sprang förmlich heraus, wie ein Raubtier aus seinem Bau! Wenn in der

Stellung, die ich einnahm, der Wind die Flammen nicht zufällig von mir weg geweht hätte, dürften all meine Anstrengungen und Mühen jetzt und hier ein Ende gefunden haben. Ich duckte mich dicht aufs Dach nieder, als Rauch und Flammen gemischt über mich dahinwogten. Die zuckenden flackernden Lichter zeigten mir das Gesicht des Dieners, das unten vom Fuß der Mauer her ausdruckslos zu mir hoch gaffte – den Schreiber, der von seinem Grabstein aufgestanden war, und verzweiflungsvoll die Hände rang – sowie die spärliche, restliche Bevölkerung des Dörfchens, hohlwangige Männer und erschrockene Frauen, die sich drüben auf dem Kirchhof drängten – Alles erschien und verschwand abwechselnd wieder, im Düsterrot der schreckhaften Glut, im Schwarz der stickend wirbelnden Rauchschwaden. Und unter meinen Füßen der Mensch! – ein Mensch, der verbrannte, erstickte, starb, uns Allen so nah und dennoch gänzlich außerhalb unseres Machtbereichs!
Der Gedanke machte mich halbverrückt! Ich ließ mich an den Händen wieder vom Dach herunter, und sprang zu Boden.
»Der Kirchenschlüssel!« rief ich dem Schreiber ins Ohr: »Wir müssen es auf *dem* Wege versuchen – vielleicht können wir ihn noch retten, wenn wir die andere Tür von innen aufsprengen!«
»Nein, nein, nein!« schrie der alte Mann: »Hoffnungslos! Der Kirchenschlüssel und der zur Sakristei waren am selben Bund – sind beide jetzt da drinnen! – Oh, Sir, der ist jenseits von Hülfe und Rettung – der ist jetzt schon längst Staub und Asche!«
»Das Feuer sehen Die drüben in der Schtadt auch,« sagte eine Stimme aus der Gruppe der Männer hinter mir. »In der Schtadt is' 'ne Schpritze. Die kommen und retten die Kirche.«
Ich rief diesem Mann – er hatte seinen klaren Kopf behalten – ich rief ihm, heranzukommen und mit mir zu reden. Ehe die Feuerwehr aus der Stadt eintreffen konnte, würde mindestens eine Viertelstunde vergehen. Die bloße Vorstellung, solange absolut tatenlos dazusitzen, war mehr, als ich ertragen konnte. Meiner eigenen Vernunft zum Trotz redete ich mir ein, daß jener todgeweihte Elende in der Sakristei noch nicht verloren, noch nicht gestorben sei, sondern vielleicht nur bewußtlos auf dem Fußboden drinnen liege. Ob wir ihn noch retten konnten, indem wir die Tür aufbrachen? Ich wußte, wie stark das schwere Schloß war – kannte die Dicke der benagelten Eichenbohlen – war mir klar über die Hoffnungslosigkeit, das eine wie das andere mit gewöhnlichen Mitteln zu bewältigen –

aber bestimmt gab es doch noch Balken in den verfallenden Häusern rund um die Kirche? Wie, wenn wir uns davon einen beschafften, und ihn als Rammbock gegen die Tür benutzten?
Der Gedanke schoß mir durch den Kopf, gleich dem Feuer, das aus dem zerbrochenen Oberlicht schoß. Ich wandte mich an den Mann, der als Erster die städtische Feuerspritze erwähnt hatte. »Hätten Sie eventuell sofort Ihre Picken bei der Hand?« Ja, die hätten sie. »Auch Beil und Säge und einen Strick?« Ja! Ja! Ja! Ich rannte, die Laterne in der Hand, zu den Dörflern hin: »5 Schilling pro Mann; Jedem, der mir hilft!« Auf diese Worte hin kam sofort Bewegung in die Leute – jener zweite Heißhunger des Armen, der Hunger nach Gelde, setzte sie im Handumdrehen in tumultuarische Tätigkeit. »Zwei von Euch, die noch Laternen besitzen, holen sie herbei! Zwei gehen nach Picken und Werkzeug! Die Übrigen mir nach und einen Balken gesucht!«
Sie schrieen Hurrah – mit schrillen, ausgehungerten Stimmen ein Hurrah. Die Frauen und Kinder wichen zu jeder Seite zurück. Wir stürmten geschlossen den Kirchhofspfad hinab, der ersten verlassenen Hütte zu. Nicht ein Mann blieb zurück, außer dem Schreiber – dem armen alten Schreiber, der jetzt auf dem flachen Grabstein stand, und über seine Kirche schluchzte und jammerte. Der Diener war mir noch immer dicht auf den Fersen – als wir in die Hütte drangen, war seine weiße, hülflose, panisch-verschreckte Gesichtsmaske unmittelbar über meiner linken Schulter. Sparren von der abgerissenen Zimmerdecke oberhalb lagen auf dem Boden herum; aber sie waren zu leicht. Über unsern Köpfen dahin verlief ein massiver Tragbalken, jedoch außer Reichweite unserer Arme und Picken – ein Balken, der mit beiden Enden wohl noch fest auf den zerbröckelnden Außenmauern auflag; Zimmerdecke beziehungsweise aufliegender Fußboden jedoch waren längst abgerissen, und hoch oben, im Dach darüber ein großes Loch, durch das der Himmel herein schien. Wir machten uns sogleich von beiden Seiten über diesen Balken her. Gott, wie fest er noch saß! – wie Ziegel und Mörtel der Mauer uns widerstanden! Wir hieben und rissen und zerrten. Endlich gab das eine Ende nach; es kam herunter – und ein mächtiger Brocken Mauerwerk hinterher. Aus der Gruppe der Frauen, die sich in der Haustür drängte, um uns zuzusehen, stieg ein Gekreisch auf – auch ein Schrei der Männer – zwei von ihnen waren zu Boden gestürzt, aber verletzt war Keiner. Noch ein Ruck von

Allen zugleich — und der Balken war los an beiden Enden. Wir hoben ihn auf, und hießen die Tür freigeben. Und jetzt ans Werk! Jetzt auf, und zur Sakristei!
Da strömt das Feuer hoch in den Himmel, höher und heller denn je, um uns zu leuchten! Schnell und gleichmäßig jetzt den Kirchhofspfad hoch — ruhig mit dem Balken — und am besten gleich auf die Tür los: Eins, zwei, drei-und-wumm! Wiederum, nicht zu unterdrücken, das Hurrah. Schon haben wir sie etwas gelockert: wenn das Schloß nicht nachgeben will, müssen's eben die Angeln. Noch einmal mit dem Balken angerannt: eins, zwei, drei-und-wumm! Sie'st locker! Schon faucht uns das Feuer durch die entstandenen Ritzen an. Nochmal, ein letzter Ruck! — Mit einem Krach stürzt die Tür nach innen. Stille. Das große, ehrerbietige Stillschweigen atemloser Erwartung hat von jeder lebenden Seele unter uns Besitz ergriffen. Wir schauen uns nach dem Körper um. Die sengende Hitze in unseren Gesichtern treibt uns zurück: wir können nichts sehen — oben, unten, überall im ganzen Raum, nichts ist zu erkennen, als ein einziger rasender Flammenvorhang! — — —

* * *

»Wo ist er?« wisperte der Diener, der abwesend in das Glutloch starrte.
»Staub und Asche ist er,« sagte der Schreiber. »Und die Bücher sind Staub und Asche — und, ach, Ihr Herren: die Kirche wird auch bald Staub und Asche sein.«
Die Beiden waren die Einzigen, die etwas sagten. Als sie aufgehört hatten zu reden, unterbrach nichts mehr die Stille, als das Sausen und Knistern der Lohe.

* * *

Horch! —
Ein hartes ratterndes Geräusch in der Ferne — dann das gedämpfte Wirbeln von Pferdehufen in vollem Galopp — dann das dumpfe Dröhnen, der allesüberwältigende Aufruhr von Hunderten von Menschenstimmen, die durcheinander riefen und brüllten: die Feuerwehr, endlich!
Die Leute um mich her drehten sämtlich dem Brande den Rücken,

und rannten eifrig auf den höchsten Punkt der Anhöhe. Der alte Schreiber versuchte, sich ihnen anzuschließen; aber seine Kraft war erschöpft. Ich sah, wie er sich an einem der Grabsteine aufrechthalten mußte. »Rettet die Kirche!« schrie er schwächlich, wie wenn die Feuerwehrleute ihn bereits hätten verstehen können.

Rettet die Kirche!

Der einzige, der kein Glied regte, war der Diener. Da stand er, den Blick noch immer in unverändertem, gedankenlosem Starren auf die Flamme gerichtet. Ich sprach ihm zu; ich rüttelte ihn am Arm – er war über verständiges Zureden hinaus; lediglich ein Mal noch hörte ich ihn flüstern: »Wo ist er?«

Binnen zehn Minuten war die Feuerspritze aufgestellt, an den Brunnen hinter der Kirche angeschlossen, und der Schlauch wurde zum Eingang der Sakristei herumgeschleppt. Falls man jetzt meiner Hülfe benötigt gewesen wäre, hätte auch ich sie nicht mehr leisten können. Energie und Wille waren einfach weg – die Kraft ausgepumpt – der Aufruhr meiner Gedanken, nunmehr, wo ich wußte, daß er tot war, plötzlich und aufs furchtbarste gestillt. Nutz- und hülflos stand ich da – schaute, schaute, schaute nur immer ins brennende Gewölbe.

Ich sah, wie man des Feuers langsam Herr wurde. Die Helligkeit der Glut nahm ab – Dampf stieg in weißlockigen Wolken auf – durch ihn hindurch sah man auf dem Boden schwarz- und rote Haufen liegen: glimmende Asche. Dann eine kleine Pause. Dann ein gemeinsames Vorgehen sämtlicher Feuerwehrleute, und der Polizisten, die den Eingang absperrten – dann eine halblaute Beratung – dann wurden zwei Männer ausgesondert und fortgeschickt, mitten durch die auf dem Kirchhof versammelte Menschenmenge – die wich zu beiden Seiten auseinander, und bildete schweigend eine Gasse, um sie durchzulassen.

Nach einer Weile rann es wie ein Schaudern durch die Menge, und die lebende Gasse erweiterte sich nach und nach. Die losgeschickten Männer kamen mit einer Tür, aus einem der verlassenen Häuser unten, hindurchgegangen. Trugen sie zur Sakristei, und gingen hinein. Wieder schloß sich die Polizeiabsperrung vorm Eingang; und aus der Menge stahlen sich zu Zweien und Dreien Männer hervor, und stellten sich hinter sie, um die Ersten zu sein, die etwas sähen. Andere schoben sich nicht ganz so nahe, um die Ersten zu sein, die etwas hörten; unter diesen zumal Frauen und Kinder.

Von der Sakristei her begannen sich Kurznachrichten durch die Menge zu verbreiten – langsam weitergegeben von Mund zu Mund, bis sie auch den Fleck erreichten, wo ich stand. Ich hörte die Fragen und Antworten, immer und immer wieder nachgeflüstert, in eifrigleisem Tonfall, rund um mich her – – –
:»Haben sie ihn gefunden?« – »Ja.« – »Wo denn?« – »Vor der Tür; auf'm Gesicht hat er gelegen.« – »Vor welcher Tür?« – »Vor der, die in die Kirche führt. Mit dem Kopf dagegen – das Gesicht nach unten hat er gelegen.« – »Iss'sein Gesicht verbrannt?« – »Nee.« – »Doch; ja.« – »Achwas: versengt wohl, aber nich' verbrannt – ich sag' Dir doch, er hat auf'm Gesicht gelegen!« – »Wer war's denn eigentlich? Einer sagt, 'n Lord.« – »Nee; 'n Lord nich'. *Sir* Soundso: ›Sir‹ heißt, daß er von Adel iss.« – »Sogar 'n adliger Baron.« – »Ach Quatsch.« – »Doch; grade.« – »Was hat er'nn da drinne gewollt?« – »Nichts Gutes; darauf kanns' D'ich verlassen.« – »Ob er's absichtlich gemacht hat?« – »Sich absichtlich verbrannt?!« – »Ach, ich mein' doch nich sich selber; ich mein' die Sakristei.« – »Sieht er sehr schrecklich aus?« – »Schrecklich!« – »Aber um's Gesicht rum doch nich, was?« – »Nee, nee; um's Gesicht nich so sehr.« – »Kennt'n denn Niemand?« – »'n Mann iss da, der behauptet, ›ja‹.« – »Wer denn?« – »'n Diener von ihm, heißt's. Aber der'ss wie dumm vor Schreck, und die Polizei will'm nich glauben.« – »Und sonst weiß Keiner, um Wen sich's handeln könnte?« – »Pst! –« –
Die laute klare Amtsstimme eines Mannes brachte das halblaute geschwätzige Gesumme um mich her im Nu zum Schweigen.
»Wo ist der Herr, der sich gleich anfangs Mühe gegeben hat, ihn zu retten?« fragte die Stimme.
»Hier, Sir – hier iss'er!« Dutzende von eifrigen Gesichtern umdrängten mich – Dutzende von eifrigen Armen teilten die Menge – der Beamte kam, eine Laterne in der Hand, zu mir heran.
»Können Sie bitte mal 'n Augenblick mitkommen, Sir?« sagte er ruhig.
Ich war nicht imstande ihm zu antworten. Nicht imstande, ihm zu widerstreben, als er meinen Arm ergriff. Ich versuchte zu erklären, daß ich den toten Mann zu seinen Lebzeiten nie gesehen hätte – daß es aussichtslos sei, ihn mit Hülfe eines gänzlich Fremden, wie mir, zu identifizieren. Aber die Worte erstarben mir auf den Lippen. Ich war schwach und stumm und hilflos.
»Kennen Sie ihn, Sir?«

Ich stand in einem Kreis von Männern. Drei davon, mir gegenüber, hielten ihre Laternen dicht an den Erdboden. Ihre Augen, wie auch die Augen aller Übrigen, waren schweigend und erwartungsvoll auf mein Gesicht gerichtet. Ich wußte, was hier zu meinen Füßen lag – wußte, warum sie ihre Laternen so dicht an den Erdboden hielten.
»Können Sie ihn identifizieren, Sir?«
Ich richtete den Blick langsam nach unten. Zuerst sah ich nichts als ein Laken aus steifer grober Leinwand. In der bangen Stille wurden die Regentropfen vernehmbar, die darauf fielen. Ich ließ den Blick über das Laken nach oben wandern, und dort, am Ende, grimmig, starr und schwärzlich in der gelben Beleuchtung – dort war sein totes Gesicht.
So – zum ersten und gleichzeitig zum letzten Male – sah ich ihn. So wollte es der Ratschluß Gottes, daß Er und Ich einander begegnen sollten.

XI

Bestimmte lokale Beweggründe bewogen den Kronrichter und die Städtischen Behörden, die gerichtliche Leichenschau nach Möglichkeit zu beschleunigen. Sie wurde schon am Nachmittag des folgenden Tages abgehalten. Unter den zwecks Aufhellung des Tatbestandes geladenen Zeugen befand selbstverständlich auch ich mich.
Das erste, was ich in aller Frühe unternommen hatte, war, mich zum Postamt zu begeben, und mich nach dem Brief zu erkundigen, den ich von Marian erwartete. Kein Wechsel der Ereignisse, und sei er noch so außergewöhnlich, konnte ja die eine große Sorge beeinflussen, die auf mir lastete, während ich fern von London weilte. Der Morgenbrief hier – die einzige Garantie, die mir werden konnte, daß sich während meiner Abwesenheit kein Unfall ereignet hatte – war immer noch das eine alles überragende Interesse, mit dem jeder Tag für mich begann.
Zu meiner großen Erleichterung lag der Brief von Marian auf dem Amt, und wartete meiner.
Und nichts war passiert – Beide waren sie so sicher und wohlauf, wie ich sie verlassen hatte. Laura ließ herzlichst grüßen, und beschwor mich, ihr den Termin meiner Rückkehr doch ja einen Tag vorher bekannt zu geben. In Erläuterung dieses Wunsches fügte ihre Schwe-

ster hinzu, daß Laura sich »fast einen ganzen Sovereign« in ihrer kleinen Privatkasse zusammengespart, und das Privileg beansprucht hätte, das große Dinner zusammenzustellen und zu geben, das den Tag meiner Wiederkehr verherrlichen solle. Ich las von diesen kleinen häuslichen Geheimnissen im hellen Morgenlicht, während die schreckliche Erinnerung an das, was sich am Abend zuvor ereignet hatte, mir noch lebhaft vor Augen stand. Das erste, woran mich der Brief hier mahnte, war die Einsicht der Notwendigkeit, Laura keinesfalls die ganze Wahrheit auf einmal mitzuteilen. Ich schrieb sogleich an Marian, sie von dem, was ich auf den vorangehenden Seiten berichtet habe, zu informieren; wobei ich ihr die Nachricht so schonend und stückweise beibrachte, wie ich nur immer konnte; und sie vor allem warnte, während meiner Abwesenheit ja nicht etwas wie eine Zeitung in Lauras Hände fallen zu lassen. Im Falle jeder anderen, weniger mutigen und weniger verläßlichen Frau, würde ich vermutlich gezögert haben, ehe ich gewagt hätte, ihr die volle Wahrheit rückhaltlos zu offenbaren. Aber Marian war ich es schuldig, mich auf sie, so wie ich sie von früher her kannte, zu verlassen, und ihr zu vertrauen, wie mir selbst.

Mein Brief geriet natürlich recht umfangreich, und nahm mich in Anspruch, bis es Zeit wurde, mich zu der Leichenschau zu verfügen.

Dem Zweck dieser offiziellen Untersuchung hier stellten sich begreiflicherweise ganz eigentümliche Komplikationen und Schwierigkeiten in den Weg. Abgesehen von der behördlichen Feststellung der Art, wie der Verstorbene den Tod gefunden hatte, waren ernstliche Fragen zu klären hinsichtlich der Ursache des Brandes, der Entwendung der Schlüssel, und der Anwesenheit eines Fremden in der Sakristei, zu der Zeit, als das Feuer ausbrach. Selbst die Identifizierung des toten Mannes war noch nicht einmal ganz abgeschlossen. Der hülflose Zustand des Dieners hatte die Polizei hinsichtlich seiner Behauptung, er erkenne seinen Herrn wieder, mißtrauisch gemacht. Man hatte im Verlauf der Nacht nach Knowlesbury geschickt, um sich der Anwesenheit von Zeugen zu versichern, die mit der äußeren Erscheinung von Sir Percival Glyde wohlbekannt wären; und als allererstes heut Morgen auch Verbindung mit Blackwater Park aufgenommen.

Diese Vorsichtsmaßnahmen setzten den Kronrichter und die Geschworenen zunächst einmal in den Stand, die Frage der Identität zu klären, und sich von der Richtigkeit der Angaben des Dieners zu vergewissern. Die Aussage mehrerer verläßlicher Zeugen, und die zusätzliche Entdeckung anderweitiger Umstände, wurden anschließend noch durch die Untersuchung der Taschenuhr des Toten erhärtet: auf ihrer Innenseite fand man eingraviert Namen und Wappen Sir Percival Glydes.

Die nächsten Nachforschungen bezogen sich auf das Feuer.

Die ersten Zeugen, die aufgerufen wurden, waren der Diener, ich, und der Junge, der gehört hatte, wie in der Sakristei Licht gemacht wurde. Der Junge machte seine Aussage klar und einwandfrei; der Geist des Dieners aber hatte sich anscheinend immer noch nicht von dem erlittenen Schock erholt – er erwies sich ganz offenkundig als unfähig, die Zwecke der Untersuchung irgend zu fördern, und man hieß ihn wieder abtreten.

Auch ich wurde, zu meiner beträchtlichen Erleichterung, nicht allzu lange examiniert. Ich hatte den Verstorbenen nicht gekannt – ihn früher nie gesehen – hatte von seiner Anwesenheit in Alt-Welmingham nichts gewußt – und war bei Auffindung der Leiche auch nicht in der Sakristei anwesend gewesen. Alles, was ich beibringen konnte, war, daß ich ins Häuschen des Schreibers getreten wäre, um mich nach dem Weg zu erkundigen – durch ihn vom Verlust seiner Schlüssel erfahren hatte – ihn zur Kirche hinauf begleitet hatte, um ihm nach Kräften behülflich zu sein – dann gesehen hatte, daß es drinnen brannte – gehört, wie eine mir unbekannte Person in der Sakristei sich vergeblich mühte, die Tür aufzuschließen – und dann aus rein menschlichen Motiven, getan hatte, was ich nur immer vermochte, um den Mann zu retten. Andere Zeugen, die den Verstorbenen gekannt hatten, wurden zwar gefragt, ob sie sich das Rätsel seines vermutlichen Schlüsseldiebstahls und seiner Anwesenheit in dem brennenden Raum erklären könnten? Aber was mich, einen gänzlich Fremden in der Gegend hier, und total unbekannt mit Sir Percival, anbelangt, schien der Kronrichter es natürlich als ganz selbstverständlich vorauszusetzen, daß ich auf diese beiden Fragen doch nichts Nennenswertes beibringen könnte.

Was den von mir einzuschlagenden Kurs betrifft, nachdem mein offizielles Verhör abgeschlossen war, schien mir eigentlich Alles klar zu sein. Ich fühlte mich nicht dazu berufen, freiwillig meine eigene, private Überzeugung zu Protokoll zu geben; einmal, weil das, nunmehr wo jeglicher Beweis, der meinen Verdacht hätte unterstützen können, zusammen mit dem Kirchenbuch verbrannt war, und keinerlei praktischen Zweck mehr gehabt hätte. Und zweitens deshalb; weil ich meine Ansicht – meine nicht mehr beweisbare Ansicht – nicht hätte überzeugend darlegen können, ohne die ganze Geschichte der verbrecherischen Konspiration aufzurollen, und damit ohne jeden Zweifel bei Kronrichter und Geschworenen wieder dieselbe unbefriedigende Wirkung hervorzubringen, die ich seinerzeit schon bei Herrn Kyrle hervorgebracht hatte.

Auf diesen vorliegenden Seiten jedoch, und nach einem solchen Zeitraum, wie er inzwischen verstrichen ist, brauche ich den freien Ausdruck meiner Meinung von Rücksichten und Vorbehalten wie den eben angedeuteten nicht mehr beschränken zu lassen. Ehe meine Feder sich also der Schilderung anderer Ereignisse zuwendet, will ich kurz angeben, wie meiner eigenen Ansicht nach der Diebstahl der Schlüssel, der Ausbruch des Feuers und der Tod des Mannes zu erklären sind.

Die Nachricht, daß ich mich gegen Bürgschaft wieder auf freiem Fuße befände, muß Sir Percival, wie ich glaube, veranlaßt haben, nunmehr das Äußerste zu wagen. Zu diesem Äußersten gehörte sowohl der erste Versuch eines Überfalls auf mich auf der Chaussee, als auch jener zweite und sicherere: nämlich die Seite des Kirchenbuchs, auf der die Fälschung vorgenommen worden war, zu vernichten, und damit jeden greifbaren Beweis seines Verbrechens zu beseitigen. Wenn ich, zum Vergleich mit der beglaubigten Zweitschrift in Knowlesbury, keinen Auszug aus dem Original mehr vorweisen konnte, dann war ich eben auch nicht mehr imstande, gültiges Beweismaterial beizubringen, und konnte ihm nicht mehr mit einer vernichtenden Bloßstellung drohen. Um dieses Ziel zu erreichen, war es lediglich erforderlich für ihn, sich unbemerkt in die Sakristei zu begeben, die betreffende Seite aus dem Kirchenbuch herauszureißen, und den Ort dann wieder so verstohlen zu verlassen, wie er ihn betreten hatte.

Dies einmal vorausgesetzt, wird es leicht, zu begreifen, warum er bis zum Einbruch der Nacht wartete, ehe er seinen Versuch unternahm; und warum er sich die Abwesenheit des Schreibers zunutze machte, sich der Schlüssel zu bemächtigen. Zum Lichtmachen hatte ihn die Notwendigkeit gezwungen, sich das richtige Kirchenbuch herauszusuchen; und die allersimpelste Vorsicht mußte ihm nahelegen, die Tür von innen zuzuschließen, für den Fall, daß irgendein neugieriger Dritter, beziehungsweise gar ich, wenn ich zu dieser Stunde schon wieder in der Nähe sein sollte, eindringen wolle.

Daß es irgend in seiner Absicht gelegen haben sollte, die Vernichtung des Kirchenbuches dadurch als Ergebnis eines Unfalls erscheinen zu lassen, daß er absichtlich die Sakristei in Brand steckte, kann ich nicht glauben. Die bloße Möglichkeit, daß prompte Hülfe zufällig bei der Hand sein und die Bücher, sei es auch so unwahrscheinlich, doch wieder gerettet werden könnten, würde ja genügt haben, um ihm einen Einfall dieser Art beim geringsten bißchen Nachdenken sofort wieder auszutreiben. Nein; in Anbetracht der Menge brennbarster Stoffe in der Sakristei – das Stroh, das Papier, die Kisten, all das trockene Holz, die alten wurmstichigen Schränke – weist, zumindest meines Erachtens, Alles mit hoher Wahrscheinlichkeit darauf hin, daß es sich bei dem Brande um einen reinen unseligen Zufall, veranlaßt durch die Streichhölzer oder sein Licht gehandelt hat.

Bei solcher Lage der Dinge wird sein erster Impuls zweifellos in dem Versuch bestanden haben, die Flammen zu ersticken; als ihm das mißlang, muß er – unwissend wie er hinsichtlich des Zustandes des Schlosses war – sich als Zweites nunmehr bemüht haben, durch die gleiche Tür zu entkommen, die ihm Einlaß gewährt hatte. Als ich ihm zurief, müssen die Flammen dann wohl schon die andere Tür, die in die Kirche hineinführte, weitgehend blockiert haben; standen doch zu beiden Seiten davon die Schränke, und das andere leichtentzündbare Material lag dicht daneben aufgehäuft. Aller Wahrscheinlichkeit nach werden Rauch und Flammen (auf den engen Raum beschränkt, wie sie waren) dann, als er über diese innere Tür zu entkommen versuchte, schon zu viel für ihn gewesen sein. Er muß in tödlicher Betäubung umgefallen, und genau auf demselben Platz, wo er später gefunden wurde zusammengesunken sein, und zwar annähernd in dem gleichen Augenblick, als ich mich auf's Dach schwang, um das Oberlicht einzuschlagen. Selbst wenn wir gleich anschließend imstande gewesen wären, in die Kirche einzudringen und die Tür von dieser Seite her aufzusprengen, dürfte die Verzögerung verhängnisvoll und er schon zu diesem Zeitpunkt nicht mehr, ja längst nicht mehr, zu retten gewesen sein. Wir hätten dadurch den Flammen vielmehr freien Zutritt zum Kircheninnern gewährt – der Kirche, die so erhalten geblieben war, andernfalls aber das Schicksal der Sakristei geteilt hätte. Ich persönlich hege keinerlei

Zweifel daran – und ich glaube, Niemand kann einen solchen hegen – daß er ein toter Mann war, noch ehe wir das leere Haus unten erreichten, und uns aus Leibeskräften abarbeiteten, den Balken loszureißen.
Von allen Theorien, die ich aufstellen könnte, scheint mir diese die beste Annäherung zu dem Resultat zu ergeben, daß uns als greifbarer Tatbestand vor Augen lag. Jedenfalls spielten sich für uns Außenstehende die Ereignisse so ab, wie ich sie geschildert habe. Wie ich es beschrieben habe, so fand man seinen Körper.

* * *

Die Vernehmung war auf übermorgen vertagt worden – bis jetzt war keine Erklärung, die das Auge des Gesetzes hätte wahrnehmen können, gefunden worden, um die mysteriösen Begleitumstände des Falles einigermaßen begreiflich zu machen.
Es wurden Maßnahmen getroffen, weitere Zeugen vorzuladen, und auch der Londoner Rechtsanwalt des Verstorbenen sollte hinzugezogen werden. Ebenso wurde ein Arzt damit beauftragt, ein Gutachten über den Geisteszustand jenes Dieners abzugeben, der zur Zeit einfach unfähig schien, auch nur im geringsten verläßliche Angaben zu machen. Das einzige, was er vermochte, war, auf benommene Art und Weise immer nur zu beteuern, daß er am Abend des Brandes den Befehl erhalten habe, auf jenem Weg unten zu warten; ansonsten wußte er nichts mehr, außer daß der Verstorbene ganz bestimmt sein Herr sei.
Mein persönlicher Eindruck war der, daß er anfänglich dazu verwendet worden war (ohne sein Wissen und seine Schuld, wohlgemerkt) die Abwesenheit des Schreibers von zu Hause während der vorangegangenen Tagesstunden festzustellen; und anschließend war ihm wohl befohlen worden, in Kirchennähe zu warten (aber außer Sichtweite der Sakristei), um seinem Herren gegebenenfalls beispringen zu können, für den Fall, daß ich dem Überfall auf der Chaussee entkommen, und ein Zusammenstoß zwischen mir und Sir Percival stattfinden sollte. (Es muß hinzugefügt werden, wie eine eigene Aussage des Mannes, die diese Ansicht zu bestätigen geeignet wäre, niemals erlangt worden ist. Das ärztliche Gutachten sprach sich dahin aus, daß seine ohnehin nicht überragenden geistigen Fähigkeiten einen ernstlichen Schock erlitten hätten. Auch im weiteren

Verlauf der Vernehmung war nichts Verläßliches aus ihm herauszuholen; und soviel ich späterhin erfahren habe, ist es durchaus möglich, daß er sich bis zum heutigen Tage noch nicht erholt hat.)

Ich begab mich in mein Hotel nach Welmingham zurück, derart abgehetzt an Leib und Seele, derart abgemattet und niedergeschlagen ob all dessen, was ich durchgemacht hatte, daß ich platterdings nicht mehr fähig war, das kleinstädtische Geklatsche über die Vernehmung zu ertragen, oder auf die banalen Fragen zu antworten, die die Müßiggänger im Gästezimmer an mich richteten. Ich zog mich freiwillig von meinem kargen Dinner in mein billiges Dachstübchen zurück, um mir endlich ein bißchen Ruhe zu sichern, und einmal ungestört an Laura und Marian denken zu können.

Wenn ich ein etwas reicherer Mann gewesen wäre, würde ich nach London zurückgefahren sein, und mich heut Abend am Anblick der beiden lieben Gesichter getröstet und aufgerichtet haben. Aber einmal war ich verpflichtet, bei dieser vertagten Vernehmung zu erscheinen, für den Fall, daß man mich noch einmal aufrufen sollte; und doppelt verpflichtet, meine Bürgschaft vor dem Friedensrichter in Knowlesbury einzulösen. Unsere schmale Kasse hatte bereits gelitten; und die unsichere Zukunft – nunmehr unsicherer denn je – ließ mich davor zurückschrecken, unsere Mittel unnötig dadurch zu verringern, daß ich mir einen solchen Luxus erlaubte, sei es auch nur durch die kleine Ausgabe für eine Hin- und Rückfahrkarte auf der niedrigsten Eisenbahnklasse.

Der nächste Tag – der unmittelbar auf die erste Vernehmung folgende – war gänzlich meiner Verfügung überlassen. Ich begann ihn am Morgen damit, daß ich beim Postamt nach Marians regulärem Bericht für mich nachfragte. Er wartete bereits auf mich, wie üblich; und erwies sich durchweg als in guter Laune abgefaßt. Ich las den Brief mit dankbarem Gefühl; und machte mich dann, beruhigten Gemüts für heute, auf den Weg nach Alt-Welmingham, um mir die dortige Brandstatt einmal bei Tageslicht zu besehen.

Welche Veränderung, als ich dort ankam!

Auf sämtlichen Wegen unserer unbegreiflichen Welt hier unten, gehen wahrlich das Abgeschmackte und das Gräßliche Hand in Hand miteinander. Die Ironie der Ereignisse macht vor keiner irdischen Katastrophe ehrerbietig Halt. Als ich bei der Kirche ankam, war eigentlich nur noch die zertrampelte Friedhofserde das einzige, was ernstlich von Brand und Tod zeugte. Die Türöffnung der Sakristei war behelfsmäßig mit Brettern verschlagen worden; rohe Kritzeleien und Karikaturen schmückten sie bereits, und die Kinderschaft des Dorfes schrie und balgte sich um den Besitz des besten Gucklochs, um hineinzuspähen. Auf eben der Stelle, wo ich zuerst den Schrei um Hülfe aus dem brennenden Raum vernommen hatte, dem Fleck, wo der von Panik ergriffene Diener in die Knie gebrochen war, scharrte jetzt gackernd ein Hühnervolk nach den ersten Würmern, die der Regen hervorgelockt hatte; und auf dem Boden zu meinen Füßen, wo man die Tür mit ihrer grausen Last abgesetzt hatte, wartete jetzt, eingebunden in gelbem Kännchen das Mittagsmahl eines Arbeiters auf ihn, und sein treuer Spitz, der Wache hielt, bellte mich an, weil ich dem Essen zu nahe kam. Der alte Schreiber, der müßig zusah, wie die Reparaturarbeiten langsam in Gang kamen, hatte im Augenblick nur ein Thema, das ihn interessierte und über das er schwatzte – nämlich seinerseits jeden Vorwurf von sich abzuwenden, der ihm eventuell ob des vorgefallenen Unglücks hätte gemacht werden können. Eine der Frauen aus dem Dorf, deren weißes verwildertes Gesicht, wie ich mich noch gut erinnern konnte, ein Bild des Schreckens gewesen war, als wir den Balken herunterrissen, kicherte jetzt über einem alten Waschtrog mit einer anderen Frau, einem wahren Bilde der Albernheit. Nein, es gibt nichts Ernsthaftes hier im Reiche der Sterblichkeit! König Salomo in all seiner Pracht und Herrlichkeit war gleichzeitig Salomo mit den Anlagen zur Lächerlichkeit in jeder Gewandfalte und in jeder Ecke seines Palastes.

Als ich der Stelle den Rücken kehrte, wandten sich meine Gedanken, und nicht zum ersten Mal, dem gänzlichen Umsturz zu, den die Hoffnung, Lauras Identität bald beweisen zu können, nun wieder durch Sir Percivals Tod erlitten hatte. Er war dahin – und mit ihm die Chance, die bisher das eine große Ziel all meines Hoffens und Mühens war.

Oder gab es nicht doch einen richtigeren Gesichtspunkt, von dem aus ich mein Mißgeschick zu betrachten hatte?

Gesetzt den Fall, er hätte noch gelebt: würde eine solche Veränderung der Umstände das Ergebnis irgend abgewandelt haben? Hätte ich, auch nachdem ich herausgefunden hatte, daß Sir Percivals Verbrechen darin bestand, Andere ihrer Rechte beraubt zu haben, meine Entdeckung als verschacherbare Ware behandeln können, sei es selbst um Lauras willen? Hätte ich *mein* Stillschweigen anbieten können, als Preis für *sein* Eingeständnis der Verschwörung; in einem Fall, wo die Auswirkung meines Stillschweigens ja darin bestanden hätte, den rechten Erben um seine Güter, den rechtmäßigen Besitzer um seinen Titel zu bringen? Ausgeschlossen! Wenn Sir Percival auch noch lebte, hätte es nie und nimmer in meiner Macht gestanden, die Entdeckung – von der ich mir, in meiner Unwissenheit über die wahre Natur des Geheimnisses, so viel versprochen hatte – nach Belieben zu unterdrücken oder publik zu machen, wie es mir zu Lauras Wiedereinsetzung in ihre Rechte am besten geschienen hätte. Die schlichteste Aufrichtigkeit und Ehrlichkeit hätten mich ja gezwungen, mich auf der Stelle zu dem Fremden zu begeben, dessen Geburtsrecht man usurpiert hatte – ich hätte den Sieg, im gleichen Augenblick, wo er mir zufiel, dadurch wieder aus der Hand geben müssen, daß ich meine Entdeckung vorbehaltlos jenem Fremden zur Verfügung stellte – und hätte anschließend erneut all den Schwierigkeiten und Hindernissen entgegentreten müssen, die zwischen mir und dem einen großen Ziel meines Lebens standen, genau so, wie ich auch jetzt im tiefsten Herzen entschlossen war, ihnen wiederum gegenüberzutreten.

Ich kehrte beruhigteren Gemüts nach Welmingham zurück, mit dem Empfinden meiner und meines Entschlusses sicherer zu sein, als bisher noch je der Fall gewesen war.

Auf dem Rückweg zu meinem Hotel kam ich auch an dem Platz vorbei, auf dem Frau Catherick wohnte – ob ich zu ihrem Haus hinübergehen, und einen weiteren Versuch machen sollte, sie zu sprechen? Nein. Die Nachricht von Sir Percivals Tod – wohl so ziemlich das Letzte, auf das zu hören sie gefaßt gewesen war – mußte ihr schon vor Stunden zugekommen sein; hatte doch die Lokalzeitung heute früh schon ausgiebig über alle Einzelheiten der Leichenschau berichtet, und ich hätte ihr also nichts erzählen können, was sie nicht schon gewußt hätte. Mein Interesse daran, sie zum Sprechen zu bewegen, hatte merklich nachgelassen. Ich gedachte des verhohlenen Hasses in ihrem Gesichtsausdruck, als sie sagte: ›Ich wüßte, was Sir Percival anbelangt, keine Neuigkeit, die mich interessieren könnte – es sei denn die Nachricht von seinem Tode!‹ Ich gedachte des versteckten Interesses in ihren Augen, als sie sich, nachdem sie die erwähnten Worte gesprochen hatte, beim Abschied auf mich hefteten. Irgendein Instinkt, tief in meinem Innern, den ich als gut und richtig empfand, machte mir die Vorstellung, noch einmal in

ihrer Gegenwart zu erscheinen, ausgesprochen widerlich – ich kehrte dem Platz den Rücken, und begab mich gradeswegs zurück zu meinem Hotel.
Ein paar Stunden später, als ich im Gästezimmer saß und ausruhte, händigte der Kellner mir einen Brief aus. Er war an mich mit Namen adressiert, und ich erfuhr auf Befragen, wie ihn, just als die Abenddämmerung einbrach und genau bevor das Gas angezündet wurde, eine Frau an der Theke abgegeben hätte. Dazu gesagt hätte sie weiter nichts, und wäre auch schon wieder gegangen gewesen, ehe man Zeit gefunden hätte, sie anzureden oder auch nur näher zuzusehen, wer sie sei.
Ich öffnete den Umschlag. Der Brief trug weder Datum noch Unterschrift, und die Handschrift selbst war ganz offenkundig verstellt. Bevor ich jedoch noch mit dem ersten Satz zu Ende war, wußte ich schon, um wen es sich bei meiner Korrespondentin handelte – nämlich Frau Catherick.
Der Inhalt lautete wie folgt – ich schalte ihn hier wortgetreu ein –:

Bericht fortgesetzt von Frau Catherick

Sehr geehrter Herr!
Sie sind nicht wiedergekommen, wie Sie doch sagten, daß Sie es vorhätten. Nun, gleichviel – ich habe die Neuigkeit erfahren, und schreibe deswegen, um es Ihnen mitzuteilen. Ist Ihnen, als Sie mich neulich verließen, etwas eigentümliches in meinem Gesicht aufgefallen? Ich fragte mich nämlich gerade in meinem Innern, ob etwa der Tag seines Sturzes endlich angebrochen sein könnte, und Sie das dazu auserwählte Werkzeug, ihn zu bewirken? Sie *waren* es, und Sie *haben* ihn bewirkt.
Sie waren, wie ich gehört habe, schwach genug, und haben versucht, sein Leben zu retten. Wäre Ihnen das gelungen, würde ich Sie als meinen Feind angesehen haben. Jetzt, da es Ihnen mißlungen ist, schätze ich Sie als meinen Freund. Ihre Nachforschungen waren es, die ihn nächtlings in die Sakristei scheuchten – Ihre Nachforschungen haben, ohne Ihr Wissen und Wollen, dem Haß von Dreiundzwanzig langen Jahren gedient und die Rache ausgelöst: ich danke Ihnen, Sir, auch wider Ihren Willen!
Dem Mann der solches geleistet hat, bin ich einiges schuldig. Wie kann ich diese meine Schuld entrichten? Wenn ich noch eine junge Frau wäre, könnte ich sagen: »Komm, leg Deinen Arm um meine Hüfte, und küß mich, wenn Du magst!«. Ich hätte genugsam Gefallen an Ihnen gefunden, um auch soweit zu gehen; und Sie Ihrerseits würden meine Einladung gern angenommen haben – vor 20 Jahren bestimmt, Sir, verlassen Sie sich darauf! Aber ich bin eine alte Frau jetzt. Immerhin: ich kann Ihre Neugier befriedigen, und meine Schuld auf diese Weise abtragen. Denn Sie *waren* ja sehr neugierig darauf, gewisse private Angelegenheiten von mir kennenzulernen, als Sie mich besuchen kamen – private Angelegenheiten, die, ohne meine Hülfe, all Ihr Scharfsinn nicht durchschauen konnte – private Angelegenheiten, die Sie selbst jetzt noch nicht herausbekommen haben. Sie *sollen* sie herausbekommen – Ihre Neugier soll befriedigt werden. Ich will mir alle Mühe geben, Sie zufriedenzustellen, mein schätzbarer junger Freund! –

Ich nehme an, Sie werden ein kleiner Junge gewesen sein, im Jahre 1827? Ich war zu der Zeit eine hübsche junge Frau und wohnte in Alt-Welmingham. Zum Ehemann hatte ich einen jämmerlichen Trottel. Außerdem hatte ich die Ehre, mit einem gewissen Herrn (Wer, kann Ihnen egal sein) Bekanntschaft gemacht zu haben (wie, kann Ihnen egal sein). Ich nenne ihn nicht bei seinem Namen. Warum wohl auch? Er hat ihm ja nicht gehört. Er hatte überhaupt keinen Namen – das wissen Sie nunmehr ebenso gut wie ich.
Aber Ihnen zu schildern, wie er sich nach und nach bei mir einschmeichelte, gehört schon eher zum Thema. Ich war mit der Denkungsart und dem Geschmack einer Lady geboren, und er befriedigte das – mit anderen Worten: er bewunderte mich, und er machte mir Geschenke. Keine Frau kann widerstehen, wenn Bewunderung und Geschenke mit im Spiel sind – besonders Geschenke; vorausgesetzt, daß es sich genau um die Sachen handelt, die sie sich wünscht. Er war schlau genug, das auch zu wissen – das sind ja die meisten Männer. Und natürlich wollte er etwas als Gegenleistung – das tun ja alle Männer. Und was glauben Sie wohl, was dieses ›etwas‹ war? Eine bloße Kleinigkeit. Lediglich den Schlüssel zur Sakristei, und den Schlüssel des einen Schrankes im Innern, sobald mein Mann einmal den Rücken gekehrt haben würde. Selbstverständlich belog er mich, als ich ihn fragte, wieso ich ihm die Schlüssel auf derart heimliche Weise besorgen solle. Die Mühe hätte er sich sparen können – ich habe ihm doch nicht geglaubt. Aber seine Geschenke gefielen mir schon, und ich wollte noch mehr. Also besorgte ich ihm die Schlüssel ohne Wissen meines Mannes; und beobachtete ihn dann, ohne sein Wissen. Ein Mal, zwei Mal, vier Mal beobachtete ich ihn – beim vierten Male dann hatte ich ihn durchschaut.
Ich war niemals übermäßig bedenklich, wenn es sich um anderer Leute Angelegenheiten handelte; und auch jetzt, wo er den Heiratseintragungen im Kirchenbuch auf eigene Faust eine hinzufügte, war ich nicht übermäßig bedenklich.
Natürlich wußte ich, daß es unrecht war; aber *mir* tat es überhaupt keinen Schaden, was ein erster guter Grund war, kein großes Geschrei darob anzustimmen. Und ich besaß noch immer keine goldene Uhr mit Kette, was ja ein zweiter, noch besserer war – und, gerade am Tage vorher, hatte er mir eine aus London versprochen, was ein dritter war, und sogar der beste von allen. Wenn ich gewußt hätte,

wie das Gesetz ein solches Verbrechen betrachtet, und wie das Gesetz es bestraft, dann hätte ich mir freilich besser aufgepaßt, und ihn auf der Stelle angezeigt. Aber ich wußte eben nichts, und sehnte mich außerdem nach einer goldenen Uhr. Die einzige Bedingung, auf der ich noch bestand, war die, daß er mich ins Vertrauen ziehen und mir Alles erzählen sollte. Ich war damals so neugierig auf seine Angelegenheiten, wie Sie es heute auf die meinigen sind. Er ging auf meine Bedingungen ein – warum, werden Sie gleich sehen.

Was ich von ihm erfuhr, war in kurzen Worten das folgende. (Was ich Ihnen hier Alles mitteile, hat er mir übrigens nicht ganz willig erzählt. Einiges habe ich ihm durch Fragen herausgeholt, und anderes durch Überredung entlockt. Ich war entschlossen, die komplette Wahrheit zu erfahren; und ich glaube, es ist mir auch gelungen.)

Von dem wahren Stand der Dinge zwischen seinem Vater und seiner Mutter hatte er ebensowenig wie alle andern Leute gewußt, bis seine Mutter gestorben war. Dann gestand es ihm sein Vater, und versprach, für seinen Sohn alles zu tun, was er könnte. Er starb – und hatte nichts getan; nicht einmal ein Testament hatte er hinterlassen. Der Sohn (und Wer möchte ihn deshalb tadeln?) sorgte also weislich für sich selbst. Er kehrte sofort nach England zurück, und ergriff von den Gütern Besitz. Kein Mensch hegte Verdacht gegen ihn, und Keiner bestritt ihm sein Recht. Hatten doch sein Vater und seine Mutter grundsätzlich wie Mann und Frau gelebt – und von den wenigen Leuten, die mit ihnen bekannt waren, hatte sie Keiner je für etwas anderes gehalten. Der rechte Erbe, der (wenn die Wahrheit bekannt gewesen wäre) Anspruch auf die Güter erheben konnte, war ein entfernter Verwandter, der nicht die blasseste Ahnung hatte, sie könnten ihm jemals zufallen, und der außerdem, als jener Sir starb, weit fort auf See war. Bis hierher hatte der Betreffende keine Schwierigkeiten – die Besitzergreifung erfolgte gewissermaßen als Selbstverständlichkeit. Aber nicht ebenso selbstverständlich konnte er nunmehr Bargeld auf seinen Besitz hin borgen; ehe er das dürfte, wurde zweierlei von ihm gefordert. Das erste war seine Geburtsurkunde; das andere die Heiratsurkunde seiner Eltern. Die Geburtsurkunde war unschwer zu beschaffen – er war im Ausland geboren, und die korrekte Eintragung fand sich dort vor. Das andere war nun freilich schwierig; und

eben diese Schwierigkeit war es, die ihn nach Alt-Welmingham führte.
Er hätte statt dessen auch nach Knowlesbury gehen können, wäre ihm dort nicht ein Umstand im Wege gewesen.
Seine Mutter hatte dort gewohnt, kurz bevor sie seinen Vater kennenlernte. Und zwar hatte sie unter ihrem Mädchennamen dort gewohnt; obwohl sie in Wahrheit eine verheiratete Frau war; in Irland verheiratet, wo ihr Mann sie erst schlecht behandelt hatte und anschließend noch mit einer anderen Person durchgebrannt war. Ich teile Ihnen diese Tatsache auf gute Autorität hin mit: Sir Felix selbst hat sie seinem Sohn gegenüber als Grund angegeben, warum er nie geheiratet hatte. Sie werden sich wundern, warum der Sohn, der ja wußte, daß sich seine Eltern in Knowlesbury kennengelernt hatten, seine Tricks nicht in dem Buch jener Kirche anzubringen versucht hat, wo man ja eigentlich angenommen hätte, daß seine Eltern getraut worden wären? Der Grund war der, daß der an der Kirche zu Knowlesbury amtierende Geistliche, der im Jahre 1803 seine Eltern theoretisch getraut haben *müßte,* um mit seiner Geburtsurkunde übereinzukommen, immer noch am Leben war, als er zu Neujahr 1827 von den Gütern Besitz ergriff. Dieser peinliche Umstand zwang ihn, seine Tätigkeit in unsere Nachbarschaft zu verlegen. Hier bestand diese spezielle Gefahr nicht mehr; denn der frühere Pastor an unserer Kirche war bereits seit einigen Jahren tot.
Und Alt-Welmingham paßte für seine Absichten genau so gut wie Knowlesbury. Sein Vater hatte seine Mutter damals aus Knowlesbury weggenommen, und längere Zeit mit ihr in einem Häuschen am Fluß, in geringer Entfernung von unserm Dorf gewohnt. Leute, die seine einsiedlerischen Lebensgewchnheiten gekannt hatten, als er noch Junggeselle war, wunderten sich mit nichten über seine einsiedlerischen Lebensgewohnheiten, nachdem er nun scheinbar geheiratet hatte. Wäre er nicht so abscheulich anzuschauen gewesen, hätte sein zurückgezogenes Leben mit der Lady ja vielleicht Verdacht erregen können; aber so wie die Dinge lagen, überraschte es Niemanden, daß er seine Häßlichkeit und Mißgestalt in der strengsten Abgeschiedenheit verbarg. So lebte er in unserer Nachbarschaft, bis er in den Besitz von B. P. gelangte. Wem hätte es – nachdem dreioder vierundzwanzig Jahre vergangen, und der Ortsgeistliche gestorben war – wohl einfallen sollen, zu bezweifeln, daß nicht auch

seine Heirat ebenso stillschweigend erfolgt sein könnte, wie sein ganzes übriges Leben verlaufen war; und daß sie nicht in der Kirche zu Alt-Welmingham stattgefunden hätte?
So, auf die Ihnen eben geschilderte Weise, geschah es, daß der Sohn unser Dorf als den sichersten Platz erkannte, den er wählen könne, um die Dinge in seinem Sinne heimlich in Ordnung zu bringen. Aber es wird Sie überraschen, zu vernehmen, daß das, was er mit dem Kirchenbuch tatsächlich anstellte, sich gewissermaßen unwillkürlich ergab – gleichsam erst aufgrund der Verhältnisse.
Seine ursprüngliche Absicht war nämlich die gewesen, einfach das Blatt mit dem richtigen Jahr und Monat herauszureißen; es heimlich zu vernichten; dann nach London zurückzukehren; und den Anwälten ganz kühl zu sagen, sich die erforderliche Heiratsurkunde seines Vaters doch von da und da kommen zu lassen – wobei er ihnen natürlich in aller Unschuld ein Datum der verschwundenen Buchseite angegeben hätte. Zumindest konnte dann kein Mensch behaupten, seine Eltern wären *nicht* verheiratet gewesen; und für den Fall, daß man es unter solchen Umständen mit dem Geldborgen nicht allzu genau mit ihm nähme – zu welcher Ansicht er Grund zu haben glaubte – hatte er, wenn je die Frage hinsichtlich seines rechtmäßigen Besitzes des Titels und der Güter sich erheben *sollte*, immer seine Antwort parat.
Aber als er sich nun das Kirchenbuch zum erstenmal heimlich anschaute, fand er unten auf einer der Seiten des Jahres 1803 einen Raum frei gelassen; anscheinend, weil für eine sehr umfangreiche Eintragung, die oben auf der nächsten Seite dann folgte, kein Platz mehr gewesen wäre. Der Anblick dieser Chance änderte seinen ganzen Plan. Das war eine Gelegenheit, auf die er nie gehofft, ja, an die er nicht einmal gedacht hatte – und er ergriff sie – wie, ist Ihnen bekannt. Um ganz genau mit seiner Geburtsurkunde übereinzustimmen, hätte die freie Stelle zwar im Monat Juli vorkommen müssen; statt dessen war es der September. Immerhin war auch in diesem Fall noch, wenn einmal eine argwöhnische Frage gestellt werden sollte, eine Antwort nicht schwer zu finden: er brauchte sich dann nur als ein Siebenmonatskind auszugeben.
Ich war, als er mir seine Geschichte erzählte, töricht genug, einiges Interesse, ja sogar einiges Mitleid für ihn zu empfinden – was wiederum genau das war, worauf er, wie Sie sehen werden, gerechnet

hatte. Mir schien, ihm sei hart mitgespielt worden. Es war schließlich nicht seine Schuld, daß seine Eltern nicht miteinander verheiratet gewesen waren; und in letzter Instanz war es sogar nicht einmal die Schuld weder seines Vaters noch seiner Mutter. Selbst eine gewissenhaftere Frau als ich – eine Frau, die ihr Herz nicht an eine goldene Uhr mit Kette gehängt hatte – würde wohl eine gewisse Entschuldigung für ihn haben gelten lassen. Wie dem auch immer sei; ich jedenfalls hielt meinen Mund; und half, was im Gange war, nach Kräften zu vertuschen.
Es dauerte einige Zeit, ehe er die richtige Tintenfarbe heraus hatte (das war vielleicht ein Gemixe in meinen Töpfchen und Fläschchen!); und anschließend wieder einige Zeit mehr, ehe er die Handschrift nachmachen konnte. Aber am Ende gelang es ihm doch, und er machte eine ehrliche Frau aus seiner Mutter, ob sie schon lange tot und im Grabe lag! Bis dahin bestreite ich auch gar nicht, daß er mir gegenüber völlig ehrenhaft verfuhr. Er schenkte mir meine Uhr samt Kette, und sparte nicht mit dem Gelde beim Kauf; beides war erstklassige Arbeit und sehr teuer; ich besitze sie noch – die Uhr geht ganz ausgezeichnet.
Sie erwähnten neulich, daß Frau Clements Ihnen Alles erzählt habe, was sie wisse – in diesem Fall habe ich nicht nötig, des breiten über den läppischen Skandal zu berichten, bei dem die eigentliche Leidtragende ich war: die unschuldig Leidtragende, wie ich hiermit betont haben möchte! Sie wissen ebensogut wie ich, welchen Einfall mein Mann sich in den Kopf setzte, nachdem er herausbekam, wie ich und meine feine Herrenbekanntschaft einander heimlich trafen, und Geheimnisse zusammen zu besprechen hatten. Aber was Sie nicht wissen, ist, wie das Ende zwischen diesem feinen Herrn und mir erfolgte. Das sollen Sie jetzt lesen, und erfahren, wie er sich mir gegenüber benommen hat.
Meine ersten Worte, die ich zu ihm sagte, als ich erkannte, welche Wendung die Dinge genommen hatten, waren: »Lassen Sie mir Gerechtigkeit widerfahren – reinigen Sie meinen Ruf von dem Makel darauf, von dem Sie wissen, daß ich ihn nicht verdient habe. Ich verlange gar nicht, daß Sie meinem Mann nun restlos Alles beichten – versichern Sie ihm lediglich, auf Ihr Ehrenwort, daß er sich irre, und daß mich auf die Art, die er sich einbildet, keinerlei Schuld treffe. Lassen Sie mir, nach Allem was ich für Sie getan habe, wenigstens *die* Gerechtigkeit widerfahren.« Das schlug er mir, und in

dürren Worten, glatt ab. Er erklärte mir ganz offen, wie es in seinem ureigensten Interesse läge, meinen Mann sowie sämtliche Nachbarn in ihrem irrtümlichen Glauben zu belassen; weil sie, solange sie das täten, nie und nimmer darauf verfallen würden, die Wahrheit zu argwöhnen. Nun hatte ich stets meinen eigenen Kopf gehabt, und erklärte ihm, dann sollten sie die Wahrheit aus meinem Munde vernehmen! Seine Antwort war knapp und sachlich: gewiß, wenn ich sprach, war er ein verlorener Mann; aber ebenso garantiert ich eine verlorene Frau.

Ja; soweit war es gekommen. Er hatte mich bezüglich der Gefahr, die ich lief, wenn ich ihn unterstützte, getäuscht. Er hatte meine Unwissenheit ausgenützt, mich mit seinen Geschenken in Versuchung geführt, mit seiner Geschichte mein Mitgefühl erregt – und das Ergebnis von alledem war, daß er mich zu seiner Komplizin gemacht hatte. Er gab das auch ganz kalt zu; und endete damit, mich zum ersten Mal darüber zu informieren, worin die schreckliche Strafe für Verbrechen dieser Art in Wahrheit bestände, und was Diejenigen erwarte, die dabei behülflich wären. In jenen Tagen waren die Gesetze noch nicht ganz so zartfühlend, wie sie dem Hörensagen nach heute sein sollen. Mörder waren mit nichten die einzigen Leute, für die der Galgen in Frage kam; und weibliche Sträflinge wurden auch nicht gerade wie unverschuldet ins Elend geratene Damen behandelt. Ich gestehe, daß er mich einschüchterte – der erbärmliche Betrüger! der feige Erpresser! Verstehen Sie jetzt, wie sehr ich ihn gehaßt habe? Verstehen Sie jetzt, warum ich all die Mühe auf mich nehme – dankbarlichst auf mich nehme – die Neugier des verdienstvollen jungen Herren zu befriedigen, der ihn zur Strecke brachte?

Gut; aber um weiter zu kommen. Um mich rücksichtslos zur Verzweiflung zu treiben, war er natürlich wiederum nicht Narrs genug. Ich war immerhin nicht die Art Frau, die man am sichersten einfach in ein Mauseloch scheucht – das wußte er auch genau, und beschwichtigte mich weislich mit Vorschlägen für die Zukunft.

Ich verdiente eine gewisse Belohnung (hatte er die Güte zu sagen) für die ihm geleisteten Dienste; sowie einen gewissen Ausgleich (hatte er die Freundlichkeit hinzuzufügen) für das, was ich erduldet hatte. Er sei deshalb auch durchaus bereit – der großzügige Schurke! – mir eine ansehnliche jährliche Rente auszusetzen, zahlbar in vierteljährlichen Raten, allerdings unter zwei Bedingungen. Erstens müßte ich absolut den Mund halten – und zwar nicht minder in meinem eigenen Interesse, als in dem seinigen. Und zweitens sollte ich mich nie von Welmingham entfernen dürfen, ohne ihn zuvor davon unterrichtet und seine Erlaubnis dazu erhalten zu haben. In meiner jetzigen Umgebung würde ich ja keine anständige Frau als Freundin mehr haben, die mich am Teetisch zu gefährlichem Geklatsche verleiten könnte. In meiner jetzigen Umgebung würde er mich jederzeit zu finden wissen. Eine harte Bedingung diese zweite – aber ich ging darauf ein.

Was hätte ich auch anders tun sollen? Ich war hülflos sitzen gelassen worden, mit der Aussicht auf eine baldige zusätzliche Behinderung in Gestalt eines Kindes. Was hätte ich wohl anders tun sollen? Meine Zuflucht zu der Gnade meines durchgebrannten Ehemannes nehmen, dieses Idioten, der imgrunde die Verleumdung gegen mich aufgebracht hatte? Lieber wär' ich auf der Stelle gestorben! Überdies *war* die betreffende Rente nicht schlecht. Ich hatte ein größeres Einkommen, ein besseres Dach über dem Kopf, bessere Teppiche auf meinen Fußböden, als 50 Prozent der Frauen, die bei meinem Anblick die Augen verdrehten, daß man nur noch das Weiße davon sah. Die Tracht der Tugend bestand in unserer Gegend sonst aus bedrucktem Kattun. Ich bin immer in Seide gegangen.

Also nahm ich die mir angebotenen Bedingungen an; und machte das Beste daraus; und trug die Schlacht mit meinen wohlangesehenen Nachbarn auf ihrem eigenen Grund und Boden aus – und gewann sie im Laufe der Zeit; wie Sie selbst gesehen haben.

Wie ich sein (und mein) Geheimnis all die seit jenem Zeitpunkt bis heute verflossenen Jahre hindurch bewahrt habe, und ob meine verstorbene Tochter Anne sich tatsächlich jemals in mein Vertrauen gestohlen und dergestalt gleichermaßen in den Besitz des Geheimnisses gelangt ist – sind Fragen, auf die Sie, wie ich wohl annehmen darf, ebenfalls begierig sind, eine Antwort zu finden? Schön; meine Dankbarkeit kann Ihnen nichts abschlagen. Ich will ein neues Blatt umwenden, und Ihnen unverzüglich die Antwort erteilen. Aber Sie müssen eines entschuldigen – müssen schon entschuldigen, Herr Hartright, daß ich damit beginne, mein Erstaunen ob des Interesses auszudrücken, das Sie anscheinend an meiner verstorbenen Tochter genommen haben! Es ist mir gänzlich unbegreiflich. Falls dieses Interesse Sie bestrebt machen sollte, auch Einzelheiten über ihre früheren Jahre zu erfahren, dann muß ich Sie schon auf Frau Clements verweisen, die darüber besser im Bilde ist, als ich. Wollen wir uns bitte gleich verständigen: ich heuchle nicht etwa, zu meiner verstorbenen Tochter je übermäßige Zuneigung empfunden zu haben. Sie war mir eine Last, von Anfang bis Ende; mit dem zusätzlichen Handicap, zeitlebens schwach von Verstand gewesen zu sein. Sie wissen ja Freimütigkeit zu schätzen, und ich hoffe, dies genügt Ihnen.

Es ist hier nicht nötig, Sie mit so manchen persönlichen Einzelheiten jener längst vergangenen Zeiten zu behelligen. Es mag genügen, zu sagen, daß ich meinerseits die Bedingungen unseres Handels eingehalten, und dafür als Gegenleistung mein gutes Auskommen, gezahlt in vierteljährlichen Raten, genossen habe.

Ab und zu bin ich auch verreist, und habe für kürzere Zeit meinen Aufenthaltsort gewechselt, nachdem ich jedesmal erst Urlaub bei meinem Herrn und Meister beantragt und ihn im allgemeinen auch genehmigt erhalten hatte. Er war schließlich, wie ich Ihnen bereits gesagt habe, nicht Narrs genug, mich allzuhart zu drücken, und konnte sich ja auch mit einigem Recht darauf verlassen, daß ich den Mund, wenn schon nicht um seinetwillen, so doch um meiner selbst willen, halten würde. Eine meiner längsten Abwesenheiten von zu Hause war die Reise, die ich nach Limmeridge unternahm, um dort eine Halbschwester von mir, die im Sterben lag, zu pflegen. Es hieß, daß sie sich etwas Geld gespart hätte; und ich hielt es für angebracht (im Fall meine Rente durch irgendein unvorherzusehendes Ereignis einmal aufhören sollte) in dieser Richtung vorsichtshalber mein Interesse zu wahren. Wie sich allerdings nachher herausstellte, war es doch alles verlorne Liebesmüh; und ich bekam nichts, weil eben nichts zu holen war.

Ich hatte Anne damals mit nach Norden genommen, weil mich gelegentlich doch Grillen und Launen im Sinne von ›mein Kind‹ anwandelten, und ich zu solchen Zeiten dann auf Frau Clements und ihren Einfluß auf Anne eifersüchtig wurde. Ich hab' Frau Clements nie leiden können. Sie war ein armes, hohlköpfiges, geistloses Weib – was man so die geborene Hausmagd nennt – und ich war dann und wann gar nicht abgeneigt, sie dadurch zu piesacken, daß ich ihr Anne wegnahm. Da ich, während ich die Kranke in Cumberland wartete, nicht wußte, was ich mit meinem kleinen Mädchen anfangen sollte, schickte ich sie einfach in die Limmeridger Schule. Die Gattin des dortigen Gutsherrn, Frau Fairlie, (ein erstaunlich reizloses Frauenzimmer, dem es irgendwie gelungen war, sich einen der hübschesten und nettesten Männer in ganz England zu angeln und ihn zum Heiraten zu bewegen), amüsierte mich ganz großartig dadurch, daß sie eine leidenschaftliche Vorliebe für meine Kleine faßte. Die Folgen waren natürlich, daß sie in der Schule nichts lernte, dafür aber in Limmeridge-Haus verhätschelt und verzogen wurde. Unter anderen Launen und Grillen, die sie ihr dort beibrachten, setzten sie ihr auch den Unsinn in den Kopf: sie müsse grundsätzlich immer in Weiß gehen. Da ich nun Weiß ausgesprochen hasse, und meinesteils mehr für Farben bin, beschloß ich, ihr diesen Unsinn prompt auszutreiben, wenn wir nur erst wieder einmal zu Hause sein würden.

Seltsamerweise leistete mir meine Tochter hierin den entschiedensten Widerstand. Wenn ein Einfall erst einmal festen Fuß in ihrem Gemüt gefaßt *hatte,* dann hielt sie, wie andere Schwachsinnige ja auch, eisern daran fest und war so störrisch wie ein Maultier. Wir verzankten uns darüber nach Strich und Faden; und Frau Clements, die, wie ich annehme, das gar nicht mit ansehen konnte, machte sich, als sie nach London zog, erbötig, Anne mitzunehmen. Ich hätte wahrscheinlich ›Ja‹, gesagt, wenn Frau Clements nicht, was dieses In-Weiß-Rumlaufen anbelangt, die Partei meiner Tochter ergriffen hätte. Da ich aber einmal entschlossen war, sie solle *nicht* in Weiß 'rumlaufen, und Frau Clements mich deshalb, weil sie Annes Partei gegen mich nahm, mehr denn je anwiderte, sagte ich eben ›Nein!‹; und nochmals ›Nein!‹ und blieb bei meinem ›Nein!‹. – Die Folge war, daß meine Tochter bei mir blieb; und die Folge hiervon wiederum war der erste ernsthafte Streit, der um das Geheimnis entbrannte.

Die Sache spielte sich lange nach der Zeit ab, von der ich eben hier berichtet habe. Ich hatte mich schon seit Jahren in der neuen Stadt niedergelassen, widerlegte zähe durch meine Lebensführung meinen schlechten Ruf, und gewann unter der angesehenen Bürgerschaft langsam immer mehr an Boden. Übrigens half es mir zur Erreichung dieses Zieles doch ganz beträchtlich, daß ich meine Tochter bei mir hatte. Ihre Harmlosigkeit, und ihre Vorliebe sich weiß anzuziehen, erregten überall eine gewisse Sympathie. Ich nahm deshalb auch allmählich Abstand davon, mich dieser ihrer Lieblingsgrille zu widersetzen; weil ja von dieser öffentlichen Sympathie im Laufe der Zeit unweigerlich etwas mir zugute kommen mußte. Und so geschah es auch. Ich führe es darauf zurück, daß, als in jenen Tagen einmal die zwei besten Plätze in der Kirche zu vermieten waren, man sie mir überließ; und die erste Verbeugung des Geistlichen wiederum führe ich darauf zurück, daß es mir gelang, jene beiden Plätze zu erobern.

Sei's drum; eines schönen Morgens jedenfalls, nachdem ich mich in beschriebener Weise etabliert hatte, erhielt ich einen Brief jenes betreffenden hochwohlgeborenen (nunmehr dahingeschiedenen) Herrn, als Antwort auf einen von mir, in dem ich ihn, unserer Abmachung entsprechend, von meinem Wunsche unterrichtet hatte, bezwecks ein bißchen Luftveränderung und Tapetenwechsel das Städtchen wieder einmal zu verlassen.

Seine schuftige Seite muß bei ihm wohl gerade die Oberhand gehabt haben, als er meinen Brief erhielt, nehme ich an; denn er schrieb mir eine Ablehnung zurück, und zwar in derart unverschämten, nichtwiederzugebenden Ausdrücken, daß ich bei der Lektüre alle Selbstbeherrschung verlor, und ihn in Anwesenheit meiner Tochter »einen niedrigen Betrüger« schalt, »den ich auf zeitlebens zugrunderichten könnte, wenn ich nur den Mund auftun und sein Geheimnis bekannt machen wollte!« Weiter sagte ich nichts über ihn; denn kaum daß mir diese Worte entkommen waren, brachte mich der Anblick des Gesichtes meiner Tochter, das so neugierig und eifrig zu mir aufschaute, sogleich wieder zur Besinnung. Ich hieß sie sofort das Zimmer zu verlassen, bis ich mich wieder beruhigt haben würde.

Meine Gefühle waren nichts weniger als angenehm, das kann ich Ihnen sagen, als ich soweit war, über meine Torheit in Ruhe nachzudenken. Anne war ausgerechnet dieses Jahr noch verdrehter und komischer gewesen als sonst; und wenn ich mir die Möglichkeit vorstellte, wie sie meine Worte im Städtchen wiederholen und in Verbindung damit *seinen* Namen erwähnen könnte; wie wißbegierige Leute sie dann mit Beschlag belegen und ausfragen – mir wurde ganz hübsch übel ob der möglichen Folgen. Aber weiter als das führten mich meine größte Besorgnis um mich selbst, meine größte Angst vor dem, was Er unternehmen könnte, zur Zeit noch nicht. Auf das, was sich am nächsten Tage schon abspielen sollte, war ich gänzlich unvorbereitet.

An jenem nächsten Tage trat Er, ohne vorherige Ankündigung, daß ich mich auf einen Besuch von ihm gefaßt halten sollte, zu mir ins Haus.
Gleich seine allerersten Worte, und der Tonfall in dem er sprach, so säuerlich er auch war, bewiesen mir deutlich genug, daß er seinen frechen Bescheid auf meinen Antrag bereits von selbst bereut hatte; und, obschon in mächtig schlechter Laune, dennoch erschienen war, um die Sache möglichst wieder einzurenken, ehe es zu spät wurde. Meine Tochter bei mir im Zimmer sehen und sie hinauskommandieren war eins; (ich hatte Angst gehabt, sie, nachdem was sich tags zuvor abgespielt hatte, aus den Augen zu lassen). Die Beiden hatten einander noch nie leiden können; und er ließ seine schlechte Laune, die *mir* zu zeigen er sich scheute, jetzt an *ihr* aus.
»Geh raus!« sagte er, und warf ihr einen Blick über die Achsel zu. Sie ihrerseits sah wiederum *ihn* über *ihre* Achsel an, und blieb, wie wenn sie nicht daran dächte, zu gehen. »Kannst Du nicht hören?!« brüllte er: »Verlaß das Zimmer!«. »Sprechen Sie ja höflich zu mir,« gibt sie zur Antwort, und wird rot im Gesicht. »Entfernen Sie die Idiotin!« sagte er, jetzt zu mir gewendet. Nun hegte sie immer die verrücktesten Ansichten über ihre eigene Würde, und dieses eine Wörtchen ›Idiotin‹ brachte sie im Handumdrehen in Fahrt. Ehe ich noch eingreifen konnte, ging sie auf ihn ein und zwar mit Leidenschaft: »Bitten Sie mich auf der Stelle um Verzeihung,« sagte sie, »oder die Sache wird übel für Sie ausgehen. Ich mache Ihr Geheimnis bekannt: ich kann Sie auf zeitlebens zugrunderichten, wenn ich nur den Mund auftun wollte!«. – Meine eigenen Ausdrücke! – wortwörtlich wiederholt, wie ich sie am Tage vorher ausgesprochen hatte! – in seiner Gegenwart wiederholt, als ob sie aus ihrem eigenen Kopf stammten. Er saß sprachlos da, weiß wie das Papier, auf dem ich dies schreibe; während ich sie nur rasch aus dem Zimmer schob. Als er sich etwas erholt hatte — —
Nein! Ich bin eine viel zu anständige Frau, um zu erwähnen, was er sagte, als er sich wieder erholt hatte. Meine Feder ist die Feder eines Mitgliedes der hiesigen Pfarrkongregation, und einer Subskribentin auf die ›Mittwochspredigten über die Rechtfertigung durch den Glauben‹ – wie können Sie von mir erwarten, ich würde sie jemals dazu benützen, um gottlose Ausdrücke damit zu Papier zu bringen? Stellen Sie sich selbst den niedrigsten Rowdy in ganz Eng-

land vor, wie er tobt und wütet und flucht; und lassen Sie uns, vereint, so schnell wie möglich übergehen zu der Art und Weise, wie die Sache geendet hat.
Sie endete damit, wie Sie sich nunmehr wahrscheinlich werden vorstellen können, daß er darauf bestand, sich seiner eigenen Straflosigkeit dadurch zu versichern, daß sie eingesperrt würde.
Ich versuchte, die Sache wieder einzurenken. Ich beteuerte ihm, daß sie lediglich nach Papageienart Worte wiederholt hätte, die sie mich habe sagen hören; und daß sie über Einzelheiten überhaupt nicht im Bilde sei, einfach deswegen, weil ich nicht eine erwähnt hätte. Ich setzte ihm umständlich auseinander, daß sie lediglich aus Trotz und Wut gegen ihn so getan hätte, wie wenn sie wüßte, was sie in Wahrheit *nicht* wußte – daß sie ihm nur hätte drohen und ihn aufbringen wollen, weil er vorhin so zu ihr gesprochen hätte – und daß meine unbedachten Worte ihr eben genau die Chance gegeben hätten, auf die sie ausgewesen wäre: böses Blut zu machen. Ich verwies ihn auf ihre anderweitigen komischen Angewohnheiten; auf seine eigene Erfahrung hinsichtlich der Launenhaftigkeit und Willkür Schwachsinniger allgemein – es war Alles umsonst – er glaubte mir und meinem Eide nicht – er war sich absolut sicher, ich hätte das ganze Geheimnis ausgeplaudert. Kurzum, er wollte von nichts weiter mehr hören, als Anne einzusperren.
Bei so bewandten Umständen tat ich meine Pflicht als Mutter. »Dann aber bitte kein Armenasyl,« sagte ich; »in ein Armenasyl lass' ich sie nicht stecken. Allenfalls ein Privatsanatorium, wohlgemerkt. Ich habe nicht nur Muttergefühle, sondern auch meinen Ruf in der Stadt hier aufrechtzuerhalten, und werde mich auf nichts anderes einlassen, als ein privates Sanatorium; eines von der Sorte, wie meine gutbürgerlichen Nachbarn es für die eigenen heimgesuchten Verwandten sich ebenfalls aussuchen würden.« So habe ich mich wörtlich ausgedrückt; und der Gedanke, daß ich meine Pflicht getan habe, gewährt mir hohe Befriedigung. Ob ich schon meine verstorbene Tochter niemals übermäßig geliebt habe, war es doch mein Stolz, sie immer proper zu halten: *meinem* Kind haftet – Dank sei es meiner Festigkeit und Entschlossenheit! – kein Makel nach ›Armenhaus‹ an.
Nachdem ich meine Vorbehalte durchgesetzt hatte (was mir, in Anbetracht der mancherlei Vorzüge, die eine private Anstalt darbot, um so leichter gelang) konnte ich nicht umhin, zuzugeben, daß es

doch auch seine Vorteile hätte, wenn wir sie hinter Schloß und Riegel brächten. Einmal wurde ihr erstklassige fachmännische Pflege zuteil – sie wurde (wie ich im Städtchen zu verbreiten Sorge trug) grundsätzlich als Dame dort behandelt. Und zweitens wurde sie dadurch von Welmingham entfernt gehalten, wo sie, wenn sie meine unbedachten Worte irgendwo wiederholte, die Leute leicht neugierig und argwöhnisch machen konnte.

Der einzige Nachteil dabei, daß wir sie unter Aufsicht stellten, war ein relativ leichter: wir machten dadurch ihre leere Prahlerei, die Mitwisserin des Geheimnisses zu sein, zu einer fixen Idee bei ihr. Obschon sie zunächst nur aus reiner Gehässigkeit gegen den Mann, der sie kränkte, gesprochen hatte, war sie doch immer schlau genug, zu erkennen, daß sie ihm ernstlichen Schrecken eingejagt hatte, und späterhin scharfsinnig genug, herauszubekommen, daß sie auf *sein* Betreiben hin eingesperrt worden war. Die Folge war, daß sie schon auf dem Transport zum Sanatorium leidenschaftlich, ja in einem wahren Wutanfall gegen ihn aufflammte; und nachdem die Wärterinnen sie einigermaßen wieder beruhigt hatten, bestanden ihre ersten Worte, die sie zu ihnen sagte, darin: daß man sie nur in Arrest gebracht hätte, weil sie sein Geheimnis wüßte, und daß sie, sobald der rechte Zeitpunkt käme, schon den Mund auftun und ihn zugrunderichten würde.

Es ist durchaus möglich, daß sie sich Ihnen gegenüber im gleichen Sinne ausgelassen hat, als Sie sie unbesonnenerweise bei ihrer Flucht unterstützten. Zumindest hat sie sich (wie ich vergangenen Sommer gehört habe) so zu der unglücklichen Frau geäußert, die unsern bewußten liebenswürdigen, jüngst dahingeschiedenen Herrn ohne Namen ehelichte. Wenn entweder Sie oder aber jene bedauernswerte Dame meine Tochter des Näheren befragt, und darauf bestanden hätten, sie solle deutlich und klar angeben, was sie meine; dann würden Sie gemerkt haben, wie all ihre eingebildete Wichtigkeit sie plötzlich verlassen hätte, und sie stumpfsinnig und rastlos und verworren geworden wäre – Sie würden dann selbst entdeckt haben, wie ich hier nichts als die reine Wahrheit schreibe. Sie hat gewußt, daß ein Geheimnis da war – hat gewußt, mit Wem es zusammenhing – hat gewußt, Wer, wenn es bekannt würde, der Leidtragende sein würde – und darüber hinaus hat sie, was für einen Anschein von Gewichtigkeit sie sich auch gegeben, welch verrückten Aufschneidereien sie sich auch Fremden gegenüber immer überlassen haben mag, bis zu ihrem letzten Stündlein *nichts* gewußt.

Habe ich Ihre Neugier nunmehr befriedigt? Mühe genug, sie zu befriedigen, habe ich mir auf jeden Fall gegeben. Ich wüßte wahrlich nichts mehr, was ich Ihnen über mich selbst oder über meine Tochter noch zu berichten hätte. Meine größte Verantwortlichkeit, was Anne anbelangt, war mit ihrer Unterbringung in einem Sanatorium zu Ende. Einmal ist mir noch, bezüglich der näheren Umstände, unter denen sie unter Aufsicht gestellt wurde, die Vorlage für einen Brief gegeben worden, die ich abschreiben mußte, als Antwort auf den eines gewissen Fräulein Halcombe, die irgendwie neugierig auf die Sache war, und der eine ganze Masse Lügen über mich zu Ohren gekommen sein müssen, aus einem Munde, der in dergleichen große Übung hatte. Auch danach noch habe ich getan was ich konnte, um meine entlaufene Tochter wieder aufzufinden und sie daran zu hindern, Unheil anzurichten, indem ich in eigener Person Nachforschungen in der Gegend anstellte, von der es fälschlicherweise hieß, daß man sie dort zuletzt gesehen hätte. Aber diese und andere Kleinigkeiten ähnlicher Art werden nach dem, was Sie bereits erfahren haben, von nur geringem oder gar keinem Interesse für Sie sein.

Soweit habe ich Ihnen in dem denkbar freundlichsten Geiste geschrieben. Aber ich kann meinen Brief nicht schließen, ohne an dieser Stelle noch ein Wort ernstlicher Mahnung, ja des Tadels, an Ihre Adresse gerichtet, hinzuzufügen.

Im Verlauf Ihrer persönlichen Aussprache mit mir hatten Sie die Kühnheit, auf die Abstammung meiner verstorbenen Tochter von väterlicher Seite anzuspielen, wie wenn diese Abstammung irgend Zweifeln unterworfen wäre: das war äußerst ungebührlich Ihrerseits, und sehr wenig wohlerzogen! Falls wir einander jemals wiedersehen sollten, prägen Sie sich bitte ein, daß ich Niemandem gestatte, sich Freiheiten mit meinem guten Ruf herauszunehmen, und daß die moralische Atmosphäre Welminghams (um mich einer Lieblingswendung meines Freundes, des Herrn Pfarrers, zu bedienen) mit nichten durch lockere Gespräche etwelcher Art verseucht werden darf. Wenn Sie sich auch nur den geringsten Zweifel daran erlauben, daß mein damaliger Gatte Annes richtiger Vater ist, dann beleidigen Sie mich persönlich, und zwar in gröblichster Weise. Falls Sie hinsichtlich dieses speziellen Gegenstandes eine ruchlose Neugierde

empfinden, beziehungsweise auch künftig noch zu empfinden fortfahren sollten, dann empfehle ich Ihnen, in Ihrem ureigensten Interesse, sie sofort und für immer zu unterdrücken. Auf dieser Seite des Grabes jedenfalls, Herr Hartright – was auf der anderen geschehen kann, davon sehen wir jetzt einmal ab – wird *diese* Neugier nimmermehr befriedigt werden.
Vielleicht werden Sie, nach dem, was ich eben gesagt habe, die Notwendigkeit fühlen, mir eine Entschuldigung zu schreiben? Tun Sie das; ich werde sie willig entgegennehmen. Danach will ich dann, falls Sie auf eine zweite Aussprache mit mir abzielende Wünsche hegen sollten, noch einen Schritt weiter gehen, und Sie empfangen. Meine Verhältnisse gestatten mir lediglich, Sie zum Tee einzuladen – nicht etwa, daß sie sich durch das Vorgefallene derart zum Schlechteren verändert hätten. Ich habe stets, wie ich Ihnen wohl schon mitteilte, nie über meine Verhältnisse gelebt; und mir im Lauf der letzten 20 Jahre genug gespart, um für den Rest meines Daseins ruhig und bequem leben zu können. Es ist auch nicht meine Absicht, von Welmingham fortzuziehen. Es gibt da noch ein oder zwei Kleinigkeiten hier im Städtchen, die ich noch erreichen muß. Der Geistliche zwar verbeugt sich schon vor mir – wie Sie ja gesehen haben; aber er ist auch verheiratet, und seine Gattin nicht entfernt so höflich. Ich habe vor, meine Aufnahme in den hiesigen ›Dorcas-Verein wohltätiger Damen‹ zu beantragen, und zu erreichen, daß als nächstes dann auch die Gattin des Herrn Pastors mich grüßt.
Sollten Sie mich mit Ihrer Gesellschaft beehren wollen, möchte ich betonen, daß unsere Unterhaltung sich nur auf allgemeinste Gegenstände erstrecken darf. Jeglicher Versuch einer Anspielung auf diesen Brief hier wird gänzlich nutzlos sein – ich bin entschlossen, mich auf keinen Fall zu der Urheberschaft zu bekennen. Zwar ist das Beweismaterial durch die Flammen zerstört, ich weiß; aber nichtsdestoweniger halte ich es für wünschenswert, was Vorsicht anbelangt, lieber ein bißchen des Guten zuviel zu tun.
Aus diesem Grunde ist hier auch weiter kein Name genannt, noch eine Unterschrift unter diese Zeilen gesetzt worden; die Handschrift ist total verstellt, und ich gedenke, den Brief eigenhändig abzugeben, unter Beachtung von Maßnahmen, die alle Befürchtung, man könnte ihn als aus meinem Hause stammend erkennen, illusorisch machen. Sich über diese meine Vorsichtsmaßregeln zu beklagen, liegt für Sie kein Grund vor, in Anbetracht, daß Sie die hier mitgeteilten

Informationen in keiner Weise beeinträchtigen, und bei Berücksichtigung des besonderen Wohlwollens, das Sie sich von meiner Seite verdient haben. Meine Teestunde ist übrigens um halb Sechs, und mit Toast und Butter warte ich auf Niemanden.

Bericht
fortgesetzt von Walter Hartright

I

Mein erster Gedanke nach der Lektüre von Frau Cathericks erstaunlichem Bericht war der, ihn zu vernichten. Die verhärtete schamlose Verderbtheit des ganzen Machwerkes, von Anfang bis zu Ende – die perverse, grausame Geisteshaltung, die mich beharrlich mit einem Unglück in Verbindung brachte, für das ich doch in keiner Beziehung verantwortlich war; mit einem Todesfall, den abzuwenden ich doch wahrlich mein Leben aufs Spiel gesetzt hatte – all das widerte mich derart an, daß ich schon im Begriff stand, den Brief zu zerreißen; als mir ein Gedanke kam, der mich warnte, doch noch ein bißchen zu warten, ehe ich ihn vernichtete.
Der betreffende Gedanke stand in keinerlei Verbindung mehr mit Sir Percival. Das was mir hier mitgeteilt worden war, diente, soweit es ihn betraf, zu wenig mehr, als die Schlußfolgerungen, zu denen ich bereits anderweitig gelangt war, zu bestätigen.
Er hatte sein Verbrechen also so begangen, wie ich schon angenommen hatte, daß er es begangen habe; und das Fehlen jeglicher Anspielung von Seiten Frau Cathericks auf jene Zweitschrift des Kirchenbuches in Knowlesbury, bestärkte mich in meiner vorherigen Überzeugung, daß die Existenz dieses Buches, und das damit verbundene Risiko der Entdeckung, Sir Percival notwendigerweise unbekannt gewesen sein müsse. Mein Interesse an der reinen Frage der Fälschung war praktisch zu Ende; und mein einziges Ziel bei Aufbewahrung des Briefes das: mir vielleicht zukünftig, bei Aufklärung des letzten noch übrigen und mich frappierenden Geheimnisses, Dienste zu leisten – nämlich Anne Cathericks Abstammung von Vaterseite. Es waren immerhin ein oder zwei Sätze im Bericht ihrer Mutter hier gefallen, auf die wieder zurückzukommen von Nutzen sein konnte, sobald Dinge von dringenderer Wichtigkeit mir Muße geben würden, nach dem noch fehlenden Beweismaterial zu recherchieren. Ich verzweifelte gar nicht daran, das betreffende Material noch aufzutreiben, und hatte überdem auch nichts weniger als meinen Drang es zu entdecken, eingebüßt, weil ich eben nichts von

meinem Interesse eingebüßt hatte, doch noch den Vater des armen Wesens zu ermitteln, das jetzt im Grab neben Frau Fairlie zur Ruhe gebettet lag.

Dementsprechend versiegelte ich den Brief wieder, und legte ihn sorgfältig in mein Notizbuch, um mich, sobald die Zeit dazu gekommen sein würde, erneut mit ihm zu beschäftigen.

Der folgende Tag sollte mein letzter in Hampshire sein. Sobald ich noch einmal bei dem Friedensrichter in Knowlesbury vorgesprochen, noch einmal an der angesetzten Leichenschau teilgenommen haben würde, müßte ich ja eigentlich mit dem Nachmittags- oder spätestens mit dem Abendzuge wieder nach London zurückkehren können.

Mein erster Gang am nächsten Morgen war, wie üblich, der zum Postamt. Der Brief von Marian war da; aber, als er mir ausgehändigt wurde, hatte ich den Eindruck, daß er sich ungewöhnlich leicht anfühle? Ich riß den Umschlag ängstlich auf – er enthielt nichts, als einen schmalen, einmal zusammengefalteten Streifen Papier; und die hastig daraufhingeworfenen, verwischten Zeilen nur die folgenden Worte:

»Kommen Sie zurück, so schnell Sie können. Ich habe mich genötigt gesehen, umzuziehen. Kommen Sie nach Fulham, Gowers Walk, Nummer 5. Ich werde Ausschau nach Ihnen halten. Machen Sie sich keine Sorgen um uns; wir sind Beide sicher und wohlauf. Aber kommen Sie. –

Marian.«

Die Nachrichten, die diese Zeilen enthielten – Nachrichten, die ich sofort mit dem Versuch irgendeiner Tücke von Seiten Conte Foscos in Verbindung brachte – überwältigten mich buchstäblich. Ich stand atemlos, das zerknüllte Papier in der Hand – was mochte geschehen sein? Welche tiefangelegte Bosheit hatte der Conte geplant, und während meiner Abwesenheit in die Tat umgesetzt? Seitdem Marians Zettel hier geschrieben war, war schon wieder eine volle Nacht verstrichen – Stunden noch mußten vergehen, ehe ich zu ihnen zurückgelangen konnte – irgendein neues Unheil mochte bereits geschehen sein, von dem ich keine Ahnung hatte – und ich, Meilen über Meilen von ihnen entfernt, hatte hier zu bleiben – mußte mich, nicht ein Mal, nein zwei Mal, zur Verfügung des Gesetzes halten!

Ich weiß kaum, zu was für Pflichtvergessenheit Angst und Aufregung mich hätten verleiten können, wäre nicht als einziger beruhigender Einfluß mein Glaube an Marian dazwischengetreten. Daß ich mich so absolut auf sie verlassen konnte, war die eine einzige Überlegung hier auf Erden, die mir half, an mich zu halten und mir den Mut gab auszuharren. Das erste Hindernis auf dem Wege zur Wiedergewinnung meiner Handlungsfreiheit war die Leichenschau. Ich nahm, da die juristischen Formalitäten meine Anwesenheit im Saale erforderten, zur festgesetzten Stunde daran teil; wurde aber, wie sich herausstellte, nicht mehr aufgerufen, um meine Aussage irgend zu wiederholen. Diese nutzlose Verzögerung war eine harte Geduldsprobe für mich; obgleich ich mein bestes tat, meine Unruhe dadurch im Zaum zu halten, daß ich den Gang der Verhandlungen so aufmerksam verfolgte, wie ich nur konnte.

Unter den jetzt Anwesenden befand sich auch der Londoner Anwalt des Dahingeschiedenen, ein Herr Merriman; er erwies sich jedoch als gänzlich unfähig, irgend etwas zu den Zwecken der Untersuchung beizutragen. Das einzige, was er auszusagen wußte, war: er sei unsagbar schockiert und erstaunt, und vermöchte keinerlei Licht über die mysteriösen Begleitumstände des Falles zu verbreiten. Im weiteren Verlauf der Untersuchung schlug er von Zeit zu Zeit Fragen vor, die der Kronrichter dann stellte, die aber auch zu keinem Ergebnis führten. Nach einem sich langhinziehenden Verhör, das nahezu drei Stunden dauerte und in dem nun wirklich jede nur denkbare Informationsquelle restlos ausgeschöpft wurde, gaben die Geschworenen dann endlich ihren, bei Fällen von plötzlichem Tod durch Verunglücken üblichen, Urteilsspruch ab; fügten dieser ihrer formelhaften Entscheidung allerdings noch einen Zusatz des Sinnes bei: daß es nicht möglich gewesen wäre, etwas bezüglich der Wegnahme der Schlüssel zu ermitteln, noch wie der Brand entstanden sein, oder zu welchem Zweck der Verstorbene die Sakristei betreten haben könnte. Mit diesem Akt war die Verhandlung abgeschlossen; man überließ es dem gesetzlichen Vertreter des Toten, die erforderlichen Maßnahmen für eine Bestattung zu treffen; und die Zeugen erhielten endlich Erlaubnis, abzutreten.

Ich war entschlossen, keine Minute mehr zu verschenken, und mich sogleich nach Knowlesbury zu verfügen, bezahlte meine Hotelrechnung, und mietete mir eine einspännige Eildroschke, die mich ins

Städtchen hinüber bringen sollte. Ein Herr, der mich den diesbezüglichen Auftrag geben hörte, und sah, daß ich allein führe, sprach mich an, teilte mir mit, daß er in der Nähe von Knowlesbury wohne, und fragte, ob ich etwas dagegen hätte, wenn er die Droschke mit mir teilte, um solchermaßen früher nach Hause zu gelangen? Ich ging selbstverständlich auf seinen Vorschlag ein.

Unsere Unterhaltung während der Fahrt drehte sich natürlicherweise um das eine große Thema, das zur Zeit die ganze hiesige Aufmerksamkeit in Anspruch nahm.

Mein Reisegefährte war des näheren mit dem Rechtsbeistand des verstorbenen Sir Percival bekannt; und er und dieser Herr Merriman hatten sich über den Stand der Angelegenheiten des dahingeschiedenen Herrn unterhalten, sowie über die Erbfolge, was die Güter anbelangte. Sir Percivals Geldverlegenheiten waren in der ganzen Gegend derart offenkundig gewesen, daß der Anwalt lediglich aus der Not eine Tugend machen, und sie schlicht eingestehen konnte. Er war gestorben, ohne ein Testament zu hinterlassen; und selbst, wenn er eines hinterlassen hätte, hätte er keinerlei persönliches Eigentum mehr gehabt, um es Jemandem zu vermachen; war doch sogar das gesamte, von seiner Frau erheiratete Vermögen längst von seinen Gläubigern verschlungen worden. Da Sir Percival keine Nachkommen hinterlassen hatte, war der Erbe der Besitzungen ein Sohn von Sir Felix Glydes erstem Cousin, ein Seeoffizier und Kommandant eines Ostindienfahrers. Er würde seine ihm so unerwartet zugefallene Erbschaft zwar aufs traurigste belastet vorfinden; aber mit der Zeit könnte sich das Besitztum ohne weiteres wieder erholen; und wenn ›Der Kapitän‹ sich ein bißchen aufpaßte, könnte er noch vor seinem Tode wieder ein reicher Mann sein.

So sehr mich auch die eine einzige Idee beherrschte, wieder nach London zu gelangen, hatten diese Mitteilungen (die sich übrigens späterhin als völlig korrekt herausstellten) doch ein gewisses eigenes Interesse, groß genug, um meine Aufmerksamkeit zu fesseln. Ich meinte, sie seien angetan, es zu rechtfertigen, daß ich meine Entdeckung von Sir Percivals Betrügereien geheim hielte. Der Erbe, dessen Rechte er sich angemaßt hatte, war eben der Erbe, dem die Güter nunmehr doch zufielen. Die Einkünfte der seitdem verstrichenen 23 Jahre, die eigentlich jenem neuen Erben zugestanden hätten, und die der Tote bis auf den letzten Heller durchgebracht hatte, waren rettungslos dahin. Falls ich jetzt spräche, würden meine Enthüllungen Niemandem mehr einen Vorteil bringen. Wenn ich das Geheimnis für mich behielt, dann deckte mein Schweigen immerhin noch den Charakter des Mannes, der Laura betrügerisch dazu vermocht hatte, ihn zu heiraten. Um ihretwillen wünschte ich es zu verheimlichen — um ihretwillen erzähle ich auch diese ganze Geschichte mit veränderten Namen.

In Knowlesbury trennte ich mich von meinem Begleiter, den mir der Zufall zugeführt hatte, und begab mich unverzüglich zum Rathaus. Wie ich schon vorausgesehen hatte, war kein Mensch zur Stelle, um endgültig die Anklage gegen mich zu erheben — die notwendigen Formalitäten wurden erledigt, und dann war ich entlassen. Als ich die Gerichtsstube verließ, wurde mir noch ein Brief von Herrn Dawson ausgehändigt. Er teilte mir darin mit, wie er zur Zeit beruflich abwesend sei; und wiederholte dann sein mir bereits gemachtes Angebot, mir jedwede Unterstützung zuteil werden zu lassen, deren ich von seiner Seite benötigt sein könnte. Ich schrieb ihm kurz zurück; erkannte mit Wärme die Verpflichtungen, die seine Güte mir auferlegt hätte, und entschuldigte mich abschließend, wie ich nicht imstande sei, ihm meinen Dank persönlich auszudrücken, da dringende Angelegenheiten mich nötigten, unverzüglich zur Stadt zurückzukehren.

Eine halbe Stunde später saß ich im Schnellzug, und eilte wieder heim nach London.

II

Es wurde zwischen 9 und 10 Uhr abends, ehe ich Fulham erreicht und den Weg nach Gower's Walk gefunden hatte.

Beide, Laura und Marian, kamen an die Tür, um mich einzulassen. Ich glaube, wir hatten bisher doch noch gar nicht gewußt, wie eng die Bande waren, die uns Drei aneinander fesselten, bis zu diesem Abend heute, der uns wiedervereinte. Wir begrüßten uns, als seien wir monatelang voneinander getrennt gewesen, anstatt lediglich einige-wenige Tage. Marians Gesicht drückte deutlich Sorge und Aufregung aus. Im Augenblick, wo mein Auge auf sie fiel, erkannte ich, wer es war, der in meiner Abwesenheit um alle Gefahr gewußt und alle Mühsal getragen hatte. Lauras frischeres Aussehen und fröhlichere Laune taten mir dar, wie sorgsam jede Nachricht des grausigen Todesfalls in Welmingham ihr erspart, und jede Kenntnis des wahren Grundes für unsern Wohnungswechsel von ihr ferngehalten worden war.

Der Trubel des Umzuges schien sie sogar aufgemuntert und interessiert zu haben. Sie sprach davon lediglich, als von einem glücklichen Gedanken Marians, mich bei meiner Rückkehr mit der Veränderung einer engen, geräuschvollen Straße gegen die angenehmere Umgebung von Bäumen und Feldern und Fluß zu überraschen. Sie war randvoller Zukunftspläncher – bezüglich der Zeichnungen, die sie vollenden – der Käufer, die ich auf dem Lande jetzt ausfindig gemacht hätte, die sie erwerben wollten – von den Schillingen und Sixpences, die sie gespart hätte, und von denen ihr kleines Portemonnaie so schwer sei, daß sie mich stolz aufforderte, es in meiner Hand zu wiegen. Dieser Wandel zum Besseren, der in den paar Tagen meiner Abwesenheit fraglos bei ihr eingetreten war, ergab eine Überraschung für mich, auf die ich nicht im geringsten vorbereitet gewesen war – und auch für all dies unaussprechliche Glück, das sehen zu dürfen, war ich wiederum Marians Mut und Marians Liebe zu Dank verpflichtet.

Als Laura uns dann allein gelassen hatte, und wir rückhaltlos miteinander sprechen konnten, versuchte ich, der Dankbarkeit und Bewunderung, mit denen mein Herz erfüllt war, einigen Ausdruck zu verleihen. Aber das großherzige Geschöpf ließ mich gar nicht zu Worte kommen; jene erhabene weibliche Selbstlosigkeit, die so viel schenkt und so wenig fordert, lenkte vielmehr alle ihre Gedanken von sich selbst ab und auf mich.

»Ich hatte nur noch einen Moment, ehe die Post abging,« sagte sie, »sonst würde ich nicht derart hastig und abgerissen geschrieben haben. Sie wirken ermüdet und abgehetzt, Walter – ich fürchte, mein Brief muß Sie ernstlich beunruhigt haben?«

»Nur im ersten Augenblick,« entgegnete ich. »Mein Gemüt beruhigte sich bald wieder, bei dem Vertrauen, das ich in Sie setzen konnte, Marian. Aber hatte ich recht, wenn ich diesen überstürzten Ortswechsel mit irgendeiner drohenden Belästigung seitens Conte Fosco in Verbindung brachte?«

»Voll und ganz recht,« sagte sie. »Ich habe ihn gestern gesehen; ja,

was noch weit schlimmer ist, Walter – ich habe mit ihm gesprochen.«
»Mit ihm gesprochen?! Hat er denn gewußt, wo wir wohnten? Ist er ins Haus gekommen?«
»Ja. Ins Haus – aber nicht die Treppe hoch. Laura hat nichts von ihm gesehen – Laura argwöhnt nichts. Ich will Ihnen berichten, wie alles vor sich ging, glaube und hoffe aber, daß die Gefahr nunmehr vorüber ist. Ich war gestern in unserer ehemaligen Wohnung, im Wohnzimmer. Laura saß am Tisch und zeichnete, und ich ging hin und her, und räumte ein bißchen auf. Ich kam am Fenster vorbei, und einmal, als ich so vorbeikam, schaute ich auch auf die Straße hinunter –: da, auf der gegenüberliegenden Seite, sah ich den Conte und einen Mann, der auf ihn einsprach –!«
»Hat er Sie am Fenster gesehen?«
»Nein – zumindest war ich dieser Ansicht. Ich war viel zu aufgeregt, um mir ganz sicher zu sein.«
»Wer war dieser andere Mann? Ein Fremder?«
»Nein, kein Fremder, Walter. Sobald ich nur wieder einigermaßen Luft holen konnte, erkannte ich ihn: es war der Leiter der Irrenanstalt.«
»Zeigte der Conte ihm unser Haus?«
»Nein; die Beiden unterhielten sich, wie wenn sie sich ganz zufällig hier auf der Straße getroffen hätten. Ich blieb am Fenster, hinter'm Vorhang stehen, und behielt sie im Auge – wenn ich mich in dem Moment umgedreht, und Laura mein Gesicht gesehen hätte! – gottseidank war sie ganz vertieft in ihre Zeichnung. Es währte nicht lange, und die Beiden gingen auseinander; der Mann vom Sanatorium in die eine, der Conte in die entgegengesetzte Richtung. Ich fing direkt schon an, zu hoffen, sie könnten sich tatsächlich zufällig auf der Straße hier getroffen haben; als ich aber auch schon den Conte zurückkommen, uns gegenüber stehenbleiben, Visitenkartenetui und Bleistift herausnehmen, etwas aufschreiben, und dann quer über den Fahrdamm auf den Laden unter uns zukommen sah. Ehe Laura mir noch etwas hatte ansehen können, war ich auch schon an ihr vorbeigerannt, unter dem Vorwand, ich hätte oben noch etwas vergessen. Sobald ich aus der Stube hinaus war, begab ich mich hinunter, einen Treppenabsatz tiefer, und wartete – ich war, falls er versuchen sollte, heraufzukommen, entschlossen ihn aufzuhalten. Aber er unternahm dergleichen Versuch gar nicht. Das La-

denmädchen kam vielmehr aus der hinteren Tür, mit seiner Visitenkarte in der Hand – eine mächtige goldgeränderte Karte, mit seinem Namen und einer Grafenkrone darüber, und unten, in Bleistiftschrift, die folgenden Zeilen:

›Teure Dame! –‹

(Ja, der Schurke erdreistete sich noch immer mich so anzureden!) – also:

›Teure Dame!
auf ein Wort, ich beschwöre Sie, über einen Gegenstand, der uns Beide aufs ernstlichste angeht.‹

Wenn man in schwieriger Lage überhaupt noch zu denken imstande ist, dann denkt man ja wohl sehr rasch. Ich hatte sofort das Gefühl, daß es womöglich ein entscheidender Fehler sein könnte, in einem Fall, wo der Conte mit im Spiel war, mich und Sie absichtlich im Dunkeln zu lassen. Ich fühlte, daß die Zweifel hinsichtlich dessen, was er in Ihrer Abwesenheit unternehmen könnte, mir, wenn ich jetzt ablehnte, ihn zu sprechen, zehnmal so peinlich werden würden, wie wenn ich darauf einginge. ›Richten Sie dem Herrn aus, er möchte im Laden auf mich warten,‹ sagte ich; ›ich würde in einer Minute bei ihm sein.‹ Ich rannte rasch wieder hinauf, um mir meinen Hut zu holen; denn ich war entschlossen, auf keinen Fall im Hause mit ihm zu verhandeln; war mir doch seine tiefe, tragende Stimme nur zu wohlbekannt, und ich in Angst, Laura möchte sie, selbst aus dem Laden herauf, vernehmen können. Binnen weniger als einer Minute war ich wieder unten im Hausflur, und hatte die Tür zur Straße hin aufgestoßen. Er seinerseits trat aus dem Laden, und kam außen zu mir herum. Da war er, tief in Trauertracht, mit seinen geschmeidigen Verbeugungen und seinem tödlichen Lächeln; und in seiner Nähe ein paar müßige kleine Jungen und Weiber, die seine mächtige Figur angafften, seinen feinen schwarzen Anzug, und seinen dicken Stock mit dem goldenen Knauf daran. Im Moment, wo mein Blick auf ihn fiel, kam mir auch schon die ganze schreckliche Zeit in Blackwater wieder ins Gedächtnis. Der ganze alte Abscheu durchrann und überkribbelte mich, als er mit graziösem Schwung den Hut abnahm und mich anredete, wie wenn wir vor höchstens einem Tage auf die allerfreundlichste Weise Abschied voneinander genommen hätten.«

»Können Sie sich erinnern, was er gesagt hat?«

»Ich kann es nicht wiederholen, Walter. Sie sollen sofort vernehmen, was er in Bezug auf *Sie* gesagt hat — aber was er zu *mir* gesagt hat, mag ich nicht wiederholen; es war noch schlimmer, als die höfliche Unverschämtheit seines Briefchens. Mir hat es förmlich in den Händen gejuckt, ihn zu schlagen, als sei ich ein Mann! Ich vermochte sie nur dadurch ruhig zu halten, daß ich, unter meiner Enveloppe verborgen, seine Karte in lauter kleine Stücke riß. Ohne meinerseits ein Wort zu äußern, ging ich von unserm Hause weiter weg, (aus Furcht, daß Laura uns sehen könnte), und er, obwohl unter ständigem milden Protestieren, folgte mir. In der ersten Nebenstraße angelangt, drehte ich mich um, und fragte ihn, was er von mir wolle. Er wollte zweierlei. Erstens mir, wenn ich nichts dagegen hätte, seine Gefühle darlegen? Das lehnte ich ab. Zweitens, die in seinem Brief enthaltene Warnung wiederholen. Ich fragte, welchen Anlaß es gäbe, sie jetzt zu wiederholen? Er verneigte sich und lächelte und sagte, er wolle es gern erklären. Seine Erklärung bestärkte mich genau in den Befürchtungen, die ich schon unmittelbar vor Ihrer Abreise ausgedrückt habe. Ich sagte Ihnen damals voraus, einmal daß Sir Percival viel zu eigensinnig sei, um mit Bezug auf Sie auf den Rat seines Freundes zu hören; und weiterhin, daß seitens des Conte erst dann eine Gefahr zu befürchten sei, wenn dessen Interessen direkt bedroht, und er in eigener Sache handelnd auf den Plan treten würde, erinnern Sie sich?«

»Ja, das weiß ich noch, Marian.«

»Gut; und so ist es nun auch tatsächlich gekommen. — Der Conte hatte seinen Rat angeboten, war jedoch damit abgewiesen worden: Sir Percival wollte, was *Sie* anging, lediglich seine eigene Gewalttätigkeit, seine eigene Hartnäckigkeit, und vor allem seinen eigenen Haß zu Rate ziehen. Also ließ der Conte ihn gewähren; nachdem er sich jedoch, für den Fall, daß als nächstes er und seine Interessen bedroht werden sollten, erst noch privat vergewissert hatte, wo wir wohnten. Man ist Ihnen nämlich doch gefolgt, Walter, als Sie von Ihrer ersten Reise nach Hampshire zurückkehrten; und zwar zunächst von der Bahn her waren's die Männer des Anwalts, und dann hat, bis zu unserer Haustür, der Conte in Person die Verfolgung übernommen. Wie er es angestellt hat, einer Entdeckung durch Sie zu entgehen, hat er mir nicht verraten; aber bei der Gelegenheit und auf die beschriebene Weise will er uns eben ausfindig gemacht haben. Einmal im Besitz der Entdeckung, hat er zunächst weiter keinen Gebrauch davon gemacht, bis die Nachricht von Sir Percivals Tod ihn erreichte; dann allerdings, wie ich Ihnen schon prophezeite, griff er eigenhändig ein, weil er glaubte, Sie würden als nächstes nun gegen des toten Mannes Partner bei dem Verbrechen vorgehen. Er traf sogleich Anstalten, sich mit dem Leiter des Sanatoriums in London zu treffen, und ihn zu dem Ort zu führen, wo seine entkommene Patientin sich verbarg; in der Überzeugung, daß die Folgen – vom Endergebnis einmal ganz abgesehen – zumindest die sein würden, Sie in endlose juristische Streitigkeiten und Schwierigkeiten zu verwickeln, und Ihnen, was ihn und Angriffsabsichten auf ihn anbelangte, entscheidend die Hände zu binden. Das war, wie er mir selbst eingestand, sein eigentlicher Zweck. Die einzige Rücksicht, die ihn im allerletzten Moment noch einmal zögern machte –«

»Ja?«

»Es ist so schwer, es einzugestehen, Walter; und dennoch muß es sein – diese einzige Rücksicht war *ich*. Worte vermögen es einfach nicht auszudrücken, wie erniedrigt ich mir in meinen eigenen Augen vorkomme, wenn ich nur daran denke; aber der einzige schwache Punkt in dem eisernen Charakter jenes Mannes scheint tatsächlich die abscheuliche Bewunderung zu sein, die er *für mich* empfindet! Ich habe mir, um meiner eigenen Selbstachtung willen, solange wie möglich Mühe gegeben, nicht daran zu glauben; aber seine Blicke, seine ganzen Handlungen zwingen mir die beschämende Überzeugung der Wahrheit auf. Buchstäblich, Walter: die Augen dieses Ungeheuers an Verruchtheit wurden feucht, während er mit mir sprach! Er erklärte mir, wie er in dem Augenblick, wo er dem Arzt mit dem Finger das Haus zeigen wollte, meines Elends gedacht habe, wenn ich neuerlich von Laura getrennt, meiner Schwierigkeiten, wenn ich wegen Beihülfe zur Flucht zur Verantwortung gezogen würde; und er habe zum zweiten Mal das Schlimmste, was Sie ihm antun könnten riskiert – *um meinetwillen*. Das einzige was er verlange, sei, daß ich dieses seines Opfers eingedenk sein, und Ihren Ungestüm bremsen möge, und zwar in meinem ureigensten Interesse – einem Interesse, das er ein weiteres Mal zu berücksichtigen vermutlich nie mehr in der Lage sein werde. Ich habe natürlich keinerlei dergleichen Handel mit ihm abgeschlossen – lieber wär' ich gestorben. Aber ob wir ihm nun glauben wollen oder nicht, ob es wahr oder falsch ist, daß er den Doktor unter irgend einem Vorwand wieder weggeschickt haben will – eines steht fest: ich habe selbst gesehen, wie der Mann ihn verließ, ohne auch nur einen einzigen Blick zu unsern Fenstern, ja nicht einmal auf unsere Seite der Straße herüber geworfen zu haben.«

»Das glaube ich ohne weiteres, Marian. Die besten Männer auf der Welt sind nicht konsequent im Guten – wie sollten es die schlimmsten Männer im Bösen sein? Zur gleichen Zeit jedoch habe ich ihn im Verdacht, daß er lediglich versucht hat, Sie zu bluffen, indem er etwas androhte, wozu er in Wirklichkeit nicht mehr fähig ist. Seine Macht, uns auf dem Umweg über den Leiter des Sanatoriums zu behelligen, bezweifle ich, jetzt wo Sir Percival tot und Frau Catherick jeglicher Kontrolle frei und ledig ist, sehr stark. – Aber lassen Sie mich erst noch weiter hören: was sagte der Conte in Bezug auf mich?«

»Von Ihnen sprach er zu allerletzt. Sein Auge wurde dabei hell und hart, und sein ganzes Wesen wandelte sich erneut zu dem, wie ich es von früher mehrfach in Erinnerung hatte – dieses Gemisch wieder von mitleidloser Entschlossenheit und marktschreierischer Aufschneiderei, das es so unmöglich macht, ihn zu durchschauen. ›Warnen Sie Herrn Hartright!‹, sagte er, in seiner erhabensten Manier; ›Nunmehr hat er mit einem Mann von Geist zu tun; einem Mann, der nur mit seinen mächtigen Fingern schnippt, wenn es das Gesetz gilt, oder gesellschaftliche Konventionen, falls er sich mit *mir* zu messen gedenken sollte. Wenn mein bedauernswerter Freund meinem Rate gefolgt wäre, hätte jene Leichenschau sich mit dem Körper von Herrn Hartright zu befassen gehabt. Aber mein bedauernswerter Freund war eben eigensinnig. Hier, sehen Sie, ich betraure seinen Verlust! Innerlich in meiner Seele, äußerlich an meinem Hut. Dieser schlichte schwarze Flor steht stellvertretend für Gefühle, die zu respektieren ich von Herrn Hartright verlange: meine Trauer könnte sich, sollte er es wagen, sie zu stören, auch sehr rasch in maßlose Feindseligkeit verwandeln. Soll er zufrieden sein mit dem, was er erreicht hat – was ich, um Ihretwillen, ihm und Ihnen, unbehelligt überlasse. Aber richten Sie ihm aus (mit meinen Empfehlungen), daß, sollte er mich behelligen, er es mit Fosco zu tun hat. Um mich in populärem Englisch auszudrücken, informiere ich ihn: Fosco

schreckt vor nichts zurück. – Teure Dame: Guten Morgen.‹ Seine kalten grauen Augen ruhten lange auf meinem Gesicht; dann zog er formvollendet den Hut; verneigte sich, baarhäuptig; und ging.«
»Ohne noch einmal zurückzukommen? Ohne mehr ›Letzte Worte‹ zu sprechen?«
»An der Ecke der Straße drehte er sich noch einmal um, winkte mit der Hand, und schlug sich dann damit theatralisch vor die Brust. Danach hab' ich ihn aus den Augen verloren. Er verschwand in einer Richtung, die zu unserem Hause entgegengesetzt; und ich bin zu Laura zurückgerannt. Noch bevor ich wieder drinnen war, hatte ich schon meinen Entschluß gefaßt: daß wir umziehen müßten! Nunmehr, wo der Conte uns entdeckt hatte, war dieses Haus (zumal in Ihrer Abwesenheit) ein Ort der Gefahr, anstatt ein Ort der Sicherheit. Wenn ich genau gewußt hätte, wann Sie zurückkommen, hätte ich es ja riskiert, und Ihre Wiederkehr abgewartet. Aber ich war mir schließlich über nichts sicher, und handelte also lieber sofort und auf eigene Faust. Wir hatten ja, ehe Sie verreisten, früher schon mal davon gesprochen, um Lauras Gesundheit willen in eine ruhigere Gegend mit reinerer Luft zu ziehen; da brauchte ich sie jetzt nur daran zu erinnern, und ihr vorzuschlagen, Sie zu überraschen und Ihnen Arbeit dadurch zu ersparen, daß wir den Umzug in Ihrer Abwesenheit bewerkstelligten – und schon hatte sie es genau so eilig mit einer Ortsveränderung, wie ich. Sie hat mir dabei geholfen, Ihre Sachen einzupacken; und hat sie in Ihrem neuen Arbeitszimmer hier eigenhändig alle wieder aufgestellt.«
»Und wieso sind Sie gerade auf diese Gegend hier verfallen?«
»Weil ich mit andern Örtlichkeiten in der Umgebung von London gänzlich unbekannt bin. Ich fühlte die Notwendigkeit, uns so weit wie nur möglich von unserer alten Wohnung zu entfernen; und in Fulham wußte ich ein bißchen Bescheid, weil ich da mal in die Schule gegangen bin. Ich habe, auf die bloße Möglichkeit hin, daß jene Schule noch existieren könnte, einen Boten mit einem Brief losgeschickt – siehe da: sie existierte noch. Die Töchter meiner damaligen alten Schulleiterin führen das Unternehmen unter ihrem Namen weiter; und haben mir, den ihnen mitgeschickten Richtlinien entsprechend, diese Wohnung hier vermittelt. Gerade als der Bote mit der Anschrift dieses Hauses, also unserer künftigen neuen Adresse, wiederkam, sollte die Post abgehen. Nach Einbruch der Dunkelheit

zogen wir um; und sind völlig unbeobachtet hier angekommen. – Hab' ich's richtig gemacht, Walter? Hab' ich Ihr Vertrauen auf mich gerechtfertigt?«
Ich antwortete ihr mit all der Wärme und Dankbarkeit, die ich wahrlich empfand. Aber ihr Gesicht behielt den besorgten Ausdruck bei, während ich sprach; und die erste Frage, die sie stellte, nachdem ich zu Ende war, bezog sich auf Conte Fosco.
Ich sah, daß sie seiner jetzt mit einer etwas veränderten Einstellung gedachte. Kein neuer Zornesausbruch gegen ihn, kein neuer Appell an mich, den Tag der Abrechnung zu beschleunigen, entkam ihr mehr. Die Überzeugung, daß des Mannes verhaßte Bewunderung für sie tatsächlich aufrichtig sei, schien ihr Mißtrauen in seine unergründliche Schlauheit, ihre instinktive Furcht vor der verruchten Energie seiner nie schlummernden Geistesgaben verhundertfacht zu haben. Ihre Stimme klang leiser, ihre ganze Art war zaudernder geworden, ihr Blick suchte mit unruhiger Furcht den meinen, als sie mich fragte, was ich von dem dächte, was er mir ausrichten lasse, und was ich, nachdem ich es gehört hätte, nun als nächstes zu unternehmen gedächte?
»Es sind noch gar nicht so viele Wochen vergangen, Marian,« antwortete ich ihr, »seitdem ich meine Aussprache mit Herrn Kyrle hatte. Als er und ich damals auseinandergingen, waren meine letzten Worte, die ich ihm in Bezug auf Laura sagte, die folgenden: ›Das Haus ihres Onkels soll sich ihr wieder öffnen müssen, und zwar in Gegenwart jeder Menschenseele, die bei dieser falschen Beerdigung das Geleit zum Grabe gegeben hat. Die Lüge, die von ihrem Tod berichtet, soll in aller Öffentlichkeit von dem Grabstein ausgemerzt werden, auf Anweisung des Oberhauptes ihrer Familie. Und die beiden Männer, die ihr das Unrecht angetan haben, sollen sich wegen ihres Verbrechens *mir* gegenüber verantworten, obschon die Justiz, die in Palästen zu Gericht sitzt, sich als ohnmächtig erweist, sie zu verfolgen.‹ – Einer von diesen Männern ist dem Zugriff Sterblicher entrückt. Der Andere ist geblieben, und auch mein Entschluß ist geblieben.«
Ihre Augen leuchteten auf; ihr Gesicht bekam Farbe. Sie sagte nichts, aber ich sah es in allen ihren Zügen, wie sehr ihre Gefühle mit den meinigen übereinstimmten.
»Ich will weder mir noch Ihnen verbergen,« fuhr ich fort, »daß unsere Aussichten mehr als dubios sind. Die diversen Risiken, die wir

bisher eingegangen sind, mögen Kinderspiel sein, verglichen mit denjenigen, die uns in Zukunft drohen; aber trotz alledem, Marion, soll der Versuch gewagt werden. Ich bin nicht ungestüm genug, mich mit einem Mann wie dem Conte messen zu wollen, ehe ich nicht hinreichend vorbereitet dazu bin. Ich habe Geduld gelernt — ich kann meine Zeit abwarten. Lassen wir ihn in dem Glauben, daß seine Botschaft die beabsichtigte Wirkung hervorgebracht habe — lassen wir ihn nichts von uns erfahren, nichts von uns hören — lassen wir ihm Zeit, sich in Sicherheit zu wiegen — sein eigener prahlerischer Charakter wird, wenn ich mich nicht ganz sehr in ihm täusche, dieses Resultat nur beschleunigen. Das wäre ein Grund, zum Abwarten; aber es gibt noch einen anderen, weit wichtigeren. Bevor ich unsere letzte große Chance versuche, Marian, sollte meine Stellung Ihnen und Laura gegenüber eine klarere und stärkere sein, als sie es im Augenblick ist.«

Sie beugte sich näher zu mir, mit einem Blick des Erstaunens.

»Wie könnte sie wohl noch stärker sein?« fragte sie.

»Das will ich Ihnen sagen,« erwiderte ich, »wenn die Zeit dafür gekommen ist. Noch ist sie nicht da — ja, vielleicht wird sie niemals kommen. Vielleicht werde ich Laura gegenüber für immer zu schweigen haben — zur Zeit muß ich selbst *Ihnen* gegenüber noch still sein, bis ich mich mit eigenen Augen davon überzeuge, daß ich ohne Schaden anzurichten und in Ehren sprechen darf. — Lassen wir dies Thema für jetzt. Es gibt noch ein anderes, das Ihre Aufmerksamkeit wesentlich dringender in Anspruch nimmt. Sie haben Laura bis jetzt, aus Barmherzigkeit, sicher, in Unwissenheit über den Tod ihres Gatten gelassen — «

»Oh, Walter; es wird doch bestimmt noch sehr lange dauern, bis wir ihr davon werden erzählen können?«

»Nein, Marian. Besser, Sie teilen es ihr jetzt mit, als daß es ihr künftighin irgend ein Zufall, gegen den sich doch kein Mensch absolut zu schützen vermag, unversehens offenbart. Ersparen Sie ihr alle Einzelheiten — bringen Sie es ihr so schonend wie nur möglich bei — aber sagen Sie ihr, daß er tot ist.«

»Sie haben einen Grund, Walter, zu wünschen, daß sie von ihres Gatten Tod erfahre? Außer dem eben angeführten noch einen Grund?«

»So ist es.«

»Ein Grund, der in Zusammenhang mit dem Thema steht, das wir

zwischen uns noch nicht erwähnen wollen? Das Laura gegenüber vielleicht nie erwähnt werden darf?«
Sie legte eine besondere Betonung auf ihre letzten Sätze. Als ich ihr bejahend erwiderte, betonte auch ich meine Worte.
Ihr Gesicht wurde blaß. Sie blickte mich eine zeitlang mit einer Art trüber, zögernder Teilnahme an. Eine ungewohnte Zärtlichkeit schimmerte in ihren dunklen Augen, und machte den Zug um ihren festen Mund weicher, als sie seitwärts auf den leeren Stuhl schaute, wo vorhin die teure Gefährtin all unsrer Sorgen und Freuden gesessen hatte.
»Ich glaube, ich habe begriffen,« sagte sie. »Ja; ich glaube, ich bin es ihr und Ihnen, Walter, schuldig, sie vom Tod ihres Gatten zu informieren.«
Sie seufzte, und hielt meine Hand einen Augenblick lang fest. Ließ sie dann plötzlich los, und verließ das Zimmer.
Tags darauf wußte Laura, daß sein Tod sie erlöst hatte, und daß der Irrtum und das Mißgeschick ihres Lebens mit ihm zusammen im Grabe ruhten.

* * *

Sein Name fiel nicht mehr zwischen uns. Fürderhin scheuten wir vor der leisesten Anspielung auf das Thema seines Todes zurück; und auf die gleiche, ängstlich-gewissenhafte Weise vermieden es Marian und ich, jemals jenes anderen Themas zu gedenken, das mit ihrer und meiner Zustimmung zwischen uns noch nicht erwähnt werden sollte. Nicht, daß es uns deshalb weniger gegenwärtig gewesen wäre – wurde es doch durch die selbstauferlegte Zurückhaltung eher desto lebendiger in unsern Gemütern erhalten. Wir beobachteten Beide Laura ängstlicher denn je; zuweilen wartend und hoffend, dann wieder wartend und fürchtend, bis die Zeit kam.
Nach und nach kehrte der alltägliche Gang unseres Lebens zurück. Ich nahm meine reguläre Arbeit, die während der Zeit meiner Abwesenheit in Hampshire liegen geblieben war, wieder auf. Unsere neue Wohnung hier kostete mehr, als die kleineren, freilich auch weniger bequemen Räume, die wir verlassen hatten; und der unvermeidliche Anspruch an mich, meine Tätigkeit zu steigern, wurde durch die Unsicherheit unserer Zukunftsaussichten noch erhöht. Unvorherzusehende Notstände konnten plötzlich eintreten, die unser

kleines Bankkonto erschöpften; und es war durchaus möglich, daß meiner Hände Arbeit in letzter Instanz das sein würde, auf das wir für unsern Lebensunterhalt angewiesen wären. Deshalb wurde mehr und regelmäßige und einträglichere Arbeit, als mir bisher geboten worden war, zu einer schlichten Notwendigkeit in unserer Situation – eine Notwendigkeit, der zu begegnen ich mich sogleich mit Nachdruck anschickte.

Man darf deshalb nicht etwa annehmen, daß während dieses Zwischenspiels von Ruhe und Abgeschiedenheit, von dem ich jetzt berichte, meinerseits nun auch die Verfolgung des einen großen allumfassenden Zieles, dem auf diesen Seiten all meine Gedanken und Handlungen galten, gänzlich eingestellt gewesen wäre. Dieses Ziel sollte mich noch so manchen kommenden Monat hindurch ebenso pausenlos wie intensiv beanspruchen. Aber sein nunmehr langsameres Reifwerden gab mir die Zeit:

eine Vorsichtsmaßnahme zu treffen,
eine Dankespflicht zu erfüllen,
eine noch offene Frage zu lösen. –

Die Vorsichtsmaßnahme stand, natürlicherweise, mit dem Conte in Zusammenhang. Es war von der entscheidendsten Wichtigkeit, sich, wenn irgend möglich, davon zu versichern, ob seine Pläne ihn dazu nötigten, noch länger in England – das heißt mit anderen Worten: in meiner Reichweite zu bleiben. Es gelang mir durch ein sehr simples Mittel, meine Zweifel in dieser Hinsicht zu beschwichtigen: da seine Adresse in St. John's Wood mir bekannt war, erkundigte ich mich erst in der Nachbarschaft; und nachdem ich so den Wohnungsmakler ermittelt, der über das möblierte Haus, in dem der Conte wohnte, zu verfügen hatte, fragte ich einfach bei ihm an, ob Forest Road, Nummer 5, etwa in absehbarer Zeit wieder zu vermieten sein würde? Die Antwort fiel verneinend aus. Man teilte mir mit, daß der ausländische Herr, der zur Zeit das Haus bewohne, seinen Mietvertrag um weitere 6 Monate verlängert habe, und also mindestens bis Ende Juni nächsten Jahres dort ansässig sein würde. Da wir zur Zeit erst Anfang Dezember schrieben, verließ ich den betreffenden Makler, mein Gemüt vorläufig frei von jeder Befürchtung, daß der Conte mir entschlüpfen könnte.

Die Dankespflicht, die ich zu erfüllen hatte, brachte mich einmal mehr mit Frau Clements zusammen; hatte ich ihr doch versprochen, zurückzukehren, und ihr in Bezug auf Anne Cathericks Tod und Begräbnis alle diejenigen Einzelheiten anzuvertrauen, die ich ihr bei unserer ersten Unterredung noch vorzuenthalten genötigt gewesen war. Bei nunmehr von Grund aus veränderten Umständen, gab es eigentlich kein Hindernis mehr, der guten Frau so viel von der Geschichte der ganzen Konspiration anzuvertrauen, als ihr zu erzählen erforderlich war. Ich hatte ja auch allen Grund, den mir Sympathie und freundschaftliche Gefühle nur immer nahelegen konnten, mich zur raschen Erfüllung meines gegebenen Versprechens anzutreiben; und ich habe es auch gewissenhaft und sorgfältig erfüllt. Es liegt keine Notwendigkeit vor, diese Seiten unnötig mit einer Darlegung desjenigen zu belasten, was bei unserer Aussprache vor sich ging. Es dürfte wesentlich zweckdienlicher sein, zu sagen, daß eben diese Aussprache selbst mir zwangsläufig die eine erwähnte offene Frage, die noch immer ihrer Lösung entgegenharrende, mir besonders nachdrücklich vor Augen führte: die Frage nach Anne Cathericks Abstammung von Vaterseite her.

Eine ganze Anzahl kleinster, in Verbindung mit diesem Gegenstand aufgetauchter Indizien — jedes einzelne für sich belanglos genug; alle zusammengehalten jedoch von schlagender Wichtigkeit — hatten letzthin bei mir eine Vermutung aufkommen lassen, der ich doch einmal nachzugehen beschloß. Ich erlangte Marians Einwilligung, nach Varneck Hall, an Major Donthorne zu schreiben, wo Frau Catherick da einige Jahre vor ihrer Heirat in Stellung gewesen war, und ihm gewisse Fragen vorzulegen. Ich unternahm diese Nachforschungen in Marians Namen; und stellte sie, um mein Ansinnen von vornherein ebenso zu erklären wie zu entschuldigen, als mit intim-persönlichen Vorfällen in der Geschichte ihrer Familie zusammenhängend dar. Als ich meinen Brief schrieb, wußte ich nicht mit Sicherheit, ob Major Donthorne überhaupt noch am Leben wäre — ich schickte ihn rein auf gut Glück hin ab, daß er noch leben und willens sein möchte, uns zu antworten.

Nach Ablauf von zwei Tagen schon kam uns in Gestalt eines Briefes der Beweis, daß der Major sowohl noch lebe, als auch willens sei, uns zu helfen.

Was mir bei Abfassung meines Briefes an ihn vorgeschwebt hatte, und welcher Art meine Erkundigungen gewesen waren, wird man unschwer aus seiner Antwort herleiten können. Jedenfalls beant-

wortete sein Brief meine Anfragen, indem wir durch ihn folgende wichtige Tatsachen erfuhren — :
Erstens hatte »der verstorbene Sir Percival Glyde von Blackwater Park« nie auch nur einen Fuß nach Varneck Hall gesetzt. Der Dahingeschiedene war nicht nur Major Donthorne selbst, sondern auch allen Mitgliedern seiner Familie total fremd gewesen.
Zweitens war dagegen »der verstorbene Herr Philip Fairlie von Limmeridge-Haus« in seinen jüngeren Tagen der vertraute Freund und beständige Gast von Major Donthorne gewesen. Nachdem er seine Erinnerungen durch die Durchsicht von alten Briefen und anderen Papieren wieder aufgefrischt hatte, war der Major sogar in der Lage, verbindlich auszusagen, daß Herr Philip Fairlie sich im August 1826 in Varneck Hall aufgehalten habe, und der Jagd halber auch noch den ganzen folgenden September und einen Teil des Oktober dort geblieben sei. Anschließend wäre er, wie sich der Major zu erinnern glaubte, nach Schottland gefahren; und nach Varneck Hall erst wieder nach Verlauf geraumer Zeit zurückgekehrt, wo er sich dann in der Eigenschaft als neugebackener Ehemann vorgestellt habe.
Für sich allein mochte dieser Tatbestand von geringem positivem Wert sein; jedoch mit anderen sicheren Fakten zusammengehalten, von deren absoluter Gewißheit entweder Marian oder aber ich überzeugt sein konnten, schien er nur einen Schluß noch zuzulassen, der, wenigstens in unseren Augen, unabweisbar wurde.
Wir wußten nunmehr, daß Herr Philip Fairlie sich im Herbst des Jahres 1826 in Varneck Hall aufgehalten hatte und daß Frau Catherick zu eben der Zeit dort in Stellung gewesen war. Wir wußten weiterhin: erstens, daß Anne im Juni 1827 geboren war; zweitens, daß sie zeitlebens die erstaunlichste äußere Ähnlichkeit mit Laura gehabt hatte; und drittens, daß Laura selbst wiederum, das Ebenbild ihres Vaters war. Herr Philip Fairlie war überdem einer der offenkundigen ›schönen Männer‹ seiner Zeit gewesen. Seinem Bruder Frederick total unähnlich im Charakter, war er stets der verzogene Liebling der Gesellschaft, zumal der Frauen, gewesen — ein lockerer, leichtherziger, impulsiver, liebenswürdiger Mensch — großzügig bis zur Torheit — von Natur aus von laxen Grundsätzen — und, wo Frauen mit ins Spiel kamen, notorisch gedankenlos, was moralische Verpflichtungen anbetrifft. Dies die uns bekannten Tatsachen — das der Charakter des Mannes. Sicherlich braucht auf die

sich hieraus ergebende, naheliegende Folgerung nicht erst groß hingewiesen zu werden?
In dem nunmehr zusätzlich über mich hereingebrochenen neuen Licht gelesen, trug ja sogar Frau Cathericks eigener Brief, obschon wider ihren Willen, sein Quentchen Bestätigung dazu bei, die Schlußfolgerung, zu der ich gelangt war, zu bestärken. Hatte sie doch, als sie an mich schrieb, von Frau Fairlie als von einem »erstaunlich reizlosen Frauenzimmer« gesprochen, dem es »irgendwie gelungen sei, sich einen der hübschesten und nettesten Männer in ganz England zu angeln und ihn zum Heiraten zu bewegen«. Beide Behauptungen waren ja völlig freiwillig erfolgt, und beide waren sie falsch. Eifersucht und Mißgunst, (die sich bei einem Weibe vom Schlage Frau Cathericks in eben solchen kleinlichen Boshaftigkeiten weit eher äußern würden als gar nicht), schienen mir der einzige verständliche Grund für die spezifische Unverschämtheit dieser ihrer Anspielungen auf Frau Fairlie, unter Umständen, die eine solche Anspielung überhaupt nicht erforderlich gemacht hätten.
Die Erwähnung von Frau Fairlies Namen an dieser Stelle, legte uns auf die natürlichste Weise eine weitere Frage nahe: ob sie wohl jemals irgendeinen Verdacht gehegt hatte, wessen Kind das kleine Mädchen, das man ihr da nach Limmeridge gebracht hatte, wohl sein könnte?
Hinsichtlich dieses Punktes war Marians Auffassung entscheidend. Frau Fairlies Brief an ihren Gatten, der mir in früheren Tagen vorgelesen worden war – in dem sie Annes Ähnlichkeit mit Laura beschrieben, und ihre liebevolle Zuneigung zu dem kleinen Fremdling eingestanden hatte – war, soviel stand außer aller Frage, in aller Unschuld und Einfalt des Herzens abgefaßt. Bei näherer Überlegung schien sogar das zweifelhaft, ob Herr Philip Fairlie selbst je mit einer Vermutung der Wahrheit näher gewesen wäre, als seine Gattin. Die schandbar betrügerischen Verhältnisse, unter denen Frau Catherick ihre Heirat eingegangen war; der Zweck, etwas zu verbergen, dem ihre Ehe hauptsächlich hatte dienen sollen – all dies konnte sie, um der lieben Vorsicht wie vielleicht auch um ihres persönlichen Stolzes willen, dazu bewogen haben, zu schweigen; selbst einmal vorausgesetzt, sie hätte über Mittel und Wege verfügt, mit dem Vater ihres ungeborenen Kindes, auch wenn er abwesend war, Verbindung aufzunehmen.

Als dieser Argwohn mir durch den Kopf ging, stieg in meinem Gedächtnis gleichzeitig die Erinnerung an jene feierliche Verkündigung der Heiligen Schrift auf, deren Jeder von uns schon einmal mit staunender Ehrfurcht zu gedenken Anlaß gefunden hat: »Die Sünden der Väter sollen heimgesucht werden an den Kindern!«. Ohne die verhängnisvolle Ähnlichkeit zwischen den 2 Töchtern eines Vaters hätte der verbrecherische Anschlag, bei dem Anne das unschuldige Werkzeug, und Laura das unschuldige Opfer gewesen waren, ja niemals auch nur geplant werden können. Mit welch geradliniger und erschrecklicher Starrheit führte doch die lange Kette der Ereignisse her, von dem gedankenlosen Unrecht, das der Vater begangen, bis herab zu dem herzlosen Leid, welches das Kind zu ertragen gehabt hatte!
Derlei Gedanken drängten sich mir auf; und mit ihnen andere, die meine Erinnerung mit sich fort nahmen, fort zu jenem kleinen Kirchhof in Cumberland, wo Anne Catherick jetzt den letzten Schlaf schlief. Ich gedachte der vergangenen Tage, wo wir uns bei Frau Fairlies Grabmal begegnet waren, und uns zum letzten Mal gesehen hatten. Ich sah wieder ihre armen, hülflosen Hände den Grabstein schlagen, und vernahm wieder ihre müden, sehnsüchtigen Worte, die sie den sterblichen Resten ihrer Beschützerin und Freundin zumurmelte: »Ach, wenn ich doch sterben könnte, und aus der Welt sein, und Ruhe haben, bei *Dir*!«. Wenig mehr als ein Jahr war dahingegangen, seitdem sie diesen Wunsch gehaucht hatte; und auf wie unerforschliche, wie erhabene Weise war er in Erfüllung gegangen! Die Worte, die sie zu Laura am Seegestade gesprochen hatte, sie waren buchstäblich in Erfüllung gegangen: »Oh, wenn ich doch nur bei Ihrer Mutter begraben werden könnte! An ihrer Seite erwachen dürfte, wenn dann die Trompete des Engels ertönt, und die Gräber ihre Toten wiedergeben am Tage der Auferstehung!« Durch was für Kapitalverbrechen und irdischen Graus, über welch finstere und gewundene Wege bis zum Tode hin, hatte das arme Wesen unter Gottes Führung wandern müssen, bis zu einer letzten Heimstatt, die sie zu Lebzeiten nimmer zu erreichen gehofft hatte! In dieser heiligen Ruhe lasse ich sie nunmehr — in solcher feierlichen Gesellschaft möge sie ungestört schlummern.

* * *

Dergestalt entschwindet die geisterhafte Figur, die auf all diesen Seiten ebenso spukte wie in meinem Leben, unsern Blicken; dahin, dahin in immer undurchdringlichere Düsternisse. Wie ein Schatten ist sie das erste Mal an mich heran getreten, in der Einsamkeit der Nachtstille – wie ein Schatten tritt sie wieder hinter sich, in die Einsamkeit der Toten.

III

Vier Monate gingen ins Land. Der April kam – der Monat des Frühlings, der Monat der Veränderung.

Die Zwischenzeit seit dem Winter war für uns in unserem neuen Heim friedvoll und glücklich verflossen. Ich hatte meine lange Muße gut angewendet, hatte sie dazu benützt, den Kreis meiner Verdienstmöglichkeiten beträchtlich zu erweitern und die Mittel zu unserem Lebensunterhalt auf eine breitere und sicherere Basis zu stellen. Frei von der Ungewißheit und Sorge, die sie so schwer heimgesucht und so lange drohend über ihr geschwebt hatte, sammelten sich auch Marians Lebensgeister wieder und ihre natürliche Charakterenergie begann sich durchzusetzen, so daß sie direkt wieder etwas, wenn nicht gar gänzlich, zu dem Bilde des Freimuts und Schwunges früherer Tage wurde.

Bei Laura, für Veränderungen weit empfindlicher als ihre Schwester, zeigten sich die Fortschritte, die sie infolge der heilsamen Einflüsse ihres neuen Lebens machte, noch weit deutlicher. Das abgehetzte und verhärmte Aussehen, das ihr Gesicht vorzeitig alt gemacht hatte, verschwand allmählich, und der Ausdruck, der in vergangenen Tagen seinen Hauptreiz ausgemacht hatte, war auch die erste der Schönheiten, die jetzt wiederkehrte. Die schärfste Beobachtung, die ich ihr widmete, konnte eigentlich nur noch *eine* bedenkliche Folge des Anschlags, der einmal ihren Verstand und ihr Leben bedroht hatte, entdecken: ihre Erinnerung an die Ereignisse, von dem Moment an, wo sie Blackwater Park verließ, bis zu dem, wo wir uns auf dem Kirchhof von Limmeridge wieder getroffen hatten, war hoffnungslos und unwiederbringlich dahin. Bei der geringsten Anspielung auf jenen Zeitraum, begann sie auch jetzt noch sich sofort zu verändern, fing an zu zittern, ihre Worte verwirrten sich, ihr Gedächtnis begann zu wandern und verirrte sich so aussichtslos wie nur je. Hier und nur hier, an dieser einen Stelle, lagen die Spuren des Vergangenen zu tief – zu tief, um sich verwischen zu lassen.

In jeder anderen Beziehung war sie auf dem Weg zur Wiederherstellung so weit voran gekommen, daß sie an ihren besten, muntersten Tagen zuweilen direkt schon wie die Laura früherer Zeiten aussah und plauderte. Diese glückliche Veränderung brachte auf uns Beide ihre natürliche Wirkung hervor. Nunmehr begannen, in ihr wie auch in mir, alle die unvergänglichen Erinnerungen an unser einstiges Beisammensein in Cumberland aus ihrem langen Schlummer zu erwachen, und es waren ja, die eine wie die andere, nichts als Erinnerungen an unsere Liebe.

Schritt für Schritt und ganz unmerklich wurden unsere alltäglichen Beziehungen zueinander immer gespannter. Die liebevollen Worte, mit denen ich sie in den Tagen ihrer Nöte und ihres Leides so selbstverständlich angeredet hatte, wollten mir eigentümlicherweise jetzt gar nicht mehr über die Lippen. Zu der Zeit, wo die Furcht, sie zu verlieren das Vorherrschende in meinen Gedanken gewesen war, hatte ich sie jedesmal geküßt, wenn sie sich abends zur Ruhe begab oder wir am Morgen wieder zusammenkamen. Dieser Kuß schien nunmehr zwischen uns verschwunden – unserm Leben irgendwie abhanden gekommen zu sein. Unsere Hände begannen wieder zu zittern, wenn sie einander trafen. Kaum daß wir uns längere Zeit hintereinander ansehen konnten, es sei denn, Marian wäre anwesend gewesen. Die Unterhaltung zwischen uns wurde immer zögernder, wenn wir allein miteinander waren, und schlief dann ganz ein. Wenn ich sie zufällig berührte, fühlte ich, wie mein Herz zu hämmern begann, gerade so, wie es damals in Limmeridge-Haus auch gehämmert hatte – und sah sogleich, als Antwort, das liebliche Erröten auf ihren Wangen entbrennen, als wären wir wieder in den Hügeln Cumberlands, und stünden noch einmal, wie einst, im Verhältnis von Lehrer und Schülerin zueinander. Sie hatte jetzt Zeiten, wo sie lange schweigend und in tiefen Gedanken saß, und wenn Marian sie fragte, stritt sie ab, daß sie an etwas besonderes gedacht habe: und auch ich ertappte mich eines Tages dabei, wie ich meine Arbeit vernachlässigte und dafür saß und über dem kleinen Aquarell-Porträt von ihr träumte, das sie in jenem Sommerhäuschen zeigt, wo wir uns zum ersten Mal gesehen hatten – genau wie damals, als ich Herrn Fairlies Zeichnungen vernachlässigte, um über dem gleichen Bildchen zu träumen, da ich es eben erst fertiggestellt hatte. So verändert die Lage zur Zeit auch immer war, unser Verhältnis zueinander aus den goldenen Tagen unseres ersten Beisammenseins schien sich im gleichen Maß zu erneuern, wie unsere Liebe sich erneuerte. Es war, wie wenn die Zeit-Gezeiten uns, obschon auf dem Wrack unserer einstigen Hoffnungen, doch wieder an das alte, vertraute Gestade zurückgespült hätten.

Jeder anderen Frau gegenüber hätte ich sehr wohl die entscheidenden Worte aussprechen können, die *ihr* gegenüber auszusprechen ich noch immer zögerte. Die extreme Hilflosigkeit ihrer Lage – ihre freundlose Abhängigkeit von all der Milde und Geduld, die ich ihr erzeigen konnte – die Befürchtung, allzu voreilig irgendeine verborgene sensitive Stelle in ihr zu berühren, die als solche zu erkennen mein männlicher Instinkt nicht feinfühlig genug war – solche und ähnliche Betrachtungen machten mich mir selbst mißtrauen und legten mir Schweigen auf. Dennoch war mir wohl bewußt, daß dieser Spannung auf beiden Seiten ein Ende gemacht werden mußte; daß die Beziehungen, in denen wir zueinander standen sich ändern, und für die Zukunft irgendein festes Verhältnis annehmen mußten; und daß es weiterhin in erster Linie mir oblag, die Notwendigkeit für eine Veränderung einzusehen und auszulösen.

Je mehr ich über unsere Situation nachdachte, je länger die häuslichen Bedingungen, unter denen wir Drei den Winter hindurch lebten, ungestört anhielten, desto schwieriger erschien mir das Unternehmen, sie zu verändern. Ich vermag über den grillenhaften Gemütszustand, aus dem mein Gefühl entsprang, nicht klar Rechenschaft zu geben – nichtsdestoweniger wurde ich langsam von der Idee besessen, daß vielleicht ein vorangehender Wechsel des Ortes und der Umstände, eine radikale Unterbrechung der einförmigen Stille unseres Daseins, so angelegt, daß dadurch der häusliche Aspekt, unter dem wir einander zu begegnen gewohnt waren, verändert würde – daß dergleichen vielleicht am leichtesten und wenigsten verwirrend den Weg bahnen könnte: für mich zum Sprechen, für Laura und Marian zum Hören?

Mit dieser Absicht im Auge äußerte ich mich eines schönen Morgens dahingehend, wie ich der Meinung sei, wir hätten uns doch eigentlich alle einmal ein paar Tage Ferien und Ortsveränderung verdient;

und nach einigem Hin- und Her-Überlegen wurde beschlossen, daß wir 14 Tage an die See fahren wollten.
Am nächsten Tage schon vertauschten wir Fulham mit einem kleinen Städtchen an der Südküste; wo wir, so früh in der Saison, buchstäblich die einzigen Gäste am Ort waren. Die Klippen, der Strand, die Spazierwege im Binnenland, alles befand sich noch in demjenigen einsamen Zustand, der uns der allerwillkommenste war. Die Luft war mild – die Aussichten über Hügel und Wälder und Dünen zeigten im rasch wechselnden Licht und Schatten des April die prächtigsten Veränderungen, und dicht unter unsern Fenstern tanzte und sprang die rastlose See, als empfände auch sie, gleich dem Lande, Frische und Feuer des Frühlings.
Ich war es Marian schuldig, sie, bevor ich mich mit Laura aussprach, zu Rate zu ziehen, und mich dann anschließend von ihrem Rat leiten zu lassen.
Am dritten Tag nach unserer Ankunft ergab sich mir eine passende Gelegenheit, allein mit ihr zu reden. Im Augenblick, wo wir einander ansahen, hatte ihr rascher Instinkt auch schon den in meinem Gemüt vorherrschenden Gedanken entdeckt, noch ehe ich ihm Ausdruck leihen konnte. Mit ihrer gewohnten Energie und Offenheit begann sie sogleich und als erste zu sprechen.
»Sie denken jetzt an das Thema, dessen damals zwischen uns gedacht wurde, als Sie abends von Hampshire zurückkehrten,« sagte sie. »Ich hab' schon seit längerer Zeit erwartet, daß Sie darauf zurückkommen würden. – Wir werden in unserem kleinen Haushalt eine Veränderung vornehmen müssen, Walter; viel länger kann es nicht mehr so weitergehen wie jetzt. Ich sehe das ebenso deutlich wie Sie; so deutlich, wie auch Laura es sieht, ob sie gleich nichts sagt. Wie merkwürdig die alten Cumberländer Tage wiedergekommen scheinen! Wieder sitzen Sie und ich zusammen; und wieder heißt einmal mehr das eine große Thema zwischen uns Laura. Ich könnte mir beinahe einbilden, dies Zimmer hier sei das kleine Sommerhäuschen in Limmeridge, und daß die Wellen dort drüben an *unseren* Meeresstrand schlügen.«
»Ich habe mich in jenen vergangenen Tagen von Ihrem Rat leiten lassen,« sagte ich; »und möchte mich nunmehr, Marian – mit zehnfach größerem Vertrauen – erneut von ihm leiten lassen.«
Sie antwortete nur durch einen Druck ihrer Hand. Ich erkannte, daß meine Anspielung auf die Vergangenheit sie tief gerührt hatte. Wir

saßen beieinander am Fenster, und schauten, während ich sprach und sie zuhörte, der Pracht des Tagesgestirnes zu, wie es die Majestät des weiten Meeres bestrahlte.
»Was auch das Ergebnis unserer vertraulichen Aussprache jetzt immer sei,« sagte ich, »ob es nun *mir* zum Glück ausschlägt oder zum Leide: Lauras Interesse wird dennoch immer das eine große Interesse meines Lebens sein und bleiben. Wann und unter was für Bedingungen wir diesen Ort hier auch verlassen mögen, mein Entschluß, Conte Fosco das Geständnis zu entreißen, das ich von seinem Komplizen nicht habe erlangen können, reist so sicher mit mir zurück nach London, wie ich selbst dorthin reise. Weder Sie noch ich können voraussagen, wie dieser Mann, sobald ich ihn stelle, zurückschlagen wird; wir wissen, aufgrund seiner Worte und Taten, nur das eine: daß er imstande ist, über Laura den Schlag gegen mich zu führen, und zwar ohne eine Sekunde des Zögerns und der Reue. In unserer gegenwärtigen Situation nun, würde ich mich dann auf keinerlei Anrecht über sie berufen können, das die Gesellschaft sanktioniert, das das Gesetz anerkennt, und das mich darin bestärken würde *ihm* zu widerstehen und *sie* zu beschützen. Das setzt mich von vornherein in den entschiedensten Nachteil. Wenn ich unsere Sache gegen den Conte durchfechten soll, gestärkt durch das Bewußtsein von Lauras Sicherheit, dann muß ich sie durchfechten für meine Gattin. – Sind Sie soweit derselben Ansicht, Marian?«
»Ja; Wort für Wort,« erwiderte sie.
»Ich will mich absichtlich nicht auf mein eigenes Herz berufen,« fuhr ich fort; »will nicht die Liebe ins Treffen führen, die allen Wechsel und jeglichen Schock überlebt hat – ich will die Rechtfertigung meiner selbst, daß ich an sie als meine Gattin denke und von ihr als meiner Gattin rede, lediglich durch das führen, was ich eben schon gesagt habe. Wenn die Chance, dem Conte ein Geständnis abzuzwingen, nunmehr wie ich es denn glaube, unsere letzte Chance ist, um die Tatsache von Lauras Identität öffentlich-amtlich zu belegen, dann wäre der am wenigsten eigensüchtige Grund, den ich für eine Verehelichung beibringen könnte, ja von uns Beiden wenigstens anerkannt. Aber ich kann mich in dieser meiner Überzeugung natürlich irren – andere Mittel unsern Zweck zu erreichen, könnten in unserer Macht stehen, die weniger ungewiß und weniger gefährlich sind. Ich habe im Geist und aufs ängstlichste nach solchen Mitteln gesucht, und keine gefunden. Wüßten Sie welche?«

»Nein. Ich hab' auch schon darüber nachgedacht, und ebenfalls vergebens.«
»Aller Wahrscheinlichkeit nach,« fuhr ich fort, »werden Ihnen beim Durchdenken dieses schwierigen Problems ja dieselben Fragen aufgestoßen sein, die auch mir aufgestoßen sind. – Sollten wir, nun wo sie sich wieder ähnlich sieht, erneut nach Limmeridge zurückkehren, und darauf vertrauen, daß die Einwohner des Dorfes, die Kinder in der Schule dort, sie jetzt wieder erkennen? Sollten wir den praktischen Test der Handschrift mitheranziehen? Gesetzt den Fall wir handelten so. Gesetzt den Fall, die Wiedererkennung erfolgte, die Identität der Handschrift würde bewiesen – würde der Erfolg in diesen beiden Fällen mehr leisten, als uns mit einer trefflichen Unterlage für einen Prozeß vor Gericht versehen? Würden Wiedererkennung plus Handschrift ausreichen, ihre Identität Herrn Fairlie zu beweisen und ihren Einzug in Limmeridge-Haus zu bewirken: entgegen dem Zeugnis ihrer Tante, entgegen dem Beweisstück des ärztlichen Totenscheins, entgegen den Tatsachen der Beerdigung und der Inschrift am Grabmal? Nie! Das einzige, was zu erreichen wir hoffen könnten, wäre, die absolute Gewißheit ihres Todes ernstlich in Frage zu stellen, und zwar so nachdrücklich, daß nichts als nur noch eine solenne gesetzliche Untersuchung diese Frage lösen könnte. Ich will einmal annehmen, wir besäßen Geld genug, (was ja garantiert nicht der Fall ist), um einen solchen Prozeß durch sämtliche Instanzen hindurch führen zu können. Ich will weiterhin annehmen, daß Herrn Fairlies Vorurteile sich hinwegdisputieren ließen – daß das falsche Zeugnis des Conte und seiner Gattin sowie alle sonstigen falschen Aussagen außerdem, widerlegt werden könnten – daß es unmöglich gemacht würde, die Wiedererkennung einer Verwechslung von Laura mit Anne Catherick zuzuschreiben; oder daß unsere Widersacher mit der Behauptung durchkämen, die Handschrift sei nichts als ein raffiniertes Täuschungsmanöver – all das sind, wohlgemerkt, Annahmen, die der ungeschminkten Realität mehr oder weniger Hohn sprechen; aber lassen wir sie einmal passieren – und fragen wir uns vielmehr: was wäre die Folge, wenn nur die erste Frage über Einzelheiten des Anschlages an Laura selbst gerichtet würde? Wir wissen leider nur zu gut, was die unausbleibliche Folge sein würde; denn wir wissen, daß sie niemals wieder die Erinnerung an das erlangt hat, was damals mit ihr in London vorgenommen worden ist. Ob man sie

nun privat vernähme, oder aber in aller Öffentlichkeit – sie wäre einfach nicht fähig, in eigener Sache eine Begründung ihres Anspruchs abzugeben. Falls Sie, Marian, jedoch nicht so absolut dieser meiner Meinung sein sollten – ja, dann lassen Sie uns morgen noch nach Limmeridge fahren, und das Experiment versuchen.«

»Ich bin *vollkommen* Ihrer Meinung, Walter. Selbst wenn wir die Mittel hätten, sämtliche Gerichtskosten zu bestreiten, ja selbst wenn wir am Ende Erfolg haben sollten, dann würde, nach dem, was wir bereits durchgemacht haben, doch immer noch die endlose Verzögerung unerträglich, die immerwährende Unentschiedenheit herzbrechend sein. Auch was die Aussichtslosigkeit, nach Limmeridge zu gehen, anbetrifft, haben Sie recht. Ich wollte nur, ich könnte ebenso überzeugt davon sein, daß Sie auch darin recht haben, wenn Sie entschlossen sind, jene letzte Chance mit dem Conte zu versuchen – *ist* es denn überhaupt eine Chance?«

»Aber ohne allen Zweifel: Ja! Es bedeutet die Chance, das verlorengegangene Datum von Lauras Reise nach London ausfindig zu machen. Ohne hier noch einmal des Breiten auf die Gründe einzugehen, die ich Ihnen schon vor einiger Zeit entwickelt habe, bin ich immer noch so fest wie nur je davon überzeugt, daß hier eine Unstimmigkeit besteht, zwischen dem Datum jener Reise und dem Datum auf dem Totenschein. Hier liegt der schwache Punkt des ganzen verbrecherischen Anschlages; wenn wir an diesem Punkt mit unserm Angriff ansetzen, zerbröckelt Alles in kleine Stücke – und die Mittel zu solchem Angriff befinden sich im Besitz des Conte. Falls es mir gelingen sollte, sie ihm zu entreißen, dann ist das Ziel Ihres und meines Lebens erfüllt. Wenn mir ein Mißerfolg beschieden sein sollte, wird das Unrecht, das man Laura angetan hat, auf dieser Seite der Welt nie wieder gutzumachen sein.«

»Fürchten Sie selbst einen Mißerfolg, Walter?«

»Ich wage nicht, auf einen Erfolg zu bauen; und eben aus diesem Grunde, Marian, spreche ich so frei und offen, wie ich getan habe. Vor meinem Herzen, vor meinem Gewissen, kann ich es aussprechen: Lauras Zukunftshoffnungen sind auf ihrem tiefsten Stand angelangt. Ich weiß, daß ihr Vermögen dahin ist – ich weiß, daß die letzte Chance, ihr ihre Stellung in der Welt zurückzuerobern, von der Gnade ihres ärgsten Feindes abhängt; von einem Mann, der zur Zeit schlechthin unangreifbar ist, und der möglicherweise bis zum

Ende unangreifbar bleiben wird. Nun, wo sie jeglichen weltlichen Vorteiles beraubt ist – nun, wo jede Aussicht, Rang und Stellung wiederzugewinnen, mehr als zweifelhaft geworden ist – nun, wo sie keine hellere Zukunft mehr vor sich sieht, als die, die ein etwaiger Gatte ihr zu bieten vermag – jetzt darf der arme Zeichenlehrer endlich und ohne Schaden sein Herz auftun. In den Tagen ihres einstigen Wohlstandes, Marian, war ich nichts als der Lehrer, der ihre Hand leiten durfte – jetzt, in ihrem Mißgeschick, bitte ich um diese Hand, als die Hand meiner Gattin!«

Marians Blick begegnete dem meinen liebevoll – ich vermochte nicht weiter zu sprechen. Mein Herz war übervoll; meine Lippen zitterten; ganz wider meinen Willen geriet ich in Gefahr, an ihr Mitleid zu appellieren. Ich stand auf, um das Zimmer lieber zu verlassen. Im gleichen Augenblick hatte aber auch sie sich erhoben, legte mir sanft die Hand auf die Schulter, und hielt mich zurück.

»Walter!« sagte sie, »ich bin einst zwischen Sie Beide getreten, um Ihres und um Lauras Besten willen. – Warten Sie hier, mein Bruder – warten Sie, mein liebster-bester Freund, bis Laura kommt, und Ihnen erzählt, was ich diesmal getan habe!«

Das erste Mal seit jenem Abschiedsmorgen in Limmeridge berührte sie wieder meine Stirn mit ihren Lippen. Eine Träne fiel dabei auf mein Gesicht, als sie mich küßte. Sie wandte sich rasch, wies stumm auf den Stuhl, von dem ich aufgestanden war, und verließ das Zimmer.

Ich setzte mich allein wieder an das Fenster, und wartete, wartete während der größten Krisis meines Lebens. Mir war, als würde mir das Atmen schwer, und geistig empfand ich eine totale Leere. Das einzige, dessen ich mir deutlich bewußt war, bestand in einer wahrhaft schmerzhaften Steigerung der Schärfe aller Sinne. Die Sonne war auf einmal blendend grell geworden; die weißen Möwen, die einander weit drüben jagten, schienen dicht vor meinem Gesicht vorüberzuhuschen; das sanfte Gemurmel der Wogen am Strande scholl mir wie Donner in den Ohren.

Die Tür ging auf, und Laura trat herein. Allein. Genau so war sie, an jenem Morgen, da wir Abschied voneinander nahmen, in Limmeridge-Haus ins Frühstückszimmer getreten. Langsam und wankend und kummervoll und zögernd war sie einst auf mich zugekommen. Heute kam sie auf leichten Füßen, in glücklicher Eile, mit strahlendem Gesicht voller Glück und Licht. Freiwillig schlangen sich die teuren Arme um mich; freiwillig kamen die süßen Lippen mir entgegen. »Ach, Liebster!« wisperte sie: »dürfen wir nun endlich offen eingestehen, daß wir einander lieb haben?«. Mit zärtlicher Befriedigung kuschelte sie ihr Köpfchen an meine Brust. »Oh,« seufzte sie unschuldig, »ich bin ja endlich so glücklich!«. — —

* * *

Zehn Tage später waren wir noch weit glücklicher. Wir waren verheiratet.

IV

Aber der Strom der Erzählung fließt unaufhaltsam weiter; er trägt mich mit sich davon, aus der Morgenfrühe unserer jungen Ehe und immer weiter vorwärts, dem Ende entgegen.
Noch 14 Tage länger, und wir Drei waren wieder zurück in London; und die Schatten des bevorstehenden Kampfes begannen sich langsam über uns zu legen.
Marian und ich gaben uns alle Mühe, Laura über den eigentlichen Beweggrund unserer beschleunigten Rückkehr in Unwissenheit zu lassen, nämlich der Notwendigkeit, uns unbedingt des Conte versichert zu halten. Wir hatten jetzt Anfang Mai, und im Juni lief die Zeit ab, für die er das Haus in Forest Road gemietet hatte. Falls er den Termin noch verlängern sollte — und ich hatte Gründe, (die in kurzem angeführt werden sollen), anzunehmen, daß dem so sein würde — konnte ich mir ja sicher sein, daß er mir nicht entkäme. Wenn er aber infolge irgendeines unberechenbaren Zufalls meine Erwartungen doch enttäuschen und das Land verlassen sollte, dann hatte ich keine Zeit mehr zu verschenken, mich nach besten Kräften für die baldige Auseinandersetzung mit ihm zu wappnen.
Im ersten Überschwang meiner neuen Glückseligkeit hatte es Augenblicke gegeben, wo mein Entschluß wankend geworden, Augenblicke, wo ich in Versuchung gewesen war, nun, wo der größte Ehrgeiz meines Lebens durch den Besitz von Lauras Liebe gestillt war, ruhig und zufrieden zu sein. Zum ersten Male dachte ich kleinmütig

an die Größe des Risikos, an die mir gegenüberstehende Phalanx ungünstiger Aussichten, an unser hoffnungsvolles neues Leben, und an die Gefahr, in die ich unser so sauer verdientes Glück möglicherweise bringen konnte. Ja! Ich will es nur ehrlich zugeben. Für kurze Zeit irrte ich, an der verführerischen Hand süßer Liebe, weit von dem Ziele ab, dem ich unter strengerer Zucht und in finstereren Tagen so treu geblieben war. Laura hatte mich in aller Unschuld seitab verlockt vom harten geraden Pfade – Laura war gleichermaßen dazu bestimmt, mich in aller Unschuld wieder auf ihn zurückzuführen.

Zuweilen riefen ihr nämlich Träume, richtiger: unzusammenhängende Traumfragmente, im Mysterium des Schlafes einzelne Ereignisse der schrecklichen Vergangenheit wieder zurück, von denen ihr waches Gedächtnis jegliche Spur verloren hatte. In einer solchen Nacht, kaum zwei Wochen nach unserer Hochzeit, als ich ihr zuschaute, wie sie schlummerte, sah ich langsam Tränen durch ihre geschlossenen Augenlider hervorquellen, und hörte schwach gemurmelte Worte ihren Lippen entkommen, denen ich entnehmen konnte, daß ihr Geist wieder auf jener unseligen Reise von Blackwater Park nach London begriffen war. Diese unbewußte Mahnung, eben wegen der Heiligkeit ihres Schlafes so ergreifend und ehrfurchtgebietend, durchrann mich wie flüssiges Feuer. Der nächste Tag war der Tag unserer Rückkehr nach London; der Tag, an dem mein Entschluß mir, zehnfach verstärkt, wiederkehrte.

Das allererste Erfordernis war, etwas von dem Manne selbst in Erfahrung zu bringen. War mir doch bis diesen Augenblick die wahre Geschichte seines Lebens ein undurchdringliches Geheimnis geblieben.

Ich begann bei den spärlichen Informationsquellen, die mir unmittelbar zur Verfügung standen. Der von Herrn Frederick Fairlie abgefaßte, wichtige Bericht (den Marian dadurch erlangt hatte, daß sie entsprechend den Richtlinien verfuhr, die ich ihr vergangenen Winter gab) leistete mir bei dem speziellen Gesichtspunkt, von dem aus ich ihn jetzt durchsah, keine Dienste. Während ich ihn überlas, rief ich mir gleichzeitig die mir seitens Frau Clements' gewordenen Eröffnungen bezüglich der ganzen Serie von Täuschungen ins Gedächtnis zurück, die man angewendet hatte, um Anne Catherick nach London zu holen, und sie dort dem Interesse der Verbrecher dienstbar zu machen. Auch hier wiederum hatte der Conte sich nir-

gends offen bloßgestellt – auch hier wiederum war er, was die Möglichkeit praktischer Auswertung anbelangt, außerhalb meines Zugriffs.
Als nächstes nahm ich erneut meine Zuflucht zu Marians Tagebuch aus der Zeit in Blackwater Park. Auf mein Ersuchen las sie mir noch einmal die Stelle vor, die von ihrem einstigen Interesse an dem Conte handelte, und von den wenigen Details, die sie im Zusammenhang mit ihm in Erfahrung gebracht hatte.
Die Stelle, die ich hier meine, erscheint auf jenen Blättern ihres Tagebuches, wo sie seinen Charakter und seine äußere Erscheinung abgeschildert hat. Sie beschreibt ihn dort, wie er, »die Grenzen seines Heimatlandes seit Jahren nicht mehr überschritten« habe – wie er sich erkundigt habe »ob wir etwa von irgendeinem italienischen Herrn wüßten, der sich in dem Blackwater nächsten Städtchen niedergelassen« habe – und wie er Briefe erhalte, »mit den merkwürdigsten raren Marken darauf« ja, sogar einen »mit einem großen, amtlich-dreinschauenden Siegel«. Sie neigt der Ansicht zu, wie seine lange Abwesenheit von seinem Heimatlande sich eventuell durch die Annahme erklären lasse, daß er ein politischer Flüchtling sei. Auf der andern Seite aber ist sie nicht imstande, diese Hypothese mit dem Empfang des bewußten ausländischen Briefes, »mit dem großen, amtlich-dreinschauenden Siegel darauf« zu vereinbaren – da an politische Flüchtlinge gerichtete Briefe vom Kontinent wohl so ziemlich die letzten sein dürften, die Aufmerksamkeit ausländischer Postämter ausgerechnet in dieser Weise selbst auf sich zu lenken.
Die mir solchermaßen nochmals vorgetragenen Erwägungen des Tagebuches, zusammengehalten mit einem ganz bestimmten Argwohn meinerseits, der sich aus ihnen ergab, brachten meine Gedanken in eine Richtung, von der ich mich eigentlich wunderte, daß ich nicht schon früher darauf verfallen war. Jetzt sagte ich mir auf einmal selbst das, was schon Laura einstmals, in Blackwater Park, zu Marian geäußert, was Madame Fosco erlauscht hatte, indem sie an der Tür horchte: der Conte ist ein Spion!
Sicher; Laura hatte den Ausdruck auf gut Glück hin, in verständlichem Unwillen ob seines Verfahrens ihr gegenüber, gebraucht. *Ich* nunmehr verwendete ihn in voller Absicht, aufgrund der Überzeugung, daß sein Lebensberuf darin bestünde, ein Spion zu sein. Unter dieser Voraussetzung wurde der Grund für seinen ansonsten unbe-

greiflichen Aufenthalt hier in England, so lange noch, nachdem der Zweck seines verbrecherischen Anschlages erreicht war, mir eigentlich erst voll und ganz verständlich.
Das Jahr, von dem ich jetzt-hier schreibe, war das Jahr der berühmten Weltausstellung im Kristall-Palast in Hyde Park. Schon jetzt waren Ausländer in ungewöhnlich großer Zahl in England eingetroffen, und immer neue Scharen kamen noch. Zweifellos waren Hunderte von Männern unter uns, denen das nie schlummernde Mißtrauen ihrer Regierungen insgeheim, vermittelst angestellter Agenten, bis zu unsern Küsten gefolgt war. Nun zählte freilich mein Argwohn einen Mann wie den Conte, mit seiner gesellschaftlichen Stellung und seinen Fähigkeiten, nicht eine Sekunde lang zu dem ordinären Gros gewöhnlicher ausländischer Spione. Ich nahm vielmehr sogleich eine leitende Stellung für ihn an; etwa wie wenn er von der Regierung, der er insgeheim diente, mit der Organisation und der Oberaufsicht über eine ganze Schar von Agenten, männlichen und weiblichen, die speziell in unserem Lande eingesetzt wären, betraut sei. Und daß zum Beispiel Frau Rubelle, die so prächtig passend als Krankenschwester in Blackwater Park erschienen war, aller Wahrscheinlichkeit nach zu seiner Schar gehört hätte.
Vorausgesetzt einmal, daß dieser mein Einfall irgendeinen Anhalt in der Realität haben könnte — dann freilich würde die Position des Conte schlagartig weit angreifbarer geworden sein, als ich bisher zu hoffen gewagt hatte. Aber an wen konnte ich mich nur wenden, um etwas mehr von der Vergangenheit des Mannes, und überhaupt mehr von dem Mann selbst, zu erfahren, als ich bis jetzt wußte?
In solcher Klemme fuhr es mir, und ganz natürlich, durch den Sinn, daß die geeignetste Person, mir zu helfen, eigentlich ein Landsmann von ihm sein müßte; Einer, auf den ich mich verlassen könnte — und der erste, der mir unter sotanen Umständen einfiel, war der einzige Italiener, mit dem ich intim bekannt war: mein kurioser kleiner Freund, Professor Pesca.

* * *

Der Professor hat sich so lange schon nicht mehr auf diesen Blättern hier sehen lassen, daß er einige Gefahr gelaufen ist, gänzlich in Vergessenheit zu geraten.

Nun gehört es aber zu den fundamentalen Regeln eines Berichtes, wie des meinigen, daß die dabei beteiligten Personen eben nur dann in Erscheinung treten, wenn der Gang der Ereignisse sie nach vorn bringt – sie treten schließlich nicht entsprechend meiner Gunst und persönlichen Parteilichkeit auf, beziehungsweise ab, sondern gemäß dem Gesetz ihrer jeweiligen direkten Verbindung mit den näher auseinanderzusetzenden Vorgängen. Aus diesem Grunde ist ja nicht Pesca allein, sondern sind gleichermaßen meine Mutter und Schwester bisher im Bericht stark in den Hintergrund getreten. Meine Besuche im Häuschen in Hampstead; die ablehnende Haltung meiner Mutter hinsichtlich Lauras Identität – auch wieder eine Auswirkung des Verbrechens; meine vergeblichen Bemühungen, dieses auf ihrer und auf Seiten meiner Schwester eben wegen ihrer eifersüchtigen Zuneigung für mich hartnäckig festgehaltene Vorurteil zu besiegen; die schmerzliche Notwendigkeit, meine Heirat vor ihnen zu verbergen, die mir dieses Vorurteil auferlegte, bis sie gelernt haben würden, meiner Frau Gerechtigkeit widerfahren zu lassen – all diese kleinen untergeordneten Vorfälle sind unerwähnt gelassen worden, weil sie für den eigentlichen Faden der Geschichte ohne Belang waren. Und auch das bedeutet nichts weiter, daß sie selbstverständlich zu meinem Kummer beitrugen und meine Enttäuschungen noch mehr verbitterten – der unaufhaltsame Gang der Ereignisse ist unerbittlich über sie hinweggeschritten.
Aus dem gleichen Grunde habe ich hier auch weiter nichts von dem Trost erwähnt, der mir durch Pescas brüderliche Zuneigung wurde, als ich ihn nach dem plötzlichen Abbruch meiner Lehrtätigkeit in Limmeridge-Haus wiedersah. Habe nicht der Treue gedacht, mit der mein warmherziger kleiner Freund mir, als ich mich nach Mittelamerika einschiffte, bis zum Abfahrtshafen das Geleit gab; und nicht des geräuschvollen Freudenausbruchs, mit dem er mich empfing, als wir uns dann in London wiedersahen. Wenn ich mich berechtigt gefühlt hätte, die Angebote, mir zu Diensten zu sein, die er mir anläßlich meiner Wiederkehr gemacht hatte, anzunehmen, dann würde längst schon wieder die Rede von ihm gewesen sein – aber ob ich gleich wußte, daß ich mich gegebenenfalls auf seine Ehrenhaftigkeit und seinen Mut unbedingt verlassen konnte, war ich mir doch nicht entfernt so sicher, ob auch seiner Verschwiegenheit absolut zu trauen wäre, und einzig aus diesem Grunde hatte ich alle meine Nachforschungen lieber alleine für mich angestellt.

Immerhin wird man nunmehr hinreichend begriffen haben, daß Pesca mitnichten außer aller Verbindung mit mir und meinen Anliegen stand, ob er bisher schon außer aller Verbindung mit dem Hauptteil dieses Berichtes geblieben ist. Er war noch immer genau so verläßlich und bereitwillig mein Freund, wie er es nur je in seinem Leben gewesen war.

* * *

Bevor ich mir Pesca jetzt zu Hülfe holte, wurde es erst einmal erforderlich, mich mit eigenen Augen davon zu überzeugen, mit was für einer Art Mann ich nunmehr zu tun haben würde. Hatte ich doch bis zu dieser Stunde Conte Fosco noch nicht ein einziges Mal zu sehen bekommen.

Drei Tage nachdem wir Drei, Laura und Marian und ich, nach London zurückgekehrt waren, machte ich mich, so zwischen zehn und elf Uhr vormittags, allein auf den Weg nach der Forest Road im Stadtteil St. John's Wood. Der Tag war herrlich – ich hatte gerade ein paar freie Stunden – und hielt es für sehr wahrscheinlich, daß das Wetter den Conte, wenn ich ein bißchen auf ihn wartete, gleichfalls ins Freie verlocken könnte. Die Chance, daß er mich bei hellem Tage sofort wiedererkennen würde, hatte ich schwerlich Grund zu fürchten; war doch das einzige Mal, wo ich von ihm gesehen worden war, das eine Mal damals, als er mir nächtens bis zuhause gefolgt war.

An den Fenstern des Hauses nach der Straße zu ließ sich Niemand sehen. Ich bog in ein Quergäßchen ein, das an der Seite des Hauses entlang führte, und lugte über das niedrige Gartenmäuerchen – hinten im Erdgeschoß stand eines der Fenster weit auf, und ein Netz war über die Öffnung gespannt. Sehen konnte ich nichts, wohl aber hören; nämlich zuerst ein schrilles Pfeifen und Zwitschern drinnen im Zimmer, und gleich darauf die tiefe, hallende Stimme, die mir aus Marians Beschreibung bereits vertraut war: »Kommt raus und auf meinen kleinen Finger, Ihr Piep-Piep-Pieblinge!« rief die Stimme. »Heraus mit Euch, und die Treppe hochgehüpft: Eins, Zwei, Drei, – und hoch! Drei, Zwei, Eins – und schon wieder runter! Eins, Zwei, Drei –: Zwit-Zwit-Zwit-Zwiiiiit!«. Der Conte ließ seine Kanarienvögel exerzieren, genau wie er sie zu Marians Zeit in Blackwater Park hatte exerzieren lassen.

Ich wartete ein Weilchen, und das Singen und Pfeifen verstummte. »So; gebt noch Küßchen, meine kleinen Schätzchen!« sagte die tiefe Stimme. Sogleich erscholl ein begeistertes Zwitschern und Zirpen – ein halblautes öliges Lachen – dann eine Stille von einer Minute oder etwas darüber – und dann hörte ich die Haustür gehen. Ich wandte mich, und ging den Weg, den ich gekommen war, wieder zurück. Die herrliche Melodie des ›Gebetes‹ aus Rossinis ›MOSES‹, von einer sonoren Baßstimme gesungen, stieg großartig auf in die Vorstadtstille. Das Gartentürchen öffnete und schloß sich wieder – der Conte war herausgetreten.
Er überquerte die Straße, und schlenderte dann weiter, ungefähr auf die westliche Grenze von Regent's Park zu. Auch ich ging in derselben Richtung weiter; allerdings ein bißchen hinter ihm, und blieb auf meiner Seite der Straße.
Marian hatte mich schon vorbereitet auf seine mächtige Gestalt, seine fabulöse Korpulenz, und seine betont-auffällige Trauerkleidung; aber nicht vorbereitet war ich auf die abscheuliche Frische und Munterkeit und Vitalität des Mannes: er trug seine 60 Jahre, wie wenn es keine 40 gewesen wären! So bummelte er fürbaß, den Hut ein bißchen auf ein Ohr gesetzt, mit leichtem flottem Schritt, schwenkte seinen dicken Spazierstock, summte vor sich hin, und besah sich dann und wann die Häuser und Gärten zu beiden Seiten mit dem prächtigsten gönnerhaften Lächeln. Wenn man einem Fremden den Bären aufgebunden hätte, daß das ganze Stadtviertel ihm gehöre – dieser Fremde wäre keineswegs überrascht gewesen, das zu hören. Er sah nie hinter sich; gab, zumindest dem Anschein nach, weder auf mich acht noch auf sonst Jemanden, der auf seiner Seite der Straße an ihm vorbeikam; ausgenommen wenn er ab und zu mit einer Art väterlich-strahlender Laune den Kindermädchen und deren Babies, die er unterwegs traf, zulächelte und zuschmunzelte. Dergestalt führte er mich weiter und weiter, bis wir die westliche Terrasse des Parks erreicht hatten, an der sich außen eine Reihe von Geschäften befand.
Hier hielt er vor einem Konditorladen an, ging hinein (wahrscheinlich um irgendeinen Auftrag zu geben), und kam sofort wieder heraus mit einem Törtchen in der Hand. Ein Italiener stand gerade vor dem Laden und drehte seinen Leierkasten, auf dem ein erbärmlich kleines, runzelgesichtiges Äffchen hockte – sofort blieb der Conte stehen, biß erst für sich selbst ein Stück von dem Törtchen

ab, und händigte den Rest dann gravitätisch dem Äffchen aus. »Mein armer kleiner Mann!« redete er ihn mit grotesk wirkender Zärtlichkeit an. »Du scheinst mir hungrig. In dem geheiligten Namen der Humanität offeriere ich Dir hiermit ein zweites Frühstück!«. Hier wagte der Leierkastenmann den wohltätigen Fremden demütiglich um die Gabe eines Penny zu ersuchen. Der Conte zuckte nur verächtlich die Achseln, und ging weiter.

Wir kamen zu den Straßen mit anspruchsvolleren Geschäften zwischen New Road und Oxford Street. Erneut hielt der Conte an, und trat in den Laden eines kleineren Optikers, in dessen Schaufenster ein Schild verkündete, daß drinnen Reparaturen aufs sorgfältigste ausgeführt würden. Als er wieder herauskam, hatte er ein Opernglas in der Hand; tat ein paar Schritte weiter und blieb gleich wieder stehen, um sich das Theaterplakat anzusehen, das draußen vor einer Musikalienhandlung aufgestellt war. Er studierte das Plakat mit Aufmerksamkeit, überlegte einen Moment, und rief dann eine leere Droschke an, die eben an ihm vorüberrollte. »Zur Opern-Kasse,« instruierte er den Mann, und schon ging's hurtig davon.

Ich überquerte die Straße, und beschaute mir nun meinerseits das Plakat näher – das angekündigte Stück war ›LUCREZIA BORGIA‹ von Donizetti, und fand heute Abend statt. Das Opernglas in der Hand des Conte, seine sorgsame Lektüre des Plakats sowie seine Anweisung an den Kutscher, alles deutete darauf hin, daß er vorhabe, einer der Zuschauer heute zu sein. Nun war ich mit einem der an jenem Theater angestellten Kulissenmaler früher recht gut bekannt gewesen, und konnte mir sicher sein, daß er mir auf mein Ansuchen hin Freiplätze für mich und einen Freund im Parkett verschaffen würde. Zumindest bestand dann die Chance, daß der Conte mir und Jedem mit mir, leicht und gut in der Menge der Zuschauer sichtbar würde, und in diesem Falle hatte ich die Mittel mich noch heute Abend davon zu vergewissern, ob Pesca seinen Landsmann kannte oder nicht.

Diese Erwägung entschied sogleich darüber, wie ich den heutigen Abend zu verbringen hatte. Ich beschaffte die Eintrittskarten, und hinterließ auf dem Heimweg eine Notiz in der Wohnung des Professors, zu seiner Information. Ein Viertel vor 8 Uhr abends dann holte ich ihn ab, um ihn mit mir ins Theater zu nehmen. Mein kleiner Freund befand sich bereits im Zustand höchster Erregung,

trug eine festliche Blume im Knopfloch, und unters Ärmchen geklemmt das so ziemlich größte Opernglas, das ich je in meinem Leben gesehen habe.
»Sind Sie soweit?« fragte ich.
»Right-allright,« erwiderte Pesca.
Und wir machten uns auf den Weg ins Theater.

V

Die letzten Töne der Opernouvertüre verklangen soeben, und die Parkettplätze waren sämtlich besetzt, als Pesca und ich das Theater betraten.
Dennoch war reichlich Platz in dem Gang vorhanden, der rund ums Parkett her lief – für den Zweck, mit dem ich der Vorstellung im Grunde beiwohnte, eigentlich sogar der angemessenste Aufenthalt. Ich ging erst etwas in Richtung der Balustrade, die uns von den Sperrsitzen trennte, um zu rekognoszieren, ob der Conte sich etwa in jenem Teil des Zuschauerraums aufhielte – nein; dort war er nicht. Als ich leise den Gang, von der Bühne aus links gesehen, wieder hinunterging, und aufmerksam um mich schaute, entdeckte ich ihn im Parkett selbst. Er hatte einen ausgezeichneten Platz, etwa 12 oder 14 Stühle vom Ende der Reihe und nur 3 Reihen von den Sperrsitzen entfernt. Ich nahm auf der gleichen Höhe mit ihm Aufstellung, und Pesca stand an meiner Seite. Der Professor hatte noch keine Ahnung von der eigentlichen Absicht, mit der ich ihn mit ins Theater genommen hatte; und zeigte sich einigermaßen überrascht, wieso wir nicht näher an die Bühne heran gingen?
Dann hob sich der Vorhang, und die Opernvorstellung begann.
Den ganzen ersten Akt hindurch blieben wir auf unserm Platze stehen; und der Conte seinerseits, gänzlich gefesselt von Bühne und Orchester, warf ebenfalls nicht den geringsten zufälligen Seitenblick zu uns herüber. Nicht eine Note von Donizettis herrlicher Musik ging ihm verloren. Da saß er, hoch über seine Nachbarn hervorragend, und lächelte und nickte von Zeit zu Zeit genießerisch mit dem Kopf. Wenn die Leute um ihn beim Schluß einer Arie geräuschvoll Beifall klatschten (wies ein englisches Publikum unter solchen Umständen eben *grundsätzlich* tut), ohne die geringste

Rücksicht auf den sich unmittelbar anschließenden Übergang im Orchester zu nehmen, dann sah er sich mit dem Ausdruck leidenschaftlichen Tadels zu ihnen um, und hob die Hand in einer Geste höflicher Beschwörung. Bei den anspruchsvolleren Passagen des Gesanges, bei den erleseneren Stellen der Begleitung, die unapplaudiert von Anderen vorübergingen, klopfte er ganz sacht in seine fetten, mit untadelig sitzenden schwarzen Glacéhandschuhen geschmückten Hände, zum Zeichen, wie ein wahrhaft musikalischer Mensch eine künstlerische Leistung auf kultivierte Weise würdigt. Bei solchen Gelegenheiten summte wohl auch sein öliges »Bravo! – Brava-a-a-a!« durch die Stille, wie das Schnurren einer riesigen Katze. Seine Nachbarn unmittelbar rechts und links neben ihm – rüstige, rotgesichtige Leute vom Lande, die gleichsam ein aufgeregtes Sonnenbad im Lichterglanz der Weltstadt London nahmen – sahen und hörten ihn, und fingen an, seinem Beispiel zu folgen. So mancher Beifallssturm aus dem Parkett ging heute Nacht aus von dem leisen, komfortablen Klopfen dieser schwarzglacierten Hände. Die unersättliche Eitelkeit des Mannes verschlang diesen stillschweigenden Tribut an seine lokale und kritische Führerrolle mit dem unverkennbaren Anschein der höchlichsten Genugtuung. Wellchen von Lächeln zogen beständig über die weite-fette Oberfläche seines Gesichtes dahin. Er schaute um sich, in den Pausen der Musik, voll heiterer Befriedigung ob sich selbst und seiner Mit-Geschöpfe. »Ja, ja! Dieses barbarische englische Völkchen lernt einiges von MIR. Ob hier ob Dort ob Überall: ICH – Fosco – bin eine Macht, die man fühlt; ein Mann, der die Menge überragt!«. Wenn je ein Gesicht deutlich gesprochen hat, dann war das damals sein Gesicht mit eben diesen Worten.

Der Vorhang fiel nach dem ersten Akt; und das Publikum erhob sich von den Plätzen, um sich umzusehen. Das war der Augenblick, auf den ich gewartet hatte – jetzt war die Zeit da, zu versuchen, ob Pesca ihn etwa kannte.

Auch der Conte hatte sich wie die Übrigen erhoben, und besah sich die Eigentümer der Logenplätze aufs großartigste durch sein Opernglas. Zuerst kehrte er uns noch den Rücken zu; aber allmählich drehte er sich herum, auf unsere Seite des Theaters und beschaute sich die Logen im Stock über uns – setzte das Glas minutenlang an die Augen – ließ es wieder sinken; fuhr jedoch immer fort, hochzusehen. Und jetzt, wo sein Gesicht voll auf uns gerichtet war,

wählte ich meine Gelegenheit, um Pescas Aufmerksamkeit auf ihn zu lenken.
»Kennen Sie diesen Mann dort?« fragte ich.
»Welchen Mann, mein Freund?«.
»Den Großen-Dicken, der dort steht, mit dem Gesicht zu uns gewendet.«
Pesca hob sich auf die Zehenspitzchen und sah zum Conte hinüber –
»Nein,« sagte der Professor dann. »Der dickefette Mensch ist mir fremd. Ist er irgendwie berühmt? Warum zeigen Sie ihn mir?«
»Weil ich meine besonderen Gründe habe, und Näheres über ihn wissen möchte. Er ist ein Landsmann von Ihnen, Conte Fosco mit Namen – kennen Sie diesen Namen?«
»Nie gehört, Walter! Weder der Name noch der Mann selbst sind mir bekannt.«
»Sind Sie sich absolut sicher, daß Sie ihn nicht irgendwie wiedererkennen? Schauen Sie doch noch einmal hin – schauen Sie sich ihn sorgfältig an. Sobald wir das Theater verlassen, erzähl' ich Ihnen dann, warum mir soviel daran gelegen ist. – Halt! Ich helf' Ihnen mal hier 'rauf, von wo aus Sie ihn besser sehen können.«
Ich half dem kleinen Mann, daß er auf der Kante der erhöhten Podiumsreihe neben uns – die Parkettplätze stiegen ja alle nach hinten zu an – balancieren konnte. Auf die Art war ihm seine kleine Statur kein Hindernis mehr: er konnte nun über die Köpfe der Damen, die ihren Platz am äußersten Ende der Sitzreihe hatten, hinwegsehen.
Ein schlanker Mann mit hellem Haar stand neben uns, auf den ich bisher noch weiter nicht geachtet hatte – ein Mann mit einer Narbe auf der linken Backe – er sah aufmerksam zu, wie ich Pesca hinauf half; schaute immer aufmerksamer, und folgte der Richtung von Pescas Blicken, zum Conte hinüber. Es konnte ja sein, fiel mir ein, daß er unser Gespräch zufällig mitangehört hatte, und daß es seine Neugier erregt haben mochte.
Derweilen hatte Pesca seine Augen ernsthaft auf das breite, volle, ein wenig aufwärtsgerichtete Lächelgesicht geheftet, das jetzt genau gegenüber von ihm war.
»Nein,« sagte er. »Ich habe meine 2 Augen noch nie bisher auf diesen dickenfetten Menschen gerichtet; in meinem ganzen Leben noch nicht.«

Während er so sprach, schaute der Conte auf die Parkettlogen genau hinter uns, und also zu uns her.
Die Blicke der beiden Italiener trafen sich.
Noch eine Sekunde vorher war ich, aufgrund von Pescas zweimal wiederholter Beteuerung, daß er den Conte nicht kenne, vollkommen befriedigt gewesen – eine Sekunde später jetzt, war ich mir gleichermaßen sicher, daß der Conte seinerseits Pesca sehr wohl kannte!
Ihn kannte, und – was noch weit überraschender war – ihn gleichzeitig *fürchtete!* Da gab es kein Verkennen, bei einer Veränderung wie der, die das Gesicht des Schurken da drüben erfuhr: die bleierne Hautfarbe zu der sein gelblicher Teint sich im Handumdrehen wandelte; die urplötzliche Verkrampfung aller seiner Gesichtszüge; das verstohlene blitzschnelle Herspähen der kalten grauen Augen; die Stille und Reglosigkeit von Kopf bis Fuß; alles sprach seine eigene Sprache. Eine tödliche Angst mußte sich seiner bemächtigt haben, mit Leib und Seele – und die Ursache dafür war: er seinerseits hatte Pesca wiedererkannt!
Der schlanke Mann mit der Narbe über der Backe stand immer noch dicht bei uns. Anscheinend hatte er aus der Wirkung, die der Anblick Pescas auf den Conte hervorbrachte, seinerseits ähnliche Schlüsse gezogen, wie auch ich sie meinerseits gezogen hatte. Er sah übrigens wie ein gesitteter gebildeter Mann aus, wirkte wie ein Ausländer, und sein Interesse an unserem Vorgehen drückte sich durchaus nicht etwa in einer Art aus, die man als zudringlich hätte bezeichnen können.
Ich meinerseits war ob der Wandlung im Gesichtsausdruck des Conte derart frappiert; ob der gänzlich unerwarteten Wendung welche die Dinge genommen hatten derart erstaunt, daß ich gar nicht wußte, was ich als nächstes sagen oder tun sollte. Pesca erweckte mich wieder zum Leben, indem er auf seinen früheren Platz an meine Seite zurücktrat, und als Erster wieder sprach:
»Wie der fette Mann uns anstarrt!« rief er aus. »Etwa *mich?* Bin *ich* denn berühmt? Wieso kann er mich kennen, wo ich ihn doch nicht kenne?!«
Ich hatte mein Auge immer noch auf dem Conte. Als Pesca sich bewegte, hatte auch er sich zum ersten Male wieder geregt, und zwar lediglich zu dem Zweck, den kleinen Mann auch auf dem tiefergelegenen Platz, auf dem er jetzt wieder stand, nicht aus dem Auge

zu verlieren. Ich war doch neugierig zu sehen, was geschehen würde, wenn unter solchen Umständen Pescas Aufmerksamkeit sich von ihm abwendete; und ich erkundigte mich folglich bei dem Professor, ob er etwa unter den Damen in den Logen irgendeine seiner Schülerinnen ausfindig machen könnte? Sofort setzte Pesca das riesige Opernglas an die Augen, und begann sich, indem er den oberen Teil des Theaters mit der peinlichsten Gewissenhaftigkeit nach Schülern durchmusterte, langsam zu drehen.

Im selben Augenblick, wo er sich so beschäftigt zeigte, drehte der Conte sich auf dem Absatz um, drückte sich auf der uns entfernter liegenden Seite an den dort sitzenden Personen vorbei, und verschwand quer durchs Parkett den Mittelgang hinunter. Ich ergriff Pescas Arm, und zog ihn zu seinem unaussprechlichen Erstaunen mit mir davon, in den Hintergrund des Parketts, um den Conte womöglich abzufangen, ehe er die Ausgangstür erreichte. Zu meinem nicht geringen Erstaunen hastete noch vor uns auch jener schlanke Mann hinaus, dem es gelang, eine vorübergehende Stockung zu vermeiden, verursacht durch einige Zuschauer im Parkett, die von ihren Plätzen aufgestanden waren, und durch die Pesca und ich aufgehalten wurden. Als wir das Foyer erreichten, war der Conte verschwunden, und dergleichen der Ausländer mit der Narbe.

»Kommen Sie nach Hause,« sagte ich; »kommen Sie mit nach Hause, Pesca, in Ihre Wohnung. Ich muß mit Ihnen insgeheim sprechen — und zwar sofort sprechen.«

»Meine Güte, meine-Güte-meine-Güte!« rief der Professor in einem Zustand äußerster Bestürzung aus: »Was, auf Erden, ist denn auf einmal los?«

Ohne ihm zu antworten, schritt ich weiter, so schnell ich konnte. Die Umstände, unter denen der Conte das Theater verlassen hatte, legten mir die Befürchtung nahe, daß seine auffällige Angst, Pesca zu entkommen, ihn eventuell auch zu noch verzweifelteren Entschlüssen bewegen möchte; konnte er doch, indem er London verließ, sogar *mir* jetzt entkommen! Ich traute der Zukunft nicht, wenn ich ihm auch nur einen Tag lang Freiheit ließ, nach Belieben zu handeln. Und ich traute plötzlich auch jenem unbekannten Ausländer nicht, der uns zuvorgekommen war, und den ich im Verdacht hatte, dem Conte absichtlich gefolgt zu sein.

Von diesem zwiefachen Mißtrauen ganz erfüllt, brauchte ich nicht viel Zeit, um Pesca begreifen zu machen, was ich wollte. Sobald wir Beide allein miteinander in seinem Zimmer waren, vermehrte ich seine Verwirrung und Aufregung um das Hundertfache dadurch, daß ich ihm, so offen und rückhaltlos, wie ich es auf diesen Blättern auch getan habe, erklärte, was meine Absicht sei.

»Ja, was kann ich tun, mein Freund?« rief der Professor, und hielt mir mitleidig und dringend beide Händchen entgegen. »Der-Daus-ei-der-Daus! Wie kann ich Ihnen helfen, Walter, wo ich den Mann doch nicht kenne?«

»Aber *Er* kennt *Sie* – er hat Angst vor Ihnen – er ist aus dem Theater geflohen, um Ihnen zu entkommen. Pesca!, dafür muß es doch einen Grund geben! Werfen Sie doch einmal einen Blick zurück auf Ihr Leben, bevor Sie nach England kamen. Sie haben, wie Sie mir selbst erzählten, Italien aus politischen Gründen verlassen. Sie haben mir diese Gründe selbst nie detailliert, und ich will auch jetzt gar nicht danach fragen – ich möchte Sie lediglich bitten, Ihre eigenen Erinnerungen einmal durchzugehen, und mir dann zu sagen, ob Ihnen nicht aus der Vergangenheit irgendein Grund einfällt, der den Schrecken, den Ihr erster Anblick bei jenem Mann hervorbrachte, erklären könnte.«

Zu meinem unaussprechlichen Erstaunen brachten diese meine Worte, so harmlos sie auch *mir* erschienen, eine gleich frappierende Wirkung auf Pesca hervor, wie sie Pescas Anblick beim Conte hervorgebracht hatte. Das rosige Gesichtchen meines kleinen Freundes wurde in Sekundenschnelle schneeweiß, und, zitternd von Kopf bis Fuß, zog er sich langsam von mir zurück.

»Walter!« sagte er: »Sie wissen nicht, was Sie fragen –«

Er hatte im Flüsterton gesprochen – er sah mich an, wie wenn ich ihm unversehens eine verborgene Gefahr offenbart hätte, die uns Beiden drohte. Binnen weniger als einer einzigen Minute hatte er sich in einem Maße verändert, war aus dem munteren, lebhaften, kuriosen kleinen Kerlchen, das ich bisher gekannt hatte, ein so Anderer geworden, daß ich ihn, dergestalt verwandelt, wie er jetzt vor mir stand, nicht wiedergekannt hätte, wenn ich ihm auf der Straße begegnet wäre.

»Vergeben Sie mir, wenn ich Ihnen – unabsichtlich! – Schmerz und Angst eingejagt haben sollte,« entgegnete ich. »Aber denken Sie auch an das grausame Unrecht, das meine Frau seitens dieses Conte Fosco erduldet hat. Behalten Sie im Auge, daß dieses Unrecht nie-

mals wieder gut gemacht werden kann, es sei denn, die Mittel stünden in meiner Macht, den Mann dazu zu *zwingen,* ihr Gerechtigkeit widerfahren zu lassen. Ich habe im Interesse meiner Gattin gesprochen, Pesca – ich bitte Sie noch einmal, mir zu verzeihen – ich kann nicht mehr sagen.«
Ich erhob mich, um zu gehen. Aber bevor ich noch die Tür erreicht hatte, hielt er mich zurück.
»Warten Sie,« sagte er. »Sie haben mich erschüttert, von Kopf bis Fuß. Sie haben ja keine Ahnung, wie und warum ich mein Vaterland verließ. Lassen Sie mich erst wieder etwas ruhiger werden; lassen Sie mich, wenn möglich, wieder zum Nachdenken gelangen.«
Ich kehrte zu meinem Sitzplatz zurück. Er seinerseits ging im Zimmer auf und ab, wobei er sich unzusammenhängend in seiner Muttersprache mit sich selbst unterhielt. Nachdem er auf diese Weise mehrfach hin und her gepilgert war, kam er plötzlich zu mir her, und legte mir mit einer ganz seltsamen Zärtlichkeit und Feierlichkeit seine beiden Händchen auf die Brust.
»Bei Ihrem Herzen und bei Ihrer Seligkeit, Walter,« sagte er: »gibt es *keinen anderen* Weg, an diesen Menschen heranzukommen, als ausgerechnet den Weg über *mich?«*
»Es gibt keinen anderen,« antwortete ich.
Erneut verließ er mich, öffnete die Zimmertür, und lugte vorsichtig hinaus auf den Korridor; schloß sie dann wieder und kam zurück.
»Sie haben sich ein ewiges Anrecht über mich gewonnen, Walter,« sagte er, »an jenem Tage, da Sie mir das Leben retteten. Es gehörte Ihnen von diesem Augenblick an, sobald es Ihnen gefällig sein würde, es zu nehmen. Nehmen Sie es jetzt. Jawohl!, ich weiß, was ich sage: mit meinen nächsten Worten lege ich, so wahr ein Gott über uns ist, mein Leben in Ihre Hände.«
Der bebende Ernst, mit dem er diese außerordentliche Ankündigung vorbrachte, bewirkte auf jeden Fall bei mir die Überzeugung, daß er die Wahrheit redete.
»Wohlgemerkt!« fuhr er fort, indem er in der Heftigkeit seiner Erregung die Hände gegen mich schüttelte: »Ich, in meinem armen Kopf, weiß von keinerlei Faden, der diesen Mann Fosco mit jenen vergangenen Zeiten verbindet, die ich mir jetzt, um Ihretwillen, wieder vergegenwärtige. Falls *Sie* einen solchen Faden ausfindig machen sollten, dann behalten Sie das für sich selbst – erzählen Sie

mir nichts davon – auf meinen Knien bitte und beschwöre ich Sie: lassen Sie mich unwissend, lassen Sie mich unschuldig, lassen Sie mich blind sein für alle Zukunft, so wie ich jetzt, in diesem Augenblick, bin!«

Er sprach noch einige Worte mehr, zögernd und zusammenhanglos; und hielt dann erneut inne.

Ich erkannte, daß die Anstrengung sich auf Englisch auszudrücken, bei einem Anlaß, der zu ernsthaft war, als daß er selbst sich den Gebrauch der putzigen Wendungen und Phrasen seines gewöhnlichen Wortschatzes erlaubt hätte, die Schwierigkeit noch peinlich vergrößerte, die er von Anfang an empfand, überhaupt mit mir darüber zu sprechen. Da ich nun in den Tagen unserer früheren intimen Bekanntschaft gelernt hatte, seine Muttersprache zu lesen und zu verstehen (obwohl nicht zu sprechen), schlug ich ihm vor, sich selbst jetzt lieber auf Italienisch auszudrücken; während ich mich bei eventuellen Fragen, die zu meiner Aufklärung notwendig werden könnten, des Englischen bedienen wollte. Er ging auf meinen Vorschlag ein. In seiner geschmeidig dahinfließenden Sprache, vorgetragen in der heftigsten Erregung, die sich in immerwährendem lebhaftestem Mienenspiel ebenso ausdrückte, wie in der Wildheit und Jähheit seiner ausländischen Gestikulation, (obwohl niemals durch ein Erheben der Stimme!), vernahm ich jetzt die Worte, die mich zu der letzten großen Auseinandersetzung wappneten, von der in dieser Geschichte noch zu berichten sein wird.*

»Sie wissen nichts von dem, was mich bewogen hat, Italien zu verlassen,« begann er, »außer dem einen, daß es sich um politische Gründe gehandelt hat. Wenn ich durch irgendwelche Regierungsstellen hierher vertrieben worden wäre, dann würde ich Ihnen oder auch sonst Jemandem aus diesen Gründen kein Geheimnis gemacht haben. Ich habe so vielmehr verborgen gehalten, weil *keine* Regierungsgewalt mich zum Exil verurteilt hat. – Haben Sie schon einmal von den geheimen politischen Verbindungen gehört, Walter, die sich in Europa, auf dem Festland, versteckt in jeder Großstadt vorfinden? Zu einer dieser Untergrundbewegungen habe ich in Ita-

* Es ist nicht mehr als recht und billig, hier anzuführen, daß ich das, was Pesca mir anvertraute, mit denjenigen Auslassungen (beziehungsweise sorgfältigen Veränderungen) wiedergebe, wie die ernsthafte Natur des Gegenstandes sowie mein eigenes Pflichtbewußtsein sie erheischen. Das was die einfachste Vorsicht in speziell diesem Teil des Berichtes unbedingt erforderlich macht, soll das erste und gleichzeitig auch das letzte sein, was ich dem Leser vorenthalte.

lien gehört – und gehöre auch hier in England noch immer dazu. Als ich in dieses Land kam, da geschah das auf Anweisung meiner Oberen. Ich war übereifrig gewesen in meinen jüngeren Jahren – war Gefahr gelaufen, mich selbst und Andere bloßzustellen. Aus diesem Grunde wurde mir befohlen, nach England zu emigrieren und zu warten. Ich bin emigriert – ich habe gewartet – ich warte noch heut. Ich kann morgen abberufen werden – ich kann aber auch erst in zehn Jahren abberufen werden. Mir ist alles einerlei – hier bin ich; ernähre mich durch Stundengeben, und warte. Ich verletze keinen Eidschwur (wieso werden Sie gleich hören), wenn ich mein Vertrauen dadurch vollständig mache, daß ich Ihnen den Namen des Geheimbundes mitteile, zu dem ich gehöre. Alles, was ich tue, ist schließlich, daß ich mein Leben in Ihre Hände gebe. Falls Andere erfahren sollten, daß das, was ich Ihnen jetzt mitteile, jemals über meine Lippen gekommen ist, dann – so wahr wie wir Beide hier sitzen – bin ich ein toter Mann.«
Die nächsten Worte wisperte er mir ins Ohr. Ich bewahre das Geheimnis, das er mir dergestalt mitgeteilt hat. Die Verbindung, zu der er gehörte, wird für den Zweck, den diese Blätter verfolgen, genügend gekennzeichnet sein, wenn ich sie bei den wenigen Anlässen, wo ein Zurückkommen auf den Gegenstand schlechterdings erforderlich wird, hier ›Die Brüderschaft‹ nenne.
»Ziel und Zweck der Brüderschaft,« fuhr Pesca fort, »sind, kurz gesagt, die gleichen, wie andere ähnlich gerichtete politische Verbindungen sie ebenfalls verfolgen – die Zerstörung der Tyrannei, und die Einsetzung der Rechte des Volkes. Die Lehrsätze der Brüderschaft sind nur zwei: solange das Leben eines Menschen nützlich oder auch nur harmlos verläuft, hat er das Recht, sich seiner zu erfreuen; falls seine Lebensführung jedoch das Wohlergehen seiner Mitmenschen beeinträchtigt, hat er im gleichen Augenblick dieses Recht verwirkt, und es ist nicht nur kein Verbrechen, sondern sogar ein positives Verdienst, ihn zu beseitigen. Es ist hier nicht meines Amtes, darzutun, unter was für schrecklichen Umständen von Bedrükkung und Leiden diese Verbindung entstanden ist. Und es ist nicht Ihre Sache, zu verurteilen – ich meine: Sache von Euch Engländern, die Ihr Eure Freiheit vor so langer Zeit errungen, daß Ihr bereits wieder aufs bequemste vergessen habt, was für Blut damals vergossen worden, und zu was für verzweifelten Entschlüssen auch Ihr in jenem Ringen greifen mußtet – es ist also nicht Eure Sache, zu

beurteilen, wie weit die äußerste Erbitterung die bis zum Wahnsinn gereizten Männer einer versklavten Nation zu treiben habe oder nicht. Das Schwert, das in unsre Seelen drang, ist zu tief eingedrungen, als daß Ihr das Eisen noch erblicken könntet. Laßt Ihr nur den Emigranten ungehudelt! Lacht ihn meinethalben aus; mißtraut ihm; reißt erstaunte Augen auf ob des geheimen Wesens, das in ihm schwelt – zuweilen unter der Alltagsehrbarkeit und Gesetztheit eines Mannes wie ich – öfters unter der nagenden Armut, der rauhen Unflätigkeit von Männern, die weniger glücklich, weniger anpassungsfähig, weniger geduldig sind, als ich – aber sitzt nicht zu Gericht über Uns! In den Tagen Eures Ersten Karl hättet Ihr uns Gerechtigkeit widerfahren lassen – aber der langgewohnte Luxus Eurer eigenen Freiheit hat Euch unfähig gemacht, uns auch heute noch Gerechtigkeit widerfahren zu lassen.«
Alle die tiefsten Gefühle seiner Natur schienen in diesen Worten an die Oberfläche gelangen zu wollen – sein ganzes Herz schüttete sich, das erste Mal seitdem wir uns kannten, vor mir aus – aber dennoch erhob sich seine Stimme nie, noch verließ ihn je die Furcht ob der schrecklichen Enthüllung, die er mir zu machen im Begriff stand.
»So weit,« nahm er den Faden wieder auf, »mag Ihnen die Verbindung erscheinen, wie andere Verbindungen auch. Ihr Ziel besteht – Ihrer englischen Meinung nach – in Anarchie und Revolution. Sie nimmt einem schlimmen König oder einem schlechten Minister das Leben, wie wenn sowohl der Eine als auch der Andere nichts als gemeingefährliche wilde Bestien wären, die man bei der erstenbesten Gelegenheit abschießt – ich gebe Ihnen das gern zu. Aber ansonsten gleichen die Gesetze der Brüderschaft mitnichten den Gesetzen irgendeiner anderen politischen Verbindung auf der ganzen weiten Oberfläche der Erde. Ihre Mitglieder kennen einander zum Beispiel nicht. In Italien gibt es einen Präsidenten; aber es gibt Präsidenten auch im Auslande. Jeder von ihnen hat seinen eigenen Sekretär. Der Präsident und die Sekretäre kennen die einzelnen Mitglieder; aber diese einzelnen Mitglieder unter sich, sind einander grundsätzlich so lange fremd, bis die Oberhäupter es – sei es im allgemeinen politischen Drange der Zeiten, sei es im privaten Interesse der Gesellschaft – für angemessen erachten, den Einen oder den Anderen miteinander bekannt zu machen. Bei einer solchen Sicherheitsvorkehrung ist es nicht nötig, uns beim Eintritt einen Eidschwur

abzufordern. Wir werden eins mit der Brüderschaft, durch eine geheime Markierung, die wir Alle tragen, und die unauslöschlich ist, solange unser Leben währt. Wir sind angewiesen, unsern normalen Tagesgeschäften nachzugehen, und uns lediglich vier Mal im Jahre beim Präsidenten oder bei seinem Sekretär zu melden, für den Fall, daß man unsrer Dienste benötigt sein könnte. Wir sind gewarnt, daß, falls wir die Brüderschaft je verraten, oder ihr Schaden dadurch zufügen, daß wir ihr andere Interessen voranstellen, wir den Gesetzen der Brüderschaft gemäß sterben – sterben durch die Hand eines Fremden, der vielleicht vom andern Ende der Welt hergeschickt wird, den tödlichen Streich zu führen – oder auch durch die Hand unsres Busenfreundes, der vielleicht, uns unbekannt, all die langen Jahre unseres vertraulichen Umganges hindurch, ebenfalls Mitglied gewesen ist. Manchmal wird die Hinrichtung hinausgezögert – manchmal folgt sie der Verräterei auf dem Fuß. Es ist unsere erste Obliegenheit, warten zu lernen – unsere zweite, zu gehorchen, sobald das Befehlswort ausgesprochen ist. Manche von uns warten vielleicht ihr Leben lang, und werden nie eingesetzt. Andere wieder werden am Tage ihres Eintritts noch berufen, Hand ans Werk, oder Hand an die Vorbereitungen zum Werk zu legen. Ich selbst – der winzige, leichtherzige, lustige Mann, wie Sie ihn kennen; der kaum imstande ist das Taschentuch zu nehmen, und im Ernst nach der Fliege zu schlagen, die ihm ums Gesicht summt – ich bin in jüngeren Jahren – anläßlich einer so fürchterlichen Kränkung, daß ich Ihnen gar nicht davon erzählen mag – in einem ersten Impuls in die Brüderschaft eingetreten, etwa wie ich mir auch in einem ersten Impuls hätte den Tod geben können. Und jetzt muß ich eben darin aushalten – was immer ich auch heute, in gesicherteren Umständen und bei männlich-kälterer Überlegung davon denken mag: sie hat mich nun einmal, und zwar bis zu meinem Sterbetage. – Nun weiter: während ich noch in Italien weilte, war ich gewählter Sekretär; und sämtliche Mitglieder jener Zeit, die meinem Präsidenten von An- zu Angesicht gegenübergestanden haben, haben auch *mir* von An- zu Angesicht gegenübergestanden.«

Jetzt begann ich zu begreifen; jetzt sah ich, worauf seine außerordentlichen Enthüllungen in letzter Instanz hinausliefen. Er hielt einen Augenblick inne; beobachtete mich angespannt – beobachtete – bis er anscheinend erraten hatte, was in meinem Geiste vorging; dann fuhr er wieder fort:

»Sie haben Ihre Schlüsse bereits selbständig gezogen,« sagte er; »ich seh' es an Ihrem Gesicht. Erzählen Sie mir nichts — weihen Sie mich nicht in das Geheimnis Ihrer Gedankengänge ein. Lassen Sie mich das allerletzte persönliche Opfer bringen — um Ihretwillen — und dann sind wir fertig mit dem Thema, und werden nie, nie mehr darauf zurückkommen.«
Er machte mir ein Zeichen, ihm durch nichts zu antworten — erhob sich — legte sein Jäckchen ab — und streifte dann an seinem linken Arm den Hemdsärmel in die Höhe.
»Ich habe Ihnen mein Wort gegeben, daß ich Ihnen restlos vertrauen will,« wisperte er, ganz dicht an meinem Ohr, während sein Auge wachsam die Tür beobachtet hielt. »Was auch immer die Folgen sein mögen, Sie sollen mir wenigstens nicht den Vorwurf machen können, Ihnen irgendetwas vorenthalten zu haben, was zu wissen Ihren Zwecken dienlich sein könnte. Ich hatte gesagt, daß die Brüderschaft ihre Mitglieder durch eine Markierung zeichnet, die lebenslänglich anhält. Sehen Sie sich mit eigenen Augen die betreffende Stelle an, und auch die Markierung selbst.« Er hob den entblößten Arm, und wies mir, ganz oben auf der Innenseite, das tief ins Fleisch eingebrannte, mit heller blutroter Farbe tätowierte Zeichen. Ich enthalte mich hier der genauen Beschreibung dessen, was es im einzelnen darstellte; es genüge zu sagen, daß es von kreisförmiger Gestalt war, und so klein, daß eine Münze von Schillingsgröße es vollständig bedeckt hätte.
»Ein Mann, der an dieser Stelle dieses Zeichen eingebrannt trägt,« sagte er, und bedeckte dabei schon wieder seinen Arm, »ist Mitglied der Brüderschaft. Ein Mann, der der Brüderschaft gegenüber Falschheit verübte, wird früher oder später von den Oberhäuptern, die ihn kennen, entdeckt — entweder von einem der Präsidenten oder der Sekretäre, wie der Fall nun gerade liegt. Und ein Mann, den die Oberhäupter solchergestalt entdeckt haben, ist tot. *Kein Gesetz, von Menschen gemacht, kann ihn schützen.* — So, nun überdenken Sie, was Sie gesehen und gehört haben — ziehen Sie nach Belieben Ihre Schlüsse daraus — unternehmen Sie dann anschließend, was Sie wollen. Aber im heiligen Namen Gottes: was immer Sie herausbekommen, was immer Sie tun mögen, erzählen Sie *mir* nichts davon! Lassen Sie mich frei von einer Verantwortung bleiben, an die nur zu denken mich schaudern macht — und von der mein Gewissen ja auch weiß, daß es sich diesmal nicht um *meine*

Verantwortung handelt. Ich wiederhole es noch einmal, zum letzten Mal – auf meine Ehre als Gentleman, auf meinen Eid als Christenmensch: wenn der Mann, auf den Sie mich in der Oper heute aufmerksam machten, *mich* kennt, dann hat er sich so verändert, oder meinethalben so verkleidet, daß *ich* ihn *nicht* kenne. Ich weiß nichts davon, was er in England tut oder treibt. Ich habe ihn meines Wissens nie gesehen, habe nie den Namen gehört, unter dem er auftritt, bis zum heutigen Abend. Weiter sage ich nichts. – Lassen Sie mich bitte ein bißchen allein jetzt, Walter. Ich bin ganz überwältigt ob dessen, was sich abgespielt hat – ganz erschüttert von dem, was ich Ihnen mitgeteilt habe. Lassen Sie mich versuchen, wieder ich-selbst zu werden, bis wir uns das nächste Mal sehen.«

Er sank auf einen Stuhl, wandte sich weg von mir, und barg sein kleines Gesicht in den Händchen. Ich machte mir die Tür auf, ganz leise, um ihn nicht zu stören; und sprach auch meine paar Abschiedsworte nur gedämpft, damit er sie, ganz nach Gefallen, hören konnte oder nicht.

»Ich werde die Erinnerung an heute Abend in meinem tiefsten Herzen bewahren,« sagte ich. »Sie sollen das Vertrauen, das Sie in mich setzen, nie zu bereuen haben. – Darf ich morgen wieder zu Ihnen kommen? Darf ich schon in aller Frühe, gegen 9 Uhr, erscheinen?«

»Ja, Walter,« erwiderte er, indem er freundlich zu mir aufschaute und wiederum Englisch sprach, wie wenn seine einzige Sorge nunmehr nur darin bestünde, sobald wie möglich unser früheres Verhältnis zueinander wieder herzustellen. »Kommen Sie zu meinem kleinen Bißchen Frühstück, bevor ich noch meiner Wege zu den Schülern gehe, die ich unterrichte.«

»Gute Nacht, Pesca.« –

»Gute Nacht, mein Freund.«

VI

Mein allererster Gedanke, sobald ich mich wieder allein und außerhalb des Hauses befand, war, daß mir keine andere Alternative

übrigbliebe, als auf der Stelle aufgrund der mir gewordenen Informationen zum Handeln zu schreiten — mich also des Conte heute Abend noch zu versichern, oder aber, wenn ich auch nur bis zum nächsten Morgen zögerte, den Verlust von Lauras letzter Chance zu riskieren. Ich sah auf meine Uhr — es war zehn.
Was die Ursache angeht, ob deren der Conte so fluchtartig das Theater verlassen hatte, so hegte ich bei mir nicht mehr den Schatten eines Zweifels. Und seine Flucht vor uns, heute Abend, stellte ohne alle Frage nur das Vorspiel zu seiner anschließenden Flucht aus London vor. Und das Zeichen der Brüderschaft trug er am Arm — dessen fühlte ich mich so sicher, wie wenn er mir das Brandmal gezeigt hätte. Und den Verrat der Brüderschaft hatte er auf dem Gewissen — das hatte ich der Art entnommen, wie er Pesca wiedererkannte.
Wieso die Wiedererkennung nicht gegenseitig erfolgt war, war unschwer zu begreifen. Ein Mann vom Charakter des Conte würde niemals die bedenklichen Konsequenzen des Spionenberufes auf sich genommen haben, ohne seine persönliche Sicherheit genau so sorgfältig zu berücksichtigen, wie er den goldenen Lohn berücksichtigte. Das glattrasierte Gesicht, auf das ich in der Oper gezeigt hatte, konnte zu Pescas Zeiten ja durchaus von einem Vollbart bedeckt gewesen sein — das dunkelbraune Haar konnte eine Perücke — sein Name und Titel ohne weiteres ein falscher sein. Auch die Zeit selbst konnte für ihn gearbeitet — seine fabulöse Beleibtheit sich erst im Lauf der späteren Jahre eingestellt haben. Es war vollkommen glaubwürdig, daß Pesca ihn nicht wiedererkannte — und ebenso wahrscheinlich, daß er Pesca sofort wiedererkannt hatte, dessen auffällige persönliche Erscheinung ihn, wo immer er auch weilte, platterdings unübersehbar machte.
Ich sagte bereits, daß ich mir der Absichten des Conte, als er uns im Theater entkam, so gut wie sicher war. Wie hätte ich auch daran zweifeln können, wo ich doch mit eigenen Augen gesehen hatte, daß er sich trotz aller Veränderungen in seiner äußeren Erscheinung von Pesca erkannt wähnte, und sich deshalb in Lebensgefahr zu befinden glaubte? Wenn ich ihn, gleich heute Abend noch, zu sprechen bekam; wenn ich ihm dartun konnte, daß auch ich hinsichtlich der tödlichen Gefahr in der er sich befand, im Bilde war, dann würde sich, ja welches?, Resultat ergeben? Offenbar dieses: Einer von uns Beiden mußte dann Herr der Lage bleiben — Einer von uns Beiden

würde unweigerlich, auf Gedeih und Verderb, dem Andern preisgegeben sein.
Ich war es mir selbst schuldig, die Chancen *gegen* mich sorgsam abzuwägen, bevor ich mich ihnen stellte. Ich war es meiner Frau schuldig, alles irgend in meiner Macht stehende zu tun, um die Gefahr zu vermindern.
Die Chancen gegen mich bedurften keines langen Herzählens – sie ließen sich alle in eine zusammenfassen: falls der Conte, aufgrund meiner eigenen Äußerungen, zu der Überzeugung kommen sollte, daß der geradeste Weg zur Sicherheit über mich und mein Leben hinwegführte, dann würde er vermutlich so ziemlich der letzte Mann auf Erden sein, davor zurückzuscheuen, mich zunächst möglichst in Sicherheit zu wiegen, und dann, sobald er mich unter vier Augen und in Reichweite hätte, eben besagten Weg einzuschlagen. Das einzige Verteidigungsmittel hiergegen, auf das ich mich, das Risiko zu vermindern, überhaupt verlassen konnte, bot sich mir nach nur kurzem, scharfem Überlegen gleichsam von selbst dar: bevor ich irgendeine persönliche Andeutung von meiner Entdeckung ihm gegenüber machte, hatte ich diese Entdeckung selbst irgendwo zu deponieren, wo sie zum sofortigen Gebrauch gegen ihn bereit, und überdem sicher vor jeglichem Versuch der Unterdrückung von seiner Seite war. Wenn ich dergestalt die Mine unter ihn legte, noch ehe ich mich ihm näherte; und bei einer dritten Person Anweisung hinterließ, sie nach Ablauf einer bestimmten Zeit hochgehen zu lassen, es sei denn, ich nähme rechtzeitig vorher mit eigener Hand oder eigenem Mund meine Anweisung wieder zurück – in diesem Fall würde die Sicherheit des Conte absolut mit der meinigen gekoppelt sein, und ich meine vorteilhafte Stellung ihm gegenüber sogar in seinem eigenen Hause zuversichtlich behaupten können.
Diese Idee war mir gekommen, als ich mich schon nahe unserer neuen Wohnung befand, die wir nach unserer Rückkehr aus dem Seebad bezogen hatten. Ich gelangte mit Hülfe meines Schlüssels hinein, ohne Jemanden aufstören zu müssen. Im Hausflur brannte noch eine Lampe, und ich stahl mich mit ihr nach oben, in meinen Arbeitsraum, um meine Vorbereitungen zu treffen und mich dann endgültig auf eine Unterredung mit dem Conte einzulassen, noch ehe Laura oder Marian den geringsten Verdacht schöpfen könnten, von dem was ich vorhatte.

soweit unbekannt zu bleiben, daß er es vor seinem eigenen Gewissen verantworten konnte, wenn er sich passiv verhielt — besprach nur zu deutlich, daß die Mittel, die furchtbare Justiz der
Brüderschaft in Gang zu setzen, ihm nötigenfalls griffbereit zur
Hand seien, ob er schon, als ein von Natur humaner Mensch, in
meiner Gegenwart sich gescheut hatte, [illegible]
zusprechen. Die tödliche Sicherheit, mit der die Rache ausländischer politischer Geheimbünde den Verräter an ihrer Sache zu Tode
[illegible]
oberflächlichen Kenntnisse zu oft durch Beispiele belegt worden, um
irgend daran zweifeln zu können. Selbst wo meine einzige Bekanntschaft mit dem Gegenstand vom Zeitungslesen her datierte, lieferte
mein Gedächtnis mir doch genügend Fälle, wo Ausländer, in London oder Paris, erdolcht in den Straßen aufgefunden und die Mörder niemals gefaßt worden waren — wo ganze Leichen oder Leichen-
teile in die Themse oder die Seine geworfen worden waren, von
Händen, die nie entdeckt werden konnten — wo von Todesfällen
durch geheime Gewalttätigkeit berichtet worden war, die eigentlich
[illegible]
[illegible] und ich verhehle auch jetzt
[illegible]
fatale Ereignis einträte, das Pesca autorisierte, meinen Umschlag zu
öffnen, Conte Foscos Todesurteil unterschrieben.
[illegible]
Boten besorgen könnte. Zufälligerweise kam er im selben Augen-
[illegible]
Absatz begegneten. Als er vernommen hatte, was ich wünschte,
schlug er mir als Boten seinen eigenen Sohn, einen aufgeweckten
[illegible]
mir von dem Herrn eine kurze Zeile der Bestätigung wieder mit her-
bringen — er sollte übrigens in derselben Droschke zurückkommen
und den Kutscher unten an der Haustür gleich auf mich warten
lassen. Es war inzwischen schon fast halb Elf geworden; ich rechnete, daß der Junge in ungefähr 20 Minuten wieder da, und ich
[illegible]
Wood sein könnte.

Als der Bursche mit seiner Botschaft glücklich unterwegs war, kehrte ich erst noch für eine kleine Weile in mein Zimmer zurück, um gewisse Papiere zu ordnen, so daß sie, für den Fall, daß das Schlimmste eintreten sollte, leicht gefunden werden konnten. Den Schlüssel zu dem altmodischen Schreibsekretär, in dem ich die Papiere aufbewahrte, siegelte ich ein, und legte das kleine Päckchen dann, mit Marians Namen außen beschrieben, auf meinen Tisch. Dies erledigt, begab ich mich nach unten ins Wohnzimmer, wo ich Laura und Marian anzutreffen gedachte, wie sie meine Rückkehr von der Oper erwarteten. Ich spürte, wie meine Hand, als ich sie auf die Türklinke legte, zum ersten Mal ein wenig zitterte.

Aber außer Marian war Niemand im Zimmer. Sie war mit Lesen beschäftigt, und schaute, als ich eintrat, erstaunt auf ihre Uhr.

»Wie zeitig Sie wieder da sind!« sagte sie. »Sie müssen weggegangen sein, noch ehe die Vorstellung zu Ende war?«

»Ja,« entgegnete ich, »weder Pesca noch ich haben das Ende abgewartet. – Wo ist denn Laura?«

»Sie hat heute Abend wieder so heftige Kopfschmerzen gehabt; und ich hab' ihr geraten, sich, sobald wir unsern Tee getrunken hatten, zu Bett zu begeben.«

Ich verließ das Zimmer wieder, unter dem Vorwand, daß ich nachsehen wolle, ob Laura schon schliefe. Marians rascher Blick hatte bereits angefangen, forschend mein Gesicht zu mustern – Marians rascher Instinkt hatte angefangen zu entdecken, daß mein Gemüt von irgend etwas bedrückt wurde.

Als ich das Schlafzimmer betrat, und mich beim trüben Flackern des Nachtlämpchens leise dem Bett näherte, lag meine Frau schon im Schlummer.

Wir waren noch nicht ganz einen Monat verheiratet. Wenn mein Herz mir schwer wurde, mein Entschluß noch einmal ins Wanken geriet, als ich sah, wie ihr Gesicht selbst im Schlaf getreulich nach *meinem* Kopfkissen hin gerichtet war – als ich erblickte, wie ihre Hand geöffnet auf dem Deckbett lag, wie wenn sie auch unbewußt noch auf die meine wartete – dann gab es doch sicher eine gewisse Entschuldigung für mich? Ich gestattete mir nur ganz wenige Minuten, um neben dem Bett niederzuknien, und sie von nahem anzusehen – so nahe, daß ich ihren Atem, wie er kam und ging, an meinem Gesicht spürte. Ich berührte ihr zum Abschied nur ganz vorsichtig Hand und Wange mit meinen Lippen – sie regte sich im

Schlaf, und murmelte meinen Namen, aber ohne wach zu werden. An der Tür hielt ich noch einmal einen Augenblick an, um zu ihr hinüber zu sehen. »Gott segne und beschütze Dich, mein Liebling!« flüsterte ich, und verließ sie.

Auf der Treppe wartete schon Marian auf mich; sie hatte ein zusammengefaltetes Stück Papier in der Hand.

»Der Sohn des Hauswirtes hat dies für Sie abgegeben,« sagte sie. »Und unten an der Tür wartet die Droschke auf Sie – er sagte, Sie hätten ihn angewiesen, dort eine zu Ihrer Verfügung zu halten?«

»Ganz recht, Marian. Ich brauche eine Droschke – ich muß noch einmal fort.«

Während ich so sprach, stieg ich gleichzeitig die Stufen hinab, und trat auf einen Sprung ins Wohnzimmer, um beim Licht der Kerze auf dem Tisch schnell noch Pescas Mitteilung zu lesen; es war seine Handschrift, und sie bestand nur aus 2 Sätzen –:

»Ihren Brief erhalten. Sollte ich Sie vor der angegebenen Zeit nicht mehr zu sehen bekommen, erbreche ich mit dem Glockenschlag das Siegel.«

Ich legte das Blatt in mein Notizbuch, und wandte mich zur Tür. Marian traf mich auf der Schwelle, und drängte mich ins Zimmer zurück, daß das Kerzenlicht mir voll ins Gesicht fiel. Sie hielt mich mit beiden Händen fest, und ihre Augen bohrten sich forschend in die meinigen.

»Aha!« sagte sie, in halblautem scharfem Flüsterton: »Sie sind im Begriff, heut Nacht die letzte Chance zu erproben.«

»Ja; die letzte Chance, und die beste,« flüsterte ich zurück.

»Aber nicht allein! Oh, Walter, um Gotteswillen, nicht alleine! Lassen Sie mich mitkommen. Lehnen Sie mich nicht ab, weil ich nur eine Frau bin. Ich muß mit! Ich will mit! Ich – ich warte draußen, in der Droschke!«

Jetzt war es an mir, *sie* festzuhalten. Sie versuchte sich meinem Griff zu entwinden, und als Erste die Tür zu erreichen. »Wenn Sie mich unterstützen wollen,« sagte ich, »dann bleiben Sie hier, und schlafen Sie heut Nacht bei meiner Frau im Zimmer. Lassen Sie mich losfahren, so daß ich um Laura unbesorgt sein kann, für alles andere stehe ich selbst ein. – Kommen Sie, Marian; geben Sie mir

einen Kuß, und beweisen Sie mir, daß Sie den Mut haben, ruhig auf mich zu warten, bis ich wieder komme.«
Ich wagte nicht, ihr Zeit zu lassen, auch nur ein einziges Wort mehr zu sagen. Erneut versuchte sie, mich festzuhalten. Ich riß ihre Hände von mir ab, und war im Handumdrehen aus dem Zimmer hinaus. Der Bursche unten hörte mich die Treppe herunter kommen, und machte sofort die Haustür auf. Ich sprang in die Droschke, noch ehe der Kutscher vom Bock herunter war —: »St. John's Wood; Forest Road!« rief ich ihm durch das Vorderfenster zu; und: »Doppelte Taxe, wenn Sie in einer Viertelstunde dort sind!« »Wird gemacht, Sir.« — Ich sah auf die Uhr:?: Elf! Keine Minute mehr zu verlieren.
Die rasche Bewegung des Gefährtes; das Gefühl, daß jegliche Sekunde jetzt mich dem Conte näher brachte; die Gewißheit, daß ich mich endlich, frei und ungehemmt, zu meinem gefahrvollen Unternehmen angeschickt hatte, entzündete in mir ein derartiges Feuer der Erregung, daß ich dem Kutscher zurief, nur schneller, schneller, zu fahren. Als wir die Straßen verließen, und die St. John's Wood Road überquerten, übermannte meine Ungeduld mich dermaßen, daß ich im Wagen aufstand und den Kopf aus dem Fenster steckte, um das Ende der Fahrt zu erblicken, noch ehe wir es erreichten. Genau als es von einem Kirchturm in der Ferne die erste Viertelstunde schlug, bogen wir in die Forest Road ein. Ich ließ den Fahrer ein kurzes Stück vorm Haus des Conte halten; lohnte ihn ab und entließ ihn; und ging dann hin, zu seiner Haustür.
Als ich mich dem Gartenpförtchen näherte, sah ich aus der mir entgegengesetzten Richtung Jemand anders ebenfalls darauf zukommen. Unter der Gaslaterne auf der Straße trafen wir zusammen, und sahen einander an — ich erkannte auf der Stelle den Fremden mit dem hellen Haar und der Narbe auf der Backe, und ich möchte sagen, er erkannte auch *mich*. Er sagte jedoch nichts; ging vielmehr, anstatt, wie ich, vor dem Hause stehen zu bleiben, langsam weiter. Ob er zufällig hier in der Forest Road war? Oder konnte er dem Conte von der Oper her gefolgt sein?
Aber ich schob diese Fragen beiseite. Erst wartete ich noch ein wenig, bis der Fremde — das dauerte lange! — außer Sicht gekommen war; und läutete dann am Gartentor. Es war jetzt 20 nach 11 — an sich spät genug, um es dem Conte leicht zu machen, mich durch die Entschuldigung loszuwerden, daß er im Bette läge.

Die einzige Möglichkeit, mich gegen dergleichen Trick zu verwahren, bestand darin, ihm ohne alle weiteren Präliminarien und Fragen meine Karte hinein zu schicken, und ihn gleichzeitig wissen zu lassen, daß ich ein ernstliches Motiv hätte, ihn zu so später Stunde noch sprechen zu wollen. Demzufolge nahm ich, während ich noch stand und wartete, eine Visitenkarte heraus, und schrieb unter meinen Namen: ›In dringender Angelegenheit‹. Während ich noch mit Bleistift das letzte Wort kritzelte, kam auf mein Läuten hin ein Dienstmädchen an das Tor, und erkundigte sich mißtrauisch, was ich »gefälligst wünsche«?

»Bitte, seien Sie so gut, und geben Sie das Ihrem Herrn,« erwiderte ich, und überreichte ihr die Karte.

Ich erkannte an der zögernden Art des Mädchens, daß, hätte ich von vornherein nach dem Conte gefragt, sie schon ihre Anweisungen hatte, mir zu erklären, daß er nicht zuhause sei. Das Selbstvertrauen jedoch, mit dem ich ihr meine Karte hinhielt, machte sie unsicher; nachdem sie mich, in nicht unbeträchtlicher Verwirrung, angestarrt hatte, begab sie sich mitsamt meiner Botschaft ins Haus zurück; schloß aber hinter sich die Tür, und ließ mich im Vorgarten stehen und warten.

Nach ungefähr einer Minute erschien sie erneut: »Eine Empfehlung vom Herrn; und ob ich wohl so gut sein möchte und sagen, in welcher Angelegenheit ich käme?«. – »Nehmen Sie meine Kontra-Empfehlungen mit hinein,« entgegnete ich, »und sagen Sie, daß mein Anliegen Niemand anders mitgeteilt werden könnte, als allein Ihrem Herrn.«

Sie ging erneut; kehrte erneut wieder – und bat mich diesmal, einzutreten.

Ich folgte ihr auf dem Fuß. Einen Moment später befand ich mich im Hause des Conte.

VII

Zwar brannte keine Lampe in der Vorhalle; aber beim matten Schein der Küchenkerze, die das Mädchen mit hoch gebracht hatte, sah ich, wie eine ältere Dame sich geräuschlos aus einem zurückliegenden Zimmer im Erdgeschoß davon stahl. Sie sandte mir einen

Vipernblick zu, als ich die Vorhalle betrat, sagte jedoch nichts, und begab sich langsam nach oben, ohne meine Verbeugung irgend zu erwidern. Ich war mit Marians Tagebuch hinreichend vertraut, um versichert zu sein, daß es sich bei dieser älteren Dame um Madame Fosco handelte.

Das Dienstmädchen führte mich zu eben dem Zimmer, das die Contessa gerade verlassen hatte. Ich trat ein, und fand mich von Angesicht zu Angesicht dem Conte gegenüber.

Er war noch im Abendanzug, das Jackett ausgenommen, das er über einen Stuhl geworfen hatte. Seine Hemdsärmel waren an den Handgelenken ein Mal umgelegt, aber nicht höher gerollt. Auf der einen Seite von ihm stand eine offene Reisetasche, eine Kiste auf der anderen. Über den ganzen Raum hin waren Bücher, Papiere und diverse Bekleidungsartikel zerstreut. Auf einer Seite der Tür stand auf einem Tischchen der mir durch Beschreibung so wohl bekannte Käfig, der seine weißen Mäuse enthielt; die Kanarienvögel und der Kakadu befanden sich wahrscheinlich in einem anderen Zimmer. Er hatte vor der Kiste gesessen mit Einpacken beschäftigt, als ich eintrat, und erhob sich jetzt, in der Hand einige Schriftstücke, um mich zu empfangen. Sein Gesicht zeigte noch unverkennbar die Spuren des Schocks, der ihn in der Oper überwältigt hatte. Seine fetten Wangen hingen schlaff, die kalten grauen Augen blickten unruhig und wachsam, Stimme, Aussehen und Betragen — alles war gleichermaßen argwöhnisch und gespannt, als er zur Begrüßung einen Schritt auf mich zu tat, und mich höflich und distanziert ersuchte, Platz zu nehmen.

»Sie sind in dringender Angelegenheit gekommen, Sir?« sagte er. »Ich gestehe, ich kann mir nicht vorstellen, um was für Angelegenheiten es sich da handeln könnte.«

Die unverstellte Neugier, mit der er mir, während er sprach, interessiert ins Gesicht schaute, überzeugte mich, daß ich ihm in der Oper nicht weiter aufgefallen sein konnte. Sein Blick war zuerst auf Pesca getroffen; und von dem Moment an bis dahin, wo er das Theater verließ, hatte er offenbar nicht mehr Augen für anderes gehabt. Mein Name mußte ihm selbstverständlich nahelegen, daß ich einzig und allein mit feindlichen Absichten ihm gegenüber in sein Haus gekommen sei; aber hinsichtlich der wahren Natur meines Anliegens schien er soweit gänzlich ahnungslos zu sein.

»Es trifft sich glücklich, daß ich Sie heut Nacht noch hier vorfinde,« sagte ich. »Sie scheinen im Begriff, eine Reise anzutreten?«
»Steht Ihr Anliegen mit dieser meiner Reise in Verbindung?«
»Bis zu einem gewissen Grade, ja.«
»Bis zu welchem Grade? Ist Ihnen bekannt, wohin ich verreise?«
»Das nicht. Ich weiß lediglich, warum Sie London verlassen.«
Er war in Gedankenschnelle bei mir vorüber geschlüpft, hatte die Tür abgeschlossen, und den Schlüssel in die Tasche gesteckt. »Sie und ich, Herr Hartright, sind ja durch Hörensagen aufs ausgiebigste miteinander bekannt,« sagte er. »Ist Ihnen, als Sie dieses Haus betraten, zufälligerweise vielleicht auch das einmal kurz eingefallen, daß ich mit nichten die Art Mann sein dürfte, mit der Sie groß spaßen können?«
»Es ist mir eingefallen,« erwiderte ich, »und ich bin auch nicht gekommen, um zu spaßen. Ich bin hier, in einer Angelegenheit auf Leben und Tod; und auch wenn die Tür, die Sie soeben abgeschlossen haben, weit offen stünde, würde nichts, was Sie sagen oder tun könnten, mich dazu bewegen, freiwillig hindurch zu gehen.«
Ich begab mich bei diesen Worten vielmehr noch tiefer ins Zimmer, und stellte mich, ihm gegenüber, auf den Vorleger, der sich vorm Kamin befand. Er seinerseits zog sich einen Stuhl vor die Tür, und nahm darauf Platz, wobei er jedoch den linken Arm auf der Tischplatte ruhen ließ. Er war jetzt sehr dicht an dem Käfig mit den weißen Mäusen, und die kleinen Geschöpfchen kamen, als sein schwerer Arm den Tisch erschütterte, aus ihrem Schlafnestchen herausgehastet, und sahen ihn durch die buntgemalten Drahtstäbe hindurch erwartungsvoll an.
»In einer Angelegenheit auf Leben und Tod,« wiederholte er für sich selbst. »Diese Worte sind vielleicht etwas ernsthafter, als Sie sich vorstellen. Was meinen Sie damit?«
»Was ich gesagt habe.«
Auf seine breite Stirn begannen dicke Schweißtropfen zu treten, und seine linke Hand stahl sich langsam über die Tischkante. Dort befand sich ein Schub mit einem Schloß, und in dem Schloß steckte der Schlüssel. Sein Daumen und Zeigefinger legten sich um diesen Schlüssel, doch drehte er ihn noch nicht herum.
»Also Sie wissen, warum ich London verlasse?« fuhr er fort. »Dann sagen Sie mir doch bitte mal den Grund.« Er drehte den Schlüssel, während er sprach, und schloß den Schub auf.

»Ich kann etwas weit besseres tun,« erwiderte ich. »Ich kann Ihnen den Grund *zeigen*, wenn Sie wollen.«
»Inwiefern können Sie ihn zeigen?«
»Sie haben ohnehin gerade Ihr Jackett abgelegt,« sagte ich. »Rollen Sie doch einmal am linken Arm den Hemdsärmel hoch, dann können Sie ihn dort erblicken.«
Sein Gesicht nahm die gleiche fahle Bleifärbung an, von der es schon im Theater überzogen worden war. Fest und unverwandt leuchteten seine Augen mitten in die meinen, und es glitzerte tödlich darin. Er sagte nichts. Aber seine linke Hand zog langsam den Tischschub auf, und schlüpfte sacht hinein. Einen Augenblick lang vernahm ich das harte kratzende Geräusch von etwas Schwerem, das er, mir unsichtbar, dort verschob; dann wieder Stille. Das Schweigen, das nunmehr erfolgte, war so intensiv, daß das leise tickende Geknabber der weißen Mäuschen an ihren Gitterstäben mich, wo ich stand, ganz deutlich erreichte.
Mein Leben hing an einem Faden, und ich wußte das auch. In diesem allentscheidenden Augenblick dachte ich mit *seinem* Gehirn, fühlte ich mit *seinen* Fingern – ich war mir dessen, was er dort in der Schublade vor mir verbarg, so gewiß, als hätte ich es mit eigenen Augen gesehen.
»Warten Sie noch ein bißchen,« sagte ich. »Sie haben doch die Tür abgeschlossen – Sie sehen, ich rege mich nicht – auch daß meine Hände leer sind, sehen Sie. Warten Sie noch ein wenig. Ich habe noch einiges mehr zu sagen.«
»Sie haben bereits genug gesagt,« entgegnete er mit unerwarteter Gelassenheit, die so unnatürlich und gespenstisch wirkte, daß sie meinen Nerven mehr zu schaffen machte, als jeder Ausbruch von Heftigkeit es getan hätte. »Ich möchte einen Augenblick in Ruhe meinen eigenen Gedanken nachhängen, wenn Sie gestatten – vielleicht erraten Sie ja, was ich bei mir überlege?«
»Das ist durchaus möglich.«
»Ich überlege nämlich,« bemerkte er ganz ruhig, »ob ich der Unordnung in diesem Zimmer, ein weiteres Element dadurch hinzufügen soll, daß ich Ihr wertes Gehirn in der Kamingegend dort verteile?«
Ich erkannte an seinem Gesicht, daß, hätte ich in dem Moment die geringste Bewegung gemacht, er zur Tat geschritten wäre. »Ich empfehle Ihnen, zuvor noch zwei Zeilen Geschriebenes zu lesen, die

ich zufällig bei mir führe,« gab ich zurück, »ehe Sie diese Frage endgültig entscheiden.«
Mein Vorschlag schien seine Neugierde zu erregen. Er nickte mit dem Kopf. Ich entnahm meinem Notizbuch Pescas Empfangsbescheinigung über meinen Brief, händigte sie ihm auf Armeslänge aus, und kehrte dann wieder auf meinen früheren Platz vor dem Kamin zurück.
Er las die Zeilen laut ab: »Ihren Brief erhalten. Sollte ich vor der angegebenen Zeit nicht mehr von Ihnen hören, erbreche ich mit dem Glockenschlag das Siegel.«
Jeder andere Mann in seiner Situation würde einer näheren Erläuterung dieser Worte bedurft haben — dem Conte gegenüber war dergleichen nicht nötig. Das einmalige Überlesen der Notiz informierte ihn von der von mir getroffenen Vorsichtsmaßnahme so deutlich, wie wenn er zur Zeit, da ich sie traf, dabei gewesen wäre. Der Ausdruck seines Gesichtes wurde auf der Stelle ein anderer, und seine Hand kam leer aus der Schublade hervor.
»Wohlgemerkt, Herr Hartright: ich schließe meine Schublade nicht etwa ab,« sagte er; »und mache mich ebensowenig anheischig, daß ich Ihr Gehirn nicht doch noch in der Kamingegend verteile. Aber ich bin ein gerechter Mann, sogar meinen Feinden gegenüber; und will fürs Erste zugeben, daß es sich bei ihnen um hellere Köpfe handelt, als ich angenommen hatte. Aber kommen Sie jetzt zur Sache, Sir: Sie wollen etwas von mir?«
»So ist es; und ich bin entschlossen, es zu bekommen.«
»Unter gewissen Bedingungen?«
»Bedingungslos!«
Seine Hand verschwand wieder im Tischschub.
»Pah! Wir drehen uns im Kreise,« sagte er, »und Ihr wertes anschlägiges Gehirn befindet sich neuerlich in Gefahr. Ihr Ton ist von einer beklagenswerten Unklugheit, Sir — mäßigen Sie ihn auf der Stelle! Das Risiko, Sie dort auf dem Fleck wo Sie stehen über den Haufen zu schießen, bedeutet *mir* weniger, als das Risiko, Sie noch einmal wieder aus diesem Hause zu lassen, es sei denn auf Bedingungen hin, die ich aussuche und diktiere. Sie haben jetzt nicht mehr mit meinem beklagenswerten Freunde zu tun — Sie stehen Auge in Auge mit Fosco! Und wenn die Schrittsteine zu meiner Sicherheit die Leben von 20 Herrn Hartrights wären: ich würde einen nach dem andern davon nehmen, unterstützt von meinem erhabenen

Gleichmut, ausbalanciert von meiner unerschütterlichen Gelassenheit. Respektieren Sie mich gefälligst, wenn Ihnen Ihr Leben lieb ist! Ich verlange von Ihnen die Antwort auf 3 Fragen, bevor Sie Ihre Lippen zu Anderweitigem öffnen. Hören Sie sie an – sie sind zu unserer Aussprache unerläßlich. Beantworten Sie sie – sie sind unumgänglich erforderlich für *mich*.« Er hielt einen Finger seiner Rechten in die Höhe: »Erste Frage!« sagte er. »Sie sind hier erschienen im Besitz von Informationen, die wahr, aber ebensogut auch falsch sein können – woher haben Sie sie erhalten?«
»Ich lehne es ab, Ihnen das mitzuteilen.«
»Tut nichts – ich werde es schon herausbekommen. Falls diese Ihre Information sich als richtig erweisen sollte – beachten Sie, ich wiederhole mit allem Nachdruck meiner Entschlossenheit: *falls*! – dann gedenken Sie jetzt hier ein Handelsobjekt daraus zu machen, aufgrund eigener Verräterei oder aber der Verräterei irgendeines Anderen. Ich präge diesen Umstand zu künftigem Gebrauch meinem Gedächtnis ein; einem Gedächtnis, das nichts vergißt – und fahre fort.« Er hielt einen weiteren Finger in die Höhe: »Frage Zwei! Die Zeilen ohne Unterschrift, die Sie mich aufforderten zu lesen: Wer hat sie geschrieben?«
»Ein Mann, auf den *ich* allen Grund habe, mich zu verlassen; und den *Sie* allen Grund haben, zu fürchten.«
Meine Antwort machte einigen Eindruck auf ihn. Seine linke Hand in der Schublade bebte vernehmlich. »Wie lange geben Sie mir,« erkundigte er sich, wobei er diese seine dritte Frage in wesentlich gemäßigterem Tone stellte, »bis zu jenem Glockenschlag, wo das Siegel erbrochen wird?«
»Hinreichend Zeit, um meine Bedingungen zu erfüllen.«
»Geben Sie mir eine klarere Antwort, Herr Hartright: um welche Stunde schlägt jene Uhr?«
»Morgen Früh um 9.«
»Morgen Früh um 9? – Jaja; Sie haben Ihre Falle natürlich aufgestellt, ehe ich das Visum für meinen Paß bekommen und London regulär verlassen kann. – Ich nehme an, es ist nicht etwa noch früher? Nun, das werden wir gleich sehen – ich kann Sie ja als Geisel hier behalten, und mit Ihnen vereinbaren, daß Sie den Brief zur Stelle schaffen müssen, bevor ich Sie gehen lasse. In der Zwischenzeit seien Sie doch bitte so gut, mir nun Ihrerseits Ihre Bedingungen zu nennen.«

»Sie sollen sie hören. Sie sind einfach und bald hergezählt. – Wessen Interessen ich bei meinem Besuch hier vertrete, ist Ihnen doch bekannt, ja?«
Er lächelte mit erhabenster Gefaßtheit, und schwenkte sorglos die rechte Hand. »Darf ich vielleicht einmal raten?« sagte er neckisch. »Also natürlich die Interessen einer Dame.«
»Ja; meiner Ehefrau.«
Er schaute mich an, das erstemal seitdem ich hier war, mit einem ehrlichen Ausdruck auf seinem Gesicht – dem Ausdruck unverstellten Erstaunens. Ich konnte erkennen, daß ich von nun an in seiner Achtung als gefährlicher Gegner endgültig gesunken war. Er schloß sogleich die Schublade ab, kreuzte die Arme über der Brust, und hörte mir mit einem Lächeln satirischer Aufmerksamkeit zu.
»Sie sind sich klar genug,« fuhr ich fort, »über den Verlauf, den meine Nachforschungen in den vergangenen Monaten genommen haben, um zu wissen, daß jeglicher Versuch, offenkundige Tatsachen abzustreiten, mir gegenüber völlig nutzlos ist. Sie haben sich eines verbrecherischen Anschlages schuldig gemacht! Und Ihr Motiv dafür war der Gewinn eines Vermögens von 10.000 £.«
Er erwiderte nichts. Aber sein Gesicht wurde plötzlich von lauernder Sorge überschattet.
»Behalten Sie Ihren Gewinst,« sagte ich. (Sogleich erhellte sein Gesicht sich wieder, und er sah mich aus Augen an, die vor Erstaunen immer größer und größer wurden.) »Ich bin nicht hier, um mich durch Schachern um Mammon zu erniedrigen, der durch Ihre Hände gegangen ist; der der Preis eines schändlichen Verbrechens war, und –«
»Sachte, Herr Hartright. Ihre moralischen Gemeinplätzchen mögen in England treffliche Wirkung tun – aber bewahren Sie sie bitte für sich selbst und Ihre eigenen Landsleute auf. Bei jenen 10.000 £ handelte es sich schließlich um ein Legat, das der verstorbene Herr Fairlie meiner trefflichen Gemahlin hinterlassen hat. Betrachten Sie die Angelegenheit von diesem Gesichtspunkt aus; dann will ich, wenn Sie Lust haben, mit Ihnen darüber debattieren. Allerdings wäre das Thema für einen Mann meiner Denkungsart in bedauerlichem Grade filzig und schmutzig. Ich zöge es vor, darüber hinweg zu gehen. – Ich ersuche Sie vielmehr, endlich wieder auf Ihre Bedingungen zurückzukommen: Was verlangen Sie von mir?«

»Als erstes verlange ich ein ausführliches Geständnis des verbrecherischen Anschlages, jetzt, in meiner Anwesenheit, eigenhändig von Ihnen geschrieben und unterzeichnet.«
Wiederum hob er den Finger. »Nummer Eins,« sagte er, indem er mit der festen Aufmerksamkeit eines praktischen Geschäftmannes mitzählte.
»Zum zweiten verlange ich einen gültigen Beweis – der also nicht von feierlichen Versicherungen Ihrerseits abhängt – in Bezug auf das Datum, an dem meine Frau Blackwater Park verließ und nach London fuhr.«
»Soso! Sie wissen Ihren Finger auf die schwache Stelle zu legen, wie ich sehe,« bemerkte er in aller Gemütsruhe. »Sonst noch etwas?«
»Im Augenblick weiter nichts.«
»Schön! Sie haben Ihre Bedingungen genannt; hören Sie nun auch die meinigen. – Die Folgen für mich, dasjenige zuzugeben, was Ihnen ›mein Verbrechen‹ zu nennen beliebt, dürften im Großen und Ganzen vermutlich geringer sein, als die Folgen, wenn ich Sie tot auf den Vorleger dort hinstrecke. Sagen wir also, daß ich auf Ihren Vorschlag eingehe – aber auf meine eigenen Bedingungen. Das Memoire, das Sie von mir verlangen, soll geschrieben, der gültige Beweis beschafft werden. Sie nennen doch einen Brief meines bedauernswerten verstorbenen Freundes, in dem er mir Tag und Stunde der Ankunft seiner damaligen Frau in London mitteilt, datiert, geschrieben und unterzeichnet von ihm selbst, einen hinreichenden Beweis, nehme ich an? Den kann ich Ihnen geben. Ich könnte Sie außerdem noch zu dem Unternehmer schicken, bei dem ich den Wagen gemietet habe, um meine Besucherin, an dem Tage, wo sie eintraf, von der Bahn abzuholen – selbst falls der einzelne Kutscher, der uns fuhr, versagen sollte, wird doch das Geschäftsbuch jenes Unternehmers Ihnen zu Ihrem Datum verhelfen. Dies also könnte und würde ich tun – aber nur unter Bedingungen. Ich zähle sie auf. Erste Bedingung!: Madame Fosco und ich verlassen dieses Haus wann und wie es uns beliebt, ohne irgendwelche weitere Einmischung Ihrerseits. – Zweite Bedingung! Sie leisten mir jetzt Gesellschaft und warten hier, bis morgen Früh um 7, wo mein Agent erscheint, um mit mir meine Angelegenheiten in Ordnung zu bringen. Sie geben dann meinem Agenten eine schriftliche Order an den Mann, der Ihren versiegelten Brief hat, mit der Anweisung, ihn herauszugeben. Sie warten weiterhin hier, bis mein Agent den Brief

ungeöffnet in meine Hände legt; dann gewähren Sie mir noch eine weitere volle halbe Stunde, um das Haus zu verlassen – wonach Sie anschließend wieder völlige Handlungsfreiheit erhalten, und gehen können, wohin Sie wollen. – Dritte Bedingung! Sie geben mir die unter Ehrenmännern übliche Satisfaktion für Ihre Einmischung in meine privaten Angelegenheiten; und für die Sprache, deren Sie sich während unserer Unterredung mir gegenüber zu bedienen erlaubt haben. Die Zeit und ein Ort im Ausland wird Ihnen brieflich von meiner Hand mitgeteilt werden, sobald ich mich erst auf dem Kontinent und in Sicherheit befinde; auch wird dieser Brief einen Papierstreifen enthalten, der die exakte Länge meines Degens angibt. – So; das sind *meine* Bedingungen. Teilen Sie mir mit, ob Sie sie akzeptieren: Ja oder Nein?!«
Das fantastische Gemisch aus prompter Entschiedenheit, weitblikkender Schlauheit und prahlerischer Scharlatanerie, aus dem seine Rede bestand, machte mich tatsächlich einen Augenblick lang schwanken – aber auch nur einen Augenblick. War doch die einzige, hier in Anschlag zu bringende Frage die: ob ich berechtigt sei oder nicht, mich in den Besitz der Mittel zu setzen, Lauras Identität gerichtlich wieder festzustellen, aber um den Preis, den Schurken, der sie ihrer beraubt hatte, ungestraft entkommen zu lassen. Ich war mir wohl bewußt, daß das Motiv, die vollgültige Wiederanerkennung meiner Frau an ihrem Geburtsort, aus dem man sie als Betrügerin vertrieben hatte, sowie die offizielle Ausmerzung der Lüge, die noch immer den Grabstein ihrer Mutter entweihte, zu bewirken, frei von jedwedem Makel böser Leidenschaft, und also weit reinlicher war, als das Motiv der Rachsucht, mit dem meine Bestrebungen ja von Anfang an vermengt gewesen waren. Und dennoch kann ich, wenn ich ehrlich sein will, nicht behaupten, daß ich Stärke genug besessen hätte, den Widerstreit in mir lediglich nach meinen eigenen moralischen Überzeugungen zu entscheiden. Zu Hülfe kam mir die Erinnerung an Sir Percivals Tod: auf wie schreckliche und erhabene Weise war im letzten Moment *damals* das Amt der Vergeltung meinen schwachen Händen entnommen worden! Welches Recht hatte ich, ich in meiner ärmlichen sterblichen Unwissenheit kommender Dinge, mir einzubilden, daß dieser Mann hier deswegen straflos ausgehen würde, weil er *mir* jetzt straflos entkam? Daran mußte ich denken – vielleicht mit dem Aberglauben, der nun einmal in meiner Natur liegt; vielleicht mit einem meiner würdigeren Gefühl

als bloßer Aberglaube. Es war schwer, nunmehr, wo ich ihn endlich gepackt hatte, den Griff aus eigenem Entschluß wieder zu lockern – aber ich bezwang mich und brachte das Opfer. Mit deutlicheren Worten: ich beschloß, mich von dem Motiv leiten zu lassen, von dem ich mit Gewißheit wußte, daß es das höhere, das edlere sei, nämlich der Sache Lauras zu dienen, und der Sache der Wahrheit. –

»Ich gehe auf Ihre Bedingungen ein,« sagte ich. »Allerdings mit einem Vorbehalt meinerseits noch.«

»Welcher Vorbehalt könnte das sein?« erkundigte er sich.

»Er bezieht sich auf jenen versiegelten Brief,« antwortete ich. »Ich verlange von Ihnen, daß Sie ihn in meiner Gegenwart ungeöffnet vernichten, sofort nachdem er in Ihre Hände gegeben wurde.«

Ich machte diese Klausel einfach zu dem Zweck, um ihn daran zu verhindern, daß er einen schriftlichen Beleg über die Art meines Umgangs mit Pesca mit sich davon nähme. Die bloße *Tatsache* des Umgangs freilich, mußte ihm zwangsläufig bekannt werden, wenn ich seinem Agenten morgen Früh die Adresse gab. Aber nur auf seine eigene, weiter nicht bezeugte Aussage hin, konnte er – selbst vorausgesetzt, daß er es wirklich wagen sollte, das Experiment zu versuchen – schwerlich irgend einen Gebrauch davon machen, der in mir auch nur die leiseste Besorgnis für Pesca hervorzubringen brauchte.

»Ich genehmige Ihren Vorbehalt,« erwiderte er, nachdem er die Frage minutenlang ernsthaft überlegt hatte. »Er ist des Streites nicht wert – der Brief soll, sobald er in meine Hände gelangt, vernichtet werden.«

Er erhob sich bei diesen Worten von dem Stuhl, auf dem er mir bis zu diesem Augenblick gegenüber gesessen hatte. Mit einer einzigen Anstrengung schien er sein Gemüt von dem Druck, den unsere Unterredung bisher auf ihn ausgeübt hatte, gänzlich zu befreien. »Uff!« rief er, und reckte genüßlich die Arme, »wahrlich, das war ein hitziges Gefecht. – Nehmen Sie doch Platz, Herr Hartright. Wenn wir uns künftig begegnen sind wir zwar wieder Todfeinde – aber in der Zwischenzeit lassen Sie uns, wie es tapferen Gentlemen wohlansteht, höfliche Aufmerksamkeiten austau-

schen. Gestatten Sie, daß ich mir die Freiheit nehme, meine Gattin zu rufen.«
Er schloß die Tür auf, und öffnete sie. »Eleanor!« rief er mit seiner tiefen tragenden Stimme. Die Dame mit dem Viperngesicht trat ein. »Madame Fosco – Herr Hartright,« sagte der Conte, indem er uns mit ungezwungener Würde einander vorstellte. »Mein Engel,« fuhr er zu seiner Frau gewandt fort, »wäre es möglich, daß Deine Pack-Tätigkeit Dir Zeit ließe, mir einen hübschen starken Kaffee zu bereiten? Ich habe mit Herrn Hartright diverse geschäftliche Schreibarbeiten zu erledigen – und möchte doch im Vollbesitz meiner Intelligenz sein, um mir selbst Gerechtigkeit widerfahren zu lassen.«
Madame Fosco neigte zwei Mal den Kopf – ein Mal ernst zu mir herüber; ein Mal untertänig zu ihrem Gatten hin – und glitt aus dem Zimmer.
Der Conte schritt zu einem Schreibtisch in Fensternähe, öffnete einen Pultdeckel und entnahm dem Fach einige Buch Papier sowie ein ganzes Bündel Gänsekiele. Er säte die Federn breit über die Tischplatte, so daß in jeglicher Richtung griffbereit eine läge, sobald sie benötigt würde; und schnitt dann das Papier in einen Haufen schmaler langer ›Fahnen‹ von der Form, wie berufsmäßige Journalisten sie verwenden. »Das soll mir ein bemerkenswertes Schriftstück werden,« äußerte er über die Schulter zu mir her. »Die Gepflogenheiten literarischer Komposition sind mir vollständig vertraut. Eine der seltensten intellektuellen Fertigkeiten, die ein Mann besitzen kann, ist die große Gabe, seine Ideen wohlgeordnet vortragen zu können. Unschätzbares Privileg. Ich besitze es. Sie auch?«
Er marschierte, bis der Kaffee erschien, im Zimmer auf und ab, brummelte dabei vor sich hin, und deutete die Stellen, wo sich der Wohlgeordnetheit seiner Ideen Hindernisse entgegenstellten dadurch an, daß er sich von Zeit zu Zeit mit offener Hand vor die Stirn schlug. Die wahrhaft transzendentale Keckheit, mit der er sich der Situation, in die ich ihn versetzt hatte, bemächtigte, und daraus mit Meisterhand ein Piedestal formte, das seine Eitelkeit zu dem einen geliebten Zweck der Selbstverherrlichung besteigen konnte, versetzte mich, ich mochte wollen oder nicht, in das größte Erstaunen. So sehr ich den Mann auch verabscheute – die wahrhaft wundersame Stärke seines Charakters, selbst in ihren trivial-

sten Äußerungen, machte wider meinen Willen Eindruck auf mich.
Madame Fosco brachte den Kaffee hereingetragen. Er küßte ihr in dankbarer Erkenntlichkeit die Hand, und geleitete sie wieder zur Tür; kehrte zurück, schenkte sich selbst ein Täßchen ein, und trug es sich zum Schreibtisch hinüber.
»Darf ich Ihnen einen Schluck Kaffee anbieten, Herr Hartright?« sagte er, bevor er Platz nahm.
Ich lehnte ab.
»Nanu! Sie denken doch hoffentlich nicht, ich wollte Sie vergiften?« sagte er heiter. »Die britische Mentalität ist in ihrer Art soweit ganz gesund,« fuhr er fort, während er sich am Tisch zurechtsetzte; »aber einen beträchtlich schadhaften Fleck hat sie doch – sie ist immer an der falschen Stelle vorsichtig.«
Er tunkte die Feder in die Tinte, rückte sich die erste Fahne Papier mit einem Schlag seiner Hand auf der Tischplatte zurecht, räusperte sich noch einmal die Kehle frei, und begann. Er schrieb geräuschvoll, mit rapider Geschwindigkeit, in so großen und kühnen Zügen und mit derart breitem Zeilenabstand, daß er binnen kaum zwei Minuten unten auf der Seite angelangt war, nachdem er oben angefangen hatte. Jede fertige Fahne versah er mit der laufenden Seitenzahl, und warf sie dann, damit sie ihm aus dem Wege wäre, über die Schulter weg auf den Fußboden. Sobald die erste Feder verbraucht war, wanderte *auch sie* den gleichen Weg über seine Schulter, und er schnappte sich aus dem über den Tisch hingestreuten Vorrat eine zweite. Fahne nach Fahne, ein Dutzend, fünfzig, Hunderte kamen nach allen Seiten über seine Schulter geflattert, bis er und sein Stuhl ganz eingeschneit mit Papier waren. Stunde um Stunde verging – hier saß ich und wartete; dort saß er und schrieb. Er hielt nie inne, es sei denn, um seinen Kaffee zu schlürfen, beziehungsweise, als dieser zu Ende war, sich von Zeit zu Zeit vor die Stirn zu schlagen. Es schlug 1 Uhr; 2; 3; 4 – und immer noch flatterten die Fahnen um ihn her; immer noch kratzte die unermüdliche Feder pausenlos ihren Weg vom oberen Rand eines Streifens bis zu seinem unteren; immer noch wuchs das weiße Papierchaos um seinen Stuhl herum höher und höher. Um 4 Uhr vernahm ich ein plötzliches Knarren der Feder, zum Zeichen des Schnörkels, mit dem er seinen Namen darunter setzte. –: »Bravo!« rief er aus; sprang auf mit der Spannkraft eines jungen Mannes, und schaute

mir, mit einem Lächeln erhabenen Triumphes, voll ins Gesicht.
»Fertig, Herr Hartright!« verkündete er, mit einem tönenden Schlag seiner Faust auf die eigene breite Brust, vermutlich zur Selbsterfrischung: »Fertig, zu meiner eigenen tiefen Befriedigung – zu *Ihrem* tiefen Erstaunen, sobald Sie erst vernommen haben werden, was ich schrieb. Der Gegenstand ist erschöpft; der Mann – Fosco! – mit nichten. Ich schreite nunmehr zum Ordnen meines Manuskripts – zur Korrektur meines Manuskripts – zur Verlesung meines Manuskripts, privat und mit Emphase an Ihr geneigtes Ohr gerichtet. Es hat soeben 4 Uhr geschlagen – gut!: Ordnen, korrigieren, Vorlesen, von 4 bis 5. Kurzer erholender Schlummer für mich selbst von 5 bis 6. Letzte Vorbereitungen von 6 bis 7. Agentenangelegenheiten und versiegelter Brief von 7 bis 8.: Um 8, en route! – Dies das Programm.«
Er setzte sich mit untergeschlagenen Beinen mitten unter seine fliegenden Blätter auf den Fußboden; ordnete sie; heftete sie vermittelst Briefstecher und Bindfaden; sah Alles noch einmal durch; schrieb noch sämtliche Titel und Ehren deren er sich persönlich erfreute oben auf die erste Seite; und las mir das Ganze dann laut, mit theatralischer Deklamation und unter reichem theatralischem Gebärdenspiel, vor. Der Leser wird sogleich Gelegenheit bekommen, sich seine eigene Meinung über das betreffende Schriftstück zu bilden; für jetzt mag es genug sein zu sagen, daß es für meine Zwecke hinreichte.
Als nächstes schrieb er mir die Adresse des Unternehmers auf, von dem er damals den Wagen gemietet hatte; dann händigte er mir Sir Percivals Brief aus. Er war aus Hampshire datiert, vom 25. Juli, und kündigte die Abreise »Lady Glydes« nach London für den 26. an. Demzufolge war Laura am gleichen Tage (dem 25.), an dem sie, laut ärztlicher Bescheinigung in St. John's Wood gestorben war, gemäß Sir Percivals eigener Aussage lebendig in Blackwater gewesen; ja, sollte am Tage darauf sogar eine Reise antreten! Sobald jetzt noch das Zeugnis des Wagenverleihers vorliegen würde, durfte das Beweismaterial als lückenlos betrachtet werden.
»Ein Viertel nach 5,« sagte der Conte, der einen Blick auf seine Taschenuhr warf. »Und also die Zeit für ein erholsames Nickerchen. Ich ähnele, Sie werden es bereits bemerkt haben, Herr Hartright, äußerlich stark dem Großen Napoleon – ich gleiche jenem Unsterb-

lichen auch darin, daß es in meiner Macht steht, den Schlaf nach Wunsch zu kommandieren. Entschuldigen Sie mich einen Augenblick; ich will lediglich Madame Fosco herbeirufen, damit Ihnen die Zeit nicht unnötig lang werde.«

Da ich ebensogut wußte, wie er selbst, daß er Madame Fosco nur deshalb herbeirief, um sich zu versichern, daß ich während seines Schlafes nicht etwa das Haus verließe, gab ich ihm weiter keine Antwort, sondern beschäftigte mich lieber damit, die Papiere, in deren Besitz er mich gesetzt hatte, schweigend zusammenzubündeln.

Die Dame trat ein, kühl, blaß und giftig wie immer. »Du unterhältst Herrn Hartright, mein Engel, ja?« sagte der Conte. Rückte ihr einen Stuhl zurecht; küßte ihr ein zweites Mal die Hand; begab sich zum Sofa hinüber; und war, binnen weniger denn 3 Minuten, so friedvoll und selig hinübergeschlummert, wie der tugendhafteste Mensch auf Gottes Erdboden.

Madame Fosco griff sich ein Buch vom Tisch; nahm Platz; und sah mich dann an, mit all der Rachsucht und Boshaftigkeit eines Weibes, das nie vergißt und nie vergibt.

»Ich habe Ihr Gespräch mit meinem Gatten belauscht,« sagte sie. »Wenn ich an *seiner* Stelle gewesen wäre – *ich* hätte Sie tot auf den Vorleger dort hingestreckt.«

Mit diesen Worten schlug sie ihr Buch auf; und schenkte mir von dem Augenblick an bis zu dem, wo ihr Gatte wieder erwachte, weder einen weiteren Blick noch ein Wort. –

Er öffnete die Augen und erhob sich vom Sofa, haargenau eine Stunde nachdem er sich zur Ruhe gelegt hatte.

»Ich fühle mich wie neugeboren,« bemerkte er. – »Eleanor, teures Weib, seid Ihr oben fertig? Das ist gut. Mein bißchen Einpacken hier wird binnen zehn Minuten abgeschlossen sein – in weiteren zehn Minuten habe ich meine Reisekleidung angelegt. Was bleibt noch zu tun, ehe der Agent erscheint? –« Er sah sich im Zimmer um, und sein Blick fiel auf den Käfig mit den weißen Mäusen darin. – »Ah!« rief er aus, und es klang wirklich bejammernswürdig: »ein letztes Herzzerreißen steht mir noch bevor! Ihr meine unschuldigen Schätzchen! Meine geliebten kleinen Kinderchen! was soll ich mit Euch anfangen? Für die nächste Zeit werden wir Nirgends zuhause sein; für die nächste Zeit reisen wir unaufhörlich – umso weniger Gepäck wir führen, desto besser für uns. Mein Kakadu, meine Ka-

narienvögel, meine weißen Mäuseschätzchen — : Wer wird Euch hüten, Wer Euch würdigen, wenn Euer guter Papa fort ist?!«
Er schritt in tiefen Gedanken im Zimmer hin und her. Seine Geständnisse zu Papier zu bringen, hatte ihm nicht das geringste ausgemacht; aber die weit wichtigere Frage der Unterbringung seiner Schoßtiere verwirrte und bekümmerte ihn sichtlich. Nach längerem Überlegen nahm er plötzlich wiederum am Schreibtisch Platz.
»Eine Idee!« rief er aus: »Ich offeriere meine Kanarienvögel und meinen Kakadu dieser mächtigen Metropole hier — mein Agent soll sie in meinem Namen dem Londoner Zoologischen Garten verehren; und das Dokument, das sie abschildert, auf der Stelle ausgefertigt werden.«
Er begann zu schreiben, und sprach dabei die Worte aus, wie sie ihm aus der Feder flossen:

»Nummer Eins. Kakadu mit fantastischem Gefieder; schon an sich eine Attraktion für alle Besucher von Geschmack. / Nummer Zwei. Kanarienvögel, an Munterkeit und Intelligenz ohne ihresgleichen; würdig eines Garten Eden, würdig gleichfalls der Gärten von Regent's Park. Eine Huldigung an die britische Zoologie. Geschenkt von Fosco.«

Wieder knarrte der Gänsekiel; wieder umzog der Schnörkel seine Unterschrift.
»Conte! Sie haben die Mäuse nicht mit aufgeführt,« sagte Madame Fosco.
Er stand vom Tisch auf, ergriff ihre Hand, und legte sie auf sein Herz. »Jede menschliche Entschlossenheit, Eleanor,« sprach er feierlich, »hat ihre Grenzen. *Meine* Grenzen umschreibt jenes Dokument. Ich vermag es nicht, mich von meinen weißen Mäusen zu trennen. — Habe Nachsicht mit mir, mein Engel, und setze sie in ihren kleinen Reisekäfig, der oben steht.«
»Bewundernswürdiges Zartgefühl!« sagte Madame Fosco, und bewunderte ihren Gatten, nicht ohne einen letzten Vipernblick in meine Richtung. Dann hob sie achtsam den Käfig hoch, und verließ das Zimmer.
Der Conte sah auf die Uhr. Trotz seiner anmaßenden Entschlossen-

heit, gelassen zu erscheinen, begann er mit Ungeduld das Eintreffen des Agenten abzuwarten. Längst schon waren die Kerzen ausgelöscht worden, und das Sonnenlicht des neuen Morgens strömte ins Zimmer herein. Erst um 5 Minuten nach 7 ertönte die Glocke am Gartentürchen; und der Agent erschien. Es war ein Ausländer mit dunklem Vollbart.

»Herr Hartright — Monsieur Rubelle,« sagte der Conte, und stellte uns einander vor. Er nahm den Agenten (jeder Zug ein ausländischer Spion, wenn es je einen gegeben hat) in einen Winkel des Zimmers, flüsterte ihm einige Anweisungen ins Ohr, und verließ uns dann. Sobald wir allein waren, schlug ›Monsieur Rubelle‹ mit ausgesuchter Höflichkeit vor, daß ich ihn jetzt mit meinen Instruktionen beehren möchte. Ich schrieb Pesca 2 Zeilen, in denen ich ihn ermächtigte, meinen versiegelten Brief »dem Überbringer« zu überantworten; adressierte den Zettel, und händigte ihn dann Monsieur Rubelle aus.

Der Agent wartete noch bei mir, bis sein Auftraggeber wieder erschien, bereits in vollständigem Reiseanzug. Der Conte studierte die Adresse meines Briefchens genau, bevor er den Agenten damit losschickte. »Ich dachte es mir!« sagte er, zu mir gewendet, mit einem finsteren Blick; und von dem Augenblick an wandelte sich sein Benehmen erneut.

Er packte alles fertig ein; saß dann, über eine Landkarte gebeugt, machte sich Eintragungen in sein Taschenbuch, und schaute dann und wann ungeduldig auf die Uhr. Nicht ein Wort mehr, das an mich gerichtet gewesen wäre, kam über seine Lippen. Die immer näher rückende Stunde seiner Abreise, im Verein mit dem handgreiflichen Beweis einer zwischen Pesca und mir bestehenden Verbindung, hatte offensichtlich seine ganze Aufmerksamkeit wieder auf die Maßnahmen gelenkt, die zum Gelingen seines Entkommens erforderlich waren.

Kurz vor 8 Uhr erschien Monsieur Rubelle wieder, in der Hand meinen ungeöffneten Brief. Der Conte besah sich sorgfältig Aufschrift und Siegel; entzündete dann eine Kerze und verbrannte den Brief. »Ich halte mein Versprechen,« sagte er; »aber, Herr Hartright, die Angelegenheit ist dadurch mit nichten etwa beendet.«

Der Agent hatte die Droschke, mit der er zurückgekehrt war, vor der Haustür warten lassen; und er und das Dienstmädchen beschäftigten sich nunmehr damit, das Gepäck hinein zu verstauen.

Madame Fosco kam dicht verschleiert die Treppe herunter, in der Hand den Reisekäfig mit den weißen Mäuschen darin. Sie sprach weder mit mir, noch sah sie zu mir her. Ihr Gatte geleitete sie an den Kutschenschlag. »Folgen Sie mir bis in den Hausflur,« flüsterte er mir ins Ohr; »es könnte sein, daß ich Ihnen im letzten Augenblick noch etwas zu sagen hätte.«
Ich trat aus der Haustür; vor und etwas unter mir stand im Vorgarten der Agent. Der Conte kam noch einmal allein wieder, und zog mich ein paar Schritte mit sich in den Hausflur.
»Gedenken Sie der Bedingung Nummer Drei!« flüsterte er: »Sie werden von mir hören, Herr Hartright – es möchte sich zeigen, daß ich die Satisfaktion eines Gentlemans früher von Ihnen heische, als Sie darauf gefaßt sind.« Er ergriff meine Hand, bevor ich mich dessen versah, und drückte sie hart – dann wandte er sich zur Tür – hielt inne – und kam noch einmal zu mir zurück.
»Ein Wort noch,« sagte er vertraulich. »Als ich Fräulein Halcombe das letzte Mal sah, wirkte sie abgemagert und kränklich. Ich mache mir Sorgen um dieses bewundernswerte Weib. Sorgen Sie gut für sie, Sir! Mit der Hand auf meinem Herzen beschwöre ich Sie feierlich: Sorgen Sie gut für Fräulein Halcombe!«
Das waren die letzten Worte, die er an mich richtete, bevor er seinen massigen Leib in die Droschke zwängte und abfuhr.
Der Agent und ich warteten noch einen Augenblick an der Haustür, und schauten ihm nach. Während wir noch so zusammen dastanden, erschien, aus einem Seitengäßchen ein Stück weiter die Straße hinauf, eine zweite Kutsche. Sie fuhr in der Richtung, die zuvor die des Conte eingeschlagen hatte, und als sie beim Haus hier und an dem offenen Gartentürchen vorüber rollte, schaute aus dem Fenster die drinnen sitzende Person zu uns herüber – – :
wieder dieser Fremde aus dem Theater! – der Ausländer, mit der Narbe auf der linken Backe.

* * *

»Sie warten ja noch hier mit mir, Sir; eine weitere halbe Stunde,« sagte Monsieur Rubelle.
»Gewiß.«
Wir begaben uns in das Wohnzimmer zurück. Ich war nicht in der

Stimmung, mich mit dem Agenten zu unterhalten, oder ihm zu erlauben, seinerseits mich anzureden. Ich nahm mir die Papiere vor, die der Conte in meine Hände gegeben hatte, und las noch einmal die schreckliche Geschichte des Verbrechens nach, wie der Mann, der es geplant und durchgeführt hatte, sie selbst erzählte.

Bericht
fortgesetzt von Isidor Ottavio Baldassare Fosco

(Conte des Heiligen Römischen Reiches, Ritter des Großkreuzes vom Orden der Eisernen Krone, lebenslänglicher Großmeister der Freimaurerloge der Rosenkreuzer von Mesopotamien; Ehrenmitglied mehrerer Musikalischer, Medizinischer, Philosophischer und Wohltätiger Gesellschaften in ganz Europa; etc. etc. etc.)

Das Manuskript des Conte

Im Sommer des Jahres 1850 traf ich, betraut mit der delikaten politischen Mission einer ausländischen Macht, in England ein. Diverse vertrauenswürdige Personen, deren Bemühungen zu dirigieren ich ermächtigt war, standen in halbamtlicher Verbindung mit mir, unter ihnen auch Monsieur und Madame Rubelle. Bevor ich meine Tätigkeit offiziell aufnahm, und mich zu diesem Behuf in einem der Villenvororte Londons niederließ, hatte ich noch einige Freizeitwochen zu meiner eigenen Verfügung. Neugierige werden an dieser Stelle innehalten, und mich um nähere Einzelheiten bezüglich dieser meiner ›Tätigkeit‹ ersuchen. Ich habe volles Verständnis für dergleichen Ansinnen. Bedauere jedoch gleichzeitig, daß die dem Diplomaten auferlegte Verschwiegenheit mir verbietet, darauf einzugehen.
Ich hatte, was die eben erwähnte kurze Periode relativer Ruhe anbetrifft, das Arrangement getroffen, sie auf dem prächtigen Landsitz meines beklagenswerten verstorbenen Freundes, Sir Percival Glyde, zu verbringen. *Er* kam vom Kontinent mit *seiner* Gattin — *ich* kam vom Kontinent mit der *meinigen.* England ist das Land häuslicher Glückseligkeit — wie angemessen da, daß wir es unter solch günstigen häuslichen Verhältnissen betraten!
Das Band der Freundschaft, das Percival und mich seit langem umschlang, wurde zu jener Zeit noch durch die ergreifende Ähnlichkeit unserer finanziellen Lage verstärkt, sowohl was ihn, als auch was mich anbetraf. Wir bedurften Beide des Geldes. Oh, unendliche Not-

wendigkeit! Oh, Mangel im Universum! Lebt wohl ein zivilisiertes menschliches Wesen, das nicht mit uns fühlte? Wie empfindungslos müßte ein solcher Mensch sein! Oder wie reich.

Ich gedenke bei der Diskussion dieses Teils des Gegenstandes mit nichten auf abstoßende Einzelheiten einzugehen. Mein ganzes Wesen scheut vor dergleichen zurück. Mit antikem Ernst und Freimut weise ich dem Blick eines zurückschauernden Publikums lediglich mein und Percivals leere Portemonnaies. Man gestatte mir, eine so beklagenswerte Tatsache auf die beschriebene Art ein- für allemal gleichsam sich selbst illustriert machen zu haben, und mir, weiter zu gehen.

Empfangen wurden wir auf seinem Landsitz durch jenes herrliche Wesen, dessen Name sich meinem Herzen als ›MARIAN‹ eingebrannt hat; sie, die in der kühleren Atmosfäre der Gesellschaft als ›Fräulein Halcombe‹ bekannt ist.

Gerechter Himmel!, mit welch unvorstellbarer Geschwindigkeit ich diese Frau anzubeten lernte. Mit 60 verehrte ich sie mit der vulkanischen Glut von 18! Alles Gold meiner wahrlich reich angelegten Natur schüttete ich ohne Hoffnung zu ihren Füßen aus. Meine Gattin – der arme Engel! – meine Gattin, die mich anbetet, erhielt damals nichts als die Schillinge und Pennies. So ist die Welt, so der Mann, so die Liebe. Was sind Wir (frage ich) als Marionetten in einem Guckkasten? Oh, allmächtiges Schicksal: zieh sanft an unseren Fäden! Und laß uns dereinst gnädig von unsrer kümmerlichen kleinen Bühne abtanzen!

Die vorstehenden Zeilen umreißen, richtig verstanden, ein komplettes System der Filosofie. Es ist das meinige. –

Ich kehre zum Thema zurück.

* * *

Die häuslichen Beziehungen zu Beginn unseres Aufenthaltes in Blackwater Park sind mit erstaunlicher Genauigkeit, mit profunder geistiger Einfühlungskraft, von Marians eigener Hand aufgezeichnet worden. (Man lasse mir die berauschende Vertraulichkeit, das herrliche Geschöpf mit ihrem Vornamen nennen zu dürfen, hier durchgehen.) Umfassende Kenntnis des Inhalts ihres Tagebuches – zu der ich auf heimlichen Wegen und unter Umständen gelangte, die mir jetzt, in der Erinnerung, unaussprechlich teuer sind — warnt meine begierige Feder, sich mit Dingen zu befassen, die dieser wirklich erschöpfende weibliche Geist sich bereits literarisch zu eigen gemacht hat.

Die Interessen — Interessen, wahrlich atemberaubend und unabsehbar! — mit denen ich es hier zu schaffen habe, beginnen mit der niederschlagenden Kalamität von Marians Krankheit.

Die Situation konnte zu diesem Zeitpunkt, ich übertreibe nicht, in der Tat ernst genannt werden. Große Summen Geldes, die zu einem bestimmten Termin fällig wurden, waren es, deren Percival bedurfte (ich schweige ganz von dem Wenigen, dessen ich, obschon gleich dringend, benötigt war); und die einzige sich bietende Möglichkeit, sie zu beschaffen, war das Vermögen seiner Gattin — von dem er jedoch, bis zu ihrem Tode, über nicht einen Pfennig disponieren konnte. Schon dies betrüblich; und es sollte noch schlimmer kommen. Mein beklagenswerter Freund hatte zusätzlich anderweitigen privaten Kummer, dem allzu neugierig nachzuspüren mir meine Delikatesse und uninteressierte Anhänglichkeit an ihn verboten. Ich wußte nichts Näheres, als daß eine Frau, namens Anne Catherick, sich in der Nachbarschaft versteckt hielte; daß sie Verbindung mit Lady Glyde aufgenommen hatte; und daß das Ergebnis in der Enthüllung irgendeines Geheimnisses bestehen könnte, das den sicheren Ruin Percivals nach sich ziehen würde. Er hatte mir selbst erklärt, daß er ein verlorener Mann sein würde, es sei denn, sein Weib würde zum Schweigen gebracht, und Anne Catherick aufgefunden. Und sobald er ein verlorener Mann war: was wurde dann aus unsern finanziellen Interessen? Ich bin von Natur wahrlich mutig; aber bei dieser Vorstellung überkam mich doch ein Zittern!

Die ganze Energie meines Geistes richtete sich nunmehr darauf, Anne Catherick ausfindig zu machen. Unsere Geldangelegenheiten, wie wichtig auch immer, waren dilatorischer Behandlung fähig — die Notwendigkeit, jene Frau aufzufinden, jedoch nicht mehr. Ich kannte sie lediglich aus mündlicher Beschreibung, nach der sie eine ganz auffällige persönliche Ähnlichkeit mit Lady Glyde besitzen sollte. Die Erwähnung dieses kuriosen Umstandes — ursprünglich nur dazu bestimmt, mir die Identifizierung der Person, die wir suchten, zu erleichtern — zusammengehalten mit der zusätzlichen Mitteilung, daß Anne Catherick aus einer Irrenanstalt entsprungen wäre, legten in meinem Geist den ersten Keim zu jenem großartigen Entwurf, der in der Folgezeit dann zu so erstaunlichen Resultaten geführt hat. Jener Entwurf besagte nichts mehr und nichts weniger, als die restlose Vertauschung zweier verschiedener Individualitäten: Lady Glyde und Anne Catherick sollten, Eine mit der Andern, ihre Namen verwechseln, ihre Schicksale und ihren Ort im Raum. Wobei die wundersamen, durch dergleichen Vertauschung zu bewirkenden Konsequenzen sowohl in einem Gewinn von 30.000 £ bestehen würden, als auch in der ewigen Bewahrung von Percivals Geheimnis.

Mein Instinkt (der sich selten irrt) sagte mir beim Überprüfen sämtlicher Umstände, daß unsere unsichtbare Anne früher oder später wieder beim Bootshaus am See von Blackwater erscheinen würde. Dort also postierte ich mich; nachdem ich zuvor Frau Michelson, der Haushälterin, gegenüber angedeutet hatte, wie ich, falls man meiner bedürfe, an jenem abgeschiedenen Plätzchen, in Studien vertieft, jederzeit zu finden wäre. Es ist eine meiner Lebensregeln, niemals unnötig geheimnisvoll zu tun; und nie den Leuten dadurch verdächtig zu werden, daß ich es von meiner Seite an ein bißchen wohlangebrachtem Freimut fehlen ließe. Frau Michelson hat vom ersten bis zum letzten Augenblick an mich geglaubt. Diese wohlerzogene Person floß förmlich über von Vertrauensseligkeit – gerührt von solchem Übermaß schlichter Gläubigkeit, zumal bei einer Frau in ihren reifen Jahren, öffnete ich die geräumigen Behältnisse meiner Natur, und nahm dies Vertrauen restlos in mich auf.

Dafür, daß ich mich als Schildwacht am See postierte, belohnte mich unlängst die Erscheinung – zwar nicht von Anne Catherick selbst, wohl aber der Person, die sie beaufsichtigte. Auch dieses Individuum floß von schlichtem Vertrauen über; auch dieses nahm ich, wie in dem vorstehend beschriebenen Fall, restlos in mich auf. Die näheren Umstände, unter denen sie mich bei dem Gegenstand ihrer mütterlichen Fürsorge einführte, zu schildern, überlasse ich ihr selbst – falls das nicht inzwischen bereits geschehen sein sollte. Als ich Anne Catherick das erste Mal erblickte, lag sie im Schlummer: die Ähnlichkeit zwischen dieser unglücklichen Frau und Lady Glyde elektrisierte mich buchstäblich! Sämtliche Einzelheiten des Großen Planes, der mir bis zu diesem Zeitpunkt gleichsam nur in Umrissen vorgeschwebt hatte, überfielen mich förmlich, in all ihrem meister-

lichen Zusammenspiel, beim Anblick dieses schlafenden Gesichtes. Zur selben Zeit wollte sich mein Herz, rührenden Einflüssen ja jederzeit zugänglich, bei dem Schauspiel des Leidens hier vor mir, schier in Tränen auflösen. Ich machte mich unverzüglich daran, Erleichterung zu gewähren. Mit anderen Worten, ich sorgte für die notwendigen Stimulantia, um Anne Catherick für die ihr bevorstehende Reise nach London zu kräftigen.
Hier, an dieser Stelle, lege ich einen erforderlich werdenden Protest ein, und berichtige einen beklagenswerten Irrtum.

* * *

Die besten Jahre meines Lebens sind dahingegangen, ausgefüllt durch das mit glühendem Eifer betriebene Studium der medizinischen und chemischen Wissenschaften. Speziell die Chemie hat für mich immer eine unwiderstehliche Anziehungskraft gehabt, eben wegen der enormen, schier unbegrenzten Macht, die ihre Kenntnis verleiht. Die Chemiker – ich stelle das hier mit allem Nachdruck fest – könnten, wenn sie wollten, die Geschicke der Menschheit lenken! Man gestatte mir, dies zu erklären, bevor ich weiter gehe.
Der Geist, heißt es, regiert die Welt. Was aber regiert den Geist? Der Leib (und man folge mir jetzt mit Aufmerksamkeit) ist auf Gedeih und Verderb dem omnipotentesten aller Potentaten anheimgegeben – dem Chemiker. Man gebe nun mir – Fosco! – die Chemie; und wenn Shakespeare der Plan zu einem ›HAMLET‹ gekommen ist, und er sich hinsetzt, diesen Plan auszuführen – dann mache ich mich anheischig, vermittelst einiger weniger Gran eines Pülverchens, das ich ihm in seine täglichen Mahlzeiten mische, auf dem Umweg über seine Körpermaschinerie seinen Geist in einem Maße zu reduzieren, bis seine Feder den albernsten Tinnef hervorbringt, den Schreibpapier jemals zu erdulden gehabt hat. Man belebe mir, unter ähnlichen Umständen, den erhabenen Newton: ich garantiere dafür, er soll mir, wenn er diesmal den Apfel fallen sieht, ihn, anstatt das Gravitationsgesetz zu entdecken, stumpfsinnig auffressen. Neros Abendbrot soll Nero in den mildesten der Menschen verwandeln, noch bevor er es richtig verdaut hat; und der Frühtrunk Alexanders des Großen soll bewirken, daß er noch am nämlichen

Nachmittag umdreht und um sein Leben rennt, wenn er den Feind nur von weitem sieht. Mein geheiligtes Ehrenwort darauf: die Gesellschaft kann von Glück sagen, daß unsere modernen Chemiker, infolge eines unbegreiflich günstigen Zufalles, die harmlosesten der Menschenkinder sind. Der größte Teil von ihnen sind ehrbare Familienväter, die ein Ladengeschäft betreiben. Der kleine Rest besteht entweder aus Filosofen, die der Schall ihrer eigenen dozierenden Stimme mit Selbstbewunderung wie betrunken macht; oder Visionären, die ihr Leben an fantastische Unmöglichkeiten verschwenden; oder aber Quacksalbern, deren Ehrgeiz keinen höheren Flug nimmt, als unsere Hühneraugen. Infolgedessen kommt die Gesellschaft so davon; und die unbegrenzte Macht der Chemie muß die Sklavin der oberflächlichsten und allerläppischsten Bestrebungen bleiben.

Warum dieser Ausbruch des Unwillens? Warum diese vernichtende Beredsamkeit?

Weil meine Handlungsweisen verzerrt wiedergegeben, meine Beweggründe mißverstanden worden sind. Man hat mir unterstellt, daß ich meine umfassenden chemischen Kenntnisse gegen Anne Catherick eingesetzt hätte; ja, daß ich sie, hätte ich nur gekonnt, gegen die unvergleichliche Marian selbst gerichtet haben würde: beides sind infame Verleumdungen! Mein ganzes Interesse hat sich vielmehr (wie man sogleich erkennen wird) auf die Erhaltung von Anne Cathericks Leben konzentriert. Und was Marian anbetrifft, so bestand mein ängstlichstes Bestreben lediglich darin, sie aus den Händen jenes amtlich-konzessionierten Schwachkopfes zu erlösen, der sie behandelte, und der dann meine Diagnose, und zwar von A bis Z, aus dem Munde des Londoner Arztes bestätigt gehört hat. Nur bei 2 Anlässen ist es geschehen – und beide Male völlig harmlos für das davon betroffene Individuum – daß ich mein chemisches Wissen zu Rate zog. Das erste Mal, nachdem ich Marian zum Gasthof in Blackwater gefolgt war (wobei mir, verborgen hinter einem wie gerufen kommenden Frachtwagen, der mich ihren Blicken verbarg, Gelegenheit ward, die Poesie der Bewegung, verkörpert in ihrem Dahinschreiten, zu studieren), und wo ich die Dienste meiner unschätzbaren Gattin dazu benützte, von 2 Briefen, die meine angebetete Feindin einem weggejagten Dienstmädchen anvertraut hatte, den einen zu kopieren, den andern abzufangen. Da sich in diesem Fall die Briefe im Kleidausschnitt des betreffenden Mädchens be-

fanden, vermochte Madame Fosco sie nur vermittelst wissenschaftlicher Unterstützung zu entnehmen, zu öffnen, zu lesen, ihren Instruktionen nachzukommen, sie wieder zu versiegeln, und wieder an Ort und Stelle zu stecken – und diese wissenschaftliche Unterstützung stellte ich bereit, in Gestalt eines Halbunzenfläschchens. Das zweite Mal, bei dem genau das gleiche Mittel zum Einsatz kam, ergab sich anläßlich Lady Glydes Ankunft in London, (auf die ich sofort zurückkommen werde), zu keinem anderen Zeitpunkt bin ich meiner Kunst – wenn ich sie einmal von mir trennen will – das geringste schuldig geworden. Allen anderen Komplikationen und unerwarteten Notfällen war meine angeborene Fähigkeit, jedwedem Umstand ebenso einzeln wie sieghaft gegenüberzutreten, in jeglichem Falle gewachsen. Ich bekenne mich hier zu der all-durchdringenden Macht dieser Fähigkeit: auf Kosten des Chemikers lasse ich dem Menschen Gerechtigkeit widerfahren.
Man respektiere diesen Ausbruch ungekünstelter Entrüstung, der mich unsäglich erleichtert hat. *En route!* Ich fahre fort.

* * *

Nachdem ich Frau Clement (oder Clements? Ich bin mir nicht ganz sicher) suggeriert hatte, daß die beste Methode, Anne dem Zugriff Percivals zu entrücken, darin bestünde, sie nach London zu versetzen – nachdem ich erkannt hatte, wie mein Vorschlag begierig aufgegriffen, und nachdem ein bestimmter Tag vereinbart worden war, die Reisenden auf dem Bahnhof zu treffen und bei ihrer Abfahrt zugegen zu sein, konnte ich in Muße wieder zum Hause zurückkehren, und mich den Schwierigkeiten zuwenden, denen es noch zu begegnen galt.
Mein erster Schritt bestand darin, mich wiederum der wahrhaft erhabenen Ergebenheit meiner Gattin zu bedienen. Ich hatte mit Frau Clements – nennen wir sie so – vereinbart, – daß sie, in Annes Interesse, ihre neue Londoner Anschrift sofort an Lady Glyde weitermelden sollte. Aber das reichte ja noch nicht aus. Ränkevolle Personen konnten während der Zeit meiner Abwesenheit das schlichte Vertrauen Frau Clements' in mich erschüttern, und womöglich schrieb sie dann überhaupt nicht. Wen konnte ich in aller Schnelle finden, der fähig genug war, mit demselben Zug wie Jene nach Lon-

don zu reisen, und ihnen dort privatim bis zu ihrer neuen Wohnung zu folgen? Dies die Frage, die sich mir stellte. Der ehemännliche Teil in meinem Innern antwortete ohne Zögern: Madame Fosco.

Nachdem ich mich einmal für eine solche Mission meiner Gattin nach London entschieden hatte, veranstaltete ich, daß diese Reise dann gleich einen doppelten Zweck erfüllen könnte; war doch eine verläßliche Krankenpflegerin für die leidende Marian, die gleichermaßen der Patientin wie auch mir ergeben sein mußte, ein Erfordernis in meiner Situation. Eine der allervertrauenswürdigsten und fähigsten Frauen, die es überhaupt geben kann, war glücklicherweise zu meiner Verfügung. Ich meine damit jene ehrenwerte Matrone, Madame Rubelle, an deren Londoner Adresse ich einen Brief richtete, und diesen durch die Hand meiner Gattin in ihrer Wohnung abgeben ließ.

Am verabredeten Tage traf ich mich mit Frau Clements und Anne Catherick auf dem kleinen Bahnhof. Ich half ihnen aufs höflichste in den Zug. Ich half ebenso Madame Fosco aufs höflichste in den gleichen Zug. In tiefer Nacht dann kehrte meine Gattin nach Blackwater zurück, nachdem sie die ihr gewordenen Anweisungen mit der untadeligsten Akkuratesse ausgerichtet hatte. Begleitet war sie von Madame Rubelle, und brachte mir auch die neue Anschrift von Frau Clements mit. Diese letztere Vorsichtsmaßnahme erwies sich aufgrund späterer Ereignisse als überflüssig; denn Frau Clements setzte Lady Glyde pünktlich von ihrer Adresse in Kenntnis. Dennoch hob ich ihren Brief, den Blick immer sorglich auf künftige Möglichkeiten gerichtet, auf.

Am selben Tage hatte ich eine kurze Auseinandersetzung mit dem Doktor, in deren Verlauf ich, im geheiligten Interesse der Menschlichkeit, gegen seine Behandlungsweise im Falle Marians protestierte. Er benahm sich unverschämt, das Kennzeichen aller Unwissenden. Ich ließ meinem Ärger keinen Lauf; ich verschob die unvermeidliche Auseinandersetzung mit ihm auf den Zeitpunkt, wo ein Streit dann angebracht und sinnvoll werden würde.

Mein nächster Schritt bestand darin, Blackwater Park selbst einmal kurz zu verlassen; mußte ich doch, in Anbetracht kommender Ereignisse, auch für mich in London eine Wohnung ausfindig machen. Und weiterhin hatte ich noch ein kleines geschäftliches Anliegen häuslicher Natur mit Herrn Frederick Fairlie zu erledigen. Ich fand ein Haus, wie ich eines bedurfte, in St. John's Wood. Ich fand Herrn Fairlie in Limmeridge, Cumberland.

Meine eigene, privatim erworbene Vertrautheit mit Marians Korrespondenz hatte mich zuvor schon in Kenntnis davon gesetzt, daß sie an Herrn Fairlie geschrieben und ihm vorgeschlagen hatte, Lady Glyde bezwecks Linderung von deren ehelichen Irrungen-Wirrungen, auf einen Besuch zu ihrem Onkel in Cumberland mitzunehmen. Ich hatte diesem Brief damals wohlweislich erlaubt, seinen Bestimmungsort zu erreichen; weil ich das Gefühl hatte, daß er keinen Schaden anrichten, vielleicht sogar eher Gutes wirken könnte. Ich stellte mich nunmehr in Person Herrn Fairlie gegenüber, um Marians Vorschlag zu unterstützen — freilich mit gewissen Modifikationen, die, glücklich was den Erfolg meines Planes betrifft, durch ihre Krankheit unvermeidlich gemacht wurden. Es war unbedingt erforderlich, daß Lady Glyde allein und auf Einladung ihres Onkels Blackwater Park verließe; wie auch, daß sie, auf ausdrücklichen Wunsch ihres Onkels, ihre Reise für eine Nacht im Haus ihrer Tante (eben dem Hause, das ich in St. John's Wood gemietet hatte) unterbräche. Dieses Doppelresultat herbeizuführen, und mir gleichzeitig ein Einladungsschreiben zu sichern, das erforderlichenfalls Lady Glyde vorgezeigt werden könnte, waren die eigentlichen Ziele meines Besuches bei Herrn Fairlie. Wenn ich hier andeute, daß der betreffende Herr ebenso schwach von Geist wie von Leib war, und daß ich meinerseits ihm die volle Macht meiner Persönlichkeit zu schmecken gab, habe ich wohl genug gesagt — ich kam; ich sah; ich siegte über Fairlie.

Bei meiner Rückkehr nach Blackwater Park (mit dem Einladungsbriefchen in der Tasche) mußte ich feststellen, daß jenes sogenannten Doktors kindische Behandlung im Falle Marian inzwischen zu den alarmierendsten Ergebnissen geführt hatte: aus dem einfachen Fieber war Tyfus geworden! Am Tage meiner Rückkehr geschah es auch, daß Lady Glyde sich gewaltsam Zutritt zum Zimmer zu verschaffen suchte, um ihre Schwester zu pflegen. Zwischen ihr und mir bestand keinerlei Sympathie oder Affinität irgendwelcher Art — sie hatte sich der unverzeihlichen Verletzung aller meiner Gefühle dadurch schuldig gemacht, daß sie mich Spion nannte — und überdem war sie ein ausgesprochener Stein des Anstoßes auf meinem wie auf Percivals Wegen — und dennoch, trotz allem, verbot mir meine

Großherzigkeit, sie mit eigener Hand der Ansteckungsgefahr auszusetzen. Allerdings hinderte ich sie zur gleichen Zeit nicht etwa daran, sich selbsttätig in diese Gefahr zu bringen. Falls ihr das gelungen wäre, hätte den verwickelten Knoten, den zu lösen ich mich langsam und geduldig mühte, ja vielleicht das Schicksal selbst durchhauen. Wie sich jedoch ergeben sollte, griff der Arzt ein; und sie wurde endgültig vom Krankenzimmer ferngehalten.

Ich selbst hatte bereits früher empfohlen, einen Londoner Arzt zur Beratung heranzuziehen; und man hatte diesen Kurs inzwischen eingeschlagen. Kaum war der neue Doktor angekommen, als er auch schon meine Diagnose des Falles bestätigte. Die Krisis war ausgesprochen ernst. Am fünften Tage nach Ausbruch des Tyfus jedoch war wieder Hoffnung für unsere bezaubernde Patientin. Ich entfernte mich während dieser Zeit nur ein einziges Mal von Blackwater Park – als ich mit dem Morgenzug nach London mußte, um die letzten Vorkehrungen in meinem Hause in St. John's Wood zu treffen; um mich selbst durch private Recherchen davon zu überzeugen, daß Frau Clements nicht etwa umgezogen wäre; und schließlich um ein oder zwei kleinere vorbereitende Dinge mit dem Gatten von Madame Rubelle zu regeln. Am Abend noch war ich wieder zurück. 5 Tage später verkündete der Arzt, daß unsere interessante Marian sich außer aller Gefahr befinde, und, außer sorgfältiger Pflege, nichts weiter mehr bedürfe. Dies war der Augenblick auf den ich gewartet hatte. Nun, wo ärztliche Behandlung nicht länger unumgänglich nötig war, tat ich den ersten Zug in unserer Partie, indem ich gegen diesen Landdoktor aufstand. Er war einer unter der großen Zahl von Zeugen, die mir im Wege standen, und die zu entfernen notwendig wurde. Ein lebhafter Wortwechsel zwischen uns (in den sich einzumischen der vorher von mir instruierte Percival ablehnte) erfüllte den beabsichtigten Zweck. Ich überrollte den erbärmlichen Menschen mit einer wahren Lawine unwiderstehlicher Entrüstung, und fegte ihn aus dem Hause.

Der nächste Hemmschuh, dessen wir uns zu entledigen hatten, war die Dienerschaft. Wiederum instruierte ich Percival (dessen moralische Stärke pausenlos der Ermutigung bedurfte); und Frau Michelson war eines Tages nicht wenig überrascht, aus dem Munde ihres Herrn zu vernehmen, daß der ganze Haushalt aufgelöst werden sollte. Wir reinigten den Landsitz von sämtlicher Dienerschaft, mit einer

Ausnahme, deren wir für domestike Zwecke benötigt waren, und deren klobiger Stupidität wir vertrauen durften, daß sie von sich aus keine peinlichen Entdeckungen machen würde. Als Alle fort waren, blieb weiter nichts übrig, als uns nun noch Frau Michelsons zu entledigen — ein unschwer zu erreichendes Resultat: wir schickten die liebenswerte Dame einfach an die See, um für ihre Herrin eine Ferienwohnung ausfindig zu machen.

Nunmehr waren die Umstände genau so, wie sie sein sollten. Lady Glyde war durch ihr nervöses Leiden ans Zimmer gefesselt; und nachts wurde jenes erwähnte klobige Dienstmädchen (den Namen habe ich vergessen) bei ihr eingeschlossen, um ihrer Herrin notfalls zur Hand zu sein. Marian, obgleich in rascher Genesung begriffen, hütete unter der Pflege von Frau Rubelle noch immer das Bett. Und außer meiner Gattin, mir und Percival befand sich kein einziges lebendes Wesen mehr im Hause. Mit Chancen, die dergestalt sämtlich zu unseren Gunsten standen, rüstete ich mich nunmehr, dem nächsten Erfordernis zu begegnen, und tat den zweiten Zug der Partie.

Der Sinn dieses zweiten Zuges war der, Lady Glyde dazu zu vermögen, daß sie, unbegleitet von ihrer Schwester, Blackwater verließe. Aber dazu, sie mit ihrem eigenen freien Willen aus dem Hause zu entfernen, bestand platterdings keine Aussicht; es sei denn, wir könnten sie vorher davon überzeugen, daß Marian schon als Erste nach Cumberland vorausgereist sei. Um also in ihrem Gemüt die erforderlichen logischen Operationen hervorzubringen, versteckten wir unsere interessante Genesende in einem der unbenützten Schlafzimmer in Blackwater. In tiefer Nacht vollbrachten wir — Madame Fosco, Madame Rubelle und ich, (Percival war nicht kalt genug, um sich auf ihn verlassen zu können) — besagte Versteckung; eine Szene, malerisch, geheimnisvoll, dramatisch im höchsten Grade! Schon an dem betreffenden Morgen war auf meine Anweisung hin ihr Bett über einer Art leichter aber fester hölzerner Bahre aufgeschlagen worden. Wir brauchten diese Bahre lediglich sacht am Kopf- und Fußende anzuheben, und konnten unsre Patientin transportieren, wohin es uns gefiel, ohne sie oder ihr Bett im geringsten zu verstören. Keinerlei chemische Unterstützung wurde in diesem Fall benötigt oder verwendet. Unsere interessante Marian lag im tiefen Schlummer der Genesung. Wir öffneten sämtliche erforderlichen Türen im voraus und stellten brennende Kerzen zurecht. Ich übernahm, aufgrund meiner großen persönlichen Stärke, das Kopfende der Bahre – meine Gattin und Madame Rubelle das Fußende. Ich trug meinen Anteil an dieser unschätzbar köstlichen Bürde mit männlicher Zartheit, mit väterlicher Sorge. Wo lebt der moderne Rembrandt, der unsre mitternächtliche Prozession auf seine Leinwand gebannt hätte? Ah, des Verlusts für die Künste! Weh, des pittoreskesten aller Sujets! Der moderne Rembrandt ist nirgends zu finden.

Am nächsten Morgen brachen meine Gattin und ich nach London auf, und überließen Marian ihrer Weltabgeschiedenheit im unbewohnten Mittelteil des Hauses, betreut von Madame Rubelle, die die Freundlichkeit hatte, in eine zwei- oder dreitägige Einsperrung mitsamt ihrer Patientin zu willigen. Bevor wir uns zur Abfahrt anschickten, händigte ich Percival noch Herrn Fairlies Einladungsschreiben an seine Nichte aus, (in dem sie angewiesen wurde, auf ihrer Reise nach Cumberland im Hause ihrer Tante zu übernachten), mit der Anweisung, dieses, sobald er von mir höre, Lady Glyde zu zeigen. Ebenso ließ ich mir von ihm die Anschrift des Sanatoriums geben, in welchem Anne Catherick unter Aufsicht gestanden hatte; sowie einen Brief an den Anstaltsleiter, der jenem Herrn die Rückkehr seiner entsprungenen Patientin ankündigte und um erneute ärztliche Betreuung bat.

Ich hatte anläßlich meines letzten Besuchs in der Metropole alle Anstalten so getroffen, daß, als wir mit dem Frühzug in London eintrafen, unser bescheidenes häusliches Etablissement bereit war uns aufzunehmen. Infolge dieser weisen Voraussicht waren wir noch am gleichen Tage in den Stand gesetzt, unsern dritten Zug in der Partie zu tun – nämlich die Habhaftwerdung Anne Cathericks.

An dieser Stelle beginnt das Datum von Bedeutung zu werden. Ich vereinige in mir die ansonsten entgegengesetzten Wesenszüge des Mannes von Gefühl und Bildung und des Geschäftsmannes. Ich schüttele folglich sämtliche erforderlichen Daten aus dem Ärmel.

Es war an einem Mittwoch, den 24. Juli des Jahres 1850, als ich meine Gattin in einer Droschke losschickte, um zuerst einmal Frau Clements aus dem Wege zu räumen. Eine fingierte Botschaft von Lady Glyde aus London reichte hin, dies zu bewerkstelligen. Frau Clements wurde zunächst in der Droschke abgeholt und dann in der Droschke sitzen gelassen; während meine Gattin (unter dem Vorwand in einem Geschäft einen Einkauf tätigen zu müssen) ihr entwischte, und eilig zu mir zurückkehrte, um ihren erwarteten Gast in unserem Hause in St. John's Wood zu empfangen. Es ist wohl unnötig, hinzuzufügen, daß den Dienstboten gegenüber von diesem Besuch als von »Lady Glyde« gesprochen worden war.

In der Zwischenzeit hatte ich mich in einer anderen Droschke mit einem Briefchen an Anne Catherick auf den Weg gemacht, lediglich des Inhalts: wie Lady Glyde vorhabe, Frau Clements den ganzen Tag über zur Gesellschaft bei sich zu behalten; und daß Anne doch, unter Führung des freundlichen Herrn, der draußen warte, (und der Derselbe sei, der sie schon in Hampshire vor der Entdeckung durch Sir Percival bewahrt habe), mit zu ihnen nachkommen möchte. Der ›freundliche Herr‹ schickte dies Briefchen mit einem Jungen von der Straße hinein, und harrte ein oder zwei Türen weiter des Erfolges. Im Augenblick, wo Anne in der Haustür erschien und sie hinter sich schloß, hielt ihr jener ausgezeichnete Mann auch schon seine Droschkentür auf, absorbierte sie in das betreffende Gefährt, und fuhr davon.

(Man vergebe mir hier, in Parenthese, einen Ausruf: Wie interessant ist doch das Alles!).

Auf unserem Weg zur Forest Road zeigte meine Begleiterin keinerlei Furcht. Ich kann väterlich sein – Niemand mehr als ich – wenn es mir so gefällt; und ich war vollendet väterlich bei dieser Gelegenheit. Welch Anrecht hatte ich aber auch auf ihr Vertrauen! Ich hatte die Medizin bereitet, die ihr so gut tat – hatte sie vor der Gefahr gewarnt, die ihr von Sir Percival drohte. Vielleicht verließ ich mich allzu blind auf dieses mein Anrecht – vielleicht unterschätzte ich auch die Schärfe der unbewußten Instinkte bei Schwachsinnigen – gewiß bleibt jedenfalls das Eine: daß ich es versäumte, sie hinreichend auf die Enttäuschung vorzubereiten, die ihr beim Eintritt in mein Haus bevorstünde. Als ich sie in den Salon führte, und sie dort Niemanden weiter anwesend sah, als Madame Fosco, die ihr fremd war, stellten sich sogleich die Zeichen heftigster Erregung bei ihr ein; ja, wenn sie gewittert hätte, daß Gefahr in der Luft läge, wie ein Hund, der die Nähe eines noch nicht sichtbaren Wesens wittert, ihr Entsetzen hätte sich nicht schlagartiger und grundloser äußern können. Vergeblich suchte ich einzugreifen. Die

Furcht, mit der sie rang, hätte ich sehr wohl zu stillen vermocht; aber gegen das schwere Herzleiden an dem sie laborierte, half kein moralisches Palliativ. Zu meinem unaussprechlichen Schrecken wurde sie von Krämpfen ergriffen – bei ihrem Gesundheitszustand ein Schock für das ganze System, der sie jegliche Sekunde hätte tot zu unsern Füßen niederstrecken können.

Der nächste Arzt wurde herbeigeholt, und davon unterrichtet, daß ›Lady Glyde‹ seiner sofortigen Dienste benötigt sei. Zu meiner unsäglichen Erleichterung handelte es sich um einen fähigen Mann. Ich schilderte ihm meine Besucherin als eine Person von schwachem Geist und an Halluzinationen leidend, und traf Vorkehrungen, daß außer meiner Gattin keine andere Pflegerin im Zimmer der Kranken wachte. Aber die unglückliche Frau war viel zu hinfällig, um uns irgend Unruhe zu verursachen, hinsichtlich dessen, was sie hätte sagen können. Die einzige große Angst, die nunmehr auf mir lastete, war die: daß die falsche Lady Glyde sterben könnte, bevor die wahre Lady Glyde in London einträfe!

Ich hatte am Morgen einen Brief an Madame Rubelle geschrieben, in dem ich sie anwies, mich am Freitagabend, dem 26., im Hause ihres Gatten zu erwarten; sowie einen anderen Brief an Percival der ihn instruierte

a) seiner Gattin das Einladungsschreiben ihres Onkels jetzt zu zeigen;

b) ihr zu versichern, daß Marian bereits vorausgefahren wäre; und

c) sie am gleichen 26. in den Mittagszug zu stecken, und zur Stadt her zu befördern.

Bei nochmaligem Überdenken war mir, in Anbetracht von Anne Cathericks Gesundheitszustand, die Notwendigkeit klar geworden, die Ereignisse zu beschleunigen, und Lady Glyde früher zu meiner Disposition zu bringen, als ich ursprünglich vorgehabt hatte. Was für neue Direktiven hätte ich, bei der schrecklichen Ungewißheit meiner Lage, wohl noch erteilen können? Mir blieb nichts weiter übrig als dem Zufall und dem Arzt zu vertrauen. Meine Erre-

gung fand in häufigen pathetischen Apostrofen ihren Ausdruck, die ich, wenn andere Personen in Hörweite waren, mit dem Namen »Lady Glyde« zu koppeln gerade noch Selbstbeherrschung genug aufbrachte. In jeglicher anderen Hinsicht war Fosco an jenem ewig denkwürdigen Tage, Fosco im Zustande totaler Verfinsterung.
Sie verbrachte eine schlechte Nacht; sie erwachte völlig erschöpft; erholte sich jedoch im Laufe des Tages auf die erstaunlichste Weise. Im gleichen Takt blühte auch mein elastischer Geist wieder auf. Die Antworten von Percival und von Madame Rubelle konnten frühestens am Morgen des folgenden Tages, des 26., bei mir eingehen. Unter der Voraussetzung, daß Beide meinen Richtlinien nachkämen (was sie, das wußte ich, tun würden – höhere Gewalt einmal ausgeschlossen), ging ich, eine leichte einspännige Droschke zu mieten, um damit Lady Glyde von der Bahn abzuholen, und bestellte sie für den 26., zwei Uhr nachmittags, vor mein Haus. Nachdem ich mich vergewissert, daß der Vermieter sich den Auftrag in sein Buch eingetragen hatte, begab ich mich weiter, um die nötigen Abmachungen mit Monsieur Rubelle zu treffen. Desgleichen sicherte ich mir die Dienste von 2 Herren, die mich mit den erforderlichen Bescheinigungen über vorliegende Geisteskrankheit versehen konnten – der Eine war mir persönlich bekannt; den Anderen kannte Monsieur Rubelle – beides Männer, deren Geist stark genug war, sich hoch über kleinliche Bedenklichkeiten emporzuschwingen – Beide laborierten an zeitweiligen finanziellen Schwierigkeiten – Beide glaubten an MICH.
Es war später als 5 Uhr nachmittags geworden, bevor ich diese Obliegenheiten erfüllt hatte, und heimkehren konnte. Als ich zuhause eintraf, war Anne Catherick tot: tot am 25., und Lady Glyde sollte erst am 26. in London eintreffen!
Ich war wie betäubt. Man stelle sich das vor: ein Fosco betäubt!
Unsere Schritte wieder rückgängig zu machen, war es zu spät. Hatte es doch, ehe ich wieder zurück war, jener Arzt, um mir alle Mühe zu ersparen, über sich genommen, den Tod, an dem Tage wo er eintrat, mit eigener Hand zu beurkunden und eintragen zu lassen. Mein Großer Plan, so weit völlig unangreifbar: jetzt hatte er seinen schwachen Punkt! Keine Anstrengung meinerseits konnte das verhängnisvolle Ereignis dieses 25. mehr rückgängig machen. Ich wandte mich mannhaft der Zukunft zu. Mit Percivals Interessen und

meinen immer noch in der Schwebe, blieb uns nichts weiter übrig, als das Spiel bis zum Ende durchzuführen. Ich rief meine unerschütterliche Ruhe zurück – und spielte weiter.

Am Morgen des 26. erreichte mich Percivals Brief, der mir das Eintreffen seiner Gattin mit dem Mittagszug ankündigte. Auch Madame Rubelle schrieb, und teilte mir mit, daß sie am Abend folgen würde. Ich machte mich also in der gemieteten Droschke auf den Weg; hinter mir die falsche Lady Glyde tot im Hause, vor mir die echte Lady Glyde, um sie bei ihrem Eintreffen auf dem Bahnhof um 3 Uhr nachmittags zu empfangen. Verborgen unter dem Sitz des Wagens führte ich sämtliche Kleidung bei mir, die Anne Catherick getragen hatte, als sie mein Heim betrat – bestimmt, der Wiederauferstehung der Frau zu dienen die tot war, in der Gestalt der Frau, die lebte. Welch eine Situation! Ich empfehle sie den knospenden Romanschreibern Englands. Ich offeriere sie, als gänzlich neu, den ausgeschriebenen Dramatikern Frankreichs.

Lady Glyde war auf dem Bahnhof. Auch gab es viel Gedränge und Verwirrung und weit mehr Verzögerung beim Herbeischaffen ihres Gepäcks, als mir lieb war, (nämlich für den Fall, daß irgendeiner ihrer Freunde sich zufällig auch in der Nähe befinden sollte). Ihre ersten Fragen, als wir anfuhren, beschworen mich, ihr Neues von der Schwester zu berichten. Ich erfand Nachrichten von der allerbeschwichtigendsten Art, und versicherte ihr, daß sie ihre Schwester unlängst in meinem Hause sehen würde. Dieses mein Haus befand sich (allerdings nur bei der betreffenden Gelegenheit) in der Nähe von Leicester Square, und war eigentlich von Monsieur Rubelle bewohnt, der uns in der Vorhalle empfing.

Ich nahm meine Besucherin mit nach oben, in ein Hinterzimmer; während die schon erwähnten 2 Herren Mediziner ein Stockwerk tiefer bereits warteten, um sich die Patientin anzusehen, und mir dann ihre Atteste auszustellen. Nachdem ich Lady Glyde noch einmal durch die erforderlichen Versicherungen hinsichtlich ihrer Schwester beruhigt hatte, stellte ich ihr jene Herren einzeln als meine Freunde vor. Sie erledigten die Formalitäten des Falles kurz, intelligent, gewissenhaft. Sobald Jene das Zimmer verlassen hatten, betrat ich wiederum den Raum, und beschleunigte nunmehr den Gang der Ereignisse durch eine Anspielung von der alarmie-

renden Sorte auf den Gesundheitszustand von »Fräulein Halcombe«.
Die Resultate stellten sich, genau wie von mir vorgesehen, ein. Lady Glyde bekam erst Angst; dann wurde ihr übel. Ein Glas heilkräftigen Wassers und ein Fläschchen präparierten Riechsalzes befreiten sie von jedweder weiteren Unruhe und Sorge. Wiederholte Anwendung im weiteren Verlauf des Abends, verschafften ihr die unschätzbare Segnung einer erquicklichen Nachtruhe. Madame Rubelle traf zur rechten Zeit ein, um die Oberleitung bezüglich Lady Glydes Toilette zu übernehmen. Ihre eigenen Gewänder wurden in der Nacht weggenommen, und ihr dafür am nächsten Morgen von den matronlichen Händen der guten Rubelle, und unter striktester Beobachtung aller Regeln des Anstandes, die von Anne Catherick angelegt. Auch diesen Tag über noch hielt ich unsere Patientin im Zustand einer Art von Halb-Bewußtsein, bis die geschickte Unterstützung meiner medizinischen Freunde mich in den Stand setzte, die erforderliche amtliche Verfügung zu erlangen, und zwar imgrunde noch früher, als ich zu hoffen gewagt hatte. Am gleichen Abend (dem Abend des 27. also) schafften dann Madame Rubelle und ich unsere wiederauferstandene ›Anne Catherick‹ nach dem Sanatorium, wo sie, wenn auch mit großem Erstaunen, so doch ohne Verdacht in Empfang genommen wurde, dank der Verfügungen und Atteste, Percivals Brief, der Ähnlichkeit der Kleidung, und nicht zuletzt des augenblicklichen verwirrten Geisteszustandes der Patientin selbst. Ich kehrte anschließend sogleich in mein Heim zurück, um Madame Fosco bei den Vorbereitungen zur Bestattung der falschen ›Lady Glyde‹ unter die Arme zu greifen, befanden sich doch Kleidung und Gepäck der echten Lady Glyde in meinem Besitz. Sie sind späterhin nach Cumberland gesandt worden, mit der gleichen Fahrgelegenheit, die auch das Leichengefolge benützte. An der Bestattung selbst habe ich, angetan in tiefste Trauer, mit der angemessenen Würde, persönlich teilgenommen.

* * *

Mein Bericht über diese bemerkenswerten Ereignisse, verfaßt unter gleichermaßen bemerkenswerten Umständen, schließt hiermit. Die kleineren Vorsichtsmaßregeln, die ich beim Verkehr mit Limmeridge-Haus beobachtete, sind bereits bekannt; ebenso der grandiose Erfolg meiner Unternehmungen, und desgleichen die soliden pekuniären Ergebnisse, die er zeitigte.

Betonen möchte ich noch, mit der ganzen Kraft meiner Überzeugung, daß der eine schwache Punkt meines Planes nie hätte herausgefunden werden können, wäre nicht vorher die eine schwache Stelle in meinem Herzen entdeckt worden. Nichts als allein meine verhängnisvolle Bewunderung für Marian ist es gewesen, die mich daran verhindert hat, zu meiner eigenen Rettung siegreich einzugreifen, als sie ihrer Schwester zur Flucht verhalf. Ich ging das Risiko ein, und vertraute auf die vorgenommene totale Zerstörung von Lady Glydes Identität. Denn falls entweder Marian oder auch Herr Hartright es unternahmen, diese ihre Identität zu verfechten, würden sie sich öffentlich der Unterstellung ausgesetzt haben, Beförderer einer gemeinen Betrügerei zu sein; man würde ihnen entsprechend mißtraut und nimmer geglaubt haben; und sie folglich machtlos gewesen sein, weder mein Interesse noch Percivals Geheimnis zu gefährden. Damit, daß ich mich einer derart blindlings angestellten und verblendeten Kalkulation der Chancen anvertraute, beging ich einen schweren Fehler. Ich beging einen zweiten dadurch, daß ich, nachdem Percival den Preis seiner eigenen Halsstarrigkeit und Hitzigkeit bezahlt hatte, Lady Glyde einen zweiten Aufschub vom Irrenhause gewährte, und Herrn Hartright eine zweite Chance, mir zu entschlüpfen. Mit einem Wort: Fosco war, in einer so ernsten Krisis, sich selbst nicht treu. Beklagenswerter und so gar nicht charakteristischer Fehler! Man sehe die Ursache in meinem Herzen — man erkenne im Bilde Marian Halcombes die erste und letzte Schwäche in Foscos Dasein!

Ich, im reifen Alter von 60, mache diese Konfession ohnegleichen. Jünglinge: Euer Mitgefühl! Jungfrauen: Eure Tränen!

Nur ein Wort mehr noch; und der Aufmerksamkeit des Lesers (atemlos konzentriert auf mich) soll Entspannung werden.

Mein eigener psychologischer Tiefblick legt es mir nahe, daß Personen von forschender Gemütsveranlagung, sich an diesem Punkt 3 unvermeidliche Fragen aufdrängen müssen — ich formuliere sie selbst — ich beantworte sie nicht minder.

Erste Frage: Was mag das Geheimnis sein, daß Madame Fosco sich der Erfüllung meiner kühnsten Wünsche, der Förderung meiner tiefsten Pläne, mit derartiger Selbst-Hingabe und ohne zu zögern widmet? / Ich könnte darauf antworten, indem ich schlicht auf meinen eigenen Charakter verweise, und meinerseits zurückfrage: Wo im Lauf der Weltgeschichte, hat es jemals einen Mann meiner Größenordnung gegeben, ohne eine Frau im Hintergrund, die sich auf dem Altar seines Lebens selbst geopfert hätte? Aber ich erinnere mich, daß ich in England schreibe; daß ich in England geheiratet habe; und frage deshalb nur: ob das Heiratsgelübde einer Frau hierzulande darin besteht, private Ansichten über ihres Gatten Prinzipien zu hegen? Nein! Es fordert vielmehr von ihr, rückhaltlos zu lieben, zu ehren, und ihm zu gehorchen. Genau das hat meine Gattin getan. Ich fuße hier auf dem erhabensten moralischen Grunde, und bescheinige ihr stolz, ihren ehelichen Verpflichtungen jederzeit getreulich nachgekommen zu sein. Verleumdung: schweige! Frauen von England: Eure Sympathie für Madame Fosco!

Zweite Frage: Falls Anne Catherick nicht damals gestorben wäre, als sie es tat – was hätte ich dann unternommen? / Ich würde in solchem Fall der erschöpften Natur bei ihrem Bestreben, dauernde Ruhe zu finden, zu Hülfe gekommen sein. Ich würde der Seele die Tore des Gefängnisses dieses Lebens geöffnet, und der Gefangenen (unheilbar angegriffen, sei es geistig sei es körperlich) eine glückhafte Erlösung gewährt haben.

Dritte Frage: Bei einer nochmaligen ruhigen Überschauung sämtlicher Ereignisse – ist mein Vorgehen in irgendeinem Punkt ernstlich zu tadeln? / Aber, und zwar mit Nachdruck: Niemals! Habe ich es nicht sorgfältig-sorgenfaltig vermieden, mich selbst dem Odium unnötig begangener Verbrechen auszusetzen? Ich, mit meinen ausgebreiteten Kenntnissen in Chemie, hätte Lady Glydes Leben mühelos nehmen können. Unter unsäglichen persönlichen Opfern bin ich vielmehr dem Diktat meines Ingeniums, meiner Menschlichkeit, meiner eigenen Vorsicht gefolgt, und habe statt dessen lediglich ihre Identität genommen. Man richte mich nach dem, was ich hätte tun *können.* Wie verhältnismäßig unschuldig, wie relativ tugendhaft erscheine ich dann bei dem, was ich in Wirklichkeit getan habe!

Ich habe es zu Beginn ausgesprochen, daß es sich bei diesem Memoire um ein bemerkenswertes Schriftstück handeln würde. Es hat meine Erwartungen restlos erfüllt. Man nehme diese feurigen Zeilen entgegen – mein letztes Vermächtnis an ein Land, dem ich für ewig den Rücken kehre – sie sind des Themas würdig; und nicht minder würdig eines FOSCO

Bericht
beschlossen von Walter Hartright

I

Als ich mit dem letzten Manuskriptblatt des Conte zu Ende war, war auch die halbe Stunde, die ich mich noch in Forest Road zu bleiben verpflichtet hatte, abgelaufen. Monsieur Rubelle sah auf seine Uhr und verbeugte sich. Ich erhob mich unverzüglich, und ließ den Agenten allein im Besitz des leeren Hauses. Ich habe ihn niemals wiedergesehen – nie mehr von ihm oder seiner Frau wieder etwas gehört. Aus den dämmrigen Seitengäßchen von Schurkerei und Betrug waren sie hervorgeschlichen, über unsern Weg – in dieselben Seitengäßchen haben sie sich heimlich, auf Nimmerwiedersehen, wieder zurückgestohlen.

Eine Viertelstunde nachdem ich Forest Road verlassen hatte, war ich wieder zuhause.

Wenige knappe Worte reichten hin, Laura und Marian zu unterrichten, wie mein tollkühnes Wagnis ausgegangen war, und worin seine nächsten Auswirkungen auf unser Leben vermutlich bestehen würden. Alle Einzelheiten verschob ich auf spätere Beschreibung, im weiteren Verlauf des Tages, und eilte wieder nach St. John's Wood zurück, um mich mit dem Unternehmer in Verbindung zu setzen, bei dem Conte Fosco jene Droschke bestellte, mit der er Laura damals vom Bahnhof abgeholt hatte.

Die mir gegebene Adresse führte mich zu einem »Leihstall«, ungefähr 500 Meter von Forest Road entfernt. Der Eigentümer erwies sich als ein höflicher, achtbarer Mann. Als ich ihm erklärte, daß eine bedeutsame Familienangelegenheit mich ihn zu bitten nötigte, in seinen Büchern nachzusehen, um ein gewisses Datum zu verifizieren, mit dem seine Geschäftsbuchführung mich vermutlich würde versehen können, machte er keinerlei Einwände, meinem Ansuchen zu willfahren. Das betreffende Buch wurde hervorgesucht; und da, unter dem Datum ›26. Juli 1850‹, fand sich der Auftrag mit diesen Worten eingetragen

»1 Brougham für Conte Fosco, Forest Road, Nummer 5. – 2 Uhr nachmittags, (John Owen).«

Als ich mich erkundigte, wurde mir gesagt, daß der in der Eintragung erwähnte Name ›John Owen‹ sich auf den Kutscher bezöge, der die Droschke gefahren hätte. Er sollte gerade hinten in den Stallungen bei der Arbeit sein, und wurde auf meine Bitte hin herbeigeholt.

»Können Sie sich etwa noch entsinnen,« fragte ich ihn, »vergangenen Juli einmal einen Herrn von Forest Road Nr. 5 zum Bahnhof Waterloo Bridge gefahren zu haben?«

»Tcha, Sir,« sagte der Mann; »wenn ich ehrlich sein soll – eigentlich nich.«

»Vielleicht können Sie sich aber an den Herrn selbst noch erinnern? Fällt Ihnen nicht ein, daß Sie letzten Sommer mal einen Ausländer gefahren haben – einen sehr großen Herrn, und ganz auffallend dick?« Sofort leuchtete das Gesicht des Mannes auf.

»Ja, an *Den* kann ich mich noch erinnern, Sir! Der fetteste Herr, den ich je gesehen, und der schwerste Kunde, den ich je gefahren hab'! Ja, ja, an Den entsinn' ich mich noch gut, Sir. – Wir *sind* zum Bahnhof hin gefahren; und von der Forest Road aus war es *auch:* 'n Papagei oder sowas ähnliches saß im Fenster dort und kreischte. Der Herr hatte's zum Sterben eilig mit dem Gepäck der Dame, und er hat mir noch 'n hübsches Trinkgeld gegeben, daß ich bloß schnell machte, und die Koffer herzu brachte.«

Die Koffer herzu brachte! Mir fiel auf der Stelle ein, daß Lauras eigener Bericht über das, was bei ihrem Eintreffen in London mit ihr vorgegangen war, auch ihr Gepäck erwähnt hatte, und wie das irgendeine Person, die mit Conte Fosco zum Bahnhof gekommen war, geholt und übernommen hätte: das war dieser Mann hier gewesen.

»Haben Sie die Dame gesehen?« fragte ich. »Wie sah sie aus? War sie jung oder alt?«

»Naja, Sir, wie sie ausgesehen hat, das kann ich bei all der Hast damals und dem Leutegedränge um uns 'rum, nich mehr so genau sagen. In Bezug auf die fällt mir eigentlich nichts mehr ein, das ich wüßte – außer eben ihrem Namen höchstens.«

»Sie können sich an ihren *Namen* erinnern?!«

»Oh ja, Sir. Die Dame hieß ›Lady Glyde‹.«
»Wieso können Sie sich ausgerechnet an das noch erinnern, wo Sie doch ganz vergessen haben, wie sie aussah?«
Der Mann griente, und trat, ein bißchen verlegen, von einem Fuß auf den andern.
»Naja, um die Wahrheit zu sagen, Sir,« versetzte er; »ich war zu der Zeit noch nicht lange verheiratet gewesen; und der Mädchenname von meiner Frau, ehe sie meinen annahm, war derselbe, wie der von der Dame – sie war 'ne gebor'ne ›Glyde‹, Sir. Die Dame hat ihn selbst noch genannt. ›Steht Ihr Name auf'n Koffern drauf, Madamm?‹ fragte ich. Und sie sagte, ›Ja‹, sagte sie, ›mein Name steht auf'm Gepäck – Lady Glyde.‹ ›Nu kucke da!‹ hab' ich zu mir gesagt ›im allgemeinen hab' ich ja'n schlechtes Gedächtnis für die kompliziert'n adligen Namen – aber *der* hier klingt wirklich mal wie der vo'm alten Freunde.‹ Was die Zeit anlangt, Sir, will ich mich nich festlegen; das kann bald'n Jahr her sein, oder auch nich ganz. Aber was den dicken Herrn betrifft, und den Namen von der Dame: das kann ich beschwören.«
Daß er sich hätte an die Zeit erinnern können, war nicht das Ausschlaggebende – das Datum wurde ja einwandfrei durch das Geschäftsbuch seines Herrn bewiesen. Ich empfand auf der Stelle, daß nunmehr die Mittel in meiner Macht wären, um mit der unwiderstehlichen Waffe blanker Tatsachen das ganze verbrecherische Gewebe mit einem einzigen Schlage zu zerreißen. Ohne einen Moment des Zögerns nahm ich den Besitzer des Leihstalles auf die Seite, und informierte ihn kurz über die eigentliche Bedeutung der Aussagen seiner Geschäftsbücher und des Kutschers. Eine Vereinbarung, ihn für den kurzfristigen Ausfall der Arbeitsleistung des Mannes angemessen zu entschädigen, war leicht getroffen; ich selbst machte mir mit eigener Hand eine Abschrift von der Eintragung in dem Buch, und ließ mir die Richtigkeit durch die Unterschrift des Besitzers bescheinigen. Dann, nachdem endgültig abgemacht war, daß John Owen sich für die nächsten 3 Tage – beziehungsweise, wenn die Umstände es erfordern sollten, auch für längere Zeit noch – zu meiner Verfügung halten sollte, verließ ich den Leihstall.
Jetzt hatte ich in meinem Besitz sämtliche Papiere, die ich brauchte; eine beglaubigte Abschrift des Totenscheins von der Hand des Standesbeamten, und Sir Percivals datierter Brief an den Conte, steckten wohlbehalten in meinem Notizbuch.

Mit solchem dokumentarischen Beweismaterial zur Hand, und den Antworten des Kutschers noch frisch in meinem Gedächtnis, lenkte ich als nächstes meine Schritte – zum erstenmal seit Beginn aller meiner Nachforschungen – in Richtung von Herrn Kyrles Büro. Die eine meiner Absichten bei Abstattung dieses zweiten Besuches war selbstverständlich die, ihn über das, was ich getan hatte, zu informieren; die andere, ihn von meinem Entschluß in Kenntnis zu setzen: morgen Früh mit meiner Gattin nach Limmeridge zu fahren, und sie in ihres Onkels Haus öffentlich wieder aufnehmen und anerkennen zu lassen. Ich überließ es Herrn Kyrle, unter diesen Umständen und in Herrn Gilmores Abwesenheit, zu entscheiden, ob er, als der Rechtsberater der Familie, im Interesse dieser Familie, bei solchem Anlaß sich verbunden fühle, gegenwärtig zu sein oder nicht.

Ich gehe nicht weiter auf Herrn Kyrles Erstaunen ein, noch auf die Ausdrücke in denen er seine Meinung über mein Verhalten, vom ersten Stadium der Nachforschungen bis zum letzten, kundgab. Nur das ist nötig zu sagen, daß er sich auf der Stelle entschloß, uns nach Cumberland zu begleiten.

Am nächsten Morgen machten wir uns mit dem Frühzug auf den Weg; Laura, Marian, Herr Kyrle und ich in einem, John Owen zusammen mit einem Schreiber aus Herrn Kyrles Büro in dem andern Wagenabteil. Auf dem Bahnhof von Limmeridge angekommen, begaben wir uns zunächst zu dem Bauernhof in Todd's Corner. Es war mein fester Entschluß, daß Laura in ihres Onkels Haus nicht eher wieder erscheinen sollte, als bis sie dort, offiziell als seine Nichte anerkannt, auftreten könnte. Ich überließ es Marian, die Frage der Unterbringung mit Frau Todd zu regeln, sobald die gute Frau sich erst einmal von ihrer Bestürzung erholt hatte, als sie vernahm, was unser Anliegen hier in Cumberland sei; und ich machte derweil mit ihrem Manne ab, daß John Owen so lange der bereitwilligen Gastlichkeit des Gesindes übergeben werden sollte. Diese Vorbereitungen getroffen, begaben Herr Kyrle und ich uns zusammen hinüber nach Limmeridge-Haus.

Ich vermag über unsere Unterredung mit Herrn Fairlie nicht ausführlich zu berichten, weil ich ihrer einfach nicht gedenken kann, ohne von Ungeduld und Verachtung übermannt zu werden, die mir die Szene, selbst in der bloßen Erinnerung, in höchstem Grade widerwärtig machen. Ich ziehe es vor, hier lediglich festzuhalten, daß

ich meine Absicht durchsetzte. Herr Fairlie versuchte uns zuerst natürlich nach gewohnter Taktik zu behandeln. Wir gingen über seine höfliche Unverschämtheit zu Beginn der Unterhaltung einfach hinweg, ohne davon Notiz zu nehmen. Ungerührt lauschten wir seinen Beteuerungen und Einwänden, mit denen er uns dann als nächstes zu überreden suchte, daß die Enthüllung des Verbrechens ihn überwältigt hätte. Gegen Ende winselte und wimmerte er förmlich wie ein verzogenes Kind: »Wie hätte er denn wissen sollen, daß seine Nichte am Leben sei, wo man ihm doch gesagt hätte, sie wäre tot? Ja, er würde die teure Laura mit Vergnügen bewillkommnen, wenn wir ihm nur Zeit ließen, sich wieder zu erholen. Ob wir etwa der Ansicht wären, er sähe aus, als müsse er noch groß ins Grab gejagt werden? Nicht. Ja, warum jagten wir ihn dann?« Er wiederholte diese Einwendungen bei jeder sich nur bietenden Gelegenheit, bis ich sie ein für alle Mal dadurch unterband, daß ich ihn mit Nachdruck vor eine unvermeidliche Alternative stellte. Ich ließ ihm die Wahl, ob er seiner Nichte, auf meine Bedingungen, freiwillig wolle Gerechtigkeit widerfahren lassen; oder aber sämtlichen Weiterungen einer amtlichen Feststellung ihrer Existenz vor einem öffentlichen Gerichtshof ins Auge sehen. Herr Kyrle, an den er sich an dieser Stelle um Hilfe wandte, erklärte ihm rundheraus, daß er diese Frage jetzt und hier entscheiden müsse. Bezeichnenderweise wählte er diejenige Möglichkeit die ihm die raschere Befreiung von aller persönlichen Unruhe zu versprechen schien: mit einem unerwarteten Energieausbruch kündete er uns an, daß er nicht kräftig genug sei, um noch mehr Einschüchterungen ertragen zu können – und wir dürften machen, was wir wollten.
Herr Kyrle und ich begaben uns sofort nach unten, und setzten vereint einen Brief auf, der bei allen Pächtern und Bauern, die an der falschen Beerdigung teilgenommen hatten, die Runde machen, und sie, in Herrn Fairlies Namen, auffordern sollte, sich am übernächsten Tag in Limmeridge-Haus zu versammeln. Auch wurde einem Steinmetz in Carlisle der Auftrag gesandt, am gleichen Datum einen Mann herüberzuschicken, der eine Grabinschrift beseitigen solle. Herr Kyrle, der Anstalten getroffen hatte, hier im Hause zu übernachten, übernahm es, diese beiden Briefe Herrn Fairlie vorzulesen und anschließend eigenhändig von ihm unterschreiben zu lassen.
Ich brachte den dazwischenliegenden Tag im Bauernhaus damit zu,

daß ich einen knappen klaren Bericht des Verbrechens abfaßte, und am Ende dann vor allem eine Übersicht derjenigen Tatsachen beifügte, die die Behauptung von Lauras Tod widerlegten. Ich hatte vor, ihn den Tag darauf den versammelten Pächtern zu verlesen, und legte ihn vorher noch Herrn Kyrle zur Kenntnisnahme vor. Wir einigten uns auch über die Form, in der, nach erfolgter Vorlesung, das Beweismaterial unterbreitet werden sollte. Nachdem diese Dinge endgültig vereinbart waren, unternahm es Herr Kyrle, unser Gespräch als nächstes auf Lauras finanzielle Umstände zu lenken. Von diesen wußte ich nichts, und wollte auch nichts davon wissen; und da ich meine Zweifel daran hegte, ob er, als Geschäftsmann, mein Verfahren hinsichtlich der Zinsansprüche meiner Gattin auf Madame Foscos Legat billigen würde, bat ich ihn, mich zu entschuldigen, wenn ich von einer Diskussion des Gegenstandes Abstand nähme. War er doch, wie ich ihm ohne zu lügen beteuern konnte, mit jenen Sorgen und Bekümmernissen der Vergangenheit verquickt, die wir, selbst unter uns, niemals mehr erwähnten, und die mit Andern zu diskutieren wir instinktiv zurückscheuten.
Meine letzte Handlung, als der Abend hereinbrach, bestand darin, die ›Aussage des Grabsteins‹ dadurch festzuhalten, daß ich mir die falsche Inschrift, bevor sie morgen endgültig getilgt wurde, abschrieb.

* * *

Der Tag war angebrochen – der neue Tag, an dem Laura wiederum das altvertraute Frühstückszimmer in Limmeridge-Haus betrat. Sämtliche anwesenden Personen erhoben sich von ihren Plätzen, als Marian und ich sie hineingeleiteten. Ein sichtbarer Ruck des Erstaunens, ein vernehmliches Gemurmel der Teilnahme rann beim Anblick ihres Gesichtes durch Alle. Auch Herr Fairlie war (auf mein ausdrückliches Verlangen) anwesend, Herr Kyrle ihm zur Seite. Hinter ihm stand sein Kammerdiener, ein Riechfläschchen einsatzbereit in der einen, ein weißes Taschentuch, getränkt mit Eau de Cologne in der anderen Hand.
Ich leitete den ganzen Vorgang damit ein, daß ich offiziell an Herrn Fairlie appellierte, zu erklären, daß ich mit seiner Vollmacht und

mit seiner ausdrücklichen Billigung hier stünde. Er streckte zitternd einen Arm nach jeder Seite aus, nach Herrn Kyrle und seinem Kammerdiener – wurde von beiden unterstützt, sich auf die Beine zu stellen – und äußerte sich dann in diesen Ausdrücken: »Gestatten Sie mir, Ihnen Herrn Hartright vorzustellen. Ich befinde mich in so hinfälligem Zustande wie nur je, und er hat die ausgezeichnete Güte, in meinem Namen zu sprechen. Der Gegenstand ist schrecklich verwirrend. – Bitte, hören Sie ihn an, und machen Sie kein Geräusch!« Mit diesen Worten sank er wieder langsam zurück in seinen Sessel, und flüchtete sich hinter sein duftendes Taschentüchlein.

Nachdem ich meine einleitende Erklärung abgegeben hatte, folgte als allererstes die Enthüllung des ganzen Verbrechens, und zwar in den knappsten und klarsten Wendungen. Ich stände hier an dieser Stelle (informierte ich meine Zuhörer), um zu erklären:

erstens, daß meine Gattin, die mir zur Seite säße, die Tochter des verstorbenen Herrn Philip Fairlie sei;

zweitens, durch einwandfreie Tatsachen zu beweisen, daß die Beerdigung, der sie damals auf dem Friedhof von Limmeridge beigewohnt hätten, die Beerdigung einer anderen Frau gewesen sei;

drittens, ihnen einen klaren Bericht darüber abzustatten, wie es zu alledem gekommen sei.

Ohne weitere Einleitung verlas ich dann sogleich den Bericht über das Verbrechen, der das Ganze klar umriß, und – um unnötige Komplikationen durch überflüssige Andeutungen auf Sir Percivals Geheimnis zu umgehen – der als Motiv einzig und allein Gewinnsucht angab. Dies erledigt, erinnerte ich mein Publikum an das Datum der Inschrift auf dem Friedhof – den 25. – und bestätigte dessen Richtigkeit zunächst noch dadurch, daß ich den Totenschein vorzeigte. Dann aber verlas ich ihnen Sir Percivals Brief vom 25., in dem er die beabsichtigte Reise seiner Gattin von Hampshire nach London für den 26. ankündigte. Als nächstes tat ich dar, daß sie besagte Reise tatsächlich unternommen hätte, indem ich den Droschkenkutscher persönlich aussagen ließ; und bewies dann, aus dem Auftragsbuch des Leihstallbesitzers, daß sie wirklich am angegebenen Tage vollführt worden sei. Dann kam die Reihe an Marian, ihren Bericht über das Zusammentreffen zwischen Laura und ihr selbst im Irrenhause abzulegen, und wie sie ihrer Schwester zur Flucht verholfen habe. Worauf ich endlich den ganzen Vorgang dadurch abschloß, indem ich alle Anwesenden von Sir Percivals Tod unterrichtete, und von unserer Heirat.

Als ich meinen Platz wieder eingenommen hatte, erhob sich Herr Kyrle; und erklärte in seiner Eigenschaft als Rechtsbeistand der Familie, daß meine Sache durch das lückenloseste Material bewiesen sei, das ihm in seinem Leben je begegnet wäre. Während er diese Worte noch sprach, legte ich meinen Arm um Laura und richtete sie dergestalt auf, daß Jeder der im Zimmer Anwesenden sie deutlich sehen konnte. »Sind Sie Alle derselben Meinung?« fragte ich, indem ich ein paar Schritte nach vorn tat, und dabei auf meine Gattin wies.

Die Wirkung dieser Frage war elektrisierend! Ganz unten, am fernsten Ende des Raumes, sprang einer der ältesten Pächter der Gutsländereien auf die Füße, und riß sämtliche übrigen im Handumdrehen mit sich. Ich sehe den Mann noch heute vor mir, mit seinem biederen gebräunten Gesicht, und dem eisengrauen Haar, wie er auf die Bank unterhalb des Fensters neben ihm sprang, mit der schweren Reitgerte über seinem Kopf herumfuchtelte, und die Hochrufe dirigierte: »Da steht sie, gesund und munter – Gott segne sie! – Los, lauter, Jungens! Und nochmals! Und lauter!!!« Die Hochrufe, die ihm antworteten, immer wieder aufs neue angestimmt, waren meinen Ohren die süßeste Musik, die ich jemals vernommen habe. Die Landarbeiter aus dem Dorf und die Schulkinder, die sich draußen auf dem Rasen versammelt hatten, nahmen den Hochruf auf, und gaben ihn erneut zurück. Die Bauersfrauen drängten sich um Laura, und kämpften darum, welche ihr als erste die Hand drükken könnte, wobei sie sie mit tränenüberströmten Wangen beschworen, sich doch ja zu fassen und nicht zu weinen. Sie war so vollständig überwältigt, daß mir nichts weiter übrig blieb, als sie ihnen zu entführen, und zur Tür zu tragen, wo ich sie Marians Betreuung übergab – Marian, die uns noch nie im Stich gelassen hatte, und deren Mut und Selbstbeherrschung uns auch jetzt nicht entrieten. Ich blieb noch allein in der Tür zurück, und lud – nachdem ich ihnen in Lauras und meinem Namen gedankt hatte – alle Anwesenden ein, mir jetzt nach dem Kirchhof zu folgen, und mit eigenen Augen mitanzusehen, wie die lügenhafte Inschrift von dem Grabmal getilgt werde.

Sie verließen Alle das Haus, und gesellten sich zu der Menge der Dorfbewohner, die sich um das Grab versammelt hatten, bei dem der Steinmetzgeselle bereits unserer wartete. In die atemlose Stille hinein erklang der erste scharfe Schlag des Stahls auf den Marmor. Nicht eine Stimme ließ sich hören – nicht eine Menschenseele bewegte sich – bis die 3 Worte, ›Laura, Lady Glyde‹ verschwunden und nicht mehr zu sehen waren. Dann lief es wie eine große Woge der Erleichterung durch die Menge, wie wenn sie fühlten, daß nunmehr die letzten Ketten des Verbrechens von Laura selbst abgefallen wären; und langsam zerstreute sich die Versammlung. Es war schon spät am Tage, bevor die Inschrift gänzlich ausgemerzt war. (An ihrer Statt ist später lediglich eine Zeile dort eingemeißelt worden: ›Anne Catherick, 25. Juli 1850‹).

Ich kam am Abend früh genug nach Limmeridge-Haus zurück, um mich von Herrn Kyrle zu verabschieden. Er und sein Schreiber, mitsamt dem Droschkenkutscher, reisten noch heut mit dem Nachtzug nach London zurück. Gerade als sie abfahren wollten, wurde mir ein unverschämtes Briefchen von Herrn Fairlie übergeben – von ihm, der in zerrüttetem Zustand aus dem Zimmer getragen worden war, als meinem Appell an die Pächterschaft der erste große Freudenausbruch, die ersten donnernden Hochrufe folgten. Der Brief übermittelte uns »Herrn Fairlie's beste Gratulationen«; und ersuchte dann um Auskunft, ob »wir vorhätten, im Hause zu verbleiben«? Ich ließ ihm mündlich zurücksagen, daß der einzige Zweck, um dessentwillen wir über seine Schwelle getreten wären, erreicht sei – daß ich vorhätte, in keines Mannes Hause zu verbleiben, als höchstens in meinem eigenen – und daß Herr Fairlie nicht die geringsten Befürchtungen zu hegen brauchte, jemals wieder etwas von uns zu hören oder zu sehen. Wir begaben uns zu unseren Freunden nach Todd's Corner zurück; schliefen die Nacht über dort; und kehrten dann am nächsten Morgen – vom ganzen Dorf und sämtlichen Bauern der Nachbarschaft einmütig und mit aufrichtigster Begeisterung geleitet – nach London zurück.

Als die Hügel von Cumberland hinter uns in immer blauerer Ferne verdämmerten, gedachte ich der entmutigenden Umstände, unter denen das lange Ringen, nun vorbei und abgetan, zuerst geführt worden war. Es war ein merkwürdiges Gefühl, jetzt zurückzuschauen, und zu erkennen, daß eben die Armut, die uns alle Hoffnungen auf Unterstützung so ganz benommen hatte, indirekt die Ursache unseres Erfolges gewesen war, insofern sie mich dazu genötigt hatte, allein und selbstständig vorzugehen. Wenn wir reich genug gewesen wären, zwecks Abhülfe den gesetzlichen Weg zu beschreiten: was wäre dann wohl das Ergebnis gewesen? Der Gewinn (wie Herr Kyrle mir selbst dargetan hatte) wäre mehr als zweifelhaft — der Verlust (nach der klaren Sprache der Ereignisse zu urteilen, wie sie sich wirklich abgespielt hatten) sicher gewesen. Nie und nimmer hätte das Gesetz mir meine Aussprache mit Frau Catherick verschaffen; nie und nimmer Pesca zum Werkzeug machen können, dem Conte ein Geständnis abzuzwingen.

II

Zwei weitere Glieder noch sind der Kette hinzuzufügen, bevor sie gänzlich vom Anfang der Geschichte bis zu ihrem Ende reicht.

Während uns das neue Gefühl der Freiheit von dem langen Druck der Vergangenheit noch ungewohnt war, schickte jener erwähnte Bekannte, der mir seinerzeit meine ersten Aufträge als Holzschneider vermittelt hatte, wiederum zu mir, um mir einen frischen Beweis seines wohlwollenden Gedenkens für mein Ergehen zu geben. Er hatte von seinen Auftraggebern die Anweisung erhalten, sich nach Paris zu begeben, und für sie eine neue Erfindung zu prüfen, die dort bezüglich der praktischen Anwendbarkeit seiner Kunst gemacht worden war, und von deren Brauchbarkeit sie gern sichere Nachricht gehabt hätten. Da nun seine eigenen Verpflichtungen ihm keine freie Zeit ließen, diesen Auftrag zu übernehmen, hatte er freundlicherweise vorgeschlagen, daß man doch mich damit betrauen solle. Für mich konnte es keinerlei Zögern geben, bei solchem Angebot dankbar zuzugreifen; denn, vorausgesetzt, daß ich mich meiner Aufgabe so entledigte, wie ich Hoffnung hatte, würde das Endergebnis eine Dauerstellung bei der großen illustrierten Wochenschrift sein, bei der ich jetzt nur gelegentlich Mitarbeiter war.

Ich empfing meine Instruktionen, und machte mein Gepäck für die morgige Reise zurecht. Als ich Laura dergestalt wieder (unter wie anderen Umständen freilich!) in der Obhut ihrer Schwester zurückließ, kam mir erneut ein sehr ernsthafter Gedanke zu Sinn, der sowohl meiner Frau als auch mir schon mehr als einmal zu schaffen gemacht hatte — ich meine die Erwägungen über Marians Zukunft.

Besaßen wir irgendein Anrecht darauf, unsere selbstische Zuneigung die Ergebenheit dieses ganzen reichen Daseins so ohne weiteres annehmen zu lassen? War es nicht unsere Schuldigkeit, nicht der beste Ausdruck unserer Dankbarkeit, uns einmal ganz beiseite zu setzen und nur an *sie* zu denken? Ich versuchte dieses Gefühl, als wir, bevor ich abfuhr, einen Moment allein zusammen waren, in Worte zu fassen. Sie ergriff meine Hand, und brachte mich schon nach den ersten Silben zum Schweigen.

»Nach alledem, was wir Drei zusammen durchgemacht haben,« sagte sie, »kann von einer Trennung zwischen uns nicht die Rede sein – bis die allerletzte Große Trennung einst kommt. Mein Herz und mein ganzes Glück, Walter, sind bei Laura und Ihnen. Warten Sie noch ein bißchen, bis an Ihrem häuslichen Herd Kinderstimmchen erschallen – Die will ich lehren, für mich, in *ihrer* Sprache, zu reden; und das erste, was sie ihrem Vater und ihrer Mutter aufsagen, soll sein: ›Wir können unsre Tante nicht entbehren!‹«

Ich unternahm meine Reise nach Paris übrigens nicht allein; Pesca hatte sich in zwölfter Stunde dazu entschlossen, mich zu begleiten. Seit jenem Opernabend hatte er seine gewohnte Heiterkeit nicht mehr wiederfinden können, und wollte jetzt einmal probieren, ob eine Woche Ferien nicht dazu beitragen möchten, ihn zu ermuntern.

Ich erledigte den mir erteilten Auftrag, und verfaßte am vierten Tage nach unserer Ankunft in Paris den erforderlichen abschließenden Bericht. Den fünften Tag hatte ich dafür vorgesehen, in Pescas Gesellschaft Sehenswürdigkeiten zu besichtigen und uns zu amüsieren.

Unser Hotel war zu überfüllt gewesen, als daß wir auf demselben Korridor hätten untergebracht werden können; mein Zimmer lag im zweiten Stock, und das von Pesca darüber, im dritten. Am Morgen jenes fünften Tages begab ich mich nach oben, um zu sehen, ob der Professor ausgehbereit wäre. Ich hatte noch nicht ganz den Treppenabsatz aufwärts erreicht, als ich die Tür seines Zimmers von innen her aufgehen sah – eine lange, feingebaute, nervöse Hand (garantiert nicht die meines Freundes) hielt sie halb geöffnet. Zu gleicher Zeit hörte ich Pescas Stimme, wie er in gedämpftem Ton und in seiner Muttersprache sagte – »An den Namen kann ich mich erinnern; aber den Mann selbst kenne ich nicht. Sie haben ja in der Oper gesehen, wie er derart verändert war, daß ich ihn schlechterdings nicht wiedererkennen *konnte*. Den Bericht will ich weiterleiten – aber mehr kann ich nicht tun.« »Mehr ist auch nicht nötig,« erwiderte die zweite Stimme. Die Tür ging weit auf – und heraus trat der hellhaarige Mann mit der Narbe auf der Backe! Der Mann, den ich, eine Woche zuvor, Conte Foscos Droschke hatte folgen sehen. Er verbeugte sich, als ich zur Seite trat, um ihn an mir vorüber zu lassen – sein Gesicht war geisterbleich – und er hielt sich krampfhaft am Geländer fest, während er die Treppe hinunterstieg.

Ich stieß die Tür auf, und trat in Pescas Zimmer. Er hatte sich auf die befremdlichste Weise in eine Ecke seines Sofas zusammengekauert. Als ich auf ihn zutrat, schien er vor mir zurückzuschaudern.

»Störe ich Sie?« fragte ich. »Ich habe nicht gewußt, daß ein Freund bei Ihnen wäre, bis ich ihn eben herauskommen sah.«

»Kein Freund,« sagte Pesca abwehrend. »Ich hab' ihn heut zum ersten – hoffentlich auch zum letzten Mal – gesehen.«

»Ich fürchte, er hat Ihnen schlechte Nachrichten gebracht?«

»Grausige Nachrichten, Walter! – Lassen Sie uns zurück nach London fahren. Hier will ich nicht mehr bleiben. Mich reut, daß ich je hergekommen bin. – Ich büße die Mißgriffe meiner Jugend schwer,« sagte er, und drehte sein Gesichtchen zur Wand, »sehr schwer, jetzt im Mannesalter. Ich gab' mir alle Mühe, sie zu vergessen – und sie wollen und wollen *mich* nicht vergessen!«

»Ich fürchte, vor Nachmittag werden wir nicht gut fahren können,« entgegnete ich: »Möchten Sie in der Zwischenzeit nicht lieber mit mir ein bißchen ins Freie kommen?«

»Nein, mein Freund; ich will hier warten. – Aber lassen Sie uns heute noch fahren: bitte, lassen Sie uns zurückfahren!«

Ich überließ ihn sich selbst, mit der Versicherung, daß er Paris noch am gleichen Nachmittag verlassen sollte. Am Abend vorher hatten wir vereinbart gehabt, mit Victor Hugos großem Roman als Führer, die Kathedrale von Nôtre Dame zu besteigen. In der ganzen französischen Hauptstadt gab es nichts, was mich dringender interessiert hätte; und so machte ich mich nun allein auf den Weg nach der Kirche.

Ich ging den Fluß entlang auf Nôtre Dame zu, und kam auf meinem Spaziergang auch an dem gruseligen Leichenschauhaus von Paris, der ›Morgue‹, vorbei. Vor dem Toreingang drängte sich eine

große Menschenmenge; man wimmelte und lärmte. Anscheinend gab es drinnen etwas, das die populäre Neugier schwer anregte, und dem populären Appetit auf Entsetzen derb Nahrung gab.
Ich würde ohne weiteres in Richtung Kirche davongegangen sein, hätte nicht die Unterhaltung zweier Männer und einer Frau am äußeren Rande der Menschenansammlung, mein Ohr getroffen. Sie waren gerade aus der Morgue gekommen, wo sie ›sichs angesehen‹ hatten; und in der Beschreibung, die sie ihren Nachbarn von der Leiche machten, fielen die Ausdrücke — eine Männerleiche — riesendicker Kerl — ganz komisches Mal am linken Oberarm.
Im Augenblick, wo ich diese Worte hörte, wandte ich mich auf dem Absatz um, und stellte mich bei Denjenigen an, die hinein wollten. Eine undeutliche Vorahnung der Wahrheit war mir schon gekommen, als ich Pescas Stimme durch die offene Tür gehört, und des Fremden Antlitz gesehen hatte, wie er auf der Hoteltreppe an mir vorbeiging. Nunmehr enthüllte sich mir die Wahrheit selbst — enthüllte sich, in Gestalt der paar Worte, die eben zufällig mein Ohr erreicht hatten. Eine andere Rache als die meine war dem vom Schicksal gezeichneten Manne gefolgt, vom Theater an, bis zu seiner eigenen Haustür — von seiner eigenen Haustür weiter, bis zu seinem Schlupfwinkel hier in Paris. Eine andere Rache als die meine hatte ihn zum Tage der Großen Abrechnung aufgerufen, und gebieterisch von ihm sein Leben als Strafe geheischt. Der Augenblick, wo ich ihn im Theater Pesca gezeigt hatte, so daß der Fremde uns zur Seite, der gleichfalls nach ihm Ausschau hielt, es hören konnte: das war der Augenblick gewesen, der sein Geschick besiegelte. Ich gedachte des Kampfes in meinem eigenen Herzen, den es mich, als wir einander von Angesicht zu Angesicht gegenüberstanden, gekostet hatte — des Kampfes, ehe ich es über mich gewann, ihn entwischen zu lassen — und schauderte, wie ich daran dachte.
Langsam, Zoll um Zoll, drängelte ich mich mit der Menge hinein; kam näher und näher der großen trennenden Glaswand, die in der Morgue die Toten von den Lebenden scheidet — näher und näher, bis ich dicht hinter der ersten Reihe der Gaffer war, und hineinschauen konnte — — —
: da lag Er! Unidentifiziert, ungekannt, ausgesetzt der gewäschigen Neubegier eines französischen Mobs! Da hatte ich das fürchterliche Ende eines langen Lebens von mißbrauchter Begabung und herz-

losem Verbrechen! Zum Schweigen gebracht von der erhabenen Ruhe des Todes, traten das breite feste massive Antlitz, die mächtige Stirn, uns derart eindrucksvoll vor Augen, daß die plappernden Französinnen um mich her bewundernd die Hände erhoben, und in schrillem Chor in den Ruf ausbrachen: »Nein, was für ein hübscher Mensch!«

Die Verwundung, die ihm den Tod gebracht hatte, rührte von einem Messer oder von einem Dolch her, und befand sich genau über'm Herzen. Ansonsten zeigte sich am ganzen Körper weiter keine Spur von Gewalttätigkeit, ausgenommen am linken Arm: dort, genau an jener Stelle, wo ich bei Pesca das Brandmal gesehen hatte, waren – Los, lauter, Jungens! Und nochmals! Und lauter!!!« Die Hoch-Zeichen der Brüderschaft völlig unkenntlich machten. Die Kleidung, die neben ihm hing, zeigte, daß er sich der eigenen Gefahr deutlich bewußt gewesen sein mußte – es war die einfache Tracht eines französischen Handwerkers, in die er sich verkleidet gehabt hatte. Ein paar Augenblicke lang, aber nicht länger, zwang ich mich, all diese Dinge durch die große Glasscheibe hindurch zu beobachten. Des Breiteren vermag ich nicht über sie zu berichten; denn ich habe nicht mehr gesehen.

Die wenigen neuen, mit seinem Tod in Verbindung stehenden, Umstände, wie ich sie späterhin zusätzlich in Erfahrung brachte (teils von Pesca, teils aus anderer Quelle) mögen hier kurz festgehalten werden, bevor das Thema endgültig auf diesen Blättern abgetan ist.

Man hatte seinen Leichnam, verkleidet, wie ich ihn beschrieben habe, aus der Seine gezogen, und nichts bei ihm gefunden, aus dem sich Name, Rang, oder Aufenthaltsort ergeben hätte. Die Hand, die ihm den Todesstoß versetzte, ist nie entdeckt, die Umstände unter denen er gerichtet wurde sind nie bekannt geworden. Ich überlasse es Jedem selbst, was das Geheimnis dieser Ermordung anbelangt, seine eigenen Schlüsse zu ziehen – wie auch ich die meinigen gezogen habe. Wenn ich noch erwähne, daß es sich bei dem Fremden mit der Narbe ebenfalls um ein Mitglied der Brüderschaft gehandelt hat (aufgenommen in Italien; aber *nach* Pescas Ausreise aus seinem Vaterlande); und wenn ich weiter hinzufüge, daß die beiden Schnitte in Form eines ›T‹ auf dem linken Arm des Toten, das italienische Wort ›TRADITORE‹ bedeuten, und dartun sollten, wie die Brüderschaft Gerechtigkeit an einem Verräter geübt habe – dann habe ich alles beigetragen, was ich weiß, um Licht in das Geheimnis um Conte Foscos Tod zu bringen.

Die Leiche konnte tags darauf, nachdem ich sie gesehen hatte, infolge eines anonymen Briefes an seine Gattin, identifiziert werden. Madame Fosco hat ihn auf dem Friedhof Père la Chaise beisetzen lassen. Frische Totenkränze werden bis auf den heutigen Tag von der Contessa mit eigenen Händen an die dekorativen Bronzegitter gehängt, die das Grab einfassen. Sie selbst lebt in strengster Zurückgezogenheit in Versailles. Vor kurzer Zeit hat sie auch eine Biografie ihres dahingeschiedenen Gatten veröffentlicht; ein Werk, das jedoch nicht das geringste Licht weder auf den Namen wirft, den er nun wirklich geführt haben mag, noch auf die geheime Geschichte seines Lebens – das Buch enthält fast nichts, als das Lob seiner häuslichen Tugenden, den Preis seiner seltenen Begabungen, und die Herzählung der ihm zu Lebzeiten gewordenen Ehrungen. Die mit seinem Tod zusammenhängenden Umstände, sind nur ganz kurz angedeutet, und werden lediglich auf der allerletzten Seite in diesen einen Satz zusammengefaßt: »Sein Leben war ein einziges Eintreten für die Rechte der Aristokratie und die geheiligten Prinzipien von Recht und Ordnung; den Tod fand er als Märtyrer dieser seiner Sache.«

III

Sommer und Herbst gingen dahin, seitdem ich wieder aus Paris zurück war, und brachten keinerlei Veränderungen mit sich, die der Erwähnung hier notwendig wären. Wir lebten so still und einfältiglich für uns dahin, daß mein Einkommen, das ich jetzt regelmäßig verdiente, für alle unsere Bedürfnisse ausreichte.

Im Februar des neuen Jahres wurde unser erstes Kind geboren – ein Sohn. Meine Mutter und Schwester, und Frau Vesey waren unsere Gäste anläßlich der kleinen Tauffeierlichkeit; und auch Frau Clements war beim gleichen Anlaß gegenwärtig, um meine Gattin zu unterstützen. Marian war die Patin unseres Jungen, und Pesca und Herr Gilmore (der Letztere durch einen Stellvertreter) seine Paten. (Hier ist vielleicht der Ort, hinzuzufügen, daß Herr Gilmore, als er ein Jahr darauf zu uns zurückkehrte, zu der Bestimmung dieser

Blätter insofern beitrug, als er auf mein Ansuchen jenen Bericht zu Papier brachte, der sehr im Beginn dieser Erzählung dort unter seinem Namen erscheint; und der, obgleich seiner Stellung nach einer der ersten, der Zeit seines Eingangs nach also der letzte ist, der mir zuging.)

Das einzige Ereignis unseres Daseins, von dem nunmehr noch zu berichten ist, spielte sich ab, als unser kleiner Walter 6 Monate alt war.

Man hatte mich zu diesem Zeitpunkt gerade nach Irland geschickt, um die Zeichnungen zu einem Bildbericht zu machen, der demnächst in der Illustrierten, bei der ich beschäftigt war, erscheinen sollte. Ich war beinahe vierzehn Tage unterwegs, und stand in regelmäßigem brieflichem Verkehr mit meiner Gattin und Marian; ausgenommen die letzten 3 Tage der Reise, wo mein Hin und Her allzu unberechenbar wurde, als daß ich irgendwo noch hätte Briefe entgegennehmen können. Die letzte Strecke der Heimreise legte ich nachts zurück; und als ich unsere Wohnung in aller Morgenfrühe erreichte, sah ich zu meinem äußersten Erstaunen, daß kein Mensch da war, mich zu empfangen – Laura und Marian und das Kind hatten angeblich das Haus am Tage vor meiner Rückkehr verlassen!

Ein Briefchen von meiner Frau, den das Dienstmädchen mir übergab, vermehrte mein Erstaunen nur noch, durch die Mitteilung, daß man nach Limmeridge-Haus gereist sei. Marian hätte ihr jeglichen Versuch einer näheren schriftlichen Erläuterung untersagt – ich sollte ihnen, im Moment wo ich heimkäme, sofort folgen – restlose Aufklärung harre meiner beim Eintreffen in Cumberland – und vor allem würde mir verboten, in der Zwischenzeit die geringste Beunruhigung zu empfinden. Hier endete das Briefchen. Es war noch früh genug, um den Morgenzug zu erreichen. Am gleichen Nachmittag traf ich in Limmeridge-Haus ein.

Meine Frau und Marian waren beide im Oberstock. Sie hatten sich (zum Zweck, meine Verblüffung vollkommen zu gestalten) in dem kleinen Zimmer einquartiert, das mir einst, als ich noch Herrn Fairlies Zeichnungen in Ordnung gebracht hatte, als Arbeitsraum zugewiesen worden war. Auf demselben Stuhl, den ich bei der Arbeit damals zu benutzen gewohnt war, saß jetzt Marian, das Kind, das eifrig an der Koralle an seiner kleinen Klapper lutschte, vor sich auf dem Schoß – während Laura bei dem altvertrauten Zeichentischchen stand, das ich so oft benützt hatte, das kleine Album, das ich ihr in vergangenen Zeiten mit Zeichnungen angefüllt hatte, aufgeschlagen unter ihrer Hand.

»Was, im Namen des Himmels, hat Euch denn hierher gebracht?« fragte ich. »Weiß Herr Fairlie, daß –«

Marian erstickte die Frage auf meinen Lippen, indem sie mich davon benachrichtigte, daß Herr Fairlie tot sei. Er hatte eine Reihe von Schlaganfällen erlitten, und sich nach dem letzten nicht mehr erholt. Herr Kyrle hatte sie von seinem Ableben unterrichtet, und ihnen geraten, sich unverzüglich nach Limmeridge-Haus zu verfügen.

Die schwache Vorahnung von einer gewichtigen Veränderung begann mir aufzudämmern. Bevor ich mir noch gänzlich klar darüber geworden war, hatte Laura angefangen zu sprechen; sie stahl sich dicht an mich heran, um sich an der Überraschung, die mein Gesicht jetzt ausgedrückt haben muß, recht zu weiden.

»Walter-Liebster,« sagte sie, »müssen wir uns tatsächlich ob der Kühnheit rechtfertigen, mit der wir hierher gekommen sind? Ich fürchte, Liebling, ich kann's nur dadurch erklären, indem ich unsere Regel einmal breche, und auf Vergangenes zu sprechen komme.«

»Es liegt nicht die geringste Notwendigkeit vor, irgend etwas der Art zu unternehmen,« sagte Marian. »Wir können genau so deutlich sein, und weit interessanter außerdem noch, indem wir einfach von der Zukunft reden!« Sie erhob sich, und stand da, das strampelnde und krähende Kind hoch auf ihren Armen. »Wissen Sie, wer das hier ist, Walter?« fragte sie, und die hellen Tränen des Glücks traten ihr dabei in die Augen.

»Selbst *meine* Überraschung hat ja nun ihre Grenzen,« erwiderte ich: »ich denke, ich werde ja wohl noch mein eigenes Kind kennen.«

»Kind?!« rief sie, mit all der Munterkeit und Lust früherer Tage. »Reden Sie auf derartig vertrauliche Manier von einem englischen Großgrundbesitzer? Sind Sie sich klar, in wessen Gegenwart Sie sich befinden, wenn ich Ihnen dies erlauchte Kleinkind so zur Kenntnisnahme hinhalte? Offenbar nicht! Lassen Sie mich zwei hervorragende Persönlichkeiten miteinander bekannt machen: Herr Walter Hartright – *Der Erbe von Limmeridge!*«

* * *

Also sprach sie. Indem ich diese letzten Worte niederschreibe, habe ich Alles geschrieben. Die Feder entsinkt meiner Hand. Die lange, glückliche Beschäftigung so manchen Monats ist vorüber. Marian war der Gute Engel unseres Lebens – mit Marian schließe unsre Geschichte.

INHALT

I. Zeitraum 5–231

Bericht begonnen von Walter Hartright 5

Bericht fortgesetzt von Vincent Gilmore 143

Bericht fortgesetzt mit Auszügen aus dem Tagebuch von Marian Halcombe 185

II. Zeitraum 233–492

Bericht fortgesetzt von Marian Halcombe 233

Fortsetzung des Berichtes durch Frederick Fairlie, Esqu. 403

Bericht fortgesetzt durch Eliza Michelson 427

Fortsetzung in mehreren kleinen Einzel-Berichten 478–492

1. Bericht Hester Pinhorns, Köchin in Diensten Conte Foscos 478

2. Bericht des Arztes 485

3. Bericht der Leichenwäscherin Jane Gould 485

4. Die Inschrift des Grabsteins 486

5. Zwischennotiz von Walter Hartright 486

III. Zeitraum 493–763

Bericht fortgesetzt von Walter Hartright 493

Bericht fortgesetzt von Frau Catherick 635

Bericht fortgesetzt von Walter Hartright 652

Bericht fortgesetzt von Isidor Ottavio Baldassare Fosco 726

Bericht beschlossen von Walter Hartright 746